国家出版基金项目
NATIONAL PUBLICATION FOUNDATION

全三国赋评注

龚克昌
周广璜　评注
苏瑞隆

齐鲁书社

本书为：

国家社会科学基金项目

使用部分新加坡国立大学研究计划项目
WBS NO：R—102—000—041—112经费

序

东汉中后期，刘汉王朝彻底衰落。其时皇帝大都幼小，朝政大权或为外戚所攫取，或为宦官所把持。汉末辞赋家赵壹在《刺世疾邪赋》里说：“女谒掩其视听兮，近习秉其威权。”当指外戚与宦官轮流把持朝政。赋中又说：“所好则钻皮出其毛羽，所恶则洗垢求其瘢痕。”朝政自无是非可言，故社会分化十分严重。汉末大文学家蔡邕在《述行赋》里说：“穷变巧于台榭兮，民露处而寝湿；消嘉谷于禽兽兮，下糠秕而无粒。”老百姓实在难以存活下去，因而社会动荡不安，各地军阀豪强纷纷趁机而起，称霸一方，自立为王，或至篡夺政权，号令天下。董卓被杀后，权柄渐落入曹操手中，他挟天子而令诸侯。汉家天下三分，刘备自称皇叔，以正统地位自居，割据蜀中；孙权承继霸业，称雄江东；曹操占据中原广大地区，这里系当时国家核心地带，人文荟萃之乡，各方面都占有巨大优势。由于曹操个人长于谋略，又善于用人，因而日益强盛，成为当时可能统一全国的唯一力量。曹操死后，太子曹丕继起，随后自立为帝。不久，西蜀、东吴也相继独立，公元280年，司马氏灭吴，最后统一全国，三国时代也随之结束。

政治上的改朝换代，也必然反映到上层建筑。首先是经学的衰落。经学本是汉王朝的护身符，汉室的精神支柱。最早发现这个秘密的是汉武帝。他根据董仲舒的建议，“罢黜百家，独尊儒术”，并用利禄加以引诱，公孙弘以经师资格当了丞相，封平津侯，于是“天下学士靡然向风矣”！大家都向他看齐，走他所走的道路。以后各代也循此路子走下去，而且愈演愈烈。东汉光武帝“未及下车，而先访儒雅”。明帝则亲自讲经，“冠带缙绅之人，圜桥门而观听者盖亿万计”。质帝本初元年(146)，梁太后下诏：“大将军下至六百石，悉遣子就学。”“自是游学增盛，至三万馀生。”(《后汉书·儒林列传》)而“公卿大夫士吏彬彬多文学之士”。所以经师夏侯胜常对其门生说：“士病不明经术。经术苟明，其取青紫(指高官厚禄)如俯拾地芥耳。”(《汉书·夏侯胜传》)邹鲁甚至出现民谣：“遗子黄金满籯(竹箱)，不如一经。”文人们疯狂地向经学道路上奔去——这一点与后来的唐代李世民提倡科举如出一辙。李世民说，科举一兴，天下文人们都钻进了他的牢笼，他们整天读经参加科举谋求官职，哪来心思去造反！

但物极必反。经学的恶性膨胀,又使自己迅速走向绝路——也即陷入穿凿附会、烦琐荒诞的绝境中去。如"秦近君能说《尧典》,篇目两字之说至十馀万言。但说'曰若稽古'三万言"(桓谭《新论·正经》)。有的人甚至为解经劳累过度而"死于烛下"。所以,连正统历史学家班固也沉痛地惊呼:"古之学者……二年而通一经……三十而《五经》立也。后世经传既已乖离……破坏形体……故幼童而守一艺,白首而后能言。安其所习,毁所不见,终于自蔽,此学者之大患也。"(《汉书·艺文志》)经学的彻底衰亡已不可避免,故至汉末魏初,已出现"家弃章句"的局面。经学已被彻底抛弃了。

经学的衰败,给文学艺术——包括辞赋带来了生机。在西汉,辞赋被视为"童子雕虫篆刻,壮夫不为"(《法言·吾子》)的小杂耍。赋家被视同倡优,"俳优畜之"(《汉书·严助传》),只在弄臣之列。所以扬雄年青时崇拜老乡司马相如,喜欢相如赋的华丽,"每作赋,常拟之以为式"(《汉书·扬雄传》)。但汉成帝只喜欢扬雄的赋,却看不起其为人,三年不升官,穷无斗米之储。扬雄以为自己走错了路,马上改弦易辙,仿《易经》作《太玄》,仿《论语》作《法言》,从事经学著作。但他这样变换手段仍无济于事,他只能一生穷困潦倒。

但到了汉末灵帝时,辞赋的地位却大为提升。灵帝建立了鸿都门学,专收辞赋书画作者,鼓励他们创作辞赋书画,按成绩高低分配做大小官吏。这事曾遭到蔡邕的极力抨击,他在给灵帝的"封事"中说:"夫书画辞赋,才之小者,匡国理政,未有其能。陛下即位之初,先涉经术,听政馀日,观省篇章(指辞赋等),聊以游意当代博弈,非以教化取士之本,而诸生竞利,作者鼎沸。"(《后汉书·蔡邕列传》)这篇"封事"后半部还大力宣扬西汉后期和东汉前期的两个经学会:"昔孝宣会诸儒于石渠,章帝集学士于白虎,通经释义,其事优大;文武之道,所宜从之。"但蔡邕是开历史倒车的,经学的衰落已摆在大家面前,而辞赋书画却适应时代的需要而欣欣向荣,这是谁也阻挡不了的。

随着经学的衰亡,文学自觉时代的完成,玄学的兴起,社会思潮发生了巨大变化。这时主导统治思想的是曹操,他推行的是"唯才是举"的方针,对有才能的人倍加爱重,不管过去是否犯过窃嫂盗金,或曾经在政治上反对过自己,只要改过,他都不计前嫌。如陈琳曾替袁绍草檄攻击曹操,并骂及曹氏祖宗三代,但曹操爱其才,陈琳归顺后,不仅不被加罪,而且极蒙关爱。曹操患有头风病,有次卧读陈琳所作军书,竟"翕然而起,曰:'此愈我疾!'"又数加厚赐。曹操闻阮瑀有才名,便请他出山相助。阮瑀逃入山中,曹操即派人烧山,逼其来投。曹操有次外出,阮瑀随行。阮瑀在马上替曹操作书与韩遂,曹操阅后,想加修饰,但终不能增损一字,大为叹服,极加爱惜。曹操在《短歌行》里曾写道:"山不厌高,海不厌深，周公吐哺，天下归心。”表现了他希望罗致天下英才、助其建功立业的心愿。曹操以周公为榜样，爱惜人才。周公爱才心切，听说有人来投，洗个头、吃一顿饭常要停数次以接待客人。曹操招揽人才也是不遗馀力，曹植在《与杨德祖书》中说：建安诸子都是出类拔萃的人物，“昔仲宣独步于汉南，孔璋鹰扬于河朔，伟长擅名于青土，公干振藻于海隅，德琏发迹于大魏，足下高视于上京……吾王（指曹操）于是设天网以该之，顿八纮以掩之，今悉集兹国矣！”可证曹操爱才之一斑。“建安七子”中除孔融始终不服曹操而被杀外，馀均归曹并备受礼遇。

曹操的两个儿子曹丕和曹植也都是杰出的文学家。曹丕曾为五官中郎将兼副丞相，后立为太子；曹植则被封为侯，且聪明绝顶。他们对前述“建安七子”都极为友善，在创作上经常相互唱和。兄弟两人与诸子唱和之作有案可查者有《大暑赋》、《止欲赋》、《迷迭赋》、《玛瑙勒赋》、《鹦鹉赋》、《柳赋》、《神女赋》、《寡妇赋》、《羽猎赋》、《莺赋》、《槐赋》、《蝎赋》、《车渠碗赋》等等。孔融虽与曹操格格不入，终被曹操满门抄斩，但“魏文帝深好融文辞，每叹曰：‘扬（雄）班（固）俦也！’募天下有上融文章者，辄赏以金帛”（《后汉书·孔融列传》），把孔融视为扬雄、班固一类大家，并替他收集散失的文章，编辑成集。曹丕在《与吴质书》中曾说：“昔年疾疫，亲故多离其灾，徐（幹）、陈（琳）、应（玚）、刘（桢），一时俱逝，痛何可言邪！昔日游处，行则连舆，止则接席，何曾须臾相失！每至觞酌流行，丝竹并奏，酒酣耳热，仰而赋诗。当此之时，忽然不自知乐也。谓百年已分，可长共相保。何图数年之间，零落略尽，言之伤心！顷撰其遗文，都为一集。”曹丕兄弟与徐幹等相处简直是形影不离，甚至在他们死后即为之编集子。《世说新语·伤逝》还记载：“王仲宣好驴鸣，既葬，文帝临其丧，顾语同游曰：‘王好驴鸣，可各作一声以送之。’”何等深情！王粲死后，曹植为之作诔，其序曰：“皇穹神察，哲人是恃。如何灵祇，歼我吉士。谁谓不痛，早世即冥！谁谓不伤，华繁中零！”简直是呼天抢地，痛彻心扉。

总之，“建安七子”都是著名才子，除孔融外都创作有许许多多辞赋，他们谁也没有因此而被视同倡优。他们所处的时代，没有像汉武帝那样不尊重赋家，没有像扬雄、蔡邕那样狂贬辞赋家和辞赋作品。可见在这时，辞赋和辞赋家的地位空前地提高了。三曹都作过赋，尤其曹植，现存赋六十多篇，是三国作家中作赋最多的人，也是写得最好的人。曹丕公开提出“诗赋欲丽”，赋与诗已处在同等的地位，而且公开肯定其“丽”。扬雄否定辞赋的那些观点已被一扫而光。辞赋已被充分地肯定，赋家地位已得到应有的尊重。这标志着文学的自觉时代已最后完成。

在这里，同样值得注意的是，辞赋所摄取的题材，再也不像两汉一些大赋，如司马相如的《天子游猎赋》，扬雄的《甘泉赋》、《校猎赋》，班固的《两都赋》，张衡的《二京赋》等等，这些赋都挖空心思地描绘帝王的楼堂馆所，游猎骑射，轻歌曼舞。建安时期赋家所描写的内容，大抵与帝王生活不沾边，也不用察看帝王的脸色行事。他们可以相当充分地表达个人的心志。王粲的《登楼赋》流露的是他南投荆州刘表后，得不到重用，眼看多年的光阴虚掷，故而内心十分痛苦："惧匏瓜之徒悬兮，畏井渫之莫食……夜参半而不寐兮，怅盘桓以反侧。"王粲投靠曹操后，心情大好，写了《浮淮赋》，歌颂曹军的南征。陈琳写了征讨公孙瓒的《武军赋》，北征乌桓的《神武赋》。他们投向曹操，歌颂曹操的南征北伐，可说是顺应时势的，因为当时只有曹操才有可能统一中国，从而遏制内战的蔓延。

还有一个同样极值得我们注意的问题是，烦琐的经学已为人们所抛弃，《礼记》、《仪礼》中许多压迫残害妇女的规章制度和东汉中期班昭遵循儒经写作的《女诫》，自然也不可能为人们所接受。如班昭《女诫》第四篇专讲"妇行"，着重强调："妇德，不必才能绝异也；妇言，不必辩口利辞也；妇容，不必颜色美丽也；妇功，不必功巧过人也。"第五篇强调"夫有再娶之义，妇无二适之文"，把男人推到天上，女人压入地下。妇女被塑造成仅具有人的躯壳的封建礼教的化身。但进入魏晋，妇女的地位却起了极大的变化。在诗赋中出现了许多同情歌颂妇女的篇章。如陈琳《饮马长城窟行》："边城多健少，内舍多寡妇。作书与内舍，便嫁莫留住。""生男慎莫举，生女哺用脯。"不仅主动提出让妻子改嫁，而且强调生男不如生女。繁钦《定情诗》："我既媚君姿，君亦悦我颜。"女子并非封建礼教所宣扬的最重要的是德行和不必颜色美丽，相反，引起男子疼爱的首先就是美丽。《孔雀东南飞》写刘兰芝才色双绝："十三能织素，十四学裁衣，十五弹箜篌，十六诵诗书。""足下蹑丝履，头上玳瑁光，……指如削葱根，精妙世无双。"

在辞赋中，与班昭《女诫》反其道而行之且更为突出者，如曹丕的《出妇赋》、《寡妇赋》，曹植的《感婚赋》、《愍志赋》、《出妇赋》、《洛神赋》，王粲的《寡妇赋》、《出妇赋》、《神女赋》，陈琳的《止欲赋》、《神女赋》，阮瑀的《止欲赋》等等，都是尽情地歌颂美女，描绘男女间的相互爱慕追求，以及对寡妇弃妇的无限同情。如王粲《闲邪赋》，写一个美女得不到爱情的滋润，而为之怨恨哀叹："夫何英媛之丽女，貌洵美而艳逸，横四海而无仇，超遐世而秀出……恨年岁之方暮，哀独立而无依。"曹丕《出妇赋》写一妇人无子被休，但作者却站在弃妇一边："情怅怅而顾望，心郁结其不平。"替弃妇发出不平呼号。陈琳《神女赋》，阮瑀《止欲赋》，尤其是曹植的《洛神赋》，极写女主人公如何倾城倾国之貌,成为辞赋史上的名篇,备受人们赞赏,早已把班昭违常悖理的观念抛到九霄云外去了。

在魏王曹芳正始(240—249)年间,思想界更出现一种崭新的现象,即由何晏、王弼发起的玄学清谈之风,在社会上广泛流传,并引起强烈反响。很多人都以仰慕的眼光去注视它,欣赏玄学家的音容笑貌,谛听他们的连珠妙语,以为他们似神仙中人。如《世说新语·容止》记载:“魏明帝使后弟毛曾与夏侯玄共坐,时人谓‘蒹葭倚玉树’。”“时人目夏侯太初(夏侯玄)‘朗朗如日月之入怀’。”“山公(山涛)曰:‘嵇叔夜(嵇康)之为人也,岩岩若孤松之独立;其醉也,傀俄若玉山之将崩。’”“有人语王戎曰:‘嵇延祖(嵇绍)卓卓如野鹤之在鸡群。’”“裴令公有俊容仪,脱冠冕,粗服乱头皆好,时人以为玉人。见者曰:‘见裴叔则,如玉山上行,光映照人。’”有人称王戎:“双目闪闪若岩下电。”“王右军(王羲之)见杜弘治,叹曰:‘面如凝脂,眼如点漆,此神仙中人。’”“时人目王右军,飘如游云,矫若惊龙。”这与《论语·乡党》中孔子的形象是截然不同的:“孔子于乡党,恂恂如也,似不能言者。其在宗庙朝廷,便便言,唯谨尔。朝,与下大夫言,侃侃如也;与上大夫言,訚訚如也。君在,踧踖如也。”完全是《周礼》的化身,个人的特性完全淹没在封建礼教的共性中,千人一腔,千人一面,毫无个人性格可言。

对新兴起来的玄学,连王朝的核心人物也被卷了进去。如晋王司马师听说玄学开山祖人物王弼逝世,即沉痛地呼号:“天丧予!”效孔子听到自己的爱徒颜回逝世而发出的深叹。以后至南朝各代统治阶级核心人物,也大多对玄学情有独钟,尽管有些人因此吃了大亏,甚至招来杀身之祸,但他们痴情不改。

魏晋玄学的兴起,首先是对两汉经学的反动。两汉经学发展到中后期,已走向烦琐穿凿附会、迷信乖离、物极必反、家弃章句的绝境中去。玄学正是针对经学走上死亡的道路而发展起来的。正如明清之际大学者顾炎武在《日知录·正始》篇中所说:“三国鼎立,至此(指魏正始年间)垂三十年,一时名士风流,盛于洛下。乃其弃经典(指儒家经典)而尚老庄,蔑礼法而崇放达,视其主之颠危若路人然,此即诸贤为之倡也。”

另一个原因是魏晋统治者的肆意杀戮,使玄学找到适宜生存发展的土壤。大家都知道,不论曹家当政,还是司马氏篡权,都是滥杀无辜。许多名士死在他们的屠刀下,如孔融、杨修、丁仪、丁廙、杨俊、桓范、何晏、毌丘俭、韦昭、夏侯玄、嵇康、吕安、张华、石崇、潘岳、陆机、裴颁、郭璞……就分别为他们所残害,所谓“魏晋之际,天下多故,名士少有全者”(《晋书·阮籍传》)。士大夫为了远祸避害,只好走清谈、不问世事、口不臧否人物的道路。

其三，魏晋的士族制度，为玄学的产生提供了物质条件。玄学家几乎都是上层社会中的一流人物，他们学识渊博，思维敏捷，能言善辩，又有较优越的物质条件，这都是玄学家不可或缺的生存条件。

玄学家辩论的问题，主要有如下几点：

一、"有""无"之辩。这是玄学家辩论的主要点。玄学家们对《老子》第四十章所说的"天下万物生于有，有生于无"，进行反复的发挥。王弼以为，这个"无"不是绝对的无，而只是无声、无形、无名而已。他在《老子》第一章注中说："凡物皆始于无，故未形无名之时，则为万物之始。"《老子》第二十五章："有物混成，先天地生。"王弼注："混然不可得而知，而万物由之以成，故曰混成。不知其谁之子，故先天地生。"可见他心目中的"无"，是物质的，比老子的"道"还要高一级，从而打破了以往上帝、天、神创造世界万物的神话。西晋裴颜在《崇有论》中说："至无者，无以能生。"裴颜在这里是偷换概念。因为王弼的"无"，不是"至无"，只是看不见、听不到、摸不着的"无"，是"混成"的东西。

二、名教与自然之辩。所谓名教，就是名分之教，人伦之教，也即儒家所倡导的"三纲五常"等等。所谓自然，即天然，也即万物万事所保持原来的本性。玄学家以为，名教原是不必要的，是人们把社会搞乱了，只好用条条框框来约束。可见老子对名教也不是一概否定。王弼也基本持此观点。但阮籍在《大人先生传》里则把礼法之士骂得狗血喷头："汝君子之礼法，诚天下残贼乱危死亡之术耳！"而嵇康更进一步提出"越名教而任自然"，把名教彻底地否定了。

此外还有"言意之辩"、"才性之辩"等等，通过这些辩难，使人们开拓了眼界，活跃了思想，增强了才智，提高了思辨能力，逐渐摆脱了数百年来儒家对人们思想的禁锢，也使人们在黑暗统治下找到一种心灵上的慰藉。

但对玄学家的批判，自始至终也没有中断过。三国时著名玄学家夏侯玄想与傅嘏做朋友，即遭到傅的拒绝，傅以为："泰初（夏侯玄）志大其量，能合虚声而无实才。何平叔（何晏）……好辩而无诚，所谓利口覆邦国人也。邓玄茂（邓飏）有为而无终……以吾观此三人者，皆败德也，远之犹恐祸及，况昵之乎！"（《三国志·魏书·王卫二刘傅传》裴松之注）果不出其所料，三人均不得善终。顾炎武在《日知录·正始》中指出，王弼、何晏所兴起的玄学之风，"以至国亡于上，教沦于下，羌戎互僭，君臣屡易，非林下（指竹林七贤）诸贤之咎而谁咎哉！"当代史学家范文澜在《中国通史》第二卷中对魏晋兴起的清谈也予以严厉的批判："当时（指魏晋）杀夺的政治情况使虚无思想得到发展的条件，士族制度使放荡行为得到实施的保证……《杨朱篇》认为万物都逃不了死……归根都是一把腐骨……所以人应当在活的时候寻快乐，无须顾死后。凡是情欲所需要的一切，尽量享受……《杨朱篇》宗旨，即清谈家的人生观。”玄学、清谈家的言行的确存在严重问题，但这不是个人责任，而是这个思潮本身存在不可救药的缺失，所以，它越往后越为人们所抛弃，至唐以后，就基本绝迹了。近年来有些人把玄学思潮抬上天，恐未尽妥。

在艺术上，比之两汉辞赋，三国赋也有极明显的变化。汉大赋那种以描绘帝王为指归，行文铺张扬厉，篇幅冗长沉闷，语言堆砌艰涩，在三国赋中基本绝迹了，代之而起的是作者借赋体文学形式，来抒发个人的情志，选材单纯，形式多变，感情浓烈，文字清新。如曹丕的《登城赋》写道："嘉麦被垄，缘路带衢。流茎散叶，列倚相扶。水幡幡以长流，鱼裔裔而东驰。风飘飖而既臻，日掩菱而西移。"没有一丝皇宫帝苑沉闷冗长的叙述，可谓写景的绝唱。王粲《登楼赋》写他北望故国，借景抒情，发心中之哀思，至于楼本身，则根本不加描述。曹植的《洛神赋》，写洛神之美丽动人，以抒发自己对洛神的缠绵悱恻爱慕之情，可谓三国抒情赋中的绝唱，至今仍为人们所称颂。

三国赋题材涉及了草木、花果、鸟兽、鳞虫等等众多动植物，取材几乎是不受限制的，举目所见，皆成文章。作者借此以抒发对生活的热爱，对生命的珍重，绝不像汉赋那样注重选择重大题材，垂青于帝王的活动。

《全三国赋评注》是我们继《全汉赋评注》后的另一科研项目。参加此项目的除我之外，主要还有山东大学周广璜教授、新加坡国立大学苏瑞隆副教授、龚航老师，和早期毕业的我的硕士生、博士生郑明璋、李丹博、于浴贤、踪训国、余江、韩晖、冷卫国、刘慧晏、刘昆庸、李绪武、桑学英、赵玉剑、武怀军、布茂岭、李志荣、贡小妹、张丽等等。此外，赵希涛、张爱美、于海峰也撰写了部分初稿。此书由我和广璜统一修改定稿。广璜还认真地进行了校阅。研究生崔洁、王萌校对了部分清样。

龚克昌

2012 年 9 月

凡　例

一、本《评注》所收赋主要根据唐虞世南《北堂书钞》、唐欧阳询《艺文类聚》、唐徐坚《初学记》、唐李善注《文选》、唐六臣注《文选》，宋李昉等编纂《太平御览》、宋章樵注《古文苑》、宋吴棫《韵补》、明张溥《汉魏六朝百三名家集》、清严可均《全上古三代秦汉三国六朝文》，以及《三国志》、《资治通鉴》、《水经注》等典籍，有异文者择善而从。同时也参考了今人的一些研究、注释成果。

二、本《评注》分“作者介绍”、“赋文”、“说明”、“注释”、“辨析”五部分。“作者介绍”简介作者情况，置每位作者首篇赋文之前；“说明”着重说明赋篇出处（零星散见的赋文残句出处直接括注句后），并对其创作背景、主要思想内容和艺术特色作简要评论；“注释”主要对作品中某些艰深晦涩的词语作浅显的解释，对个别生僻字加注拼音和同音字；“辨析”主要是对前人一些重要误解、遗漏加以纠正或补注。

三、本《评注》所收录的作者及其赋文，能辨明作者生平者，按作者生年先后排列，作品按创作时间先后排列；无法辨明作者生年及作品创作先后者，按前人习惯做法排列。

四、本《评注》为简体字横排，所涉原文均繁体改为简体，除人名、地名等专用名词外的异体、俗字一般亦改为规范简体字。

目　录

曹 操

曹操(155—220),字孟德,一名吉利,小字阿瞒。沛国谯(今安徽亳州)人。生于汉桓帝永寿元年(155)。汉相国曹参之后。汉灵帝时举孝廉为郎,开始走上仕途,任洛阳北部尉。中平六年(189),汉末大乱,曹操逃归,募兵讨伐董卓。建安元年(196)迎献帝至许昌,“挟天子而令诸侯”。后官至丞相,并进爵魏王,立曹丕为魏太子。建安二十五年(220)正月,病卒于洛阳,谥号武王。同年十月,曹丕称帝,创立魏朝,追尊曹操为武帝,后又称“魏武帝”。有《孙子略解》一卷,《兵书接要》十卷,《兵法接要》三卷,《兵书要略》九卷,《兵法》一卷。《隋书·经籍志四》著录有集三十卷,《逸集》十卷。明张溥辑有《魏武帝集》。中华书局辑有《曹操集》。传见《三国志·魏书·武帝纪》。

沧海赋

览岛屿之所有。

【说明】

此句见《文选》左思《吴都赋》刘逵注。此赋仅见此句，应为观览沧海的作品。沈约《宋书·乐志》载曹操《步出夏门行》："东临碣石，以观沧海。水何澹澹，山岛竦峙。树木丛生，百草丰茂。秋风萧瑟，洪波涌起。日月之行，若出其中。星汉灿烂，若出其里。幸甚至哉，歌以咏志。观沧海。"可见曹操曾有观赏东海的经验。此赋当为北征乌桓凯旋时经碣石时所写。

登台赋

引长明[①]，灌街里。

【说明】

此赋见《水经注》卷十《浊漳水注》。仅存两句。

【注释】

①《水经注》卷十《浊漳水》："魏武又以郡国之旧，引漳流（即漳水）自城西东入，径铜雀台下，伏流入城东注，谓之长明沟也。"

鹖鸡赋序

鹖鸡猛气[①]，其斗终无负，期于必死[②]。今人以鹖为冠，象此也。

【说明】

此赋见《大观本草》卷十九《鹖鸡》、《本草纲目》卷四十八《鹖鸡》。这是曹操残存的赋之一，写的是好斗的鹖鸡。曹植和建安诗人写了许多斗鸡诗。

【注释】

① 鹖(hé 合)鸡:雉属。较雉为大，黄黑色，头有毛角如冠，性猛好斗，至死不却。《后汉书·舆服志下》:"鹖者，勇雉也，其斗对一死乃止，故赵武灵王以表武士，秦施之焉。"

② 本句《本草纲目》卷四十八作"其斗期于必死"。

槐 赋

【说明】

存目。

宋·王楙《野客丛书》卷五"玉树青葱"条称:"古来文士如曹操、曹植、王粲、挚虞、庾儵、傅选、庾信之徒，皆有《槐赋》，其述种于宫殿之间，美致曲尽，独未有以玉树为言者何邪?"

陈　琳

陈琳(155？—217),字孔璋,广陵射阳(今江苏省宝应县射阳湖附近)人。汉灵帝中平间(184—189)为大将军何进府主簿。何进死后,投奔董卓。董卓入京后,废帝弑后,滥杀无辜,陈琳即投冀州袁绍。入袁绍幕,掌书记。建安九年(204)袁氏兵败,袁绍之子袁尚遣陈琳等乞降,不许。曹军破邺城,陈琳乃归曹操。操爱其才,不加罪,使与阮瑀并为司空军谋祭酒,后任门下督。建安二十二年(217)冬,遇疫卒,年近六十。有集十卷。传附《三国志·魏书·王粲传》。

武军赋并序

回天军〔震雷霆之威〕(据《北堂书钞》卷一二六补)于易水之阳[①],以讨瓒焉[②]。鸿沟参周[③],鹿箛十里[④],荐之以棘[⑤]。乃建修橹[⑥],干青霄[⑦],窾深隧,下三泉[⑧]。飞梯、云冲、神钩之具[⑨],〔瑰异谲诡之奇[⑩]〕(据《北堂书钞》卷一二四补),不在孙吴之篇,《三略》、《六韬》之术者[⑪],凡数十事,秘莫得闻也。乃作《武军赋》曰:(《太平御览》卷三三六,《北堂书钞》卷一二四、卷一二六)

赫赫哉!烈烈矣[⑫]!于此武军。当天符之佐运,承斗刚而曜震[⑬]。汉季世之不辟,青龙纪乎大荒[⑭]。熊狼竞以拏攫,神宝播乎镐京[⑮]。于是武臣赫然,飏炎天之隆怒,叫诸夏而号八荒[⑯]。尔乃拟北落而树表,晞垒壁以结营[⑰]。百校罗峙,千部列陈[⑱]。弥方城,掩平原[⑲],〔耿目耶眇,不同乎一边[⑳]〕(据《北堂书钞》卷一一七补)。于是启明戒旦,长庚告昏,火烈具举,鼓角并震[㉑]。千徒从唱,亿夫求和。声訇隐而动山,光赫奕以烛夜[㉒]。其刃也则楚金越冶,棠谿名工[㉓]。清坚皓锷,修刺锐锋。陆陷蕊犀,水截轻鸿[㉔]。铠则东胡、阙巩,百炼精刚[㉕]。函师振椎,韦人制缝[㉖]。〔玄羽缥甲,灼爚流光[㉗]〕(据《初学记》卷二十二、《太平御览》卷三五六补)。弩则幽都筋角,恒山桨干,通肌畅骨,崇缊曲烟[㉘]。〔大黄沉紫,朱绣别缘[㉙]。客机庭臂,直矢轻弦[㉚]〕(据《北堂书钞》卷一二五补)。〔当锋摧决,贯遐洞坚[㉛]〕(据《太平御览》卷三四八补)。其弓则乌号、越棘,繁弱角端[㉜],象弭绣质,哲弣文身[㉝]。矢则申息、肃慎,箘簵空疏[㉞]。焦铜毒铁,〔簳镞鸣镔〕[㉟](据《北堂书钞》卷一二五、《初学记》卷二十二、《太平御览》卷三五〇补)。丽毂挞钠[㊱]。马则飞云、绝景,直髻、骈骝[㊲]。走骏惊飚,步象云浮,敛鞚则止,受衔斯游[㊳]。驳龙紫鹿,文的嗣鱼[㊴]。若乃清道整烈，按节徐行。龙姿凤峙，灼有遗英[40]。（《艺文类聚》卷五十九，《北堂书钞》卷一一七、卷一二一、卷一二二引三条、卷一二五。《初学记》卷二十二引三条，《太平御览》卷三四七、卷三四八、卷三五〇、卷三五六、卷三五八，《事类赋》卷十三引两条，《韵补》卷四“夜”字注）

怅俪其特起，旌钺裴以焜[41]。矫矫虎旅，执戟抚弓[42]。（《北堂书钞》卷一一七）

金春作，箫管起，灵鼓发，雷鼓奏[43]。骇轰嘈囋，荡心惧耳[44]。野夷慑而陵触，前后不相须候[45]。（《北堂书钞》卷一一七、卷一二一）

整行案律，决敌中原。八部方置，山布星陈。□□法劲，旆勇殿坚[46]。（《北堂书钞》卷一一七两引）

鱼丽纳舒，鹅鹤翼分[47]。裔裔骁骑，卫角守偏[48]。（《北堂书钞》卷一一七）

元戎先驰，甲骑踵继[49]。雷师震激，虎夷电蹶[50]。烨若飚炎，熛熛九蔽[51]。哧咤彭赑，不可当御[52]。（《北堂书钞》卷一一七）

犹猛虎之驱群羊，冲风之飞枯叶。（《北堂书钞》卷一一七）

绿沉之枪[53]。（《分门集注杜工部诗》卷十《重过何氏五首》之四薛梦符注）

钩车镠辖，九牛转牵[54]。雷响电激，折橹倒垣[55]。其攻也则飞梯行云，云阁虚构。上通紫霓，下过三垆[56]。蕴隆既备，越有神钩[57]。排雷冲则高炉略，掣炬然则顿名楼[58]。（《太平御览》卷三三六，《北堂书钞》卷一一八、卷一二六）

冲钩竞进，熊虎争先。堕垣百叠，敝楼数千。崇京魁而独处，表完壑而陨颠[59]。（《北堂书钞》卷一一八）

于是炎燧四举，元戎齐登[60]。探封蛇于穷穴，枭鲸桀而取巨[61]。（《北堂书钞》卷一一八）

南辕反旆，爰整其旅[62]。胡马骈足，戎车齐轨[63]。百队方置，天行地止。干戈森其若林，牙旗翻以容裔[64]。（《北堂书钞》卷一

一七)

【说明】

此赋描述了袁绍(153—202)征伐公孙瓒(?—199)的战争。公孙瓒,字伯珪,东汉末期人物,辽西令支人。曾任中郎将,封都亭侯,幽州刺史。镇守辽西时曾与乌桓鲜卑等交战,尽选白马为先锋,自号"白马义从"。当时袁术(?—199,字公路,袁绍的嫡弟)派遣孙坚驻屯于阳城以拒董卓,袁绍派周昂夺取孙坚驻守之处,袁术便派公孙瓒从弟公孙越与孙坚一同攻打周昂,未能获胜,而公孙越中流矢而死。公孙瓒以其弟被杀,乃归罪于袁绍,并与袁绍争夺北方,连年交战。建安四年(199)被袁绍击败,先将其姊妹妻子全部缢死,然后引火自焚。在公孙瓒自焚时,袁绍士兵登上公孙瓒所在高台并将其斩首。本赋描写的战争场面应是公元199年袁绍与公孙瓒的战争,但赋本身并不一定作于当年。因为其断简残篇,无法作进一步推测。这是最早通篇描写战争的赋篇之一,对后世创作战争赋有较大影响。

此赋当作于陈琳脱离何进为袁绍典掌文章之时。

【注释】

① 天军:赞扬袁绍讨伐公孙瓒的军队。易水:水名。在今河北省西部。源出易县境,入南拒马河。荆轲入秦行刺秦王,燕太子丹饯别荆轲于此。阳:河流北岸。

② 瓒(zàn 赞):指公孙瓒,时据有河北大部地区,并在易水之北修筑营垒以自守,为袁绍在北方的劲敌。

③ 鸿沟:古运河名。在今河南省境内。楚、汉相争时曾划鸿沟为界。《史记·项羽本纪》:"项王乃与汉约,中分天下,割鸿沟以西者为汉,鸿沟而东者楚。"此指界限。参(sān 三):同"叁(三)"。易京城外围有三重营垒,亦即有三周护城濠。

④ 鹿箛(gū 姑):同"鹿砦(zhài 寨)",用树木设置的形似鹿角的障碍物,置于营垒四周。

⑤ 荐:陈设;铺垫。

⑥ 修橹:高大的望楼。《孙子·谋攻》:"修橹轒辒。"橹(lǔ 鲁):顶部没有覆盖的远望楼。

⑦ 干:直冲。青霄:青天,高空。《文选》左思《蜀都赋》:"干青霄而秀出,舒丹气而为霞。"

⑧ 竁(cuì 脆):挖地造墓穴。《周礼·春官·小宗伯》:"卜葬兆甫竁,亦如之。"贾公彦疏:"既得吉,而始穿地为圹,故云甫竁也。"三泉:三重泉,指地下深处。

⑨ 飞梯：云梯。云冲：用以冲击城门的楼车。神钩：助士兵攀登城墙的长钩。

⑩ 瑰异：卓异，特异。谲诡（jué guǐ 决鬼）：变化多端。《文选》宋玉《高唐赋》："状似走兽，或象飞禽，谲诡奇伟，不可究陈。"

⑪ 孙：指春秋时军事家孙武，著有兵书《孙子兵法》；吴：指战国名将吴起，著有兵书《吴子》。《三略》、《六韬》：均为古兵书名。

⑫ 赫赫：显赫盛大貌。烈烈：威武貌。

⑬ 天符：上天的符命，指上天预示帝王受命的符兆。《汉书·扬雄传赞》："莽既以符命自立，即位之后欲绝其原以神前事。"《吕氏春秋·知度》："唯彼天符，不周（忠信）而周。"斗刚：亦作"斗纲"，即斗柄。曜：照耀，明亮。

⑭ 季世：末代，衰败时期。辟：君王。不辟，犹不像君王。青龙：太岁的别名。《淮南子·天文训》："天神之贵者，莫贵于青龙，或曰天一，或曰太阴。"《后汉书·律历志下》："昔者圣人之作历也，观璇玑之运……斗纲所建，青龙所躔，参伍以变，错综其数，而制术焉。"大荒：即十二辰中的大荒落。太岁运行到地支"巳"的方位，这一年称大荒落。汉少帝中平六年（189），正是己巳年，董卓（？—192）入主洛阳，随后董卓废少帝，立刘协，就是汉献帝。

⑮ 拏（ná 拿）攫：搏斗。《文选》张衡《西京赋》："熊虎升而拏攫。"李善注："相搏持也。"此处的熊虎，指的就是董卓。神宝：指天子。镐京：在今陕西省长安县西北，本为西周首都，此处借指长安。公元 190 年，董卓挟持汉献帝到长安。

⑯ 赫然：怒貌。炎天：火炎冲天，形容怒之强烈。叫、号：呼唤，号召。诸夏：中国自称夏，这里泛指各侯国州郡。八荒：八方极远之地。

⑰ 拟：向。《一切经音义》卷十六："拟，向也。"北落：星名。即北落师门。色橙黄，为南天之大星。表：标志。晞（xī 希）：通"睎"，仰望，远望。晋·陆云《赠顾尚书》："晞高仰峻，企远怀幽。"垒壁：星名。《史记·天官书》："军西为垒，或曰钺。"张守节正义："垒壁阵十二星，横列在营室南，天军之垣垒。"

⑱ 校：校队，古时军队的编制单位。峙（zhì 至）：直立，耸立。

⑲ 弥：满。掩：遮蔽。方城：春秋时楚北的长城，借指山川险要。

⑳ 耿目：月光明亮。眇（miǎo 秒）：谛视，细看。《汉书·叙传上》："离娄眇目于豪分。"颜师古注："眇，细视也。"

㉑ 启明：金星的别名，特指早晨现于东方的星星。戒：警告。长庚：傍晚现于西方的星星。昏：黄昏。火烈：火把。

㉒ 訇（hōng 轰）：形容大声。赫弈：明显，显著貌。

㉓ 楚金：楚地所产之良铁。越冶：春秋时越国著名冶工欧冶子，曾为越王铸五把名剑。棠谿：地名，在今河南省遂平县西北，战国时属韩国，以铸剑闻名。

㉔ 皓：光亮。锷（è 鳄）：刀剑的刃。陆：指陆地上。陷：陷害。指利剑可刺入犀

牛厚皮。玄犀：有花纹的犀牛。鸿：天鹅。《尸子》曰："水试断鹄雁，陆试断牛马，所以观良剑也。"

㉕ 铠（kǎi 凯）：古代作战时护身的服装，金属制成。东胡：春秋战国时期强盛一时的北方民族，居匈奴（胡）以东而得名。阙巩：春秋时国名，此指该国所产的铠甲。

㉖ 函师：造铠甲的工师。椎（chuí 锤）：捶击的工具。后亦为兵器。《庄子·外物》："儒以金椎控其颐，徐别其颊，无伤口中珠。"韦人：古代专治皮革的工匠。

㉗ 玄：黑色。缥（piǎo 瞟）：青白色，淡青。灼爚（yuè 月）：鲜明貌，光彩貌。

㉘ 弩（nǔ 努）：泛指弓。幽都：泛指北方，大致相当于今河北省、辽宁省南部一带。筋角：动物的筋与角，古时多用于制弓。《尔雅·释地》："北方之美者，有幽都之筋角焉。"郭璞注："幽都，山名。谓多野牛筋角。"恒山：五岳中的北岳，主峰在今河北省曲阳县西北。清顺治移祀北岳于山西浑源。檿（yǎn 演）：木名，落叶乔木，木材坚韧，可做弓、车辕。干：即檿树干。

㉙ 大黄：色黄体大的弩。沉紫：弩所用的胶呈紫色。朱绣：红色的绘饰。别：另外。缘：指以生丝缠绕为装饰。

㉚ 客机：弩上发箭的装置，由金属工匠制作。庭：通"挺"，挺直。《诗·小雅·大田》："既庭且硕，曾孙是若。"毛传："庭，直也。"臂：弩臂。

㉛ 摧决：扣断扳指。决，通"抉"，骨制品。射者用以钩弦之器，即扳指。套在右手大拇指上。此以"摧决"喻勇猛。

㉜ 乌号：良弓名，用桑柘制弓，其材坚劲，乌峙其上，及其将飞，枝必挠下，劲能复巢，乌随之，乌不敢飞，号呼其上。伐其枝以为弓，因曰乌号之弓。越棘：古良弓名。繁弱：古良弓名。《荀子·性恶》："繁弱、巨黍，古之良弓也。"角端：角端弓。王沈《魏书》："其兽异于中国者，野马、羱羊、端牛。端牛角为弓，世谓之角端者也。"

㉝ 弭：弓末的弯曲处。朱熹集传："象弭，以象骨饰弓弰（shāo 梢）也。"质：弓的中部。皙：光亮。弣（fǔ 斧）：弓柄部两侧用以强固的骨片。

㉞ 矢：箭，以木或竹制成。申息：古时的申国和息国，产良矢。肃慎：亦称"息慎"、"稷慎"，夏、商时期生活在黑水和松花江流域一代的古老部族。箘簬（jùn lù 俊路）：两种美竹，可做良箭之杆。空疏：竹节之间的距离长而中空。

㉟ 焦铜毒铁：表面经过烧制的箭头，浸泡毒汁，被射中后容易感染。簳（gǎn 赶）：小竹，可做箭杆。镞（zú 族）：形容箭的锋利轻捷。鍭（hóu 侯）：箭头。鸣鍭：指响箭。

㊱ 毂（gǔ 古）：轮之正中为毂，空其中，轴所贯也，辐凑其外。挞（tà 踏）：迅速。《诗·商颂·殷武》："挞彼殷武，奋伐荆楚。"毛传："挞，疾意也。"辀（zhōu 周）：车辕。

㊲ 飞云、绝景，直䭴（qí 棋）、騧骝（guā liú 瓜留）：皆为良马名。

㊳ 走：跑。飚（biāo 标）：迅疾。元・刘祁《归潜志》卷十三："山风飚至，叶落如雨。"敛：收拢。鞚（kòng 控）：带嚼子的马笼头。衔：马嚼子。

㊴ 驳龙、紫鹿：皆古骏马名。文的：骏马的一种。毛色鲜明有文采，白额。䮠（jiàn 建）鱼：古骏马名。

㊵ 峙：站立。"龙姿"二句，形容马的风姿神气。

㊶ 俨（yǎn 掩）：恭敬，庄重。旌（jīng 京）：用羽毛装饰的旗子。钺（yuè 越）：古代兵器，青铜制，像斧，比斧大，圆刃可砍劈，商及西周盛行。裴：徘徊。焜（kūn 昆）：光明。

㊷ 矫矫：武勇貌。《诗・鲁颂・泮水》："矫矫虎臣，在泮献馘。"

㊸ 金春：俞绍初注："'春'疑当作'钲'。"我们以为"春"疑当作"錞"，即錞于，古军乐器。《淮南子・兵略训》："两军相当，鼓錞相望。"灵鼓：六面鼓。《周礼・地官・鼓人》："以灵鼓鼓社祭。"郑玄注："灵鼓，六面鼓也。"《文选》张衡《东京赋》："撞洪钟，伐灵鼓，旁震八鄙，軯礚隐訇。"雷鼓：八面鼓，古代祭祀天神时所用。《周礼・地官・鼓人》："以雷鼓鼓神祀。"郑玄注："雷鼓，八面鼓也。神祀，祀天神也。"

㊹ 嘈囐：古同"嘈杂"，（形容声音）杂乱而喧闹。

㊺ 慑（shè 摄）：害怕。须候：等待。

㊻ 旆（pèi 配）：旌旗。此指前军。殿：指后军。《文选》张衡《东京赋》："殿未出乎城阙，旆已反乎郊畛。"薛综注："殿，后军也。"

㊼ 鱼丽：古代战阵名。《左传・桓公五年》"为鱼丽之陈"。杜预注："《司马法》：'车战二十五乘为偏。'以车居前，以伍次之，承偏之隙而弥缝阙漏也。五人为伍。此盖鱼丽陈法。"舒：舒畅。鹅鹳：以鹅鹳展翅来形容阵法。

㊽ 裔裔：行貌。形容队伍络绎不绝以次渐进。《文选》司马相如《子虚赋》："车按行，骑就队。缅乎淫淫，般乎裔裔。"李善注引司马彪曰："皆行貌也。"

㊾ 元戎：大型的战车。甲骑：全副装甲的骑兵。踵：追随。

㊿ 雷师：传说中司雷之神。蹏（tí 啼）：同"蹄"，奔走。

51 烨：火光明亮貌。飏（yáng 扬）：飘扬。熛熛（biāo 标）：迅疾。

52 咈咤：发怒声。彭觱（bāng bì 帮必）：勇猛壮盛貌。

53 绿沉：凡器物之浓绿或被漆染为浓绿色者常冠以"绿沉"。晋・王羲之《笔经》："有人以绿沉漆竹管及镂管见遗，录之多年。斯亦可爱玩，讵必金宝雕琢，然后为宝也。"梁・萧纲《旦出兴业寺讲诗》："吴戈夏服箭，骥马绿沉弓。"《隋书・张奫传》："其后赐绮罗千匹，绿沉甲、兽文具装。"

54 钩车：有钩梯的战车。轇轕（jiāo gé 交革）：交错；杂乱。《楚辞・九叹・远游》："潺湲轇轕，雷动电发，馺高举兮。"王逸注："言蛟龙升天，其形潺湲，若水之流，纵横轇轕。"

⑤ 橹(lǔ 鲁):大盾。垣(yuán 原):墙。

㊻ 紫霓:上天的紫色光彩。垆(lú 卢):黑色坚硬的土。“三垆”指地下极深之处。

㊼ 蕴隆:热气很盛。此处指战前的各种准备充足。《诗·大雅·云汉》:“旱既大甚,蕴隆击虫。”越:扬。

㊽ 排雷:成排的震雷。然:同“燃”,燃烧。顿:坏。

㊾ 崇:高。京:高大的楼台。魁(kuài 块):通“块”,块然,孤独貌,此处指公孙瓒的外围营垒为袁军攻破。完:修筑。壑(hè 贺):坑谷,深沟,这里指城池。

㊿ 燧(suì 岁):古代告警的烽火。元戎:大的兵车。《诗·小雅·六月》:“元戎十乘,以先启行。”朱熹集传:“元,大也。戎,戎车也。”

(61) 封:大。枭(xiāo 消):古代刑罚,把头割下来悬挂在木上。鲸:大。桀(jié 杰):凶暴的人。

(62) 辕(yuán 元):车前驾牲畜的两根直木。旆(pèi 配):泛指旌旗。南辕反旆:掉车头,大旗转向,准备撤退。《左传·宣公十二年》:“令尹南辕反旆。”杜预注:“回车向南。”

(63) 胡马:指产于西北的骏马。骈(pián 便):并列。戎车:兵车。

(64) 干和戈是古代常用武器,因以“干戈”用作兵器的通称。森:众多、整齐的样子。牙旗:旗竿上饰有象牙的大旗。多为主将主帅所建,亦用作仪仗。《文选》张衡《东京赋》:“戈矛若林,牙旗缤纷。”薛综注:“兵书曰,牙旗者,将军之旌。谓古者天子出,建大牙旗,竿上以象牙饰之,故云牙旗。”

应 讯

客有讯余者云①:“闻君子动作周旋,无所苟而已矣②。今主君钟阴阳之美,总贤圣之风,固非世人所能及③。遭豺狼肆虐,社稷陨倾,既不能抗节服义,与主存亡,而背枉违难,耀兹武功④,徒独震扑山东,剥落元元⑤,结疑本朝,假拒群奸⑥,使己蒙噂沓之谤,而他人受讨贼之勋,捐功弃力,以德取怨⑦。今贱文德而贵武勇,任权谲而背旧章,无乃非至德之纯美,而有阙于后人哉⑧?”

主人曰:“是何言也?夫兵之设亦久矣,所以威不轨而惩淫慝也⑨。夫申鸣违父⑩,乐羊食子⑪,季友鸩兄⑫,周公戮弟⑬,犹忍而行之,王事所不得已也。而况将避谗慝之嫌,弃社稷之难,爱暂劳之民，忘永康之乐[14]！此庸夫犹所不为，何有冠世之士哉[15]！昔洪水滔天，泛滥中国，伯禹躬之，过门而不入，率万方之民，致力乎沟洫[16]，及至箫韶九成，百兽率舞，垂拱无为，而天下晏如[17]。夫岂前好勤而后媮乐乎？盖以彼劳，求斯逸也。夫世治责人以礼，世乱则考人以功，斯各一时之宜。故有论战阵之权于清庙之堂者，则狂矣[18]；陈俎豆之器于城濮之墟者，则悖矣[19]。是以达人君子，必相时以立功，必揆宜以处事[20]。孝灵既丧，妖官放祸[21]，栋臣残酷，宫室焚火[22]。主君乃芟凶族，夷恶丑，荡涤朝奸，清澄守职也[23]。既乃卓为封蛇，幽鸩帝后[24]，强以暴国，非力所讨，违而去之，宜也。是故天赞人和，无思不至，用能合师百万，若运诸掌者，义也。今主君以宽弘为宇，仁义为庐，若地之载，如天之焘[25]。故当其闻管籥之声，则恐己之病也[26]；见羽旄之美，则惧士之劳也[27]；察稼穑之不时，则惟民之匮也[28]；临台观之崇高，则恤役之病也[29]。是以虚心恭己，取人之谟[30]，辟四门，广谏路，贵谠言，贱巧伪[31]，虑不专行，功不擅美，咨事若不及，求詧恐不闻[32]，用能使贤智者尽其策，勇敢者竭其身，故举无遗阙，而风烈宿宣也[33]。”

冶刃销锋，偃武行德[34]。（《文选》王融《三月三日曲水诗序》李善注）

【说明】

此赋见《艺文类聚》卷二十五。本篇疑作于袁绍割据冀州，并献帝尚未东归时。“孝灵既丧，妖官放祸，栋臣残酷，宫室焚火。主君乃芟凶族，夷恶丑，荡涤朝奸，清澄守职也。”这段话正说明袁绍引军清除宦官的事实。赋中的“主君”应为袁绍。《应讥》类似东方朔《答客难》、扬雄《解嘲》之类的作品，所不同者，在于《应讥》并非为自己辩护，而是替袁绍说明为何不在动乱之世挺身辅佐朝廷，反而割据一方。从各方面来说明袁绍乃是一位礼贤下士、深谋远虑的明主。

【注释】

① 讥：讥刺，非难。

② 动作：举止；行动。周旋：运转。指处理应对各种事务。苟：马虎，随便。《论

语·子路》:"君子于其言,无所苟而已矣!"

③ 主君:古对国君、卿、大夫或尊者的敬称,这里可能指袁绍。袁绍,东汉汝南汝阳人,字本初。出身四世三公之大族,好交结养士。初为郎。灵帝时为侍御史、虎贲中郎将。灵帝死,绍劝何进召董卓诛宦官,事泄,进被杀,绍引兵入宫,尽诛宦官。卓至京师,欲废少帝另立,绍奔冀州,起兵讨卓,自为盟主,号车骑将军,领司隶校尉。后据冀、青、幽、并四州。汉献帝建安二年(197)称大将军,兼督四州。建安五年(200),与曹操争雄,战于官渡,兵败病发而死。此处"主君"也有人以为指曹操。钟:聚。《国语·周语下》:"泽,水之钟也。"总:汇合。

④ "豺狼":当指董卓。枉:邪恶。《论语·颜渊》:"举直错诸枉,能使枉者直。"

⑤ 扑:冲击。《广雅·释诂》:"扑,击也。"山东:古指太行山以东。也有指华山或函谷关以东。剥落:剥削脱落。此指对百姓的残害。元元:百姓,庶民。《战国策·秦策一》:"制海内,子元元,臣诸侯,非兵不可!"高诱注:"元,善也,民之类善故称元。"

⑥ 结:集结。疑:不信,猜度。假:借。拒:抵挡,抵抗。

⑦ 噂(zǔn 尊$_{上声}$)沓:议论纷纭,如"流言噂沓"。捐功:放弃功劳。弃力:白费力气。

⑧ 权谲(jué 决):权谋欺诈,玩弄手段。阙(què 却):遗憾。

⑨ 不轨:不遵守法度。慝(tè 特):奸邪,邪恶。

⑩ 申鸣:春秋楚国人,以至孝闻名。楚王任命其为左司马。白公胜为乱,劫申鸣之父以惧申鸣。申鸣曰:始则父之子,今则君之臣,不得为孝子了。一战而杀白公,其父亦死。因忠孝不能两全,申鸣遂自刎。见《韩诗外传》卷十。

⑪ 乐羊:战国魏国人,曾为魏文侯将,伐中山国。其子在中山,中山君烹杀其子,并将肉羹送给乐羊。乐羊饮之以示不惧,率众而战,收取中山。文侯封之灵寿。见《战国策·魏策一》。

⑫ 季友:春秋时鲁国人,为鲁庄公弟。庄公没有嫡子,欲立大夫孟氏之子姬斑为继承人,其二弟叔牙不同意。庄公临死前,让季友主政。庄公死后,叔牙欲夺权,季友即鸩杀其兄叔牙而立斑。见《公羊传·庄公三十二年》。

⑬ 周公戮弟:指周公旦平定武庚叛乱之后,诛杀管叔、蔡叔兄弟二人,辅佐其兄武王之子成王继位。

⑭ 而况:连词,犹"何况"。谗慝(tè 特):邪恶之人的恶言恶语。嫌:嫌隙,仇怨。弃:离开。难(nàn 南$_{去声}$):灾祸,困苦。

⑮ 冠世之士:谓超群出众,天下一流人才。《文选》陆机《汉高祖功臣颂》:"灼灼淮阴,灵武冠世。"

⑯ 伯禹:大禹。对夏禹的美称。《尚书·大禹谟》:"曰若稽古大禹。"孔传:"禹

称大，大其功。”沟洫（xù 蓄）：沟渠；田间水沟。

⑰ 箫韶：虞舜时的乐章。九成：九章，指《箫韶》音乐奏了九章。《尚书·益稷》：“箫韶九成，凤凰来仪。”垂拱：垂衣拱手，谓不亲理事务。《尚书·武成》：“惇信明义，崇德报功，垂拱而天下治。”晏如：安定，安宁，恬适。《史记·司马相如列传》：“及臻厥成，天下晏如也。”

⑱ 清庙：宗庙。狂：放荡骄恣。

⑲ 俎（zǔ 阻）：古代祭祀时放祭品的器物。“俎”和“豆”，都是古代祭祀用的器具；表示祭祀，崇奉。城濮：地名，在今山东省鄄城县西南。这里指城濮之战，发生于鲁僖公二十八年（前632），系晋、楚两国为争中原霸权而战，后晋文公在此地大败楚师。悖：违背道理，谬误。

⑳ 相（xiàng 象）：察看，判断。揆（kuí 葵）：度（duó 夺），揣测。

㉑ 孝灵：指汉灵帝刘宏，中平六年（189）卒。妖官：指宦官。

㉒ 栋臣：朝廷大臣。栋臣残酷：指何进专权。宫室焚火：指袁绍等烧东西宫，攻杀宦官事。

㉓ 主君：指汉献帝。芟（shān 删）：割草，引申为除去。指袁绍杀死宦官。夷：削平；消灭。

㉔ 卓：指董卓（？—192）。封蛇：大蛇。汉少帝光熹元年（189），董卓专朝政，幽居鸩杀何太后。次年，鸩杀少帝刘辩（时已被贬为弘农王）。暴国：以残暴手段治国。

㉕ 宇：屋檐，泛指房屋，此处喻指庇护。庐：房舍。载：承载。焘（dào 悼）：覆盖。

㉖ 籥（yuè 月）：假借为“龠”，古管乐器名。《孟子·梁惠王下》：“管籥之音。”病：败坏损伤，此处指人之德性品行。指听吾管乐，唯恐自己的意志有所减损。

㉗ 此二句意为看到车骑羽毛装饰之美，则惧吏士之辛苦。

㉘ 稼穑（jià sè 架色）：种植，收割。《诗·魏风·伐檀》：“不稼不穑，胡取禾三百廛兮？”毛传：“种之曰稼，敛之曰穑。”不时：指稼穑失时。匮：缺乏。此处指因歉收而导致缺少粮食。

㉙ “台观”句：指统治者大兴土木，百姓要服苦役。恤：怜悯，忧虑。病：缺点，错误。

㉚ 谟（mó 膜）：计谋，策略。

㉛ 四门：指东南西北四城门，此处指广开言路，吸引人才。谠（dǎng 党）言：正直的言论。

㉜ 僁（qiān 千）：罪过，过失。

㉝ 阙（què 却）：同“缺”，指遗漏。烈：功业。宿：久。宣：传布；宣扬。

㉞ 冶刃销锋，偃武行德：熔化销毁武器，停止武功，实行德政。

答客难

六合咸熙①，九州来同②。倒载干戈，放马华阳③。（《韵补》卷二“同”字注）

太王筑室，百堵俱作④。西伯营台，功不浃日⑤。（《韵补》卷五“作”字注）

【说明】

这篇《答客难》原文已经散佚，只有片段存于《韵补》之中。《答客难》的题目为汉朝东方朔首创，属于问答体的赋。

【注释】

① 六合：指天地四方。熙：和乐。

② 九州：古代中国分为九州，九州具体为何，说法不一。同：聚，和合。

③“倒载干戈，放马华阳”：语出《礼记·乐记》：“武王克殷……济河而西，马散之华山之阳，而弗复乘……倒载干戈，包之以虎皮……然后天下知武王之不复用兵也。”

④“太王筑室，百堵俱作”：太王指周先祖古公亶父。《诗·大雅·绵》说他率众来到岐山下，“筑室于兹……百堵皆兴”。

⑤“西伯营台，功不浃日”：殷时州长为伯，文王为雍州之伯，地处西方，故曰西伯。浃日：十日。《诗·大雅·灵台》：“（文王）经始灵台……不日成之。”

神武赋并序

建安十有二年，大司空、武平侯曹公东征乌丸①。六军被介，云辎万乘，治兵易水，次于北平，可谓神武奕奕，有征无战者已②。（《艺文类聚》卷五十九）

夫窥巢穴者，未可与论六合之广，游潢汙者，又焉知沧海之深③？大人之量，固非说者之所可识也④。（《北堂书钞》卷一五

八）

伫盘桓以淹次，乃申命而后征[⑤]。覲狄民之故土，追大晋之遐踪[⑥]。恶先縠之惩寇，善魏绛之和戎[⑦]。受金石而弗伐，盖礼乐而思终[⑧]。陵九城而上跻，起齐轨乎玉绳[⑨]。车轩辚于雷室，骑浮厉乎云宫[⑩]。晖曜连乎白日，旂旐继于电光[⑪]。旆既轶乎白狼，殿未出乎卢龙[⑫]。威凌天地，势括十冲[⑬]。单鼓未伐，虏已溃崩[⑭]。克俊〔折〕馘首，枭其魁雄[⑮]。尔乃总辑瓌珍，茵毡幕幄[⑯]。攘瓔带佩，不饰雕琢[⑰]。华珰玉瑶，金麟互琢[⑱]。文贝紫瑛，缥碧玄绿[⑲]。黼锦缋组，罽毲皮服[⑳]。（《艺文类聚》卷五十九）

【说明】

《神武赋》是陈琳的代表作之一。其内容主要是颂扬曹操建安十二年（207）北征乌桓。应是作者随军出征之作。作者称曹操为“神武”，即神明英武之意。对曹操的军事才能表现了极高的赞誉。赋中称赞曹操的度量见识，非庸俗之辈可以揣测。本赋主题与《武军赋》相类，但赋篇已非完璧。赋中“恶先縠之惩寇，善魏绛之和戎。受金石而弗伐，盖礼乐而思终”，表达了作者希望曹操能够兵不血刃地令乌桓投降，接受中原的礼乐文化，共同得到长治久安的局面。

【注释】

① 建安十二年，即公元207年。据《三国志·魏书·武帝纪》载，曹操在建安元年（196）九月被封为武平侯，十一月为司空。乌丸：又名“乌桓”、“古丸”，我国古时北方少数民族名。原是东胡族的一支，西汉初被匈奴击败，迁移到乌桓山，因以为名。曹操破乌桓后，其势遂衰。见《汉书·匈奴传下》、《后汉书·乌桓传》。

② 六军：《周礼·夏官·司马》：“凡制军，万有二千五百人为军。王六军，大国三军，次国二军，小国一军。”后泛指朝廷军队。介：铠甲。《诗·郑风·清人》：“清人在彭，驷介旁旁。”孔颖达疏：“介是甲之别名。”辎（zī 淄）：古代一种有帷盖的车。云辎：谓车辆盛多如云。次：旅行所居止之处所。北平：古县名，在今河北省满城县北。奕奕：神采焕发貌。有征无战：表示曹操不战而屈人之兵。

③ 窥：从小孔、缝隙或隐蔽处偷看。六合：天地与东西南北四方。潢汙（huáng wū 潢污）：亦作“潢污”，指聚积不流之水。

④ 大人：德行高尚的人，此处指曹操。

⑤ 伫：长时间地站着。盘桓：徘徊、逗留貌。淹次：久留。申命：重申教命。

《易·巽》:“重巽以申命。”

⑥ 觐(jìn 进):朝见君主或朝拜圣地。狄:中国古族名。春秋前,长期活动于齐、鲁、晋、卫、宋、郑等国之间。大晋:指“春秋五霸”之一的晋文公。文公为公子时曾于狄地避难十二年。遐踪:先贤的事迹。

⑦ 先縠(hú 胡):春秋时晋国大夫。晋人因其与赤狄共谋伐晋而杀之。事见《左传·宣公十三年》。魏绛:春秋时晋国大夫,主张和戎,并出使山戎,与无终子立盟,使晋国无患,国势日强。事见《左传·襄公四年》。山戎,古代北方少数民族名,居今辽宁省朝阳市一带。

⑧ 受:接取。金石:指古代用金属、石头制成的兵器。《周礼·秋官·职金》:“凡国有大故而用金石,则掌其令。”郑玄注:“用金石者,作枪雷椎椁之属。”盖:崇尚。《国语·吴语》:“夫固知君王之盖威以好胜也,故婉约其辞,以从逸王志。”韦昭注:“盖,犹尚也。”思终:考虑后果,思求长治久安。

⑨ 陵:升;登上。九城:九城山,在今辽宁省西南部的凌源县。跻(jī 机):登;上升。玉绳:星名。常泛指群星。《文选》张衡《西京赋》:“上飞闼而仰眺,正睹瑶光与玉绳。”李善注引《春秋元命苞》曰:“玉衡北两星为玉绳。”

⑩ 轩辚(lín 林):众车行走响动的声音。雷室:雷神所居之室。《汉书·司马相如传下》:“径入雷室之砰磷郁律兮,洞出鬼谷之堀礨崴魁。”颜师古注引张揖曰:“雷室,雷渊也。”浮厉:轻起上飞貌。云宫:巍峨的皇宫。

⑪ 曜(yào 耀):照耀;明亮。旂(qí 旗):古代画有两龙并在竿头悬铃的旗。《诗·周颂·载见》:“龙旂阳阳,和铃央央。”旐(zhào 兆):古代画有龟蛇图像的旗。这里旂旐泛指旌旗。

⑫ 旆(pèi 配):古代旗末端状如燕尾的垂旒。泛指旌旗。轶:超越。白狼:汉县名,故城在今辽宁省凌源县南。殿:在最后,这里指行军队列的尾部。卢龙:古塞名,在今河北省东部迁安县西北喜峰口一带,距白狼二百馀里。曹军由卢龙出塞,经白狼,北征乌桓。

⑬ 括:囊括。冲:通行的大路,重要的地方。十冲:比喻各方面的要道。

⑭ 伐:敲击,《诗·小雅·采芑》:“方叔率止,征人伐鼓。”

⑮ 克:能够。俊:大。“折”字可能为衍文。馘(guó 国):古代战争中割取敌人的左耳以计数献功。枭:杀人后将首级悬在木上。

⑯ 辑:聚集。瑰(guī 规)珍:美石,珍宝。茵:铺垫的东西,垫子、褥子、毯子的通称。毡:用兽毛制成的片状物,可防寒和垫衬。幄(wò 握):帐幕。

⑰ 攘(rǎng 嚷):捋起袖子,夺取。璎(yīng 婴):古代一种用珠玉穿成串、戴在颈项上的装饰品。

⑱ 珰(dāng 当):玉制的耳饰。瑶:美玉。琢:雕刻玉石,使成器物。

⑲ 文贝:有花纹的贝壳。瑛(yīng 英):像玉的美石。紫瑛:紫色的美石。缥(piǎo 瞟):青白色。

⑳ 黼(fǔ 斧):古代礼服上绣的半黑半白的花纹。锦:绣有花纹的丝织品。缋(huì 绘):指彩色的花纹图案。组:丝带。罽(jì 季):用毛制成的毡子一类的东西。毼(hé 合):毯一类的毛织品。

【辨析】

征讨乌桓是曹操一生中的大事,具有积极意义。汉末,王朝衰败。乌桓三股势利合并,势利大盛,“破幽州,略有汉民合十馀万人”。后北方军阀袁绍、公孙瓒又与之勾结,时常侵边犯境,破坏汉民和平生产生活。袁绍于官渡之战后不久死去,其子袁尚、袁熙随后又被曹操打败。他们威胁军民十馀万人北投乌桓。建安十二年(207),曹操率军北征乌桓,经过充分准备和长达数百公里秘密长行军,于当年七月进袭柳城(今辽宁朝阳南),破乌桓与袁氏联军。随后带回被掳汉民十馀万。并把十馀万乌桓族人迁入内地。曹操因战功显赫,被擢升为丞相,居一人之下,万人之上。

鹦鹉赋

咨乾坤之兆物①,万品错而殊形②。有逸姿之令鸟③,含嘉淑之哀声④。抱振鹭之素质,被翠羽之缥精⑤。

【说明】

此赋见《艺文类聚》卷九十一。这是一篇咏物赋,现存最早的鹦鹉赋是东汉祢衡所作。陈琳此篇开头描写鹦鹉外貌的用词即有模仿祢赋之迹。曹植、王粲、应玚、阮瑀亦有同题之作,其情感相似,当为同时奉和之作。古时文人咏叹笼中之鸟,多含有对其个人境遇的感伤。本文虽缺佚过甚,却也可以略闻作者“哀声”。

【注释】

① 咨:赞叹。乾坤:指天地。兆物:犹如万物。

② 品:事物的种类。“万”喻其多。错:杂乱。殊:不同的。

③ 逸姿:超绝的姿色。令鸟:美善的鸟,指鹦鹉。

④ 嘉、淑:都是美善之意。

⑤ 振鹭:振飞的白鹭。古人多以白鹭喻纯洁。《诗·周颂·振鹭》:"振鹭于飞。"素:本色,白色。质:底色,质地。被:通"披",披着。缥:青白色,浅青色。汉·蔡邕《翠鸟》诗:"回顾生翠色,动摇扬标(缥)青。"

止欲赋

媛哉逸女[①],在余东滨[②]。色曜春华[③],艳过硕人[④]。乃遂古其寡俦[⑤],固当世之无邻[⑥]。允宜国而宁家[⑦],实君子之攸嫔[⑧]。伊余情之是悦,志荒溢而倾移。宵炯炯以不寐[⑨],昼舍食而忘饥。叹《北风》之好我,美携手之同归。忽日月之徐迈[⑩],庶枯杨之生稊[⑪]。〔欲语言于玄鸟[⑫],玄鸟逝以差池[⑬]〕(此二句据《文选》江淹《杂体诗》李善注补)。道攸长而路阻,河广瀁而无梁[⑭]。虽企予而欲往[⑮],非一苇之可航[⑯]。展余辔以言归,含憯瘁而就床[⑰]。忽假瞑其若寐[⑱],梦所欢之来征。魂翩翩以遥怀,若交好而通灵。(《艺文类聚》卷十八)

惟今夕之何夕兮,我独无此良媒[⑲]。云汉倬以昭回兮[⑳],天水混而光流。(《韵补》卷二"媒"字注)

拂穹岫之萧渤兮[㉑],飞沙砾之濛濛。玄龙战于幽野兮[㉒],昆虫蛰而不藏[㉓]。(《韵补》卷二"濛"字注)

【说明】

陈琳、阮瑀各有《止欲赋》,王粲有《闲邪赋》,寓意都相同,一方面表达了自己仰慕淑女的情怀,一方面抑制了自己的淫放之心。这是一种矛盾心理的表现。其时封建礼教对人们思想的束缚已渐松弛;但另一方面,人们对它仍心存畏惧,这是特殊年代特殊心理的反映。这些赋都是后来陶渊明《闲情赋》的先锋。

【注释】

① 媛:美好貌。三国·魏·王粲《闲邪赋》:"夫何英媛之丽女,貌洵美而艳逸。"逸女:犹超群出众之美女。《汉书·扬雄传上》:"初累弃彼虙妃兮,更思瑶台之逸女。"

② 东滨：东邻河边。《文选》宋玉《登徒子好色赋》："东家之子，增之一分则太长，减之一分则太短。"汉·司马相如《美人赋》："臣之东邻，有一女子。"与此同义。

③ 曜：照耀；辉映。《汉书·中山靖王刘胜传》："臣闻白日晒光，幽隐皆照；明月曜夜，蚊虻宵见。"春华：春天的花。《汉书·叙传上》："虽驰辩如涛波，摛藻如春华，犹无益于殿最。"

④ 硕人：美人。《诗·卫风·硕人》："硕人其颀，衣锦褧衣。"郑玄笺："硕，大也，言庄姜仪表长丽俊好，颀颀然。"

⑤ 遂古：即"邃古"，远古。侔：比，相比。《史记·陈涉世家》："適戍之众，非侔于九国之师也。"

⑥ 无邻：没有与之相近之人，比喻其美貌无双。

⑦ 允：确实；果真。汉·扬雄《法言·问道》："允治天下不待礼文与五教，则吾以黄帝、尧、舜为疣赘。"

⑧ 攸：所。

⑨ 宵：夜。《诗·豳风·七月》："昼尔于茅，宵尔索绹。"毛传："宵，夜。"炯炯：双目不闭貌。多形容有心事而彻夜不寐。三国·魏·王粲《伤夭赋》："昼忽忽其若昏，夜炯炯而至明。"

⑩《北风》：《诗经·邶风》篇名。其中有"惠而好我，携手同归"句。徐：缓行。迈：谓时光流逝。《尚书·泰誓》："我心之忧，日月逾迈。"

⑪ 稊（tí 提）：植物的嫩芽，特指杨柳的新生枝叶。《易·大过》："枯杨生稊。"王弼注："稊者，杨之秀也。"孔颖达疏："稊者，杨柳之穗，故云杨之秀也。"

⑫ 玄鸟：传说中的吉祥之鸟，三足。《晋书·挚虞传》："观玄鸟之参趾兮，会根壹之神筹。"

⑬ 差池：犹"参差"，不齐貌。《诗·邶风·燕燕》："燕燕于飞，差池其羽。"马瑞辰通释："差池，义与参差同，皆不齐貌。"

⑭ 道攸长而路阻：《诗·秦风·蒹葭》："遡洄从之，道阻且长。"瀁（yǎng 养）：水深广无边际貌。梁：桥。

⑮ 企予：踮起脚跟远望。《文选》陆机《叹逝赋》："望汤谷以企予，惜此景之屡戢。"李善注："《毛诗》曰：'谁谓宋远，跂予望之。'郑玄曰：'跂足则可望见之。'企与跂同。"

⑯ 苇：指用芦苇编成的小筏子。以上两句，反用《诗·卫风·河广》"谁为河广，一苇杭之"诗意。

⑰ 憯瘁：忧伤貌。

⑱ 瞑：闭目。

⑲ 媒：撮合男女婚事的人。《诗·卫风·氓》："匪我愆期，子无良媒。"

⑳ 云汉:银河,天河。《诗·大雅·棫朴》:"倬彼云汉,为章于天。"倬(zhuō桌):显著,大。

㉑ 穹:大也,《尔雅·释诂》郭璞注:"穹隆亦为大也。"穷岫(xiù 秀):指幽深昏黑的山谷。晋·陶潜《归去来兮辞》:"云无心以出岫,鸟倦飞而知还。"

㉒ 玄龙:黑龙。汉·张衡《应间》:"夫玄龙,迎夏则陵云而奋鳞,乐时也;涉冬则淈泥而潜蟠,避害也。"幽野:幽深的荒野。

㉓ 蛰:动物潜伏冬眠,不食不动。《易传·系辞下》:"龙蛇之蛰,以存身也。"虞翻注:"蛰,潛藏也。"

武猎赋

【说明】

存目。

《古文苑·王粲〈羽猎赋〉》章樵题注:"挚虞《文章流别论》云:'建安中,魏文帝从武帝(指曹操)出猎,赋,命陈琳、王粲、应玚、刘桢并作。陈琳为《武猎》,粲为《羽猎》,玚为《西狩》,桢为《大阅》,凡此各有所长,粲其最也。'"此赋应作于建安十八年(213)冬。

大暑赋

土润溽以歊烝①,时溾涊以溷浊②。温风郁其彤彤③,譬炎火之烛烛。④(《初学记》卷三)

料救药之千百兮⑤,祇累热而增烦⑥。燿灵管之匪念兮⑦,将损性而伤神。(《韵补》卷一"烦"字注)

乐以忘忧⑧,气变志迁。爰速嘉宾,式燕且殷⑨。(《韵补》卷一"迁"字注)

【说明】

此赋已散佚,只有片段存于《初学记》和《韵补》。赋作主要是描写暑天湿热天气。曹植、王粲、刘桢皆作有《大暑赋》,可能为同题共作或奉命之作。《文选》杨修《答临淄侯笺》:"是以对鹖而辞,作暑赋弥日而不献。"李善注:"植为《鹖鸟赋》,亦命(杨)修为之,而修辞让。植又作《大暑赋》,而修亦作之,竟日不敢献。”以此类推,陈琳的《大暑赋》可能系奉和之作。

【注释】

① 润溽(rù 入):湿热。《说文·水部》:“溽,湿暑也。”《礼记·月令》:“土润溽暑,大雨行时。”歊烝(xiāo zhēng 消征):亦作“歊蒸”,热气升腾貌。《汉书·扬雄传下》:“泰山之高不嶕峣,则不能浡滃云而散歊烝。”颜师古注:“歊烝,气上出也。”

② 淟涊(tiǎn niǎn 舔捻):溽热。三国·魏·王粲《大暑赋》:“气呼吸以祛裾,汗雨下而沾裳。就清泉以自沃,犹淟涊而不凉。”溷(hùn 混)浊:混乱,污浊。

③ 郁:通“燠”,温暖。《文选》刘孝标《广绝交论》:“叙温郁则寒谷成暄,论严苦则春丛零叶。”李善注:“郁与燠,古字通也。”彤彤(tóng):通红貌,形容炽热的感觉。

④ 烛:点燃,燃着。烛烛:形容炎热。

⑤ 料:估量;忖度。救药:疗治。《诗·大雅·板》:“多将熇熇,不可救药。”

⑥ 祇(zhī 支):同“祇”(zhǐ 止),只,仅。

⑦ 燿(yào 耀)灵:指太阳。《后汉书·张衡列传》:“淹栖迟以恣欲兮,燿灵忽其西藏。”李贤注:“燿灵,日也。”

⑧ 乐以忘忧:快乐便忘记忧愁。《论语·述而》:“子曰:‘女奚不曰:其为人也,发愤忘食,乐以忘忧,不知老之将至云尔。’”

⑨ 式燕:亦作“式宴”,指宴饮。殷:殷勤。此句取自《诗·小雅·鹿鸣》:“我有旨酒,嘉宾式燕以敖。”

柳　赋

天机之运旋①,夫何逝之速也。(《文选》潘岳《悼亡诗》李善注)

伟姿逸态,英艳妙奇。绿条缥叶,杂遝纤丽②。(《初学记》卷二十八)

龙鳞凤翼,绮错交施。蔚昙昙其杳蔼,象翠盖之葳蕤③。(《初学记》卷二十八)

有孤子之细柳,独幺枰而剽殊④。随枯木于爨侧,将并实于土灰⑤。(《韵补》卷一“灰”字注)

救斯民之绝命,挤山岳之陨颠。匪神武之勤恪,几踣跜之不振⑥。(《韵补》卷二“振”字注)

文武方作，大小率从。旟旐蔼蔼，干戈戚扬⑦。（《韵补》卷二“从”字注）

重曰⑧：“穆穆天子，亶圣聪兮⑨。德音允塞⑩，民所望兮。宜尔嘉树，配甘棠兮⑪。”（《韵补》卷二“聪”字注）

【说明】

从现存的片段看来，这是一篇歌咏柳树的咏物赋。其实是借柳之生机来歌颂曹氏天下。曹丕、王粲也有《柳赋》，专为相互唱和的同题之作。建安时代作家经常这样做。

【注释】

① 天机：星宿名，即斗宿。

② 缥：青白色。杂遝（tà 踏）：杂沓，纷杂繁多貌。

③ 蔚：草木繁茂貌。昙昙（tán 坛）：形容树荫密集。杳蔼（yǎo ǎi 咬矮）：形容树荫浓厚。翠盖：用翠鸟羽毛制作的华盖。葳蕤（wēi ruí 威桵）：形容华盖翠羽鲜丽众多。

④ 孤子：比喻独自生长的小柳树。幺（yāo 夭）：细小。枰：古代的博局，亦指棋盘或棋局。这里指柳树所占之地极小。剽：通“标”。标殊：标志其特别的姿态。

⑤ 爨（cuàn 窜）：灶。

⑥ 绝命：指死亡。神武：以英明威武称颂帝王将相，因而成为帝王或将军的代称。勤恪：勤勉恭谨。几：几乎。踣（bó 礴）毙：仆倒死亡。

⑦ 文武：指曹氏之文治武功。方作：刚刚兴起来。大小率从：指大小官员都紧紧追随。指得到万民拥护。旟旐（yú zhào 鱼兆）：泛指旌旗。蔼蔼：众多貌。戚：古代的一种斧头。

⑧ 重（chóng 崇）：赋的结尾，常是将赋的大意简要地总结起来。有如楚辞体结尾的“乱”。

⑨ 穆穆：端庄恭敬。《尚书·舜典》：“宾于四门，四门穆穆。”亶（dǎn 胆）：诚信；确实。圣聪：《尚书·泰誓上》：“亶聪明，作元后，元后作民父母。”孔传：“人诚聪明，则为大君，而为众民父母。”后人以“亶聪”谓天子之聪明。

⑩ 允塞：充满，充实。《尚书·禹贡》：“濬哲文明，温恭允塞。”

⑪ 甘棠：木名，即棠梨。《诗·召南·甘棠》：“蔽芾甘棠，勿翦勿伐，召伯所茇。”因甘棠为召伯所种，百姓珍惜，因此为嘉树。这里比喻柳树可与甘棠相比。

神女赋

汉三七之建安，荆野蠢而作仇①。赞皇师以南假，济汉川之清流②。感诗人之攸叹，想神女之来游③。仪营魄于仿佛，托嘉梦以通精④。望阳侯而沪瀁，睹玄丽之轶灵⑤。文绛虬之奕奕，鸣玉鸾之嘤嘤⑥。〔纡玄灵之鬒髢兮，珥明月之双瑱⑦。结金铄之婀娜兮，飞羽袿之翩翩⑧〕（据《韵补》"瑱"字注补）。答玉质于苕华，拟艳姿于蕣荣⑨。〔深虚根而固蒂兮，精气育而命长〕（据《韵补》"嗈"字注补）。感仲春之和节，叹鸣雁之嗈嗈⑩。申握椒以贻予，请同宴乎粤房⑪。苟好乐之嘉合，永绝世而独昌⑫。既叹尔以艳采，又悦我之长期。顺乾坤以成性，夫何若而有辞⑬。（《艺文类聚》卷七十九、《文选》潘岳《寡妇赋》注、《韵补》卷二"嗈"字注，又"瑱"字注）

【说明】

此赋篇中所说"荆野蠢而作仇"，应指曹操于建安十三年（208）南征荆州刘表、刘备等。作者随军至汉川、江陵，联想起宋玉《神女赋》而作是篇。此赋应作于曹操此次南征前期，其时曹操行军作战十分顺利，大军未到刘表病逝，小子刘琮继位荆州牧，随即向曹操请降。曹操转而追击刘备，日夜追三百多里。刘备一路败退，简直惶惶不可终日。

【注释】

① 三七：指二百一十年。《汉书·路温舒传》："温舒从祖父受历数天文，以为汉厄三七之间。"颜师古注引张晏曰："三七，二百一十岁也。自汉初至哀帝元年，二百一年也。至平帝崩二百十一年。"《宋书·符瑞志上》："谶者云：'赤厄三七。'三七，二百一十年，有外戚之篡……及莽篡汉，汉二百一十年矣。莽十八年而败，光武兴焉。"太平天国洪仁玕《诛妖檄文》："三七之妖运告终，九五之真人已出。"这里借指东汉至此有刘表、刘备割据荆州为乱，汉将灭亡，曹操将有天下。作者原先为大军阀袁绍作檄讨伐曹操，现一变为曹操出谋划策，颂扬曹操。蠢：虫类蠕动。引申为骚动，动乱。《尚书·大诰》："有大艰于西土，西土人亦不静，越兹蠢。"仇：敌人。说明

荆州与天子作对。

② 赞：帮助，辅佐。皇师：此处指战国时曹军。假：通"遐"，远。《吕氏春秋·下贤》："鹄乎其羞用智虑也，假乎其轻俗诽誉也。"许维遹集释："假，犹遐也。"济：渡，过河。汉川：即汉水，长江最大支流，源于陕西省宁强县北，至湖北省武汉市汇入长江。

③ 感：感应，感到。诗人：此处指战国时楚国辞赋家宋玉。宋玉《神女赋》，描述楚襄王游云梦之浦，梦遇神女事。攸：所。

④ 仪：指神女举止风貌。营魄：魂魄。仿佛：似有若无貌；隐约貌。这是对神女讲的。嘉梦：美梦。通精：通神，指与神女神交。

⑤ 阳侯：古代传说中的波涛之神。《战国策·韩策二》："塞漏舟而轻阳侯之波，则舟覆矣。"泱瀁（wǎng yàng 枉样）：义同"汪洋"，形容水势浩大而宽广无边。玄丽：奇妙的美丽。轶：超过，卓越。

⑥ 文：饰。绛：深红色。虯（qiú 求）：同"虬"，传说中的无角龙。奕奕：神光焕发貌。鸾：传说凤凰一类的鸟。嘤嘤：鸟鸣声。

⑦ 纡：屈曲，形容屈曲的鬓发。鬓（bìn 膑）：脸旁靠近耳朵的头发。髢（dì 地）：古同"鬄"，假发。珥（ěr 耳）：用珠子或玉石做的耳环。瑱（tiàn 填去声）：古人冠冕上垂在两侧的装饰物，用玉、石、贝等制成。

⑧ 金铄：当为一种女子的头饰。婀娜：轻盈柔美貌。汉乐府《孔雀东南飞》："四角龙子幡，婀娜随风转。"袿（guī 规）：古代妇女所穿的华丽的衣服。

⑨ 答：应答。苕华：花名，即凌霄花。蕣（shùn 顺）：即"木槿"，一种灌木。荣：指花。

⑩ 仲春：春季的第二个月，即农历二月。因处春季之中，故称。噰噰（yōng 雍）：形容声音和谐，如宋玉《九辩》："雁噰噰而南游兮，鹍鸡啁哳而悲鸣。"

⑪ 申：表达，表明。握：量词，指一把大小或分量。椒：木名，即花椒。芸香科，落叶灌木或小乔木，具有香气。特指花椒子。《诗·陈风·东门之枌》："视尔如荍，贻我握椒。"粤房：深室。

⑫ 苟：假如。好乐：欢悦，喜爱。嘉合：美好的结合。永：长。绝世：即旷世。昌：美好貌。《诗·齐风·猗嗟》："猗嗟昌兮，颀而长兮。"郑玄笺："昌，佼好貌。"

⑬ 乾坤：古人认知万事万物的一对范畴，如阴阳、天地等。此处指男女之性顺应阴阳乾坤之理。何若：为何。辞：推辞。

【辨析】

曹操攻下乌桓回邺，他怕刘表死后，荆州为刘备所占，即急忙于建安十三年

(208)七月进攻荆州。大军未到,刘表已病逝,其继位者小子刘琮即向曹操请降。刘备得此消息,形势危急,便从樊城(今湖北襄樊市)南撤荆州江陵。刘表于此贮存大量军用物资。曹操志在必得,日急行军数百里,并于途中打败刘备军。荆江共八郡,江北江南各四郡。江北所属南阳、章陵、江夏、南郡随而落入曹手,江南的长河四郡也随后请降。

刘备军被曹军击溃后,退向汉水,直撤到夏口(今武汉市)、樊口(今鄂州市附近),心有馀悸。幸此时孙权派鲁肃来与他商讨联军抗操。并用计火烧赤壁。曹操败走华容道。时疫病猖獗,士兵多死,曹操只好收兵北返,随后据守江陵的曹军也撤回。经此役,三国鼎立形成。

此赋当作于曹操此次南征前期,曹军征途未遇劲敌,举手之间获得荆州八郡。亦即此赋当作于赤壁大败之前。陆侃如师也将陈琳《神女赋》写作时间系于此年——建安十三年。同时所作之赋,还有徐幹《序征赋》,阮瑀《纪征赋》,曹丕《述征赋》、《感物赋》等等。

马脑勒赋并序

五官将得马脑,以为宝勒[①],美其英彩之光艳也,使琳赋之[②]。(《北堂书钞》卷一二六,《太平御览》卷三五八)

托瑶溪之宝岸,临赤水之朱波[③]。(《太平御览》卷八〇八)

帝道匪康,皇鉴元辅。顾以多福,康以硕宝。(《韵补》卷三“宝”字注)

四宾之箄,播以淳夏。色奋丹鸟,明照烈火[④]。(《韵补》卷三“夏”字注)

尔乃他山为错,荆和为理,制为宝勒,以御君子[⑤]。(《太平御览》卷三五八。)

督以钩绳,规模度拟。彫琢其章,爰发绚采[⑥]。(《韵补》卷三“采”字注)

瑰姿玮质,纷葩艳逸。英华内照,景流外越[⑦]。(《韵补》卷五“越”字注)

令月吉日,天气晏阳。公子命驾,敖燕从容[⑧]。(《韵补》卷二“容”字注)

太上去华，尚素朴兮。所贵在人，匪金玉兮。初伤勿用，俟庆云兮。遭时显价，冠世珍兮。君子穷达，亦时然兮[9]。（《韵补》卷五“朴”字、卷二“云”字及“珍”字注）

【说明】

曹丕《玛瑙勒赋序》：“玛瑙，玉属也。出自西域，文理交错，有似马脑，故其方人因以名之。或以系颈，或以饰勒。余有斯勒，美而赋之。命陈琳、王粲并作。”陈琳此赋系一篇奉和之作。魏晋文人喜欢席间相互唱和。赋结尾告诫人们“太上去华，尚素朴兮”，不要太过重视玛瑙这类宝石，因为毕竟“所贵在人，匪金玉兮”！这也是主要与文人间常有的高调。

【注释】

① 五官将：此指曹丕，丕建安十六年（211）为五官中郎将。马脑：即“玛瑙”，矿物名，玉髓的一种。品类甚多，颜色光美，可制器皿及装饰品。勒：带有嚼口的马络头。

② 英彩：华美资质。光艳：光洁艳丽。

③ 瑶溪：传说中的地名。也称瑶岸、瑶崖。《山海经·西山经》：“钟山之东曰瑶岸。”《后汉书·张衡列传》：“瞰瑶溪之赤岸兮，吊祖江之见刘。”李贤注：“瑶溪，瑶岸也。”赤水：古代神话传说中的水名。《楚辞·离骚》：“忽吾行此流沙兮，遵赤水而容与。”洪兴祖补注引《博雅》：“昆仑虚，赤水出其东南陬。”陂（bēi 杯）：水边，水岸。

④ 笿（róng 容）：一种头部有花纹的竹子。淳夏：大夏，也即华夏。丹乌：即赤乌，即神话中的三足乌。

⑤ 错：用来打磨玉石的石头。《诗·小雅·鹤鸣》：“它山之石，可以为错。”荆和：指和氏璧。《楚辞·九叹·怨思》：“筐泽泻以豹鞹兮，破荆和以继筑。”王逸注：“破和氏之璧以继筑杵而舂，败玉宝而失其好也。”理：治玉。《说文·玉部》：“理，治玉也。顺玉之文而剖析之。”

⑥ 督：察看。钩绳：即钩尺，用以衡量木石横断面尺度的工具。规模度拟：指按木石等大小作出规划。章：指马脑的花纹。爰发绚发：指使马脑发出光彩。

⑦ 瑰姿玮质：即瑰丽珍奇的姿质。纷葩：花色盛多。艳逸：指马脑艳丽超众。“英华”二句，是形容玛瑙内外兼美。

⑧ 晏阳：指天空清朗。敖燕：游玩于宴会之上。《诗·小雅·鹿鸣》：“我有旨酒，嘉宾式燕以敖。”

⑨“太上去华”二句：指太古天子去掉奢华，崇尚朴素。“初伤勿用”二句：指初次不顺利不要紧，要等待时机的到来。庆云：五色云，指祥瑞，好时机。穷达：穷困通

达，也即处世失败与飞黄腾达。

迷迭赋

立碧茎之婀娜[①]，铺彩条之蜿蟺[②]。下扶疏以布濩，上绮错而交纷[③]。匪荀方之可乐，实来仪之丽闲[④]。动容饰而发微，穆斐斐以承颜[⑤]。

竭欢庆于夙夜兮，虽幽翳而弥彰。事罔隆而不杀兮，亦无始而不终[⑥]。

馨香难久，终必歇兮[⑦]。弃彼华英，收厥实兮[⑧]。

【说明】

此赋见《艺文类聚》卷八十一、《太平御览》卷九八二。从题目看来，这是一篇咏物赋。迷迭是一种常绿小灌木，有香气，佩之可以香衣，燃之可以驱蚊蚋、避邪气，茎、叶和花可以提取芳香油。原产南欧，后传入我国。作者以道德的眼光对它作出了评论：香气花朵不能持久，唯有果实才最重要。这里作者的结论是教人要讲实际、功效。但全赋只是断简残编，无法进一步分析。曹丕作有《迷迭香赋》，陈琳此赋可能是奉和之作。

【注释】

① 婀娜：亦作“妸娜”，轻盈柔美貌。

② 蜿蟺（dàn 旦）：曲折盘旋貌。

③ 扶疏：形容枝叶繁茂分披的样子。布濩（huò 货）：散布的样子。绮错：纵横交错貌。

④ 匪：非。荀方：似指荀草。《山海经·中山经》说，青要之山有草，方茎，赤实，名曰荀草，服之美人色。来仪：即凤凰来仪，凤凰来舞而有容仪。古以为瑞应。《尚书·益稷》：“箫韶九成，凤凰来仪。”丽闲：美丽而闲雅。

⑤ 容饰：修饰容貌。发微：散发微微清香。穆斐斐：端庄而文雅。承颜：承顺颜色。指待人接物，讨人喜欢。

⑥“竭欢庆”句：即早晚尽情地欢乐。“幽翳”句：指虽处幽深隐蔽而芬芳更四溢。事罔隆而不杀：语见汉·扬雄《长杨赋》：“事罔隆而不杀，物靡盛而不亏。”指事物发展到极点就要衰落，走向反面。罔：无。杀：衰落。

⑦ 馨香：散播很远的香气。《国语·周语上》：“其德足以昭其馨香，其惠足以同其民人。”韦昭注：“馨香，芳馨之升闻者也。”歇：这里指香气消尽。

⑧ 华英：华丽的花朵。厥：代词，其。实：果实。

车渠碗赋

廉而不刿①，婉而成章②。德兼圣哲③，行应中庸④。（《韵补》卷二“庸”字注）

玉爵不挥⑤，欲厥珍兮⑥。岂若陶梓⑦，为用便⑧兮。指今弃宝⑨，与齐民兮⑩。（《韵补》卷一“便”字注）

【说明】

车渠碗，指用大蛤之壳做成的碗。《梦溪笔谈》卷二十二：“海物有车渠，蛤属也，大者如箕，背有渠垄如蚶壳，故以为器，致如白玉，生南海。”也有人以为车渠为一种玉石，《中华古今注》卷上：“魏武帝（曹操）以玛瑙为马勒，车渠石为酒碗。”佛经经常提到车渠，以为七宝之一。但七宝有数种说法，并不一致。《无量寿经》说七宝：“金、银、琉璃、玻璃、珊瑚、玛瑙、砗磲。”《智度论十》曰：“有七种宝：金、银、毗琉璃、颇梨、车渠、马瑙、赤真珠（此珠极贵非珊瑚也）。”《阿弥陀经》曰：“亦以金、银、琉璃、玻璃、砗磲、赤珠、玛瑙，而严饰之。”《般若经》以金、银、琉璃、砗磲、玛瑙、虎珀、珊瑚为七宝。曹植、应玚、徐幹皆作有《车渠碗赋》，可见此赋是同题共作的赋篇。本文残缺不全，但可看出作者从道德的角度来描述车渠碗。称赞车渠碗没有棱角，具有圣贤中庸的美德，连玉爵都不如它。但最后一段似乎劝诫主人放弃宝碗，赠与百姓。综合来看，这应是一篇标准的咏物赋，不仅具有描绘功能，将物品拟人化，赋予人性的特点，并增添了道德化的结尾。

【注释】

①《老子》第五十八章：“是以圣人方而不割，廉而不刿，直而不肆，光而不耀。”廉：稜。本来指玉虽有棱角，而不伤割于物。引申为人廉正宽厚。刿（guì 贵）：割，刺伤。

② 婉：顺。章：采色，花纹。语出《左传·成公十四年》：“婉而成章。”

③ 圣哲：过人的道德才智。

④ 中庸:指处理事情不偏不倚、无过不及的态度。这是儒家最高的道德标准。

⑤ 爵:一种盛酒礼器,雀形。

⑥ 欲:爱惜。厥:代词,其。

⑦ 陶:陶器。梓:木名,落叶乔木。

⑧ 用便:方便使用。指玉杯不如陶杯和梓木杯方便。

⑨ 指今:责备今天。弃宝:抛弃宝物。

⑩ 与:给予。齐民:平民。

悼龟赋

探赜索隐[①],无幽不阐[②]。下方太祇,上配清纯[③]。(《韵补》卷一“阐”字注)

山节藻棁,既椟且韫[④]。参千镒而不贯兮[⑤],岂十朋之所云[⑥]。通生死以为量兮[⑦],夫何人之足怨[⑧]?(《韵补》卷一“韫”字、“怨”字注)

【说明】

赋名为“悼龟”,应是哀悼神龟有预知能力,却无法避免自己被杀的命运。赋的原意取自《庄子·外物》:“仲尼曰:‘神龟能见梦于元君,而不能避余且之网;知能七十二钻而无遗筴,不能避刳肠之患。如是,则知有所困,神有所不及也。虽有至知,万人谋之。鱼不畏网而畏鹈鹕。去小知而大知明,去善而自善矣。婴儿生无石师而能言,与能言者处也。’”说明“知有所困,神有所不及”的道理。曹植也有《神龟赋》,陈琳此赋当为奉命之作。

【注释】

① 探赜(zé 责)索隐:指探索幽深隐微的事理。赜、隐:幽深奥妙。《易传·系辞上》:“探赜索隐,钩深致远,以定天下之吉凶,成天下之亹亹者,莫大乎蓍龟。”

② 无幽不阐:没有任何幽隐的道理而不能阐明。

③ 祇(qí 其):地神。《文选·扬雄〈甘泉赋〉》:“集虖礼神之囿,登乎颂祇之堂。”

④ 山节:刻成山形的斗拱。藻棁:画有藻文的梁上短柱。后用以形容居处豪华奢侈,越等僭礼。《论语·公冶长》:“臧文仲居蔡,山节藻棁,何如其知也?”椟、韫:

犹椟藏。即把玉放在柜子里藏起来。《论语·子罕》:“子贡曰:‘有美玉于斯,韫椟而藏诸?求善贾而沽诸?’子曰:‘沽之哉!沽之哉!我待贾者也。’”

⑤ 镒:古代重量单位。合二十两,一说二十四两。不贾:不卖。

⑥ 朋:西周以贝为货币,十贝为朋。《易·损》:“六五,或益之十朋之龟,弗克违,元吉。”是说有人卖十朋的龟,不能不买,大吉。这句话是接着上句来的,千镒黄金来买我都不卖,你用一百个贝壳就想买,简直像做梦。

⑦ 通生死:指龟能预知人的生死。量:计量,这里指占卜工具。

⑧ 怨:指埋怨神龟太贵。

大荒赋

钟鼓协于《肆夏》兮[①],步骤应乎采荠[②]。声啾铊以倏忽兮,入南端之紫闱[③]。(《韵补》卷一“荠”字注)

华盖建杠,招摇树旆[④]。摄提运杓,文昌承魁[⑤]。(《韵补》卷一“旆”字注)

建皇极以连衡兮[⑥],布辰机而结纽[⑦]。阳榦曜于乾门兮,阴气服于地户[⑧]。(《韵补》卷三“纽”字注)

考律历于凤鸟兮,问民事于五鸠[⑨]。伤《典》《坟》之圮坠兮,关大圣之显符[⑩]。(《韵补》卷二“符”字注)

览六五之咎休兮,乃贫尼而富虎[⑪]。嗣反复其若兹兮,岂云行之臧否[⑫]?(《韵补》卷三“否”字注)

廓寂寥而无人兮,虽独存兮何补[⑬]?追邃古之遐迹兮,唯德音兮为不朽[⑭]。(《韵补》卷三“朽”字注)

仰阊风之城楼兮,县圃邈以隆崇[⑮]。垂若华之景曜兮,天门阒以高骧[⑯]。(《韵补》卷二“崇”字注)

帝告我以至赜兮,重讯以我蒙童[⑰]。义混合于宣尼兮,理齐归于文王[⑱]。(《韵补》卷二“蒙”字注)

越洪宁之荡荡兮,追玄漠之造化[⑲]。跨五三其无偶兮,邈卓立而独奇[⑳]。(《韵补》卷一“化”字注)

假龟筮以贞吉,问神谂以休祥[㉑]。(《初学记》卷二十)

惧蓍兆之有惑兮，退齐思乎兰房[22]。魂营营其神遇兮，又诉余以嘉梦[23]。（《韵补》卷二“梦”字注）

过不死之灵域兮，仍羽人之丹丘[24]。惟民生之每每兮[25]，伫盘桓以踌躇。（《韵补》卷一“丘”字注）

曰延年其可留兮，何勤远以苦躬。纷吾情之骀荡兮，嗟有愿而弗遑[26]。（《韵补》卷二“躬”字注）

虽游目于西极兮，大道卷而未舒。仍皇灵之攸舒兮，爰稽余之所求[27]。（《韵补》卷一“求”字注）

懿淳耀之明德兮，愿请闲于一隅。温风翕以阳烈兮，赤水汩以涌溥[28]。（《韵补》卷一“溥”字注）

天傥芒其无色兮，地溃坼而裂崩[29]。心慇懃以伊感兮，惝永思以增伤[30]。怅太息而揽涕兮，乃挥雹而泪水。（《韵补》卷二“崩”字及“冰”字注）

王父皤焉白首兮，坐清零之爽堂[31]。块独处而无畴兮，愿揖子以为朋[32]。（《韵补》卷二“朋”字注）

【说明】

西晋陆云《与兄平原书》云：“间视《大荒传》，欲作《大荒赋》，既自难工，又是大赋，恐交自困绝异。”又云：“陈琳《大荒》甚极，自云作必过之，想终能自果耳。”由此观之，陈琳《大荒赋》为魏晋之间流传的大赋。宋人吴棫《韵补·书目》曰：“（陈琳）在建安诸子中字学最深。《大荒赋》几三千言，用韵极其古，尤为难知。”据吴氏所言，《大荒赋》今之所存，十不及二。

此赋全篇残缺不全，赋意无法连贯。但从“帝告我以至赜兮，重讯以我蒙童”一句看来，此赋似乎类似班固的《幽通赋》和张衡的《思玄赋》。作者行走大荒之地，寻求上古圣人、天帝，以解决社会人生问题。

【注释】

① 协：共同合作，和洽。肆夏：古乐章名，九夏之一。《周礼·春官·大司乐》：“尸出入，则令奏《肆夏》。”唐·王勃《乾元殿颂序》：“神禽率舞，光浮《肆夏》之轩；瑞鸟相鸣，响叶《钧天》之乐。”

② 步骤：步为缓行，骤为急走。引申为行走缓急，此处指节奏缓急。应：顺合，

适合。荠(jì 剂):荠菜。

③ 啾铨(jiū chēng 纠撑):象声词,指各种乐器响亮、清脆的和声。倏忽:顷刻,指极短的时间。紫闱(wéi 围):指皇宫。

④ 华盖:泛指高贵者所乘之车。《文选》曹植《求通亲亲表》:“出从华盖,入侍辇毂。”杠:旗杆。这里指星官名。有所谓“华盖七星,杠九星,如盖有柄下垂。”招摇:星名,即北斗第七星摇光,亦借指北斗。《楚辞·九叹·离世》:“指日月使延照兮,抚招摇以质正。”旆(pèi 配):古代旗末端状如燕尾的垂旒,泛指旌旗。

⑤ 摄提:星名。属亢宿,共六星。位于大角星两侧,左三星曰左摄提,右三星曰右摄提。杓(biāo 标):古代指北斗第五、六、七颗星。亦称“斗柄”。文昌:星座名。共六星,在斗魁之前,形成半月形状。魁:星名。北斗七星之第一星,即天枢。《史记·天官书》:“衡殷南斗,魁枕参首。”张守节正义:“魁,斗第一星也。”以上四句是描绘天上华盖等众星的布局造型等等。

⑥ 皇极:帝王统治天下的准则。即所谓大中至正之道。《尚书·洪范》:“皇极,皇建其有极。”孔颖达疏:“皇,大也;极,中也。施政教,治下民,当使大得其中,无有邪僻。”连衡:战国时张仪游说六国共同事奉秦国称连衡。《荀子·赋篇》:“以能合纵,又善连衡。”连衡或作运衡,指国家机器的运转。

⑦ 辰:日、月、星的总称。机:星名。北斗七星中的第三星,又称玑或天玑。纽:谓带之交结之处。这里喻国家重要的纲常法规。

⑧ “斡”,宋本《韵补》作“斡”。曜:照耀;明亮。乾门:指天门。服:顺从。

⑨ 考:考察。律历:律制与日历。凤鸟:凤凰。传说中的瑞鸟。《左传·昭公十七年》:“我高祖少皞挚之立也,凤鸟适至。”五鸠:相传少皞时掌治民的五官的合称。《左传·昭公十七年》:“祝鸠氏,司徒也;鴡鸠氏,司马也;鸤鸠氏,司空也;爽鸠氏,司寇也;鹘鸠氏,司事也。五鸠,鸠民者也。”杜预注:“鸠,聚也。治民上聚,故以鸠为名。”

⑩《典》:传说中的上古五部典籍。《左传·昭公十二年》:“〔倚相〕能读《三坟》、《五典》、《八索》、《九丘》。”杜预注:“皆古书名。”《坟》:即三坟,指《连山》、《归藏》、《周易》。三坟五典:泛指古代典籍。圮(pǐ 痞):毁灭,断绝。大圣:古谓道德最完善、智能最超绝、通晓万物之道的人,或者称帝王。显符:祥瑞。

⑪ 六五:《易》卦爻位名,表示吉兆。六,谓阴爻;五,第五爻。六五指卦象自下而上的第五爻为阴爻。《易·明夷》:“六五,箕子之明夷,利贞。”咎休:凶吉。尼:仲尼,孔子的字。孔子名丘,春秋鲁国人。《庄子·人间世》:“颜回见仲尼,请行。”虎:指阳虎。孔子在匡,被匡人包围,因孔子状貌类阳虎,而阳虎曾在匡地为恶。

⑫ 嗣:接着,随后。臧否(pǐ 痞):好坏。

⑬ 廓：空阔，广阔。补：益处。

⑭ 邃古：久远的古代。德音：犹德言，指合乎仁德的言语、教令。《国语·楚语上》："忠信以发之，德音以扬之。"

⑮ 阆（làng 浪）：阆风巅的省称，山名。传说中神仙居住的地方，在昆仑之巅。县圃（xuán pǔ 悬浦）：传说中神仙居处，在昆仑山顶。亦泛指仙境。《穆天子传》卷二："天子五日观于春山之上，乃为铭迹于县圃之上，以诏后世。"邈：遥远。

⑯ 曜：照耀，明亮。闶（kàng 炕）：门高，引申为高大。骧（xiāng 厢）：仰，上举。

⑰ 至赜（zé 责）：极其深奥微妙。亦指极深奥微妙的道理。《易传·系辞上》："言天下之至赜而不可恶也。"讯：告，陈诉。蒙童：知识未开的儿童。此处为作者自谦无知之意。

⑱ 宣尼：汉平帝元始元年（公元 1 年）追谥孔子为褒成宣尼公，后因称孔子为宣尼。见《汉书·平帝纪》。文王：周文王，此处指上古礼治的理想状态。

⑲ 洪宁：大安，长治久安。汉·蔡邕《释诲》："昔自太极，君臣始基，有羲皇之洪宁，唐虞之至时。"玄漠：恬静，寂静。《文选》卢谌《时兴》诗："澹乎至人心，恬然存玄漠。"吕延济注："至人真性澹乎然无营为，唯在玄然寂漠而已。"

⑳ 五三：五帝三王。《文选》司马相如《封禅文》："五三六经，载籍之传，维风可观也。"李善注引《汉书音义》："五，五帝也；三，三王也。"邈（miǎo 秒）：遥远。

㉑ 假：凭借。筮（shì 誓）：古代用蓍草占卦，"龟为卜，策为筮。"贞：占，卜，问卦。谂（shěn 审）：规谏，劝告。休祥：美好的预兆。

㉒ 蓍（shī 师）：蓍草，多年生草本植物，全草可入药，茎、叶可制香料，古代用其茎占卜。兰房：高雅的居室。

㉓ 营营：往来奔走貌。嘉梦：好梦。

㉔ 羽人：神话中的飞仙。《楚辞·远游》："仍羽人于丹丘兮，留不死之旧乡。"洪兴祖补注："羽人，飞仙也。"丹丘：神话中所说神仙居住之地，昼夜长明。

㉕ 每每：犹"昧昧"，糊涂昏乱的样子。《庄子·胠箧》："故天下每每大乱。"

㉖ 骀（dài 待）荡：放荡。《庄子·天下》："惜乎惠施之才，骀荡而不得。"遑（huáng 皇）：匆忙不安定的样子。

㉗ 皇灵：指祖先。

㉘ 翕（xī 西）：合，聚，和顺。赤水：古代神话中西方的水名。《庄子·天地》："黄帝游乎赤水之北，登乎昆仑之丘而南望，还归遗其玄珠。"

㉙ 傥芒：与"傥莽"同，旷远貌。溃坼：瓦解。

㉚ 惄（nì 逆）：古同"惄"，失意貌。

㉛ 王父:东王父。传说中的神名。《海内十洲记·聚窟洲》:"扶桑在碧海之中,地方万里,上有太帝宫,太真东王父所治处。"三国·魏·曹植《远游篇》:"远游临四海,俯仰观洪波……将归谒东父,一举超流沙。"皤(pó 鄱):白貌。形容老者容貌。

㉜ 块独处:块然独处,孤高的样子。"子",宋本《韵补》作"予"。畴:类,同类的。

刘　宏

刘宏(156—189),即汉灵帝。章帝玄孙,解渎亭侯刘苌之子。公元167年至189年在位。公元167年,年十二岁,被窦武等人拥立为帝。登基后以窦武为大将军,陈蕃为太傅。当时宦官继续当政,于是起用遭到禁锢的党人。计划诛杀宦官曹节、王甫不成。公元169年,宦官侯览诬告张俭等结党,曹节下令逮捕李膺等百馀人下狱处死。公元176年下诏所有党人之门生故吏、父子兄弟以及五服以内之亲属在官者,皆免职禁锢,史称第二次党锢之祸。灵帝一味宠幸宦官,尊张让等人为“十常侍”。公元178年在洛阳设置鸿都门学,开设辞赋、小说、尺牍、字画等课程,打破了专习儒家经典的惯例。学生由州、郡、三公举送,多为平民阶层。而后诸生皆出为高官,或为刺史,或为太守、尚书,为士大夫君子所不齿。但他在发展文学艺术上还是功不可没的。后灵帝更公开标价卖官,朝政败坏。公元184年,钜鹿人张角自称“黄天”,其部师有三十六方,皆着黄巾,举兵反叛。此后各地不断起义,不可收拾。公元189年,汉灵帝去世,终年三十四岁。

追德赋

【说明】

存目。

《后汉书·皇后纪下·灵思何皇后》:“王美人,赵国人也。祖父苞,五官中郎将。美人丰姿色,聪敏有才明,能书会计,以良家子应法相选入掖庭。帝愍协早失母,又思美人(被何皇后鸩杀),作《追德赋》、《令仪颂》。”这是东汉灵帝为其子刘协(汉献帝)的母亲王美人所作的赋,意在追思王美人的德行,是一篇悼念后妃的赋篇。

崔琰

崔琰(163—216),字季珪,清河东武城人(在今山东省武城县东)。风神俊朗,进止雍容。少好击剑,尚游侠。灵帝中平二年(185),琰年二十三,乡移为正,始发奋诵《论语》、《韩诗》。琰年二十九,结识公孙方等,师事郑玄。献帝兴平二年(195),琰乃归,以琴书自娱。建安五年(200),袁绍辟之。琰初为绍谋事。时士卒横暴,琰谏曰:"昔孙卿有言:'士不素教,甲兵不利,虽汤武不能以战胜。'今道路暴骨,民未见德,宜敕郡县掩骼埋胔,示憯怛之爱,追文王之仁。"袁绍以为骑都尉。后袁绍治兵黎阳,驻扎于延津,崔琰谏阻,袁绍不听,遂败于官渡。建安七年(202),袁绍卒,二子交争,争欲得琰。琰称疾固辞,于是获罪下狱,赖阴夔、陈琳营救得免。建安十年(205),曹操破袁氏,领冀州牧,曹操辟琰为别驾从事。建安十一年(206),操征并州,留琰傅曹丕于邺。建安十三年(208),操为丞相,琰复为东西曹掾属征事。建安十五年(211),拜尚书,主曹丕为世子,曹操贵其人品清忠高亮,迁中尉。建安二十一年(216),操加魏王,杨训上表褒述盛德,时人或笑训浮伪趋炎。琰寄书训,本意讥论者不寻情理。但曹操性好猜忌,以为意指不逊,乃罚琰为徒隶,后再以忤意之名赐死,时人皆为之扼腕。传见《三国志·魏书·崔琰传》。

述初赋并序

琰性顽口讷[1]，至二十九，粗关书传[2]。闻北海有郑征君者[3]，当世名儒，遂往造焉[4]。道由齐都，而作《述初赋》曰[5]：

有郑氏之高训，吾将往乎发矇[6]。洒余发于兰池，振余珮于清风[7]。望高密以函征，戾衡门而造止[8]。觌游夏之峩峩，听大猷之篇记[9]。高洪崖之耿介，羡安期之长生[10]。登川山以永望，临洞浦之广溟[11]。左扬波于汤谷，右濯岸于蒙汜[12]。运混元以升降，与三光而终始[13]。蓬莱蔚其潜兴，瀛壶崛以骈罗[14]。列金台之蹇产，方玉阙之嵯峩[15]。（《艺文类聚》卷二十七，段末四句又见《初学记》卷六）

郁州者，故苍梧之山也。心说而怪之。闻其上有仙士石室也，乃往观焉。见一道人独处，休休然不谈不对，顾非己所及也[16]。（《水经注》卷三十《淮水注》，《初学记》卷八《河南道第二》之“仙士石”注）

想黄公于邳圯，勤鱼石于彭城[17]。（《水经注》卷二十三《获水注》）

倚高舻以周眄兮，观秦门之将将[18]。（《水经注》卷三十《淮水注》）

吾夕济于郁州[19]。（《水经注》卷三十《淮水注》）

登州山以望沧海。（《封氏闻见记》卷六）

朝发兮楼台，回盼兮句榆，顿食兮岛山，暮宿兮郁州[20]。（《封氏闻见记》卷六）

【说明】

此赋系残篇，辑佚于诸书。此赋名称模仿汉代刘歆的《遂初赋》，所谓“初”

者，即素志，平素之志愿也。作者在序文中说明自己在二十九岁时立志求学，前往北海郡拜经学大师郑玄为师。赋中描述途中所见。现存片段主要讲述由蓬莱海景联想各神仙境地，想象蓬莱金台玉阙及对洪崖、安期生之种种仰慕。惜已残。但仍可见崔琰志向，及行旅山东所见种种景色。此系一篇结合言志和纪行之赋篇。

【注释】

① 性顽口讷：性格愚钝而口拙。

② 粗关：粗通。关：通“贯”，融合，贯通。汉·扬雄《法言·五百》：“关百圣而不惭，蔽天地而不耻，能言之类，莫能加也。”书传：经书典籍及史传。

③ 郑征君：指东汉名儒郑玄（127—200）。

④ 造：拜访。北海：郡名。汉景帝中元二年（57）置，治所营陵（今山东省昌乐县东南）。东汉改为北海国，移治剧（今山东省寿光市东南）。

⑤ 道由齐都：从齐都出发。齐都：春秋战国时期齐国国都临淄，也即今淄博市临淄区。

⑥ 高训：高深的训诲。发矇（méng 蒙）：启发蒙昧，后亦指教儿童、少年开始识字读书。此系作者自谦。

⑦ 洒：通“洗”。兰池：遍植兰花香草的水池。珮（pèi 配）：佩戴的玉制饰品。兰草和玉佩都是《离骚》惯用的文学意象，表示作者高洁的人格。

⑧ 高密：在今山东省高密市西南。函征：负书籍而行。函：指装书的匣子。戾（lì 利）：至。衡门：横木为门，借指隐者所居简陋的门。《文选》蔡邕《郭有道碑文》：“尔乃潜隐衡门，收朋勤诲……童蒙赖焉，用祛其蔽。”造止：停驻。

⑨ 觌（dí 敌）：相见。游夏：子游（言偃的字）与子夏（卜商的字）。两人均为孔子得意学生，长于文学，明《春秋》大义。见《论语·先进》。峩峩（é 娥）：同“峨峨”，高峻。此处指学问与气度不凡。大猷（yóu 由）：大道。篇记：经典篇章。

⑩ 洪崖：亦作“洪厓”、“洪涯”。传说中的仙人名，传为黄帝臣子伶伦。《文选》张衡《西京赋》：“洪涯立而指麾，被毛羽之襳褷。”安期：亦称“安其生”，仙人名。秦、汉间齐人，一说琅琊阜乡人。《史记·封禅书》：“安期生仙者，通蓬莱中，合则见人，不合则隐。”

⑪ 洞浦：指湖河之滨。广溟：大海。

⑫ 汤（yáng 阳）谷、蒙汜（sì 四）：二地为古代传说日出没之处。《楚辞·天问》：“出自汤谷，次于蒙汜，自明及晦，所行几里？”濯：洗涤，冲刷。

⑬ 混元：指天地元气。亦指天地。三光：指日、月、星。《后汉书·班固传》：

"厥道至乎经纬乾坤,出入三光,外运混元,内浸豪芒。"

⑭ 蓬莱、瀛壶:又称"蓬壶"、"瀛洲",神话中渤海里仙人居住的三座神山之二。晋·王嘉《拾遗记·高辛》:"三壶,则海中三山也。一曰方壶,则方丈也;二曰蓬壶,则蓬莱也;三曰瀛壶,则瀛洲也。形如壶器。"蔚:盛貌。潜兴:在海波中沉浮突现。崛:《初学记》作"森"。骈罗:成对的罗列。

⑮ 金台:金造的宫殿,比喻神仙住所。蹇(jiǎn 简)产:亦作"蹇浐"、"蹇嵼",形容高而盘曲。方:并列。玉阙:仙人的宫殿。嵯峩(cuó'é 矬俄):高峻貌。

⑯ 郁州:本在海中,现在今江苏省灌云县东北的平陆处,即连云港市。苍梧:即苍梧山,在灌云县东北部,即今连云港市境内的云台山。石室:仙人洞。休休然:悠闲的样子。顾:所以。

⑰ 想黄公于邳圯:据《史记·留侯世家》记载,张良曾在邳圯(yí 夷)桥受黄石公兵书,自此张良一生大变。彭城:今徐州,春秋为宋地,楚伐宋并之,以封鱼石。封鱼石、鱼府守城,并留下三百乘战车协助镇守,事在《左传·成公十八年》。

⑱ 高舻:大船。周眄(miǎn 免):环顾。秦门:未详。或应作"应门",《诗·大雅·绵》:"乃立应门,应门将将。"毛传:"王之正门曰应门。"将将(qiāng qiāng 枪枪):高大整饬貌。

⑲ 济:度过。

⑳ 回盼:回望顾盼。句榆:今江苏省赣榆县。顿:停驻。

阮　瑀

阮瑀（约165—212），字元瑜，河南陈留尉氏（今河南省尉氏县）人，为“建安七子”之一。少年多才，曾受业于蔡邕门下，深受蔡邕赏识。建安初，都护曹洪想召阮瑀为书记，但阮瑀以病为借口，拒而不就。建安十年（205），曹操平冀州，阮瑀与曹丕、曹真游于南皮。后来在曹操任司空期间，阮瑀出任为军谋祭酒，掌记室，后迁仓曹掾属。传说曹操闻瑀之名，召之不应，数度催逼，瑀乃逃入山中。操使人焚山乃得之。瑀善解音律，能鼓琴。曾随大军南征刘表、刘备，西征马超、韩遂。在邺城与曹氏兄弟宴集，建安诸子诗酒酬唱，有《公宴》诗、《止欲赋》等唱和之作。建安十七年（212）病逝。阮瑀善为军国檄文，曹丕《典论·论文》称：“琳、瑀之章表书记，今之隽也。”所存作品不多，钟嵘《诗品》将之列于下品。《隋书·经籍志四》载其著作《阮瑀集》五卷，明人辑有《阮元瑜集》。传附《三国志·魏书·王粲传》。

纪征赋

仰天民之高衢兮[1],慕在昔之遐轨[2]。希笃圣之崇纲兮[3],惟弘哲而为纪[4]。同天工而人代兮,匪贤智其能使[5]。五材陈而并序[6],静乱由乎干戈[7]。惟蛮荆之作雠[8],将治兵而济河[9]。遂临河而就济[10],瞻禹绩之茫茫[11]。距疆泽以潜流[12],经昆仑之高冈[13]。目幽蒙以广衍[14],遂沾濡而难量[15]。

说明

此赋见《艺文类聚》卷五十九。赋仅存片断。这是一篇纪行之赋,描写的可能是阮瑀于建安十三年(208)随曹操南征刘表和刘备。赋描述曹军渡黄河过楚地的情况。赋中称赞曹操一统天下的志向及其手下济济人才,并记述行军登山涉水见闻。结尾则流露出自己身受浩荡皇恩的感恩心情。

【注释】

① 天民:在此指了解天道的贤者。《孟子·万章下》:“予,天民之先觉者也;予将以斯道觉斯民也。”《孟子·尽心上》:“有天民者,达可行于天下而后行之者也。有大人者,正己而物正者也。”高衢:大道。形容先人的高行。

② “遐轨”与“高衢”对仗,其义相近。遐轨:远迹。轨:道,印迹。

③ 笃圣:非凡的圣明。崇纲:高尚的原则。此句说明对贤人睿智的崇仰。

④ 弘哲:大哲圣贤。纪:法则,准则。唯有大智慧的贤者才能创立准则。

⑤ “同天工”二句:句意为治理乱世本来只有天才能达成,如以人来代替天工,则非圣贤莫属。

⑥ 五材:有多种意义。《左传·襄公二十七年》以五材为金木水火土;《六韬·龙韬》则说是勇智仁信忠。此处应泛指各种人才。

⑦ 干戈:武力之象征。

⑧ 蛮荆:原为楚国之陋称,此指占据荆州(今湘、鄂二省及豫桂黔粤一部)的刘表及在荆州避难的刘备。

⑨ 济:渡河。

⑩ 河:黄河,临河就济:即济渡黄河。

⑪ 禹绩:禹迹,泛指中国疆域。《左传·襄公十四年》:“芒芒禹迹,画为九州。”一说曹操南征,路经河南阳翟(今河南省禹州市),为禹受封之地。

⑫ 距:到,抵达。《尚书·益稷》:“予决九川,距四海;浚畎浍,距川。”潜流:地面下的水流。

⑬ 昆仑:山名,在新疆和西藏之间,西接帕米尔高原,东延入青海境内。此处可能指荆山(位于湖北省南漳县和当阳县之间),曹操南征,经过此处。作者用昆仑形容山岳之高,是一种夸张的手法。

⑭ 幽蒙:模糊不清。此句说明视线从模糊之中,逐渐开朗。实指逐渐感受曹操的鸿恩厚泽。

⑮ 沾濡:沾湿,通常指恩泽普及之义。此处指感受曹操之恩泽。难量:难以测量。

鹦鹉赋

惟翩翩之艳鸟,诞嘉类于京都①。秽夷风而弗处②,慕圣惠而来徂③。被坤文之黄色④,服离光之朱形⑤。配秋英以离绿⑥,苞天地以耀荣⑦。

【说明】

此赋见《艺文类聚》卷九十一。这类赋较早的作品如东汉祢衡的《鹦鹉赋》,在赋中他用受困的鹦鹉来比喻自己,树立这类咏鹦鹉辞赋的典型。陈琳亦有《鹦鹉赋》。因阮瑀的赋残缺,无法看出其中特别的寓意,从仅存的几句看来,也可能是用鹦鹉来比喻自己的才能,因仰慕曹操的威名而归顺。

【注释】

① 翩翩:飞行轻快,行动轻疾貌。艳鸟:毛色艳丽之鸟。嘉类:好的品类。指鹦鹉出生在京城。

② 秽:作动词,有厌恶、看不起的意思。夷风:夷狄之风俗。弗处:不愿停留。祢衡《鹦鹉赋》称鹦鹉来自西域,故此处称鹦鹉厌恶夷狄之风而离开。

③ 徂(cú 殂):往。因向往中国圣贤而来朝。

④ 被:覆盖。《易经》有坤卦,坤为地,所以表黄色。

⑤ 服:作动词,“穿着”。《易经》有离卦,离为火,表示鹦鹉外表的红色羽毛。

⑥ 秋英：秋天的花。离（lì 丽）：与“丽”通，附着。指鹦鹉身上有绿色羽毛。

⑦ 苞：通“包”。耀荣：显耀光彩。

止欲赋

夫何淑女之佳丽，颜炯炯以流光①。历千代其无匹，超古今而特章②。执妙年之方盛，性聪惠以和良。禀纯洁之明节，后申礼以自防③。重行义以轻身④，志高尚乎贞姜⑤。予情悦其美丽，无须臾而有忘。思《桃夭》之所宜⑥，愿《无衣》之同裳⑦。怀纡结而不畅兮，魂一夕而九翔⑧。出房户以踯躅⑨，睹天汉之无津⑩。伤匏瓜之无偶⑪，悲织女之独勤⑫。还伏枕以求寐，庶通梦而交神。神惚怳而难遇⑬，思交错以缤纷⑭。遂终夜而靡见⑮，东方旭以既晨。知所思之不得，乃抑情以自信⑯。（《艺文类聚》卷十八，《文选》曹植《洛神赋》注）

伫延首以极视兮⑰，意谓是而复非。（《文选》曹摅《思友人诗》注）

思在体为素粉，悲随衣以消除⑱。（〔日〕遍照金刚《文镜秘府论》西卷）

【说明】

此类赋的源头是东汉张衡的《定情赋》。曹植《静情赋》，陈琳《止欲赋》，王粲《闲邪赋》，应玚《正情赋》，都是同类的作品。此类赋多以表达对淑女的爱慕为开头，以抑制自我的感情为结尾。篇中描写对淑女的缠绵悱恻的爱慕，而淑女以高不可攀的姿态出现，使得通篇充满着淡淡的忧愁。逯钦立在《〈洛神赋〉与〈闲情赋〉》一文中指出，陶潜《闲情赋》的主旨乃是“托好色不成喻好修之不成而敷陈其悲观主义者”，认为这类赋与《离骚》没有不同之处。这是延续了苏轼的看法，苏轼说：“渊明作《闲情赋》，所谓《国风》好色而不淫，正使不及《周南》，与屈、宋所陈何异？”（《苏轼集》卷二十九）美国汉学家海陶玮（James Robert Hightower）在《陶潜的辞赋》中，反对逯钦立的看法，认为逯钦立将此类赋和《离骚》的传统联想在一起是不对的。他指出这类辞赋的传统描摹对某位淑女的爱慕，将自己比喻为该女性的贴身之物，但又遭到遗弃，全篇文章就徘徊在仰慕和失望之间。赋中描绘的美女始终不逾道德规矩。这类赋重视的是模仿前贤之作,审视自己的内心世界,抑制自己的逸荡之心。正如陶渊明在《闲情赋序》中所说:"初,张衡作《定情赋》,蔡邕作《静情赋》,检逸辞而宗澹泊。始则荡以思虑,而终归闲正。将以抑流宕之邪心,谅有助于讽谏。缀文之士,奕代继作,并因触类,广其辞义。余园闾多暇,复染翰为之。虽文妙不足,庶不谬作者之意乎?"

【注释】

① 何:多么,表示感叹。焴焴(xǔ 许):光艳貌。

② 其:语气词,有强调的作用。无匹:无可匹敌。超:越过,经历。章:通"彰",显著,指超群。

③ 申:表明。自防:自我防范。

④ 行义:指按义做事。语出《论语·季氏》:"隐居以求其志,行义以达其道。吾闻其语矣,未见其人也。"轻身:看轻自己生命。

⑤ 贞姜:齐侯之女,楚昭王之夫人,为守义节而死。汉·刘向《列女传》载:"王出游,留夫人渐台之上而去。王闻江水大至,使使者迎夫人,忘持符,使者至,请夫人出,夫人曰:'王与宫人约令,召宫人必以符。今使者不持符,妾不敢从使者行。'使者曰:'今水方大至,还而取符,则恐后矣。'夫人曰:'妾闻之:贞女之义不犯约,勇者不畏死,守一节而已。妾知从使者行必生,留必死。然弃约越义而求生,不若留而死耳。'于是使者取符,则水大至,台崩,夫人流而死。王曰:'嗟夫! 守义死节,不为苟生,处约持信,以成其贞。'乃号之曰贞姜。君子谓贞姜有妇节。诗云:'淑人君子,其仪不忒。'此之谓也。"

⑥ 桃夭:《诗经·周南》篇名。《诗·周南·桃夭》:"桃之夭夭,灼灼其华。之子于归,宜其室家。"其诗赞美女子出嫁。夭夭:茂盛貌。此句表达作者愿与淑女结为夫妻。

⑦ 无衣:《诗经·秦风》篇名。《诗·秦风·无衣》:"岂曰无衣? 与子同裳。王于兴师,修我甲兵。与子偕行!"此句意为作者愿与淑女结亲的愿望。

⑧ 纡结:郁积不畅。汉·冯衍《显志赋》:"心怫郁而纡结兮,意沉抑而内悲。"

⑨ 踯躅(zhí zhú 直竹):徘徊不前貌。

⑩ 天汉:银河。津:渡口。

⑪ 匏瓜:本指一种植物。但此处为星名。《史记·天官书》:"匏瓜,有青黑星守之。"司马贞索隐引《荆州占》:"匏瓜,一名天鸡,在河鼓东。"用孤独的匏瓜星来比喻男子独处无偶。《文选》曹植《洛神赋》:"叹匏瓜之无匹兮,咏牵牛之独处。"张铣

注:“匏瓜,星名,独在河鼓东,故云无匹。”

⑫ 织女:天帝女。指织女和牛郎夫妻长久分别的故事。《月令广义·七月令》引南朝·梁·殷芸《小说》:“天河之东有织女,天帝之子也。年年机杼劳役,织成云锦天衣,容貌不暇整。帝怜其独处,许嫁河西牵牛郎,嫁后遂废织纴。天帝怒,责令归河东,但使一年一度相会。”民间流传的故事有许多不同的版本。

⑬ 惚怳(hū huǎng 忽恍):心神不定貌。

⑭ 缤纷:繁盛貌。

⑮ 靡见:看不见。

⑯ 抑情:压抑感情。自信:自表诚信。

⑰ 伫:久立。延首:伸长脖子,形容急切盼望的样子。

⑱ 素粉:指女性化妆用的白色粉。

筝　赋

惟夫筝之奇妙①,极五音之幽微②。苞群声以作主,冠众乐而为师③。禀清和于律吕④,笼丝木以成资⑤。身长六尺,应律数也;[弦有十二,四时度也⑥,柱高三寸⑦,三才具位也⑧](据《北堂书钞》一百一十、《初学记》十六补)。故能清者感天,浊者合地⑨,五声并用⑩,动静简易。大兴小附,重发轻随,折而复扶,循覆逆开。浮沉抑扬,升降绮靡⑪。殊声妙巧,不识其为⑫。平调定均,不疾不徐;迟速合度,君子之衢也⑬。慷慨磊落,卓砾盘纡⑭,壮士之节也。曲高和寡⑮,妙妓难工⑯,伯牙能琴⑰,于兹为朦⑱。皦怿翕纯⑲,庶配其踪。延年新声⑳,岂此能同?陈惠李文㉑,曷能是逢㉒?

【说明】

此赋原文见《艺文类聚》卷四十四、《北堂书钞》卷一一〇,《初学记》卷十六引三条。这是一篇歌咏乐器的咏物赋,在写法上模仿了传统的咏物赋如西汉王褒的《洞箫赋》等。赋文开头首先赞誉筝的美妙音乐为众乐器之冠,接着描写筝的本身,弦的数目及材料等等。但已经不像汉代音乐赋那么铺陈。赋中最长的段落的对筝乐的描绘,将之比喻为君子与壮士,同时以伯牙、李延年等著名乐师与之相比,在手法上没有脱出汉赋的藩篱。但以汉朝乐人陈惠、李微入赋,则是新创。韩格平《建安七子诗文集校注译析》(长春:吉林文史出版社,1991 年)以为本赋为藉物抒情,认为作者赞美筝就是赞美自己,这种说法因本赋残缺不全,缺乏证据,不能采信。从现存的赋文看来,也缺乏这样的寓意。

【注释】

① 筝:拨弦乐器名,传为秦代蒙恬所作,其弦数历代由五弦增至十二弦、十三弦、十六弦,甚至有二十五弦者。

② 五音:中国古代有五声音阶,分别为宫、商、角、徵、羽。

③ 苞:通“包”,包括。作主:指以筝音为主调。这句是强调筝的地位,为众乐器之王。师:长。

④ 律吕:古代校正乐律的器具,由十二根长短不一的竹管或金属管组成,管径相同,以管的长短来确定音的不同高度。由低音管算起,奇数管为律,偶数管为吕。此处泛指音律。

⑤ 丝、木:各为古八音之一。古八音为金、石、土、革、丝、木、匏、竹。资:指天赋之材质。

⑥ 应律数:与六律之数相应。十二弦与四季相配。

⑦ 柱:琴上的系弦木。

⑧ 三才:天、地、人。

⑨ 清、浊:指音乐上的清音和浊音。

⑩ 五声:即上述五音。

⑪ 绮靡:美好艳丽,又指风格浮艳柔弱。

⑫ 只是听到美妙的乐声,却不知是如何演奏出来的。

⑬ 此句赞美筝声不快不慢,正是君子的正道。

⑭ 卓砾:超绝出众。盘纡:萦绕回旋。

⑮ 曲高和寡:语出宋玉《对楚王问》,意为曲调过于高雅,则能与之唱和者自然就少了。

⑯ 意为即使技艺高妙的伎人也难以专精。

⑰ 伯牙:古代著名琴师。《荀子·劝学》:“伯牙鼓琴而六马仰秣。”

⑱ 以上二句意为,即使像伯牙如此技术高超的琴师,对筝这项乐器却不能完全明白其中奥妙。朦:迷乱;不明白。

⑲ 皦(jiǎo 脚):光亮洁白,指乐声响亮清楚。怿(yì 绎):“绎”的通假字,连续不断。翕:聚合协调。《论语·八佾》:子语鲁大师乐曰:“乐其可知也:始作,翕如

也;从之,纯如也,皦如也,绎如也,以成。”

⑳ 李延年:汉代著名乐师,他时为汉武帝作曲,很动听,武帝极喜欢他。其妹李夫人为汉武帝宠妃。

㉑ 陈惠、李文:汉元帝宫中之黄门鼓吹乐工。“李文”在《汉书》中写作“李微”。见《汉书》卷八十二。

㉒ 即使是如陈惠、李文这样杰出的乐师,又怎能同它媲美!

徐　幹

徐幹(171—218),字伟长,北海剧县(今山东昌乐西)人。东汉末文学家,为著名的"建安七子"之一。年十四,始读《五经》,发愤忘食,下帷专思,以夜继日。父恐其得疾,常禁止之。至十九岁,已博览群籍,下笔成章。此时已至灵帝末年,国典隳废,遂闭门自守,以六籍自娱。建安十二年(207),应命归曹,为曹操司空军谋祭酒掾属。建安十三年(208),从征刘表。参与赤壁之战。建安十六年(211),转五官将文学。建安十九年(214),为临淄侯文学。建安中(196—219),曹操特加旌命,但徐幹以病辞,后来又请他为上艾(今山西平定)长,又以病不愿上任。建安二十三年(218)二月死于大疫中,享年四十八岁。曹丕在《与吴质书》中称赞他人格高洁:"观古今文人,类不护细行,鲜能以名节自立。而伟长独怀文抱质,恬淡寡欲,有箕山之志,可谓彬彬君子者矣。"徐幹个性正直恬淡,在"建安七子"中独树一帜。在文学方面,曹丕在《典论·论文》中则赞誉其辞赋:"幹之《玄猿》、《漏卮》、《圆扇》、《橘赋》,虽张(衡)、蔡(邕)不过也。"除文章、辞赋和诗歌之外,还著有哲学作品《中论》二十馀篇。传附《三国志·魏书·王粲传》。

齐都赋

齐国〔者，元龟之精[①]，降为厥野〕（据《太平寰宇记》补），实坤德之膏腴[②]，而神州之奥府[③]。其川渎则洪河洋洋，发源昆仑[④]，〔九流分逝[⑤]，北朝沧渊[⑥]〕（据《水经注·河水》补），惊波沛厉，浮沫扬奔。南望无垠，北顾无鄂[⑦]，蒹葭苍苍[⑧]，莞菰沃若[⑨]。〔驾鹅鸧鸹[⑩]，鸿雁鹭鸨[⑪]，连轩翚霍[⑫]，覆水掩渚[⑬]〕（据《韵补》卷三"鸨"字注补）。瑰禽异鸟[⑭]，群萃乎其间[⑮]。戴华蹈缥[⑯]，披紫垂丹[⑰]，应节往来[⑱]，翕习翩翻[⑲]。灵芝生乎丹石，发翠华之煌煌[⑳]。其宝玩则玄蛤抱玑[㉑]，驳蚌含珰[㉒]。构厦殿以宏覆[㉓]，起层榭以高骧[㉔]。

龙楹螭桷[㉕]，山岳云墙[㉖]。其后宫内庭，嫔妾之馆[㉗]，众伟所施，极巧穷变。然后修龙榜，游洪池，折珊瑚，破琉璃[㉘]。日既仄而西舍[㉙]，乃反宫而栖迟[㉚]。欢幸在侧，便嬖侍隅[㉛]。含清歌以咏志，流玄眸而微眄[㉜]。竦长袖以合节[㉝]，纷翩翻其轻迅。〔往如飞凫，来如降燕〕（据《韵补》卷四"迅"字注补）。王乃乘华玉之辂[㉞]，驾玄驳之骏[㉟]。〔翠幄浮游，金光皓旰[㊱]。戎车云布[㊲]〕（据《太平御览》补），武骑星散。钲鼓雷动[㊳]，旌旂虹乱[㊴]。盈乎灵圃之中[㊵]。于是羽族咸兴[㊶]，毛群尽起[㊷]，上蔽穹庭[㊸]，下被皋薮[㊹]。（《艺文类聚》卷六十一，《水经·河水注》，《北堂书钞》卷一二一，《文选》陆机《招隐诗》注，《太平寰宇记》卷十八、《太平御览》卷三三八，《韵补》卷三"起"字注和"鸨"字注，《韵补》卷四"迅"字注）

罛鳣鳀[㊺]。网鲤鲨，拾蠙珠[㊻]，籍蛟螭[㊼]。（《韵补》卷一"鲨"字注）

若其大利，则海滨博诸，溲盐是钟[㊽]，佥赖其肤[㊾]。皓皓乎若

白雪之积，鄂鄂乎若景阿之崇[50]。（《北堂书钞》卷一四六两引）

宗属大同[51]，乡党集聚。济济盈室，爵位以齿[52]。（《韵补》卷三"齿"字注）

磬管锵锵，钟鼓喈喈[53]。制度之妙，非众所奇。（《韵补》卷一"喈"字注）

主人盛飨[54]，期尽所有。三酒既醇[55]，五齐惟醹[56]。烂豕胹羊，炰鳖鲙鲤[57]。〔嘉旨杂遝[58]，丰实左右。前彻后著，恶可胜数〕（据《韵补》补）。（《韵补》卷三"有"字注、"鲤"字注，《北堂书钞》卷一四二）

倾杯白水[59]，沅肴如京[60]。（《玉烛宝典》卷三）

青阳季月，上除之良[61]。无大无小，祓于水阳[62]。（《初学记》卷四）

纤缅细缨[63]，轻配蝉翼。尊曰元饰，贵为首服[64]。〔自尊及卑，须我元服〕[65]（据《北堂书钞》、《太平御览》补）。君子敬慎，自强不忒[66]。（《初学记》卷二十六，《北堂书钞》卷一二七，《太平御览》卷六八六）

历阴堂，行北轩。（《编珠》卷二）

彤玉限兮金铺锹枪[67]。（《编珠》卷二）

窗棂参差，景纳阳轩[68]。（《文选》曹植《赠徐幹诗》注）

隋珠荆宝[69]，磥起流烂[70]。雕琢有章，灼烁明焕[71]。生民以来，非所视见。（《韵补》卷四"烂"字注、"焕"字注）

既坠反升，将绝复胤[72]。昭晰神化，傀巧难徧[73]。（《韵补》卷四"胤"字注）

日不迁晷[74]，玄泽普宣[75]。鹑火南飞[76]，我后来巡[77]。（《韵补》卷一"宣"字注）

刊梗林，燎圃草[78]，驱禽翼兽，十千惟旅[79]。（《韵补》卷三"草"字注）

矢流镝，纴张罗[80]，籊飞铤[81]，抱雄戈。（《太平御览》卷三三九）

砏殷奰戾[82]，壮气无伦。陵高越险，追远逐遁[83]。(《韵补》卷一"遁"字注)

【说明】

京都之赋自东汉扬雄《蜀都赋》、班固《两都赋》及张衡《二京赋》以来，形成一种京都大赋、铺采摛文的典型。本赋描绘的就是古代齐国的首都临淄(今山东省淄博市临淄区)。赋文虽不完整，但可看出和传统的都城之赋一样，其特点必然是以铺陈罗列的手法描绘临淄的地理位置和丰富的物产，其中还描写校猎和宴会等壮盛隆重的场面。此赋无疑是一篇典型的京都大赋，可惜残缺不全，未能窥其全豹。

【注释】

① 元龟：大龟。汉代纬书《春秋元命苞》："虚、危之精，流为青州，分为齐国，立为莱山。"虚、危是二十八星宿中的两宿，属于北宫，象征北方的动物为玄武，故称为玄武之精。玄武为龟蛇合体，故又称元龟之精。"元"与"玄"通。

② 坤德：地神的恩德。《易·坤》："坤厚载物，德合无疆。"膏腴：喻齐国土地肥美。

③ 神州：中国的代称。《史记·孟子荀卿列传》："中国名曰赤县神州。赤县神州内自有九州岛，禹之序九州岛是也，不得为州数。"奥府：殷富的府库。形容齐国富庶。

④ 洪河：大河，指黄河。昆仑：山名，在新疆和西藏之间，西接帕米尔高原，东延入青海境内。发源昆仑：指黄河发源地昆仑山。

⑤ 九流：泛指江河的许多支流。

⑥ 北朝：指北流。沧渊：大海。指渤海。

⑦ 垠、鄂：皆指界限、边际。无垠、无鄂：没有边际。指流入大海。

⑧ 蒹葭(jiān jiā 兼佳)：荻草与芦苇。苍苍：茂盛的样子。《诗·秦风·蒹葭》："蒹葭苍苍，白露为霜。"

⑨ 莞(guān 棺)：多年生草本植物，生于池沼。也称为水葱或席子草，可以用来织草席。菰(gū 孤)：俗称茭白笋。果实称为雕胡米，可供煮食。沃若：润泽貌。

⑩ 驾(jiā 加)鹅：野鹅。鸧鸹(cāng guā 仓瓜)：水鸟，大如鹤。

⑪ 鸨(bǎo 保)：水鸟名。似雁而略大，头小，颈长，背部平，翅膀阔，尾巴短。

⑫ 连轩：飞舞貌。翚(huī 灰)霍：双声词，形容鸟类鼓动翅膀飞翔貌。

⑬ 渚(zhǔ 主)：水中的沙洲。

⑭ 瑰:奇伟。

⑮ 萃:栖息,停止,聚集。

⑯ 戴华:头上戴着花。形容鸟头上的毛五颜六色。缥:淡青色。蹈缥:意为脚下皮肤为淡青色。

⑰ 紫:蓝和红合成的颜色。丹,朱红色。连上两句都是描写鸟类的各种颜色。

⑱ 节:指季节。

⑲ 翕习:鸟飞时翅膀开合貌。翩翻:轻捷翻飞貌。

⑳ 翠华:绿色的花朵。煌煌:光明貌。

㉑ 玄蛤(gé 格):黑色的蚌。玑(jī 机):不圆的珠。《楚辞 · 七谏》:“贯鱼眼与珠玑。”王逸注:“圆泽为珠,廉隅为玑。”

㉒ 驳:颜色杂乱。珰(dāng 当):戴在耳垂上的珠玉,此指珍珠。

㉓ 宏覆:普遍覆盖,比喻大厦之高。

㉔ 榭:建筑在高土台上的房子。高骧(xiāng 箱):指台榭高耸。

㉕ 楹:厅堂前的直柱,泛指柱子。螭(chī 痴):中国古代传说中的动物,外形似龙而无角。桷(jué 觉):方形的屋椽(chuán 船),即榱(cuī 崔)。

㉖ 岊(jié 节):通“峊(jié)”,即两山接榫处。云墙:以云彩的图样来装饰墙之表面。

㉗ 嫔:古代帝王的妻妾之一。

㉘ 琉璃:青色的宝石。用扁青石,即铝和钠的硅酸化合物烧炼成的釉料,多为青色和黄色。可加在黏土的外层,再烧制成缸、瓦、盆等。此处则泛指所有颜色的玻璃或宝石。

㉙ 仄:倾斜。日仄,太阳下山。舍:星次,星位所在,又有“安置”、“居住”之义。

㉚ 栖迟:游息。

㉛ 便嬖(bì 毕):善于谄媚而受宠信的人。此指受宠幸的姬妾。侍隅:在角落服侍。

㉜ 玄眸:黑色的眼珠。微眄:微微顾盼。

㉝ 竦:抬起。合节:合乎音乐节奏。

㉞ 辂(lù 路):车前的横木。此为马车代称。

㉟ 玄驳:一种毛色黑白相杂的猛兽。见《山海经 · 西山经》。此以猛兽喻骏马。

㊱ 皓皔(hào hàn 浩瀚):通“皓旰”,光亮貌。

㊲ 戎车:兵车。云布:像云一样散开来。

㊳ 钲鼓:古代行军时,击鼓表前进,敲钲示停止。

㊴ 旌旂:通“旌旗”,旗帜的总称。虹:通“讧”,惑乱。按,《北堂书钞》卷一二一“虹”作“虮”,亦通。

㊵ 灵圃:灵囿,本为周文王苑囿名,后世为苑囿的美称。

㊶ 羽族:指鸟类。

㊷ 毛群:指走兽。

㊸ 穹庭:天空。

㊹ 皋薮(gāo sǒu 高叟):水流汇聚的地方,泛指杂草丛生的低湿地。

㊺ 罛(gū 孤):大型渔网。这里作动词用。鳣(zhān 沾):鲟鳇鱼。鳀(tí 题):鲇(nián 年)鱼。

㊻ 蠙(pín 嫔)珠:即蚌珠、珍珠。

㊼ 籍:藉,践踏。蠵(xī 西):一种大龟。

㊽ 溲(sǒu 艘)盐:淘洗海盐。钟:积聚(海盐)。

㊾ 佥(qiān 签):皆,全部。肤:肥美。《诗·豳风·狼跋》:"公孙硕肤,赤舄几几。"毛传:"肤,美也。"

㊿ 景:大。阿:山凹。

51 宗属:亲戚。大同:这里是和睦的意思。

52 爵位以齿:按辈分排列座次。齿:并列。

53 锵锵(qiāng 枪):玉石撞击声。喈喈(jiē 皆):和谐的声音。以上指乐器发出声音。

54 盛飧(sūn 孙):丰盛的菜肴。

55 三酒:三种用在不同场合的酒。《周礼·天官·酒正》:"辨三酒之物,一曰事酒,二曰昔酒,三曰清酒。"郑玄注:"事酒,有事而饮也;昔酒,无事而饮也;清酒,祭祀之酒。"

56 五齐:五种清浊度不同的酒。《周礼·天官·冢宰》:"酒正:掌酒之政令,以式法授酒材。凡为公酒者,亦如之。辨五齐之名,一曰泛齐,二曰醴齐,三曰盎齐,四曰缇齐,五曰沈齐。辨三酒之物,一曰事酒,二曰昔酒,三曰清酒。"醹(rú 如):醇厚的酒。

57 胹(ér 儿):烹煮。炰(páo 袍):以火烧烤食物。鲙(kuài 快):细切鱼肉烹调成肴馔。

58 嘉旨:美味的食品。杂遝:众多而纷乱的样子。

59 白水:典出《左传·僖公二十四年》:"所不与舅氏同心者,有如白水!"以白水表示明白之意。此处可能泛指清水。

60 沅:指湖南西部的沅江或沅水。肴:熟肉。亦泛指鱼肉之类的荤菜。京:人工所堆砌的高丘,用来比喻菜肴堆积如山。

61 青阳:春天。上除:即上巳,汉以前定农历三月上旬巳日为上巳。有修禊之俗,男女老少在河中沐浴,以祓除不祥。魏晋以后,则改在农历的三月三日。

⑥② 祓（fú 弗）：古除灾去邪的一种祭礼。

⑥③ 纚（xǐ 洗）：用来束发的帛。缨：帽带。

⑥④ 元：首。元饰即首饰。首服：冠饰。《周礼·天官·酒正》："追师，掌王后之首服。"

⑥⑤ 须：等待。元服：指冠，帽子。

⑥⑥ 忒（tè 特）：差错。

⑥⑦ 彤玉：红玉。隈：山或水的弯曲处。金铺：本来是门上用来衔门环的兽头状的铁器，后多指门环。锹（qiāo 敲）枪：状声词。

⑥⑧ 窗棂（líng 灵）：窗上以木条交错制成的格子。唐钞《文选集注》本作"窗棂参差，来景纳阳"。

⑥⑨ 隋珠：传说中隋侯所得的宝珠，比喻珍贵的物品。荆宝：荆山所产的玉石，即和氏璧。楚人和氏得玉璞于荆山，进献楚厉王、武王，不为王所信，致双足被刖，直到文王时方从玉璞中得到美玉的故事。见《韩非子·和氏》。

⑦⓪ 磥（lěi 垒）：同"磊"，众多石块累积在一起。此喻珠宝堆积。

⑦① 灼烁（zhuó shuò 酌朔）：光彩明艳。

⑦② 胤（yìn 印）：继续。

⑦③ 傀（guī 规）巧：怪异新巧。《文选》郭璞《江赋》："珍怪之所化产，傀奇之所窟宅。"按，以上四句指艺人表演。

⑦④ 迁晷（guǐ 诡）：指日影移动，比喻经过若干时间。

⑦⑤ 玄：天。玄泽：指皇帝之恩泽。

⑦⑥ 鹑火：星次名。南方有井、鬼、柳、星、张、翼、轸七宿，称朱鸟七宿。首位者称鹑首，中部者（柳、星、张）称鹑火（也叫鹑心），末位者称鹑尾。《左传·昭公八年》："岁在鹑火，是以卒灭。"鹑火是南方朱鸟七宿总称鹑鸟，表示夏季。

⑦⑦ 我后来巡：似指曹操北伐乌桓南归经齐都事，参见《三国志·魏书·邴原传》裴松之注引《原别传》。

⑦⑧ 刊：削除。楩（pián 骈）：木名。南方大木，质地坚密，为建筑良材。《墨子·公输》："荆有长松、文梓，楩、枏、豫章。"圃：种植果菜的园地。

⑦⑨ 十千惟旅：指军队人数达到一万人。旅：指军队。

⑧⓪ 流镝（dī 低）：飞动的箭头。絓：通"挂"。罗：网。

⑧① 簪（zān 糌）：古人插定发髻或冠的长针，后来专指妇女首饰。铤（chán 缠）：铁柄小矛。

⑧② 砏殷（pān yīn 潘因）：通"砏磤"，石相击声。《楚辞·九怀·危俊》："巨宝迁兮砏磤，雉咸雊兮相求。"奰（bì 币）：怒。戾：乖张。"奰戾"，形容浪涛互相击打貌，同时也可能是形容浪涛的拟声词。

⑧ 追远:追逐远处的动物。逐遁:追赶遁逃的猎物。

序征赋

余因兹以从迈兮,聊畅目乎所经①。观庶士之缪殊,察风流之浊清②。沿江浦以左转,涉云梦之无陂③。从青冥以极望,上连薄乎天维④。刊梗林以广涂,填沮洳以高蹊⑤。擥循环其万艘⑥,亘千里之长湄⑦。行兼时而易节⑧,迄玄气之消微⑨。道苍神之受谢⑩,逼鹑鸟之将栖⑪。虑前事之既终,亦何为乎久稽⑫?乃振旅以复踪,泝朔风而北归⑬。及中区以释勤,超栖迟而无依⑭。

【说明】

此赋见《艺文类聚》卷五十九。赋中描写了军队南行的情景。可能是指建安十三年(208)秋七月,曹操率军南征刘表。未至,表卒,其子琮自代,降操。十二月曹操自江陵征刘备,刘备与孙权大将周瑜、程普联合,败曹军于赤壁(山名,今湖北省武昌市西嘉鱼县东北之赤矶山)。时疾疫流行,曹军多病死。曹操遂引军回河南许昌。即《序征赋》所说的:"沿江浦以左转,涉云梦之无陂。……乃振旅以复踪,泝朔风而北归。"

【注释】

① 兹:指随曹军南征事。迈:远行。从迈:随军远行。这里指随曹军南征。《诗·小雅·小宛》:"我日斯迈,而月斯征。"畅目:舒适无阻地看。

② 庶士:众士,小吏。缪殊:指人才优劣。缪(miù 谬):错误。风流:风俗习尚。清浊:指风俗的好坏。

③ 江浦:河岸、水边。左转:指曹军沿江东下。因江东在左边。云梦:古代楚国的大泽。南至湖南益阳,北至湖北江陵、安陆。陂(bēi 杯):堤岸。"无陂",形容云梦泽无边无际。

④ 青冥:青天,苍天。《楚辞·九章·悲回风》:"据青冥而摅虹兮,遂儵忽而扪天。"薄:靠近。天维:天的网络。维:系物的粗绳子。《楚辞·七谏·自悲》:"引八维以自道兮,含沆瀣以长生。"王逸注:"天有八维,以为纲纪也。"引申为法度、纲要。

⑤ 刊:削去、砍除。梗林:阻塞道路的植物枝干。广涂:扩大道路。沮洳(jù rù

具入)：低湿之地。高蹊：用泥土将小路填高。

⑥ 擥(lǎn 览)：同“揽”，总揽，控制。循环，比喻来来往往的船只。此处指船只相互连结。

⑦ 亘：横跨。湄：水边，岸边。

⑧ 兼时：包括两个时令。指曹操于建安十三年(208)七月南征，历经秋冬两季，十二月方回师许昌。

⑨ 玄气：元气。“玄”通“元”。此指自然之气。消微：消散。此句意为寒冬之气将尽。

⑩ 道：引导。苍神：苍灵。苍：青色，于四季属春，苍神为司春之神。受谢：隐退。全句意为承接了冬天退去，春天归来。

⑪ 鹑(chún 纯)鸟：指南方朱鸟七宿，四季属夏，全句说明夏天将要到来。汉·张衡《应间》：“溽暑至而鹑火栖，寒冰沍而鼋鼍蛰。”

⑫ 稽：停留。

⑬ 振旅：整顿军队。复踪：走上故道。指北返中原。泝：逆水而上。此指迎北风而上。朔风：北风。

⑭ 中区：中心区域，指许昌。释勤：解除勤务。超：惆怅。栖迟：滞留。

西征赋

奉明辟之渥德，与游轸而西伐①。过京邑以释驾，观帝居之旧制②。伊吾侪之挺劣，获载笔而从师③。无嘉谋以云补④，徒荷禄而蒙私⑤。非小人之所幸，虽身安而心危。庶区宇之今定⑥，入告成乎后皇⑦。登明堂而饮至⑧，铭功烈乎帝裳⑨。

【说明】

此赋见《艺文类聚》卷五十九。曹操两次西征，第一次在建安十六年(211)，自陕西潼关北渡，讨伐关西(潼关以西)马超；第二次在建安二十年(215)三月西征张鲁。本赋系记载其中一次西征。

【注释】

① 明辟：贤明的君主，此指曹操。渥德：深厚的恩泽。轸(zhěn 诊)：车后横木。此代指战车。游轸：行进中的战车。此指西征马超。

② 京邑：指长安。释驾：解下拉车的牲口，表示休息住宿之意。

③ 伊:发语词。吾侪(chái 柴):我辈。载笔:文人自指从军而征。师:军队。

④ 嘉谋:良好的计谋。

⑤ 徒:空。荷禄:蒙受俸禄。

⑥ 庶:希望。区宇:疆土。

⑦ 后皇:后土与皇天,即天地的代称。

⑧ 明堂:古代天子举行大典的地方。《礼记·明堂位》:“昔者周公朝诸侯于明堂之位,天子负斧依南乡而立。”古代征伐战胜归来,饮于宗庙,称为饮至。《左传·隐公五年》:“三年而治兵,入而振旅,归而饮至,以数军实。”

⑨ 这句指将功业写在大汉皇帝的衣裳上。

从征赋

总螭虎之劲卒①,即矫涂其如夷②。

【说明】

此两句载于《北堂书钞》卷一一八、卷十三。又作《西戎征赋》。从现存残文来看,也应是军队出征之赋篇。

【注释】

① 螭(chī 痴):外形似龙而无角,与虎一样同为猛兽。此形容军队勇猛强悍。

② 矫:拂逆。陈本《书钞》中,“矫”作“险”,全句意为踏上险路,却如履平地。

车渠碗赋

圜德应规①,巽从易安②。大小得宜,容如可观③。盛彼清醴,承以琱盘④。因欢接口⑤,媚于君颜⑥。

【说明】

此赋见《艺文类聚》卷七十三。这是一篇典型的咏物赋,全用四言体。早期如汉代羊胜的《屏风赋》、孔臧的《鸮赋》、扬雄的《酒赋》全用四言行之,魏晋六朝的俗体赋,内容诙谐嘲弄,风格都是四言体,本赋应属此类赋。建安七子如王粲、陈琳、应玚皆有同名赋篇,足见为同题共作的赋篇。在六朝的文学宴会上,这是一个极受欢迎的活动。车渠乃酒杯名。有两种解释:一、指海中一种大蛤。指用大蛤之壳做成的碗。沈括《梦溪笔谈》卷二十二:“海物有车渠,蛤属也,大者如箕,背有渠垄如蚶壳,故以为器,缴如白玉,生南海。”二、一种玉石,形如蚌蛤,有纹理,古代西域七宝之一。《中华古今注》卷上载:“魏武帝以玛瑙为马勒,车渠石为酒碗。”

【注释】

① 圜德应规:圆的形体符合圆规的标准。圜(yuán 元),同“圆”。

② 巽(xùn 训):《易经》卦名,有卑顺谦让之义。易安:和悦安详。指车渠玉石给人以清爽祥和的感觉。

③ 容如:指车渠椀的形体容貌。

④ 醴(lǐ 礼):甜酒,甘泉。琱(diāo 雕):“雕”的异体字。磨制玉器,刻镂。

⑤ 因欢接口:将玉杯拟人化,指玉杯借助欢乐的时光接近君主之口。

⑥ 媚于君颜:指玉杯取媚于君主。

哀别赋

秣余马以候济兮,心儃恨而内尽①。仰深沉之晻蔼兮,重增悲以伤情②。

【说明】

此赋见《初学记》卷十八。写作年代已不可考。基本上是抒写哀伤离别,使用《楚辞》骚体来表达一己之情思。其中“秣马”的句式和意象取自《楚辞·离骚》:“步余马于兰皋兮,驰椒丘且焉止息。……饮余马于咸池兮,总余辔乎扶桑。”

【注释】

① 秣(mò 莫):喂马。候济:等待渡河。儃(dàn 旦):空,徒然。内尽:指内心空荡荡。严可均辑《全后汉文》作“不尽”,意即哀思绵绵不断。

② 晻(ǎn 俺)蔼:阴暗。《楚辞·离骚》:“扬云霓之晻蔼兮,鸣玉鸾之啾啾。”重:再,又。

喜梦赋序

昔嬴子与其交游于汉水之上,其夜梦见神女①。

【说明】

此序见《初学记》卷七。原文已佚,应是《神女赋》之流的作品,其源流可上溯到宋玉《神女赋》。这些篇章都是描写作者在梦中与神女相会,但结尾却以神女离去,充满惆怅之意作收。

【注释】

① 嬴子:嬴女,指秦穆公女儿弄玉。秦国为嬴姓,故称嬴女。汉水,长江最长支流,发源于陕西省宁强县,流经陕西省南部,入湖北省后转东南流,于武汉市汇入长江。

冠赋

纤缅细缨①,轻配蝉翼。尊曰元饰②,贵为首服③。君子敬慎,自强不忒④。

【说明】

此赋残句载于《初学记》卷二十六和严可均辑《全后汉文》。

【注释】

① 缅(xǐ 洗):用来束发的帛。缨:帽带。

② 元:首。元饰即首饰。

③ 首服:冠饰。《周礼·天官·追师》:"追师,掌王后之首服。"

④ 不忒:没有差错。

【辨析】

韩格平的《建安七子诗文集校注译析》和吴云主编的《建安七子集校注》都收此赋,很明显是根据严可均《全后汉文》而设立的。但《北堂书钞》卷一二七和《太平御览》卷六八六明确将此数句列入《齐都赋》。《初学记》卷二十六在“冠”项加以援引，题为《齐幹赋》。我们以为《北堂书钞》和《太平御览》编辑是正确的，此几句应归入《齐都赋》。严可均的错误在于看到《初学记》“冠”项引此赋，即以为应题为《冠赋》。又误解其内文题为《齐幹赋》，即以为系“齐·徐幹赋”之误，而非“齐都赋”之误，因后人都另列专题，姑存之。

圆扇赋

惟合欢之奇扇①，肇伊洛之纤素②。仰明月以取象③，规圆体之仪度④。

【说明】

此赋见《太平御览》卷七〇二、卷八一四，《北堂书钞》卷一三四，《事类赋》卷十四。由现存四句看来，是纯粹的咏物诗。圆扇作为咏物的主题，在六朝时期特别盛行。东汉傅毅《扇赋》云：“织竹廓素，或规或矩。”足见圆形的扇子在东汉以来就已存在。

【注释】

① 合欢：植物名，一名马缨花。此处指画上合欢花样的扇子。

② 伊洛：伊水、洛水，位于河南省西北部，流经洛阳。伊水在偃师县附近入洛河，合流后于巩义市流入黄河。

③ 仰明月以取象：指圆扇之形象是由模仿月亮的形状而来的。

④ 仪度：仪表风范。

玄猿赋

【说明】

存目。

魏文帝曹丕《典论·论文》：“王粲长于辞赋，徐幹时有齐气，然粲之匹也。如粲之《初征》、《登楼》、《槐赋》、《征思》，幹之《玄猿》、《漏卮》、《圆扇》、《橘赋》，虽张（衡）、蔡（邕）不过也。然于他文，未能称是。”玄猿：黑猿。

漏卮赋

【说明】

存目。

魏文帝曹丕《典论·论文》:"王粲长于辞赋,徐幹时有齐气,然粲之匹也。如粲之《初征》、《登楼》、《槐赋》、《征思》,幹之《玄猿》、《漏卮》……虽张(衡)、蔡(邕)不过也。"漏卮(zhī 知):古代一种有漏洞的盛酒器。此处比喻酒量大,没有限度。

橘　赋

【说明】

存目。

魏文帝曹丕《典论·论文》:"王粲长于辞赋,徐幹时有齐气,然粲之匹也。如粲之《初征》、《登楼》、《槐赋》、《征思》,幹之《玄猿》、《漏卮》、《圆扇》、《橘赋》,虽张(衡)、蔡(邕)不过也。"

七　喻

有逸俗先生者,耦耕乎岩石之下[①],栖迟乎穹谷之岫,万物不干其志[②]。王公不易其好,寂然不动,莫之能惧[③]。宾曰:"大宛之牺[④],三江之鱼[⑤],云鸧水鹄[⑥],熊蹯豹胎[⑦]。黼帱施于宴室[⑧],华蓐布乎象床[⑨]。悬明珠于长韬[⑩],烛宵夜而为阳。玄鬓拟于云雾,艳色过乎芙蓉。扬蛾眉而微睇[⑪],虽毛、施其不当[⑫]。"(《艺文类聚》卷五十七,《北堂书钞》卷一四二引二条,《韵补》卷一"鱼"字注)

丰屋广厦,崇阙百重。(《文选》陆倕《石阙铭》注)

连观飞榭,旋室回房[⑬]。(《文选》王延寿《鲁灵光殿赋》注,《文选》谢庄《月赋》注)

若乃日异如饥,聊脍美鲜。横者毫析,纵者缕分[⑭]。白逾委毒,赤过擒丹[⑮]。(《北堂书钞》卷一四五引三条)

南土之秔，东湖之菰[16]。（《初学记》卷二十六）

战国之际，秦仪之徒[17]，智略兼人，辩利轶轨，倜傥挟义[18]，观衅相时。图爵位则佩六绂[19]，谋货财则输海内[20]。一怒而诸侯惧，安居而天下憩[21]。人主见弄于股掌之上，而莫知其恶也。（《太平御览》卷四六四）

【说明】

《七喻》是承袭汉代枚乘《七发》以来的七体，这种文体是赋的支流，虽不以赋名篇，但文体却具有赋铺陈华丽的风格。根据此类文体的传统，文中的说客往往藉七件事（如美味、宫室、校猎等等）来说服某人。本篇虽残缺，但可看出说客的目的在于说服逸俗先生放弃归隐生活，出来为朝廷服务。

【注释】

① 耦耕：二人并耕。后亦泛指农事或务农。《礼记·月令》："（季冬之月）命农计耦耕事，修耒耜，具田器。"

② 栖迟：游息。《诗·陈风·衡门》："衡门之下，可以栖迟。"穷谷：深幽之谷。干：冒犯，冲犯，干扰。

③ 寂然不动：清静无为的样子。

④ 大宛（yuān 渊）：汉时为西域国名，后为汉武帝所破，即今中亚细亚乌兹别克共和国一带，盛产名马。牺，古代供宗庙祭祀用的纯色牲畜。

⑤ 三江：古代各地众多水道的总称。有多种不同的说法，如以吴江、钱塘江、浦阳江为三江。

⑥ 云鸧（cāng 仓）：鸧鸹，白顶鹤的别名。

⑦ 熊蹯（fán 樊）：熊掌。《韵补》"熊"作"禽"。豹胎：豹子的胎儿。《文选》枚乘《七发》："山梁之餐，豢豹之胎。"

⑧ 黼（fǔ 府）：古代礼服上绣的半黑半白的花纹。帱（chóu 筹）：帐。

⑨ 蓐（rù 褥）：能作褥子的草。布：铺。象床：用象牙装饰的卧床。

⑩ 长韬：剑套、装弓的袋子。

⑪ 蛾眉：美人细长而弯曲的眉毛，如蚕蛾的触鬓，故称为蛾眉。

⑫ 毛、施：指毛嫱和西施，都是古代美女。毛嫱为越王嬖妾，与西施并称。不当，不能匹敌。

⑬ 连观：绵延不断的宫馆。飞榭：凌空飞起的台榭。旋室：有机关可转旋的房室，一说以璇玉装饰的宫室。

⑭ 毫析、缕分：指把肉横直切得很细很碎。

⑮ 委毒、擒丹：未详。但从上下文看，当为白、红两种美味肉食。

⑯ 秔（jīng 京）：一种粘性较小的稻。菰（gū 孤）：俗称茭白笋。

⑰ 秦仪：指苏秦和张仪。他们二人是战国时代以合纵、连横计策闻名的游说之士。

⑱ 辩利轶轨：长于辩论，超越常规。倜傥：卓异不群，豪迈洒脱。

⑲ 绂（fú 弗）：系印环用的丝绳。苏秦提倡合纵之谋，联合六国抵抗秦国，因而佩六国相印。

⑳ 输：运送。此指使货财通达海内。

㉑ 憇（qì 弃）：通“憩”，休息。

杨　修

杨修(175—219),字德祖,弘农华阴(今陕西华阴东)人。汉名门之胄,先祖杨喜,汉高祖时被敕封为赤泉侯。高祖杨震、曾祖杨秉、祖杨赐、父杨彪四世历任司空、司徒、太尉等三公之位,与东汉时声名显赫的袁氏世家齐名并联姻。杨修学博才俊,文思敏捷,有乃祖之风。建安(196—220)中举孝廉,除郎中,后官至汉相曹操主簿,卒时四十五岁。(《后汉书》卷五十四颜师古注引《续汉书》:"太祖闻之大怒,故遂收杀之,时年四十五矣。")然其坐诛之罪名学术界至今尚无定论,概括说主要有以下三个政治因素:一、杨修本人的家世身份及政治观念与曹魏政权的利益有抵牾。杨彪夫人是袁术的女儿,杨修是袁术的外甥。而在政治观念上杨彪、杨修父子又与孔融及祢衡等清议复古派相契合,故曹操对杨修心中不免暗存芥蒂(《三国志·魏书·陈思王植传》:"以杨修颇有才策,而又袁氏之甥也,于是以罪诛修。")。二、他因才高招忌,尤其能敏捷准确地逆料曹操的意图:"(修)恃才放旷,数犯曹操之忌。"(《三国演义》第七十二回有诗曰:"聪明杨德祖,世代继簪缨。笔下龙蛇走,胸中锦绣成。开谈惊四座,捷对冠群英。身死因才误,非关欲退兵。")。三、杨修卷入了曹丕、曹植继承权之争,成为统治最高权力斗争的牺牲品。随着曹植见宠日衰,作为植之羽翼,杨修很自然被曹操虑为后患,终被寻衅坐诛(《三国志·魏书·陈思王植传》:"植既以才见异,而丁仪、丁廙、杨修等为之羽翼,太祖狐疑。……而植宠日衰。")。

杨修善属文,堪称三国著名文学家。《后汉书·杨震列传》言其著赋、颂、碑、赞、诗、哀辞、表、记、书、凡十五篇,有《集》二卷。

出征赋

嗟夫吴之小夷，负川阻而不廷[①]。肇天子之命公，緫九伯而是征[②]。整三军而饬戒，殄征夫而叛惊[③]。舫翼华以鳞集，苍鹰杂以星陈[④]。塞川原而上下，蔽城隍而无垠[⑤]。于是州牧覆舟，水衡戒事，饰师就部，乃讲乃试[⑥]。信大海之可横，焉江湖之足忌[⑦]。公命临淄，守于邺都[⑧]。侯怀大舜，乃号乃謩[⑨]。茂国事之是勉兮，叹经时而离居[⑩]。企观爱之偏处兮，独搔首于城隅[⑪]。（《艺文类聚》卷五十九）

泛从风而回舻，徐日转而月移[⑫]。处者□垂拱而基安，观者若结驷□□□[⑬]。（《北堂书钞》卷一三七）

旆已入乎河口，殿尚集于菌池[⑭]。（《太平御览》卷七七〇）

【说明】

曹植于建安十九年(214)被封为临淄侯，曹操同年东征孙权而任命曹植留守邺城，此赋应作于是时。赋一面描写曹操整饬水军东征孙权，一面赞扬曹植忠心耿耿地驻守，使曹操无后顾之忧。本篇对军队应有更为细致的描写，可惜只剩断简残编。赋中"企观爱之偏处兮，独搔首于城隅"两句，似乎也透露曹植逐渐失去宠信，因而怀有惴惴不安的心情。

【注释】

① 吴：三国东吴。小夷：贬称地处非中原地区的东吴。负：恃凭。川阻：长江之险阻。不廷：不服从朝廷。

② 肇：初始。天子：指汉献帝。公：指曹操。緫：同"总"，统领。九伯（bà 霸）："伯"同"霸"，古代诸侯联盟的首领，代指当时的各地的割据军阀。征：讨伐。

③ 整：整顿。三军：军队的通称。饬戒：告诫。殄（tiǎn 忝）：消灭。征夫：此指

敌兵。叛惊:反叛朝廷者惊骇。

④ 舫翼:并排之战船如张开之翼。华:原指开花,此处指众船罗列如花盛开。鳞集:如鱼鳞般紧密集结。苍鹰:形容骁勇的兵士。杂:形容士卒杂陈。星陈:形容舟船兵士多如星星一样纷呈。

⑤ 塞:塞满,填满,遍布。川原:江河与平原。上下:指船上或陆地兵士。敝:通"蔽",遮蔽。城隍:为护城而挖掘的壕沟。

⑥ 州牧:官名。古代指一州之长。《尚书·周书·周官》:"唐虞稽古,建官惟百。内有百揆四岳,外有州牧侯伯。"覆舟:复查舟船,以防罅漏。《礼记·月令》:"(季春之月)命舟牧覆舟,五覆五反,乃告舟备具于天子焉。"水衡:泛指管理水利之官。《后汉书·张衡列传》:"前长离使拂羽兮,委水衡乎玄冥。"李贤注:"水衡,官名,主水官也。"饰师:整顿军队。就部:兵士按编制就位。乃讲乃试:讲习操练。

⑦ 忌:畏忌。此二句说明大海尚能横绝,如何会害怕小小江河!

⑧ 临淄:指代曹植,他于建安十九年(214)被封为临淄侯。邺都:在今河北临漳北。曹操于建安十九年东征孙权时任命曹植留守于此。

⑨ 侯怀大舜:喻曹植心怀大舜之德志,对曹操忠孝不渝。侯:语辞。号:发号施令。謩(mó 磨):同"谟",筹划。

⑩ 茂:兴盛。勉:自勉。叹:盛叹,叹息。经时:过了一阵。离居:散处;分居。《诗·小雅·雨无正》:"正大夫离居,莫知我勚(yì 异,疲劳)。"此处隐含曹植见宠日衰。

⑪ 企:期盼。观爱:关注、疼爱。偏处:指曹植身处远离曹魏政治中心的临淄。搔首于城隅:用《诗·邶风·静女》"静女其姝,俟我于城隅。爱而不见,搔首踟蹰"之典,比兴当时曹植的孤独与惆怅。

⑫ 泛:《北堂书钞》、《太平御览》皆作"汎",系同字异体。舻(lú 卢):此处指庞大的战船。从、回:《太平御览》作"顺"、"回",指凯旋。此二句也见于《太平御览》卷七七〇。

⑬ 处者:指留守邺城的人。结驷:一车并驾四马。《楚辞·招魂》:"青骊结驷兮齐千乘,悬火延起兮玄颜烝。"垂拱:谦恭地垂衣拱手。基安:国家基础稳定。

⑭ 旆(pèi 配):旌旗。殿:行军队伍之末。河口:河流注入海洋、湖泊或其他河流的地方。菌城:某古地名,现已难考。

神女赋

惟玄媛之逸女,育明曜乎皇庭①。吸朝霞之芬液,澹浮游乎太清②。余执义而潜厉，乃感梦而通灵③。盛容饰之本艳，奂龙采而凤荣④。翠黼翚裳，纤縠文袿⑤。顺风揄扬，乍合乍离⑥。飘若兴动，玉趾未移⑦。详观玄妙，与世无双⑧。华面玉粲，韡若芙蓉⑨。肤凝理而琼絜，体鲜弱而柔鸿⑩。回肩襟而动合，何俯仰之妍工⑪。嘉今夜之幸遇，获帷裳乎期同⑫。情沸踊而思进，彼严厉而静恭⑬。微讽说而宣谕，色欢怿而我从⑭。

【说明】

此赋见《艺文类聚》卷七十九，传神地描摹了对神女的思慕与爱恋。赋大体作于建安二十一年(216)，时人陈琳、王粲、应玚都有同题之赋，显系唱和之作。最早以神女为主题的赋为战国时楚人宋玉的《高唐赋》和《神女赋》。《艺文类聚》卷七十九收录数篇自宋玉以来的神女赋的片段。这类赋大都描写男性作者与一位女神的相遇，但是只是发乎情、止乎礼的相遇，没有真正色情的描写。神女惊艳而来，翩翩离去，只留下了无限怅惘的男主角。没有人真正理解这类赋的目的，但从文艺心理学来看，这是一种对理想中女子表达仰慕的方式，从而纾解自己的爱慕的心情。古代男女授受不亲，无法真正直接交往，只有借助文学之力来表达。

【注释】

① 玄媛：玄妙美丽。逸女：美女。《汉书·扬雄传上》：“初累弃彼虙妃兮，更思瑶台之逸女。”育：成长在。曜：明亮。皇庭：天庭。

② 朝霞：初升太阳照映的云彩。古人服食朝霞以练气。《楚辞·远游》：“餐六气而饮沆瀣兮，漱正阳而含朝霞。”芬液：芳香的汁液。澹(dàn 旦)：恬静，安然。浮游：漫游。太清：天空。《楚辞·九叹·远游》：“譬若王侨之乘云兮，载赤霄而凌太清。”

③ 执义：坚持合理的该做的事。这里指坚守男女伦常之礼。《汉书·贾捐之传》：“兴兼此六人而有之，守道坚固，执义不回，临大节而不可夺，国之良臣也，可试守京兆尹。”潜：秘密，暗中。厉：振(翅)，奋起，疾飞。《汉书·息夫躬传》：“鹰隼横厉，鸾俳佪兮！”颜师古注：“厉，疾飞也。”三国·魏·曹植《赠白马王彪》诗：“归鸟赴乔林，翩翩厉羽翼。”感梦：谓感应于梦中。通灵：指与神女心灵相通。

④ 奂：盛众。龙采、凤荣：形容神采奕奕。采：通“彩”。荣：花。

⑤ 翠：翡翠。黼(fǔ 辅)：古代礼服上绣的半黑半白的花纹。翚(huī 灰)：指有

五彩羽毛的雉。縠(hú 胡):轻薄且有皱纹的纱。袿(guī 归):妇女所穿的华丽上衣。

⑥ 揄扬:挥扬,扬起。《楚辞·九叹·逢纷》:"揄扬涤荡,漂流陨往,触崟石兮。"

⑦ 兴动:举止动作。玉趾:对人脚步的敬称。此指舞步。《左传·僖公二十六年》:"寡君闻君亲举玉趾,将辱于敝邑。"

⑧ 玄妙:此指神女的舞姿曼妙。

⑨华面:如花之面貌。玉粲:如玉一般光泽绚丽。韡(wěi 伟):光明美丽的样子。芙蓉:荷花之别名。《楚辞·离骚》:"制芰荷以为衣兮,集芙蓉以为裳。"洪兴祖《楚辞补注》:"《本草》云:其叶名荷,其华未发为菡萏,已发为芙蓉。"

⑩ 凝理:喻皮肤白皙润泽。理:加工玉的工序。琼:美玉。絜(jié 杰):同"洁",清洁。鲜弱:此指身材苗条,肢体柔美轻娴。柔鸿:温顺的大雁。

⑪ 襟:古代指衣的交领。俯仰:抬头和低首。动合、妍工:动作优美和谐。

⑫ 嘉:赞美。幸遇:有幸相遇。帷裳:车旁的帷幔。《诗·卫风·氓》:"淇水汤汤,渐车帷裳。"

⑬ 沸踊:水翻腾貌。汉·王充《论衡·书虚》:"案涛入三江岸沸踊,中央无声。"彼:指神女。严厉:指神女矜持庄重。静恭:静肃恭谨。

⑭ 微:略、稍。讽说(shuì 税):婉言劝诫。宣谕:宣布,晓谕。欢怿(yì 义):喜悦,快乐。

伤夭赋

悲体貌之潜翳兮,目常存乎遗形[①]。

【说明】

此两句见《文选》潘岳《悼亡诗》李善注。赋为悼念夭折死亡者。这类哀伤赋应滥觞于汉武帝《李夫人赋》。其后有后汉苏顺《叹怀赋》、魏文帝曹丕《悼夭赋》。王粲也作有《伤夭赋》(俱见《艺文类聚》卷三十四)。一般是作者为怀念夭折的亲人所作。

【注释】

① 潜翳:隐藏。汉·蔡邕《述行赋》:"想宓妃之灵光兮,神幽隐以潜翳。"目:观察。常存:永久存在。汉·班固《白虎通·社稷》:"礼不常存。"遗形:指遗体,遗骸。

三国·魏·曹植《叙愁赋》:“观图像之遗形,窃庶几乎英皇。”

孔雀赋并序

魏王园中有孔雀,久在池沼,与众鸟同列[①]。其初至也,甚见奇伟,而今行者莫眂[②]。临淄侯感世人之待士,亦咸如此,故兴志而作赋,并见命及[③]。遂作赋曰:

有南夏之孔雀,同号称于火精[④]。寓鹑虚以挺体,含正阳之淑灵[⑤]。首戴冠以饰貌,爰龟背而鸾颈[⑥]。徐轩翥以俛仰,动止步而有程[⑦]。

【说明】

此赋见《艺文类聚》卷九十一。据《三国志·魏书·陈思王植传》载:“(建安)十九年(214),徙封临菑侯。”则曹植于公元214年始为临淄侯。又赋中提到曹操为魏王。据《三国志·魏书·武帝纪》载:“(建安)二十一年春二月,公还邺。三月壬寅,公亲耕籍田。夏五月,天子进公爵为魏王。”建安二十一年即公元216年,是年曹操成为魏王。因而此赋应作于216年之后。此赋残存此二节,以孔雀之高雅暗喻贤能之士,因而此赋应是一篇借描写孔雀来暗喻人才不被重用。本篇作品应类似祢衡的《鹦鹉赋》,惜只存断简残篇。

【注释】

① 魏王:指曹操。

② 伟:壮美。行者:出行的人。《左传·僖公二十四年》:“行者甚众,岂唯刑臣!”眂(shì 示):“视”的异体字。

③ 临淄侯:指曹植。见命:饬命。及:随附。

④ 有:发语词,无义。南夏:泛指我国南方。同号:同一称号。火精:太阳。汉·王充《论衡·说日》:“夫日,火之精也;月,水之精也。”《艺文类聚》卷九十一引《春秋元命苞》曰:“火离为孔雀。”

⑤ 寓:寄居。《孟子·离娄下》:“无寓人于我室,毁伤其薪木。”赵岐注:“寓,寄也。”鹑:南方朱雀七宿的总称。此处以星辰来比喻孔雀。虚:北方玄武七宿的第四宿,故虚宿指代北方。挺体:身体挺拔直立。正阳:指日中之气。《庄子·逍遥游》:“若夫乘天地之正,而御六气之辩,以游无穷者,彼且恶乎待哉。”淑灵:美善聪慧。

《汉书·外戚传下·孝成班倢伃》:“承祖考之遗德兮,何性命之淑灵。”

⑥ 首戴冠:指孔雀美丽有顶冠。爰(yuán 元):于是。鸾颈:颈似凤凰。龟背:指孔雀之背部似龟。

⑦ 徐:缓缓。轩翥(zhù 注):昂首飞举。汉·班固《典引》:“甘露宵零于丰草,三足轩翥于茂树。”俛仰:低首与抬头。“俛”,“俯”之异体字。程:章法。

节游赋

尔乃息偃暇豫,携手同征,游乎北园,以娱以逞①。钦太皞之统气,乐乾坤之布灵②。诞烟熅之纯和,百卉挺而滋生③。谷风习以顺时,桡百物而有成④。行中林以彷徨,玩奇树之抽英⑤。或素华而雪朗,或红彩而发赪⑥。绿叶幽蒂,紫柯朱茎⑦。杨柳依依,钟龙蔚青⑧。芬灼灼以舒葩,芳馥馥以播馨⑨。嗟珍果之丛生,每异类而绝形⑩。禀冲和以固植,信能实而先荣⑪。于是回旋详观,目周意倦⑫。御于方舟,载笑载言⑬。仰泝凉风,俯濯纤腕⑭。极欢欣以从容,乃升车而来反⑮。

【说明】

此赋见《艺文类聚》卷二十八,似为残篇。曹植也有《节游赋》,可见杨修赋应为同题之作。赋描述了春天的景象,百花齐放,和风徐来。看出应为典型的季节出游之作。赋作没有表露出作者私人的情怀,极可能是与众人出游之际不宜抒写自己内心的愁苦。

【注释】

① 息偃:亦作“息宴”,安息,休息。《诗·小雅·北山》:“或息偃在床,或不已于行。”暇豫:亦作“暇誉”,悠闲逸乐。《国语·晋语二》:“优施起舞,谓里克妻曰:‘主孟啗我,我教兹暇豫事君。’”北园:北面的园林或园圃。《文选》司马相如《上林赋》:“罗乎后宫,列乎北园。”逞:快心称意。《左传·昭公二十五年》:“鲁君失民矣,焉得逞其志?”

② 钦:羡慕。太皞:传说中的古帝伏羲氏,此处代指春季。《礼记·月令》:“(季春之月)其帝大皞,其神句芒。”统气:治理天地之气。乾坤:天地。布:布施。灵:福祉。

③ 诞:发语词。烟熅(yūn 晕):同“氤氲”(yīn yūn 因晕),阴阳和合之气。汉·班固《白虎通·嫁娶》引《易》:“天地氤氲,万物化淳。”纯和:纯净和谐。卉:诸草总称。

④ 谷风:东风。习:微风和煦。桡(náo 挠):同“扰”,扰动,搅乱。《易·说卦》:“动万物者,莫疾乎雷;桡万物者,莫疾乎风;燥万物者,莫熯乎火。”此处指吹拂。

⑤ 中林:林中。彷徨:徘徊走动。玩:赏玩。抽英:开花。

⑥ 素华:白花。雪朗:如雪般白洁明朗。赪(chēng 称):赤色。

⑦ 幽蒂:花蒂隐蔽,形容因枝叶繁茂而被遮蔽。柯:草木之茎干。

⑧ 杨柳依依:形容柳枝轻柔,随风摇摆,语出《诗·小雅·采薇》:“昔我往矣,杨柳依依;今我来思,雨雪霏霏。”钟龙:竹名,《初学记》卷二十八引晋·戴凯之《竹谱》:“钟龙竹,伶伦所伐也。”蔚青:谓竹初生时的茁壮。

⑨ 芬:香气。灼灼:花色明艳貌。舒葩:开花。馥:形容花香浓郁。馨:香气。

⑩ 每:各,逐个。异类:品种各异。绝形:形态独一无二。

⑪ 禀:秉承。冲和:语本《老子》第四十二章:“万物负阴以抱阳,冲气以为和。”后以“冲和”指真气、元气。固植:壮实坚挺。实:结果。荣:开花。

⑫ 目周:环视周围。意倦:感觉疲乏。

⑬ 御:驾驶。方舟:两船相并。《庄子·山木》:“方舟而济于河,有虚船来触舟,虽有惼心之人,不怒。”载笑载言:边说边笑。语出《诗·卫风·氓》:“既见复关,载笑载言。”

⑭ 泝(sù 诉):“溯”的异体字,逆迎。濯(zhuó 浊):洗。

⑮ 极欢欣:尽情欢乐。从容:举动。《礼记·缁衣》:“长民者衣服不贰,从容有常。”孔颖达疏:“从容有常者,从容,谓举动有其常度。”《楚辞·九章·怀沙》:“重华不可遻兮,孰知余之从容!”王逸注:“从容,举动也。”反:通“返”,返回。

许昌宫赋

于是仪北极以遘撩,希形制乎太微[①]。结云阁之崔嵬[②]。植神木与灵草,纷蓊蔚以参差[③]。尔乃置天台于辰角,列执法于西南[④]。筑旧章之两观,缀长廊之步栏[⑤]。重闺禁之窈窕,造华盖之幽深[⑥]。俭则不陋,奢则不盈[⑦]。黎民子来,不督自成[⑧]。于是天子乃具法服,戒群僚[⑨]。钟鼓隐而雷鸣,警跸嘈而响起[⑩]。晻蔼低徊，天行地止，以入乎新宫[11]。临南轩而向春方，负黼黻之屏风[12]。凭玉几而按图书，想往昔之兴隆[13]。（《艺文类聚》卷六十二）

华殿炳而岳立[14]。（《文选》潘岳《藉田赋》注）

建日月之太常，杂红霓之旌旄[15]。（《北堂书钞》卷一二〇）

【说明】

此赋为残篇，从赋体来看是一篇典型的描写宫殿的赋篇。《艺文类聚》卷六十二还收刘歆的《甘泉宫赋》和卞兰的《许昌宫赋》。汉献帝于建安元年（196），由于洛阳残破不堪，缺乏粮食，于是召曹操供奉。曹操大喜，兵进洛阳，遂迁都于许昌。从此挟天子以令诸侯。曹丕于公元220年登基，献帝逊位为山阳公，丕迁都于洛阳。三国时期，颍川郡属豫州。许昌县、颍阴县、鄢陵县、长社县等皆属颍川郡。许昌为魏五都之一。魏黄初二年（221），文帝曹丕以"汉亡于许，魏基昌于许"，遂改许县为许昌县。

许昌为东汉末年的政治中心，因此当时文人多以许昌为主题写作宫殿之赋。此赋首句说明了许昌宫坐北朝南，有如天庭。古许昌在今河南许昌东。用星辰为坐标来描绘帝都是汉代宫殿之赋的传统。第二段接着描写皇帝法驾出游状况。惜此赋已残缺不全，难观全豹。

【注释】

① 仪北极：以北极星为准而标识方向。遘（gòu 够）撩：构成，建造。希：期望。形制：式样。太微：亦作"大微"，古代星官名，三垣之一。又引申作天庭，位于北斗之南，轸、翼之北，大角之西，轩辕之东。诸星以五帝座为中心，作屏藩状。《楚辞·远游》："召丰隆使先导兮，问大微之所居。"

② 结：构筑。云阁：高耸入云的台阁。崔嵬（wéi 围）：高耸状。

③ 纷：繁盛貌；众多貌。《楚辞·离骚》："纷吾既有此内美兮，又重之以修能。"蓊（wěng 滃）蔚：草木茂盛貌。《文选》张衡《南都赋》："暗暖蓊蔚，含芬吐芳。"参差：不整齐。

④ 天台：宫殿名。辰：星宿名，指二十八宿之一的心宿，又称大火。《左传·昭公元年》："后帝不臧，迁阏伯于商丘，主辰。"杜预注："辰，大火也。"角：二十八宿之一，二十八宿中东方苍龙七宿的第一宿。执法：星名。此为宫殿名。《史记·天官书》："南四星，执法。"

⑤ 旧章：法规、告示。观：宫廷大门外两旁左右对称的望楼，两观间的通道豁口

处用以张贴法规、告示。步栏:长廊。

⑥ 重(chóng 虫):深幽。闺禁:妃嫔居所。窈窕:幽深。晋·陶潜《归去来兮辞》:"既窈窕以寻壑。"造:到访。华盖:星名。在紫微垣,共十六星,在五帝座上,今属仙后座。《楚辞·九怀·思忠》:"登华盖兮乘阳,聊逍遥兮播光。"

⑦ "俭则不陋,奢则不盈":谓君王从俭但不简陋,从奢但不过分。

⑧ 黎民:百姓。子来:谓民心归附,如子女敬事父母,不召自来。《诗·大雅·灵台》:"经始灵台,经之营之。庶民攻之,不日成之。经始勿亟,庶民子来。"不督自成:无人督导,自己完成。

⑨ 天子:此指汉献帝。具:备全。法服:礼法规定之准装。戒:饬令。群僚:众官。

⑩ 隐:通"殷",兴盛。警跸(bì 毕):古代帝王出入时,于所经路途侍卫警戒,清道止行,谓之"警跸"。《史记·淮南衡山列传》:"厉王以此归国益骄恣,不用汉法,出入称警跸,称制,自为法令,拟于天子。"嘈:喧闹。响:回音。

⑪ 晻蔼:亦作"暗霭",众多貌。《文选》扬雄《甘泉赋》:"傧暗蔼兮降清坛,瑞穰穰兮委如山。"低徊:萦绕回荡。天行地止:喻音乐萦荡于天地。新宫:即许昌宫。

⑫ 轩:有窗的长廊或小室。春方:东方。负:背依。黼黻(fǔ fú 辅扶):泛指礼服上所绣的华美花纹。《晏子春秋·谏下》:"公衣黼黻之衣,素绣之裳,一衣而王采具焉。"

⑬ 玉几(jī 机):玉饰的矮桌。《尚书·顾命》:"相被冕服,凭玉几。"按:参照。图书:图籍。指疆域版图与户籍等簿册。或指河图洛书。语出《易传·系辞上》:"河出图,洛出书,圣人则之。"

⑭ 华殿:宏大壮美的宫殿。炳:光亮。岳立:屹立。岳:《文选》作"嶽","岳"之异体字。

⑮ 太常:古代旌旗名。《尚书·君牙》:"厥有成绩,纪于太常。"红:《北堂书钞》孔广陶校曰:"'红',陈俞本作'虹'。"旌旄:泛指旗帜。

暑　赋

【说明】

存目。

此赋已佚,仅留《三国志·魏书·陈思王植传》裴松之注引的《典略》:"伏惟君侯,少长贵盛,体发、旦之资,有圣善之教。远近观者,徒谓能宣昭懿德,光赞大业而已;不谓复能兼览传记,留思文章。今乃含王超陈,度越数子。观者骇视而拭目,听者倾首而竦耳。非夫体通性达,受之自然,其孰能至于此乎?又尝亲见执事握牍持笔，有所造作，若成诵在心，借书于手，曾不斯须少留思虑。仲尼日月，无得逾焉。修之仰望，殆如此矣。是以对鹖而辞，作《暑赋》弥日而不献，见西施之容，归憎其貌者也。"《文选》杨修《答临淄侯笺》也提到杨修作《大暑赋》。

三国时期，曹植、刘桢、王粲、繁钦诸人皆作有《暑赋》，描绘夏天的炎热天气，赋皆收于《艺文类聚》卷五。可见此赋应该是文人之间同题共作的例子。

五湖赋

头首无锡，足蹄松江①。负乌程于背上，怀太吴以当胸②。岞岭崔嵬，穹窿纡曲③，大雷小雷，湍波相逐④。

【说明】

王国维注校《水经注笺》卷二十八载："杨修《五湖赋》曰：'头首无锡，足蹄松江，负乌程于背上，怀太吴以当胸。岞岭崔嵬，穹窿纡曲，大雷小雷，湍波相逐。"赵一清《水经注释·水经注笺刊误》载："一清按：杨修当作杨泉，何焯校。"这篇赋极可能并非杨修所作，而是杨泉所作。为不废前人之言，姑且录之。杨泉为晋朝人，生卒年不详，曾著《物理论》。

此赋应是描写五湖的地理形势与人文风景的文章，首先描写了其地理位置和波浪汹涌的情况，可惜只剩数行。

【注释】

① 五湖：古代吴越地区的湖泊，说法不一，但基本上涵盖了洞庭湖和太湖。头首无锡：以无锡为头。足蹄松江：以松江（吴淞江的古称）为足。清·顾祖禹《读史方舆纪要·江南一·三江》："三江皆太湖之委流也。一曰松江，一曰娄江，一曰东江。"

② 负乌程于背上：将乌程（今浙江省湖州市南云巢）背在背上。怀太吴以当胸：把太湖抱在怀里。按，"太吴"应为"太湖"之误。

③ 岞（zuò 作）岭：山势不整齐的山岗。崔嵬：本指有石的土山，后泛指高耸貌。穹窿：中间隆起，四周凹下貌。纡曲：弯曲。

④ 大雷小雷：今太湖中大雷山、小雷山。湍波相逐：指水激流相互追逐。

七　训

【说明】

存目。

《太平御览》卷五九〇："傅玄《七谟序》曰：'昔枚乘作《七发》，而属文之士若傅毅、刘广（世）、崔骃、李尤、桓麟、崔琦、刘梁、桓彬之徒，承其流而作之者纷焉。《七激》、《七依》、《七说》、《七蠲》、《七举》、《七误》之篇，于通儒大才马季长、张平子，亦引其源而广之。马作《七广》，张造《七辨》，或以恢大道而导幽滞，或以点瑰奓而托讽咏，扬晖播烈，垂于后世者，凡十有馀篇。自大魏英贤迭作，有陈王《七启》，王氏《七释》，杨氏《七训》，刘氏《七华》，从父侍中《七诲》，并陵前而邈后，扬清风于儒林，亦数篇焉。'"

严可均辑《全晋文》卷四十六于傅玄《七谟序》下言。《艺文类聚》卷五十七亦有此文，但今本《艺文类聚》并未有《七训》之目。所谓"杨氏"，历来皆以为杨修，但并无确证。聊备一说，姑且归为杨修。

邯郸淳

邯郸淳(约132—?),三国魏学者、辞赋家、书法家。字子叔。或字子礼,一名竺。颍川(今河南禹州)人。博学有才章,工篆书,与繁钦、路粹、丁仪、杨修、荀纬并有文名。东汉桓帝元嘉元年(151),上虞县令度尚为孝女韩娥立碑,邯郸淳于席间作碑文,挥笔而就,蔡邕于碑后题“黄绢幼妇,外孙齑臼”(即“绝妙好辞”)。汉献帝初平(190—193)中,由长安避难至荆州。建安十三年(208),荆州平,与王粲等归附曹操。曹操久闻其名,召与相见,颇受敬重。又与曹丕、曹植兄弟友善,先后为五官中郎将(曹丕)文学、临淄侯(曹植)文学。曹丕代汉建魏后,以邯郸淳为博士、给事中,曾作《投壶赋》千馀言,献于文帝,文帝以为工,赐帛千匹。所撰小说《笑林》三卷,是我国古代最早的笑话专书,所记多是嘲讽愚庸之故事。原有集二卷,已佚。今仅存《投壶赋》、《鸿胪陈君碑》等文五篇。传附《三国志·魏书·王粲传》。

投壶赋

古者诸侯间于天子之事，则相朝也[①]。以正班爵，讲礼献功[②]。于是乃崇其威仪，恪其容貌[③]。繁登降之节，盛揖拜之数[④]。机设而弗倚，酒澄而弗举[⑤]。肃肃济济，其惟敬焉[⑥]。敬不可久，礼成于饫[⑦]。乃设大射，否则投壶[⑧]。

植兹华壶，凫氏所铸[⑨]。厥高二尺，盘腹修颈[⑩]。饰以金银，文以雕镂[⑪]。□□□□，象物必具[⑫]。距筵七尺，杰焉植驻[⑬]。矢维二四，或柘或棘[⑭]。丰本纤末，调劲且直[⑮]。执竿奉中，司射是职[⑯]。曾孙侯氏，与之乎皆得[⑰]。然后观夫投者之闲习，察妙巧之所极[⑱]。骆驿联翩[⑲]，□□□□。爰爰兔发，翻翻隼集[⑳]。不盈不缩，应壶顺入[㉑]，何其善也。每投不空，四矢退效[㉒]。既入跃出，荏苒偃仰[㉓]。俛俛趋下，馀势振掉[㉔]，又足乐也。拟议于此，命中于彼[㉕]。动之如志，靡有违也[㉖]。譬诸为政，群职罔弛[㉗]。左右毕投，效奇数钧[㉘]。列置功竿，称善告贤[㉙]。三载考绩，幽明始分也[㉚]。比投不释，增是自遂[㉛]。虽往有功，义所不贵[㉜]。《春秋》贬翚，亦犹是类也[㉝]。若乃撮矢作骄，累掇联取[㉞]。一往纳二，巧无与耦[㉟]。斯乃绝伦之才，尤异之技者也[㊱]。柯列葩布，匪罕匪绸[㊲]。虽就置犹弗然，矧迴绝之所投[㊳]。惟兹巧之妙丽，亦希世之寡俦[㊴]。调心术于混冥，适容体于便安[㊵]。纷纵奇于施舍，显必中以微观[㊶]。悦举坐之耳目，乐众心而不倦[㊷]。瓌玮百变，恶可穷赞[㊸]。

【说明】

此赋见《艺文类聚》卷七十四。据《艺文类聚》卷七十四《巧艺部》引《魏略》曰："邯郸淳，字淑，作《投壶赋》千馀言，奏之。文帝以为工，赐帛十匹。"《魏略》云该赋有千馀言，而现存文字不到四百，可知此赋已经不全，但基本上保留了主要部分。

《左传·昭公十二年》载:“晋侯以齐侯宴,中行穆子相,投壶。”《礼记·投壶》孔颖达疏:“案郑《目录》云:‘名曰《投壶》者,以其记主人与客燕饮,讲论才艺之礼。此于《别录》属《吉礼》,亦实《曲礼》之正篇。’”可见投壶本是一种古老的射礼,同时也是一种投掷游戏。其方法是宾主双方以盛酒的壶口作为目标,轮流用矢投入,以投中多少决胜负。投中多者胜出,负者须饮酒作罚。举行该项活动没有固定的场所的限制。“投壶者,或于室,或于堂,或于庭,其礼亵,随晏早之宜,无常处……筹,室中五扶,堂上七扶,庭中九扶。”(《礼记·投壶》)司射者要保持良好的精神状态和形体姿态才能取胜。《礼记·射义》云:“故射者,进退周还必中礼,内志正,外体直,然后持弓矢审固,持弓矢审固;然后可以言中,此可以观德行矣。”在周代,王室诸侯间盛行投壶这项活动。据文献记载,这种壶的上面装饰着犀牛和鹿的图案,用以模仿狩猎的场景,从而增加游戏的趣味性。汉魏六朝时期,投壶是非常流行的一种雅戏,贵族士大夫每逢宴饮,必“雅歌投壶”。关于投壶,古代典籍中虽然对其有所记载,然多为片段,颇为零碎,难见全貌。即以辞赋而言,西晋傅玄有《投壶赋》,然此赋早佚,仅存一二句赋序。邯郸淳的《投壶赋》对这一传统游艺活动作了较为全面的描述,赋中对投壶的起源、规则、技法等记述甚详,使之成为研究投壶不可不读的基本历史资料。

【注释】

① 相朝:指古代诸侯互相会见。朝(cháo 潮):拜见,会见。《史记·张丞相列传》:“常先朝陵夫人上食,然后敢归家。”

② 班爵:爵位,官阶。《国语·晋语八》:“子朱怒曰:‘皆君之臣也,班爵同,何以黜朱也?’抚剑就之。”献功:献上战功,报功。《诗·鲁颂·泮水》:“不告于讻,在泮献功。”孔颖达疏:“不有告于官司争讼之事者,唯在泮宫之内献其战功而已。美其军旅齐整又能克捷。”

③ 崇:尊敬,推重。《礼记·王制》:“上贤以崇德,简不肖以绌恶。”威仪:庄重的容貌举止。《国语·周语中》:“容貌有崇,威仪有则。”恪:谨慎恭敬。《诗·商颂·那》:“自古在昔,先民有作。温恭朝夕,执事有恪。”

④ 繁:繁琐,繁缛。登降:古代指登阶下阶进退揖让之礼。《墨子·非儒下》:“孔某盛容修饰以蛊世,弦歌鼓舞以聚征,繁登降之礼以示仪,务趋翔之节以观众。”节:礼节。《论语·微子》:“长幼之节,不可废也。”盛:多,繁多。揖(yī 依)让:宾主相见的礼仪。《周礼·秋官·司仪》:“司仪掌九仪之宾客摈相之礼,以诏仪容、辞

令、揖让之节。”数：礼数，礼节。

⑤“机设而弗倚”二句：形容诸侯会见时彼此施礼有加，谦和恭敬的情状。机：同“几”，矮小的桌子。古代的几多用以倚凭身体。按，“机”，陈元龙《历代赋汇》卷一〇三作“几”。倚：依凭，靠着。酒澄：酒澄清沉淀，不是最好的状态。此谓举杯时间长，以至于杯中的酒都沉淀了。《文子·上礼》：“为礼者，雕琢人性，矫拂其情，目虽欲之禁以度，心虽乐之节以礼，趣翔周旋，屈节卑拜，肉凝而不食，酒澄而不饮，外束其形，内愁其德，钳阴阳之和而迫性命之情，故终身为哀。”举：饮酒。《礼记·曲礼上》：“长者举未釂，少者不敢饮。”孔颖达疏：“举，犹饮也。”

⑥ 肃肃：恭敬貌。《尔雅·释训》：“穆穆、肃肃，敬也。”《诗·周南·兔罝》：“肃肃兔罝。”毛传：“肃肃，敬也。”济济：庄严恭敬貌。济，通“齐”。《诗·大雅·公刘》：“跄跄济济，俾筵俾几。”郑玄笺：“济济，士大夫之威仪也。”其：发语词，无义。

⑦ 饫（yù 玉）：古代天子、诸侯议决大事时站着举行的宴会。《国语·周语中》：“夫王公诸侯之有饫也，将以讲事成章，建大德、昭大物也，故立成。”韦昭注：“立成，不坐也。”

⑧ 大射：古代的一种射礼。周代射礼有大射、宾射、燕射、乡射四种：将祭择士为大射；诸侯来朝或诸侯相朝而射为宾射；宴饮之射为燕射；卿大夫举士后所行之射为乡射。《礼记·射义》：“是故古者天子以射选诸侯、卿、大夫、士。射者，男子之事也，因而饰之以礼乐也。故事之尽礼乐，而可数为，以立德行者，莫若射，故圣王务焉。是故古者天子之制，诸侯岁献贡士于天子，天子试之于射宫。其容体比于礼，其节比于乐，而中多者，得与于祭；其容体不比于礼，其节不比于乐，而中少者，不得与于祭。数与于祭而君有庆，数不与于祭而君有让。数有庆而益地，数有让而削地。故曰：‘射者，射为诸侯也。’是以诸侯君臣尽志于射，以习礼乐。夫君臣习礼乐而以流亡者，未之有也。”孔颖达疏：“天子以射礼简选诸侯以下德行能否。”《仪礼·大射》：“大射之仪：君有命戒射，宰戒百官有事于射者。射人戒诸公、卿、大夫射，司士戒士射与赞者。”

⑨ 植：竖立。《淮南子·人间训》：“诸侯必植耳。”兹：此。华壶：华美的壶。指投壶。凫氏：古官名，职掌作钟之事。此处泛指巧匠。《周礼·考工记·辀氏》：“攻金之工，筑氏执下齐，冶氏执上齐，凫氏为声，栗氏为量，段氏为镈器，桃氏为刃。”

⑩ 厥：代词，其。盘腹修颈：粗大的腹部，修长的壶颈。《礼记·投壶》：“壶颈修七寸，腹修五寸，口径二寸半，容斗五升。壶中实小豆焉，为其矢之跃而出也。”

⑪“饰以金银，文以雕镂”二句：谓投壶上面装饰着犀牛和鹿的图案。文：修饰，雕饰。《论语·公冶长》：“朽木不可雕也，粪土之墙不可圬也。”镂：刻画，装饰。《荀子·劝学》：“锲而不舍，金石可镂。”

⑫“象物必具”前，严可均校语云：“案，当有四字一句。”是。因此句语意孤立，

与前后不连贯。象物：指投壶之戏所使用的器具，如矢、算、中、马等等。具：备，具备。

⑬ 筵：竹席，古人席地而坐，用筵作为坐具。南朝·齐·孔稚珪《北山移文》："道帙长殡，法筵久埋。"杰：特立，壮拔。《玉篇·人部》："杰，特立也。"《文选》潘岳《闲居赋》："浮梁黝以径度，灵台杰其高峙。"吕向注："杰，犹壮拔也。"植驻：如树木般竖立不动。植：竖立。《淮南子·人间训》："诸侯必植耳。"驻：止而不动。汉·刘熙《释名·释宫室》："驻，株也，如株木不动也。"

⑭ 矢：古代投壶用的筹码，即筭。矢维二四：是说宾主双方各有四矢。或柘或棘：言矢用柘树枝或酸枣树枝做成。《礼记·投壶》："壶去席二矢半。矢，以柘若棘，毋去其皮。"

⑮ 丰：丰满粗大。丰本纤末：谓矢的形状是根部粗大而末梢纤细。调劲且直：意谓矢坚劲挺直。

⑯ 执筭(suàn 算)：执矢，执筹。筭：同"筭"，投壶用的筹码，用以统计投中的矢数。《仪礼·乡射礼》："释获者执鹿中，一人执筭以从之。"清·胡培翚《仪礼正义》引张尔岐云："筭，射筹也。"奉中：恭敬地捧着盛放筭器。奉，捧。中，古代投壶时盛筹码(筭)的器皿。《礼记·投壶》："投壶之礼，主人奉矢，司射奉中。"孔颖达疏："中，谓受筭之器。投壶亦射之类，故司射于西阶上奉中北面也。"司射：古代射礼仪式中负责裁判的人员，即今之所谓"裁判"。《仪礼·乡射礼》："司射适堂西，命弟子设丰。"是：代词，此，这个。职：掌管，负责。是职：即"职是"，指掌管、主持投壶这项射礼。

⑰ "曾孙侯氏"二句：描写君臣投壶射筹的和乐场面。《礼记·射义》："故《诗》曰：'曾孙侯氏，四正具举。大夫君子，凡以庶士，小大莫处，御于君所。以燕以射，则燕则誉。'言君臣相与尽志于射，以习礼乐，则安则誉也。是以天子制之，而诸侯务焉。此天子之所以养诸侯，而兵不用，诸侯自为正之具也。"按，此引诗篇名为《狸首》，《诗经》中的一篇，早逸。"与之乎皆得"，陈元龙《历代赋汇》卷一〇三无"乎"字。

⑱ 闲习：同"娴习"，熟习。闲，通"娴"。按，此句原无"之"字，据陈元龙《历代赋汇》卷一〇三补。极：极致，犹言最高境界。

⑲ 骆驿联翩：往来众多貌。骆驿：同"络绎"，往来不绝。《文选》张衡《南都赋》："男女姣服，骆驿缤纷。"按，无论从语意还是押韵来看，此句下似脱一四字句。严可均于"骆驿联翩"句下注曰："案，当有四字一句。"信然。

⑳ 爰爰：同"缓缓"，舒缓貌。爰爰(huǎn 缓)兔发：野兔缓慢而行貌。此谓矢筹运行的样子。语出《诗·王风·兔爰》："有兔爰爰，雉离于罗。"翻翻：飞翔貌。《楚辞·九章·悲回风》："漂翻翻其上下兮，翼遥遥其左右。"隼(sǔn 损)：亦称

"鹘",一种凶猛的鸟,翅膀窄而尖,嘴短而宽,上嘴呈钩曲状,飞得很快,善于袭击其他鸟类。翩翩隼集:是说投矢像游隼那样群集于壶。

㉑ "不盈不缩"二句:意谓矢不长不短、不偏不倚,正好投掷到壶嘴里。盈缩:亦作"嬴缩"、"赢缩",伸长缩短,增减。《战国策·秦策三》:"进退盈缩变化,圣人之常道也。"《淮南子·本经训》:"嬴缩卷舒,沦于不测。"高诱注:"嬴,长也;缩,短也。"

㉒ 四矢退效:每人投射四个矢就停止比赛,即每投四矢为一局。《礼记·投壶》:"筭多少视其坐。"郑玄注:"筭用当视坐投壶者之众寡为数也。投壶者人四矢,亦人四筭。"退,停止。《吕氏春秋·仲夏纪》:"薄滋味,无致和,退私欲,定心气。"高诱注:"退,止也。"效,验证。《广雅·释言》:"效,验也。"

㉓ 既入跃出:意谓矢投进壶里又弹跳出来。但此种情况仍算投中。跃:跳跃。荏苒(rěn rǎn 忍染):柔弱貌。偃仰:忽上忽下的样子。荏苒偃仰:形容弹跳出来的矢柔弱无力欲落未落的样子。按,严可均于"荏苒偃仰"句下注曰:"案,此句有误字。"当系指"荏苒偃仰"句与韵不谐而言。

㉔ 僶俛(mǐn miǎn 敏免):亦作"僶俛"、"黾勉",勉力,尽力。汉·贾谊《新书·劝学》:"然则舜僶俛而加志,我儃僈而弗省耳。"馀势:馀波。振掉:亦称"颤振",中医术语,是指因筋脉失控而导致的头、身、肢体不自主的摇动,这里形容矢在壶中慢慢地抖动。

㉕ 拟议:行动之前的谋划或打算。《易传·系辞上》:"拟之而后言,议之而后动,拟议以成其变化。"命中:射中。

㉖ "动之如志"二句:言投壶技艺精湛,随心适意,得心应手。如志:随顺意愿。《左传·僖公十五年》:"唯所纳之,无不如志。"靡:无,没有。《诗·大雅·荡》:"靡不有初,鲜克有终。"按,"靡有违也",严可均辑《全三国文》卷二十六作"靡有违螯","违螯"有"违悖"之义,亦可通。

㉗ 譬诸:譬如,譬之于。为政:治理国家。《论语·为政》:"为政以德,譬如北辰,居其所而众星共之。"群职:百业。罔:不。《尚书·盘庚下》:"罔罪尔众,尔无共怒。"孔安国传:"今我不罪汝,汝勿共怒我。"弛:弛废,荒废。群职罔弛:犹言百业不废。按,"群职罔弛",严可均辑《全三国文》卷二十六作"群职罔弛也"。

㉘ 左右毕投:谓宾主双方投毕。《礼记·投壶》:"左右告矢具,请拾投,有入者,则司射坐而释一筭焉。宾党于左,主党于右。"效奇数钧:意谓检验一下谁比谁多出一筹,以计算双方的胜负。效:呈,呈验。奇(jī 击):奇数,单数。《礼记·投壶》:"二筭为纯……一筭为奇。"数:计算。钧:通"均",均等,同等。此谓平局。《礼记·投壶》:"卒投,司射执筭曰:'左右卒投,请数。'二筭为纯,一纯以取,一筭为奇。遂以奇筭告,曰:'某贤于某若干纯。'奇则曰'奇',均则曰'左右钧'。"孔颖达

疏："'二筭为纯，一纯以取'者，纯，全也。二筭合为一全。地上取筭之时，一纯则别而取之。'一筭为奇'者，一筭，谓不全纯者。奇，只也，故云'一筭为奇'。'遂以奇筭告'者，奇，馀也。谓左右数钧等之馀筭，手执而告曰：'某贤于某若干纯者。'……'奇则曰奇'者，若有奇数则曰奇。假令九筭，则曰九奇也。'钧则曰左右钧'者，钧犹等也，等则左右各执一筭以告。"

㉙ 列置：设置。宋·李焘《续资治通鉴长编》卷二七四："交州平日，依内地列置州县。"功筭：犹"胜筹"，致胜的筹码。功：胜。《尔雅·释诂上》："功，胜也。"《周礼·夏官·大司马》："若师有功。"郑玄注："功，胜也。"筭（suàn 算）：同"筭"，计算用的竹筹。称善告贤：推举招引贤能之人。称：推举，荐举。《左传·襄公三年》："祁奚请老，晋侯问嗣焉，称解狐。"告：招致，引来。《战国策·齐策三》："请告太子其故。"高诱注："告，致也。"

㉚ "三载考绩"二句：语本《尚书·舜典》："三载考绩，三考，黜陟幽明。"孔安国传："三年有成，故以考功；九岁，则能否、幽明有别，黜退其幽者，升进其明者。"考绩：犹考成，考核官吏成绩。幽明：指善恶、贤愚。

㉛ 比：屡次，连续。《战国策·燕策二》："人有卖骏马者，比三旦立市，人莫知之。"释：释筭，谓放下筹码，即计算成绩。司射在宾主双方投壶的过程中为其计算成绩，有投入的，就将一枚筭放到一侧的地上，如果宾方投中，就放在右边，主方投中就放在左边。比投不释：是说比赛各方如有不按投壶游戏规则连续投矢的则不为之计分。《礼记·投壶》："请宾曰：'顺投为入，比投不释，胜饮不胜者。'"孔颖达疏："'顺投为入'者……顺，本也。言矢有本末，投矢于壶，以矢本入者，乃名为入，则为之释筭也。若矢以末入，则不名为入，亦不为之释筭也。'比投不释'者，比，频也。又宾主投壶法，要更递而投，不得以前既入喜悦，不待后人投之而己频投；频投，虽入亦不为之释筭也。'"增：益，增加。是：这。增是：犹言多投了这些矢。自遂：自适，自得其乐。唐·白居易《庐山草堂记》："待予异时，弟妹婚嫁毕，司马岁秩满，出处行止，得以自遂，则必左手引妻子，右手抱琴书，终老于斯，以成就我平生之志。"

㉜ 虽：纵然。往：辛劳，辛勤。《广雅·释诂一》："往，劳也。""虽往有功，义所不贵"：意谓虽说（连续投矢这种行为）有劳苦之功，但在义理上却是不能崇尚的。义：义理，道理。贵：崇尚。

㉝ "《春秋》贬翚，亦犹是类也"：《春秋》：古代编年体史书，相传为孔子据鲁国史书编撰而成。《春秋》文字简短，寓有褒贬之义，后世称之为"春秋笔法"。翚（huī 辉）：公子翚，字羽父，鲁国大夫。据《公羊传》、《穀梁传》所记，鲁隐公是鲁惠公的庶子，惠公死的时候，太子（即后来的桓公）年幼，隐公继位摄政。隐公十一年冬，鲁大夫公子翚怂恿隐公除掉太子，被隐公拒绝。公子翚便跑到太子那里说："隐公不仅不想归政，并且还要加害于您呢！"于是公子翚就派人杀死隐公。因公子翚有此劣

迹，故《春秋》记事时不称他为公子，而是径呼其名，以示贬斥。《春秋经·隐公四年》："秋，翚帅师会宋公、陈侯、蔡人、卫人伐郑。"《公羊传·隐公四年》："秋，翚帅师会宋公、陈侯、蔡人、卫人伐郑。翚者何？公子翚也。何以不称公子？贬。曷为贬？与弑公也。其与弑公奈何？公子翚谄乎隐公，谓隐公曰：'百姓安子，诸侯说子，盍终为君矣。'隐曰：'吾否，吾使修涂裘，吾将老焉。'公子翚恐若其言闻乎桓，于是谓桓曰：'吾为子口隐矣。隐曰：吾不反也。'桓曰：'然则奈何？'曰：'请作难，弑隐公。'于钟巫之祭焉弑隐公也。九月，卫人杀州吁于濮。其称人何？讨贼之辞也。"

㉞ 若乃：犹"至于"，用于句子开头，表示另起一事。撮（cuō 搓）：抓取。《史记·太史公自序》："采儒墨之善，撮名法之要，与时迁移，应物变化。"骄：高傲，傲慢。《诗·魏风·园有桃》："不知我者，谓我士也骄。"撮矢作骄：形容投壶者抓取箭矢时的那种高傲的神态。累：屡次，接连。掇（duō 多）：拾取，选取。《诗经·周南·芣苢》："采采芣苢，薄言掇之。"累掇联取：连续拾取箭矢。

㉟ 一往纳二：犹言"一纯以取"，一次拿取两个矢。《礼记·投壶》："二筭为纯，一纯以取，一筭为奇。"《仪礼·乡射礼》："二筭为纯，一纯以取实于左手，十纯则缩而委之。"按，此句《艺文类聚》卷七十四作"一往之纳二"，"之"字似衍，兹从《全三国文》作"一往纳二"。巧：技艺高明。《墨子·鲁问》曰："公输子自以为至巧。"耦：耦（ǒu 偶）：成双，与"奇"相对。《易传·系辞下》："阳卦奇，阴卦耦。"巧无与耦：犹言技艺高强，盖世无双。

㊱ 斯：此，这。斯乃：此乃。绝伦：独一无二，无与伦比。尤异：特异，奇异。按，"尤异之技者也"，《艺文类聚》卷七十四作"尤异之首也"，严可均辑《全三国文》卷二十六作"尤异之手也"。此据陈元龙《历代赋汇》卷一〇三作"尤异之技者也"。

㊲ 柯：草木的枝条。葩（pā 啪）：草木的花。匪：不。稠：密多。列、布：皆有"分布"义。

㊳ 就：靠近。置：置放。就置：此谓近距离投矢。弗然：不以为然。矧（shěn 审）：连词，表更进一层，何况，况且。《诗·大雅·抑》："神之格思，不可度思，矧可射思。"迥绝：重复，连绵不绝貌。

㊴ 惟：句首语助词，无实义。兹巧：这种技艺。妙丽：美丽。《汉书·孝武李夫人传》："上乃召见之，实妙丽善舞。"希世：世上所少有。寡：少。寡俦（chóu 愁）：很少有比得上的。

㊵ 调：调养摄护。心术：心情，精神。混冥：混沌蒙昧貌。《庄子·天地》："致命尽情，天地乐而万事销亡，万物复情，此之谓混冥。"适：舒适，畅快。《墨子·辞过》："故圣人之为衣服，适身体、和肌肤而足矣，非荣耳目而观愚民也。"容体：容貌体态。此指身体。《礼记·冠义》："凡人之所以为人者，礼义也。礼义之始，在于正容体，齐颜色，顺辞令。"便（biàn 辩）安：便利安适。

㊶ 纷:盛多貌。《楚辞·离骚》:"纷吾既有此内美兮,又重之以修能。"纵奇:泛指投矢。纵:射矢。《诗·郑风·大叔于田》:"抑磬控送忌,抑纵送忌。"毛传:"发矢曰纵。"奇(jī击):单数,与"耦"相对。《礼记·投壶》:"二筭为纯……一筭为奇。"后以"纵奇"泛指投壶游戏。清·邓显鹤《咏溪砚》:"骑田奴仆论纵奇,想见生非哙等伍。"施舍:犹客舍。《国语·周语中》:"国无寄寓,县无施舍。"韦昭注:"施舍,宾客负任之处也。"显:觌,见。《玉篇·页部》:"显,觌。"《尔雅·释诂下》:"显,见也。"中:打着目标。微观:精妙的景象。微,精妙。《荀子·解蔽》:"未可谓微也。"杨倞注:"微者,精妙之谓也。"

㊷ 悦:愉悦。举坐:亦作"举座",满座,指所有在座之人。耳目:耳朵和眼睛。乐:快乐。众心:众人之心。不倦:不厌倦,不劳累。按,"举坐",《艺文类聚》卷七十四作"与坐",于义不合。此从《历代赋汇》、《全三国文》作"举坐"。

㊸ 瓌玮(guī wěi规伟):瑰丽奇异。恶(wū乌):疑问代词,何,怎么。《庄子·骈拇》:"若其残生损性,则盗跖亦伯夷已,又恶取君子小人于其间哉?"成玄英疏:"恶,何也。"《战国策·赵策三》:"先生又恶能使秦王烹醢梁王。"穷赞:极力赞美。《说文·穴部》:"穷,极也。"

【辨析】

作者在赋中首先追溯了投壶的起源。它是源于古代诸侯间的聘问、揖让、宴飨之礼毕后而设的一种活动。然后介绍了壶与矢的形制、规格、制作材料、设置方式、投射要领和规则等。最后,又盛赞了投壶之记的妙丽和功用等。

投壶源于古代的朝仪,场合甚为庄重,当属于射礼之类,与大射相对,为射礼之细者。据《左传·昭公十二年》载:"晋侯以齐侯宴,中行穆子相投壶,晋侯先。"这说明投壶作为诸侯间的一种庄重的外交礼仪,最迟于春秋便已出现。《礼记·投壶》篇专记投壶的仪制礼法。郑玄注:"投壶者,以其记主人与客燕饮,讲论才艺之礼。"春秋时期,诸侯宴宾时普遍有请宾客射箭的礼仪。那时,成年男子崇尚射箭,主人请客人射箭,是一种高规格的礼遇。如果客人不会射箭,就用矢投酒壶来代替。久而久之,投壶便代替了射箭。此后,投壶活动不断地被游戏化,遂成为古代贵族宴会的一种流行的娱乐方式。秦汉已降,投壶活动广泛流播,并且逐渐普及到民间。当然在贵族间更为盛行。汉·刘歆《西京杂记》卷五:"武帝时,郭舍人善投壶,以竹为矢,不用棘也。"《后汉书·祭遵传》载光武帝大将祭遵"对酒设乐,必雅歌投壶"。三国时期,文人饮酒成风,投壶逐渐演变为文人的一种高雅的游宴活动,并继续向娱乐化发展。如哲学家王弼"性和理,乐游宴,解音律,善投壶"(《三国志·魏书·钟会传》裴松之注引何劭《王弼传》)。

尽管《礼记·投壶》等文献对游戏的规则和胜负的评定作了详尽的记载,但却没提及投壶的起源,邯郸淳的这篇赋则可补其不足。赋中关于壶的描述:“植兹华壶,皂氏所铸,厥高二尺,盘腹修颈,饰以金银,文以雕镂”,以及关于矢的描述:“矢维二四,或柘或棘,丰本纤末,调劲且直”,皆可与《礼记》的相关记载相参读,互为补充。若再结合出土的相关画像石,如河南省南阳汉画馆中就收藏有一块刻有投壶场景的画像石,便可较为全面地了解其形状特征与游戏方法。虽然三国魏时投壶风俗已与《礼记》所载情况很不相同,但不可否认,邯郸淳的《投壶赋》对于投壶这种游戏活动的描写,自有其独到的文学价值、文化价值和史料价值。尤其是赋中还对投壶者的动作与姿态进行了生动的描绘:“然后观夫投者之闲习,察妙巧之所极。骆驿联翩,□□□□。爰爰兔发,翻翻隼集。不盈不缩,应壶顺入,何其善也。”读者从中既可以体悟到精湛技艺的美感,又可以揣摩其动作的要领。

应　场

应玚（？—217），字德琏，汝南南顿（今河南省项城县西）人。祖父应奉，桓帝时任司隶校尉。伯父应劭，为汉末知名学者，曾任泰山太守。父亲应珣，曾任司空掾。应玚是“建安七子”之一，与弟璩（休琏）、璩子贞，皆以文章见称。曹操为丞相期间，辟应玚为丞相掾属，曾预建安五年（200）官渡之战。建安十六年（211），转任平原侯曹植庶子。后又入邺，转入曹丕府，为五官中郎将文学。建安二十二年（217）冬，遇疫卒，年约五十。传附《三国志·魏书·王粲传》。

愍骥赋

愍良骥之不遇兮①，何屯否之弘多②！抱天飞之神号兮，悲当世之莫知③。赴玄谷之渐途兮④，陟高冈之峻崖⑤。惧仆夫之严策兮，载悚栗而奔驰⑥。怀殊姿而困逼兮，愿远迹而自舒。思奋行而骧首兮⑦，叩缰绁之纷拏⑧。牵繁辔而增制兮，心慉结而桀纡⑨。涉通逵而方举兮⑩，迫舆仆之我拘。抱精诚而不畅兮，郁神足而不摅⑪。思薛翁于西土兮⑫，望伯氏于东隅⑬。愿浮轩于千里兮⑭，曜华轭乎天衢⑮。瞻前轨而促节兮⑯，顾后乘而踟蹰⑰。展心力于知己兮，甘迈远而忘劬⑱。哀二哲之殊世兮⑲，时不遘乎良、造⑳。制衔辔于常御兮，安获骋于遐道㉑。

【说明】

此赋见《艺文类聚》卷九十三。名"愍骥赋"，借着怜悯千里马，来哀悼有才而不为所用。作者写千里马如写自己。赋中也用了传统与马有关的典故，如善于驾驭马的名家王良和造父，善于相马的薛翁和伯乐等。作者将千里马描写为愿为知己者奋蹄万里奔驰。惜知马和御马名家皆已辞世，没有人能赏识自己。作者如此描写，可能不是无的放矢，起码与自己当时处境有关。

【注释】

① 愍（mǐn 敏）：忧伤。良骥：良马，千里马。不遇：不受赏识重用。

② 屯否（zhūn pǐ 谆匹）：《易》之《屯》卦和《否》卦的并称。卦意是艰难困顿。《易·屯》："彖曰：'屯，刚柔始交而难生。'"否：闭塞不通。《易·否》："否之匪人。"陆德明释文："否，闭也，塞也。"

③ 天飞：语出《易·乾》："飞龙在天，利见大人。"后以"天飞"喻升居高位，贵显得志。但此处应指对骏马的美称。

④ 玄谷：幽深的山谷。渐（chán 缠）：通"巉"，山石高峻貌。涂：道路。

⑤ 陟（zhì 至）：登上高处。

⑥ 仆夫：驾车之人。严策：严厉的马鞭。悚栗：恐惧战栗。

⑦ 骧首：抬头，仰首。

⑧ 叩：拉住，勒住。缰绁（xiè 泄）：马缰绳。纷拏：同"纷挐"，混乱错杂貌。《楚辞·九思·悼乱》："嗟嗟兮悲夫，殽乱兮纷挐。"

⑨ 繁辔：驾驭马的缰绳繁杂紊乱。制：控制，制服。慉（xù 序）结：积聚，蓄积。槃纡：屈曲，曲折。

⑩ 逵：四通八达的道路。舆仆：马车夫。我拘：使我拘束。

⑪ 郁：忧愁气愤在心里积聚不得发泄。摅（shū 舒）：腾跃。

⑫ 薛翁：古之善相马者。典出桓谭《新论》："薛翁者，长安善相马者也。于边郡求得骏马，骑以入市，去来人不见也。"

⑬ 伯氏：伯乐，以善相马著称。《吕氏春秋·观表》："古之善相马者……若赵之王良，秦之伯乐九方堙，尤尽其妙矣。"东偶：东角，东方。偶，通"隅"，《仪礼·士昏礼》："妇洗在北堂，直室东隅。"

⑭ 轩：古代一种前顶较高而有帷幕的车子，供大夫以上乘坐。

⑮ 轭（è 饿）：牛马拉物时夹在脖子上的器具。天衢：天空广阔，任意通行，如世之广衢，故称天衢。

⑯ 促节：加快节奏速度。

⑰ 后乘：指身后的驭手。踟蹰：徘徊不前貌；缓行貌。

⑱ 迈远：行进到远方。忘劬（qú 渠）：忘记劳苦。

⑲ 二哲：指薛翁和伯乐。殊世：不同世。此指逝世。

⑳ 遘（gòu 构）：遇，遭遇。良：王良，为春秋时晋国之善驭马者。汉·王充《论衡·率性》："王良登车，马不罢驽；尧舜为政，民无狂愚。"造：造父。古之善御者，为赵国之先祖，曾献八骏幸于周穆王。《史记·赵世家》："造父幸于周缪王。造父取骥之乘匹，与桃林盗骊、骅骝、绿耳，献之缪王。缪王使造父御，西巡狩，见西王母，乐之忘归。而徐偃王反，缪王日驰千里马，攻徐偃王，大破之。乃赐造父以赵城，由此为赵氏。"

㉑ 衔：马嚼子。青铜或铁制，放在马口内，用以勒马，控制其行止。御：马车夫。

撰征赋

奋皇佐之丰烈[①]，将亲戎乎幽邻[②]。飞龙旗以云曜，披广路而北巡[③]。崇殿郁其嵯峨[④]，华宇烂而舒光[⑤]。摛云藻之雕饰[⑥]，流辉采之浑黄[⑦]。辞曰：

烈烈征师，寻遐庭兮⑧。悠悠万里，临长城兮。周览郡邑，思既盈兮。嘉想前哲，遗风声兮⑨。

【说明】

此赋见《艺文类聚》卷五十九。在西汉，文人们大都远离战争，故未见记录战斗的赋篇——虽汉武多有征战。东汉早期，崔骃到军中任职，始有《大将军西征赋》出现。此赋记车骑将军征北匈奴，追击北匈奴至燕然山（今蒙古人民共和国杭爱山）。班固也同样到窦宪军中任职，同登燕然山，作《封燕然山铭》，"振大汉之天声"。东汉晚叶，军阀混战，外敌侵扰，争战不已，建安诸子多在曹营，故描绘战争的辞赋特多。如陈琳《神武赋》、《武军赋》，王粲《初征赋》，徐幹《序征赋》、《西征赋》，阮瑀《纪征赋》，杨修《出征赋》，以及应玚《撰征赋》都是这类赋作。序征、纪征、撰征都是相同意思，即叙述、记叙、撰写战争。南朝宋谢灵运作《撰征赋》，是沿用应玚的旧题。惜应玚此赋已残缺不全，难睹赋篇丰富内容。

【注释】

① 皇佐：指其时执掌朝政的曹操。丰烈：丰功伟绩。

② 亲戎：亲自率领军队出征。幽邻：邻近的幽州。幽州为古九州之一。《周礼·夏官·职方氏》："东北曰幽州。"《尔雅·释地》："燕曰幽州。""燕"指战国燕地，即今河北省北部及辽宁省一带。《尚书·舜典》："流共工于幽州。"孔传："象恭滔天，足以惑世，故流放之幽州北裔。"

③ 龙旗：画有两龙蟠结的旗帜。为天子仪仗之一。《周礼·考工记·辀人》："龙旂（qí 其）九斿（liú 流），以象大火也。"郑玄注："交龙为旂，诸侯之所建也。"贾公彦疏："九斿，正谓天子龙旗。"云曜：如彩云一般灿烂光亮。披广路：分开行进于大路之上。北巡：向北行进。

④ 崇殿：高大的宫殿。郁：形容宫殿丛集茂密。嵯峨：形容宫殿高耸。

⑤ 华宇：华美的殿堂。灿：光亮。舒光：放光。

⑥ 摛（chī 吃）：舒展，铺陈。云藻：指装饰如云彩水藻一样的花饰繁富。

⑦ 流辉：放出的光芒。浑黄：全黄。指宫殿覆盖着一色的黄瓦。

⑧ 烈烈：威武貌。《诗·小雅·黍苗》："烈烈征征，召伯成之。"郑玄笺："烈烈，威武貌。"寻：探求。遐庭：边庭，远方之地。此指征讨之地。

⑨ 前哲：往代的哲人。遗风声：遗留下来的好名声、好风气。

【辨析】

曹操取得冀、青、幽、并四州后，而考虑解决乌桓的患边问题。时乌桓主要分四部，即上党部、辽西部、辽东部、右北平部。后三部合称“三郡乌桓”，以辽西部最强，由其军事首领统帅三郡乌桓。其时乌桓尚实行氏族制度，没有法律，人们以战死为荣。故对衰落的东汉时加侵掠。曹操决定对三郡乌桓进行反击。建安十二年(207)七月，曹操率大军出卢龙塞(今河北省喜峰口附近)。八月，奇袭乌桓大本营柳城(在今辽宁省朝阳市南郊)，大破乌桓主力，乌桓馀部或投降或远遁。九月，曹操胜利班师，同时迎回被掳的十馀万汉民。其名诗《观沧海》即作于回师经碣石(在今河北省乐亭县。或说其山已沉海中)途中。曹操因此役居功至伟，汉王朝统治者即废三公，恢复丞相制，任操为丞相，居一人之下，万人之上。

灵河赋

咨灵川之遐原兮①，于昆仑之神丘②。〔凌增城之阴隅兮，赖后土之潜流③〕(据《初学记》卷六补)。冲积石之重险兮④，披山麓而溢浮⑤。〔蹶龙黄而南迈兮⑥，纡鸿体而四流⑦〕(据《初学记》卷六补)。涉津洛之阪泉兮⑧，播九道乎中州⑨。汾滪涌而腾骛兮⑩，恒亹亹而徂征⑪。肇乘高而迅逝兮⑫，阳侯沛而振惊⑬。有汉中叶，金隄隤而瓠子倾⑭。兴万乘而亲务⑮，董群后而来营⑯。下淇园之丰篠⑰，投玉璧而沉星⑱。若夫长杉峻槚⑲，茂栝芬橿⑳，扶疏灌列㉑，暎水荫防㉒。隆条动而畅清风㉓，白日显而曜殊光。(《艺文类聚》卷八、《水经·河水注》、《初学记》卷六、韩元吉本《古文苑》卷三、章樵注本《古文苑》卷二十一)

龙艘白鲤，越艇蜀舲㉔，泝游覆水，帆柁如林㉕。(《北堂书钞》卷一三八两引，又卷一三七)

【说明】

这是一篇描写黄河的咏物赋，从现存的赋中可以看到作者援引了有关黄河的历史典故，而其重心是汉武帝如何在黄河瓠子决口时，令百官抢救决口事。据《水经注》卷二十四载：“暨汉武帝元光三年(前132)，河水南泆，漂害民居。元封二年(前109)上使汲仁、郭昌发卒数万人，塞瓠子决河。于是上自万里沙还，临决河，沉白马、玉璧，令群臣将军以下，皆负薪填决河。上悼功之不成，乃作歌曰:‘瓠子决系将奈何……’于是卒塞瓠子口。……平帝已后,未及修理,河水东浸,日月弥广。永平十二年,显宗(汉明帝)诏乐浪人王景治渠筑堤,起自荥阳,东至千乘(今山东高青),一千馀里。”这就是这篇赋描写的最主要部分。其馀几句则是描写黄河上来往的船只,由于残缺不全,无法看出其要点。

【注释】

① 咨:叹词。多表赞赏。灵川:同灵河。此指黄河。遐原:遥远的河源。

② 昆仑:山名。西起帕米尔高原,横贯在西藏、新疆、青海间。主峰高7546米,多雪峰、冰川。丘:山。

③ 凌:逾越。增(céng 层)城:古代神话中的地名。《淮南子·墬形训》:“掘昆仑虚以下地,中有增城九重,其高万一千里百一十四步二尺六寸。”阴隅:晒不到阳光的弯曲处。后土:本是对大地的尊称,此指昆仑山。潜流:地下暗流。指黄河上流许多泉眼,这是黄河水的主要来源。

④ 冲:朝着,对着。积石:即积石山,一称玛积雪山,又称阿尼玛卿山,在今青海省东端,延伸至甘肃南部边境,黄河绕流其东南侧,为昆仑山脉中支。重(chóng 崇)险:险阻层层之地势。在甘肃省临夏县西北六十公里,有积石关,附近两山如削,黄河中流,形势极为险要。隋设临津关。是兰州通青海的交通要冲。《文选》张衡《西京赋》:“左有崤函重险,桃林之塞。”

⑤ 披:劈开,分开。麓:山脚。溢浮:水满盈貌。

⑥ 蹶(guì 贵):动乱,扰乱。《诗·大雅·板》:“天之方蹶,无然泄泄。”毛传:“蹶,动也。”以上形容河流湍急。龙黄:指黄河九曲如龙,其水色黄。迈:行。

⑦ 纡:曲折。鸿:大。四:《古文苑》作“因”:顺,顺应。

⑧ 涉:历,经历。津:河口的渡口,但此处可能指河津,地名,即著名的龙门,在今山西省河津县西北。《艺文类聚》卷九十六引辛氏《三秦记》:“河津一名龙门,大鱼集龙门下数千,不得上,上者为龙,不上者□,故云曝鳃龙门。”《太平御览》卷九十也有类似记载。洛:洛水。发源于陕南,经洛阳,于巩义入黄河。阪泉:此地名有三处,一在山西省阳曲县东北,二在河北省涿鹿县东南,三在山西省运城县南。史称黄帝与蚩尤战于阪泉。原无“兮”字,据《初学记》卷六补。

⑨ 播:分布。九道:又称九河。黄河东流至洛阳以下,即进入华北平原,河水经常四溢,故有九道、九河之称,九喻其多。《初学记》卷六引《尚书》曰:“九河既道。”孔安国注:“河水分为九道,平原以北是也。”《尔雅·释水》曰:“徒骇、太史、马颊、覆鬴、胡苏、简、絜、钩盘、鬲津,九河。”中州:古豫州(今河南省一带),为九州之中,故称中州。泛指中原地区。

⑩ 汾:盛多貌,众多貌。澒(hòng 讧):水流转貌。《初学记》卷六"澒"作"倾",《艺文类聚》卷八"澒"作"鸿"。鸿涌:水波汹涌貌。《史记・司马相如列传》:"婘侵浔而高纵兮,纷鸿涌而上厉。"腾骛:疾速行进。

⑪ 亹亹(wěi 伟):水流貌。《文选》左思《吴都赋》:"玄荫耽耽,清流亹亹。"吕向注:"亹亹,渌水徐进之势。"徂征:本有远行之意,此处则是水奔流貌。

⑫ 肇:发语词。乘高:升高。黄河流经至此,河道已不在峡谷中奔流,黄河已进入平原,故有升高之感。

⑬ 阳侯:传说中的波涛之神。《战国策・韩策二》:"塞漏舟而轻阳侯之波,则舟覆矣。"鲍彪注:"说阳侯多矣。今按《四八目》,伏羲六佐,一曰'阳侯',为江海。盖因此为波神欤?"沛:波涛盛大貌。

⑭ 金堤:古堤名。在今河南省北部滑县东。《史记・河渠书》:"孝文(十二年,公元前168年)时河决酸枣,东溃金堤。"张守节正义引《括地志》:"金堤,一名千里堤,在白马县东五里。"隤:通"溃"。瓠(hú 户)子:古堤名。旧址在今河南省北部濮阳境。《史记・孝武本纪》:"还至瓠子,自临塞决河,留二日,沉祠而去。"裴骃集解:"服虔曰:'瓠子,堤名。'苏林曰:'在鄄城以南,濮阳以北。'"黄河曾在瓠子决口,见《水经注》卷二十四。倾:溃决。

⑮ 万乘:周朝制度,天子地方千里,能出兵车万乘,后因以此"万乘"代指帝王。此指汉武帝。亲务:亲自指挥。

⑯ 董:统率,监督。群后:四方诸侯及九州牧伯。《尚书・舜典》:"乃日觐四岳群牧,班瑞于群后。"营:建造。

⑰ 淇园:古卫国园林名,产竹,故址在今河南省淇县西北。筿(xiǎo 小):细竹。此句指出编竹筐装石投于河中以塞决口。

⑱ 投玉璧而沉星:指汉武帝沉玉璧白马以绥靖河神之事。"沉星"一词不可解,或以为"星"乃"牲"之误。《史记・河渠书》:"天子既封禅巡祭山川,其明年,旱,乾封少雨。天子乃使汲仁、郭昌发卒数万人塞瓠子决。于是天子已用事万里沙,则还自临决河,沉白马玉璧于河,令群臣从官自将军以下皆负薪填决河。是时东郡烧草,以故薪柴少,而下淇园之竹以为楗。"事在汉武帝元封二年(前109)。

⑲ 檟(jiǎ 甲):木名,即楸(qiū 秋),落叶乔木,可供建筑用材。

⑳ 栝(guā 瓜):木名,即桧。橿(jiāng 姜):木名,质地坚韧,古时用以造车。

㉑ 扶疏:本指枝叶茂盛,此处比喻田边沟渠散布四方。列:田垄水渠。《周礼・地官・稻人》:"以列舍水,以浍写水。"郑玄注:"列,田之畦埒也。"灌列:引水灌田的水沟。

㉒ 暎:同"映",映照。防:河堤。

㉓ 隆:丰大。畅:通畅。

㉔ 龙艘:龙舟。白鲤:白色的鲤鱼。这里比喻各种船只。越艇:来自越地(今浙江省一带)的船。艇,指轻便的小船。蜀舲:来自蜀地(今四川省一带)的船。舲(líng 玲),指有窗户的小船。

㉕ 泝(sù 诉)游:顺流而下。《尔雅·释水》:"逆流而上曰泝洄,顺流而下曰泝游。"柁(duò 惰):即"舵",控制船行驶方向的装置。

【辨析】

我们在《文变染乎世情——谈魏晋南北朝赋风的转变》(《文史哲》1990 年第 5 期)一文中曾说过:"西晋成公绥的《大河赋》,继应玚《灵河赋》之后,在中国文学史上第一次对黄河进行正面的歌颂。"我们当时之所以如此判断,是因为成公绥的《大河赋》写黄河发源昆仑,中经青海积石山,后流经秦、晋,出龙门,奔腾而下,一路写来,比较完整。而《灵河赋》系由多种类书、古籍连缀而成,断简较多,可能失真。但现在看来,《灵河赋》写汉武帝堵瓠子决口,却是历史上一件大事,同时也正抓住了黄河之一要害。黄河在流经河南后,即进入华北平原。这里地势平坦,极易造成河水泛滥。赋中所说"播九道乎中州",基本上是由黄河泛滥而造成的。所以此赋也可说正抓住了黄河之一要害,这正是《大河赋》之所缺,值得我们注意。

驰射赋

于是阳春嘉日,讲肆馀暇①,将逍遥于郊野,聊娱游于骋射。延宾鞠旅②,星言夙驾③。树应鞞于路左④,建丹旗于表路⑤。群骏笼茸于衡首⑥,咸皆骤褭与飞菟⑦。〔陇修勒而容与,并轩翥而厉怒〕⑧(据《太平御览》卷三五八补)。尔乃结翻仵,齐伦匹⑨,良、乐授马⑩,孙膑调驷⑪。筹算克明,班次均壹⑫。左揽繁弱⑬,右接湛卫⑭。控满流睇,应弦飞碎⑮。旝动鼓震,噪声雷溃⑯。重破累礫,流景倏忽⑰。纷纭络驿⑱,次授二八⑲。骅骝激骋⑳。神足奔越。终节三驱㉑,矢不虚发。进截飞鸟,顾摧月支㉒。须纡六钧㉓,口弯七规㉔。观者屏气而倾竦㉕,咸侧企而腾移㉖。尔乃萦回盘厉㉗,按节和旋㉘,翩翩神厉㉙,体若飞仙。弈弈骍牡㉚,既佶且闲㉛。扬骊沛艾㉜,蠖略相连㉝。(《艺文类聚》卷六十六、《太平

御览》卷三五八引两条）

百两弥涂[34]，方轨连衡[35]。朱骑风驰，雕落层城[36]。（《北堂书钞》卷一一七）

藻饰齐明[37]。（《文选》颜延之《赭白马赋》注）

穷百氏之玄奥[38]。（《文选》成公绥《啸赋》注）

【说明】

这是一篇描写皇家或者曹操春天打猎的辞赋。虽然内容已经不全，但仍看出作者极力描绘校猎的场景。驰骋苑囿，打猎讲武是古代皇室的一种娱乐，同时也是显示皇家注重武功的活动。这是自汉代以来辞赋重要的内容之一。现存赋篇虽然已经残缺，但是看出其讲究用典，词汇丰富，描写细致的种种特点，这种铺张扬厉的骋辞大赋无疑是展现作者才学的最佳选择。

【注释】

① 讲肆：即讲肄（yì 义），讲习，讲练演习。《礼记·曲礼下》："君命，大夫与士肄。"郑玄注："肄，习也。"

② 鞠旅：意即把军队集合起来，传达命令。犹誓师。《诗·小雅·采芑》："钲人伐鼓，陈师鞠旅。"

③ 星言夙驾：星夜驾车行驶。言：语助词，无义。语出《诗·鄘风·定之方中》："星言夙驾，说于桑田。"

④ 应鞞（pí 皮）：即应鼙或应鼓。鼙，小鼓。古驰射时，立应鼓于左侧以助威。因鼓悬在架上，故曰"树"。

⑤ 表路：外面的大路。这句是说竖起红旗在大路外边。

⑥ 笼茸：通"茏茸"，聚集貌。衡首：车辕前端横木的前面。

⑦ 骙褭（yǎo niǎo 咬鸟）、飞菟：都是良马名。菟，通"兔"。《吕氏春秋·离俗》："飞兔、骙褭，古之骏马也。"

⑧ 陇：或作"拢"，梳理、收拾的意思。修勒：修长的马笼头。容与：从容闲舒貌。轩翥：飞举。

⑨ 翻仵：翻：飘动；翻腾。仵，通"伍"。古代士兵五人为伍。此处可能指竞争对手。但此词义不详，只是根据上下文揣测。伦匹：同类。

⑩ 良：王良，春秋时之善驭马者。乐：伯乐，春秋秦穆公时人，姓孙，名阳，以善相马著称。

⑪ 孙膑:战国时齐人,曾助齐国田忌赛马赢得千金。《史记·孙子吴起列传》载:“孙子见其马足不甚相远,马有上、中、下辈。于是孙子谓田忌曰:‘君弟重射,臣能令君胜。’田忌信然之,与王及诸公子逐射千金。及临质,孙子曰:‘今以君之下驷与彼上驷,取君上驷与彼中驷,取君中驷与彼下驷。’既驰三辈毕,而田忌一不胜而再胜,卒得王千金。于是忌进孙子于威王。威王问兵法,遂以为师。”调驷:调整马匹。指以上驷对中驷,以下驷对上驷等等。

⑫ 筹算:亦作“筹筭”。即筹谋计算。筹,古代刻有数字的竹筹。克:能够。均壹:亦作“均一”,公允如一,均匀无别。

⑬ 繁弱:古良弓名。《左传·定公四年》:“分鲁公以大路、大旂,夏后氏之璜,封父之繁弱。”

⑭ 湛卫:良箭名。湛,沉没。卫,箭旁的羽毛。《仪礼·既夕礼》:“翭矢一乘,骨镞,短卫。”李如圭集释:“卫,谓羽也。羽以防卫矢,使之调,故名羽为卫。”

⑮ 控:引弓,开弓。睇:斜视,流盼。应弦飞碎:指应声射碎目标。

⑯ 旝(kuài 快):古代作战时用的一种令旗。《左传·桓公五年》:“旝动而鼓。”杜预注:“旝,旃也。通帛为之,盖今大将之麾也,执以为号令。”噪声雷溃:指欢呼惊叫声如雷振不可抵挡。

⑰ 礴(bào 暴):通“爆”,猛然破裂,迸出。流景:同“流影”,此处指飞驰的利箭。倏(shū 舒)忽:疾速。

⑱ 纷纭:多盛貌。《汉书·司马相如传下》:“威武纷云,湛恩汪涉。”颜师古注:“纷云(纭),盛貌。”络驿:同“络绎”,连接不断,往来不绝。

⑲ 二八:可指古代传说中的十六位才子,即“八元”和“八恺”。但此处“二八”应指十六人,可能是校猎的士兵。

⑳ 骅骝:周穆王八骏之一。泛指骏马。《太平御览》卷三五八作“放鞚长骋”。

㉑ 终节:最后一轮。三驱:古王者田猎之制。谓田猎时须让开一面,三面驱赶,以示好生之德。

㉒ 月支:亦作“月氏”,古族名,曾于西域建月氏国。古常为敌国,故此处把少数民族面貌作为靶子。

㉓ 须:胡须,胡子。纡:屈曲。须纡,指胡子能拉弯弓。钧:古代重量单位之一。六钧:指强弓。《左传·定公八年》:“士皆坐列,曰:‘颜高之弓六钧。’皆取而传观之。”杜预注:“颜高,鲁人。三十斤为钧,六钧百八十斤。古称重,故以为异强。”谓张满弓用力六钧,后因以指强弓。

㉔ 口弯:指用口牙拉弯弓。规:圆规,画圆形的工具。七规:指诸侯之弓。即《周礼·考工记·弓人》:“为天子之弓,合九而成规;为诸侯之弓,合七而成规;大夫之弓,合五而成规;士之弓,合三而成规。”

㉕ 屏气:抑止呼吸。倾竦:亦作“倾悚”,身体向前倾斜惊异。

㉖ 企:踮起脚。腾:挪动,挪移。这句指大家都踮起脚跟往前挤,想看得更清楚。

㉗ 萦回:盘旋往复。盘:通“鞶(pán 盘)”,大带子。盘厉:古代的一种束衣大带。这句指驰射者。

㉘ 按节:指停止挥动马鞭,意指停留或者慢行。旋:指原地回旋。

㉙ 翩翩:形容风度优美。本句指乘车而归的宾主。神厉:谓迅疾。

㉚ 弈弈:通“奕奕”,光彩闪动貌。骍(xīng 星)牡:红色公马。这句指乘骑。

㉛ 佶(jí 极):壮健貌。闲:指马训练有素。《诗 · 小雅 · 六月》:“四牡既佶,既佶且闲。”

㉜ 扬:飞起。骊:深黑色的马。沛艾:马头摇动貌。

㉝ 蠖(huò 获)略:谓行步进止貌。指尺蠖爬行时身体一屈一伸。《汉书 · 司马相如传下》载相如《大人赋》:“驾应龙象舆之蠖略委丽兮。”颜师古注:“行步进止貌。”

㉞ 百两:古时车凡两轮,故以两计数。“百两”,即百辆车。涂:道路。

㉟ 方轨:车辆并行。衡:车辕前端的横木。

㊱ 雕:一种大型猛禽。层城:古代神话中昆仑山上的高城,所谓层城九重。此处指京师王宫。

㊲ 藻饰:各种饰物。齐明:形容饰物鲜艳。

㊳ 百氏:犹言百家,指各路高手。玄奥:高深奥妙之处。

校猎赋

乃命有司①,巡士周寻②。二虞莱野③,三扈表禽④。北弥大陆⑤,南厉黄涔⑥。

【说明】

此赋见《初学记》卷二十二。这是一篇描写校猎的辞赋,可惜内容已残缺不全。所谓“校猎”,就是用栅栏把禽兽围住,命武士与猛兽搏斗,再猎取之。西汉时辕固得罪窦太后,太后即命他入兽圈与野猪搏斗。汉武帝年轻时也常亲自与猛兽搏斗。以后帝王大都只是当看客,以此取乐。校猎亦泛指打猎。这个词多次出现于班固的《汉书》中。如汉 · 司马相如《上林赋》:“于是乎背秋涉冬,天子校猎。”足见汉代皇家喜爱校猎的风气不同一般,这种传统也延续到三国时期。

【注释】

① 有司:官吏。古代设官分职,各有专司,故称。此指掌管苑囿的官吏。

② 巡士:负责巡逻察视的骑士。周寻:到处寻找。

③ 虞:古代掌管山林川泽之官。二虞分别指山虞和泽虞。莱野:芟除田野的杂草。

④ 三:表示多数。扈:随从;护卫。《楚辞·九辩》:"载云旗之委蛇兮,扈屯骑之容容。"表:此指行猎前所立的表识。《周礼·夏官·大司马》:"虞人莱所田之野为表,百步则一,为三表。又五十步为一表。田之日,司马建旗于后表之中。"禽:兽的总名。"表禽"一词不见于经典,可能与"表貉"同义,即古代田猎或出征,于阵前或营前立望表以祭神。《周礼·夏官·大司马》:"田之日……有司表貉于陈(阵)前。"《周礼·春官·肆师》:"凡四时之大甸猎,祭表貉,则为位。"

⑤ 弥:终极。大陆:古代指高而平的土山,即阜。《诗·小雅·天保》"如山如阜",毛传:"高平曰陆,大陆曰阜。"

⑥ 厉:近。黄涔(cén 岑):低洼沼泽。

释　宾

圣人不违时而遁迹,贤者不背俗而遗功①。(《文选》张协《七命》李善注)

九有威夷,始失其政②。(《文选》袁宏《三国名臣序赞》李善注)

子犹不能腾云阁,攀天衢③。(《文选》刘峻《广绝交论》李善注)

【说明】

本文是对宾客质疑的答复。《释宾》虽然残缺不全,应是东方朔《答客难》、扬雄《解嘲》、班固《答宾戏》、张衡《应间》之类的作品。一般都是客人怀疑作者的能力,质问他为什么在光明盛世中,数十年之间仍然位处下僚,以致生活困穷等等,然后是作者为自己辩护。但因文章残缺,不详其旨。只能从第一句看,客人似乎劝作者不可隐遁,以免违背世俗常理。

【注释】

① 不违时:不违背天时。遁迹:隐居。背俗:违背常俗。遗功:谓遗弃功业。

② 九有：九州岛。《诗·商颂·玄鸟》："奄有九有。"毛传："九有，九州也。"也即指中国古代划分为九州。威夷：陵夷，衰颓。《文选》袁宏《三国名臣序赞》："王略威夷，吴魏同宝。"始失其政：开始失去其政权。

③ 云阁：阁名，秦二世胡亥建。此处泛指高耸入云的楼阁。天衢（qú 渠）：天之街道。喻其高。腾云阁、攀天衢：皆比喻得到高位。

正情赋

夫何媛女之殊丽兮[①]，姿温惠而明哲[②]。应灵和以挺质，体兰茂而琼洁[③]。方往载其鲜双，曜来今而无列[④]。发朝阳之鸿晖，流精睇而倾泄[⑤]。既荣丽而冠时，援申女而比节[⑥]。余心嘉夫淑美，愿结欢而靡因[⑦]。承窈窕之芳美，情踊跃乎若人[⑧]。魂翩翩而夕游，甘同梦而交神。昼彷徨于路侧[⑨]，宵耿耿而达晨[⑩]。清风厉于玄序[⑪]，凉飕逝于中唐[⑫]。听云雁之翰鸣[⑬]，察列宿之华辉。南星晃而电陨[⑭]，偏雄肃而特飞[⑮]。冀腾言以俯音，嗟激迅而难追[⑯]。伤住禽之无偶，悼流光之不归[⑰]。愍伏辰之方逝[⑱]，哀吾愿之多违。步便旋以永思[⑲]，情憀栗而伤悲[⑳]。还幽室以假寐[㉑]，固展转而不安[㉒]，神妙妙以潜翔[㉓]，恒存游乎所观[㉔]。仰崇夏而长息[㉕]，动哀响而馀叹[㉖]。气浮踊而云馆[㉗]，肠一夕而九烦[㉘]。（《艺文类聚》卷十八）

思在前为明镜，哀既餙于替□[㉙]。（《北堂书钞》卷一三六）

【说明】

曹植作有《静思赋》，陈琳、阮瑀有《止欲赋》，王粲有《闲邪赋》，可能是同题共作，文人唱和之作。这些辞赋都与《正情赋》的寓意类似，一方面表达了自己仰慕淑女的情怀，一方面又要抑制自己的淫放之心。这些赋都是后来陶渊明《闲情赋》的先锋。

【注释】

① 夫何：发语词。媛女：美女。殊丽：特别美丽。

② 姿：禀赋，才质。温惠：温顺贤慧。明哲：明智，洞察事理。

③ 应:感应。灵和:指祥和之气。《文选》郭璞《江赋》:“保不亏而永固,禀元气于灵和。”李善注:“《春秋元命苞》曰:‘水者,五行始焉,元气之湊液也。’”刘良注:“水柔弱,淡然无欲,利育于物,故保道不亏而长坚固,此乃灵和之气所以为也。灵和,和之气也。”挺质:特出的气质。琼洁:比喻如美玉之洁白。

④ 方往载:和过去对比。鲜双:很少可以并立。曜来今:照耀现世。无列:无人可与之比拟。

⑤ 鸿晖:盛大的光辉。流:转动。精睇(dì 第):专注地注视。倾泄:倾倒。即神魂颠倒。

⑥ 冠:谓超出众人,居于首位,冠绝一时。援:引用,引证。申女:西周时召南申人之女,因夫家迎娶不合礼制而宁死不嫁,古人以为持义守节的典范,事见《列女传·贞顺》。比:齐同,等同。比节:即同等节操。

⑦ 嘉:嘉许,赞赏。淑美:娴淑美丽。结欢:结为欢爱相好。靡因:没有因由借口。

⑧ 窈窕:娴静美好貌。若人:如这个人。指与美女合而为一。

⑨ 彷徨:徘徊。

⑩ 耿耿:烦躁不安,心事重重。

⑪ 厉:疾飞。玄序:冬季。

⑫ 凉飙:冷风。中唐:大门至厅堂的路。

⑬ 翰鸣:指鸟鸣。翰,指赤羽的山鸡,或泛指禽鸟。

⑭ 南星:南箕星,即箕宿,共有四星。晃:明亮。

⑮ 偏雄:在边远地区的一只雄鸟。肃:拟声词,形容鸟飞之声。特:单独,孤独。

⑯ 腾言:腾空而去诉说心意。俯音:倾诉心曲。嗟:感叹。激迅:快速。

⑰ 住禽:停留的禽鸟。无偶:没有同伴、配偶。悼:伤感,哀伤。流光:流失的时光。

⑱ 伏辰:指上句的南箕星。《左传·僖公五年》:“童谣云:丙之晨,龙尾伏辰。”孔颖达疏:“日月聚会为辰,星宿不见为伏……丙日将旦之时,龙尾之星伏在合辰之下。”本谓星宿隐伏在日月交会处,此指隐伏的星辰。

⑲ 便旋:徘徊。永思:长思。《文选》班固《幽通赋》:“清潜处以永思兮,经日月而弥远。”

⑳ 憀栗(liáo lì 寥历):即“憀慄”,凄怆。

㉑ 幽室:昏暗的房间。假寐:谓和衣打盹。

㉒ 固:副词,久已,已经。展转:即辗转,翻来覆去的样子。

㉓ 妙妙:通“眇眇”,飘忽无所依傍貌。潜翔:暗中飞翔。潜,指暗中,秘密。

㉔ 恒:长久。存:留意,关注。所观:指平时所见。

㉕ 夏:高大的屋宇。《楚辞·九章·哀郢》:“曾不知夏之为丘兮,孰两东门之可芜。”王逸注:“夏,大殿也。”崇厦:高大的房屋。

㉖ 馀叹:长久的叹息。

㉗ 云馆:指高大的建筑。

㉘ 九:喻多次。烦:懑愤。“九烦”喻无尽烦闷。

㉙ 思在前为明镜:想象自己变成明镜,为佳人所用。餙(shì 是):古同“饰”。严辑本作“往”。替:松弛,怠惰。按,“替”下原缺一字。

西征赋

鸾衡东指[①],弭节逢泽[②]。

【说明】

此赋见《水经注·渠水》。按《三国志·魏书·武帝纪》载,建安十六年(211)春正月,汉献帝封曹丕为五官中郎将。因马超集合关中诸将反叛,曹操乃于是年秋七月西征。又,建安二十年(215)春三月西征张鲁。本赋仅存八字,究竟是否描绘这两次的西征,实在无法真正确定。吴云主编《建安七子集·应玚集》将此赋系于建安十六年(211),可参考。

【注释】

① 鸾:铃。衡:车辕前端的横木。鸾衡东指:指车辆向东行进。此处似为西征归来。

② 弭(mǐ 米):止息。节:节奏,节拍,此处指行军的节度。弭节:即驻节,停车。《楚辞·离骚》:“吾令羲和弭节兮,望崦嵫而勿迫。”洪兴祖补注:“弭,止也。”逢泽:古泽薮名。在今河南省商丘市南,古睢水所积而成。春秋时属宋地。

鹦鹉赋

何翩翩之丽鸟[①],表众艳之殊色[②]。被光耀之鲜羽,流玄黄之华饰[③]。苞明哲之弘虑,从阴阳之消息[④]。秋风厉而潜形[⑤],苍神发而动翼[⑥]。

【说明】

此赋见《艺文类聚》卷九十一。赋描绘鹦鹉外表的美丽,其纹路包含圣贤的思虑和阴阳变化之理。这类赋最早的典型是东汉祢衡的《鹦鹉赋》，以鹦鹉美丽的外表来比喻自己的才能。应玚此赋已残缺，未能窥其全貌。曹植、陈琳、王粲、阮瑀皆作有《鹦鹉赋》，共载于《艺文类聚》卷九十一，应是曹植与"建安七子"同题共作的另一例子。

【注释】

① 翩翩：轻快飞行貌。《诗·小雅·四牡》："翩翩者鵻，载飞载下，集于苞栩。"

② 表：本为外衣，引申为彰显之意。艳：美丽。

③ 玄黄：本指天地的颜色。玄为天色，黄为地色。此处用来形容鹦鹉的五颜六色。华饰：华美的装饰，指上述玄黄之色。

④ 苞：包含，隐含。明哲：贤圣。弘虑：广大的谋略。从：随从。阴阳：指天地阴阳两气。消息：消长，变化。

⑤ 厉：指秋风劲吹，天气渐凉。潜形：指鹦鹉躲藏。

⑥ 苍神：犹苍灵，即青帝，司春之神。动翼：鼓动翅膀，指出动显身。"潜形"、"动翼"，影射人要像鹦鹉那样，要审时而动，不可妄为。

西狩赋

伊炎汉之建安，飞龙跃乎天衢[①]。皇宰弈而陶运，树匡翼而大摹[②]。荡无妄之氛秽[③]，扬威灵乎八区[④]。开九土之旧迹[⑤]，暨声教于海隅。时霜凄而淹野，寒风肃而川逝[⑥]。草木纷而摇荡，鸷鸟别而高厉[⑦]。既乃拣吉日，练嘉辰[⑧]。清风矢戒，屏翳收尘[⑨]。于是魏公乃乘彫辂[⑩]，驷飞黄[⑪]，拥箫钲[⑫]，建九斿[⑬]。按辔清途，飒沓风翔[⑭]。〔属车轇輵，羽骑腾骧〕[⑮]（据《北堂书钞》卷十四补）。于是围网周合，雷鼓天震。千乘长罗[⑯]，万表星陈[⑰]。双翼伉旌[⑱]，八校祖分[⑲]。长燧电举[⑳]，高烟蔽云。尔乃徒舆并兴[㉑]，方轨连质[㉒]。惊飚四骇，冲禽惊溢。骋兽塞野，飞鸟蔽日。尔乃赴玄谷，陵崇峦，俯掣奔猴，仰捷飞猿[㉓]。云幕被于广野[㉔]，京燎照乎平原。醴息充给[㉕]，洪施普宣[㉖]。

【说明】

此赋见《艺文类聚》卷六十六、《北堂书钞》卷十四。当为作者跟从曹操、曹丕等狩猎时作。基本上是一篇传统的校猎赋，主要集中在描写狩猎的场面。“西狩”一词本有典故，相传鲁哀公十四年狩猎获麒麟，孔子作《春秋》，至此而绝笔。《左传·哀公十四年》：“春，西狩获麟。”杜预注：“麟者，仁兽，圣王之嘉瑞也。时无明王，出而遇获。仲尼伤周道之不兴，感嘉瑞之无应，故因鲁《春秋》而修中兴之教。绝笔于‘获麟’之一句，所感而作，固所以为终也。”但此处指的只是到西边去打猎，用词典正，终究是赞美曹操的篇章。赋中将曹操抬举到帝王的尊位，其语气和司马相如《校猎赋》中形容汉武帝并无差异。先写曹操威风凛凛地出巡，再写其校猎的雄伟英姿。从现在的片段看来，整篇的架构应与汉代皇帝校猎之赋篇类似。

【注释】

① 伊：发语词。炎汉：按照邹衍的“五德终始”说，汉自称以火德王天下，故称炎汉。建安：汉献帝年号，建安元年为公元196年。飞龙：比喻帝王。《易·乾》：“飞龙在天，利在大人。”天衢：天空广阔，任意通行，如世之广衢，故称天衢。

② 皇宰：指宰相曹操，建安十三年(208)，曹操被封为丞相。弈：大，美。陶运：犹运转，将曹操形容为制作陶器的大匠。西汉贾谊的《鹏鸟赋》中用制陶来形容天地造物，此赋在这里是对曹操治国的赞誉。树：建立。匡翼：匡正辅佐。摹(mó磨)：同“谟”，规划，谋划。

③ 荡：扫除。无妄：指灾祸变乱，不能预期，出其不意的。《文选》袁宏《三国名臣序赞》：“绸缪哲后，无妄惟时。”刘良注：“无妄惟时，谓当穷灾之时也。”氛：古代迷信指预示吉凶的云气，但此字多指凶象之气。秽：污浊，肮脏。

④ 八区：八方。《汉书·扬雄传下》：“天下之士，雷动云合，鱼鳞杂袭，咸营于八区。”颜师古注：“八区，八方也。”

⑤ 九土：九州之土地。《国语·鲁语上》：“共工氏之伯九有也，其子曰后土，能平九土。”暨：至，到。

⑥ 凄：寒冷。肃：肃肃，象声词。指冷风劲吹。

⑦ 鸷鸟：凶猛的鸟。如鹰鹯之类。厉：振(翅)，奋飞。

⑧ 练：通“拣”，选择。

⑨ 矢：施布，施行。戒：戒备。屏翳：古代传说中的神名，指雨师、雷师或云神。《楚辞·九歌·云中君》王逸解题曰：“云中君，云神，丰隆也，一曰屏翳。”

⑩ 魏公：指曹操。辂(lù路)：大车。多指帝王所乘的车子。

⑪ 驷：古代一车套四马，因以称驾一车之四马或四马所驾之车。飞黄：古代传说中的神马名。

⑫ 拥：引申为簇拥、环围。箫：竹制管乐器。古代的箫用许多竹管编成，有底；后代的箫只用一根竹管做成，不封底，直吹。也称洞箫。钲：一种古代乐器。形似钟而狭长，有柄，击之发声，用铜制成。行军时用以节制步伐。

⑬ 建：建立，创立。九斿（liú 流）：同"九旒"，古代旌旗上的九条丝织垂饰。《礼记·乐记》："龙旂九旒，天子之旌也。"

⑭ 按辔（pèi 配）：谓扣紧马缰使马缓行或停止。清途：尊称曹操所走路为清贵之道。飒沓（sà tà 萨挞）：马行迅疾貌。凤翔：形容曹操之马如凤飞翔，有帝王气象，是溢美之词。按，"凤"或作"风"。

⑮ 轇輵（jiāo gé 交阁）：交错杂乱貌。羽骑：羽林军的骑兵。腾骧：飞腾，奔腾。

⑯ 乘（shèng 胜）：车子。春秋时多指兵车，包括一车四马。

⑰ 表：旌旗，徽帜。

⑱ 双翼：指打仗时主帅两侧之士卒。伉：通"抗"。抗旌：高举旗帜。《汉书·终军传》："票骑抗旌，昆邪右衽。"三国·魏·曹植《应诏诗》："前驱举燧，后乘抗旌。"

⑲ 八校：汉代所置八种校尉的合称。《汉书·百官公卿表上》："中垒校尉掌北军垒门内，外掌西域。屯骑校尉掌骑士。步兵校尉掌上林苑门屯兵。越骑校尉掌越骑。长水校尉掌长水宣曲胡骑。又有胡骑校尉，掌池阳胡骑，不常置。射声校尉掌待诏射声士。虎贲校尉掌轻车。凡八校尉，皆武帝初置，有丞、司马。自司隶至虎贲校尉，秩皆二千石。"祖分：开始分开。祖，始也。

⑳ 燧：古代边防称夜间报警的火炬。与白昼使用的"烽"相对。《史记·司马相如列传》："夫边郡之士，闻烽举燧燔，皆摄弓而驰，荷兵而走，流汗相属，唯恐居后。"电举：如闪电飞举。电，喻速度之快。

㉑ 徒：步兵。舆：车。

㉒ 方轨：两车并行。方，并列，并排。轨，车轴头，喻车。连质：即联体。质，指形体，外貌。

㉓ 玄谷：幽深的山谷。捷：战胜。

㉔ 云幕：比喻猎网数量之多，如云彩一样堆积。

㉕ 京：大。燎：火炬。京燎：长大的火炬。醴：酒。炰（páo 袍）：把带毛的肉用泥裹住在火上烧烤。

㉖ 洪：大。与"小"相对。宣：显明，彰明。这句指曹操对士卒徒众的奖赏。

【辨析】

文中称曹操为魏公，曹操于建安十八年（213）被封为魏公，加九锡。九锡之礼一般是篡位的前奏，曹操此时已操纵政局，大权在握。因此本赋无疑是在公元213年之后写的。赋中用了许多称颂帝王的词汇来形容曹操，足见其幕府文人对其称王之志亦心照不宣。例如“飞龙”或“龙飞”、“凤翔”等等。《文选》张衡《东京赋》：“龙飞白水，凤翔参墟。”薛综注：“龙飞、凤翔，以喻圣人之兴也。”《文选》曹冏《六代论》：“龙飞谯沛，凤翔兖豫。”李善注引《魏志》：“太祖武皇帝，沛国谯人，为兖州牧。后太祖迁都于许，许属豫州。”又如“九旒”，《礼记·乐记》：“龙旂九旒，天子之旌也。”赋中用适于形容皇帝的词汇来描绘曹操，无疑是一种礼仪上的僭越，同时也表示曹操的地位如日中天，除了直接称帝之外，直与天子无异。“建安七子”除孔融过于傲慢，被曹操所杀外，其他六子都是曹操的吹鼓手。

杨柳赋

赴阳春之和节，植纤柳以承凉①。摅丰节而广布，纷郁勃以敷阳②。三春倏其奄过③，景日赫其垂光④。振鸿条而远寿⑤，回云盖于中唐⑥。

【说明】

此赋见《艺文类聚》卷八十九。这是一篇歌咏杨柳的赋篇，描绘杨柳在春天摇曳多姿的面貌。可惜赋篇已残。

【注释】

① 赴：顺应，赶上。和节：温暖的季节。纤柳：纤细的柳树。指其柔软的枝条。承凉：接受凉爽之气。

② 摅（shū 舒）：舒展。丰节：丰茂的枝条。广布：指柳树的枝条散布甚广。郁勃：指枝叶茂盛，繁盛。敷阳：普照。“敷”，通“溥”，即“普”。

③ 三春：春季的三个月，农历正月为孟春，二月为仲春，三月为季春。倏：同“倏”，犬疾行貌。引申为疾速，忽然。奄：忽然，骤然。这句指春天很快过去。

④ 景日：太阳。赫：明亮。这句指酷热的夏天到来。

⑤ 鸿条：指杨柳粗大繁茂的枝条。“寿”字不可解，疑为“帱”。此指覆盖。

⑥ 云盖：形容柳树枝条如云，又如伞盖形，繁茂枝叶。中唐：庭院。此句指杨柳

把庭院遮盖得严严实实。

【辨析】

《艺文类聚》卷八十九同时收录了魏文帝曹丕、繁钦和王粲的《柳赋》。繁钦曾为曹丕书记,王粲和应玚都曾与曹丕、曹植一起饮酒赋诗。此赋极可能也是同题共作的例子。曹丕《柳赋》载:"昔建安五年,上与袁绍战于官渡时,余始植斯柳。自彼迄今,十有五载矣。感物伤怀,乃作斯赋。"建安五年为公元200年,则曹丕之赋应作于建安二十年(215)。以此类推,则应玚之赋也可能作于此年。

愁霖赋

听屯雷之恒音兮[①],闻左右之叹声[②]。情惨愦而含欷兮,起披衣而游庭[③]。三辰幽而重关,苍曜隐而无形[④]。云暧暧而周驰[⑤],雨濛濛而雾零[⑥]。排房帐而北入,振盖服之沾衣[⑦]。还空床而寝息,梦白日之馀晖[⑧]。惕中瘏而不效兮,意凄悷而增悲[⑨]。

【说明】

此赋见《艺文类聚》卷二。《愁霖赋》是一篇感叹阴雨季节的赋篇。此类赋最早的源头可能是东汉蔡邕的《霖雨赋》。曹丕和曹植都作有同名的赋篇,应玚应是同题奉作。魏晋以下则有许多以苦雨和喜雨名篇的诗篇,足见当时作者及统治者是比较关心农事的。此赋以夜半惊醒,不能入睡为主题,来描述自己心中的愁绪。这种夜半无法成眠的传统开启了西晋阮籍《咏怀诗》"夜中不能寐,起坐弹鸣琴"等一系列的诗歌主题。

【注释】

① 屯:《易经》卦名。"屯"之下卦为震,上卦为坎。震为雷,坎为雨,则屯之卦象是雷雨并作,久雨不晴。

② 因久雨不晴,作物被淹,农夫无法下地耕种,因而叹息。关心农事的王朝上下自然也要忧伤。

③ 惨愦(kuì 愧):烦闷忧愁。欷(xī 西):泣叹貌。

④ 三辰:指日、月、星。幽:暗。重关:层层的门。这里指日、月、星辰被淫雨重重包围封锁不露一丝光芒。曜:日、月、五星均称"曜"。日、月及水火木金土五星被

称为“七曜”。

⑤ 暧暧：昏昧不明。《楚辞·离骚》：“时暧暧其将罢兮，结幽兰而延伫。”王逸注：“暧暧，昏昧貌。”周驰：指云彩纷飞。

⑥ 濛濛：迷茫一片。指大地为雨雾所笼罩，周围景物都看不清。汉·严忌《哀时命》：“雾露蒙蒙，其晨降兮。”零：落。

⑦ 排：推开。盖：即苫（shān 山），用白茅编成的覆盖物。沾：浸湿。

⑧ 馀晖：残馀的光线，指夕阳。这句是指盼望露出一点日光，但不可得。

⑨ 惕：忽然醒来。晋·卢谌《答魏子悌》诗：“乖离令我感，悲欣使情惕。”中寤：半夜醒来。效：征验。指梦与现实不一。凄悷（lì 历）：悲伤哀愁。增悲：更增一层悲伤。

【辨析】

《艺文类聚》卷二收曹丕《愁霖赋》和曹植两篇《愁霖赋》以及应玚《愁霖赋》。丕赋称：“脂余车而秣马，将言旋乎邺都，玄云黯其四塞……”植赋称：“夫何季秋之淫雨”，另一篇曰：“近朔风而爰迈兮，雨微微而逮行。”明说淫雨发生在“季秋”，即秋末。朔风，指北风，冷风，也是秋末气象。故丕、植这几篇苦雨赋，应作于深秋、凉秋。具体哪一年，尚难确指。韩格平《建安七子诗文校注评析》，主要是根据赵幼文《曹植集校注》的看法，判定作于建安十八年春四月征孙权无功而返邺途中。我们以为似与季候不合。吴文治《中国文学史大事年表》上册（合肥：黄山书社，1987 年）将这些赋的创作时间列入建安二十一年，但不置季节。我们推测，包括应玚在内的这几篇《愁霖赋》，当作于建安二十一年（216）深秋。翌年春，王粲死于大疫；秋后，陈琳、应玚、徐幹、刘桢也死于延续下来的瘟疫。

神女赋

腾玄眸而眺青阳[①]，离朱唇而耀双辅[②]。红颜晔而和妍，时调声以笑语[③]。（《太平御览》卷三八一）

夏姬曾不足以供妾御，况秦娥与吴娃[④]。（《文选》陆机《拟古诗十二首》李善注）

【说明】

写神女等美人，辞赋中早已出现。如宋玉《神女赋》、司马相如《美人赋》即是此类赋作。陈琳、王粲等均有《神女赋》,此赋题疑为同时奉和之作。从现存的篇章看来,作者对美女的描写是本赋的重心。这类赋的源流并不十分清楚,只能猜测是作者表达对女性的向往,在礼教之下抒发自己的感情。

【注释】

① 腾玄眸:转动黑眼珠。眡(é 俄):视,望。青阳:本指春天。《尸子·仁意》:"春为青阳,夏为朱明。"此处之"青阳",谓眉目清秀。《韩诗外传》卷一:"孔子曰:'夫《诗》不云乎:野有蔓草,零露溥兮。有美一人,青阳宛兮。'"

② 离朱唇:微开红唇。耀:闪亮。双辅:两颊。辅,面颊。

③ 红颜:脸色红润。晔:光亮。和妍:温柔美丽。

④ 夏姬:春秋时郑穆公之女。初嫁陈国大夫御叔,生子征舒。御叔死,夏姬与陈灵公、大夫孔宁等私通。征舒杀灵公。夏姬又嫁多人,是春秋时期著名的淫女。妾御:指古代诸侯之姬妾按期侍夜。秦娥与吴娃:指来自各地的美女。秦,指陕西一带。吴,指江苏一带。

【辨析】

在"建安七子"中,王粲、陈琳、应玚都有《神女赋》存世。曹营中同时代的才子杨修也有《神女赋》。见出这个赋题是来自上面,文人们是奉命同题共作。王粲、杨修死后三五年,即黄初三年(222),曹植作《洛神赋》,其实也属同题之作。不知示意作此题者为谁,是曹操?曹丕?抑或曹植 。曹操、曹丕他们虽好色,但似无此雅趣,从他们没有存留此题赋作,似可窥见一二。而曹植多文人气质,又好幻想,作《洛神赋》,此赋实乃洛水之神女。据此推断,发出创作此题最大可能性是曹植。曹植对王粲等人所作的《神女赋》很明显是不甚满意的,那几篇赋几近千篇一律,直接描写神女面貌、身段、舞姿等等,缺少幻想空间,缺少空灵笔触,所以曹植最后只好亲自动笔,从而写出绝世佳作《洛神赋》,把自宋玉以来的神女篇章推向绝顶。

车渠碗赋

惟兹碗之珍玮,诞灵岳而奇生①。扇不周之芳烈②,浸琼露以润形③。荫碧条以纳曜④,噏朝霞而发荣⑤。纷玄黄以彤裔⑥,晔豹变而龙华⑦。象蜿虹之辅体⑧,中含曜乎云波。若其众色鳞聚[9],卓度诡常[10]。细组杂错[11],乍圆乍方[12]。蔚术繁兴[13],散列成章[14]。杨丹流缥[15],碧玉飞黄。华气承朗,内外齐光[16]。

【说明】

此赋见《艺文类聚》卷七十三,《北堂书钞》收一句。曹植、应玚、徐幹皆作有《车渠椀赋》,可见是同题共作的赋篇。这是一篇典型的咏物赋,从物品出产的地方说起,再详细描写其神采光泽和品貌等种种特征。车渠碗是用车渠石雕制的碗。明·李时珍《本草纲目·介二·车渠》:"车渠,大蛤也。大者长二三尺,阔尺许,厚二三寸。壳外沟垄如蚶壳而深大,皆纵文如瓦沟,无横文也。壳内白皙如玉。"也有人认为是玉石之类,西域七宝之一。佛教徒尤其重视。

【注释】

① 玮:本为玉名,引申为美好珍奇之意。诞:生育,出生。灵岳:神灵的山岳,指下句的不周山。

② 扇:泛指兴起、发生。不周:山名,在昆仑山西北。《楚辞·离骚》:"路不周以左转兮,指西海以为期。"王逸注:"不周,山名,在昆仑西北。"《淮南子·天文训》:"昔者共工与颛顼争为帝,怒而触不周之山,天柱折,地维绝。"烈:美好,美妙。整句指车渠出自昆仑山。

③ 琼:指车渠以琼露玉液来滋润自己。

④ 荫:遮盖,隐蔽。碧条:玉树之枝条。《淮南子·墬形训》:"碧树瑶树在其北。"高诱注:"碧,青玉也。"纳曜:吸收阳光。

⑤ 噏(xī 西):吸。朝霞:早上的日光。发荣:指产生花纹。

⑥ 玄黄:指天地的黑黄颜色。玄为天色,黄为地色。《易·坤》:"夫玄黄者,天地之杂也,天玄而地黄。"彤(róng 荣):和乐貌。裔:边远的地方。

⑦ 晔:闪光貌。豹变:谓如豹文随着季节的发生显著的变化,变得鲜艳光彩。《易·革》:"上六,君子豹变,其文蔚也。"龙华:如龙的花纹闪耀着光彩。

⑧ 象:状貌,图像。蜿虹:弯曲的长虹。附体:指蜿虹附在碗上。含曜云波:指闪耀云霞波涛。

⑨ 鳞聚:如鱼鳞般密集地排列。

⑩ 卓:高超;超绝。诡:奇异。《后汉书·向栩传》:"性卓诡不伦。"

⑪ 细组:同"氤氲",指天地之间阴阳二气相互交流。《易传·系辞下》:"天地细组,万物化醇。"杂错:交错在一起。

⑫ 乍:突然,忽然。乍圆乍方:指车渠碗形体,会因光线角度变化而忽如圆忽似

方。

⑬ 蔚:草木茂密。《广雅·释诂三》:"蔚,数也。"术:道路。此处可能指车渠本身的纹路。

⑭ 章:彩色,花纹。

⑮ 杨:似为"扬"字之误。丹:红色。缥(piǎo 瞟):淡青色,青白色。今所谓月白。杨(扬)、流是形容其变化。

⑯ 华气:光辉华丽的景象。朗:明亮。内外:指车渠碗的内外。

迷迭赋

列中堂之严宇[①],跨阶序而骈罗[②]。建茂茎以竦立[③],擢修干而承阿[④]。烛白日之炎阳[⑤],承翠碧之繁柯[⑥]。朝敷条以诞节[⑦],夕结秀而垂华[⑧]。振纤枝之翠粲,动彩叶之莓莓[⑨]。舒芳香之酷烈[⑩],乘清风以徘徊。

【说明】

此赋见《艺文类聚》卷八十一、《太平御览》卷九八二。这是一篇描写迷迭的咏物赋。迷迭为常绿小灌木,发出天然香气,佩之可以香衣,燃之可以驱蚊蚋、避邪气。其茎、叶和花都可提取芳香油。从现存的段落来看,这篇赋是残缺的。只描绘了迷迭香生长的地方,称颂其美好的姿态,但没有拟人化的手法,也缺乏结论。

【注释】

① 中堂:庭院。严宇:庄严肃穆的屋宇。

② 跨:谓花种在台阶两侧。阶:台阶,此指院中登堂的正路。序:堂两旁东西厢房,此指东西厢房之间的空地。骈:成对的事物。罗:分布。骈罗:骈比罗列。指迷迭香种在台阶两旁。

③ 竦立:耸立,挺立。

④ 擢:举拔,提升。修干:长长的树干。承:接着。阿:屋檐。这句是说迷迭香之高,承接中堂的屋檐。

⑤ 烛:烛照。炎阳:烈日。

⑥ 柯:草木的枝茎。繁柯:繁密的树枝。柯,草木的枝茎。

⑦ 敷：施布，伸展。诞：生育，生长。节：泛指草木条干间坚实结节的部分。

⑧ 秀：草类植物结实。《诗·豳风·七月》："四月莠葽。"毛传："不荣而实曰秀。"华：同"花"。

⑨ 纤枝：细长的枝条。莓莓：草美盛貌。《文选》左思《魏都赋》："兰渚莓莓，石濑汤汤。"刘良注："莓莓，盛貌。"

⑩ 舒：散布。酷烈：浓烈。乘清风：借着清风。徘徊：指四处扩散香气。

赞德赋

抗六典之崇奥①，辨九籍之至言②。

【说明】

此赋见《北堂书钞》卷九十七。这是一篇歌颂儒家经典的赋作。因只剩两句，无法看出整体的具体内容。

【注释】

① 抗：树立。六典：指治理国家的六种法规。《周礼·天官·大宰》："掌建邦之六典，以佐王治邦国。一曰治典，以经邦国，以治官府，以纪万民。二曰教典，以安邦国，以教官政，以扰万民。三曰礼典，以和邦国，以统百官，以谐万民。四曰政典，以平邦国，以正百官，以均万民。五曰刑典，以诘邦国，以刑百官，以纠万民。六曰事典，以富邦国，以任百官，以生万民。"崇奥：崇高深奥。

② 辨：分辨，区分。九籍：指儒家主要经典，班固《汉书·艺文志》以《易》、《书》、《诗》、《礼》、《乐》、《春秋》、《论语》、《孝经》、《尔雅》为九经。至言：高明的言论。

刘 桢

刘桢(175？—217)，字公幹，东平宁阳(今属山东省宁阳县南)人。刘梁之子(一说刘梁之孙)。归曹操前已知名于青、徐一带。建安(196—219)初，归曹操，被辟为丞相掾属。建安十三年(208)，曹操大军南征，刘桢从行。建安十六年(211)，为曹丕五官将文学。后署吏，入平原侯曹植府为庶子。后又转入曹丕府，为五官中郎将文学。“其后太子尝请诸文学，酒酣坐欢，命夫人甄氏出拜。坐中众人咸伏，而桢独平视。太祖闻之，乃收桢，减死输作。”建安二十二年(217)冬，遇疫卒。有《毛诗义问》十卷，集四卷。传附《三国志·魏书·王粲传》。

黎阳山赋

自魏都而南迈[1],迄洪川以朅休[2]。想王旅之旌旄[3],望南路之遐修[4]。御轻驾而西徂[5],过旧坞之高区[6]。尔乃逾峻岭,超连冈[7],一登九息,遂臻其阳[8]。南荫黄河,左覆金城[9],青坛承祀,高碑颂灵[10]。珍木骈罗,奋华扬荣[11]。云兴风起,萧瑟清冷[12]。延首南望,顾瞻旧乡[13]。桑梓增敬,惨切怀伤[14]。河源汩其东游,阳乌飘而南翔[15]。睹众物之集华,退欣欣而乐康[16]。(《艺文类聚》卷七,《水经·河水注》略引)

良游未厌,白日潜辉[17]。(《文选》谢混《游西池》李善注,《文选》陆机《答贾长渊》李善注)

【说明】

这是一篇具体描写一座小山的辞赋,黎阳山位于河南省浚县,东汉时属冀州魏郡,离魏都邺城仅数十公里。此山并非一座名山。韩格平从"想王旅之旌旄"一句看来,刘桢可能并未随军南征。因为自己和曹军走同样的路线,不由得想象起王师的旗帜。赋中提到了登山,大伾山(即黎阳山)系太行馀脉,东西宽0.95公里,南北长1.75公里,面积约1.66平方公里,海拔高度135米,平地高起70米。山并不高,登上山后,作者眺望东南的故乡,引起了思乡的情怀。这是一篇结合了咏山和行旅的作品。

【注释】

① 魏都:指邺城(今河北省临漳县西南邺镇)。曹操于建安十八年(213)被封为魏公,治在邺。南迈:南行。黎阳山在邺城东南仅几十里。

② 迄:到。洪川:大川,指黄河。当时黄河北流,在黎阳山附近流过。朅(qiè怯)休:停止。

③ 王旅:指曹军。旌旄:军中用以指挥的旗子。旄(máo毛):古代用牦牛尾作竿饰的旗子。汉·刘向《说苑·权谋》:"有狂兕从南方来,正触王左骖,王举旌旄而

使善射者射之。”

④ 遐:远。修:长。

⑤ 徂(cú 殂):往,去。《诗·豳风·东山》:“我徂东山,慆慆不归。”

⑥ 坞(wù 悟):小型城堡。

⑦ 逾:经过。峻岭:高峻的山岭。超:越过。连冈:接连不断的山冈。

⑧ 一登九息:需要多次休息才能登上。臻:至,到达。阳:山南。

⑨ 荫:树荫覆盖。金城:指坚固的城池。《管子·度地》:“城外为之郭,郭外为之阆。地高则沟之,下则堤之,命之曰金城,树以荆棘,上相穑著者,所以为固也。”此指黎阳县城。

⑩ 青坛:帝王春日郊祭用的土台,因为春天于五行属青色,故称青坛。承祀:主持祭祀。高碑颂灵:高大的石碑歌颂神灵。

⑪ 珍木:珍贵的树木。骈罗:排比罗列。华、荣:草木的花。从“奋华扬荣”句看,此赋当作于春夏间。

⑫ 萧瑟:形容风吹树木悲凄的声音。

⑬ 延首:伸长脖子。延:伸长,延长。顾:回首。南望、旧乡:刘桢故乡(今山东宁阳)在黎阳山东南仅数百里。

⑭ 桑梓:桑树和梓树,以“桑梓”借指故乡宁阳父老。《诗·小雅·小弁》:“惟桑与梓,必恭敬止。”惨切:悲惨凄切。

⑮ “河源”句:这里指黄河水东流。阳乌:神话中住在太阳里的三足乌,借指太阳。《文选》左思《蜀都赋》:“羲和假道于峻歧,阳乌回翼乎高标。”李善注:“《春秋元命包》曰:‘阳成于三,故日中有三足乌,乌者,阳精。’”

⑯ 众物集华:精华聚集,指人才济济。欣欣:欢乐自得的样子。

⑰ 良游:犹畅游。未厌:尚未满足。潜辉:指太阳西下。

遂志赋

幸遇明后[①],因志东倾[②]。披此丰草,乃命小生[③]。生之小矣,何兹云当[④]?牧马于路,役车低昂[⑤]。怆恨恻切,我独西行[⑥]。去峻溪之鸿洞,观日月于朝阳[⑦]。释丛棘之馀刺,践槚林之柔芳[⑧]。皦玉粲以曜目,荣日华以舒光[⑨]。信此山之多灵,何神分之煌煌[⑩]!聊且游观,周历高岑[⑪]。仰攀高枝,侧身遗阴[⑫]。磷磷磵磵,以广其心[⑬]。伊天皇之树叶,必结根于仁方[⑭]。梢吴夷于东隅，掣叛臣乎南荆[15]。戢干戈于内库，我马絷而不行[16]。扬洪恩于无涯，听颂声之洋洋[17]。四寓尊以无为，玄道穆以普将[18]。翼俊乂于上列，退仄陋于下场[19]。袭初服之芜薉，托蓬庐以游翔[20]。岂放言而云尔，乃旦夕之可忘[21]？

【说明】

此赋见《艺文类聚》卷二十六。遂志，实现个人理想志向。《易·困》："泽无水，困，君子以致命遂志。"西汉刘歆因主张古文经设学官，得罪执政者，被流放到今内蒙古，作《遂初赋》。刘赋应是这类赋的开创者。刘歆的赋题出自屈原《离骚》："进不入以离尤兮，退将复修吾初服。"所谓"初服"，就是回归到自己最初隐遁的志向。刘桢此赋模仿刘歆的《遂初赋》，一方面描写当时自己的处境，另一方面审视自己归隐的初衷。

《三国志·魏书·王粲传》载："玚、桢各被太祖辟为丞相掾属。玚转为平原侯庶子，后为五官将文学。桢以不敬被刑，刑竟署吏。"所谓"不敬"，就是我们前面所说的他见甄妃没有伏拜。赋中提到讨伐孙权、南征刘表，这些事都发生在建安十三年(208)，赤壁之战正发生在该年农历十二月，因此这篇赋可能写在公元208年间。虽然在赋中颂扬了曹操的功绩，但其基本的心情却是沮丧的："袭初服之芜薉，托蓬庐以游翔"，竟有辞官归隐之意，可见刘桢当时遭受到极大的打击。

【注释】

① 明后：即明主，此指曹操。《尚书·汤誓》："我后不恤我众。"孙星衍疏："后者，《释诂》云：君也。"

② 东倾：指向太阳，也即倾向曹操。唐·杜甫《自京赴奉先县咏怀五百字》："葵藿倾太阳，物性固难夺。"

③ 丰草：茂密的草。此指曹操如雨露润丰草般眷顾自己。《诗·小雅·湛露》："湛湛露斯，在彼丰草。"毛传："《湛露》，天子燕诸侯也。"命：差遣。《尚书·尧典》："乃命羲和，钦若昊天。"小生：刘桢谦称。意为刘桢受命西行。

④ 生之小矣：表示自己微不足道。何兹云当：如何敢当。此为刘桢谦辞。

⑤ 牧马：放牧马匹。役车：车名，供役之车，庶人所乘。《诗·唐风·蟋蟀》："蟋蟀在堂，役车其休。"低昂：起伏，升降。指车马在不平路上低昂奔走。《楚辞·远游》："服偃蹇以低昂兮，骖连蜷以骄骜。"

⑥ 怆悢(chuàng liàng 创亮):悲伤貌。《文选》班彪《北征赋》:“游子悲其故乡兮,心怆悢以伤怀。”恻切:伤痛。

⑦ 峻溪:大滨谷。鸿洞:弥漫无际貌。《文选》王褒《洞箫赋》:“风鸿洞而不绝兮,优娆娆以婆娑。”李善注:“鸿洞,相连貌。”朝阳:指山的东面。《诗·大雅·卷阿》:“梧桐生矣,于彼朝阳。”毛传:“山东曰朝阳。”《释名·释山》:“山东曰朝阳,山西曰夕阳,随日所照而名之也。”

⑧ 释:解开,去除。丛棘:丛生的荆棘。檟(jiǎ 贾)林:即楸,落叶乔木。柔芳:芳香的花草。

⑨ 皦(jiǎo 皎):光亮洁白。玉粲:谓晶莹如玉。三国·魏·杨修《神女赋》:“华面玉粲,韡若芙蓉。”荣:盛多。日华:太阳之光芒。

⑩ 神分:神的气质,神的本质。宋·张君房《云笈七签》:“夫人禀生之有真伪,神分之有巨细,皆五气之所流也。是以至人莫不精乎五气之学,以鉴神分之源;师导者莫不明乎五气之本,以弘真玄之教;王者莫不通乎五气之性,以阐天地之和。贯于五气之用,大矣哉!”煌煌:光彩夺目貌。《诗·陈风·东门之杨》:“昏以为期,明星煌煌。”朱熹集传:“煌煌,大明貌。”

⑪ 岑:小而高的山。

⑫ 侧身:同“厕身”,犹置身。遗阴:树荫或指残存的阴云。

⑬ 磷磷(lín 林):形容玉石色彩鲜明。《汉书·司马相如传上》:“明月珠子,的皪江靡。蜀石黄碝,水玉磊砢。磷磷烂烂,采色澔汗,丛积乎其中。”礀礀(làn 烂):同“礛礛”,形容玉石光彩夺目。

⑭ 伊:发语词。天皇之树叶:指周成王以桐叶封幼弟的故事。《史记·梁孝王世家》:“成王与小弱弟立树下,取一桐叶以与之,曰:‘吾用封汝。’周公闻之,进见曰:‘天王封弟,甚善。’成王曰:‘吾直与戏耳。’周公曰:‘人主无过举,不当有戏言,言之必行之。’于是乃封小弟以应县。是后成王没齿不敢有戏言,言必行之。”仁方:施行仁道的方法与途径。语本《论语·雍也》:“夫仁者,己欲立而立人,己欲达而达人,能近取譬,可谓仁之方也已。”全句意为应效法成王君无戏言的做法,并以仁政遍施天下。

⑮ 梢(shāo 烧):砍伐树木的枝叶,比喻打击东吴。吴夷:称东吴孙权,以表轻视。掔:拔,抽。叛臣:可能指刘备或刘表。刘备当时依荆州牧刘表,暂居荆州。

⑯ 戢(jí 极)干戈于内库:将兵器收藏在府库之中。作者希望和平之日早些到来。絷(zhí 直):拴住马足,羁绊。《楚辞·九歌·国殇》:“霾两轮兮絷四马,援玉枹兮击鸣鼓。”这句是指放马南山,也即停止征战。

⑰ 扬洪恩于无涯:赞颂无边无际的恩德。洋洋:盛大貌。《诗·卫风·硕人》:“河水洋洋,北流活活。”毛传:“洋洋,盛大也。”

⑱ 四寓：四方，泛指中国国土。寓，通“宇”。三国·魏·魏觊《大飨碑》：“曜天威于遐裔，复九圻之疆寓。”无为：道家主张清静虚无，顺应自然，无为而天下治。《老子》第三十七章：“道常无为而无不为，侯王若能守之，万物将自化。”《论语·卫灵公》：“无为而治者，其舜也与？夫何为哉？恭己正南面而已矣。”玄道：玄一之道，大道，也即道的本原或总体。《老子》第四十二章：“道生一，一生二，二生三，三生万物。”故将道之本原称为“玄一”。穆：恭敬，醇和。普将：普遍施行，将：施行。《尚书·胤征》：“今予以尔有众奉将天罚。”孔传：“将，行也。奉王命行王诛。”

⑲ 翼：辅助。俊乂（yì 义）：才德出众之人。《西京杂记》卷四：“枚乘为《柳赋》，其乱曰：‘忘忧之馆……俊乂英旄，列襟联袍。’”上列：高官之行列。仄陋：指有才德而地位卑微的人。曹操《求贤令》：“二三子其佐我明扬仄陋，唯才是举。”下场：下位。

⑳ 袭：穿衣。初服：未入仕时的服装。《楚辞·离骚》：“进不入以离尤兮，退将复修吾初服。”蒋骥注：“初服，未仕时之服也。”芜薉（huì 汇）：杂乱不整。薉，同“秽”。蓬庐：茅舍。泛指简陋的房屋。《淮南子·本经训》：“民之专室蓬庐，无所归宿。”曹植《愍志赋》：“去君子之清宇，归小人之蓬庐。”

㉑ 岂：难道。放言：放纵其言论。云尔：语尾词，表示如此而已。《论语·述而》：“子曰：‘女奚不曰，其为人也，发愤忘食，乐以忘忧，不知老之将至云尔。’”乃旦夕之可忘：接上句，是说上面那些话，不可能忘记！

清虑赋

结东阿之扶桑[①]，接西雷乎烛龙[②]。〔入镣碧之间，出水精之都[③]〕（据《太平御览》卷八〇八补）。上青腰之山，蹈琳珉之涂[④]。玉树翠叶，上栖金乌[⑤]。（《初学记》卷二十七，《文选》谢惠连《雪赋》李善注，《太平御览》卷八〇八）

错华玉以茨屋，研雄黄以为墀[⑥]。纷以瑶蕊，糅以玉夷[⑦]。（《初学记》卷二十七，《太平御览》卷一八五）

〔前〕布瑇瑁之席，〔后〕设蛸蠵之床[⑧]，冯玟瑶之几，对精金之盘[⑨]。（《北堂书钞》卷一三三两引，《太平御览》卷七〇六、卷七〇九、卷八〇七、卷八〇九）

□虞氏之爨，加火珠之甑[⑩]。炊嘉禾之米，和蓂荚之饭[⑪]。（《北堂书钞》卷一四四）

仰秤木韭，俯拔廉姜[12]。（《太平御览》卷九七四）
灕风卵[13]。（《玉烛宝典》卷二）
乃生气电之班舆[14]。（《北堂书钞》卷一四〇）

【说明】

从赋题看，作者想涤清自己的忧思。赋借用《山海经》中的许多材料来构筑一个仙境，其中布满了金玉与神兽。令人联想起《楚辞·九歌》中求神来相会的巫者，用各种香草来装饰自己的处所，以求神降临。这些宝物和贵重的装饰可能是解忧之物。南朝·宋·鲍照《拟行路难》："奉君金卮之美酒，瑇瑁玉匣之雕琴，七彩芙蓉之羽帐，九华蒲萄之锦衾。"也提出一连串美好宝贵的东西来给读者解忧。看来，刘桢的赋应该是部分取法《离骚》，假想自己到了一个仙界去旅游，享受那里的佳肴美景，以解除心中之忧。

【注释】

① 结：联系。《楚辞·九歌·山鬼》："乘赤豹兮从文貍，辛夷车兮结桂旗。"洪兴祖补注："以辛夷香木为车，结桂枝以为旌旗也。"东阿：东边的山曲。扶桑：传说中的神树名，十日洗浴之所。《山海经·海外东经》："汤谷上有扶桑，十日所浴，在黑齿北。"郭璞注："扶桑，木也。"

② 西雷：指西方某易发雷之地。烛龙：古神话中的神。传说其张目能照耀天下。《山海经·大荒北经》："西北海之外，赤水之北，有章尾山。有神，人面蛇身而赤，直目正乘，其瞑乃晦，其视乃明，不食不寝不息，风雨是谒。是烛九阴，是谓烛龙。"《楚辞·天问》："日安不到，烛龙何照？"王逸注："言天之西北有幽冥无日之国，有龙衔烛而照之也。"

③ 镣（liáo 辽）：质纯的银子。《尔雅·释器》："白金谓之银，其美者谓之镣。"碧：青绿色或青白色的玉。《庄子·外物》："苌弘死于蜀，藏其血，三年而化为碧。"成玄英疏："碧，玉也。"《山海经·西山经》："又西北五十里高山，其上多银，其下多青碧、雄黄，其木多棕，其草多竹。"水精：水晶，一种结晶的石英。之都：指出产水晶的都城。

④ 青雘（wò 卧）：一种青色矿物颜料，即石青、白青之类的矿物。古代常作涂饰用。同"青臒"、"青艧"，青色土，可以染物。《山海经·南山经》："又东三百里曰青丘之山，其阳多玉，其荫多青艧。"琳珉（mín 民）：美玉名，亦作"琳瑉"或"琳瑉"。《文选》班固《西都赋》："琳珉青荧。"塗：路。

⑤ 玉树：仙界的树木，亦指用珍宝制成的树。《汉武故事》："上（汉武帝）于是

于宫外起神明殿九间……前庭植玉树。植玉树之法，葺珊瑚为枝，以碧玉为叶，花子或青或赤，悉以珠玉为之。”金乌：传说太阳之中有三足乌。《史记·司马相如列传》载其《大人赋》：“暠然白首戴胜而穴处兮，亦幸有三足乌为之使。”张守节正义引张揖曰：“三足乌，青鸟也，主为西王母取食。”以上都是神游。

⑥ 错：以金银嵌饰。《国语·晋语八》：“而能金玉其车，文错其服，能行诸侯之贿。”韦昭注：“错，错镂。”茨屋：用茅草芦苇盖屋。茨，覆。《淮南子·修务训》：“舜作室，筑墙茨屋，辟地树谷，令民皆知去岩穴，各有家室。”雄黄：矿物名，也称鸡冠石，橘黄色，可制烟火和染料，中医用以解毒杀虫。墀（chí 池）：本指殿堂上涂饰过的地面，亦指台阶。《文选》班固《西都赋》：“于是玄墀扣砌，玉阶彤庭。”张铣注：“玄墀，以漆饰墀；墀，阶也。”

⑦ 纷：杂。瑶蕊：玉树的花蕊。糅：杂糅，混杂。玉夷：“夷玉”的倒写，即美玉。《尚书·顾命》：“大玉、夷玉、天球、河图在东序。”陆德明《经典释文》：“夷玉，马云：‘东夷之美玉。’《说文》：‘夷玉即珣玗琪。’”

⑧ 瑇瑁（dài mào 代冒）：同“玳瑁”，指玳瑁的甲壳。亦指以其甲壳制成的饰品。《汉书·东方朔传》：“宫人簪瑇瑁，垂珠玑。”觜蠵（zī xī 兹希）：同“觜觿”，大龟。《后汉书·文苑列传上·杜笃》：“甲瑇瑁，戕觜觿。”李贤注：“觜觿，大龟，亦瑇瑁之属。”

⑨ 冯（píng 平）：凭借；依靠。玟（mín 民）：美石。《礼记·玉藻》：“士佩瓀玟，而缊组绶。”瑶：似玉的美石。亦泛指美玉。精金：精炼的金属，亦指纯金。

⑩ 虞氏：即有虞氏，舜帝的部落名。传说舜受尧禅，都蒲阪。故址在今山西省永济县东南。《太平御览》卷七五七引《韩诗外传》曰：“舜甑无羶。”爨（cuàn 窜）：炉灶。火珠：即火齐珠。唐·玄奘《大唐西域记·屈露多国》：“既邻雪山，遂多珍药，出金、银、赤铜及火珠、鍮石。”《旧唐书·南蛮西南蛮传·林邑》：“（贞观）四年，其王范头黎遣使献火珠，大如鸡卵，圆白皎洁，光照数尺，状如水精，正午向日，以艾承之，即火燃。”甑（zèng 赠）：瓦制煮器。

⑪ 嘉禾：生长奇异的禾，古人以为是一种祥瑞。蓂荚（míng jiá 冥夹）：古代传说中的一种瑞草。每月从初一至十五，每日结一荚；从十六至月底，每日落一荚。所以从荚数多少，可以知道是何日。一名历荚。《竹书纪年》卷上：“（舜）即帝位，蓂荚生于阶，凤凰巢于庭。”《太平御览》卷八七三引《风俗通》曰：“按《孝经》说，古太平，蓂荚生阶。其味酸，王者取以调味，后以醯醢代之。”

⑫ 秤（chēng 撑）：用秤量物之轻重。廉姜：一种姜。《齐民要术》卷十：“《广雅》曰：蔟葰（suī 虽），廉薑也。《吴录》曰：始安多廉薑。”

⑬ 瀹（yuè 月）：同“瀹”，浸渍。凤卵：凤鸟的卵。南朝·梁·僧祐《弘明集》卷三：“不死之国，气不寒暑，凤卵是食。”

⑭ 气电：天空中的闪电。班：通“斑”，杂色，亦指杂色斑点或斑纹。此句想象闪电做成有花纹的车，形容其迅速。《楚辞·离骚》：“纷总总其离合兮，班陆离其上下。”

大暑赋

其为暑也，羲和总驾发扶木[①]，太阳为舆达炎烛[②]，灵威参乘步朱毂[③]。赫赫炎炎，烈烈晖晖[④]。若炽燎之附体，又温泉而沉肌[⑤]。兽喘气于玄景，鸟戢翼于高危[⑥]。农畯捉镈而去畴，织女释杼而下机[⑦]。温风至而增热，歊悒熠而无依[⑧]。披襟领而长啸，冀微风之来思[⑨]。（《艺文类聚》卷五，韩元吉本《古文苑》卷三，章樵注本《古文苑》卷二十一，《北堂书钞》卷一五六）

实冰浆于玉盏[⑩]。（《玉烛宝典》卷六）

【说明】

这是一篇咏物赋，可能也是同题共作的赋作，因为曹植、王粲、陈琳都作有一篇《大暑赋》。学界一般认为大约作于建安十九年（214）。赋的主要目的在于描写当时酷热的天气，开头就运用了中国神话的典故，指出日神的车架横空而过，带来无穷的光与热。形容热天如烈火附身，如温泉浸泡，都非常贴切。“织女释杼而下机”一句写织女都受不了大暑的炎热而抛杼下机，颇为生动，展示了诗人的巧思。可惜赋部分已散佚，难窥全貌。

【注释】

① 羲和：古代神话传说中驾御日车的神。《楚辞·离骚》：“吾令羲和弭节兮，望崦嵫而勿迫。”王逸注：“羲和，日御也。”总驾：统领车驾。扶木：即扶桑，神木名，传说日出其下。

② 达：幼苗冒出地面的样子，此处指太阳出来。《诗·周颂·载芟》：“驿驿其达，有厌其杰。”毛传：“达，射也。”郑玄笺：“达，出地也。”为舆：作为车驾。炎烛：指炎烛炽热之地。传说日居汤谷，扶桑生其上，而其地至热。

③ 灵威：指灵威仰，传说中东方苍帝之神。这是汉代纬书中对五帝的特殊称号。参乘：亦作“骖乘”，古时乘车，坐在车右担任警卫的人。步：跟随。朱毂（gǔ 古）：赤色的车轮。

④ 赫赫:形容炎热炽盛。炎炎:灼热貌。《诗·大雅·云汉》:"赫赫炎炎,云我无所。"烈烈:猛火炎炽貌。《诗·商颂·长发》:"如火烈烈,则莫我敢曷。"晖晖:日光灼热貌。

⑤ 炽燎:烈火。沉:浸泡。

⑥ 玄景:黑影,此处指阴凉的地方。戢(jí 极)翼:收敛翅膀。高危:此指高而险的地方。那里风大气温低。

⑦ 农畯(jùn 峻):农夫。捉:提起。镈(zūn 尊):一种铁首农具。畴:农田。这句指农夫携带农具回家避暑。杼:织布梭。这句指织女停机休息。

⑧ 歊(xiāo 消):热气蒸发貌。悒慴(yì zhé 义哲):忧惧。无依:指无处可以避暑。

⑨ 披:敞开。啸:吹口哨或是撮口吹出声音。《诗·召南·江有汜》:"不我过,其啸也歌。"郑玄笺:"啸,蹙口而出声。"冀:希望。思:句尾语气词。这句是说盼望凉风吹来。

⑩ 实:充满。冰浆:碎冰。玉盏:玉杯。这句是表示希望有冷饮。

鲁都赋

昔大廷氏肇建厥居[①],少昊受命,亦都兹焉[②]。山则连冈属岭,嶿魁峡北[③]。紫金扬晖于鸿岸,水精潜光乎云穴[④]。岱宗邈其层秀,干气雾以高越[⑤]。其木则赤楝青松,文茎蕙棠[⑥],洪干百围,高径穹皇[⑦]。竹则填彼山陔,根弥阪域[⑧]。夏篠攒包,劲条并殖[⑨]〔蒙雪含霜,不渝其色[⑩]〕(据《初学记》卷二十八补),翠实离离,凤皇攸食[⑪]。水产众夥,各有彝伦[⑫]:颁首莘尾,丰颅重断[⑬],戴兵挟刃,盘甲曲鳞[⑭]。且观其时谢节移,和族绥宗[⑮],招欢合好,肃戒友朋[⑯]。〔众媛侍侧,鳞附盈房[⑰]〕(据《太平御览》卷三八一补)。蛾眉清眸,颜若雪霜[⑱]。〔含丹吮素,巧笑妍详[⑲]〕(据《太平御览》卷三八一补)。插曜日之珍笄,珥明月之珠珰[⑳]。〔袿裾纷袆,振珮鸣璜[㉑]〕(据《太平御览》卷三八一补)。舞人就列,整饰容华[㉒]。〔妖服初工,刻画绮纱[㉓]〕(据《韵补》卷二"纱"字注补)。和颜扬眸,眄风长歌[㉔]。飘乎猋发,身如转波[㉕]。寻虚骋迹,顾与节和[㉖]。纵修袖以终曲,若奔星之赴河[㉗]。及其素秋二七,天汉指隅[㉘],民胥祓禊，国子水嬉[29]。〔工祝掩渚，扬菿陈词[30]〕（据《韵补》卷一“词”字注补）。缇帷弥津，丹帐覆洲[31]。〔日暮宴罢，车骑就衢[32]〕（据《初学记》卷四补）。盖如飞鹤，马如游鱼[33]。应门岩岩，朱扉含光[34]。路殿岿其隆崇，文陛巘其高骧[35]。听迅雷于长除，若有闻而复亡[36]。其园囿苑沼，骈田接连[37]。渌池分浪，以带石垠[38]。文隅琼岸，华玉依津[39]。邦乃大狩，振扬炎威[40]。教民即戎，讲习兴师[41]。落幕包括，连结营围[42]。〔长罼掩壑，大罗被罘[43]〕（据《太平御览》卷三八二补）。毛群陨殪，羽族歼剥[44]，填崎塞畎，不可胜录[45]。（《艺文类聚》卷六十一，《宋书·礼志》卷二。《编珠》卷二引三条。《北堂书钞》卷一〇六、卷一〇七、卷一三二、卷一三五、卷一五五、卷一五八。《文选》刘峻《广绝交论》李善注。《初学记》卷四、卷二十八。《太平御览》卷三八一、卷七〇〇、卷七〇二、卷八三二。《韵补》卷一“嬉”字注、“词”字注，又卷二“纱”字注，又卷五“剥”字注）

巨海分焉，倾泻百川[46]。（《初学记》卷六）

旁厉四邑，延于休溷。冠盖交错，隐隐辚辚[47]。（《韵补》卷一“溷”字注）

又有盐池漭沆，煎炙赐春[48]。燋暴渍沫，疏盐自殷[49]。挹之不损，取之不勤[50]。（《北堂书钞》卷一四六两引）

其盐则高盆连冉，波酌海臻[51]。素鹾凝结，皓若雪氛[52]。（《北堂书钞》卷一四六）

汤盐池，东西长七十里，南北七里，盐生海内，暮取朝复生[53]。（《北堂书钞》卷一四六）

其女工则绛绮縠[54]。（《太平御览》卷八一六）

纤纤丝履，灿烂鲜新[55]。灵草寻梦，华荣奏□[56]。表以文组，缀以珠蠙[57]。步履安审，接趾承身[58]。（《北堂书钞》卷一三六，《初学记》卷二十六，《太平御览》卷六九七）

龙烛九枝，逸稻寿阳[59]。赋《湛露》以留客，召丽妙之新倡[60]。（《初学记》卷十五，《北堂书钞》卷一一二）

玄发曜粉，芳泽不□[61]。（《北堂书钞》卷一三五）

伊岁之冬，云气清晞。水沍露凝，冰雪皑皑[62]。（《初学记》卷三）

金陛玉砌，玄柂云阿[63]。（《文选》王融《三月三日曲水诗序》李善注）

阳牕含辉，阴牖纳光[64]。（《编珠》卷二）

芳果万名，攒罗广庭[65]。霜滋露熟，时至则零[66]。（《太平御览》卷九六四）

黍稷油油，秔族垂芒。残穟满握，一颖盈箱[67]。（《初学记》卷二十七）

绿鹅葱鹜[68]。（《太平御览》卷九二五）

苹藻漂于阳侯，芙蕖出乎渚际[69]。奋红葩之煴煴，逸景烛于崖水[70]。（《韵补》卷四"水"字注）

龟螭潜滑于黄泥，文鱼游踊于清濑[71]。浚迅波以远腾，正泌瀄乎湄澨[72]。（《韵补》卷四"濑"字注）

戢武器于有炎之库，放戎马于巨野之埛[73]。（《水经注·泗水》）

建燕尾之飞旃。（《编珠》卷二）

岩险回隔，峻巘隐曲。猛兽深潜，介禽窜匿[74]。（《韵补》卷五"曲"字注）

猰貐猛容，举父猴玃，战斗陵冈，瞋目奋赫[75]。（《韵补》卷五"玃"字注）

昼藏宵行，俯仰哮咆，禽兽怖窜，失偶丧俦[76]。（《韵补》卷二"咆"字注）

彼齐、〔鲁〕诸儒，皆绘弁端衣，散佩垂绅[77]。金声玉色，温故知新[78]。访鲁都之区域，吊先生之遗真[79]。（《太平御览》卷一五六、《北堂书钞》卷九十六）

若乃考王道之去就，览万代之兴衰[80]。发龙图于金縢，启洛典乎石扉[81]。崇七经之旨义，删百氏之乖违[82]。（《北堂书钞》卷

一〇一、卷九十六）

覃思图籍，阐迪德谟[83]。蕴包古今，撰集丘素[84]。（《韵补》卷四“谟”字注）

举成均之旧志，建学校乎泗滨[85]。表泮宫之宪肆，有唐虞之《三坟》[86]。（《韵补》卷一“坟”字注）

采逸礼于残竹，听遗诗乎达路[87]。览国俗之盛衰，求群士之德素。（《北堂书钞》卷一〇一）

至于日昃，体劳怠倦。一张一弛，文武之训[88]。（《韵补》卷四“倦”字注）

曳发编芒，蔚若雾烟[89]。九采灼铄，青藻纷缤[90]。（《韵补》卷一“烟”字注）

奉彝执幂，纳觯授觞[91]。引满辄釂，滴沥受觥[92]。（《韵补》卷二“觥”字注。）

贵交尚信，轻命重气[93]。义激毫毛，怨成梗概[94]。（《韵补》卷四“概”字注。）

四域求来[95]。（《北堂书钞》卷一四六）

【说明】

鲁都，指古鲁国的国都，即今山东曲阜。鲁为公元前11世纪建立的诸侯国，辖今山东南部一带，后为楚所灭。作者家乡宁阳属古鲁国地界。作者的《鲁都赋》是古往今来独一无二的一篇专写鲁国首都曲阜的辞赋。作为一篇描绘都城之赋来说，这是具有极为特殊重要的文献价值。南宋王应麟在其《诗地理考》卷六《大庭》载：“《帝王世纪》：‘神农氏营曲阜，故《春秋》称鲁大庭氏之库。’《水经注》：‘鲁县即曲阜之地，少昊之墟有大庭氏之库，刘公幹《鲁都赋》曰：‘戢武器于有炎之库。’”曲阜是中国的古都，《史记·鲁周公世家》亦载：“封周公旦于少昊之虚曲阜，是为鲁公。周公不就封，留佐武王。”周公卒后，其子伯禽受封为鲁公，奠定了鲁国的文化根基。这篇赋一开头便点出鲁国首都曲阜最古老的历史。赋写出了鲁都恢宏远大的气象。

现存写作最早京都之赋为扬雄的《蜀都赋》。而以收在《昭明文选》卷首的班固《两都赋》最为著名。京都赋的写法，一般都从都城的地理位置说起。刘桢只指出靠近曲阜的山东第一名山泰山，而未对曲阜的地理位置详加描绘。也可能因现存的赋篇残缺，有些段落或已散佚。京都赋的第二个特色是描绘其丰富的物产，例如各类树木、水产、女红刺绣等等，以及宫殿建筑。可惜此赋已残缺不全，难窥全豹。幸后汉王延寿作有《鲁灵光殿赋》，描绘了鲁国的宫殿。

刘桢描写了鲁都宫中的丽人和秋禊。祓禊是古代重要的民俗，一般是农历三月三日(上巳)举行春禊，而赋中则写农历七月的秋禊。刘桢的赋也强调鲁国的儒家文化，所谓"崇七经之旨义，删百氏之乖违"，说明了独尊儒学的精神。"贵交尚信，轻命重气"，写的似乎是鲁国游侠的精神或者是鲁国人的集体个性，但因只存四句，无法得知其中要点。

从以上几点，可以想见此赋原来是一篇长篇大赋，详尽地描写了鲁国的历史、文化、物产和人文等各方面，是一篇极有历史价值的赋篇。

【注释】

① 大廷氏：大庭氏，或曰炎帝神农。传说中的古帝之名。或以为古国名。《左传·昭公十八年》："宋、卫、陈、郑皆火，梓慎登大庭氏之库以望之。"杜预注："大庭氏，古国名，在鲁城内，鲁于其处作库。"孔颖达疏："先儒旧说皆云炎帝号神农氏，一曰大庭氏。"肇：始。

② 少昊：亦作"少皞"。传说中古代东夷族首领，名挚(一作"质")，号金天氏。东夷曾以鸟为图腾，相传少皞曾以鸟名官。传说少皞死后为西方之神。《左传·昭公十七年》："郯子曰：'我高祖少皞挚之立也，凤鸟适至，故纪于鸟，为鸟师而鸟名。'"杜预注："少皞，金天氏，黄帝之子，己姓之祖也。"亦都兹焉：指大庭氏亦建都于鲁。

③ 曀魅(yì mèi 义妹)：天色阴暗貌。《诗·邶风·终风》："终风且曀，不日有曀。"毛传："阴而风曰曀。"曀魅峡北：指高山遮蔽峡谷之北面。

④ 紫金：一种珍贵矿物。又称紫磨金。又借指上等黄金。汉·孔融《圣人优劣论》："金之优者，名曰紫磨，犹人之有圣也。"北魏·郦道元《水经注·温水》："华俗谓上金为紫磨金，夷俗谓上金为阳迈金。"鸿崖：高大陡立的河岸。水精：水晶。云穴：指洞穴吞云吐雾。

⑤ 岱宗：即泰山。泰山乃五岳之首，为诸山所宗，故称。《尚书·舜典》："岁二月，东巡守，至于岱宗。"孔传："岱宗，泰山，为四岳所宗。"邈：远。层秀：指山势高耸秀出。干：冲犯。高越：谓高远超拔。

⑥ 赤桋(yí 夷)：木名，即赤楝，植物名。《诗·小雅·四月》："隰有杞桋。"毛传："桋，赤楝也。"文茎：树名。《山海经·西山经》："又西八十里，曰符禺之山，其阳

多铜，其阴多铁，其上有木焉，名曰文茎，其实如枣，可以已聋。"蕙棠：木名。《山海经·西山经》："又西三百里，曰中皇之山，其上多黄金，其下多蕙棠。"

⑦ 洪干：巨大的树干。围：计量周长的约略单位。旧说不一，现多指两手或两臂之间合拱的粗大树干。穹皇：指天。指树高入云天。《文选》谢惠连《七月七日夜咏牛女》："蹀足循广除，瞬目曬曾穹。"李善注："穹，天也。"《诗·大雅·文王》："思皇多士，生此王国。"毛传："皇，天。"

⑧ 陔（gāi 该）：原指田埂，此处指山的高低层次。《文选》束皙《补亡诗》："循彼南陔，言采其兰。"李善注引《声类》："陔，陇也。"弥：满。阪域：斜坡，山坡。

⑨ 夏簜（dàng 荡）：大竹。《尚书·禹贡》："篠簜既敷。"孔传："簜，大竹。"攒：聚集。包：通"苞"，丛生，茂密。《尚书·禹贡》："厥土赤埴坟，草木渐包。"孔传："包，丛生。"

⑩ 渝：改变。此句说明即使遭受风霜，仍旧不改变其颜色。

⑪ 翠实：青绿色的竹实。竹子所结的子实，形如小麦。也称竹米。也就是竹开花，随后枯死。《韩诗外传》卷八："凤乃止帝东园，集帝梧桐，食帝竹实，没身不去。"《诗·大雅·卷阿》郑玄笺："凤凰之性，非梧桐不栖，非竹实不食。"离离：竹实多而下垂貌。攸：连词，乃，于是。

⑫ 水产：水中生物。彝伦：常理，常道。指其各种种类井井有序。

⑬ 颁首：大头。莘（shēn 申）尾：长尾。《诗·小雅·鱼藻》："鱼在在藻，有莘其尾。"毛传："莘，长貌。"丰颅：头颅厚重。重断（yín 银）：牙床。《急就篇》卷三："鼻口唇舌断牙齿。"颜师古注："断，齿根肉也。"指鱼吻部有皱褶。

⑭ 戴兵挟刃：描绘虾蟹类带有螯，如兵刃一般。盘甲：带有甲壳。曲鳞：弯曲的鳞片。

⑮ 时谢节移：季节变换。谢：辞，逝。绥：安。

⑯ 肃戒：严肃地告诫或警戒。

⑰ 媛：美女。鳞附盈房：如鳞片附着，充满房间。比喻美女如云。

⑱ 蛾眉：蚕蛾触须细长而弯曲，因以比喻女子美丽的眉毛。清眸：明亮的眼珠。颜若雪霜：脸洁白若霜雪。

⑲ 含丹：指鲜红色的嘴唇。吮素：指含在口中的皓齿。巧笑：美好的笑靥。《诗·卫风·硕人》："巧笑倩兮，美目盼兮。"妍详：美好安详。

⑳ 曜日：灿烂的阳光。按，"曜"字，《太平御览》作"耀"。笄（jī 机）：簪。古时用以贯发或固定弁、冕。珥（ěr 耳）：珠玉之耳坠。珰（dāng 当）：耳饰。《玉台新咏·为焦仲卿妻作》："腰若流纨素，耳著明月珰。"吴兆宜注："穿耳施珠曰珰。"

㉑ 袿（guī 归）：即长襦，妇女的上服。《广雅·释器》："袿，长襦也。"《释名·释衣服》："妇人上服谓之袿，其下垂者，上广下狭如刀圭也。"裾（jū 居）：衣服的前后

襟,泛指衣服的前后部分。纷裶(fēi 非):衣长垂下貌。佩:玉佩。璜:杂佩部件之一。《诗·郑风·女曰鸡鸣》:"知子之来之,杂佩以赠之。"毛传:"杂佩者,珩、璜、琚、瑀、冲牙之类。"

㉒ 容华:如花美丽的容颜。《文选》曹植《杂诗》之四:"南国有佳人,容华若桃李。"

㉓ 妖服:妖冶的服装。即所谓奇装异服。汉·张衡《七辩》:"美人妖服,变曲为清。改赋新词,转歌流声,此音东之丽也。"初工:刚刚做好。刻画绮纱:在轻纱上画上各种图案。

㉔ 眄(miǎn 勉)风长歌:顾盼生姿,尽情歌唱。此句与上句"和颜扬眸"对应。或解为向着风放歌,似不妥。

㉕ 猋(biāo 标):本为犬奔貌、群犬奔貌,引申为疾进貌。《楚辞·九歌·云中君》:"灵皇皇兮既降,猋远举兮云中。"王逸注:"猋,去疾貌也。"转波:旋转的波浪。这两句是形容舞人舞姿的矫健轻快。

㉖ 寻虚:在虚空中追寻,指舞蹈向空挥舞的动作。骋迹:放纵的舞步。顾:回顾。节和:与节拍相应和。

㉗ 修袖:长袖。终曲:曲调结束。奔星:流星。河:银河。

㉘ 素秋:秋属金,方向属西,其色白,故称素秋。二七:十四日,下一行七月十四日的祓禊。明·杨慎《升庵集》卷七十五:"刘桢《鲁都赋》曰:'素秋二七,天汉指隅。人胥祓禳,国子水嬉。'此用七月十四日,指秋禊也。"天汉:银河。隅:角落。

㉙ 胥:皆。祓禊(fú xì 服戏):古人祓除不祥之祭。常在春、秋二季于水滨举行。农历三月上巳日行春禊,七月十四日行秋禊。国子:指全国官民上下人等。水嬉:在水边嬉戏。

㉚ 工祝:古时主祭祀或招魂的巫师。因为祓禊的一部分是招魂,因此需要工祝。《诗·小雅·楚茨》:"工祝致告,徂赉孝孙。"高亨注:"工祝即祝官。"《楚辞·招魂》:"工祝招君,背行先些。"王逸注:"男巫曰祝。"扬茢(liè 列):举起苕子。

㉛ 缇(tí 提)帷、丹帐:皆指橘红色的帐幕,此日以红色吉祥颜色镇压邪气。弥:满。津:渡口。洲:水中沙地。

㉜ 就衢(qú 渠):上路。衢,四通八达之路。

㉝ 盖:车篷或伞盖。这两句喻大家尽兴,各自回家。

㉞ 应门:宫中南面的正门。岩岩:高耸貌。《诗·鲁颂·閟宫》:"泰山岩岩,鲁邦所瞻。"朱扉:指大户人家的朱色大门。

㉟ 路殿:大殿,天子诸侯之正殿。岿(kuī 盔):犹岿然,高大独立貌。《文选》王延寿《鲁灵光殿赋》:"自西京未央建章之殿,皆见隳坏,而灵光岿然独存。"隆崇:高耸貌。文陛:宫阙用有纹路的石头建造的殿阶。借指朝廷。巘(yǎn 演):山顶。

《诗·大雅·公刘》:“陟则在巘,复降在原。”毛传:“巘,小山,别于大山也。”骧:高举。全句说明宫殿的巍峨与其阶梯之高。

㊱ 迅雷:疾雷。除:宫殿的台阶。这两句指在宫里的台阶上听到雷声,由近及远,逐渐消失。

㊲ 囿(yòu 右):古代帝王畜养禽兽以供观赏的园林。汉以后称苑。《诗·大雅·灵台》:“王在灵囿,麀鹿攸伏。”毛传:“囿,所以域养鸟兽也。”沼:水池。骈田:聚合,连属。形容多。《文选》张衡《西京赋》:“麀鹿麌麌,骈田偪仄。”薛综注:“骈田偪仄,聚会之意。”刘良注:“骈,谓骈列于田,以相偪侧。”

㊳ 渌(lù 路)池:清澈的水池。带:环绕。垠:岸。

㊴ 文隅:池岸的折转处彩色交错。琼岸:用美玉砌成岸。津:上下船的渡口。

㊵ 狩:古代君主冬猎,冬天收割结束,是狩猎季节。《诗·魏风·伐檀》:“不狩不猎,胡瞻尔庭有县貆兮!”郑玄笺:“冬猎曰狩。”《朱熹集传》:“狩,亦猎也。”《左传·隐公五年》:“故春蒐、夏苗、秋狝、冬狩,皆于农隙以讲事也。”大狩:喻其狩猎规模之大,规格之高。炎威:这里当指显示国威。

㊶ 即戎:从事军事活动,以冬季农忙季节结束,训练军士或农人。《周礼·夏官·大司马》:“中冬,教大阅……遂以狩田。”兴师:举兵,起兵。这里指训练军队。

㊷ 落幕:搭起帐篷。包括:指帐篷连连。连结营围:将打猎的围场连接起来。

㊸ 长毕(bì 毕):掩捕鸟兔的长柄小网。《礼记·月令》:“(季春之月)田猎罝罘、罗网、毕翳。”郑玄注:“网小而柄长谓之毕。”掩:同“揜”,指覆取。罗:张挂之网,主要用以捕鸟。《尔雅·释器》:“鸟罟谓之罗。”掩壑:遮掩山谷。睪(zé 泽):通“泽”,称水草丛杂之沼泽地。汉·应劭《风俗通·山泽·泽》:“水草交厝,名之为泽。”

㊹ 毛群:指兽类。陨:伤损。殪(yì 义):杀死。羽族:禽类。歼:杀尽无馀。剥:撕裂。

㊺ 崎:山的崎岖之处。畎(quǎn 犬):山谷,田野。不可胜录:无法算清楚。

㊻ 巨海:巨壑,大海。《文选》曹植《与吴季重书》:“食若填巨壑,饮若灌漏卮。”这句似指鲁国与大海分隔,形成百川西南分流。因为鲁国无东流之河。

㊼ 厉:至。四邑:四周各国。古称国为邑。延:及。休溷:戎狄的地名。《史记·赵世家》:“至于休溷诸貉。”张守节正义:“自河宗休溷诸貉,乃戎狄之地也。”冠盖交错:指贵族的冠服和车盖互相交错。隐隐辚辚(lín 林):形容车马众多之声。《文选》张衡《东京赋》:“肃肃习习,隐隐辚辚。”薛综注:“隐隐,众多貌。辚辚,车声也。”

㊽ 漭沆(mǎng hàng 莽杭去声):水广大貌。《文选》张衡《西京赋》:“顾临太液,沧池漭沆。”薛综注:“漭沆,犹洸潒,亦宽大也。”煎炙(zhì 至):用火煮和烤,以制

造海盐。赐春:不可解。陈俞本《北堂书钞》“赐”作“阳”。此句表示春天时节来煮盐。

㊾ 燋(jiāo 焦):烧灼。暴(pù 铺):同“曝”,晒。湓(pēn 喷)沫:指盐汁上的泡沫。疏:粗,晒盐较煮盐为粗。殷:多。

㊿ 挹:舀取。不勤:指舀取盐很方便,不费力。

51 盆:煮盐盆。连冉:此词仅见于本赋,而不见于其他文献之中。“冉”有“逐渐”、“渐进”义。因此“连冉”大概有“连续排列”之意。波酌海臻:应是“海臻波酌”的倒装。海水到来,即截取其海水制盐。

52 素:白色。醝(cuó 嵯):盐的别称。雪氛:雪粉。《释名·释天》:“氛,粉也。润气著草木,因寒冻凝,色白若粉之形也。”

53 汤盐池:陈俞本《北堂书钞》作“内盐池”,当即晒盐池。

54 女工:指女子所从事纺织、刺绣、缝纫等事。《淮南子·齐俗训》:“锦绣纂组,害女工者也。”绛(jiàng 降):深红色。縠(hú 壶):绫绸绉纱之类。

55 纤纤丝履:用柔细丝绸所做的鞋子。灿烂鲜新:光鲜亮丽。

56 灵草:仙草,瑞草。《文选》班固《西都赋》:“于是灵草冬荣,神木丛生。”李善注:“神木、灵草,谓不死药也。”寻梦:仙草名。服后可做梦成仙。华荣:繁荣。汉·焦赣《易林·复之解》:“春桃萌生,万物华荣,邦君所居,国乐无忧。”奏:通“凑”,会合,聚合。

57 表:缀饰。文组:彩色丝带。《后汉书·王符传》:“且其徒御仆妾,皆服文组彩牒,锦绣绮纨。”蠙(pín 贫)珠:即蚌珠,珍珠。

58 步履安审:步伐安详。接趾承身:意谓鞋子正好合适脚的尺寸和身体的姿态。

59 龙烛九枝:烛龙神所衔之烛。传说其张目能照耀天下,闭目则夜晚来临。《山海经·大荒北经》:“西北海之外,赤水之北,有章尾山。有神,人面蛇身而赤,直目正乘,其瞑乃晦,其视乃明,不食不寝不息,风雨是谒。是烛九阴,是谓烛龙。”逸稻寿阳:此句不可解。似指一种野生稻,人吃了即长生不死。

60《湛露》:《诗经·小雅》篇名。《左传·文公四年》:“昔诸侯朝正于王,王宴乐之,于是乎赋《湛露》。则天子当阳,诸侯用命也。”后因喻君主之恩泽。倡:歌女。

61 玄发曜粉:黑色的头发闪耀着施粉。芳泽:古代妇女润发用的香油。《列子·周穆王》:“施芳泽,正蛾眉。”《文选》曹植《洛神赋》:“芳泽无加,铅华弗御。”

62 伊:发语词。清晞(xī 希):清楚明亮。冱(hù 户):冻结,凝聚。皑皑:雪白貌。

63 陛:台阶。玉砌:用玉石砌的台阶。玄枑(hù 户):黑色的拒马,古时官府门前所设阻挡通行的木制障碍物。也称行马。阿:屋栋,正梁。云阿:以云彩图样装饰的梁柱。

㊹ 阳牕(chuāng 窗):指南面的窗户。阴牖(yǒu 友):指北向的窗户。

㊺ 攒罗:聚集堆积。汉·司马相如《大人赋》:"攒罗列聚丛以茏茸兮,衍曼流烂痑以陆离。"

㊻ 霜滋露熟:指水果经过霜的滋润、露水浸泡才成熟。时至则零:指果实到了成熟季节就要落下。

㊼ 黍:黄米,性黏,可酿酒。其不黏者,别名穄,亦称稷,可作饭。明·李时珍《本草纲目·谷二·稷》:"稷与黍,一类二种也。黏者为黍,不黏者为稷。稷可作饭,黍可釀酒。"油油:色泽光润貌。秔(jīng 京)族:不黏的稻种。《文选》张衡《南都赋》:"若其厨膳,则有华芗重秬,滍皋香秔。"穟(suì 岁):同"穗",禾穗成熟下垂貌。颖:带芒的谷穗。《诗·大雅·生民》:"实坚实好,实颖实栗。"盈:满。

㊽ 鹢(yì 义):水鸟名。葱鹙(qiū 秋):青绿色的秃鹙。《诗·小雅·白华》:"有鹙有梁,有鹤在林。"毛传:"鹙,秃鹙也。"

㊾ 苹藻:苹与藻,皆水草名。古人常采作祭祀之用。阳侯:传说中波涛之神。借指河流。《战国策·韩策二》:"塞漏舟而轻阳侯之波,则舟覆矣。"鲍彪注:"说阳侯多矣。今按《四八目》,伏羲六佐,一曰'阳侯',为江海。盖因此为波神欤?"

㊿ 红葩:芙蕖的红花。煨(wù 悟):光。《玉篇·火部》:"煨,光也。"逸景:消逝的光阴,日影。烛:照。指日光照在河上。

(71) 螭(chī 吃):古代传说中无角的龙。《楚辞·九歌·河伯》:"乘水车兮荷盖,驾两龙兮骖螭。"文鱼:鲤鱼或是一种有翅能飞的鱼。《楚辞·九歌·河伯》:"乘白鼋兮逐文鱼,与女游兮河之渚。"王逸注:"言河伯游戏,远出乘龙,近出乘鼋,又从鲤鱼也。"清濑(lài 赖):从沙石上流过的清水。《楚辞·九歌·湘君》:"石濑兮浅浅,飞龙兮翩翩。"

(72) 浚:疏浚,深挖。泌瀄(bì jié):水波冲击貌,《文选》司马相如《上林赋》:"滭弗宓汩,偪侧泌瀄。"李善注引司马彪注曰:"泌瀄,相揳也。"

(73) 戢(jí 集):收藏兵器。有炎:炎帝神农氏。大庭氏在鲁城建府库。见注一。巨野:同"钜野",指山东省菏泽市巨野县城北的钜野泽(又称大野泽),古为济水所汇。元后干涸。坰(jiōng 扃):郊外远野。《诗·鲁颂·駉》:"駉駉牡马,在坰之野。"毛传:"坰,远野也,邑外曰郊,郊外曰野,野外曰林,林外曰坰。"郑笺:"必牧马于坰野者,辟民居与良田也。"

(74) 巘(yǎn 演):小山。介:大。窜匿:逃窜隐藏。

(75) 猰貐(yà yǔ 讶雨):古代恶兽名,《太平御览》卷九〇八引《尔雅》曰:"猰貐,类貙(貙)虎,食人,迅走。"《山海经·海内经》曰:"猰貐龙首而蛇身人面,居于弱死吾,食人。"《山海经·北山经》曰:"少咸之山兽,其状如牛而赤身、人面、马足,名曰猰貐。其音如婴儿，食人。”《淮南子·本经训》：“逮至尧之时，十日并出……猰貐、凿齿、九婴、大风、封豨、修蛇皆为民害，尧乃使羿……杀猰貐。”猛容：观上下文，当为猛兽名，但具体不详。《文选》司马相如《上林赋》有“铤猛氏”。据说为一种似熊而小毛浅有光泽的猛兽。举父：古代传说中的野兽名。《山海经·西山经》：“（崇吾之山）有兽焉，其状如禺而文臂，豹虎而善投，名曰举父。”郭璞注：“或作夸父。”玃（jué 决）：大猿。《吕氏春秋·察传》：“数传而白为黑，黑为白；故狗似玃，玃似母猴，母猴似人。人之与狗则远矣。”陵冈：即山岭冈峦。瞋目：睁眼怒视。赫：怒。

⑯ 霄：通“宵”，夜间。怖：惶惧，害怕。偶、俦：伴侣，匹偶。

⑰ 齐：齐国，与鲁国相邻，在今山东省泰山以北，黄河流域和胶东半岛地区，为战国时齐地。绘弁（biàn 变）：古代贵族的一种帽子。《诗·卫风·淇奥》：“有匪君子，充耳琇莹，会弁如星。”郑玄笺：“会，谓弁之缝中，饰之以玉，皪皪而处，状似星也。”端衣：古代一种礼服。多用于丧祭场合。《荀子·哀公》：“夫端衣玄裳絻而乘路者，志不在于食荤。”散佩垂绅：散开玉佩，垂下束于腰间的大带。

⑱ 金声玉色：喻人之坚贞品格和操守。《尚书大传》卷四：“天下诸侯之悉来进受命于周，而退见文武之尸者，千七百七十三诸侯，皆莫不磬折玉音，金声玉色。”温故知新：语出《论语·为政》：“子曰：‘温故而知新，可以为师矣。’”

⑲ 先生：指儒家先贤。遗真：画像。

⑳ 若乃：至于。王道：儒家主张仁义之道。《尚书·洪范》：“无偏无党，王道荡荡。”去就：取舍。汉·董仲舒《春秋繁露·保位权》：“黑白分明，然后民知所去就，民知所去就，然后可以致治。”

㉑ 发：开。龙图：即河图。汉·应劭《风俗通·山泽·四渎》：“河者，播也，播为九流，出龙图也。”金縢（téng 腾）：古用金属带子将收藏书契的柜封存。《尚书·金縢》：“公归，乃纳册于金縢之匮中。”启：打开。洛典：即洛书。古代儒家关于《周易》卦形来源及《尚书·洪范》“九畴”创作过程的传说。《易传·系辞上》：“河出图，洛出书，圣人则之。”石扉：石洞之门。

㉒ 七经：汉以来历代封建王朝所推崇的七部儒家经典。“七经”名目，历来说法不一。东汉《一字石经》作《易》、《诗》、《书》、《仪礼》、《春秋》、《公羊》、《论语》。删百氏之乖违：删除百家与七经背离之处。

㉓ 覃（tán 谭）思图籍：深思河图等典籍。阐迪：发扬与实行。德谟：道德的谋划。

㉔ 丘素：“丘”指“九丘”，传说中最古的书名。《左传·昭公十二年》：“楚左史倚相趋过，王曰：‘是良史也，子善视之，是能读《三坟》、《五典》、《八索》、《九丘》。’”杜预注：“皆古书名。”素：古人用绢帛书写，故以为书籍或信件的代称。《三国志·魏书·管宁传》：“敷陈坟素，坐而论道。”

⑧⑤ 成均:西周的大学。《周礼·春官·大司乐》:"大司乐掌成均之法,以治建国之学政,而合国之子弟焉。"

⑧⑥ 泮(pàn 判)宫:西周时诸侯所设的大学。《汉书·郊祀志上》:"周公相成王,王道大洽,制礼作乐,天子曰明堂雍辟,诸侯曰泮宫。"唐虞:指唐尧和虞舜。三坟:传说中中国最古的书籍。参见注⑧④。

⑧⑦ 此两句意为在残破的竹简之中寻找失去的礼仪,在畅通的路上听取流落民间的诗歌。

⑧⑧ 昃(zè 仄):日西斜。《易·离》:"日昃之离,何可久也!""一张一弛,文武之训":指为政之道当有拉紧和放松的时候,文武并济。

⑧⑨ 曳(yè 业)发:牵引头发。编芒:芒,芒草,可编织。《晋书·刘惔传》:"家贫,织芒屩以为养。"这两句是说拢发成辫。

⑨⓪灼铄:形容头发的光彩。

⑨① 奉彝(yí 宜):捧着礼器。彝:古代宗庙常用礼器的总名。执幂(mì 密):拿着遮盖食物的帕子。幂:遮盖祭品的礼巾。纳觯授觞:觯(zhì 至):古代饮酒器。觞(shāng 商):盛满酒的杯。亦泛指酒器。

⑨② 釂(jiào 窖):饮尽杯中酒。滴沥:流滴。汉·杜笃《首阳山赋》:"青罗落漠而上覆,穴溜滴沥而下通。"觥(gōng 工):盛酒或饮酒器。

⑨③ "贵交尚信,轻命重气":写鲁国之人重视友谊信用,轻视自己的性命而重义气。

⑨④ "义激毫毛,怨成梗概":为了毫毛大的小事就能义愤填膺,刚直的气概容易化为怨气。

⑨⑤ 四域求来:四面八方的人都祈求能来鲁国。

瓜赋并序

〔桢〕在曹植座,厨人进瓜,植命为赋,促立成。其辞曰:(《初学记》卷十、《太平御览》卷九七八)

〔含金精之流芳,冠众瓜而作珍①〕(据《太平御览》卷九七八补)。三星在隅②,温风节暮③。枕翘于藤④,流美远布。黄花炳晔⑤,潜实独著⑥。丰细异形,圆方殊务⑦。扬晖发藻,九采杂糅⑧。厥初作苦,终然允甘⑨。应时湫熟,含兰吐芳⑩。蓝皮密理⑪,素肌丹瓤⑫。乃命圃师,贡其最良⑬。投诸清流,一浮一藏[14]。〔更布象牙之席，薰玳瑁之筵[15]，凭彤玉之几，酌缥碧之樽[16]〕（据《初学记》卷十补）。析以金刀，四剖三离[17]。承之以雕盘，羃之以纤绨[18]。甘逾蜜房[19]，冷亚冰圭[20]。（《艺文类聚》卷八十七两引。《文选》颜延年《皇太子释奠会作诗》李善注，《初学记》卷十、卷二十八引三条。《太平御览》卷三四六、卷九七八。《事类赋》卷二十七引两条）

【说明】

由残存的序文来看，本赋是在文学宴会上奉命而作的短赋，这是魏晋六朝常见的创作情况。简短的赋描绘了西瓜收成的季节，《诗·唐风·绸缪》："绸缪束刍，三星在隅。"郑玄笺："心星在隅，谓四月之末，五月之中。"这是西瓜成熟的季节。于是曹植命令果园的官员挑选西瓜，与贵族和朋友们一起享受美瓜。赋中描绘了西瓜的外表，贵族们高贵的坐具和饮食用具，最后描写了西瓜如何被剖开送上桌面。用词典雅优美，虽是席间宴上应酬之作，但无伤大雅，瑕不掩瑜。

【注释】

① 金精：指西方之气。《文选》祢衡《鹦鹉赋》："体金精之妙质兮，合火德之明辉。"李善注："西方为金，毛有白者，故曰金精。"流芳：散发香气。因为瓜来自中国西方，所以称它为金精之流芳。冠众瓜而作珍：表示这种瓜（并未说明）为众瓜之冠，因此珍贵。

② 三星：心星。《诗·唐风·绸缪》："三星在天。"毛传："三星，参也。"郑玄笺："三星，谓心星也。"三星在隅：指三星已移至天之一角。指农历四月之末，五月之中的时节。

③ 温风：和暖的风。当指夏季。《列子·汤问》："温风徐回，草木发荣。"节暮：季节之末。

④ 翘：本指鸟尾的长羽，此处应指瓜蒂上的藤。

⑤ 炳晔（yè 业）：指花灿烂光亮貌。

⑥ 潜实：指瓜的果实藏在藤叶之下。独著：特别显眼。

⑦ 丰细异形：指瓜大小形状各异。圆方殊务：形状有圆有方，用处不同。

⑧ 扬晖：发亮。藻：指瓜的纹路和文采。九采：比喻其颜色纹路之丰富。杂糅：混杂糅合。

⑨ 厥初：其初，开始。此两句意为瓜刚开始是苦的，但最后一定是甜的。

⑩ 应(yìng 硬)时:顺应时节。湫(jiǎo 皎):低下。指瓜在地上而非在高枝上成熟。含兰吐芳:指瓜芳香的味道。

⑪ 蓝皮:青色的外皮。密理:指瓜的表皮纹理细腻紧密。

⑫ 素肌:瓜皮和瓜瓤之间的部分是白色的。丹瓤(ráng 儴):红色的瓜肉。

⑬ 圃师:管理瓜园的人。贡其最良:指献上最好的瓜。

⑭ 这两句指将瓜放在水上,有的瓜漂浮在水上,有的沉在水下。

⑮ 象牙之席:以象牙装饰的席子。薰:熏蒸。《庄子·天地》:"五臭薰鼻,困惾中颡。"玳瑁(dài mào 代冒):同"瑇瑁",似龟,其甲壳可作装饰品和入药。筵:古代坐具,用竹篾、枝条和蒲苇等编成的席子,用来铺地作坐垫。《诗·大雅·行苇》:"或肆之筵,或授之几。"

⑯ 彤玉之几(jī 机):赤玉做成,坐时凭依或搁置物件的小桌,《尚书·顾命》:"相被冕服,凭玉几。"缥碧:浅青色。

⑰ 析:剖。金刀:以金属制成的刀。全句意为切上三刀或四刀。

⑱ 雕盘:精雕的盘子。羃(mì 密):覆盖。纤絺(xiān chī 仙痴):纤细的葛布。晋·潘岳《秋兴赋》:"于是乃屏轻箑,释纤絺。"

⑲ 逾:超越。蜜房:蜂巢。汉·班固《终南山赋》:"碧玉挺其阿,蜜房溜其巅。"

⑳ 亚:次于,不如。《太平御览》九七八和《事类赋》卷二十七皆作"甚"。甚:超过。圭(guī 归):玉制礼器。长条形,上尖下方。冰圭:像圭的冰块。自"更布象牙之席"至结尾,是描绘席间品尝西瓜情景,极尽形容之能事。

大阅赋

【说明】

存目。

《古文苑·王粲〈羽猎赋〉》章樵题注:"挚虞《文章流别论》云:'建安中,魏文帝(曹丕)从武帝(指曹操)出猎,赋,命陈琳、王粲、应玚、刘桢并作。琳为《武猎》,粲为《羽猎》,玚为《西狩》,桢为《大阅》,凡此各有所长,粲其最。'"此赋应作于建安十八年(213)冬。

王 粲

王粲(177—217),字仲宣,山阳高平(今山东省微山县)人(江西人民出版社1984年再版的《中国历代名人辞典》以为王粲系山西高平人。中州书画社1984年出版的《王粲集注》则首尾两端,以为"今山东邹县人,一说河南修武")。我们以为王粲系山东山阳高平人是毫无疑义的,因为王粲十七岁时之所以避难荆州投靠荆州刺史刘表,乃刘表是其小同乡,也是山东的"山阳高平"人,且刘表还曾是其祖父王畅的学生,再则河南修武东汉时为河内郡山阳县("竹林七贤"聚居地),但都没有高平这个地名,山西在北魏时始有高平建制,但却未曾有山阳设置。总而言之,王粲为山东人是毫无疑义的。

王粲是"建安七子"之一。十四岁时随献帝西迁至长安,时左中郎将蔡邕贵重朝廷,宾客盈门,"闻粲在门,倒屣迎之","一座尽惊"。蔡邕说:"此王公孙也(王粲曾祖父、祖父都官至东汉三公),有异才,吾不如也。吾家书籍文章,尽当与之。"王粲聪明绝顶,问无不对,诵读过目不忘,属文举笔便成。归曹后被辟为丞相掾,赐爵关内侯。建安二十二年(217)春,卒于随曹军征吴返程道中。年四十一。粲有二子,参与魏讽谋反,事发,被太子曹丕所杀,曹操时在汉中,闻粲子死,叹曰:"孤若在,不使仲宣无后。"刘勰称王粲为"(建安)七子之冠冕"。王粲与其他建安六子并见有善。传见《三国志·魏书·王粲传》。

登楼赋

登兹楼[1]以四望兮[2]，聊暇日以销忧[3]。览斯宇之所处兮[4]，实显敞而寡仇[5]。挟清漳之通浦兮[6]，倚曲沮之长洲[7]。背坟衍之广陆兮[8]，临皋隰之沃流[9]。北弥陶牧[10]，西接昭丘[11]。华实蔽野[12]，黍稷盈畴[13]。虽信美而非吾土兮[14]，曾何足以少留[15]。遭纷浊而迁逝兮[16]，漫逾纪以迄今[17]。情眷眷而怀归兮[18]，孰忧思之可任[19]。凭轩槛以遥望兮[20]，向北风而开襟[21]。平原远而极目兮[22]，蔽荆山之高岑[23]。路逶迤而修迥兮[24]，川既漾而济深[25]。悲旧乡之壅隔兮[26]，涕横坠而弗禁[27]。昔尼父之在陈兮，有"归欤"之叹音[28]。钟仪幽而楚奏兮[29]，庄舄显而越吟[30]。人情同于怀土兮[31]，岂穷达而异心[32]。惟日月之逾迈兮[33]，俟河清其未极[34]。冀王道之一平兮[35]，假高衢而骋力[36]。惧匏瓜之徒悬兮[37]，畏井渫之莫食[38]。步栖迟以徙倚兮[39]，百日忽其将匿[40]。风萧瑟而并兴兮[41]，天惨惨而无色[42]。兽狂顾以求群兮，鸟相鸣而举翼[43]。原野阒其无人兮，征夫行而未息[44]。心凄怆以感发兮[45]，意忉怛而憯恻[46]。循阶除而下降兮[47]，气交愤于胸臆[48]。夜参半而不寐兮[49]，怅盘桓以反侧[50]。

【说明】

此赋见《文选》卷十一，《艺文类聚》卷六十三。赋写于王粲避难荆州时。赋主要表现如下思想内容：荆州地区的富庶秀丽与作者的怀乡思归；国家的动乱、人民的苦难与作者的报国无门、郁郁不得志。而所有这些思想内容又都交织在一起。他乡的富庶秀美、军阀的混战、政治上的不得意，更易于诱发作者的乡关之思。而作者思念故土，又使他的忧国忧民和政治上的失意蒙上一层哀伤悲凉的情绪。当然，在上述诸因素中，其左右作用的是作者仕途上的蹭蹬蹉跎。又因王粲是一位有抱负有眼光的人，这从他的《七哀诗》和他劝刘琮归曹操等均可见出，因而，他对政治上的失意，反应自然更加强烈，这就使本赋充满着激越悲伤的感情色彩。

【注释】

① 兹楼：此楼。王粲所登之楼有三说：一为湖北当阳县城楼，李善主此说；一为江陵城楼，刘良（《文选》注六臣之一）主此说；一为麦城城楼，郦道元主此说（见《水经注》卷三十二《沮水》）。我们赞同李善说。

② 四望：向四方望。

③ 聊：姑且。暇同“假”，借也。销忧：消除忧愁。《文选》李周翰注：“假借此登楼而四望也。”

④ 斯宇：这座楼。

⑤ 实：副词，确实，的确。显敞：明亮高广。寡仇：很少能与之相比。寡，少。仇，匹。

⑥ 挟：襟带。清：指水澄澈，与“浊”相对。漳：水名。源于湖北省南漳县西南，南流于当阳与沮水汇合。浦：通大河的水口。

⑦ 倚：斜靠着。曲：曲折。沮（jū 居）：水名。源于湖北省保康县西南，与漳水会合南流入长江。洲：水中陆地。这句说城楼位于曲折的水边，好像倚长洲而立。

⑧ 背：背对着。与“向”、“临”相反。坟衍：地势高起为坟，广平为衍。广陆：宽广的陆地。

⑨ 临：面对。皋（gāo 高）：水边的地。隰（xí 席）：低下的湿地。沃流：可以泽润土地的水流。

⑩ 弥：终于，尽于。陶：地名。相传为陶朱公范蠡葬地。牧：郊外。

⑪ 昭丘：楚昭王的坟墓，在今湖北省当阳城南的沮水边上。丘，坟墓。

⑫ 华、实：花和果实。“华”同“花”。蔽野：遮蔽了田野。

⑬ 黍（shǔ 属）：黍子，碾成的米叫黄米。稷（jì 计）：谷类，一说即谷子。盈：充满。畴（chóu 愁）：已耕作的田地。以上两句赞美当地土地肥沃，物产丰富，用以反衬下句客居愁绪。

⑭ 信：确实。吾土：我的故乡。

⑮ 曾：语助词。少留：短暂的停留。

⑯ 纷浊：杂乱污浊。这里指社会动乱。迁：迁移。逝：去，离去。这句指王粲因战乱而离乡背井，流亡荆州。

⑰ 漫：漫长。形容“逾纪”。逾纪：超过了十二年。“纪”为纪年单位，十二年为一纪。迄（qì 弃）今：到现在。这句指作者长期避难荆州。

⑱ 眷眷:依恋不舍的样子。怀旧:思念返回故乡。

⑲ 孰:谁。任:承受,担负。这句是说有谁能承受得起这种怀念家乡的重负。

⑳ 凭:靠着。轩槛(jiàn 鉴):即栏杆,窗户下或长廊的栏杆。

㉑ 向:朝,朝着。开襟:敞开衣襟。

㉒ 极目:一眼望去,用尽目力远望。

㉓ 蔽:为……所遮蔽。荆山:山名,在今湖北省南漳县西南。岑(cén 涔):小而高的山。这两句是说自己向北方的家乡极目远眺,家乡的平原却被高岑的山峰所遮蔽。

㉔ 逶迤(wēi yí 威夷):道路弯弯曲曲延续不绝的样子。修:长。迥:远。

㉕ 川:水道;河流。漾:水流长。济:过河,渡。

㉖ 壅(yōng 拥)隔:阻塞隔离。

㉗ 涕:眼泪。弗禁:克制不住。

㉘ 尼父:孔子字仲尼,"尼父"是对其敬称。孔子周游各国时,曾在陈国绝粮,叹曰:"归欤! 归欤!"即"回来吧! 回来吧!"欤(yú 于):句末语气词,表示感叹。

㉙ 钟仪:春秋时楚国乐官。据《左传·成公九年》载,楚伐郑,钟仪被郑所俘,献于晋,晋侯令他操琴,钟仪所弹皆楚国的乐调。幽:囚拘,监禁。楚奏:即"奏楚",弹奏楚国音乐。

㉚ 庄舄(xì 细):春秋时越国人,《史记·张仪列传》载,庄舄原是一个低微的人,到楚国做了大官,但他病中仍思念故乡,发出越国的语音。显:显贵,显赫。越吟:用越国的方言说话。

㉛ 怀土:思念故土。这句是说每个人都一样要怀念故土。

㉜ 穷:困顿,不得志。达:显贵,得志。异心:心思有所不同,即变心。

㉝ 惟:语气词。逾迈:过去。指时光的流逝。

㉞ 俟:等待。河清:古人以为黄河千年一清,河清则天下太平。未极:未至。

㉟ 冀:期望。王道:犹王政,朝廷政治。平:安定,太平。

㊱ 假:凭借,借助。高衢:四通八达的大路。骋力:尽情施展才能,不受拘束。这两句是说,期望天下太平之时,就可以尽情地施展自己的才力。

㊲ 惧:害怕。匏(páo 袍)瓜:即匏(葫芦的一种)实,成熟后对半剖开可作水瓢。《论语·阳货》:"子曰:'……吾岂匏瓜也哉! 焉能系而不食?'"旧时以"系匏"来比喻不得志。徒悬:空挂。

㊳ 井渫(xiè 谢)之莫食:井淘干净后,但无人打水饮用,喻自己虽努力修身养性,品格高洁,仍不为世所用。语本《易·井》:"井渫不食,为我心恻。"

㊴ 栖迟:游息。徙倚:犹徘徊,流连不去的意思。

㊵ 忽：快速。匿：隐藏，躲藏。

㊶ 萧瑟：树木被风吹拂所发出的声音。并兴：形容风四面吹起。

㊷ 惨惨：形容天日黯淡无光。

㊸ 狂顾：恐惧地回头看。求群：找伴。举翼：展翅。这句描绘夜幕降临，禽兽纷纷寻伴归宿。

㊹ 阒(qù 去)：寂静。征夫：流离在外的人。

㊺ 凄怆(chuàng 创)：伤感，悲痛。感发：感触。

㊻ 忉怛(dāo dá 刀达)：凄怆，哀伤。憯(cǎn 惨)恻：悲痛忧伤貌。

㊼ 循：顺着，沿着。阶、除：台阶。指城楼的台阶。

㊽ 交：交叉，交错。愤：悲愤。臆：胸。

㊾ 夜参半：到半夜。参，及。寐：睡。

㊿ 怅：惆怅，伤感。盘桓：徘徊。指愁绪挥之不去。反侧：转侧，翻来覆去。形容卧不安席。

游海赋

含精纯之至道兮[1]，将轻举而高厉[2]。游余心以广观兮，且彷徉乎西裔[3]。乘菌桂之方舟[4]，浮大江而遥逝[5]。翼惊风以长驱[6]，集会稽而一睨[7]。登阴隅以东望[8]，览沧海之体势[9]。吐星出日[10]，天与水际[11]。其深不测，其广无臬[12]。寻之冥地[13]，不见涯泄[14]。章亥所不极[15]，卢敖所不届[16]，洪洪洋洋[17]，诚不可度也[18]。处嵎夷之正位兮[19]，同色号于穹苍[20]。苞纳污之弘量[21]，正宗庙之纪纲[22]。总众流而臣下，为百谷之君王[23]。洪涛奋荡，大浪踽跃。山隆谷窳[24]，宛亶相搏[25]。怀珍藏宝，神隐怪匿。或无气而能行，或含血而不食，或有叶而无根，或能飞而无翼。鸟则爰居孔鹄[26]，翡翠鹔鹴[27]，缤纷往来，沉浮翱翔。鱼则横尾曲头，方目偃额，大者若山陵，小者重钧石[28]。乃有贲蛟大贝[29]，明月夜光[30]，蠵鼊瑇瑁[31]，金质黑章[32]。若夫长洲别岛[33]，棋布星峙[34]，高或万寻[35]，近或千里；桂林丛乎其上[36]，珊瑚周乎其趾[37]。群犀代角，巨象解齿[38]，黄金碧玉，名不可纪。(《艺文类聚》卷八。《北堂书钞》卷一三七题“浮海赋”。《初学记》六两引。《文选》郭璞《江赋》注。《事类

赋》卷六）

匈匈磕磕，汾浇滨薄[39]。（唐钞《文选集注》卷九左思《吴都赋》李善注）

乘菌桂之舟，晨凫之舸[40]。（《太平御览》卷七七〇引“王粲《海赋》”，“海”上疑脱“游”字。又见《事类赋》卷十六）

【说明】

写海的诗篇最早大约是曹操的《观沧海》，但是这种题材在赋中极少。在王粲之前，只有班彪《览海赋》，这篇赋主要描写海上漂流的仙山及众多神仙的生活，对海本身描绘甚少。王粲的《游海赋》的首句也将海和神仙联想起来，但是主要描绘了沧海的浩瀚无垠，以及其中千奇百怪的生物。“或无气而能行，或含血而不食，或有叶而无根，或能飞而无翼。”这几句生动地写出了海中鱼类的千姿百态。可说比前人更进一步地、更直接地描写了大海的风貌。

【注释】

① 精纯：精美纯粹。至道：指谓极精深微妙的道理或道术。

② 高厉：上升；高高腾起。

③ 彷徉（páng yáng 旁羊）：周游，遨游。《文选》宋玉《招魂》：“彷徉无所倚，广大无所极些。”西裔：西部边远的地方。按：以上四句据《初学记》卷六补。

④ 菌桂：香木名。《文选》屈原《离骚》：“杂申椒与菌桂兮，岂维纫夫蕙茝。”李周翰注：“椒、菌桂皆香木。”《文选》左思《蜀都赋》：“邛竹缘岭，菌桂临崖。”《初学记》卷六“菌桂”作“兰桂”。方舟：两船相并。

⑤ 遥逝：远逝。

⑥ 翼：承接。惊风：指猛烈、强劲的风。长驱：向前奔驰不止。

⑦ 集：栖身；停留。会稽：山名，在今浙江省绍兴市东南。相传夏禹大会诸侯于此计功，故名。睨：视。

⑧ 阴隅：西北方。

⑨ 体势：形体态势。

⑩ 吐星出日：谓大海能够吐出星日。

⑪ 际：会合；交会。《易·坎》：“樽酒簋二，刚柔际也。”

⑫ 臬（niè 聂）：终极。

⑬ 冥：通“溟”，指大海。

⑭ 涯泄:边际。按,以上八字据《初学记》六补。

⑮ 章亥:大章和竖亥。古代传说中善走的人。《文选》张协《七命八首》李善注引《淮南子》:"禹乃使大章步自东极,至于西极,二亿三万三千五百里七十步;使竖亥步自北极,至于南极,二亿三万三千五百七十里。"

⑯ 卢敖:秦时人,秦始皇召为博士,使入北海求神仙,敖亡而不返。届:至,到。

⑰ 洪洪洋洋:海水汹涌广大貌。

⑱ 度:同"渡"。

⑲ 嵎(yú 鱼)夷:传说日出的地方,大约指古代山东东部滨海地区。《尚书·尧典》:"分命羲仲,宅嵎夷,曰旸谷。"孔传:"东表之地称嵎夷。"陆德明释文:"马曰:嵎,海嵎也;夷,莱夷也。"

⑳ 号:标识。穹苍:苍天。

㉑ 苞:通"包"。

㉒ 纪纲:法制。

㉓ 总众流:汇合百川。按,以上八句据《初学记》卷六补。

㉔ 窳(yǔ 禹):凹陷,低下。

㉕ 宛亶:同"宛潬",回旋盘曲。

㉖ 爰居:海鸟名。孔鹄(hú 胡):天鹅。

㉗ 翡翠:水鸟名。嘴长而直。羽毛有蓝、绿、赤、棕等色,可做装饰品。《楚辞·招魂》:"翡翠珠被,烂齐光些。"王逸注:"雄曰翡,雌曰翠。"鹔鹴:水鸟名,颈长羽绿。《楚辞·大招》:"鸿鹄代游,曼鹔鹴只。"

㉘ 钧石:钧和石。古代重量单位。三十斤为钧,四钧为石。

㉙ 贲(fén 坟):大。蛟:故事传说中的似龙的动物。

㉚ 明月、夜光:夜明珠的不同名称。

㉛ 蠵(xī 西):即蠵龟,一种大龟。鼊(bì 毕),龟属动物。瑇瑁(dài mào 代冒):似龟的爬行动物。

㉜ 金质黑章:谓龟板为金黄的质地,上有黑色的花纹。

㉝ 长洲:水中长形陆地。别岛:远离海岸的孤岛。

㉞ 棋布:像棋子一样分布。峙:耸立。

㉟ 寻:古代长度单位。一般为八尺。

㊱ 桂林:桂树之林。

㊲ 珊瑚:由珊瑚虫分泌的石灰质骨骼聚结而成的东西,状如树枝,多为红色,也有白色或黑色的。鲜艳美观,可做装饰品。趾:指岛的外围接水处。

㊳ 代角:换角。解齿:脱齿。

㊴ 匈匈:动乱;纷扰。磕磕:物相碰声。汾浇(nào 闹):急流回旋貌。汾,通

"纷"。渍(pēn 喷)薄:亦作"渍礴",冲激,激荡。

㊵ 菌桂:香木名。《文选》屈原《离骚》:"杂申椒与菌桂兮,岂维纫夫蕙茝。"李周翰注:"椒、菌桂皆香木。"晨凫:本指野鸭,此指船的形状似野鸭。

初征赋

违世难以迴折兮①,超遥集于蛮楚②。逢屯否而底滞兮③,忽长幼以羁旅④。赖皇华之茂功⑤,清四海之疆宇⑥。超南荆之北境⑦,践周豫之末畿⑧。野萧条以骋望,路周达而平夷⑨。春风穆其和畅兮⑩,庶卉焕以敷蕤⑪。行中国之旧壤⑫,实吾愿之所依⑬。当短景之炎阳⑭,犯隆暑之赫曦⑮。薰风温温以增热⑯,体烨烨其若焚⑰。

【说明】

此赋见《艺文类聚》卷五十九。王粲投靠刘表十几年,一直不被重用,心情极坏,这从《登楼赋》即可见出。建安十三年(208),王粲投靠曹操,这是他新生活的开始。此赋当写于他随军北返中原途中(或以为作于建安十四年随曹军征孙权,似不确)。赋中流溢着对曹操这位新主的崇敬,对其文治武功进行由衷的赞颂,也表现出作者得其所归的喜悦心情。

【注释】

① 违:避去。世难:社会离乱,灾难。迴折:遥远曲折。

② 超遥:遥远。蛮楚:蛮是我国古代对南方各族的贬称。楚在南方,故称蛮楚。以上两句指作者避难荆州。

③ 屯、否:《周易》中的两个卦名。屯(zhūn 谆):艰难。否(pǐ 匹):穷,不通。底滞:困厄的意思。

④ 忽长幼以羁旅:是说自己转眼间在流浪中长大。王粲十六岁避难荆州依附刘表,投靠曹操时已是三十出头了。忽,忽然。羁旅,亦作"羇旅",客居他乡。

⑤ 赖:依赖,依靠。皇华:用《诗·小雅·皇皇者华》之典。毛传:"皇皇者华,君遣使臣也。"这里指汉献帝遣曹操南征。茂功:大功。茂,美盛。

⑥ 疆宇:犹国境。

⑦ 超:越,经过。南荆:荆为古代楚国的别称,故南荆即"南楚"。境:边境。

⑧ 践:踩过,走过。周豫:河南简称“豫”,东周都洛阳,故称河南一带为“周豫”。末畿(jī 积):指河南南部。末,末尾。畿,国都四周的广大地区。

⑨ 骋望:纵目远望。周达:指道路四通八达。夷:平坦。

⑩ 穆:和畅,美好。

⑪ 庶卉:众草。庶,众多。卉,草的总称。焕:鲜明,光亮。敷蕤(ruí 瑞阳平):草木花开茂盛的样子。敷,散布。蕤,草木花下垂的样子。

⑫ 中国:中原。旧壤:故土。

⑬ 吾愿:我的心愿。依:依靠,依托。这句表明王粲愿为以曹操为代表的刘汉王朝效命。

⑭ 当:对着,面对。短景:即“短影”,指夏季中午,其时物影极短。

⑮ 犯:冒犯。这里指为日所暴晒。隆暑:盛夏。赫曦(xī 西):指炎夏骄阳。赫,红如火烧,亦泛指红色。曦,阳光。

⑯ 薰风:东南风。《吕氏春秋·有始》:“东有熏风。”“熏”同“薰”。温温:热气出貌。

⑰ 烨烨(yè 叶):光盛貌。这里指太阳的灼热。以上四句表明初征的季节。

浮淮赋

从王师以南征兮[①],浮淮水而遐逝[②]。背涡浦之曲陆兮[③],望马邱之高澨[④]。泛洪橹于中潮兮[⑤],飞轻舟乎滨济[⑥]。建众樯以成林兮[⑦],譬无山之树艺[⑧]。于是迅风兴[⑨],涛波动[⑩]。长濑潭浘[⑪],滂沛汹溶[⑫]。钲鼓若雷[⑬],旌麾翳日[⑭],飞云天回[⑮]。苍鹰飘逸[⑯],递相竞轶[⑰]。凌惊波以高骛[⑱],驰骇浪而赴质[⑲]。加舟徒之巧极[⑳],美榜人之闲疾[㉑]。白日未移[㉒],前驱已届[㉓],群师按部[㉔],左右就队[㉕],轴轳千里[㉖],名卒亿计[㉗]。运兹威以赫怒[㉘],清海隅之蒂芥[㉙]。济元熏于一举[㉚],垂休绩于来裔[㉛]。

【说明】

此赋见《初学记》卷六,《北堂书钞》卷一三七、卷一三八,《艺文类聚》卷八,《古文苑》卷二十一。据《三国志·魏书·武帝纪》载,建安十四年(209)七月,曹操引水师自涡水入淮水,出淝水,军合肥。王粲与同行,与曹丕各作《浮淮赋》一篇。赋中以生动的笔触记叙了曹军渡淮河讨伐孙权的历史事件,具有较高的史料价值。

【注释】

① 从:跟随。王师:这里指曹操的军队。南征:指征伐东吴孙权。

② 遐逝:远去。

③ 背:背对着,与“向”相反。涡(guō 锅):水名,即涡河,淮河支流,在今安徽省境内。浦:小河流入江海的入口处。曲流:即“河曲”,河流的一连串迂回曲折的河段。

④ 马邱:地名,在今安徽省凤阳县。澨(shì 事):水滨。

⑤ 泛:浮行。洪櫓:大的船桨。櫓,船桨。中潮:即中流。

⑥ 滨:水边。济:渡河。因“轻舟”,故可“滨济”。或解为“河道的深水处”,录以备考。

⑦ 建:竖起,树立。樯(qiáng 墙):船上的桅杆。

⑧ 譬(pì 辟):譬如,比喻。无山树艺:指在平地上种树。按,“无山”,《北堂书钞》、《汉魏六朝百三名家集》作“巫山”,成专有名词,似不妥。这两句是说,曹军战船无数,桅杆如林,就如在平地上种植的树木一般。

⑨ 迅风:疾风。兴:兴起,起风。

⑩ 波动:比喻波涛动荡,不稳定。

⑪ 濑(lài 赖):从沙石上流过的急水。潭渨(wěi 委):很深的漩涡。渨,亦作“隈”,水流弯曲貌。

⑫ 滂沛(pāng pèi 乓配):波澜壮阔貌。汹溶:汹涌,河水奔腾汹涌貌。

⑬ 钲(zhēng 征)鼓:古代行军时用的两种乐器。《诗·小雅·采芑》:“钲人伐鼓。”毛传:“伐,击也。钲以静之,鼓以动之。”

⑭ 旌:旌旗。麾:古时用羽毛装饰的军旗,主将用以指挥军旗。旌麾:这里泛指军旗。翳(yì 亿):遮蔽。

⑮ 回:旋转。

⑯ 苍鹰:鸟名,鹰科。飘逸:轻疾貌。形容曹军战舰航行神速。

⑰ 递:轮流,依次。竞:比赛,争逐。轶:原义为超车,这里指众船争先超越。

⑱ 凌:乘,凌驾。骛(wù 务):纵横奔驰。高骛:指众船竞相远逝。

⑲ 赴:奔赴,投入。质:箭靶。这里引申为行军的目的地。

⑳ 加:通“嘉”。《尔雅·释地》:“陵莫大于加陵。”《淮南子·人间训》“加陵”作“嘉陵”。此句和下句“美榜人之闲疾”都是赞美之辞。舟徒:船夫。巧极:灵巧迅极。

㉑ 美:赞美,称美。榜人:船夫。榜,划船的工具。闲疾:娴熟迅疾。闲,通

“娴”,熟悉。

㉒ 白日未移:太阳还没有移动,形容时间极短。《文选》张衡《西京赋》:“白日未移晷。”薛综注:“言日景未移。”

㉓ 前驱:指曹军的前导、先锋。届:到。《诗·卫风·伯兮》:“伯也执殳(shū书,古代的一种兵器),为王前驱。”

㉔ 按部:按部就班,依序而进的意思。

㉕ 就队:各就其队。指队列整齐。

㉖ 轴轳千里:同“舳舻(zhú lú 逐卢)千里”。《汉书·武帝纪》:“舳轳千里,薄枞阳而出。”颜师古注引李斐曰:“舳,船后持柂(舵)处也;舻,船前头刺棹处也。言其船多,前后相衔,千里不绝也。”

㉗ 名卒:登记在册的士兵。亿计:数以亿计。极言其多。

㉘ 运:运动。兹:这,这种。赫(hè 贺)怒:勃然震怒。

㉙ 清:清除。海隅:海边。隅,靠边的地方。蒂芥:亦作“芥蒂”,梗塞物。这里喻指此次南征之敌。

㉚ 济:成。元熏:疑为“元勋”。首功:大功。

㉛ 垂:流传。休绩:美好的功绩。休,旧指美善。来裔:后代。

【辨析】

此赋据《古文苑》、《初学记》、《艺文类聚》等书互校而成。《古文苑》卷二十一载魏文帝《浮淮赋序》。序称:“建安十四年,王师自谯东征,大兴水军,浮舟万艘,时余从行,始入淮口,行泊东山,睹师徒,观旌帆,赫哉盛矣。虽孝武盛唐(地名,在今湖北荆州一带)之狩,舳舻千里,殆不过也。乃作斯赋,命粲同作。”查《三国志·魏书·武帝纪》,确有“(建安)十四年(209)春三月,军至谯,作轻舟,治水军。秋七月,自涡入淮,出肥水,军合肥。……十二月,军还谯”之事。从曹丕赋序中可见,王粲此赋系奉命之作。王粲于初平四年(193)投靠刘表,一直抑郁不得志。建安十三年(208),刘表死后,他劝表子琮归曹操,他认为当时的军阀中刘表“不知所任,故国危而无辅”,袁绍“好贤而不能用,故奇士去之”。只有曹操“文武并用,英雄毕力”。对曹极为仰慕。此赋写于他归曹后的第二年,是他首次随军出征,他的心情自然是十分欢快的,这从他对曹军的颂扬即可见一斑。

但曹操这次出兵合肥,大概只是想振奋军威,讨回面子而已,因为在此数月前,他兵败赤壁,丢尽面子。而在他与刘备大战赤壁之前,孙权攻合肥。曹操遣张熹救合肥,孙权未战而退。所以他这次出兵合肥,连孙权影子都未见到,只是虚晃一枪。也正因如此,他要把军队做大,把军威做足。

鹦鹉赋

步笼阿以踯躅①,叩众目之希稠②。登衡干以上干③,噭哀鸣而舒忧④。声嘤嘤以高厉⑤,又憀憀而不休⑥。听乔木之悲风⑦,羡鸣友之相求。

【说明】

此赋见《艺文类聚》卷九十一。这篇短赋虽只存片段,但也可看出作者借受困于笼中的鹦鹉,来表达自己的忧愁。鹦鹉没有自由,在笼中还得接受时少时多的观众的注视。听到了乔木的悲风,想起自己同伴相互呼唤的时候,更添哀愁。

【注释】

① 步:步行。笼阿:鸟笼的曲隅。踯躅(zhí zhú 直竹):徘徊不进貌。

② 叩:探问,询问。众目:指观赏者。希稠:多和少。

③ 干:同“杆”。上干:上冲,上矗。

④ 噭(jiào 叫):号呼。舒忧:解忧。

⑤ 嘤嘤:鹦鹉的叫声。高厉:上升,高高腾起。

⑥ 憀憀(liáo 聊):伤悲。

⑦ 乔木:高大的树木。

闲邪赋

夫何英媛之丽女①,貌洵美而艳逸②。横四海而无仇③,超遐世而秀出④。发唐棣之春华⑤,当盛年而处室⑥。恨年岁之方暮⑦,哀独立而无依⑧。情纷挐以交横⑨,意惨悽而增悲。何性命之奇薄⑩,爱两绝而俱违⑪。排空房而就衽⑫,将取梦以通灵⑬。目炯炯而不寐⑭,心忉怛而惕惊⑮。(《艺文类聚》卷十八)

关山介而阻险⑯。(《文选》谢朓《暂使下都夜发新林至京邑

赠西府同僚》李善注）

愿为环以约腕[17]。（《北堂书钞》卷一三六）

【说明】

“闲邪”，就是防范邪恶之意。此赋表面上强调“闲邪”，而实际上大颂男女之情。并为他们不能及时得到爱情而忧伤。传为宋玉所作的《登徒子好色赋》，以及司马相如的《美人赋》，可视为这类赋的首唱。

【注释】

① 英媛（yuàn 院）：杰出的美女。媛，美女。

② 洵：诚然，确实。艳逸：光艳四射。

③ 横：横扫；超过。无仇（qíu 求）：没有能与之相匹敌的人。仇，通“逑”，匹配。

④ 遐世：远世。秀出：突出。指容貌出众。

⑤ 唐棣：植物名。蔷薇科。落叶小乔木。《诗·召南·何彼秾矣》：“何彼秾矣，唐棣之华。”此花开得美盛，故喻。春华：春花。

⑥ 盛年：指美好的青年时光。处室：居住在家。这里指女子未嫁。

⑦ 方暮：指青春将逝。

⑧ 这句是说哀伤自己没有爱人，孤独无依。

⑨ 纷挐（rú 如）：混乱貌。交横：交错。这句是说思绪纷乱，悲伤哀叹等思绪交织在一起。

⑩ 奇薄：指命运不好。奇：特，甚。

⑪ 两绝：两相隔绝。《文选》祢衡《鹦鹉赋》：“何近日之两绝，若胡越之异区。”吕向注：“何今日两相隔绝，各在一方，若胡越异域矣。”或以为指两件极其幸福的事（指夫荣子贵），疑非是。俱违：都有违失。

⑫ 排：推开。就衽（rèn 任）：上床睡觉。衽，席子。

⑬ 通灵：通于神灵。这句是说自己打算借助梦境来求得慰藉。或以为指互通心灵，恐非是。

⑭ 目炯炯：两眼光亮貌。指睡不着的样子。不寐：睡不着。

⑮ 忉怛（dāo dá 刀达）：哀伤貌。惕惊：忧惧惊恐。

⑯ 关山：泛指关隘山川。介：间隔。阻险：指山川的艰险阻塞。

⑰ 为环：变作手镯。约腕：指戴在手腕上。约，套。三国·魏·曹植《美女篇》：“皓腕约金环。”

【辨析】

"闲邪",就是防范男女之间的淫乱放荡。在王粲写作此赋的前后,曾出现了大量类似的赋篇。如张衡的《定情赋》,蔡邕的《静情赋》,阮瑀、陈琳的《止欲赋》,应玚的《正情赋》,曹植的《静思赋》,以及稍后陶潜的《闲情赋》,都是此类赋作。为什么文学艺术界一下子出现这么多卫道者赋篇,是作者不甘心封建礼教的崩溃而为之大声疾呼,奋力捍卫吗?不是的。这些赋可以说是挂羊头卖狗肉,名实相违。赋的题目虽起得冠冕堂皇,呼吁人们不要越礼,但赋篇所写的内容却是另一回事。批评违礼之事几乎不著一字。人们虽指责汉赋"劝百讽一",讽谏的味道太弱了,《闲邪赋》等的讽谏味道连"劝百讽一"还不如。如陶潜《闲情赋》中的男子,完全拜倒在女子脚下,这与班昭《女诫》中的女子仅仅是男子的附属品,男子可以任意对她们责骂休弃,相去何止十万八千里。这又是为什么呢?这是因为社会已发生巨大变化,封建礼教已面临崩溃的危险,女子的地位空前地提高了。人们对美女的爱慕,男女之间相互追逐,两心相悦,尽情戏游,追求男女之间平等幸福的爱情生活,已为人们所共识。封建礼教已渐渐成为一个没有生命力的空壳,人们在社会生活中已开始把它抛弃。这是汉末以来值得大书特书的新思想、新潮流。

莺　赋

览堂隅之笼鸟,独高悬而背时①。虽物微而命轻,心凄怆而愍之②。日掩蔼以西迈③,忽逍遥而既冥。就隅角而敛翼,倦独宿而宛颈④。历长夜以向晨,闻仓庚之群鸣⑤。春鸠翔于南甍⑥,戴鵀集乎东荣⑦。既同时而异忧,实感类而伤情。

【说明】

此赋见《艺文类聚》卷九十二。这篇赋乍看上去是一篇歌咏黄莺的赋篇,实际上是借黄莺在春天的孤独来表达作者自己的伤感。从被关在笼里的黄莺写起,将自己喻为受困的鸟,在春天里听到同伴的叫声,却想起自己身不由己。然赋篇不全,只剩一段,不能窥其全豹。

【注释】

① 背时:违背时势。指不合时宜。

② 愍：哀怜。

③ 掩霭：同"晻暖"，昏暗貌。

④ 宛：曲折，弯曲。

⑤ 仓庚：黄莺的别名。《诗·豳风·东山》："仓庚于飞，熠耀其羽。"

⑥ 鸠：布谷鸟。甍（méng 蒙）：屋脊。

⑦ 戴鵀（rén 人）：鸟名，状似雀，头有冠，五色如方胜，故称。也称戴胜。《淮南子·时则训》："鸣鸠奋其羽，戴鵀降于桑。"高诱注："戴鵀，戴胜鸟也。"东荣：正房东边的廊檐。

征思赋

在建安之二八[①]，星步次于箕维[②]。

【说明】

此赋仅存二句。曹丕《典论·论文》称王粲有《征思赋》："王粲长于辞赋，徐幹时有齐气，然粲之匹也。如粲之《初征》、《登楼》、《槐赋》、《征思》。"《文选》颜延之《三月三日曲水诗序》李善注引王仲宣《思征赋》："在建安之二八，星步次于箕维。"赋题不同，孰是，待考。

【注释】

① 二八：十六。指建安十六年(211)。

② 星步：星宿移动。箕：星宿名。二十八宿之一。维：语气词。

寡妇赋

阖门兮却扫[①]，幽处兮高堂[②]。提孤孩兮出户[③]，与之步兮东厢[④]。顾左右兮相怜[⑤]，意凄怆兮摧伤[⑥]。观草木兮敷荣[⑦]，感倾叶兮落时[⑧]。人皆怀兮欢豫[⑨]，我独感兮不怡[⑩]。日掩暖兮不昏[⑪]，明月皎兮扬晖[⑫]。坐幽室兮无为[⑬]，登空床兮下帏[⑭]。涕流连兮交颈[⑮]，心憯结兮增悲[⑯]。（《艺文类聚》卷三十四）

欲引刀以自裁[⑰]，顾弱子而复停[⑱]。（《文选》潘岳《寡妇赋》李善注）

【说明】

《文选》潘岳《寡妇赋序》李善注:"魏文帝《寡妇赋序》曰:'陈留阮元瑜,与余有旧,薄命早亡,故作斯赋,以叙其妻子悲苦之情,命王粲等并作之。'"赋作表现了对寡妇无限的同情和关怀。阮瑀卒于建安十七年(212),则此赋当作于此时。

【注释】

① 阖(hé 河):关闭。却扫:不打扫。这句是指闭门谢客。

② 幽处:隐居。堂:正屋。

③ 提:携带。孤孩:幼年死去父亲的孩子。

④ 步:行走。东厢:东厢房。厢,正房两边的房子,即厢房。

⑤ 顾左右:指顾视丈夫的旧物。相怜:相互怜惜。或以为众人怜她,似不确。

⑥ 凄怆:伤感,悲痛。摧伤:悲伤。

⑦ 敷荣:开花。

⑧ 倾叶:败落的树叶。

⑨ 人:他人。怀:心里包藏着某种思想感情。欢豫:快乐。

⑩ 怡(yí 仪):和悦,愉快。

⑪ 掩暧(ài 爱):昏暗貌。

⑫ 皎(jiǎo 搅):洁白明亮。扬晖:散发出光辉。

⑬ 幽室:昏暗的屋子。无为:无事可做。

⑭ 下帏:放下帐子。帏,帐子。

⑮ 涕:眼泪。流连:指眼泪流淌不断的样子。交颈:错落于脖颈上。交:交叉,纵横交错。

⑯ 憯(cǎn 惨):同"惨",惨痛。结:郁结。

⑰ 引刃:举刀。自裁:自杀。

⑱ 顾:回头看。弱子:年幼的儿子。复停:又停下手来。

羽猎赋

济漳浦而横阵①,倚紫陌而并征②。树重罝于西址③,列骏骑乎北垌④。遵古道以游豫兮⑤,昭劝助乎农圃。因时隙之馀日兮,陈苗狩而讲旅⑥。相公乃乘轻轩⑦,驾四骆⑧,拊流星⑨,属繁弱⑩。选徒命士⑪,咸与竭作⑫。旌旗云扰,锋刃林错⑬。扬晖吐火⑭,曜野蔽泽。山川于是乎摇荡，草木为之以摧拨。禽兽振骇，魂亡气夺[15]。举首触丝，摇足遇挞[16]，陷心裂胃，溃颈破颊[17]。鹰犬竞逐，奕奕霏霏[18]。下韝穷绁[19]，搏肉噬肌[20]。坠者若雨，僵者若坻[21]。清野涤原，莫不歼夷[22]。（章樵注本《古文苑》卷七，韩元吉本卷三。《艺文类聚》卷六十六。《初学记》卷二十二引三条）

从华杂沓，焕衍陆离[23]。（《文选》颜延之《三月三日曲水诗序》李善注）

【说明】

"羽猎"指帝王出猎，士卒负羽箭随从，故称"羽猎"。最早以《羽猎》为名的赋篇是扬雄著名的《羽猎赋》，描写他跟随汉成帝校猎之事。王粲的赋篇题目相同，也是描绘皇家打猎之事。

《古文苑》卷七引挚虞《文章流别论》云："建安中，魏文帝从武帝出猎，赋，命陈琳、王粲、应玚、刘桢并作。琳为《武猎》，粲为《羽猎》，玚为《西征》，桢为《大阅》。凡此各有所长，粲其最也。"章樵注曰："此赋首尾有阙文，以《粲集》补。"扬雄的赋表面上描写校猎的盛大场面，其实目的在于讽谏皇帝节制校猎的放荡行为。王粲之作由于未睹全篇，只见描绘将士猎杀无数野兽，未见其讽谏部分。但依挚虞之说，本篇可能纯粹是歌颂曹魏贵族的作品。从残存的段落来看，其辞采精妙挺拔，原作必有可观之处，而作品的创作日期已不可考。

【注释】

① 济：渡过。漳浦：漳水之滨。漳水源自山西省长子县西，东流穿过太行山至河北省临漳县北。横阵：横排成阵势。

② 紫陌：指京师郊野的道路。

③ 罝(jū 居)：捕兔网。址：山脚。

④ 坰(jiōng 扃)：远郊，野外。

⑤ 古道：古代之道。此处指校猎之事必须有所节制，打猎不是为了游乐，而是在无战事时训练军士。游豫：游乐。

⑥ 苗狩：夏猎与冬猎。讲旅：演习军旅之事，即习武。

⑦ 相公：指曹操。时曹操为丞相，汉魏之时拜相必封公，故名。轩：古代一种前顶较高而有帷幕的车子，供大夫以上乘坐。

⑧ 骆：骆马。《诗·鲁颂·駉》："有骍有骆，有駵有雒。"毛传："白马黑鬣曰

骆。"《淮南子·时则训》:"天子衣白衣,乘白骆。"高诱注:"白马黑毛,白骆也。"

⑨ 拊:抚摩。流星:古代一种宝剑名。

⑩ 属(zhǔ 主):佩带。繁弱:古良弓名。

⑪ 徒:步兵。士:军队的基层军官。

⑫ 竭:穷尽。

⑬ 云扰:像云一样的纷乱。比喻动荡不安。《文选》扬雄《长杨赋》:"豪杰靡沸云扰,群黎为之不康。"林错:如树林般杂乱站立。

⑭ 扬晖吐火:烧田围猎,以火驱兽入围。

⑮ 亡:通"无"。夺:丧失,失去。

⑯ 挞:受到打击。

⑰ "颈",《艺文类聚》作"脑","頞"作"额"。《初学记》作"类"。章樵注曰:"《檠集》作'頞',音遏。""頞"即"頞"(è 厄)。《说文解字》:"頞,鼻茎也。"

⑱ 奕奕:精神焕发貌。霏霏:纷乱貌。

⑲ 韝(gōu 沟):用皮制成的臂套。射箭、架鹰所用。绁(xiè 泄):牵牲畜的绳子。穷绁:指犬挣脱绳索去追捕猎物。

⑳ 噬(shì 视):啮啃,咬。

㉑ 坻(chí 池):泛指山。指野兽死者堆积如山。

㉒ 夷:灭。

㉓ 丛华杂沓:花草杂乱的样子。焕衍:充满;满溢。汉·王延寿《梦赋》:"于是群邪众魅,骇扰遑遽,焕衍叛散,乍留乍去。"《文选》颜延之《三月三日曲水诗序》:"故以殷赈外区,焕衍都内者矣!"刘良注:"焕衍,多溢貌。"陆离:参差错综貌。《文选》扬雄《甘泉赋》:"声駍隐以陆离兮,轻先疾雷而驳遗风。"李善注:"《广雅》曰:陆离,参差也。"

大暑赋

惟林钟之季月[①],重阳积而上升[②]。熹润土之溽暑[③],扇温风而至兴[④]。〔或赫爔以瘅炎[⑤],或郁术而燠蒸[⑥]。〕(据《太平御览》卷三十四补)兽狼望以倚喘[⑦],鸟垂翼而弗翔[⑧]。〔根生苑而焦炙[⑨],岂含血而能当[⑩]?〕(据《太平御览》卷三十四补)远昆吾之中景[⑪],天地翕其同光[⑫]。征夫瘼于原野[⑬],处者困于门堂。患衽席之焚灼,譬烘燎之在床。起屏营而东西[⑭],欲避之而无方。仰庭槐而啸风，风既至而如汤。〔气呼吸以袪裾[15]，汗雨下而沾裳，就清泉以自沃[16]，犹洟涊而不凉[17]。体烦茹以於悒[18]，心愤闷而窘惶。〕（据《太平御览》卷三十四补）于是帝后顺时，幸九嵕之阴冈[19]，托甘泉之清野[20]，御华殿于林光[21]，潜广室之邃宇[22]，激寒流于下堂。重屋百层，垂阴千庑[23]。九闼洞开[24]，周帷高举。坚冰常奠，寒馔代叙[25]。（《艺文类聚》卷五，章樵注本《古文苑》卷二十一，《初学记》卷三，《太平御览》卷三十四）

雄风飒然兮[26]，时动帷帐之纤罗[27]。（《北堂书钞》卷一三二）

【说明】

杨修《答临淄侯笺》曰："又尝亲见执事，握牍持笔，有所造作，若成诵在心，借书于手，曾不斯须少留思虑。仲尼日月，无得逾焉。修之仰望，殆如此矣。是以对鹖而辞，作《暑赋》弥日而不献，见西施之容，归增其貌者也。"因此这是一个同题共作的例子，曹植、王粲、杨修、应玚、刘桢和繁钦等人均作此赋。但写作年代已不可考。

吴云主编《建安七子集校注》（天津：天津古籍出版社，2005 年）指出《艺文类聚》卷八十八载："魏文帝《槐赋》曰：文昌殿中槐树，盛暑之时，余数游其下，美而赋之，王粲直登贤门小阁外，亦有槐树，乃就使赋焉。"中华书局新校本据杨晨《三国会要》卷八，认为登贤门在听政门外，近内朝。王粲必以侍中值登贤门。又据粲于建安十八年（213）十一月为侍中，二十年（215）三月西征张鲁，二十一年（216）二月还邺城，二十二年（217）春卒。其间盛暑在邺城者，唯建安十九、二十两年。因此将此赋与《槐树赋》系于建安十九年（214）。但其中猜测成分太多，难以令人信服。这些证据只能说明本赋为王粲奉曹丕之命而作。

这篇赋是描写热天的赋，其中写到皇帝为了避暑到林光殿。但此殿为秦代离宫，这是王粲使用的一种比喻性的形容，不是真实的记录。这类写大热天的辞赋不少，但王粲将皇家避暑之行融入赋中，却是独一无二的做法。

【注释】

① 林钟：古乐十二律之一。十二律有六律六吕，林钟为六吕之一。与十二月相配，则林钟为农历六月。

② 重（chóng 崇）阳：原指天，此处似乎指大量的暑气。《楚辞·远游》："集重阳入帝宫兮，造旬始而观清都。"洪兴祖补注："积阳为天，天有九重，故曰重阳。"

③ 熹(xī 西):炽热。润土:潮湿的土。溽(rù 入)暑:盛夏潮湿闷热。

④ 温风:热风。至兴:起来。

⑤ 赫爔(hè xì 贺戏):同“赫曦”,亦作“赫羲”,炎暑炽盛貌。瘅炎(dān 单):热症,湿热症。

⑥ 郁术:通“郁律”,烟云上升貌。燠(yù 遇)蒸:酷热。

⑦ 狼望:像狼一样回头看。

⑧ 弗翔:不飞。

⑨ 苑:枯萎。《淮南子·俶真训》:“形伤于寒暑燥湿之虐者,形苑而神壮。”高诱注:“苑,枯病也。”

⑩ 含血:有血肉者,指人类或其他动物。

⑪ 昆吾:传说为太阳正午所经之山丘。《淮南子·天文训》:“日出于旸谷……至于昆吾,是谓正中。”高诱注:“昆吾邱,在南方。”

⑫ 翕:收缩,收敛。《诗·小雅·大东》:“维南有箕,载翕其舌。”

⑬ 瘼(mò 莫):病痛。指在热气下受苦。

⑭ 屏(bīng 兵)营:惶恐;彷徨。《国语·吴语》:“王亲独行,屏营仿徨于山林之中。”

⑮ 祛(qū 区):袖口。亦泛指衣袖。此处作动词,通“祛”,除去。《文选》蔡邕《郭有道碑文》:“尔乃潜隐衡门,收朋勤诲,童蒙赖焉,用祛其蔽。”裾(jū 居):衣服的前后襟。全句意为“解开衣襟”。

⑯ 沃:浇灌。

⑰ 淟涊(tiǎn niǎn 忝捻):污浊;卑污。《楚辞·刘向〈九叹·惜贤〉》:“拨谄谀而匡邪兮,切淟涊之流俗。”王逸注:“淟涊,垢浊也。”

⑱ 烦茹:谓烦躁缠扰。於悒(wū yì 乌义):亦作“於邑”,忧郁烦闷。

⑲ 幸:封建时代称帝王亲临。九嵕:山名,今山西省醴泉县东北。阴冈:有树荫之山丘。

⑳ 甘泉:宫名。故址在今陕西省淳化县西北甘泉山。本秦之宫殿,汉武帝扩建,在此朝见诸侯王,接见外国宾客,亦为避暑圣地。

㉑ 御:指皇帝亲临使用。华殿:华丽的宫殿。林光:秦代离宫名。《三辅黄图·宫》:“林光宫,胡亥所造,纵广各五里,在云阳县界。”

㉒ 邃宇:深广的屋宇。《楚辞·招魂》:“高堂邃宇,槛层轩些;层台累榭,临高山些。”

㉓ 庑:堂下周围的走廊、廊屋。

㉔ 闼:内门,小门。后泛指门、门户。

㉕ 奠:放置,停放。代叙:更替。此二句说明不同的冷食时常替换。

㉖ 雄风：强劲的风力，特指皇帝之威风，典出宋玉之赋。飒然：风吹的声音。《文选》宋玉《风赋》："故其风中人状……清清泠泠，愈病析酲，发明耳目，宁体便人，此所谓大王之雄风也。"

㉗ 纤罗：细细的纱帐。

柳 赋

昔我君之定武[1]，致天届而徂征[2]。元子从而抚军[3]，值佳木于兹庭[4]。历春秋以逾纪[5]，行复出于斯乡[6]。览兹树之丰茂，纷旖旎以修长[7]。枝扶疏而覃布[8]，茎槮捎以奋扬[9]。人情感于旧物，心惆怅以增虑。行游目而广望，观城垒之故处。悟元子之话言[10]，信思难而存惧。嘉甘棠之不伐[11]，畏取累于此树[12]。苟远迹而退之，岂驾迟而不屡[13]！（章樵注本《古文苑》卷七。韩元吉本《古文苑》卷三。《艺文类聚》卷八十九。《初学记》卷二十八）

【说明】

《古文苑》卷七章樵注曰："魏文帝《柳赋序》云：'昔建安五年，上与袁绍战于官渡。时余从行，始植斯柳。自彼迄今，十五载矣。感物伤怀，乃作斯赋。'盖命粲同作。"官渡在今河南省中牟县东北。依照这篇序文，则王粲之赋应作于建安二十年(215)。这是建安时期席间宴上同题共作的例子，陈琳、应玚、繁钦都作有《柳赋》。

【注释】

① 我君：指曹操。定武：以武力定天下。

② 天届：古时统治者称自己禀承天命而行诛伐。《诗·鲁颂·閟宫》："致天之届，于牧之野。"徂征：出征。《尚书·大禹谟》："惟时有苗弗率，汝徂征。"

③ 元子：天子和诸侯的嫡长子。其时曹操长子曹昂已经阵亡，故以次子曹丕为抚军。抚军：指太子从天子出征。《左传·闵公二年》："大子奉冢祀社稷之粢盛，以朝夕视君膳者也，故曰冢子。君行则守，有守则从，从曰抚军，守曰监国，古之制也。"

④ 兹庭：指曹丕在官渡植柳的庭院。建安五年(200)曹丕曾住此，建安二十年(215)曹丕驻守孟津时途经其地。

⑤ 纪:纪年的单位,十二年循环一次为一纪。

⑥ 斯乡:此处指官渡。

⑦ 旖旎(yǐ nǐ 以你):多盛美好貌。

⑧ 扶疏:枝叶繁茂分披貌。覃:长。

⑨ 茎:植物的主干。椮(sēn 森)捎:亦作“椮梢”,树木长直貌。《楚辞·九辩》:“萷櫹椮之可哀兮,形销铄而瘀伤。惟其纷糅而将落兮,恨其失时而无当。”

⑩ 悟元子之话言:指曹丕《柳赋》“左右仆御已多亡”之语。

⑪ 甘棠:木名,即棠梨。甘棠不伐:传说西周时召公巡国曾息于甘棠树下,后人思召公之德而不伤甘棠树。《诗·召南·甘棠》:“蔽芾甘棠,勿翦勿伐,召伯所茇。”

⑫ 取:自言冒昧为此柳树作赋,恐怕使柳树不如召公之甘棠,使柳树为己所累。

⑬ 远迹:远大的业绩。《管子·小匡》:“昔吾先王周昭王穆王,世法文武之远迹,以成其名。”迟:徐行。屡:快速,急速。《礼记·乐记》:“临事而屡断,勇也。”全句意为,不追求远大的事业,反而远离,难道要徐行跟随其后吗?

槐树赋

惟中唐之奇树[1],禀天然之淑姿。超畴亩而登殖[2],作阶庭之华晖。形祎祎以畅条[3],色采采而鲜明。丰茂叶之幽蔼[4],履中夏而敷荣[5]。既立本于殿省[6],植根柢其弘深[7]。鸟取栖而投翼[8],人望庇而披衿[9]。

【说明】

此赋载《艺文类聚》卷八十八,《初学记》卷二十八略引。槐树为落叶乔木,材质致密,可供建筑和制器用。古人常用槐木取火。相传古时往往随季节变换而燃烧不同的木柴,以防时疫散播,在冬天就用槐木取火。《周礼·夏官·司爟》“四时变国火,以救时疫”郑玄注:“郑司农说以鄹子曰:‘春取榆柳之火,夏取枣杏之火……冬取槐檀之火。’”此赋为吟咏槐树的赋篇。从现存的段落来看,似乎是描写一棵从田亩之中移植到宫廷之中的槐树,赋中或有特别的含义——作者可能以槐树自喻,但其真正寓意已随散佚的段落而永远消失了。

此外,曹丕《典论·论文》载:“王粲长于辞赋;徐幹时有齐气,然粲之匹也。如粲之《初征》、《登楼》、《槐赋》、《征思》,幹之《玄猿》、《漏卮》、《圆扇》、《橘赋》,虽张蔡不过也。”可见原来的题目为《槐赋》。

【注释】

① 中唐：同“中堂”，庭院。

② 畴亩：田亩。登殖：进植于高贵的地方生长。

③ 祎祎（yī 衣）：美好貌。

④ 幽蔼：幽深貌。

⑤ 履：经历。中夏：夏季之中，农历五月。敷荣：开花。

⑥ 本：根。殿省：宫廷与台省。

⑦ 柢：树根。特指直根。弘深：宽广深沉。

⑧ 取：同“趋”。栖：禽鸟歇宿。

⑨ 望庇：希望得到遮蔽。披衿：敞开衣襟，舒畅身心。

车渠碗赋

侍君子之宴坐①，览车渠之妙珍②。挺英才于山岳，含阴阳之淑真③。飞轻缥与浮白④，若惊风之飘云。光清朗以内曜，泽温润而外津⑤。体贞刚而不挠，理修达而有文⑥。〔杂玄黄以为质⑦，似乾坤之未分。〕（据《太平御览》卷八〇八补）兼五德之上美⑧，超众宝而绝伦。（《艺文类聚》卷八十四，《太平御览》卷八〇八略引）

援柔翰以作赋。（《文选》左思《咏史诗》李善注）

【说明】

车渠，亦作“砗磲”或“车磲”等。西域七宝之一。建安文人以为玉石。后世以为贝壳之属。曹丕《车渠碗赋序》曰：“车渠，玉属也。多纤理缛文，生于西国，其俗宝之。小以系颈，大以为器。”《妙法莲花经・普门品》：“为求金、银、琉璃、车磲、玛瑙、珊瑚、琥珀、真珠等宝入于大海。”佛教以此为七宝之一，指的是一种贝壳。与曹丕所述不同的是许多记载认为车渠是海中的一种贝壳。但建安文人似乎都认为这是一种玉石。曹丕、曹植、应玚、陈琳、徐幹都作有《车渠碗赋》，可见是当时席间宴上同题共作的赋篇。此赋不全，只描绘了一些车渠碗的纹路和光泽，无法见出全篇的特点。

【注释】

① 宴坐：安坐。

② 妙珍:精妙之珍品。汉·边让《章华赋》:“竭四海之妙珍兮,尽人生之秘玩。”

③ 英:同“瑛”,美玉。淑真:美善真实。汉·王符《潜夫论·论荣》:“今观俗士之论也,以族举德,以位命贤,兹可谓得论之一体矣,而未获至论之淑真也。”

④ 飞:指觥筹交错,互相敬酒。轻缥:指淡酒。王粲《七释》:“冻缥玄酎,醴白腐清。”浮白:本有罚饮一满杯酒,后亦称满饮或畅饮酒为浮白。

⑤ 津:明润貌。

⑥ 修达:细长分明。

⑦ 玄黄:指天地的颜色。玄为天色,黄为地色。《易·坤》:“夫玄黄者,天地之杂也,天玄而地黄。”

⑧ 五德:古谓玉有仁、智、义、礼、信五德。《诗·秦风·小戎》:“言念君子,温其如玉。”郑玄笺:“玉有五德。”孔颖达疏引《聘义》:“君子比德于玉焉:温润而泽,仁也;缜密以栗,知也;廉而不刿,义也;垂之如坠,礼也;孚尹旁达,信也。”

马瑙勒赋

游大国以广观兮①,览希世之伟宝。总众材而课美兮②,信莫臧于马瑙③。被文采之华饰,杂朱绿与苍皂④。于是乃命工人⑤,裁以饰勒⑥。因姿象形⑦,匪雕匪刻⑧。厥容应规⑨,厥性顺德⑩。御世嗣之骏服兮⑪,表騄骥之仪式⑫。(《艺文类聚》卷八十四,《太平御览》卷三五八、卷八〇八,《韵补》卷三“瑙”字注)

【说明】

玛瑙勒,就是用玛瑙制作的马勒。玛瑙是一种半宝石,但在古代应是一种较为珍贵的矿石。这是一篇咏物赋——歌咏玛瑙做成的马勒。作者将玛瑙形容为一种具有美德的玉石,是皇子骏马必备之物。

【注释】

① 大国:指曹操的封地魏国。

② 材:泛指可作器物的各种材料。课:考核。

③ 臧:善,好。

④ 苍:青色(包括蓝色和绿色)。皂:黑色。

⑤ 工人:工匠。

⑥ 裁:裁切。

⑦ 因姿象形:根据玛瑙原有的纹理以制成相适应的某个马勒部件。

⑧ 匪:非,不。

⑨ 厥:其。容:指外观。应规:顺应规则。

⑩ 顺德:顺从道德,或有美德之意。《易·升》:"象曰:地中生木,升。君子以顺德,积小以高大。"

⑪ 御:使用。世嗣:世嫡、嫡嗣,即世子。骏服:良马的服饰。

⑫ 騄骥:指骏马。《文选》张衡《南都赋》:"騄骥齐镳,黄间机张。"李善注:"騄骥,骏马之名也。"仪式:犹仪态。

迷迭赋

惟遐方之珍草兮①,产昆仑之极幽②。受中和之正气兮③,承阴阳之灵休④。扬丰馨于西裔兮⑤,布和种于中州⑥,去原野之侧陋兮⑦,植高宇之外庭⑧。布萋萋之茂叶兮⑨,挺苒苒之柔茎⑩。色光润而采发兮⑪,以孔翠之扬精⑫。

【说明】

此赋见《艺文类聚》卷八十一。迷迭,又称迷迭香,唇形科。常绿小灌木,有香气。夏季开花,花唇形,紫红色。常用来做佩饰,燃之可以驱蚊蚋、避邪气,茎、叶和花都可提取芳香油。原产欧洲南部,大约在魏文帝时期传入中国。曹丕、曹植、应玚也有同题之作。曹丕《迷迭赋序》曰:"余种迷迭于中庭,嘉其扬条吐香,馥有令香,乃为之赋曰。"王粲之赋当为奉和之制。

这是一篇典型的咏物赋,从文意上来看,似乎不是一篇完整的作品。根据《艺文类聚》卷八十一,还同时收集了曹丕、曹植、应玚、陈琳的同题赋篇,应该是席间宴上的作品。这也是建安时期常见的现象。现存的片段说明了迷迭香来自西域,移植于曹魏的宫廷之内。其香含有天地之正气,色泽翠绿,光彩逼人。赋作简要地说出了迷迭香的内外特色。

【注释】

① 惟:句首语助词。遐方:远方。珍草:珍奇的花木。

② 昆仑:山名,即“昆仑山”。极幽:最幽深处。

③ 中和:中正和平。

④ 承:接受,承受。阴阳:最初指日光的向背。古代思想家看到一切现象都有正反两方面,就用“阴阳”这个观念来解释自然界两种对立和相互消长的物质势力。灵休:美,善。

⑤ 扬:散发。丰馨:浓郁的香气。西裔:西方边远之地。裔,边远的地方。

⑥ 布:散播。和种:适宜的种子。中州:即“中土”、“中原”。狭义的中州指今河南一带,广义的中州或指黄河流域,或指全中国而言。

⑦ 去:离开。测陋:偏僻之处。

⑧ 植:栽种。高宇:高大的屋宇。庭:院子。

⑨ 布:铺展。萋萋(qī 妻):茂盛貌。

⑩ 苒苒(rǎn 染):轻柔貌。

⑪ 采发:光彩焕发。

⑫ 孔翠:孔雀和翡翠鸟。扬精:飞举彩翼。

【辨析】

刘勰在《文心雕龙·诠赋》中,把赋按题材与作用分为两大类,即所谓“京殿苑猎,述行序志”和“草区禽族,庶品杂类”,前者是“体国经野,义尚光大”,后者是“小制之区畛,奇巧之机要”,用以抒发个人情志。看得出刘勰看重前者。这也正是与汉赋的主要题材、主要倾向联系在一起。但自汉末以来,随着经学的式微,儒教和封建政治对人们控制的削弱,文学自觉的加强,作家获得了更大的写作自由。因而,草木、花果、鸟兽、鳞虫、天象、器具等等细微杂物,大量涌入赋苑,成为赋家描写的对象。这种情况的出现,既与统治阶级上层人士的闲情逸致有关,也可视为人们思想的解放,和文学艺术进步的表现。这是一种值得注意的现象。

神女赋

惟天地之普化,何产气之淑真①!陶阴阳之休液②,育夭丽之神人③。禀自然以绝俗,超希世而无群④。体纤约而方足,肤柔曼以丰盈⑤。发似玄鉴⑥,鬓类刻成。〔质素纯皓⑦,粉黛不加⑧。朱颜熙曜,晔若春华⑨。口譬含丹,目若澜波⑩。美姿巧笑,靥辅奇牙[11]](以上八句据《太平御览》三八一补)。戴金羽之首饰,珥照夜之珠珰[12]。袭罗绮之黼衣[13],曳缛绣之华裳[14]。错缤纷以杂佩[15],袿熠爚而焜煌[16]。退变容而改服,冀致态以相移[17]。〔登筵对兮倚床垂[18]](据《文选》潘岳《寡妇赋》注补),税衣裳兮免簪笄[19],施华的兮结羽仪[20]。扬娥微眄[21],悬藐流离[22]。婉约绮媚[23],举动多宜。称诗表志[24],安气和声[25]。探怀授心,发露幽情。彼佳人之难遇,真一遇而长别。顾大罚之淫愆[26],亦终身而不灭。心交战而贞胜[27],乃回意而自绝。(《艺文类聚》卷七十九。《北堂书钞》卷一三五。《文选》潘岳《寡妇赋》注。《史记·五宗世家》司马贞《索隐》。《太平御览》卷三八一、卷七一九)

【说明】

陈琳、应玚皆有同题之作,文义相近,盖同时唱和之作。这篇赋与曹植著名的《洛神赋》一样,都是集中描写一位神女的千姿百态。她若有意、似无情,飘然而来,潇洒而去,只留给作者或者赋中的男子无限的怅惘。似乎作者在表达对一位理想中女性的向往与追寻,这是此类赋的传统,但作者真正的目的并不清楚。

【注释】

① 普化:广施化育。产气:古人认为万物皆由气所生,故曰产气。淑真:美善真实。

② 陶:化。阴阳之休液:指神女乃阴阳二气之美液所化育。

③ 夭丽:美丽多姿。

④ 绝俗:指神女超凡脱俗。希世:世所罕有。《文选》王延寿《鲁灵光殿赋》:"邈希世而特出,羌瓌谲而鸿纷。"

⑤ 纤约:犹纤细。方足:刚好。柔曼:谓姿容婉媚。《汉书·佞幸传赞》:"柔曼之倾意,非独女德,盖亦有男色焉。"颜师古注:"曼,泽也,言其质柔而色理光泽也。"

⑥ 玄鉴:犹明镜。《淮南子·修务训》:"诚得清明之士,执玄鉴于心。照物明白,不为古今易意。"高诱注:"玄,水也;鉴,镜也。"

⑦ 质:皮肤的质地。

⑧ 粉黛:傅面的白粉和画眉的黛墨,均为化妆用品。

⑨ 晔(yè 业):盛美;华美。

⑩ 含丹:丹指丹砂。朱砂,形容其红。

⑪ 靥(yǎn 眼)辅:颊边微窝。俗称酒窝。奇牙:美齿。《楚辞·大招》:"靥辅奇牙,宜笑嗎只。"蒋骥注:"奇牙,美齿也。"

⑫ 珥(ěr 耳):戴在耳朵上。珰:古代妇女的耳饰。

⑬ 袭:穿衣加服,衣上加衣。黼(fǔ 甫)衣:绣有黑白斧形的礼服。

⑭ 曳:牵引。缛绣:绚丽的锦绣。色彩繁丽之饰。裳:裙服。

⑮ 错:参差不齐。缤纷:繁盛、纷乱貌。

⑯ 袿(guī 圭):古代妇女的上等长袍。熠爚(yì yuè 义月):光彩明亮。焜煌:闪亮辉煌。

⑰ 致态:向对方表明姿态。

⑱ 筵:席位。

⑲ 税:同"脱"。簪笄(zān jī 糌机):即簪子。

⑳ 华的(dì 地):古代妇女面部装饰的红点。羽仪:羽饰。

㉑ 娥:借指眉毛。眄(miǎn 勉):斜视;不用正眼看。

㉒ 悬藐:遥远。流离:光彩纷繁貌。

㉓ 婉约:柔美。

㉔ 称诗表志:称述诗文以表述心志。《尚书·舜典》:"诗言志,歌永言。"

㉕ 安气:同顺气,指和顺之气。和声:和谐的声乐。《礼记·乐记》:"正声感人而顺气应之,顺气成象而和乐兴焉。"

㉖ 顾:想到。淫愆:贪色之罪。

㉗ 贞胜:守正执一,则可以御万变而无不胜。《易传·系辞下》:"吉凶者,贞胜者也。"

愁霖赋

【说明】

存目。

《文选》卷三十一江淹《杂体诗三十首·张黄门·苦雨》李善注曰:"王仲宣有《愁霖赋》。"愁霖,因久雨而忧愁也。

另外,黄葵点校《陆云集》(北京:中华书局,1988 年)陆云《与兄平原书》第三十一:"云再拜:令送君苗《登台赋》,为佳手笔,云复更定,复胜此不?知能愈之不?其人推能兄文不可言,作文百馀卷,不肯出之,视仲宣赋集,《初征》、《登楼》,前耶甚佳。其馀平平,不得言情处,此贤文正自欲不茂,不审兄呼尔不?真玄亦云:‘兄文当作宣辈,宣得此巍巍耳。’《愁霖》、《喜霁》,殊自委顿,恐此都自易胜。谨启。”

出妇赋

既侥幸①兮非望②,逢君子兮弘仁③。当隆暑兮翕赫④,犹蒙眷兮见亲⑤。更盛衰兮成败⑥,思弥固兮日新⑦。竦余身兮敬事⑧,理中馈兮恪勤⑨。君不笃兮终始⑩,乐枯荑兮一时⑪,心摇荡兮变易⑫,忘旧姻兮弃之⑬。马已驾兮在门,身当去兮不疑。揽衣带兮出户⑭,顾堂室兮长辞⑮。

【说明】

此赋见《艺文类聚》卷三十,是一篇描写弃妇题材的赋作。东汉末年,封建礼教大坏,人们的婚姻观念也发生了巨大变化,男子休妻现象较为普遍。《大戴礼·本命》所高唱的“妇有七去”——“不顺父母去,无子去,淫去,妒去,有恶疾去,多言去,窃盗去”(《礼记·丧服》贾公彦疏也有类似记述),班固妹班昭所倡导的《女诫》,已受到严重挑战。蔡邕赋已吐露出赞美妇女的心声,建安七子、曹氏兄弟更为妇女大唱赞歌。此赋即是其中之一。此赋当为曹氏兄弟的和作。赋批判了男子的喜新厌旧,二三其德,为出妇(被离弃的妻子)鸣不平。

【注释】

① 侥幸:企图偶然获得成功或意外地免去不幸。

② 非望:不适当的希望,非分之望。此句是说这位出妇曾幸运地嫁给理想的丈夫。

③ 弘仁:大仁。弘,大。

④ 隆暑:盛夏。隆,盛。翕赫:盛貌。指正热的时候。

⑤ 蒙:蒙受。眷:宠爱。见亲:被亲爱。

⑥ 更:改变。这句指更改容貌的盛衰而成为婚姻成败的流俗。

⑦ 思:想,希望。弥:更加。这句是说,希冀随着日月的流逝而两人的感情日益稳固。

⑧ 竦(sǒng 耸):肃敬貌。敬事:恭敬地侍奉。

⑨ 理:治理,整理。中馈:指妇女料理家中饮食等等。恪(kè 课):恭谨勤恳。

⑩ 不笃(dǔ 堵):不忠诚。终始:即始终。

⑪ 乐:喜欢。荑(tí 题):茅草的嫩芽。其芽易枯,枯则见弃,弱女子以此自喻。一时:比喻时间短暂。

⑫ 摇荡:动摇不定。指心不专一。变易:改变。指男子变心。

⑬ 旧姻:旧时姻好。也即指旧时的恩爱。

⑭ 揽:撩起。指被弃出走前的动作。

⑮ 顾:回头看。表现弃妇的眷恋。

【辨析】

建安三国时期,随着经学的衰弱,人性的觉悟,文学自觉时代的弘扬,妇女们的社会地位有所提高,生活境遇有所改善。表现在文学作品中,出现了一大批诗文辞赋竞相颂扬妇女的高洁艳丽、超世绝俗,对她们的不幸深表同情。建安诸子及曹丕兄弟的《神女赋》、《出妇赋》、《弃妇赋》、《宾妇赋》、《正情赋》、《止欲赋》、《闲邪赋》等等,都可说是这类倾向性的代表作。但我们也必须同时看到,妇女地位的改善,也仅仅止于此。在整个封建社会里,妇女的地位并没有根本的改变。这是因为历代帝王基本上都是忠实地执行儒教的教训。在儒经中,妇女的卑下地位是被严格地规定着的。英明如唐太宗李世民,仍命孔颖达撰《五经正义》,凡文人应试,均须以此为准的,不得有任何依违。人们视唐太宗为唐代"罢黜百家,独尊儒术"的汉武帝。宋代是理学的天下,北宋的周敦颐、张载、程颢、程颐和南宋的朱熹等人,都是著名的理学家,他们竭力维护儒经的"三纲五常"、"三从四德",高倡"存天理、灭人欲",宣扬"饿死事小,失节事大",反对寡妇改嫁,表彰所谓烈女节妇,千方百计地残害妇女。清代最有作为的康熙大帝,也宗奉理学,耽心于理学研究,命人编辑《朱子全书》,并亲自制序,高倡什么:"非先王之法不可用,非先生(指朱熹)之道不可为。"并一再下诏褒扬各地所谓孝子节妇。

总之,在儒经的统治下,妇女是不可能翻身的,她们始终是男人的附属品,儒教的牺牲品。

伤夭赋

惟皇天之赋命①,实浩荡而不均②。或老终以长世③,或昏夭而夙泯④。物虽存而人亡,心惆怅而长慕⑤。哀皇天之不惠⑥,抢此哀而何愬⑦。求魂神之形影⑧,羌幽冥而弗迕⑨。淹低徊以想像[⑩],心弥结而纡萦[⑪]。昼忽忽其若昏[⑫],夜炯炯而至明[⑬]。

【说明】

此赋见《艺文类聚》卷三十四。汉末建安中,江北战乱不已,瘟疫频仍,人们生命朝不保夕。王粲《七哀诗》所谓“出门无所见,白骨蔽平原。路有饥妇人,抱子弃草间”即是当时实录,读之令人泫然。此赋与诗记叙同一内容。曹丕《悼夭赋》、曹植《慰子赋》也可视为同题之作。此赋当作于王粲归曹之后。

【注释】

① 惟:句首语气词。皇天:上天。对天的尊称。赋命:赋予人生命。

② 浩荡:犹浩浩荡荡,广大貌。不均:不同,不一样。

③ 或:有的人。老终:衰老而死,以终天年。老,衰老。终,死。长世:久活世上。

④《左传·昭公十九年》:“寡君之二三臣,札、瘥、夭、昏。”孔颖达疏:“子生三月,父名之;未名之曰昏,谓未三月而死也。”夙:早。泯:灭,尽。这里指死亡。

⑤ 惆怅:因失意或失望而哀伤。慕:想念。

⑥ 不惠:不仁爱。惠,仁爱。

⑦ 何愬(sù 诉):何处诉说。愬,同“诉”。

⑧ 魂神:指人死后能离开形体而存在的精神。形:形体。影:影像。

⑨ 羌:句首语气词。幽冥:阴间。弗:不。迕(wǔ 午,又读 wù 务):相遇。

⑩ 淹:滞留,栖迟。低徊:徘徊,盘桓,含有依依不舍的意思。想像:想念鬼神之影像。

⑪ 弥结:更加郁结。纡(yū 愚)萦:形容人的心情郁结。

⑫ 忽忽:迷乱貌。昏:天黑,傍晚。

⑬ 炯炯:犹言耿耿,不寐貌。这四句是说作者因伤夭而心情郁抑,以致昼忽忽夜炯炯。

思友赋

登城隅之高观[①],忽临下以翱翔[②]。行游目于林中[③],睹旧人之故场[④]。身既没而不见[⑤],馀迹存而未丧[⑥]。沧浪浩兮回流波[⑦],水石激兮扬素精[⑧]。夏木兮结茎[⑨],春鸟兮愁鸣。平原兮泱漭⑩，绿草兮罗生⑪。超长路兮逶迤⑫，实旧人兮所经⑬。身既逝兮幽翳⑭，魂眇眇兮藏形⑮。

【说明】

此赋载《艺文类集》卷三十四。王粲生活的建安时代，战乱频仍，瘟疫流行，灾祸不断。作者的许多好友均英年早逝，故作此赋以悼之。此赋写出了对亡友的思念。这位亡友也当为不得天年而终。赋写得很沉痛，深刻地反映了当时残酷的现实。

【注释】

① 城隅：城角。《诗·邶风·静女》："静女其姝，俟我于城隅。"观（guàn 惯）：这里指城角上的高高的楼台。

② 忽：不在意。临：从高处往低处看。翱翔：比喻目光随意不经心地浏览游玩。

③ 行：运行。这里作转动讲。游目：谓目光由近及远，随意观览瞻望。

④ 旧人：旧友。故场：这里指墓地。

⑤ 既：已经。没：同"殁（mò 末）"，死。

⑥ 馀迹：遗迹。丧：消失。这句指故人墓迹尚在。

⑦ 沧浪：青色的水。回：曲折，迂回。流波：流水。

⑧ 素精：这里指洁白的水花。

⑨ 结茎：指夏天树木繁茂，枝干相互盘结在一起。结：屈曲，盘结。

⑩ 泱漭（yāng mǎng 央莽）：亦作"泱莽"，广大无边貌。《文选》司马相如《上林赋》："经乎桂林之中，过乎泱漭之野。"

⑪ 罗：罗布，排列。罗生：绿草茂密繁多。

⑫ 超：遥远。逶迤（wēi yí 威仪）：指道路弯弯曲曲延续不绝的样子。

⑬ 经：经过。

⑭ 幽翳（yì 意）：深藏，这里指深埋于地下。幽，深。翳，遮蔽。

⑮ 眇眇（miǎo 秒）：辽远貌，高远貌。

【辨析】

曹丕《又与吴质书》说："昔年疾疫，亲故多离其灾，徐（幹）、陈（琳）、应（玚）、刘（桢），一时俱逝，痛可言也。"清人或以为曹丕信中未提到王粲，王粲卒年应在四子之后。这个判断是不正确的。我们知道，王粲卒年月日，史有明文。《三国志·魏书·王粲传》载："（王粲）建安二十一年，从征吴；二十二年春，道病卒,时年四十一。”曹植作的《王仲宣诔序》说得更具体:“建安二十二年正月二十四日戊申,魏故侍中关内侯王君卒。”按甲子推算,戊申日应是十四日,诔序作二十四日,可能是传抄之误。由此断定,王粲是卒于建安二十二(217)年正月十四日。

而徐、陈、应、刘四子又卒于何时呢?《三国志·魏书·王粲传》载:“(徐)幹、(陈)琳、(应)玚、(刘)桢(建安)二十二年卒。”四子与王粲卒年相同,只是未标明月份。但我们仍能推断出来,因为四子是死于瘟疫。《三国志·魏书·武帝纪》注引《魏书》所载曹操于建安二十三年发布的《赡给灾民令》称:“去冬(指建安二十二年冬)天降疫疠,民有凋伤……”可见瘟疫是发生在建安二十二年冬。四子即死于此次瘟疫中。这也即说明王粲死于四子之前,而非其后。

这个记叙我们从侧面仍可得到旁证:据《三国志·魏书·王粲传》裴松之注引《魏略》称,建安二十三年九月四子死后翌年,曹丕亲自为四子收集遗文,编辑文集:“顷撰其(指四子)遗文,都为一集。”而《隋书》卷三十五《经籍志四》直言四子文集为《魏太子文学徐幹集》、《魏太子文学应玚集》等等,也即在四子文集前都冠以“魏太子文学”头衔。我们知道,曹丕原为“五官中郎将”,建安二十二年冬月,才被封为太子(见《三国志·魏书·武帝纪》)。四子被冠以“魏太子文学”,应在曹丕被为太子之后,也即建安二十二年冬十月之后。四子应死于是年冬十月之后。

总而言之,王粲死于建安二十二年正月十四日,而徐幹等四子死于建安二十二年冬十月之后。王粲逝世在前,徐幹等四子逝世在后,而不是相反。

酒　赋

帝女仪狄①,旨酒是献②。苾芬享祀,人神式宴③。〔曲蘖必时,良工从试④〕(据《北堂书钞》卷一四八补)。辩其五齐⑤,节其三事⑥。醍沉盎泛⑦,清浊各异。章文德于庙堂⑧,协武义于三军⑨。致子弟之孝养⑩,纠骨肉之睦亲⑪。成朋友之欢好,赞交往之主宾⑫。既无礼而不入,又何事而不因。贼功业而败事⑬,毁名行以取诬⑭。遗大耻于载籍,满简帛而见书⑮。孰不饮而罗兹,罔非酒而惟事⑯。昔在公旦,极兹话言⑰。濡首屡舞⑱,谈易作难。大禹所忌⑲,文王是艰⑳。〔暨我中叶㉑,酒流犹多㉒。群庶崇饮,

日富月奢〕(据《北堂书钞》卷一四八补)。(《艺文类聚》卷七十二,《北堂书钞》卷一四八引三条)

酒正膳夫,冢宰是司[23]。处濯器用,敬涤蕴喜。(《韵补》卷四“司”字注)

【说明】

西汉邹阳的《酒赋》是最早有关酒的辞赋,但是邹阳的赋收在六朝伪书《西京杂记》中,美国康达维教授的文章也明白地说明邹阳的赋不是真品。因此最早的应该是扬雄以四言体写成的《酒赋》。从王粲《酒赋》现存的片段中,可看出作者先说明酒的起源,再罗列酒的各种美德和害处,将酒的正反两方面的特性作全面的描写。可惜此赋残缺,只剩数段。

【注释】

① 仪狄:传说为夏禹时善酿酒者。《战国策·魏策二》:“昔者帝女令仪狄作酒而美,进之禹,禹饮而甘之,遂疏仪狄,绝旨酒,曰:‘后世必有以酒亡其国者。’”

② 旨酒:美酒。是:语助词。

③ 苾(bì 必)芬:芬芳。本指祭品的馨香。《诗·小雅·楚茨》:“苾芬孝祀,神嗜饮食。”享祀:祭祀。人神:指祖先与神灵。式:语助词。宴:喜乐;欢乐。

④ 曲蘖(qū niè 区聂):酒曲。《尚书·说命下》:“若作酒醴,尔惟曲蘖。”孔传:“酒醴须曲蘖以成。”

⑤ 辩:通“辨”,分辨。五齐(jī 机):亦作“五齍”。古代按酒之清浊,分为五等,合称“五齐”。后亦泛指酒。《周礼·天官·酒正》:“辨五齐之名:一曰泛齐,二曰醴齐,三曰盎齐,四曰缇齐,五曰沉齐。”郑玄注:“自醴以上,尤浊缩酌者,盎以下差清。”

⑥ 节:节制。三事:指三种场合饮用的酒。《周礼·天官·酒正》:“辨三酒之物:一曰事酒,二曰昔酒,三曰清酒。”

⑦ 醍(tǐ 体):同“缇”,即“缇齐”,为“五齐”之一。

⑧ 章:同“彰”。文德:礼乐教化,与“武义”相对。指酒可以发扬教化于庙堂。

⑨ 武义:武德。指酒可以使三军谐和。

⑩ 致:表达。

⑪ 纠:聚合,集结。

⑫ 赞:佐助。

⑬ 贼:伤害,败坏。指酒能坏事。

⑭ 诬:诬蔑,诬陷。

⑮ “遗大耻”二句:指酒制造了无数的历史耻辱。

⑯ 罔:无。惟:有。指这些祸害都因饮酒而引起。

⑰ 公旦:指周公旦。周公曾作《酒诰》等文劝诫众人勿循殷纣嗜酒以失国。极兹话言:极力说明酒之害处。

⑱ 濡首:典出《易·未济》:“上九,有孚于饮酒,无咎。濡其首,有孚失是。象曰:‘饮酒濡首,亦不知节也。’”后以“濡首”谓沉湎于酒而有失本性常态之意。屡舞:接连多次歌舞,即歌舞无度。《诗·小雅·宾之初筵》:“舍其坐迁,屡舞仙仙。”毛传:“屡,数也。”

⑲ 见注①。大禹以为酒可令人亡国。

⑳ 文王是艰:可能指殷纣王嗜酒乱政而囚文王事。是艰:为此而困苦。而文王在《尚书·周书·酒诰》中也劝诫臣下不要喝醉。

㉑ 中叶:中世。古人以三十年为一世。

㉒ 流:流弊。

㉓ 酒正:《周礼》官名,掌有关酒的政令,为酒官之长。膳夫:掌宫廷的饮食之官。冢宰:为六卿之首,亦称太宰。《尚书·周官》:“冢宰掌邦治,统百官,均四海。”是司:管理这项事物。

弹棋赋序

夫注心锐念①,自求诸身,投壶是也②。
清灵体道,稽谟玄神③,围棋是也④。
因行骋志⑤,通权达理⑥,六博是也⑦。

【说明】

此赋见《艺文类聚》卷七十四、《太平御览》卷七五四。此《弹棋赋》在《艺文类聚》中题为丁廙所作。但《太平御览》卷七五五则题为王粲所作。《太平御览》卷七五三引魏粲《棋赋》,俞绍初辑校《建安七子集》(北京:中华书局,2005年)注曰:“按‘棋’上当脱‘弹’字,‘赋’下宜有‘序’字。”赋文注解和分析详见本书中丁廙部分。

弹棋为古代博戏之一。《后汉书·梁冀传》李贤注引《艺经》曰:“弹棋,两人对局,白黑棋各六枚,先列棋相当,更先弹之。其局以石为之。”至魏改用十六棋,唐又增为二十四棋。

【注释】

① 注心锐念:专心注意。

② 投壶:古代宴会礼制。亦为娱乐活动。宾主依次用矢投向盛酒的壶口,以投中多少决胜负,负者饮酒。

③ 稽:计算。谟:计谋;谋略。玄神:精神。

④ 围棋:棋类的一种,古代叫弈。传为尧作。春秋战国时代即有关于围棋的记载,汉墓殉葬物中曾发现有石制棋盘。隋唐时传入日本,近已流传至欧美各国。早先棋盘上有纵横各十一、十五、十七道线几种,唐以后为纵横各十九道,交错成三百六十一个位。双方用黑白棋子对着,互相围攻,吃掉对方棋子,占据其位,占位多者为胜,故名“围棋”。按,“围”字当系“弹”字之误。

⑤ 因形骋志:弹棋以石为盘,平而光滑,棋子相击在盘上飞速疾行,所以有骋志之意。

⑥ 权:权变。

⑦ 六博:古代一种掷采下棋的比赛游戏。亦十二子,六黑六白,两人相搏,每人六子,故名。弹棋就是在六博的基础上演化而来,故此处以六博指代弹棋。

感丘赋

【说明】

存目。

黄葵点校《陆云集》(北京:中华书局,1988 年)载陆云《与兄平原第十二书》曰:“《登楼赋》无乃烦《感丘》,其《吊夷齐》,辞不为伟。”黄葵认为“烦”应为“类”字之误。他认为《感丘》是陆机的《感丘赋》,而非王粲所作。因为陆机的赋篇今尚存,因此黄葵的说法极为有力。为免遗漏,在此仍存其目。

喜霁赋

【说明】

存目。

黄葵点校《陆云集》(北京:中华书局,1988 年)载陆云《与兄平原书》第三十一曰:“云再拜:令送君苗《登台赋》,为佳手笔,云复更定,复胜此不?知能愈之不?其人推能兄文不可言,作文百馀卷,不肯出之,视仲宣赋集,《初征》、《登楼》,前耶甚佳。其馀平平,不得言情处,此贤文正自欲不茂,不审兄呼尔不?真玄亦云:‘兄文当作宣辈，宣得此巍巍耳。'《愁霖》、《喜霁》，殊自委顿，恐此都自易胜。谨启。"

白鹤赋

白翎禀灵龟之修寿①，资仪凤之纯精②。接王乔于汤谷③，驾赤松于扶桑④。餐灵岳之琼蕊，吸云表之露浆⑤。

【说明】

此赋见《艺文类聚》卷九十。赋中极言白鹤的高洁灵异，餐食玉石云露，为仙人坐骑。然文有佚缺，作者感于何事，有何寓意均无可考。

【注释】

① 禀：领受，承受。

② 资：同"禀"。仪凤：凤凰的别名。语本《尚书·益稷》："箫韶九成，凤皇来仪。"

③ 王乔：传说中的仙人名，即王子乔。汉·刘向《列仙传·王子乔》："王子乔者，周灵王太子晋也。好吹笙作凤凰鸣。游伊洛之间，道士浮丘公接上嵩高山。三十馀年后，求之于山上，见柏良曰：'告我家：七月七日待我于缑氏山巅。'至时，果乘鹤驻山头，望之不得到。举手谢时人，数日而去之。"汤（yáng 阳）谷：即旸谷。神话传说日出之处。《尚书·尧典》："分命羲仲，宅嵎夷，曰旸谷，寅宾出日。"孔传："旸，明也。日出于谷而天下明，故称旸谷。"

④ 赤松：赤松子，相传为上古时神仙。扶桑：汤谷中的神木。《山海经·海外东经》："汤谷上有扶桑，十日所浴，在黑齿北。"郭璞注："扶桑，木也。"

⑤ 琼蕊：玉英，玉花，传说中琼树的花蕊。云表：云外。《文选》张衡《西京赋》："立修茎之仙掌，承云表之清露。"

鹖　赋

惟兹鹖之为鸟，信才勇而劲武。服乾刚之正气①，被淳駹之质羽②。愬晨风以群鸣③，震声发乎外宇④。厉廉风与猛节⑤，超群类而莫与⑥。惟膏薰之焚销，固自古之所咨⑦。逢虞人而见获，遂囚执乎绁累⑧。赖有司之图功，不开小而漏微⑨。令薄躯以免害，从孔鹤于园湄⑩。

【说明】

此赋见《艺文类聚》卷九十。鹖(hé 曷),即鹖鸡,勇猛善斗。曹操、曹植亦有同题之作。曹植《鹖赋序》曰:“鹖之为禽猛气,其斗终无胜负,期必于死,遂赋之焉。”《文选》杨修《答临淄侯笺》曰:“又尝亲见执事,握牍持笔,有所造作,若成诵在心,借即书于手,曾不斯须少留思虑。仲尼日月,无得逾焉,修之仰望,殆如此矣。是以对鹖而辞,作《暑赋》弥日而不献,见西施之容,归增其貌者也。”李善注曰:“植为《鹖鸟赋》,亦命修为之,而修辞让。植又作《大暑赋》,而修亦作之,竟日不敢献。”

此赋只剩几段,描写骁勇善战的鹖鸡,被虞人捕捉送入宫中,虽然可以避开外界猎人的捕杀,但却失去了自由。

【注释】

① 服:佩戴。此指拥有。乾刚:谓天道刚健,亦用以称帝王的刚健决断。语出《易·杂卦》:“《乾》刚《坤》柔。”

② 駹(máng 忙):青色马。此处以青色马毛比喻鹖的青色羽毛。质:底子。

③ 晨风:鸟名,即鹞鹰。《诗·秦风·晨风》:“鴥彼晨风,郁彼北林。”毛传:“晨风,鹯也。”愬:通“遡”,向着,面对着。表示鹖鸡不畏晨风。

④ 外宇:犹外域。

⑤ 厉:磨砺。廉风:廉洁之风操。

⑥ 超群类而莫与:超越同类而无人与之比拟。

⑦ 膏:油膏。薰:香草名,一名蕙草。此处以膏薰自消损来比喻好斗的鹖鸡,谓其好勇尚斗而常常使自身毁灭。咨:嗟叹声。指鹖鸡自取灭亡,自古为人哀叹。

⑧ 虞人:古掌山泽苑囿之官,此处指猎人。绁累:即缧绁,亦作“缧绁”,捆绑犯人的绳索。引申为牢狱。

⑨ 此二句指官吏为了贪图功劳,连小小的鹖鸡都不放过。

⑩ 薄躯:微薄的身躯,此处指鹖鸡。将鹖鸡关在鸟园之中,与孔雀白鹤为伍。湄:岸边,水和草相接的地方。

七　释

潜虚丈人[①],违时遁俗[②]。恬淡清玄[③],浑沌淳朴[④]。薄礼愚学,无为无欲。均同死生,混齐荣辱[⑤]。不拔毛以利物[⑥],不拯溺以濡足[⑦]。濯身乎沧浪[⑧],振衣乎嵩岳[⑨]。于是文籍大夫闻而叹曰[10]："於呼[11]！圣人居上，国无室士[12]。人之不训，在列之耻[13]。我其释诸[14]，弗革乃已[15]。"遂造丈人而谒之[16]，曰："盖闻君子不以志易道，不以身后时[17]。进德修业，与世同期。一物有蔽[18]，大人耻之[19]。今子深藏其身，高栖其志。外无所营，内无所事。有目而不视，有心而不思[20]。颙若穷川之鱼[21]，梢若槁木之枝[22]。鄙夫惑焉。请为子言大伦[23]，叙时务[24]。宣导情性，启授达趣[25]。虽谬雅旨[26]，殆其有助[27]，抑可陈乎[28]？"丈人曰："可哉。"

大夫曰："道在养志，志在实气[29]。将定其气，莫先五味[30]。冻缥玄酎[31]，醴白齐清[32]。肴以多品，羞以珍名[33]：鲬鳙鲐鲵[34]，桂蠹石鳆[35]。鳖寒鲍热[36]，异和殊馨[37]。紫梨黄甘[38]，夏柰冬桔[39]。枇杷都柘[40]，龙眼荼实[41]。河隈之鲔[42]，泗滨卢鳜[43]。名工砥锷[44]，因皮却切[45]。纤而不茹[46]，纷若红綷[47]。乃有西旅游梁[48]，御宿青粲[49]。瓜州红𦰠[50]，参粸相半[51]。柔滑膏润，入口流散。鼋羹蠵臛[52]，晨凫宿鹑[53]。五黄捣珍[54]，肠腼肺烂[55]。旄象叶解[56]，胎豹脔断[57]。霜熊之掌[58]，茸麋之腱[59]。齐以甘酸[60]，随时代献[61]。芬芳滋液[62]，方丈兼案[63]。此五味之极也，子其飧诸[64]？"丈人曰："否！膏粱虽旨[65]，厚味腊毒[66]。子之所甘，于我为戚[67]。"

大夫曰："名都之会[68]，土势敞丽[69]。乃营显宇[70]，极兹弘侈[71]。重殿崛起，叠搆复施[72]。栾栭错峙[73]，飞抑四刺[74]。结栋舒宇，翼若鸟企[75]。云枌虹带[76]，华桷镂楹[77]。绮寮赪干[78]，芙蓉披英。文轩雕楯[79]，承以拘棂[80]。云幄垂羽[81]，山根紫茎[82]。高门洞开，闱闼四通[83]。阴阳殊制，温凉异容。班输之徒[84]，致巧展功[85]。土画黼绣[86]，木刻虬龙。幽房广室，密牖疏窗[87]。闾术相关[88]，闺巷错重[89]。窈窕迁化[90]，莫识所从[91]。尔乃层台特起[92]，隆崇嵯峨[93]。戴甗反宇[94]，参差相加。属延阁以承梠[95]，表曲观于四阿[96]。径园囿而外折[97]，临寒泉之激波。清沼澹淡[98]，列植菱荷[99]。芳卉奇草，垂叶布柯[100]。竹木丛生，珍果骈罗[101]。青葱幽蔼[102]，含实吐华。孕鳞群跃[103]，众鸟喧讹[104]。熙春风而广望，恣心目之所嘉[105]。此宫室之美也，子其宅诸[106]？"丈人曰："否！水土交胜，是谓殃神[107]。子之所安，我则未闻。”

大夫曰：“邯郸才女，三齐巧士[108]。名倡秘舞[109]，承闲并理[110]。《七槃》陈于广庭[111]，畴人俨其齐俟[112]。坐二八于后行[113]，盛容饰而递起[114]。揄皓袖以振策，竦并足而轩跱[115]。邪睨鼓下，抗音赴节[116]。清歌流响，依违绕结[117]。安翘足以徐击，驱顿身而倾折[118]。扬蛾眉而顾指[119]，仪闲暇以超绝[120]。飙骇机发[121]，杂沓遄促[122]。投身放迹[123]，邀声受曲。便娟婉娩[124]，纷纶连属[125]。忽捐桴而挥袂[126]，聊徘徊以容与[127]。坐列杂其俱兴，遂骈进而连武[128]。转腾浮蹀[129]，逐激和柎[130]。足不空顿，手不徒举。仆似崩崖[131]，起若飞羽。翩飘徽霍，乱精荡神[132]。巴渝代起，鞞铎响振[133]。羽旄奋麾，弈弈纷纷[134]。于是白日西移，转即闲堂[135]。号钟絙瑟，列乎洞房[136]。管箫繁会，杂以笙簧。夔、牙之师，呈能极方[137]。奏《白雪》之高均，弄幽徵与反商[138]。声流畅以清哇[139]，时忼慨而激扬[140]。虞公含咏，陈惠清微[141]。新声变词，惨凄增悲。听者动容，梁尘为飞[142]。此音乐之至也，子其听诸?”丈人曰：“否！淫声慆心，心放生害[143]。我之所畏，惟此为大。”

大夫曰：“农功既登，玄阴戒寒[144]。鸟兽鸠萃，川滨涸干[145]。乃致众庶，大猎中原。植旄树表，班校行曲[146]。结网连罝[147]，弥山跨谷。轻车布于平陆，选骑陈于林足[148]。散蒸徒以成围[149]，漫云兴而相属[150]。鼓鸣旗动，雷发飙逝[151]。流锋四射，罼罕横厉[152]。奋干殳而捎击[153]，放鹰犬以搏噬。羽毛群骇，丧魂失势。飞遇矰矢，走逢遮例[154]。中创被痛，金夷木毙[155]。俛仰翕响，所获无艺。于是刚禽狡兽，惊厈跋扈[156]。突围负阻，莫能婴御[157]。乃使晋冯、鲁卞，注其奰怒[158]。徒搏熊豹，袒暴兕武[159]。顿犀掎象，破脰裂股[160]。当足遇手，摧为四五。若夫轻材高足，光飞电去。踵奔逸之散迹，荷良弓而长驱。凌原隰以升降，捷蹊径而邀遇。弦不虚控，矢不徒注。僵禽连积，陨鸟若雨。纷纷藉藉，蔽野被原。含血之虫，莫不毕殚[161]。罢围陈飨[162]，旋旆回辕[163]。从容四郊，栖迟圃园。娱游往来，唯意所安。此游猎之娱也，子其从诸?”丈人曰；“否！是于道忌[164],实曰心狂。闻子屡诲[165],弥失所望。”

大夫曰:“丽材美色,希世特生[166]。都冶闲靡,窈窕娥姹[167]。丰肤曼肌[168],弱骨纤形。鬒发玄鬓[169],修项秀颈。红颜熙曜,晔若苕荣[170]。西施之畴,莫之与呈[171]。盛容象而致饰,昭令质之艳姿。戴明月之羽雀,杂华镊之葳蕤。珥照夜之双珰,焕焴爚以垂晖[172]。袭藻绣之缛彩,振纤縠之袿徽[173]。纷绸缪而杂错,忽猗靡以依徽[174]。于是释服堕容,微施的黛[175]。承间嬿御,携手同戴[176]。和心善性,柔颜婥态。便妍姆媚,不可忍耐[177]。一顾迮精,倾城莫悔[178]。此美色之选也,子其悦诸?”于是丈人心疾意忘,气怒外凌,艴然作色,谧尔弗应[179]。

大夫曰:“观海然后知江河之浅,登岳然后见丘陵之狭。君子志乎其大,小人玩乎所狎[180]。昔在神圣,继天垂业。指象画卦,陈畴叙法[181]。经纬庶典,作谟来叶[182]。天人之事,靡不备浃[183]。乃有应期睿达之师,开方敏学之友。朋徒自远,童冠八九[184]。观礼杞、宋,讲诲曲阜[185]。浴乎沂、洙之上,风乎舞雩之右[186]。栖迟诵咏,同车携手。论载籍,叙彝伦,度《八索》,考《三坟》[187]。升堂入室,温故知新[188]。上不为悠悠苟进[189],下不与鸟兽同群。近不逼俗,远不违亲[190]。从容中和,与时屈申[191]。焕然顺叙,粲乎有文。子曾此之弗欲[192],而犹遂彼所遵[193],不以过乎?”于是丈人变容,降色而应曰:“夫言有殊而感心,行有乖而悟事[194]。大夫斯诲,实诱我志。道若存亡,请获容思[195]。”

大夫曰:“大人在位,时迈其德[196]。先天弗违,稽若古则[197]。睿哲文明,允恭玄塞[198]。旁施业业,勤耋万机[199]。阐幽扬陋,博采畴咨[200]。登俊乂于垄亩,举贤才于仄微[201]。置彼周行,列于邦畿[202]。九德咸事,百寮师师[203]。乃建雍宫[204],立明堂[205],考宪度,修旧章[206]。缀故训之纪,综六艺之纲。下理九土,上步三光[207]。制礼作乐,班叙等分[208]。明恤庶狱,详刑淑问[209]。百揆无废,五品克顺[210]。形中情于俎豆[211],宣德教于四邦。布休风以偃物,驰淳化而玄通[212]。于是四海之内,咸变时雍。仁泽洽于心,义气荡其匈。父慈子孝,长惠幼恭。推畔让路，重信贵公。五辟偃措，囹圄阒空[213]。普天率土，比屋可封。声暨海外，和充天宇。越裳重译而来献，肃慎纳贡于王府[214]。日月重光，五征时叙[215]。嘉生繁殖，祥瑞蔽野[216]。是以栖林隐谷之夫，逸迹放言之士，鉴乎有道，贫贱是耻，踊跃泉田之间，莫不载贽而兴起[217]。"于是丈人踧然动颜[218]，乃叹而称曰："美哉言乎！吾闻辞不必繁，以义为贵。道苟不同，听言则醉。子之前论，多违德类。槃游耽色，美室侈味[219]。熏心慆耳，俾我戚悴[220]。既获改诲，逾以学林。师友玄穆，我固有心[221]。况乃圣人之至化，大道之上功。嘉言闻耳，廓若发蒙[222]。老夫虽蔽，庶能斯通。敬抱衣冠，以及后踪。"

【说明】

此文见《文馆词林》卷四一四，《编珠》卷二，《北堂书钞》卷十、卷九十六、卷一〇六、卷一一二、卷一四二、卷一四四、卷一四八，《艺文类聚》卷五十七，《初学记》卷二十六，《文选》左思《咏史诗》李善注，《文选》陆机《文赋》李善注，《文选》傅毅《舞赋》李善注，《太平御览》卷三五三、卷八五〇，《韵补》卷三"时"字注。

《艺文类聚》卷五十七引傅玄《七谟序》曰："昔枚乘作《七发》，而属文之士，若傅毅、刘广世、崔骃、李尤、桓麟、崔琦、刘梁之徒，承其流而作之者纷焉。《七激》、《七兴》、《七依》、《七疑》、《七说》、《七蠲》、《七举》之篇，通儒大才马季长、张平子亦引其源而广之。马作《七厉》，张造《七辩》，非张氏至思，比之《七激》，未为劣也。《七释》佥曰妙焉，吾无间矣。若《七激》、《七依》之卓轹一技，《七辩》之缠绵精巧，《七启》之奔逸壮丽，《七释》之情密闲理，亦近代之所希也。"这段话说明了《七释》乃是"七体"传统中一篇重要的作品，傅玄也认为这篇情理绵密，情文并茂。

本文仿枚乘《七发》，以辞赋体裁中的"七体"写成。"七体"由两个虚构人物之间的对话构成，一人多方面反复劝喻，使对方晓悟。建安时期的这类作品多以劝说隐居的闲人出山为国效力为主题。建安十五年(210)，曹操颁发了《求贤令》，唯才是举，本文有可能是因应曹操的号召而写的文章。但没有直接的证据证明。

《七释》先介绍了隐士"潜虚丈人"，接着带出一位虚构的说服者"文籍大夫”。他因不愿见才能之士在贤王的统治下隐居不仕，隐埋自己的才能，故而以各种俗世之乐劝说他出山，文中的俗世诱惑分别为五味（美食）、宫室、音乐、游猎与美色。这五种诱惑的用意在于反激隐者之心志。作者欲借此类诱惑启发隐者，使他们体会高情之士不应该向往这些。但这些对潜虚丈人都没有起作用，直到第六项，文籍大夫提出以儒家为中心的学问及活动，潜虚丈人才改容变色，回心转意。最后一项，文籍大夫详细地叙述了当朝圣王的德政，宣布德教，声通海外，四方来朝。终于感化了潜虚丈人，使他决心出山。

本文思路灵活，技法巧妙。作者以前五种人间之乐间接地刺激隐者的思路，再引出最后两段贤王的德政。在两个极端的比较下，隐者更可深切地体会到出山致力于朝政的原因，因而强化了劝喻的作用。但前五种俗世诱惑也起着试探隐士之修养的作用，若他无法抗拒这些诱惑，看不出其中隐藏的祸害，就证明其修养不足。

汉魏六朝“七体文”的内容大致都环绕音乐、美食、女色、游猎、德政、建筑及兵器等题材，王粲的《七释》也是如此。全文语势连贯，完美地将文中的题材串联在一起，同时这样的连贯性还有强化劝喻的作用。总的来说，这是一篇很有特色的七体文。

【注释】

① 潜虚丈人：作者虚构的隐士。潜虚：隐藏在虚静之中。

② 违时：即不合时宜。遁：隐匿。《楚辞·离骚》：“初既与余成言兮，后悔遁而有他。”王逸注：“遁，隐也。”

③ 清玄：清虚玄妙。

④ 浑沌：同“混沌”，古代传说中天地开辟前浑然一体的状态。比喻最原始的自然貌。

⑤ 均同死生：将生死看成是同样的事。这是道家的豁达。《庄子·知北游》：“生也死之徒，死也生之始，孰知其纪！人之生，气之聚也；聚则为生，散则为死。若死生为徒，吾又何患！故万物一也，是其所美者为神奇，其所恶者为臭腐；臭腐复化为神奇，神奇复化为臭腐。”混齐荣辱：将荣誉和耻辱认为是同一件事。亦为《庄子》的哲学思想。

⑥ 不拔毛以利物：指杨朱，战国时期魏国（今河南省开封市）人，他的学说强调贵生和重己。孟子批评他：“拔一毛而利天下，不为也。”（《孟子·尽心上》）

⑦ 不拯溺以濡足：不愿意为了拯救溺水之人而沾湿脚。此处指潜虚丈人只重视自己修炼，不顾世人。

⑧ 濯身乎沧浪:在沧浪中沐浴。指隐士。语出楚国古歌《沧浪歌》:“沧浪之水清兮,可以濯我缨;沧浪之水浊兮,可以濯我足。”

⑨ 振衣:抖衣去尘。《楚辞·渔父》:“新沐者必弹冠,新浴者必振衣。”王逸注:“去尘秽也。”嵩岳:中岳嵩山,位于河南省登封市西北部。

⑩ 文籍大夫:作者虚构的人物。文籍:文字书籍,指饱读经书的士大夫。

⑪ 於呼:同“呜呼”,叹词。

⑫ 室士:隐居不仕之士。

⑬ 在列之耻:百姓没有受到教诲,是在位者的耻辱。

⑭ 释:启发。此句意为他将前往启发潜虚丈人。

⑮ 革:改变。此句意为直到潜虚丈人不肯改变才作罢。

⑯ 造:到……去。谒:访问。

⑰ 不以志易道:不以自己的志向来改变天道。不以身后时:不使自己落于现实之后。

⑱ 蔽:闭塞,蒙蔽。

⑲ 大人:高德之人。

⑳ “有目而不视,有心而不思”:指潜虚丈人过着道家清心寡欲的生活。

㉑ 颙:仰望。穷川:干涸的河流。

㉒ 梢:本指树木之末端,此指枯木无枝。

㉓ 大伦:大道理。《淮南子·精神训》:“终始若环,莫得其伦。”高诱注:“伦,道也,理也。”

㉔ 时务:按时应做之事。

㉕ 启授达趣:启发其通达的志向。

㉖ 谬:违背。雅旨:雅正的意旨。指自己以下的说理的部分不一定契合雅正之旨。系自谦之词。

㉗ 殆:大概。

㉘ 抑:或者。陈:陈述。

㉙ 这句话巧妙地将这段描述事物的段落和修道联系起来。文籍大夫指出修身之道必先吃饱以实其气。

㉚ 五味:指酸、甜、苦、辣、咸五种味道。《礼记·礼运》:“五味,六和,十二食,还相为质也。”

㉛ 缥:指酒。冻缥:冰镇的酒。酎(zhòu 宙):反复多次酿成的醇酒。玄酎:味道醇厚的酒。

㉜ 醴(lǐ 礼):甜酒。齐:通“剂”,带糟的浊酒。《周礼·天官·酒正》:“辨五味之名:一曰泛齐,二曰醴齐,三曰盎齐,四曰缇齐,五曰沈齐。”孙诒让正义:“五齐,有

滓未泲之酒也……吕飞鹏云:‘五齐指酒之浊者。’”

㉝ 肴:本指熟肉,后亦泛指鱼肉之类的荤菜。羞:美味的食品。

㉞ 鲬(pū 扑):即江豚。鱐(sù 肃):干鱼。鲐(tái 台):鲭,青花鱼。魮:同“鮆”(jì 计),即刀鱼。《广韵·荠韵》:“魮,鱼名。常以春时出九江。”

㉟ 桂蠹:寄生在桂树上的一种虫。《汉书·南粤传》:“谨北面因使者献白璧一双,翠鸟千,犀角十,紫贝五百,桂蠹一器,生翠四十双,孔雀二双。”石鲼(qióng 穷):此字不可解。可能是石鳑(méng 萌)。《古文苑·扬雄〈蜀都赋〉》:“石鳑水螭。”章樵注:“石鳑,犹石燕、石蟹之类。”

㊱ 鳖寒:一种冷食的鳖肴。三国·魏·曹植《名都篇》:“脍鲤臇胎虾,寒鳖炙熊蹯。”鲍热:鲍鱼用热菜的形式呈现。

㊲ 异和:将不同食材合在一起烹调。殊馨:特殊的香味。

㊳ 黄甘:即黄柑。《文选》司马相如《上林赋》:“黄甘橙榛。”郭璞注:“黄甘,橘属而味精。”

㊴ 柰(nài 奈):果树名。与“林檎”同类。

㊵ 都柘:甘蔗。汉·刘向《杖铭》:“都蔗虽甘,殆不可杖。佞人悦己,亦不可相。”

㊶ 龙眼:一种南方的果实,味极甜,与荼的苦味正好形成对比。《文选》左思《吴都赋》:“龙眼橄榄,棎榴御霜。”荼(tú 徒):苦菜。《诗·邶风·谷风》:“谁谓荼苦,其甘如荠。”毛传:“荼,苦菜也。”

㊷ 隈(wēi 威):水弯曲而隐蔽处。鲀(wèi 未):嘉鱼。

㊸ 泗滨:泗水之滨。泗水,河川名。源出山东省泗水县陪尾山,分四源流因而得名。卢:黑色。鳜(guì 贵):名桂花鱼、鯚花鱼。

㊹ 砥锷:磨刀。

㊺ 因皮却切:顺着皮向里切。

㊻ 纤:细。茹:相互牵连。

㊼ 綷(cuì 翠):五彩杂合。

㊽ 西旅:我国古代西方少数民族所建的国名。后亦泛指少数民族。游:带来。梁:同“粱”。

㊾ 御宿:汉宫苑名。粲:精米。

㊿ 瓜州:古地名,在今甘肃省敦煌市。红麫(chì 赤):麦子舂馀的粗屑。《说文》:“麫,麦覈屑也。”

51 参:通“糁”,掺杂。糅:混杂。

52 鼋(yuán 元):大鳖。蠵(xī 西):即蠵龟,一种大龟。《楚辞·招魂》:“露鸡臛蠵,厉而不爽些。”王夫之《楚辞通释》:“蠵,大龟也。”臛(huò 霍):肉羹。

㊸ 晨凫:早晨抓到的凫鸟(一种水鸟)。宿鷃(yàn 宴):归巢栖息的鷃鸟。

㊹ 五黄:五谷。南朝·梁简文帝《六根忏文》:“既贪五黄六禽之旨,又甘九鼎八珍之味。”捣珍:取牛羊等脊侧之肉捶捣精制成珍味。《礼记·内则》:“捣珍:取牛羊麋鹿麕之肉,必胨。每物与牛若一,捶反侧之。”

㊺ 胹(ér 而):烹煮。

㊻ 旄象:牦牛与象。《韩非子·喻老》:“象箸玉杯必不羹菽藿,必旄象豹胎。”叶解:分割开来。

㊼ 胎豹:即豹胎。脔(luán 栾):切成块的鱼肉。

㊽ 霜熊:指白熊。

㊾ 葺(qì 弃):重叠;累积。《楚辞·九章·悲回风》:“鱼葺鳞以自别兮,蛟龙隐其文章。”《文选》左思《吴都赋》:“葺鳞镂甲,诡类舛错。”刘逵注:“葺,累也。”麇(jūn 君):獐子,亦作“麏”、“麕”。葺麇:一群獐子。腱(jiàn 建):指供食用的蹄筋。《楚辞·招魂》:“肥牛之腱,臑若芳些。”王逸注:“腱,筋头也。”

㊿ 齐:通“齑”。本指用酱拌和切碎的菜和肉,此指用酸甜的酱来拌。甘酸:酸甜。《淮南子·本经训》:“煎熬焚炙,调齐和之,适以穷荆吴甘酸之变。”

51 随时代献:随着季节的变换轮流呈上。

52 滋液:谓渗透的汁液。《史记·司马相如列传》:“滋液渗漉,何生不育!”

53 方丈:指方丈之食。极言肴馔之丰盛。语出《孟子·尽心下》:“食前方丈,侍妾数百人,我得志,弗为也。”

54 飨(xiǎng 响):享用。

55 膏粱:肥美的食物。《国语·晋语七》:“夫膏粱之性难正也。”韦昭注:“膏,肉之肥者;粱,食之精者。”旨:.味美;美味。《诗·小雅·鱼丽》:“君子有酒,旨且多。”

56 厚味:味道浓厚。腊毒:极毒。《国语·周语下》:“高位寔疾颠,厚味寔腊毒。”韦昭注:“腊,亟也。”

57 戚:忧虑。

58 会:大道。

59 土势:地形。敞丽:宽敞优美。

60 显:高贵显赫。宇:房屋。显宇:高大华丽的屋宇。

61 弘侈:大而奢华。《国语·楚语上》:“且夫私欲弘侈,则德义鲜少;德义不行,则迩者骚离,而远者距违。”

62 搆:同“构”。“重殿”、“叠搆”皆言其重叠复杂的建筑结构。

63 栾:建筑物立柱和横梁间成弓形的承重结构。《文选》张衡《西京赋》:“跱游极于浮柱,结重栾以相承。”薛综注:“栾,柱上曲木,两头受栌者。”栭(ér 而):柱上支承大梁的方木。《文选》张衡《西京赋》:“雕楹玉碣,绣栭云楣。”薛综注:“栭,斗也。”

⑭ 飞抑:“抑”当为“枊(àng 盎)”:斗拱。《文选》何晏《景福殿赋》:“飞枊鸟踊,双辕是荷。”李善注:“飞枊之形类鸟之飞……今人名屋四阿栱曰欂枊也。”北齐·朱昙思等《造塔记》:“绵基细枊,白虎游南。”

⑮ 翼:飞檐。企:踮脚。形容鸟展翅欲飞的样子。

⑯ 棼(fén 坟):通“棼”,阁楼之栋。《说文·林部》:“棼,复屋栋也。”虹带:将楼房之栋梁比喻为彩虹之带。

⑰ 华桷(jué 决):雕花的方形椽子。镂楹:雕刻的厅堂的前柱。《诗·小雅·斯干》:“殖殖其庭,有觉其楹。”孔颖达疏:“有觉然高大者,其宫寝之楹柱也。”

⑱ 绮寮(liáo 辽):华丽的窗子。《文选》张衡《西京赋》:“何工巧之瑰玮,交绮豁以疏寮。”李善注:“交结绮文,豁然穿以为寮也。”赪(chēng 撑):红色。干:井上木栏。

⑲ 文轩:雕镂花纹的楼板,栏槛。《楚辞·招魂》:“高堂邃宇,槛层轩些。”王逸注:“轩,版也。”雕:绘饰。楯(shǔn 吮):阑干的横木。代指阑干。

⑳ 拘(gōu 钩):弯曲。《荀子·宥坐》:“其流也埤下,裾拘必循其理,似义。”杨倞注:“拘,读为钩,曲也。”棂(líng 灵):窗户或栏杆上雕有花纹的格子。

㉑ 云幄:形容帷帐如云彩一般散开。垂羽:垂下的羽毛。

㉒ 山根:山脚。汉·焦赣《易林·贲之明夷》:“作室山根,人以为安;一昔崩颠,破我壶飧。”此处可能指的是墙角。紫茎:紫色的植物。

㉓ 闱(wéi 围):古代宫室、宗庙的旁侧小门。闼(tà 挞):内门,小门。后泛指门,门户。《诗·齐风·东方之日》:“彼姝者子,在我闼兮。”毛传:“闼,门内也。”

㉔ 班输之徒:鲁班那样的巧匠。班输,春秋鲁国的巧匠公输班。一说班指鲁班,输指公输般。

㉕ 致巧展功:指工匠以其巧艺展示功力。

㉖ 土画:在土墙上作画。黼(fǔ 府)绣:白黑相间的斧形花纹。

㉗ 牖(yǒu 有):窗子。

㉘ 闾:里巷的大门。术:邑中之路。

㉙ 闺:泛指门户。

㉚ 窈窕:深远貌。迁化:变化。

㉛ 莫识所从:指建筑结构复杂,无法辨识其路径。

㉜ 层台:重台,高台。《楚辞·招魂》:“层台累榭,临高山些。”王逸注:“层、累,皆重也。”特:挺立。

㉝ 隆崇:高耸貌。嵯峨:山高峻貌。

⑭ 甗(yǎn 奄):古代一种炊器。戴甗:形容楼房有如戴着甗器。反宇:屋檐上仰起的瓦头。《文选》班固《西都赋》:"上反宇以盖戴,激日景而纳光。"

⑮ 属:相连,连接。延阁:古代帝王藏书之所。《汉书·艺文志》:"于是建藏书之策。"颜师古注引如淳曰:"刘歆《七略》曰:'外则有太常、太史、博士之藏,内则有延阁、广内、秘室之府。'"承:连接。梠(lǚ 吕):屋檐。

⑯ 表:显扬。四阿:指屋宇四边的檐溜,可使水从四面流下。

⑰ 径:行经,路过。园囿:皇家花园,周以围墙,亭榭石木,畜有鸟兽。

⑱ 沼(zhǎo 找):水池。澹淡:水波动荡貌。《文选》宋玉《高唐赋》:"徙靡澹淡,随波暗蔼。"

⑲ 列植:成行的种植。

⑳ 柯:枝条。

㉑ 骈罗:排比罗列。《楚辞·九思·哀岁》:"群行兮上下,骈罗兮列陈。"

㉒ 青葱:亦作"青蒽",翠绿色。幽蔼:即"幽霭",幽深貌。

㉓ 孕:指动物孵化。鳞:鱼。

㉔ 喧:嘈杂吵闹。讹:通"吪(é 俄)",行动,移动。《诗·小雅·无羊》:"或降于阿,或饮于池,或寝或讹。"毛传:"讹,动也。"

㉕ 熙:嬉戏。恣:放纵。嘉:美好。

㉖ 宅:住。

㉗ 殃:残害。

㉘ 邯郸:战国时赵国的首都,在今河北省邯郸市,此地多能歌善舞的美女。三齐:指山东省东部地区。秦亡,项羽以齐国故地分立齐、胶东、济北三国,故称"三齐"。

㉙ 名倡:著名的演员。秘舞:新奇之舞。《文选》张衡《西京赋》:"秘舞更奏,妙材骋伎。"薛综注:"秘,希见为奇也。"

㉚ 承:举。闲:娴熟的技巧。

㉛《七槃》:亦作"七盘",古舞名。在地上排盘七个,舞者穿长袖舞衣,在盘的周围或盘上舞蹈。《宋书·乐志一》:"张衡《舞赋》云:'历七盘而纵蹑。'"

㉜ 畴人:同行,指共同跳舞的人。俨:整齐貌。《文选》曹植《洛神赋》:"六龙俨其齐首,载云车之容裔。"齐俟(sì 四):一起出现。俟:见。

㉝ 二八:即十六人。古代歌舞分为两列,每列八人。《左传·襄公十一年》:"凡兵车百乘,歌钟二肆,及其镈磬,女乐二八。"杜预注:"十六人。"后行:排在后面的行列。

㉞ 盛容饰:妆饰华美。递:交替,轮流。《楚辞·九辩》:"四时递来而卒岁兮。"朱熹集注:"递,更易也。"

⑮ 揄（yú 俞）：挥动。振策：扬鞭。此处用来比喻挥舞水袖。竦：企立。轩跱：耸立。

⑯ 邪睨：斜视。《文选》张衡《西京赋》："迁延邪睨，集乎长杨之宫。"抗音：高声，大声。赴节：和着节拍。

⑰ 依违：迟疑。《楚辞·九叹·离世》："余思旧邦，心依违兮。"

⑱ 驳（sà 萨）：疾貌。顿身：安身。倾折：倒下而折断，指舞者突然弯腰。

⑲ 顾指：以目示意而指使之。《庄子·天地》："手挠顾指，四方之民，莫不俱至，此之谓圣治。"

⑳ 闲暇：悠闲从容。《文选》贾谊《鹏鸟赋》："庚子日斜兮，鹏集予舍。止于坐隅兮，貌甚闲暇。"

㉑ 飙骇：惊悚如狂风。机发：如弩机发射。

㉒ 遄（chuán 船）促：疾速。

㉓ 放迹：犹远行、浪迹。《楚辞·九章·悲回风》："求介子之所存兮，见伯夷之放迹。"此处指舞者完全投入的样子。

㉔ 便（pián 骈）娟：轻盈美好貌。《楚辞·大招》："丰肉微骨，体便娟只。"婉娩：柔顺貌。

㉕ 纷纶：杂乱众多貌。连属：连续。

㉖ 捐桴（fú 浮）：放下鼓槌。袂（mèi 昧）：衣袖。

㉗ 容与：徘徊犹豫，踌躇不前貌。

㉘ 骈进：成对进来。连武：足迹相连。

㉙ 转（zhuàn）腾：回转飞腾。《文选》司马相如《上林赋》："横流逆折，转腾潎洌。"刘良注："言水之疾，激波横流回涌以相腾射也。"浮蹀（dié 蝶）：抬起脚跟。蹀：蹈，踏。

㉚ 和柎（fǔ 甫）：配合柎这种乐器。柎，通"拊"，乐器名。以皮革为面，内装糠，形如小鼓，用以节乐。《类篇·木部》："柎，乐器也。实以糠。"

㉛ 仆（pū 扑）：向前跌倒。

㉜ 寉（hè 贺）：鸟往高处飞去。此处形容舞姿似鸟高飞。

㉝ 巴渝：古曲调名。即巴渝歌。鞞（pí 皮）：同"鼙"，小鼓。铎：古代乐器，大铃的一种。

㉞ 羽旄：乐舞时所执的雉羽和旄牛尾。《礼记·乐记》："比音而乐之，及干戚羽旄，谓之乐。"郑玄注："羽，翟羽；旄，旄牛尾。文舞所执。"奋麾：努力挥动。弈弈：光彩闪耀貌。《文选》张衡《东京赋》："六玄虬之弈弈，齐腾骧而沛艾。"

㉟ 闲堂：安静的厅堂。

㊱ 号钟：古代琴名。《楚辞·九叹·愍命》："破伯牙之号钟兮，挟人筝而弹

纬。"《淮南子·修务训》:"鼓琴者期于鸣廉、修营,而不期于滥胁、号钟。"高诱注:"号钟,高声,非耳所及耳。"絚(gēng 耕):接连,通贯。洞房:幽深的内室。

⑬⑦ 夔:相传为舜时乐官。《礼记·乐记》:"昔者舜作五弦之琴,以歌《南风》。夔始制乐,以赏诸侯。"牙:春秋时人俞伯牙,琴艺高超。呈能极方:展现才能,极尽能事。

⑬⑧《白雪》:古琴曲名,传为春秋晋师旷所作。幽徵:清幽的徵音。指宫、商、角、徵、羽五音中的徵音。反商:变商。《文选》马融《长笛赋》李善注:"反商下徵,每各异善。反商,犹变商也。《淮南子》曰:变宫生徵,变徵生商,变商生羽。"

⑬⑨ 清哇:清澈的乐音。哇:靡曼的乐声。汉·扬雄《法言·吾子》:"中正则雅,多哇则郑。"李轨注:"多哇者,淫声繁越也。"

⑭⓪ 忼(kāng 康)慨:愤激。《楚辞·九章·哀郢》:"憎愠惀之修美兮,好夫人之忼慨。"洪兴祖补注:"忼慨,愤意。"

⑭① 虞公:古代善歌乐者。《文选》成公绥《啸赋》李善注引《晏子春秋》:"虞公善歌,以新声感景公,晏子退朝而拘之。"又注云:"汉兴,又有虞公,即刘向《别录》曰:'有人歌赋楚汉兴以来善雅歌者鲁人虞公,发声清哀,远动梁尘。'"陈惠:古之善音乐者。《艺文类聚》卷四十四引阮瑀《筝赋》曰:"延年新声,岂此能同?陈惠李文,曷能是逢!"

⑭② 梁尘为飞:典出《列子·汤问》:"馀音绕梁欐,三日不绝。"

⑭③ 慆(tāo 涛):使愉悦、喜欢。心放生害:心中放荡则生害处。

⑭④ 农功:农事。玄阴:谓冬季极盛的阴气。戒寒:告诫人备寒。亦借指霜降以后天气。

⑭⑤ 鸠萃:汇集。

⑭⑥ 班校:指军队。行(háng 杭)曲:指部属。

⑭⑦ 罝(jū 驹):捕兔网。泛指捕兽的网。《诗·周南·兔罝》:"肃肃兔罝,椓之丁丁。"毛传:"兔罝,兔罟也。"

⑭⑧ 林足:树林的外缘。

⑭⑨ 蒸徒:众人,百姓。《文选》左思《魏都赋》:"习习冠盖,莘莘蒸徒。"

⑮⓪ 云兴:云起。《诗·曹风·候人》:"荟兮蔚兮,南山朝隮。"相属:相连。

⑮① 飚(biāo 标):暴风。汉·贾谊《惜誓》:"临中国之众人兮,托回飙乎尚羊。"

⑮② 流锋:指飞箭四射。罼(bì 毕)罕:捕鸟的网。横厉:纵横凌厉。形容气势盛猛。汉·司马相如《大人赋》:"互折窈窕以右转兮,横厉飞泉以正东。"

⑮③ 干:戈。殳(shū 淑):古兵器,杖属。以竹或木制成。捎击:击杀。

⑮④ 矰(zēng 增)矢:箭名。古代八矢之一,用以射飞鸟。遮例:即"遮列",亦作"遮迾"、"遮迣"、"遮厉",列队遮拦。

⑮5 金夷:犹“金痍”,金疮。被兵器击伤。木毙:如树木般倒下。

⑮6 惊岸(àn 岸):“岸”同“岸”,指岸上的野兽受到惊吓。跋扈:本指骄横强暴,引申为恃强抗拒。

⑮7 婴御:犹抵御。《后汉书·马融列传》:“若夫鸷兽毅虫,倨牙黔口,大匈哨后,缊巡欧纡,负隅依阻,莫敢婴御。”

⑮8 晋冯:晋之冯妇,善搏虎。事见《孟子·尽心下》。鲁卞:鲁国的卞庄子,曾智杀两虎,事见《史记·张仪列传》。奰(bì 币)怒:盛怒。

⑮9 暴:徒手搏击。兕(sì 四):古代兽名,皮厚,可以制甲。

⑯0 顿犀:敲打犀牛。掎(jǐ 挤)象:拖住或牵引大象。脰(dòu 豆):颈项。

⑯1莫不毕殚:指野兽无不打尽。

⑯2 罢围陈飨(xiǎng 响):放弃包围,将食物陈列出来,准备吃饭。

⑯3 旋旆(pèi 沛):旋转旗帜。辕:车前驾牲口用的直木。

⑯4 道忌:为学道者所忌讳。

⑯5 屡诲:屡次教导。

⑯6 希:同“稀”,稀少。希世:世所罕有。《文选》王延寿《鲁灵光殿赋》:“邈希世而特出,羌瓌谲而鸿纷。”

⑯7 都冶:美艳。闲靡:漂亮。汉·蔡邕《青衣赋》:“都冶武媚,卓铄多姿。”娥娙:美女。娙(xíng 形):女子身材长而美。《说文·女部》:“娙,长好也。”

⑯8 曼:细润;柔美。《楚辞·天问》:“平胁曼肤,何以肥之?”

⑯9 鬒(zhěn 诊):毛发稠黑貌。《左传·昭公二十六年》:“有君子白皙鬒须眉。”

⑰0 熙曜:焕发光华。汉·王粲《神女赋》:“朱颜熙曜,晔若春华。”苕:凌霄花。荣:繁盛、茂盛。

⑰1 西施:春秋越国美女。或称先施,别名夷光,亦称西子。畴:类。

⑰2 焴爚(yù yuè 育月):谓光辉灿烂。

⑰3 缛彩:繁复的色彩。袿(guī 圭)徽:古代妇女袿衣上所佩的香缨。

⑰4 猗靡:随风飘拂貌。依徽:依稀仿佛之态。

⑰5 释服堕容:脱衣卸装。的(dì 帝):古代妇女面部装饰的红点。三国·魏·王粲《神女赋》:“税衣裳兮免簪笄,施华的兮结羽钗。”也指明亮鲜明。《文选》宋玉《神女赋》:“眉联娟以蛾扬兮,朱唇的其若丹。”黛(dài 代):古代女子画眉之墨。

⑰6 承间:指侍奉。《楚辞·九章·抽思》:“愿承间而自察兮,心震悼而不敢。”王逸注:“思待清宴,自解说也。”嬿御:安闲地进食。戴:通“载”,车。

⑰7 便(pián 骈)妍:俏丽明媚。姆媚:同“妩媚”。

⑰8 迕(wǔ 午)精:神气相投。

⑰⑨ 赩(xì 细)然:因羞惭或生气而脸红。谧尔:平静貌。

⑱⓪ 狎(xiá 霞):亲近。

⑱① 指象:谓天以景象示意。画卦:伏羲氏作八卦。陈畴:献谋。叙法:整理法律。

⑱② 经纬庶典:经营多种制度。作谟来叶:为后人订立典章。

⑱③ 备浃(jiā 加):完备。

⑱④ 朋徒自远:语出《论语·学而》:"有朋自远方来,不亦乐乎。"冠:成年人。古代男子二十岁加冠。

⑱⑤ 杞(qǐ 起)、宋:杞国,初在今河南杞县,后迁至今山东安丘东北。宋国,战国初年曾迁都彭城(今江苏徐州)。公元前286年为齐所灭。辖地在今河南省东部及山东、江苏、安徽之间。《论语·八佾》:"子曰:'夏礼,吾能言之,杞不足征也;殷礼,吾能言之,宋不足征也。文献不足故也。足,则吾能征之矣。'"讲诲:讲说训诲。曲阜:位于山东省中部偏南。周武王封弟周公旦于曲阜,为鲁国都。隋改今名。为孔子故里。

⑱⑥ "浴乎沂、洙之上,风乎舞雩之右":语出《论语·先进》:"浴乎沂,风乎舞雩,咏而归。"后指乐道遂志,不求仕进。

⑱⑦ 载(zǎi 宰)籍:泛指历代典籍。彝伦:人伦之常。《八索》、《三坟》:古书名。《左传·昭公十二年》:"是能读《三坟》、《五典》,《八索》、《九丘》。"杜预注:"皆古书名。"

⑱⑧ 升堂入室:《论语·先进》:"由也升堂矣,未入于室也。"原比喻学习所达到的境地有程度深浅的差别,后用以称赞在学问或技艺上的由浅入深,渐入佳境。温故知新:温习学过的知识,得到新的理解和体会。

⑱⑨ 悠悠:世俗。

⑲⓪ 逼俗:迫近世俗。违亲:离开亲人。

⑲① 中和:中庸之道的主要内涵。儒家认为能"致中和",则天地万物均能各得其所,达于和谐境界。《礼记·中庸》:"喜怒哀乐之未发谓之中,发而皆中节谓之和;中也者,天下之大本也,和也者,天下之达道也。致中和,天地位焉,万物育焉。"

⑲② 曾此之弗欲:对此没有欲望。

⑲③ 遂彼所遵:因循往昔之行。

⑲④ 乖:违背。悟事:违逆事物。悟,通"忤"。

⑲⑤ "大夫斯诲"四句:意谓大夫所说之道,若存若亡,需要时间思量。

⑲⑥ 时迈其德:犹言道德修养与日俱进。迈,勤勉。

⑲⑦ 稽:考核,查考。《易传·系辞下》:"于稽其类。"孔颖达疏:"稽,考也。"古则:古代典章规范。

⑲⑧ 允恭：信实而恭勤。《尚书·尧典》："允恭克让，光被四表，格于上下。"玄塞：疑为"塞渊"之倒写。"玄"与"渊"同义，谓笃厚诚实，见识深远。《诗·邶风·燕燕》："仲氏任只，其心塞渊。"

⑲⑨ 釐(lí 梨)：处理。万机：指帝王日常处理的纷繁的政务。

⑳⓪ 阐幽：使幽深隐藏的显露出来。《易传·系辞下》："夫《易》彰往而察来，而微显阐幽。"扬陋：显扬隐匿之物。《尚书·尧典》："明明，扬侧陋。"博采：广泛地搜集采纳。畴咨：访问，访求。《尚书·尧典》："帝曰：'畴咨若时登庸。'"孔传："畴，谁；庸，用也。谁能咸熙庶绩，顺是事者，将登用之。"

⑳① 俊乂：才德出众的人。《尚书·皋陶谟》："翕受敷施，九德咸事，俊乂在官。"孔传："谓天子如此，则俊德治能之士并在官。"仄微：指社会的下层或不为人所重视的鄙陋之处。此句指拔擢人才。

⑳② 置彼周行：语出《诗·周南·卷耳》："嗟我怀人，置彼周行。"周行，大道。邦畿：王城及其所属周围千里的地域。《诗·商颂·玄鸟》："邦畿千里，维民所止。"毛传："畿，疆也。"

⑳③ 九德：古谓贤人所具备的九种优良品格。"九德"之内容，说法不一。百寮：百官。师师：相互师法。《尚书·皋陶谟》："百僚师师，百工惟时。"

⑳④ 雍宫：指辟雍，亦作"辟廱"。本为西周天子所设大学，校址圆形，围以水池，前门外有便桥。东汉以后，历代皆有辟雍。

⑳⑤ 明堂：古代帝王宣明政教的地方。凡朝会、祭祀、庆赏、选士、养老、教学等大典，都在此举行。

⑳⑥ 宪度：法度。《文选》司马相如《封禅文》："宪度著明，易则也；垂统理顺，易继也。"旧章：昔日的典章。

⑳⑦ 九土：九州的土地。三光：日、月、星。

⑳⑧ 班叙：犹颁布，施行。《文选》潘勖《册魏公九锡文》："班叙海内，宣美风俗。"

⑳⑨ 明恤：宽容体恤。庶狱：诸凡刑狱诉讼之事。

㉑⓪ 百揆：总理国政之官或各种政务。五品：五常。指仁、义、礼、智、信。

㉑① 俎豆：古代祭祀、宴客用的器具。此谓祭祀，奉祀。《论语·卫灵公》："孔子对曰：'俎豆之事，则尝闻之矣；军旅之事，未之学也。'"

㉑② 休风：美好之风。偃物：语出《论语·颜渊》："君子之德风，小人之德草。草上之风，必偃。"偃：倒。淳化：敦厚的教化。《文选》张衡《东京赋》："清风协于玄德，淳化通于自然。"薛综注："淳厚之化，通于神明也。"玄通：谓与天相通。《老子》第十五章："古之善为士者，微妙玄通，深不可识。"河上公注："玄，天也。言其志节玄妙，精与天通也。"

㉑③ 五辟：五刑。《汉书·霍光传》："五辟之属，莫大不孝。"颜师古注："五辟即

五刑也。”圄圉（yǔ 雨）：同“囹圄”，监狱。阆（làng 浪）：空旷，空虚。

㉑④ 越裳：古南海国名。重（chóng 虫）译：辗转翻译。肃慎：北方少数民族名。纳贡：古代诸侯向天子贡献财物土产。

㉑⑤ 五征：古人以雨、旸、暖、寒、风五者是否适时作为吉凶的征验，称为“五征”。《尚书·洪范》：“庶征：曰雨，曰旸，曰燠，曰寒，曰风。”孔传：“雨以润物，旸以干物，暖以长物，寒以成物，风以动物。五者各以其时，所以为众验。”

㉑⑥ 嘉生：茂盛的谷物。古以为祥瑞。祥瑞：吉祥的征兆。

㉑⑦ 载贽：即“载质”，带着晋见的礼物。谓急于出仕。《孟子·滕文公下》：“孔子三月无君则皇皇如也，出疆必载质。”

㉑⑧ 踧（cù 促）然：惊惧不安貌。

㉑⑨ 槃游：同“盘游”，游乐。耽色：耽恋美色。美室：美好的居室。又指美妻。

㉒⓪ 熏心：迷住心窍。慆（tāo 涛）耳：犹悦耳。俾：使。戚悴：忧戚憔悴。

㉒① 玄穆：形容人品高尚，器局渊深而不可测度。有心：谓怀有某种想法。《诗·小雅·巧言》：“他人有心，予忖度之。”

㉒② 廓：广阔，空阔。此指豁然开朗。发蒙：启发蒙昧。《易·蒙》：“初六，发蒙，利用刑人。”孔颖达疏：“以能发去其蒙也。”

吴　质

吴质(177—230),字季重,济阴(郡治在今山东省定陶县城西北)人。出身寒门,为乡里所轻,乃游走贵戚间。汉献帝建安前期入丞相曹操幕府,以才学通博,为五官中郎将曹丕及曹植诸兄弟所礼爱,质亦善处其兄弟之间,常侍从宴饮游乐,诗文酬唱。建安十六年(211)出为朝歌长,曾参与曹丕争嗣夺嫡密谋,为曹丕所亲善。建安二十年(215)夏,迁元城令。建安二十四年(219),与曹丕书信往答,议论已逝及在世文士优劣,颇负己志。建安二十五年(220),曹丕受汉献帝禅,建立魏朝,征质至洛阳,恩宠优渥,拜为北中郎将,进振威将军,封列侯,使持节都督幽州、并州诸军事。吴质自恃功高权重,怙威肆行,骄奢傲慢,为同僚切齿。魏明帝曹叡太和四年(230),召质入朝,为侍中。时司空陈群录尚书事,吴质以辅弼大臣,对帝盛称:“骠骑将军司马懿,忠智至公,社稷之臣也。陈群从容之士,非国相之才,处重任而不亲事。”明帝甚纳之。后因见猜于明帝,恒怏怏不乐,其年夏卒,年五十三。吴质先以怙威肆行,谥曰丑侯。质子吴应数上书论枉,至高贵乡公正元(254—255)中始改谥威侯。吴质原有集五卷,散佚。今仅存文七篇(其中,《魏都赋》等四篇为残篇),诗一首。传附《三国志·魏书·王粲传》。

魏都赋

我太公鸿飞兖、豫①。

蛮陬夷落②。

由重山之东阨③。

信陵之名若兰芬也④。

列圣之遗尘⑤。

英雄响附⑥。

【说明】

此赋仅残存六句。前五句见于《文选》沈约《齐故安陆昭王碑文》李善注。后一句见于《文选》陆倕《石阙铭》李善注、张铣注。细玩文意,此数句似在称颂魏太祖曹操的功业。

【注释】

① 太公:严可均《全三国文》卷三十作“太祖”,指魏太祖曹操。鸿飞:鸿雁高飞。比喻升迁腾达,奋发有为。唐·梁肃《为雷使君祭孟尚书文》:“昔在天宝,滥觞登朝,爰自中兴,鸿飞乃高。”兖、豫:兖州和豫州。东汉末年,曹操曾领兖州牧、豫州牧。

② 蛮、夷:都是古代对边远地区少数民族的蔑称。陬(zōu 邹)、落:都是角落,指蛮夷居住偏僻的地方。

③ 重山:重重山岭。东阨(ài 艾):指重重山岭是东边的关隘。阨,通“隘”,关隘。

④ 信陵:指战国魏公子无忌,魏贵族,有食客三千,被封为信陵君。为“战国四大公子”之首。曾抗秦救魏。名若兰芬:指信陵君名字像兰草那样芬香。

⑤ 遗尘:指古圣人的遗迹。

⑥ 响附:响应归附。《文选》陆倕《〈石阙铭〉序》“人祇响附”张铣注:“响附,如响应声也。”《新唐书·李密传》:“于是海岱、江淮间争响附。”

傅　巽

傅巽字公悌，北地泥阳(今陕西省耀县东南)人。三国魏哲学家傅嘏的伯父。生卒年不详。东汉灵、献年间，辟公府，拜尚书郎。建安(196—220)中避难荆州，为东曹掾。巽“瑰伟博达，有知人鉴”。建安十三年(208)，以劝说刘琮归降功，赐爵关内侯。建安十九年(214)，迁散骑常侍。建安二十五年(220)，曾上表劝曹丕受禅。魏文帝黄初(220—226)中为侍中，迁尚书。魏明帝太和年间(227—232)卒。原有集二卷，已佚。今仅存文赋等残文五篇，见严可均辑《全三国文》卷三十五。事迹见《三国志·魏书·刘表传》裴松之注引《傅子》。

槐树赋

叶叶扶疏[①]，参林萧茶[②]。松萝寄生[③]，绵连标末[④]。延袤千亩[⑤]，蓊郁晻蔼[⑥]。

【说明】

此赋为残篇，见于《艺文类聚》卷八十八、《初学记》卷二十八。三国时描写槐树的辞赋众多，除傅巽《槐树赋》外，尚有王粲《槐树赋》、曹丕《槐赋》、曹植《槐赋》等。

【注释】

① 叶叶：按，《初学记》卷二十八作"叶叶"，《艺文类聚》卷八十八《木部上·槐》作"华叶"，亦可通。此从《初学记》。扶疏：形容花木枝叶茂盛、疏密有致。晋·挚虞《槐赋》："蓊郁扶疏，上拂华宇，下临修渠。开明过于八闼兮，重阴逾乎九房。"

② 参林：高大茂盛。参，高。《庄子·大宗师》："于讴闻之玄冥，玄冥闻之参寥。"陆德明《经典释文》引李颐曰："参，高也。高邈寥旷，不可名也。"林，盛貌。《穆天子传》卷二："是曰竹林。"郭璞注："竹木盛者为林。"《诗·小雅·宾之初筵》："百礼既至，有壬有林。"朱熹集传："林，盛也。"萧茶（shā 杀）：树木被秋风吹拂所发出的声音。按，《艺文类聚》卷八十八作"萧蔽"，《初学记》卷二十八、《历代赋汇外集》卷二作"萧瑟"，义同。

③ 松萝：即女萝。《广雅·释草》："女萝，松萝也。"地衣门松萝科植物，体呈丝状，多附着寄生在松树或别的树的树皮上。

④ 绵连：犹连绵、绵联，连绵不绝的样子。标末：树梢。按，"标末"，《初学记》卷二十八、《艺文类聚》卷八十八作"摽末"，有"微末"义，亦可通。《汉书·王莽传上》："乃至青、戎，摽末之功，一言之劳，然犹皆蒙丘山之赏。"萧该《汉书音义》引《字林》曰："摽，刀削末铜也。"此据《历代赋汇外集》卷二、《全三国文》卷三十五改作"标末"。

⑤ 延袤（mào 茂）：长度和广度，引申指面积。此指槐树绵亘千亩。

⑥ 蓊（wěng 翁$_{上声}$）郁：浓密，浓郁。晻蔼：茂盛貌。《文选》曹植《王仲宣诔》："荣耀当世，芳风晻蔼。"吕延济注："晻蔼，盛貌。"

【辨析】

《艺文类聚》卷八十八《木部上·槐》作"晋傅选《槐赋》",《初学记》卷二十八《木部附·槐第十五》亦作"傅选《槐赋》"。宋·王楙《野客丛书》卷五"玉树青葱"条云:"古来文士如曹操、曹植、王粲、挚虞、庾儵、傅选、庾信之徒,皆有《槐赋》,其述种于宫殿之间,美致曲尽,独未有以玉树为言者何邪?"亦作"傅选"。然考之载籍,晋无傅选其人,而陈元龙《历代赋汇外集》、严可均《全三国文》俱作"傅巽《槐树赋》",而与傅巽同时的文学家王粲、曹丕、曹植等人亦有同名赋作,显系同题赋写,大约作于建安二十一年(216)前后。则此赋作者为三国魏辞赋家傅巽无疑。

七 诲

孟冬香粳①,上秋膏粱②。雕胡菰子③,丹贝东墙④。濡润细滑⑤,流泽芬芳⑥。

乃有河鮇汉鲂⑦,鸿渊巨鲤⑧,□□□□,分皮截理⑨。

豹胎熊蹯⑩,肥濡晞沐⑪。飞鷃伏鹑⑫,双鸡合熟⑬。

尔乃选巢殊方⑭,鱼有备物⑮。蒲陶宛榛⑯,齐柍燕栗⑰。恒阳黄梨⑱,丞山朱橘⑲。

白醴九成⑳,玄酎清醇㉑。□华□蚁㉒,苞苦含辛㉓。

【说明】

此赋为残篇,散见于《北堂书钞》卷一四二、卷一四四、卷一四五、卷一四八,《初学记》卷二十六,《太平御览》卷八五〇,陆羽《茶经》卷下。严可均据以上各书辑录成篇,收在《全三国文》卷三十五。赋虽不全,但透过描写,可以看出是一篇仿效西汉枚乘《七发》,主要铺写上层社会美馔佳肴的作品,社会意义、思想价值不大,但艺术描写却颇值称道。

【注释】

① "孟冬香粳"至"流泽芬芳"六句:见于《北堂书钞》卷一四二、卷一四四,《初学记》卷二十六,《太平御览》卷八五〇。孟冬:冬季的第一个月,即农历十月。粳(jīng 精):粳米,粳稻碾出的米。

② 上秋:指农历七月。农历七月为孟秋,也叫上秋。《初学记》卷三《岁时部·

秋第三》引梁元帝萧绎《纂要》:"七月孟秋,首秋,上秋,肇秋,兰秋。"《资治通鉴》卷二八二《后晋纪三·高祖天福六年》:"令各具精甲壮马,将以上秋南寇。"胡三省注:"上秋,谓七月。"膏粱:细粮。《孟子·告子上》:"《诗》云:'既醉以酒,既饱以德。'言饱乎仁义也,所以不愿人之膏粱之味也。"赵岐注:"膏粱,细粱如膏者也。"一说,膏谓肥肉,粱谓细粮。亦可通。

③ 雕胡:菰米。《北堂书钞》卷一四四《酒食部三·饭》引宋玉《讽赋》:"主人之女,为臣炊雕胡之饭,烹露葵之羹,劝臣食之也。"菰(gū 孤)子:菰的颖果,名"菰米",也叫"雕胡米"。菰:一种植物,俗称"茭白"。《太平御览》卷八五〇《饮食部八》引汉·桓麟《七说》:"香箕为饭,杂以粳菰,散如细蚳,抟似凝肤。"又引晋·潘尼《钓赋》:"红曲之饭,糅以菰粱。五味道洽,馀气芬芳。"按,《初学记》卷二十六、《太平御览》卷八五〇作"菰",严可均《全三国文》卷三十五作"苽","苽"乃"菰"之异体。

④ 丹贝:一种发酵的大豆食品,类似豆豉,蛋白质和氨基酸含量极高,营养极为丰富。东墙:同"东蘠",即沙蓬,果实近似圆形,可以食。《文选》司马相如《子虚赋》:"其高燥则生葴菥苞荔、薛莎青薠,其埤湿则生藏莨蒹葭、东蘠雕胡。"郭璞注引张揖曰:"东蘠,实可食。"按,"丹贝",《北堂书钞》卷一四二、卷一四四,《初学记》卷二十六,《全三国文》卷三十五均作"丹具",《太平御览》卷八五〇《饮食部八》作"丹贝"。联系上下文文意,应作"丹贝"为是。

⑤ 濡(rú 如)润:滋润,温润。南朝·宋·鲍照《岁暮悲》:"霜露迭濡润,草木互荣落。"

⑥ 流泽:流动的泽液。泽:津液,唾液。《北堂书钞》卷一四四《酒食部三·饭篇二》引晋·傅玄《七谟》:"雕胡之饭,糅以游粱……若霜膏液。"

⑦ "乃有河鮢汉鲂"四句:见于《北堂书钞》卷一四二、卷一四五。河鮢(zhū 朱):黄河里产的鮢鱼。鮢,鱼名。又名负朱鱼,形状似虾而无足,因鳞上有一朱点,故名。汉鲂:汉水里产的鲂鱼。二者皆为名贵之鱼。按,"河鮢汉鲂",《北堂书钞》卷一四二《酒食部一》、《全三国文》卷三十五均作"河苏仆鲇"。

⑧ 鸿渊:大渊,深渊。按,"鸿渊",《北堂书钞》卷一四二《酒食部一》引作"鸿渊",《北堂书钞》卷一四五《酒食部四》引作"梁渊",《全三国文》卷三十五作"龙渊",义同。巨鲤:大鲤鱼。

⑨ "□□□□,分皮截理"二句:前四字诸书均夺。分皮截理:分毫析厘。犹言"条分缕解",谓把鱼切割得很细。《北堂书钞》卷一四五《酒食部四》引刘梁《七举》:"鲤鲋之脍,分毫析厘。"

⑩ "豹胎熊蹯"至"双鸡合熟"四句:见于《北堂书钞》卷一四二《酒食部一》。豹胎:豹的胎盘,是一种极为珍贵的肴馔。熊蹯(fán 凡):熊掌,一种名贵的肴馔。

蹯，兽足掌。三国·魏·曹植《乐府十首》其三："鲂䲢熊掌，豹胎龟肠。"按，严可均辑《全三国文》卷三十五作"膰"，与文意欠安，兹不取。

⑪ 肥濡(rú 如)：肥美润泽。晞(xī 希)沐：原指沐浴晾发，此指洗净晾干。晞，晒。

⑫ 鴳(yàn 雁)：鸟名，即鹌，麦收时的候鸟。鹑：鹌鹑的简称。古称羽毛无斑者为鹌，有斑者为鹑，后混指鹌鹑。按，此句见于《北堂书钞》卷一四二，但不见其所引傅巽赋文，严可均《全三国文》据此补录。

⑬ 合熟：成熟合宜。指蒸鸡时火候掌握得好，恰到好处。按，"熟"字，《北堂书钞》卷一四二《酒食部一》原作"蒸"，此据《全三国文》卷三十五改。

⑭ "尔乃选巢殊方"至"㓉山朱橘"六句：见于《北堂书钞》卷一四二《酒食部一》。尔乃：古代辞赋骈文的更端发语词，犹"若乃"，有"至于"之意。选巢殊方：《北堂书钞》卷一四二《酒食部一》原作"选方殊巢"，此据《全三国文》卷三十五改。殊方：远方，异域。《汉书·西域传下》："殊方异物，四面而至。"

⑮ 备物：指祭祀等所用的器物。

⑯ 蒲陶：亦作"蒲萄"、"蒲桃"，即"葡萄"。宛榛：宛地产的榛果。宛，古地名，在今河南省南阳市。

⑰ 齐柍(yīng 英)：齐地出产的杏。齐，古地名，在今山东省中北部。柍，杏。《类篇·木部》："柍，杏也。"燕栗：燕地出产的栗子。燕，古地名，在今河北省北部一带。按，"柍"字，唐·陆羽《茶经》卷下《七之事》引傅巽《七诲》作"柿"。"栗"，《北堂书钞》卷一四二《酒食部一》原作"粟"，此据《全三国文》卷三十五改。

⑱ 恒阳黄梨：恒阳出产的黄梨。恒阳：古地名，在今河北省曲阳县一带，向以盛产黄梨而著称，至今仍是"河北鸭梨"的主要产地。按，"恒阳"，《北堂书钞》卷一四二《酒食部一》原作"桓阳"，此据唐·陆羽《茶经》卷下《七之事》引傅巽《七诲》及严可均《全三国文》卷三十五作"恒阳"。

⑲ 㓉山朱橘：㓉山出产的朱橘。巠(xíng 形)山：古地名，在今河南省郾城县东南。《集韵·青部》："巠，地名，在赵。通作'陉'。"

⑳ "白醴九成"四句：见于《北堂书钞》卷一四八《酒食部七》。白醴(lǐ 里)：美酒之一种。醴，甜酒。《北堂书钞》卷一四八《酒食部七》引张衡《七辨》："玄酒白醴，薄萄酴醪。"九成：言白醴之酒酿造工艺十分讲究。《北堂书钞》卷一四八《酒食部七·酒六十》引傅玄《叙酒》："或三醸而速美，或九醖而后成。"

㉑ 玄酎(zhòu 宙)：醇酒之一种。酎，经过两次以上重复酿制的醇酒。清醇：清澈纯正。

㉒ □华□蚁：《四库全书》本《北堂书钞》(陈禹谟校刊本)卷一四八《酒食部七》作"泛华浮蚁"。浮蚁犹"白蚁"，酒的代称。因酒面漂浮的白色泡沫，有似白蚁，

故称。《北堂书钞》卷一四八《酒食部七》引袁山松《酒赋》:"素醪玉润,清酤渊澄。纤罗轻布,浮蚁竞升。"

㉓ 苞:通"包",包含。辛:辣味。

【辨析】

此赋属于"七体"。"七体"是辞赋的一种特殊的体式。多以主客问答为体,而问答必以"七"为数,极尽描写夸饰、铺张扬厉之能事。篇末多切入主题,以收"劝百讽一"之效。此体缘于西汉枚乘的《七发》,其后多有仿作,如傅毅《七激》、刘广世《七兴》、崔骃《七依》、张衡《七辩》、马融《七厉》、刘梁《七举》、徐幹《七喻》、王粲《七释》、曹植《七启》等等,纵横铺叙,文辞美赡,理趣无穷,遂自成一体,为世所尚。傅巽《七诲》残篇当为"七"中的一节,虽然囿于文字,难窥全豹,但作者所要表达的思想和意旨,透过篇题《七诲》,我们还不难发现这是一篇教诲劝勉、教人向善的文字。

蚊　赋

水与草其渐茹①,育兹孽而蚊□②。噣味锐于秋毫③,刺锯利于芒锥④。无胎卵而化孕生⑤,博物翼而能飞⑥。肇孟夏以明起⑦,迄季秋而不衰⑧。众繁炽而无数⑨,动群声而成雷⑩。肆惨毒于有生⑪,乃飡肤体以疗饥⑫。妨农功于南亩⑬,废女工于杼机⑭。

【说明】

此赋见于《艺文类聚》卷九十七。是目前所能见到的最早的描写蚊子的赋作。蚊子"长喙细身,昼亡夜存,嗜肉恶烟,为掌指所扪"(《艺文类聚》卷九十七引《东方朔传》),嗜好吸人之血,并且贪得无厌,无止无休,是人类的公敌,严重地影响着人类的生活。傅巽的这篇《蚊赋》描写了蚊子的滋生、蚊子的形体、蚊子的生活习惯、蚊子的肆虐,以及蚊子对人体和农耕纺织的危害:"肆惨毒于有生,乃飡肤体以疗饥。妨农功于南亩,废女工于杼机。"写得惟妙惟肖,形象逼真,对蚊子的痛恨之情溢于言表。

【注释】

① 渐:湿,沾湿。《集韵·艳韵》:"渐,渐如,湿皃(貌)。"茹:腐臭,臭败。渐茹:

湿漉腐臭貌。《艺文类聚》卷九十六《鳞甲部上》引《玄中记》曰："东海有蛇丘之地，险多渐茹，众蛇居之。"

② 育：蕃孳，繁殖。兹孽：这种孽物。按，"蚊"字下似夺一字。《艺文类聚》卷九十七《虫豸部》汪绍楹校语说："明本'蚊'下空一格。按下'无胎卵而化孕生'句衍一'生'字，疑当在此。"（《艺文类聚》下册，上海，上海古籍出版社2002年，第1683页）据此，全句当作"育兹孽而蚊生"。

③ 嘴咮（zuǐ zhòu 嘴咒）：指蚊子的嘴。嘴，同"觜"，鸟嘴。《龙龛手鉴·口部》："嘴，正作'觜'，鸟喙也。"咮，亦作"噣"，鸟嘴。《诗·曹风·候人》："维鹈在梁，不濡其咮。"毛传："咮，噣也。"锐于秋毫：比秋毫之末还锋利。秋毫：鸟兽在秋季新长出的毫毛。比喻极细微之物。此句形容蚊子的嘴小而锐利。明·钱薇《蚊赋》："翅过春冰之薄，嘴同夏麦之芒。"

④ 刺锯：指蚊子的牙齿。芒：通"铓"，枪刀的尖端。锥：锥子。此句形容蚊子的牙齿锋利。

⑤ 无胎卵而化孕生：此句谓蚊子不像鸟兽那样胎生或卵生，而是阴阳化育而成。化孕：同"孕化"，孕育变化。这是古人的观点。按，此句末"生"字衍，当为"育兹孽而蚊□"句之夺字。

⑥ 博：宽广，大。按，"博"字，《艺文类聚》卷九十七作"搏"，有"握持"、"抓着"义，亦可通。此据严可均辑《全三国文》卷三十五改作"博"。物翼：《历代赋汇》卷一四○作"两翼"，是。

⑦ 肇：初始，开始。孟：农历四季中的第一个月。孟夏：夏季的第一个月，即农历四月。明起：《艺文类聚》原作"朋起"，未详何义。此据陈元龙《历代赋汇》改。明：盛，达到极点。《淮南子·说林训》："石生而坚，兰生而芳，少自其质，长而愈明。"高诱注："明，犹盛也。"

⑧ 迄：至，到。季：农历四季中的最后一个月。季秋：秋季的最后一个月，即农历九月。

⑨ 繁炽：繁盛。炽，势盛。明·钱薇《蚊赋》："众繁炽而莫数，势旋空而飘飏。"

⑩ 动群声而成雷：极言蚊子鸣声之大。《列子·汤问》："江浦之间，生么虫，其名曰焦螟，群飞而集于蚊睫，弗相触也。……徐以气听，砰然闻之，若雷霆之声。"《艺文类聚》卷九十七引《汉书》曰："中山靖王朝，天子置酒，闻乐而泣。问其故，靖王对曰：'臣闻众煦漂山，聚蚊成雷。是以文王拘于羑里，孔子厄于陈蔡。'"

⑪ 肆：肆意，极。惨毒：残酷狠毒。有生：有生命者。此指人类。

⑫ 飧（sūn 孙）：同"飱"，食，吃东西。《正字通·食部》："飱，食也。"肤体：同"体肤"，身体和皮肤。此指人的身体。按，"肤体"，《历代赋汇》卷一四○作"肤"，

据本赋句式，似应为“肤”，“体”字系衍字。疗饥：止饥饿。明·钱薇《蚊赋》：“餐肉血以疗饥，乘昏寐而莫当。”

⑬ 妨：损害，妨害。农功：农活，农事。南亩：泛指农田。农田的南坡向阳，有利于农作物的生长，因此古代的农田多向南开辟，故称农田为“南亩”。

⑭ 废：荒废，废弃。女工：一作“女红”、“女功”，旧指女子所从事的刺绣、纺织、缝纫等手工劳动。《汉书·景帝纪》：“夏四月，诏曰：‘雕文刻镂，伤农事者也；锦绣纂组，害女红者也。’”杼机：即“机杼”，织布机。引申为纺织。杼，织布用的梭子。机，纺布机。

【辨析】

此赋的作者《艺文类聚》卷九十七、《历代赋汇》卷一四〇均署名“晋傅选”，但遍查史籍，晋代无“傅选”其人。“选”、“巽”形似，“傅选”似为“傅巽”之误。而严可均《全三国文》卷三十五也将此赋置于傅巽名下。在没有更有说服力的史料发现之前，我们将此赋视为傅巽赋为宜。

韦　诞

韦诞(179—253),字仲将。京兆(今陕西省西安市附近)人。东汉太仆韦端子。三国魏文学家。有文才,善属辞章,又以善书名。汉献帝建安(196—220)中,为郡上计吏,后授郎中。曹丕代汉前后(220),参与修撰《皇览》。魏明帝太和(227—233)中,除武都太守,未之郡,转侍中,撰《魏书》。太和六年(232),明帝于许昌建景福殿,诞作《景福殿赋》颂美之。迁中书监、大鸿胪,尝与鱼豢论王粲、繁钦、阮瑀、陈琳、路粹诸人优劣。以光禄大夫逊位。嘉平五年(253)卒于家,年七十五。诞多才多艺,书法精妙,尤工篆书,被誉为草圣,与邯郸淳、卫凯等齐名,当时魏室宝器铭题,多为其所书。明帝造凌云殿,匠者误先上榜,使诞书之,辘轳引上,去地二十五丈,比讫,须发尽白。原有集,已佚。严可均《全上古三代秦汉三国六朝文·全三国文》存其文八篇,逯钦立《先秦汉魏晋南北朝诗》存其残诗两句。今存《叙志赋》、《景福殿赋》、《皇后亲蚕赋》等赋文,见载于《艺文类聚》及《初学记》;另有《笔方》,叙述制作毛笔的方法,颇为后世所重,见载于《齐民要术》。事迹见《三国志·魏书·刘劭传》裴松之注引《文章叙录》。

叙志赋

胤鸿烈之末流，蒙祖考之馀德[1]。奉过庭之明训，纳微躬于轨则[2]。勉四民之耕耘，遂能辨乎菽麦[3]。自弱冠而立朝，无匡时之异才[4]。每寤寐以叹息，思损己而降阶[5]。遭大魏之革命，罔群士于行职[6]。虽固陋之无用，犹收录而序饰[7]。历文武于机衡，拥大珰于帝侧[8]。随伦侪以按牒，乃剖符而封殖[9]。顾仪服而增愤，心夕惕以愧恧[10]。蒙圣皇之宏恩，过待罪于卿士[11]。奏朝请于朔望，恭禋享于郊祀[12]。念余年之冉冉，忽一过其如驰[13]。微奇功以佐时，徒旷官其何为[14]？匪逊让之足殉，信神气之稍衰[15]。将诉诚于明后，乞骸骨而告归[16]。

【说明】

此赋见载《艺文类聚》卷二十六。韦诞二十岁步入仕途，历仕汉献帝、魏文帝、魏明帝，混迹官场五十馀年。这篇赋作，即是他致仕前表白心迹之作。韦诞借此赋以言志，既盛赞"盛皇之恩"，又着重叙写了自己典型的儒家道路成长轨迹："奉过庭之明训，纳微躬于轨则。勉四民之耕耘，遂能辨乎菽麦。"谦称自己才力平平，忝居高位，名不副实："自弱冠而立朝，无匡时之异才。每寤寐以叹息，思损己而降阶"，"微奇功以佐时，徒旷官其何为"。最后表达了自己的意愿："将诉诚于明后，乞骸骨而告归。"通篇衷情款款，言辞恳切，是一篇不可多得的叙志佳作。

【注释】

① 胤（yìn 印）：原义为子孙相承，引申为继承，承续。《尔雅·释诂上》："胤，继也。"《文选》扬雄《剧秦美新》："胤殷周之失业，绍唐虞之绝风。"李善注："胤，续也。绍，继也。"鸿烈：伟业，伟大壮烈的功业。《汉书·扬雄传下》："《典》《谟》之篇，《雅》《颂》之声，不温纯深润，则不足以扬鸿烈而章缉熙。"《后汉书·冯衍列传》："每念祖考，著盛德于前，垂鸿烈于后。"末流：馀绪，遗业。《汉书·司马迁传》："惟

汉继五帝末流，接三代绝业。”蒙：承上。《文选》贾谊《过秦论》：“孝公既没，惠文、武、昭蒙故业，因遗策。”祖考：祖父和父亲，代指祖先。《左传·襄公十四年》：“今余命女环，兹率舅氏之典，纂乃祖考，无忝乃旧。”馀德：犹遗泽，祖先遗留下的德泽。馀：遗留，遗传。

② 奉：信奉，遵循。过庭：孔子之子孔鲤过庭受训的故事。《论语·季氏》：“陈亢问于伯鱼曰：‘子亦有异闻乎？’对曰：‘未也。尝独立，鲤趋而过庭。曰：“学诗乎？”对曰：“未也。”“不学诗，无以言。”鲤退而学诗。他日，又独立，鲤趋而过庭。曰：“学礼乎？”对曰：“未也。”“不学礼，无以立。”鲤退而学礼。闻斯二者。’”后因以“过庭”指承受父训。唐·权德舆《送崔端公郎君入京觐省》诗：“过庭若有问，一为说漳滨。”明训：明确的训诫。《后汉书·王畅传》：“府君不希孔圣之明训，而慕夷齐之末操，无乃皎然自贵于世乎？”纳：接纳，容受。《左传·僖公十八年》：“苟能纳我，吾使尔为卿。”微躬：犹贱躯，自谦之词。微：低贱，卑下。南朝·梁·沈约《郊居赋》：“绵四代于兹日，盈百祀于微躬。”轨则：规则，准则。《史记·律书》：“王者制事立法，物度轨则，壹禀于六律，六律为万事根本焉。”

③ 勉：鼓励，劝勉。《礼记·月令》：“勉诸侯，聘名士，礼贤者。”四民：指士、农、工、商。此指农民。《穀梁传·成公元年》：“古者有四民：有士民，有商民，有农民，有工民。”《文选》嵇康《与山巨源绝交书》：“故四民有业，各以得志为乐，唯达者为能通之。”耕耘：翻土和除草，泛指农田劳作。《荀子·子道》：“夙兴夜寐，耕耘树艺，手足胼胝，以养其亲。”辨：辨别，分辨。按，“辨”，《艺文类聚》卷二十六、《全三国文》卷三十二均作“辩”，此据《历代赋汇》改作“辨”。“辩”、“辨”相通。菽麦：大豆和麦子。代指五谷等农作物。《诗·豳风·七月》：“黍稷重穋，禾麻菽麦。”

④ 弱冠：《礼记·曲礼上》：“二十曰弱，冠。”孔颖达疏：“二十成人，初加冠，体犹未壮，故曰弱也。”后因以“弱冠”代指男子二十岁左右的年龄。《后汉书·贾逵传》：“逵悉传父业，弱冠能诵《左氏传》及《五经》本文。”立朝：指在朝廷做官。唐·郑谷《故少师从翁隐岩别墅乱后榛芜感旧怆怀遂有追纪》：“立朝鸣珮重，归宅典衣贫。”匡时：匡正时世，挽救时局。唐·释灵一《安公》诗：“弘道识行藏，匡时知进退。”

⑤ 每：常常。寤寐：醒与睡，常用以指日夜。《诗·周南·关雎》：“窈窕淑女，寤寐求之。”毛传：“寤，觉；寐，寝也。”损己：贬损自己。《三国志·魏书·管辂传》：“未有损己而不光大，行非而不伤败。”元·张养浩《牧民忠告》：“宁公而贫，不私而富；宁让而损己，不竞而损人。”损：贬损，谦退。降阶：走下台阶，以示恭敬。多用以指帝王谦恭下士。《陈书·吴明彻传》：“及高祖镇京口，深相要结，明彻乃诣高祖，高祖为之降阶，执手即席，与论当世之务。”

⑥ 遭：遭遇，适逢。大魏之革命：指汉魏禅代故事。革命：古人迷信，以为王者

受命于天，故称王者易姓、改朝换代为革命。革，变革；命，天命。《易·革卦·彖辞》："汤武革命，顺乎天而应乎人，革之时大矣哉！"罔：同"网"，原义是用网捕捉，引申为搜罗。群士：众士人。行职：担任职务。行：做，从事。

⑦ 虽：表假设或让步，纵然，即使。《楚辞·离骚》："亦余心之所善兮，虽九死其犹未悔。"固陋：闭塞，鄙陋。形容见闻浅少。《文选》司马相如《上林赋》："鄙人固陋，不知忌讳。乃今日见教，谨受命矣。"犹：还，仍。收录：收选，录用。序饰：提拔重用。序，按次序排列。特指铨叙，古代官吏的任免与提升。此指升迁。饰，表彰。《玉篇·巾部》："饰，章表也。"此指重视、重用。

⑧ 文武：文臣和武将，泛指文武官员。韦诞此前曾任郎中、侍中之职，故云。机衡：北斗星，代指政府的机要官署或职位。《古文苑·刘歆〈遂初赋〉》："惟太阶之侈阔兮，机衡为之难运。"章樵注："侈阔言登进之涂，杂贤佞不分，故乘机衡为之难运。机、衡，皆北斗星，以谕政之几（机）要。"珰（dāng 当）：汉代宦官充武职者的冠饰，后因以"大珰"代指宦官。此指天子近臣。魏明帝太和（227—233）中，韦诞曾为侍中，故云。帝侧：天子身边。汉·刘歆《遂初赋》："总六龙于驷房兮，奉华盖于帝侧。"

⑨ 伦侪（lún chái 轮柴）：同类，同辈。按牒：同"案牒"，官署的文书簿册。按，《历代赋汇·外集》卷一作"案牒"。剖符：符，符节。古代帝王分封诸侯功臣、任命将帅郡守时，把符节剖分为二，双方各执一半，以为信证，是为剖符。《战国策·秦策三》："穰侯使者操王之重，决裂诸侯，剖符于天下，征敌伐国，莫敢不听。"封殖：亦作"封植"、"封埴"，原义为壅土培植，引申为扶植势力，培养人才。《国语·吴语》："今天王既封殖越国，以明闻于天下，而又刈亡之，是天王之无成劳也。"

⑩ 顾：观看。《吕氏春秋·慎势》："积兔满市，行者不顾。"仪服：礼服，官服。增愤：增加郁闷。愤：郁闷，郁积。《说文·心部》："愤，懑也。"《论语·述而》："不愤不启，不悱不发。"朱熹注："愤者，心求通而未得之意。"夕惕：谓公务萦怀，到了夜晚仍怀忧惧。形容时时戒慎恐惧，不敢懈怠。汉·李固《上疏陈事》："厚等在职，虽无奇卓，然夕惕孳孳，志在忧国。"愧恧（nǜ 衄）：惭愧。唐·骆宾王《夏日游德州赠高四序》："章句繁庑，心神愧恧。"

⑪ 蒙：蒙受，沾溉。圣皇：圣明的君主。此指魏明帝曹叡。宏恩：同"鸿恩"，大恩。此指皇恩。过：超过，胜过。《左传·隐公元年》："都城过百雉，国之害也。"待罪：旧时官吏常怕因失职而获罪，因以"待罪"为供职的谦辞。《史记·季布栾布列传》："季布因进曰：'臣无功窃宠，待罪河东。'"卿士：指卿、大夫，泛指官吏。唐·韩愈《元和圣德诗》："卿士庶人，黄童白叟。踊跃欢呀，失喜噎欧。"

⑫ 奏：臣子向君主进言、上书。朝请：汉制，诸侯春季朝见皇帝称朝，秋季朝见称请。后因以"朝请"指朝见皇帝。《史记·魏其武安侯列传》："太后除窦婴门籍，不得入朝请。"裴骃集解："律：诸侯春朝天子曰朝，秋曰请。"朔望：农历每月的初一

日和十五日。古代大臣于每月的朔望日朝见皇帝上书奏事称“朔望朝”。《三国志·魏书·文帝纪》:“有司以公卿朝朔望日,因奏疑事,听断大政,论辨得失。”恭:恭敬,谦慎有礼。禋(yīn 因)享:升烟供物祭天。《宋史·乐志九》:“盛德丰功,一祖六宗。钦翼燕诒,禋享是崇。”禋:升烟以祭,古代祭天的典礼。《国语·周语上》:“不禋于神而求福,神必祸之。”享:祭献,上供,引申为进献。《诗·小雅·楚茨》:“以为酒食,以享以祀,以妥以侑,以介景福。”郊祀:古代在国都近郊祭祀天地。郊谓大祀,祀谓群祀。

⑬ 念:思考,思虑。余:我。年:年岁,年纪。冉冉:渐渐。形容时光渐渐流逝。《楚辞·离骚》:“老冉冉其将至兮,恐修名之不立。”忽一过其如驰:极言光阴之快。《庄子·知北游》:“人生天地之间,若白驹之过隙,忽然而已。”

⑭ 微:无,没有。宋·范仲淹《岳阳楼记》:“微斯人,吾谁与归?”奇功:异常的功勋。佐时:辅佐当世君主治理国家。《文选》张衡《归田赋》:“游都邑以永久,无明略以佐时。”李善注:“言久淹滞于京都,而无知略以匡佐其时君也。”徒:白白地,徒然。汉乐府《孔雀东南飞》:“妾不堪驱使,徒留无所施。”旷官:居官而旷其守。指空居官位,不称职。《尚书·皋陶谟》:“无旷庶官,天工人其代之。”孔安国传:“旷,空也。位非其人为空官。”何为:为何,为什么。

⑮ 匪:通“非”,不是。《诗·卫风·木瓜》:“匪报也,永以为好也。”逊让:谦虚推让。《史记·滑稽列传》:“窃不逊让,复作故事滑稽之语六章,编之于左。”殉:追逐,追求。晋·陆机《豪士赋序》:“夫恶欲之大端,贤愚所共有,而游子殉高位于生前,志士思垂名于身后,受生之分,唯此而已。”信:诚然,确实。《左传·宣公二年》:“子晳信美矣,抑子南夫也,夫夫妇妇,所谓顺也。”神气:精神气息。《文选》嵇康《琴赋》:“可以导养神气,宣和情志,处穷独而不闷者,莫近于音声也。”稍:逐渐。《史记·周勃世家》:“勃恐,不知置辞,吏稍侵辱之。”

⑯ 诉诚:诉说真情。明后:贤明的君主。此指魏明帝曹叡。后,上古称君主为“后”。乞骸骨:古代官吏因年老自请退职,常称“乞骸骨”,意谓使骸骨得归葬故乡。《汉书·赵充国传》:“充国乞骸骨,赐安车驷马,黄金六十斤,罢就第。”告归:古代官吏告老还乡或请假回家。《尚书·咸有一德》:“伊尹既复政厥辟,将告归,乃陈戒于德。”孔安国传:“告老归邑,陈德以戒。”

【辨析】

此赋作者,《艺文类聚》卷二十六作“韦铤”,考之史书,无“韦铤”之人,而《历代赋汇》、《全三国文》此赋作者皆为“韦诞”,可知“韦铤”当系“韦诞”之误。

自东汉末始,抒情小赋风行,至建安赋更加绮丽委婉。刘桢有《遂志赋》,丁仪有《励志赋》，韦诞有《叙志赋》，曹植有《玄畅赋》、《幽思赋》，夏侯淳有《怀思赋》等等，这些抒情小赋的大量涌现，将建安赋创作推向高峰。建安赋区别于两汉赋的一个重要特征，就是由楚骚美学传统进一步向前发展。刘熙载在《艺概·赋概》中精辟地指出："楚辞风骨高，西汉赋气息厚，建安乃欲由西汉而复归于楚辞者。""建安名家之赋，气格遒上，意绪绵邈，骚人情深，此种尚延一线。"他也看出建安辞赋的发展变化。抒情叙志赋的大量出现，其社会基础是明显的。汉魏之际海宇板荡，儒家道德纲常被破坏，思想界弥漫着自由解放的空气。此时的赋作，尤其是抒情小赋表现出了强烈的主观色彩，具有鲜明的个性。韦诞此赋继承了自东汉班固、扬雄、张衡等人开创的抒情小赋的文学传统，以辞赋来抒写怀抱。

景福殿赋

瞻大厦之穹崇，结增构而高骧①。修栋迪以虹指，飞甍竦而凤翔②。榱桷骈逼以星罗，轩槛曼延而悠长③。伏应龙于反宇，乘流苏以飘扬④。于是周览升降，流目详观⑤。丛楹负极，飞栌承栾⑥。桁梧绮错，築棁鳞攒⑦。芙蓉侧植，藻井悬川⑧。阴夏则有望舒凉室，羲和温房⑨。玄冬则暖，炎夏则凉⑩。总寒暑于区宇，制天地之阴阳⑪。又有外城金狄，诡貌殊姿⑫。列于应门，肃有容威⑬。

若乃离殿别馆，粲如列星⑭。安昌延休，清宴永宁⑮，美百号之特居，嘉休祥之令名⑯。步雕辇以逍遥，时容与于兰庭⑰。又有教坊讲肆，才士布列⑱。新诗变声，曲调殊别⑲。吟清商之激哇，发角徵与《白雪》⑳。音感灵以动物，超世俗以独绝㉑。然后御龙舟兮翳翠盖㉒。吴姬棹歌，越女鼓枻㉓。咏《采菱》之清讴，奏《渌水》之繁会㉔。

昭刚义于金光，崇柔惠于建阳㉕。

时襄羊以刘览，步华辇以永始㉖。知稼穑之艰难，壮农夫之克敏㉗。

虞渊灵沼，渌水泱泱㉘。

北看高昌，邪睨建城[29]。
践高昌以北眺，临列队之京市[30]。

【说明】

此赋赋文不全，散见于《艺文类聚》卷六十二，《文选》何晏《景福殿赋》李善注，《文选》王延寿《鲁灵光殿赋》李善注，《太平御览》卷一八八。“瞻大厦之穹崇”至“奏《渌水》之繁会”见于《艺文类聚》卷六十二，“离殿别馆，粲如列星。安昌延休，清宴永宁。美百号之特居，嘉休祥之令名”六句又见于《文选》何晏《景福殿赋》李善注。“于是周览升降……築棁鳞攒”六句又见于《太平御览》卷一八八。自“昭刚义于金光”至“践高昌以北眺，临列队之京市”十二句仅见于《文选》何晏《景福殿赋》李善注。据《三国志·魏书·明帝纪》，魏明帝曹叡于太和六年(232)“九月行幸陂，治许昌宫，起景福、承光殿”。《文选》何晏《景福殿赋》李善注引《典略》云：“魏明帝将东巡，恐夏热，故许昌作殿，名曰‘景福’。既成，命人赋之，(何)平叔遂有此作。”与何晏《景福殿赋》同时，还有韦诞、夏侯惠两人奉诏而作的同题赋。韦诞《景福殿赋》便是在此种情境中创作出来的。

【注释】

① 瞻：向前望或向上望。《诗·邶风·燕燕》：“瞻望弗及，泣涕如雨。”厦：高大的房屋。穹崇：高大貌。《文选》司马相如《长门赋》：“正殿块以造天兮，郁并起而穹崇。”李善注：“穹崇，高貌。”结：构建。晋·陶潜《饮酒》其五：“结庐在人境，而无车马喧。”增(céng 层)构：高耸的建筑。增，通“层”，重复。汉·马融《东巡颂》：“栻櫍增构，烈火燔燃。”《文选》左思《魏都赋》：“增构峩峩，清尘彯彯。”按，“增构”，严可均《全三国文》卷三十二作“层构”，义同。高骧(xiāng 香)：高举。《文选》班固《西都赋》：“列棼橑以布翼，荷栋桴而高骧。”骧，上举。

② 修栋：长长的屋梁。迪：延伸。《尔雅·释诂下》：“迪，进也。”邢昺疏：“迪者，以道而进也。”虹指：像虹一样延伸。三国·魏·曹丕《柳赋》：“修干偃蹇以虹指兮，柔条阿那而蛇伸。”唐·韦皋《宝历寺记》：“危楼蘧蘧以虹指。”飞甍(méng 盟)：飞檐。甍，屋顶四角伸出的飞檐。清·蒲松龄《聊斋志异·山市》：“见宫殿数十所，碧瓦飞甍，始悟为山市。”《文选》左思《吴都赋》：“长干延属，飞甍舛互。”竦：耸立。凤翔：凤凰飞翔。

③ 榱(cuī 崔)：椽子，放在房檩上架瓦的木条。《说文·木部》：“榱，秦名为屋椽，周谓之榱。”桷(jué 绝)：方形的椽子。“榱桷”指屋椽。《孔子家语·五仪解》：“君子入庙……仰视榱桷，俯察几筵。”骈逼：同“骈比”，并列，密接。星罗：像星星那

样罗列，形容多而密集。轩槛曼延：语本《文选》王延寿《鲁灵光殿赋》："长途升降，轩槛曼延。"轩槛（xuān jiàn 宣见）：宫殿楼阁前的栏杆。《文选》王粲《登楼赋》："凭轩槛以遥望兮，向北风而开襟。"曼延：绵延，连绵不绝。

④ 伏：降落。应龙：神话传说中一种有翅膀的龙，善于兴风作雨。相传大禹治水时，有应龙以尾画地而成江河，导水入海。《文选》班固《答宾戏》："应龙潜于潢污，鱼鼋媟之。"吕延济注："应龙，有翼之龙也。"《山海经·大荒东经》："应龙处南极，杀蚩尤与夸父，不得复上，故下数旱。旱而为应龙之状，乃得大雨。"反宇：屋檐上仰起的瓦头，即飞檐。《文选》班固《西都赋》："上反宇以盖戴，激日景而纳光。"乘：随，随着。流苏：用彩色羽毛或丝线等制成的穗状垂饰物，多用在车马、帷帐等物上。晋·挚虞《决疑注》："苏，鸟尾也。所谓流苏者，缉鸟尾垂之，若旒然。以其蕊下垂，故曰苏。"《文选》张衡《东京赋》："驸承华之蒲梢，飞流苏之骚杀。"李善注："流苏，五采毛杂之以为马饰而垂之。"

⑤ 周览：遍览。《文选》宋玉《登徒子好色赋》："臣少曾远游，周览九土，足历五都。"升降：上升下降。《楚辞·离骚》："勉升降以上下兮，求榘矱之所同。"流目：流览，周流观览。汉·马融《广成颂》："于是流览遍照，殚变极态。"详观：详细观赏。《文选》马融《长笛赋》："详观夫曲胤之繁会丛杂，何其富也。"按，"详观"，《艺文类聚》卷六十二、《太平御览》卷一八八作"详观"，陈元龙《历代赋汇》卷七十三、严可均《全三国文》卷三十二作"评观"，误。

⑥ 丛楹：众多的楹柱。楹，厅堂前部的木柱子。隋·薛道衡《老子碑》："梅梁桂栋，曲槛丛楹。"负：承受，承托。极：房屋的中梁。飞栌（lú 卢）：凌空架设的斗栱。栌：斗栱，柱顶上承托栋梁的短方木。《说文·木部》："栌，柱上柎也。"承：承托。栾：柱上的曲木，建筑物立柱和横梁之间弓形的承重结构。《广雅·释宫》："曲枅谓之栾。"王念孙疏证："《释名》云：栾，曲枅木也。其体上曲，挛拳然也。"《文选》张衡《西京赋》："跱游极于浮柱，结重栾以相承。"按，"栌"，《艺文类聚》卷六十二、《历代赋汇》卷七十三作"槛"。此据《太平御览》卷一八八改作"栌"。

⑦ 桁（héng 衡）：梁上横木。按，"桁"，《太平御览》卷一八八作"枅"。枅（jī 机）：柱上的方木，即栱。《说文·木部》："枅，屋栌也。"梧：屋梁上两头起支架作用的斜柱。《释名·释宫室》："梧在梁上两头相触牾也。"《文选》何晏《景福殿赋》："桁梧复叠，势合形离。"绮错：纵横交错。《文选》班固《西都赋》："周庐千列，徼道绮错。"楶（jié 杰）：柱头斗栱，柱上支撑大梁的方木。《文选》左思《吴都赋》："雕梁镂楶，青琐丹楹。"棁（zhuō 卓）：梁上的短柱。《论语·公冶长》："臧文仲居蔡，山节藻棁，何如其知也。"邢昺疏："棁，梁上短柱也。"鳞攒（cuán 窜阳平）：像鱼鳞那样聚集。攒：聚集，集中。《文选》张衡《西京赋》："攒珍宝之玩好，纷瑰丽以奓靡。"

⑧ 芙蓉侧植：两侧雕刻着荷花图案。芙蓉，莲（荷花）的别名。植：栽植，此谓雕

刻。藻井：亦称“绮井”，传统建筑中房屋顶棚上的装饰，上面雕有各种花纹和图案，俗称天花板。《文选》张衡《西京赋》：“蒂倒茄于藻井，披红葩之狎猎。”悬川：倒悬在屋顶上的河流。喻倾泻不止。

⑨“阴夏则有望舒凉室，羲和温房”二句：《艺文类聚》、《历代赋汇》皆无“阴夏则有”四字，严可均《全三国文》无“阴夏”二字，此据《文选》王延寿《鲁灵光殿赋》李善注补。阴夏：向北背阳的宫殿。《文选》王延寿《鲁灵光殿赋》：“隐阴夏以中处，霐寥窲以峥嵘。”李善注：“阴夏，向北之殿也。”望舒：神话中为月神驾车的神，后用为月亮的代称。《后汉书·蔡邕列传》：“元首宽则望舒朓，侯王肃则月侧匿。”李贤注：“望舒，月也。”羲和：神话中驾日车的神，后用为太阳的代称。《后汉书·崔骃列传》：“氛霓郁以横厉兮，羲和忽以潜晖。”李贤注：“羲和，日也。”羲和：驾日车的神。温房、凉室：许昌宫二殿名。三国·魏·卞兰《许昌宫赋》：“其阴则有望舒凉室，羲和温房。”《文选》何晏《景福殿赋》：“温房承其东序，凉室处其西偏。”李善注：“温房、凉室，二殿名。卞兰《许昌宫赋》曰：‘则有望舒凉室，羲和温房。’然卞、何同时，今引之者，转以相明也。”

⑩ 玄冬：冬季。玄为黑色，古代以四方为四季之位，北方冬位，其色黑，故称冬天为玄冬。晋·张望《贫士诗》：“炎夏无完，玄冬无暖褐。”炎夏：酷热的夏天。三国·魏·曹植《离缴雁赋》：“远玄冬于南裔，避炎夏于朔方。”

⑪ 总：聚合。《淮南子·精神训》：“夫天地运而相通，万物总而为一。”区宇：区，小屋；宇，殿宇。“区宇”指殿宇环境。《文选》班固《西都赋》：“清凉宣温，神仙长年，金华玉堂，白虎麒麟，区宇若兹，不可殚论。”制：控制，调节。阴阳：春夏和秋冬。《文选》古诗《驱车上东门》：“浩浩阴阳移，年命如朝露。”李善注：“《神农本草》曰：‘春夏为阳，秋冬为阴。’”

⑫ 外城：外郭，内城外之城墙。金狄：即金人，铜铸的人像。《文选》张衡《西京赋》：“高门有闶，列坐金狄。”李善注：“金狄，金人也。”诡貌：奇特的形貌。殊姿：特殊的姿态。唐·白居易《简简吟》：“殊姿异态不可状，忽忽转动如有光。”

⑬ 应门：古代王宫的正门。《诗·大雅·绵》：“乃立应门，应门将将。”毛传：“王之正门曰应门。”《礼记·明堂位》：“九采之国，应门之外，北面东上。”孔颖达疏：“李巡曰：宫中南向大门，应门也。应是当也。以当朝正门，故谓之应门。”肃有容威：颜容威严肃穆。容威：威容。

⑭ 若乃：若乃：更端语气词，犹“至于”。晋·郭璞《尔雅序》：“若乃可以博物不惑，多识于鸟兽草木之名者，莫近于《尔雅》。”离殿：犹“离宫”，古代帝王在都城之外的宫殿，多供帝王出巡时居住。别馆：古代帝王正宫以外的宫室，多备皇帝巡幸时居住。离殿别馆：即离宫别馆。《史记·李斯列传》：“（秦始皇）治离宫别馆，周遍天下。”粲：灿烂，华美。《诗·唐风·葛生》：“角枕粲兮，锦衾烂兮。”列星：罗布天空的

群星。粲如列星：像群星一样灿烂美丽。

⑮ 安昌、延休：许昌宫之安昌殿、延休殿。《文选》何晏《景福殿赋》："连以永宁，安昌临圃。"三国·魏·卞兰《许昌宫赋》："历神芝之峻观，幸安昌之巍巍。"清晏、永宁：许昌宫之清晏殿、永宁殿。《文选》何晏《景福殿赋》："右个清宴，西东其宇。连以永宁，安昌临圃。"李善注："《洛阳宫殿簿》曰：'许昌宫永宁殿七间，安昌殿十间。临圃，殿名。'"

⑯ 美：嘉美。百子：百子殿，在许昌宫内。《文选》何晏《景福殿赋》："遂及百子，后宫攸处。"李善注："郑玄《毛诗笺》曰：'大姒十子，众妾则宜百子。'其殿之名，盖取于此。"按，"百子"，《艺文类聚》、《历代赋汇》、《全三国文》均作"百号"，此据《文选》何晏《景福殿赋》李善注改。特居：特别的居所。嘉：嘉许。休祥：吉祥。《尚书·泰誓中》："朕梦协朕卜，袭于休祥，戎商必克。"令名：美名，好的名声。《史记·秦始皇本纪》："阿房宫未成；成，欲更择令名名之。"

⑰ 步：车缓行。《大戴礼记·诸侯迁庙》："奉衣服者升车，乃步。"王聘珍《大戴礼记解诂》："步，车缓行也。"雕辇（niǎn 捻）：饰有浮雕、彩绘的车子。《文选》张衡《东京赋》："是时称警跸已，下雕辇于东厢。"辇：古代一种用人挽的代步工具，类似轿子。秦以后将、亲王、皇后所乘之辇去轮为舆，改由人抬，称为步辇。逍遥：优游自适貌。《庄子·逍遥游》："彷徨乎无为其侧，逍遥乎寝卧其下。"成玄英疏："'逍遥'，自得之称。"容与：闲然自得貌。晋·陶潜《闲情赋》："拥劳情而罔诉，步容与于南林。"兰庭：植有兰花的庭院。

⑱ 教坊：古代管理宫廷音乐的官署。讲肆：讲舍，讲堂。晋·陶潜《示周续之祖企谢景夷三郎》诗："马队非讲肆，校书亦已勤。"《隋书·牛弘传》："肃宗亲临讲肆，和帝数幸书林。"布列：遍布，罗列。《汉书·扬雄传上》载其《羽猎赋》："鳞罗布列，攒以龙翰。"颜师古注："言布列则如鱼鳞之罗，攒聚则如龙之豪翰。"

⑲ 殊别：差异很大，大不同。

⑳ 吟：吟咏，吟唱。清商：古代民间音乐，包括平调、清调和瑟调的歌曲，其调凄清，称为清商三调，亦称清商。激哇：指激昂高亢的歌声。角：古代五音（"宫、商、角、徵、羽"）之一，其音清和温润。徵（zhǐ 止）：古代五音之一，其音焦烈燥恕。《白雪》：古琴曲名。相传为春秋时晋国乐师师旷所作。《文选》嵇康《琴赋》："尔乃理正声，奏妙曲，扬《白雪》，发清角。"李善注引《韩子》："师旷曰：'清徵之声，不如清角。'"

㉑ 感灵以动物：感动神灵，打动物类。形容音律很美。独绝：独一无二，无与伦比。南朝·梁·吴均《与朱元思书》："奇山异水，天下独绝。"

㉒ 御：驾驭车马。《诗·小雅·车攻》："徒御不惊，大庖不盈。"龙舟：饰以龙形的大船，古代常作为帝王之舟。《淮南子·本经训》："龙舟鹢（yì 益）首，浮吹以

娱。”高诱注:“龙舟,大舟也,刻为龙文。”翳(yì 异):遮蔽,障蔽。翠盖:饰以翠鸟羽毛的车盖。《淮南子·原道训》:“驰要褭(niǎo 鸟),建翠盖。”高诱注:“翠盖,以翠鸟羽饰盖也。”按,“然后御龙舟兮翳翠盖”,《历代赋汇》无“兮”字,根据全赋行文句式,似有道理。

㉓ 吴姬、越女:吴地、楚地的艳丽女子,代指漂亮女子。棹歌:船工行船时所唱之歌。《文选》汉武帝《秋风辞》:“箫鼓鸣兮发棹歌,欢乐极兮哀情多。”按,“棹”字,《艺文类聚》原作“擢”,盖“擢”、“櫂”(棹)形似,致误,此据陈元龙《历代赋汇》、严可均《全三国文》改。鼓枻(yì 艺):划桨,指泛舟。枻,短桨。《楚辞·渔父》:“渔父莞尔而笑,鼓枻而去。”

㉔《采菱》:乐府清商曲名,又称《采菱歌》、《采菱曲》。讴(ōu 欧):歌唱。《渌水》:古曲名。《文选》马融《长笛赋》:“中取度于《白雪》、《渌水》,下采制于《延露》、《巴人》。”李周翰注:“《白雪》、《渌水》,雅曲名。”繁会:众音交响,谓繁多的音调参差交错。《楚辞·东皇太一》:“五音纷兮繁会,君欣欣兮乐康。”

㉕ 昭:彰明,彰显。刚义:刚正义气。崇:崇尚,推崇。柔惠:仁爱。金光:景福殿西门名。建阳:景福殿东门名。《文选》何晏《景福殿赋》:“开建阳则朱炎艳,启金光则清风臻。”李善注:“建阳门在东,金光在西。”

㉖ 襄羊:徜徉。《史记·司马相如列传》:“招摇乎襄羊,降集乎北纮。”司马贞《史记索隐》引郭璞曰:“襄羊,犹仿佯。”刘览:同“浏览”,泛观。步:车缓行。华辇:装饰华丽的车辇。永始:永始台,景福殿之台名。史载魏文帝郭皇后曾在此居住。《文选》何晏《景福殿赋》:“镇以崇台,寔曰永始。”李善注:“永始,台名,仓廪所居也。”

㉗ 稼穑(sè 色):种植与收割,泛指种庄稼、做农活。《诗·魏风·伐檀》:“不稼不穑,胡取禾三百廛兮?”毛传:“种之曰稼,敛之曰穑。”壮:以……为壮美,赞赏。克敏:敏捷。《诗·小雅·甫田》:“曾孙不怒,农夫克敏。”朱熹集传:“敏,疾也。”《文选》何晏《景福殿赋》:“克明克哲,克聪克敏。”李善注:“蔡邕《桥玄碑》曰:‘克明克哲,实睿实聪。’”

㉘ 虞渊:景福殿之池沼名。《金楼子·立言》:“魏明帝修许昌宫,作景福、承光、永宁、昌晏、百子、延休诸殿,筑建神芝观,又作长寿、康乐、永休、宜昌诸堂,建承露盘,穿虞渊池,激引流川,蛟龙吐水。珍木芳草,周环后庭。”《文选》何晏《景福殿赋》:“尔乃建凌云之层盘,浚虞渊之灵沼。”李善注:“凌云,层盘名也,为之以承甘露也。虞渊,灵沼名也。”灵沼:池沼,此指皇宫的池沼。《诗·大雅·灵台》:“王在灵沼,于牣鱼跃。”渌(lù 录)水:清澈的水。《文选》张衡《东京赋》:“于东则洪池清籞,渌水澹澹。”泱泱:水势深远广大貌。

㉙ 高昌、建城:均为景福殿楼观名。《文选》张衡《东京赋》薛综注曰:“高昌、建

城,二观名也。"《文选》何晏《景福殿赋》:"于是碣以高昌崇观,表以建城峻庐。"邪睨(ní尼):斜视。邪,通"斜"。

㉚ 践:登,登上。高昌:楼观名。列队:排成队。京市:大市。《文选》何晏《景福殿赋》:"颊眺三市,孰有谁无?"李善注:"谓高昌也。《周礼》曰:'大市,日仄而市。朝市,朝时为市。夕市,夕时为市。'"

【辨析】

魏明帝时期的京殿大赋以描写曹魏都邑及其宫殿建筑为主,而不像汉末时代,有相当一部分是以地方性都会为描写对象。如何晏《景福殿赋》、韦诞《景福殿赋》、缪袭《许昌宫赋》、卞兰《许昌宫赋》等即为此期典型的京殿大赋。这种赋适合了魏明帝及其政权利用文学宣传政治和粉饰太平的需要。但为赋者多以对京殿的歌颂赞美来掩护篇末讽谏,如何晏在《景福殿赋》篇末就向魏明帝进言:"除无用之官,省生事之故。绝流遁之繁礼,反民情于太素。"韦诞在其《景福殿赋》篇末也说:"昭刚义于金光,崇柔惠于建阳。时襄羊以刘览,步华辇以永始。知稼穑之艰难,壮农夫之克敏。"可见,魏明帝时的京殿赋在表现手法上,较之汉赋更加委婉,不似汉赋那样意旨明确,但曲终奏雅的基本倾向不变。

刘　协

刘协(181—234),即东汉献帝,为灵帝中子。母王美人,遭何后杀害。公元189年少帝刘辩(176—190)即位之后被封为陈留王,同年九月董卓逼迫少帝退位,刘协登基,189年至220年在位。建安元年(196),曹操控制了刘协,并迁都许昌,“奉天子而令诸侯”。刘协曾试图杀曹操,但计划未能实现。先有大臣董承联同刘备等谋杀曹操,后有伏皇后谋杀曹操,但事情泄露,董、伏等均被杀。公元220年正月曹操死去,其子曹丕于是年十月称帝,遂废刘协为山阳公。公元234年刘协卒,享年五十三岁。死后葬禅陵(在今河南修武北)。传见《后汉书·孝献帝纪》。

星德赋

蔽天光。

【说明】

此赋只残存一句,见于《北堂书钞》卷二十。

缪　袭

缪袭（186—245），字熙伯。三国魏学者、文学家。东海兰陵（今山东省苍山县西南）人。才学宏富，多所著述。汉献帝建安（196—220）中，辟御史大夫府。曾参与修撰《皇览》。魏黄初（220—226）、太和（227—233）间，奉命与尚书卫觊等草撰《魏书》纪传。魏明帝太和初，迁侍中。太和六年（232），明帝修治许昌宫，起景福、承光二殿，缪袭作《许昌宫赋》以颂之。次年正月，"青龙见于郏之摩陂井中"，缪袭作《青龙赋》颂美之。后任散骑常侍。魏正始（240—249）中，迁尚书、光禄勋。缪袭历事魏四主，仕途顺利。正始六年（245）卒，年六十。著有《列女传赞》一卷，文集五卷，皆佚。今存诗二首，文、赋十四篇。事迹见《三国志·魏书·刘劭传》裴松之注引《文章志》。

喜霁赋

嗟四时之平分兮[1]，何阴阳之不均[2]？当夏至之勾萌兮[3]，或旱干以历旬[4]。既大麦之方登兮[5]，汩注潦以成川[6]。忍下民之昏垫兮[7]，弃嘉谷于中田[8]。

倬彼昊天兮[9]，旁魄后土[10]。育我黎苗兮[11]，降之伊祜[12]。既垂曜于辰角兮[13]，申劝之以九扈[14]。何灾沴之无常兮[15]，曾粢盛之弗顾[16]？览唐氏之洪流兮[17]，怅侘傺以长怀[18]。日黄昏而不寐兮，思达曙以独哀[19]。白日时其潜旭兮[20]，云滃勃而交回[21]。雷隐隐而震其响兮[22]，雨霖霖而又隤[23]。察长溜之潺湲兮[24]，若龙门之未开[25]。

赖我后之明圣兮[26]，独克躬而罪己[27]。发一言而感灵兮[28]，人靡食其何恃[29]？咨天鉴之遄速兮[30]，犹影响之未彰[31]。屯玄云以东徂兮[32]，扇凯风以南翔[33]。穹苍皎其呈色兮[34]，羲和粲以扬光[35]。农夫欣以敛川[36]，田畯耕于封疆[37]。

【说明】

此赋见于《初学记》卷二、《历代赋汇》卷八、《全三国文》卷三十八。霁(jì剂)，雨住天晴。《初学记》卷二《天部下·霁晴第八》："《白虎通》曰：太平之时，时雨时霁，不以恒旸，而以时旸，天地之气宣也。"久雨初霁，乃是一种瑞兆，因而值得高兴，故曰"喜霁"。《初学记》卷二《天部下·霁晴第八》引《魏略·五行志》："延康元年，大霖雨五十馀日，魏有天下乃霁，将受大禅之应也。"曹丕、曹植都作有《喜霁赋》，缪袭《喜霁赋》显系唱和之赋，大约写的就是这一自然现象。从赋作"赖我后之明圣兮，独克躬而罪己"之描写来看，此赋显然是颂扬曹丕禅汉，结合曹丕《喜霁赋》"厌群萌之至愿，感上下之明神"，"思寄身于鸿鸾，举六翮而轻飞"，以及曹植《喜霁赋》"禹身誓于阳盱，卒锡圭而告成。汤感旱于殷时，造桑林而敷诚"之描写，可知缪袭《喜霁赋》应作于汉魏易代之际。

【注释】

① 嗟：感叹。四时：四季，春、夏、秋、冬。《礼记·孔子闲居》："天有四时，春秋冬夏。"

② 阴阳：古代哲学概念。古人把宇宙万物概括为"阴"、"阳"两个对立的范畴，用其解释万物的生成和变化。《易传·系辞上》："阴阳不测之谓神。"孔颖达疏："天下万物，皆由阴阳，或生或成，本其所由之理。不可测量之谓神也。"

③ 夏至：二十四节气之一。一般为公历的六月二十一日或二十二日。原指夏天到来。勾萌：同"句萌"，草木初生的嫩芽、幼苗。拳曲者称为"句"，有芒而直者称为"萌"。《礼记·月令》："季春之月，日在胃……其帝大（太）皞，其神句芒……是月也，生气方盛，阳气发泄，句者毕出，萌者尽达，不可以内。"郑玄注："句，屈生者；芒而直曰萌。"

④ 或：表态副词，有时，往往。旱干：干旱。历旬：经过一旬，十多天。旬，十日为一旬。《后汉书·耿弇列传》附《耿恭传》："又二部兵人裁（才）各数十，匈奴围之，历旬不下，是其寡弱尽力之效也。"

⑤ 既：已经。大麦：麰（móu 谋）麦。《孟子·告子上》："今夫麰麦，播种而耰之，其地同，树之时又同，浡然而生，至于日至之时，皆熟矣。"按，"大麦"，严可均《全三国文》卷三十八作"麰麦"。方登：正在成熟。方，正在。登，成熟。

⑥ 汩（gǔ 古）：水急流貌。注：注入，灌入。宋·沈括《梦溪笔谈》卷三《辩证一》："解州盐池，方百二十里。久雨，四山之水悉注其中。"潦（lǎo 老）：雨后的积水。按，"汩"，严可均《全三国文》卷三十八作"洎"，与文意不合。

⑦ 忍：忍心，忍耐。下民：与"君子"相对，指百姓、人民。《诗·小雅·十月之交》："下民之孽，匪降自天。"昏垫：陷溺。指困于水灾。《尚书·益稷》："洪水滔天，浩浩怀山襄陵，下民昏垫。"孔颖达疏："言天下之人，遭此大水，精神昏瞀迷惑，无有所知，又若沉溺，皆困此水灾也。郑云：'昏，没也；垫，陷也。禹言洪水之时，人有没陷之害。'"

⑧ 嘉谷：古人称黍稷为"嘉谷"，后泛指五谷。中田：田中。《诗·小雅·信南山》："中田有庐，疆埸有瓜。"郑玄笺："中田，田中也。"

⑨ 倬（zhuō 卓）彼昊天：语出《诗·大雅·桑柔》："倬彼昊天，宁不我矜？"郑玄笺："倬，明大貌。"倬：广大，著明。按，"倬"字，《初学记》原作"悼"，此据严可均《全三国文》改。昊（hào 浩）天：指天。昊，广大无边。

⑩ 旁魄：同"旁薄"，亦作"旁礴"、"磅礴"，广大无边貌。汉·扬雄《太玄·玄告》："天穹隆而周乎下，地旁薄而向乎上。"后土：大地。《左传·文公十八年》："舜臣尧，举八恺，使主后土，以揆百事。"孔颖达疏："天称皇天，故地称后土。"《史记·五帝本纪》："舜举八恺，使主后土，以揆百事，莫不时序。"张守节正义引《春秋正

义》:“天曰皇天,地曰后土。”

⑪ 育:抚育,养育。黎苗:黎民,民众。汉·扬雄《法言·重黎》:“播其虐于黎苗。”《新唐书·杜佑传》:“今黎苗凋瘵,天下户百三十万。”黎:通“旅”,众多。《诗·大雅·云汉》:“周馀黎民,靡有孑遗。”郑玄笺:“黎,众也。”苗:民众。《广雅·释诂三》:“苗,众也。”

⑫ 降:降下,落下。伊:此,是。祜:福。伊祜:此福。《诗·鲁颂·泮水》:“靡有不孝,自求伊祜。”

⑬ 垂曜:照耀,光辉下照。《文选》郭璞《江赋》:“若乃岷精垂曜于东井,阳侯遁形乎大波。”辰角:二星宿名,即辰星、角宿。《国语·周语中》:“夫辰角见而雨毕。”辰:即辰星,房星,二十八宿之一,东方之星。《楚辞·远游》:“奇傅说之托辰星兮,羡韩众之得一。”王逸注:“辰星,房星。东方之宿,苍龙之体也。”角:即角宿,二十八宿之一,东方苍龙七宿的第一宿。《楚辞·天问》:“角宿未旦,曜灵安藏?”王逸注:“角亢,东方星。”因辰、角二星均在东方,故又以“辰角”代指东方。

⑭ 申劝:反复地劝勉。申:反复,一再。九扈(hù 户):同“九扈”、“九雇”,候鸟的一种。这种鸟在秋天时飞到南方过冬,春耕时节又飞回北方。《尔雅·释鸟》:“扈,鴳。”陆德明释文:“扈,今鴳雀。”《说文·隹部》:“雇,九雇,农桑候鸟,扈民不淫者也。”晋·葛洪《抱朴子·对俗》:“故太昊师蜘蛛而结网,金天据九扈以正时,帝轩俟凤鸣以调律,唐尧观蓂荚以知月。”唐·柳宗元《春怀故园》:“九扈鸣已晚,楚乡农事春。”扈:本作“雇”,亦作“扈”,农桑候鸟。一说,“九扈”即“九扈”,传说为少皞时主农之官,亦可通。

⑮ 何:为何,为什么。灾沴(lì 历):指自然灾害。沴:因阴阳之气不和而产生的灾害。《宋史·五行志一上》:“润下,水之性也。水失其性,则为灾沴。”无常:反复无常,变化不定。

⑯ 曾(zēng 增):何,怎么。清·王引之《经传释词》:“《方言》曰:曾,何也。”粢:稷,粟米。粢盛(zī chéng 兹成):祭品。指盛在祭器中的黍稷。《左传·桓公二年》:“黍稷曰粢,在器曰盛。”郑玄疏:“粢是黍稷之别名,亦为诸谷之揔号。祭之用米,黍稷为多,故云‘黍稷曰粢’。粢是谷之体也。盛,谓盛于器,故云在器曰盛。”《孟子·滕文公下》:“诸侯耕助,以供粢盛。”弗顾:不顾惜,不眷顾。

⑰ 览:观,看。唐氏:唐尧,传说中的上古帝王,号陶唐氏。洪流:史载尧时洪水滔滔,为害甚重,人民不堪其苦。《史记·五帝本纪》:“尧又曰:‘嗟,四岳,汤汤洪水滔天,浩浩怀山襄陵,下民其扰,有能使治者?’皆曰鲧可。……尧于是听岳用鲧。九岁,功用不成。”晋·常璩《华阳国志》卷一《巴志》:“昔在唐尧,洪水滔滔,鲧功无成。圣禹嗣兴,导江疏河,百川蠲修。封殖天下,因古九囿以置九州岛。”

⑱ 怅:失意,怅惘。侘傺(chà chì 叉斥):怅然失意貌。《楚辞·九章·惜诵》:

"心郁邑余侘傺兮,又莫察余之中情。"王逸注:"侘,犹堂堂立貌也。傺,住也。楚人谓失意怅然住立为侘傺也。"长怀:遐想,悠思。《楚辞·九叹·远逝》:"情慨慨而长怀兮,信上皇而质正。"

⑲"日黄昏而不寐兮"句:《初学记》卷二原无"兮"字,于句式不谐,今据陈元龙《历代赋汇》、严可均《全三国文》补。思:思绪,思虑。达曙:达旦,到天亮。独哀:孤独哀伤。

⑳ 白日:太阳,阳光。《楚辞·九辩》:"白日晼晚其将入兮,明月销铄而减毁。"时:时时,有时。其:句中副词,无义。潜:潜藏,遮蔽。旭:晨曦,旭光。按,"潜旭",《历代赋汇》卷八作"皓旭",《全三国文》卷三十八作"浩旭",从文意看,应以"潜旭"为是。

㉑ 滃(wěng 蓊)勃:亦作"滃渤"、"滃浡",云烟四起、云气腾涌貌。交回:纷纭交错貌,杂遝貌。

㉒ 雷隐隐:雷声隐隐约约。清·李渔《笠翁对韵》卷一《一东》:"天对地,雨对风。大陆对长空。山花对海树,赤日对苍穹。雷隐隐,雾蒙蒙,日下对天中。"

㉓ 霖霖:大雨连绵不止貌。隤(tuí 颓):坠落,降下。

㉔ 察:仔细看。溜:屋檐水。此指下注之雨水。按,"溜",《历代赋汇》卷八、《全晋文》卷三十八均作"霤",通"溜"。潺湲(chán yuán 婵媛):水流不断貌。《楚辞·九歌·湘夫人》:"荒忽兮远望,观流水兮潺湲。"唐·李白《悲清秋赋》:"登九疑兮望清川,见三湘之潺湲。"王琦集注引《广韵》曰:"潺湲,水流貌。"

㉕ 龙门:山名,即伊阙,在今河南省洛阳市南。《吕氏春秋·爱类》:"昔上古龙门未开,吕梁未发,河出孟门,大溢逆流,无有丘陵沃衍、平原高阜,尽皆灭之,名曰'鸿水'。禹于是疏河决江。"

㉖ 赖:幸亏,幸赖。我后:吾皇。此指魏文帝曹丕。后,君主。明圣:犹"圣明",英明圣哲。

㉗ 独:暗自。克躬:犹"克己",严格要求自己。躬:身体。引申为自己。汉·陈宠《上疏豫通帝意》:"今明诏崇高宗之德,推宋景之诚,引咎克躬,咨访群吏。"罪己:归罪于自己。古代帝王每逢遇到天灾人祸时,常常下罪己诏,以示自责,借以缓和社会矛盾。

㉘"发一言"句:是说魏文帝颁发罪己诏,从而感动了上天神灵,速降甘霖。

㉙ 靡:无,没有。何恃:依靠谁。恃:依靠,凭借。《诗·小雅·蓼莪》:"无父何怙?无母何恃?"清·彭端淑《为学一首示子侄》:"富者曰:'子何恃而往?'"

㉚ 咨:叹词,无义。天鉴:同"天监",上天的监视、鉴察。监,通"鉴",鉴照,明察。《诗·小雅·大明》:"天监在下,有命既集。"遄(chuán 船)速:疾速。遄,速。

㉛“犹影响”句:是说旱灾的影响还不太明显。犹:尚且。未彰:不明显。彰:明显,显著。

㉜屯:聚集,屯聚。玄云:黑云。徂(cú殂):往,到。

㉝扇:扇动,吹。凯风:南风。《尔雅·释天》:“南风谓之凯风。”《诗·邶风·凯风》:“凯风自南,吹彼棘心。”朱熹集传:“南风谓之凯风,长养万物者也。”

㉞穹苍:即“苍穹”,天空。《尔雅·释天》:“穹苍,苍天也。”皎其呈色:天空呈现光明,指天空放晴。皎,洁白光明。

㉟羲和:太阳。汉·崔骃《慰志赋》:“氛霓郁以横厉兮,羲和忽以潜晖。”粲以扬光:放射出灿烂的光辉。粲:鲜艳,灿烂。扬光:放出光辉。

㊱农夫:务农的人,农民。敛川:在原野里收获庄稼。敛,收获。《孟子·梁惠王上》:“秋省敛而助不给。”朱熹集注:“敛,收获也。”《诗·小雅·大田》:“彼有不获稚,此有不敛穧。”

㊲田畯(jùn俊):古代掌管农业生产的官员。封疆:疆界。古代农田界域的标记,聚土而成。《史记·商君列传》:“为田开阡陌封疆,而赋税平。”张守节正义:“封,聚土也;疆,界也。谓界上封记也。”

【辨析】

承继东汉尤其是建安辞赋创作题材日益丰富广阔,创作形式日趋自由化、短小化的发展趋势,三国西晋时期,抒情小赋的创作呈现出空前繁荣的局面,而叙事抒情小赋集叙事抒情于一体,体制短小,形式灵活,语言通俗流畅,创作极为繁荣,标志着赋体文学进入了一个崭新的发展阶段,在中国辞赋发展史上具有重要的转折意义。

这一时期,以自然万象为题材的赋作大量涌现,即以“喜霁”为例,以此为题材的赋作甚众,名家名篇盛于一时,如三国时应玚、曹丕、曹植、缪袭,西晋傅玄、陆云都作有《喜霁赋》,其题旨皆是所谓“苦阴霖而喜悦晴霁也”(《初学记》卷二《天部下·霁晴第八》)。其创作动机和原因大致有二:一是赋家们更加积极地关注社会现实,用手中的笔描写现实生活,抒发自己的理想和抱负。二是这一时期,自然灾害频发,给人们的生活带来了莫大的危害。如《初学记》卷二《天部下·霁晴第八》引:“《魏略·五行志》曰:‘延康元年,大霖雨五十馀日。魏有天下乃霁,将受大禅之应也。’”《三国志·魏书·文帝纪》亦载:“(黄初)四年……六月甲戌,任城王彰薨于京都。甲申,太尉贾诩薨。太白昼见。是月大雨,伊、洛溢流,杀人民,坏庐舍。”鉴于大雨连绵,生民罹祸,雨住天晴,遂使文士喜悦非常,“喜阴霖之既霁,嘉良辰之肇晴”(傅玄《喜霁赋》),于是发而为咏,纵情歌唱。此类赋作的大量出现,正反映了文人对"灾沴之无常"的担忧和对社会现实的关注。

藉田赋

诏勾芒使掌历兮[①],敕羲仲以农期[②]。仪晨祥而举趾兮[③],乐田祖以《豳》诗[④]。嘉《载芟》之千耦兮[⑤],美振古之如兹[⑥]。

灵旗蔚以焘幂兮[⑦],雄戟偈以嵯峨[⑧],弯枉矢于狼弧兮[⑨],建黄钺于瓠瓜[⑩]。

【说明】

此赋为残篇。"诏勾芒使掌历兮"六句见于《初学记》卷十四《礼部下·籍田第一》。"灵旗蔚以焘幂兮"四句见于《太平御览》卷三三九《兵部七十·叙兵器》。藉田,同"籍田",古代天子、诸侯征用民力耕种的田地。赋作歌颂魏帝躬耕籍田的美德善举,描写籍田的盛大场面,用典贴切,文字简洁,意涵丰富。

【注释】

① 诏:告诉。多用于上告下。勾芒:即"句芒"。传说句芒(或名句龙)是少昊的后代,名重,为伏羲氏掌天地四时之官。他死后,成为木神(春神),主管树木的发芽生长。《左传·昭公二十九年》:"故有五行之官,是谓五官。实列受氏姓,封为上公,祀为贵神。社稷五祀,是尊是奉。木正曰句芒,火正曰祝融,金正曰蓐收,水正曰玄冥,土正曰后土。"《礼记·月令》:"季春之月……其神句芒。……是月也,生气方盛,阳气发泄,句者毕出,萌者尽达,不可以内。"郑玄注:"句,屈生者;芒而直曰萌。"掌历:执掌历数。《史记·太史公自序》:"昔在颛顼,命南正重以司天,北正黎以司地。唐虞之际,绍重、黎之后,使复典之,至于夏商,故重黎氏世序天地。"《尚书·尧典》:"乃命羲和,钦若昊天,历象日月星辰,敬授人时。"《史记·五帝本纪》:"乃命羲、和,敬顺昊天,数法日月星辰,敬授民时。"裴骃集解:"孔安国曰:'重、黎之后,羲氏、和氏世掌天地之官。'"

② 敕(chì 斥):告诫,嘱咐。羲仲:远古时人。羲氏世代掌管天文历法。尧曾命羲仲居嵎夷,为东方之官,教民耕种。后来在古羽山一带建立"羲和之国",被推举为部落酋长,是为东方一国之君。后为"少昊之国"代替。《尚书·尧典》:"分命羲仲,宅嵎夷,曰旸谷。寅宾出日,平秩东作。"《史记·五帝本纪》:"分命羲仲,居郁

夷,曰旸谷。"裴骃集解:"('郁夷')《尚书》作'隅夷'。孔安国曰:'东表之地称隅夷。日出于旸谷。羲仲,治东方之官。'"

③ 仪:心仪向往。晨祥:犹"吉辰",吉日,良辰。吉利的时日。《礼记·月令》:"乃择元辰,天子亲载耒耜,措之于参保介之御间,帅三公、九卿、诸侯、大夫躬耕帝藉。"郑玄注:"元辰,盖郊后吉辰也。"举趾:举足,抬脚。此指举足而耕耘。《诗·豳风·七月》:"三之日于耜,四之日举趾。同我妇子,馌彼南亩,田畯至喜!"朱熹集传:"举趾,举足而耕也。"

④ 田祖:传说中始耕田者。此指神农氏。《诗·小雅·甫田》:"琴瑟击鼓,以御田祖。"毛传:"田祖,先啬(穑)也。"孔颖达疏:"以琴瑟及击其土鼓,以迎田祖先啬(穑)之神而祭之。"朱熹集传:"谓始耕田者,即神农也。"《豳(bīn 彬)》诗:指《诗·豳风·七月》诗,为周代著名的农事诗篇。

⑤《载芟》:《诗经·周颂》诗篇。诗序云:"春藉田而祈社稷也。"《诗·周颂·载芟》:"载芟载柞,其耕泽泽。千耦其耘,徂隰徂畛。"载芟(shān 山):割除杂草。载:句首助词,无义。千耦:上千对农人共同耕耘。耦,二人并耕;千,概言其多。按,"千耦",严可均《全三国文》卷三十八作"千禄",系"千"、"干"形似致误。

⑥ 振古:自古,往古。《诗·周颂·载芟》:"匪且有且,匪今斯今,振古如兹。"宋·郭茂倩《乐府诗集》卷十《郊庙歌辞十·唐享太庙乐章·景云舞》:"舜惭大孝,尧推让王。能事斯极,振古谁方。"如兹:如此。

⑦ 灵旗:神灵的旗子。此指皇家旌旗。蔚:蔚映,蔚密而相互映衬。焘奡(dào ào 道傲):原义为高峻深邃,这里形容旌旗蔚密,遮天蔽日。焘,同"帱(dào 到)",覆盖,荫庇。《左传·襄公二十九年》:"如天之无不帱也。"杜预注:"帱,覆也。"奡,突兀貌。按,"焘奡",严可均《全三国文》卷三十八作"寿奡",误。

⑧ 雄戟:有斜刺的戟。一说是三刃戟。《文选》司马相如《子虚赋》:"曳明月之珠旗,建干将之雄戟。"张揖注:"雄戟,胡中有鮔者。"汉·扬雄《方言》卷九:"三刃枝,南楚宛郢谓之匽戟。"郭璞注:"今戟中有小刺者,所谓雄戟也。"偈(jié 杰):挺举貌。《文选》宋玉《高唐赋》:"偈兮若驾驷马,建羽旗。"张铣注:"偈,挺举也。"嵯峨:山势高峻貌。此指雄戟高耸竖立。

⑨ 枉矢:箭名,古代八矢之一。《周礼·夏官·司弓矢》:"凡矢,枉矢、絜矢利火射,用诸守城、车战。杀矢、鍭矢,用诸近射、田猎。矰矢、茀矢,用诸弋射。恒矢、痺矢,用诸散射。"郑玄注:"枉矢者,取名变星,飞行有光,今之飞矛是也。"狼弧:天狼星,属大犬座。古代以为此星主侵掠。《楚辞·九歌·东君》:"青云衣兮白霓裳,举长矢兮射天狼。"三国·吴·胡综《黄龙大牙赋》:"狼弧垂象,实惟兵精。圣人观法,是效是营。始作器械,爰求厥成。"按,"狼弧",《太平御览》卷三三九原作"狼狐",盖系"狐"、"弧"形似致误,此据严可均《全三国文》卷三十八改。

⑩ 黄钺(yuè 越):饰以黄金的长柄斧。钺:古代兵器,青铜制,斧形,圆刃或平刃,安装木柄,用以砍斫。黄钺为古代天子的仪仗,亦用以征伐。《尚书·牧誓》:"王左杖黄钺,右秉白旄以麾。"孔颖达疏:"《广雅》云:'钺,斧也。斧称黄钺,故知以黄金饰斧也。'"按,"黄钺",严可均《全三国文》卷三十八作"黄铖",误。瓠(hù户)瓜:星座名,共有五颗星,在河鼓星的东面。《隋书·天文志中》:"瓠瓜五星,在离珠北。"

【辨析】

魏明帝曹叡好大喜功,当政期间,文人们竞相歌功颂德,颂赞文字十分盛行,瑞应、宫殿、籍田之作也大量涌现。缪袭《藉田赋》即为一例。藉田,亦作"籍田",古代天子、诸侯征用民力耕种的田。《太平御览》卷五三七《礼仪部十六》引《说文》曰:"帝籍千亩者,使民如借,故谓之籍。从耒,昔声。"周制,天子籍田一千亩,诸侯籍田百亩。《礼记·祭义》:"昔者天子为藉千亩,冕而朱纮,躬秉耒;诸侯为籍百亩,冕而青纮,躬秉耒;以事天地、山川、社稷、先古。以为醴酪齐(粢)盛,于是乎取之,敬之至也。"天子躬耕籍田的目的,在于"教诸侯之养也",也就是为天下臣民作表率。《礼记·月令》还详细记载了"耕藉"的时间和方式:"孟春之月……天子亲载耒耜,帅三公、九卿、诸侯、大夫,躬耕籍田。天子三推,公五推,卿、诸侯九推。"应劭《汉官仪》则记载得更为详细:"天子东耕之日,亲率三公九卿,戴青帻,冠青衣,载青旗,驾青龙,公卿以下车驾如常法,往出种堂。天子升坛,上空无际,公卿耕讫,天子耕于坛,举耒三〔推〕而已。""天子升坛,公卿耕讫,啬夫下种。凡称藉田为千亩,亦曰帝藉,亦曰耕藉,亦曰东耕,亦曰亲耕,亦曰王藉。"

历代"藉田"赋作甚夥,三国曹植、缪袭,西晋潘岳,刘宋徐爰,唐代李蒙、石贯,北宋王禹偁、任豫等都作有《藉田赋》,形成了中国古代文学之林的一道亮丽的风景线。

许昌宫赋序

太和六年春①,上既躬耕帝籍②,发趾乎千亩③,以帅先万国④。乃命群牧守相⑤,述职班教⑥,顺阳宣化⑦,烝黎允示⑧,训德歌功⑨,观事乐业⑩。是岁甘露降,黄龙见⑪。海外有克捷之师⑫,方内有丰穰之庆⑬。农有馀粟,女有馀布⑭。遐狄来享⑮,殊俗内附[16]，穆乎有太平之风[17]。

【说明】

此赋赋文已佚，赋序见于《太平御览》卷五三七《礼仪部十六·籍田》，标题作《许昌宫赋》。严可均《全三国文》卷三十八亦有收载，标题作《许昌宫赋序》。由赋序"太和六年春，上既躬耕帝籍"，可知此赋作于魏明帝太和六年(232)春天。

魏明帝曹叡称帝以后，大兴土木，兴建都城宫苑。与此相适应，京殿大赋也大量出现。据《三国志·魏书·明帝纪》："(太和六年)九月，行幸摩陂，治许昌宫，起景福、承光殿。"当时的著名文士纷纷作赋，称颂明帝的皇图帝业。如何晏、韦诞、夏侯惠等均作《景福殿赋》，缪袭则作《许昌宫赋》，时人卞兰、杨修也作有《许昌宫赋》。卞兰、杨修赋较完整地保存下来，而缪袭此赋则仅存赋序。从近百字的赋序规模及其内容所及，可知缪袭此赋赋文规模应在卞兰、杨修《许昌宫赋》之上(卞兰、杨修之赋均无赋序)。然细绎此赋，虽然在艺术技巧上有一定的价值，但其思想内容无非歌功颂德应景之作，与黄初主流文人的歌功颂德文学毫无二致，无足称道。

【注释】

① 太和：魏明帝曹叡的年号，公元227—233年。太和六年：公元232年。

② 上：旧指帝王，此指魏明帝。躬耕帝籍：古代帝王亲率大臣于春耕前在籍田举行耕种仪式，表示奉祀宗庙，且有劝农耕种之意。帝籍：同"帝藉"，天子象征性的亲耕之田。《礼记·月令》："孟春之月……天子亲载耒耜，措之于参保介之御间，帅三公、九卿、诸侯、大夫躬耕帝藉。"孙希旦集解："天子藉田千亩，收其谷为祭祀之粢盛，故曰帝藉。"《太平御览》卷五三七《礼仪部十六·籍田》引《说文》曰："帝籍千亩者，使民如借，故谓之籍。从耒，昔声。"按，"帝籍"，严可均《全三国文》卷三十八作"帝藉"。

③ 发趾乎千亩：谓明帝到籍田耕耘。发趾：犹"举趾"，指举足而耕耘。《诗·豳风·七月》："三之日于耜，四之日举趾。同我妇子，馌彼南亩，田畯至喜！"朱熹集传："举趾，举足而耕也。"千亩：周制，天子籍田一千亩，诸侯籍田一百亩。《礼记·祭义》："昔者天子为藉千亩，冕而朱纮，躬秉耒；诸侯为藉百亩，冕而青纮，躬秉耒；以事天地、山川、社稷、先古。以为醴酪齐(粢)盛，于是乎取之，敬之至也。"《文选》张衡《东京赋》："躬三推于天田，修帝籍之千亩。"

④ 帅先万国：给天下的人们作榜样。帅先：站在前头，此指作榜样。万国：万

邦，天下。《易·乾卦》："首出庶物，万国咸宁。"

⑤ 乃：于是。命：令。牧：古代治民之官，泛指古代地方长官。《尚书·立政》："宅乃事，宅乃牧，宅乃准，兹惟后矣。"孔颖达疏："郑玄云：'殷之州牧曰伯，虞夏及周曰牧。'"守相：郡守和诸侯王之相。《汉书·王嘉传》："前山阳亡徒苏令等纵横，吏士临难，莫肯伏节死义，以守、相威权素夺也。"颜师古注："守，郡守也；相，诸侯相也。"

⑥ 述职：古代诸侯向天子陈述职守。《孟子·梁惠王下》："诸侯朝于天子曰述职。述职者，述所职也。"班教：布教，颁布教令。《周礼·地官·大司徒》："正月之吉始和，布教于邦国都鄙。"班，颁布。《文选》陆倕《石阙铭》："布教都畿，班政方外。"张铣注："班，布也。"

⑦ 顺阳：顺从阳气，顺应天道。汉·崔寔《四民月令》："(三月)冬谷或尽，椹麦未熟，乃顺阳布德，振赡穷乏。"宣化：旧谓传布君命，教化百姓。

⑧ 烝黎：同"黎烝"、"烝民"，指百姓、庶民。烝，众多；黎，通"旅"，众多。《诗·大雅·桑柔》："民靡有黎，具祸以烬。"王引之《经义述闻》卷七："黎，众也，多也。"唐·杜甫《无家别》："人生无家别，何以为烝黎。"允：诚，信。允示：诚示。《宋大诏令集》卷二十三："庸彰恩纪，允示眷怀。"

⑨ 训德：顺德，顺从人的道德天性。训，顺从。《尚书·立政》："谋面，用丕训德。"孔安国传："谋所面见之事，无疑，则能用大顺德。"歌功：颂扬功德。

⑩ 观事：察知行事。《孔丛子·论书》："故《帝典》可以观美，《大禹谟》、《禹贡》可以观事。"乐业：愉快地从事本业。

⑪ 是岁：这一年。指魏明帝太和六年，公元232年。甘露：甜美的雨露。古人认为，甘露降，是天下太平的瑞兆。《老子》第三十二章："天地相合，以降甘露，民莫之令而自均。"汉·班固《白虎通·封禅》："甘露者，美露也，降则物无不盛。"黄龙见(xiàn 现)：古代谶纬家以为黄龙出现乃帝王之瑞征。黄龙和甘露、麒麟、凤凰、鸾鸟一样，都是祥瑞之物，这些祥瑞之物的出现，表明帝王圣明，社会是太平盛世。魏明帝时，甘露多次降，黄龙亦多次出现。如太和六年(232)二月，魏明帝在《诏陈王植》中说："昔先帝时，甘露屡降于仁寿殿前，灵芝生芳林园中。自吾建承露盘已来，甘露复降芳林园仁寿殿前。"曹植《承露盘颂铭》亦云："皇帝乃诏有司，铸铜建承露盘，茎长十二丈，大十围，上盘径四尺九寸，下盘径五尺。铜龙绕其根，龙身长一丈。背负两子，自立于芳林园。甘露仍降，使臣为颂铭。"《三国志·魏书·明帝纪》亦载："景初元年(237)春正月壬辰，山茌县言黄龙见。"

⑫ 海外有克捷之师：或谓殄夷将军田豫率众讨斩吴将周贺事。《三国志·魏书·明帝纪》："(太和六年)冬十月，殄夷将军田豫帅众讨吴将周贺于成山，杀贺。"按，"海外"，与下句"方内"对举，"海外"泛指域外，以魏国而论，吴国自应为域外。

严可均《全三国文》卷三十八作“海内”，虽于理可通，但与下文“方内”不谐。

⑬ 方内：四方之内，国内，此指曹魏王朝境内。《史记·孝文本纪》载文帝遗诏曰：“朕获保宗庙，以眇眇之身托于天下君王之上，二十有馀年矣。赖天地之灵，社稷之福，方内安宁，靡有兵革。”丰穰（ráng 瓤）：丰收。按，“丰穰”，严可均《全三国文》卷三十八作“农穰”，误。

⑭ “农有馀粟，女有馀布”：出自《孟子·滕文公下》：“子不通功易事，以羡补不足，则农有馀粟，女有馀布。”言百姓丰衣足食，生活富裕。

⑮ 遐狄：边远地区的少数民族。宋·郭茂倩《乐府诗集》卷一《郊庙歌辞一·汉郊祀歌·后皇》：“沇沇四塞，遐狄合处，经营万亿，咸遂厥宇。”按，“遐狄”，严可均《全三国文》卷三十八作“选秋”，误。来享：犹“朝贡”，指远方的少数民族或附属国前来进献贡物。《诗·商颂·殷武》：“莫不敢来享，莫不敢来王。”郑玄笺：“享，献也。”

⑯ 殊俗：指风俗不同的远方属国。《文选》贾谊《过秦论》：“始皇既没，馀威振于殊俗。”内附：向内归附朝廷。汉·王充《论衡·恢国》：“天荒之地，王功不加兵，今皆内附，贡献牛马。”

⑰ 穆乎：犹“穆如”、“谐穆”，和美、和睦貌。《诗·大雅·烝民》：“吉甫作诵，穆如清风。”《魏书·孝感传·阎元明》：“昆弟雍和，尊卑谐穆。”太平之风：太平景象。

【辨析】

《三国志·魏书·明帝纪》载缪袭此赋作于太和六年九月，然考之史实，我们认为此赋应当作于魏明帝太和六年（232）十月至十二月间。

《三国志·魏书·明帝纪》：“（魏明帝太和六年）九月，行幸摩陂，治许昌宫，起景福、承光殿。……十二月，行还许昌宫。”缪袭时为文学侍臣，是年九月从明帝巡幸许昌，十二月从许昌宫还。而《三国志·魏书·明帝纪》又载是年“冬十月，殄夷将军田豫帅众讨吴将周贺于成山，杀贺”。此赋赋序说“海外有克捷之师”，当谓田豫率众讨斩吴将周贺事。由此可知赋作当完成于太和六年（232）十月至十二月之间。

嘉梦赋

心灼烁其如阳①，不识道之焉如②。

【说明】

此赋仅存二句，见于《文选》沈约《别范安成诗》李善注。沈诗云：“勿言一樽酒,明日难重持。梦中不识路,何以慰相思?”李善注:“《韩非子》曰:‘六国时,张敏与高惠二人为友。每相思不能得见,敏便于梦中往寻。但行至半道,即迷不知路,遂回。如此者三。’”按,李善所引此段引文,不见于今本《韩非子》。汉乐府《饮马长城窟行》:“青青河边草,绵绵思远道。远道不可思,夙昔梦见之。”与缪袭《嘉梦赋》皆是沿韩非之微意而变之耳。

【注释】

① 心灼烁其如阳:形容心情愉悦,明丽如阳光。灼烁(zhuó shuò 酌朔):亦作“灼爚”,光彩貌,鲜明貌。《说文新附·火部》:“烁,灼烁,光也。从火,乐声。”《玉篇·火部》:“烁,灼烁。”汉·蔡邕《弹棋赋》:“荣华灼烁,萼不韡韡。”《文选》嵇康《琴赋》:“华容灼爚,发采扬明,何其丽也。”明·孙承恩《南征赋》:“拥雄剑以激烈兮,心灼烁而四扬。”阳:太阳,阳光。

② 焉:安,何。如:往,去。焉如:何往,到哪里去。《楚辞·九章·哀郢》:“当陵阳之焉至兮,淼南渡之焉如?”《文选》祢衡《鹦鹉赋》:“顾六翮之残毁,虽奋迅其焉如?”《文选》向秀《思旧赋》:“栋宇存而弗毁兮,形神逝其焉如。”

青龙赋并序

盖青龙者①,火辰之精②,木官之瑞③。

懿矣神龙,其知惟时④。览皇代之云为⑤。袭九泉以潜处⑥,当仁圣而觌仪⑦。应令月之风律⑧,照嘉祥之赫戏⑨。敷华耀之珍体⑩,耀文采以陆离⑪。旷时代以稀出⑫,观四灵而特奇⑬。是以见之者惊骇,闻之者崩驰⑭。

观夫仙龙之为形也⑮,盖鸿洞轮硕,丰盈修长⑯。容姿温润⑰,蝼蜿成章⑱。繁虵虬蟉⑲,不可度量。远而视之,似朝日之阳;迩而察之⑳,象列缺之光㉑。爚若鉴阳和映瑶琼㉒,晰若望飞云曳旗旌㉓。或蒙翠岱㉔,或类流星㉕。或如虹蜺之垂耀㉖,或似红兰之芳荣㉗。焕璘彬之瑰异㉘,实皇家之休灵㉙。奉阳春而介福㉚,赉乃国以嘉祯㉛。

【说明】

此赋赋序见于《艺文类聚》卷九十六,从内容上看,赋序似已不全。赋文见于《初学记》卷三十。《历代赋汇》卷五十五、《全三国文》卷三十八收载赋序和赋文。此赋通篇文字极尽铺陈堆砌之能事，思想内容陈腐空洞，无足称道，但在艺术描写上却颇为细腻传神，有独到的艺术成就。

【注释】

① 盖：句首发语词，犹大约、大概。青龙：青色的龙。此处有双关之义，兼指东方苍龙七宿。

② 火辰：即"大辰"，星次名，东方苍龙七宿中的第三宿，即大火，心宿。《春秋经·昭公十七年》："冬，有星孛于大辰。"孔颖达正义："大火谓之大辰。李巡云：'大辰，苍龙宿之体，最为明，故曰房心尾也。'"《公羊传·昭公十七年》："大辰者何？大火也。大火为大辰，伐为大辰，北辰亦为大辰。"何休注："大火，谓心。"《文选》陆机《赠尚书郎顾彦先二首》其一："大火贞朱光，积阳熙自南。"李善注："《尔雅》曰：'大火谓之大辰。'郭璞曰：'大火，心也，在中最明，故时候主之也。'"东方七宿"角、亢、氐、房、心、尾、箕"，位于东方，其形状似龙，属木，其色青，故云苍龙（青龙）七宿。心宿，古代称之为火、大火，为一红巨星，在七宿中最为明亮，故赋云"火辰之精"。

③ 木官之瑞：木官：即木正，上古五行之官之一，即春官，死后成为春神（木神）。《礼记·月令》："孟春之月……其帝大（太）皞，其神句芒。"郑玄注："句芒，少皞氏之子，曰重，为木官。"《汉书·百官公卿表上》："自颛顼以来，为民师而命以民事。"应劭注："春官为木正，夏官为火正，秋官为金正，冬官为水正，中官为土正。"

④ 懿（yì 易）矣：美哉。懿，美。神龙：指青龙。其知惟时：言青龙应时而现。惟时：以时，按一定的时间。惟，以。清·王引之《经传释词》卷三："惟，犹以也。《书》：'予惟乙卯。'《礼记》：'丧礼惟哀为主。'《史记·晋世家》：'惟仁义为本。'"

⑤ 皇代：犹言国朝，当今之世。《文选》班固《答宾戏》："今吾子处皇代而论战国，曜所闻而疑所觌。"《文选》潘岳《西征赋》："在皇代而物土，故毁之而又复。"云为：所为，所作所为。《文选》班固《东都赋》："痛乎风俗之移人也！子实秦人，矜夸馆室，保界河山，信识昭襄而知始皇矣，乌睹大汉之云为乎！"《汉书·李寻传》："君不修道，则日失其度，晻昧亡光，各有云为。"王先谦《汉书补注》："云，犹所也。"按，此句之前似脱一句。

⑥ 袭：入，潜藏。《淮南子·览冥训》："虎豹袭穴而不敢咆，猨狖颠蹶而失木枝。"高诱注："袭，入也。"九泉：黄泉。潜处：深居。

⑦ 当：值，在。仁圣：仁德圣明者，古代多用以称颂帝王。觌（dí 狄）仪：现身，显现出仪形。觌：显示，现出。《山海经·北山经》："御暍之鸟……昏明是互，昼隐夜

觌。”

⑧ 应:适应,顺应。令月:吉月,此指夏历二月。风律:八风十二月律。《礼记·乐记》:“八风从律而不奸。”郑玄注:“八风从律,应节至也。”孔颖达正义:“八风,八方之风也。律,谓十二月之律也。乐音象八风,其乐得其度,故八风十二月律应八节而至。”“风”谓八风,八方之风。《吕氏春秋·有始》:“何谓八风?东北曰炎风,东方曰滔风,东南曰熏风,南方曰巨风,西南曰凄风,西方曰飂风,西北曰厉风,北方曰寒风。”“律”谓十二月律。《吕氏春秋》以律与历附会,以十二律(六律、六吕,阳为律,阴为吕)应十二月。以六吕之夹钟对应夏历二月。此处“风律”指风物历象。

⑨ 照:察看。嘉祥:吉祥的征兆。赫戏:光明盛大貌。《文选》屈原《离骚》:“陟升皇之赫戏兮,忽临睨夫旧乡。”

⑩ 敷:舒展。《尚书·大诰》:“敷贲,敷前人受命,兹不忘大功。”刘逢禄《今古文集解》:“敷,舒也。”华耀:光彩闪耀。珍体:美体。《尔雅·释诂下》:“珍,美也。”

⑪ 耀:闪耀。文采:华美的色彩。陆离:色彩繁杂绚丽。

⑫ 旷:历时久远。稀出:很少出现。

⑬ 四灵:指古代传说中的麟、凤、龟、龙四种灵异动物。古人认为这四种动物都是神灵之物,故称“四灵”。《礼记·礼运》:“麟、凤、龟、龙,谓之四灵。”郑玄注:“麟为百兽之长,凤为百禽之长,龟为百介之长,龙为百鳞之长。”

⑭ 是以:所以。惊骇:陈元龙《历代赋汇》卷五十五作“景骇”,误。崩驰:同“崩弛”,崩溃。按,“崩驰”,陈元龙《历代赋汇》作“奔驰”,误。

⑮ 观夫:观看。夫:语助词,无义。仙龙:指青龙。

⑯ 盖:发语词,无义。鸿洞:属连貌。《文选》王褒《洞箫赋》:“风鸿洞而不绝兮,优娆娆以婆娑。”李善注:“鸿洞,相连貌。”轮硕:头与四肢硕大。丰盈修长:体态丰满修长。

⑰ 容姿温润:谓青龙的容貌姿态既温和又柔润。温润,性情温和柔润。

⑱ 蝼蜿成章:谓青龙的举动盘曲蜿蜒,自成格局。蝼蜿,盘旋曲折貌。《文选》宋玉《高唐赋》:“振鳞奋翼,蝼蝼蜿蜿。”李善注:“蝼蝼蜿蜿,龙蛇之貌。”按,“蝼蜿”,严可均《全三国文》卷三十八作“蝼蛇”,义同。

⑲ 縈虵(yí 仪):犹“委蛇”,斜行貌,曲折行进貌。虬蟉(qiú liú 求流):屈曲盘绕貌。

⑳ 迩(ěr 尔):近。察:仔细看。

㉑ 列缺:闪电。列,通“裂”,分裂。缺,云的缝隙。闪电从云中决裂而出,故曰“列缺”。《汉书·扬雄传上》载《羽猎赋》:“辟历列缺,吐火施鞭。”颜师古注:“应劭曰:‘辟历,雷也。列缺,天隙电照也。’”

㉒ 爚(yuè 曰):爚爚,光明耀目。鉴:照射。阳和:阳气。唐·方干《除夜》:

“煦育诚非远,阳和又欲升。”映:映射,辉映。瑶琼:美玉。唐·刘禹锡《送李策秀才还湖南》:“油幕似昆丘,粲然叠瑶琼。”

㉓ 畤(duì 对):茂盛貌。《文选》宋玉《高唐赋》:“其始出也,畤兮若松榯。”李善注:“畤,茂貌。”飞云曳旗旌:像云彩牵引着旌旗一样。曳:拖,牵引。旗旌:旌旗。

㉔ 蒙:覆盖,包笼。翠岱:苍山,青山。岱,山。《文选》颜延之《三月三日曲水诗序》:“将徙县中宇,张乐岱郊。”张铣注:“岱,山也。”

㉕ 类:似,相似。流星:俗称“贼星”,天空中短时间能发光或反射光的星体。

㉖ 虹蜺:亦作“虹霓”,雨后或日出、日落时分天空中出现的彩色圆弧。有内外二环,内环为虹,亦称正虹、雄虹;外环为蜺,亦称副虹或雌蜺。垂耀:亦作“垂曜”,光辉下照,照耀。

㉗ 红兰:兰草的一种。芳荣:香花。荣:草开花,泛指草木的花。

㉘ 焕:鲜明,光亮。璘(lín 鳞)彬:光彩缤纷貌。瑰异:珍异。

㉙ 皇家:皇室,皇朝。此指曹魏王朝。休:美,吉庆。灵:灵验,效验。休灵:吉祥的征兆。

㉚ 奉:敬受。阳春:温暖、和煦的春天。介福:大福,洪福。《诗·小雅·楚茨》:“报以介福,万寿无疆。”介,大。

㉛ 赉(lài 赖):给予,赐予。乃国:这个国家。此指魏国。乃:此,这个。嘉祯(zhēn 真):吉兆,吉祥的征兆。按,“乃国”,《历代赋汇》作“万国”,犹言天下,亦可解。

【辨析】

《三国志·魏书·明帝纪》载:“青龙元年春正月甲申,青龙见郏之摩陂井中。二月丁酉,(帝)幸摩陂观龙,于是改年(青龙元年),改摩陂为龙陂,赐男子爵人二级,鳏寡孤独无出今年租赋。”时缪袭作为文学侍臣,作赋以颂之。同年二月,刘劭作有《龙瑞赋》,是知缪袭《青龙赋》作于青龙元年(233)。此赋与刘劭的《龙瑞赋》俱是赞美青龙现而颂美魏明帝皇德之作,也是现存最早的描写龙的赋作。缪袭同年还作有《神芝赞》,其“煌煌神芝,吐葩扬荣。曩披其图,今握其形。永章遐纪,载之颂声”之辞句,与此赋“焕璘彬之瑰异,实皇家之休灵。奉阳春而介福,赉乃国以嘉祯”之描写,与赋作极为相似,有异曲同工之致。

繁　钦

繁钦（？—218），字休伯，东汉末年颍川（今河南禹县）人。长于书记，善为辞赋。少即以文才机辩名满于汝、颍间（豫州有两条河，汝、颍两河的流域称为汝颍地区，曹操《与荀彧书》曾道："汝颍固多奇士。"）据《三国志·魏书·赵俨传》载，汉献帝初平年间（190—193），繁钦避乱至荆州（今湖北荆州），与杜袭、赵俨通财同计，合为一家。繁钦为刘表所赏。时曹操迎献帝都许昌，赵俨谓繁钦曰："曹镇东应期命世，必能匡济华夏，吾知归矣。"杜袭、赵俨皆以刘表非雄才大略之主，说繁钦离开刘表而依附曹操（参见《三国志·魏书·赵俨传》）。建安三年（198），刘表遣文颖攻零陵，钦为作移檄。稍后，投曹操，为豫州从事。建安十三年（208），累迁至丞相主簿，从曹操南征。建安十七年（212）正月作书与曹丕，甚称其美，曹丕以《答繁钦书》赠答。建安二十三年（218），繁钦卒。年岁不详，或略少于曹操。一生似多不得志。

繁钦有集十卷，已散佚。今存赋、笺、训、箴等二十二篇，见《全上古三代秦汉三国六朝文》；存诗八篇，见《先秦汉魏晋南北朝诗》。事迹见《三国志·魏书·王粲传》裴松之注引《典略》，《文选》繁钦《与魏文帝笺》李善注引《文章志》。

暑 赋

暑景方往，时惟六月[①]。林钟纪度，祝融司节[②]。大火飏光[③]，炎气酷烈。沉阳腾射，滞暑散越[④]。区寓郁烟[⑤]，物焦人渴。煌煌野火，熿薄中原[⑥]。翕翕盛热[⑦]，蒸我层轩。温风淟涊[⑧]，动静增烦。虽托阴宫，罔所避旃[⑨]。乃洒白汗[⑩]，□□□□。身如漆点，水若流泉[⑪]。粉扇靡救，宴戏鲜欢[⑫]。庶望秋节，慰我愁叹[⑬]。

【说明】

此赋见《初学记》卷三，《艺文类聚》卷五，《北堂书钞》卷一三五。严可均收入《全后汉文》卷九十三。这是一篇描绘酷热难耐的赋。这类主题的赋篇从魏晋时期开始数量渐多，说明这个时期的王公贵戚、文人才子，渐渐把眼光移向社会，关注广大农民的生产生活，明显地与汉大赋的主题倾向不同。

【注释】

① 暑景方往：《艺文类聚》卷三作“暑景方徂”。按，“徂”有“始”义，较“往”为优。徂（cú 殂）：始。《诗·小雅·四月》：“四月维夏，六月徂暑。”郑玄笺：“徂，犹始也，四月立夏矣，而六月乃始盛暑。”徂暑，后因以称盛暑。暑，炎夏。《易传·系辞下》：“寒往则暑来，暑往则寒来。”惟：为，是。晋·陶潜《自祭文》：“岁惟丁卯，律中无射。”

② 林钟：指农历六月。《吕氏春秋·音律》：“林钟之月，草木盛满，阴将始刑。”高诱注：“林钟，六月。”纪度：综理季度。祝融：帝喾时的火官，后尊为火神，命曰祝融。《国语·郑语》：“夫黎为高辛氏火正，以淳燿敦大，天明地德，光照四海，故命之曰‘祝融’，其功大矣。”司节：掌管时历。

③ 大火飏光：《艺文类聚》卷三作“大火飘光”。飏：飞扬，飘扬。《楚辞·九辩》：“何曾华之无实兮，从风雨而飞飏。”

④ 沉阳：指郁积的烈日。沉：积久，时长。散越：犹激越，激扬。《国语·周语下》：“为之六间，以扬沉伏而黜散越也。”韦昭注：“越，扬也……伏则不宣，散则不和。”这句言湿夏闷热，令人难以忍受。

⑤ 区寓：谓广阔的区域。郁烟：形容热气腾腾。

⑥ 燌（fén 汾）：同“焚”，燃烧。汉·王充《论衡·雷虚》：“以人中雷而死，即询其身，中头则须发烧焦，中身则皮肤灼燌。”

⑦ 翕翕（xì 细）：形容发烧时鼻子煽动状态，比喻热天呼吸急促。汉·张仲景《伤寒论·太阳病上》：“太阳中风，阳浮而阴弱。阳浮者热自发，阴弱者汗自出。啬啬恶寒，淅淅恶风，翕翕发热。”

⑧ 淟涊（tiǎn niǎn 舔碾）：溽热。三国·魏·王粲《大暑赋》：“气呼吸以祛裾，汗雨下而沾裳；就清泉以自沃，犹淟涊而不凉。”

⑨ 托：寄寓隐伏。阴宫：阴凉的屋子。旃（zhān 沾）：之，焉。《诗·魏风·陟岵》：“上慎旃哉，犹来无止。”马瑞辰通释：“‘之’、‘旃’一声之转，又为‘之焉’之合声，故‘旃’训‘之’，又训‘焉’。”

⑩ 白汗：因劳累、惶恐、紧张而流的汗，虚汗。《战国策·楚策四》：“夫骥之齿至矣，服盐车而上太行，蹄申膝折，尾湛胕溃，漉汁洒地，白汗交流，中坂迁延，负辕不能上。”

⑪ 漆：黑。水：指汗水。

⑫ 粉：指爽身粉。靡救：不能止。鲜（xiǎn 显）：少。

⑬ 庶望：犹企望。

柳树赋

翳炎夏之白日①，救隆暑之赫羲②。

【说明】

此两句见《文选》潘岳《在怀县作二首》其一李善注。严可均《全后汉文》卷九十三亦收此两句，题为《抑检赋》。但出处也是《文选》李善注。可见严氏弄错了。此赋系描写盛暑的酷热，似乎类似喜雨或者大暑赋一类的作品。实无法窥其全貌。

【注释】

① 翳：遮蔽，掩盖。《楚辞·离骚》：“百神翳其备降兮，九疑缤其并迎。”白日：太阳。

② 隆暑：酷热，盛暑。赫羲：亦作“赫曦”、“赫爔”，炎暑炽盛貌。三国·魏·曹植《诰咎文》：“炎旱赫羲，飚风扇发。”

明□赋

唇实范绿[①],眼惟双穴[②]。虽蜂膺眉鬓梓[③]。

【说明】

此赋仅存三句,见《北堂书钞》卷一五八《地理部二·穴篇十三》。

【注释】

① 范:据钱钟书先生考证,此"范"字乃"规"字之讹,画也。此句造词奇特,大意说明嘴唇为绿色。

② 眼惟双穴:指眼睛之大,犹如两个洞穴。

③ 蜂膺眉鬓梓:指胸如蜂弯曲,眉鬓的毛如梓树挺立。

【辨析】

这篇赋只存数句,与繁钦的《三胡赋》和其他文献比较,应该是描写胡人相貌的赋篇。钱钟书在《管锥编》第三册中说:"繁钦《明□赋》……题与文皆讹脱,而一斑窥豹,当是嘲丑女者。同卷尚有繁钦《三胡赋》,描摹胡人状貌之恶,则钦此篇题倘为《胡女赋》耶?"(《管锥编》第三册,北京:中华书局,1979年,第1044页)我们觉得钱先生的推论是有道理的。此赋与《三胡赋》可能同为一篇,都是描写古代西方少数民族男女的面目特征。

三胡赋

莎车之胡[①],黄目深精,员耳狭颐[②]。康居之胡[③],焦头折颏,高辅陷无[④],眼无黑眸,颊无馀肉。罽宾之胡[⑤],面象炙蝟[⑥],顶如持囊[⑦],隈目赤眥,洞頞卬鼻[⑧]。(《太平御览》卷三八二、卷三六九)

额似鼬皮,色象蒌橘[⑨]。(《太平御览》卷九六六《果部三·甘橘》)

【说明】

三胡是指我国古代西北方的三个少数民族。繁钦的这篇赋作,是有关胡人相貌之作。其特点是特别强调其毛发颜色，高耸的鼻梁以及深陷的眼睛。

【注释】

① 莎车：中国汉代西域都护府所辖诸国之一。即今新疆维吾尔自治区莎车县，位于塔里木河上流。北魏时，称为渠莎国。唐玄奘时，南半部称斫句迦国。莎车南通印度巴基斯坦，西通阿富汗，系边防交通重镇。

② 黄目深精：眼球金黄，两目深陷。员：通“圆”，员耳：圆形的耳朵。狭颐：狭窄的下巴。

③ 康居：古西域国名，包括今哈萨克斯坦、吉尔吉斯斯坦一带。

④ 焦头：指其头发弯曲如被烧焦。折頞（è 遏）：塌鼻梁。高辅：高高的颊骨。陷无：指两腮陷落。

⑤ 罽（jì）宾：古西域国名。西汉时期在今喀布尔河下游及克什米尔一带。有关其国名，诸书之记载不一。

⑥ 炙蝟：烤过的刺猬，指其胡须短而刚硬。

⑦ 此句《太平御览》卷三六九作“顶须如持囊”。持囊：指其头巾犹如背着一个口袋。

⑧ 限目：曲深的眼睛。赤眥（zì 自）：“眥”同“眦”，眼角发红。洞頞（è 遏）：如洞穴一样的鼻孔。卬鼻：高凸向上的鼻子。卬，通“昂”。

⑨ 鼬：鼬科动物部分种类的通称。身体细长，四肢短小，耳小而圆，尾巴短。中国古代多指黄鼬，即俗称黄鼠狼。鼬皮：指其黄色的毛发。色象萎橘：颜色如同枯萎的橘皮。

【辨析】

钱钟书在《管锥编》第三册第六十九则中说：“徐幹《明□赋》……题与文皆讹脱，而一斑窥豹，当是嘲丑女者。同卷尚有繁钦《三胡赋》，描摹胡人状貌之恶，则幹此篇题倘为《胡女赋》耶？‘眼惟双穴’与《三胡赋》之‘黄目深睛’、‘眼无黑眸’剧类。‘蜂膺’或是‘蜂准’之误，杜甫《黄河》所谓‘胡人高鼻’。目深鼻高乃胡貌特征，《世说·排调》即记王导笑胡人康僧渊之‘目深而鼻高’；《南部新书》戊卷载唐睿宗咏壁画胡人头：‘唤出眼！何用苦深藏？缩却鼻！何畏不闻香？’；《云溪友议》卷中载陆岩赠胡女诗：‘眼睛深却湘江水，鼻孔高于华岳山’；睿宗下句谓鼻塌亦能闻香，故不须高耳。‘范’疑‘规’之讹，如《淮南子·说山训》‘画西施之面、规孟贲之目’之‘规’，画也，‘规’误为‘轨’，三写而复误为‘范’；‘眉’疑‘蝟’之讹，谓鬓毛森刺，犹李颀《古意》之言‘须如蝟毛磔’。”（《管锥编》等三册，北京：中华书

局,1979年,第1044页)

钱钟书首先误以《明□赋》为徐幹作。其次并将《明□赋》与《三胡赋》比较,认为是以胡人之丑来嘲笑丑女之作。第三,以为《明□赋》原是《胡女赋》的误写,随意改动文字,易字解经,不可取。至少到六朝为止,所有描写丑女的赋篇都从未使用胡人的形象来形容丑女。钱钟书自己举出的六朝之后的例子,也没有一个是用胡人的形象来嘲弄丑女,因此他的推论是不正确的。只能说这两篇赋都是描写胡人相貌的作品。古赋家认识有局限性,我们应加以批判的解释。

弭愁赋

伤有闲之淑女,采薜荔于朝阳①。露素质之皎皎,绾玄发以流光②。结翠叶于珠簪,擢丹华于绿房③。点圜的之荧荧,暎双辅而相望④。袭游闲之妓服,褥阿縠之桂裳⑤。纫畹兰于缨佩,动晻暧以遗芳⑥。

既容冶而多好,且妍惠之纤微⑦。顾见予之独立,知我情之思归⑧。鸣环瑱以回眄,若欲进而行迟⑨。眷红颜之晔晔,何的皪之少群⑩。整桂冠而自饰,敷綦藻之华文⑪。从景炎而猗靡,粲绵邈以缤纷⑫。时瞭眇以含笑,收婉媚以愁人⑬。

【说明】

此赋见《艺文类聚》卷三十五。“弭(mǐ米)愁”,为消愁、止愁之意。这是一篇作者藉以销忧的赋篇。此赋明显地采用了《离骚》中香草美人的传统,是去掉“兮”字的骚体。表面上写的是一位娴静的美人,其实是作者的自我写照。赋中的香草代表了作者高洁的人格与超俗的才情。赋写到淡淡愁思即中断,显然此赋并不完整。

【注释】

① 有闲:娴静。有,词首助词,无词义。闲,娴静。《文选》孙绰《游天台山赋》:“于是游览既周,体静心闲。”淑女:贤良美好的女子。薜荔:植物名,又称木莲,常绿藤本,蔓生。茎、叶、果可供药用。朝(cháo潮)阳:山的东面。《诗·大雅·卷阿》:“梧桐生矣,于彼朝阳。”毛传:“山东曰朝阳。”

② 素质:白皙的容色。皎皎:洁白貌。绾(wǎn 挽):系结。玄发:黑发。流光:头发有光泽。汉·蔡邕《青衣赋》:“玄发光润,领如蝤蛴。”

③ 珠簪(zān 咱阴平):缀珠之簪。擢(zhuó 浊):拔。丹华:红花。绿房:花苞。

④ 圜(yuán 元):同“圆”。圜的:在额头上点的红点。荧荧:光艳貌。《史记·赵世家》:“美人荧荧兮,颜若苕之荣。”暎(yìng 硬):古同“映”。双辅:面颊。

⑤ 袭、褥:套添衣服。游闲:优游闲暇。《史记·货殖列传》:“游闲公子,饰冠剑,连车骑,亦为富贵容也。”妓服、桂裳:指舞衣与舞裙。縠(hú 胡):绉纱。

⑥ 纫:搓,捻。畹(wǎn 宛):古代地积单位。或以三十亩为一畹,或以十二亩为一畹,或以三十步为一畹。《楚辞·离骚》:“余既滋兰之九畹兮,又树蕙之百亩。”王逸注:“十二亩为畹。”缨佩:官服的饰物。晻暧(ǎn ài 俺爱):浓密茂盛,此处指香味浓郁。南朝·梁武帝《朝云曲》:“张乐阳台歌上谒,如寝如兴芳晻暧。”

⑦ 容冶:容貌及服饰艳美。妍惠:举止言行柔美。多好、纤微:臻于美善,细致入微。

⑧ 见:同“现”;察觉。予:我。

⑨ 环、瑱(tiàn 天去声):两种玉制的耳饰。环,耳环。瑱,冠冕上的塞耳之玉。回眄(miǎn 免):回望窥伺。

⑩ 红颜:此处指仪态美丽的淑女。晔晔(yè 业):美盛貌。《汉书·叙传下》:“世宗晔晔,思弘祖业。”的皪(dì lì 地利):光亮、鲜明貌。《文选》司马相如《上林赋》:“明月珠子,的皪江靡。”少群:卓尔不群。

⑪ 桂冠:用桂叶、桂花编制的帽子。模仿《离骚》中编织香草的手法。敷:铺陈。綦(qí 其)藻:富有文采。华文:指桂冠豪华富丽。

⑫ 景炎:阳光。猗靡:随风披拂貌。粲:灿烂,鲜艳。绵邈:悠远。缤纷:繁盛貌。《楚辞·离骚》:“佩缤纷其繁饰兮,芳菲菲其弥章。”

⑬ 瞭眇(liào miǎo 料秒):远观貌。眇:通“渺”。收:取,得到。婉媚:柔美。

愁思赋

何旻秋之惨凄[①],处闲夜而怀愁[②]。风清凉以激志兮,树动叶而鼓条。云朝跻于西汜兮,遂愤薄于丹丘[③]。潜白日于玄阴[④],翳朗月于重幽[⑤]。零雨濛其迅集[⑥],潢淹汩以横流[⑦]。听峻阶之回霤[⑧],心沉切以增忧[⑨]。嗟王事之靡盬[⑩],士感时而情悲。愿出身以徇役[⑪],式简书以忘归[⑫]。时陟岵以旋顾[⑬],涕渐缨而鲜晞[⑭]。

听鸣鹤之哀音，知我行之多违[15]。怅俯仰而自怜[16]，志荒悃而摧威[17]。聊弦歌以厉志[18]，勉奉职于闺闱[19]。

【说明】

此赋见《艺文类聚》卷三十五、《初学记》卷三，《初学记》卷三题作《秋思赋》。

这是一篇描写秋季愁思的抒情小赋。在沁凉的秋季里，作者在悠闲的夜里触发阵阵的愁绪。云彩的起落，白日的潜藏，满地横流的雨水都象征了他自己心情的沉重与多重的变化。“嗟王事之靡盬，士感时而情悲。”繁钦在世之时曾数次随曹操出征，“王事”殆指曹操南征北讨，天下尚且三分的局面。繁钦在赋中除了表现当时天下读书人忧国忧民的抱负，也写自己当时的情况。“陟岵”之典故可能意味着繁钦丧父之痛，失去自己的亲人加上为家国的担忧，他的经历比较复杂，或者还有其他心事，构成前面这篇赋的主要内容。因为居丧，所以最后作者说：“勉奉职于闺闱。”古人丧父母必须守孝，不得为官。面对这种情况，又值秋天，百感交集。这正是此赋的写照。

【注释】

① 旻（mín 民）：通“悯”，形容百物凋零。惨凄：凄凉悲伤。

② 闲夜：寂静的夜晚。《文选》傅毅《舞赋》：“夫何皎皎之闲夜兮，明月烂以施光。”此句用夜静反衬难眠。

③ “风清凉……遂愤薄于丹丘”等四句，据《初学记》卷三补入。跻（jī 基）：登上，升上。亦可借指虹。《诗·鄘风·蝃蝀》：“朝跻于西，崇朝其雨。”王先谦集疏：“先郑注：‘跻，升气也。’后郑注：‘跻，虹也。’”西汜（sì 四）：日入处。愤薄：指充溢，奔涌。《文选》潘岳《寡妇赋》：“气愤薄而乘胸兮，涕交横而流枕。”丹丘：红色的山丘，传说中神仙所居之地。这两句说明云彩早晨升上西边，然后充满了丹丘神仙之地。

④ 白日：太阳。玄阴：阴暗，幽暗。指太阳为浓荫所吞没。汉·司马相如《美人赋》：“时日西夕，玄阴晦冥，流风惨冽，素雪飘零。”

⑤ 翳：遮蔽，掩盖。《楚辞·离骚》：“百神翳其备降兮，九疑缤其并迎。”

⑥ 零雨：即下雨。濛：微雨。迅集：指雨水很快汇集。

⑦ 潢（huáng 黄）：指积水水深而广。《文选》司马相如《上林赋》：“灏溔潢漾。”淹：浸泡。汩（gǔ 古）：水流疾行貌。《楚辞·九章·怀沙》：“浩浩沅湘兮，分流汩兮。”

⑧ 峻阶：高而陡的石阶。回霤（liù 六）：倒灌的小屋檐淌下的水。

⑨ 沉切：长久深切。

⑩ 靡盬（gǔ 古）：没有止息。表示辛劳于王事，不能休息。《诗·唐风·鸨羽》："王事靡盬，不能蓺稷黍。"

⑪ 出身：献身。徇（xùn 训）役：殉身战事。表示自己愿意替百姓殉身报国。徇，通"殉"。

⑫ 式：效法。简书：写在竹简上用于告诫、策命、盟誓、征召等事的文书。亦指一般文牍。《诗·小雅·出车》："岂不怀归，畏此简书。"此反其意，为国忘归忘身。

⑬ 陟岵（zhì hù 志户）：借指思念父亲。《诗·魏风·陟岵》："陟彼岵兮，瞻望父兮。"后因以"陟岵"为思念父亲之典。渐缨：（泪水）浸湿了帽带。渐：沾湿，浸润。缨：系在颔下的帽带。旋：回转，旋转。旋顾：回顾。《庄子·秋水》："于是焉河伯始旋其面目，望洋向若而叹。"

⑭ 渐（jiān 兼）：浸。鲜晞（xiǎn xī 显西）：少干。指流泪不干。

⑮ 多违：多违背，多背谬。《左传·襄公八年》："谋之多族，民之多违，事滋无成。"指自己事与愿违。这句泄露其愁思根源，值得追寻。

⑯ 俯仰：低头和抬头，指一举一动之间。《墨子·鲁问》："大王俯仰而思之。"

⑰ 荒：同"慌"，惊惧害怕。悃（kǔn 捆）：诚恳，诚挚。荒悃：心中恐惧慌张。类似"荒悴"，焦急忧伤。三国·魏·曹植《九愁赋》："登高陵而反顾，心怀愁而荒悴。"摧威：挫损其尊严。以上二句值得回味。

⑱ 弦歌：依琴瑟而咏歌。《史记·孔子世家》："《诗》三百五篇，孔子皆弦歌之。"厉志：激励、磨练意志。

⑲ 闺闱：内室。这里指守孝。《三国志·魏书·中山恭王衮传》："闺闱之内，奉令于太妃；阃阈之外，受教于沛王。"这两句表示很无奈。

述征赋

时三月之暮春，逼干戈之急难①。

【说明】

此赋见《太平御览》卷三五一。应属纪行之赋，惜遗文逸句，不可复得。

【注释】

① 干戈：干、戈为古常用武器，因而常以"干戈"借指战争。《史记·儒林列传

序》:“然尚有干戈,平定四海,亦未暇遑庠序之事也。”急难(jí nàn 及南去声):危急艰难。指战祸已近在眼前。《管子·问》:“士之急难可使者几何人。”

避地赋

朝余发乎泗洲,夕余宿乎留乡①。

【说明】

此两句见《水经注·济水》卷八。全文散佚,仅能窥得其残圭断璧。避地,似指回避战乱而移居他处,心情也不会很好。

【注释】

① 发:出发。泗洲:今即泗水之滨。留乡:即留县,张良的封地,在古泗水下游,故治在今江苏省沛县东南。《水经注》引繁钦赋的前后文曰:“留县故城,翼佩泗、济,宋邑也。”又曰:“张良委身汉祖(指汉高祖刘邦),始自此矣,终亦取封焉,城内有张良庙也。”据此,判断此赋所指的地名位置当为确凿无疑。不必到处找泗洲。且当时江北青、徐、兖、豫也无泗洲其名。

撰征赋(征天山赋)

有汉丞相武平侯曹公,仗节东征①。观六军于三江,浮五湖以曜武②。素甲玄焰,皓旰流光③。左骈雄戟,右攒干将④。彤旍朱RM旝,丹羽绛房⑤。望之妒(疑为“如”)火,焰夺朝阳⑥。华旗翳云霓,聚刃曜日铓⑦。于是镄辒云趋,威弧雨发⑧。钲鼓雷鸣,猛火风烈,趹刃雾散,虏锋摧折,呼吸无闻,丑类剥灭⑨。

清我东南,浑齐边寓⑩。切(或作“功”)浅效深,费薄功厚⑪。(《韵补》卷三,“厚”字注)

【说明】

此赋见《艺文类聚》卷五十九,《太平御览》卷三三九、卷三五三。这是一篇描写曹操讨伐孙权之役的赋篇,作者似乎亲眼见到了战争的场面,但是也有可能并未随军,只是用想象来描绘。似乎是长篇大论,驰骋辞藻,可惜赋篇已经不全，无法窥其全貌。

【注释】

① 武平侯：建安元年（196），汉献帝以曹操为大将军，封武平侯，封邑此城。武平城故址在今河南省鹿邑县城西二十公里邱集乡武平城村内。仗节：手执符节。古代大臣出使或大将出征，皇帝授符节，以作为凭证及权力的象征。六军：天子所率军队。《周礼·夏官·序官》："凡制军，万有二千五百人为军。王六军，大国三军，次国二军，小国一军。"后因以为国家军队的统称。

② 三江：古代各地众多水道之总称。《尚书·禹贡》："三江既入，震泽底定。"汉以后有多种解释。五湖：古代吴越地区湖泊。其说不一。曜（yào 耀）武：炫耀武力。《后汉书·陈蕃传》："岂宜扬旗曜武，骋心舆马之观乎！"《魏书·陆睿传》："陛下往冬之举，政欲曜武江汉，示威衡湘，自春几夏，理宜释甲。"

③ 素甲：白色铠甲。《国语·吴语》："皆白裳、白旂、素甲、白羽之矰，望之如荼。"玄：黑色。焰（yàn 艳）：火光。皓旰（hào gàn 浩赣）：光亮貌。《文选》曹植《七启》："獠徒云布，武骑雾散，丹旗燿野，戈殳皓旰。"流光：流动、闪烁的光彩。《文选》扬雄《羽猎赋》："应骈（pēng 砰）声，击流光，野尽山穷，囊括其雌雄。"

④ 骈：并驾。雄戟（jǐ 挤）：雄悍的戈矛。攒（cuán 欑）：簇聚，聚集。干将（gān jiāng 甘江）：古剑名。相传春秋吴有干将、莫邪夫妇善铸剑，为阖闾铸阴阳剑，阳曰"干将"，阴曰"莫邪"。

⑤ 彤旅（lú 卢）：朱漆弓和黑弓。《尚书·周书》："王曰：……用赉尔……彤弓一，彤矢百；卢弓一，卢矢百。"矰（zēng 曾）：指系有生丝绳以射飞鸟的箭或者短箭。丹羽：赤色的羽毛。古代用以装饰旌旗或车盖。绛房：指红色花朵。

⑥ 焰夺朝阳：指军队的装饰一片鲜红，超过初升太阳。

⑦ 翳：遮蔽。云霓（ní 尼）：亦作"云蜺"，虹。聚刃：攒聚的兵器。曜：照耀。日铓（máng 忙）：太阳光芒。

⑧ 轒辒（fén wēn 汾温）：形容古代攻城用的兵车。云趋：如云彩疾行。威弧：即弧矢，弓箭。汉·扬雄《河东赋》："掉奔星之流旃，彏（jué 决）天狼之威弧。"雨发：如雨般落下。

⑨ 钲（zhēng 征）鼓：钲和鼓。古代行军或歌舞时用以指挥进退、动静的两种乐器。跃：舞动。虏锋：敌人的锋芒。摧折（shé 蛇）：毁坏，折断。《汉书·贾山传》："雷霆之所击，无不摧折者；万钧之所压，无不糜灭者。"丑类：坏人，对敌人的蔑称。《文选》曹植《求自试表》："庶将虏其雄率，歼其丑类。"剥灭：除掉。

⑩ 清我东南：肃清东南。指伐东吴。浑齐：犹混同，表示统一。边寓（yǔ 禹）：边疆。寓，古"宇"字。

⑪ 切浅效深：下刀浅而效果很大。费薄功厚：所费的工夫不多，而收获却很多。

【辨析】

此赋《艺文类聚》作《征天山赋》。《太平御览》两收，或作《征天山赋》，又作《撰征赋》。应以作《撰征赋》为胜，因为《征天山赋》于史实无据，曹操不曾出征过天山。

赋中提到“东征”，可能指建安十二年（207）因乌桓支持袁熙、袁尚兄弟，曹操亲率大军讨伐乌桓之事。《后汉书·孝献帝纪》载：“十二年秋八月，曹操大破乌桓于柳城，斩其蹋顿。”柳城在今辽宁朝阳。但接下来“观六军于三江，浮五湖以曜武”指的是水战，那就不可能是到东北打仗。《韵补》卷三的“清我东南”就更明确地指出这是讨伐孙权之役。

建安元年（196）九月曹操拜为大将军，封武平侯，十三年（208）六月为丞相。十四年（209）曹操征孙权，军至合肥而返。十七年（212）冬十月征孙权，十八年（213）正月进军濡须口，破孙权长江西营，夏四月返邺。建安十八年五月封魏公。故本赋大约作于建安十八年，赋名应题作《撰征赋》。

建章凤阙赋

筑双凤之崇阙，表大路以遐通[①]。上规圜以穹隆，下矩折而绳直[②]。长楹森以骈停，修桷揭以舒翼[③]。象玄圃之层楼，肖华盖之丽天[④]。当蒸暑之爰赫，步北楹而周旋[⑤]。鹪鹏振而不及，岂归雁之能翔[⑥]。抗神凤以甄甍，似虞庭之锵锵[⑦]。栌六翮以抚跱，俟高风之清凉[⑧]。华钟金兽，列在南廷[⑨]。嘉树蓊蒦，奇鸟哀鸣[⑩]。台榭临池，万种千名[⑪]。周榈辇道，屈绕纡萦[⑫]。（《艺文类聚》卷六十二）

挢不雕兮木不砻[⑬]，反淳庞兮踵玄洞[⑭]，阐所迹兮超遐踪[⑮]。（《韵补》卷一“洞”字注）

【说明】

此赋见《艺文类聚》卷六十二，末四句见《韵补》卷一“洞”字注。赋已残。赋描述了建章宫凤阙周遭的风貌，类似两汉京都之赋中描写宫殿的片段。

建章宫为汉代长安宫殿名,《三辅黄图》卷二《汉宫》载:“建章宫,武帝太初元年,柏梁殿灾。粤巫勇之曰:‘粤俗,有火灾,即复大起屋以厌胜之。’帝于是作建章宫,度为千门万户。宫在未央宫西,长安城外。”

《史记·封禅书》也有类似记载。

【注释】

① 崇阙:高峻的宫阙。表:屹然突出。《楚辞·九歌·山鬼》:“表独立兮山之上,云容容兮而在下。”遐通:通向远方。遐,辽远。《文选》班固《幽通赋》:“乘高而遌神兮,道遐通而不迷。”

② 规圜(yuán 元):圆形。按,“圜”,《文选》陆倕《石阙铭》李善注作“圆”。穹隆:这里指天。古人以为天是中央高,四角低。矩折:方形。古人以为地是四方形的,所谓天圆地方。绳直:法度,准则。《文选》陆倕《石阙铭》李善注引繁钦《建章凤阙赋》曰:“上规圆以穹隆,下矩地而绳直。”

③ 楹:厅堂前部和柱子。森:原指树木繁密貌,引申为盛貌。骈停:对称的排列。修:长。桷(jué 决):呈方形的椽子。揭:标志。舒翼:像鸟一般展翅。

④ 玄圃:相传昆仑山顶的神仙居处,中有奇花异石。玄,通“悬”。《文选》张衡《东京赋》:“左瞰阳谷,右睨玄圃。”肖:相像。华盖:古星名,形似帝王、贵族车上的伞盖,属紫微垣,共十六星,在五帝座上。《楚辞·九怀·思忠》:“登华盖兮乘阳,聊逍遥兮播光。”此处借以形容宫殿之状。

⑤ 蒸暑:形容盛夏之闷热。煖(nuǎn 暖)赫:炎热。煖,同“暖”。赫,炎热炽盛。周旋:徘徊。

⑥ 鷦(jiāo 焦):指鷦明,传说中的神鸟,类似凤凰。《史记·司马相如列传》载其《难蜀父老》:“犹鷦明已翔乎寥廓,而罗者犹视乎薮泽。”鹏:传说中巨大的神鸟。《庄子·逍遥游》:“北冥有鱼,其名为鲲。鲲之大,不知其几千里也。化而为鸟,其名为鹏。鹏之背,不知其几千里也。怒而飞,其翼若垂天之云。”

⑦ 抗:通“亢”,高大。甄:翼。甄甍:屋脊,屋栋。虞庭:亦作“虞廷”,指虞舜的朝廷。相传虞舜为古代的圣明之主,故亦以“虞廷”为“圣朝”的代称。锵锵(qiāng 腔):高貌。《后汉书·张衡列传》载其《思玄赋》:“命王良掌策驷兮,逾高阁之锵锵。”李贤注:“锵锵,高貌也。”也可解为美好貌,《管子·形势》:“鸿鹄锵锵,唯民歌之。”

⑧ 栌(lú 卢):柱上方木,斗拱。六翮(hé 何):谓鸟类双翅中的正羽。借指鸟的两翼。抚跱(zhì 治):放置。跱,站立。俟:等待。高风:指秋风。秋高气爽,故云。清凉:清爽凉快。

⑨ 华钟：刻有文饰的钟。金兽：指兽形的香炉。

⑩ 嘉树：佳树；美树。《左传·昭公二年》："既享，宴于季氏，有嘉树焉，宣子誉之。"蓊薆（wěng ài 翁上声爱）：形容草木茂密多荫貌。《汉书·司马相如传下》载其《哀二世赋》："观众树之蓊薆兮，览竹林之榛榛。"

⑪ 台榭：台和榭。亦泛指楼台等建筑物。临池：此处指临水搭建。

⑫ 周榈（yán 阎）：环绕的檐下走廊。《文选》司马相如《上林赋》："步榈周流，长途中宿。"李善注："步榈，步廊也。"辇道：可乘辇往来的宫中道路。纡萦（yū yíng 迂营）：弯曲缠绕。纡，弯曲。萦，回旋缠绕。

⑬ 挢（jiǎo 搅）：伸举，翘起。《楚辞·九章·惜诵》："挢兹媚以私处兮，愿曾思而远身。""挢"（kǎo 考）也有用火拷烘，使物体变形之义，犹《集韵》所谓"以火曲物也"。砻（lóng 龙）：磨。

⑭ 淳庞：淳朴。玄洞：玄通。全句大意为返回淳朴的大道。

⑮ 阐：开辟扩大。所迹：所走过的路。遐踪：踪影远离尘世，指隐遁或修道。以上三句与上下文不相类，不可解。

述行赋

茫茫河滨，实多沙尘。（《文选》谢灵运《拟魏太子邺中集诗·阮瑀》李善注）

涉洙泗而饮马兮，耻少长之龂龂①。（《史记·鲁世家》司马贞索隐引繁钦《遂行赋》）

【说明】

此赋断章残篇，从篇名上看来是一篇纪行之赋。但仅存数句，不知何时所作。

【注释】

① 洙泗：洙水和泗水。古时二水自山东省泗水县北汇流而下，孔子在洙泗之间聚徒讲学。《礼记·檀弓上》："吾与女（汝）事夫子于洙泗之间。"后也以"洙泗"代称孔子及儒家。今洙水已淹没。饮（yìn 印）马：给马饮水。少长：年少者与年长者。龂龂（yín 银）：争辩貌。《史记·鲁周公世家》："甚矣鲁道之衰也！洙泗之间龂龂如也。"裴骃《集解》引徐广曰："盖幼者患苦长者，长者忿愧自守，故龂龂争辞，所以为道衰也"。

桑　赋

上似华盖，紫极比形；下象凤阙，万桷一楹[①]。丛枝互出，乃错乃并。晔晔隆暑，凉风自生[②]。微条纤绕，随风浮沉。阳蜩鸣其南枝，寒蝉噪其北阴[③]。秋气忽其将来，咸感节而悲吟[④]。玩庇荫之厚惠，情眷眷而爱深[⑤]。

【说明】

此赋见《艺文类聚》卷八十八、《太平御览》卷九五五。从题目看来，这是一篇咏物赋。但此赋借蜩蝉与桑树的依存缱绻，寓寄暗示了作者对曹氏的感遇之情。此篇下笔突兀，疑似断简，而非全篇。

【注释】

① 华盖：古代帝王、贵族车上的伞盖，这里喻桑树树冠。亦指古星名，属紫微垣，共十六星，在五帝座上。今属仙后座。《楚辞·九怀·思忠》："登华盖兮乘阳，聊逍遥兮播光。"紫极：星名。借指帝王的宫殿。凤阙（què 却）：《太平御览》作"凤阙"。"阙"，"阙"的异体字。桷（jué 决）：方形的椽子。喻桑树枝直。楹：堂前的柱子，喻桑树干直而稳。

② "丛枝互出，乃错乃并"：枝繁叶茂而交错叠加。晔晔（yè 业）：光亮美盛貌。

③ 阳蜩（tiáo 条）：指夏季天暖时的蝉。南枝：向阳的枝梢。寒蝉：指秋后天凉后的蝉。噪：喧鸣。北阴：即北方。古人以北方属阴。汉·焦赣《易林·否之蹇》："北阴司寒，坚冰不温，凌人情怠，大雹为灾。"

④ 秋气：指秋日凄清、肃杀之气。《吕氏春秋·义赏》："春气至，则草木产，秋气至，则草木落。"忽其：形容季节很快变化。感节：感伤时节变化。

⑤ 玩：体味。庇荫（bì yìn 敝印）：受到遮蔽保护。厚惠：丰厚的恩情。似指曹操对他的眷顾。眷眷：亦作"睠睠"。似指对曹家的依恋。《诗·小雅·小明》："念彼共人，睠睠怀顾。"

柳　赋

有寄生之孤柳，托余寝之南隅[①]。顺肇阳以吐牙，因春风以扬敷[2]。交绿叶而重葩,转纷错以扶疏[3]。郁青青以畅茂,纷冉冉以陆离[4]。浸朝露之清液,曜华采之猗猗[5]。

【说明】

此赋见《艺文类聚》卷八十九。再现一株寄居屋旁孤独柳从一芽绿色渐长到郁郁摇风的过程。当为有感而发。赋似为残篇。

【注释】

① 寄生:寄居生存。《楚辞·七谏·初放》:"便娟之修竹兮,寄生乎江潭。"托:承着。余:我。寝:卧。隅:角落。

② 肇阳:指初春。吐牙:发芽。

③ 因:依,顺着。扬敷:条叶飞扬。重葩(chóng pā 虫趴):重瓣的花。扶疏:亦作"扶踈",枝叶繁茂纷披貌。

④ 畅茂:旺盛繁茂。《孟子·滕文公下》:"草木畅茂,禽兽繁殖。"冉冉:这里指柳枝柔弱下垂貌。《文选》曹植《美女篇》:"柔条纷冉冉,叶落何翩翩。"陆离:参差错综貌。

⑤ 浸:浸透;滋润。曜:同"耀",照耀。华采:华丽的色彩。《楚辞·九歌·云中君》:"浴兰汤兮沐芳,华采衣兮若英。"猗猗(yī 衣):柔美貌。汉·焦赣《易林·坤之巽》:"白驹生刍,猗猗盛姝。赫谊君子,乐以忘忧。"

丁　仪

丁仪（？—约220），字正礼，沛郡（今安徽濉溪县）人。父冲，与曹操亲善。建安中，操闻丁仪为令士，欲以长女清河公主许配之，但曹丕以丁仪眼疾为由反对，曹操遂罢之。后辟仪为掾，曹操始与其会面，喟然叹其才朗，恨未以女许之。丁仪亦恨不得公主。与弟丁廙和临淄侯曹植亲善。逢曹操有意立植，丁仪又共赞之。及曹丕立为太子，欲治仪罪。自立为帝之后，借故杀丁仪，丁家满门亦皆被抄斩。事迹见《三国志·魏书·陈思王植传》裴松之注引《魏略》。

丁仪有文才，擅长政论。与邯郸淳、繁钦、路粹、杨修、荀纬及丁廙厚，并有文采，曹植作有《又赠丁仪王粲》诗。原有集，已佚，《全上古三代秦汉三国六朝文》存其文三篇。

厉志赋

览前志而博观，求余心之所安[①]。虽疲驽而才弱，敢舍力而不攀[②]。懿躬稼之克任，贱善射而陨残[③]。羡首阳之遗誉，憎千驷之馀讪[④]。宗舍藏之伟节，薄鼎角之自干[⑤]。嘉《法言》之令扬，悼《说难》之丧韩[⑥]。鉴登险之败绩，顾清道以自闲[⑦]。瞻亢龙而惧进，退广志于《伐檀》[⑧]。虽德厚而祚卑，犹不忘于盘桓[⑨]。薰以芬香而自烧，兔亦取毙于毫翰[⑩]。援大雅以为戒，眺龚胜而自叹[⑪]。嗟世俗之参差，将未审乎好恶[⑫]。咸随情而与议，固真伪以纷错[⑬]。秽杯盂之周用，令瑚琏以抗阁[⑭]。恨骡驴之进庭，屏骐骥于沟壑[⑮]。疾青蝇之染白，悲《小弁》之靡托[⑯]。恶晨妇之蒙厚，痛三代之见薄[⑰]。惟受性之朴拙，亮未达乎测度。顾钟子之既没，牙辍弦而不作[⑱]。敦三思之弥愤，勤循墙之兹恪[⑲]。勉夕改以补朝，履日新而悔昨[⑳]。(《艺文类聚》卷二十六)

苟神祇之我昭，永明目而无怍[㉑]。(《文选》沈约《奏弹王源》李善注作"丁德礼《厉志赋》")。

【说明】

清·刘熙载(1813—1881)《艺概·赋概》:"或问:古人赋之言志者，汉如崔篆之《慰志》，冯衍之《显志》;魏如刘桢之《遂志》，丁仪之《励志》;晋如枣据之《表志》，曹摅之《述志》。然则，赋以径言其志为尚乎?余谓赋无往而非言志也。必题是'志'而后其赋为言志，则志或几乎息矣。"古人以辞赋表达志向，但其赋题并不局限于"述志"或者"显志"。刘熙载所言甚是，如刘向《遂初赋》、贾谊《鹏鸟赋》之赋题不一，但其言志的内容却是一样的。

这篇赋的风格完全属于汉代古赋之风，其句式大都以动词起首。这种句式似乎到了扬雄之时，已经相当常见。而东汉初冯衍的《显志赋》中有许多句型就是这种典型以动词为首的句式。《厉志赋》不仅题目和冯衍之赋类似，其风格也相同。几乎句句都含有典故，形成一种凝重严肃的风格。此赋的内容包含表述作者的志向、人生的困境以及对环境中小人的鞭挞批评。从现存的片段来看，丁仪首先表明为了自我反省，阅读古书以寻求解答。他自谦虽为驽钝之才，但仍戮力前进。他仰慕隐居首阳山的伯夷和叔齐的千古留名，贱视齐景公的贻笑千古。也表达了对儒家的赞许，对法家的轻视——扬雄著《法言》胜过韩非作《说难》，这是作者的道德价值的取向。“鉴登险之败绩，顾清道以自闲”两句则点明了自己处境的危险，希望能清净自处。然而谈何容易！在现实的生活中，丁仪受曹丕阻止而未能娶清河公主，后又辅佐曹植与曹丕竞争皇位，其处境之危险可以想见。“移杯盂之周用，令瑚琏以抗阁”和接下来的数句都指出小人当道，感叹自己虽为宝器，只能束诸高阁。“顾钟子之既没，牙辍弦而不作”则直接说明自己缺乏知音，才能不被欣赏。有可能丁仪是暗示曹植争夺皇位的失败，等同于知音从此已逝。自己只能恪遵儒家思想，日日鞭策以厉志向。结尾是一种失望的感伤，而非振奋人心的思想。

【注释】

① 前志：古人的记录。志，记事的著作或文章。博观：扩大自己的见闻。

② 疲驽：衰老的劣等马。常用以自谦愚钝无能。《汉书·石奋传》：“臣幸得待罪丞相，疲驽无以辅治。”晋·葛洪《抱朴子·名实》：“旷棘矢而望高手于渠广，策疲驽而求继轨于周穆。”

③ 懿（yì 义）：赞美，称颂。躬稼：亲自种植谷物。也即亲身务农。《论语·宪问》：“禹稷躬稼，而有天下。”克：能够。贱：轻视，鄙视。陨残：崩坏，损坏。这两句说明作者重视农业，而轻视骑射，也即轻视军事。

④ 首阳：指伯夷、叔齐义不食周粟，采薇于首阳山之故事。《论语·季氏》：“伯夷、叔齐，饿于首阳之下，民到于今称之。”《史记·伯夷列传》：“武王已平殷乱，天下宗周，而伯夷、叔齐耻之，义不食周粟，隐于首阳山，采薇而食之。”首阳山在何地，旧说不一。多以为在今山西省永济县南。遗誉：遗留的名声。憎：厌恶。千驷：指齐景公拥马千匹，死后却无百姓称颂的故事。《论语·季氏》：“齐景公有马千驷，死之日，民无德而称焉。”馀讪：指后人对齐景公的嘲笑。

⑤ 宗：尊重。舍藏：受到任用，就治理国家；不受任用，就将才能隐藏起来。典出《论语·述而》：“子谓颜渊曰：‘用之则行，舍之则藏，唯我与尔有是夫！’”薄：轻视。鼎角：指相术。相术谓额上有日角、月角和伏犀三骨，隆起者为三公贵相。《后汉书·李固传》：“固貌状有奇表，鼎角匿犀，足履龟文。”李贤注：“鼎角者，顶有骨如鼎足也。”干（gān 甘）：求取（官位）。

⑥ 嘉:嘉许,表彰。《法言》:指西汉扬雄模仿《论语》所著之书《法言》。《汉书·扬雄传下》:"以为经莫大于《易》,故作《太玄》;传莫大于《论语》,作《法言》。"令:善,美好。扬:发扬。《说难》:即韩非之《说难》,内容说明游说之困难。丧韩:指韩非终究丧命于李斯、姚贾之手,两人谗害诋毁韩非,使韩非被囚而自杀。此二句肯定儒家的美德,而批评法家之作为。

⑦ 鉴:看到,使人警惕。登险:登上高峻之地。败绩:指军队溃败。顾:回首。清道:清净无为之道。《淮南子·原道训》:"圣人守清道而抱雌节,因循应变。"《文子·道原》:"故圣人随时而举事,因资而立功,守清道,拘雌节,因循而应变,常后而不先。"

⑧ 亢龙:《易·乾》:"上九,亢龙有悔。"孔颖达疏:"上九,亢阳之至,大而极盛,故曰亢龙,此自然之象。以人事言之,似圣人有龙德,上居天位,久而亢极,物极则反,故有悔也。"谓居高位而不知谦退,则盛极而衰,不免败亡之悔。此处亢龙指居高位而不知谦退之人。退:不居官位。广志:扩大自己的志向。《伐檀》:《诗经·魏风》中的诗篇,此处指君子不素餐之意。《毛诗序》:"《伐檀》,刺贪也。在位贪鄙,无功而受禄,君子不得进仕尔。"

⑨ 祚(zuò 坐):福。盘桓:徘徊,犹豫。此句意为自己虽然福分不足,但仍不忍离去。

⑩ 薰:香草名。一名蕙草。此句指香草由于自己的天赋而被人燃烧。毫翰:指毛笔。此处指兔子因为自身的毛适合做毛笔而遭到杀害。白居易新乐府有《紫毫笔》,紫毫笔就是用生长在江南山间石洞的老兔毛制作的。这种笔贵重如金子。

⑪ 大雅:称德高而有大才的人。《文选》班固《西都赋》:"大雅宏达,于兹为群。"李善注:"大雅,谓有大雅之才者。《诗》有《大雅》,故以立称焉。"龚胜:(前68—11)西汉彭城(今江苏徐州)人,字君宾。好学明经。初为郡吏、县令。哀帝时,征为谏大夫,屡次上书抨击刑罚严酷、赋敛苛重。迁丞相司直,徙光禄大夫。不满哀帝宠幸董贤,出为渤海太守,托病辞官。后为光禄大夫,王莽秉政时,归老乡里。王莽代汉后以上卿职位强征,龚胜曰:"吾受汉家厚恩,亡以报,今年老矣,旦暮入地,谊岂以一身事二姓,下见故主哉?"拒不受命,绝食十四日而死。详见《汉书》卷七十二《龚胜传》。

⑫ 嗟世俗之参差:感叹世俗的道德没有标准。将:殆,大概。未审乎好恶:对善恶不加辨别。

⑬ 咸随情而与议:都随着情况而参与舆论,不讲是非。纷错:纷繁杂乱。《楚辞·九叹·忧苦》:"思余俗之流风兮,心纷错而不受。"王逸注:"纷错,溃乱也。"

⑭ 杯盂:酒杯。周用:足用,适用。北魏·郦道元《水经注·汾水》:"坛前有石井,深数尺,居常无水,及临祈祷,则甘泉涌出,周用则已。"瑚琏:宗庙里盛黍稷的祭

器，比喻治国的才能，与“杯盂”（比喻庸才）相对。抗阁：指将人才束之高阁而不用。

⑮ 骒驴：指驽钝之材。进庭：进入厅堂。指被重用。屏：除去，排除。骐骥：千里马。此处与“骒驴”（指驽钝之材）相对，指有才德的人。沟壑：本指山沟，借指野死之处或困厄之境。指被排斥不用。《孟子·滕文公下》：“志士不忘在沟壑，勇士不忘丧其元。”

⑯ 疾：痛恨。青蝇：青为黑，苍蝇作青黑，故名。喻指谗佞小人。典出《诗·小雅·青蝇》：“营营青蝇，止于樊。岂弟君子，无信谗言。营营青蝇，止于棘。谗人罔极，交乱四国。”《楚辞·九叹·怨思》：“若青蝇之伪质兮，晋骊姬之反情。”王逸注：“青蝇变白使黑，变黑使白，以喻谗佞。”《小弁》：《诗经·小雅》中的诗篇，孔颖达《毛诗正义》：“太子谓宜咎也。幽王信褒姒之谗放逐宜咎，其傅亲训太子知其无罪，闵其见逐，故作此诗以刺王。”《小弁》的主要内容是周幽王放逐太子宜臼，而太子之师傅怜悯他而为之作诗。诗中抒写宜臼遭受父母抛弃，而内心忧愤哀怨。靡托：没有托身之处。

⑰ 晨妇：谓妇人干政。典出《尚书·牧誓》：“牝鸡无晨。牝鸡之晨，惟家之索。”《汉书·外戚传下·班倢伃》：“悲晨妇之作戒兮，哀褒阎之为邮。”颜师古注引张晏曰：“《书》云‘牝鸡之晨，惟家之索’，喻妇人无男事也。”蒙厚：受到推崇。痛三代之见薄：悲伤三代淳朴之古风不受重视。

⑱ 此句指钟子期死后伯牙绝弦之事。《吕氏春秋·本味》：“伯牙鼓琴，钟子期听之。方鼓琴而志在太山，钟子期曰：‘善哉乎鼓琴，巍巍乎若太山。’少选之间，而志在流水，钟子期又曰：‘善哉乎鼓琴，汤汤乎若流水。’钟子期死，伯牙破琴绝弦，终身不复鼓琴，以为世无足复为鼓琴者。”

⑲ 敦：勉励。三思：反复思量。《论语·公冶长》：“季文子三思而后行。子闻之，曰：‘再，斯可矣。’”弥愤：更加发愤。循墙：谓避开道路中央，靠墙而行。表示恭谨或畏惧。《左传·昭公七年》：“故其鼎铭云：‘一命而偻，再命而伛，三命而俯，循墙而走，亦莫余敢侮。’”杜预注：“言不敢安行也。”兹：更加。恪：恭敬，谨慎。

⑳ 勉夕改以补朝：勉励自己早晨犯的错误，黄昏时就改正。《文选》曹植《上责躬诗》李善注：“曾子曰：‘君子朝有过，夕改，则与之；夕有过，朝改，则与之。’”《大戴礼记·曾子立事》：“君子不先人以恶，不疑人以不信，不说人之过，成人之美，存往者，在来者，朝有过夕改则与之，夕有过朝改则与之。”日新：指日日更新进步。《易传·系辞上》：“富有之谓大业，日新之谓盛德。”孔颖达疏：“其德日日增新。”《礼记·大学》：“汤之盘铭曰：‘苟日新，日日新，又日新。’”

㉑ 神祇（qí 其）：原指天神与地神，或泛指神明。《尚书·汤诰》：“尔万方百姓，罹其凶害，弗忍荼毒，并告无辜于上下神祇。”昭：显扬。怍（zuò 作）：惭愧。

丁　廙

丁廙（？—220），字敬礼，丁仪弟。沛郡（今安徽宿州西北）人。生年不详。父亲丁冲与曹操为好友，常与曹操一同乘车。兄丁仪，有文名。丁廙少年时既有才姿，又博学洽闻。他初聘于公府，建安年间为黄门侍郎。丁廙曾向曹操称曹植仁孝博学，并建议将曹植立为太子。因其劝说，曹操数次欲立曹植，而其兄丁仪与其友杨修等也依附曹植。公元220年，曹操病逝，曹丕继任，篡汉即位，即找借口将丁廙、丁仪并其男丁全部诛杀，消除异己，以绝后患。曹植常与丁氏兄弟诗文唱和，在《与杨德祖书》中，他提到丁廙："昔丁敬礼常作小文，使仆润饰之，仆自以才不过若人，辞不为也。敬礼谓仆：'卿何所疑难，文之佳恶，吾自得之，后世谁相知定吾文者邪？'吾常叹此达言，以为美谈。"足见曹植对其文评价甚高。《隋书·经籍志四》载："《丁廙集》一卷，梁二卷，录一卷。"但现仅存赋二篇。晋·张隐《文士传》有传。其他事迹主要散见于《三国志》。

蔡伯喈女赋

伊太宗之令女①,禀神惠之自然②。在华年之二八③,披邓林之曜鲜④。明六列之尚致⑤,服女史之话言⑥。参过庭之明训⑦,才朗悟而通玄⑧。当三春之嘉月⑨,时将归于所天⑩。曳丹罗之轻裳⑪,戴金翠之华钿⑫。美荣曜之所茂⑬,哀寒霜之已繁⑭。岂偕老之可期⑮,庶尽欢于馀年⑯。何大愿之不遂⑰,飘微躯于逆边⑱。行悠悠于日远⑲,入穹谷之寒山⑳。惭《柏舟》于千祀㉑,负冤魂于黄泉㉒。

我羁虏其如昨㉓,经春秋之十二㉔。忍胡颜之重耻㉕,恐终风之我萃㉖。咏芳草于万里㉗,想音尘之髣髴㉘。祈精爽于交梦㉙,终寂寞而不至㉚。哀我生之何辜㉛,为神灵之所弃㉜。仰蕣华其已落㉝,临桑榆之歔欷㉞。入穹庐之秘馆㉟,亟逾时而经节㊱。叹殊类之非匹㊲,伤我躬之无悦㊳。修肤体以深㊴,念兰泽之空设㊵。伫美目于胡忌㊶,向凯风而泣血㊷。

【说明】

此赋见《艺文类聚》卷三十。这篇赋写的是东汉名士蔡邕之女蔡琰的事迹。蔡琰字文姬,博学能文,初嫁河东卫仲道,无子,夫亡,归娘家。汉献帝兴平年间(194—195),天下大乱,蔡琰为胡兵所掳,流落匈奴十二年,与匈奴左贤王生二子。后曹操用金璧赎回,改嫁同郡董祀。蔡琰以其《悲愤诗》闻名于世。

本赋首先介绍蔡琰具备种种传统女子的优点与美德。其次叙写蔡琰陷入坎坷逆境。最后系感伤其在胡地蒙受耻辱,而青春逝去。

这篇赋的叙述角度忽而第三人称,忽而第一人称,但变换十分自然。也是本赋叙事的一个特点。

此赋作于建安七年(202)文姬归汉后,与曹丕的同题之赋同时所作。

【注释】

① 伊:是,此。太宗:古官名,即周之大宗伯,掌管祭祀、典礼等事。这里似乎代指蔡邕,但其义未明。令:善,美好。令女:美好的女子。这里指蔡邕之女蔡琰。

② 禀:禀性。神惠:灵妙的智慧。"禀神惠之自然"句:指蔡琰天生就聪明过人。

③ 华年:青春年华。二八:指十六岁。

④ 披:覆盖。邓林:原为古代神话传说中的桃林。《山海经·海外北经》:"夸父与日逐走,入日。渴欲得饮,饮于河渭,河渭不足,北饮大泽。未至,道渴而死。弃其杖,化为邓林。"此处借指荟萃之处,聚汇之所。曜:明亮,光辉。鲜:善,美好。"披邓林之曜鲜"句:称赞蔡琰身上汇集了所有美好的事物。

⑤ 明:了解,通达。六列:指《古列女传》之《母仪》、《贤明》、《仁智》、《贞顺》、《节义》、《辨通》六篇。尚:主要。致:指事理。深奥微妙的道理。

⑥ 服:实行,施行。女史:古代女官名,以知书妇女充任。掌管有关王后礼仪等事。话言:美善之言,有道理的话。"服女史之话言"句:指蔡琰言行符合妇女应有的礼仪。

⑦ 参:领悟。过庭:指承受父训或径指父训。典出《论语·季氏》:"鲤趋而过庭,曰:'学《诗》乎?'对曰:'未也。''不学《诗》,无以言。'鲤退而学《诗》。他日,又独立,鲤趋而过庭,曰:'学《礼》乎?'对曰:'未也。''不学《礼》,无以立。'鲤退而学《礼》。"明训:明确的训诫。

⑧ 朗悟:颖悟,敏悟。玄:指深奥的道理。

⑨ 三春:指春季的三个月份,即孟春(农历一月)、仲春(农历二月)、季春(农历三月),也泛指春天。嘉月:美好的月份,多指春季的月份。

⑩ 时:当时,那时。归:古代指女子出嫁。所天:旧时称呼所依靠的人,这里指丈夫。

⑪ 曳:穿。丹罗:红色的丝织品。轻裳:轻柔的衣裳。

⑫ 金翠:黄金与翠玉。华钿:指用金、银、玉、贝等制成的花朵状的首饰。

⑬ 美:称美,赞美。荣曜:花木茂盛鲜艳。茂:茂盛。

⑭ 哀:悲伤。寒霜:喻蔡琰不幸的命运。这句是拟人化的描写。

⑮ 偕老:共同生活到老,常特指夫妻相偕到老。典出《诗·邶风·击鼓》:"执子之手,与子偕老。"期:企求。

⑯ 庶:希望,但愿。尽欢:尽情地欢乐。馀年:剩馀的寿命,指到老死。

⑰ 何:为什么?大愿:宏大的愿望。不遂:无法实现。

⑱ 飘:飘泊,流浪。微躯:微贱的身躯,常用作谦辞。逆边:叛逆不顺的边藩。这里指被胡人所掳。

⑲ 悠悠:连绵不尽。"行悠悠于日远"句:指每日越走越远。

⑳ 穹谷:深谷。寒山:传说中北方高寒之山。“穹谷之寒山”是倒装句,应是“寒山之穹谷”。

㉑ 惭:心里惭愧。《柏舟》:原为《诗经·鄘风》的篇名,引申为因丧夫而矢志不嫁。典出《诗·鄘风·柏舟序》:“《柏舟》,共姜自誓也。卫世子共伯蚤(早)死,其妻守义,父母欲夺而嫁之,誓而弗许,故作是诗以绝之。”千祀:千年。

㉒ 负:惭愧,抱愧。冤魂:冤屈而死的鬼魂。黄泉:人死后所居住的地方。古代认为天地玄黄,而泉在地下,所以称为“黄泉”。这里引申为死后。

㉓ 我:蔡琰自称。羁虏:指被俘虏而羁留。如昨:好像昨天的事一样,喻对过去的屈辱感受深刻。

㉔ 春秋:光阴,岁月。十二:这里指十二年。

㉕ 忍:忍受。胡颜:胡人的脸色。重耻:重大的耻辱。

㉖ 恐:畏惧。终风:指大风。典出《诗·邶风·终风》:“终风且暴,顾我则笑。”这里可能借指劫难。萃:聚集,汇集。“恐终风之我萃”句:畏惧劫难聚集我一身。

㉗ 咏:念诵。芳草:比喻寄情深远的诗篇。“咏芳草于万里”句:在离故乡万里之外的地方吟咏寄予着乡愁的诗篇。芳草喻其坚贞的气节。

㉘ 音尘:音信,消息。蔡琰所作《胡笳十八拍》之十:“故乡隔兮音尘绝,哭无声兮气将咽。”髣髴:同“仿佛”,指隐约、依稀。

㉙ 祈:祈求。精爽:魂魄。交:两者相接触。“祈精爽于交梦”句:祈求魂魄在梦里与父母相会。

㉚ 终:到了最后。不至:不必。“终寂寞而不至”句:最终个人孤孤单单。

㉛ 哀:悲哀。辜:罪过。“哀我生之何辜”句:悲哀我这生究竟有什么罪过。

㉜ “为神灵之所弃”句:是说自己被神灵所遗弃。

㉝ 仰:仰望。蕣(shùn 舜)华:木槿花,其特质为朝开暮落。已落:已经凋零。

㉞ 临:靠近。桑榆:桑树和榆树,比喻晚年、垂老之年。歔欷:叹息,悲泣。

㉟ 穹庐:古代游牧民族居住的毡帐,引申为北方少数民族。秘馆:密室。文姬为南匈奴左贤王妾,自然居禁中之地。

㊱ 亟:迅速。逾:越过,经过。“亟逾时而经节”句:指时间很快地就过去了。

㊲ 叹:感叹。殊类:古时称呼少数民族,这里指左贤王。非:引申为不喜欢,讨厌。匹:配偶。

㊳ 伤:悲伤。我躬:我本身,我自己。悦:喜悦。

㊴ 修:整理。不过从下句“念兰泽之空设”推断,可能指打扮。肤体:身体。此句脱一字。

㊵ 念:哀怜,可怜。兰泽:兰浸制在发油中制成的润发香油。空设:虚置,准备了而没有用。指无心饰容。

㊶ 伫：等待，期盼。美目：美目顾盼生姿，这里指蔡琰。胡忌：此句不知何解。可能指她在胡地生两个孩子。

㊷ 凯风：和暖的风，指南风。由于蔡琰被掳到北方胡人的境地，所以这里用来比喻故乡。泣血：无声痛哭，泪如血涌，又可能因为泪尽血出，借以形容极度悲伤。

【辨析】

曹丕也撰有《蔡伯喈女赋序》："家公与蔡伯喈有管、鲍之好，乃命使者周近持玄玉璧，于匈奴赎其女还，以妻屯田郡都尉使者董祀。"（《太平御览》卷八〇六）丁廙是受命对蔡琰流落胡地的故事作赋。孙星衍《续古文苑》卷二："案魏文帝《蔡伯喈女赋序》：'家公与蔡伯喈有管、鲍之好，乃命使者周近持金璧与匈奴，赎其女还'云云，当时盖命词人并作，而廙应教也。"

从历史背景来看，假如丁廙是奉命而作，应该要提到曹操以玉璧将蔡琰赎回之事。但本赋对此始终不提，因此我们怀疑本赋恐怕已非全貌。

弹棋赋

文石为局，金碧齐精①。隆中夷外，致理肌平②。卑高得适，既安且贞③。棋则象齿，选乎南藩④。礼身重□，□□□□⑤。腹隐头骞⑥。骁悍说敏，不轻不轩⑦。列数二六，取象官军⑧。微章采列，烂焉可观⑨。

于是二物既设，主人延宾⑩。粉石雾散，六师列陈⑪。迹行王首，左右相亲⑫。成列告誓，三令五申⑬。事中军政，言含礼文⑭。号令既通，兵棋启路⑮。运若回飙，疾似飞兔⑯。前中却舞，贯其馀怒⑰。风驰火燎，令牟取五⑱。恍哉忽兮，诚足慕也⑲。

若夫气竭力残，弱胆怯心，进不及敌，中路为擒⑳。仁而不武，《春秋》所箴㉑，刚优劲勇，忿速轻急㉒。推敌阻隧，我废彼立㉓。君子去是，过犹不及㉔。

【说明】

此赋见《艺文类聚》卷七十四。弹棋，是其中一种古代的博戏。此类写游戏的赋篇，大多都是以四言体行之，应是属于汉代以来俗赋的题材。例如扬雄的

《逐贫赋》、王褒的《僮约》等。一般与棋有关的赋都喜欢用军队战事为基本架构来描写该游戏,这篇赋就是一个典型的例子。作者描绘弹棋的过程,也采用军事意象来写两个游戏者互相之间的争战。最后作者幽默地说,如果君子将弹棋这种游戏都放弃了,那么就是矫枉过正,过犹不及了。

【注释】

① 文石:有纹理的石头。局:棋盘。金碧:金黄色和碧绿色。齐精:整齐精致。

② 隆:高,突起。夷:平坦。致:精致。理:雕琢。肌:这里指棋盘的表面。平:平坦。全句指棋盘中间隆起,四边平坦。“文石为局……致理肌平”四句与王粲《弹棋赋》完全一样,可能是后人传抄之误。见《太平御览》卷七五五。

③ 卑:低。适:适合,符合。安:稳固。贞:坚固。

④ 棋则象齿:棋子为象牙所造。选:挑选。南藩:南方的领域,南方的藩屏。《史记・赵世家》:“我先王因世之变,以长南藩之地,属阻漳、滏之险,立长城。”

⑤ “礼身重”句:句有脱文,无法解读。

⑥ 隐:凹下去。骞:仰首貌。类似蔡邕《弹棋赋》:“丰腹敛边,中隐四企。”即棋盘腹部隆起,四边收敛;顶部中心下陷,四周翘起。魏文帝同题也有类似描写。

⑦ 骁悍:勇猛强悍。说:通“脱”,指急骤。敏:敏捷。轻:随便,不庄重。轩:车子前高后低貌。

⑧ 二六:指黑白棋子各六枚,交替弹击。象:形象。官军:政府的军队。“取象官军”句:指棋子是模仿军队制造的。

⑨ 微章:指棋艺精妙表现。采列:精彩的进退排列。烂:色彩绚丽。

⑩ 二物:指棋盘和棋子。延:邀请。

⑪ 粉石雾散:弹棋时需手干燥,因此以石粉涂手。六师:周天子所统率的六军之师,此处大概指棋子六枚。《尚书・康王之诰》:“张皇六师,无坏我高祖寡命。”列陈(zhèn 镇):列阵。陈,通“阵”。

⑫ 迹:追寻。行:道路。王首:将帅。相亲:彼此亲近。

⑬ 告誓:亦作“诰誓”,是古代君王训诫勉励民众的文告,这里指弹棋规则。三令五申:再三命令与告诫。

⑭ 军政:军中的政事。礼文:礼乐仪制。

⑮ 兵棋:特别制造的军队标号图型和人员、兵器、地物等模型,让各级指挥员在沙盘上研究作战和训练等情况时使用。这里指弹棋中的棋子。启路:开路。

⑯ 运:移动。回飙:旋转的狂风。

⑰ 前:通“翦”,消灭。舞:嘲弄。贾:本为“卖”义,此处指鼓起勇气。语本《左

传·成公二年》:“齐高固入晋师,桀石以投人,禽之,而乘其车,系桑本焉。以徇齐垒,曰:‘欲勇者,贾余馀勇。’”杜预注:“贾,卖也。言己勇有馀,欲卖之。”

⑱ 风驰:奔驰时快得像风一样。燎:延烧。“风驰火燎”句:指对手迅速反击。牟:加倍。《楚辞·招魂》:“成枭而牟,呼五白些。”王逸注:“倍胜为牟。”洪兴祖补注:“牟,过也;进也,大也。”五:通“伍”,本指军队,这里指棋子。

⑲ 恍:一闪而过。忽:迅速。“恍哉忽兮”句:形容十分迅速。慕:仿效。

⑳ 中路:半路。

㉑ “仁而不武”句:语出《左传·宣公四年》:“君子曰:‘仁而不武,无能达也。’”指单有仁慈之心而不使用武力是无法成就大事的。箴:规劝告诫。

㉒ 劲勇:顽强勇敢。忿速:忿怒急躁。轻:灵巧。急:疾速。

㉓ 推:排除。隧:道路。

㉔ 君子:对国君或贵族的尊称。去:除去。是:这,“过犹不及”句:语出《论语·先进》:“子贡问:‘师与商也孰贤?’子曰:‘师也过,商也不及。’曰:‘然则师愈与!’子曰:‘过犹不及。’”全句说如果君子放弃了弹棋这种游戏,那就是犯了过犹不及的毛病。这是戏言。

【辨析】

《太平御览》卷七五五引《艺经》曰:“弹棋,二人对局,黑白棋各六枚。先列棋相当。下呼,上击之。”同卷又引《弹棋经序》曰:“弹棋者,仙家之戏也。昔汉武帝平西域,得胡人善蹴鞠者,盖衔其便(pián 骈)捷跳跃,帝好而为之。群臣不能谏,侍臣东方朔因以此艺进之,帝就舍蹴鞠,而上弹棋焉。习之者多在宫禁中,故时人莫得而传。至王莽末,赤眉凌乱,西京倾覆,此艺因宫人所传,故散落人间。及章帝御宇,好诸伎艺,此戏乃盛于当时。”《弹棋经后序》曰:“自后汉冲、质已后,此艺中绝。至献帝建安中,曹公执政,禁阑幽密,至于博弈之具,皆不得妄寘宫中。宫人因以金钗玉梳戏于妆奁之上,即取类于弹棋也。及魏文帝受禅,宫人所为,更习弹棋焉。当时朝臣名士,无不争能,故帝与吴季重(吴质,字季重)书曰:‘弹棋,间设者也。’”

上述资料虽然未可尽信,但可以确定的是,弹棋本为汉代宫廷中贵族的游戏,后来流落民间,而成为普遍性的一般游戏。这种游戏曾经在曹魏时期盛极一时。但是令人可疑的是《太平御览》并未引用丁廙的《弹棋赋》,因此我们也怀疑此赋的真伪。

丁廙妻

丁廙妻，姓氏未详。《文选》李善注、《初学记》卷十四均作“丁仪妻”。

寡妇赋

惟女子之有行，固历代之彝伦①。辞父母而言归，奉君子之情尘②。如悬萝之附松，似浮萍之托津③。何性命之不造，遭世路之险迍④。荣华晔其始茂，所恃奄其徂泯⑤。静闭门以却扫，魂孤茕以穷居⑥。刷朱扉以白垩，易玄帐以素帱⑦。含惨悴其何诉，抱弱子以自慰⑧。顾颜貌之艳艳，对左右而掩涕⑨。时翳翳以东阴，日亹亹以西坠⑩。鸟凌虚以徘徊⑪，□□□□□□。鸡敛翼以登栖，雀分散以赴肆⑫。还空床以下帷，拂衾褥以安寐⑬。想逝者之有凭⑭。因宵夜之髣髴，痛存没之异路⑮。终窈漠而不至，时荏苒而不留⑯。痛存亡之异路，将迁灵以大行⑰。驾龙輀于门侧，设祖祭于前廊⑱。□□□□□□，旐缤纷以飞扬⑲。彼生离其犹难，矧永绝而不伤⑳？□□□□□□，涕流迸以淋浪㉑。自衔恤而在疚，履冰冬之四节㉒。风萧萧而日劲，寒凛凛而弥切㉓。霜凄凄而夜降，水溓溓而晨结㉔。瞻霊宇之空虚，悲屏幌之徒设㉕。仰皇天而叹息，肠一日而九结㉖。神爽缅其日永，岁功忽其已成㉗。惟人生于世上，若驰骥之过櫺㉘。计先后其何几，亦同归乎幽冥㉙。（《艺文类聚》卷三十四）

恐施厚而德薄，若履冰而临渊㉚。

气愤薄而交萦，抚素枕而歔欷㉛。

贱妾茕茕，顾影为俦㉜。

（以上残句仅见于《文选》潘岳《寡妇赋》李善注）

【说明】

此篇以《艺文类聚》卷三十四为底本，又见《文选》潘岳《寡妇赋》李善注（注中均写为丁仪妻《寡妇赋》）、《文选》陶潜《归去来》李善注。严可均《全后汉文》

卷九十六注曰:“《寡妇赋》(案:寡妇者,阮元瑜之妻)见魏文帝《寡妇赋序》,言‘命王粲等并作之’,此篇盖亦当时应教者。”本赋的作者无法完全确定为丁廙妻或丁仪妻所作。如《文选》李善注与《初学记》均写作“丁仪妻”。真正作者何人实已不可考。但这篇赋的内容可以肯定的是从一个寡妇的角度来写的。赋中说话人开头描写自己离开娘家和夫君结婚,侍奉丈夫一直到他不幸身亡。接下来是赋的重心,叙述丈夫死后,自己抚养弱子,过着凄冷寂寞的日子。从残存的赋篇看来,作者也从寡妇的角度来描写丈夫死后的葬礼以及葬礼之后各种阶段的礼节,类似后来潘岳的《悼亡诗》。全篇采用骚体,具有无限的艺术感染力。

【注释】

① 此二句《初学记》卷十四作“为女子之有行,信历代之彝伦”。有行:有德行。彝伦:常道。《尚书·洪范》:“王乃言曰:‘呜呼,箕子! 惟天阴骘下民,相协厥居,我不知其彝伦攸叙。’”

② “惟女子……奉君子之情尘”四句亦见《初学记》卷十四。言归:回归,这里指回到夫家。言,助词。《诗·周南·葛覃》:“言告师氏,言告言归。”一说为我归。毛传:“言,我也。”情尘:指情爱,情欲。为佛家语,佛教视情欲若尘垢,故称。南朝·齐·王屮(古文“左”字)《头陀寺碑文》:“爱流成海,情尘为岳。”或以为指情之厚。此处似应为“清尘”,以车后扬起的尘埃来对尊贵者的敬称。清,敬辞。《汉书·司马相如传下》:“犯属车之清尘。”颜师古注:“尘,谓行而起尘也。言清者,尊贵之意也。”

③ 萝:指松萝,或云女萝,蔓生植物,色青灰,缘松柏或其他乔木而生,亦间有寄生石上者,枝体下垂如丝状。津:渡口。

④ 何:多么。表示感叹。不造:不幸。险迍:艰难。

⑤ 此二句亦见《文选》潘岳《寡妇赋》李善注,而文字稍异。荣华:草木茂盛、开花。晔:盛美,华美。所恃:应是“所事”,指这件事,这里指前句的“荣华”。奄:忽然。徂:死亡,凋谢。泯:死的婉称。

⑥ 却扫:不再扫径迎客,指闭门谢客。孤茕:孤独,无依无靠。穷居:指隐居。

⑦ 此二句亦见《文选》潘岳《寡妇赋》李善注。朱扉:红漆门。白垩(è 恶):用白色涂料粉刷。玄帐:黑色的帐子。素帱(chóu 仇):白色的帐子。“刷朱扉……素帱”句:指寡妇在丈夫过世后将家中物品换成白色。这表示寡妇对丈夫的悼念,更显其哀之深。

⑧ 此二句亦见《文选》潘岳《寡妇赋》李善注。惨悴:忧伤憔悴。弱子:幼儿。

⑨ 此二句见《文选》潘岳《寡妇赋》李善注,因其韵与此段同,故插入。艴(pīng

乒）：美貌。艳艳：重复“艳”字是为了强调其美貌。掩涕：掩面流泪。

⑩ 此二句亦见《文选》潘岳《寡妇赋》李善注与《文选》陶渊明《归去来》李善注，但略有不同：“时翳翳而稍阴，日亹亹以西坠。”翳翳：晦暗不明貌。阴：日影。亹亹（wěi 伪）：行进的样子。《楚辞·九辩》：“时亹亹而过中兮，蹇淹留而无成。”王逸注：“亹亹，进貌。”

⑪ 此句见《文选》潘岳《寡妇赋》李善注，因其义与下句相连接，故插入。凌虚：升向高空。

⑫ 此二句亦见《文选》潘岳《寡妇赋》李善注。《全后汉文》有异文：“雀分散以群逝。”这两句指鸡收翼回窝，雀也四散归巢。敛：收。肆：不受拘束、纵恣的状态。

⑬ 空床：指寡妇独宿。下帷：放下室内悬挂的帷幕。衾褥：被子和褥子，泛指卧具。安寐：指孤独地睡。因丈夫逝世，无人可交谈。

⑭ 凭：依靠。

⑮ 因：依托。宵夜：夜晚。髣髴：约略的形迹。“因宵夜之髣髴”句：凭依着夜晚（你）模糊的身影。痛：悲痛。存没：同“存殁”，指生者和死者。异路：不同的道路。这里指生死阻隔。

⑯ 终：终究，到底。窈漠：应是“窈寞”，指幽暗。不至：不到。“终窈漠而不至”句：终于因这里幽暗不明使你没有来。荏苒：指时间渐渐过去，常用来形容时光易逝。

⑰ “痛存亡之异路，将迁灵以大行”：此二句亦见《文选》潘岳《寡妇赋》李善注，意谓哀痛生死存亡是两条不同的道路，也即两种不同的世界。灵：灵柩。大行：远行，指出殡。

⑱ 龙轜（ér 而）：同“龙輀”，古代载运灵柩，这里指已逝世的丈夫的丧车。前廊：古代帝王宗庙坐北朝南，庙内北为神室，置已故帝王神主；其前之通廊即前廊。遇享日或移诸神主于前廊，依辈次序列，按制祭祀。

⑲ 此句又见《文选》潘岳《寡妇赋》李善注。但两句相连：“驾龙轜于门侧，旐嫔纷以飞扬。”旐（zhào 兆）：丧事用的一种魂幡，用以引路。

⑳ 矧（shěn 审）：况且，何况。

㉑ 此二句仅见《文选》潘岳《寡妇赋》李善注，因其韵与此段同，故插入此处。流迸：流溅。淋浪：流泪流鼻涕不止的样子。

㉒ 此二句《文选》潘岳《寡妇赋》李善注作：“自衔恤而在疚，履春冬之四节。”衔恤：含哀，心怀忧伤。在疚（jiù 救）：内心痛苦。指居丧心态。履：经历。四节：指春、夏、秋、冬四个季节。

㉓ 此二句亦见《文选》潘岳《寡妇赋》李善注，但作：“风萧萧而日劲，雪翩翩以交零。”劲：风势强劲。凛凛：寒冷貌。弥切：更加激烈。这里指越来越寒冷。

㉔ 此二句亦见《文选》潘岳《寡妇赋》李善注。凄凄：形容寒凉。溓溓（liǎn

脸）：有如薄冰的样子。

㉕ 霊宇：同“灵宇”，是对死者生前居处的美称。空虚：空无。屏幌：屏风和帘幔。

㉖ 皇天：对天及天神的尊称。九：形容多。结：揪住，扭住。“肠一日而九结”句：一日内愁肠多次像被揪住一样，形容情绪忧伤、悲苦之深。《文选》司马迁《报任少卿书》：“是以肠一日而九回。”

㉗ 此二句仅见《文选》潘岳《寡妇赋》李善注，因其韵与此段同，故插入于此。神爽：神魂，心神。缅：思念。永：时间长久。岁功：一年的时序。成：齐备，这里指一年的时间已过去了。

㉘ 惟：发语词。驥：骏马。櫺（líng 灵）：窗户或栏杆上雕有花纹的格子。

㉙ 计：总计。何几：同“几何”，多少（表示疑问）。幽冥：地府，阴间。两句大意为：不论两人先后相差多少年过世，最终都会在阴间相会。

㉚ 施：恩泽。厚：多。德薄：德行浅薄。“若履冰而临渊”句：比喻身处险境，必须十分谨慎。语自《诗·小雅·小旻》：“战战兢兢，如临深渊，如履薄冰。”

㉛ 此二句仅见《文选》潘岳《寡妇赋》李善注。严可均《全后汉文》作“气愤薄而交萦，抱素枕而歔欷”。气：情绪。愤薄：充溢，奔涌。交萦：萦绕。歔欷：悲泣，抽噎，叹息。

㉜ 茕（qióng 穷）：孤独无依。顾影：自顾其影。俦：伴侣，指以自己的影子为伴。

【辨析】

此赋作者有两说：《艺文类聚》作者欧阳询说是丁廙妻所作，此说最早，引文也最长，计四十六句。与欧阳询生活交叉十几年的大学者李善引此赋入《文选》注中，则以为此赋系丁仪妻所作。李善在《文选》陶渊明《归去来》注中，引用过两句。在《文选》潘安仁《寡妇赋》注中，引用十六次，计三十一句，都以为作者系丁仪妻。后近百年的徐坚在其《初学记》卷十四中引用四句，也以为系丁仪妻所作。李善注《文选》是唐代早期最权威的注释，是唐代举子必读之书，有所谓“《文选》烂，秀才半”之说，他反复十几次引用此篇，当不至把作者搞错，况随后徐坚编辑《初学记》，也以为丁仪妻所作。欧阳询虽生活年代稍早，引文也较长，但只引一次，弄错的可能性较大。他的《艺文类聚》，李善和徐坚是不会不知道的，最大的可能性，是李善和徐坚纠正了欧阳询的误引，这是我们的推测。

曹　丕

曹丕(187—226),即魏文帝。三国魏诗人、文论家、辞赋家。字子桓。沛国谯(今安徽亳州)人。魏武帝曹操第二子。幼习文武,博览群经,学识淹博,兼善骑射、击剑。汉献帝建安二年(197),年十一,从父操征讨张绣。建安十六年(211)为五官中郎将、副丞相。其间,丕、植兄弟与当时名士王粲、刘桢、应玚、邯郸淳等宴饮游乐,诗赋唱和,往来甚密,有"邺下风流"之誉。建安二十二年(217)被立为魏太子。建安二十五年(220)正月,魏王曹操薨,丕嗣位为丞相、魏王,改建安二十五年为延康元年,十一月受汉献帝禅,改元黄初。黄初七年(226)五月病卒,谥曰文皇帝,庙号高祖。

曹丕是建安时期文坛领袖,在文学批评理论和诗赋创作上成就非凡,在形成邺下文人集团方面厥功至伟。《隋书·经籍志四》著录其《典论》五卷,《列异传》三卷,文集二十三卷,早佚。明人张溥辑有《魏文帝集》二卷,收在《汉魏六朝百三名家集》中。清人严可均《全上古三代秦汉三国六朝文》辑录其文五卷。逯钦立《先秦汉魏晋南北朝诗》辑录其诗四十馀首。传在《三国志·魏书·文帝纪》。

蔡伯喈女赋序

家公与蔡伯喈有管、鲍之好①,乃命使者周近持玄璧于匈奴赎其女还②,以妻屯田都尉董祀③。

【说明】

此赋序见于《太平御览》卷八〇六。蔡邕(132—192),字伯喈,陈留圉(今河南杞县南)人,东汉著名学者、文学家。董卓被诛时,蔡邕受牵连,死于狱中。他的女儿蔡琰,字文姬,博学多才,精通音律。蔡琰十六岁时嫁给了河东卫仲道。后卫仲道去世,又没有子嗣,便回到父母家中。汉献帝初平元年(190)文姬被胡兵所掳,嫁南匈奴左贤王。在匈奴生活十二年,生二子。因曹操与蔡邕友善,念蔡邕无后,平定北方后,即用金璧赎回蔡琰,后改嫁给同郡董祀。

蔡琰不幸的身世,令人同情。她从匈奴归来时,邺下文人竞相撰写辞赋以示关怀。今天可知的赋作至少有曹丕、丁廙两篇,篇名都是《蔡伯喈女赋》。曹丕之赋已佚,《太平御览》卷八〇六仅存赋序。丁廙赋作存于《艺文类聚》卷三十《人部十四》,亦非全璧。

蔡琰归来后,感于伤乱游离,追怀悲愤,也作诗自述所历,这就是著名的《悲愤诗》。

【注释】

① 家公:指曹操。曹丕写作此赋时,曹操还没有封爵。家:对人自称自己的长辈。管、鲍:管仲和鲍叔牙,春秋时齐国人,二人友谊深厚。后世把朋友之间的友好关系称为管鲍之好。

② 玄璧:《后汉书》卷一一四《列女传》作"金璧",《太平御览》卷八〇六作"玄玉璧",今据《汉魏六朝百三名家集·魏文帝集》删。玄:黑色。《礼记·月令》:"(天子)衣黑衣,服玄玉。"璧:玉器,正中有孔,边宽为内孔的两倍。

③ 妻(qì 器):以女嫁人。按,此句"屯田"下原有"郡"字,似为衍字,据张溥《汉魏六朝百三名家集·魏文帝集》删。

弹棋赋

惟弹棋之嘉巧，邈超绝其无俦①。苞上智之弘略，允贯微而洞幽②。局则荆山妙璞，发藻扬晖③，丰腹高隆，庳根四颓④。平如砥砺，滑若柔荑⑤。棋则玄木北干，素树西枝⑥。洪纤若一，修短无差⑦。象筹列植，一据双螭⑧。滑石雾散，云布四垂⑨。然后直叩先纵，二八次举⑩。缘边间造，长邪迭取⑪。

尔乃详观夫变化之理，屈伸之形⑫，联翩霍绎，展转盘萦⑬。或暇豫安存，或穷困侧倾⑭。或接党连兴，或孤据偏停⑮。于时（是）观者莫不虚心竦踊，咸侧息而延行⑯。或雷抃以大噱，或战悸而不能语⑰。

【说明】

此赋见于《艺文类聚》卷七十四。弹棋，是古代一种棋类游戏，起源于汉代。相传汉武帝喜欢蹴鞠，群臣劝谏，东方朔以弹棋进献，武帝就放弃蹴鞠而喜欢上弹棋。另一说，弹棋是由西汉成帝时刘向模仿蹴鞠形制而作。弹棋在汉代用十二枚棋子，每方六枚。两人对局时轮流以石箭弹对方棋子。曹魏时改用十六枚棋子，唐代又增为二十四枚棋。到了宋代，或由于围棋、象棋兴盛，流行了几百年的弹棋突然销声匿迹，其玩法也从此失传。弹棋时或带有赌博性质，唐·韩愈《画记》："贞元甲戌年，余在京师甚无事，同居有独孤生申叔者，始得此画而与余弹棋，余幸胜而获焉。"

曹丕对弹棋十分喜爱，也很擅长。《世说新语·巧艺》载："文帝于此戏特妙，用手巾角拂之，无不中。"曹丕在《典论·自叙》中也说："余于他戏弄之事少所喜，唯弹棋略尽其巧，乃为之赋。昔京师先工有马合乡侯、东方安世、张公子，常恨不得与彼数子者对。"这篇《弹棋赋》应该就是他提到的那一篇。

【注释】

① 嘉巧：精善美妙。邈：高远。超绝：超群绝伦，出众。无俦：没有能够与之相比。汉·蔡邕《弹棋赋》："不迟不疾，如行如留，放一敝六，功无与俦。"

② 苞：通"包"，包含。上智：上等智慧，大智慧。弘略：大的韬略。允：确实。贯

微:贯通细微。洞幽:洞察幽深微妙的道理。晋人陶融妻陈氏《筝赋》曰:“列柱成阵,既和且平;总八风而熙泰,羌贯微而洞灵。”

③ 局:棋局,指弹棋用的棋盘。璞:未雕琢过的玉石。荆山妙璞:据《韩非子·和氏》载,春秋时期,楚国人卞和在荆山得到一块璞玉,献给楚王,后来玉人加工,成了著名的和氏璧。此句意谓棋盘是用美好的玉石做成的。宋·陆游《老学庵笔记》卷十:“大名龙兴寺佛殿有魏宫玉石弹棋局,上有黄初中刻字,政和中取入禁中。”发藻:发出光彩。扬晖:放出光辉。三国·魏·刘桢《瓜赋》:“扬晖发藻,九采杂糅。”

④ 丰腹高隆:指棋盘中部隆起,四边低平。弹棋棋盘的这个特点,文献多有提及,如汉·蔡邕《弹棋赋》:“丰腹敛边,中隐四企。”三国·魏·丁廙《弹棋赋》:“隆中夷外,致理肌平。”庳(bì 毕):低下。庳根四颓:棋盘的四条腿很低。此句是说棋盘中间高,四周低。

⑤ 砥砺(dǐ lì 底历):磨石。《山海经·西山经》:“西南三百六十里,曰崦嵫之山……苕水出焉,而西流注于海,其中多砥砺。”曹丕《以郑称为武德傅令》:“砻之以砥砺,错之以他山。”汉·蔡邕《弹棋赋》:“设兹矢石,其夷如砥。”荑(tí 提):茅草的嫩芽,柔软白嫩。《诗·卫风·硕人》:“手如柔荑,肤如凝脂。”以“柔荑”来比喻女子的手白皙柔嫩,这里则用来比喻由玉石做的棋盘光洁细腻。

⑥ 玄木:传说中的一种常绿树,据说食其叶,可成仙。《吕氏春秋·本味》:“中容之国,有赤木、玄木之叶焉。”《文选》宋玉《高唐赋》:“玄木冬荣,煌煌荧荧。”三国·魏·曹植《大暑赋》:“寒泉涌流,玄木奋荣。”北干:北面枝干。素树:素木,质朴无华的树木。《艺文类聚》卷八十八载刘桢失题诗:“昔君错畦畤,东土有素木。”南朝·梁·萧绎《纂要》:“(在冬季)木曰寒木、寒柯、素木、寒条。”西枝:西面枝桠。在本赋中,“玄木”与“素树”相对,分别指木材颜色为黑色和白色的树。这两句是说,棋子选用黑、白两种颜色的木材做成。

⑦ 洪纤:大小。修短:长短。这两句是说,棋子大小长短均匀一致。

⑧ 象筹:象牙制的筹码。列植:成行的摆放。螭(chī 吃):传说中的一种没有角的龙,古代工艺品上常用它的形状作装饰。

⑨ 滑石:矿物名,通常是富含镁的岩石变质而成,硬度较低,触摸起来有滑润的感觉,将滑石粉碎就可得到滑石粉。滑石粉多为白色,具有润滑性、抗黏等特性。雾散:像白雾一样弥散。云布:云气布散。弹棋在开局之前,大概先要在棋盘上撒滑石粉,所以就有“云布四垂”的效果。

⑩ 直叩、二八:两句当为弹棋中术语,指弹棋中战术的运用。晋·夏侯惇《弹棋赋》:“挥纤指以长邪,因偃掌而发八。”

⑪ 缘边间造:沿着边向对方靠近。间造:寻着空隙接近。南朝·梁·萧绎《谢东宫赐弹棋局启》:“缘边之法,庶遵细柳之阵。”长邪:即“长斜”,古代弹棋的一个技

法。晋·夏侯惇《弹棋赋》:“挥纤指以长邪,因偃掌而发八。”宋·沈括《梦溪笔谈》卷十八:“白乐天诗:‘弹棋局上事,最妙是长斜。’长斜谓抹角斜弹,一发过半局,今谱中有此法。”

⑫ 尔乃:于是。屈伸:退却和进攻。这句意思是说研究棋局变化,分析进攻和防守形势。

⑬ 联翩:鸟飞的时候连续不断,前后相继。霍(huò 或):象声词,鸟快飞时发出的声音。霍绎:连续不断。这一句是描写弹棋对局时连续快速运动棋子的情景。三国·魏·丁廙《弹棋赋》:“号令既通,兵棋启路。运若回飚,疾似飞兔。”盘萦:盘绕。展转盘萦:大概是说反复迂回包抄对方,又似乎是说双方反复盘绕厮杀。

⑭ 暇豫:悠闲逸乐。《国语·晋语二》:“优施起舞,谓里克妻曰:‘主孟啗我,我教兹暇豫事君。’”安存:安定生存。《韩非子·孤愤》:“今袭迹于齐晋,欲国安存,不可得也。”穷困:困难之极,处境窘迫。《左传·襄公八年》:“民知穷困,而受盟于楚。”侧倾:覆灭,败亡。此句是说,在玩弹棋的过程中,有时一方局势安稳而悠闲快乐,而另一方因局势危险而感到困难窘迫。

⑮ 接党:棋子形成阵势。连兴:接连发起进攻。孤据:独立据守。偏停:在偏远的地方停止不前。

⑯ 虚心:心悬起来。竦踊:看的时候伸长脖子,踮起脚跟。侧息:侧体呼吸。谓不敢大口出气,表示恐惧、不安。延行:同“延伫”,长时间在原地不动。《楚辞·离骚》:“悔相道之不察兮,延伫乎吾将反。”

⑰ 雷抃(biàn 变):形容掌声如雷。《文选》马融《长笛赋》:“失容坠席,搏拊雷抃。”大噱(jué 决):大笑。《文选》陈琳《为曹洪与魏文帝书》:“恐犹未信丘言,必大噱也。”战悸:惶恐发抖。

【辨析】

这篇赋脉络清晰流畅,文笔简洁细致。赋可分为三个部分,第一部分先总括弹棋这种游戏形式的巧妙高超,称赞其美德,体现了曹丕咏物赋的一个特点。第二部分接着叙写棋具,因为弹棋棋盘比较有特点,所以对它作了重点描绘,而对棋子和筹码用的笔墨则相对少一些。最后一个部分写的是弹棋活动进行时的情形。作者在这个部分讲到了开局和弹棋的走法。而最精彩的地方则是对棋手和观棋者的描绘。棋手因为形势的不同,或者沉稳放松,或者焦虑不安。而观棋者也完全沉浸在比赛的氛围中,局势胶着时,他们屏声息气,踮起脚跟,伸长脖子,静静观看;一旦棋手弹出好棋,他们则热烈鼓掌,大声喝彩。曹丕对弹棋活动神情并茂的描写,较之其他赋家描写弹棋时的抽象和空泛,显示出了敏锐的观察力和高超的表现力，这当然也是与他爱好弹棋、擅长弹棋分不开的。

《弹棋赋》以四言为主，骈句迭现。同时又间以其他句式，体现了形式上的创新。读起来朗朗上口，跌宕而有情致。

明代张溥辑《汉魏六朝百三名家集·魏文帝集》之《弹棋赋》增收"文石为局，金碧齐精。隆中夷外，理致肌平"四句。清严可均和丁福保仍之。而《艺文类聚》卷七十四《巧艺部》则把这四句引作"魏丁廙《弹棋赋》曰"，《太平御览》卷七五五引作"王粲《弹棋赋》曰"。从内容上看，这四句与《弹棋赋》的描述重复，因此可以判定，这四句与《弹棋赋》必非一篇，不是曹丕所作。

沧海赋

美百川之独宗，壮沧海之威神①。经扶桑而遐逝，跨天崖而托身②。惊涛暴骇，腾踊澎湃③。铿訇隐潾，涌沸凌迈④。于是鼋鼍渐离，泛滥淫游⑤。鸿鸾孔鹄，哀鸣相求⑥。扬鳞濯翼，载沉载浮⑦。仰唼芳芝，俯漱清流⑧。巨鱼横奔，厥势吞舟⑨。尔乃钓大贝，采明珠。搴悬黎，收武夫⑩。窥大麓之潜林，睹摇木之罗生⑪。上蹇产以交错，下来风之泠泠⑫。振绿叶以葳蕤，吐芬葩而扬荣⑬。

【说明】

此赋见于《艺文类聚》卷八。

沧海，一般可泛指大海，这里特指勃海(即今渤海)。《初学记》卷六引《博物志》曰："东海之别有渤澥，故东海共称渤海，又通谓之沧海。"曹操《步出夏门行·龟虽寿》："东临碣石，以观沧海。"曹植《求自试表》："臣昔从先武帝，南极赤岸，东临沧海。"都是以沧海指渤海。曹操曾作《沧海赋》，《文选》左思《吴都赋》刘逵注仅存一句，其创作时间大概在献帝建安十二年(207)征伐乌桓时。曹丕是否到过海滨，史传不见明确记载，他的这篇《沧海赋》可能是奉和乃父而作。

【注释】

①"美百川"二句：意思是大海因作百川的宗主而美，因是沧海之神而雄壮。《庄子·秋水》："秋水时至，百川灌河。泾流之大，两涘渚崖之间，不辨牛马。于是

焉河伯欣然自喜，以天下之美为尽在己。顺流而东行，至于北海。东面而观，不见水端，于是……望洋而叹。”

② 扶桑：神话中的树名。传说太阳出于扶桑。后用来称东方极远处或日出之处。《楚辞·离骚》：“饮余马于咸池兮，总余辔乎扶桑。”《淮南子·天文训》：“日出于旸谷，浴于咸池，拂于扶桑，是谓晨明。登于扶桑，爰始将行，是谓朏明。”遐逝：远行，远游。《文选》张衡《思玄赋》：“凭归云而遐逝兮，夕余宿乎扶桑。”崖：一作“涯”，天涯，天边。托身：寄身。此二句形容沧海之大。

③ 惊涛：震慑人心的波涛。腾踊：水翻腾上涌。澎湃：波浪相互冲击。

④ 铿訇（kēng hōng 吭轰）：同“铿锵”，形容声音洪亮。《文选》班固《西都赋》：“钟鼓铿锵，管弦烨煜。”隐潾（lín 临）：沉闷回旋。按，“潾”原作“邻”，据《汉魏六朝百三名家集·魏文帝集》改。涌沸：翻腾。凌迈：海浪翻滚貌。

⑤ 鼋鼍（yuán tuó 元驼）：大鳖和猪婆龙。《国语·晋语九》：“鼋鼍鱼鳖，莫不能化。”渐离：一种鱼的名字。《文选》司马相如《上林赋》：“于是乎蛟龙赤螭，䱭鳙渐离。”泛滥：随波摇荡。汉·司马相如《大人赋》：“奄息忽极，泛滥水嬉，使灵娲鼓瑟而舞冯夷。”淫游：没有方向地乱游。

⑥ 鸿鸾孔鹄：鸿、孔，都是大的意思。鸾，凤凰；鹄，天鹅。“鸿鸾孔鹄”，泛指大鸟。

⑦ 扬鳞：掀动鳞甲。濯翼：梳洗整理羽翼。载沉载浮：形容鱼鸟随波浪忽上忽下。《诗·小雅·菁菁者莪》：“泛泛杨舟，载沉载浮。”

⑧ 唼（shà 霎）：鱼类或水鸟吞吃食物的声音。芳芝：香草。清流：清澈的流水。

⑨ 巨鱼：大鱼。厥：其，它的。吞舟：可以吞下舟船。形容鱼之大。

⑩ 尔乃：于是。搴（qiān 千）：拾取，采摘。悬黎：美玉名。《战国策·秦策三》：“臣闻周有砥厄，宋有结绿，梁有悬黎，楚有和璞。”武夫：同“碔砆”，像玉的美石。《战国策·魏策一》：“白骨疑象，武夫类玉，此皆似之而非者也。”《汉书·董仲舒传》：“五伯比于他诸侯为贤，其比三王，犹武夫之与美玉也。”

⑪ 麓：生长在山脚下的树林。大麓：指山脚下广大的山林。《淮南子·泰族训》：“既入大麓，烈风雷雨而不迷。”潜林：高深的树林。《楚辞·九叹·怨思》：“玄蝯失于潜林兮，独偏弃而远放。”摇木：一种珍贵的树木。汉·马融《樗蒲赋》：“杯则摇木之干，出自昆山；矢则蓝田之石，卞和所工。”罗：分布，排列。罗生：排列生长。《楚辞·九歌·少司命》：“秋兰兮麋芜，罗生兮堂下。”三国·魏·王粲《思友赋》：“平原兮泱莽，绿草兮罗生。”

⑫ 蹇（jiǎn 捡）产：盘曲缠绕的样子。《楚辞·九章·哀郢》：“心絓结而不解兮，思蹇产而不辞。”《文选》司马相如《上林赋》：“振溪通谷，蹇产沟渎。”泠泠（líng líng 灵灵）：清凉冷清。《文选》宋玉《风赋》：“清清泠泠，愈病析酲。”

⑬ 葳蕤(wēi ruí 威锐阳平):草木茂盛枝叶下垂的样子。《楚辞·七谏·初放》:“便娟之修竹兮,寄生乎江潭。上葳蕤而防露兮,下泠泠而来风。”葩(pā 趴):草木的花朵。芬葩:香花。按,“芬”,原作“分”,据《历代赋汇》卷二十四改。荣:草本植物的花。扬:举。扬荣:开花吐芳。三国·魏·刘桢《黎阳山赋》:“珍木骈罗,奋华扬荣。”三国·魏·缪袭《神芝赞》:“煌煌神芝,吐葩扬荣。”

【辨析】

东汉班彪的《览海赋》是中国文学史上现存的第一篇描写大海的作品,然而该赋对大海的形象描绘着墨不多,名为览海,实为游仙。曹丕的《沧海赋》则谨遵赋体写物图貌的创作原则,通篇写海,描写细腻,刻画精微。赋文先总括沧海乃百川宗主的威神,接着写其无边之大,写其骇人之壮。“惊涛暴骇,腾踊澎湃。铿訇隐潾,涌沸凌迈”,对海面猛烈翻腾的波涛的描写,有形有声,已经让人为之震撼。后面又写神龟灵禽,随波沉浮,吞舟巨鱼,携浪横奔,进一步加强了这方面的感受。然后接着写的是大海里的奇异珍宝,最后又描绘海岛的景物,绿叶繁茂,红花盛开,一片生机盎然。这篇赋上半部分写海的动、海的雄浑,下半部分写岛的静、岛的秀美,这样动静结合,雄浑与秀美相统一,就把海的面貌多角度地展现了出来。另外,这篇赋开篇对沧海所作的拟人化的描写,也是值得关注的一个地方。

述征赋并序

建安之十三年,荆楚傲而弗臣①。命元司以简旅,予愿奋武乎南邺②。

伐灵鼓之硼隐兮,建长旗之飘飖③。跃甲卒之皓旰兮,驰万骑之浏浏④。扬凯悌之丰惠兮,仰乾威之灵武⑤。伊皇衢之遐通兮,维天纲之毕举⑥。经南野之旧都,聊弭节而容与⑦。遵往初之旧迹,顺归风以长迈⑧。镇江汉之遗民,静南畿之遐裔⑨。

羡西门之嘉迹,忽遥睇其灵宇⑩。

【说明】

此赋见于《艺文类聚》卷五十九,末二句见北魏郦道元《水经注·浊漳水》。此赋似已不全。徐幹的《序征赋》、阮瑀的《纪征赋》系同题之作,均是纪述建安十三年(208)南征刘表事。

【注释】

① 荆楚:指今湖北、湖南一带,为当时刘表辖境。刘表自汉末丧乱以来坐镇荆州,坐观天下,冀收渔人之利。弗臣:原意指不敢待以臣礼,以示天子对其敬重,此指刘表对汉帝不行臣子之道。

② 元司:也就是“元戎”,将领,主帅。简旅:选派部队。南邺:疑为“南郡”。南郡,秦时设置,属荆州,郡治江陵就是楚国都城郢。这里用南郡指代前文所说的荆楚。

③ 伐:击打。灵鼓:古代乐器,用鳄鱼皮制作的战鼓。《周礼·秋官·冥氏》:“为阱擭以攻猛兽,以灵鼓驱之。”赋文中当指战鼓。砰(pēng 砰)隐:形容鼓声。建:竖起,树立。长旗:高大的旗帜。飘飖:即“飘摇”,飘扬。

④ 跃:使之跳跃,进。指进兵振奋。甲卒:穿着铠甲的士兵。甲:古时战士的护身衣,用皮或金属制成。皓旰(gàn 赣):明亮貌。《楚辞·九叹·远逝》:“曳彗星之皓旰兮,抚朱爵与鵕鸃。”按,“跃甲卒”句《艺文类聚》无“兮”字,据张溥辑《魏文帝集》补。浏浏:也作“溜溜”,顺利行走没有阻碍貌。《楚辞·九辩》:“乘骐骥之浏浏兮,驭安用夫强策。”

⑤ 凯悌:善良仁慈。《诗·大雅·泂酌》:“凯悌君子,民之父母。”丰惠:大的仁惠。仰:仰仗。乾威:天威。指奉天的旨意讨伐。灵武:神明威武。这两句写曹军既是正义仁慈之师,又是威武神勇之师。

⑥ 伊:语气词,无义。皇衢(qú 渠):专供皇帝车马行走的道路。《文选》班固《东都赋》:“乃动大辂,遵皇衢。”“皇衢”与下文中的“天纲”都代表皇帝的权力。遐通:通达远方。《文选》曹植《王仲宣诔》:“天静民和,皇教遐通。”天纲:国家纲纪。《后汉书·陈王列传赞》:“陈蕃芜室,志清天纲。”毕举:完全施行。

⑦ 南野:指荆州。传说黄帝划野分九州,荆州在最南边,所以称南野。旧都:江陵。荆州郡治原在江陵,刘表坐镇荆州时,移驻襄阳。聊:姑且,暂且。弭节:停车。《楚辞·离骚》:“吾令羲和弭节兮,望崦嵫而勿迫。”容与:悠闲自得的样子。《文选》司马相如《子虚赋》:“于是楚王乃弭节徘徊,翱翔容与。”曹军此次南征,前期多长途奔徙,直到赤壁之战前,军队在江陵备战,才得以休整喘息,所以曹丕称之以“聊弭节而容与”。同时也形容曹军从容南征。

⑧ 遵:沿着。往初:当初。旧迹:走过的道路,当指建安“八年……八月,公(指曹操)征刘表……公之去邺而南也……”所走的路。归风:吹向故乡的风。长迈:长驱前行。《文选》左思《吴都赋》:“濆薄沸腾,寂寥长迈。”三国·魏·徐幹《序征赋》:“乃振旅以复踪,泝朔风而北归。”与此两句意思相同,都指曹军北还。

⑨ 江汉、南畿(jī机):即是前面的荆楚。遗民、遐裔:指荆州民众,因为荆州长期脱离中央政府管辖,且离中原遥远,所以才以此称呼。

⑩ 西门:西门豹,战国时魏国邺令。嘉迹:好的事迹。睇(dì弟):目光流盼。灵宇:祠堂。汉·蔡邕《伤故栗赋》:“树遐方之嘉木,于灵宇之前庭。”曹氏父子对西门豹十分尊崇。《乐府诗集》卷三十一《相和歌辞》引《邺都故事》曰:“魏武帝遗命诸子曰:‘吾死之后,葬于邺中西岗上,与西门豹祠相近,无藏金玉珠宝。’”

【辨析】

曹操自汉献帝建安初年开始,先是攻占徐州,又经官渡之战消灭了袁绍的势力,夺得冀州的大片土地,到建安十二年(207)末平定乌桓后,基本上占据了整个中原。于是在建安十三年(208)初,作玄武池操练水军,七月南下征伐荆州的刘表。八月,刘表病死,其子刘琮投降。曹操取得荆州后,又沿江东下,与孙权、刘备的联军在赤壁交战,战败后,留下部分军队驻守江陵和襄阳,率部返回邺城。曹丕的这篇赋描写的就是这次南伐。

赋首四句,类似小序,讲明出征原因。赋文接着先形容曹军威武:士气高昂,装备精良,兵力众多,军势强大。继而又宣扬曹军正义:军队仁慈有礼,以恢复汉帝纲纪为目的。这颇与曹操“挟天子以令诸侯”的政治策略相契合。接下来写的是军队在江陵的休整,赋文隐去了与孙刘会战赤壁大败的经过。最后两句与前文“伊皇衢之遐通兮”相呼应,写此次南伐使江汉地区的人民,受到抚慰,获得了安宁,曹军实现了这次南伐的目标。三国时期,战争频繁,反映战争、颂扬武功、抒发军事抱负的纪军赋应运而生,《述征赋》即体现了这类作品的特色。

这篇现存的赋文似乎是从原文抽取结缀而成,又类似于一个提纲,文意跳跃很大。“美西门之嘉迹,忽遥睇其灵宇”两句,对所经之地的历史掌故进行咏叹,沿袭了汉代纪行赋的表达方式,这也从一个侧面告诉我们,这篇赋原来可能是一篇规模较大、体制谨严的作品。

浮淮赋并序

建安十四年,王师自谯东征[①],大兴水运,泛舟万艘[②]。时余从行,始入淮口,行泊东山[③],睹师徒,观旌帆,赫哉盛矣[④],虽孝武盛唐之狩,舳舻千里,殆不过也[⑤]。乃作斯赋云。

泝淮水而南迈兮,泛洪涛之皇波[⑥]。仰岩冈之崇阻兮,经东山之曲阿⑦。浮飞舟之万艘兮，建干将之铦戈⑧。扬云旗之缤纷兮，聆榜人之喧哗⑨。乃撞金钟，爰伐雷鼓⑩。白旄冲天，黄钺扈扈⑪。武将奋发，骁骑赫怒⑫。于是惊风泛，涌波骇。众帆张，群棹起。争先逐进，莫适相待⑬。

【说明】

此赋见于《北堂书钞》卷一三七、《艺文类聚》卷八、《初学记》卷六、《太平御览》卷七七〇。《北堂书钞》、《太平御览》作《溯淮赋》。赋疑似不全。

建安十四年(209)三月，曹操在谯制造轻便战船，训练水军。是年七月，曹军出征，先沿涡水向东南，到了淮河，接着逆淮河向西南，到达肥水，再顺肥水南下，最后到达合肥。曹丕目睹了水军到达淮河河口时的壮观场面，因作斯赋。与他同时作赋的，还有王粲。

【注释】

① 王师：指曹操率领的军队。谯：在今安徽省亳州市，为曹操的故乡。

② 泛：浮行。

③“时余从行”至“赫哉盛矣”二十二字，见于《北堂书钞》、《初学记》，《艺文类聚》不载。淮口：淮河河口。洎(jì 计)：及，到。“洎”，别本作“泊”，《北堂书钞》作“薄”。东山：山名，在涡水与淮河交汇处附近。

④ 师徒：士卒，也指军队。《左传·成公二年》：“子丧师徒，何以复命？”赫哉：盛大的样子。

⑤ 孝武盛唐之狩：据《汉书·武帝纪》：元封五年(前106)冬，汉武帝“行南巡狩，到于盛唐……自寻阳浮江……舳舻千里，薄枞阳而出”。盛唐：地名，在今安徽省六安市。狩：古代君主冬天围猎的专称，后来也指帝王外出巡视。按，《艺文类聚》、《北堂书钞》无“盛唐之狩”四字，此据《初学记》补。舳舻(zhú lú 竹庐)：舳为船尾，舻为船头，舳舻指船。殆：大概。

⑥ 泝(sù 诉)：逆流而上。淮水：淮河。其上流在今河南省桐柏山一带，东经今安徽、江苏境，汇入东海。迈：远行。泛：浮行。皇波：大波浪。

⑦ 岩冈：山冈。崇阻：形容山高险要。曲阿：本指房屋的曲角，这里应该指的东山的山角。

⑧ 建：树立，高举。干将(gān jiāng 甘姜)：传说中善于铸剑的巧匠。《吴越春秋·阖闾内传》记载，吴国人干将和他的妻子莫邪善铸剑。他们铸了两把锋利无比的剑，一把是干将，一把是莫邪，献给吴王阖闾。铦(xiān 先)戈：锋利的戈矛。《文

选》司马相如《子虚赋》:“曳明月之珠旗,建干将之雄戟。”此句意谓,曹军驾着万艘快船,高举着像干将一样锋利的戈矛等兵器。

⑨ 云旗:古时把熊、虎的形象绘在旌旗上,以似云气,称云旗。后来也指高耸入云的旌旗。《文选》司马相如《上林赋》:“拖霓旌,靡云旗。”榜(bàng 傍)人:船工。《文选》司马相如《子虚赋》:“榜人歌,声流喝。”

⑩ 撞:击。爰:于是。伐:敲击。雷鼓:此处指战鼓。《文选》张衡《东京赋》:“撞洪钟,伐灵鼓。”

⑪ 白旄:用旄牛尾作装饰的白旗,古代用以指挥军队作战。汉·史岑《出师颂》:“昔在孟津,惟师尚父。素旄一麾,浑一区宇。”黄钺(yuè 越):饰以黄金的长柄斧子,是天子仪仗,也用来征伐。《尚书·牧誓》:“王左杖黄鉞,右秉白旄以麾。”扈扈:光彩鲜明夺目。《文选》司马相如《上林赋》:“煌煌扈扈,照耀巨野。”

⑫ 赫怒:盛怒。赋文中意指奋起,奋发。《诗·大雅·皇矣》:“王赫斯怒,爰整其旅。”

⑬ “争先逐进”二句:意思是众人都不想等待,争先恐后地前进。《左传·昭公三十年》:“楚执政众而乖,莫适任患。”《文选》枚乘《七发》:“驰骋角逐,慕味争先。”

【辨析】

隋·杜台卿《淮赋序》云:“魏文帝虽有《浮淮赋》,止陈将卒赫怒;至于兼包化产,略无所载。”(《初学记》卷六)传统的纪行赋多是描绘沿途物产景致,记叙历史典故,曹丕的《浮淮赋》与此不同,它主要是形容军威、颂美武功。这篇赋可分为两个部分,前一部分写淮河波涛起伏,东山高峻险要,曹军战船集结在淮河广阔的水面上,戈矛林立,旌旗蔽空。后一部分写元戎麾旗,钟鼓齐鸣,将士奋发,于是大军张帆运棹,竞相前进。此赋写出了曹操水军的雄壮气势,表现了一股锐不可当的英雄气概。特别是后半部分,全是短句,密集使用动词,节奏快促有力,把行军时紧张热烈的气氛很好地传达了出来。可以说,《浮淮赋》是曹魏军旅纪行赋中非常优秀的一篇作品。

感物赋并序

丧乱以来,天下城郭丘墟,惟从太仆君宅尚在[①]。南征荆州,还过乡里,舍焉,乃种诸蔗于中庭[②]。涉夏历秋,先盛后衰[③]。悟兴废之无常,慨然永叹[④],乃作斯赋:

伊阳春之散节，悟乾坤之交灵[⑤]。瞻玄云之蓊郁，仰沉阴之杳冥[⑥]。降甘雨之丰霈，垂长溜之泠泠[⑦]。掘中堂而为圃，植诸蔗于前庭[⑧]。涉炎夏而既盛，迄凛秋而将衰[⑨]。岂在斯之独然？信人物其有之。

【说明】

此赋见于《艺文类聚》卷三十四。据《三国志·魏书·武帝纪》载，曹操在建安十三年(208)七月，南下讨伐荆州刘表。十二月，曹操兵败赤壁，引兵北回。在建安十四年(209)三月，到达其故里谯。是年七月，曹操又率军从涡水经淮水南下；十二月，曹操又回到谯。这几次征伐，曹丕一直跟随在曹操身边。结合赋序所述，可知本赋当作于建安十四年(209)年底。

【注释】

① 丧乱：指东汉末年的大动乱。城郭丘墟：即城郭变为丘墟，指动乱后社会破坏极其严重。太仆：官职名。东汉时为九卿之一，掌管车马之事。从：指从官。赋中说的太仆可能系指曹嵩的养父曹腾，究竟所指何人，有待考证。

② 南征荆州，还过乡里：指建安十三年(208)七月曹丕跟随曹操南征刘表，建安十四年(209)三月回到谯。舍：居住。诸蔗：甘蔗。中庭：庭院中。《文选》宋玉《风赋》："然后徜徉中庭，北上玉堂。"

③ 涉夏历秋：经过夏天和秋天。涉，经历。

④ 永叹：长叹。

⑤ 伊：发语词，一般用在句首，无实义。散节：犹发节，指季节开始。三国·魏·曹植《闲居赋》："感阳春之发节，聊轻驾而远翔。"交灵：天地两种灵气交合。

⑥ 玄云：黑云。《楚辞·九歌·大司命》："广开兮天门，纷吾乘兮玄云。"三国·魏·曹植《愁霖赋》："瞻玄云之晻晻兮，听长空之淋淋。"蓊(wěng 滃)郁：本指草木茂盛，赋中指乌云密集。杳冥：阴暗的样子。《文选》张衡《西京赋》："奇幻儵忽，易貌分形。吞刀吐火，云雾杳冥。"

⑦ 甘雨：适时好雨。《诗·小雅·甫田》："以祈甘雨，以介我稷黍，以穀我士女。"霈(pèi 沛)：大雨。长溜：指屋檐口下注的雨水。泠泠：清凉貌。

⑧ 中堂：庭院。圃：种植菜蔬、花草、瓜果的园子。前庭：院子。

⑨ 迄：到，至。凛秋：寒冷的秋天。《楚辞·九辩》："皇天平分四时兮，窃独悲此凛秋。"

【辨析】

刘勰《文心雕龙·物色》说:"春秋代序,阴阳惨舒,物色之动,心亦摇焉。"钟嵘《诗品序》云:"气之动物,物之感人,故摇荡性情,形诸舞咏。"人是大自然的一部分,人之气与自然之气相感应,当自然事物发生变化时,那些敏锐的诗人的生命体验和审美体验在一刹那间也开始生成。曹丕的这篇《感物赋》和《柳赋》就是这类体验的结晶。《柳赋》咏、感相结合,《感物赋》则以感为主。《柳赋》以柳树之丰茂,写迁逝之悲;《感物赋》则以甘蔗之荣枯,抒兴废之无常。汉末以来持续不断的大动乱,给社会造成了极大的破坏,《感物赋》对此作了反映,这是同时代其他作家较少涉及的。而这种城郭丘墟的剧烈变化,以及曹操在两年间军事斗争中的先胜后败,都感荡着曹丕的内心,并或显或隐地渗透在那兴废无常的哀伤之中。

莺赋并序

堂前有笼莺[①],晨夜哀鸣,凄若有怀,怜而赋之曰[②]:

怨罗人之我困[③],痛密网而在身[④]。顾穷悲而无告[⑤],知时命之将泯[⑥]。升华堂而进御[⑦],奉明后之威神[⑧]。唯今日之侥幸,得去死而就生。托幽笼以栖息[⑨],厉清风而哀鸣。

【说明】

此赋见于《艺文类聚》卷九十二。莺,黄莺,又名黄鸟。《艺文类聚》引《诗义疏》曰:"黄鸟,鹂鹠也。或谓黄栗留,幽州谓之黄莺,或谓之黄鸟。一名仓庚,一名商庚,一名鵹黄,一名楚雀。齐人谓之抟黍,关西谓之黄鸟。常(桑)椹熟时,来在桑树间,皆应节趣时之鸟,或谓之黄袍。"此赋以第一人称描写笼莺的境况,写得十分生动。

【注释】

① 笼莺:关在笼子里的黄莺。

② 怜:爱,爱惜。

③ 罗:捕鸟的网。罗人:指安置罗网的人,即捕鸟的人。南朝·齐·谢朓《野鹜赋》:"夫何罗人之伎巧,荐江海之逸禽。"困:使处于艰难窘迫或无法摆脱的境地。

④ 密网:指网眼细小。后常被用于比喻繁苛的法令。汉·桓宽《盐铁论·刑

德》:“昔秦法繁于秋荼,而网密于凝脂。”《晋书·刘颂传》:“下吏纵奸,惧所司之不举,则谨密网以罗微罪。”

⑤ 穷:困厄。无告:孤苦无处投诉,无处诉说。《尚书·大禹谟》:“不虐无告,不废困穷。”

⑥ 时命:命运,性命。泯(mǐn 敏):泯灭,死亡。

⑦ 华堂:华美的屋宇。进御:指为君王所御幸。

⑧ 后:古代指君主或诸侯。《尚书·舜典》:“五载一巡守,群后四朝。”明后:贤明的君主。三国·魏·曹植《登台赋》:“从明后之嬉游兮,聊登台以娱情。”三国·魏·刘桢《遂志赋》:“幸遇明后,因志东倾。”威神:神明般的威严。《文选》班固《封燕然山铭》:“勒以八阵,莅以威神。”

⑨ 托:托身。幽笼:关拘鸟兽的木笼。《荀子·王霸》:“公侯失礼则幽。”杨倞注:“幽,囚也。”

【辨析】

曹丕的《莺赋》寄托遥深。同时的文人王粲也作有《莺赋》,从内容上看,大概是曹丕赋的酬和之作。两篇赋相同之处是都没有采取对话形式。相异之处则是,曹丕的赋以笼莺的口吻,采用第一人称自叙,可谓是拟笼莺而作;王粲之作则是拉开距离描写笼莺的凄苦。莺被关在笼子里,是被困之鸟,属于穷鸟。自汉末赵壹《穷鸟赋》以来,汉魏六朝赋中出现了多篇描写穷鸟的作品,多是作者借鸟之穷困,比喻人生的困顿和险恶。曹丕地位尊贵,自然不是拿笼莺自比。然而如果我们把这篇赋,从超越现实的意义上进行抽象解读,笼莺在某种程度上也反映了人类的一个困境——为生活所束缚,不得完全自由。刘师培在《中国中古文学史》第三课《论汉魏之际文学变迁》中说:“迨及建安,渐尚通侻,侻则侈陈哀乐,通则渐藻玄思。”就这篇小赋来说,玄思大概就是笼莺所反映的生命意识和自由意识吧。

感离赋并序

建安十六年,上西征①,余居守②。老母诸弟皆从,不胜思慕③,乃作赋曰:

秋风动兮天气凉,居常不快兮中心伤④。出北园兮彷徨,望众墓兮成行⑤。柯条憯兮无色,绿草变兮萎黄⑥。感微霜兮零落,随风雨兮飞扬⑦。日薄暮兮无悰，思不衰兮愈多⑧。招延伫兮良久，忽踟蹰兮忘家⑨。

【说明】

此赋见于《艺文类聚》卷三十。建安十六年(211)七月，曹操率军西征马超，十二月回师。从“秋风动兮天气凉”可以看出，曹丕此赋当写于这年的秋天。另外，曹植在出征前，对曹丕留守甚表眷恋，作《离思赋》，赋中有“愿我君之自爱，为皇朝而宝己”。

【注释】

① 上：指尊长，此指作者父亲曹操。按，此时曹操为魏王，位尊权重，“挟天子以令诸侯”。

② 余：我，作者自称。居守：古代指皇帝出征或巡幸时，重臣镇守京师或行部。

③ 不胜：非常，十分。

④ 动：生，吹起。天气凉：指秋天气候。曹丕《燕歌行》其一：“秋风萧瑟天气凉，草木摇落露为霜。”居常：平时，经常。《史记·淮阴侯列传》：“(韩)信由此日夜怨望，居常鞅鞅(怏)。”中心：心中。《诗·王风·黍离》：“行迈靡靡，中心摇摇。”伤：哀伤，悲伤。

⑤ “墓”字，《艺文类聚》原作“慕”，于义不符，兹据《汉魏六朝百三名家集·魏文帝集》改。

⑥ “柯条”句：指枝条在叶子枯黄脱落后失去绿色。柯条：枝条。憯(cǎn 惨)：同“惨”。此处形容枝条衰败。萎黄：树叶草色干枯变黄。《楚辞·九辩》：“颜淫溢而将罢兮，柯彷佛而萎黄。”汉·蔡邕《琴操》载王昭君歌：“秋木萋萋，其叶萎黄。”

⑦ 微霜：薄霜。零落：降落。曹丕《寡妇赋》：“微霜陨兮集庭，燕雀飞兮我前。”

⑧ 薄暮：傍晚，太阳快落山的时候。悰(cóng 从)：欢乐。

⑨ 招：招致。延伫：久立；久留。《楚辞·离骚》：“悔相道之不察兮，延伫乎吾将反。”忽：恍惚。《淮南子·原道训》：“忽兮怳兮，不可为象兮。”忘家：多指不以家为念。如《汉书·贾谊传》：“国耳忘家，公耳忘私。”《文选》曹植《求自试表》：“固夫忧国忘家，捐躯济难，忠臣之志也。”本赋中，“忘家”指因忧愁而忘记回家。

【辨析】

曹丕的这篇赋写的是对父母兄弟的思念之情，开篇记叙的秋风萧瑟的天气，与后面描绘的惨淡树枝、枯黄花草、零落微霜和薄暮落日等意象，共同营造了一个凄凉哀婉的抒情氛围。《感离赋》以赋序叙事,赋文抒情,诗化色彩十分浓厚,可谓以诗写赋,表现了曹丕在艺术上的探索创新。在形式上,曹丕的这篇赋的前四句逐句用韵,与其乐府名篇《燕歌行》"秋风萧瑟天气凉"为同一机杼。

戒盈赋并序

避暑东阁,延宾高会①,酒酣乐作,怅然怀盈满之戒②,乃作斯赋。

惟应龙之将举,飞云降而下征③。资物类之相感,信贯微之通灵④。何今日之延宾?君子纷其集庭⑤。信临高而增惧,独处满而怀愁⑥。愿群士之箴规,博纳我以良谋⑦。

【说明】

此赋见于《艺文类聚》卷二十三。据赋的内容可知,此赋当作于建安十六年(211)盛夏时,是时作者正在五官中郎将和副丞相任上。"戒盈",即戒骄戒躁,警示自己身处高位和顺境,而应时时不忘责任重大,力戒骄傲自大。

【注释】

① 东阁:邺宫中的一个重要活动场所。《初学记》卷十引:"《魏文帝集》曰:'为太子时,北园及东阁讲堂,并赋诗。命王粲、刘桢、阮瑀、应玚等同作。'"《文选》江淹《杂体诗三十首·颜特进〈侍宴〉》李善注曾引魏文帝曹丕《东阁诗》"高山吐庆云"句。延:邀集,邀请。

② 酒酣:谓酒喝得尽兴,畅快。乐作:音乐演奏起来。盈满:《尚书·大禹谟》:"满招损,谦受益。"

③ 应龙:古代传说中一种有翼的龙。《山海经·大荒东经》:"应龙处南极,杀蚩尤与夸父,不得复上。故下数旱,旱而为应龙之状,乃得大雨。"将举:将要飞升。《文选》班固《答宾戏》:"应龙潜于潢污,鱼鼋媟之。不睹其能奋灵德、合风云,超忽荒而躆颢苍也。"这是写应龙环境的变化,先贱而后贵。曹丕此赋这两句是写其贵、盈,应加警戒。

④ 资:凭借。相感:相互感应。《汉书·蒯通传》:"然物有相感,事有适可。"贯微:洞察玄微。曹丕《弹棋赋》"允贯微而洞幽",用意与此相同。通灵:通于神灵。《文选》班固《幽通赋》:"精通灵而感物兮,神动气而入微。"

⑤ 集庭:汇集庭堂。

⑥“信临高而增惧”二句:意谓身处高处会更加觉得害怕,意愿满足反而产生了忧愁。满:满足。

⑦ 箴(zhēn 真)规:劝诫规谏。汉·王符《潜夫论·明暗》:“然犹复袭其败迹者,何也?过在于不纳卿士之箴规,不受民氓之谣言,自以己贤于简、憝,而赵高贤于二臣也。”博纳:广献。

【辨析】

从赋中的“怀盈满之戒”和“临高而增惧”来看,这篇赋应当作于曹丕身份地位陡然上升时期,因此可能是新为五官中郎将和副丞相时,也可能是被立为太子时。

据《三国志·魏书·武帝纪》和《文帝纪》,曹丕于建安十六年(211)春正月,为五官中郎将、副丞相。七月,曹植随从曹操西征马超,曹丕成为诸文士的唯一依附中心,宾客众多。《三国志·魏书·邴原传》裴松之注引《原别传》:“魏太子为五官中郎将,天下向慕,宾客如云。”这个记载与赋序中“延宾高会”的情景相合。

建安二十二年(217)十月,曹丕被立为魏太子。是年冬天,爆发疾疫,民众凋伤者甚众,徐幹、陈琳、应玚、刘桢等也一时俱逝,加之王粲已病卒于这年春天,阮瑀更早在建安十七年(212)去世,文士数量大为减少,曹丕难以在次年盛暑时招聚满庭宾客。据此可知,《戒盈赋》应当作于建安十六年(211)盛暑时。

《戒盈赋》属于叙志赋,表现出曹丕修德砥砺、持满戒盈的决心,和广纳良谋、厚待人才的态度。这种情调体现了传统的忧患意识,也与曹丕、曹植兄弟争夺继承人的斗争密不可分。《三国志·魏书·贾诩传》:“是时,文帝为五官将,而临菑侯植才名方盛,各有党与,有夺宗之议。文帝使人问诩自固之术,诩曰:‘愿将军恢崇德度,躬素士之业,朝夕孜孜,不违子道。如此而已。’文帝从之,深自砥砺。”曹丕为保证自己地位的稳固,而深自砥砺,并写作此赋以自勉,可见其非凡的政治眼光。

登台赋并序

建安十七年春,游西园①,登铜雀台②,命余兄弟并作。其词曰:

登高台以骋望,好灵雀之丽娴[③]。飞阁崛其特起,层楼俨以承天[④]。步逍遥以容与,聊游目于西山[⑤]。溪谷纡以交错,草木郁其相连[⑥]。风飘飘而吹衣,鸟飞鸣而过前。申踌躇以周览,临城隅之通川[⑦]。

【说明】

此赋见于《艺文类聚》卷六十二。据赋序可知,赋作于建安十七年(212)春。曹植同题赋中有"仰春风之和穆兮"句,与曹丕赋序所说时间相一致。另外,曹操也作有《登台赋》,郦道元《水经注》卷十《浊漳水注》存其"引长明,灌街里"二句。

【注释】

① 西园:邺城西的苑林,即铜雀园。此句是说其父曹操游铜雀园。

② 台:用土筑成的四方形的高而平的建筑物。据《三国志·魏书·武帝纪》和《陈思王植传》,曹操于建安十五年(200)冬开始筑建铜雀台,至建安十七年(202)春建成。

③ 骋望:放眼远望。《楚辞·九歌·湘夫人》:"登白薠兮骋望,与佳期兮夕张。"丽娴:指铜雀之美丽高雅。

④ 飞阁:穿越空中,连接两端建筑的阁道。三国·魏·曹植《登台赋》:"立冲天之华观,连飞阁乎西城。"特起:耸立。《文选》张衡《西京赋》:"神明崛其特起,井干叠而百增。"层楼:高楼。三国·魏·繁钦《建章凤阙赋》:"象玄圃之层楼,肖华盖之丽天。"俨:俨然,仿佛。承天:承接天空。极言其高。

⑤ 游目:放眼纵观,浏览。《楚辞·离骚》:"忽反顾以游目兮,将往观乎四方。"

⑥ 纡(yū 迂):曲折。郁:繁茂。

⑦ 申:舒展。踌躇:从容自得貌。《庄子·外物》:"圣人踌躇以兴事,以每成功。"周览:遍览,巡视。《文选》宋玉《登徒子好色赋》:"臣少曾远游,周览九土,足历五都。"城隅:城墙角上作为屏障的女墙。《周礼·考工记·匠人》:"王宫门阿之制五雉,宫隅之制七雉,城隅之制九雉。"郑玄注:"城隅谓角浮思也。"孙诒让《周礼正义》:"角浮思者,城之四角为屏以障城,高于城二丈,盖城角隐僻,恐奸宄逾越,故加高耳。"通川:流通的河流。《文选》司马相如《上林赋》:"醴泉涌于清室,通川过于中庭。"曹丕《芙蓉池作》诗:"双渠相溉灌,嘉木绕通川。"

【辨析】

铜雀台是曹操着意建造的一个台。台建在邺城县(今河北省临漳县西南邺城内西北隅),建安十五年(210)冬动工,建安十七年春建成。台上建屋一百二十间,连接榱栋,侵彻云汉。铸大铜雀置于楼巅,舒翼奋尾,势若飞动。曹操临死前有《遗令》命诸子:"吾死之后,……葬于邺之西岗上,与西门豹祠相近。无藏金玉珍宝。吾婢妾与伎人皆勤苦,使著铜雀台,善待之。于台堂上安六尺床,施繐帐,朝晡上脯糒之属。月旦十五日,自朝至午,辄向帐前作伎乐。汝等时时登铜雀台,望吾西陵墓田。"(《全三国文》卷三)

据《汉魏六朝百三名家集·陈思王集》,曹植也有《登台赋》。但如果对曹丕和曹植的《登台赋》作一比较,就会发现,曹丕的赋紧紧围绕铜雀台,先写台的高耸、雅丽,后写登台临下所见,显得较为平实。而曹植的赋作,则把铜雀台当作吟咏曹操功绩的对象,紧紧围绕铜雀台展开对曹操的歌颂赞美,文辞华丽,语句跌宕。无怪乎曹操看了之后,"甚异之"(据《三国志·魏书·陈思王植传》)。从这两篇赋可以看出兄弟二人赋作的不同风格。

登城赋

孟春之月,惟岁权舆①。和风初畅,有穆其舒②。驾言东迈,陟彼城隅③。逍遥远望,乃欣以娱④。平原博敞,中田辟除⑤。嘉麦被垄,缘路带衢⑥。流茎散叶,列倚相扶⑦。水幡幡以长流,鱼裔裔而东驰⑧。风飘飖而既臻,日掩薆而西移⑨。望旧馆而言旋,永优游而无为⑩。

【说明】

此赋见于《艺文类聚》卷六十三,《初学记》卷二十四。赋作描写了作者春日登上城楼远望的景致,文辞清丽,优游自然。

【注释】

① 孟春:春季的第一个月,即农历正月。权舆:起始。《诗·秦风·权舆》:"今也每食无馀,于嗟乎!不承权舆。"

② 畅:到。和风初畅:指春风刚到。穆:淳和,温和。《诗·大雅·烝民》:"吉甫作颂,穆如清风。"舒:舒缓和顺。

③ 驾言:驾,乘车;言,语助词。《诗·邶风·泉水》:"驾言出游,以写我忧。"按,"东迈",《艺文类聚》作"东道",此据《初学记》。陟(zhì 至):登高,上升。城隅:

城墙角上作为屏障的女墙。城墙四角较为隐蔽,为了安全,要把它们加高,这就是城隅,有的上面还建有楼室。《文选》张衡《东京赋》:“经途九轨,城隅九雉。”按,“城隅”,《艺文类聚》作“城楼”,此据《初学记》。

④ 欣:喜悦,高兴。娱:欢乐。《楚辞·九章·思美人》:“吾将荡志而愉乐兮,遵江夏以娱忧。”

⑤ 中田:田中。《诗·小雅·信南山》:“中田有庐,疆埸有瓜。”三国·魏·曹植《豫章行》其一:“虞舜不逢尧,耕耘处中田。”辟除:开垦。曹丕《于玄武陂作》诗:“野田广开辟,川渠互相经。”

⑥ 垄:田界。嘉麦被垄:指麦苗长好,遮掩了田垄。衢(qú 渠):四通八达的路。缘路带衢:指路的两边都是麦田。

⑦ 流茎散叶:指麦茎挺拔,麦叶舒展。

⑧ 幡幡(fān 翻):翻动的样子。《诗·小雅·瓠叶》:“幡幡瓠叶,采之亨之。”裔裔:形容队伍络绎不绝按次序行进。《文选》司马相如《子虚赋》:“车按行,骑就队。缅乎淫淫,般乎裔裔。”

⑨ 飘飖(yáo 摇):形容刮风的情形。《文选》班彪《北征赋》:“风猋发以飘飖兮,谷水灌以扬波。”臻:到,至。掩薆(ài 爱):昏暗的样子。

⑩ 望:向远处看。馆:华丽住宅。《文选》司马相如《上林赋》:“于是离宫别馆,弥山跨谷。”《文选》张衡《西京赋》:“郡国宫馆,百四十五。”旧馆:本赋指一向住的地方。旋:返。优游:悠闲自得。《诗·大雅·卷阿》:“伴奂尔游矣,优游尔休矣。”无为:指无为而治、抱朴守真的黄老思想。

【辨析】

文人登高作赋的风气很早就出现了。《诗·魏风·陟岵》是游子思念家中的父母兄弟,登高远望故乡,想象着家人也在思念着他。宋玉《高唐赋》的“登高远望,使人心瘁”。刘向《说苑》卷十五载孔子登农山的感叹:“登高望下,使人心悲”,则染上几分怀才不遇、壮志难酬的悲愤色彩。王粲《登楼赋》把上面几种情感糅合到一篇之中,因而曹丕对它称许有加。至于曹丕本人的这篇登高之作,则另辟蹊径,它描绘了一幅初春原野的画卷:广阔的田野,碧绿的麦田,流淌的河流,一切都是那么祥和、静谧,而又充满生机。这篇《登城赋》在某种程度上可以看作是后代田园作品的先声。

曹丕爱慕自由放达,不喜拘束。在政治观念上,曹丕明确表示推崇汉文帝黄老思想,这不仅和儒家世族不同,与其父曹操的法术之治也有区别。他在称帝后,接连下了《息兵诏》、《轻刑诏》、《薄税诏》等等重要的命令,无非是采取道家的无为思想，少用刑罚，与民休息。《登城赋》结尾说“永优游而无为”，正是他的这种思想的自然流露。

寡妇赋并序

陈留阮元瑜，与余有旧，薄命早亡①。每感存其遗孤，未尝不怆然伤心，故作斯赋，以叙其妻子悲苦之情②。命王粲并作之③。

惟生民兮艰危，在孤寡兮常悲④。人皆处兮欢乐，我独怨兮无依。抚遗孤兮太息，俛哀伤兮告谁⑤？三辰周兮递照，寒暑运兮代臻⑥。历夏日兮苦长，涉秋夜兮漫漫。微霜陨兮集庭，燕雀飞兮我前⑦。风至兮清厉，阴云曀兮雨木⑧。下伏枕兮忘寐，逮平朝兮起坐⑨。愁百端兮猥来，心郁郁兮无可⑩。去秋兮就冬，改节兮时寒⑪。水凝兮成冰，雪落兮翻翻⑫。北风厉兮赴门，食常苦兮衣单⑬。伤薄命兮寡独，内惆怅兮自怜⑭。

【说明】

此赋正文见于《艺文类聚》卷三十四，赋序见《艺文类聚》卷三十四、《文选》潘岳《寡妇赋》李善注。“风至”以下六句，据《韵补》卷四补。“北风”二句，据《韵补》卷二补。《三国志·魏书·阮瑀传》载：“（阮）瑀以（建安）十七年卒。”从赋文中的描述看，这篇赋当作于建安十七年（212）初冬时。

【注释】

① 陈留：指陈留尉氏县，即今属河南省尉氏县。阮元瑜：即阮瑀，“建安七子”之一，元瑜为他的字。余：我，作者自称。旧：老交情。按，“与余有旧，薄命”六字仅见于《文选》潘岳《寡妇赋》李善注。

② 感存：思念。怆然：悲伤的样子。

③ 王粲：字仲宣，“建安七子”之一，时为曹操丞相掾，也与阮瑀友善。王粲除作《寡妇赋》外，还有《阮元瑜诔》。按，“以叙其妻子悲苦之情，命王粲并作之”十五字，仅见于《文选》潘岳《寡妇赋》李善注。

④ 惟：句首发语词，无实义。生民：百姓。《孟子·公孙丑上》：“自有生民以来，未有盛于孔子也。”《文选》班彪《北征赋》：“揽余涕以於邑兮，哀生民之多故。”艰危：艰难危急。孤：幼年丧父。寡：妇女丧夫。

⑤ 太息：大声长叹，深深地叹息。《楚辞·离骚》："长太息以掩涕兮，哀民生之多艰。"俛（fǔ 甫）：同"俯"，低头。

⑥ 三辰：日、月、星的合称。三国·魏·应玚《愁霖赋》："三辰幽而重关，苍曜隐而无形。"周：环绕运行。递照：顺次序照耀，意指日夜交替。《荀子·天论》："日月递照，四时代御。"运：运转。代臻：交替，更迭。代，代替。臻，重复。这两句的意思是日夜交替，季节轮回。

⑦ 微霜：薄霜。陨（yǔn 允）：坠落，降落。

⑧ 清厉：指深秋以后寒气袭人。曀（yì 益）：阴暗貌。

⑨ 逮：及。平朝：平明，黎明时分。

⑩ 猥（wěi 委）：众多，纷乱。无可：无可无不可，即不知如何是好。言心神不定。

⑪ 去：离开。就：接近，来到。改节：改换季节。《文选》张衡《东京赋》："于是春秋改节，四时迭代。"时寒：时节已经寒冷。

⑫ 翻翻：上下飘飞。《文选》刘桢《赠徐幹》诗："轻叶随风转，飞鸟何翻翻。"

⑬ 赴门：即出门（谋生）。

⑭ 内：心里，内心。

【辨析】

曹丕与阮瑀的关系非常友好。《三国志·魏书·阮瑀传》记载："始文帝为五官将，及平原侯植皆好文学。粲与北海徐幹字伟长、广陵陈琳字孔璋、陈留阮瑀字元瑜、汝南应玚字德琏、东平刘桢字公幹并见友善。"可惜阮瑀却未至年老而死，曹丕对此非常悲伤，他在几年后的《与朝歌令吴质书》里，这样表达哀痛说："元瑜长逝，化为异物，每一念至，何时可言！"正是基于这种友情，大概在阮瑀死后的当年，曹丕写了《寡妇赋》和《寡妇诗》，来记叙亡友妻儿的孤苦之情。

《寡妇赋》首句说："惟生民兮艰危，在孤寡兮常悲。"在那个时期，普通人要很好地生存下去已经很不容易，对于一个寡妇来说，其命运则更显悲苦。丈夫死去之后，她的生活失去了支柱，生命没有了欢乐，内心的痛苦无处诉说，只能和幼小的孩子孤苦相依。赋接着铺叙了季节更替。夏去了秋至，秋去了冬来，对寡妇来说，却是一样的悲伤无聊。生机勃勃的春天，已经不存在了，因为她的心已经在冬天的寒冷中冻结，不复再有希望。赋中季节变迁的描写，营造了一种时过境迁的悲凉气氛，更加衬托出寡妇生活的度日如年，无依无靠的悲苦境地。赋文最后以寡妇的嗟叹自怜作结。

《寡妇赋》是以阮瑀之妻的口吻用第一人称来写的，这在辞赋发展史上，实属创格。从形式上看，它大量连用“3＋兮＋2”骚体句式，读起来语气不顺畅，恰如哭诉时的哽咽，给人一种压抑之感，很好地传达了寡妇的悲伤之情。

曹丕的这篇赋对后代产生了较大的影响。西晋潘岳的《寡妇赋》曰：“昔阮瑀既殁，魏文悼之，并命知旧作寡妇之赋。余遂拟之，以叙其孤寡之心焉。”不难看出，潘岳《寡妇赋》的创作显然脱胎于曹丕之赋。

临涡赋并序

上建安十八年至谯①。余兄弟从上拜坟墓。遂乘马游观，经东国，遵涡水②，相佯乎高树之下③。驻马书鞭④，作《临涡》之赋曰⑤：

荫高树兮临曲涡⑥，微风起兮水增波。鱼颉颃兮鸟逶迤⑦，雌雄鸣兮声相和。萍藻生兮散茎柯⑧，春木繁兮发丹华⑨。

【说明】

此赋选自《汉魏六朝百三名家集·魏文帝集》，最早见于《艺文类聚》卷八、《初学记》卷九。

涡（guō 锅）：水名，现称涡河，在安徽省西北部，为淮河支流之一。涡河源头在今河南省开封市西，经通许县，向东南流经安徽省亳州市，最后在怀远县汇入淮河。

据《三国志·魏书·武帝纪》，建安十七年（212）十月，曹操南征孙权。建安十八年（213）正月，攻破孙权江西营，后引军北还，到故乡谯（今安徽亳州）。这次南伐，曹丕和曹植兄弟二人都跟从。曹丕赋序中说父子先拜祖墓，后沿涡水游览，说明这篇赋大概写于寒食节后，这也与赋文“春木繁兮发丹华”之描写相符。赋的情调明朗欢快，可能与此次出征大胜有一定的关系。

【注释】

① 上：指作者父亲曹操。建安十八年：即公元213年。按，张溥辑《魏文帝集》此句无“上”、“十”二字，此据《初学记》卷九补。

② 东国：指东汉东都洛阳。国：都城。《尚书·康诰》：“周公初基，作新大邑于东国洛。”三国·魏·曹植《怨歌行》：“待罪居东国，泫涕常流连。”按，“东国”，《初学记》卷九、《太平御览》卷三五九作“东园”，《艺文类聚》卷八作“东国”。遵：沿着。

③ 相佯(xiāng yáng 乡羊):也作“相羊”,徘徊,盘桓。《楚辞·离骚》:“折若木以拂日兮,聊逍遥以相羊。”

④ 驻马:使马停下来不走。书鞭:在空中挥动鞭子作书写状。

⑤ 作《临涡》之赋:《初学记》卷九、卷二十二,《太平御览》卷五八七作“为《临涡赋》”,《艺文类聚》卷八作“作《临涡》之赋”。

⑥ 曲涡:张溥辑《魏文帝集》作“曲阿”,此据《艺文类聚》、《初学记》改。

⑦ 颉颃(xié háng 协杭):上下游动。语本《诗·邶风·燕燕》:“燕燕于飞,颉之颃之。”《文选》张衡《归田赋》:“交颈颉颃,关关嘤嘤。”逶迤(wēi yí 威夷):也作“逶蛇”,曲折行进的样子。《楚辞·远游》:“方螭虫象并出进兮,形蟉虬而逶蛇。”

⑧ 蓱(píng 平)藻:也作“萍藻”,浮萍。《淮南子·墬形训》:“蔈生萍藻,萍藻生浮草。”曹丕《于玄武陂作》诗:“萍藻泛滥浮,澹澹随风倾。”散茎柯:浮萍等植物的枝干舒展分散。

⑨ 丹华:红花。汉·蔡邕《琴赋》:“丹华炜烨,绿叶参差。”

愁霖赋

脂余车而秣马,将言旋乎邺都[①]。玄云黯其四塞,雨濛濛而袭予[②]。涂渐洳以沉滞,潦淫衍而横湍[③]。岂在余之惮劳,哀行旅之艰难[④]。仰皇天而太息,悲白日之不旸[⑤]。思若木以照路,假龙烛之末光[⑥]。

【说明】

此赋见于《艺文类聚》卷二。霖,指久下不停的雨,它给人们带来诸多不便,对于那些有奔波之苦的行旅者来说,更是如此。曹丕的《愁霖赋》写的就是这种旅途遭遇霖雨的苦恼:车马准备好后上路,行走间突然乌云四起,大雨不期而至,道路泥泞难行,雨水到处流淌,车在辙里打滑,马在徘徊哀鸣。作者仰望天空,不禁发出长叹,太阳何时才能出来?末二句引入神话传说,抒发对雨过天晴的强烈企盼之情,构思甚为精巧。

【注释】

① 脂:用油膏涂抹车轴。《诗·小雅·何人斯》:“尔之亟行,遑脂尔车?”秣(mò 末)马:喂马。三国·魏·曹植《应诏》:“星陈夙驾,秣马脂车。”言:语助词,无

实义。旋:返回。邺都:邺城。邺城本为冀州治所,建安九年(204),曹操击败袁绍幼子袁尚后,占据邺县,自领冀州牧。建安十五年(210),曹操在邺城建铜雀台,改邺城为邺都。故址在今河北省南端磁县境内。

② 玄云:黑云,浓云。《楚辞·九歌·大司命》:"广开兮天门,纷吾乘兮玄云。"三国·魏·曹植《愁霖赋》:"瞻玄云之晻晻兮,听长空之淋淋。"四塞:布满,充塞。其:助词,无实义。《文选》司马相如《长门赋》:"浮云郁而四塞兮,天窈窈而昼阴。"袭:及于,扑向。《楚辞·九歌·少司命》:"绿叶兮素枝,芳菲菲兮袭予。"

③ 涂:通"途",道路。渐洳(jiān rù 肩入):潮湿。沉滞:不够通畅。潦(lǎo 老):雨后积水。淫衍:泛滥。横湍(tuān 团阴平):横流。

④ 惮劳:害怕劳累。惮:惧怕。

⑤ 皇天:对天及天神的尊称。《尚书·大禹谟》:"皇天眷命,奄有四海,为天下君。"《楚辞·离骚》:"皇天无私阿兮,览民德焉错辅。"太息:大声长叹,深深地叹息。《楚辞·离骚》:"长太息以掩涕兮,哀民生之多艰。"旸(yáng 阳):日出。

⑥ 若木:古代神话中的树名,光辉照地。《山海经·大荒北经》:"大荒之中,有衡石山、九阴山、洞野之山,上有赤树,青叶,赤华,名曰若木。"《楚辞·离骚》:"折若木以拂日兮,聊逍遥以相羊。"龙烛:烛龙神衔的烛。烛龙神是古代神话中的神,睁开眼睛(也有说他赶着太阳、嘴里衔着烛火)就能照耀天下。《楚辞·天问》:"日安不到,烛龙何照?"三国·魏·曹植《芙蓉赋》:"焜焜韡韡,烂若龙烛。"

【辨析】

曹丕的《愁霖赋》描写细致传神,生动形象,洵为名篇。其弟曹植也作有《愁霖赋》,其中云"攀扶桑而仰观兮,假九日于天皇",与曹丕所述"思若木以照路,假龙烛之末光",两赋咏叹的内容相似,大概作于同时。又因为曹植赋云"迎朔风而爰迈",表明他们是从南向北回归,说明此两赋当是作于兄弟二人跟随乃父由谯返邺途中。

全篇以淫雨为主要叙写对象,大概以蔡邕《愁霖赋》为最早,建安时除曹丕、曹植外,王粲、应玚也都作有同题赋,而曹丕兄弟又都作有《喜霁赋》,于此也可以窥见建安赋在题材上的演进和创新。

柳赋并序

昔建安五年,上与袁绍战于官渡①,是时余始植斯柳。自彼迄今,十有五载矣,左右仆御已多亡②。感物伤怀,乃作斯赋曰:

在余年之二七，植斯柳乎中庭。始围寸而高尺，今连拱而九成[③]。嗟日月之逝迈，忽亹亹以遄征[④]。昔周游而处此，今倏忽而弗形[⑤]。感遗物而怀故，俛惆怅以伤情[⑥]。

伊中域之伟木兮，瑰姿妙其可珍[⑦]。禀灵祇之笃施兮，与造化乎相因[⑧]。四气迈而代运兮[⑨]，去冬节而涉春。彼庶卉之未动兮，固肇萌而先辰[⑩]。盛德迁而南移兮，星鸟正而司分[⑪]。应隆时而繁育兮，扬翠叶之青纯[⑫]。修干偃蹇以虹指兮，柔条阿那而蛇伸[⑬]。上扶疏而孛散兮，下交错而龙鳞[⑭]。

于是曜灵次乎鹑首兮，景风扇而增暖[⑮]。丰弘阴而博覆兮，躬恺悌而弗倦[⑯]。四马望而倾盖兮，行旅仰而回眷[⑰]。秉至德而不伐兮，岂简卑而择贱[⑱]？含精灵而寄生兮，保休体之丰衍[⑲]。惟尺断而能植兮，信永贞而可羡[⑳]！

【说明】

此赋见于《艺文类聚》卷八十九，《初学记》卷二十八，《太平御览》卷九五七，《文选》石崇《王明君辞》李善注，张溥辑《魏文帝集》，严可均辑《全三国文》卷四。其文本错乱，今据文意校补调整。

关于本赋的创作时间，一般认为是在建安二十年（215），杨鉴生《曹丕〈柳赋〉作年考》（《文学遗产》2006 年第 5 期）提出是在黄初六年（225）十二月至黄初七年（226）一月间，惜其证据不足，未可定论。

【注释】

① 建安五年：公元 200 年。上：指作者父亲曹操。是年曹操与袁绍战于官渡，并取得胜利。官渡：古地名，在今河南省中牟县东北，因临古官渡水而得名。

② 仆御：驾御车马的人。《史记·管晏列传》："今子长八尺，乃为人仆御。"赋中泛指身边的侍从。

③ 连拱：连臂合抱。九成：犹九重，即九重之台，形容极高。《吕氏春秋·音初》："有娀氏有二佚女，为之九成之台。"《文选》马融《长笛赋》："托九成之孤岑兮，临万仞之石磎。"

④ 逝迈：谓时光消逝。亹亹（wěi wěi 伟伟）：行走前进的样子。《楚辞·九辩》："时亹亹而过中兮，蹇淹留而无成。"遄（chuán 船）征：急行，迅速赶路。汉·蔡

琰《悲愤诗》:“去去割情恋,遄征日遐迈。”

⑤ 周游:巡游。倏忽:顷刻,指极短的时间。形:形体,身体。曹丕《与王朗书》:“生有七尺之形,死唯一棺之土。”弗形:指人死亡。《文选》夏侯谌《东方朔画赞》:“肃肃先生,岂焉是居;是居弗形,悠悠我情。”

⑥ 遗物:赋文中指柳树。怀故:怀念从前的亲友、侍从。伤情:伤感。《文选》班彪《北征赋》:“痛旷怨之伤情兮,哀诗人之叹时。”“昔周游”至“以伤情”两句的意思是,从前带着侍从们巡游,曾到过这儿,后来不少侍从都亡故了,今天重游至此,看到那时植的柳树,不由得想起已经死去的那些侍从们,内心十分悲伤。这几句赋文,与赋序相合。

⑦ 中域:中原地区。伟木:高大的树,此指柳。瑰姿:美好的姿态。可珍:值得珍爱。

⑧ 禀:禀赋。灵祇(qí 奇):神灵。《尸子》:“天神曰灵,地神曰祇。”《文选》张衡《南都赋》:“圣皇之所逍遥,灵祇之所保绥。”笃施:丰厚的施与。造化:自然。《庄子·大宗师》:“今一以天地为大炉,以造化为大冶,恶乎往而不可哉!”相因:相承,相一致。

⑨ 四气:指春夏秋冬的温热冷寒之气。《礼记·乐记》:“奋至德之光,动四气之和,以着万物之理。”按,“四气”,张溥辑《魏文帝集》作“四时”。代运:交替运行。

⑩ 庶卉(huì 汇):众草木。肇萌:开始萌芽。肇:始。先辰:先时,指柳树萌芽早于众草木。

⑪ 盛德:四时之盛气。《礼记·月令》:“(孟春之月)某日立春,盛德在木。”南移:古人将赤道附近的星空,划分为二十八个星空区,定为二十八宿。其中,井、鬼、柳、星、张、翼、轸司春,位于南方,当天空中心向南移动时,说明春天到来。星鸟:指二十八宿中的星宿。星鸟正而司分:星宿位于南部星空正中时,日夜长短均分。《尚书·尧典》:“日中;星鸟,以殷仲春。”

⑫ 隆时:盛时,春天阳气隆盛之时。青纯:嫩绿纯净。

⑬ 修干:修长的树干。偃蹇(yǎn jiǎn 奄俭):高耸貌。《楚辞·离骚》:“望瑶台之偃蹇兮,见有娀之佚女。”虹指:形容柳树的枝干像虹一样伸展。《文选》王延寿《鲁灵光殿赋》:“飞梁偃蹇以虹指,揭蘧蘧而腾凑。”阿娜:亦作“婀娜”,柔美的样子。

⑭ 扶疏:枝叶繁茂,朝各方披展。孛(bèi 备)散:枝叶披拂貌。龙鳞:指树干的纹理像龙鳞一样。《文选》班固《西都赋》:“沟塍刻镂,原隰龙鳞。”

⑮ 曜(yào 要)灵:太阳。《楚辞·天问》:“角宿未旦,曜灵安藏?”鹑(chún 纯)首:古人为了说明日月五星的运行和节气的变换,把赤道附近一周天按照由西向东的方向分为十二个等分,叫做星次。鹑首为其中之一。鹑首与二十八宿相配为井、

鬼两宿，太阳至鹑首时，对应的公历大约从6月6日到7月6日。次：至。景风：夏至以后暖和的风。《淮南子·天文训》："清明风至四十五日，景风至。"《文选》曹丕《与朝歌令吴质书》："五月十八日，丕白……方今蕤宾纪时，景风扇物，天气和暖，众果具繁。"

⑯ 丰：丰富。弘：大。阴：同"荫"，树荫。博覆：（树荫）大面积地覆盖。三国·魏·曹植《槐赋》："扬沈阴以博覆，似明后之垂恩。"躬：身体。恺悌（kǎi tì 凯替）：和乐平易。《左传·僖公十二年》："《诗》曰：'恺悌君子，神所劳矣。'"这句用拟人手法，写柳树用身体遮挡太阳，形成很大的树荫，和乐平易，而不知疲倦。

⑰ 四马：通常作"驷马"，古代有的车用四马拉。倾盖：车上的伞盖靠在一起。《史记·鲁仲连邹阳列传》："谚曰：'白头如新，倾盖如故。'何则？知与不知也。"望而倾盖：形容亲近向往的意思。行旅：旅客，来往的行人。回眷：回头看，形容依依不舍。

⑱ 至德：最高的道德，盛德。《易传·系辞上》："阴阳之义配日月，易简之善配至德。"伐：夸耀自己。简：选择。此句是说柳有美德，不因人之卑贱而不施荫蔽。

⑲ 精灵：精灵之气。古人认为它是形成万物的本原。休：美好。丰衍：丰满茂盛。

⑳ 尺断：一尺长的断木。尺断而能植，指柳树很容易成活，植一根断木就能成活生长。永贞：谓长享正命。《易·坤卦》："用六，利永贞。"可羡：令人羡慕。

【辨析】

以赋来咏树，始于屈原，其《橘颂》借写橘的美好树貌和坚贞品质，来寄托自己高尚的品格情操。到了西汉，枚乘首先咏柳作《柳赋》，通过描绘柳树来写梁国游园宴饮之乐，并颂扬梁孝王。孔臧的《杨柳赋》则变君臣宴饮为友朋宴饮，并且赞美了柳树"内荫我宗，外及有生"的功绩。曹丕的这篇《柳赋》承继了对柳荫庇人的赞美，并且进一步将其人格化，"丰弘阴而博覆兮，躬恺悌而弗倦"，"秉至德而不伐兮，岂简卑而择贱"，表达了他荫庇天下的抱负和善待人才的心理，这又是对屈原借物咏志创作手法的回归。

然而，最吸引人的，也就是这篇赋最大的创新之处，是通过写物来抒发情怀：昔日的柳树苗如今长成了参天大树，而昔日的侍从们却大多死去了，时光过得何其迅速；柳树截取一段干茎插入土中就能成活，而人的生命却是何等的不堪一击。这篇赋通过物是人非的对比，写出了人之生命的脆弱和短暂，这是生命意识觉醒以后的感伤。他在同年作的《与朝歌令吴质书》里也说："元瑜长逝，化为异物，每一念至，何时可言！……节同时异，物是人非，我劳如何！"曹丕的这种感伤是超越个人的，它弥漫于整个魏晋乃至南北朝时期，《世说新语·言语》所记桓温的“木犹如此，人何以堪”的感叹，其情致、忧思，正与曹丕此赋一脉相承。

玉玦赋

有昆山之妙璞，产曾城之峻崖[①]。嗽丹水之炎波，荫瑶树之玄枝[②]。包黄中之纯气，抱虚静而无为[③]。应九德之淑懿，体五材之表仪[④]。

【说明】

此赋见于《艺文类聚》卷六十七。玦(jué 绝)是一种有缺口的环形的玉，中间有孔，孔的直径与四周玉的宽度相等。玉玦一般作为饰物，随身佩带。

据《三国志·魏书·钟繇传》裴松之注引《魏略》：“后太祖征汉中，太子在孟津，闻繇有玉玦，欲得之而难公言。密使临菑侯转因人说之，繇即送之。”曹丕于是作《与钟繇谢玉玦书》(《全三国文》卷七作《又与钟繇书》)，说“邺骑既到，宝玦初至，捧跪发匣，五内震骇，绳穷匣开，烂然满目。……谨奉赋一篇，以赞扬丽质”(《全三国文》卷七)。赋与书都作于建安二十年(215)。从赋的内容上看，只描写了玉玦的品质，而没有涉及它的艳丽，与书信所述不一致，疑赋已不全。

【注释】

① 昆山：山名，昆仑山的简称。《吕氏春秋·重己》：“人不爱昆山之玉，江汉之珠，而爱己之一苍璧小玑。”曾(céng 层)城：也作“层城”。传说中的地名，在昆仑山上。《后汉书·张衡列传》载其《思玄赋》：“登阆风之曾城兮，构不死而为床。”李贤注引《淮南子》：“昆仑山有曾城九重，高万一千里，上有不死树在其西。”

② 嗽：通“漱”，洗涤，沐浴。丹水：传说中的水名。《山海经·南山经》：“丹穴之山，其上多金玉，丹水出焉，而南流注于渤海。”炎波：红色的波浪。汉·贾谊《惜誓》：“涉丹水而驰骋兮，右大夏之遗风。”荫：遮蔽。瑶树：传说中一种玉白色的树。《淮南子·墬形训》：“(曾城)上有木禾……绛树在其南，碧树、瑶树在其北。”

③ 黄中：古代以五色配五行五方，而黄色配土，土居中。虚静无为：指的是无为而治、抱朴守真的黄老思想。

④ 九德:九种美好的品德。《逸周书·常训》:"九德:忠、信、敬、刚、柔、和、固、贞、顺。"泛指各种美好的品德。淑懿(yì 意):善良美好。体:体现。五材:五种物质,指金、木、水、火、土。《左传·襄公二十七年》:"天生五材,民并用之,废一不可。"表仪:表率。

【辨析】

曹丕《与钟繇谢玉玦书》,初读总以其故作谦恭之态,而行巧取豪夺之实。其书曰:"良玉比德君子,圭璋见美诗人。晋之垂棘,鲁之玙璠,宋之结绿,楚之和璞,价越万金,贵重都城,有称畴昔,流声将来。是以垂棘出晋,虞虢双禽;和璧入秦,相如抗节。窃见玉书,称美玉白如截肪,黑譬纯漆,赤拟鸡冠,黄侔蒸栗。侧闻斯语,未睹厥状。……然四宝邈焉已远,秦汉未闻有良比也。求之旷年,不遇厥真;私愿不果,饥渴未副。近日南阳宗惠叔称君侯昔有美玦,闻之惊喜,笑与抃会。当自白书,恐传言未审,是以令舍弟子建因荀仲茂时从容喻鄙旨。乃不忽遗,厚见周称。邺骑既到,宝玦初至,捧匣跪发,五内震骇,绳穷匣开,烂然满目。猥以蒙鄙之姿,得睹希世之宝,不烦一介之使,不损连城之价,既有秦昭章台之观,而无蔺生诡夺之诳,嘉贶益腆,敢不钦承!谨奉赋一篇,以赞扬丽质。"(《全三国文》卷七)

但细察曹丕在此前后的行止,却以为此书是其一向谦恭真情的流露。当时,曹丕是权倾天下的曹操的次子,汉王朝的五官中郎将、副丞相,曹操心目中的接班人,可谓红得发紫。但他却能一向以平等友善对待周围文人,成为当时真正的文坛领袖。他的《典论·论文》,是我国最早的文艺理论批评专著。《隋书·经籍志四》著录其《典论》五卷,文集二十三卷。在他之前,没有任何一位帝王的文学创作数量超过他。曹丕称帝后,为政宽仁。他极赞汉文帝"宽仁玄默,务欲以德化民,有贤圣之风"。他作《太宗论》("太宗"是汉文帝的庙号)、《交友论》,以宣扬其政治理想和交友原则。惜寿命不永,能力欠佳,其理想未能得到贯彻。

校猎赋

一

披高门而方轨,迈夷涂而直驾[1]。(《初学记》卷二十二)

长铩糺霓，飞旗拂天[②]。部曲按列，什伍相连[③]。跱如丛林，动若崩山[④]。（《艺文类聚》卷六十六）抗冲天之素旄兮，靡格泽之修旃[⑤]。雄戟趪而跃厉兮，黄钺扈而扬鲜[⑥]。（《太平御览》卷三三九）超崇岸之曾崖，厉漳滏之双川[⑦]。（《艺文类聚》卷六十六）千乘乱扰，万骑奔走[⑧]。经营原隰，腾越峻阻[⑨]。彤弓斯彀，戈铤具举[⑩]。列翠星陈，戎车方毂[⑪]。风回云转，埃连飙属[⑫]。雷响震天地，噪声荡川岳。遂躏封豨，藉麈鹿，捎飞鸢，接鹙鸧[⑬]。聚者成丘陵，散者阒溪谷[⑭]。流血赫其丹野，羽毛纷其翳目[⑮]。考功效绩，班赐有叙[⑯]。分授甘炰，飞酌清酤[⑰]。割鲜野享，举爵鸣鼓[⑱]。銮舆促节，骋辔回翔[⑲]。望爵台而增举，涉幽堑之花梁[⑳]。（《艺文类聚》卷六十六）

登路寝而听政，总群司之纪纲[㉑]。消摇后庭，休息闲房[㉒]。步辇西园，还坐玉堂[㉓]。（《初学记》卷二十四）

二

高宗征于鬼方兮，黄帝有事于阪泉[㉔]。愠贼备之作戾兮，忿吴夷之不藩[㉕]。将训兵于讲武兮，因大蒐乎田隙[㉖]。（《初学记》卷二十二）

【说明】

此赋已不全，散见于《初学记》卷二十二、卷二十四，《艺文类聚》卷六十六，《太平御览》卷三三九。赋经类书节录引用后，显得较为破碎紊乱。

校（jiào 叫）猎，即天子或将领有组织的打猎。《汉书·司马相如传上》："于是乎背秋涉冬，天子校猎。"颜师古注："以木相贯穿，总为栏校，遮止禽兽而猎取之。"校猎有多种名称。《尔雅·释天》："春猎为蒐，夏猎为苗，秋猎为狝，冬猎为狩。"校猎既是生产活动，更是军事训练的一种重要形式。

西晋挚虞《文章流别论》说："建安中，魏文帝从武帝出猎，赋，命陈琳、王粲、应玚、刘桢并作。琳为《武猎》，粲为《羽猎》，玚为《西狩》，桢为《大阅》，凡此各有所长，粲其最也。"根据应玚、王粲赋的描写，及史传记载，学界把这组赋系于建安十八年（213），已成定论。

然而赋文中"愠贼备之作戾兮"一句,却与这一系年相矛盾。因为刘备除了在建安十三年(208)赤壁之战中,与曹军有所对抗外,之后一直在益州等地区经营。而曹操西面的敌人则主要是马超、张鲁等。直到建安二十年(215),曹操破张鲁得汉中后,曹、刘双方才又正面直接对峙。由此可知,这段赋文必作于建安二十年(215)后。加之曹丕尚武,爱好打猎,他作的《校猎赋》可能不止一篇。

因而今将此数段赋文析为两篇。

【注释】

① 披:打开。高门:古时王宫的外门。《文选》张衡《西京赋》:"高门有闶,列坐金狄。"方轨:车辆并行。《战国策·齐策一》:"车不得方轨,马不得并行。"《文选》王延寿《鲁灵光殿赋》:"高门拟于阊阖,方二轨而并入。"夷涂:平坦的路。涂,通"途",道路。《文选》张衡《西京赋》:"襄岸夷(铲平)涂,修路陖险。"

② 铩(shā 杀):长刃矛,古代的一种兵器。《文选》贾谊《过秦论上》:"锄耰棘矜,非铦于钩戟长铩也。"纠:缠绕,纠缠。霓:虹的一种,色彩较暗。长铩纠霓,指众多长铩高举,光辉闪耀,像一道道彩虹纠缠在一起。飞旗:飞舞的旗帜。《文选》扬雄《羽猎赋》:"靡日月之朱竿,曳彗星之飞旗。"

③ 部曲:古代军队编制单位。汉·司马彪《续汉书》:"大将军营五部,部有校尉一人,部下有曲,曲有军候一人。"什伍(shí wǔ 十五):古代军队编制,五人为伍,十人为什,称什伍。亦泛指军队的基层建制。《礼记·祭义》:"军旅什伍,同爵则尚齿,而弟达乎军旅矣。"《文选》张衡《西京赋》:"结部曲,整行伍。"

④ 跱(zhì 至):止。崩山:高山崩裂,形容军队势力威猛。《吕氏春秋·仲秋》:"(兵)勇则能决断,能决断则能若雷电飘风暴雨,能若崩山破溃,别辨贾坠。"《淮南子·兵略训》:"威之所加,若崩山决塘,敌孰敢当!"

⑤ 抗:举。素旄(máo 毛):即白旄,用旄牛尾作装饰的白旗,古代用以指挥军队作战。汉·史岑《出师颂》:"昔在孟津,惟师尚父。素旄一麾,浑一区宇。"靡:通"麾",挥动。格泽:星云名。《史记·天官书》:"格泽星者,如炎火之状。黄白,起地而上。下大,上兑。其见也,不种而获,不有土功,必有大害。""格泽",原作"格择",据严可均《全三国文》改。旃(zhān 沾):红色的曲柄旗,也泛指旌旗。汉·司马相如《大人赋》:"建格泽之修竿,总光曜之采旄。"以上两句呼应"飞旗拂天"四字,其意思是高举着用旄牛尾装饰的白旗,挥动着以格泽星云作旗杆的红旗。

⑥ 雄:吴人干将和妻子莫邪铸了两把剑,雄者为干将,雌者为莫邪。戟:古代兵器,青铜制,将矛、戈合成一体,既能直刺,又能横击。《文选》司马相如《子虚赋》:"曳明月之珠旗,建干将之雄戟。"趪(huáng 黄):威武的样子。《文选》张衡《西京

赋》:“洪钟万钧,猛虡趪趪。”跃厉:显现其锐利。黄钺(yuè 越):饰以黄金的长柄斧子,是天子仪仗,也用来征伐。《尚书·牧誓》:“王左杖黄钺,右秉白旄以麾。”扈(hù 户):光彩鲜明。扬鲜:闪耀着鲜亮的色彩。按,“扬鲜”,原作“杨鲜”,据《全三国文》改。以上两句呼应“长铩纠霓”四字,意思是雄戟威武,非常锐利;黄钺光亮,十分鲜明。

⑦ 超:逾越。曾(céng 层)崖:重叠的山崖。汉·傅毅《七激》:“然后背洞壑,临绝谿,听迅波,望曾崖。”厉:涉水。漳滏:漳水和滏水。按,“漳滏”,原作“障滏”,据《初学记》卷二十二改。

⑧ “千乘乱扰,万骑奔走”:形容车骑众多。《文选》班固《东都赋》:“千乘雷起,万骑纷纭。”

⑨ 经营:周旋,往来。《文选》司马相如《上林赋》:“终始灞浐,出入泾渭;酆、镐、潦、潏,纡余委蛇,经营乎其内。”原隰(xí 习):原野。峻阻:险阻。汉·刘歆《甘泉宫赋》:“高峦峻阻,临洮广衍。”

⑩ 彤弓:朱漆弓。古代天子用来赐给有功的诸侯或大臣,让他负责征伐。《尚书·文侯之命》:“用赉尔秬鬯一卣,彤弓一,彤矢百。”彀(gòu 够):张满弓。《孟子·告子上》:“羿之教人射,必志于彀。”铤(dìng 定):箭头装入箭干的部分,不可见。“铤”,或误为“铤”。铤(chán 缠):铁把小矛。《文选》班固《东都赋》:“元戎竟野,戈铤慧云。羽旄扫霓,旌旗拂天。”

⑪ 翠:当指“翠盖”,即用翠羽装饰的车盖,帝王专用。星陈:像星辰一样排列。《文选》扬雄《甘泉赋》:“乃命群僚,星陈而天行……咸翠盖而鸾旗。”方毂(gǔ 古):两车并行。《后汉书·蔡邕列传》:“速速方毂,夭夭是加。”

⑫ “风回云转,埃连飙属”:指众多车马奔驰,带起阵阵狂风,掀起阵阵尘埃。

⑬ 躏(lìn 吝):用力地碾踏。封豨(xī 西):也作“封狶”,即封豕,大野猪。封,大。《楚辞·天问》:“封狶是射。”藉:践踏。麈(zhǔ 主):麋鹿。捎:掠拂,指射中。下句“接”,连接,也是射中的意思。飞鸢(yuān 渊):飞翔的老鹰。鸑鷟(yuè zhuó 月酌):古书上说的一种水鸟,像野鸭子,体形比野鸭子大。

⑭ 阗(tián 填):充满,填塞。《史记·汲郑列传》:“始翟公为廷尉,宾客阗门。”

⑮ 赫:红色。丹野:(血)染红原野。翳(yì 艺):遮蔽,掩盖。以上四句写狩猎到的鸟兽非常多,多得集中可以聚成山丘,散落可以覆盖溪谷。鸟兽流的血染红了原野,掉下的羽毛遮住了人们的视线。

⑯ 考功:按一定标准考核政绩。效绩:考查成绩。班赐:颁赐,分赏。叙:次序。

⑰ 分授甘炰:《艺文类聚》作“授甘炰”,此据张溥辑《魏文帝集》补。甘炰(páo 刨):美味的烤肉。飞酌:飞跑着斟酒。《文选》班固《西都赋》:“陈轻骑以行炰,腾酒车以斟酌。”清酤(gū 估):清酒。《诗·商颂·烈祖》:“既载清酤,赉我思成。”

《文选》吴质《答东阿王书》:“对清酤而不酌,抑嘉肴而不享。”

⑱ 割鲜:宰割新猎杀的畜兽。《文选》司马相如《子虚赋》:“骛于盐浦,割鲜染轮。”野烹:在原野里烹煮。《文选》班固《西都赋》:“割鲜野食,举烽命釂。”《文选》张衡《西京赋》:“割鲜野飨,犒勤赏功。”爵:古代酒器。举爵:举杯,举酒。《礼记·少仪》:“举爵则坐祭立饮。”

⑲ 銮舆:帝王的车驾。促节:加快速度。《文选》司马相如《上林赋》:“然后侵淫促节,儵夐远去。”三国·魏·应玚《愍骥赋》:“瞻前轨而促节兮,顾后乘而踟蹰。”骋辔:谓纵马驰骋。三国·魏·曹植《游仙诗》:“翱翔九天上,骋辔远行游。”回翔:回转。晋·阮籍《咏怀诗》其七十九:“一去昆仑西,何时复回翔。”

⑳ 爵台:铜雀台。增:层。举:突起。花梁:有雕饰的桥梁。幽堑:护城河。《三国志·魏书·武帝纪》:“五月,毁土山、地道,作围堑,决漳水灌城。”

㉑ 路寝:古代天子、诸侯的正厅。《诗·鲁颂·閟宫》:“松桷有舄,路寝孔硕。”《文选》张衡《西京赋》:“正殿路寝,用朝群辟。”听政:坐朝处理政务,执政。《礼记·玉藻》:“君日出而视之,退适路寝听政。”

㉒ 消摇:同“逍遥”。玉堂:玉饰的殿堂,亦为宫殿的美称。《文选》宋玉《风赋》:“然后倘佯中庭,北上玉堂,跻于罗帷,经于洞房,乃得为大王之风也。”

㉓ 步辇(niǎn 撵):古代一种用人抬的代步工具,类似轿子。也指乘步辇。《文选》班固《西都赋》:“乘茵步辇,惟所息宴。”

㉔ 高宗:指殷高宗武丁。鬼方:一个上古种族的名字,是殷周西北边境强敌。《易·既济》:“高宗伐鬼方,三年克之。”黄帝有事于阪泉:指黄帝和炎帝在阪泉这个地方作战。阪泉:古地名,它的具体位置有争议。《左传·僖公二十五年》:“使卜偃卜之,曰:‘吉,遇黄帝战于阪泉之兆。’”《史记·五帝本纪》:“教熊罴貔貅貙虎,以与炎帝战于阪泉之野。”

㉕ 愠(yùn 运):恼怒。贼备:曹丕对刘备的蔑称。作戾:作乱。忿:愤怒,怨恨。吴夷:对东吴孙权的蔑称。藩:古代王侯的封国叫藩,另外臣服国也称为藩。《三国志·吴书·吴主传》:“自魏文帝践阼,(孙)权使命称藩。”“不藩”指不臣服。

㉖ 训兵:练兵。《文选》陈琳《檄吴将校部曲文》:“昔夫差承阖闾之远迹,用申胥之训兵。”讲武:讲习武事。《礼记·月令》:“天子乃命将帅讲武,习射御角力。”《文选》班固《东都赋》:“顺时节而搜狩,简车徒以讲武。”蒐(sōu 搜):打猎,一般特指春天。《尔雅·释天》:“春猎为蒐。”不过,也可以指代发生在其他季节的打猎活动,如《穀梁传·昭公八年》:“秋,蒐于红。正也。因蒐狩以习用武事,礼之大者也。”

【辨析】

《校猎赋》篇幅简短,层次清晰,从开篇至“黄钺息而扬鲜”,集中笔墨铺叙出猎前的准备，写了车骑的精良，仪仗的整肃，队伍的浩大，气势的雄壮。从"超崇岸之曾崖"到"羽毛纷其翳目"，是对校猎的直接描写，又可分为两个层次，前面一层先描叙的是队伍奔向猎场和狩猎的场面，其中"风回云转，埃连飙属。雷响震天地，噪声荡川岳"几句，对千乘万骑奔走驰骋的壮观场面的描写非常传神；后面一层则是对狩猎的丰硕战果作了铺叙。从"考功效绩"至末尾，写的是校猎结束后，享用猎物，及凯旋回宫的情形。本赋通过对校猎的记叙，展现了曹操军威的强盛，表现了对曹操武功的颂扬。

汉代田猎赋一般写田猎苑囿泽薮的广袤，物产的丰富，以展现田猎的广阔背景；描写田猎的过程时，又往往会写君王的游观和女乐歌舞的逸乐，以展示社会的安康太平，因此篇幅较巨大。曹丕的这篇《校猎赋》则集中笔墨记叙校猎过程，渲染校猎场面，篇幅不大而精致鲜明，既反映了赋从两汉铺陈大赋向魏抒情小赋的演化，也体现了建安文学的通脱文风。

玛瑙勒赋并序

玛瑙，玉属也。出自西域，文理交错，有似马脑，故其方人因以名之①。或以系颈，或以饰勒。余有斯勒，美而赋之。命陈琳、王粲并作②。词曰：

有奇章之珍物，寄中山之崇冈③。禀金德之灵施，含白虎之华章④。扇朔方之玄气，喜南离之焱阳⑤。歙中区之黄采，曜东夏之纯苍⑥。苞五色之明丽，配皎日之流光⑦。命夫良工，是剖是镌⑧。追形逐好，从宜索便⑨。乃加砥砺，刻方为圆⑩。沈光内炤，浮景外鲜⑪。繁文缛藻，交采接连⑫。奇章异采，的皪其间⑬。嘉镂钖之盛美，感戎马之首饰⑭。图兹物之攸宜，信君子之所服⑮。尔乃藉彼朱罽，华勒用成⑯。骈居列跱，焕若罗星⑰。

【说明】

此赋见于《北堂书钞》卷一二六、《艺文类聚》卷八十四、《太平御览》卷三五八，所收均不全，此据张溥辑《魏文帝集》，以上述三书所引校正之。

玛瑙，也作"马瑙"、"马脑"，玉石的一种。勒（lè 乐），套在马头上带嚼子的笼头。玛瑙勒就是用玛瑙一类的玉石装饰的马勒。从赋序看，曹丕的玛瑙勒来自西域，其创作时间大概与《车渠碗赋》相同或相近。

【注释】

① 西域：《魏文帝集》作“西役”，此据《北堂书钞》、《艺文类聚》改。方人：当地的人。

② 陈琳：字孔璋，广陵（今江苏扬州）人，善于章表书记，曾为曹操僚属，与曹丕关系友好。

③ 奇章：奇特的纹理。寄：寄身，意思是产于。中山：山中。《荀子·富国》：“使处女婴宝珠，佩宝玉，负戴黄金，而遇中山之盗也，虽为之逢蒙视……由将不足以免。”

④ 金德：战国阴阳家所倡导的五德（水、土、木、金、火）之一。阴阳家认为，历代王朝轮替，各占一德，始于木，终于水，周而复始。金德，即以金而德王。这里指玛瑙禀有金德灵气。灵施：灵气施为。白虎：白额虎。《文选》张衡《西京赋》：“东海黄公，赤刀粤祝，冀厌白虎，卒不能救。”华章：华丽的纹理。

⑤ 扇：吹。朔方：北方。玄气：阴气。《楚辞·九思·伤时》：“旻天兮清凉，玄气兮高朗。”南离：指南方。“南离”是《易经》的卦名，其方位在南，所以古代称南方为南离。汉·张衡《髑髅赋》：“取耳北坎，求目南离。”焱（yàn 焰）：火焰，光焰。《楚辞·九叹·远游》：“日暾暾其西舍兮，阳焱焱而复顾。”

⑥ 歙（xī 西）：吸气或通过呼吸吸入。这里指吸聚。中区：指中原地区。黄采：黄色的光彩。古人以青红黄白黑五色配木火土金水五行，又与东南中西北五方对应。土居中央，颜色为黄；木居东方，颜色为青。汉·王充《论衡·验符》：“黄色为土色，位在中央。”东夏：古代泛指中国东部。《尚书·微子之命》：“庸建尔于上公，尹兹东夏。”苍：青色。因为五色为正色，所以称配东方的青色为纯苍。

⑦ 五色：青红黄白黑。流光：流动、闪烁的光彩。

⑧ 良工：古代泛称技艺高超的工匠。是：助词，无义。镌：雕刻。

⑨ 追形：追求形状精巧。逐好：讲求效果完美。从宜索便：根据材料特点进行加工。

⑩ 加：施用。砥砺：（dǐ lì 底厉）：磨石。《山海经·西山经》：“西南三百六十里，曰崦嵫之山……苕水出焉，而西流注于海，其中多砥砺。”曹丕《以郑称为武德傅令》：“砻之以砥砺，错之以他山。”

⑪ 沈光：潜在的光彩。炤：同“照”。浮景：光彩浮动。三国·魏·曹植《车渠碗赋》：“翩飘飖而浮景兮，若惊鹄之双飞。”

⑫ 繁文缛藻：繁盛丰富的文采。交采相连：色彩交错相连。

⑬ 的皪（dì lì 地历）：光亮、鲜明的样子。《文选》司马相如《上林赋》：“明月珠

子，的皪江靡。”按，“奇章异采”二句，仅见《太平御览》卷三五八。

⑭ 镂钖（lòu yáng 漏扬）：古代一种镂金的装饰在马额眉上的饰物。镂，镂金。钖，马眉上缀饰的一种金属装饰物，马行走时叮当作响。《诗·大雅·韩奕》：“玄衮赤舄，钩膺镂钖。”戎马：军马，战马。首饰：戴在头上的装饰品。《文选》曹植《洛神赋》：“戴金翠之首饰，缀明珠以耀躯。”

⑮ 攸：相当于“所”。宜：适宜。服：用。

⑯ 藉（jiè 借）：借。罽（jì 记）：细密毛织物，属高级织品。用：表示结果，相当“于是”。成：完成。

⑰ 骈：马并列。跱（zhì 志）：站立。焕：光亮，鲜明。罗星：如天上星辰罗列。这两句大概是写战马佩戴上玛瑙勒之后的效果，马匹并立，马头上的玉勒焕发出晶莹亮丽的光彩，犹如天上星辰罗列。

【辨析】

曹丕好奇珍异物，向钟繇求玉玦即是一个例证（参看《玉玦赋》“说明”）。当这种喜爱之情溢于文字时，就是《玛瑙勒赋》这类咏物作品。

这篇赋像他的多数咏物赋一样，写有小序，说明玛瑙的产地、名称来源和用途，比较详细。曹丕曾在《答卞兰教》中说：“赋者，言事类之所附也；颂者，美盛德之形容也。故作者不虚其辞，受者必当其实。”强调了赋在叙事状物时的写实性，而他自己则可谓身体力行了。

赋文先从赞美玛瑙高贵的禀赋和非凡的生成条件开始，随后就自然而然地讲到它的美丽华艳。接着写的是让工匠用玛瑙制作马勒，在打磨的过程中，玛瑙的色彩和纹理之美，进一步彰显出来。最后讲玛瑙勒制作完成，戴在马头上之后，非常漂亮。

《玛瑙勒赋》既不是托物寄情，也不是借喻物理，只是单纯地对玛瑙进行赞美，表明自己的喜爱，代表了魏晋南北朝时期咏物赋的一个类型。

车渠碗赋并序

车渠，玉属也。多纤理缛文。生于西国。其俗宝之，小以系颈，大以为器①。

惟二仪之普育②，何万物之殊形。料珍怪之上美，无兹碗之独灵③。苞华文之光丽，发符采而扬荣④。理交错以连属，似将离而复并[5]。或若朝云浮高山,忽似飞鸟厉苍天。夫其方者如矩,圆者如规[6]。稠希不谬,洪纤有宜[7]。

【说明】

此赋见于《艺文类聚》卷八十四、《太平御览》卷八〇八,已不全。

车渠,有人说是产自印度洋和西太平洋的一类贝壳,因为色泽洁白,质地细腻,所以可作为宝石。《艺文类聚》卷八十四《宝玉部下》引《广雅》说:"车渠,石次玉也。"即把车渠视为宝石的一种。又引《广志》说:"车渠出大秦国及西域诸国。"

据《三国志·魏书·武帝纪》记载,建安二十年(215)五月,"西平、金城诸将麹演、蒋石等共斩送韩遂首",自此凉州平定,西域与中原的交通得到了恢复,其物产又畅通地输入进来。曹植在同名作品中说:"夷慕义而重使,献兹宝于斯庭。"车渠可能就是那时西域诸国进献的物品之一。车渠碗,就是用车渠做的碗。《中华古今注》卷上载:"魏武帝以玛瑙为马勒,车渠石为酒碗。"除了曹丕、曹植兄弟的《车渠碗赋》外,同时吟咏的还有徐幹、王粲、陈琳、应玚。

【注释】

① 西国:西域一带的国家。宝:以之为宝。按,"小以系颈"二句,不见于《艺文类聚》,此据《太平御览》卷八〇八补。

② 二仪:又叫"两仪",指天和地。《易传·系辞上》:"是故易有太极,是生两仪。"三国·魏·曹植《惟汉行》:"太极定二仪,清浊始以形。"

③ 珍怪:指珍贵奇异的东西。《楚辞·招魂》:"室中之观,多珍怪些。"《文选》张衡《南都赋》:"其宝利珍怪,则金彩玉璞,随珠夜光。"上美:最好的。灵:美好。三国·魏·曹植《芙蓉赋》:"览百卉之英茂,无斯华之独灵。"

④ 苞:通"包",包容,藏。华文:华美的文彩。光丽:光艳美丽。发:焕发,呈现。符采:美玉的文理色彩。《文选》张衡《南都赋》:"金沙银砾,符采彪炳,晖丽灼烁。"扬荣:即扬花吐艳。

⑤ 理:纹理。连属:连接。朝云:早晨之云。《文选》曹植《赠丁仪》诗:"朝云不归山,霖雨成川泽。"厉:(鸟)快飞。《汉书·息夫躬传》:"鹰隼横厉,鸾俳佪兮。"

⑥ 矩:矩尺,画直角或方形的工具。规:画圆的器具。

⑦ 稠希:繁密和稀疏。希,同"稀",稀疏,稀少。洪纤:大小,粗细。"不谬"与"有宜"意思相同,指恰当适宜。这两句是说车渠玉石的纹理疏密、线条粗细都非常适宜。

【辨析】

与曹丕同时的文人徐幹、王粲、陈琳、应玚等人都作有《车渠碗赋》，虽然他们在赋中也赞美了车渠玉石的美，但主要是描写车渠碗的美及其功用。而曹丕的这篇赋则主要是描写车渠玉石的美。车渠碗与普通的酒碗最大最本质的不同，就在于它的原料——车渠特殊，所以赋主要赞美的是车渠，名为咏碗，实咏车渠。对车渠的描写也不是面面俱到，主要咏美它的纹理：似连似离，绚丽光艳。作者在直接的描写之后，又用了两个精彩的比喻，“或若朝云浮高山，忽似飞鸟厉苍天”，一静一动，把车渠纹理的细腻多姿非常形象地表现出来。尽管我们不能亲睹车渠碗，然而通过两个比喻也可以体会其美感。

迷迭赋并序

余种迷迭于中庭①，嘉其扬条吐香，馥有令芳②，乃为之赋曰：

坐中堂以游观兮，览芳草之树庭③。垂妙叶于纤枝兮，扬修干而结茎④。承灵露以润根兮，嘉日月而敷荣⑤。随回风以摇动兮，吐芳气之穆清⑥。薄西夷之秽俗兮，越万里而来征⑦。岂众卉之足方兮？信希世而特生⑧。

【说明】

此赋正文见于《艺文类聚》卷八十一、《太平御览》卷九八二，赋序见于《太平御览》卷九八二。

迷迭，常绿小灌木。有香气，佩之可以香衣，燃之可以驱蚊蚋、避邪气，茎、叶和花都可提取芳香油。

赋作描写了迷迭的秀美和芬芳，表现了曹丕本人对美好自然事物的热爱。“随回风以摇动兮，吐芳气之穆清”，对迷迭作了动态的描绘，生动而形象。以“岂众卉之足方兮？信希世而特生”结尾，使赋文避免了平淡，而有了灵动之气。全赋韵脚保持不变，有很强的韵律美。除曹丕外，王粲、应玚、陈琳也有《迷迭赋》，曹植也有《迷迭香赋》，大概都是应和而作。众赋中，以曹丕赋较为出色。如果对这组赋的创作进行认真对比研究，应当说是很有意义的。

【注释】

① 中庭：庭中，院内。

② 扬:举。馥(fù 复):香气散发。令:美。令芳:美好的芳香。

③ 游观:此处指游目观览。树庭:在庭院中生长。

④ 垂:指迷迭香叶下垂。他书或作"重",或作"舞",皆可通。扬:或作"杨",义同"扬"义同。茎:根。三国·魏·曹植《迷迭香赋》:"流翠叶于纤柯兮,结微根于丹墀。"

⑤ 灵露:零露,露水。敷荣:开花。《文选》嵇康《琴赋》:"迫而察之,若众葩敷荣曜春风。"

⑥ 回风:回旋的风。《楚辞·九章·悲回风》:"悲回风之摇蕙兮,心冤结而内伤。"穆清:祥穆清和之气。

⑦ 薄:鄙薄,轻视。西夷:泛指西域。秽俗:不良的风俗。

⑧ 众卉:众花。方:比。希世:世间稀有。

槐赋并序

文昌殿中有槐树①,盛暑之时,余数游其下,美而赋之。王粲直登贤门②,小阁外亦有槐树,乃就使赋焉:

有大邦之美树,惟令质之可佳③。托灵根于丰壤,被日月之光华④。周长廊而开趾,夹通门而骈罗⑤。承文昌之邃宇,望迎风之曲阿⑥。修干纷其漼错,绿叶萋而重阴⑦。上幽蔼而云覆,下茎立而擢心⑧。伊暮春之既替,即首夏之初期⑨。鸿雁游而送节,凯风翔而迎时⑩。天清和而温润,气恬淡以安治⑪。违隆暑而适体,谁谓此之不怡⑫。

【说明】

此赋见于《艺文类聚》八十八。除了王粲奉教唱和外,曹植也作有《槐赋》。

北魏郦道元《水经注·浊漳水》曰:"魏武封于邺,为北宫,宫有文昌殿。"建安十八年(213)五月,曹操为魏公,加九锡,始建文昌殿。曹丕在此赋中说"承文昌之邃宇",可知这篇赋应作于建安十八年后。清代学者杨晨在《三国会要》卷七中说:"登贤门在听政门外,近内朝,粲必以侍中值登贤门。考粲于十八年十一月为侍中,二十年三月西征张鲁,二十一年二月还邺,二十二年春卒,盛暑之时在邺者唯十九、二十一两年。"根据曹丕赋中所写槐树的景致,"周长廊而开趾,夹通门而骈罗","绿叶萋而重阴,上幽蔼而云覆",以及王粲《槐赋》所述"鸟取栖而投翼，人望庇而披衿"，可知他们所描写的这些槐树并非新植，树龄应该较长。所以应将此赋创作时间定在建安二十一年(216)为宜。

【注释】

① 文昌殿：魏宫殿名，在邺城，为宫中正殿。《文选》左思《魏都赋》："造文昌之广殿，极栋宇之弘规。"

② 直：当值，轮值。登贤门：邺宫中的一座门的名字。《文选》曹植《王仲宣诔》："我王建国，百司隽乂。君以显举，秉机省闼。"

③ 大邦：这里指魏国。惟：发语词，无实义。令：美好。令质：美好的品质。三国·魏·曹植《任城王诔》："幼有令质，光耀珪璋。"佳：通"嘉"，赞扬，表彰。

④ 灵根：植物根苗的美称。丰壤：肥沃的土地。《文选》张衡《南都赋》："割周楚之丰壤，跨荆豫而为疆。"被：覆被，蒙受。

⑤ 开趾：像脚趾一样散开，指槐树扶疏四荫。通门：通行的大门上。《文选》班固《西都赋》："披三条之广路，立十二之通门。"骈罗：骈比罗列。这两句是写槐树在长廊的周围和大门两侧并列生长。

⑥ 文昌：文昌殿。邃宇：深广的屋宇。《楚辞·招魂》："高堂邃宇，槛层轩些。"望：向着，对着。迎风：宫观名。西汉曾经建造过叫迎风的楼观。《三辅黄图·汉宫》："武帝作迎风馆于甘泉山。"《汉书·扬雄传上》："甘泉本因秦离宫，既奢泰，而武帝复增通天、高光、迎风。"《文选》张衡《西京赋》："既新作于迎风，增露寒与储胥。"据此可知，迎风观在长安。不过邺城也建有迎风殿。《文选》曹植《赠徐幹诗》："文昌郁云兴，迎风高中天。"李善注引《地理书》："迎风观在邺。"曲阿：屋的曲角。此句大意是，槐树生长在高大的文昌殿下，对着迎风楼的曲角。

⑦ 修干（gàn 赣）：修长的枝干。漼（cuǐ 璀）错：纷繁交错。萋：茂盛。重（chóng 虫）阴：犹浓荫。《文选》王粲《七哀诗》其二："山冈有馀映，岩阿增重阴。"

⑧ 幽蔼：形容枝叶茂盛。《汉书·扬雄传上》："既亡鸾车之幽蔼兮，焉驾八龙之委蛇？"三国·魏·王粲《槐赋》："丰茂叶之幽蔼，履中夏而敷荣。"此句是说槐树枝叶繁茂，像云团向下覆盖在树干上一样。擢心：指树干平地拔起。

⑨ 首夏：初夏。初期：早期；开始时期。

⑩ 鸿雁：大雁。送节：送走旧节候。谓季节更换。凯风：和暖的风，此指南风。《诗·邶风·凯风》："凯风自南，吹彼棘心。"迎时：迎来新时节。

⑪ 晴和：天气晴朗，气候和暖。温润：温暖湿润。恬淡：清静淡泊。安治：安详不乱。

⑫ 违：避开。《左传·庄公四年》："纪侯大去其国，违齐难也。"隆暑：酷热；盛

暑。适体:谓适应身体的需求。不怡:不乐。

【辨析】

这篇赋层次清晰,文辞清丽,是一篇优美的咏物小赋。因槐树在古人心目中是一种嘉木,所以作者先从槐树的美好品质写起,再写其原因,然后写群槐的位置、树貌,最后写初夏的天气及在槐树下避暑的快乐。赋末以问句结尾,使整篇赋更加活泼。

值得注意的是,这篇赋也可以从政治角度进行解读。建安二十一年(216)五月,汉帝进曹操爵位为魏王,在诸侯王之上。虽然曹操父子经营已久,权势已经巩固,然而时人仍不免对此有非议。曹操父子一方面对不平者进行打压,处死了中尉崔琰;另一方面也要继续拉拢人心,尽快稳定局面。这当然也需要当时僚属士人的配合。曹丕以槐树的广大树荫暗指乃父德厚位高,曹植的《槐树赋》则明确点出其意,所谓"扬沉阴以博覆,似明后之垂恩"。王粲深谙其中的意旨,在奉教而作的《槐赋》中说:"鸟取栖而投翼,人望庇而披衿。"就是对曹操父子政治需求的一种直接呼应。曹丕在建安二十四年(219)前后写的《典论》,就是三分论文,七分论政。他在《典论·论文》中赞誉王粲的赋作,并把其文学成就并不十分突出的《槐赋》与《登楼赋》并列举出,也是为了凸显他对士人的劝勉之意。希望他们能像王粲一样,把握大局,顺应时势,积极支持他们父子的政治革新。

出妇赋

念在昔之恩好,似比翼之相亲①。惟方今之疏绝,若惊风之吹尘②。夫色衰而爱绝,信古今其有之③。伤茕独之无恃,恨胤嗣之不滋④。甘没身而同穴,终百年之常期⑤。信无子而应出,自典礼之常度⑥。悲谷风之不答,怨昔人之忽故⑦。被入门之初服,出登车而就路⑧。遵长涂而南迈,马踌躇而回顾。野鸟翩而高飞,怆哀鸣而相慕⑨。抚骓服而展节,即临沂之旧城⑩。践麋鹿之曲蹊,听百鸟之群鸣⑪。情怅恨而顾望,心郁结其不平⑫。

【说明】

此赋见于《艺文类聚》卷三十。出妇,指被丈夫赶出家门的妇人。古代宗法制度为男子抛弃妻子设置了多种借口。《大戴礼记·本命》:"妇有七去:不顺父母去,无子去,淫去,妒去,有恶疾去,多言去,窃盗去。"《仪礼·丧服》:"出妻之子为母。"贾公彦疏:"七出者:无子,一也;淫佚,二也;不事舅姑,三也;口舌,四也;盗窃,五也;妒忌,六也;恶疾,七也。"这就是常说的"七去"或"七出"。

《玉台新咏》卷二收录有曹丕《代刘勋妻王氏作》诗,诗序说:"王宋者,平虏将军刘勋妻也,入门二十馀年。后勋悦山阳司马氏女,以宋无子出之,还于道中,作诗二首。"这篇赋可能也是代王氏而作。王粲和曹植也有同题赋,三篇作品都存于《艺文类聚》卷三十《人部十四》。

【注释】

① 念:思,想。在昔:过去,当初。比翼:比翼鸟。《尔雅·释地》:"南方有比翼鸟焉,不比不飞,其名谓之鹣鹣。"古代诗文中常用比翼鸟比喻形影不离的爱侣或朋友。

② 惊风:指强劲猛烈的风。三国·魏·曹植《薤露行》:"人居一世间,忽若风吹尘。"这一句写丈夫变心之快、之突然。

③ 爱绝:容颜衰老,失去宠爱。信:确实,的确。

④ 茕(qióng 穷)独:孤独。《楚辞·离骚》:"世并举而好朋兮,夫何茕独而不予听?"三国·魏·曹植《闺情二首》其一:"佳人在远道,妾身单且茕。"恃:依靠。胤嗣:指子女。滋:滋生,繁衍。

⑤ 没(mò 墨):殁,死。没身:死亡。指终生没有遭到祸患,因自然而老死。《国语·晋语九》:"赖武之德,以没其身。"同穴:同葬一个墓穴。终:穷尽,享尽。常期:一定的期限。曹丕《典论·论文》:"年寿有时而尽,荣乐止乎其身,二者必至之常期,未若文章之无穷。"这两句是写女子甘愿与丈夫共度一生,死后也埋葬在一起。

⑥ 出:弃逐。典礼:典法礼仪。常度:通常的法度。三国·吴·胡综《请立诸王表》:"依据典礼,庶请具陈。"

⑦ 谷风:此处有双关之意。一是指出自山谷之风。二是指《诗·邶风·谷风》。《谷风》是一首弃妇诗,诉说丈夫喜新厌旧,失去情义。不答:不当。昔人:丈夫。忽故:忽生变故。指发生婚变。

⑧ 被(pī 披):披,穿。入门:初嫁时进入夫家的门。初服:此处指嫁衣。就路:上路。

⑨ 翩:快速地飞。翩,一作"铩"。

⑩ 骓(fēi 非)服:古代一车四马,在中间的叫服马,在两旁的叫骓或骖。文中用

骈服指车驾。展节:指驾车前进。即:接近。临沂:古县名,在今山东省临沂市北部,因沂水流贯全县而得名。旧城:旧乡,这里指娘家。

⑪ 践:顺着。曲蹊:弯曲的小路。

⑫ 怅恨:惆怅怨恨。顾望:回望。郁结:不舒展。

【辨析】

夫妻发生婚变自古以来就是一个社会问题,而在中国古代宗法社会中,男人是社会和家庭的主宰,女人则处于附属地位。一旦夫妻关系出现裂痕,受到最大伤害的只能是女方,她们轻则受到冷落,重则遭到彻底抛弃,被赶出家门。

此篇《出妇赋》描写的就是这样一个不幸的女子,她本来与丈夫关系和谐,朝夕相处,形影不离;然而此平静生活却被一下子打破,其夫因她年老色衰而忽生异心,以没有生育孩子为由,把她休掉,她不得不回到娘家。她既哀怨丈夫之薄情,又为自己因没有生育子嗣而感到愧疚。

做弃妇这一悲惨群体的代言人,为她们呼吁呐喊,反映了建安时期在思想解放影响下士人意识的觉醒,也体现了在男性社会中曹丕等人可贵的爱心和同情心。然而,我们也应看到,曹丕由于受到了性别角色和社会背景的局限,他笔下的这个弃妇总的说来悲伤多而愤恨少,她对于宗法制度几乎没有一丝的反抗,对于寡情薄义的丈夫也没加太多的指责,柔顺可怜是她的主要特征。

这篇赋写得文辞清丽,情调哀怨,读"被入门之初服,出登车而就路"一句,令人为之凄怆。赋的后半部分在记叙之外又加强了环境描写,着力渲染了弃妇被迫离开时的悲伤、孤独、无奈,而赋末的"情怅恨而顾望,心郁结其不平",则把这名不幸女子既留恋又哀怨的心理逼真地展现出来。

喜霁赋

乃命驾而言归,启吉日而北巡①。厌群萌之至愿,感上下之明神②。密云兴之坱圠,甘雨降以洒尘③。既洒尘而为涂,惟平路之未晞④。激清风以漂潦,发皎日之阳晖⑤。振余策而长驱,忽临食而忘饥⑥。思寄身于鸿鸾,举六翮而轻飞⑦。

【说明】

此赋前十句见于《艺文类聚》卷二。末二句"思寄身于鸿鸾,举六翮而轻飞”二句见《文选》陆机《为顾彦先赠妇诗二首》李善注和《文选》石崇《王明君辞》李善注。赋已不全。

霁(jì 记),雨住天晴。天气长期阴雨,会使人非常愁闷,而一旦雨止天晴,又最使人喜悦。《喜霁赋》写的就是这种喜悦之情。此外,缪袭、曹植亦有同题之赋。

【注释】

① 命:备置。命驾:准备车马。言:发语词,无义。《诗·周南·葛覃》:“言告师氏,言告言归。”吉日:吉利的日子。《文选》班昭《东征赋》:“时孟春之吉日兮,撰良辰而将行。”

② 群萌:群氓,民众。明神:明智,英明。这两句的意思大概想说明,百官劝曹丕受禅,而天降祥瑞。

③ 坱圠(yǎng yà 仰亚):漫无边际的样子。按,“坱圠”,《艺文类聚》卷二作“坱北”,误。兹据文意改。《文选》贾谊《鹏鸟赋》:“大钧播物兮,坱圠无垠。”甘雨:适时有益农事的好雨。洒尘:洒水以浥尘。《楚辞·九歌·大司命》:“令飘风兮先驱,使涷雨兮洒尘。”

④ 塗:泥泞。晞(xī 西):晒干。

⑤ 漂潦:指吹走潦水。阳晖:太阳的光辉。晖,阳光。

⑥ 振:挥动。策:马鞭。《文选》贾谊《过秦论》:“及至始皇,奋六世之馀烈,振长策而御宇内,吞二周而亡诸侯。”三国·魏·王粲《七释》:“揄皓袖以振策,竦并足而轩跱。”

⑦ 鸿鸾:泛指大鸟。鸿,大。鸾,凤凰。六翮(hé 河):鸟类双翅中的正羽,用以指鸟的两翼。《文选》石崇《王明君辞》李善注引《战国策·楚策四》:“奋其六翮而凌清风,飘摇乎高翔。”

【辨析】

《初学记》卷二引《魏略·五行志》:“延康元年,大霖雨五十馀日,魏有天下乃霁,将受大禅之应也。”赋中所言“厌群萌之至愿,感上下之明神”,大概讲的就是百僚劝进,瑞兆显现等情形。曹丕此时的心情自然更当愉悦轻快,难怪他要临食忘饥,举翼轻飞了。此外,曹植也作有《喜霁赋》,赋中言及汤、禹古帝王之故事:“禹身誓于阳盱,卒锡圭而告成。汤感旱于殷时,造桑林而敷诚。”这说明与曹丕即将受禅有关。

济川赋

临济川之层淮，览洪波之容裔[①]。濞腾扬以相薄，激长风而亟逝[②]。漫浩汗而难测，眇不睹其垠际[③]。于是龟龙神嬉，鸿鸾群翔[④]。鳞介霍驿，载止载行[⑤]。俯唼菁藻，仰餐若芳[⑥]。永号长吟，延首相望[⑦]。美玉昭晰以曜辉，明珠灼灼而流光[⑧]。于是游览既厌，日亦西倾[⑨]。朱旗电曜，击鼓雷鸣[⑩]。长驱风厉，悠尔北征[⑪]。思魏都以偃息，托华屋而遨游[⑫]。酌玄清于金罍，腾羽觞以献酬[⑬]。

【说明】

此赋见于《艺文类聚》卷八。济川，即古济水，古代的一条重要的大河。《尔雅·释水》："江、河、淮、济为四渎。四渎者，发源注海者也。"济水发源于今河南省济源市西的王屋山，向东北流经山东，原与黄河并行入渤海，元代以后因黄河向南改道由淮入海。近代黄河又北流，夺济水入海。

济水在洛阳东北，而赋文中说，"长驱风厉，悠尔北征。思魏都以偃息，托华屋而遨游"，则此魏都不应是洛阳，而只能是邺城了。又因为曹操在建安十八年(213)始封魏公，建安二十五年(220)后曹丕移都洛阳，此次出行当在建安十八年至二十五年之间。建安二十五年初，曹丕嗣位为丞相、魏王，六月治兵南征，从"朱旗电曜，击鼓雷鸣"的描写来看，赋或许作于此次南征返回途中。

济川赋篇幅短小，首尾完整，而其对济水的描绘，较之《沧海赋》，无论篇章结构，还是遣词造句，都极为相似。

【注释】

① 济川：即济水，发源于今河南省济源市。层淮：或作"鲁淮"，可能系地名，不详所在。览：观察。容裔：高低起伏的样子。《文选》张衡《东京赋》："建辰旒之太常，纷焱悠以容裔。"

② 濞(bì 必)：江河之水突然暴发而来的声音。《文选》宋玉《高唐赋》："濞汹汹其无声兮，溃淡淡而并入。"腾扬：波涛翻腾上涌。薄：逼近。这一句指密集的波浪携带着巨大的声响，一波又一波地腾涌而来。激长风：受大风的激扬。亟(jí 急)逝：急流而去。

③ 浩汗:同“浩瀚”,指水势浩大,没有边际。汉·东方朔《十洲记》:“东有碧海,广狭浩汗。”眇:通“渺”,水面辽远貌。垠(yín 银):际,边。

④ 龟龙神嬉:龟龙忘情地嬉戏。《吕氏春秋·有始览》:“干泽涸渔,则龟龙不往。”“鸿鸾”句:指鸿与鸾成群飞翔。

⑤ 鳞介:本指有鳞片和甲壳的动物,这里泛指水中的生物。霍驿:快速移动。《文选》张衡《西京赋》:“起彼集此,霍绎纷泊。”载止载行:时停时动。

⑥ 唼(shà 霎):鱼类或水鸟吞吃食物发出的声音。菁(jīng 京)、藻:都指水草。《文选》司马相如《上林赋》:“唼喋菁藻,咀嚼菱藕。”若:杜若,一种香草。芳:香草。《楚辞·离骚》:“虽萎绝其亦何伤兮,哀众芳之芜秽。”

⑦ 永:长。号:鸣叫。延首:伸长脖子。

⑧ 昭晰:光泽明亮。三国·魏·曹植《文帝诔》:“背三光之昭晰兮,归玄宅之冥冥。”流光:光芒闪动。

⑨ 厌:满足。日亦西倾:太阳也已经西斜。《文选》曹植《洛神赋》:“日既西倾,车殆马烦。”

⑩ 朱旗:红色的旗帜。《文选》张衡《东京赋》:“高祖膺箓受图,顺天行诛,杖朱旗而建大号。”电曜(yào 耀):闪电。这句话的意思是红色的旌旗在日光下闪耀,如同电光,非常鲜明。

⑪ 风厉:风吹得猛烈,形容速度快。悠尔:远貌。北征:向北行进。

⑫ 魏都:指邺城。在今河北省南部磁县。偃息:安卧。《文选》班固《幽通赋》:“木偃息以藩魏兮,申重茧而存荆。”托:寄身。华屋:装饰华丽的屋子。《文选》曹植《箜篌引》:“生在华屋处,零落归山丘。”遨游:游乐,嬉游。《文选》曹丕《芙蓉池作》:“遨游快心意,保己终百年。”

⑬ 玄清:清酒。金罍(léi 雷):青铜制成的酒器,上刻云雷纹。《诗·周南·卷耳》:“我姑酌彼金罍,维以不永怀。”腾:传递。羽觞:古代一种酒器,形状如同雀鸟,两侧看起来像鸟的羽翼。献酬:饮酒时相互酬劝。《诗·小雅·楚茨》:“献酬交错,礼仪卒度。”

离居赋

惟离居之可悲,块独处于空床①。愁耿耿而不寐,历终夜之悠长②。惊风厉于闺闼,忽增激于中房③。动帷裳之晻暖,对明烛而无光④。

【说明】

此赋见于《艺文类聚》卷三十、《初学记》卷十八。离，即别；离居，即别居，异地而居。《古诗十九首·涉江采芙蓉》："同心而离居，忧伤已终老。"社会动乱造成的家庭离散，士人或为生计功名离家游宦带来的夫妻别居，确实是人生一大苦痛。

本赋写的即是独守空房的女子，因丈夫淹留在外，感到不胜悲哀。赋文先直接抒发离居的悲痛，后面接着叙写夜间独处的情景：冷风动帷，明烛无光；忧愁不能入眠，更觉夜之漫长。曹丕的这篇赋与其《燕歌行》"秋风萧瑟天气凉"所抒发的情感相同，然而似更显无奈，更觉凄凉。

【注释】

① 块独：块然独立，孤独貌。《楚辞·九辩》："块独守此无泽兮，仰浮云而永叹。"《楚辞·哀时命》："块独守此曲隅兮，然欿切而永叹。"按，"块"，《艺文类聚》卷三十作"敦"，亦通。《诗·豳风·东山》："敦彼独宿，亦在车下。"朱熹集传："敦，独宿不移之貌。"又释为孤独之貌。《初学记》卷十八作"愧"，似误，此据严可均《全三国文》改。

② 耿耿：心中不安。《诗·邶风·柏舟》："耿耿不寐，如有隐忧。"曹丕《燕歌行》其二："耿耿伏枕不能眠，披衣出户步东西。"终夜：整夜。按，"终"，《艺文类聚》作"冬"，此据《初学记》。

③ 厉：猛烈。闺闼（tà 踏）：内室。《文选》司马相如《上林赋》："奔星更于闺闼，宛虹拖于楯轩。"汉乐府《伤歌行》："微风吹闺闼，罗帷自飘扬。"中房：房中。

④ 帷裳：床帷，床帐。晻暧（àn ài 暗爱）：昏暗的样子。《文选》王延寿《鲁灵光殿赋》："遂排金扉而北入，宵霭霭而晻暧。"按，"动帷裳之晻暧"，《初学记》作"动帏床之暗霭"，此据《艺文类聚》。"而"，《艺文类聚》作"之"，此据《初学记》。

永思赋

仰北辰而永思，溯悲风以增伤①。哀遐路之漫漫，痛长河之无梁②。愿托乘于浮云，嗟逝速之难当③。

【说明】

此赋见于《艺文类聚》卷三十，赋已不全。

曹丕的这篇赋与其《杂诗》其一"漫漫秋夜长"在遣词措句上十分相近，诗写的是天隔南北的痛苦和对故乡的怀念，赋今虽不全，但可以推知也是叙写这种因别离而产生的思念。既有思念之情，就想回归，奈何路途遥远，又加大川阻隔，所以意欲凭借浮云而去，却又不能得，因此思念之情又增一层悲伤。《永思赋》表现出了鲜明的诗化特色。

【注释】

① 北辰：北极星。永思：长思；长想。《楚辞·九叹·逢纷》："心怊怅以永思兮，意晻晻而日颓。"溯：迎着。悲风：凄厉的寒风。《古诗十九首·去者日以疏》："白杨多悲风，萧萧愁杀人。"增伤：更加悲伤。《楚辞·九章·抽思》："心郁郁之忧思兮，独永叹乎增伤。"

② 遐路：远路；长途。《文选》王粲《赠蔡子笃诗》："瞻望遐路，允企伊伫。"漫漫：广远无边。《楚辞·离骚》："路漫漫其修远兮，吾将上下而求索。"梁：桥梁。《楚辞·哀时命》："道壅塞而不通兮，江河广而无梁。"曹丕《杂诗》其一："愿飞安得翼，欲济河无梁。"

③ 托乘：搭乘，乘驾。《楚辞·九叹·远游》："质菲薄而无因兮，焉托乘而上浮？"浮云：飘动的云。《楚辞·九辩》："块独守此无泽兮，仰浮云而永叹。"《文选》张衡《思玄赋》："凭归云而遐逝兮，夕余宿乎扶桑。"嗟（jiē 皆）：感叹。逝：过去，往。速：快。难当：不能相遇。《楚辞·九章·思美人》："因归鸟而致辞兮，羌宿高而难当。"

悼夭赋并序

族弟文仲，亡时年十一，母氏伤其夭逝①，追悼无已。予以宗族之爱，乃作斯赋：

气纡结以填胸②，不知涕之纵横。时徘徊于旧处，睹灵衣之在床③。感遗物之如故，痛尔身之独亡。愁端坐而无聊，心戚戚而不宁④。步广厦而踟蹰，览萱草于中庭⑤。悲风萧其夜起，秋气憯以厉情⑥。仰瞻天而太息，闻别鸟之哀鸣⑦。

【说明】

此赋见于《艺文类聚》卷三十四，是曹丕为伤悼族弟文仲而作。此赋首先以写悲伤忘神开篇；然后写在死者屋中看到其所用衣物而倍感痛心，无论行坐都不能心宁；最后写到屋外去观看萱草解忧，却遇到了萧瑟秋风夜起，离群孤鸟悲鸣，所以更加伤心。

【注释】

① 母氏：母亲。《诗·邶风·凯风》："有子七人，母氏劳苦。"三国·魏·曹植《叙愁赋》："遭母氏之圣善，奉恩化之弥长。"

② 纡（yū 迂）结：郁积不畅。

③ 旧处：旧居，指死者生前住的地方。灵衣：死者生前常穿的衣裳。

④ 戚戚：忧伤的样子。《论语·述而》："君子坦荡荡，小人长戚戚。"

⑤ 广夏：也作"广厦"，高大的房屋。萱（xuān 宣）草：也作"谖草"，植物名，俗称金针菜、黄花菜。古人以为种植此草，可以使人忘忧，因称忘忧草。《诗·卫风·伯兮》："焉得谖草？言树之背。"

⑥ 憯（cǎn 惨）：悲痛。汉武帝《李夫人赋》："秋气憯以凄泪兮，桂枝落而销亡。"

⑦ 别鸟：离群的鸟。

【辨析】

写作诗赋，以追悼死者，安慰生者，大量出现于建安时期。

曹丕的这篇赋上承《诗·邶风·绿衣》，写死者旧衣服，这种属于个人生活用品的意象，与家庭生活密切相关，虽然琐屑却见真情；同时，把被悼念之人置于第二人称，使得抒情更为真切直接。此外，凄婉的文辞、悲凉的物象也对悲伤气氛的渲染起到加强作用。曹丕的母亲卞氏为人仁慈忠厚，《三国志·魏书·武宣卞皇后传》有详细记载，曹丕写这篇赋的目的主要是劝慰他的母亲，让其释怀。至于他与死者的关系，虽为宗族，但因年龄悬殊，未必熟稔亲密。然而他却写得如此动情，除他作为诗人之巧妙文思外，更主要的是他的生命体验吧。外在的社会丧乱给他带来的感伤姑且不论，仅就曹丕自身而言，长兄昂阵亡，胞弟苍舒病故，加之仲子早夭，亲密侍从凋零，他对死亡尤其是年幼生命的夭折，是有着痛心的体验的。如果曹丕创作此赋时真的回忆起这些事件，也可谓是借他人杯酒浇自家块垒了。

哀己赋

蒙君子之博爱①，垂过望之渥恩②。

【说明】

此赋为残篇，现存《文选》陆云《为顾彦先赠妇诗》李善注。

【注释】

① 蒙：蒙受，承蒙。博爱：谓广泛地爱一切人。《孝经·三才章》："先王见教之可以化民也。是故先之以博爱，而民莫遗其亲。"三国·魏·曹植《当欲游南山行》："长者能博爱，天下寄其身。"

② 垂：敬辞，用于尊称别人的行动。过望：超出希望。渥思：丰厚的恩惠。

闲思赋

神爽纷其暧昧①，忧虑结而缠绵②。迥夜旷其既祛③，明星烂而曜晨④。

【说明】

此赋仅存残句，见于宋·吴棫《韵补》卷一。从赋题看，当是抒写个人寂寞闲愁之作。

【注释】

① 神爽：神魄，心神。明·李东阳《北上录序》："于是尽得两京之形胜，神爽飞越，心胸开荡。"纷：盛多貌。暧昧：昏暗，暗淡。

② 忧虑：忧愁思虑。缠绵：固结不解，纠缠。《文选》潘岳《寡妇赋》："思缠绵以瞀乱兮，心摧伤以怆恻。"

③ 迥夜：永夜，长夜。迥：长，永。《文选》左思《魏都赋》："绵绵迥塗，骤山骤水。"吕向注："迥，长也。"旷：心境开阔，开朗。既祛（qū 区）：谓忧虑已然消除。祛：除去，消除。

④ 烂：明灿貌，光明灿烂貌。《诗·郑风·女曰鸡鸣》："子兴视夜，明星有烂。"曜：同"耀"，闪耀，照耀。

思亲赋

痛弱条之眇昧兮①，悲瓜瓞之绵绵②。蒙屯险而自育兮③，常含瘁而履辛④。

【说明】

此赋仅存四句，见于宋·吴棫《韵补》卷一。从赋题看，当是思念亲友之作。可惜赋作已残，无法窥知全貌。

【注释】

① 弱条：细小的树枝。晋·成公绥《木兰赋》："顾青翠之茂叶，繁旖旎之弱条。"这里以"弱条"代指幼儿。眇昧：深微。晋·葛洪《抱朴子·内篇·畅玄》："玄者，自然之始祖，而万殊之大宗也。眇昧乎其深也，故称微焉。"

② 瓜瓞（dié 迭）绵绵：原用以比喻子孙繁衍，相继不绝，《诗·大雅·绵》："绵绵瓜瓞，民之初生，自土沮漆。"朱熹集传："大曰瓜，小曰瓞。瓜之近本初生常小，其蔓不绝，至末而后大也。"瓜瓞：大瓜、小瓜。绵绵，绵延不绝貌。这里反用其意，谓家中人丁不旺。此处"绵绵"有"微细，微弱"义。《淮南子·缪称训》："福之萌也绵绵，祸之生也分分；福祸之始萌微，故民嫚之。"王念孙《读书杂志·淮南子》："分分当为介介，字之误也。介介，微也；绵绵介介，皆微也，故曰福祸之始萌微。"

③ 蒙：蒙受，遭遇。屯（zhūn 谆）险：艰险。屯：难，困难。三国·魏·嵇康《答二郭诗》："详观凌世务，屯险多忧虞。"育：蓄育。

④ 含瘁：指处境困顿。履辛：遭遇艰辛。

刘　劭

刘劭，生卒年不详。劭，一作“邵”、“卲”。字孔才。三国时期著名学者、名理学家、辞赋家。广平邯郸(今河北省邯郸市西南)人。汉献帝建安(196—220)中为计吏，拜太子舍人，迁秘书郎。魏文帝黄初(220—226)中为尚书郎、散骑侍郎，受诏编成我国历史上第一部类书《皇览》。明帝太和(227—233)初，出为陈留太守，崇教化，有政声。后征拜骑都尉，迁散骑常侍。尝作《赵都赋》，明帝美之。后应诏作《许都赋》、《洛都赋》，有讽谏之意。青龙二年(234)七月，曾助明帝退吴围合肥军。景初二年(238)，受诏作《都官考课》。齐王芳正始(240—249)中，在京都执经讲学，长于清谈、论辩，封关内侯。卒，赐爵光禄勋。原有集二卷，《法论》十卷，皆佚。另有《人物志》三卷，又名《鉴人智源》，共十二篇，是一部融人才学、心理学、伦理学、政治学为一体的著作，集当时人才学之大成。文、赋现存十一篇，残题残句五篇。传见《三国志·魏书·刘劭传》。

七 华

玄休先生弃世遁名[1],藏身于虚廓,绝影于无形[2]。荣时子闻而往焉[3],曰:“仆闻至人之生世也[4],必承天地之时势,统万物之纮纲[5]。生有九州之秩,没有祀典之常[6]。仆将为先生陈天下之远图,论品物之弘式[7]。规人事之荣华,传情志之所极[8]。”

荣时子曰:“追风之马,出自遐裔[9]。状若逸虬,莫能羁制[10]。践路蹑节,迅驱机发[11]。后不可及,前不可越。寻越逸响,追晷逐电[12]。”

漱马河源,游目昆仑[13]。

超重渊,越流沙[14]。

荣时子曰:“三时既毕,玄冬效节[15]。木落草弊,鸟窜兽穴[16]。尔乃驾六虬,乘雕轩[17]。载金钲,鸣玉銮[18]。鼓兴雷起,野火电延[19]。声与天属,熛与霓连[20]。”

荣时子曰:“洞庭之鲑,出于江岷[21]。红腴青鲈,朱尾碧鳞[22]。乃使朱玄挥脔,骋厥妙伎[23]。先事□□,敷割皮骨[24]。”

煮丹穴之卵,炰南海之蠵[25]。烹文豹之胎,悲脔麒麟之麛[26]。

煎嵩陵之缥翠,蒸葱岭之碧鸡[27]。

厥齐不同,各有攸宜[28]。九沸三变,其味乃和[29]。

于是爨阳山之穄,九朔之禾[30]。

金光镜野,旌旗曜天。雷辎翳路,风马如云[31]。

化如神明[32]。

威光远震[33]。

于是三辰增曜,大明重光[34]。醴泉波流,芝圃扬芳[35]。毛群率舞,羽族回翔[36]。聆《九韶》之声变,仪矩步之跄跄[37]。感神人而怀异物,宁九有而绥八荒[38]。

【说明】

此赋散见于《北堂书钞》卷十、卷十三、卷一四二、卷一四五，《艺文类聚》卷五十七，《文选》左思《魏都赋》刘渊林注，《文选》张协《七命》李善注。严可均《全三国文》据多种类书辑录而成。赋已不全。据曹植《七启序》："昔枚乘作《七发》，傅毅作《七激》，张衡作《七辩》，崔骃作《七依》，辞各美丽。余有慕之焉，遂作《七启》，并命王粲等并作焉。"据学者考证，曹植《七启》作于建安十五年(210)左右，刘劭此赋大约与王粲《七释》作于同时，也是一篇奉命之作。

【注释】

① "玄休先生"至"传情志之所极"一段，载于《艺文类聚》卷五十七。玄休先生：修道者，犹言"玄师"，指精通道教经义教义、有很高修养的道士。玄修，修道。弃世：放弃世俗生活。遁名：隐姓埋名。弃世遁名：抛弃世俗生活，隐姓埋名。指远离尘世。

② "藏身于虚廓"二句：谓玄休先生绝尘高蹈，遗世独立。虚廓：道家指天地未形成时的状态。后亦指天。绝影：息影，绝迹。此指隐居，离开人间世。无形：没有形状。《老子》第四十一章："大方无隅，大器晚成，大音希声，大象无形。""大象无形"，意思是最美的形象乃是没有形象。

③ 荣时子：为作者虚构的人物，如同枚乘《七发》中的"亡是公"，司马相如《子虚赋》中的"子虚"、"乌有"先生。

④ 仆：自称谦辞。至人：思想或道德修养达到最高境界的人。生世：生活在世上。

⑤ 承：秉承，顺从。统：统摄，统领。纮(hóng 弘)纲：网索。

⑥ "生有九州之秩"二句：谓生前功名显赫，死后祭祀隆重，所谓光前裕后也。九州：古代中国分为九个州，后因以"九州"代指中国。按，"九州"，严可均辑《全三国文》作"九州"，今从之。《艺文类聚》卷五十七作"九鼎"，古代传说夏禹曾铸九鼎，为夏商周三代传国之宝，后因以"九鼎"象征身份之重，亦可通。秩：官吏的职位或品级。没(mò 末)：通"殁"，死亡。祀典：祭祀的礼仪和制度。常：旧典，常法。《文选》张衡《东京赋》："乃营三宫，布教颁常。"薛综注："常，旧典也。"《宋史·陈桷传》："祫祭用太牢，此祀典之常。"

⑦ 陈：陈述，陈说。远图：深远的谋划。品物：万物。《易·乾卦》："云行雨施，品物流形。"弘式：弘大的式度、规则。

⑧ 规：规划。情志：感情志趣。极：极点。

⑨ "荣时子曰"至"追晷逐电"一段，不见于《北堂书钞》，载于《艺文类聚》卷五

十七。追风:骏马名。北齐·杨衒之《洛阳伽蓝记·法云寺》:“(元)琛在秦州,多无政绩,遣使向西域求名马,远至波斯国,得千里马,号曰‘追风赤骥’。”遐裔:边远之地。裔:衣服的边缘,引申为边远之地。

⑩ 逸虬:奔逸的虬龙。晋·陶潜《命子》诗:“逸虬绕云,奔鲸骇流。”羁制:约束,控制。

⑪ 践路:踏路,行走。蹑节:动物用足有节奏地踏地。迅驱:疾驰。机发:如同以弩机发射一样。比喻迅捷异常。

⑫“寻越逸响,追晷逐电”二句:极言追风马的速度之快。按,此二句《艺文类聚》卷五十七作“寻越逸响,追晷逐□”,所脱“电”字今据严可均《全三国文》补。寻越:犹言逐远。寻,追逐。《文选》张衡《西京赋》:“乃有迅羽轻足,寻景追括。”越,远。《玉篇·走部》:“越,远也。”《集韵·月韵》:“越,远也。”逸响:速度超越声响。晷(guǐ 鬼):日光。电:闪电。

⑬“漱马河源,游目昆仑”二句,见于《文选》左思《魏都赋》刘渊林注。漱马:饮马。漱:饮(yìng 印),使喝水。河源:黄河之源。游目:放眼远眺。昆仑:昆仑山。

⑭“超重渊,越流沙”二句,见于《文选》张协《七命》李善注。超:越过。重渊:深渊。《庄子·列御寇》:“千金之珠,必在九重之渊。”流沙:沙漠。

⑮“荣时子曰”至“熛与霓连”一段,见于《艺文类聚》卷五十七。三时:指春、夏、秋三季。《左传·桓公六年》:“洁粢丰盛,谓其三时不害而民和年丰也。”杜预注:“三时,春、夏、秋。”既毕:既已结束。玄冬:冬天,冬季。中国古代以四方为四季之位,北方为冬位,其色玄,即黑色,故称冬季为“玄冬”。效节:报献节令。《文选》班固《东都赋》:“于是荐三牺,效五牲。”吕向注:“效,犹报也。”

⑯ 木落:树木落叶。弊:枯萎,衰败。

⑰ 尔乃:连词,犹言“于是”。六虬:六龙。《易·乾卦·彖》:“云行雨施,品物流形,大明终始,六位时成,时乘六龙以御天。”《魏书·术艺传》载张渊《观象赋》:“若夫冥车潜驾,时乘六虬。大仪回运,万象俱流。”雕轩:雕饰华丽、有帷幕的车子。

⑱ 载:装载。金钲(zhēng 征):古代的一种击打乐器。玉銮:车铃的美称。按,严可均辑《全三国文》卷三十二作“玉鸾”,义同。唐·张籍《车遥遥》:“愿为玉銮系华轼,终日有声在君侧。”

⑲ 兴:作,起。此指鼓声响起。《周礼·地官·乡大夫》:“一曰和,二曰容,三曰主皮,四曰和容,五曰兴舞。”王引之《经义述闻·周礼·兴舞》按:“兴者,作也,起也。”延:接。

⑳ 属(zhǔ 主):连接。熛(biāo 标):火焰。按,“熛与霓连”,严可均辑《全三国文》卷三十二作“燎与电连”,亦可通。

㉑“荣时子曰”至“敷割皮骨”一段,载于《北堂书钞》卷一四五、《艺文类聚》卷

五十七。“洞庭之鲑，出于江岷”二句，分别见于《艺文类聚》卷五十七、《北堂书钞》卷一四五。鲑（zhuān 专）：一种淡水鱼。《吕氏春秋·本味》：“菜之美者，云梦之芹；鱼之美者，洞庭之鲑。”汉·崔骃《七依》：“洞庭之鲋，灌水之鳐。”按，“鲑”，《北堂书钞》卷一四五、《全三国文》卷三十二作“鲋”。鲋（fù 负），鲫鱼。江岷：岷江，长江上游的支流，发源于岷山南麓，在四川省宜宾市流入长江。按，“岷”，《艺文类聚》卷五十七作“嶓”，同“岷”。《全三国文》卷三十二作“滑”，非是。此从《北堂书钞》卷一四五作“岷”。

㉒“红腴青鲈，朱尾碧鳞”二句：见于《艺文类聚》卷五十七。红腴：红腹。腴是腹下的肥肉，此指鱼腹。青鲈：鲈鱼。因身体上部呈青灰色，故名青鲈。朱尾：红色的尾巴。碧鳞：绿色的鱼鳞。

㉓“乃使朱玄挥脔”以下四句：见于《北堂书钞》卷一四五。朱玄：红色丝弦。玄，同“弦”。挥脔（luán 栾）：切削鱼肉。骋：施展，发挥。厥：犹“其”。伎：同“技”，技巧，技艺。妙伎：指鱼肉切得很薄。

㉔ 先事：指先做某件事。敷割：分割。敷，分。《汉书·地理志上》：“禹敷土，随山刊木，奠高山大川。”颜师古注：“敷，分也，谓分别治之。”

㉕“煮丹穴之卵，炰南海之蠵”二句：见于《北堂书钞》卷一四二、卷一四五。丹穴：丹穴山，传说中的山名。《山海经·南山经》：“丹穴之山有鸟焉，其状如鸡，五采而文，名曰凤皇。”晋·陆机《七征》：“拾朝阳之遗卵，纳丹穴之飞凰。”唐·陈子昂《鸳鸯篇》：“凤凰起丹穴，独向梧桐枝。”后因以“丹穴”代指凤凰。炰（páo 袍）：蒸煮。蠵（xī 西）：蠵龟。一种大海龟，四肢呈鳍足状，背面褐色，腹面淡黄，生活在中国东南沿海等热带和亚热带海域。

㉖“烹文豹之胎，悲脔麒麟之麛”二句：见于《北堂书钞》卷一四二。按，《北堂书钞》光绪三十四年南海孔氏三十三万卷书堂刻本作“杞菁除之，悲脔麒麟之麛”。严可均辑《全三国文》卷三十二作“□□除之□脔麒麟之麛”。此依陈禹谟、俞安期校刊本《北堂书钞》。按，“悲”字疑为衍字。文豹：豹子。因其皮有斑文，故称。脔（luán 栾）：切肉成块。麒麟：古代一种瑞兽，牡曰麒，牝曰麟。麛（mí 迷）：幼鹿，泛指幼兽。《礼记·曲礼上》：“国君春田不围泽，大夫不掩群，士不取麛卵。”

㉗“煎嵩陵之缥翠，蒸葱岭之碧鸡”二句：见于《北堂书钞》卷一四二、卷一四五，《太平御览》卷九二四。嵩陵：嵩山的别称。按，《北堂书钞》卷一四二、《太平御览》卷九二四、《全三国文》卷三十二作“隽陵”。缥：淡青色。翠：翠鸟，鸟的一种。头大，体小，羽毛以翠绿色为主，头部蓝黑色。蒸：《全三国文》卷三十二作“烝”，义同。葱岭：地名，古代统指今帕米尔高原和昆仑山、喀喇昆仑山西部诸山，是古代东方和西方陆路交通的要道。碧鸡：传说中的神物。《文选》左思《蜀都赋》：“金马骋光而绝景，碧鸡儵忽而曜仪。”吕延济注：“金马、碧鸡，神物也。”

㉘“厥齐不同”以下六句:见于《北堂书钞》卷一四二。厥,犹“其”。齐,通“剂”,调味品。《礼记·少仪》:“凡齐,执之以右,居之以左。”郑玄注:“齐,谓食羹酱饮有齐和者也。”攸宜:所宜。

㉙九沸:多次煮沸。《吕氏春秋·本味》:“凡味之本,水最为始。五味三材,九沸九变,火为之纪。”三变:谓炊火多次强弱变化。和:适中,恰到好处。此指调和滋味到最佳状态。《论语·学而》:“礼之用,和为贵。”杨树达疏证:“和,今言适合、恰当,恰到好处。”

㉚爨(cuàn窜):炊煮,烧火做饭。阳山:即狼山,在今内蒙古自治区临河市境内。穄(jì祭):亦称糜子,黍子的一种,子实不黏,可以做饭。九朔:地名,未详何处。禾:粟,即小米。

㉛“金光镜野”四句:见于《艺文类聚》卷五十七。金光:金黄色的光辉。此指日光。镜:照,照耀。又“镜”通“竟”。《周礼·夏官·候人》:“及归,送之于竟。”竟即尽、完之意。此句指金光充满四野。曜(yào要):照耀。雷辎(zī淄):响声如雷的辎车。辎,古代一种有盖子的大车。《文选》班固《封燕然山铭》:“雷辎蔽路,万有三千馀乘。”汉·扬雄《河东赋》:“奋电鞭,参雷辎,鸣洪钟,建五旗。”翳(yì义):遮蔽。风马:指疾驰如风的马。《汉书·礼乐志》:“灵之下,若风马。左苍龙,右白虎。”

㉜“化如神明”句:见于《北堂书钞》卷十。化:自然造化。

㉝“威光远震”句:见于《北堂书钞》卷十三。威光:威严的光芒。唐·李德裕《幽州纪圣功碑铭》:“故能神机独照,伐未兆之谋;威光远震,制不羁之虏。”

㉞“于是三辰增曜”至“宁九有而绥八荒”十句:见于《艺文类聚》卷五十七。三辰:指日、月、星。《史记·天官书》:“为天数者,必通三五。终始古今,深观时变,察其精粗,则天官备矣。”司马贞《索隐》:“三谓三辰,五谓五星。”《初学记》卷一《天部上·天第一》引《纂要》曰:“日、月、星谓之三辰,亦曰三光。”曜:同“耀”,照耀。《释名·释天》:“曜,耀也,光明照耀也。”大明:太阳。《易·乾卦·彖传》:“大明终始,六位时成,时乘六龙以御天。”李鼎祚集解引侯果曰:“大明,日也。”重光:指日冕或日珥现象。《汉书·兒宽传》:“癸亥宗祀,日宣重光。”颜师古注引李奇曰:“太平之世,日抱重光,谓日有重日也。”

㉟醴(lǐ里)泉:甜美的泉水。《礼记·礼运》:“故天降膏露,地出醴泉。”唐·韩愈《驽骥赠欧阳詹》:“饥食玉山禾,渴饮醴泉流。”波流:水流。芝圃:栽培灵芝的园圃。扬芳:芳香飞扬。

㊱毛群:走兽。羽族:飞禽。《文选》左思《蜀都赋》:“毛群陆离,羽族纷泊。”刘渊林注:“毛群,兽也。羽族,鸟也。”率舞:相率而舞。《尚书·舜典》:“夔曰:‘於!予击石拊石,百兽率舞。’”孔安国传:“乐感百兽,使相率而舞。”回翔:盘旋飞翔。

㊲ 聆:仔细听。《九韶》:虞舜时的乐名。因韶乐有九章,故名。《庄子·至乐》:“奏《九韶》以为乐,具太牢以为膳。”成玄英疏:“《九韶》,舜乐名也。”仪:取法,效法。矩步:端方合度、中规中矩的行步姿态。谓举动合乎规矩。跄跄(qiàng 炝):走路有节奏的样子。

㊳ 神人:神奇非凡的人;神仙。异物:珍奇的东西。特指稀有罕见的美事。宁:安定。九有:九州。泛指全中国。《诗·商颂·玄鸟》:“方命厥后,奄有九有。”毛传:“九有,九州也。”绥:安抚平定。八方:四方和四隅。泛指天下。

【辨析】

“七”作为一种文体,最早始于西汉枚乘的《七发》,其后作者纷起,模拟或效仿之作渐多,成为一种十分流行的文体,至魏晋南北朝达于极盛。曹植《七启序》曰:“昔枚乘作《七发》,傅毅作《七激》,张衡作《七辩》,崔骃作《七依》,辞各美丽。余有慕之焉,遂作《七启》,并命王粲等并作焉。”西晋傅玄把此前的七体之文辑为一帙,名曰《七林》,并撰《七谟序》,序中他第一次把“七”作为一种文体来看待,并清晰地叙述了西晋之前的七体发展演变历程:“昔枚乘作《七发》,而属文之士,若傅毅、刘广世、崔骃、李尤、桓麟、崔琦、刘梁、桓彬之徒,承其流而作之者纷焉,《七激》、《七兴》、《七依》、《七款》、《七说》、《七蠲》、《七举》、《七设》之篇,于是通儒大才马季长、张平子,亦引其源而广之,马作《七厉》,张造《七辨》。或以恢大道而导幽滞,或以黜瑰奓而托讽咏,扬辉播烈,垂于后世者,凡十有馀篇。自大魏英贤迭作,有陈王《七启》、王氏《七释》、杨氏《七训》、刘氏《七华》、从父侍中《七诲》,并陵前而邈后,扬清风于儒林,亦数篇焉。世之贤明,多称《七激》工,馀以为未尽善也。《七辨》似也,非张氏至思,比之《七激》,未为劣也。《七释》佥曰‘妙哉’,吾无间矣。若《七依》之卓轹一致,《七辨》之缠绵精巧,《七启》之奔逸壮丽,《七释》之精密闲理,亦近代之所希也。”(严辑《全晋文》卷四十六)西晋挚虞《文章流别论》云:“《七发》造于枚乘,借吴、楚以为客主。先言出舆入辇蹶痿之损,深宫洞房寒暑之疾,靡漫美色宴安之毒,厚味暖服淫跃之害,宜听世之君子要言妙道,以疏神导体,蠲淹滞之累。既设此辞以显明去就之路,而后说以声色逸游之乐。其说不入,乃陈圣人辩士讲论之娱,而霍然疾瘳。此固膏梁之常疾,以为匡劝,虽有甚泰之辞,而不没其讽喻之义也。其流遂广,其义遂变,率有辞人淫丽之尤矣。崔骃既作《七依》,而假非有先生之言曰:‘呜呼!扬雄有言:童子雕虫篆刻。俄而曰:壮夫不为也。孔子疾小言破道,斯文之族,岂不谓义不足而辩有馀者乎?赋者将以讽,吾恐其不免于劝也。’傅子集古今七而论品之,署曰《七林》。”(《艺文类聚》卷五十七)

此后，刘勰、张铣、洪迈、谢榛、王世贞、俞樾、章学诚等，在七体的起源、七体的文体特征等问题上，都提出了一些很有价值的观点。尽管各家对“七”之文体的理解和定义各有侧重，但大体上都认为“七”体应以主客问答为主要表现形式，并且主客问答也都是七问七答。至于为何为“七”而不是其他数字，清人俞樾在《文体通释叙》中认为“七”乃大半之数，最接近于“九”：“枚乘《七发》至七而止，屈原《九歌》至九而终，不然，《七发》何以不六，《九歌》何以不八乎?”而宋人邵雍在《皇极经世书》卷十三中则认为“七”是一个最接近极数九的数字，具有浓厚的文化意义：“凡事为之极，几十之七则可止矣。”认为“七”有适可而止、中和之义。

清代学者李光地在《榕村集》卷十五中也对“七”作了透彻的解释：“天地之体数八，其用数七。体数八者，谓如《河图》、《洛书》之数，虚其中央，则四正四隅通为八面。此则在天而有定时，在地而有常处，是以谓之体也。用数七者，又以体数均为十分，则用者常七，不用者常三，谓如夏至之日出寅入戌，加以晨昏可辨之色，为昼七分而夜三分。”

可见，“七”之为体，远远超出了文体学意义，实在承担了太多的文化意涵。

嘉瑞赋

乾坤交泰，嘉瑞降灵①。皓雉呈其洁质②，素威效其仁形③。白兔扬其翰耀，黄龙耀其神精④。章光列之焞耀，显休征之有成⑤。昔圣王之降瑞，或卓尔而弗经⑥。犹著美于篇籍，贻来业而垂名⑦。实明德之所坠，宜允纳而是丁⑧。信无思而不服，又何远之不宁⑨！方将收麒麟于玄圃，栖凤皇于轩棂⑩。舞鸾鸟于中唐，聆鹫鹭之和鸣⑪。弄莲蒲之华芳，玩朱草之丹荣⑫。承灵祚而建基，垂遐福于亿龄⑬。超三五而无俦，与泰初乎齐声⑭。

【说明】

此赋见于《艺文类聚》卷九十八，《历代赋汇》卷一三七、《全三国文》卷三十二亦收载。赋中描写了一系列祥瑞神异现象，旨在歌颂魏文帝顺应天命、推行仁政的德业。魏文帝曹丕称帝前后，文学的主流乃是歌功颂德的贵族文学。比如曹植作有《大魏篇》，称颂曹丕代汉称帝是“应灵符”，盛赞曹丕功德。曹植另有《灵芝篇》，极力歌颂曹丕的文治教化之功。何晏作《瑞颂》，对魏初统治者百般赞扬。文学侍臣卞兰也作有《赞述太子赋》,声情并茂地歌颂作为魏国太子的曹丕的才德和文治武功。刘劭的《嘉瑞赋》正迎合了这一文坛主流,从内容上看,思想价值不大。但其描写却极有特色,与同时人何晏《瑞颂》“灵符频繁,众瑞仍章。通政辰修,玉烛告祥。和风播烈,景星扬光。应龙游于华泽,凤鸟鸣于高冈。麒麟依于圃籍,虤虎类于坰疆。鹿之麌麌,载素其色。雉之朝雊,亦白其服。交交黄鸟,信我中霤。儵儵嘉苗,吐颖田畴”之描写,有异曲同工之效。

【注释】

① 乾坤:乾和坤是《周易》的两个卦名,乾为阳,坤为阴,此指天地。交泰:《易·泰卦》:“天地交,泰。”王弼注:“泰者,物大通之时也。”后因以“交泰”指万物通泰,时运亨通。嘉瑞:祥瑞。降灵:使神灵下降。嘉瑞降灵:指珍异之鸟兽纷纷降临。

② 皓雉(hào zhì 浩至):白雉。雉,野鸡。旧时迷信说法,白雉出现乃祥瑞之兆。呈:呈现,展露。洁质:洁白的丽质。据《艺文类聚》卷九十九《祥瑞部下》载:“《魏略》曰:文帝欲受禅,郡国奏白雉十九见。”《三国志·魏书·文帝纪》:“(延康元年)三月,黄龙见谯。……夏四月丁巳,饶安县言白雉见。”汉献帝延康元年即公元220年。是年十月,曹丕篡汉,建立曹魏政权。

③ 素威:白虎的别称。据《艺文类聚》卷九十九《祥瑞部下》载:“《魏略》曰:文帝欲受禅,郡国上言,白虎二十七见。”效:显露,呈现。刘劭《龙瑞赋》:“应节合义,象德效仁。”仁形:至仁至德之形态。《文选》何晏《景福殿赋》:“驺虞承献,素质仁形。”按,“仁形”,《全三国文》卷三十二作“人形”,“人”通“仁”,亦可解。

④ “白兔”二句:言社会升平,白兔、黄龙皆应时出现。《三国志·魏书·文帝纪》:“(延康元年)三月,黄龙见谯。”《三国志·魏书·文帝纪》裴松之注引华歆、贾诩、王朗及九卿奏疏:“是以布政未期,人神并和,皇天则降甘露而臻四灵,后土则挺芝草而吐醴泉,虎豹鹿兔,皆素其色;雉鸠燕雀,亦白其羽。”扬:《艺文类聚》卷九十八作“杨”,此据《历代赋汇》卷一三七改。翰耀:耀眼的长毛。翰,长毛。《文选》扬雄《羽猎赋》:“鳞罗布列,攒以龙翰。”李善注引郑玄《尚书大传注》曰:“翰,毛之长大者。”燿(yào 药):同“耀”,闪耀。神精:精神,神情。按,“黄龙燿其神精”,陈元龙《历代赋汇》卷一三七作“黄龙跃其神精”,“燿”作“跃”,误。

⑤ 章:彰明,彰显。光列:同“列光”,强烈的阳光。指日光。列,通“烈”。金·郝大通《金丹诗》:“列光垂像,造物变形。”焞(tūn 吞)耀:光明照耀。焞,光明貌。显:显现,显示。休征:吉祥的征兆。《汉书·终军传》:“故周至成王,然后制定,而休征之应见。”颜师古注:“休,美也。征,证也。”有成:庄稼成熟,丰收。指五谷丰

登。《乐府诗集·燕射歌辞三·晋朝飨乐章·四举酒》:“八表欢无事,三秋贺有成。”成:丰收,成熟。《逸周书·粜匡》:“成年,年谷足宾祭,祭以盛。”《吕氏春秋·贵信》:“谷不坚,则五谷不成。”高诱注:“成,熟也。”

⑥ 或:或许,也许。卓尔:超众出群。此指离奇古怪。弗经:不经,不合情理,荒诞不经。

⑦ 犹:尚且。著美:标美。贻:遗留,留传。来业:佛家语,谓来世的报应。此指来世、后世。一说,同“来叶”,后世。此指后世帝业王位。业,业祚。

⑧ 明德:善良光明的德性。此指古代圣王的丰伟的德业。坠:遗留,垂留的东西。允:语助词,无义。允纳:接受,采纳。是:之,这个。丁:同“征”,征信,证明。宋·罗泌《路史·循蜚记》:“予观于经,而信二书之足丁也。”

⑨ 无思不服:没有谁不服从。语出《诗·大雅·文王有声》:“镐京辟雍,自西自东,自南自北,无思不服。”何远不宁:谓天下四方之地率皆安宁。

⑩ 方将:将要。唐·李白《大猎赋》:“方将延荣光于后昆,轶玄风于邃古。”麒麟:传说中的一种瑞兽。形似鹿,头有角,全身鳞甲,尾像牛尾,古人以为象征祥瑞。玄圃:曹魏时洛阳宫中之园。《文选》陆机《皇太子宴玄圃宣猷堂有令赋诗》李善注:“杨佺期《洛阳记》曰:‘东宫之北曰玄圃园。’”凤皇:同“凤凰”,古代传说中的百鸟之王,羽毛极美,雄为凤,雌为凰。古人以之象征祥瑞。轩棂(líng 灵):有窗格的小室或长廊。此指华丽的屋宇。

⑪ 鸾鸟:古代传说中的一种神鸟,类似凤凰,赤色,五彩,鸡形,鸣叫的声音很美。中唐:大门至厅堂的路。《诗·陈风·防有鹊巢》:“中唐有甓,邛有旨鹝。”毛传:“中,中庭也;唐,堂涂也。”朱熹集传:“庙中路谓之唐。”亦指庭院。《文选》张衡《东京赋》:“植华平于春圃,丰朱草于中唐。”李善注:“唐,庭也。”聆(líng 灵):仔细听。鹫鷟(yuè zhuó 越茁):凤凰的一种,羽毛呈五色,紫纹,鸣声和谐动听。晋·陆机《七征》:“是以玄灵感而表应,嘉神繁而毕觌。舞唐庭之来仪,鸣岐阳之鹫鷟。膺天监之休命,荷神听之介福。”

⑫ 弄、玩:观赏,玩赏。萐(shà 煞)蒲:亦作“萐莆”、“萐脯”,古代传说中的一种瑞草。华芳:芳馨馥郁。芳,花草的香气。朱草:古书上记载的一种红色的瑞草。丹荣:红花。荣,草本植物的花。

⑬ 灵祚(zuò 做):古人对国运的美称。祚:皇位,国统。建基:建立帝王基业。此指建立曹魏政权。遐福:光大绵延之福祚。《诗·小雅·天保》:“降尔遐福,维日不足。”亿龄:亿年。《全唐诗》卷十四《郊庙歌辞·仪坤庙乐章·坤贞》:“实受其福,期乎亿龄。”

⑭ 三五:指三皇五帝。传说中夏朝以前的帝王。由于历代史家对其有不同的定义,“三皇”和“五帝”各有五种说法。通行的说法是:三皇为伏羲、女娲、神农;五

帝为黄帝、颛顼、帝喾、尧、舜。无俦（chóu 仇）：没有能与之相比的。俦：同辈，伴侣。泰初：同“太初”，古代指天地未分之前的混沌元气。《庄子·天地》：“泰初有无，无有无名。”成玄英疏：“泰，太，初，始也。元气始萌，谓之太初。言其气广大能为万物之始本，故名太初。”《列子·天瑞》：“夫有形者生于无形，则天地安从生？故曰有太易，有太初，有太始，有太素。太易者，未见气也；太初者，气之始也；太始者，形之始也；太素者，质之始也。气，形质具而未相离，故曰浑沌。”后亦指天地形成前的时期。齐声：齐名。

【辨析】

古人于祥瑞之物非常迷信，认为祥瑞之物是太平盛世之象征。《艺文类聚》卷九十八《祥瑞部上》引班固《白虎通》的一段话颇能说明这一点：“天下太平，符瑞所以来至者，以为王者承天顺理，调和阴阳。阴阳和，万物序，休气充塞，故符瑞并臻，皆应德而至。德及天，即斗极明，日月光，甘露降。德至地，即嘉禾生，蓂荚起。德至鸟兽，即凤皇翔，鸾鸟舞，麒麟臻，狐九尾，雉白首，白鹿见。德至山陵，即景云出，芝实茂，陵出黑丹，山出器车，泽出神马。德至渊泉，即黄龙见，醴泉涌，河出龙图，雒出龟书，江出大贝，海出名珠。德至八方，即祥风至，钟律调，四夷化，越裳来。孝道至，即萐蒲出庖厨，不摇自扇，于饮食清凉，助供养也。继嗣平，即宾连生于房户。宾连者，木名也。连累相承，故生于房户，象继嗣也。日历得其分，即蓂荚生于阶间。蓂荚者，树名也。月一日一荚生，十五日毕，至十六日，一荚去，故侠阶而生，以明日月也。贤不肖位不逾，即平露生于庭。平露者，树名也。官位得其人，即生；不得其人，即死矣。狐九尾何？狐死首丘，不忘本也，明安不忘危也。必九尾者，九配得其所，子孙繁息也，于尾者，明后当盛也。景星者，大星也。月或不见，景星常见，可以夜作者，益于民人也。甘露者，美露也，降则物无不盛。朱草者，赤草也，可以染绛，别尊卑也。醴泉者，美泉也，状如醴酒，可以养老。嘉禾者，大禾也。成王之时，有三苗贯桑而生，同为一穗，大几盈车，长几充箱。民有得而上之者，成王召周公而问之，曰：‘三苗为一穗，意天下其和为一乎？’后果有越裳氏重译而来矣。”

从刘劭此赋所写“承灵祚而建基，垂遐福于亿龄”上看，此赋大约作于魏文帝曹丕代汉之初，即公元 220 年十月以后。

自汉献帝建安、延康至魏文帝即位之初，所谓天下祥瑞屡现，此类神异之事，时人著述和史书记载甚多。如曹植《贺瑞表》曰：“臣闻凤皇复见邺南，黄龙双出于清泉，圣德至理，以致嘉瑞。将栖凤于林囿，豢龙于陂池，为百姓旦夕之观也。”《三国志·魏书·文帝纪》裴松之注引太史丞许芝《上魏王书》：“（延康元年）七月四日戊寅，黄龙见，此帝王受命之符瑞最著明者也。……是以黄龙数见，凤皇仍翔，麒麟皆臻，白虎效仁，前后献见于郊甸；甘露醴泉，奇兽神物，众瑞并出。……观汉前后之大灾，今兹之符瑞，察图谶之期运，揆河洛之所甄，未若今大魏之最美也。"《艺文类聚》卷九十八《祥瑞部上》引《魏略》曰："文帝欲受禅，郡国奏甘露三十七降。""文帝嗣立为魏王，是岁天下奏醴泉涌，木连理。""文帝欲受禅，郡国奏黄龙十三见，明帝铸铜黄龙，高四尺，置殿前。"同卷又引《魏志》曰："文帝欲受禅，赤鱼游于露。"《艺文类聚》卷九十九《祥瑞部下》引《魏略》曰："文帝欲受禅，白雀十九见。""文帝欲受禅，郡国奏白雉十九见。""文帝欲受禅，郡国奏白鹿十九见。""文帝欲受禅，郡国上言，白虎二十七见。"又引《魏书·文帝纪》曰："延康元年四月，饶安县言白雉见。"凡此种种，虽间有实录，亦不免附会编造之说，为曹丕登基篡位制造舆论。且所谓瑞物之现，自有其时，而与政事人事无关。诚如王充《论衡·是应篇》所说："儒者论太平瑞应，皆言气物卓异、朱草、醴泉、翔凤、甘露、景星、嘉禾、萐蒲、蓂荚、屈轶之属。又言山出车，泽出舟，男女异路，市无二价，耕者让畔，颁白不提挈，关梁不闭，道不虏掠，风不鸣条，雨不破块，五日一风，十日一雨。其盛茂者，致黄龙、麒麟、凤皇。夫儒者之言，有溢美过实；瑞应之物，或有或无。夫言凤皇、麒麟之属，大瑞较然，不得增饰。其小瑞征应，恐多非是。夫风气雨露，本当和适，言其风祥露甘，风不鸣条，雨不破块，可也。言其五日一风，十日一雨，褒之也。风雨虽适，不能五日十日正如其数。言男女不相干，市价不相欺，可也；言其异路，无二价，褒之也。太平之时，岂更为男女各作道哉？不更作道，一路而行，安得异乎？太平之时，无商人则可，如有，必求便利以为业。买物安肯不求贱？卖货安肯不求贵？有求贵贱之心，必有二价之语。此皆有其事而褒增过其实也。若夫萐蒲、蓂荚、屈轶之属，殆无其物。何以验之？说以实者，太平无有此物。"王充之言，可谓的论。

赵都赋

且敝邑者，固灵州之敞宇，而天下之雄国[①]。其南则有洪川巨渎，黄水浊河[②]。发源积石，径拂太华[③]。洒为九流，入于玄波[④]。其东则有天浪水府，百川是钟[⑤]。包络坤维，连薄太濛[⑥]。其北则有陶林玄坛，增冰沍寒[⑦]。其西则有灵丘平圃，邪接昆仑[⑧]。其近则有天井句注，飞壶太行[⑨]。璀错磥硌，属阜连冈[⑩]。龙首嵯峨以茀郁，羊坂轮囷以岝㠑[11]。清漳发源，浊滏汩越[12]。汤泉涫沸，洪波漂厉[13]。

尔乃都城万雉，百里周回[14]。九衢交错，三门旁开[15]。层楼竦阁，连栋结阶[16]。峙华爵以表甍，若翔凤之将飞[17]。正殿俨其造天，朱棂赫以舒光[18]。盘虬螭之蜿蜒，承雄虹之飞梁[19]。结云阁于南宇，立丛台于少阳[20]。及至暮秋涉冬，则朔风烈寒[21]。猛豼鸷攫，鹰隼奋翰[22]。国乃讲武，狩于清源[23]。驾骛冥之骏驳，抗冲天之旌旃[24]。北连昭馀，南属呼沲[25]。西眄太陵，东结缭河[26]。然后嵠子放机，戈矛乱发[27]，决班鬐，破文颏[28]。当手毙僵，应弦倒越[29]。

尔乃进夫中山名倡，襄国妖女[30]；狄鞮妙音，邯郸才舞[31]。六八骈罗，递奏迭举[32]。体凌浮云，声哀《激楚》[33]。姿绝伦之逸态，实倬然而寡偶[34]。其珍玩服物，则昆山美玉，玄珠曲环[35]；轻绡紫缯，织纩绨纨[36]。其器用良马[37]，则六弓四弩，绿沉黄间[38]；堂嵠鱼肠，丁令角端[39]。飞兔褭斯，常骊紫燕[40]。丰鬒确颅，龙身鹄颈[41]。目如黄金，兰筋参精[42]。迅蹑飞浮，轶响追声[43]。

若乃至季春元巳，辰火炽光[44]。挺新赠往，祓于水阳[45]。朱幕蔽野，彩帷连冈[46]。妖冶呈饰，颜如春英[47]。

巨鳌冠山，陵鱼吞舟，吸潦吐波，气成云雾[48]。

煦气成虹霓，挥袖起风尘[49]。

神钲发声[50]。

置酒乎黄华之馆[51]。

其谋谟之士，则思通神睿，权略无形[52]。沈灶生蛙，转败为成[53]。

辩论之士，则智凌徂丘，材过东里[54]。分擿滞义，割擗纤理[55]。论折坚白，辩臧三耳[56]。

游侠之徒，晞风拟类[57]。贵交尚信，轻命重气。义激毫毛，节成感慨[58]。

爰及富人，郭侯之伦[59]。赀衍陶卫，奓溢无垠[60]。金碧其舆，朱丹其轮[61]。会遇燕好，其从如云[62]。

【说明】

此赋不全，散见于《艺文类聚》卷六十一，又略见《文选》木华《海赋》李善注，《文选》颜延之《赭白马赋》李善注，《初学记》卷六、卷十五、卷二十二，《太平御览》卷一九四、卷三四七、卷四六〇、卷四七二、卷四七三，《北堂书钞》卷一一五等。严可均《全三国文》卷三十二辑有此赋，最为完整，今从之。赵都，指战国时赵国都城邯郸（在今河北省邯郸市西南）。邯郸，春秋卫邑，后归晋国。赵氏始都晋阳（今山西太原）。公元前423年，赵献侯迁都中牟（今属河南）。公元前386年，赵敬侯徙都邯郸。至赵武灵王时，赵国达到历史上最强盛时期，疆域辽阔，“东有河、薄洛之水，与齐、中山同之，而无舟楫之用。自常山以至代、上党，东有燕、东胡之境，西有楼烦、秦、韩之边”（《战国策·赵策二》）。赵都邯郸也成为当时最大的政治、军事、经济、文化中心之一。秦始皇统一中国后，于公元前228年设置邯郸郡，郡治邯郸。邯郸地处太行山东麓南北交通大道上，交通异常便利。邯郸附近铁矿资源丰富，自古就是北方冶铁中心。华北平原南部最大的工商业城市。至西汉，邯郸成为著名的“五大都会”（洛阳、邯郸、临淄、宛、成都）之一，冶铁业、工商业异常繁荣。刘劭的《赵都赋》是现存最早并且最为详细描写赵都邯郸的赋作，具有较高的文学价值和史料价值。

【注释】

① 且：句首语助词，无义。敝：自谦之辞。刘劭为邯郸人，故谦称之。敝邑：指赵国都城邯郸。固：原来，本来。灵州：古州名，辖地大约在今宁夏回族自治区灵武县一带。此处代指神州敞宇：敞阔的边境。天下：四海之内，全中国。雄国：强盛之国。

② “其南则有”句：按，《初学记》卷六、严可均《全三国文》卷三十二作“其南也，则有洪川巨渎”。此据《艺文类聚》卷六十一作“其南则有洪川巨渎”。洪川巨渎：大川大河。这里指黄河。渎，河。古代黄河为“四渎”（长江、黄河、淮水、济水）之一。黄水：古水名，在今河南省新郑县西北，源出自然山，东南流入洧水。浊河：混浊的河流。特指黄河。

③ 积石：山名，在青海省东南部，延伸至甘肃省南部边境，为昆仑山脉支脉，黄河绕流其东南侧。《尚书·禹贡》：“浮于积石，至于龙门、西河，会于渭汭。”《史记·夏本纪》：“道九川……道河积石，至于龙门，南至华阴，东至砥柱，又东至于盟津，东过雒汭，至于大邳，北过降水，至于大陆，北播为九河，同为逆河，入于海。”近人郑观

应《盛世危言·治河》:“河水发源昆仑之墟,伏流数千里,涌出地上汇为星宿海,至积石流入中国。由积石而东北而南三千里至龙门。”径拂:径直地冲击。《说文·手部》:“拂,过击也。”按,随击随过,犹拍也。太华:山名,即西岳华山,在今陕西省华阴县南,因其西有少华山,故称太华。

④ 洒为九流:分布成九条河流。洒:义同“播”,分布,流布。九流:黄河的九条支流。《史记·夏本纪》:“……北过降水,至于大陆,北播为九河,同为逆河,入于海。”张守节正义:“播,布也。河至冀州,分布为九河,下至沧州,更同合为一大河,名曰逆河,而夹右碣石入于渤海也。”唐·孟浩然《自浔阳泛舟经明海》诗:“大江分九流,淼漫成水乡。”玄波:深波,巨浪。晋·葛洪《抱朴子·论仙》:“蹈炎飚而不灼,蹑玄波而轻步。”

⑤ 水府:神话传说中水神或龙王居住的地方,代指大海。《文选》木华《海赋》:“尔其水府之内,极深之庭,则有崇岛巨鳌,峌垷孤亭。”百川是钟:百川汇聚之处。此指大泽。钟:积聚,集聚。《国语·周语下》:“夫山,土之聚也……泽,水之钟也。”

⑥ 包络:包围环绕。宋·苏轼《表忠观碑》:“大城其居,包络山川,左江右湖,控制岛峦。”明·徐弘祖《徐霞客游记·滇游日记八》:“其内水两重,皆西转而北去,其外大水逆兜,独南流而东绕,此诸流包络之分也。”坤维:指西南方。《易·坤卦》:“西南得朋,东北丧朋。”后因以坤代指西南方。晋·张协《杂诗二首》其二:“大火流坤维,白日驰西陆。”连薄:连接,靠近。太濛:即“太蒙”,亦作“大蒙”。古谓日落处,指西方极远之地。《尔雅·释地》:“西至日所入为大蒙。”郭璞注:“即蒙汜也。”《淮南子·氾论训》:“丹穴、太蒙、反踵……之民,是非各异,习俗相反。”高诱注:“太蒙,西方日所入处也。”明·刘基《夏夜台城中作》:“只今幅员广无外,东至日出西太蒙。”

⑦ “其北则有”二句:《全三国文》卷三十二无“其”字,此据《艺文类聚》卷六十一、《历代赋汇》卷三十七补。陶林:地名。西汉置陶林县,属云中郡,故治在今山西省左云县西北。玄坛:道教的祭坛,道观。增冰:累积的冰层。《文选》屈原《楚辞·招魂》:“增冰峨峨,飞雪千里些。”冱(hù 户):冻结,寒气凝结。冱寒:严冬天气,不得见日,极为寒冷。《文选》张衡《西京赋》:“其远则九嵕甘泉,涸阴冱寒。”明·刘基《梅颂》:“扶疏萧森,清以直兮。玄冰冱寒,不挠其节兮。”

⑧ “其西则有”二句:《全三国文》卷三十二无“其”字,此据《艺文类聚》卷六十一、《历代赋汇》卷三十七补。灵丘:神仙所居之山。《楚辞·王九怀·蓄英》:“玄鸟兮辞归,飞翔兮灵丘。”王逸注:“悲鸣神山,奋羽翼也。”三国·魏·嵇康《赠兄秀才入军》其十六:“乘风高逝,远登灵丘。结好松乔,携手俱游。”宋·张君房辑《云笈七签》卷九十八:“四旌耀明空,朱轩飞灵丘。”一说,灵丘,地名。汉置灵丘县,属代郡,即今山西省灵丘县。平囿:似亦为地名,未详。昆仑:昆仑山。古代神话传说昆仑山

上有瑶池、阆苑、增城、县圃等仙境。

⑨ 天井：天井关，又名太行关，在今山西省晋城县南太行山顶，因关南有天井泉三处而得名。形势险峻，当太行南北要冲，为历代兵家必争之要地。句（gōu钩）注：山名。亦名陉岭、雁门山、西陉山，在山西省代县西北二十五里，为古代九塞之一。唐·薛渔思《河东记》："句注以山形句转，水势注流而名。"天井山是分水岭，岭北诸水流入桑干河，岭南诸水流入滹沱河。飞壶：一作"飞狐"，太行八陉之一，在今河北省蔚县，晋·张华《博物志》卷一："赵，东临九州，西瞻恒岳，有沃瀑之流。飞壶、井陉之险，至于颍阳、涿鹿之野。"太行：太行山。山西高原与河北平原间的山脉，呈东北－西南走向，局部地段近于南北走向。起自河南省北部，经山西、河北边境折入河北省北部，为我国北部重要的地理分界线，此山以西为黄土高原，以东为黄淮海平原。

⑩ 璀错：繁盛貌。晋·张载《叙行赋》："舍予车以步趾，玩卉木之璀错。"唐·李白《拟古》其七："人非昆山玉，安得长璀错。"磦硌：亦作"磊硌"，宏大貌。《山海经·西山经》："上申之山，上无草木，而多硌石。"郭璞注："硌，磊硌，大石貌也。"《文选》嵇康《琴赋》："参发并趣，上下累应，踸踔磦硌，美声将兴。"李善注："磦硌，壮大貌。磦与磊同。"属（zhǔ 煮）：接连。阜：土山。冈：山脊。

⑪ 龙首：龙首山，在今山西省应县。龙首山东西蜿蜒，犹如一条长龙横卧应县、浑源、广灵三县，而在应县的部分很像龙头，故名龙首山。嵯峨：山势高峻貌。《楚辞·招隐士》："山气巃嵸兮石嵯峨，溪谷崭岩兮水曾波。"王逸注："嵯峨巀嶭，峻蔽日也。"茀（fú 福）郁：山势曲折貌。《文选》司马相如《子虚赋》："其山则盘纡茀郁，隆崇嵂崒。"羊坂：即羊肠坂，古坂道名。因其在山间崎岖缠绕，曲曲弯弯，形似羊肠，故名。羊坂有两处：一处在今山西省壶关县东南，一处在今山西省晋城市南。此羊肠坂位于壶关县城东南53公里的太行山大峡谷腹地。羊肠坂道是著名的"太行八陉"之一"白陉"的一部分，是古代中原通往上党的交通要道。东汉末年曹操率兵攻打盘踞于壶关的高幹时，途经此地，曾赋诗《苦寒行》，感叹此行的艰难："北上太行山，艰哉何巍巍！羊肠坂诘屈，车轮为之摧。树木何萧瑟，北风声正悲。"轮囷（qūn 群阴平）：一作"轮峮"，盘戾屈曲貌。《文选》邹阳《狱中上书自明》："蟠木根柢，轮囷离奇。"李善注引张晏曰："轮囷离奇，委曲盘戾也。"峵嵣（hóng dàng 宏荡）：山石交戾貌。

⑫ 清漳：即清漳河，为漳河的两大支流之一。漳河分浊漳河与清漳河两支，清漳河大部分流经太行山区的石灰岩和石英岩区，泥沙较少，水较清。浊漳河流经山西东部黄土地区，水色浑浊。清漳河发源于山西省昔阳县、和顺县境内的太行山区。上游分东、西两源，东源长104公里，西源长101公里。流经和顺县、左权县，东、西二源在左权县上交漳村会合后，称清漳河，至黎城县东北流入河北省涉县，在涉县

合漳村与浊漳河汇流为漳河，向东流至馆陶入卫河。滏（fǔ 府）：古水名，即今滏阳河。源出河北省磁县西北部太行山东坡的石鼓山，为子牙河的南源，东北流至献县与滹沱河汇流为子牙河。汩（gǔ 骨）越：疏通，治理。《国语·周语下》："汩越九原，宅居九隩。"韦昭注："汩，通。越，扬也。"《广雅·释诂三》："越，治也。"王念孙疏证："《周语》：'决汩越九原，宅居九隩。'汩、越，皆治也。"一说，"汩越"，为水疾流貌，亦可通。

⑬ 汤泉：即汤泉池，位于河南省商城县西南20公里的雷山脚下。这里泉涌温汤，沸沸神水，千年不涸，以其极佳的医疗效果而闻名。现已辟为汤泉池风景区，为著名的温泉疗养和山岳风景区。涫（guàn 灌）沸：沸腾。《楚辞·哀时命》："愁修夜而宛转兮，气涫沸其若波。"涫，水沸腾貌。《说文·水部》："涫，沸也。"洪波：波涛，大波浪。洪：大，巨大。三国·魏·曹操《步出夏门行·龟虽寿》："秋风萧瑟，洪波涌起。"漂厉：谓水流迅疾。以上为第一段，交代赵国都城所处的地理位置，描写八方远近环境。

⑭ 尔乃：发语词，多用在文章的段首，无义。《文选》班固《西都赋》："尔乃正殿崔嵬，层构厥高，临乎未央。"唐·李白《大鹏赋》："尔乃蹶厚地，揭太清，亘层霄，突重溟。"雉（zhì 治）：古代计算城墙面积的单位，长三丈、高一丈为一雉。《左传·隐公元年》："都城过百雉，国之害也。"周回：周围。《汉书·刘向传》："秦始皇帝葬于骊山之阿，下锢三泉，上崇山坟，其高五十馀丈，周回五里有馀。""都城万雉，百里周回"是描写城区面积的广大和城垣的辉煌气势。

⑮ 九衢（qú 渠）：纵横交叉、四通八达的大路。按，"衢"字，《全三国文》卷六十一作"冲"，指要冲之地，似亦可解。此据《艺文类聚》作"九衢"。三门：城门。古代天子都城四面各有三门。《周礼·考工记·匠人》："匠人营国，方九里，旁三门。"郑玄注："天子十二门，通十二子。"古代诸侯宫殿有三门：库门、雉门、路门。清·夏炘《学礼管释·释庙位昭穆》引敖继公曰："诸侯三门库、雉、路。则库门为大门，左宗庙，右社稷。"旁开：广开，向四旁展开。"九衢交错，三门旁开"，是描写赵国国都邯郸城区布局的严谨而有规则，以及城区道路的四通八达。

⑯ 层楼：高楼。宋·张孝祥《水调歌头·桂林集句》词："繁会九衢三市，缥缈层楼杰观，雪片一冬深。"竦阁：高耸的楼阁。唐·魏征《九成宫醴泉铭》："跨水架楹，分岩竦阁。"按，《艺文类聚》卷六十一作"疏阁"，于文义未安，此据《历代赋汇》卷三十七、《全三国文》卷三十二作"竦阁"。连栋：一幢接一幢的房屋。阶：阶除，台阶。"层楼竦阁，连栋结阶"是描写都城建筑的繁华和布局合理。

⑰ 峙：高高地立起，峙立，耸峙。华爵：雕画的彩雀。华，雕画。《汉书·司马相如传上》："华榱璧珰，辇道𫄧属。"颜师古注："华，谓雕画之也。"爵，通"雀"，古代建筑物的脊梁上多饰以彩雀之类的装饰物。表：饰，装饰。《文选》陆倕《石阙铭》："或

以表正王居，或以光崇帝里。”张铣注：“表，饰也。”甍（méng 萌）：屋脊，屋梁。

⑱ 俨：宛如，极似。造天：到达天上。《文选》司马相如《长门赋》：“正殿块以造天兮，郁并起而穹崇。”李善注：“造，至也。”晋·张协《登北芒山赋》：“灵岳郁以造天，连冈岩以蹇产。”朱棂（líng 灵）：红色的窗格，此指窗。棂，旧式房屋的窗格。赫：火赤貌，泛指红色。舒：发，散发。舒光：散发着光辉。《文选》曹植《七启》：“故甘灵纷而晨降，景星宵而舒光。”张铣注：“舒，发也。”《集韵·鱼韵》：“舒，散也。”

⑲ 盘：盘曲，盘绕，屈曲。虬螭（qíu chī 求吃）：古代传说中的虬龙与螭龙。蜿蜒：萦回屈曲貌。汉·李尤《德阳殿赋》：“连璧组之润漫，杂虬文之蜿蜒。”承：承受，托着。雄虹：色彩鲜明的虹。也叫正虹，与副虹相对。雨与日光与水气相映而形成的半圆形的光晕，有雌雄，色鲜盛者为雄虹，暗淡者为雌霓。

⑳ 结：建造。云阁：阁名。云喻其高。秦二世胡亥所建。《文选》张衡《东京赋》：“乃构阿房，起甘泉，结云阁，冠南山。”薛综注引《三辅故事》：“秦二世胡亥起云阁，欲与山齐。”此指高耸入云的楼阁。南宇：南方。此指都城南部。《三苍》：“四方上下曰宇，古往今来曰宙。”一说，“南宇”，指南部边境，意思是在赵国的南部边境构筑宫殿（即黄华宫），亦可解。丛台：亦名“武灵丛台”，赵国武灵王时所建，位于邯郸城内。因数台相聚连，故名。少阳：东方。此指都城东部。《史记·司马相如列传》载《大人赋》：“邪绝少阳而登太阴兮，与真人乎相求。”裴骃集解引《汉书音义》：“少阳，东极；太阴，北极。”以上为第二大段，叙述赵都宫廷建筑的规模和特色。

㉑ 及至：直到。暮秋：季秋。涉冬：进入冬天。暮秋涉冬：秋末冬初。朔风烈寒：《艺文类聚》卷六十一作“则风烈寒”，于文意欠安。《全三国文》卷三十二作“风烈□寒”。此据《历代赋汇》卷三十七作“朔风烈寒”。

㉒ 猛豻鸷攫：《艺文类聚》卷六十一作“豻鸷攫□”，此据《历代赋汇》卷三十七、《全三国文》卷三十二作“猛豻鸷攫”。猛：健犬，性凶猛，故称。《说文·犬部》：“猛，健犬也。”汉·扬雄《太玄·养·次七》：“小子牵象，妇人徽猛，君子养病。”司马光注：“猛，猛兽也。”《文选》司马相如《上林赋》：“格虾蛤，铤猛氏。”李善注：“孟康曰：‘虾蛤、猛氏，皆兽名。’郭璞注：‘今蜀中有兽，状如熊而小，毛浅，有光泽，名猛氏。’”豻：一种猛兽，似狼而小，性凶狠。鸷攫：像鸷鸟那样攫掠。鸷（zhì 治）：鸷鸟，一种极为凶猛的鸟，如鹰、雕之类。引申为凶猛。《文选》张华《鹪鹩赋》：“苍鹰鸷而受绁，鹦鹉慧而入笼。”吕延济注：“鸷，猛也。”《商君书·画策》：“虎豹熊罴，鸷而无敌。”鹰隼（sǔn 损）：鹰和鹞。泛指猛禽。奋：鸟展开翅膀，振翼。翰：长而硬的鸟羽。奋翰：展翅。

㉓ 讲武：讲习武事。狩（shòu 受）：打猎。特指君主打猎。清源：地名，即今山西省太原市南郊的之清源镇，地处太原近郊，为清徐县人民政府所在地。清徐县境内自流泉众多，平地涌泉，四季常温，为北方著名的湖城水乡。一说，清源，清澈的水

源。唐·贾岛《南池》诗:“萧条微雨绝,荒岸抱清源。”

㉔ 骛:疾驰,飞奔。冥:远,杳远。《文选》陶潜《辛丑岁七月赴假还江陵夜行涂口作》:“闲居三十载,遂与尘事冥。”张铣注:“冥,远也。”骏驳:毛色斑驳的骏马。《文选》张衡《西京赋》:“天子乃驾雕轸,六骏驳。”薛综注:“天子驾六马。驳,白马而黑画为文如虎者。”抗:举,举起。《文选》曹植《七启》:“垂宛虹之长绫,抗招摇之华旍。”张铣注:“抗,举也。”《广韵·宕韵》:“抗,以手抗举也。”旃:古代旗之一种,在旗竿头缀饰牦牛尾,下有五彩析羽。此处泛指旗帜。旃:纯赤色的曲柄旗。旃旃(zhān 沾):泛指旗帜。

㉕ 昭馀:即昭馀祁泽,又称大昭泽、昭馀泽、祁泽,在今山西省祁县、平遥县以西,文水县东南,介休县以北一带,春秋战国时为著名的大泽。属(zhǔ 主):接连。呼沲(duò 剁):古水名,即今之滹沱河的上游支流。按,依作者所描写,则呼沲似在其南,但与今日之地理位置不合。抑或呼沲本在其南,因年代久远,河道淤塞易道,亦未可知。

㉖ 眄(miǎn 免):本义为斜视,引申为看、望。太陵:即“大陵”。山西省文水县,春秋时属晋,称平陵县,战国为大陵。西汉时设大陵县。一说,“太陵”,即炎帝陵,在今山西省高平市城东北 17 公里处的庄里村。这里群峦叠嶂,绿水环绕,有“神州第一陵”之称。炎帝神农氏是东方华夏文明的创始者,是传说中的农业之神、医药之神,史称农皇。他和皇帝轩辕氏同为中华民族的始祖。结:交接,逮至。潦河:东汉县名,即今之左权县,位于山西省东部,太行山西麓,清漳河上游,与河北省接壤。

㉗ 嵠(xī 西)子:同“谿子”,古代南方善于制造弩的部落。《淮南子·俶真训》:“乌号之弓,谿子之弩,不能无弦而射。”高诱注:“谿子,弩所出国名也。”放机:射弩。机,弓弩上的发射机关。此指捕鸟兽的机关。戈矛:戈和矛。泛指捕捉鸟兽的猎具。

㉘ 裂:碎裂。“裂”,《艺文类聚》卷六十一作“决”,义同。班鬐(qí 齐):色彩斑驳的鬃毛。此处代指动物的颈项。班:同“斑”。鬐(qí 其):《说文·髟部》:“马鬣也。从髟,耆声。”文:花纹。頞(è 饿):鼻梁。《说文·页部》:“頞,鼻茎也。从页,安声。”

㉙ 当手:顺手,随手。《战国策·赵策二》:“当世辅俗,古之道也。”鲍彪注:“当,犹顺也。”毙僵:同“僵毙”,倒下死亡。应弦倒越:随着弓弦的声音而坠落倒下。形容射箭技艺高超。以上为第三段,描写赵国国王外出狩猎的场面。

㉚ 中山:即中山国,春秋末年鲜虞人所建,所辖地域大致在今河北省定县、唐县一带,后为赵国所灭。名倡:著名的倡优。倡:本义指乐人,后泛指表演歌舞杂之艺人。襄国:古地名,赵曰信都,秦仍之。公元前 206 年,项羽改信都为襄国。在今河北省邢台市西南。《太平寰宇记》卷五十九“河北道邢州龙冈县”条所引李公绪《赵记》曰:“赵孝成王造檀台,有宫,为赵别都,以朝诸侯,故曰信都。秦末赵歇据

之，项羽更名曰襄国（县）。”妖：美好，妖艳。妖女：美女。《文选》曹植《名都篇》：“名都多妖女，京洛出少年。”按，“妖女”，《初学记》卷十五、《北堂书钞》卷一〇七作“妓女”，非是。

㉛ 狄鞮（dī 低）：古地名。战国时属河内郡，在今河南省黄河以北地区。《史记・司马相如列传》：“俳优、侏儒，狄鞮之倡，所以娱耳目乐心意者。”裴骃集解引徐广曰：“韦昭云：狄鞮，地名，在河内，出善唱者。”邯郸：赵国国都。公元前 386 年赵敬侯将国都从晋阳迁到邯郸。相传古时赵女善歌舞。唐・王维《偶然作》其五：“赵女弹箜篌，复能邯郸舞。”

㉜ 六八骈罗：列成纵横六人、八人的乐队。系周代诸侯乐舞格局，亦称“六佾”。骈（pián 谝）罗：骈比罗列。《楚辞・九思・哀岁》：“群行兮上下，骈罗兮列陈。”骈，并列。递奏：交替奏乐。迭举：轮番奏乐。举，奏乐。《周礼・秋官・大行人》：“上公飨礼九献，食礼九举。”郑玄注引郑司农曰：“举，举乐也。”递、迭：二字义同，交替也。《文选》司马相如《上林赋》：“族居递奏，金鼓迭起。”李善注：“递，迭也。”《文选》嵇康《琴赋》：“更唱迭奏，声若自然。”李周翰注：“迭，递也。”

㉝ 体凌浮云：形容舞女身体轻柔，好像飘入浮云一样。声哀《激楚》：形容歌声悲楚凄清，比《激楚》之曲还哀婉。《激楚》：古代歌舞曲名。《汉书・司马相如传上》：“鄢郢缤纷，《激楚》《结风》。”颜师古注：“郭璞曰：‘《激楚》，歌曲也。’”

㉞ “姿绝伦”二句：《艺文类聚》无此二句，此据《初学记》卷十五补。姿：姿容。绝伦：绝异，无与伦比。逸态：秀丽脱俗的姿态。倬（zhuō 卓）然：俊美俏丽貌。寡偶：亦作“寡耦”，很少与之相对。

㉟ 珍玩：珍贵的玩赏物。服物：佩戴服饰物。昆山：昆仑山。昆仑山下盛产美玉，昆山美玉自古闻名于世。《吕氏春秋・重己》：“人不爱昆山之玉、江汉之珠，而爱己之一苍璧小玑。”玄珠：黑色的明珠。《楚辞・九叹・远逝》：“杖玉华与朱旗兮，垂明月之玄珠。”曲环：迂回环绕。

㊱ 轻绡（xiāo 消）：一种透明而有花纹的丝织品。《文选》曹植《洛神赋》：“践远游之文履，曳雾绡之轻裾。”绡，生丝织物。綮（qǐ 启）：细密的缯帛。《说文・糸部》：“綮，致缯也。”段玉裁注：“凡细腻曰致。”《玉篇・糸部》：“綮，緻缯也。”缯（zēng 增）：古代对丝织品的总称。《汉书・匈奴传上》：“赤绨绿缯各四十匹，使中大夫意、谒者令肩遗单于。”颜师古注：“缯者，帛之总名。”织：用染丝织成的绸子。纩（kuàng 旷）：新丝绵絮。绨（tí 提）：粗厚光滑的丝织品。纨（wán 玩）：细白的薄绢。

㊲ 其器用良马：《初学记》卷二十二作“其用器良马”，“器用”作“用器”，且无“良马”二字。《太平御览》卷三四七作“其器用”，亦无“良马”二字。此据《艺文类聚》卷六十一、《历代赋汇》卷三十七、《全三国文》卷三十二作“其器用良马”。

㊳ 六弓四弩：古代弓箭有六弓、四弩、八矢之分。六弓：王弓、弧弓、夹弓、庾弓、

唐弓、大弓。四弩：夹弩、庾弩、唐弩、大弩。绿沉：浓绿色。此代指深绿色或被漆成深绿色的弓、枪、衣甲等器物。北周·庾信《谢赵王新诗启》："婉转绿沉，猿惊雁落。"黄间：亦作"黄肩"，弩名。《文选》张衡《南都赋》："騄骥齐镳，黄间机张。"李善注："黄间，弩名也。"

㊴ 堂嵠（xī 溪）：亦作"堂谿"、"棠谿"、"堂溪"，棠谿之地出产的宝剑。棠溪，古地名，在今河南省西平县西北，战国时属韩国，为春秋战国时期著名的冶铁铸剑圣地。《战国策·韩策一》："韩之剑戟，出于棠溪。"《史记·苏秦列传》载："韩卒之剑戟皆出于冥山、棠溪、墨阳、合赙、邓师、宛冯、龙渊、太阿，皆陆断牛马，水截鹄雁，当敌则斩，坚甲铁幕。"鱼肠：古宝剑名。《吴越春秋》卷三《王僚使公子光传》："使专诸置鱼肠剑炙鱼中进之。"言匕首极小，可藏于鱼腹中。一说，指剑之纹理屈襞蟠曲似鱼肠。《淮南子·修务训》："夫纯钩鱼肠之始下型，击之不能断，刺之不能入。"丁令：良弓名。角端：良弓名。以角端牛的角制成的弓。

㊵ "飞兔"二句：《文选》颜延之《赭白马赋》李善注引作"良马则飞兔褭斯，常骊紫燕"，多"良马则"三字。《初学记》卷二十二作"良马飞兔褭斯，常骊紫燕"，多"良马"二字。飞兔：骏马名。《吕氏春秋·离俗》："飞兔、要褭，古之骏马也。"高诱注："飞兔、要褭，皆马名也。日行万里，驰若兔之飞，因以为名也。"褭（niǎo 鸟）斯：良马名。褭，本义是用丝带系马，引申为良马。《说文·衣部》："褭，以组带马也。"段玉裁注："褭，按于本义引申之，因以为马名。要褭，骏马也。"按，"褭斯"，《艺文类聚》卷六十一作"奚斯"。常骊：良马名。紫燕：古代骏马名。《西京杂记》卷二："文帝自代还，有良马九匹，皆天下之骏马也。一曰浮云，一名赤电，一名绝群，一名逸骠，一名紫燕骝，一名绿螭骢，一名龙子，一名麟驹，一名绝尘，号为九逸。"

㊶ 丰：稠密，茂密。鬒（zhěn 诊）：黑毛发。丰鬒：稠密美丽的黑毛发。按，"丰鬒"，《历代赋汇》卷三十七作"丰鬣（liè 列）"，是。鬣，马颈上的长毛。确颅：谓马额上生有白毛。颅，额。龙身鹄颈：谓骏马躯体像龙身一样夭矫，脖颈如鹄颈一样修长。

㊷ 目如黄金：形容骏马目光如黄金般闪烁。《史记·周本纪》："帝纣乃囚西伯于羑里。闳夭之徒患之，乃求有莘氏美女，骊戎之文马，有熊九驷，他奇怪物，因殷嬖臣费仲而献之纣。"张守节正义："《括地志》云：'骊戎故城在雍州新丰县东南十六里，殷、周时骊戎国城也。'按，骏马赤鬣缟身，目如黄金，文王以献纣也。"兰筋：马目上部的筋名。据说兰筋竖立者能日行千里，后因以"兰筋"代指千里马。参（shēn 身）精：人参精。此言兰筋形状有似人参精。以上四句描写骏马的体貌神态特征。

㊸ 迅：迅疾，矫捷。蹑（niè 涅）：追赶。飞浮：飞鸟和浮舟。指舟行貌。轶：超越，超过。追：追赶。此二句极言骏马速度之快。以上为第四段，描写声色服饰器用走马之奢侈。

㊹ 季春：春季的最后一月，即农历三月。元巳：古代节日名，即上巳，农历三月

上旬的巳日。古代风俗，人们在此日临水祓除不祥，是为“修禊”。魏晋以后改为三月三日。辰火：二十四宿东方苍龙七宿第五宿心宿的第二颗星，古称大火，即大火星。晋·潘尼《七月七日侍皇太子宴玄圃园诗》：“商风初授，辰火微流。”炽光：谓大火星异常明亮。据晋人杜预等人研究考察，农历三月，大火星黄昏时分初出东方。大火星运行至中天时最为明亮。

㊺ 挺：引拔。赠：祛除，送走。挺新赠往：此处有“除旧布新”之意。祓（fú 福）于水阳：在江河的北面修禊。祓：古代人们为除灾祛邪而举行的祭祀活动。《说文·礻部》：“祓，除恶祭也。”阳：水的北面。

㊻ 朱幕：红色帐篷。彩帷：彩色帷帐。冈：山冈。

㊼ 妖冶：艳丽貌。这里指美女。呈饰：显露修饰打扮。晋·羊徽《木槿赋》：“有木槿之初荣，藻众林而间色。在青春而资气，逮中夏以呈饰。”春英：春天的花朵。英：花，花朵。以上为第五段，描写三月上巳日修禊盛况。

㊽ “巨鳌”四句：见于《文选》木华《海赋》和《文选》陆机《演连珠》李善注。冠山：比山还大。冠，超过。陵：侵犯，欺侮。《左传·昭公元年》：“无礼而好陵人，恃富而卑其上，弗能久矣。”吞舟：吞咽舟船。形容鳌之大。潦（lǎo 老）：雨后地面上的积水。以上四句极言巨鳌之大。

㊾ “呴气”二句：见于《文选》曹植《七启》李善注。呴（xù 序）：口出气，嘘气。《玄应音义》卷二十“呴沫”注：“呴，吹嘘之也。”此二句与曹植《七启》“挥袂则九野生风，慷慨则气成虹蜺”意同。

㊿ 神钲发声：此句见于《文选》左思《魏都赋》刘渊林注。神钲（zhēng 征），指石鼓山。《文选》左思《魏都赋》刘渊林注：“《冀州图》：‘邺西北鼓山，山上有石鼓之形，俗言时自鸣。’刘劭《赵都赋》曰：‘神钲发声。’俗云：‘石鼓鸣，则天下有兵革之事。’”

51 置酒乎黄华之馆：此句见于《太平御览》卷一九四。黄华之馆：即黄华宫、黄华会馆，在今河南省林州市境内。战国时赵国在以中牟作国都时以黄华为行宫，移都邯郸后黄华仍是其避暑之地。公元前334年（一说为前333年），赵肃侯作为盟主曾主诸侯盟会，苏秦邀集天下诸侯“相会于洹水之上”，并“置酒乎黄华之馆”，以庆祝此次盟会的成功举行。

52 “其谋谟之士”五句：见于《北堂书钞》卷一一五。严可均辑《全晋文》卷三十二称见于《北堂书钞》卷一九四，误。谋谟：谋划，制定谋略。谋谟（mó 磨）之士：即谋士。神睿：神明圣哲。权略：机权谋略。《晋书·慕容翰载记》：“（慕容翰）性雄豪，多权略，猿臂工射，膂力过人。”无形：不露形迹。《孙子·虚实》：“故形兵之极，至于无形。”梅尧臣注：“兵本有形，虚实不露，是以无形，此极致也。”

53 沈灶生蛙：指炉灶为大水淹没，日久生蛙。语出《国语·晋语九》：“（赵襄子)乃走晋阳,晋师围而灌之,沈灶产蛙,民无畔意。"韦昭注:"沈灶,悬釜而炊也。"转败为成:将失败转化为胜利,义同"转败为功"、"转败为胜"。语出汉·贾谊《新书·铜布》:"故善为天下者,因祸而为福,转败而为功。"《战国策·燕策一》:"圣人之制事也,转祸而为福,因败而为功。"

㊿④"辩论之士"六句:见于《太平御览》卷四六四。《御览》"丘"作"兵","摛"作"摘","臧"作"藏"。此均从《全三国文》改。徂丘:战国齐国地名,齐国辩士田巴曾在此辩论,"服于徂丘,议于稷下,毁五帝,罪三王,訾五伯,离坚白,合同异,一日而服千人"(《史记·鲁仲连邹阳列传》张守节《正义》引《鲁仲连子》)。时齐人鲁仲连(前305—前245)年甫十二,往而与之辩,田巴折服,于是杜口,"终身不谈"。后因以"徂丘"作为鲁仲连的代称。东里:春秋时郑国地名,在今河南省新郑县,春秋时期著名政治家、郑国大夫子产(?—前552)曾在此居住。后因以"东里"作为子产的代称。

㊿⑤"分摛滞义,割擗纤理":分析、阐发疑难的词义,剖析、探究细微的事理。摛(chī 吃):铺陈,阐发。滞:深奥,滞疑。擗(pǐ 痞):通"擘",析。纤理:细微的事理。

㊿⑥"论折坚白"二句:意谓赵都的"辩论之士"极富辩才,足以摧折"坚白"、"三耳"之说。"坚白"、"三耳",指战国时名家公孙龙"离坚白"和"臧三耳"之说。折:挫败,摧折。臧(zāng 脏):压抑,抑制。《文选》马融《长笛赋》:"掇擎捘臧,递相乘邅。"李善注:"臧,犹抑也。"坚白:指"坚白同异"之辩,是先秦名家代表人物公孙龙与惠施相互辩难的命题。惠施主张"合同异",而公孙龙则主张"离坚白"。公孙龙认为"坚""白""石"三者,"坚"和"白"是分离的,只有坚石或者白石,而没有坚白石。该学说只强调事物的一个方面,而否定其他方面,因而具有极大的片面性。臧三耳:先秦名家公孙龙诡辩论题之一。《孔丛子·公孙龙》:公孙龙又与子高泛论于平原君所,辨理至于臧三耳。"公孙龙言臧之三耳甚辨析。子高弗应,俄而辞出。明日,复见平原君,曰:'畴昔公孙之言信辨也,先生实以为何如?'答曰:'然,几能臧三耳矣。虽然,实难。仆愿得又问于君,今为臧三耳甚难而实非也,谓臧两耳甚易而实是也。不知君将从易而是者乎?亦从难而非者乎?'平原君弗能应。"大意是说,人有两耳而聋者,则两耳之外必别有一耳,此耳主听,使之能听。

㊿⑦"游侠之徒"六句,见于《太平御览》卷四七三。晞(xī 希)风:让风吹拂,比喻沐受教化。拟类:比类,仿效。南朝·宋·虞龢《论书表》:"二王书,献之始学父书,正体乃不相似。至于绝笔章草,殊相拟类,笔迹流怿,宛转妍媚,乃欲过之。"

㊿⑧"贵交"四句:语本三国·魏·刘桢《鲁都赋》:"贵交尚信,轻命重气。义激毫毛,怨成梗概。"赞美游侠贵交尚信、任侠尚义、崇尚气节的行为风度。按,"感慨",《太平御览》卷四七三作"感概",义同。

㊿⑨"爰及富人"八句:见于《太平御览》卷四七二。爰(yuán 原):于是。及:偕

同，与。郭侯：似指战国末年赵国邯郸巨富郭纵，《史记·货殖列传》："猗顿用盬盐起，而邯郸郭纵以铁冶成业，与王者埒富。"

⑹⓪ 赀（zī 赀）衍陶卫：资产超过魏冉和商鞅。《战国策·齐策六》："请裂地定封，富比陶、卫，世世称孤寡，与齐久存，此亦一计也。"赀：同"资"，资产。衍：满溢，盛多。这里有"超过"的意思。陶、卫，战国时期的魏冉和商鞅。魏冉，战国时秦国大臣，战国时政治家、军事家。他是秦昭襄王母宣太后之弟。昭襄王年幼即位，用魏冉为丞相，兼摄国政，受封穰邑，后又封陶，号为穰侯。后因功封于陶邑（今山东省定陶县西北），富埒王室。后来昭襄王听从范雎的建议，免去其丞相之职。商鞅（约前390—约前338年），战国时政治家、思想家，卫国（今河南省安阳市内黄一带）人，姓公孙氏，名鞅，因其为卫国人，亦称卫鞅。因其封于商（今陕西省商县东南商洛镇），号为商君，故又称商鞅。初为卫相公孙痤家臣，后应秦孝公求贤令入秦，说服秦孝公变法，秦国大治，国富民强。孝公死后，他为贵族诬害，车裂而死。奓（chǐ 齿）：通"侈"，豪奢，奢侈。《文选》张衡《西京赋》："有凭虚公子者，心奓体忲，雅好博古。"李善注："《声类》曰：'奓，侈字也。'"垠（yín 银）：边际，尽头。

⑹① "金碧"二句：形容郭纵车饰华丽。金碧、朱丹：均是形容词用作动词。舆、轮：车舆、车轮。

⑹② 会遇：适逢。燕好：指设宴招待并馈赠财物。《左传·僖公二十九年》："冬，介葛卢来，以未见公，故复来朝。礼之，加燕好。"杜预注："燕，燕礼也。好，好货也。"后来泛指宴饮聚会。唐·柳宗元《零陵三亭记》："乃作三亭，陡降晦明，高者冠山巅，下者俯清池。更衣膳饔，列置备具，宾以燕好，旅以馆舍。"其从如云：言其追随者众多。从：随从人员，追随者。

【辨析】

此赋作于魏明帝太和（227—233）年间。据《三国志·魏书·刘劭传》载："明帝即位，出为陈留太守，敦崇教化，百姓称之。……劭尝作《赵都赋》，明帝美之，诏劭作《许都赋》、《洛都赋》。时外兴军旅，内营宫室，劭作二赋，皆讽谏焉。"《许都赋》、《洛都赋》均已佚失，其讽谏内容不得而知，然现存《赵都赋》通篇却没有丝毫的讽谏意味。

接续两汉京都大赋的传统，三国文人也创作了不少的京都赋，如徐幹有《齐都赋》，刘桢有《鲁都赋》，刘劭有《赵都赋》、《洛都赋》、《许都赋》，文立有《蜀都赋》。但与汉代京都大赋铺采摛文、铺张扬厉、旨在劝讽不同，三国京都赋多是作者描写故国都城的历史沿革、地理环境、都城规制、宫室建筑、田猎游观、风物人情等等，有着明显的写实倾向和浓重的家乡情结。在这里，虽亦有铺排夸奢之描写，但讽喻的成分淡去了，写实的成分加重了，字里行间流溢着赋家对家乡历史风物的深情。透过这些描写，我们可以领略到都邑昔日的壮观和辉煌。即如刘劭《赵都赋》而论，从“都城万雉，百里周回。九衢交错，三门旁开”的描写，我们不难看到当年赵都邯郸在城市空间布局上所独有的特色和精巧的建筑艺术。

当然，邯郸故城经过战国、秦汉数百年的兴盛，到曹魏时期已衰落为普通的王国都邑，与战国时赵国国都之繁荣不啻天壤。刘劭在《赵都赋》中对赵都盛况的描写自然有很大程度的夸饰，但作为最早的一篇记载赵都故城的文学作品，其历史意义和文学意义不可小觑。

许都赋

【说明】

存目。

见于《三国志·魏书·刘劭传》。此赋约作于魏明帝太和(227—233)年间。据《三国志》本传载：“明帝即位，出为陈留太守，敦崇教化，百姓称之……劭尝作《赵都赋》，明帝美之，诏劭作《许都赋》、《洛都赋》。时外兴军旅，内营宫室，劭作二赋，皆讽谏焉。”

洛都赋

【说明】

同《许都赋》。

龙瑞赋并序

太和七年春[①]，龙见摩陂[②]。行自许昌，亲往临观[③]。形状瑰丽，光色烛耀[④]。侍卫左右，咸与睹焉[⑤]。自载籍所纪[⑥]，瑞应之致[⑦]，或翔集于邦国[⑧]，卓荦于要荒[⑨]，未有若斯之著明也[⑩]。

惟殷覜之旧式[⑪]，乃展义而省方[⑫]。皇舆发于洛邑[⑬]，遂巡幸于许昌[⑭]。宪宸极之天居[⑮]，建正殿以当阳[⑯]。岁在析木[⑰]，时惟仲春[⑱]。灵威统方[⑲]，句芒司辰[⑳]。阳升九四，或跃于渊[㉑]。有蜿之龙，来游郊甸[22]。应节合义，象德效仁[23]。纡体磬萦，摛藻布文[24]。青耀章采[25]，雕琢璘玢[26]。焕若罗星，蔚若翠云[27]。光隰奕以外照[28]，水清景而内分。圣上观之无射[29]，左右察之既精[30]。聊假物以拟身，忽神化而无形[31]。泉含物而不澹，固保险而常宁[32]。昔太昊之初化，首帝德以表名[33]。暨明后之隆盛，又降见以扬声[34]。惟珍兽之玄真，实殊异于四灵[35]。信应龙之道扬[36]，将天飞于泰清[37]。

【说明】

此赋见于《艺文类聚》卷九十八、《初学记》卷三十、《历代赋汇》卷一三七、《全三国文》卷三十二。《艺文类聚》卷九十八缺“岁在析木，时惟仲春。灵威统方，句芒司辰。阳升九四，或跃于渊”六句及“纡体磬萦，摛藻布文。青耀章采，雕琢璘玢”四句，另缺“泉含物而下澹，固保险而常宁”二句。《初学记》卷三十仅录“岁在析木”至“固保险儿常宁”部分。

此赋作于魏明帝太和七年(233)二月。《三国志·魏书·明帝纪》载：“青龙元年(233)春正月甲申，青龙见郏之摩陂井中。二月丁酉，幸摩陂观龙，于是改年。”《艺文类聚》卷九十八《祥瑞部上》引《魏志》曰：“青龙元年春正月甲申，青龙见摩陂井中。二月丁酉，幸摩陂观龙，于是改摩陂为龙陂。”时为明帝文学侍臣的缪袭亦作有《青龙赋》以记之。从内容上看，刘劭此赋与缪袭《青龙赋》俱是赞美龙现而颂皇德之作，思想内容上实无足取，但在艺术描写上却颇有独特之处。

【注释】

① 太和：魏明帝曹叡年号，公元227—233年。太和七年即公元233年。是年二月，因所谓青龙现于郏县摩陂，于是改元，改太和七年为青龙元年。

② 见(xiàn现)：同“现”，出现。摩陂(pí皮)：地名，亦称龙陂，在今河南省郏县东南。《三国志·魏书·明帝纪》载：“青龙元年春正月甲申，青龙见郏之摩陂井中。二月丁酉，(帝)幸摩陂观龙，于是改年(青龙元年)，改摩陂为龙陂，赐男子爵人二级，鳏寡孤独无出今年租税。”文学侍臣缪袭有感于明帝曹叡驾幸观龙，而作《青龙赋》。北魏·郦道元《水经注》卷二十一《汝水》载：“魏青龙元年，有龙见于郏之摩陂，明帝幸陂观龙，于是改摩陂为龙陂，其城(郏县)曰龙城。”按，魏明帝青龙年号，历时五载，是曹魏政权的鼎盛时期，摩陂青龙是曹魏鼎盛的象征。

③“行自许昌”二句：是说魏明帝曹叡御驾从许昌出发，亲自到摩陂观龙。许

昌:地名,在今河南省许昌市。东汉建安元年(196)八月,献帝曾迁都许县(今张潘故城)。许昌也是曹魏发祥之地,著名的魏五都之一。魏文帝黄初二年(221),曹丕以"汉亡于许,魏基昌于许",改许县为许昌县。

④ "形状瑰丽"二句:描写青龙的形状姿态。瑰丽:奇特绚丽。烛燿:照耀,显耀。

⑤ 左右:近侍,随从人员。咸:全,都。睹(dǔ 赌):看,观看。

⑥ 自载籍所纪:自有文字记载以来。载籍,书籍。纪,记载。

⑦ 瑞应(yìng 硬):吉祥的征兆。古代迷信说法,认为帝王修德,社会清平,上天就会降祥瑞以应之,是谓瑞应。晋·葛洪《西京杂记》卷三:"瑞者,宝也,信也。天以宝为信,应人之德,故曰瑞应。"

⑧ 翔集:详察泛采。翔,通"详"。邦国:国家。

⑨ 卓荦(luò 落):出众,超群。要(yāo 邀)荒:古称王畿之外的极远之地。要,要服。荒,荒服。《文选》张衡《东京赋》:"藩国奉聘,要荒来质。"

⑩ 若斯:如此。斯:此,这个。指青龙出现这件事。著明:显明。

⑪ 殷覜(tiào 跳):古代帝王接见诸侯使者的礼仪。覜,同"眺",视。《周礼·春官·大宗伯》:"时见曰会,殷见曰同,时聘曰问,殷覜曰视。"郑玄注:"殷,犹众也。……殷覜,谓一服朝之岁以朝者少,诸侯乃使卿以大礼众聘焉。"按,"殷覜",《艺文类聚》卷九十八、陈元龙《历代赋汇》卷一三七作"殷眺",义同。

⑫ 展义:宣示德义。省:古代称天子出行视察邦国州郡为省。省方:古代指帝王巡视四方。

⑬ 皇舆:御辇,皇帝乘坐的车子。舆,车。洛邑:即魏都洛阳。

⑭ 巡幸:旧指天子巡游驾幸。

⑮ 宪:效法。宸(chén 臣)极:即北极星。借指帝王居所。天居:住在天上。形容天子居处华贵。汉·蔡邕《述行赋》:"皇家赫而天居兮,万方徂而并集。"

⑯ 正殿:主殿。当阳:古代称天子南面向阳而治。《左传·文公四年》:"昔诸侯朝正于王,王宴乐之,于是乎赋《湛露》,则天子当阳,诸侯用命也。"杜预注:"《湛露》曰:'湛湛露斯,匪阳不晞。'晞,干也。言露见日而干,犹诸侯禀天子命而行。"孔颖达疏:"《湛露》诗云:'湛湛露斯,匪阳不晞。'阳,谓日也。言天子当日,诸侯当露也。"

⑰ 岁在析木:是说正值虎年。析木:十二星次之一。与十二辰相配为寅,与二十八宿相配为尾、箕两宿。《国语·周语下》:"昔武王伐殷,岁在鹑火,月在天驷,日在析木之津,辰在斗柄,星在天鼋。"晋·傅玄《大寒赋》:"日月会于析木兮,重阴凄而增肃。"按,此句有误,太和七年,亦即公元233年是为癸丑年,次年才是甲寅年,岁属析木。

⑱ 仲春:春季的第二个月,即阴历二月。仲:位序排在第二的,中间的。《说文·亻部》:“仲,中也。”

⑲ 灵威:“灵威仰”的简称,太微五帝之一,东方之神青帝,司春天。《礼记·大传》:“礼,不王不禘。王者禘其祖之所自出,以其祖配之。”郑玄注:“王者之先祖,皆感大微五帝之精以生。苍则灵威仰,赤则赤熛怒,黄则含枢纽,白则白招拒,黑则汁光纪,皆用正岁之正月郊祭之,盖特尊焉。”统方:总领一方。此谓灵威仰总领东方。

⑳ 句(gōu 勾)芒:古代传说中的春神。句芒是少昊的后代,名重,为伏羲的臣子。死后为木神,司掌树木生长。《礼记·月令》:“(仲春之月)其帝太皞,其神句芒。”郑玄注:“句芒,少皞氏之子,曰重,为木官。”朱熹注:“太皞伏牺,木德之君。句芒,少皞氏之子,曰重,木官之臣。圣神继天立极,先有功德于民,故后王于春祀之。”司:管理,掌管。

㉑ “阳升九四”二句:语出《易·乾卦》:“九四,或跃在渊,无咎。”九四:乾卦的第四根阳爻。爻辞说,九四这个位次是上不在天,下不在田,悬在半空之中,飞龙处在这个位次上只能有两种选择,要么往上飞向天空,要么往下退居深渊。总之,要与时俯仰,因时进退,以避免犯过错。

㉒ 有:句首语助词,无义。郊甸:城郊外。古时都城的郭外称郊,郊外称甸。

㉓ “应节合义”二句:意谓青龙的动作行为合乎节义,象征着德行,表示着仁爱。象:象征。效:显露,显示。《韩非子·二柄》:“则是群臣之情不效。”王先慎集解引旧注:“效,显也。”《鹖冠子·王𫓧》:“夫以效末传之子孙。”陆佃注:“效,犹示也。”

㉔ “纡体鞶萦”二句:意谓青龙盘曲缠绕着身体,铺展着身上的文彩。纡(yū 迂):弯曲,盘曲。鞶(pán 盘)萦:像丝带一样缠绕。鞶,大带子。亦指男子的腰带。摛(chī 吃)、布:铺展,展示。按,“纡体鞶萦”以下四句,《艺文类聚》不载,见于《初学记》卷三十。

㉕ 青耀章采:意谓青龙身上闪耀着青色的花纹和纹彩。

㉖ 雕琢璘玢:意谓青龙身上的纹彩光彩耀目,如同精心雕琢的一样。璘玢(lín bīn 林宾):光彩缤纷的样子。璘,玉的光彩。玢,玉的纹理。

㉗ “焕若罗星”二句:意谓青龙光彩焕发,像天上的星星一样绚烂,如绿云一样蔚炳。按,“焕”字,《初学记》卷三十作“燥”,误。《历代赋汇》卷一三七作“灿”,义同。

㉘ 舄奕(xì yì 戏义):光烁,显耀。清景:清光。三国·魏·曹植《公宴》诗:“明月澄清景,列宿正参差。”按,“舄奕”,《艺文类聚》卷九十八作“舄弈”,误。此据《全三国文》卷三十二改。

㉙ 圣上:指魏明帝曹叡。无射(yì 易):无厌。射,厌弃。《诗·小雅·车舝》:“式燕且誉,好尔无射。”郑玄笺:“射,厌也。”

㉚ 左右:指侍卫随从人员。精:仔细,清楚。

㉛ “聊假物”二句:意谓青龙本来就是借助外物来托身的,倏忽之间就神气地变化为无影无形。聊:姑且,聊且。假:凭借,借助。假物:借助外物。《庄子·大宗师》:“假于异物,托于同体。”拟身:托身,模仿其身。神化:神妙地变化。

㉜ “泉含物”二句:见于《初学记》卷三十,《艺文类聚》无此二句。按,“泉含物而不澹”,《全三国文》卷三十二作“泉含物而下澹”,误。澹:澹荡,水波摇荡貌。常宁:长期安宁。

㉝ “昔太昊”二句:意谓古代伏羲氏推行德教之初,就把帝王的德治放在首位加以明示。太昊(hào 浩):亦作“太皞”,即伏羲,风姓,中国古代传说中的部落酋长。初化:施行德教之初。化:德化,德教。首:用如动词,以……为首。帝德:帝王的德行。表名:此指太皞伏羲氏以龙命官。《左传·昭公十七年》:“太皞氏以龙纪,故为龙师而龙名。”杜预注:“太皞,伏羲氏,风姓之祖也。有龙瑞,故以龙命官。”

㉞ 暨(jì 既):及,到,至。明后:贤明的君主,此指魏明帝曹叡。后,上古称帝王为后。《礼记·内则》:“后王命冢宰,降德于众兆民。”郑玄注:“后,君也。”见(xiàn 现):同“现”,出现,显现。

㉟ “惟珍兽”二句:谓青龙珍奇玄妙,在麟凤龟龙“四灵”中最为殊异。珍兽:此指青龙。按,“珍兽”,《艺文类聚》卷九十八作“玲兽”,此据《历代赋汇》卷一三七改。玄真:道家称妙道、精气为“玄真”。《老子》第二十一章:“道之为物……其中有精;其精甚真,其中有信。”四灵:指麟、凤、龟、龙四种灵异之兽。《礼记·礼运》:“麟、凤、龟、龙,谓之四灵。”

㊱ 信:确实,相信。应龙:传说中一种有翼的龙。《文选》班固《答宾戏》:“应龙潜于潢污,鱼鼋媟之。”吕延济注:“应龙,有翼之龙也。”应龙之道扬:应龙之道大畅,此有“飞龙在天”之意。《易·乾》:“九五,飞龙在天,利见大人。”

㊲ 天飞:远走高飞。泰清:即“太清”,指天空。《楚辞·九叹·远游》:“譬若王侨之乘云兮,载赤霄而凌太清。”

【辨析】

龙作为“百鳞之长”,古人对其十分迷信,视其为瑞物,把龙的出现视为太平盛世之吉兆,所以历代文献著录甚多。《艺文类聚》卷九十八《祥瑞部上·祥瑞》引《瑞应图》曰:“(黄龙者)不众行,不群处,必待风雨而游乎青气之中,游乎天外之野,出入应命,以时上下,有圣则见,无圣则处。”《初学记》卷三十《鳞介部·龙第九》引《说文》云:“龙,鳞虫之长。能幽能明,能小能大,能长能短。春分而登天,秋分而入川。”又引《河图》曰:“黄金千岁生黄龙,青金千岁生青龙,赤白之金千岁各生龙。”古代描写龙的文学作品甚多，如《诗经》、《左传》、屈原《天问》、傅玄《龙铭》、郭璞《烛龙赞》等等。“龙赋”亦代有作者，刘劭《龙瑞赋》、缪袭《青龙赋》、刘琬《神龙赋》俱为名作。降及唐宋，龙赋创作达到高潮，白居易作《黑龙饮渭水赋》，张随作《叶公好龙赋》，王安石作《龙赋》，等等。然考之载籍，刘劭《龙瑞赋》和缪袭《青龙赋》，当为现存最早的描写龙的赋作，具有一定的文学价值。但二作纯属谀上之辞，在内容上无足称道。

何　晏

何晏(190? —249),字平叔,南阳宛县(今河南省南阳市)人。东汉大将军何进之孙。曹操纳晏母尹氏,晏被收养,为其所宠爱。晏少以才秀貌美而知名,尚魏武帝金乡公主。晏好老、庄言,史载其好服妇人之服,兼好敷粉,有"敷粉何郎"之称。魏文帝时拜驸马都尉,明帝时为冗官。齐王曹芳正始年间(240—249),曹爽秉政,何晏依附曹爽,累官侍中、吏部尚书,封关内侯,典选举,与其有交情者,多被擢拔。正始十年(249)坐曹爽事,为司马懿所杀。

作为正始名士的代表,何晏与夏侯玄、王弼等倡导玄学,竞事清谈,遂开一代清谈之风,为魏晋玄学的创始者之一。其主要著作有《论语集解》十卷,《老子道德论》二卷,文集十一卷。留存至今的除《论语集解》之外,还有文十二篇(含残篇),赋一篇,言志诗三首(含残篇)。《论语集解》被清阮元收入《十三经注疏》中。传附《三国志·魏书·曹爽传》。

景福殿赋

大哉惟魏！世有哲圣[①]。武创元基，文集大命[②]。皆体天作制，顺时立政[③]。至于帝皇，遂重熙而累盛[④]。远则袭阴阳之自然，近则本人物之至情[⑤]；上则崇稽古之弘道，下则阐长世之善经[⑥]。庶事既康，天秩孔明[⑦]。故载祀二三，而国富刑清[⑧]。岁三月，东巡狩，至于许昌[⑨]。望祠山川，考时度方[⑩]。存问高年，率民耕桑[⑪]。

越六月既望，林钟纪律，大火昏正[⑫]。桑梓繁庑，大雨时行[⑬]。三事九司，宏儒硕生[⑭]。感乎溽暑之伊郁，而虑性命之所平[⑮]。惟岷越之不静，寤征行之未宁[⑯]，乃昌言曰："昔在萧公，暨于孙卿，皆先识博览，明允笃诚[⑰]，莫不以为：不壮不丽，不足以一民而重威灵；不饰不美，不足以训后而永厥成[⑱]。故当时享其功利，后世赖其英声。且许昌者，乃大运之攸戾，图谶之所旌[⑲]。苟德义其如斯，夫何宫室之勿营？"帝曰："俞哉！"玄辂既驾，轻裘斯御[⑳]。乃命有司，礼仪是具[㉑]。审量日力，详度费务[㉒]。鸠经始之黎民，辑农功之暇豫[㉓]。因东师之献捷，就海孽之贿赂[㉔]。立景福之秘殿，备皇居之制度[㉕]。

尔乃丰层覆之耽耽，建高基之堂堂[㉖]。罗疏柱之汩越，肃坻鄂之锵锵[㉗]。飞櫩翼以轩翥，反宇巘以高骧[㉘]。流羽毛之威蕤，垂环玭之琳琅[㉙]。参旗九旒，从风飘扬[㉚]；皓皓旰旰，丹彩煌煌[㉛]。故其华表，则镐镐铄铄，赫奕章灼，若日月之丽天也[㉜]；其奥秘，则翳蔽暧昧，仿佛退概，若幽星之缅连也[㉝]。既栉比而欑集，又宏琏以丰敞[㉞]。兼苞博落，不常一象[㉟]。远而望之，若摛朱霞而耀天文；迫而察之，若仰崇山而戴垂云[㊱]。羌瑰玮以壮丽，纷彧彧其难分，此其大较也[㊲]。若乃高甍崔嵬，飞宇承霓[㊳]。绵蛮黮霸，随云融泄[39];乌企山峙,若翔若滞[40]。峨峨嵘嵘,罔识所届[41]。虽离朱之至精,犹眩曜而不能昭晰也[42]。

尔乃开南端之豁达,张笋虡之轮豳[43],华钟杌其高悬,悍兽仡以俪陈[44]。体洪刚之猛毅,声訇磤其若震[45]。爰有遐狄,镣质轮菌[46]。坐高门之侧堂,彰圣主之威神。芸若充庭,槐枫被宸[47]。缀以万年,綷以紫榛[48]。或以嘉名取宠,或以美材见珍。结实商秋,敷华青春[49]。蔼蔼萋萋,馥馥芬芬[50]。尔其结构,则修梁彩制,下褰上奇[51]。桁梧复叠,势合形离[52]。赩如宛虹,赫如奔螭[53]。南距阳荣,北极幽崖[54]。任重道远,厥庸孔多[55]。于是列髹彤之绣桷,垂琬琰之文珰[56]。蝹若神龙之登降,灼若明月之流光[57]。爰有禁楄,勒分翼张[58]。承以阳马,接以员方[59]。斑间赋白,疏密有章[60]。飞枊鸟踊,双辕是荷[61]。赴险凌虚,猎捷相加[62]。皎皎白间,离离列钱[63]。晨光内照,流景外烻[64]。烈若钩星在汉,焕若云梁承天[65]。弱徙增错,转县成郛[66]。茄蔤倒植,吐被芙蕖[67]。缭以藻井,编以綷疏[68]。红葩鞸韡,丹绮离娄[69]。菡萏赩翕,纤缛纷敷[70]。繁饰累巧,不可胜书[71]。

于是兰栭积重,窭数矩设[72]。欂栌各落以相承,栾栱夭蟜而交结[73]。金楹齐列,玉舄承跋[74]。青琐银铺,是为闺闼[75]。双枚既修,重桴乃饰[76]。梡梠缘边,周流四极[77]。侯卫之班,藩服之职[78]。温房承其东序,凉室处其西偏[79]。开建阳则朱炎艳,启金光则清风臻[80]。故冬不凄寒,夏无炎燀[81]。钧调中适,可以永年。墉垣砀基,其光昭昭[82]。周制白盛,今也惟缥[83]。落带金釭,此焉二等[84]。明珠翠羽,往往而在[85]。钦先王之允塞,悦重华之无为[86]。命共工使作缋,明五采之彰施[87]。图象古昔,以当箴规[88]。椒房之列,是准是仪[89]。观虞姬之容止,知治国之佞臣[90]。见姜后之解珮,寤前世之所遵[91]。贤钟离之谠言,懿楚樊之退身[92]。嘉班妾之辞辇,伟孟母之择邻[93]。故将广智,必先多闻。多闻多杂,多杂眩真[94]。不眩焉在,在乎择人。故将立德,必先近仁。欲此礼之不愆,是以尽乎行道之先民[95]。朝观夕览,何与书绅[96]。

若乃阶除连延，萧曼云征[97]。棂槛邳张，钩错矩成[98]。楯类腾蛇，槢似琼英[99]。如螭之蟠，如虬之停[100]。玄轩交登，光藻昭明[101]。驺虞承献，素质仁形[102]。彰天瑞之休显，照远戎之来庭[103]。阴堂承北，方轩九户[104]。右个清宴，西东其宇[105]。连以永宁，安昌临圃[106]。遂及百子，后宫攸处[107]。处之斯何，窈窕淑女[108]。思齐徽音，聿求多祜[109]。其祜伊何？宜尔子孙。克明克哲，克聪克敏[110]。永锡难老，兆民赖止[111]。

于南则有承光前殿，赋政之宫[112]。纳贤用能，询道求中。疆理宇宙，甄陶国风[113]。云行雨施，品物咸融。其西则有左城右平，讲肄之场[114]。二六对陈，殿翼相当[115]。僻脱承便，盖象戎兵[116]。察解言归，譬诸政刑。将以行令，岂唯娱情[117]。镇以崇台，实曰永始[118]。复阁重闱，猖狂是俟[119]。京庾之储，无物不有[120]。不虞之戒，于是焉取[121]。尔乃建凌云之层盘，浚虞渊之灵沼[122]。清露瀼瀼，渌水浩浩[123]。树以嘉木，植以芳草。悠悠玄鱼，皠皠白鸟[124]。沉浮翱翔，乐我皇道。若乃虬龙灌注，沟洫交流[125]。陆设殿馆，水方轻舟[126]。篁栖鹍鹭，濑戏鰋鲉[127]。丰侔淮海，富赈山丘[128]。丛集委积，焉可殚筹[129]？虽咸池之壮观，夫何足以比雠[130]！

于是碣以高昌崇观，表以建城峻庐[131]。岧峣岑立，崔嵬峦居[132]。飞阁干云，浮阶乘虚。遥目九野，远览长图[133]。頫眺三市，孰有谁无[134]？睹农人之耘耔，亮稼穑之艰难[135]。惟飨年之丰寡，思《无逸》之所叹[136]。感物众而思深，因居高而虑危。惟天德之不易，惧世俗之难知。观器械之良窳，察俗化之诚伪[137]。瞻贵贱之所在，悟政刑之夷陂[138]。亦所以省风助教，岂惟盘乐而崇侈靡[139]？屯坊列署，三十有二[140]。星居宿陈，绮错鳞比[141]。辛壬癸甲，为之名秩[142]。房室齐均，堂庭如一。出此入彼，欲反忘术[143]。惟工匠之多端，固万变之不穷。物无难而不知，乃与造化乎比隆[144]。雠天地以开基，并列宿而作制[145]。制无细而不协于规景，作无微而不违于水臬[146]。故其增构如积，植木如林[147]。区连域绝，叶比枝分。离背别趣，骈田胥附[148]。纵横逾延，各有攸注[149]。公输荒其规矩，匠石不知其所斫[150]。既穷巧于规摹，何彩章之未殚[151]。尔乃文以朱绿，饰以碧丹。点以银黄，烁以琅玕[152]。光明熠爚，文彩璘班[153]。清风萃而成响，朝日曜而增鲜[154]。虽昆仑之灵宫，将何以乎侈旃[155]。规矩既应乎天地，举措又顺乎四时。是以六合元亨，九有雍熙[156]。家怀克让之风，人咏“康哉”之诗[157]。莫不优游以自得，故淡泊而无所思。历列辟而论功，无今日之至治[158]。彼吴蜀之湮灭，固可翘足而待之[159]。

然而圣上犹孜孜靡忒，求天下之所以自悟[160]。招忠正之士，开公直之路。想周公之昔戒，慕咎繇之典谟[161]。除无用之官，省生事之故。绝流遁之繁礼，反民情于太素[162]。故能翔岐阳之鸣凤，纳虞氏之白环[163]。苍龙觌于陂塘，龟书出于河源[164]。醴泉涌于池圃，灵芝生于丘园[165]。总神灵之贶祐，集华夏之至欢[166]。方四三皇而六五帝，曾何周夏之足言[167]。

【说明】

此赋见于《文选》卷十一。又散见于《艺文类聚》卷四十四、《初学记》卷十六、《文选》嵇康《赠秀才入军诗》李善注、《文选》曹植《七启》李善注、《太平御览》卷八〇八。此以《文选》李善注本为底本，并校以他书。据《三国志·魏书·明帝纪》载：魏明帝太和六年(232)，“三月癸酉，行东巡……九月，行幸摩陂，治许昌宫，起景福、承光殿”。《文选》何晏《景福殿赋》李善注引《典略》曰：“魏明帝将东巡，恐夏热，故许昌作殿，名曰‘景福’。既成，命人赋之，平叔遂有此作。”除何晏此赋外，著名文士卞兰、缪袭均作有《许昌宫赋》，韦诞、夏侯惠作有《景福殿赋》。可知，景福殿建成后，魏国文士竞相作赋美之。

何晏《景福殿赋》是宫殿赋中的名篇，与东汉王延寿《鲁灵光殿赋》同被作为宫殿赋的代表之作收入《文选》。东汉中期以后，随着国势的衰退，大赋的创作逐渐衰微，虽有零星作品问世，但在篇幅和质量上难与汉大赋相比。何晏《景福殿赋》是其中的翘楚，它在继承汉大赋写作传统的同时，又具有当时鲜明的时代文化特征。在表现手法上，明显地受到正日渐兴起的抒情小赋的影响。此赋大致可分为三部分：开篇先述兴建缘起；中间描述宫殿规模、结构、装饰、环境，并从政治、人事相结合的角度，阐释其象征性含义；结尾则是明以颂扬，暗寓劝谏。在写作顺序上，由远及近、由表到里，远景及外景采用大泼墨式的写意笔法，近景则用精雕细琢的工笔手法，把景福殿外观之宏伟、结构之精巧、装饰之华美写得淋漓尽致而又繁简有序，笔触细腻生动，行文摇曳多姿，不粘不滞，精练传神。此赋在颂赞的外表下，意在表达作者儒玄合一的治国理想，所以叙事中多夹有议论，但都精简切实，无冗赘之感。

【注释】

① 哲圣：才德超群之人。古代对于帝王的谀称。哲：聪明，明智。《诗·大雅·下武》："下武维周，世有哲王。"

② 武：指魏武帝曹操。文：指魏文帝曹丕。大命：天命，指上天赋予的权力和使命。《尚书·商书·太甲上》：伊尹曰："天监厥德，用集大命。"

③ 体天作制：《文选·班固〈东都赋〉》："体元立制，继天而作。"此处"体天"即"体元"，意思是体察天道订立制度。顺时立政：依时令而行政。《吕氏春秋·仲秋纪》："凡举事无逆天数，必顺其时。"

④ 帝皇：指魏明帝曹叡。《三国志·魏书·明帝纪》："明皇帝讳叡，字元仲，文帝太子也。"裴松之注："（明）帝生数岁而有岐嶷之姿，武皇帝异之，曰：'我基于尔三世矣。'"重熙：旧时称颂帝王累世圣明。熙：圣明，光明。累盛：更加兴盛。

⑤ 远则袭阴阳之自然：语本《易传·系辞上》："一阴一阳之谓道，继之者善也，成之者性也。"《老子》第二十六章："人法地，地法天，天法道，道法自然。"近则本人物之至情：《汉书·晁错传》引晁错《对策》曰："计安天下，莫不本于人情。人情莫不欲寿，三王生而不伤也；人情莫不欲富，三王厚而不困也；人情莫不欲安，三王扶而不危也；人情莫不欲逸，三王节其力而不尽也。"

⑥ 稽古：《尚书》中《尧典》、《大禹谟》、《皋陶谟》诸篇，皆以"曰若稽古"开篇，言考察古事。长世：绵续永存。善经：指好的义理、法则、原则等。《左传·襄公三十一年》载北宫文子曰："故能有其国家，令闻长世。"又，《左传·宣公十二年》："兼弱攻昧，武之善经也。"此二句是颂赞曹魏的治国之道，言其既能遵顺自然无为之道，又能继承圣贤的治世法则，实际上则是何晏自己儒玄合一的政治理想的反映。

⑦ 庶事：众多的国事。庶，众多。康：安定，和熙。天秩：品秩禄位之等级。秩：等级，次序。孔明：很完备。孔，很。

⑧ 载祀：指享国时间。载，岁。祀，年。唐虞称载，夏称岁，商称祀，周称年。二三：二三得六。此指魏明帝即位已经六年。刑清：刑罚减少。言政治清明。

⑨ "岁三月"三句：言明帝到许昌巡狩。《三国志·魏书·明帝纪》："（太和六年）三月癸酉，行东巡……夏四月壬寅，行幸许昌宫。"按，"岁三月"，《文选》五臣注本作"岁二月"，误。巡狩：天子出行视察邦国州郡。按，《文选》五臣注本无"狩"字。

⑩ 望祠，同“望祀”，古代祭名，指山川之祭。因遥望而祭之，故称。《尚书·舜典》：“望于山川，遍于群神。”按，《文选》五臣注本作“望祀”。考时：指考核岁时。度（duó 夺）方：考正方俗。《礼记·王制》：“岁二月，东巡守，至于岱宗，柴而望祀山川；觐诸侯；问百年者就见之。命大师陈诗，以观民风；命市纳贾，以观民之所好恶，志淫好辟；命典礼，考时月，定日，同律，礼、乐、制度、衣服正之。”

⑪ “存问高年”二句：是说魏明帝东巡安抚民心，鼓励耕桑。《三国志·魏书·明帝纪》：“（太和六年）三月癸酉，行东巡，所过存问高年鳏寡孤独，赐谷帛。”存问：慰问。高年：老年人。按，以上是第一段，以颂扬魏国的强盛及明帝治政的简明仁爱开篇，为下面景福殿的修建作铺垫。

⑫ 望：农历十五日。既望：指农历的每月十六日。林钟：古乐十二律之一。古代十二律与十二月相对应，林钟对应农历六月。据《礼记·月令》载，季夏之月，“其音徵，律中林钟”。徵音五行属火，四时属夏，其音清。大火：古星名，即“心宿”，二十八宿之一，东方七宿第五宿。其色赤，故称“大火”，也简称“火”。《礼记·月令》：“季夏之月，日在柳，昏火中，旦奎中。”昏正：谓农历六月黄昏时分大火星运行至正南方。

⑬ 繁庑：同“繁芜”，草木茂盛。庑（wú 无）：草盛貌。按，《文选》六臣注本“庑”作“芜”。时行：应时而下。

⑭ 三事九司：指三公九卿。三公九卿是我国封建社会的中央政府高级官职，它的设立始于秦朝。三公是指丞相、御史大夫和太尉。丞相辅佐皇帝治理天下；御史大夫是副丞相，负责监察百官；太尉主持军事。汉承秦制，也设三公。到了西汉后期，三公分别改名为司徒、司空、司马。三公下面设置九卿。秦朝的九卿是指奉常、郎中令、卫尉、太仆、廷尉、典客、宗正、治粟内史和少府等九个部门的长官。汉朝改奉常为太常，郎中令为光禄勋，典客为大鸿胪，治粟内史为大司农。后世人们就常用三公九卿代指朝廷官员。魏晋以后，随着尚书省、中书省、门下省的建立，三公和九卿的权力逐渐被替代和分割。到了隋统一后，三公九卿制让位于三省六部制。宏儒：大儒。硕生：品德高尚、学识渊博之士。按，《文选》五臣注本、《历代赋汇》“硕生”下有“相与”二字。

⑮ 溽（rù 入）暑：谓仲夏气候既潮湿又闷热。伊郁：烦热貌。平：调和，平衡。

⑯ 岷越：指蜀、吴二境。寤（wù 务）：通“悟”。

⑰ 昌言：倡言，献言。萧公：指西汉名相萧何。暨（jì 季）：至，到。孙卿：指荀子，名况，字卿，后避汉宣帝刘询讳，改称孙卿。先识：先见之明。明允：明察诚信。

⑱ “不壮不丽”四句：语本《汉书·高帝纪下》：“萧何治未央宫……上见其壮丽，甚怒，谓何曰：‘天下匈匈，劳苦数岁，成败未可知，是何治宫室过度也！’何曰：‘天下方未定，故可因以就宫室。且夫天子以四海为家，非令壮丽亡以重威；且亡令

后世有以加也。’”一民：统一民众。指统治人民。《荀子·富国》认为，“为人主上者，不美不饰之不足以一民也”，“必将雕琢刻镂，黼黻文章，以塞其目”。这体现了儒家美学观的矛盾。按，“不足以一民而重威灵”，五臣注本无“以”字。“不足以训后而永厥成”，五臣注本“永”作“示”。

⑲ 大运：天运，天命。攸（yōu 优）：所。戾（lì 历）：止，定。图谶（chèn 趁）：古代宣扬符命占验的书。旌：标明。按，“且许昌者”，五臣注本无“且”字。

⑳ 俞：然，表示可以。玄辂（lù 路）：黑色之车乘，特指皇帝所乘之车。辂（lù 路）：绑在车辕上以备人牵挽的横木，引申为大车。多指帝王所乘之车。《吕氏春秋·孟冬纪》：“孟冬之月……天子居玄堂左个，乘玄辂。”御：穿。

㉑ 有司：官吏。古代设官分职，事各有专司，故称有司。

㉒ 日力：《孟子·公孙丑下》：“予岂若是小丈夫然哉！谏于其君而不受，则怒，悻悻然见于其面，去则穷日之力而后宿哉？”本指一天的力量，也泛指时间、光阴。

㉓ 鸠（jīu 纠）：聚集。经始：开始创造。此指开始营建景福殿。黎民：众民，百姓。按，《文选》五臣注本作“黎人”。辑：用，利用。暇豫：悠闲逸乐。这里指空闲时间。

㉔ 东师之献捷：据《三国志·魏书·明帝纪》载，魏明帝太和六年（232）九月，治许昌宫；十月，殄夷将军田豫帅众讨吴将周贺于成山，杀贺。海孽：对当时吴国的蔑称。孽，妖怪。以吴地僻居临海而称乱，故曰海孽。贿赂：财物。

㉕ 秘殿：奥深的宫殿。唐·李华《含元殿赋》：“其后则深闱秘殿。”皇居：皇宫。按，以上是第二段，此段意在说明景福殿建造之缘由，对魏明帝的奢侈浮华多所讳饰。

㉖ 丰：加厚。层覆：高楼的屋顶。《文选》张铣注：“层，高也。覆，屋盖也。”耽耽：深邃貌。按，“耽耽”，五臣注本作“眈眈”。堂堂：巨大、高显貌。

㉗ 罗：列。疏柱：有刻饰的柱子。疏，雕刻。按，“疏”，《文选》李善注本作“踈”，义同“疏”，此据五臣注本改。汩（yù 遇）越：光明貌。坻（chí 迟）鄂：也作“坻堮”或“坻崿”，宫殿的地基或台阶。锵锵：高貌。《文选》张衡《思玄赋》：“命王良掌策驷兮，逾高阁之锵锵。”

㉘ 櫩（yán 岩）：同“檐”，屋檐。《艺文类聚》卷六十二作“檐”。轩翥（zhù 注）：飞举。翥：举，高飞。反宇：屋檐上仰起的瓦头。巘（yǎn 眼）：大小成两截的山，这里比喻反宇之状。按，“巘”，《艺文类聚》卷六十二、《文选》六臣注本作“辙”。高骧（xiāng 箱）：腾飞，腾越。

㉙ 威蕤（ruí 蕊阳平）：同“葳蕤”，毛羽多而下垂貌。按，《文选》五臣注本作“葳蕤”。环：玉器名，平而圆，中央有孔，边和孔大小相等。玭（pín 贫）：蚌珠。“环玭”泛指珠玉珍宝。琳琅：玉石相击声。《文选》李善注曰：“垂环玭及琳琅也”，将“琳

琅”释为饰物,不确。

㉚ 参旗九旒(liú 流):泛指旌旗。清·胡绍煐《文选笺证》引王念孙注曰:“参旗、九旒皆星名,言旌旗之旒从风飘扬,象天之有参旗九旒。参旗一名天旗,九旒或作九游。《史记·天官书》曰:‘参为白虎,其西有勾曲九星、三处罗:一曰天旗,二曰天苑,三曰九游。’”旒,旌旗下面悬垂的饰物。

㉛ 旰旰(hàn 汉)、煌煌:皆光明盛大貌。

㉜ 镐镐(gǎo 稿)铄铄(shuò 朔)、赫奕章灼:皆是光显昭明之意。

㉝ 翳(yì 艺)蔽暧昧、仿佛退概:皆是幽深不明之意。缅(xǐ 洗):相连之貌。这两句以“华表”与“奥秘”对举,华表言其璀璨夺目,奥秘谓其幽深静谧。

㉞ 栉比:像梳齿那样密密地排列。欑(cuán 攒)集:聚集,丛积。“欑”,也作“攒”。宏琏:壮丽。丰敞:宽敞。

㉟ 苞:通“包”,包容。博落:广疏貌。常:固守。象:法式。

㊱ 摛(chī 吃):舒展,散布。迫:靠近。《艺文类聚》卷六十二“迫”作“近”。戴:《文选》六臣注本作“载”,误。

㊲ 羌:发语词,无义。按,“羌”,《文选》六臣注本作“嗟”。瑰玮(guī wěi 规伟):珍奇,美好。彧彧(yù 玉):富有文采貌。大较:大略,大概。

㊳ 甍(méng 蒙):屋脊。崔嵬(wéi 维):高大貌。飞宇承霓:飞檐承托着虹霓。形容飞檐之高。

㊴ 绵蛮:文采美丽的样子。《诗·小雅·绵蛮》:“绵蛮黄鸟,止于止阿。”黕黵(dǎn duì 胆对):黑貌。融泄(yì 艺):飘动貌。

㊵ 企:踮起脚后跟。滞:停止。此句言宫殿高耸,犹如鸟之企、山之竦,稳重中透着动感之美。

㊶ 峨峨:高峻貌。嵘嵘(yè 业):高大貌。罔识:莫识。届:穷,尽。

㊷ 离朱:人名,即离娄,古之明目者。《慎子》:“离朱之明,察秋毫之末于百步之外。”眩曜(yào 要):迷惑,惑乱。昭晳(zhé 折):明晰,清楚。按,以上是第三段,此段描写景福殿远景,以写意的笔法,概其华美壮观之貌。

㊸ 尔乃:更端发语词,无义。南端:宫殿南面的正门。豁达:开通貌。笋虡(sǔn jù 损具):古代悬挂钟磬的架子,横曰“笋”,直曰“虡”。按,“虡”,《艺文类聚》卷六十二作“簴”,义同。轮豳(bīn 宾):众多貌。

㊹ 杌(wù 务):高悬貌。仡(yì 义):壮勇貌。俪陈:两两成对地陈列。

㊺ 訇磤(hōng yīn 轰殷):声音宏大。訇:象声词,大声。磤:“殷”之古字,雷声。

㊻ 爰:句首发语词,无义。遐狄:即长狄。本指狄族的一支,其人身材高大,后世遂塑像以镇殿堂。镣质:银质。镣,银之美者。轮菌:高大貌。

⑰ 芸：香草。若：杜若，香草名。宸（chén 晨）：屋边。此代指宫殿。

⑱ 万年：植物名，下文"嘉名"之属。綷（cuì 翠）：错杂，间杂。紫榛：树名，下文"美材"之属。

⑲ 商秋：秋天。五音（宫、商、角、徵、羽）的"商"，按照五行说属金，配合四时为秋。商音凄厉，与秋天肃杀之气相应，所以称秋为"商秋"。青春：春季。根据阴阳五行学说，东方属木，颜色为青；南方属火，颜色为赤；西方属金，颜色为白；北方属水，颜色为黑；中央属土，颜色为黄。

⑳ 蔼蔼：草木茂盛貌。萋萋：草盛貌。馥馥：香气浓烈。芬芬：香。《诗·大雅·凫鹥》："旨酒欣欣，燔炙芬芬。"

㉑ 褰（qiān 谦）：提起，上举。这里用"褰"来比喻修梁之结构形状。奇：高险貌。

㉒ 桁（héng 恒）：屋梁上或门窗框上的横木。梧：屋梁上的横木、支柱。按，"桁梧"，《艺文类聚》卷六十二作"枅梧"。

㉓ 赩（xì 细）：赤色。宛虹：弧形的虹。按，《文选》五臣注本、《艺文类聚》卷六十二作"蜿虹"。赫：盛大、显明貌。螭（chī 吃）：传说中一种无角的黄龙。

㉔ 距：至，到。按，《文选》六臣注本作"岠"。阳荣：房屋的南檐，因向阳，故称。极：及，到。幽崖：房屋的北檐。

㉕ 厥：其。庸：功用。孔：甚，很。此句是说檩柱交接，南自阳荣而北至幽崖，故云任重道远，功用甚多。

㉖ 髹（xiū 休）：赤黑漆。是上等漆。彤：红色漆。桷（jué 绝）：方形的椽子。琬琰（wǎn yǎn 晚演）：两种美玉。文珰，雕有花纹的瓦当。珰（dāng 当）：瓦当，屋檐头的装饰。

㉗ 蝹（yūn 晕）：龙蛇飞行之状。这里是以神灵喻绣桷，以明月喻短椽。灼：光彩鲜明。

㉘ 禁楄（pián 骈）：宫殿四角的短椽。楄是附在阳马之上的短桷。勒分翼张：言如兽勒之分，鸟翼之张，这是描绘楄的形态。

㉙ 阳马：房屋四角承托短椽的檀木，因其顶端刻有马形，故称。员方：指众椽或方形或圆形。员，通"圆"。

㉚ 斑：色彩斑斓。赋：布。

㉛ 枊（áng 昂）：斗拱。在立柱和横梁交接处，从柱顶上加的一层层探出呈弓形的承重结构叫"栱"，栱与栱之间垫的方形木块叫"斗"。此言飞枊之形似鸟展翅欲飞。按，"枊"字，《文选》五臣注本作"昂"。辕：辕柱。荷：承荷。荷：承载，承托。

㉜ 赴险：《文选》五臣注本作"赴嶮"。赴险、凌虚、猎捷：均相接貌。相加：《文选》六臣注本作"相和"。

㊸ 皎皎:光明貌。白间:宫室窗户间白色的墙壁。离离:犹言“历历”,一个一个清清楚楚。列钱:本义指宫殿墙上的装饰物,金环里面镶着玉石,排列在一条横木上,像一贯钱似的。这里指窗,意指窗饰刻镂如钱文,故称。

㊹ 晨光:《文选》六臣注本作“晃光”。烻(yàn 雁):闪光貌。此句谓日光照室,金碧辉煌之势往外流溢。

㊺ 烈:显赫,光明。钩星:星名,《文选》张铣注:“钩星,星名,在河汉中。”《晋书·天文志上》:“其西河中九星如钩状,曰钩星,直则地动。”汉:天河。焕:光亮。云梁:高入云表的屋梁。

㊻ 騧(guā 瓜)徙:形容花纹的形状像蜗牛移动一样。騧,通“蜗”,即蜗牛。按,“騧徙”,《文选》五臣注本作“騧徒”,误。增错:错杂,交错缤纷。转县(xuán 悬):指蜗纹缠绕交接,联绵不断。转,旋绕。县:通“悬”,维系,系联。郛(fú 服):外城。此句形容合众板上井栏的形状。

㊼ 茄(jiā 加):荷茎。蔤(mì 秘):荷的水下茎。荷的根茎初生时,细瘦如指,称为蔤。

㊽ 缭:缠绕。藻井:绘有文彩,形状如隆起的井形的天花板,有荷菱等图案形。编:编结,编织。綷(cuì 翠)疏:画槛,指绘五彩于刻镂之中。按,“疏”字,《文选》五臣注本作“踈”。

㊾ 鞸鞢(xiá xiè 狭泄):也作“鞸鞢”,花叶重多貌。按,“鞢”,《文选》五臣注本作“鞢”。离娄:雕镂交错貌。《文选》李善注:“离娄,刻镂之貌。”

㊿ 菡萏(hàn dàn 汉淡):荷花的别称。赩翕(xì xī 细西):光色盛貌。纤缛:精细华丽。

⑦① 胜:尽。按,以上是第四段,此段承接上段,按照观察顺序,由远及近,从宫殿外南门经庭院,寥寥数笔,意到气足,然后换用工笔直写正殿,以突出正殿之主体地位。

⑦② 兰:香木。栭(ér 儿):柱顶上承托栋梁的短方木。“兰栭”,喻木料珍贵。积重:指兰栭重叠交互相接。窭数(jù shuò 据朔):戴在头上用来顶物的环形方垫。此句是说兰栭相互交叠,其形状犹如方形的窭数。矩设:按照一定的格局设置。

⑦③ 欃(jiān 坚):屋上弓形的短梁。栌(lú 卢):大柱柱头承托栋梁的方木。各落:犹言“错落”。栾栱:柱首承梁的曲木。夭蟜(jiǎo 绞):也作“夭矫”,屈伸自如的样子。按,“栾栱夭蟜”,《文选》六臣注本作“栾拱夭蟜”。

⑦④ 金楹:金色的庙堂前柱。玉舄(xì 戏):用玉石做的柱下石。跋:器物的底部。此指柱子的根部。

⑦⑤ 青锁:宫门上镂刻的青色图纹。代指宫门。铺:即铺首,门上用以衔环的底盘,作兽形,或饰以金银。银铺:用银装饰的铺首。闺闼(tà 塌):内室。

⑯ 双枚：屋内重檐。重桴（fú 服）：即双枚探出室外的部分，在内谓之双枚，在外谓之重桴。此句是说双枚很长，伸展到屋外以便于绘刻彩饰。

⑰ 棉（pí 皮）：屋檐前板。梠（lǚ 吕）：楣，屋檐。

⑱ 侯卫：自侯服至卫服之地，就是用分封诸侯的方式建立的国家保护屏障。《尚书大传》："周公摄政，一年救乱，二年克殷，三年践奄，四年建侯卫，五年营成周，六年制礼作乐，七年致政成王。"班：次，属。藩服：古代王畿以外之地分为九服，离王畿最远的地方称藩服。服：古代指王畿以外的地方。以上四句是说，棉梠居于四极，犹如五服之镇外藩也。

⑲ 温房、凉室：魏都许昌宫二殿名。《文选》曹植《七启》："温房则冬服絺绤，清室则中夏含霜。"三国·魏·卞兰《许昌宫赋》："其阴则有望舒凉室，羲和温房。"同时人韦诞《景福殿赋》亦有此语，可证。东序：东偏房。西偏：西偏房。

⑳ 建阳、金光：许昌宫宫门名。《文选》李善注："建阳门在东，金光在西。"臻（zhēn 真）：至。

㉑ 炎燀（dǎn 胆）：炎热。燀，热气。《文选》张铣注："燀，热气。"按，"燀"，《文选》六臣注本作"燀"，五臣注本作"暺"。

㉒ 墉（yōng 雍）垣：城墙。砀（dàng 荡）：带花纹的石头。昭昭：明亮貌。

㉓ 白盛：用蜃灰粉饰墙使白。惟：只有。《文选》六臣注本作"维"，义同。缥（piǎo 瞟）：淡青色，今所谓月白色。

㉔ 落带：宫室的壁带。金釭（gāng 刚）：金饰的宫室壁带上的环状饰物。等：指高下次序。

㉕ 往往：处处，到处。

㉖ 钦：尊敬，敬重。允：诚信。塞：充塞，充满。允塞：诚信遍布四方。重华：虞舜名。《尚书·舜典》："帝舜曰重华，协于帝。浚哲文明，温恭允塞。"《论语·卫灵公》："无为而治者，其舜也与！"

㉗ 共工：尧之大臣，为工官，署理百工之事。他与驩兜、三苗、鲧并称"四凶"，被尧流放于幽州。《尚书·尧典》："流共工于幽州，放允兜于崇山，窜三苗于三危，殛鲧于羽山，四罪而天下咸服。"缋（huì 惠）：通"绘"，绘画。彰施：明施。《尚书·益稷》："以五采彰施于五色。"按，"彰"字，《文选》五臣注本作"章"，义同。

㉘ "图象古昔"二句：意谓在宫室内画着古代先圣图像，以此来劝勉告诫帝王。箴规：规谏。

㉙ 椒房：汉代皇后所居的宫殿，以椒和泥涂壁，取温、香、多子之义。后世因以椒房为后妃的代称。椒房之列：指皇后之人。准：用如动词，以……为准则。仪：用如动词，以……为法度。仪，法度。

㉚ 观：《文选》五臣注本作"睹"。虞姬：战国齐威王姬。威王即位九年不治，虞

姬劝威王罢退佞臣周破胡，进用贤明有道的北郭先生，威王从姬言，齐国大治。事见《列女传》卷六《待辩通·齐威虞姬》。按，"佞臣"，《文选》五臣注本作"俟臣"。俟，等待。言治国须待贤臣，亦可通。

⑨1 姜后解珮：周宣王姜后解珮谏诤的故事，事见《列女传》卷二："周宣姜后者，齐侯之女也，宣王之后也。贤而有德，事非礼不言，行非礼不动。宣王尝早卧晏（晚）起，后夫人不出房。姜后脱簪珥，待罪于永巷，使其傅母通言于王曰：'妾之不才，妾之淫心见矣，至使君王失礼而晏朝，以见君王乐色而忘德也。夫苟乐色，必好奢穷欲，乱之所兴也。原乱之兴，从婢子起，敢请婢子之罪。'王曰：'寡人之德，实自生过，非夫人之罪也。'遂复姜后而勤于政事，早朝晏退，卒成中兴之名。"

⑨2 贤钟离之谠言：贤：善。此处用如动词。钟离，齐宣王后钟离春。谠（dǎng党）言：直言，善言，正直美善的言论。《列女传》卷六："钟离春者，齐无盐邑之女，宣王之正后也。其为人极丑无双，……行年四十……自诣宣王，谓谒者曰：'妾，齐之不售女也。闻君王之圣德，愿备后宫之埽除，顿首司马门外，唯王幸许之。'谒者以闻。宣王方置酒于渐台，左右闻之，莫不掩口大笑，曰：'此天下强颜女子也，岂不异哉！'于是宣王乃召见之，谓曰：'昔者先王为寡人娶妃匹，皆已备有列位矣。今夫人不容于乡里布衣，而欲干万乘之主，亦有何奇能哉？'钟离春对曰：'无有。特窃慕大王之美义耳。'王曰：'虽然，何善？'良久曰：'妾尝善隐。'宣王曰：'隐，固寡人之所愿也，试一行之。'言未卒，忽然不见。宣王大惊，立发隐书而读之，退而推之，又未能得。明日，又更召而问之，不以隐对，但扬目衔齿，举手拊膝，曰：'殆哉！殆哉！'如此者四。宣王曰：'愿遂闻命。'钟离春对曰：'今大王之君国也，西有衡秦之患，南有强楚之仇，外有二国之难。内聚奸臣，众人不附。春秋四十，壮男不立，不务众子而务众妇。尊所好，忽所恃。一旦山陵崩弛，社稷不定，此一殆也。渐台五重，黄金白玉，琅玕笼疏，翡翠珠玑，幕络连饰，万民罢极，此二殆也。贤者匿于山林，谄谀强于左右，邪伪立于本朝，谏者不得通入，此三殆也。饮酒沉湎，以夜继昼，女乐俳优，纵横大笑。外不修诸侯之礼，内不秉国家之治，此四殆也。故曰：殆哉！殆哉！'于是宣王喟然而叹曰：'痛乎无盐君之言！乃今一闻。'于是拆渐台，罢女乐，退谄谀，去雕琢，选兵马，实府库，四辟公门，招进直言，延及侧陋。卜择吉日，立太子，进慈母，拜无盐君为后。而齐国大安者，丑女之力也。"懿楚樊之退身：用楚庄王夫人樊姬谦退进贤故事。懿：美，善。此处用如动词。《列女传》卷二："樊姬，楚庄王之夫人也。……王尝听朝罢晏，姬下殿迎曰：'何罢晏也？得无饥倦乎？'王曰：'与贤者语，不知饥倦也。'姬曰：'王之所谓贤者何也？'曰：'虞丘子也。'姬掩口而笑。王曰：'姬之所笑何也？'曰：'虞丘子贤则贤矣，未忠也。'王曰：'何谓也？'对曰：'妾执巾栉十一年，遣人之郑、卫，求美人进于王。今贤于妾者二人，同列者七人。妾岂不欲擅王之爱宠哉？妾闻堂上兼女，所以观人能也。妾不能以私蔽公，欲王多见，知人能

也。今虞丘子相楚十馀年，所荐非子弟则族昆弟，未闻进贤退不肖，是蔽君而塞贤路。知贤不进，是不忠；不知其贤，是不智也。妾之所笑，不亦可乎！'王悦。明日，王以姬言告虞丘子，丘子避席，不知所对。于是避舍，使人迎孙叔敖而进之，王以为令尹。治楚三年，而庄王以霸。"

⑬ 嘉班妾之辞辇："嘉"，嘉美，赞美。班妾辞辇：用班婕妤辞辇故事。《汉书·外戚传下·孝成班婕妤》："成帝游于后庭，尝欲与婕妤同辇载。婕妤辞曰：'观古图画，圣贤之君皆有名臣在侧，三代末主，乃有嬖女，今欲同辇，得无近似之乎？'上善其言而止。太后闻之，喜曰：'古有樊姬，今有班婕妤。'"伟孟母之择邻："伟"，壮美，盛美。此处用如动词。孟母择邻：用孟子的母亲为教育孟子，三迁择邻的故事。《列女传》卷一《母仪传》："邹孟轲母者，邹孟轲之母也。号孟母。其舍近墓。孟子之少也，嬉游为墓间之事，踊跃筑埋。孟母曰：'此非吾所以居处子也。'乃去，舍市傍。其嬉戏为贾人衒卖之事。孟母又曰：'此非吾所以居处子也。'复徙舍学宫之傍。其游戏乃设俎豆、揖让进退。孟母曰：'真可以居吾子矣。'遂居之。及孟子长，学六艺，卒成大儒之名。"

⑭ 眩：惑乱。

⑮ 愆（qiān 迁）：误，失。行道之先民：指传布道义的先贤圣人。《礼记·檀弓上》："子路有姊之丧，可以除之矣，而弗除也。孔子曰：'何弗除也？'子路曰：'吾寡兄弟而弗忍也。'孔子曰：'先王制礼，行道之人皆弗忍也。'"

⑯ 何与：何如。书绅：把要牢记的话写在腰带上。《论语·卫灵公》："子张问行。子曰：'言忠信，行笃敬……'子张书诸绅。"后世因称记住别人的话为"书绅"。绅：古代士大夫束在衣外的大带。按，以上是第五段，此段转入对景福殿内室的描绘，夹叙夹议，主要是表述作者以儒家思想治国的政治理想。

⑰ 若乃：至于。用于句子开头，表示另起一事。阶除：庭阶。萧曼：高远貌。按，"曼"，《文选》五臣注本作"蔓"，义同。

⑱ 棂：窗或栏杆上雕有花纹的木格子。槛（jiàn 建）：栏杆。棂槛：宫殿上的栏杆。邳（pī 丕）张：宏大宽敞。"邳"，通"丕"，大。按"邳"，《文选》五臣注本作"披"。钩错矩成：钩，圆规；矩，曲尺。钩以正曲，矩以正方。

⑲ 楯（shǔn 吮）：栏杆上的横木。类：好像。槢（xí 袭）：楔子，指接合之木。琼英：似玉的美石。

⑩⑩ 螭（chī 吃）：无角之龙。蟠（pán 盘）：盘伏，屈曲。虬（qiú 求）：传说中的有角之龙。停：止也。

⑩① 玄轩：上过黑漆的栏杆。登：升，自下而上。

⑩② 驺（zōu 邹）虞：传说中的义兽，白虎黑文，不食生物。古人以为驺虞乃吉祥之物，故宫殿建筑多刻以文饰。素质：白色质地。仁形：至仁至德之形态。三国·

魏·刘劭《嘉瑞赋》："皓雉呈其洁质，素威效其仁形。"

⑩③ 天瑞：自然之吉凶征兆，此处特指吉兆。休显：隐与露，此处特指显露。照：《文选》五臣注本作"昭"，义同。远戎：西戎，我国古代西部的民族，此处指古代分布在不同方位的少数民族。

⑩④ 阴堂：魏许昌宫宫室名。方轩：并排之窗户。户：单扇门。古时一扇为户，两扇为门。

⑩⑤ 右个：右边的侧室。个，正堂两旁的侧室。《礼记·月令》记载："孟春之月……天子居青阳左个。"清宴：魏许昌宫之宫殿名。三国·魏·韦诞《景福殿赋》："离殿别馆，粲如列星。安昌延休，清宴永宁。"

⑩⑥ 永宁、安昌、临圃：皆为许昌宫之殿名。

⑩⑦ 百子：后宫嫔妃所居之殿名。三国·魏·韦诞《景福殿赋》："美百子之特居，嘉休祥之令名。"《全三国文》卷三十九作"美百号之特居，嘉休祥之令名"，从上下文义看，应以"百子"为是。汉·郑玄《毛诗笺》："大姒（sì 四）十子，众妾则宜百子。"（姒：古代同夫诸妾称长者曰姒，幼者曰娣。）攸：所。

⑩⑧ 窈窕淑女：《诗·国风·关雎》："窈窕淑女，君子好逑。"《毛诗序》曰："《关雎》，后妃之德也，风之始也，所以风天下而正夫妇也。"

⑩⑨ 思齐：赞美母教及内助之词。《诗·大雅·思齐》："思齐大任，文王之母。思媚周姜，京室之妇。大姒嗣徽音，则百斯男。"毛传："齐，庄也。"郑玄笺："常思庄敬者，大任也，乃为文王之母。"徽音：德音。聿（yù 玉）：助词，用于句首或句中，无义。祜（hù 户）：福。

⑪⓪ 宜尔子孙：《文选》五臣注本作"宜尔孙子"，于义未安。克：能够。

⑪① 锡：赐给。难老：不易老，即长寿之意。《诗·鲁颂·泮水》："既饮旨酒，永锡难老。"兆民：指万民。止：之。按，以上是第六段。此段和后两段描写景福殿的外部环境及陪衬建筑，从大处着眼，极言其美与多。前面写景福殿，工笔写实。此处写环境及周围建筑，虚处落笔仅画其轮廓，这样既衬托了前面所写景福殿之主体地位，又烘托了其气势。

⑪② 承光：承光殿，魏国许昌著名宫殿。赋政：颁布政令。

⑪③ 疆理：划分疆域，有治理天下之意。《诗·小雅·信南山》："我疆我理，南东其亩。"宇宙：天地万物的总称。《庄子·齐物论》："旁日月，挟宇宙，为其吻合。"《淮南子·齐俗训》："四方上下谓之宇，往古来今谓之宙。"甄陶：烧制瓦器。后引申为培育造就人才或推行教化。《文选》李周翰注："甄陶，谓烧土为器。言欲政化纯厚，亦如甄陶乃成。"

⑪④ 墄（cè 册）：台阶，石级。《集韵·德韵》："墄，阶级也。"《三辅黄图》卷二《汉宫》："右乘车上，故使之平；左以人上，故为之阶级。"讲肄（yì 义）：讲习。此指习武。

按,“讲肆”,《文选》五臣注本作“讲肆”。

⑮ 二六:指蹴鞠游戏的双方队列人物,敌我双方,每方六人。蹴鞠是古代一种类似于今天的足球赛的游戏,后来军中也以此习武。三国·魏·卞兰《许昌宫赋》:“设御座于鞠域,观奇材之曜晖。二六对而讲功,体便捷其若飞。”陈(zhèn 镇):通“阵”,阵列。殿:参加技艺等竞赛的最后一名。翼:侧翼。指参加技艺竞赛活动的两翼的人员。

⑯ “僻脱承便”二句:《文选》李善注:“言相僻脱似承敌人之便,以象戎兵习战之术也。”僻脱:敏捷而无留滞。承便(biàn 变):利用敌方的空隙。盖:推测之词,犹“大概,大体”。象:相似,好像。

⑰ “察解言归”四句:意谓察之既解,而各言归,好像是政刑之练,不仅仅是娱乐而已。按,“唯”,《文选》六臣注本作“惟”。

⑱ 崇:高。永始:永始台,史载魏文帝郭皇后曾在此居住。李善注:“永始,台名,仓廪所居也。”三国·魏·韦诞《景福殿赋》:“时襄羊以刘览,步华辇于永始。知稼穑之艰难,壮农夫之克敏。”

⑲ 闱(wéi 围):宫室旁门。狷狂:狷狂之徒,指盗贼。俟:防备。

⑳ 京:圆形的大谷仓。庾(yǔ 语):露天的谷仓。“无物不有”,《文选》五臣注本作“无所不有”。

㉑ 不虞:意想不到的事。戒:防备。于是焉取:《文选》五臣注本作“于焉是取”。

㉒ 凌云:指承甘露的高盘。《文选》张铣注:“凌云,台名。层,高也。上有盘,以承甘露。”承露盘原为汉武帝迷信神仙,以求延年益寿而作。魏明帝即位后,于景初元年(237)徙长安承露盘于洛阳,中途毁坏,于是又重新铸造,竖之于芳林园内。三国·魏·毌丘俭《承露盘铭》:“下有蛟龙,偃蹇虬纷。上有层盘,厉彼青云。”浚:疏通,挖深。虞渊:古代神话传说中的日落之处。《淮南子·天文训》:“扞日呴至于虞渊,是谓黄昏。”按,此赋中之“虞渊”似为景福殿附近的水沼名。三国·魏·韦诞《景福殿赋》:“虞渊灵沼,渌水泱泱。”灵沼:池沼的美称。《文选》班固《西都赋》:“神池灵沼,往往而在。”吕延济注:“称神、灵,美之。”

㉓ 清露:用承露盘接的露水。相传汉武帝迷信神仙,曾在神明台上作承露盘,立铜仙人舒掌以接甘露,以为饮之可以延年益寿。瀼瀼(ráng 攘):露浓貌。《诗·小雅·蓼萧》:“蓼彼萧斯,零露瀼瀼。”渌水(lù 路):清澈之水。浩浩:水盛大貌。

㉔ 玄鱼:黑中带红的鱼。按,“鱼”字,《艺文类聚》卷六十二,作“黄”。皠皠(hé 合):洁白貌。按,“皠皠”,《艺文类聚》卷六十二作“皑皑”。

㉕ “若乃虬龙灌注”二句:言沟洫交横流淌为虬龙之姿。洫(xù 续):水渠。

㉖ 方:此指两船并列。

⑫7 篁(huáng 黄):竹田。鹍(kūn 昆):鹍鸡,鸟名,似鹤,黄白色。鹭(lù 路):水鸟名,羽毛洁白,脚高颈长而喙强,栖息水边。濑(lài 赖):从沙石上急流而过的水。鰋(yǎn 衍)、鲉(yóu 由):皆为鱼名。

⑫8 侔(móu 谋):等同,相等。赈(zhèn 振):富裕。《说文·贝部》:"赈,富也。"

⑫9 委积:积聚,储备。殚:尽。筹:算。

⑬0 咸池:神话传说中东方的大泽,据说是日浴处。雠(chóu 仇):同等,相当。按,"比",《文选》五臣注本作"此"。

⑬1 碣:通"揭",高标独立。《文选》五臣注本作"揭"。观(guàn 冠):宫门前的双阙。表:高峻特出。庐:古代殿中官员值宿的处所。高昌:观名。建城:庐名。三国·魏·韦诞《景福殿赋》:"北看高昌,邪睨建城。"

⑬2 岹峣(tiáo yáo 条尧):高峻、高耸貌。岑(cén 涔):小而高的山。崔嵬:高耸貌。峦:小而锐峭的山。

⑬3 九野:指九州地域。长图:大幅的地图,借指广阔的地域,与"九野"义同。

⑬4 頫(fǔ 府)眺:远望。《文选》六臣注本、五臣注本俱作"俯看"。三市:指大市、朝市、夕市。《周礼·地官·司市》:"大市,日昃而市,百族为主;朝市,朝时为市,商贾为主;夕市,夕时为市,贩夫贩妇为主。"

⑬5 耘耔(yún zǐ 云子):耘,除草;耔,培土。《诗·小雅·甫田》:"今适南亩,或耘或耔。"后因以"耘耔"泛指从事田间劳动。亮:信然。稼穑(sè 色):稼,春耕;穑,秋收。"稼穑"即播种与收获,后因泛指农业劳动。

⑬6 飨(xiǎng 响)年:享有国家之年,指统治国家的时间。飨,通"享"。《无逸》:指《尚书·无逸》。此文是周公告诫成王之言,其开篇曰:"呜呼!君子所其无逸!先知稼穑之艰难,乃逸。"

⑬7 窳(yǔ 语):粗劣。俗化:习俗教化。

⑬8 夷:平,正。陂(bì 必):不正,偏颇。《尚书·洪范》:"无偏无陂,遵王之义。"

⑬9 盘乐:耽于游乐。

⑭0 屯:营建。《文选》吕延济注:"屯方,屯营也。"坊:别屋,此处指别殿。按,"坊"字,《文选》六臣注本作"方"。列署:列置官署。署:官署。

⑭1 宿(xiù 秀):星宿,列星。绮错:如绮纹之交错。《后汉书·班固传上》:"周庐千列,徼道绮错。"李贤注:"绮错,交错也。"鳞比:犹鳞次,像鱼鳞般地依次排列。比,并列。

⑭2 辛壬癸甲:天干之名。天干共有十个符号,依次是甲、乙、丙、丁、戊、己、庚、辛、壬、癸。秩:次序。

⑭3 反:通"返",归,还。术:邑中道路。

⑭ 造化:指自然的创造化育。《庄子·大宗师》:“今一以天地为大炉,以造化为大冶,恶乎往而不可哉!”比隆:同等兴盛。

⑮ 雠(chóu 仇):同等,相当。《汉书·霍光传》:“无入霍氏禁闼,卒不得遂其谋,皆雠有功。”颜师古注:“言其功相等类也。”列宿:众星宿。

⑯ 规景:本义是用规测量日影,后遂用以借指衡量的标准。水臬(niè 涅):水尺,即水平仪。无细不协,皆言合。无微不违,皆言不违。

⑰ 增(céng 层):通“层”。构:屋宇。增构:同“层构”,高耸多层之建筑物。三国·魏·韦诞《景福殿赋》:“瞻大厦之穹崇,结层构之高骧。”

⑱ 骈田:连属。胥(xū 虚)附:远相依附。按,“骈田”,《文选》五臣注本作“骈填”。

⑲ 逾延:绵延。攸:所。注:依附,缀属。

⑳ 公输:指公输般,我国古代著名工匠,春秋时鲁国人,又称鲁班。曾创造攻城的云梯和刨、钻等工具,历代木匠都尊他为“祖师”。匠石:名石的匠人。《庄子·徐无鬼》:“郢人垩(石灰)慢(漫)其鼻端若蝇翼,使匠石斫之。匠石运斤成风,听而斫之,尽垩而鼻不伤,郢人立不失容。”斫(zhuó 浊):砍。此二句言景福殿建筑设计精美至极,使得公输班之流望而却步,自愧弗如。

㉑ “既穷巧于规摹”二句:言宫殿造型上已经达到天地造化之巧的极致,然而彩饰上却没有达到极盛。故下文才有“文以朱绿,饰以碧丹”等语。

㉒ 文:纹彩。银黄:银与金。金子为黄色,故称。烁:装饰。琅玕(lánggān 郎甘):似珠玉的美石。

㉓ 熠(yì 义):光耀,明亮。爚(yuè 月):火光。熠爚:明亮貌。璘(lín 林):玉色的光彩。璘班:文彩貌。

㉔ 萃:至。曜:通“耀”,照耀。

㉕ 昆仑之灵宫:昆仑,指昆仑山,在新疆维吾尔自治区和西藏自治区之间,西接帕米尔高原,东延入青海境内。势极高峻,多雪峰、冰川,最高峰达 7719 米。古代神话传说,昆仑山上有瑶池、阆苑、增城、县圃等仙境。《穆天子传》卷二:“吉日辛酉,天子升于昆仑之丘,以观黄帝之宫,而封丰隆之葬。”侈:夸耀。旃(zhān 沾):助词,“之焉”的合音,相当于“之”或“之焉”。

㉖ 六合:天地四方。《庄子·齐物论》:“六合之外,圣人存而不论。”元亨:大吉,大通。《易·大有》:“其德刚健而文明,应乎天而时行,是以元亨。”王弼注:“应天则大,时行无违,是以元亨。”孔颖达疏:“以有此诸事,故大通而元亨也。”九有:九州,泛指全中国。《诗·商颂·玄鸟》:“方命厥后,奄有九有。”雍熙:和谐兴盛。雍,和谐。熙,兴盛。

㉗ 克让:犹谦让。“康哉”之诗:赞颂时势安宁之词。《尚书·益稷》载舜君臣

作歌，其中有“元首明哉，股肱（gōng 工）良哉，庶事康哉”之语，称颂君明臣良，诸事安宁。

⑱ 优游：悠闲自得的样子。历：经过。列辟（bì 璧）：历代君主。辟，国君。《尔雅·释诂》：“辟，君也。”至治：古称社会安定昌盛、教化大行的理想时世为“至治”。按，“至治”，《文选》五臣注本作“所至”。

⑲ 湮（yān 烟）灭：埋没，灭亡。跷足而待：踮起脚等待，比喻很快就能实现。《史记·高祖本纪》：“大臣内叛，诸侯外反，亡，可跷足而待也。”

⑳ 圣上：古代对皇帝的尊称。此指魏明帝曹叡。《文选》五臣注本作“望上”，误。孜孜：勤勉，努力不懈的样子。《孟子·尽心上》：“鸡鸣而起，孳孳为善者，舜之徒也。”孳：通“孜”。靡忒：同“靡慝”，不变更。《诗·鄘风·柏舟》：“之死矢靡慝。”靡，无。忒（tè 特饿快读）变更。《诗·鲁颂·閟宫》：“春秋匪解，享祀不忒。”

⑯① 周公：姬旦，周文王姬昌之子，辅助其兄姬发（周武王）灭纣，建立周王朝，被封于鲁。武王死，成王年幼，周公摄政，管叔、蔡叔挟殷的后代武庚作乱，周公东征，平武庚、管叔、蔡叔。周代的礼乐制度相传都是周公制定的。昔戒：周公昔日的告诫。此指《无逸》（《尚书》篇名），为周公所作，中有“呜呼！自今之嗣王，则其无淫于观、于逸、于游、于田，以万民惟正之供”之语。咎繇（gāo yáo 高尧）典谟（mó 磨）：《文选》李善注：“咎繇典谟，谓康哉之歌。”《尚书·益稷》：“皋陶拜手稽首……乃赓载歌曰：‘元首明哉，股肱良哉，庶事康哉！’”咎繇，即皋陶，舜之贤臣。典谟，《尚书》中《尧典》、《舜典》和《大禹谟》、《皋陶谟》等篇的并称。

⑯② 流遁：耽乐放纵。《文选》张衡《东京赋》：“若乃流遁忘反，放心不觉，乐而无节，后离其戚。”薛综注：“言若流情放心，不自反寤，恣意所为，淫乐无礼以无节，终后卒当罹其忧祸。”《淮南子·要略》：“所以使人黜耳目之聪明，精神之感动，樽流遁之观，节养性之和，分帝王之操，列小大之差者也。”太素：朴素，质朴。《文选》班固《东都赋》：“昭节俭，示太素，去后宫之丽饰，损乘舆之服御。”按，“民情”，《文选》六臣注本作“人情”。

⑯③ 岐阳之鸣凤：岐阳，岐山的南面。《国语·周语上》：“周之兴也，鸑鷟鸣于岐山。”鸑鷟，即凤凰。《三国志·魏书·文帝纪》：“（延康元年）八月，石邑县言凤皇集。”虞氏之白环：《文选》李善注引《世本》曰：“舜时，西王母献白环及佩。”虞氏：指虞舜。

⑯④ 苍龙觌（dí 敌）于陂塘：青龙出现于摩陂。《三国志·魏书·明帝纪》：“青龙元年春正月甲申，青龙见郏之摩陂井中。二月丁酉，幸摩陂观龙，于是改年，改摩陂为龙陂。”觌（dí 低阳）：见，出现。《易·困》：“臀困于株木，入于幽谷，三见不觌。”龟书出于河源：《艺文类聚》卷九十九《祥瑞部下》引《魏略》曰：“文帝欲受禅，神龟出于灵池。”《宋书·符瑞志中》：“魏文帝初，神龟出于灵池。”龟书：神龟所负之书，指“洛书”。

⑯“醴泉涌于池圃,灵芝生于丘园”:《文选》李善注:“《魏志》曰:‘延康元年,醴泉出,芝草生于乐平郡。’”

⑯ 贶(kuàng 况):赐予,加惠。按,“神灵”,《文选》五臣注本作“神明”;“华夏”,《文选》五臣注本作“中夏”。

⑰ 方:比拟。《后汉书·谢夷吾传》:“方之古贤,实有伦序。”四三皇:与古代三皇并称四皇。六五帝:与古代五帝并称六帝。《燕丹子》卷下:“夏扶问荆轲:‘何以教太子?’轲曰:‘将令燕继召公之迹,追甘棠之化,高欲令四三王,下欲令六五霸。于君何如也?’坐皆称善。”按,以上是第九段,此段明以颂扬,暗以劝谏,委婉地表达了作者的治国主张。

【辨析】

《景福殿赋》是宫殿赋中的名篇,也是何晏留存至今的唯一一篇赋作。在格式上,此赋除基本上遵循汉代京都大赋的写作传统,体制宏大、文辞典丽之外,还因创作主体自我精神的渗透而具有鲜明的时代特色。

宫殿是两汉大赋的重要描写对象之一。扬雄《甘泉赋》首次把宫殿作为主要描绘对象,以后班固《两都赋》对宫殿亦有精彩描写。但是在这些赋中,作者所关注的还仅仅是宫殿的象征意义,宫殿本身并不具备独立性,只不过是在夸饰场景和营造气氛中达到颂圣、劝谏的主题。至王延寿《鲁灵光殿赋》,作者明确提出“物以赋显”的赋作观念,意在以“赋”的形式为“物”作传,开始由对宫殿象征意义的关注转变为对宫殿本身的关注,宫殿虽依然存在意义载体的性质,但是更重要的是在赋家眼里它有了作为客体独立的审美意义。这种变化标志着宫殿赋已从骋辞大赋中分离出来,成为独立的咏物体类。何晏《景福殿赋》继承了这类赋的传统写法,从宫殿建造缘起、规模、结构以及内外特点、景观进行描写,上下内外、南北西东,依次抒写。既有大处的写意泼墨,又有小处的精雕细琢,不板不滞,颇具功力。虽然何晏仅此一篇赋作传世,但其高超的文学才华于此可见一斑。作品时有精辟议论,在一定程度上跳出了汉大赋“品物毕图”的模式,变客观的平面铺摹为主客观的统一。全文夹叙夹议,疏密相间。议论虽多,却是意由物发,恰当得体。

《景福殿赋》的主旨同以往的宫殿赋亦有很大不同,它明显地表现为明暗两个层次。此赋表面上歌颂魏明帝的贤明政治,有的地方对明帝的歌颂近于阿谀奉承,令人心生不快。但这并不是何晏写作此赋的本旨。此赋旨意有二,一是表达自己的政治理想,二是向明帝自荐,希冀得到重用。

何晏在赋中委婉地表达了自己的政治主张,这就是以儒家的“仁”为主导,纳贤任能，同时援道入儒，力使道家的“无为而治”与儒家的“仁”结合起来。何晏与王弼同被后人称为魏晋玄学的倡导者。但是何晏的玄学实际上是一种儒道合流的学说，经世致用的儒家内容，无为而为的政治目的。《景福殿赋》中所体现的政治理想也正是如此。“远则袭阴阳之自然，近则本人物之至情”，这倾向于道家的治世理想，即按自然之道，顺人之自然情性而治。“上则崇稽古之弘道，下则阐长世之善经”，这自然是指儒家的治世规范。本赋集中表达何晏政治思想的是第五段末、第八段末。在第五段末，何晏借对宫室功能的阐释，不失时机地表达了自己的明君理想，这就是善于“择人”、“近仁”。第八段末，在对宫殿环境的描述中，他顺势提出心目中的理想政治：“家怀克让之风，人咏康哉之诗。莫不优游以自得，故淡泊而无所思。”儒家的谦让仁德，道家的淡泊无为，在这里被何晏巧妙地统一在一起。不过从中可看出，在何晏的政治理想中，儒家思想还是占据主导地位。

对魏明帝曹叡“不眩焉在，在乎择人”的劝谏，流露出何晏对自己身处冗位的不满。史载魏文帝、魏明帝皆因何晏尚浮华而贬抑之，仅授冗职。承命作赋，正是何晏自荐的一个机会。何晏赋中的儒家思想，既是何晏自己政治理想的反映，也是顺应了当时统治思想的需要。虽然何晏所处的时代儒教已经倾颓，不复占思想统治地位，但是当时的统治者如曹叡还是试图重建儒教的一尊地位。魏明帝太和二年(228)六月，下诏曰：“尊儒贵学，王教之本也。自顷儒官或非其人，将何以宣明圣道……其高选博士，才任侍中常侍者，申敕郡国，贡士以经学为先。”太和四年(230)又诏曰：“世之质文，随教而变。兵乱以来，经学废绝，后生进趣，不由典谟。岂训导未洽，将进用者不以德显乎？”而《景福殿赋》写于太和六年(232)，正是这一思想的极好体现。投明帝所好，以期得以重任，从而实现自己的政治主张，这是此赋另一层隐秘的含义。

《景福殿赋》在表现手法上明显地受到当时正日渐兴起的抒情小赋的影响。从赋的具体创作情况来看，抒情小赋的思维模式与汉大赋有着很大的不同。虽然自司马相如直至扬雄、班固均把“讽喻”当作大赋的主体功能，但是诚如扬雄所言：“讽乎！讽则已；不已，吾恐不免于劝也。”(《法言·吾子》)这就造成大赋在客观审美价值和作者主观上的社会功能的割裂。而抒情小赋重在“写志”，是在“摹象”的基础上抒发作者的情志，虽然此时的咏物小赋多是“立象—摹象—写志”的三段论模式，情与景的结合没有达到水乳交融般的完美，但是“志”与“象”还是能够在一定程度上保持统一的。《景福殿赋》在立论时，能够从所描写的具体景物出发，顺势发挥，议论虽多，但是不空洞飘浮，亦无矫揉造作之感。这就摆脱了传统大赋结尾“强为之谏”的弊端，可以说是大赋创作模式的重大突破。

曹植

曹植(192—232),字子建,曹操之子,曹丕同母弟。生于汉献帝初平三年(192)。青年时期多次随曹操征战,这为他此后的政治热情与建功立业的愿望打下了基础。他同时又注重文艺,据《三国志·魏书·陈思王植传》载,他十岁左右便能“诵读诗论及辞赋数十万言”,并且善“属文”。建安九年(214)至二十四年(219),曹植居邺城,其时邺城为曹魏政权事实上的国都,同时文学氛围也十分浓厚。在曹操的带领与支持下,形成了邺下文人集团。曹植与曹丕便是这个集团的核心。建安时期曹植的作品多为宴饮唱和之作。建安十六年(211)封平原侯,建安十九年(214)徙封临淄。从建安十三年(208)起,曹植便陷入了和曹丕的太子位之争,但终因“任性而行,不自雕励,饮酒不节”(《三国志·魏书·陈思王植传》)而失败。建安二十二年(217)十二月,曹丕被立为魏太子。建安二十五年(220)正月,曹操病逝,曹丕即魏王位,曹植开始受到曹丕的打击迫害。汉献帝延康元年(220)十月末,曹丕通过禅让的方式取代汉献帝登上帝位。曹植在黄初二年(221)被贬爵为安乡侯,寻改封鄄城侯,次年进封鄄城王。黄初四年(223)徙封为雍丘王。黄初年间曹植的诗文风格大变,不再有建安年间的公子纨绔气,而“颇有忧生之嗟”(谢灵运《拟魏太子邺中集诗·平原侯植》),且诗风沉著。黄初七年(226)五月曹丕病卒,丕长子曹叡即位,次年改元太和。曹叡于物质及地位上对曹植多加礼遇。太和三年(229)三月曹植被迁至东阿,精神状态上有了很大的改变,多次请求曹叡让他参与政事,此时的作品也多以散文为主,如给他的侄子、明帝曹叡上了很多表文。然而他并不被曹叡信任,政治地位也无根本的改善,终于在太和六年(232),即迁封陈王的同年发病去世。谥号为“思”,后世称其为“陈思王”。有《列女传颂》一卷,文集三十卷。

离缴雁赋并序

余游于玄武陂中[1]，有雁离缴[2]，不能复飞，顾命舟人追而得之，故怜而赋焉。

怜孤雁之偏特兮[3]，情惆焉而内伤[4]。寻淑类之殊异兮[5]，禀上天之休祥[6]。合中和之纯气兮，赴四节而征行[7]。远玄冬于南裔兮[8]，避炎夏乎朔方[9]。白露凄以飞扬兮[10]，秋风发乎西商[11]。感节运之复至兮[12]，假魏道而翱翔[13]。接羽翮以南北兮[14]，情逸豫而永康[15]。望范氏之发机兮[16]，播纤缴以凌云[17]。挂微躯之轻翼兮[18]，忽颓落而离群[19]。旅朋惊而鸣逝兮[20]，徒矫首而莫闻[21]。甘充君之下厨[22]，膏函牛之鼎镬[23]。蒙生全之顾覆[24]，何恩施之隆博[25]？于是纵躯归命[26]，无虑无求[27]。饥食粱稻，渴饮清流。

【说明】

此赋见《艺文类聚》卷九十一、《初学记》卷三十。根据赋序，曹植在玄武池畔看到一只受到箭伤的雁，无法再飞，心中悲悯，而写下了这篇赋。赋中叙述这只雁随着季节的改变，为了躲避炎热的夏季而飞翔到魏国来，不幸被人射伤。幸好有人及时救助，没有成为鼎中之食。赋存留至此为止，其馀部分已散佚，无法知道完整的内容。如果从文学寓言的角度来看，似乎曹植是借着雁的叙说说，朝廷不降死罪，自己实在已受到了皇帝无比的眷顾。从今往后必将奋不顾身地回报。所谓“纵躯归命，无虑无求。饥食粱稻，渴饮清流”。说出他今后将不再锦衣玉食，而要做一个节俭感恩之人。但这也只是曹植一时的想法，他一再要求自试，他是不甘心默默地虚度一生的。

【注释】

① 玄武陂(bēi 杯)：玄武池的池边。《三国志·魏书·武帝纪》：“建安十三年正月，作玄武池，以肄舟师。”曹操在邺城铜雀台南八公里处挖掘了水池，称玄武池，用来操练水兵。

② 离：通“罹”，遭遇，遭受。《易·小过》：“弗遇过之，飞鸟离之。”孔颖达疏：“以小人之身，过而弗遇，必遭罗网。其犹飞鸟，飞而无托，必离矰缴。”缴（zhuó酌）：射鸟用的系在箭上的绳子，或代指系着绳子的弓箭。《汉书·苏武传》：“武能网纺缴，檠弓弩。”颜师古注：“缴，生丝缕也，可以弋射。”此处指雁被箭所射，不能再飞起来。

③ 偏特：茕独，孤独。

④ 惆：悲伤失意貌。内伤：内心伤痛难过，《楚辞·九章·悲回风》：“悲回风之摇蕙兮，心冤结而内伤。”

⑤ 寻：依附，依循。《文选》陆机《悲哉行》：“女萝亦有托，蔓葛亦有寻。”李善注：“寻，犹缘也。”淑：善良，美好。

⑥ 禀：承受，接领。休祥：美好的祥瑞之兆。

⑦ 四节：春夏秋冬四个季节。此指四季之所为。《后汉书·杨赐传》：“可以逞情意、顺四节也。”李贤注：“四节，谓春搜、夏苗、秋狝、冬狩也。”

⑧ 远：远离，离开。玄冬：寒冷的冬季，《尔雅·释天》：“冬为玄英。”南裔：南方的边远地区。此处指雁冬天飞到南方过冬。

⑨ 朔方：指北方地区。

⑩ 凄：凄清寒冷。

⑪ 西商：西方，古人以五音配合四时，商为秋。商音凄厉，与秋天肃杀之气相应，秋天与五行属西方，故称西商。

⑫ 节运：即四季节气运转。此处指一年四季轮回运转。

⑬ 魏道：魏国的道路。可能的说法有两种：一为汉献帝建安十八年（213），曹操被封为魏公，以十郡为魏国。雁飞过邺城上空，故谓假魏道，指曹操开始掌握实权，汉献帝已成为傀儡。二为在曹魏成立之初，即曹丕篡位之后，曹魏王朝正式成立（220）。

⑭ 接羽翮：指雁群飞起，连成一线，翅膀接连在一起。

⑮ 逸豫：欢愉快乐。永康：永远平安康乐。《尚书·周官》：“永康兆民，万邦惟无斁。”

⑯ 望：埋怨，责备。范氏：曹植《七启》、《孟冬篇》等均作“魏氏发机”，“魏氏”乃善射者。此云范氏，存疑。发机：拨动弩弓的机关。

⑰ 播：四处散布。凌云：处在云霄之上。

⑱ 挂：本义为悬，引申为披挂。此处指雁轻小的身躯有轻盈的翅膀，使其飞翔。《楚辞·招魂》：“砥石翠翘，挂曲琼些。”王逸注：“挂，悬也。”

⑲ 颓落：往下堕落。

⑳ 旅朋：一起飞行的同行者。鸣逝：惊叫着飞走。《汉书·高帝纪上》：“公等

皆去，吾亦从此逝矣！”颜师古注：“逝，往也。”

㉑ 徒：大众，此处指雁群。《尚书·仲虺之诰》：“简贤附势，实繁有徒。”孔颖达疏：“……若是者繁多有徒众，无道之世所常。”矫首：昂首仰颈的样子。莫闻：指被射落的孤雁听不到其他同伴的声息。

㉒ 下：此处对应下句“鼎镬”，应指下厨，下锅烹煮。

㉓ 膏：本指肥油，此处作动词用，为润泽之意。《左传·襄公十九年》：“若常膏之。”杨伯峻注：“膏，泽也，润也。”函牛：谓能容纳一头牛，指大鼎。鼎镬（huò 祸）：烹煮的器皿。《淮南子·说山训》：“尝一脔肉，知一镬之味。”高诱注：“有足曰鼎，无足曰镬。”

㉔ 生全：保全生命，全身。顾覆：保护，庇护。

㉕ 恩施：得到的恩德，恩惠。隆博：形容受到的恩德非常深厚广大。

㉖ 纵躯：指奋不顾身。归命：委命。

㉗ 虑：忧心，担忧的想法。

娱宾赋

感夏日之炎景兮①，游曲观之清凉②。（《初学记》卷十）

遂衎宾而高会兮③，丹帷晔以四张④。辨中厨之丰膳兮⑤，作齐郑之妍倡⑥。文人骋其妙说兮⑦，飞轻翰而成章⑧。谈在昔之清风兮⑨，总贤圣之纪纲⑩。欣公子之高义兮⑪，得芬芳其若兰⑫。扬仁恩于白屋兮⑬，逾周公之弃餐⑭。听仁风而忘忧兮⑮，美酒清而肴甘⑯。（《初学记》卷十四）

【说明】

这篇赋是描写娱乐宾客。赋借宾客之口来赞美主人的高义，赞扬主人的德行超过周公的美德。这是一篇宴会上的应酬之作，人们从中也能略窥曹魏贵族的生活情况。

【注释】

① 炎景：炎热的日光。

② 曲观之清凉：“清凉之曲观”的倒装。曲观：回旋弯曲的楼台。

③ 衎（kàn 勘）：欢乐。《诗·小雅·南有嘉鱼》：“君子有酒，嘉宾式燕以衎。”

高会：盛大的宴会。

④ 丹帷：朱色的帐幕。晔（yè 业）：光亮。四张：到处设置。

⑤ 辨："辦（办）"的古字，备办。中厨：内厨。丰膳：丰盛的饭菜。

⑥ 作：发出音响；演奏。《论语·八佾》："乐其可知也，始作，翕如也；从之，纯如也。"本句倒装，意为表演者开始演奏。齐、郑：古国名，在今山东、河南一带。妍（yán 言）：美丽。倡（chāng 昌）：古代表演歌舞杂戏的艺人。

⑦ 妙：美善。说：言论。

⑧ 飞：形容走笔如飞。翰：笔。章：文章。

⑨ 清风：清惠的风化。《诗·大雅·烝民》："吉甫作诵，穆如清风。"孔颖达正义："以清微之风化养万物，故以比清美之诗可以感益于人也。"清·陈奂《诗毛氏传疏》："清风，正形容仲山甫之有美德，故《传》释清风为清微之风。"

⑩ 总：总括。纲纪：大纲要领。《荀子·劝学》："礼者，法之大分、类之纲纪也。"

⑪ 公子：指曹丕。高义：高尚的行为。

⑫ 若兰：典出《易传·系辞上》："同心之言，其臭（xiù 绣）如兰。"喻其香。

⑬ 白屋：指不施彩色、露出木材的房屋，亦指以白茅覆盖的房屋，为古代平民所居。《尸子·君治》："人之言君天下者瑶台九累，而尧白屋。"《汉书·王莽传上》："开门延士，下及白屋。"颜师古注："白屋，谓庶人以白茅覆屋者也。"

⑭ 逾周公之弃餐：超越了周公一饭三吐哺的德行。《韩诗外传》卷三："周公践天子之位七年，……然一沐三握发，一饭三吐哺，犹恐失天下之士。"

⑮ 仁风：形容恩泽如风之流布。旧时多用以颂扬帝王或地方长官的德政。

⑯ 肴甘：好吃的菜肴。

感婚赋

阳气动兮淑清[①]，百卉郁兮含英[②]。春风起兮萧条，蛰虫出兮悲鸣[③]。顾有怀兮妖娆[④]，用搔首兮屏营[⑤]。登清台以荡志[⑥]，状高轩而游情[⑦]。悲良媒之不顾，惧欢媾之不成[⑧]。慨仰首而叹息，风飘飖以动缨[⑨]。

【说明】

此赋见《艺文类聚》卷四十。晋·张华《感婚赋序》："方今岁在己巳，将次四仲，婚姻者竞赴良时，粲丽之观，相继于路。虽葩英肯顾，嫁娶之会，不乏平日，乃作《感婚赋》曰。”可见张华见到了民间的婚礼而启发了灵感。但曹植的赋篇似乎用意不同，类似他的乐府诗《美女篇》，借用了《离骚》香草美人的传统，将自己比喻为臣妾，将君主比喻为良人。“悲良媒之不顾，惧欢媾之不成”二句，将自己比喻为缺乏良媒的女子，惧怕君子不愿意与之结婚。

【注释】

① 阳气：暖气，生长之气。《管子·形势解》：“春者，阳气始上，故万物生。”淑清：明朗。《淮南子·本经训》：“日月淑清而扬光，五星循轨而不失其行。”

② 百卉：百草。郁：繁盛貌。含英：花含苞而未放。《古诗十九首·冉冉孤生竹》：“伤彼蕙兰花，含英扬光辉。”

③ 蛰（zhé 折）虫：藏在泥土中过冬的虫豸。《礼记·月令》：“（孟春之月）冬风解冻，蛰虫始振。”

④ 怀：念。有怀：有感。晋·夏侯湛《东方朔画赞》：“观先生之祠宇，慨然有怀，乃作颂焉。”妖娆：《艺文类聚》原作“妖人”，兹据《陈思王集》改，谓美好之女。

⑤ 搔首：以手搔头，表示焦急或有所思貌。《诗·邶风·静女》：“爱而不见，搔首踟蹰。”屏（bīng 冰）营：即彷徨，惶恐。《国语·吴语》：“王亲独行，屏营彷徨于山林之中。”

⑥ 澄：《陈思王集》“澄”作“登”，应以“登”为是。清台：古代天文台名。《三辅黄图》卷五《台榭》：“汉灵台，在长安西北八里。汉始曰清台，本为候者观阴阳天文之变，更名曰灵台。”荡志：涤荡忧愁的心绪。

⑦ 状：形容，描绘。按，《陈思王集》“状”作“伏”。游情：游乐的情怀。

⑧ 良媒：好媒人。欢媾（gòu 构）：指结为婚姻。

⑨ 缨：冠带。

七启八首并序

昔枚乘作《七发》①，傅毅作《七激》②，张衡作《七辩》③，崔骃作《七依》④，辞各美丽。余有慕之焉，遂作《七启》。并命王粲作焉⑤。

玄微子隐居大荒之庭⑥，飞遁离俗，澄神定灵⑦。轻禄傲贵，与物无营⑧。耽虚好静，羡此永生⑨。独驰思于天云之际，无物象而能倾⑩。于是镜机子闻而将往说焉⑪。驾超野之驷，乘追风之舆[12]。经迥漠，出幽墟，入乎泱漭之野，遂届玄微子之所居[13]。其居也，左激水，右高岑[14]。背洞溪，对芳林。冠皮弁，被文裘[15]。出山岫之潜穴，倚峻崖而嬉游[16]。志飘飖焉，峣峣焉，似若狭六合而隘九州[17]。若将飞而未逝，若举翼而中留[18]。于是镜机子攀葛藟而登，距岩而立，顺风而称曰[19]："予闻君子不遁俗而遗名，智士不背世而灭勋[20]。今吾子弃道艺之华，遗仁义之英[21]。耗精神乎虚廓，废人事之纪经[22]。譬若画形于无象，造响于无声[23]。未之思乎，何所规之不通也[24]？"玄微子俯而应之曰："谆，有是言乎[25]！夫太极之初，浑沌未分，万物纷错，与道俱隆[26]。盖有形必朽，有迹必穷[27]。芒芒元气，谁知其终[28]？名秽我身，位累我躬[29]。窃慕古人之所志，仰老庄之遗风[30]。假灵龟以托喻，宁掉尾于涂中[31]。"

镜机子曰："夫辩言之艳，能使穷泽生流，枯木发荣[32]。庶感灵而激神，况近在乎人情[33]？仆将为吾子说游观之至娱，演声色之妖靡[34]。论变化之至妙，敷道德之弘丽[35]。愿闻之乎？"玄微子曰："吾子整身倦世[36]，探隐拯沉[37]。不远遐路，幸见光临。将敬涤耳，以听玉音[38]。"

镜机子曰："芳菰精粺，霜蓄露葵[39]。玄熊素肤，肥豢脓肌[40]。蝉翼之割，剖纤析微[41]。累如叠縠，离若散雪[42]。轻随风飞，刃不转切。山鵽斥鷃，珠翠之珍[43]。寒芳苓之巢龟，脍西海之飞鳞[44]。臛江东之潜鼍，腾汉南之鸣鹑[45]。糅以芳酸，甘和既醇[46]。玄冥适咸，蓐收调辛[47]。紫兰丹椒，施和必节[48]。滋味既殊，遗芳射越[49]。乃有春清缥酒，康狄所营[50]。应化则变，感气而成[51]。弹徵则苦发，叩宫则甘生[52]。于是盛以翠樽，酌以雕觞[53]。浮蚁鼎沸，酷烈馨香[54]。可以和神，可以娱肠[55]。此肴馔之妙也，子能从我而食之乎？"玄微子曰："予甘藜藿，未暇此食也[56]。"

镜机子曰："步光之剑，华藻繁缛[57]。饰以文犀，雕以翠绿[58]。缀以骊龙之珠，错以荆山之玉[59]。陆断犀象，未足称隽[60]。随波截鸿，水不渐刃[61]。九旒之冕，散耀垂文[62]。华组之缨，从风纷纭[63]。佩则结绿悬黎，宝之妙微[64]。符采照烂，流景扬辉[65]。黼黻之服，纱縠之裳[66]。金华之舄，动趾遗光[67]。繁饰参差，微鲜若霜[68]。绲佩绸缪，或雕或错[69]。薰以幽若，流芳肆布[70]。雍容闲步，周旋驰燿[71]。南威为之解颜，西施为之巧笑[72]。此容饰之妙也，子能从我而服之乎？”玄微子曰：“予好毛褐，未暇此服也[73]。”

镜机子曰：“驰骋足用荡思，游猎可以娱情[74]。仆将为吾子驾云龙之飞驷，饰玉路之繁缨[75]。垂宛虹之长绥，抗招摇之华旍[76]。捷忘归之矢，秉繁弱之弓[77]。忽蹑景而轻骛，逸奔骥而超遗风[78]。于是磎填谷塞，榛薮平夷。缘山置罝，弥野张罘[79]。下无满（漏）迹，上无逸飞。鸟集兽屯，然后会围[80]。獠徒云布，武骑雾散[81]。丹旗燿野，戈殳皓旰[82]。曳文狐，掩狡兔[83]。捎鹔鷞，拂振鹭[84]。当轨见藉，值足遇践[85]。飞轩电逝，兽随轮转[86]。翼不暇张，足不及腾[87]。动触飞锋，举挂轻罾[88]。搜林索险，探薄穷阻[89]。腾山赴壑，风厉焱举[90]。机不虚发，中必饮羽[91]。于是人稠网密，地逼势胁[92]。哮阚之兽，张牙奋鬣[93]。志在触突，猛气不慴[94]。乃使北宫东郭之畴[95]，生抽豹尾，分裂貙肩[96]。形不抗手，骨不隐拳[97]。批熊碎掌，拉虎摧斑[98]。野无毛类，林无羽群。积兽如陵，飞翮成云[99]。于是骇钟鸣鼓，收旌弛旆[100]。顿纲纵网，罴獠回迈[101]。骏騄齐骧，扬銮飞沫[102]。俯倚金较，仰抚翠盖[103]。雍容暇豫，娱志方外[104]。此羽猎之妙也，子能从我而观之乎[105]？”玄微子曰：“予乐恬静，未暇此观也。”

镜机子曰：“闲宫显敞，云屋皓旰[106]。崇景山之高基，迎清风而立观[107]。彤（雕）轩紫柱，文榱华梁[108]。绮井含葩，金墀玉箱[109]。温房则冬服絺绤，清室则中夏含霜[110]。华阁缘云，飞陛陵虚[111]。頫眺流星，仰观八隅[112]。升龙攀而不逮，眇天际而高居[113]。繁巧神怪，变名异形[114]。班输无所措其斧斤，离娄为之失睛（精）[115]。丽草交植（殖），殊品诡类[116]。绿叶朱荣，熙天曜日[117]。素水盈沼，丛木成林[118]。飞翮凌高，鳞甲隐深[119]。于是逍遥暇豫，忽若忘归[120]。乃使任子垂钓，魏氏发机[121]。芳饵沉水，轻缴弋飞[122]。落翳云之翔鸟，援九渊之灵龟[123]。然后采菱华，擢水苹[124]。弄珠蚌，戏鲛人[125]。

讽《汉广》之所咏，觌游女于水滨[126]。耀神景于中沚，被轻縠之纤罗[127]。遗芳烈而靖步，抗皓手而清歌[128]。歌曰：望云际兮有好仇，天路长兮往无由[129]。佩兰蕙兮为谁修，宴婉绝兮我心愁[130]。此宫馆之妙也，子能从我而居之乎[131]？”玄微子曰：“予耽岩穴，未暇此居也[132]。”

镜机子曰：“既游观中原，逍遥闲宫，情放志荡，淫乐未终。亦将有才人妙妓，遗世越俗[133]。扬北里之流声，绍阳阿之妙曲[134]。尔乃御文轩，临洞庭[135]。琴瑟交挥，左篪右笙[136]。钟鼓俱振，箫管齐鸣[137]。然后姣人乃被文縠之华袿，振轻绮之飘颻[138]。戴金摇之熠燿，扬翠羽之双翘[139]。挥流芳，燿飞文[140]。历盘鼓，焕缤纷[141]。长裾随风，悲歌入云[142]。蹻捷若飞，蹈虚远跖[143]。凌跃超骧，蜿蝉挥霍[144]。翔尔鸿翥，濈然凫没[145]。纵轻体以迅赴，景追形而不逮[146]。飞声激尘，依违厉响[147]。才捷若神，形难为象[148]。于是为欢未渫，白日西颓[149]。散乐变饰，微步中闺[150]。玄眉弛兮铅华落，收乱发兮拂兰泽[151]，形媠服兮扬幽若[152]。红颜宜笑，睇眄流光[153]。时与吾子，携手同行[154]。践飞除，即闲房[155]。华烛烂，幄幙张[156]。动朱唇，发清商[157]。扬罗袂，振华裳。九秋之夕，为欢未央[158]。此声色之妙也，子能从我而游之乎？”玄微子曰：“予愿清虚，未暇此游也。”

镜机子曰：“予闻君子乐奋节以显义，烈士甘危躯以成仁[159]。是以雄俊之徒，交党结伦。重气轻命，感分遗身[160]。故田光伏剑于北燕，公叔毕命于西秦[161]。果毅轻断，虎步谷风[162]。威慴万乘，华夏称雄[163]。”辞未及终，而玄微子曰：“善。”

镜机子曰：“此乃游侠之徒耳，未足称妙也。若夫田文无忌之俦，乃上古之俊公子也[164]。皆飞仁扬义，腾跃道艺[165]。游心无方，抗志云际[166]。凌轹诸侯，驱驰当世[167]。挥袂则九野生风，慷慨则气成虹蜺[168]。吾子若当此之时，能从我而友之乎？”玄微子曰：“予亮愿焉[169]。然方于大道，有累如何[170]？”

镜机子曰：“世有圣宰，翼帝霸世[171]。同量乾坤，等曜日月[172]。

玄化参神，与灵合契[173]。惠泽播于黎苗，威灵震乎无外[174]。超隆平于殷周，踵羲皇而齐泰[175]。显朝惟清，王道遐均[176]。民望如草，我泽如春[177]。河滨无洗耳之士，乔岳无巢居之民[178]。是以俊乂来仕，观国之光[179]。举不遗才，进各异方[180]。赞典礼于辟雍，讲文德于明堂[181]；正流俗之华说，综孔氏之旧章[182]。散乐移风，国富民康[183]。神应休臻，屡获嘉祥[184]。故甘灵纷而晨降，景星宵而舒光[185]。观游龙于神渊，聆鸣凤于高冈[186]。此霸道之至隆，而雍熙之盛际[187]。然主上犹以沉恩之未广，惧声教之未厉[188]，采英奇于仄陋，宣皇明于岩穴[189]。此宁子商歌之秋，而吕望所以投纶而逝也[190]。吾子为太和之民，不欲仕陶唐之世乎[191]？”于是玄微子攘袂而兴曰[192]：“韡哉言乎！近者吾子，所述华淫，欲以厉我，祇搅予心[193]。至闻天下穆清，明君莅国[194]，览盈虚之正义，知顽素之迷惑[195]。今予廓尔，身轻若飞[196]。愿反初服，从子而归[197]。”

【说明】

此赋见《文选》卷三十四、《艺文类聚》卷五十七、《文馆词林》卷四十四。这是一篇七体，虽然不以赋为名，但实是赋体的一种次文类。这种体裁以西汉枚乘的《七发》为开山祖师，内容以七件事来说服公子放弃淫乐的生活，听取圣贤的教训，走堂堂正正的道路。通常从第一到第五事，说者虽然展现出种种诱人的东西，但当事人都不为所动，只有说到了第六件事时，当事人思想才开始发生变化，说到第七事则完全被折服了。

曹植《七启》之意为七种启发，虚设的人物镜机子（表示能够烛照洞察机先者）对隐士玄微子描绘了七种妙境，来启发他出仕报国。赋中主要内容为玄微子隐居大荒之庭，而镜机子以肴馔之妙、容饰之妙、羽猎之妙、宫馆之妙、声色之妙、驰骋当世之妙与至隆之霸道来说服玄微子出仕。当谈到了第六事有关游侠公子驰骋当世，“凌轹诸侯，驱驰当世”，镜机子才开始动心。最后说明当今之世乃是如尧舜陶唐一般的盛世，于是玄微子决定出仕。

若考察历史的缘由，曹植作此赋是有其政治目的的。曹操在建安十五年（210）春天颁布了《求贤令》：“自古受命及中兴之君，曷尝不得贤人君子与之共治天下者乎！及其得贤也，曾不出闾巷，岂幸相遇哉？上之人不求之耳。今天下尚未定，此特求贤之急时也。‘孟公绰为赵、魏老则优，不可以为滕、薛大夫。’

若必廉士而后可用，则齐桓其何以霸世？今天下得无有被褐怀玉而钓于渭滨者乎？又得无有盗嫂受金而未遇无知者乎？二三子其佐我明扬仄陋，唯才是举，吾得而用之。”（《三国志·魏书·武帝纪》，又《文馆词林》卷六九五）《求贤令》表现出曹操不顾一切、求才若渴的心情，因此曹植完全有可能是顺应当时的政治情况来写这篇七体，替朝廷招揽人才。文中将曹操比喻为“圣宰”，虽然写作时间仍无法完全确定，大约应该作于曹操为汉相发布《求贤令》，即建安十五年（210）之后数年间。

【注释】

① 枚乘（？—前140），西汉初期著名辞赋家。汉武帝为太子时就知道他的盛名，即位后就用蒲车迎他。可惜枚乘年老体衰，死于赴京途中。其代表作就是《七发》。

② 傅毅（约42—约90），东汉章帝时人。《七激》系其仿《七发》之作。

③ 张衡（78—139），东汉安帝时著名赋家和科学家。《七辩》系其仿《七发》之作。

④ 崔骃（？—92），与傅毅同时人。《七依》也是其仿《七发》之作。

⑤《文馆词林》卷一一四，此句作“并命王粲等并作焉”。按，王粲仿作为《七释》。

⑥ 玄微子：作者假设的道家隐士。玄：奥妙，深沉。微：精妙，隐藏。居：《艺文类聚》、《文馆词林》均作“于”。《文选》李善注：“玄微：幽玄精微。”大荒：传说的地名。《山海经·大荒东经》：“东海之外，大荒之中，有山名曰大言（或作‘大谷’），日月所出。”

⑦ 飞遁：即“肥遁”。《易·遁》：“上九，肥遁，无不利。”孔颖达疏：“子夏传曰：‘肥，饶裕也。’……上九最在外极，无应于内，心无疑顾，是遁之最优，故曰肥遁。”离俗：脱离社会。澄神定灵：心神澄清安定之境。

⑧ 慠（ào 傲）：骄傲，轻视。《艺文类聚》作“傲”。营：需求；谋求。汉·蔡邕《释诲》：“安贫乐贱，与世无营。”

⑨ 耽：《文馆词林》作“躭”，与“耽”同。耽虚：沉湎于虚静之中。《诗·卫风·氓》：“于嗟女兮，无与士耽。”毛传：“耽，乐也。”好静：道家主张虚静。《列子·天瑞》：“子列子曰：‘非其名也，莫如静，莫如虚。静也虚也，得其居矣。’”永生：长生不死。

⑩ 于：《文馆词林》作“乎”。物象：物初生之形状、形象。《老子》第二十一章：“惚兮恍兮，其中有象。”倾：超越。

⑪ 镜机子:曹植所假设之人名。

⑫ 超野、追风:形容其速度之快。

⑬ 迥:遥远。漠:沙漠。泱漭(yǎng mǎng 养莽):广大貌。《文选》司马相如《上林赋》:"过乎泱漭之野。"届:到。

⑭ 激水:湍急之水。岑:山小而高。

⑮ 洞:急流。《说文·水部》:"洞,疾流也。"溪:《艺文类聚》作"壑"。按,汉·傅毅《七激》:"背洞壑,临绝溪。"应为曹植所本。皮弁(biàn 变):《仪礼》卷二郑玄注:"以白鹿皮为冠。"文裘:有斑纹的狐裘。

⑯ 山岫:山洞。潜穴:幽深的洞穴。

⑰ 飘飖:随风飘荡。"飖",《文馆词林》、《艺文类聚》均作"飘"。峣峣:山高貌。《汉书·扬雄传上》:"直峣峣以造天兮,厥高庆而不可虖疆度。"颜师古注:"峣峣,高貌。"狭六合而隘九州:天地和东南西北六个方向都显得狭隘,中原九州都显得渺小。

⑱ 留:停驻。

⑲ 葛藟:植物名。又称"千岁藟"。落叶木质藤本。《诗·周南·樛木》:"南有樛木,葛藟累之。"顺风:顺着风向。《庄子·在宥》:"黄帝……闻广成子在于空同之山,故往见之。……黄帝顺下风膝行而进。"称:言。

⑳ 遁俗而遗名:逃避世俗,遗忘名声。《文选》班固《幽通赋》:"保身遗名,民之表兮。"背世:背弃世俗。"世",《艺文类聚》、《文馆词林》均作"时"。灭勋:淹没功绩。

㉑ 道艺:学问和技能。《周礼·地官·乡大夫》:"正月之吉,受教法于司徒,退而颁之于其乡吏,使各以教其所治,以考其德行,察其道艺。"仁义:儒家的美德。《礼记·曲礼上》:"道德仁义,非礼不成。"孔颖达疏:"仁是施恩及物,义是裁断合宜。"

㉒ 耗:损伤,消耗。虚廓:宽阔。人事:社会上与人交往之道。经纪:犹言纲领。

㉓ 若:《艺文类聚》作"犹"。"若"、"犹"两字义同。"画形无象"二句:《文选》李善注:"言像因形生,响随声发。今欲无声而造响,图像而无形,岂有得哉?孙卿子曰:下之和上,譬响之应声,影之像形。扬雄《解难》曰:'譬若画者放于无形,弦者放于无声也。'"

㉔ 全句意为,你不曾思考如此的准则是不通情理的。

㉕ 譆(xī 西):同"嘻",表示感叹、悲痛等。

㉖ 浑沌:太古元气阴阳未分之貌。《春秋说题辞》:"元清气以为天,浑沌无形体。"纷错:杂乱貌。纷:《文馆词林》作"舛"。隆:兴盛。丁晏《曹集铨评》:"《御览》作'运'。"胡绍煐《文选笺证》曰:"作'运'是也,与上句分为韵。后人误以下穷、终、躬、风韵,故易为'隆'。"《广雅·释诂四》曰:"运,转也。""隆"、"运"两字其义皆可

通。

㉗ 迹:丁晏《曹集铨评》:“《御览》作‘端’。”端:始也。

㉘ 芒芒:《文馆词林》作“茫茫”,广大貌。元气:指天地未分前的混沌之气。谁:《文馆词林》作“孰”。

㉙ 身、躬:皆指自身。累:连累;使受害。《尚书·旅獒》:“不矜细行,终累大德。”

㉚ 老庄:《文馆词林》作“庄老”,指庄子与老子。

㉛ 庄周将自己比喻为自由自在的乌龟。《庄子·秋水》:“庄子钓于濮水,楚王使大夫二人往先焉,曰:‘愿以境内累矣。’庄子持竿不顾,曰:‘吾闻楚有神龟,死已三千岁矣,王巾笥而藏之于庙堂之上。此龟者,宁其死为留骨而贵乎?宁其生而曳尾于涂中乎?’二大夫曰:‘宁生曳尾涂中。’庄子曰:‘往矣!吾将曳尾于涂中。’”涂:泥。《文馆词林》作“泥”。

㉜ 艳:文辞之艳丽。穷泽:犹言干涸之湖泊。发荣:开花。

㉝ 激神:冲击精神。

㉞ 游观:游览观赏。演:广也。声色:指美好的声音与颜色。妖靡:美好。

㉟ 化:《文馆词林》作“幻”。至妙:《文馆词林》作“妙艺”。敷:陈述,铺叙。

㊱ 整身:整饬行为。倦世:倦于人间之世,勤劳于人间之事。“世”,《文馆词林》作“俗”。

㊲ 探:取。隐:谓隐居之士。拯沉:拯救隐居陆沉之人。

㊳ 不远遐路:不以远道为远。光临:对人来之敬辞。玉音:《文选》李善注:“《尚书大传》曰:‘天下诸侯受命于周,莫不玉音金声。’”也可理解为君子比德于玉,玉音即德音。

㊴ 菰(gū 孤):多年生草本植物,生长在池沼环境中,即茭白,名“菰米”,一称“雕胡米”,可以作饭。精粺(bài 败):精米。“粺”,《文馆词林》作“稗”。霜蓄:“蓄”即今蔓菁菜,经霜后味尤甘美。露葵:莼菜。战国·楚·宋玉《讽赋》:“为臣炊雕胡之饭,烹露葵之羹,来劝臣食。”

㊵ 玄熊:黑熊。素肤:白肉。豢(huàn 焕):饲养的牲畜。脓肌:即肥肉。脓,肥貌。

㊶ 蝉翼:形容把肉切得极薄。

㊷ 叠縠(hú 胡):层叠的轻纱,形容其薄。

㊸ 山鵽(duò 剁):一种山鸡,又称鵽鸠。《文选》张衡《南都赋》:“归雁鸣鵽,黄稻鲜鱼,以为芍药。”斥(chǐ 尺)鷃:鷃雀。《庄子·逍遥游》:鹏抟扶摇而上,“斥鷃笑之曰:‘彼且奚适也?’”“斥”与“尺”,古字通。珠翠:《文选》李善注:“珠,柱也。”《南方异物记》:“采珠人以珠肉作鲊也。”一指蚌和翠鸟。《文选》张铣注:“珠翠之

珍，谓蚌肉及翠鸟肉，以为珍好也。”

㊹ 寒：《文选》李善注：“今胚（zhēng 征）肉也。《盐铁论》曰：‘煎鱼切肝，羊淹鸡寒。’刘熙《释名》曰：‘韩鸡，本出韩国所为。‘寒’与韩同。’”朱珔《文选集释》：“案‘胚’与‘鲭’同，酱类也。……酱称寒者，《广雅》：‘醇（liáng 良），酱也。‘醇’与‘凉’同。’”《汉语大辞典》以为寒为古代一种烹饪方法，但说法不一。汉·桓宽《盐铁论·散不足》：“煎魚切肝，羊淹鸡寒。”苓：莲。按，“苓”，《文馆词林》和《艺文类聚》均作“莲”，“苓”与“莲”同。西海飞鳞：即文鳐，又名飞鱼。《山海经·西山经》：“曰泰器之山，观水出焉，西流注于流沙。是多文鳐鱼，状如鲤鱼，鱼身而鸟翼，苍文而白首赤喙，常从西海，而游于东海，以夜飞。其音如鸾鸡，其味酸甘，食之已狂，见则天下大穰。”脍：切得很细的鱼或肉。按，“脍”，《艺文类聚》作“鲙”，“鲙”与“脍”同。

㊺ 臛（huò 霍）：肉羹。江东：《文馆词林》作“江界”。潜鼍（tuó 驮）：潜藏的扬子鳄，亦称鼍龙、猪婆龙，生长于江中。臇（juǎn 卷）：少汁的肉羹。《楚辞·招魂》：“鹄酸臇凫，煎鸿鸧些。”王逸注：“臇，小臛也。”《苍颉·解诂》曰：“臇，少汁臛也。”

㊻ 糅：杂。醇：厚。

㊼ 玄冥：古代北方神名。《文选》李善注：“《礼记》曰：‘北方其神玄冥。北方，水也。’《尚书》曰：‘水曰润下，润下作咸。’”全句似说，北方之人好咸味。蓐（rù 入）收：古代传说中的西方神名，司秋。《礼记·月令》：“孟秋之月，月在翼，昏建星中，旦毕中。其日庚辛，其帝少皞，其神蓐收。”郑玄注：“蓐收，少皞氏之子，曰该，为金官。”全句似说，西方之人好辛辣。

㊽ 紫兰：紫色的兰花。《文选》李善注：“《礼斗威仪》曰：‘君乘金而王，其政平，则兰常生。’郑玄曰：‘主给调和也。’”丹椒：花椒。汉·张衡《七辩》：“芳以姜椒，拂以木兰。”施和必节：调味之品必有节制。

㊾ 遗芳射越：遗留的芳香四散。

㊿ 春清：春天酿造的清酒。《文选》李善注：“郑玄《礼记》注曰：‘清酒，今中山冬酿，接夏而成也。缥，绿色而微白也。’”康、狄：杜康、仪狄，皆古之善酿者。《文选》李善注：“《博物志》曰：‘杜康作酒。’《战国策》曰：‘梁王请为鲁君举觞。鲁君曰：‘昔帝女仪狄作酒而美，进之于禹，禹饮而甘之。遂疏仪狄，乃绝旨酒。’’”

51 “应化则变，感气而成”：指酒与气候互相感应。则：《文馆词林》作“即”。《文选》李善注：“《淮南子》曰：‘物类之相应，故东风至而酒汎溢。’高诱曰：‘东风，木风也。其味酸，入酒故酢而泛者沸。盖非类相感也。’”

52 古人将五行、四季与五味融为一个系统。初夏时酒味苦，夏季末其味甘甜。《礼记·月令》：“孟夏之月，日在毕，昏翼中，旦婺女中。其日丙丁，其帝炎帝，其神祝融。其虫羽，其音徵，律中中吕。其数七。其味苦，其臭焦。”“中央土。其日戊巳，其帝黄帝，其神后土。其虫倮，其音宫，律中黄钟之宫。其数五。其味甘，其臭香。”

53 翠樽：以翠玉装饰之酒器。雕觞：雕镂的酒杯。

54 浮蚁：酒面上的酒糟浮沫。《文选》张衡《南都赋》：“醪敷径寸，浮蚁若蓱。”鼎沸：谓如鼎之沸腾。酷烈馨香：浓郁的香气。《文选》司马相如《上林赋》：“芬芳沤郁，酷烈淑郁。”郭璞注：“香气盛也。”

55 和神：使人心神安定。娱肠：使肠胃欢欣舒服。指肴馔妙绝。

56 藜（lí 黎）：称灰藋、灰菜。藿（huò 霍）：豆叶，嫩时可食。

57 步光：古代名剑。《史记·仲尼弟子列传》：“因越贱臣种奉先人藏器，甲二十领，鈇屈卢之矛，步光之剑，以贺军吏。”华：《艺文类聚》作“采”。华藻繁缛：文采繁饰。

58 文犀：有纹理的犀角。翠绿：此处应指翠玉。

59 骊龙之珠：即黑龙颔下之珠。《庄子·列御寇》：“河上有家贫，恃纬萧而食者，其子没于渊，得千金之珠。其父谓其子曰：‘取石来锻之。夫千金之珠，必在九重之渊，而骊龙颔下，子能得珠者，必遭其睡也。使骊龙而寤，子尚奚微之有哉！’”《尸子》卷下：“玉渊之中，骊龙蟠焉，颔下有珠。”荆山之玉：即著名的和氏璧。楚人卞和（即和氏）在楚山（即荆山）下得一玉璞，先后献给厉王和武王。使玉工辨认之，均以为石，因此以诳欺罪，被刖去两足。最后献给楚文王，使玉工理之，果得宝玉。事见《韩非子·和氏》。

60 “陆断犀象，未足称隽”：在陆地上能斩断犀牛和大象，尚不足称得上是好剑。隽，同“俊”，美好出众。

61 截鸿：斩断鸿雁。《文选》李善注：“《战国策》：苏素说韩王曰：‘韩卒之剑，陆断牛马，水击鸿雁。’《广雅》曰：‘渐，渍也。’”水不渐刃：指刀上不留水痕，形容剑之锋利和挥剑之快捷。

62 九旒（liú 流）：冕前后所悬系之玉珠串。天子十二串，诸侯九串。散耀：谓散发晶莹之光辉。耀：《文馆词林》作“曜”。垂文：散发着文采。

63 华组：冠上花型装饰的帽带。从风：随风。纷纭：多盛貌。《文馆词林》作“缤纷”。

64 结绿、悬黎：皆古代美玉名。《战国策·秦策三》：“臣闻周有砥厄，宋有结绿，梁有悬黎，楚有和璞。”妙微：精美绝伦。

65 符采：玉之横文。照烂：光泽鲜明貌。按，“照”字，《文馆词林》、《艺文类聚》均作“焕”。照：或作“炤”，《广雅·释诂四》：“炤，明也。”流景：流光。扬辉：发出光辉。按，“辉”，《文馆词林》作“晖”。

66 黼黻（fǔ fú 府伏）：泛指礼服上所绣的华美花纹。《晏子春秋·谏下十五》：“公衣黼黻之衣，素绣之裳，一衣而王采具焉。”纱縠（hú 胡）：轻绉纱。《汉书·江充传》:“充衣纱縠禅衣,曲裾而后交输。”颜师古注:“纱縠,纺丝而织之也。轻者为纱,绉者为縠。”按,“纱縠”,《艺文类聚》作“罗縠”。

⑰ 金华:金质的花饰。舄(xì戏):鞋子。动趾遗光:移动脚步,金光闪闪。

⑱ 繁饰参差:繁缛的装饰纷纭复杂。微鲜若霜:明亮如霜。微,明也。鲜,洁也。

⑲ 绲(gǔn滚):编织的带子。绸缪:紧密缠缚貌。

⑳ 薰以幽若:用杜若薰香。若:杜若,香草名。《文选》李善注:“若,杜若也。若称幽若,犹兰曰幽兰也。”肆布:四方散布。

㉑ 雍容:从容不迫之貌。闲步:谓徐缓行走。驰燿:光芒闪耀。按,《文馆词林》此二句顺序颠倒。

㉒ 南威:春秋时晋国美女。《战国策·魏策二》:“晋文公得南之威,三日不听朝,遂推南之威而远之,曰:‘后世必有以色亡其国者。’”西施:春秋时越国美女。或称先施,别名夷光,亦称西子。

㉓ 毛褐(hè贺):毛制的粗布。按,“褐”,《文馆词林》作“裘”。

㉔ 荡:动摇性情。

㉕ 云龙:比喻神骏之马。《文选》李善注:“马有龙称,而云从龙,故曰云龙也。”《周礼·夏官·庾人》:“马八尺以上为龙,七尺以上为騋,六尺以上为马。”玉辂(lù路):古代帝王所乘之车,以玉为饰。繁缨:马车繁琐众多的带子。

㉖ 宛虹:弯曲如虹。抗:举。招摇:星名,即北斗第七星摇光。亦借指北斗。《文选》张衡《西京赋》:“建玄弋,树招摇。”薛综注:“招摇,(北斗)第九星名,为盾,今卤簿中画之于旗,建树之以前驱。”长緌(ruí瑞阳平):帽带的下垂部分。按,“緌”,《艺文类聚》作“绥”。华旍(líng灵):旌上画有招摇星的图案,故称华旌。按,“旍”,《文馆词林》、《艺文类聚》作“旌”。

㉗ 捷:插。忘归之矢:形容迅急之箭。秉:持,拿着。按,“秉”,《文馆词林》作“弯”。繁弱之弓:《公孙龙子·迹府》:“龙闻楚王张繁弱之弓,载忘归之矢,以射蛟兕于云梦之圃。”

㉘ 忽:突然,《文馆词林》作“欻”。蹑景:踏日影,言其速度之快。按,“景”,《文馆词林》作“影”。轻骛:疾驰。遗风:疾风。《文选》王褒《圣主得贤臣颂》:“纵骋驰骛,忽如影靡。过都越国,蹶如历块。追奔电,逐遗风。”李善注:“遗风,风之疾者也。”

㉙ 磎(xī西)填谷塞:填满溪谷。磎,同“溪”。《文选》司马相如《上林赋》:“填阬满谷,掩平弥泽。”榛:灌木林。罘(fú服):鸟网。

㊿ 满:《文馆词林》作“漏”,“漏迹”与“逸飞”偶语相对。逸:逃走。《文选》张衡《西京赋》:“上无逸飞,下无遗走。”屯:聚集。会围:合围。

㉛ 獠(liáo 辽)徒:猎人。云布:散布如云。武骑:勇武的骑卒。

㉜ 燿(yào 耀):"耀"的异体字。《文馆词林》作"曜"。戈殳:戈戟。晧旰(hào gàn 浩赣):洁白光明之貌。

㉝ 曳(yè 夜)文狐:拖有花纹的狐。掩狡兔:袭取狡兔。按,《艺文类聚》、《文馆词林》这两句前皆有"于是"二字。

㉞ 鷫鷞(sù shuāng 肃双)、振鹭:皆水鸟之名。

㉟ 当轨:正好挡住车轮者。《文选》张衡《西京赋》:"当足见蹍,值轮被轹。"与此句意同。见藉:被车所辗压。

㊱ 飞轩:飞车。电逝:如电飞驰,喻其速。按,"电逝",《文馆词林》作"电游"。

㊲ "翼不暇张,足不及腾":指禽兽或来不及张开翅膀飞,或来不及抬起腿来跑。《文选》张衡《西京赋》:"鸟不暇举,兽不得发。"

㊳ 飞锋:飞箭。举:高飞。罾(zēng 增):网。

㊴ 索:寻求,探索。按,"索",《文馆词林》作"荡"。探薄:摸索深厚的草丛。穷阻:荒僻险阻。《广雅·释邱》曰:"阻,险也。"

㊵ 腾山赴壑:形容风在山上山谷之间狂吹。猋(biāo 标)举:如暴风疾行。按,"猋",《文馆词林》、《艺文类聚》均作"飚"。

㊶ 机:弩牙。机不虚发:《文选》司马相如《子虚赋》:"弓不虚发,中必决眦。"饮羽:形容箭射入体内,只见到羽毛部分。按,"饮羽",《文馆词林》作"掩羽",《吕氏春秋·精通》:"养由基射兕中石,矢乃饮羽。"高诱注:"饮羽,饮矢至羽。"

㊷ 势胁:为情势所逼迫。

㊸ 哮阚(xiāo kàn 消看):形容猛兽的咆哮。

㊹ 慴(shè 射):畏惧。

㊺ 北宫:北宫黝,勇士名。《孟子·公孙丑上》:"北宫黝之养勇也,不肤挠,不目逃,思以一毫挫于人,若挞之于市朝;不受于褐宽博,亦不受于万乘之君;视刺万乘之君,若刺褐夫。"赵岐注:"北宫,姓;黝,名也。"东郭:《吕氏春秋·当务》:"齐之好勇者,其一人居东郭,其一人居西郭,卒然相遇于涂,曰:'姑相饮乎?'觞数行曰:'姑求肉乎?'一人曰:'子,肉也;我,肉也;尚胡革求肉而为? 于是具染而已。'因抽刀而相啖,至死而止。勇若此不若无勇。"全句说明勇士如北宫黝等,敢与猛兽搏斗。

㊻ 貀(chū 出):野兽名。《尔雅·释兽》曰:"貀似狸。"

㊼ 抗:御。隐:掩蔽。此二句意谓坚硬的兽骨禁不起武士拳击而粉碎。

㊽ 批:侧手击。熊掌最有力而能碎之,以喻武士之强健。虎:《文馆词林》作"兽"。傕:折。斑:虎文,代指虎。

㊾ 毛类:泛指兽类。羽群:泛指禽鸟。飞翮:飞鸟。如云:表示数量之多。《文选》扬雄《羽猎赋》:"创淫轮夷,丘累陵聚。"

⑩ 虓(xiè 卸):古"骇"字。《文馆词林》、《艺文类聚》均作"骇"。《周礼·夏官·大司马》:"鼓皆虓,车徒皆噪。"郑玄注:"雷击鼓曰骇。噪,讙也。"虓钟:击钟。弛旆(pèi 沛):解下旐末状如燕尾的垂旒。弛,解也。

⑩ 顿:撤除。纵网:放开网上粗绳。罴獠:《文选考异》、宋刊本《曹子建文集》"罴"作"罢"。罢:停息。獠:猎。迈:远行。

⑩ 骏騄(lù 录):骏马、騄耳都是良马。齐骧(xiāng 襄):一起奔驰。扬銮:响起马铃。銮:铃。飞沫:马口飞溅的口沫。

⑩ 金较:车箱两旁板上供凭倚的金饰龙形横木。《文选》张衡《西京赋》:"戴翠帽,倚金较。"翠盖:饰以翠羽的车盖。

⑩ 暇豫:悠闲逸乐。《艺文类聚》作"暇预"。《文选》李善注:"《国语》:优施曰:'我教汝暇豫之事君。'韦昭曰:'暇,闲也。豫,乐也。'"

⑩ 羽猎:用箭射猎。

⑩ 闲宫:宽大的宫殿。显敞:高显貌。云屋:形容房屋若云之高。汉·班婕妤《自伤赋》:"仰视兮云屋,双涕下兮横流。"皓旰:同"浩汗",盛大貌,广大貌。

⑩ 景山:大山,高山。《诗·鄘风·定之方中》:"望楚与堂,景山与京。"毛传:"景山,大山。"迎:面向。观:《文馆词林》作"馆"。亦可解作宫馆名。《三辅黄图·汉宫》:"武帝作迎风馆于甘泉山。"

⑩ 彤轩:红漆的栏槛。《文馆词林》作"雕轩"。紫柱:紫色的殿柱。汉·刘梁《七举》:"丹墀缥壁,紫柱红梁。"文榱(cuī 崔):文彩绘饰的屋椽。华梁:雕镂装饰的宫梁。

⑩ 绮井:藻井,饰以彩纹图案的天花板,形似井口围栏。《艺文类聚》卷六十二《居处部·殿》引《风俗通》曰:"殿堂象东井形,刻作荷菱。菱水物也,所以厌火。"含葩:含有花朵的装饰。金墀(chí 池):用金属装饰的宫阶。或同金戺(shì 是),阶旁金黄色的斜石。《文选》张衡《西京赋》:"金戺玉阶,彤庭辉辉。"玉箱:犹玉房。《尔雅》孙炎注:"箱,夹室前堂也。"

⑩ 絺绤(chī xì 痴细):《龙龛手鉴·系部》:"绤,絺绤,葛衣也。"《艺文类聚》作"絺绤",《国语·越语》韦昭注:"絺,葛也。精曰絺,粗曰绤。"冬服絺绤:形容温室暖和,不须穿着厚衣。清室:清凉的房间。中夏:指盛夏。含霜:指藏霜。汉·李尤《函谷关赋》:"盛夏临漂而含霜也。"

⑪ 华阁:彩绘的阁道。缘云:顺着云彩,喻其高。飞陛:通向高处的阁道。《文选》张协《七命》:"长翼临云,飞陛陵山。"刘良注:"飞陛,阶道也。言高如鸟飞而陵上于山。"陵:《文馆词林》作"凌"。

⑫ 頫(fǔ 府):"俯"的古字。《艺文类聚》作"俯"。眺:《艺文类聚》、《文馆词林》作"视"。《文选》王延寿《鲁灵光殿赋》:"中坐垂景,頫视流星。"八隅:即八方。

⑬ 眇：视，见。《文选》张衡《东京赋》："眇天末以远期。"薛综注："眇，视也。"天际：天边。

⑭ 变名异形：表示其建筑光怪陆离，不可名状。"变名"，《文馆词林》作"变各"，宋刊本《曹子建文集》"名"作"容"。

⑮ 班输：春秋鲁国的巧匠公输班。一说班指鲁班。措：放置。离娄：古代视力特强之人，据说百步之外能见"秋毫之末"。《孟子·离娄上》："离娄之明。"赵岐注："离娄者，古之明目者。盖以为黄帝之时人也。"睛：《文馆词林》作"精"。"精"、"睛"古通用。

⑯ 交植：互相交叉种植在一起。《文馆词林》作"交殖"。诡类：奇怪的种类。

⑰ 熙天曜日：光芒照耀天日。熙，光。

⑱ 素水：白水，清水。《楚辞·七谏·哀命》："含素水而蒙深兮，日眇眇而既远。"

⑲ 飞翮（hé 河）：指鸟类。《文馆词林》作"飞翼"。凌高：升高，《艺文类聚》作"陵高"。

⑳ 忽若：突然。《文馆词林》作"欻尔"。忘归：《楚辞·九歌·东君》："观者澹予忘归。"

㉑ 任子垂钓：指任公子钓大鱼的寓言。《庄子·外物》："任公子为大钩巨缁，五十犗以为饵，蹲乎会稽，投竿东海。旦旦而钓，期年不得鱼。已而鱼大食之，牵巨钩錎没而下，惊扬而奋鬐，白波若山，海水震荡，声侔鬼神，惮赫千里。任公子得若鱼，离而腊之，自制河以东，苍梧已北，莫不厌若鱼者。"魏氏：泛指善于射箭之人。《文选》李善注引《吴越春秋》曰："越王欲伐吴，范蠡进善射者陈音。越王问其射所起焉。音曰：黄帝作弓以备四方。后有楚狐父以其道传羿，羿传逄蒙，蒙传楚琴氏，琴氏传大魏，大魏传楚三侯，麋侯、翼侯、魏侯也。"

㉒ 芳饵：芳香的鱼饵。《吴越春秋·勾践阴谋外传》："大夫种曰：'臣闻高飞之鸟，死于美食；深川之鱼，死于芳饵。'"轻缴（zhuó 浊）：古人将丝绳系于箭末，及射中猎物，则收绳而取之，名之曰缴。弋：射。飞：谓鸟类。按，《文馆词林》此二句无"水"、"飞"二字。

㉓ 九渊：深渊。汉·贾谊《吊屈原赋》："袭九渊之神龙。"按，"渊"，《文馆词林》作"泉"。

㉔ 菱华：菱花。《文选》司马相如《子虚赋》："外发芙蓉菱华。"按，"菱华"，《文馆词林》作"华莲"。擢：引。水苹：水上浮萍。

㉕ 蜯：蚌。汉·扬雄《蜀都赋》："蜯含珠而擘裂。"按，"蜯"，《文馆词林》作"蚌"。鲛人：神话传说中的人鱼。《文选》左思《吴都赋》刘渊林注："鲛人居水中。"

㉖《汉广》：《诗经·周南》篇名。《诗·周南·汉广》："汉有游女，不可求思。"

陈奂《诗毛氏传疏》引薛君曰:"游女,谓汉神也。"觌(dí 敌):遇见。按,"觌",《文馆词林》作"观"。

⑫⑦ 燿:《文馆词林》作"曜",光明照耀。神景:神影。景,通"影"。中沚:《尔雅·释水》:"水中可居者曰洲,小洲曰渚,小渚曰沚。"纤罗:纤细的丝绸。《文选》司马相如《子虚赋》:"杂纤罗,垂雾縠。"

⑫⑧ 靖步:缓步。按,"靖步",《文馆词林》作"静步","静"、"靖"古通用。遗:留。芳烈:香气极盛。抗:举。清歌:无管弦相和之歌唱。

⑫⑨ 好仇(qiú 求):好匹配。天路:天上之路。汉·枚乘《乐府》:"美人在云端,天路隔无期。"无由:无从。

⑬⓪ 宴婉:同"燕婉",仪态安详温顺。《楚辞·离骚》:"扈江离与辟芷兮,纫秋兰以为佩。"王逸注:"修,饰也。"按,"宴",《文馆词林》作"嬿"。愁:《文馆词林》作"惆"。

⑬① 宫馆:《艺文类聚》、《文馆词林》均作"宫观"。

⑬② 岩穴:指隐者所居。

⑬③ 才人妙妓:指歌女伶人。"妓",《文馆词林》作"技"。遗世:绝世。《文馆词林》作"遗时"。越:超过。《艺文类聚》作"超"。"超"、"越"义同。

⑬④ 北里:古代淫荡的舞曲名。《史记·殷本纪》:"帝纣……好酒淫乐,嬖于妇人。爱妲己,妲己之言是从。于是使师涓作新淫声,北里之舞,靡靡之乐。"流声:即淫放之声。阳阿:乐曲名。《文选》宋玉《对楚王问》:"客有歌于郢中者,其始曰《下里》、《巴人》,国中属而和者数千人;其为《阳阿》、《薤露》,国中属而和者数百人;其为《阳春》、《白雪》,国中属而和者不过数十人。"《淮南子·俶真训》高诱注:"阳阿,古之名倡也。"

⑬⑤ 文轩:有画饰的殿槛。洞庭:广阔的庭院。《文选》李善注:"洞庭,广庭也。"按,"洞庭",《艺文类聚》等俱作"彤庭"。《文选》班固《西都赋》:"后宫则有掖庭椒房、后妃之室……于是玄墀扣砌,玉阶彤庭。"

⑬⑥ 挥:《文选》李善注:"《广雅》曰:'挥,动也。'"按,"挥",《艺文类聚》作"弹"。篪(chí 迟):管乐。

⑬⑦ 俱振:一起演奏。

⑬⑧ 姣人:美人。《文选》李善注:"《毛诗》曰:'佼人僚兮。'"按,"姣人",《文馆词林》作"妙人"。袿(guī 规):妇人上服。飘飖:长裾飘动之貌。

⑬⑨ 金摇:金制的凤形头饰,即步摇。《文选》李善注:"宋玉《讽赋》曰:'主人之女,垂珠步摇,来排臣户。'《西京杂记》曰:'赵飞燕为皇后,其弟上遗黄金步摇。'"熠燿(yì yào 异耀):光彩鲜明。按,"熠熠",《文馆词林》、《艺文类聚》均作"熠烁"。翠羽双翘:翠绿色之长翎头饰。《文选》李善注:"司马彪《续汉书》曰:'皇太后入

庙,先为花胜,上为凤凰,以翡翠为毛羽。'王逸《楚辞注》曰:'翘,羽名也。'"

⑭ 挥:散。燿飞文:发出耀眼之光彩。《文馆词林》"燿"作"曜"。

⑭ 盘鼓:《文馆词林》作"槃鼓"。汉魏《七盘舞》,在地上排七个盘,舞者穿长袖舞衣,在盘的周围或盘上舞蹈。汉·张衡《观舞赋》:"历七盘而屣蹑。"

⑭ 长裾(jū 居):指长衣。宋刊本《曹子建文集》"裾"作"袖"。《文选》傅毅《舞赋》:"长袖交横。"据画像舞伎身着长袖舞衣。随风:形容舞时长袖飘动。悲歌入云:悲伤的歌曲响彻云霄。《列子·汤问》:"薛谈学讴于秦青,未穷青之技,自谓尽之,遂辞归。秦青弗止,饯于郊,抚节悲歌,声振林木,响遏行云。"

⑭ 蹻(jué 绝):壮健;勇武。按,"蹻",《文馆词林》作"趫"。蹻捷若飞:描写舞伎之舞步轻盈敏捷。蹈虚:形容舞步轻快脚不着地。远跖(zhí 直):形容跨出舞步极长。跖:踏,踩。

⑭ 躟(xiāng 襄):跳。《文馆词林》"躟"作"腾","躟"、"腾"义同。蜿蝉:如蛟龙盘屈貌的舞态。挥霍:迅急奔放貌。《文选》张衡《西京赋》:"跳丸剑之挥霍,走索上而相逢。"

⑭ 翔:《艺文类聚》、《文馆词林》均作"翻"。翻翥:飞貌。濈(jí 及)然:迅疾貌。按,"濈然",《文馆词林》作"濈尔"。凫没:形容舞姿如凫没入水中。

⑭ 体:《艺文类聚》、《文馆词林》均作"躯"。《文选》张衡《西京赋》:"纷纵体而迅赴。"不逮:形容舞姿迅疾。景:《艺文类聚》作"影","景"、"影"字通。

⑭ 飞:《文馆词林》作"悲"。激尘:形容歌声高亢。《文选》李善注引《七略》曰:"汉兴,善歌者鲁人虞公,发声动梁上尘。"依违:形容歌声徘徊,忽快忽慢。《文选》李善注:"依违,犹徘徊也。"《楚辞·九叹·离世》:"余思旧邦心依违兮。"厉:迅速。

⑭ 才:《文馆词林》作"材"。象:《文馆词林》作"像"。形难为象:难以形容其形象。

⑭ 渫(xiè 卸):歇。《文选》班固《东都赋》:"士怒未渫。"按,"渫",《文馆词林》、《艺文类聚》作"泄"。西颓:日落。《文选》潘岳《寡妇赋》:"岁云暮日西颓。"

⑮ 散乐:解散乐工。按,"散乐",《艺文类聚》作"乐散"。变饰:变更装饰。微步:即细步,小步走。中闺:宫中。

⑮ 玄眉:指经化装的赤黑色眼眉。弛(chí 迟):脱落(画眉的黑粉)。按,"弛"《艺文类聚》作"弛","弛"、"弛"义同。铅华:铅粉。拂:揩擦。兰泽:兰草浸制的润发香油。

⑮ 形嫷服:展现美丽的服饰。嫷(tuǒ 妥),美好。

⑮ 宜笑:笑得适宜、得体。睇眄(dì miǎn 地免):顾盼斜视。按,"睇眄",《艺文类聚》作"睇盼"。《楚辞·九歌·山鬼》:"既含睇兮又宜笑。"王逸注:"睇,微眄

貌。"流光:眼波盈盈如水波流动。

⑭ 携手同行:语出《诗·邶风·北门》:"惠而好我,携手同行。"

⑮ 除:楼陛。闲:安静。烂:灿烂光明。

⑯ 幄幙(wò mù 卧幕):篷帐帷幔。按,"幄幙",《文馆词林》、《艺文类聚》均作"罗帱"。罗帱:即"罗帷"。张:施。

⑰ 朱唇:红唇。清商:泛指汉魏以来的流行歌曲。《楚辞·惜誓》:"余因称乎清商。"王逸注:"清商,歌曲也。"

⑱ 九秋之夕:深秋之夜。未央:未尽。指通宵欢乐。

⑲ 奋节:以英勇表现其节操。显义:发扬正义。

⑳ 雄俊:谓才能出众。徒:《文馆词林》作"畴"。交党结伦:结交理想意气相同的人。《文选》张衡《西京赋》:"轻死重气,结党连群。"感分:感恩。遗身:忘却自己身家性命。按,"遗",《文馆词林》、《艺文类聚》均作"忘","遗"、"忘"义同。

⑯ 田光:战国时人,为保守刺杀秦始皇的秘密,自杀而死。李善注:"《史记》:燕太子丹谓田光曰:'丹所言者,国大事也,愿先生勿泄也。'光曰:'诺。'退见荆轲曰:'吾闻长者为行,不使人疑己。今太子疑光,非节侠也。'欲自杀以激荆卿,遂自刭。"北燕:燕国处中国北方,故曰北燕。公叔:《文选》李善注:"未详。"刘良注:"公叔,荆轲之字。"(见《文选》五臣注)

⑯ 果毅:刚强果断。《左传·宣公元年》:"杀敌为果,致果为毅。"轻断:草率作出决定。虎步谷风:指其走路如龙骧虎步,山谷起风。《文选》李善注引《春秋元命苞》曰:"猛虎啸而谷风起。"

⑯ 慴(shè 慑):恐惧。万乘:指天子。天子能出兵车万乘,故称万乘之主。

⑯ 田文:齐孟尝君姓田名文。他在薛地招致诸侯宾客,门下食客多至数千人。无忌:魏公子名,魏安釐王封其弟无忌为信陵君,门下食客三千(详见《史记》之《孟尝君列传》、《魏公子列传》)。俦:类。《文馆词林》、《艺文类聚》均作"畴","俦"、"畴"二字通。俊:才美。《文馆词林》"俊"作"儁","儁"、"俊"二字同。

⑯ 飞仁扬义:传扬仁爱与正义。腾跃:升腾跳跃,表示活跃提升之意。道艺:指学问和技能。

⑯ 无方:不拘一格,涉猎广泛。抗:举。云际:喻志气之高,《楚辞·九歌·云中君》:"猋远举兮云中。"

⑯ 凌轹(lì 立):倾轧,欺压。驱驰:策马急驰。当世:《文馆词林》"世"作"代"。

⑯ 挥袂(mèi 昧):挥动袖子。《文选》李善注:"《淮南子》曰:'所谓一者,上通九天,下贯九野。'刘邵《赵郡赋》曰:'煦气成虹蜺,挥袖起风尘。'文与此同,未详其本也。"九野:指九州,也可指天下。

⑯ 亮:确实。汉·王符《潜夫论·慎微》:"亮哉斯言!可无思乎?"。

⑰ 方：将。累：《吕氏春秋·审分》高诱注："累，犹负也。"也即妨害、损伤的意思。

⑰ 世：《艺文类聚》作"时"。圣宰：指曹操。曹操于建安十三年（208）夏六月为丞相，故尊之为圣宰。翼帝：指辅佐汉献帝刘协。霸世：指把持朝政大权。以下数句都是歌颂其父曹操的话。

⑰ 同量乾坤：指与天地同等器量。等曜日月：指与日月同样光明。按，"曜"，《文馆词林》、《艺文类聚》均作"明"，"曜"、"明"义同。

⑰ 玄化参神：谓圣德教化如神明。合契：相符合，相一致。《文选》扬雄《剧秦美新》："与天剖灵符，地合神契。"

⑰ 黎苗：黎民，民众。震：动。按，"震"，《文馆词林》作"振"，"震"、"振"古通用。无外：谓古代帝王以天下为一家，故无外。

⑰ 隆平：盛世太平。《礼记·乐记》郑玄注："隆，犹盛也。"踵：继。《文选》张衡《东京赋》："踵二皇之遐武。"皇：《艺文类聚》作"浓"，系"农"字之误。羲农：伏羲、神农。齐泰：天下太平。

⑰ 显朝惟清：光耀朝廷，唯有清明。王：《文馆词林》、《艺文类聚》均作"皇"，疑作"皇"字是。"皇"谓汉帝。遐均：远近皆同。

⑰ 民：《文馆词林》作"人"。《艺文类聚》卷十二引班固《文帝述》："我德如风，民应如草。"民如草是古代统治者对万民的蔑视。望：视。我泽如春：皇恩之润泽犹如能长育万物的春天。

⑰ 洗耳：许由以为尧要禅位给他，污其耳，故洗之。汉·蔡邕《琴操》："尧大许由之志，禅为天子。由以其不善，乃临河而洗耳。"乔岳：高山。按，"乔"，《文馆词林》作"峤"。巢居：指巢父，或泛指隐士。晋·皇甫谧《逸士传》："巢父者，尧时隐人。常山居，以树为巢，而寝其上。时人号曰巢父也。"民：《文馆词林》作"人"。

⑰ 俊乂（yì 义）：才德出众的人。观国：指观察国情，引申为从政。《易·观》："观国之光，利用宾于王。"

⑱ 举不遗才：推举人才，不遗漏一人。进各异方：指入仕的道路各异。

⑱ 辟雍（bì yōng 避庸）：本为西周天子所设大学，校址圆形，围以水池，前门外有便桥。东汉以后，历代皆有辟雍，为行乡饮、大射或祭祀之礼的地方。汉·班固《白虎通·群雍》："天子立辟雍者，所以行礼乐，宣教化。辟者，璧也，象璧圆又以法天于雍水侧，象教化流行也。"讲：论。明堂：古代帝王宣明政教、举行大典的地方。凡朝会、祭祀、庆赏、选士、养老、教学等大典，都在此进行。

⑱ 流俗：社会上流行的风俗习惯，多含贬义。《礼记·射义》郑玄注："失俗也。"华说：谓华而不实之言论。综：理事。旧章：谓旧日之典章制度。《左传·哀公三年》："旧章不可忘也。""赞典礼……综孔氏之旧章"等四句，《汉魏六朝百三名家

集·陈思王集》误编为《七略》篇。

⑱ 散乐移风：扩散音乐之教化，以移风易俗。富：《文馆词林》作“静”。民：《文馆词林》作“人”。

⑱ 神应休臻：神明以吉兆回应，吉兆到来。屡获嘉祥：屡次获得祥瑞之物。

⑱ 甘灵：《艺文类聚》作“甘露”，宋刊本《曹子建文集》仍作“露”。按，作“露”为是。景星：现于有道之国的大星或瑞星。《文子·精诚》：“故精诚内形气动于天，景星见，黄龙下，凤凰至，醴泉出，嘉谷生，河不满溢，海不波涌。”

⑱ 观：见。游龙：《礼斗威仪》曰：“其君乘水而王，龟龙被文而见。”《文选》宋玉《神女赋》：“婉若游龙乘云翔。”聆：听。高冈：《文馆词林》作“朝阳”。《诗·大雅·卷阿》：“凤皇鸣矣，于彼高冈。”

⑱ 霸道：谓曹操奉天子以令诸侯，是为霸道。《汉书·元帝纪》：“宣帝作色曰：‘汉家自有制度，本以霸、王道杂之，奈何纯用德教，用周政乎？’”至隆：至高，最高。按，“至隆”，《文馆词林》作“恢隆”。雍熙：谓和乐升平。《文选》张衡《东京赋》：“上下共其雍熙。”薛综注：“上下咸悦，故能雍和而广也。”盛际：盛世。

⑱ 主上：指汉献帝刘协。沉恩：深恩。按，“沉恩”，《文馆词林》作“洪恩”。声教：声威教化。未：《文馆词林》作“不”。《广雅》：“厉，高也。”

⑱ 仄陋：指有才德而地位卑微的人。汉·边让《章华台赋》曰：“举英奇于侧陋。”《尚书·舜典》孔颖达《正义》：“不在朝廷谓之侧，居处褊隘故言陋。”“仄”、“侧”古通用。《三国志·魏书·武帝纪》建安十五年《求贤令》：“二三子其佐我明扬仄陋，唯才是举，吾得而用之。”皇明：皇帝之圣明。

⑲ 宁（nìng 佞）子商歌之秋：宁戚是春秋卫人，齐大夫。《楚辞·离骚》：“宁戚之讴歌兮，齐桓闻以该辅。”王逸注：“宁戚修德不用，退而商贾，宿齐东门外。桓公夜出，宁戚方饭牛，叩角而商歌。桓公闻之，知其贤，举用为客卿，备辅佐也。”吕望：即姜尚，辅佐周武王伐纣。《文选》李善注：“《尚书中候》曰：‘王至磻溪之水，吕尚钓崖下。趋拜，尚立变名曰望。’”投纶：垂钓。

⑲ 太和：谓太平。太和之民：《文馆词林》作“泰和之人”，“太”、“泰”古相通。《文选》李善注：“《法言》曰：‘或问太和曰：其在唐虞成周也。’李轨曰：‘天下太和也。’”陶唐：帝尧氏。世：《文馆词林》作“代”。

⑲ 攘袂（mèi 昧）：卷起袖子。兴：起。

⑲ 韡（wěi 伟）：《艺文类聚》作“伟”。伟：美。韡：盛。则“韡”、“伟”义近。华淫：浮夸。厉：励。祇搅予心：扰乱我心。《诗·小雅·何斯人》曰：“胡逝我梁，祇搅我心。”毛传：“搅，乱也。”

⑲ 穆清：太平祥和。莅：临。

⑲ 盈虚：谓盛衰。正义：谓正道。顽素：指自己愚昧的初衷。按，“顽素”，《文

馆词林》作“素心”。

⑯ 予:《文馆词林》作“我”。廓尔:开悟貌,觉悟貌。按,“廓尔”,《文馆词林》、《艺文类聚》均作“廓然”。《文选》扬雄《长杨赋》:“乃今日发蒙,廓然已昭矣。”李善注:“廓,除貌。”身轻若飞:汉·刘梁《七举》:“先生昭然神悟,霍尔体轻。”

⑰ 初服:未入仕时的服装。《楚辞·离骚》:“进不入以离尤兮,退将复修吾初服。”蒋骥注:“初服,未仕时之服也。”全句说明自己愿意回到出仕的初衷,重新进入仕途。

述征赋

恨西夏之不纲[①]。

【说明】

此赋仅存一句,见《文选》潘岳《西征赋》李善注,《文选》陆机《吊魏武文》李善注。创作时间可能是建安十六年(211)曹植随父曹操西征关中或建安二十年(215)随父曹操西征张鲁。赋中的西夏,大概指关中的叛军或者张鲁。

【注释】

① 西夏:古代西方的小国名。此处可能指当时西方的叛军。不纲:指关中叛军失去纲纪。《汉书·叙传下》:“秦人不纲,罔漏于楚。”《逸周书·史记》:“昔者西夏性仁非兵,城郭不修,武士无位,惠而好赏;财屈而无以赏,唐氏伐之,城郭不守,武士不用,西夏以亡。”

离思赋并序

建安十六年,大军西讨马超[①],太子留监国[②],植时从焉,意有怀恋[③],遂作《离思》之赋。

在肇秋之嘉月[④],将曜师而西旗[⑤]。余抱疾以宾从[⑥],扶衡轸而不怡[⑦]。虑征期之方至,伤无阶以告辞[⑧]。念慈君之光惠[⑨],庶没命而不疑[⑩]。欲毕力于旌麾[⑪],将何心而远之?愿我君之自爱,为皇朝而宝己[⑫]。水重深而鱼悦,林修茂而鸟喜[⑬]。

【说明】

此赋见《艺文类聚》卷二十一，又见《汉魏六朝百三名家集·陈思王集》。赋作于汉献帝建安十六年(211)，时曹植随父曹操征伐马超。马超(176—222)乃三国蜀右扶风茂陵人，字孟起，马腾之子。东汉末随父起兵，为偏将军。献帝建安十六年，与韩遂等联兵攻曹操，兵败，还据凉州。为杨阜所逐，奔汉中。时刘备攻益州，超请降，将兵至城下，刘璋即出降。蜀汉立，累迁骠骑将军，领凉州牧，封斄乡侯。卒谥威。

此赋反复陈言，希望曹丕为国珍重，情见于词。

【注释】

① 曹丕《感离赋序》曰："建安十六年，上(指曹操)西征，余居守，老母诸弟皆从，不胜思慕。"

② 监国：监管国事。指太子代君主管理国事。按，此语有误，详见"辨析"。

③ 怀：思。

④ 肇秋：秋天之始。指曹操于建安十六年(211)秋初征马超。《三国志·魏书·武帝纪》："秋七月，公(指曹操)西征，与(马)超等夹关而军。"《资治通鉴》卷六十六《汉纪五十八·孝献皇帝建安十六年》："秋，七月，(曹)操自将击超等。"

⑤ 曜师：即曜兵，炫耀武力。《三国志·魏书·明帝纪》："八月己未，大曜兵，飨六军。"西旗：西征之旗帜，即西征。

⑥ 抱疾：抱病。宾从：相从随行。指随父出征。《文选》左思《吴都赋》："缔交翩翩，宾从奕奕。"

⑦ 衡：辕前横木。轸(zhěn 枕)：车后横木。不怡：不乐。《尔雅·释诂》："怡，乐也。"

⑧ 无阶：无因。阶，因由。

⑨ 慈君：父之代称，指曹操。光惠：荣宠，恩惠。

⑩ 庶：希望。没命：犹舍命。

⑪ 毕力：尽力，全力。旌麾：谓在战斗之中。

⑫ 我君：指曹丕(或以为指曹操，似不确，因植与其父操同行。与赋题不合)。自爱、宝己：珍重自己。

⑬ 修茂：指修长茂密的树林。此二句化用《吕氏春秋·仲春纪·功名》"水泉深则鱼鳖归之，树木盛则飞鸟归之，庶草茂则禽兽归之，人主贤则豪杰归之。故圣王不务归之者，而务其所以归"文意，以厚重的深水和修长的茂林来比喻曹操的德行与胸怀。

【辨析】

此赋序文"太子(指曹丕)留监国"一句有误。此赋写于建安十六年曹操率大军西征马超。曹植《离思赋》、曹丕《感离赋序》、《三国志·魏书·武帝纪》和《资治通鉴》卷六十六《汉纪五十八》记载均无异辞。其时曹丕身份是"世子"。《三国志·魏书·武帝纪》载:"(建安)十六年春正月,天子(指汉献帝)命公(指曹操)世子(曹)丕为五官中郎将,置官属,为丞相副。"曹操征马超时,命曹丕以世子身份守邺,故只能称"留守"。曹丕被封为太子是建安二十二年冬十月的事。《三国志·魏书·武帝纪》载:"(建安)二十二年""冬十月","以五官中郎将(曹)丕为魏太子"。又《国语·晋语一》称:"君行,太子居,以监国也。"也即以太子身份代管国政才能称"监国"。可见,曹植此赋序文是后人所加的,或后人窜改的。

鹦鹉赋

美洲中之令鸟,超众类之殊名①。感阳和而振翼②,遁太阴以存形③。遇旅人之严网,殊六翮而无遗④。身挂滞于重绁⑤,孤雌鸣而独归。岂余身之足惜?怜众雏之未飞⑥。分糜躯以润镬,何全济之敢希⑦?蒙含育之厚德,奉君子之光辉⑧。怨身轻而施重⑨,恐往惠之中亏⑩。常戢心以怀惧,虽处安其若危⑪。永哀鸣以报德⑫,庶终来而不疲⑬。

【说明】

此赋见《艺文类聚》卷九十一、《初学记》卷三十。这是一个同题共作的题目,王粲、应玚、陈琳和阮瑀皆有同作。阮瑀卒于公元 212 年,其他三人同死于 217 年。曹植的赋可能也在 212 年之前所作。这篇赋描写一只鹦鹉,受到旅人的攻击被缚。幸亏得到君子的解救而不死,赋的结尾皆是感恩之辞。建安时期曹植的境遇尚佳,应不至于将自己比喻为受困的禽鸟。何况假如是同题共作,也不可能如此直接地透露自己的心事。因此只能将其视为一种禽鸟赋的传统写法。《鹦鹉赋》最早由东汉祢衡所作,后人多有模仿其文字者。

【注释】

① 洲:水中的陆地。令鸟:美好的禽鸟。超:超越,胜过。之:《初学记》作

“而”,义同。殊名:特别的名字。

② 阳和:春天暖和的气候,代指春天。

③ 太阴:阴暗寒冷的时候,此处指冬日。《孔子家语·本命解》:“阴为冬也,冬藏物而为化育始。”存形:即存身,保存全身。《易传·系辞下》:“尺蠖之屈,以求信也。龙蛇之蛰,以存身也。”孔颖达疏:“蛟蛇初蛰,是静也。以此存身,是后动也。”

④ 旅人:官名,掌管割烹之事。《仪礼·公食大夫礼》:“雍人以俎入,陈于鼎南;旅人南面加匕于鼎,退。”郑玄注:“旅人,雍人之属,旅食者也。”殊:《初学记》作“残”,应从。翮:鸟翎,代指鸟的翅膀。无遗:没有遗留,无馀。全句意为若被旅人抓走,则尸骨无存。

⑤ 绁:绳子,此处指被拴住,被缚。

⑥ 众雏:众小鸡。泛指幼禽或幼兽。

⑦ 分麋躯以润镬:将麋鹿的身躯剖开来润泽大鼎。镬(huò 祸):古代煮食物的无足大鼎,用来煮鱼肉等。何全济之敢希:如何敢希望全身而退?全济:保全,救活。

⑧ 含:收容,容纳。含育:收养,养育。厚德:深厚的恩情。奉君子之光辉:接受君子的恩德。

⑨ 身轻:自谦自己并不重要。施重:施予的恩重。

⑩ 往惠:往日的恩惠,指旧恩。亏:亏损,损失。

⑪ 戢(jí 极)心:收敛其心。其:《初学记》“其”作“而”。此句指虽然处在安全环境,但其实仍然仿佛在危境之中。

⑫ 永:久。报德:报答恩情。

⑬ 庶:希望。终来:终了和过去,即从过去到永远。不疲:不改变。

登台赋

从明后而嬉游兮①,聊登台以娱情②。见太府之广开兮③,观圣德之所营④。建高殿之嵯峨兮⑤,浮双阙乎太清⑥。立中天之华观兮⑦,连飞阁乎西城⑧。临漳川之长流兮⑨,望众果之滋荣⑩。仰春风之和穆兮⑪,听百鸟之悲鸣。天功坦其既立兮⑫,家愿得而获呈⑬。扬仁化于宇内兮⑭,尽肃恭于上京⑮。唯桓文之为盛兮⑯,岂足方乎圣明⑰!休矣美矣⑱,惠泽远扬。翼佐我皇家兮⑲,宁彼四方⑳。同天地之矩量兮㉑,齐日月之辉光㉒。(《艺文类聚》卷六十二,《初学记》卷二十四)

永贵尊而无极兮，等年寿于东王[23]。（《三国志·魏书·陈思王植传》裴松之注引阴澹《魏纪》载植赋）

【说明】

这篇赋可能是曹植在铜雀台建造完成之后所写。据《三国志·魏书·陈思王植传》："陈思王植，字子建。年十岁馀，诵读诗、论及辞赋数十万言。善属文。太祖尝视其文，谓植曰：'汝倩人邪？'植跪曰：'言出为论，下笔成章；顾当面试，奈何倩人？'时邺铜爵台新成，太祖悉将诸子登台，使各为赋。植援笔立成，可观，太祖甚异之。"

赋的内容首先是称赞铜雀台的宏伟壮丽，但更重要的是颂扬父亲曹操的丰功伟业，与天地日月同光。同时也祝贺父亲将等同于东王公万寿无疆。可见，此赋应该是一篇即席之作。《三国志》裴注提到曹植呈上这篇赋，曹操对其文采大吃一惊。

据《三国志·魏书·武帝纪》载，"（建安）十五年春，下令曰……冬，作铜雀台"。则此赋当作于建安十五年（210）冬。

【注释】

① 明：圣明，尊称之词。后：君王，这里指曹操。嬉游：游乐。

② 台：指邺城铜爵台。在今河北省南端磁县境。

③ 太府：官名。《周礼·天官》有大府，掌府藏会计。这里指其官署。

④ 圣德：指曹操。营：建造。

⑤ 高殿：高大的宫殿。嵯峨：高峻貌。

⑥ 双阙：古代宫殿、祠庙、陵墓前两边高台上的楼观。太清：指天。此句说明双阙高耸，如浮于天。

⑦ 中天：天的中央。按，"中天"，《初学记》卷二十四作"冲天"。华观：华丽的楼观。

⑧ 西城：据清代吴江人潘眉《三国志考证》，邺城有南北二城，而无西城。铜爵台在邺都北城西北隅。所谓西城，指北城之西面。台与城西北楼阁相接，故曰"连飞阁乎西城"。飞阁：架空建筑的阁道。

⑨《水经注》卷十《浊漳水》："魏武又以郡国之旧，引漳流自城西东入，径铜雀台下，伏流入城东注，谓之长明沟也。"

⑩ 滋荣：茂盛。

⑪ 和穆：和睦。

⑫ 天功:如上天之功绩。坦:平直,广阔。按,“坦”,《初学记》卷二十四作“怛”。

⑬ 家愿:曹家的愿望。得而获呈:(愿望)实现而显现出来。

⑭ 仁化:仁恩教化。宇内:区宇之内。“宇内”,《初学记》卷二十四作“宇宙”。

⑮ 肃恭:敬事尊上。上京:指汉献帝所在的河南许昌。

⑯ 桓文:指春秋时齐桓公和晋文公。曹操《让县自明本志令》:“齐桓、晋文之所以垂称至今日者,以其兵势广大,犹能奉事周室也。”指曹操奉天子以令诸侯。

⑰ 方:比。圣明:睿智英明,指曹操。全句指齐桓、晋文比不上曹操圣明。

⑱ 休:美。

⑲ 翼佐:辅助。皇家:指汉献帝。按,此句《初学记》卷二十四无“我”字。此句阴澹《魏纪》作“翼佐我皇家兮”。

⑳ 宁:安。彼:语中助词。四方:指天下。

㉑ 矩量:法度;常规。指曹操之德行足为天下之楷模。

㉒ 齐日月之辉光:指曹操之英明与日月齐光。

㉓ 永贵尊而无极:永远尊贵,没有尽头。东王:即东王父。《海内十洲记》:“扶桑在碧海之中,地方万里,上有太帝宫,太真东王父所治处,地多林木,叶皆如桑。”等年寿于东王:祝寿之词,祝贺曹操与东王公并寿。

愁霖赋

迎朔风而爰迈兮,雨微微而逮行①。悼朝阳之隐曜兮,怨北辰之潜精②。车结辙以盘桓兮,马踯躅以悲鸣③。攀扶桑而仰观兮,假九日于天皇④。瞻沉云之泱漭兮,哀吾愿之不将⑤。

【说明】

此赋见《艺文类聚》卷二。清·严可均案:“前明刻《子建集》既载前赋,复载一赋云‘夫何季秋之淫雨兮’凡六句。张溥本亦如此,盖据《艺文类聚》连载两赋也。考《文选》曹植《美女篇》注、张协《杂诗》注,知第二赋是蔡邕作,《类聚》误编耳,今删。”这篇赋的主题也是流行于魏晋之间的诗歌主题,愁霖、苦雨、喜雨都属于同类作品。这是诗和赋主题互相影响的一个例子。

【注释】

① 爰:于是。迈:往。微微:形容微雨状态。逮:及。

② 隐曜:太阳隐去光芒。北辰:北斗星。潜精:隐蔽光辉。精:光芒。

③ 结辙(zhé 哲):辙迹交错。亦作“结彻”,谓车辆往来不绝。盘桓:徘徊不前。踯躅(zhí zhú 直竹):走走停停,徘徊不前的样子。

④ 假:凭借,依靠。《荀子·劝学》:“假舆马者,非利足也,而致千里;假舟楫者,非能水也,而绝江河。”九日:九个太阳。《山海经·海外东经》:“下有汤谷。汤谷上有扶桑,十日所浴,在黑齿北。居水中,有大木,九日居下枝,一日居上枝。”

⑤ 沉云:阴云,浓云。晋·陆机《行思赋》:“托飘风之习习,冒沉云之蔼蔼。”泱漭(yǎng mǎng 养莽):广大貌。《文选》司马相如《上林赋》:“东西南北,驰骛往来,出乎椒丘之阙,行乎洲淤之浦,径乎桂林之中,过乎泱漭之野。”不将:不从,不能顺遂。指其志愿不遂。

【辨析】

赵幼文《曹植集校注》以为此赋作于建安十八年(213)。他提出的证据是“案《艺文》卷二载曹丕、应玚《愁霖赋》。丕赋句云:‘脂余车而秣马,将言旋乎邺都。’丕不称邺为魏都或魏京而称邺都,似在曹操尚未为魏公时。”这是一种猜测,因为实际上这种称呼并没有明确的历史分野。因此曹丕何时写下这篇赋并不清楚。其次,赵又指出因为赋中提到了“朔风”,而曹丕《临涡赋序》提到,丕、植曾于建安十七年(212)冬十月随曹操东征孙权,建安十八年(213)夏四月返回邺,因此“赋当作于十八年返邺途中”。这更不合理,赋中既然提到朔风,必然是冬天,应作于建安十七年的冬天。若赋作于建安十八年夏天,岂能说“迎朔风而爰迈兮”?这种推测岂非自相矛盾?因此本赋的创作年代仍旧无法确定。

寡妇赋

高坟郁郁兮巍巍,松柏森兮成行①。

【说明】

此赋见《文选》谢灵运《庐陵王墓下作诗》李善注。这是一篇描写寡妇的遭遇的赋篇,可惜已经不全。曹丕《寡妇赋》序文载:“陈留阮元瑜,与余有旧,薄命早亡。每感存其遗孤,未尝不怆然伤心,故作斯赋,以叙其妻子悲苦之情。命王粲并作之。”曹植可能也在此时作赋悼念他的朋友。

【注释】

① 郁郁:草木丛生貌。巍巍:高耸貌。森:树木高耸繁密貌。

叙愁赋并序

时家二女弟①,故汉皇帝聘以为贵人②,家母见二弟愁思③,故令予作赋曰:

嗟妾身之微薄④,信未达乎义方⑤。遭母氏之圣善⑥,奉恩化之弥长⑦。迄盛年而始立,修女职于衣裳⑧。承师保之明训⑨,诵六列之篇章⑩。观图像之遗形⑪,窃庶几乎皇英⑫。委微躯于帝室⑬,充末列于椒房⑭。荷印绂之令服⑮,非陋才之所望⑯。对床帐而太息,慕二亲以增伤。扬罗袖而掩涕⑰,起出户而彷徨⑱。顾堂宇之旧处,悲一别之异乡⑲。

【说明】

此赋见《艺文类聚》卷三十五。建安十八年(213),曹操安排汉献帝聘其三位女儿为贵人,分别为曹宪、曹节、曹华。曹华年纪最小,待年于国。其余二人则先入宫。这是曹操为了稳固自己的地位,进一步加强对汉献帝的监视而下的一步棋。他这种不惜牺牲自己女儿幸福的做法,恰好与曹植爱惜女弟的想法相反。曹植写了这篇赋来抒写他与两位妹妹离别的愁思。赋中称赞两位女弟从小知书达礼,以古《列女传》中的贤妻良母为典范,其美德可与舜帝的两位妻子娥皇和女英相提并论。此赋既有伤感的愁思,也含有称颂女弟之意,可谓情兼雅怨。

此赋是作者代女弟们立言,以第三者身份落笔。

【注释】

① 二女弟:指曹操的两个女儿,即曹植的妹妹曹宪与曹节。《后汉书·皇后纪下·献穆曹皇后》:"献穆曹皇后讳节,魏公曹操之中女也。建安十八年,操进三女宪、节、华为夫人,聘以束帛玄纁五万匹,小者待年于国。十九年,并拜为贵人。及伏皇后被弑,明年,立节为皇后。"

② 汉皇帝:指汉献帝刘协,公元189—229年在位。

③ 家母:指其母亲,即曹操妻卞氏。

④ 微薄:微贱单薄。这是谦辞。

⑤ 信:实在。达:通晓。义方:指行事知道遵守规范和道理。

⑥ 圣善:指品德明智而爱敬。此句是称赞母亲卞氏的智慧和美德。

⑦ 奉:承受。恩化:抚养教育。弥:久。

⑧ 盛年:指男女壮盛之年。即男子弱冠、女子及笄以后的二十几年间。女职:古代指女子、妇人的职分,包括女功等。

⑨ 师保:古时任辅弼帝王和教导王室子弟的官吏,有师有保,统称"师保"。《礼记·文王世子》:"入则有保,出则有师,是以教喻而德成也。师也者,教之以事而喻诸德者也;保也者,慎其身以辅翼之而归诸道者也。"《易传·系辞下》:"无有师保,如临父母。"

⑩ 六列:谓古《列女传》,汉代刘向撰,分《母仪》、《贤明》、《仁智》、《贞慎》、《节义》、《辨通》六篇。《续古文苑》载丁廙《蔡伯喈女赋》:"披邓林之曜鲜,明六列之尚致。"孙星衍注:"案:六列,谓《列女》之母仪、贤明、仁智、贞慎、节义、辨通六传也。"

⑪ 遗形:指遗留下来的形貌。此处指古《列女传》中的图像。

⑫ 窃:私自,自谦之词。庶几:希望,但愿。皇、英:尧之二女娥皇与女英,尧以二女与舜,舜即即位,娥皇为后,女英为妃。

⑬ 微躯:犹贱躯,谦抑之词。

⑭ 末列:犹下位。列,位次。椒房:指皇后。本指椒房殿,皇后所居。《汉书·车千秋传》:"江充先治甘泉宫人,转至未央椒房。"颜师古注:"椒房,殿名,皇后所居也。"

⑮ 荷:承,当。印绂(fú 浮):官印。令:善。

⑯ 陋才:自谦才能简陋之词。望:希冀。

⑰ 扬:举。掩:遮蔽。

⑱ 彷徨:徘徊。

⑲ 堂宇:殿堂。

慰子赋

彼凡人之相亲,小离别而怀恋。况中殇之爱子①,乃千秋而不见②。入空室而独倚,对床帷而切叹③。痛人亡而物在,心何忍而复观④。日晼晚而既没⑤,月代照而舒光⑥。仰列星以至晨,方沾露而含霜。惟逝者之日远,怆伤心而绝肠⑦。

【说明】

此赋见《艺文类聚》卷三十四。系曹植哀悼自己早殇的爱子所作,从早到晚只能看到爱子曾经用过的物品，而人却已夭折，千秋永诀。月光之下怀人，作者更感到逝者日远的无限哀伤。

【注释】

① 殇：未成年而死。《仪礼·丧服》："子、女子子之长殇、中殇。"郑玄注："殇者，男女未冠笄而死，可哀殇者。"

② 千秋：千载。

③ 切叹：忧伤悲怅的样子。

④ 何：疑问代词，怎么，怎能。复：再。

⑤ 晼（wǎn 宛）：天晚，日偏西。《广韵·上阮》："晼，晚。"

⑥ 代照：指夜晚时，月亮代替了太阳。

⑦ 绝：断裂。

酒赋并序

余览扬雄《酒赋》[①]，辞甚瑰玮[②]，颇戏而不雅[③]，聊作《酒赋》，粗究其终始。赋曰：

嘉仪氏之造思[④]，亮兹美之独珍。嗟麴糵之殊味，□□□□□□[⑤]。仰酒旗之景曜[⑥]，协嘉号于天辰[⑦]。穆公酣而兴霸[⑧]，汉祖醉而蛇分[⑨]。穆生失醴而辞楚[⑩]，侯嬴感爵而轻身[⑪]。谅千钟之可慕，何百觚之足云[⑫]！其味□□亮升[⑬]，久载休名[⑭]。宜成醪醴[⑮]，苍梧缥青[⑯]。或秋藏冬发，或春酝夏成[⑰]。或云沸川涌[⑱]，或素蚁如萍[⑲]。

尔乃王孙公子，游侠翱翔[⑳]。将承欢以接意，会陵云之朱堂[㉑]。献酬交错，宴笑无方[㉒]。于是饮者并醉，纵横讙哗[㉓]。或扬袂屡舞[㉔]，或扣剑清歌[㉕]。或嚬蹴辞觞[㉖]，或奋爵横飞[㉗]。或叹骊驹既驾[㉘]，或称朝露未晞[㉙]。于斯时也，质者或文[㉚]，刚者或仁[㉛]；卑者忘贱[㉜]，窭者忘贫[㉝]。和睚眦之宿憾，虽怨仇其必亲[㉞]。于是矫俗先生闻之而叹曰[㉟]："噫[㊱]，夫言何容易！此乃荒淫之源[㊲]，非作者之事[㊳]。若耽于觞酌[㊴]，流情纵佚[㊵]，先王所禁[㊶]，君子所失[㊷]。"（《艺文类聚》卷七十二，又《北堂书钞》卷一四八引五条）

叙嘉宾之欢会，惟耽乐之既阕[43]。日晻暗于桑榆兮[44]，命仆夫而皆逝[45]。(《韵补》卷四"阕"字注)

安沉湎而为娱，非往圣之所述[46]。辟《酒诰》之明戒[47]，同元凶于三季[48]。(《韵补》卷四"述"字注)

【说明】

曹植这篇酒赋的序文说明自己模仿扬雄的《酒赋》，但觉得扬雄的文章"颇戏而不雅"，因此想在文辞上超越前人。这篇赋开头简短地说明了造酒思想的起源，接着就连续引用与饮酒有关的历史典故来铺陈与酒有关的活动。现存赋的第二段描写饮酒欢乐的活动是赋的中心，描写得也最为精彩。他认为在喝酒之中，能使人忘记一切的恩怨忧愁。曹植有许多诗描写自己和朋友之间的欢乐宴饮，因此如果说他反对喝酒是不可能的。但现存赋有一段指出"安沉湎而为娱，非往圣之所述。辟《酒诰》之明戒，同元凶于三季"，与全篇赋意不协，只能说是在赋的尾巴加上的一个道德教训的结尾，恐非此赋的本意。

【注释】

① 扬雄(前53—18)，字子云，蜀郡成都人，为西汉著名辞赋名家。

② 瑰玮：珍贵奇异。《淮南子·俶真训》："何况怀瑰玮之道，忘肝胆，遗耳目……而和以天地者乎?"

③ 戏：游戏，戏谑。雅：正。

④ 仪氏：仪狄，相传为夏禹时善酿酒者。《战国策·魏策二》："昔者帝女令仪狄作酒而美，进之禹，禹饮而甘之，遂疏仪狄，绝旨酒，曰：'后世必有以酒亡其国者。'"造思：造酒的构思。

⑤ 此二句独存于严可均《全三国文》。麹糵(qū niè 区聂)：酒曲，酿酒时用的发酵剂。《尚书·说命下》："若作酒醴，尔惟麹糵。"殊味：特别的味道。

⑥ 酒旗：星宿，在轩辕星南。晋·葛洪《抱朴子·酒诫》："盖闻昊天表酒旗之宿，坤灵挺空桑之化。"《晋书·天文志上》："轩辕右角南三星曰酒旗，酒官之旗也，主宴飨饮食。五星守酒旗，天下大酺。"景曜：即"景耀"，光芒，光辉灿烂。

⑦ 协：同。嘉号：美名。天辰：即前注所说酒旗星。此句意为酒对应着天上酒旗星的佳名。

⑧ "穆公"二句：仅见于严可均《全三国文》卷十四。《史记·秦本纪》："初，缪公亡善马，岐下野人共得而食之者三百馀人，吏逐得，欲法之。缪公曰：'君子不以畜产害人。吾闻食善马肉不饮酒，伤人。'乃皆赐酒而赦之。三百人者闻秦击晋，皆

求从，从而见缪公窘，亦皆推锋争死，以报食马之德。”

⑨“汉祖”句：传说汉高祖曾醉酒斩白蛇。《史记·高祖本纪》：“高祖被酒，夜径泽中，令一人行前。行前者还报曰：‘前有大蛇当径，愿还。’高祖醉，曰：‘壮士行，何畏！’乃前，拔剑击斩蛇。蛇遂分为两，径开。行数里，醉，因卧。后人来至蛇所，有一老妪夜哭。人问何哭，妪曰：‘人杀吾子，故哭之。’人曰：‘妪子何为见杀？’妪曰：‘吾子，白帝子也，化为蛇，当道，今为赤帝子斩之，故哭。’”

⑩穆生失醴而辞楚：《曹子建集》作“穆生以醴而辞楚”。两句皆可通。《汉书·楚元王交传》载：“初，元王敬礼申公等，穆生不耆酒，元王每置酒，常为穆生设醴。及王戊即位，常设，后忘设焉。穆生退曰：‘可以逝矣！醴酒不设，王之意怠，不去，楚人将钳我于市。’称疾卧。”

⑪侯嬴：战国时人，魏国隐士，年七十馀而为魏大梁夷门监者，受到信陵君礼遇敬酒，后自刎以送信陵君，轻身重义。感爵：被敬酒的举动所感动。《史记·魏公子列传》载：“魏有隐士曰侯嬴，年七十，家贫，为大梁夷门监者。公子闻之，往请，欲厚遗之。不肯受，曰：‘臣修身絜行数十年，终不以监门困故而受公子财。’公子于是乃置酒大会宾客。坐定，公子从车骑，虚左，自迎夷门侯生。……至家，公子引侯生坐上坐，遍赞宾客，宾客皆惊。酒酣，公子起，为寿侯生前。”后来秦军围赵国首都邯郸，信陵君出兵救赵，“侯生曰：‘臣宜从，老不能。请数公子行日，以至晋鄙军之日，北乡自刭，以送公子’……公子与侯生决，至军，侯生果北乡自刭”。唐·李白《侠客行》：“救赵挥金槌，邯郸先震惊。千秋二壮士，烜赫大梁城。”其中的“二壮士”指的就是出计谋救赵的侯嬴和用金槌杀晋鄙夺取虎符的朱亥。

⑫谅：实。钟：盛酒器。觚（gū 孤）：饮酒器。《孔丛子·儒服》：“平原君与子高饮，强子高酒，曰：‘昔有遗谚，尧舜千钟，孔子百觚，子路嗑嗑，尚饮十榼。古之贤圣，无不能饮也。吾子何辞焉？’”

⑬此句有脱误，“亮升”二字不可解。

⑭“谅千钟……久载休名”句：仅见于严可均《全三国文》卷十四。久载休名：长久以来即有美名。

⑮宜成：《曹子建集》作“宜城”，“成”通“城”。宜城：在今湖北省宜城县，出美酒。《太平寰宇记》：“宜城出美酒，今在宜城县也。俗号宜城美酒为竹叶杯。”醪（láo 劳）：浊酒。醴（lǐ 礼）：甜酒。

⑯苍梧：在今广西壮族自治区苍梧市。缥青：浅绿色，此指酒的颜色。汉·蔡邕《翠鸟》诗：“翠鸟时来集，振翼修形容。回顾生碧色，动摇扬缥青。”

⑰秋藏冬发：秋季开始酿制，至冬季才成熟。春酝夏成：春天酝酿，夏天酒成。

⑱云沸：翻腾貌。川涌：如河水般地涌流。此句形容酒发酵时的情况。

⑲素蚁：酒上的白色泡沫。《文选》曹植《七启》李善注曰：“《释名》曰：‘酒有

泛齐，浮蚁在上，泛泛然。’”

⑳ 游侠：指身怀武艺，轻生重义，勇于救人急难的人。《韩非子·五蠹》：“废敬上畏法之民，而养游侠私剑之属。”翱翔：遨游。《诗·齐风·载驱》：“鲁道有荡，齐子翱翔。”毛传：“翱翔，犹彷徉也。”

㉑ 承欢以接意：迎合人意，求取欢心。会陵云之朱堂：在高耸云霄的红色厅堂聚会。

㉒ 献酬：主客互相敬酒。《诗·小雅·楚茨》：“献酬交错，礼仪卒度，笑语卒获。”交错：古代互相敬酒的程序。东西正对面敬酒为交，斜对面敬酒为错。《仪礼·特牲·馈食礼》：“众宾及众兄弟交错以辩，皆如初仪。”郑玄注：“交错，犹言东西。”宴笑无方：宴会的欢笑没有限制。

㉓ 纵横：比喻其动作舒展张扬。讙哗（huān huá 欢华）：喧哗，大声说笑吵闹。

㉔ 扬袂（mèi 昧）：举起袖子。屡舞：常常起舞。

㉕ 叩剑：敲击剑身。清歌：不用乐器伴奏的歌唱。《文选》张衡《思玄赋》：“双材悲于不纳兮，并咏诗而清歌。”

㉖ 嚬蹴（pín cù 频促）：同“嚬蹙”或“颦蹙”，皱眉蹙额。《文选》王延寿《鲁灵光殿赋》：“状若悲愁于危处，憯嚬蹙而含悴。”李善注：“嚬蹙，忧貌。”辞觞：拒绝接酒杯。

㉗ 奋爵：猛然用力举杯。横飞：指交错传递酒杯。

㉘ 骊（lí 离）驹：纯黑色的马。《汉书·王式传》：“（王式）既至，止舍中，会诸大夫、博士，共持酒肉劳式，皆注意高仰之。博士江公世为《鲁诗》宗，至江公著《孝经说》，心嫉式，谓歌吹诸生曰：‘歌《骊驹》。’”颜师古注：“服虔曰：‘逸《诗》篇名也，见《大戴礼》。客欲去歌之。’文颖曰：‘其辞云“骊驹在门，仆夫俱存。骊驹在路，仆夫整驾”也。’”此句意为有人感叹客人即将要离开，宴会即将结束。

㉙ 朝露未晞（xī 希）：字面的意思是朝露尚未干。出自《诗·小雅·湛露》：“湛湛露斯，匪阳不晞。厌厌夜饮，不醉无归。”此句说有人主张要不醉不归。

㉚ 质者：朴野之人。文：雍容闲雅之态。

㉛ 刚者：个性倔强的人。仁：性情温和。

㉜ 卑者忘贱：地位低下者忘其卑贱。

㉝ 窭（jù 具）者忘贫：贫穷者忘其自身困苦。窭：贫穷得无法备礼物。《诗·邶风·北门》：“终窭且贫，莫知我艰。”

㉞ 此二句仅见于严可均《全三国文》卷十四。和：和谐。睚眦（yá zì 涯自）：瞋目怒视。借指微小的怨恨。《史记·范雎蔡泽列传》：“睚眦之怨必报。”宿憾：旧恨。此句意为在喝酒中所有的恩怨都可以忘记。

㉟ 矫俗先生：作者假想的人物。矫俗：矫正世俗。《后汉书·祭遵传》：“矫俗

厉化,卓如日月。”

㊱ 噫:叹词,惊讶之意。

㊲ 荒淫之源:酒是佚乐女色之根源。

㊳ 作者:指隐逸之贤士。《论语·宪问》:“子曰:‘贤者辟世,其次辟地,其次辟色,其次辟言。’子曰:‘作者七人矣。’”邢昺疏:“此章言自古隐逸贤者之行也……作,为也,言为此行者,凡有七人。”

㊴ 耽:沉湎,沉溺。《诗·卫风·氓》:“于嗟女兮,无与士耽。”毛传:“耽,乐也。”觞酌:本指饮酒器,借指饮酒。

㊵ 流情:放情。纵佚:纵乐。

㊶ 先王:指夏禹,史传夏禹疏远仪狄而绝美酒。《战国策·魏策二》:“昔者帝女令仪狄作酒而美,进之禹,禹饮而甘之,遂疏仪狄,绝旨酒,曰:‘后世必有以酒亡其国者。’”

㊷ 失:通“佚”,轻忽。《尚书·盘庚中》:“盘庚乃登进厥民。曰:‘明听朕言,无荒失朕命。’”严可均《全三国文》卷十四“失”作“斥”。

㊸ 耽乐:沉溺享乐。阕(què 阙):停止。《诗·小雅·节南山》:“君子如届,俾民心阕。”

㊹ 晻(àn 暗)暗:昏暗不明。桑榆:指日暮,日落时日光照在桑榆树端。《太平御览》卷三引《淮南子》:“日西垂,景在树端,谓之桑榆。”

㊺ 逝:往。

㊻ 全句意为,沉溺嗜酒,不是先圣先贤所遵循的。

㊼ 辟(bì 必):退避,躲避。《左传·僖公二十八年》:“师直为壮,曲为老。岂在久乎?微楚之惠不及此,退三舍辟之,所以报也。”《酒诰》:周公令康叔在卫国宣布戒酒的告诫之辞。见《尚书·周书·酒诰》。

㊽ 元凶:罪魁祸首。三季:指夏、商、周三代的末期。全句意为若躲避周公之《酒诰》,则等同于三代末期的罪人。

【辨析】

曹操曾经因为农作物收成不好而禁酒。《世说新语·言语》载:“魏太祖以岁俭禁酒,融谓酒以成礼,不宜禁。”《艺文类聚》卷七十二引《魏略》:曰:“大(太)祖禁酒,而人窃饮之,故难言酒。以白酒为贤者,清酒为圣人。”孔融则写了《难魏武帝禁酒书》来反对。

曹操从实际的角度出发,收成降低,当然应该禁酒以节省粮食。孔融则唱反调,从礼节的视角来阐明酒的重要性。其实曹操自己并不反对喝酒,他自己曾将当过县令的南阳人郭芝的《九酝酒法》献给汉献帝。诗中也经常提到酒(如《短歌行》:“何以解忧,唯有杜康!”)。可见其禁酒是一时的命令,而非长久执行的政策。王粲《酒赋》:“暨我中叶,酒流犹多。群庶崇饮,日富月奢。”可能也是附和曹操当时的禁令所作的。从这个角度来看,曹植的《酒赋》如果是写在禁酒令初颁之时,那他就不得不在结尾郑重其事地反对饮酒。但是由于序文说明,这是一篇与扬雄较劲的赋,即使有政治目的,恐怕支持禁酒也并非其重点。

东征赋并序

建安十九年,王师东征吴寇,余典禁兵①,卫官省②。然神武一举,东夷必克③。想见振旅之盛④,故作赋一篇:

登城隅之飞观兮,望六师之所营⑤。幡旗转而心思兮⑥,舟楫动而伤情⑦。顾身微而任显兮⑧,愧责重而命轻⑨。嗟我愁其何为兮,心遥思而悬旌⑩。师旅凭皇穹之灵祐兮⑪,亮元勋之必举⑫。挥朱旗以东指兮⑬,横大江而莫御⑭。(《艺文类聚》卷五十九)

循[戈]橹于清流兮⑮,泛云梯而容与⑯。禽元帅于中舟⑰,振灵威于东野⑱。(《太平御览》卷三三六,题作《征东赋》)

【说明】

建安十九年(214)曹操带兵讨伐东吴,命曹植守邺城。《三国志·魏书·陈思王植传》:“建安十六年,封平原侯。十九年,徙封临菑侯。太祖征孙权,使植留守邺,戒之曰:‘吾昔为顿邱令,年二十三。思此时所行,无悔于今。今汝年亦二十三矣,可不勉与!’”曹植不能随军出征,留守京城,因此写了这篇赋来预祝曹操踏平东吴,班师回朝。赋今已残缺不全。

【注释】

① 吴寇:指孙吴政权建立者孙权(182－252),公元222—252年在位。禁兵:古代称保卫京城或宫廷的军队。

② 卫官省:当作“卫宫省”,即保卫宫中与省中。《文选》左思《魏都赋》:“禁台省中,连闼对廊。”李善注引《魏武集》:“荀欣等曰:‘汉制,王所居曰禁中,诸公所居

曰省中。'"

③ 神武一举:形容曹操神勇的军队将能一举攻下东吴。东夷:宋刊本《曹子建文集》作"东吴"。皆指东吴的孙权。

④ 振旅:谓整队班师。《诗·小雅·采芑》:"伐鼓渊渊,振旅阗阗。"

⑤ 六师:即六军。古称天子之军为六军。曹操奉天子以伐东吴,故称六军。营:扎营。

⑥ 幡:窄而长的旗子,垂悬于竿。心思:心中思念。

⑦ "舟楫"句:赵幼文《曹植集校注》指出,曹操出征,舟师集于玄武池,径漳入河,由河入淮。

⑧ 任显:责任重大。

⑨ 责重而命轻:责任重大而性命轻贱。自谦之词。

⑩ 遥思:远念。而:如。悬旌:悬挂的旌旗,飘忽不定。形容情绪不定,惶惶不可终日。

⑪ 师旅:军队。皇穹:指天。灵祐:神灵保佑。

⑫ 亮:信。元勋:大功。举:取得。

⑬ 朱旗:朱红色的旗帜。汉朝以火德称王,故用朱红色。

⑭ 横:径渡。莫御:指对方无力抵挡。

⑮ 循:沿着,顺着。戈:据丁晏《曹集诠评》补。橹:大盾。或作船桨讲,亦通。

⑯ 泛:浮。云梯:攻城具,形容其高与云齐,故曰云梯。容与:优游舒缓的样子。这是歌颂曹操从容不迫的军容。

⑰ 禽:通"擒"。中舟:即舟中。

⑱ 灵威:神威。东野:指吴国,因为吴国在江东之野。

大暑赋

炎帝掌节[①],祝融司方[②],羲和按辔[③],南雀舞衡[④]。(《艺文类聚》卷五)

暵扶桑之高炽,燎九日之重光[⑤]。(《北堂书钞》卷一五六,《初学记》卷三)

大暑赫其遂烝[⑥],玄服革而尚黄[⑦]。(《太平御览》卷三十四)

蛇折鳞于灵窟[⑧],龙解角于皓苍[⑨]。遂乃温风赫戏[⑩],草木垂干。山坼海沸[⑪],沙融砾烂[⑫]。飞鱼跃渚,潜鼋浮岸[⑬]。鸟张翼而

近栖，兽交游而云散[14]。（《艺文类聚》卷五，《太平御览》卷三十四）

于时黎庶徙倚[15]，棋布叶分[16]，机女绝综[17]，农夫释耘[18]。背暑者不群而齐迹[19]，向阴者不会而成群[20]。于是大人迁居宅幽，缓神育灵[21]。云屋重构[22]，闲房肃清[23]。寒泉涌流，玄木奋荣[24]。积素冰于幽馆[25]，气飞结而为霜[26]。奏《白雪》于琴瑟[27]，朔风感而增凉[28]。（《艺文类聚》卷五）

壮皇居之瑰玮兮，步八闳而为宇[29]。节四运之常气兮[30]，逾太素之仪矩[31]。（《太平御览》卷一）

【说明】

刘桢、王粲、陈琳都作有《大暑赋》，很可能是为天热同题共作的赋题。《文选》杨修《答临淄侯笺》："修之仰望，殆如此矣。是以对鹖而辞，作《暑赋》弥日而不献。"李善注："植为《鹖鸟赋》，亦命修为之，而修辞让。植又作《大暑赋》，而修亦作之，竟日不敢献。"杨修之赋今已佚。此赋的内容主要是抒写天气的闷热，没有深远的意义。应是宴席间应景之作。

【注释】

① 炎帝：传说中上古姜姓部族首领。相传少典娶有蟜氏而生。原居姜水（即岐水，源出陕西省岐山县西）流域，后向东发展到中原地区。一说炎帝即神农氏。《孔子家语·辩物》："昔黄帝以云纪官……炎帝以火，共工以水，太昊以龙，其义一也。"节：时。

② 祝融：传说中的火神。帝喾时的火官，后尊为火神，命曰祝融。亦以为火或火灾的代称。《国语·郑语》："夫黎为高辛氏火正，以淳燿敦大，天明地德，光照四海，故命之曰'祝融'，其功大矣。"司：主管。方：这里指南方。按照五行之说，南方属火。

③ 羲和：古代神话传说中的人物。驾御日车的神。

④ 南雀：即朱雀或朱鸟，古代传说中的祥瑞动物，"四灵"之一，同时也是南方神名。《三辅黄图·未央宫》："苍龙、白虎、朱雀、元武，天之四灵，以正四方，王者制宫阙殿阁取法焉。"舞衡：南雀在车辕前端的横木上跳舞，表示夏天的来临。《文选》王延寿《鲁灵光殿赋》："朱鸟舒翼以峙衡，腾蛇蟉虬而绕榱。"

⑤ "暎扶桑之高炽"二句，《北堂书钞》作"暎扶桑之高炽，燎九日之重光"，《初

学记》作“维扶桑之高炽，炽九日之重光”。暎：“映”的异体字，映照。燎：放火燃烧。炽：盛。扶桑：神话中的树名，传说为十日沐浴之所。《山海经·海外东经》：“汤谷上有扶桑，十日所浴，在黑齿北。”郭璞注：“扶桑，木也。”

⑥ 赫其：赫然，光彩鲜明貌。多指红色。《后汉书·光武帝纪下》：“远望舍南，火光赫然属天，有顷不见。”烝：上升。

⑦ 玄：黑色。革：更改。尚黄：按照五行之说，中央尚黄。

⑧ 折：赵幼文《曹植集校注》疑当作“柝”，柝鳞即蜕皮。灵窟：神仙之洞穴。

⑨ 解角：脱角。《说文·鹿部》：“麌，以夏至解角。”段玉裁注：“《月令》：‘仲夏之月……日长至……鹿角解。’”皓苍：天空。皓，或作“昊”。《尔雅·释天》：“夏为昊天。”

⑩ 赫戏：炎盛。指酷热。

⑪ 山坼（chè 彻）海沸：因天热导致山岳崩裂，海洋沸腾。

⑫ 沙融砾烂：沙子融化，碎石烧烂，喻其热。

⑬ “飞鱼跃渚，潜鼋（yuán 元）浮岸”：飞鱼在洲渚中跳跃，潜藏的乌龟浮上岸边，形容天热水烫，鱼虾在水中难以忍受。

⑭ 交游：互相穿行。形容野兽怕热，逃亡四散。

⑮ 黎庶：百姓。徙倚：徘徊，形容热得走投无路。《楚辞·哀时命》：“独徙倚而仿徉。”

⑯ 棋布叶分：如棋子和树叶一般分散。

⑰ 综：织机上使经线上下交错以便梭子通过的装置。绝综：指无法继续织布。

⑱ 释耘：放弃农作耕耘。

⑲ 背暑：避暑。齐迹：指行动一致。

⑳ 向阴：即纳凉。不会而成群：没见过面而都聚在一起。以上数句，表示避暑之事，人同此心。

㉑ 迁居宅幽：迁到凉快幽静之处。缓神育灵：安养心神。

㉒ 云屋：指房屋之高可以接触云彩。重：指相叠加。

㉓ 闲房：宽大静谧的屋宇。

㉔ 玄木：传说中的神木。《吕氏春秋·本味》：“中容之国，有赤木、玄木之叶焉。”高诱注：“赤木、玄木，其叶皆可食，食之而仙也。”《文选》宋玉《高唐赋》：“玄木冬荣，煌煌荧荧。”奋荣：开花。

㉕ 素冰：白色的冰。幽馆：僻静幽深的房屋。

㉖ 气：指寒气。

㉗ 白雪：古琴曲名，传为春秋时晋国乐师师旷所作。战国·楚·宋玉《讽赋》：“中有鸣琴焉，臣援而鼓之，为《幽兰》、《白雪》之曲。”《淮南子·览冥训》：“昔者师

旷奏《白雪》之音，而神物为之下降。”

㉘ 朔风：北风。

㉙ 皇居：皇宫。亦指皇城。瑰玮：谓事物珍贵奇异。闳（hóng 宏）：门。《汉书·扬雄传下》：“独不见夫翠虬绛螭之将登虖天，必耸身于仓梧之渊；不阶浮云，翼疾风，虚举而上升，则不能撠胶葛，腾九闳。”颜师古注：“九闳，九天之门。”八闳：喻重重的宫门，即深宅大院。

㉚ 四运：四季。

㉛ 太素：古人称宇宙生成时最原始的状态。引申为天地。《列子·天瑞》：“太素者，质之始也。”汉·班固《白虎通·天地》：“始起先有太初，后有太始，形兆既成，名曰太素。”仪矩：仪法规矩。

【辨析】

此赋陈琳、王粲、刘桢、杨修都有同题之作。韩格平、赵幼文先生根据曹植《与杨德祖书》中所说“仆少小好为文章，迄至于今，二十有五年矣”，因而断定曹植此赋作于二十五岁（即建安二十一年，公元216年）。这个推论等于说曹植一岁就“好辞赋”，似说不通。但陈琳、王粲、刘桢卒于建安二十二年（217）的瘟疫。如果曹植创作《大暑赋》的时间再推迟两年，陈、王、刘、杨都已病逝或被杀，也不能再写作了。

又据《魏书》曹植本传：“（植）年十馀岁，诵读诗、论及辞赋十万言，善属文。”曹植生于汉献帝初平三年，即公元192年。按《魏书》本传推论，他应于建安四年（199）前后才“善属文”，而二十五年后已延至黄初五年（224），这时陈、王、刘、杨早已病逝或被杀。所以曹植此赋写作时间也大致只能在建安二十一年，也即公元216年夏。再提前的可能性不大，再推后就不可能了。

据吴云先生主编《建安七子集校注》（天津古籍出版社2005年修订本）考证，陈琳、王粲、刘桢《大暑赋》均作于建安十九年（214）。学界一般认为曹植《与杨德祖书》作于建安二十一年（216），是年曹植二十五岁。如果此信作期再往后延二年，即建安二十三年（218），则曹植自己二十七岁。以他那样的天资、少小为文似不为奇。故信中说“仆少小好为文章，迄至于今，二十有五年矣”，还是符合实际的。信中所说“今往仆少小所著辞赋一通相与”，是说呈请杨修过目的“辞赋”并不仅限于当时所作，还包括以前的作品。如此看来，《大暑赋》并非当时所作，吴云先生将其系于建安十九年，是有一定道理的。

闲居赋

何吾人而介特①,去朋匹而无俦②。出靡时以娱志③,入无乐以销忧④。何岁月之若骛⑤,复民生之无常⑥?感阳春之发节⑦,聊轻驾而远翔⑧。登高丘以延企⑨,时薄暮而起予⑩。仰归云以载奔,过兰蕙之长圃⑪。冀芬芳之可服⑫,结春蘅以延伫⑬。入虚廓之闲馆⑭,步生风之广庑⑮。践密迩之修除⑯,即蔽景之玄宇⑰。翡鸟翔于南枝⑱,玄鹤鸣于北野⑲。青鱼跃于东沼,白鸟戏于西渚⑳。遂乃背通谷,对绿波,藉文茵,翳春华㉑。丹毂更驰㉒,羽骑相过㉓。(《艺文类聚》卷六十四)

愬寒风而开襟㉔。(《文选》潘岳《西征赋》李善注引,《文选》沈约《游沈道士馆》李善注引)

愿同衾于寒女㉕。(《文选》郭泰机《答傅咸》李善引注)

【说明】

这是曹植在春天闲居时所写的一篇赋,但内容不是表达作者的悠闲自得,而是抒发作者之孤独自处,缺少知音的哀伤。此赋当作于曹植被其兄、侄冷落之后,也即后期的作品。此赋已散佚,无法看出全篇内容。

【注释】

① 介特:孤高,不随流俗。《后汉书·马融列传》:"察淫侈之华誉,顾介特之实功。"李贤注:"介特谓孤介特立也。"

② 朋匹:伙伴、朋友。俦(chóu 仇):同类,同伴。

③ 靡时:无时。娱志:愉悦心情。

④ 无乐:无娱乐之事。销忧:解愁。

⑤ 若骛:犹如奔驰。

⑥ 民生:人生。这里喻寿命。

⑦ 发节:季节开始。

⑧ 聊:姑且,暂且。轻驾:轻车。晋·陆云《晋故散骑常侍陆府君诔》:"羽楫翳川,轻驾盈庭。"远翔:高飞远走。

⑨ 延企：拉长脖子，抬起脚跟，以便向远处眺望。

⑩ 起予：可解为“予起”，出发之意。或作“起雨”，指飞雨之意。

⑪ 载：助词。奔：快走。兰蕙：兰和蕙，皆香草，多连用以喻贤者。圃：种植蔬菜、花果或苗木的园地。

⑫ 冀：希望。服：佩戴。

⑬ 蘅（héng 衡）：杜蘅，香草名。延伫：长久地站立远望。

⑭ 虚廓：空阔。闲馆：寂静之室。

⑮ 生风：产生风。汉·班固《白虎通·八风》：“阴合阳以生风也。”庑（wǔ 五）：堂下周围的走廊、廊屋。

⑯ 密迩：贴近；靠近。《尚书·太甲上》：“予弗狎于弗顺，营于桐宫，密迩先王其训，无俾世迷。”修除：阶梯，楼梯。《文选》班固《西都赋》：“周庐千列，徼道绮错，辇路经营，修除飞阁。”李善注引司马彪《上林赋》注：“除，楼陛也。”

⑰ 蔽景：荫蔽日光。玄宇：深邃的屋宇。

⑱ 翡鸟：即翡翠，大如燕，腹背纯红色。

⑲ 玄鹤：黑色之鹤。

⑳ “翡鸟……西渚”四句铺叙，所述鱼鸟，各以方位颜色形容，非实景。

㉑ 通谷：往来无阻的山谷。藉：垫。文茵：亦作“文鞇”，车中的虎皮坐褥。《诗·秦风·小戎》：“文茵畅毂，驾我骐馵。”毛传：“文茵，虎皮也。”翳：蔽。

㉒ 丹毂（gǔ）：毂指车轮中心圆木，用丹色涂饰叫丹毂。王或太子所乘之车有此装饰。

㉓ 羽骑：羽林军的骑兵，专职保护皇城。

㉔ 愬：通“遡”，向着。按，此句《文选》沈约《游沈道士馆》李善注引作：“愬寒风而开衿。”

㉕ 衾（qīn 侵）：大被。《诗·召南·小星》：“肃肃宵征，抱衾与裯，寔命不犹。”

述行赋

寻曲路之南隅，观秦政之骊坟[①]。哀黔首之罹毒[②]，酷始皇之为君[③]。濯余身于神井，伟温涛之若焚[④]。

【说明】

此赋见《初学记》卷七。多已散佚，难睹全貌。作者应是西征路过骊山秦始皇陵寝时所写的一篇怀古赋。在赋中，作者表达了对秦始皇暴政的斥责。骊山的温泉是极著名的。张衡由长安到洛阳途经骊山时，特作《温泉赋》，对骊山的温泉大加赞颂。后白居易的《长恨歌》，对骊山温泉也多有赞美。

【注释】

① 政：秦始皇名。秦始皇（前221—前210年在位），统一中国的秦王朝的开国皇帝。姓嬴，名政，汉族，秦庄襄王之子，出生于赵国（今河北省邯郸市），故氏赵。骊坟：始皇陵，在骊山下，位于今陕西省临潼县东十五里。

② 黔首：指黎民。罹（lí 离）毒：犹言受苦。

③ 酷：痛恨之意。

④ 伟：奇异。温涛：温泉水。若焚：犹如火烧，形容温泉水热度极高。

槐树赋

羡良木之华丽，爰获贵于至尊①。（《初学记》卷二十八）

凭文昌之华殿②，森列峙于端门③。观朱榱以振条④，据文陛而结根⑤，杨沉阴以博覆⑥，似明后之垂恩⑦。在季春以初茂⑧，践朱夏而乃繁⑨。覆阳精之炎景⑩，散流耀以增鲜⑪。（《艺文类聚》卷八十八）

【说明】

此赋见《艺文类聚》卷八十八、《初学记》卷二十八、《汉魏六朝百三名家集·陈思王集》。这是一篇简短的咏物赋，曹丕、王粲等都有同题之作。此赋表面上是赞美槐树质地优良，又得到天地日月的滋润而益发英姿勃发，繁茂多姿。而实质上是歌颂人，赞颂在曹操的护卫下人才得到茁壮成长。此赋当作于曹植早年。

【注释】

① 良木：指槐树。爰：于是。《荀子·赋篇》杨倞注：“爰，于也。”至尊：皇帝君主，此处指曹操，此句意为槐树受到曹操的重视喜爱。

② 凭：依着，靠着。文昌：宫殿名。《文选》左思《魏都赋》：“造文昌之广殿，极栋宇之弘观。”张载注：“文昌，正殿名也。”华殿：华丽的宫殿。

③ 森：树木高大茂貌。列峙：树木队列两排，矗立。端门：宫殿的正南门。

④ 朱榱(cuī 崔):红色的方形屋椽。《左传·襄公三十一年》:“栋折榱崩。”《急就篇》卷三:“榱椽欂栌瓦屋梁。”颜师古注:“榱即椽也,亦名为桷。”振条:指槐树面对朱榱而树枝高举。

⑤ 据文陛(bì 毕):靠着雕刻的台阶而扎根。

⑥ “杨沉阴”句:《初学记》卷二十八作“扬沉阴以溥覆”。杨:同“扬”。全句意为散布其枝叶以普遮大地。

⑦ 明后:贤明的君主。垂恩:降恩,赐恩。

⑧ 初茂:树叶刚刚开始茂盛。

⑨ 践:慢慢来到。《后汉书·段颎传》:“且自冬践春。”朱夏:夏天。《尔雅·释天》有“夏为朱明”,故称夏为朱夏。

⑩ 阳精:指太阳。北齐·颜之推《颜氏家训·归心》:“天为积气,地为积块,日为阳精,月为阴精。”炎:太阳的火热光芒。

⑪ 曜:光辉。《诗·桧风·羔裘》:“羔裘如膏,日出有曜。”朱熹注:“日出有曜,日照之则有光也。”“流曜”即流光。增鲜:增加了光亮的程度。

籍田赋

夫凡人之为圃①,各植其所好焉。好甘者植乎荠②,好苦者食乎荼③,好香者植乎兰④,好辛者植乎蓼⑤。至于寡人之圃,无不植也。(《太平御览》卷八二四)

名王亲枉千乘之体于陇亩之中⑥,执钼镬于畦町之侧⑦,尊趾勤于耒耜⑧,玉手劳于耕耘。(《北堂书钞》卷九十一引三条)

【说明】

籍田之礼是古代天子诸侯为显示自己对农业的重视,亲自下田劳动的一种仪式。但是实际上只进行象征性的动作,在田地上执耒耜三推或一拨。《诗·周颂·载芟序》:“载芟,春籍田而祈社稷也。”郑玄笺:“籍田,甸师氏所掌,王载耒耜所耕之田。天子千亩,诸侯百亩。籍之言借也,借民力治之,故谓之籍田。”赋的内容似乎以天子的口气来描写天子的花园菜圃之中无所不植。仅存的第二段描写“名王”如何委屈自己来耕田。赋中的“名王”指的应该是曹操,据《三国志·魏书·武帝纪》载:“(建安)二十一年(216)春二月,公还邺。三月壬寅,公亲耕籍田。夏五月,天子进公爵为魏王。”因赋篇不全,无法作全面的分析。

【注释】

① 圃:种植蔬菜花果苗木的园地。

② 甘:甜。荠(jì 计):荠菜。《诗·邶风·谷风》:“谁谓荼苦?其甘如荠。”

③ 荼(tú 途):苦菜。

④ 兰:兰草。即泽兰。多年生草本植物。叶卵形,秋季开白花。全草有香气,可制芳香油,亦可入药。

⑤ 蓼(liǎo 僚):一年生草本植物,叶披针形,花小,白色或浅红色,果实卵形、扁平,生长在水边或水中。茎叶味辛辣,可用以调味。全草入药。亦称“水蓼”。

⑥ 枉:委屈,敬辞。陇亩:田地。

⑦ 钼:古同“锄”。钁(jué 决):一种形似镐的刨土农具。畦町(qí tǐng 奇艇):又作“町畦”,田界。

⑧ 耒耜(lěi sì 磊四):古代指耕地用的农具。

出妇赋

妾十五而束带,辞父母而适人①。(《北堂书钞》卷八十四)

以才薄之质陋②,奉君子之清尘③。承颜色以接意,恐疏贱而不亲④。悦新昏而忘妾⑤,哀爱惠之中零⑥。遂摧颓而失望,退幽屏于下庭⑦。痛一旦而见弃,心忉怛以悲惊⑧。衣入门之初服,背床室而出征⑨。攀仆御而登车⑩,左右悲而失声。嗟冤结而无诉,乃愁苦以长穷⑪。恨无愆而见弃⑫,悼君施之不终⑬。(《艺文类聚》卷三十)

【说明】

这是一篇描写弃妇题材的赋作。赋中很细腻地描写弱质女子被抛弃的痛苦与感受。十五岁出嫁,曲意奉承丈夫,但丈夫一旦另有新欢,就将她抛弃。王粲和曹丕也都有《出妇赋》,似乎也是一个同题共作的例子。另外,曹植还作有乐府诗《弃妇篇》和《美女篇》,特别是在《美女篇》中,曹植以盛年的美女自比,因乏良媒,青春逝去而无法出嫁。这个主题可能类似屈原《离骚》,以蛾眉被妒自比,表达自己政治上的不得意。类似这个主题他反复吟咏过,可见是有所感而发的。

【注释】

① 十五:《礼记·内则》:“(女子)十有五年而笄。”即女子成年,到许嫁年龄。束带:捆扎腰带,整饰衣服,表示端庄。适人:嫁作人妇。

② 质陋:同“陋质”。自谦没有才能与美色。

③ 君子:指丈夫。清尘:车后扬起的尘埃。此用作对尊贵者的敬称。《汉书·司马上如传下》:“犯属车之清尘。”颜师古注:“尘,谓行而起尘也。言清者,尊贵之意也。”以上二句谦称自己既无才能,又乏姿色,而得以侍奉尊贵的丈夫。

④ 承颜色以接意:顺从丈夫的脸色,迎合丈夫的心意。恐疏贱而不亲:实在担心丈夫之疏远而不亲近她。

⑤ 新昏:指丈夫再纳妾。昏,通“婚”。

⑥ 爱惠:慈爱仁惠。中零:中落。指半途抛弃。

⑦ 摧颓:本指摧折衰败,引申为困顿失意。汉·焦赣《易林·蛊之否》:“中复摧颓,常恐衰微。”幽屏:幽暗僻静。下庭:厅堂之下,表示自己的地位降低。

⑧ 见弃:遭到遗弃。忉怛(dāo dá 刀达):忧伤,悲痛。《文选》王粲《登楼赋》:“意忉怛而憯恻。”李周翰注:“忉怛,犹凄怆也。”

⑨ 入门:指初嫁之时。初服:新婚时的衣服。背:离开。床室:指新婚之室,此指婆家。出征:离家外出。

⑩ 仆御:指驾车的人。

⑪ 冤结:冤气郁结。《汉书·息夫躬传》:“冤颈折翼,庸得往兮!”颜师古注:“冤,屈也。”长穷:长久的困窘。

⑫ 恨:遗憾。无愆:女子自称自己没有过失。愆(qiān 千):罪过,过失。

⑬ 悼:痛心。施:恩惠。不终:指夫妻不能白头偕老。意即丈夫抛弃自己。

神龟赋并序

龟号千岁①。时有遗余龟者,数日而死,肌肉消尽,唯甲存焉!余感而赋之曰:

嘉四灵之建德②,各潜位乎一方③。苍龙虬于东岳④,白虎啸于西岗。玄武集于塞门⑤,朱雀栖于南乡⑥。顺仁风以消息⑦,应圣时而后翔⑧。

嗟神龟之奇物,体乾坤之自然。下夷方以则地⑨,上规隆而法天⑩。

顺阴阳以呼吸，藏景曜于重泉[11]。

食飞尘以实气，饮不竭于朝露[12]。步容趾以俯仰，时鸾回以鹤顾[13]。忽万载而不恤[14]，周无疆于太素[15]。感白灵之翔翥[16]，卒不免乎豫且[17]。虽见珍于宗庙[18]，罹刳剥之重辜[19]。

欲愬怨于上帝，将等愧乎游鱼[20]。惧沉泥之逢殆[21]，赴芳莲以巢居[22]。安玄云而好静[23]，不汪翔而改度[24]。昔严州之抗节，援斯灵而记喻[25]。

嗟禄运之屯蹇，发遇获于江滨[26]。归笼槛以幽处，遭淳美之仁人[27]。昼顾瞻而终日，夕抚顺以接晨[28]。遘淫灾以陨越[29]，命剿绝而不振[30]。天道昧而未分[31]，神明幽而难烛[32]。黄氏没于空泽[33]，松乔化于株木[34]。虵折鳞于平皋[35]，龙蜕骨于深谷[36]。亮物类之迁化，疑斯灵之解壳[37]。

【说明】

此赋见《初学记》卷三十、《艺文类聚》卷九十六。写作缘由是有人赠曹植一只乌龟，而数日之后乌龟死亡，肌肉烂尽。对向来号称能活千年的乌龟，曹植有感而发，创作了此赋。表面上写的犹如曹操的乐府诗《步出夏门行·龟虽寿》中所提到的："神龟虽寿，犹有竟时。腾蛇乘雾，终为土灰。"但曹植这篇赋的内涵其实更为复杂。他首先将乌龟写成外表取法天地，内心顺应仁义之风，响应圣明之时的一种高贵的动物。但即使它不食人间烟火，遨游于天地之间，却仍免不了大祸临头的命运。被捕捉之后，虽然遇到仁人君子，最终也无法保全生命。赋的结尾，曹植提出"天道昧而未分，神明幽而难烛"，我们普通人的智慧怎能了解天道如何运行！这不只是对龟寿千年的一种反思，同时也是对人生无常的一种感叹，表现得比曹操的乐府诗更为丰富和深沉。

【注释】

① 号：号称。《曹子建文集》作"寿"。此句指龟号称有千岁寿命。

② 嘉：美好，赞赏，此处意为赞美四灵。四灵：《礼记·礼运》："麟、凤、龟、龙谓之四灵。"这里指下文所提的四种灵兽：苍龙、白虎、玄武、朱雀，古神话中以为掌四方之神。

③ 潜：潜伏，隐藏。位：位置，身处的地方。

④ 苍龙：代表东方的方位神兽。虬（qiú 求）：蜷曲。东岳：指泰山（位于山东省泰安市）。

⑤ 玄武：龟蛇合体的北方神兽。《楚辞·远游》洪兴祖补注："玄武，谓龟蛇。位在北方，故曰玄。身有鳞甲，故曰武。"《后汉书·王梁传》："《赤伏符》曰：'王梁主卫作玄武。'"李贤注："玄武，北方之神，龟蛇合体。"塞门：《艺文类聚》卷九十六作"寒门"，应从。寒门：传说中极其寒冷的北方之地。《淮南子·墬形训》："北方曰北极之山，曰寒门。"高诱注："积寒所在，故曰寒门。"

⑥ 朱雀：传说中南方的神兽，形似凤凰。《文选》王延寿《鲁灵光殿赋》："朱鸟舒翼以峙衡，腾虵蟉虬而绕榱。"李周翰注："朱鸟，朱雀，南方神也。"

⑦ 消息：生灭，消长，盛衰。

⑧ 圣时：圣明之时。翔：高飞。

⑨ 下：下面，此处指龟的龟板。夷方：平坦的方形。则：效法，取法。

⑩ 上：上面，此处指龟的龟壳。规隆：隆起而圆。此句是说龟的形状就如同天圆地方，上面是圆形的天，下面的方形的地。

⑪ 藏：将……隐藏。景曜：日月的耀眼光芒。景，光。重泉：深邃的水下。《淮南子·齐俗训》："积水重泉，鼋鼍之所便也。"《洞冥记》记载："龟惧光，二千年始出头一次。"此处指龟隐藏在深水之中，韬光养晦。

⑫ 食：《艺文类聚》卷九十六作"飡"，义同。实气：补气，增添生命力。此处指龟靠吃飞尘存活。饮不竭于朝露：饮水只饮早晨的露水，且不全饮尽。

⑬ 容趾：每一步的距离只能容下脚趾的空间，形容龟爬行缓慢的样子。鸾回、鹤顾：形容乌龟回头的样子。

⑭ 忽万载而不恤：指乌龟忽略万年的时间而不忧虑。恤，忧虑。

⑮ 周：遍及，远至。于：好似，犹如。清·王引之《经传释词》卷一："于，犹如也。"太素：此处指天地。《列子·天瑞》："太素者，质之始也。"汉·班固《白虎通·天地》："始起先有太初，后有太始，形兆既成，名曰太素。"全句说明乌龟宛如行走在宇宙形成之前的空间。

⑯ 白灵：白色的灵兽，此处指白龟。按，"白灵"，陈元龙《历代赋汇》作"白龙"。

⑰ 豫且：即余且，渔夫之名，曾捕获白色神龟。典出《庄子·外物》："宋元君夜半而梦人被发窥阿门，曰：'予自宰路之渊，予为清江使河伯之所，渔者余且得予。'元君觉，使人占之，曰：'此神龟也。'君曰：'渔者有余且乎？'左右曰：'有。'君曰：'令余且会朝。'明日，余且朝。君曰：'渔何得？'对曰：'且之网得白龟焉，其圆五尺。'君曰：'献若之龟。'龟至，君再欲杀之，再欲活之，心疑，卜之，曰：'杀龟以卜吉。'乃刳龟，七十二钻而无遗荚。"

⑱ 见珍：受到重视珍惜。宗庙上占卜必须用龟壳，故称。

⑲ 罹(lí 离):遭受。刳(kū 枯)剥:谓剖腹割皮。重辜:重罪。

⑳ 愬怨:诉说愤恨。游鱼:典出《说苑·正谏》:“吴王欲从民饮酒,伍子胥谏曰:‘不可,昔白龙下清冷之渊化为鱼,渔者豫且射中其目,白龙上诉天帝,天帝曰:当是之时,若安置而形? 白龙对曰:我下清冷之渊化为鱼。天帝曰:鱼固人之所射也。若是,豫且何罪。’”全句大意为,假如要向天帝诉说怨愤,可能遭到像白龙一样的命运。白龙化为鱼,人皆可射,无法上诉。

㉑ 沉:隐匿。《汉书音义》:“沉,藏匿也。”泥:泥土。此处指藏匿在泥土之中。殆:危害。《淮南子·说山训》:“德不报而身见殆。”高诱注:“殆,危害也。”

㉒ 芳莲:此处指荷花。《史记·龟策列传》:“龟千岁,乃游于莲叶之上。”巢居:因龟栖息在莲叶之上,如同鸟栖息于树上,故曰巢居。

㉓ 玄云:黑云,浓云。《楚辞·九歌·大司命》:“广开兮天门,纷吾乘兮玄云。”这里指荷叶下阴暗之处。

㉔ 汪翔:本义为学问广博,此处似乎指漫无目的地游荡。《晋书·裴楷传》:“楷有知人之鉴……尝目……傅嘏‘汪翔靡所不见’。”赵幼文《曹植集校注》似仅凭猜测,将之改为“淫翔”,而实无文献根据。度:法度,规矩。全句说明神龟不改变其好静的规矩,而随意漫游。

㉕ 严州:应为“严周”之误,即庄周,避东汉明帝刘庄讳,改“庄”为“严”。抗节:坚守节操。记喻:庄子曾将神龟之事写成寓言。《庄子·秋水》:“庄子钓于濮水,楚王使大夫二人往先焉,曰:‘愿以境内累矣!’庄子持竿不顾,曰:‘吾闻楚有神龟,死已三千岁矣,王巾笥而藏之庙堂之上。此龟者,宁其死为留骨而贵乎? 宁其生而曳尾于涂中乎?’二大夫曰:‘宁生而曳尾涂中。’庄子曰:‘往矣! 吾将曳尾于涂中。’”

㉖ 禄运:命运。屯蹇(jiǎn 剪):指《易经》中的《屯》卦与《蹇》卦。意谓艰难困苦,不顺利。汉·秦嘉《赠妇诗》其一:“人生譬朝露,居世多屯蹇。”发:出发。遇获:遭到捕捉。

㉗ 幽处:幽居独处。淳美:温醇仁厚。

㉘ 抚顺:顺应。谓神龟被捕捉后,只有顺应情势,日夜瞻顾。

㉙ 淫灾:大难。《尔雅·释诂》:“淫,大也。”陨越:坠落。

㉚ 剿(jiǎo 搅)绝:灭绝。振:救助。

㉛ 昧:黑暗。《淮南子·原道训》:“神非其所宜而行之则昧。”高诱注:“昧,不明也。”分:辨别分明。

㉜ 幽:幽深,黑暗。烛:照亮,光亮。此处作形容词。

㉝ 黄氏:指轩辕,古代传说中的黄帝。《史记·五帝本纪》:“黄帝者,少典之子,姓公孙,名曰轩辕。”没于空泽:沉溺于渊。《论衡·道虚》:“龙不升天,黄帝骑之,乃明黄帝不升天也。龙起云雨,因乘而行;云散雨止,降复入渊。如实黄帝骑龙,

随溺于渊也。”根据《论衡》这个奇特而反传统的传说，黄帝骑龙溺死于深渊之中。

㉞ 松乔：传说中的仙人赤松子和王子乔。相传赤松子为神农时雨师，服水玉以教神农。王子乔，周灵王太子，名晋，浮丘公接引入嵩山。扶木：即扶桑，古代神话中的树，在太阳升起的地方。《山海经·海外东经》：“汤谷上有扶桑，十日所浴，在黑齿北。”郭璞注：“扶桑，木也。”

㉟ 折：疑作“柝”。柝鳞：即蛇蜕皮。皋：水边的泥地，《汉书·贾山传》：“是犹弃江皋河滨，而田于岭阪菹泽也。”颜师古注引李奇曰：“皋，水边淤地也。”

㊱ 蜕：或作“脱”，换。深：或作“幽”，幽深。

㊲ 亮：实。迁化：死亡，人死为异物，故云。见《汉书·外戚传上·孝武李夫人》：“忽迁化而不反兮，魄放逸以飞扬。”解壳：古人传说神龟可以如蛇蜕皮一般，将壳解去，等于重生。作者在此质疑其重生之可能性。

【辨析】

关于这篇赋的写作年代，陈琳《答东阿王笺》曾提到《龟赋》：“琳死罪死罪！昨加恩辱命，并示《龟赋》，披览粲然。”但是曹植于太和五年(231)始被封为东阿王，而陈琳于建安二十二年(217)冬早已死于瘟疫，等于是陈琳死后十馀年才写了这篇笺。这是说不通的。最有可能的一种说法是《答东阿王笺》的题目是后人误加。以此推理，此赋应写在公元217年之前，原题应为《龟赋》，“神”字应当也是后人所加，并非原题。

释思赋并序

家弟出养族父郎中，伊余以兄弟之爱①，心有恋然，作此赋以赠之。

彼朋友之离别，犹求思乎白驹②。况同生之义绝③，重背亲而为疏④。乐鸳鸯之同池，羡比翼之共林⑤。亮根异其何戚⑥，痛别干之伤心⑦。

【说明】

此赋见《艺文类聚》卷二十一。这是曹植写给自己的弟弟、曹操第二十五子郿戴公子整，过继给叔父别离时的一篇辞赋。《三国志·魏书·武文世王公·郿戴公子整传》：“郿戴公子整，奉从叔父郎中绍后。建安二十二年(217)，封郿侯。二十三年(218)薨。无子。”从赋中看来,曹植对其弟的情义甚深,以鸳鸯和比翼鸟来比喻兄弟之情,果然是性情中人。

【注释】

① 家弟:应指鄗戴公子整,为曹操第二十五男。伊:发语词。族父郎中:指作者的叔父、担任郎中的曹绍。

② 白驹:喻贤人。《诗·小雅·白驹》:“皎皎白驹,在彼空谷。生刍一束,其人如玉。毋金玉尔音,而有遐心。”毛传以为:“《白驹》,大夫刺宣王也。”与赋意不符。这是一首古代女子怀念爱人之歌。曹植用其诗意,将其弟比喻为诗中的玉人。

③ 同生:同父所生。义绝:指兄弟之名分断绝。

④ 背亲而为疏:违背亲情而疏远自己的骨肉。按照古礼,出嗣叔父则称叔为父,故云。

⑤ 鸳鸯:一种成双成对的水鸟。此处比喻兄弟之间的骨肉之情。比翼:互相靠着翅膀飞行,即传说中的比翼鸟。《尔雅·释地》:“南方有比翼鸟焉,不比不飞,其名谓之鹣鹣。”郭璞注:“似凫,青赤色,一目一翼,相得乃飞。”

⑥ 亮:确实。汉·王符《潜夫论·慎微》:“亮哉斯言! 可无思乎?”根:本根,比喻同族。异:《广雅·释诂一》:“分也。”其:语中助词。戚:悲。

⑦ 别干:与树干别离,树干比喻父亲曹操。之:而。

节游赋

览宫宇之显丽[①],实大人之攸居[②]。建三台于前处[③],飘飞陛以凌虚[④]。连云阁以远径,营观榭于城隅[⑤]。亢高轩以迥眺[⑥],缘云霓而结疏[⑦]。仰西岳之崧岑[⑧],临漳滏之清渠[⑨]。观靡靡而无终,何眇眇而难殊[⑩]。亮灵后之所处,非吾人之所庐[⑪]。

于是仲春之月,百卉丛生。萋萋蔼蔼,翠叶朱茎[⑫]。竹林青葱,珍果含荣[⑬]。凯风发而时鸟谨,微波动而水虫鸣[⑭]。感气运之和润[⑮],乐时泽之有成[⑯]。遂乃浮素盖,御骅骝[⑰]。命友生,携同俦[⑱]。诵风人之所叹,遂驾言而出游[⑲]。步北园而驰骛,庶翱翔以写忧[⑳]。望洪池之滉漾[㉑],遂降集乎轻舟。沉浮蚁于金罍[㉒],行觞爵于好仇[㉓]。丝竹发而响厉[㉔],悲风激于中流[㉕]。且容与以尽观[26],聊永日而忘愁[27]。嗟羲和之奋策[28],怨曜灵之无光[29]。念人生之不永[30],若春日之微霜[31]。谅遗名之可纪[32],信天命之无常。愈志荡以淫游[33],非经国之大纲[34]。罢曲宴而旋服[35],遂言归乎旧房[36]。

【说明】

此赋见《艺文类聚》卷二十八。赋开头描写当时邺城宫殿的风景,赞叹其建筑高大雄伟,为帝王之所居,而非常人可以占据。第二段则描绘自己在春天外出游玩,到北园去和朋友一起喝酒的情景。赋中并未具体说明和谁出游,但后半段语气忽然转为忧愁之调。感叹人生无常,寿命不永,每日如此游荡,无益于世道人心,于是决定回到府邸,不再游赏风景。乘兴而来,败兴而归,正是节游赋的特点。

【注释】

① 宫宇:指邺城的宫殿。显丽:明亮宽敞华丽。

② 大人:谓在上位者,指曹操。攸居:犹言所居。

③ 三台:指铜雀台、金虎台、冰井台。见《三国志·魏书·武帝纪》。

④ 飞陛:通向高处的阶道。《文选》王延寿《鲁灵光殿赋》:"飞陛揭孽,缘云上征。"凌虚:乘空。

⑤ 云阁:本指秦二世胡亥所建的阁名,此处泛指高耸入云的楼阁。远径:长途。观榭:楼台。

⑥ 亢:当。轩:有窗的长廊。迥眺:远望。迥,远。

⑦ 缘云霓:指楼阁连接着云朵和彩虹,比喻其高。结疏:建造疏窗。

⑧ 西岳:指西边的太行山。崧岑:山大而高曰崧,山小而高曰岑。

⑨ 临:从上向下曰临。漳:漳水,水名,在今河北省境内。滏(fǔ 斧):水名,在今河北省境内。

⑩ 靡靡:华美,明丽。《文选》司马相如《长门赋》:"间徙倚于东厢兮,观夫靡靡而无穷。"李善注引《方言》郭璞注:"靡靡,细好也。"无终:没有尽头。眇眇:远貌。难殊:难以断绝。

⑪ 亮:实。灵后:《汉语大辞典》以为指女神,与上下文意不符。此处应是影射帝王。庐:居住。

⑫ 萋萋蔼蔼:草盛曰萋萋,木盛曰蔼蔼。

⑬ 青葱:碧绿或翠绿之色。含荣:指含苞待放。

⑭ 凯风:和暖的南风。《诗·邶风·凯风》:"凯风自南,吹彼棘心。"讙:通"欢",喜悦。水虫:水中生物。

⑮ 和润:温暖润湿。

⑯ 时泽:即时雨。有成:即丰收。

⑰ 浮:行。此指使用白色伞盖的车。素盖:白色遮阳障雨的用具,指车篷或伞盖。骅骝:骏马名,周穆王所乘著名的"八骏"之一。《荀子·性恶》:"骅骝、骥骥、纤离、绿耳,此皆古之良马也。"杨倞注:"皆周穆王八骏名。"这里是形容骏马。

⑱ 友生:朋友。同俦(chóu 筹):同伴。

⑲ 诵:不歌曰诵。风人之所叹:指《诗经·国风》中描写的许多为诗人所叹息之事。例如《邶风·式微》:"式微,式微!胡不归?"言:语中助词。

⑳ 北园:赵幼文《曹植集校注》以为指"玄武苑",似不可信,因玄武苑在邺城西。翱翔:即纵情游观之意。写(xiè 泄)忧:倾泻排解忧愁。

㉑ 滉瀁(huàng yàng 晃样):指池水广阔无边貌。

㉒ 浮蚁:酒面上的浮沫如蚁聚,故以浮蚁代指酒。金罍(léi 雷):饰金的大型酒樽。《诗·周南·卷耳》:"我姑酌彼兕罍,维以不永怀。"朱熹《诗集传》:"罍,酒器。刻为云雷之象,以黄金饰之。"

㉓ 行:巡行,指席上酌酒。觞、爵:皆酒杯名。好仇:好朋友,伙伴。

㉔ 丝竹:指弦乐器与竹管乐器,如琴、瑟、笙、笛、筑、筝等等。响厉:高亢激扬之音乐。

㉕ 激:吹刮。汉·赵壹《刺世疾邪赋》:"河清不可俟,人命不可延。顺风激靡草,富贵者称贤。"中流:这里指池中。

㉖ 容与:从容闲舒貌。《楚辞·九歌·湘夫人》:"时不可兮骤得,聊逍遥兮容与。"尽观:尽情观赏池中风景。

㉗ 聊:姑且。永日:竟日,从早到晚,整天。

㉘ 羲和:古代神话传说中的人物,驾御日车的神。《楚辞·离骚》:"吾令羲和弭节兮,望崦嵫而勿迫。"王逸注:"羲和,日御也。"奋策:扬鞭。指羲和驾日车赶得太快,太阳很快西沉,因而叹息。

㉙ 曜灵:指太阳。曜灵无光,谓黄昏日没之时。

㉚ 人生:指寿命。永:长久。

㉛ 春日之微霜:微霜,形容霜很薄,日出即化,喻人寿之短。

㉜ 谅:确实,委实。遗名:留下名声。可纪:言可称述。

㉝ 愈:通"愉",愉快,快乐。志:感情。荡:放纵。淫游:纵情游乐。

㉞ 经国:治理国家。

㉟ 曲宴:禁中之宴,犹言私宴。罢:停止。旋服:旋,反也。服:语尾助词。

㊱ 言归:《诗·秦风·黄鸟》:"言旋言归,复我诸兄。"言:语中助词。

【辨析】

"节游",就是要节制游乐。此赋先描绘邺都王城宫宇之华美壮丽。春季来临,花草繁茂,百果罗生,鸟虫齐鸣,一派欢乐胜境。于是呼朋唤侣,畅游其处:或纵马奔驰,或驾舟竞渡,或饮酒起舞,或放情高歌。真是良辰美景,欢乐何似!但乐极生悲,作者忽感到人生短促,来日无多。冶游终非"经国之大纲",赶快罢游旋归,做有益于人生之大事。

此赋笔法与汉大赋颇为相似,即所谓"曲终奏雅",留下雅正的尾巴。

杨修也有《节游赋》,当系唱和之作。但王粲、徐幹等付诸阙如,则可能王粲诸人已逝。故或疑此赋作于建安二十二年(217)春徐幹、王粲等死于瘟疫之后。

车渠碗赋

惟斯碗之所生①,于凉风之峻湄②。采金光以定色③,拟朝阳而发辉④。丰玄素之暐晔⑤,带朱荣之葳蕤⑥。缊丝纶以肆采⑦,藻繁布以相追⑧。翩飘飖而浮景⑨,若惊鹄之双飞。隐神璞于西野⑩,弥百叶而莫希⑪。于时乃有明笃神后⑫,广彼仁声⑬。夷慕义而重使,献兹宝于斯庭⑭。命公输使制匠⑮,穷而丽之殊形⑯。华色灿烂,文若点成⑰。郁蓊云蒸⑱,蜿蜒龙征⑲。光如激电,影若浮星⑳。何神怪之巨伟,信一览而九敬㉑。虽离朱之聪目㉒,由炫耀而失精㉓。何明丽之可悦,超群宝而特章㉔。俟君子之闲宴,酌甘醴于斯觞㉕。既娱情而可贵,故求御而不忘㉖。

【说明】

此赋见《艺文类聚》卷七十三、《太平御览》卷八〇八。这是一篇咏物赋,歌颂来自西域的车渠碗的精美。作者认为车渠乃是隐藏在西域的"神璞",是凡间百世难得一见的宝物。一方面强调车渠碗光彩夺目的花纹,一方面也借机歌颂当政者,以仁义教化感动四夷,才能使远方之人贡上这种宝贝。车渠碗可以让君子闲暇之时赏玩喝酒,心中愉快,而本身又是价值连城,因此使人愿意长久使用把玩。

【注释】

① 斯:此,这个。

② 凉风:仙山名,亦称“阆风”。《楚辞·离骚》:“朝吾将济于白水兮,登阆风而绁马。”王逸注:“阆风,山名,在昆仑之上。”《淮南子·墬形训》:“县圃、凉风、樊桐,在昆仑阊阖之中。”北魏·郦道元《水经注·河水一》:“昆仑之丘,或上倍之,是谓凉风之山,登之而不死。”峻湄:陡峭的河岸边。

③ 采金光以定色:吸取阳光而定其颜色。

④ 拟:好似。

⑤ 玄素:指车渠有黑白两种颜色,表示其为杂色。玮晔(wěi yè 委夜):亦作“玮烨”,光彩夺目。

⑥ 朱荣:红色的花瓣。曹植《七启》:“绿叶朱荣,熙天曜日。”葳蕤(wēi ruí 威瑞阳平):艳美华丽貌。《文选》左思《蜀都赋》张铣注:“葳蕤,花鲜好貌。”

⑦ 缊(yùn 蕴):通“蕴”,积聚收藏。《大戴礼记·保傅》:“则太师缊瑟而称不习。”王聘珍注:“缊,藏也。”丝纶:即丝也。此句比喻车渠碗纹路如丝绸一般细腻光彩。肆采:展现其色彩。

⑧ 藻:文采。此句是说车渠碗的花纹好像互相追逐,形容花纹密布繁多。

⑨ 翩:风疾飘扬。飘飖:即“飘摇”,风吹飞扬之貌。浮景:同“浮影”,光彩流动的样子。

⑩ 惊鹄(hú 胡):受惊的天鹅。神:神异,有灵气,含赞美之意。璞:未经雕琢的玉。

⑪ 弥:终了。《文选》王粲《登楼赋》:“北弥陶牧,西接昭丘。”李善注:“《尔雅》曰:‘弥,终也。’谓终极也。”百叶:指百世。《三国志·魏书·高堂隆传》:“自谓本枝百叶,永垂洪晖,岂寤二世而灭,社稷崩圮哉?”希:渴慕,希望。此句指车渠碗是历经百世也无法求得的宝物。

⑫ 明笃:聪明敏捷,而又诚朴敦厚。神后:英明之主,此处代指当政者,疑为曹操或曹丕。后,王。

⑬ 广彼:《曹子建集》作“广被”,二者皆可通。广彼仁声:指君主扩大其仁义道德的影响力。

⑭ 夷:古称东方的少数民族。重使:负有全权重任的使臣。此指东夷派遣重使送来。

⑮ 公输:复姓。春秋时有公输班,或称鲁班,为鲁国工艺巧匠。

⑯ 穷:极。《楚辞·九歌·云中君》:“览冀州兮有馀,横四海兮焉穷?”王逸注:“穷,极也。”妍丽:美丽,美好。殊形:奇特的形式。

⑰ 文:纹路。点成:以点缀渲染来形成。

⑱ 郁蓊（wěng 翁上声）：形容云盛貌。云蒸：云气升腾。

⑲ 蜿蜒：迂回屈曲貌。龙征：龙行走的样子，比喻气势非凡。

⑳ 激电：闪电。浮星：浮动闪烁的星光。

㉑ 九敬：《太平御览》作“九惊”，可从。表示看到了车渠这样稀世珍宝，无不惊讶万分。

㉒ 离朱：即离娄，传说中百步穿杨的人。《庄子·骈拇》：“而离朱是矣。”陆德明释文引司马彪曰：“离朱，黄帝时人，百步见秋毫之末，一云见千里针锋。”聪目：指视力很好，看得非常清楚。

㉓ 由：同“犹”，尚且。失精：《楚辞·离骚》王逸注：“精，明也。”这里指连离朱这种眼力非凡之人也要被其光芒照得眼花缭乱。

㉔ 特章：特别明显。

㉕ 俟：通“侍”。闲：私。宴：安。闲宴：悠闲安静。《文选》王延寿《鲁灵光殿赋》：“西厢踟蹰以闲宴，东序重深而奥祕。”酌甘醴于斯觞：用这个酒杯来喝美酒。觞：饮酒器。

㉖ 求御：求用。

【辨析】

曹丕《车渠碗赋序》曰：“车渠，玉属也。多纤理缛文，生于西国，其俗宝之。小以系颈，大以为器。”车渠，亦作“砗磲”或“车磲”等。《妙法莲花经·普门品》：“为求金、银、琉璃、车磲、玛瑙、珊瑚、琥珀、真珠等宝入于大海。”佛教以此为七宝之一，指的是一种贝壳。许多记载也认为车渠是海中的一种贝壳。例如，李时珍《本草纲目·介二·车渠》：“车渠，大蛤也。大者长二三尺，阔尺许，厚二三寸。壳外沟垄如蚶壳而深大，皆纵文如瓦沟，无横文也。壳内白皙如玉。”《说郛》引宋代范成大《桂海虫鱼志》：“车磲似大蚌，海人磨治其壳为诸玩物。”可能古今车渠指的是两种不同的物质，也可能是曹丕个人的误解。

迷迭香赋①

播西都之丽草兮，应青春而发晖②。流翠叶于纤柯兮③，结微根于丹墀④。信繁华之速实兮，弗见凋于严霜⑤。芳莫秋之幽兰兮⑥，丽昆仑之芝英⑦。既经时而收采兮⑧，遂幽杀以增芳⑨。去枝叶而特御兮⑩，入绡縠之雾裳⑪。附玉体以行止兮，顺微风而舒光⑫。

【说明】

此赋见《艺文类聚》卷八十一。曹丕《迷迭赋序》:“余种迷迭于中庭,嘉其杨条吐香,馥有令芳。”同时王粲、陈琳和应玚都有《迷迭赋》,可能又是属于同题共作的例子。显示了曹丕、曹植与“建安七子”共同的文学活动。此赋说明了迷迭香的产地源自西域,从其描述之中可知迷迭是一种秋冬不凋,四季常绿具有香气的常绿小灌木。采集阴干之后则其芳香之气更为浓烈。这是一篇有趣的咏物赋,迷迭香在当时应是一种充满异国情调的香料,只有贵族的“玉体”才能佩戴。

【注释】

① 迷迭香:产自西域。《太平御览》卷九八二引《魏略》曰:“大秦出迷迭。”大秦即古罗马帝国。

② 应:当。青春:春天。发晖:散发光彩。

③ 迷迭香是藤属植物。流:传布,扩散。翠叶:绿色的叶子。纤柯:纤细的枝桠。

④ 结:固定。丹墀(chí 迟):朱色的台阶。《文选》张衡《西京赋》:“右平左墄,青琐丹墀。”《汉书·外戚传下·孝成班倢伃》:“俯视兮丹墀,思君兮履綦。”颜师古注引孟康曰:“丹墀,赤地也。”

⑤ 速实:很快结果实。弗见凋于严霜:在寒冷霜降之下,而不见凋零。

⑥ 莫:通“暮”,“莫秋”即深秋。此句说明迷迭香比兰草还要香。

⑦ 丽昆仑之芝英:指迷迭香的花赛过昆仑山的灵芝草。芝英即灵芝草。昆仑山位于新疆西藏之间,是古人心目中的神山。

⑧ 经时而收采:经过一段时间之后来采收。

⑨ 幽杀:阴干。增芳:增加芳香的浓度。

⑩ 特御:独用。

⑪ 入:收纳。绡縠(hú 胡):轻纱。雾裳:形容衣裳之薄如雾。

⑫ 玉体:指尊贵的人。舒:散。

芙蓉赋

览百卉之英茂①,无斯华之独灵②。结修根于重壤③,泛清流以擢茎[4]。退润玉宇，进文帝庭[5]。竦芳柯以从风，奋纤枝之璀璨[6]。其始荣也，皦若夜光寻扶桑[7]；其扬晖也，晃若九阳出旸谷[8]。芙蓉蹇产[9]，菡萏星属[10]。丝条垂珠[11]，丹荣吐绿[12]。焜焜韡韡[13]，烂若龙烛[14]。观者终朝[15]，情犹未足。于是狡童媛女[16]，相与同游。擢素手于罗袖[17]，接红葩于中流[18]。

【说明】

此赋见《艺文类聚》卷八十二、《初学记》卷二十七、《太平御览》卷九九九、《文选》刘铄《拟古诗》李善注。这是一篇歌颂荷花的赋篇，因赋已不全，从现存的片段看来，纯粹是一篇咏物赋，没有寄托更深的意义。赋文着重描写荷花的各种美丽姿态，以及围绕着荷花的种种水上活动。后世描绘荷花的咏物赋大都类似曹植的赋篇。

【注释】

① 英：华美，荣而不实，即花。《诗·郑风·有女同车》："有女同行，颜如舜英。"毛传："英，犹华也。"茂：茂盛美丽。

② 霝（líng 零）：同"灵"。《广雅·释诂一》："灵，善也。"

③ 修根：修长的根部，指藕。

④ 泛：漂浮，浮游。擢：抽取，拔出。《庄子·骈拇》："枝于仁者，擢德塞（搴）性以收名声。"陆德明释文引司马彪曰："擢，拔也。"

⑤ 此二句据《文选》刘铄《拟古诗》李善注补。退润玉宇：退而求其次可以修饰贵族所居。进文帝庭：若更上层楼则能装饰皇宫。

⑥ 以上二句据《初学记》卷二十七、《太平御览》卷九九九补。竦（sǒng 耸）：高耸挺立。芳柯：芳香的茎秆。璀璨：光彩炫目。《文选》曹植《洛神赋》："披罗衣之璀粲兮，珥瑶碧之华琚。"张铣注："璀粲，明净貌。"

⑦ 始荣：指荷花将要开始绽放花朵。皦：同"皎"，皎洁明亮。夜光：月光，此处代指月亮。寻：依附，依循。晋·陆机《悲哉行》："女萝亦有托，蔓葛亦有寻。"扶桑：神树名。《山海经·海外东经》："汤谷上有扶桑，十日所浴，在黑齿北。"郭璞注："扶桑，木也。"

⑧ 旸（yáng 阳）谷：日出之处。《尚书·尧典》："分命羲仲，宅嵎夷，曰旸谷，寅宾出日。"孔传："旸，明也。日出于谷而天下明，故称旸谷。"

⑨ 芙蕖：即芙蓉。《尔雅·释草》："荷，芙蕖。"盛开的荷花。蹇产：《太平御览》

作“骞翔”，即屈折。指荷叶弯曲貌。《楚辞·九章·哀郢》：“心结结而不解兮，思蹇产之不释。”

⑩ 菡萏（hàn dàn 汉旦）：未开的荷花，既花苞。星属：有如星一样联属在一起。

⑪ 丝条：指荷花一条条下垂的花蕊。垂珠：珠串下垂貌。

⑫ 丹荣：此处指荷花。吐绿：指绿色的莲蓬如同被花瓣吐出。

⑬ 焜焜（hǔn 魂上声）：明艳貌。韡韡（wěi 伪）：光明华美貌。《诗·小雅·常棣》：“常棣之华，鄂不韡韡。”毛传：“韡韡，光明也。”

⑭ 烂：光明灿烂。龙烛：神龙衔烛以照耀。《楚辞·天问》：“西北辟启，何气通焉？日安不到，烛龙何照？”王逸注：“言天之西北有幽冥无日之国，有龙衔烛而照之也。”

⑮ 终朝：一整天，即从早到晚。

⑯ 狡：通“姣”，容貌美好。媛：美女。

⑰ 擢（zhuó 灼）：伸出。此句指年轻男女将手伸出袖子。

⑱ 葩（pā 趴）：花朵。此处指荷花。

感节赋

携友生而游观，尽宾主之所求[①]。登高墉以永望[②]，冀销日以忘忧[③]。欣阳春之潜润[④]，乐时泽之惠休[⑤]。望候雁之翔集，想玄鸟之来游[⑥]。嗟征夫之长勤[⑦]，虽处逸而怀愁[⑧]。惧天河之一回，没我身乎长流[⑨]。岂吾乡之足顾[⑩]？恋祖宗之灵丘[⑪]。惟人生之忽过，若凿石之未曜[⑫]。慕牛山之哀泣[⑬]，惧平仲之我笑[⑭]。折若华之翳日[⑮]，庶朱光之长炤[⑯]。愿寄躯于飞蓬[⑰]，乘阳风而远飘[⑱]。亮吾志之不从，乃拊心以叹息[⑲]。青云郁其西翔[⑳]，飞鸟翩而上匿。欲纵体而从之[㉑]，哀予身之无翼。大风隐其四起[㉒]，扬黄尘之冥冥[㉓]。野兽惊以求群，草木纷其扬英[㉔]。见游鱼之涔灂[㉕]，感流波之悲声。内纡曲而潜结[㉖]，心怛惕以中惊[㉗]。匪荣德之累身[㉘]，恐年命之早零[㉙]。慕归全之明义[㉚]，庶不忝乎所生[㉛]。（《艺文类聚》卷二十八）

商风入帷[㉜]。（《北堂书钞》卷一五四）

【说明】

这是一篇写在春季表达自己复杂心情的辞赋。开头写的是作者外出春游，希望借春天之景致来解除自己心中的忧愁,未料适得其反。赋中一再表现作者对人生短暂的忧虑,把自己比喻为出门在外远征的行人,常怀着无限的忧伤。“亮吾志之不从”,唯恐自己一生的志向无法得到实现。他想跟鸟飞向长空,但无奈身无羽翼。最后的愿望竟然是希望能够全身而退,不辱先人。这表现了作者惧怕自己遭到杀身之祸的深切忧虑。此赋应为曹植争夺皇位失败之后,渐入晚年的生活写照。

【注释】

① 友生:朋友;友人。《诗·小雅·常棣》:“虽有兄弟,不如友生。”

② 墉(yōng 雍):城墙。永:久,长。

③ 冀:希望。销日:消磨时日。

④ 阳春:温暖的春天。潜润:谓渐渐滋润。

⑤ 时泽:时雨。惠:仁爱宽厚。《尚书·皋陶谟》:“安民则惠,黎民怀之。”休:美好。

⑥ 候雁:大雁是以季节迁徙的候鸟。玄鸟:燕子。

⑦ 征夫:远行之人。《诗·小雅·皇皇者华》:“駪駪征夫,每怀靡及。”毛传:“征夫,行人也。”长勤:长久的辛苦。

⑧ 处逸而怀愁:虽然处于逸乐之中而怀着忧愁。

⑨ 一回:指天河运行一个周期(即一年)。长流:谓天河,此处亦借指时间。

⑩ 顾:挂念。

⑪ 灵丘:对祖墓的敬称。丘,丘墓。晋·陆机《挽歌诗》其三:“振策指灵丘,驾客从此逝。”

⑫ 凿石:以锥钻石。《抱朴子·内篇·勤求》:“凿石有馀焰,年命已雕颓。”未曜:尚未放出光芒。赵幼文《曹操集校注》:“疑‘未耀’当作‘末耀’,‘末耀’即馀光。”可从。

⑬ 牛山:在今山东省淄博市临淄区南二十一里。春秋时齐景公泣牛山,即其地。

⑭ 平仲:齐景公相晏婴的字。指晏子窃笑齐景公想起寿命不长而哭泣的故事。《晏子春秋·内篇谏上》:“(齐)景公游于牛山,北临其国城而流涕曰:‘若何滂滂去此而死乎?’艾孔、梁丘据皆从而泣,晏子独笑于旁。公刷涕而顾晏子曰:‘寡人今日之游悲,孔与据皆从寡人而涕泣,子之独笑,何也?’晏子对曰:‘使贤者常守之(指不死),则太公、桓公将常守之矣;使勇者常守之,则灵公、庄公将常守之矣。数君者将守之,则吾君安得此位而立焉?以其迭处之,迭去之,至于君也,而独为之流涕,是不

仁也。不仁之君见一,谄谀之臣见二,此臣之所以独窃笑也。'"

⑮ 若华:古代神话传说中的神木若木的花。《楚辞·天问》:"羲和之未扬,若华何光?"王逸注:"言日未出之时,若木何能有明赤之光华乎。"《山海经·大荒北经》:"大荒之中,有衡石山、九阴山、洞野之山,上有赤树,青叶,赤华(花),名曰若木。"郭璞注:"生昆仑西附西极,其华光赤下照地。"

⑯ 朱光:喻日。炤(zhào 照):照耀。《荀子·天论》:"列星随旋,日月递炤。"杨倞注:"炤与照同。"

⑰ 飞蓬:指枯后根断遇风飞旋的蓬草。

⑱ 阳风:春风。此赋可能写于春季。

⑲ 亮:实在。拊(fǔ 府)心:拍胸,表示哀痛或悲愤。《仪礼·士丧礼》:"妇人拊心不哭。"

⑳ 郁其:犹郁然,形容云层浓密。

㉑ 上匿:或作"止匿"。纵体:轻举飞翔。

㉒ 隐其:即隐然。

㉓ 冥冥:昏暗之貌,指黄尘蔽天,日光暗淡。

㉔ 纷其:犹纷然。纷:盛貌。扬英:扬其花瓣,指被风吹落。

㉕ 涔濁(cén zhuó 岑浊):即毚濁(chán zhuó 缠浊),双声词,游鱼出没不安貌。

㉖ 纡曲:心中郁结。潜结:心情不舒畅。

㉗ 怛惕(dá tì 达替):惊惧貌。中惊:心中吃惊。

㉘ 荣德之累(léi 雷)身:指世俗的禄位带累自身。

㉙ 早零:早死,早终。

㉚ 归全:谓善终,不遭灾难,终其天年。《礼记·祭义》:"父母全而生之,子全而归之,可谓孝矣。"明义:明白大义。

㉛ 忝(tiǎn 腆):辱,愧。所生:谓父母。

㉜ 商风:即秋风,西风。《楚辞·七谏·沉江》:"商风肃而害生兮。"王逸注:"商风,西风肃,急貌。"

宝刀赋并序

建安中,(家父)魏王①(乃)命有司造宝刀五枚,(三年乃就,)以龙、虎、熊、马、雀为识,太子得一②,余及余弟饶阳侯各得一焉③,(其馀二枚,家王自杖之④。)赋曰:

有皇汉之明后[5]，思潜达而玄通[6]。飞文义以博致[7]，扬武备以御凶[8]。乃炽火炎炉，融铁挺英[9]。乌获奋椎[10]，欧冶是营[11]。扇景风以激气[12]，飞光鉴于天庭[13]。爰告祠于太乙[14]，乃感梦而通灵[15]。然后砺以五方之石[16]，鉴以中黄之壤[17]。规圆景以定环[18]，摅神功而造像[19]。垂华纷之葳蕤[20]，流翠采之混瀁[21]。故其利陆斩犀象，水断龙角；轻击浮截，刃不瀸流[22]。逾南越之巨阙[23]，超西楚之太阿[24]。实真精之攸御[25]，永天禄而是荷[26]。

【说明】

此赋非完篇，见《艺文类聚》卷六十、《初学记》卷二十二、《太平御览》卷三四六。括弧内文字出自《太平御览》。这是一篇歌咏宝刀的咏物赋。曹操铸造了五把宝刀，自己保留两把，其馀三把则分赠三子。曹植得到宝刀后，写了这篇赋。一来赞颂宝刀，二来也趁机颂扬父亲曹操的功业，是一篇赋颂结合的典型之作。其中细致地描绘了宝刀的制作及其锋利，使用了许多与刀剑有关的典故，生动自然，文辞优美。

【注释】

① 魏王：建安二十一年(216)夏五月，曹操为魏王。

② 太子：建安二十二年(217)冬十月，汉献帝刘协命曹丕为魏太子。曹丕当时是五官中郎将。

③ 饶阳侯：曹豹。《三国志·魏书·武帝纪》："(建安)十六年(211)春正月，天子命公世子丕为五官中郎将，置官属，为丞相副。"裴松之注引《魏书》曰："庚辰，天子报：'减户五千，分所让三县万五千封三子，植为平原侯，据为范阳侯，豹为饶阳侯，食邑各五千户。'"另外曹林也在建安十六年封饶阳侯。

④ 杖：持。

⑤ 皇汉：大汉。明：尊敬之词。后：君。

⑥ 潜达：深沉通达。玄通：即"通玄"，谓与天相通或通达玄理。《老子》第十五章："古之善为士者，微妙玄通，深不可识。"河上公注："玄，天也。言其志节玄妙，精与天通也。"

⑦ 飞：广布。文义：文章义理与内容。按，"文义"，《初学记》卷二十二作"文藻"。博致：广泛招致。

⑧ 武备：军事准备。御凶：约束控制凶恶之徒。

⑨ 挺英:将铁打直。挺:使伸直。《荀子·劝学》:“虽有槁暴,不复挺者,𫐓使之然也。”杨倞注:“挺,直也。”

⑩ 乌获:战国时秦之力士。后常用来泛称一般的有力之人。奋椎:举起铁锤锻铁。

⑪ 欧冶:即欧冶子,春秋时著名铸剑工。《吕氏春秋·赞能》:“得十良剑,不若得一欧冶。”营:造,指铸剑。

⑫ 扇景风以激气:鼓扇热风以提高温度。景风:南风。

⑬ 光:指火光。鉴:照。天庭:天帝的宫廷,天帝的朝廷。《文选》扬雄《甘泉赋》:“选巫咸兮叫帝阍,开天庭兮延群神。”

⑭ 爰:于是。告祠:祈祷。太乙:天神名。《文选》宋玉《高唐赋》:“醮诸神,礼太一。”《史记·封禅书》:“天神贵者太一。”司马贞《索隐》引宋均曰:“天一、太一,北极神之别名。”传说欧冶铸剑时,太乙神下观。《越绝书·越绝外传·记宝剑第十三》:“薛烛对曰:‘不可。当造此剑之时,赤堇之山,破而出锡;若耶之溪,涸而出铜;雨师扫洒,雷公击橐;蛟龙捧炉,火帝装炭;太一下观,天精下之。欧冶乃因天之精神,悉其伎巧,造为大刑三、小刑二:一曰湛卢;二曰纯钧;三曰胜邪;四曰鱼肠;五曰巨阙。’”

⑮ 感梦而通灵:梦中得到神的启示。

⑯ 砺:磨。五方:东西南北中。

⑰ 鉴:光泽,此处作动词,指磨光之意。中黄之壤:黄石脂。《文选》张衡《南都赋》:“太一馀粮,中黄瑴玉。”吕向注:“中黄,谓石中(黄)子,黄石脂也。”也可指中央之土,黄色于五行为中央之色。《太平御览》卷三十七引《雷焕别传》曰:“焕与张华见异气起牛斗之间。焕曰:‘此宝剑也。’拜焕丰城令,到县,掘屋基入四十馀尺,得一石函。中有双剑,琢错文采,翳而未明。君初经南昌,遣人取西山北岩下土二升,黄白色,拭剑光艳照耀,莫不惊愕。”用特殊土拭剑,类似今天所谓抛光。

⑱ 规:计度。圆景:指月亮。定环:意为将刀把上端制圆形护手套子。

⑲ 摅(shū 书):舒展,抒发。神功:《初学记》卷二十二作“神思”。这句是说,发挥神奇的技艺造成各种形象。

⑳ 华纷:指刀身的纹路甚多。葳蕤(wēi ruí 威瑞阳平):华美貌,艳丽貌。《玉台新咏·古诗·为焦仲卿妻作》:“妾有绣腰襦,葳蕤自生光。”

㉑ 流翠采:刀身上翠绿的光彩。滉瀁(huàng yàng 晃样):光影摇动貌。

㉒ 轻击、浮截:皆指轻砍。刃不瀸(jiān 兼)流:《初学记》卷二十二作“刃不纤流”,可从。意为刀刃没有丝毫的损伤。

㉓ 巨阙:越王勾践之宝剑之一。《越绝书·越绝外传·记宝剑第十三》:“王曰:‘然。巨阙初成之时,吾坐于露坛之上,宫人有四驾白鹿而过者,车奔马惊,吾引

剑而指之,四驾上飞扬,不知其绝也。穿铜釜,绝铁锧,胥中决如粢米,故曰巨阙。’”

㉔ 太阿:或写作“泰阿”,欧冶子、干将为楚王所铸之剑。

㉕ 真精:《初学记》卷二十二作“真人”,可从。真人:道家称存养本性或修真得道的人。此处可能是对曹操的尊称。《庄子·大宗师》:“古之真人,其寝不梦,其觉无忧,其食不甘,其息深深……古之真人,不知说生,不知恶死,其出不欣,其入不距;翛然而往,翛然而来而已矣。”攸御:所用。全句意为唯有这种宝刀乃真人所用。

㉖ 天禄:天位。是荷:佩此剑。是,此。全句意为希望佩剑之人能常享其天位。

喜霁赋

禹身誓于阳盱[①],卒锡圭而告成[②]。汤感旱于殷时,造桑林而敷诚[③]。动玉辂而云披,鸣銮铃而日阳[④]。指北极以为期,吾将倍道以兼行[⑤]。

【说明】

此赋见《艺文类聚》卷二。从题材表面看,这是一篇写天气的赋,天晴为霁。但现存的赋开头就写大禹和商汤这两位上古的圣皇如何为了天下苍生祈福而自我牺牲。结尾描写一个类似皇帝的人物,乘着玉车,在阳光照耀下前往某处。最后一句说明了作者也在赶往一个地点。如果北极可以代表朝廷,那么他似乎正在为了某件大事赶回京城。赋中的高贵人物可能是曹丕,而曹植正在赶往京城,参加曹丕的登基大典。

《初学记》卷二引《魏略·五行志》:“延康元年,大霖雨五十馀日,魏有天下乃霁,将授大禅之应也。”似正与曹丕篡汉合。惜赋非完篇,难于窥见全貌。

【注释】

① 誓:立誓,发誓。指夏禹为了治水解禊,以自己的身体为质或牺牲。阳盱(xū须):河名。《淮南子·修务训》:“且夫圣人者,不耻身之贱,而愧道之不行。不忧命之短,而忧百姓之穷。是故禹之为水,以身解于阳盱之河;汤旱,以身祷于桑山之林。”高诱注:“阳盱,盖在秦地。”解:指解祷,消灾求福的一种祭祀活动。

② 锡圭而告成:圭,古代诸侯朝聘时所执的玉制礼器。帝王封爵授土时,赐圭以为信物。后泛指授以高官重爵。《尚书·禹贡》:“禹锡玄圭,告厥成功。”

③ 此句指商汤在桑林中祷告,以自己的身体为殉。《艺文类聚》卷十二引《帝王世纪》:“汤自伐桀后,大旱七年,殷史卜曰:当以人祷。汤曰:‘吾所为请雨者民

也，若必以人祷，吾请自当。’遂斋戒，剪发断爪，以己为牲，祷于桑林之社，言未已而大雨，方数千里，汤践天子位十三年，年百岁而崩。”造：至。敷诚：传布其诚意。

④ 辋（wǎng 网）：本指车轮的外框，此处为车之代词。玉辋：车之美称。云披：如云彩披散。銮铃：装于轭首或车衡上的铃。日阳：阳光照耀。

⑤ 指：《楚辞·离骚》：“指九天以为正。”王逸注：“指，语也。”北极：指北极星，此处借指帝王或朝廷。《晋书·天文志上》：“北极，北辰最尊者也……天运无穷，三光迭耀，而极星不移，故曰‘居其所而众星共之’。”倍道以兼行：兼程赶路。形容加速急行。

白鹤赋

嗟皓丽之素鸟兮①，含奇气之淑祥②。薄幽林以屏处兮③，荫重景之馀光④。狭单巢于弱条兮⑤，惧冲风之难当⑥。无沙棠之逸志兮⑦，欣六翮之不伤⑧。承邂逅之侥幸兮⑨，得接翼于鸾皇⑩。同毛衣之气类兮⑪，信休息而同行。痛良会之中绝兮⑫，遘严灾而逢殃⑬。共太息而祗惧兮⑭，抑吞声而不扬⑮。伤本规之违忤⑯，怅离群而独处。恒窜伏以穷栖⑰，独哀鸣而戢羽⑱。冀大纲之解结⑲，得奋翅而远游。聆雅琴之清均⑳，记六翮之末流㉑。

【说明】

此赋见《艺文类聚》卷九十、《初学记》卷三十。《白鹤赋》表面上看是一篇咏物赋，但其实曹植是以白鹤之遭遇自比。“荫重景之馀光”，表示自己虽受到曹操的恩惠庇荫，但是终究挡不住政治的“冲风”。曹丕夺得王位之后，曹植的境遇就犹如白鹤一般，局促在单条弱枝的小巢中。“承邂逅之侥幸兮，得接翼于鸾皇。”此句委婉地说明了自己的侥幸，得以与当今皇上为兄弟，似乎希望以兄弟天伦一气的感情打动曹丕，以得到他的眷顾。赋的结尾令人感叹，作者只期盼捕捉他的大网能够松解，他愿意敬陪末座，聆听雅琴，意即过着与世无争的生活。这应该是曹丕即位之后，曹植受到种种不平待遇之后的心情写照。

【注释】

① 皓丽：洁白美丽的样子，形容白鹤的外貌。素：白色。

② 奇气：奇特的气质。淑祥：淑惠贤良。此句为倒装句，意思是白鹤具有贤惠

祥和的奇特气质。

③ 薄:靠近,迫近。幽林:幽深邃黑的树林。屏处:隐藏的地方。《汉书·窦婴传》颜师古注:"屏,掩也。"

④ 景:日光。此句说明白鹤受到双重阳光(包括曹操)的庇荫。

⑤ 狭:迫近,靠近。弱枝:细弱易断的树枝。全句说明白鹤窘迫地栖居在狭小的鸟巢中。

⑥ 冲风:强风。

⑦ 沙棠:神木名。《山海经·西山经》:"(昆仑之丘)有木焉,其状如棠,黄华赤实,其味如李而无核,名曰沙棠;可以御水,食之使人不溺。"此处沙棠可能指传说中的一种玉名。《淮南子·墬形训》:"上有木禾,其修五寻。珠树、玉树、璇树、不死树在其西;沙棠、琅玕,在其东。"高诱注:"沙棠、琅玕,皆玉名也,在木禾之东也。一说,沙棠,木名也。"此句说明白鹤即作者自谦没有雄心壮志。

⑧ 翮(hé 合):鸟羽的羽管。六翮:鸟的双翅,代指鸟。此处指白鹤。

⑨ 邂逅:不期而遇。《诗·郑风·野有蔓草》:"有美一人,清扬婉兮,邂逅相遇,适我愿兮。"毛传:"邂逅,不期而会。"

⑩ 接翼:翅膀接连着翅膀。鸾皇:鸾与凤,高贵稀奇的瑞鸟。此处代指曹丕。

⑪ 毛衣:羽毛,泛称鸟类。气类:意气相投者。

⑫ 美会:美好的聚会。中绝:中断停止。

⑬ 遘(gòu 构):遇到。

⑭ 祗(zhī 支)惧:恭敬畏惧。《诗·商颂·长发》:"昭假迟迟,上帝是祗。"

⑮ 吞声:不敢发出声音。

⑯ 本规:成议,成约。违忤:违背,抵触。

⑰ 窜伏:逃匿,隐藏起來。穷栖:受困。

⑱ 戢(jí 极)羽:收敛羽翼。

⑲ 大纲:网的绳子总结的地方,此句指希望能够解开这个总绳,网就能打开,白鹤就能飞出去。

⑳ 均:古同"韵",好听的音乐。《楚辞·惜誓》:"二子拥瑟而调均兮,余因称乎清商。"王逸注:"均,亦调也。"

㉑ 记:疑作"讬",同"托",寄托,依附。《汉书·外戚传下》:"奉供养于东宫兮,托长信之末流。"此句指白鹤不敢与鸾凰这样高贵的鸟一起飞,只能依附于下等末流的鸟类。

玄畅赋并序

夫富者非财也,贵者非宝也。或有轻爵禄而重荣声者[1],或有受性命以殉功名者[2]。是以孔、老异旨，杨、墨殊义[3]，聊作斯赋，名曰《玄畅》。庶以陶神知机，擿理表微[4]。（据《北堂书钞》卷一〇二补）众才所归。（据《北堂书钞》卷二十九补）

夫何希世之大人，罄天壤而作皇[5]。该仁圣之上义，据神位以统方[6]。补五帝之漏目，缀三代之维纲[7]。侥余生之幸禄，遘九二之嘉祥[8]。上同契于稷离[9]，降合颖于伊望[10]。思荐宝以继佩[11]，怨和璞之始镌[12]。思黄钟以协律[13]，怨伶夔之不存[14]。嗟所图之莫合[15]，怅蕴结而延伫[16]。志鹏举以抟天[17]，蹶青云而奋羽[18]。舍余驷而改驾[19]，任中才之法御[20]。望前轨而致策[21]，顾后乘而安驱[22]。匪逞迈之短修[23]，取全真而保素[24]。弘道德而为宇[25]，筑无怨以作蕃[26]。播慈惠以为圃，耕柔顺以为田[27]。不愧景而惭魄[28]，信乐天之何欲[29]？逸千载而流声[30]，超遗黎而度俗[31]。

絙日际而来王[32]。（据《文选》颜延年《宋郊祀歌》李善注补）

【说明】

此赋见《艺文类聚》卷二十六。赋名《玄畅》，“畅”为“通畅”、“通达”之义。《易·坤》：“美在其中，而畅于四支。”赋题之义表示作者通达玄理。曹植失宠之后，遭到曹丕的猜忌，性命堪忧。这篇赋意味着曹植思想的转变。赋中将曹丕描绘成道家的“大人”，夸赞他超越上古五帝与三代圣王，表示了臣服之意。同时希望自己能够“取全真而保素”。整篇赋都以道家的柔性的观点来叙述政治和自己的处境。“信乐天之何欲”，表现自己乐天知命，无欲无贪的心境。可说是曹植在政治情况窘迫之际，自省而作的一篇具有道家思想的辞赋。

【注释】

① 轻爵禄：轻视官位俸禄。荣声：荣誉和名声。

② 受：《汉魏六朝百三名家集》本作“及”，或疑为“爱”形似之误。殉功名：为求功名而死。《庄子·骈拇》：“士则以身殉名。”《后汉书·方术列传上·谢夷吾》：“不殉名以求誉，不驰骛以要宠。”

③ 孔老异旨：指孔子与老子宗旨不同。孔子前期积极从事政治活动，晚年致力教育。老子绝圣去智，主张无为而治，故曰“异”旨。杨：杨朱。墨：墨翟。殊义：意义不同。《孟子·尽心上》说：杨子主张为我，“拔一毛而利天下不为也”。又说：墨

子主张兼爱,“摩顶放踵,利天下为之”。故曰“殊义”。

④ 陶:畅也。见《后汉书·杜笃传》“粳稻陶遂”李贤注。机、微:都是征兆的意思。摛(chī 吃):舒展。

⑤ 希世:世所罕有。《文选》王延寿《鲁灵光殿赋》:“邈希世而特出,羌瓌谲而鸿纷。”大人:指在高位者,如王公贵族。《易·乾》:“九二:见龙在田,利见大人。”此处指曹丕。罄天壤:犹“罄宇”,言整个天地、世界。南朝·宋·谢庄《宋明堂歌·歌白帝》:“浃地奉渥,罄宇承秋灵。”此指曹丕成为全中国的皇帝。《文选》颜延年《宋郊祀歌》李善注引作“罄天壤而作皇”。

⑥ 该:备。神位:喻地位。

⑦ 补五帝之漏目:称赞曹丕修补五帝所遗留下来未能完成的事业。五帝:上古传说中的五位帝王,说法不一。《大戴礼记·五帝德》认为是黄帝(轩辕)、颛顼(高阳)、帝喾(高辛)、唐尧、虞舜。太史公依《世本》、《大戴礼》,以黄帝、颛顼、帝喾、唐尧、虞舜为五帝。缀:联也。三代:指夏、商、周。维纲:本指用以系物和提网的绳,此处比喻朝廷之纲纪与法度。

⑧ 侥:侥幸。幸禄:希望、希冀的俸禄。遘(gòu 够):遇。九二:《易》卦爻位名。九,谓阳爻;二,第二爻,指卦象自下而上第二位。《易·乾》:“九二,见龙在田,利见大人。《象》曰:‘见龙在田’,德施普也。”孔颖达疏:“此以人事言之,用龙德在田似圣人已出在世,道德恩施能普遍也。”后遂以“九二”比喻君德广被。嘉祥:祥瑞之兆。

⑨ 上:往上推。同契:契合。稷:姜嫄之子,为舜稷官。禼(xiè 卸):契,传说中的商代始祖。《史记·三代世表》:“高辛生禼,禼为殷祖。”

⑩ 降:往下推。合颖:本指禾苗一茎生二穗,此处借指契合之意。伊:伊尹,成汤之相。商汤之妻陪嫁的奴隶,后助汤伐夏桀,被尊为阿衡。望:太公望,即吕尚。姜姓,吕氏,名尚,俗称姜太公,曾辅佐周武王灭殷商。

⑪ 思荐宝:想要献上宝贝,指贡献自己的才能。继佩:承续前人的才能志向。《楚辞·离骚》:“折琼枝以继佩。”王逸注:“继,续也。折琼枝以继佩,守行仁义,志弥固也。”

⑫ 和:卞和。璞:未剖开之玉石。镌(juān 娟):雕刻。此句哀伤卞和献璞玉时,未被赏识,而遭斩断两足。《史记·鲁仲连邹阳列传》:“昔卞和献宝,楚王刖之。”

⑬ 黄钟:音调之一,此处比喻有才能的人。协律:调和音乐律吕,使之和谐。此处以音乐之协调比喻善用人才。

⑭ 伶夔(kuí 奎):传说中黄帝时乐官伶伦和舜时乐正夔的并称,此处比喻知音之人。汉·应劭《风俗通·声音序》:“昔黄帝使伶伦自大夏之西,昆仑之阴,取竹于

嶰谷，生其窍厚均者，断两节而吹之，以为黄钟之管。”

⑮ 嗟所图之莫合：叹息自己的图谋不符时用。曹植想要献出自己的才能，无奈朝廷不用他。

⑯ 怅：失望之貌。蕴结：形容心情郁结不舒之貌。延伫：延颈伫立。

⑰ 鹏举：如大鹏举翅，比喻自己的志向。抟（tuán 团）天：指大鹏奋翅拍击长空。

⑱ 蹶（jué 决）：颠仆，跌倒。奋羽：即奋翅。意谓展翅高飞，而于云中铩羽，喻自己仕途不顺，备受打击。

⑲ 舍：放弃。驷：古称一车套四匹马。改驾：改变车乘。喻自己改变志向。

⑳ 任中才：任用中等才能的人。法御：以法治控制。

㉑ 致策：施加鞭子，犹挥鞭策马。

㉒ 顾后乘而安驱：愿意随在马车之后缓步徐行。即愿随人后而行动，表示自己没有野心。

㉓ 逞迈：犹急行。短修：短长。

㉔ 取：求，也可通“趋”，皆通。全真：保全天性。《庄子・盗跖》：“子之道狂狂汲汲，诈巧虚伪事也，非可以全真也，奚足论哉！”素：质朴无饰，表示自己未受污染的本性。

㉕ 弘：大。宇：房屋，住所。此句意为弘扬道德以为归宿。

㉖ 无怨：使人民没有怨尤来作为保卫国家的樊篱。蕃：通“藩”，篱也。

㉗ 慈惠：仁爱。《左传・成公十二年》：“于是乎有享宴之礼，享以训共俭，宴以示慈惠。共俭以行礼，而慈惠以布政。”意为将慈祥仁爱播种于全国。柔顺：温柔和顺。《易・坤》：“柔顺利贞，君子攸行。”此句原意为以柔顺为耕地，这是以柔为主的道家哲学。

㉘ 愧、惭：皆惭愧之意。景（yǐng 影）：同“影”，即影子。此句意为可以无愧于心。

㉙ 信：确实。乐天：乐天知命。

㉚ 逸千载：超越千年。流声：即流播声誉。

㉛ 遗黎：遗民，馀民。也即世民。度俗：超越世俗。

㉜ 緪（gēng 庚）：原义为粗绳，此处为“亘”字之借。亘：穷竟。际：界也。日际：谓日光所照临之区。全句意为其统治之区域超越了日光照临之范围。

愍志赋[①] 并序

或人有好邻人之女者，时无良媒，礼不成焉[②]。彼女遂行适人[3]。有言之于余者，余心感焉，乃作赋曰：

窃托音于往昔，迄来春之不从[4]。思同游而无路，情壅隔而靡通[5]。哀莫哀于永绝[6]，悲莫悲于生离[7]。岂良时之难俟[8]？痛余质之日亏[9]。登高楼以临下，望所欢之攸居[10]。去君子之清宇[11]，归小人之蓬庐[12]。欲轻飞而从之，迫礼防之我拘[13]。

【说明】

此赋见《艺文类聚》卷三十。这是一篇忧伤自己志向不得伸的赋，运用了《离骚》中香草美人的传统，将自己比喻为没有良媒的女子。写信给自己仰慕的君子也得不到答复。在礼教的拘束下，也只有日益消瘦，青春在寂寞中逐渐消逝。从序文看，视女子嫁不到心爱之人理解亦可。

【注释】

① 愍（mǐn 敏）：怜悯，哀伤。《汉书·叙传上》："会（班）伯病卒，年三十八，朝廷愍惜焉。"

② 好（hào 号）：爱，喜爱。良媒：好媒人。礼：指聘礼。

③ 适人：嫁人。

④ 窃：私下，自谦之词。托音：寄托音信。不从：不答应。

⑤ 思同游：想与君子来往。无路：找不到路。壅（yōng 雍）隔：阻隔。靡通：不通。

⑥ 永绝：永久断绝。

⑦ 悲莫悲于生离：没有比活着的时候别离更悲伤的事。《楚辞·少司命》："悲莫悲兮生别离。"

⑧ 良时：喻婚期。俟（sì 四）：等待。

⑨ 痛：感伤。质：指身体。亏：损。全句感伤自己青春逐渐逝去。

⑩ 所欢：谓所爱恋之男子。攸居：即所居。

⑪ 去：离开。清：表尊敬之饰词。宇：屋宇。

⑫ 蓬庐：简陋的茅屋。小人：指她所不喜欢的人。

⑬ 礼防：礼节之规矩。谓礼之禁乱，犹防之止水。语出《礼记·经解》："夫礼，禁乱之所由生，犹坊止水之所自来也。"陆德明释文："坊，本又作'防'。"我拘：即"拘我"之倒装，指自己受到礼节的限制。

九愁赋

嗟离思之难忘,心惨毒而含哀[1]。践南畿之末境[2],超引领之徘徊[3]。眷浮云以太息,愿攀登而无阶[4]。匪徇荣而愉乐[5],信旧都之可怀[6]。恨时王之谬听[7],受奸枉之虚辞[8]。扬天威以临下[9],忽放臣而不疑[10]。登高陵而反顾,心怀愁而荒悴[11]。念先宠之既隆[12],哀后施之不遂[13]。虽危亡之不豫[14],亮无远君之心[15]。刈桂兰而秣马[16],舍予车于西林[17]。愿接翼于归鸿,羌高飞而莫攀[18]。因流景而寄言[19],响一绝而不还[20]。伤时俗之趍险[21],独惆怅而长愁[22]。感龙鸾而匿迹,如吾身之不留[23]。窜江介之旷野,独眇眇而泛舟[24]。

思孤客之可悲,愍予身之翩翔[25]。岂天监之孔明,将时运之无常[26]?谓内思而自策[27],算乃昔之愆殃[28]。以忠言而见黜,信无负于时王[29]。俗参差而不齐[30],岂毁誉之可同?竞昏瞀以营私[31],害予身之奉公[32]。共朋党而妒贤[33],俾予济乎长江[34]。

嗟大化之移易[35],悲性命之悠遭[36]。愁慊慊而继怀[37],恒惨惨而情挽[38]。旷年载而不回,长去君乎攸远[39]。御飞龙之蜿蜿[40],扬翠霓之华旌[41]。绝紫霄而高骛[42],飘弭节于天庭[43]。披轻云而下观,览九土之殊形[44]。顾南郢之邦壤[45],咸芜秽而倚倾[46]。骖盘桓而思服[47],仰御骧以悲鸣[48]。纡予袂而收涕[49],仆夫感以失声[50]。履先王之正路[51],岂淫径之可遵[52]?知犯君之招咎[53],耻干媚而求亲[54]。顾旋复之无轨[55],长自弃于遐滨[56]。与麋鹿而为群,宿林薮之葳蓁[57]。野萧条而极望[58],旷千里而无人[59]。民生期于必死[60],何自苦以终身?宁作清水之决泥[61],不为浊路之飞尘[62]。践蹊径之危阻[63],登岧峣之高岑[64]。见失群之离兽,觌偏栖之孤禽[65]。怀愤激以切痛,若回刃之在心[66]。愁戚戚其无为[67],游绿林而逍遥。临白水以悲啸,猿惊听而失条[68]。亮无怨而弃逐,乃余行之所招[69]。

【说明】

此赋见《艺文类聚》卷三十五。赋名“九愁”，九者，表示数之极也，九愁，即愁思的极点。赋题本身模仿了《楚辞》的《九思》、《九叹》的体裁，而在内容上也多取法屈原被放逐时所写的《离骚》。

赋中一再说明并非自己主动疏远君王，而是君主听信谗言将自己放逐。在赋中，曹植自比屈原。“共朋党而妒贤，俾予济乎长江。”由于朋党小人的诽谤，使他像屈原一样被流放长江。其实曹植并未流放江南，这是一种比喻的说法。又如写仆夫的悲痛，写自己“忠言而见黜”，也都是来自屈骚的传统。

曹植在赋里并非一味委曲求全，也表现出刚强的一面。例如他觉得自己“以忠言而见黜，信无负于时王”，曲折地影射了对曹丕的不满情绪。最后“临白水以悲啸，猿惊听而失条”，更以悲戚的啸声呼喊出了自己的悲愤。

【注释】

① 惨毒：悲痛怨愤。曹植《求通亲亲表》：“窃不愿于圣代使有不蒙施之物。有不蒙施之物，必有惨毒之怀。”

② 畿（jī机）：古代王都所领辖的千里地面。后多指京城管辖的地区。末境：遥远地界。指自己的封地在远离王畿的南境。

③ 超：越。引领：伸长脖子张望（王畿）。回应前句“践南畿之末境”。

④ 眷：回视，返顾。此句指自己想要效力朝廷而无阶可进。

⑤ 徇荣：追求荣华富贵。愉乐：贪图享乐。愉，通“偷”，苟且。《楚辞·离骚》：“唯夫党人之偷乐兮，路幽昧以险隘。”

⑥ 旧都：谓邺都。怀：思念。

⑦ 恨：遗憾。时王：当代的皇帝。此谓曹丕。谬听：误信谗言。此指曹丕周围所奏不实之辞。

⑧ 奸枉：邪恶不正之徒。虚辞：不实之词。

⑨ 扬：显扬，传播。天威：皇帝之威势。

⑩ 放：斥逐。

⑪ 荒悴：即憔悴、忧愁之貌。

⑫ 先：指曹操。时曹操已死，故曰先。宠：谓曹操予以封爵并帅其出征。

⑬ 后：后来者，指曹丕。施：恩惠。《左传·僖公二十七年》：“报施救患，取威定霸，于是乎在矣。”此句是说后来者的恩惠不如曹操。此谓曹丕寡情。不遂：不终。

⑭ 不豫：指危亡不可预先估计。

⑮ 亮:实在。远:疏远。君:指曹丕。

⑯ 刈(yì 义):割。桂、兰:皆为《楚辞》中常见的香草,此借以喻才能之人。刈桂兰而秣马:象征贤才遭到轻蔑歧视,大材小用,无法施展抱负。

⑰ 舍:停放。

⑱ 归鸿:归雁。指飞到曹丕身边。羌:发语词。

⑲ 流景:闪耀的光彩。《文选》张衡《西京赋》:"流景内照,引曜日月。"寄言:托其传语。此句意谓自己的话寄托在流光之中,瞬间就消失了。

⑳ 响一绝而不还:声响一停就不再回来,比喻自己的言语没有作用,没有人接受听从。

㉑ 时俗:世俗。趍(qū 区):同"趋"。趍险:趋向于险恶。

㉒ 惆怅:悲伤失意。长愁:常愁。

㉓ 鸾:即凤。龙鸾匿迹:龙凤皆销声匿迹,指有才能的人得不到重用。如《楚辞·卜居》借屈原之口所说的:"世溷浊而不清,蝉翼为重,千钧为轻。黄钟毁弃,瓦釜雷鸣。谗人高张,贤士无名。"

㉔ 窜(cuàn 篡):流窜;伏匿。眇眇:辽远幽深无所归附貌。

㉕ 翩翔:形容孤独远行,飘泊无定。

㉖ 天监:上天的监视。《诗·大雅·大明》:"天监在下,有命既集。"《文选》张衡《思玄赋》:"彼天监之孔明兮,用棐忱而佑仁。"孔明:大明,明晰。将:且。时运:谓时光流转,节序变化。

㉗ 内思:自思。自策:自我考虑。

㉘ 算:计算,同"数"。《文选》司马相如《长门赋》:"揄长袂以自翳兮,数昔日之諐殃。"諐殃:过失,灾祸。全句意为计数自己以往的过失。

㉙ 见黜:被罢黜。时王:当代的君主。此指曹丕。

㉚ 俗:世事。参差:不整齐之貌,此指世事见解不一致。

㉛ 昏瞀(mào 冒):迷惘困惑糊涂。《尚书·益稷》:"下民皆昏垫。"营私:追求私利。

㉜ 害:损伤。奉公:奉行公事,不徇私。

㉝ 共朋党:共同结合为党羽。

㉞ 俾:使。济:渡河。

㉟ 大化:四时阴阳变化。移易:更改,谓变化。这里指国家政令变化。

㊱ 悠:同"攸"。攸遭:即遭遇。

㊲ 慊慊(qiǎn 浅):心不满足貌。继:连续不断于胸怀。

㊳ 恒:常。惨惨:悲痛不安貌。挽:受牵掣。

㊴ 旷:久。年载:年岁。去君:离开君王。

㊵ 蜿蜿：龙行屈曲貌。《楚辞·离骚》："驾八龙之蜿蜿兮，载云旗之委蛇。"

㊶ 翠霓：即彩虹。华旌：彩色之旗。

㊷ 紫霄：紫色云气。按，"紫霄"，《艺文类聚》作"气霄"，《全三国文》作"九霄"。此据《百三家集》本改。骛（wù 务）：疾速行进，驰骋。

㊸ 弭节：按节，即停车。

㊹ 九土：九州，古代指中国。殊形：不同形状。

㊺ 郢（yǐng 影）：楚国旧都。南郢即南楚。邦壤：土地。

㊻ 芜秽：杂草丛生貌。倚倾：倾斜。《文选》司马相如《上林赋》："磐石振崖，嵚岩倚倾。"李周翰注："嵚岩倚倾，不齐貌。"此句言国家倾斜，缺乏能人治理。

㊼ 骖（cān 参）：同驾一车的三匹马或者驾车时位于两边的马。盘桓：徘徊不前。服：驾驭。这句表示作者不忍离去。

㊽ 此句意为马昂头悲鸣。

㊾ 纾袂（mèi 妹）：舒缓袖子。袂，衣袖。

㊿ 仆夫：谓驾车人。失声：谓悲痛至极不禁哭泣出声。此句言作者悲痛至极。

51 履：行走。《易·履》："跛能履，不足以与行也。"

52 淫径：邪道。遵：循也。

53 犯君：抵触违背君王。招咎：招来责备。

54 干（gān 甘）媚：谓谄媚求宠。《文选》张衡《思玄赋》："欲巧笑以干媚兮，非余心之所尝。"

55 顾：犹考虑到。旋复：回转，回还。汉·傅毅《迪志诗》："日月逾迈，岂云旋复。"无轨：没有道路。

56 遐滨：远地。可能指壅丘。

57 林薮：山林与泽薮。《管子·立政》："修火宪，敬山泽，林薮积草，天财之所出，以时禁发焉。"葳蓁（wēi zhēn 威真）：形容草木丛杂之貌。

58 极望：放眼远眺。

59 旷：空阔。

60 民生：即人生。

61 清水：比喻清明政治。决泥：溃决的泥。

62 浊路之飞尘：比喻在混乱政治中担任高位。"野萧条而极望……不为浊路之飞尘"等六句亦见于《九咏》。

63 蹊（xī 西）径：小路。危阻：危险阻碍。

64 岧峣（tiáo yáo 条遥）：高而陡貌。高岑：小而高的山。

65 觌（dí 敌）：见。偏栖：独居。晋·陆机《拟青青河畔草》诗："良人游不归，偏栖独只翼。"

⑯ 若回刃之在心:如利刃在心上绞动。

⑰ 戚戚:忧惧貌。《论语·述而》:"君子坦荡荡,小人长戚戚。"何晏《集解》引郑玄曰:"长戚戚,多忧惧。"无为:无所事事。

⑱ 悲啸:悲戚而撮唇长啸。失条:失去能挂住的树枝。比喻失去依靠,不知何去何从。

⑲ 亮:信,实在。招:招致;惹。《尚书·大禹谟》:"满招损,谦受益。"《楚辞·九章·惜诵》:"疾亲君而无他兮,有招祸之道也。"

【辨析】

曹植在赋中抱怨最高统治者听信奸佞之言,将他放逐("恨时王之谬听,受奸枉之虚辞")。曹操于公元220年正月卒于洛阳。曹丕登上王位后,即开始整肃异己,诛杀曹植党羽。曹植本身亦遭受到种种不平的待遇。据《三国志·魏书·陈思王植传》载:"文帝即王位,诛丁仪、丁廙并其男口。……黄初二年,监国谒者灌均希指,奏'植醉酒悖慢,劫胁使者'。有司请治罪,帝以太后故,贬爵安乡侯。其年改封鄄城侯。三年,立为鄄城王,邑二千五百户。"此赋可能写在此时。赋中提到"先王",足见曹操已死。"哀后施之不遂",抱怨曹丕对自己没有像先王那样的恩泽。作者赋中表现了愤恨,决意与麋鹿为伍,自弃于荒原。结尾也不肯向曹丕低头,认为自己是"无怨而弃逐",这种激愤的心情使曹植终其一生郁郁以终。此赋有如屈原《离骚》,不忍遽然离弃,一篇之中,三致意焉。

洛神赋并序

黄初三年,余朝京师,还济洛川①。古人有言:斯水之神,名曰宓妃②。感宋玉对楚王说神女之事③,遂作斯赋,其辞曰:

余从京域,言归东藩④。背伊阙,越轘辕⑤。经通谷,陵景山⑥。日既西倾,车殆马烦⑦。尔乃税驾乎蘅皋,秣驷乎芝田⑧。容与乎阳林,流眄乎洛川⑨。于是精移神骇,忽焉思散⑩。俯则未察,仰以殊观⑪。睹一丽人,于岩之畔。乃援御者而告之曰⑫:"尔有觌于彼者乎?彼何人斯?若此之艳也⑬!"御者对曰:"臣闻河洛之神,名曰宓妃。然则君王所见,无乃是乎⑭?其状若何,臣愿闻之。"

余告之曰：其形也，翩若惊鸿，婉若游龙[15]。荣曜秋菊，华茂春松[16]。髣髴兮若轻云之蔽月[17]，飘飖兮若流风之回雪[18]。远而望之，皎若太阳升朝霞；迫而察之，灼若芙蕖出渌波[19]。秾纤得中，修短合度[20]。肩若削成，腰如约素[21]。延颈秀项，皓质呈露[22]。芳泽无加，铅华弗御[23]。云髻峨峨，修眉联娟[24]。丹唇外朗，皓齿内鲜[25]。明眸善睐，靥辅承权[26]。瓌姿艳逸，仪静体闲[27]。柔情绰态，媚于语言[28]。奇服旷世，骨像应图[29]。披罗衣之璀粲兮，珥瑶碧之华琚[30]。戴金翠之首饰，缀明珠以耀躯[31]。践远游之文履，曳雾绡之轻裾[32]。微幽兰之芳蔼兮，步踟蹰于山隅[33]。

于是忽焉纵体，以遨以嬉[34]。左倚采旄，右荫桂旗[35]。攘皓腕于神浒兮，采湍濑之玄芝[36]。余情悦其淑美兮，心振荡而不怡[37]。无良媒以接欢兮，托微波而通辞[38]。愿诚素之先达兮，解玉佩以要之[39]。嗟佳人之信修，羌习礼而明诗[40]。抗琼珶以和予兮，指潜渊而为期[41]。执眷眷之款实兮，惧斯灵之我欺[42]。感交甫之弃言兮，怅犹豫而狐疑[43]。收和颜而静志兮，申礼防以自持[44]。

于是洛灵感焉，徙倚彷徨[45]。神光离合，乍阴乍阳[46]。竦轻躯以鹤立，若将飞而未翔[47]。践椒涂之郁烈，步蘅薄而流芳[48]。超长吟以永慕兮，声哀厉而弥长[49]。尔乃众灵杂遝，命俦啸侣[50]。或戏清流，或翔神渚[51]。或采明珠，或拾翠羽[52]。从南湘之二妃，携汉滨之游女[53]。叹匏瓜之无匹兮，咏牵牛之独处[54]。扬轻袿之猗靡兮[55]，翳修袖以延伫[56]。体迅飞凫，飘忽若神[57]。陵波微步[58]，罗袜生尘[59]。动无常则，若危若安[60]。进止难期，若往若还[61]。转眄流精，光润玉颜[62]。含辞未吐，气若幽兰[63]。华容婀娜，令我忘餐[64]。

于是屏翳收风，川后静波[65]。冯夷鸣鼓，女娲清歌[66]。腾文鱼以警乘，鸣玉鸾以偕逝[67]。六龙俨其齐首，载云车之容裔[68]。鲸鲵踊而夹毂，水禽翔而为卫[69]。于是越北沚[70]，过南冈。纡素领，回清阳[71]。动朱唇以徐言，陈交接之大纲[72]。恨人神之道殊兮，怨盛年之莫当[73]。抗罗袂以掩涕兮，泪流襟之浪浪[74]。悼良会之永绝兮，哀一逝而异乡[75]。无微情以效爱兮，献江南之明珰[76]。虽潜处于太阴,长寄心于君王[77]。忽不悟其所舍,怅神宵而蔽光[78]。于是背下陵高,足往神留[79]。遗情想像,顾望怀愁[80]。冀灵体之复形,御轻舟而上溯[81]。浮长川而忘反,思绵绵而增慕[82]。夜耿耿而不寐,霑繁霜而至曙[83]。命仆夫而就驾,吾将归乎东路。揽騑辔以抗策,怅盘桓而不能去[84]。

【说明】

此赋见《文选》卷十九,《艺文类聚》卷八、卷七十九,《初学记》卷十九。《洛神赋》的结构基本上模仿了宋玉的《神女赋》。宋玉之赋描写楚襄王与神女相遇之事。而曹植的赋在描绘洛水神女这一形象方面比宋玉更上层楼。赋中描写神女的媚态体貌,纤细入骨,神采飞扬。并将那种无法再见的怅惘迷恋描写得入木三分。所以《洛神赋》能够成为千百年来脍炙人口的名篇。曹植之后的历代作家凡写美女者几乎都要借用其中的词汇,足见其影响之巨。

【注释】

① 黄初三年:应为黄初四年(223)。据《三国志·魏书·陈思王植传》及《赠白马王彪》诗序,曹植于黄初三年(222)夏四月戊申封为鄄城王,次年徙迁雍丘,其年朝京师。朝京师:到京城洛阳朝见魏文帝。济:渡。洛川:洛水,源出陕西,经洛阳、偃师、巩县入黄河。

② 宓(fú 伏)妃:传说中的洛水女神。《楚辞·离骚》:"吾令丰隆乘云兮,求宓妃之所在。"王逸注:"宓妃,神女。"洛神,洛水女神,传为古帝宓羲氏之女宓妃淹死洛水后所化。《史记·司马相如列传》:"若夫青琴宓妃之徒。"司马贞索隐引如淳曰:"宓妃,伏羲女,溺死洛水,遂为洛水之神。"

③ 宋玉对楚王说神女之事:指宋玉《高唐赋》、《神女赋》中所写楚庄王与神女相遇之事。

④ 京域:指京城洛阳地区。言:发语词,无义。东藩:指在洛阳东北的曹植封地鄄城(今山东省鄄城县)。藩,诸侯为王室屏藩,故称藩国。

⑤ 背:背离,过而弃于后。伊阙:山名,在洛阳南,两山相对,伊水从中通过,望之若阙,故曰伊阙。又名龙门山、阙塞山。轘(huán 环)辕:.山名,关口名,在河南,因山路有十二曲,盘旋往还得名。《左传·襄公二十一年》:"使侯出诸轘辕。"杨伯峻注:"轘辕,山名,在河南省登封县西北三十里,又跨巩县西南。险道也。"

⑥ 通谷:谷名,在洛阳城南。陵:登上。景山:山名,在今洛阳东邻的偃师市。

⑦ 殆:通“怠”,困顿。此指车行缓慢。烦:疲乏。

⑧ 尔乃:于是。税驾:停车。蘅皋:生长杜蘅香草的河岸。皋,河边高地。秣驷(mò sì 末四):喂马。秣,喂食料。驷:拉同一车的四匹马,此指马。芝田:种芝草的田野。“蘅皋”、“芝田”,都是美化的描写。

⑨ 容与:徜徉,优游,散步。阳林:地名,《文选》李善注:“阳林,一作杨林,地名。生多杨,因名之。”流眄(miǎn 免):转动目光观看。《文选》宋玉《登徒子好色赋》:“含喜微笑,窃视流眄。”

⑩ “精移神骇”二句:精神受到惊骇而散乱。忽焉:突然。

⑪ 察:看清。殊观:谓看到特殊的景象,指洛神。

⑫ 援:拉着。御者:驾马车的仆人。

⑬ 觌(dí 敌):见。

⑭ 无乃:难道。是:这,代指洛神。

⑮ “翩若惊鸿,婉若游龙”:写洛神体态轻盈如惊鸿翩翩,曲折委婉若游龙。

⑯ “荣曜秋菊,华茂春松”:以秋菊的茂盛鲜艳和春松的华美繁盛比喻神女容光焕发。连娟:细长弯曲貌。《文选》司马相如《上林赋》:“长眉连娟,微睇绵藐。”

⑰ 髣髴:同“仿佛”,忽隐忽显貌。蔽月:遮住月亮。

⑱ 飘颻(yáo 摇):飘动摇曳貌。回:旋转。以上二句写神女若隐若现,体态轻盈,行止飘颻。

⑲ 迫:靠近。灼:鲜明。渌(lù 录):清澈。

⑳ “秾(nóng 农)纤得中”二句:是说神女肥瘦高矮,恰到好处。有如宋玉《登徒子好色赋》里形容东邻美女“增之一分则太长,减之一分则太短”。秾:形容体态丰满。纤:身材细长。中:适中。一作“衷”,义同。修:长。

㉑ 约素:卷束的白绢,形容腰肢圆细。约:束在一起。

㉒ 延:长。颈、项:脖子。皓质:洁白的肤质。呈露:显现。

㉓ “芳泽无加,铅华弗御”:芳泽,化妆用的膏脂。铅华:化妆用的粉。弗御:不用。指洛神不涂脂抹粉,纯任天然。

㉔ 峩峩:形容高。《文选》司马相如《上林赋》:“九嵕巀嶭,南山峩峩。”修眉:长曲而细的眉毛。连娟:细长弯曲貌。

㉕ 丹:红色。朗:鲜明。

㉖ 明眸:明亮的瞳子。善睐:美目顾盼有神。辅靥(yè 叶):面颊上有美丽的酒窝。“辅靥”,应作“靥辅”。辅:通“酺”,面颊。靥:酒窝。承权:谓酒窝在颧骨之下。承,上接。权,颧。

㉗ 瓌(guī 规)姿:瑰丽的姿态。仪:仪态。闲:娴雅。

㉘ 绰态:从容的姿态。媚:美好,指语言悦耳动听。

㉙ 旷世:举世所无。骨像:即骨相。应图:与相书中骨相好的图像相合。

㉚ 璀(cuǐ 崔上声)粲:鲜明亮丽。珥(ěr 耳):本指珠玉做的耳饰,此用作动词,佩戴。瑶碧:美玉。华琚(jū 居):有花纹的玉佩。

㉛ 缀:点缀。《文选》李周翰注:"首饰谓叙冠之属。言黄金翠羽装其钗冠,缀明珠于上,以光耀其首也。"

㉜ 践:穿着。远游:此处可能指一种特殊的鞋名。古代有远游冠,秦汉以后历代沿用,至元代始废。《后汉书·舆服志下》:"远游冠,制如通天,有展筩横之于前,无山述,诸王所服也。"唐·李白《江上送女道士褚三清游南岳》:"足下远游履,凌波生素尘。寻仙向南岳,应见魏夫人。"文履:有文饰的鞋。曳:拖着。雾绡(xiāo 消):轻纱。裾(jū 居):衣襟,此指衣裙。

㉝ 微:指香气微通。《文选》张铣注:"微,犹映也。"芳蔼:芳香浓郁。踟蹰:缓步徘徊。隅(yú 鱼):角落。

㉞ 纵体:轻举身体。以遨以嬉:遨游嬉戏。"以"字为连词。

㉟ 采旄(máo 毛):彩色的旄牛尾旗。旄牛:即产于中国西南地区的牦牛。《山海经·北山经》:"(潘侯之山)有兽焉,其状如牛,而四节生毛,名曰旄牛。"郭璞注:"今旄牛背膝及胡尾皆有長毛。"桂旗:用桂枝作旗杆的旗帜。

㊱ 攘(rǎng 壤):挽起衣袖。皓腕:白色的手腕。神浒:神灵居住的水边。湍濑(tuān lài 团阴平赖):水浅流急处。玄芝:黑色的灵芝。

㊲ 不怡:心中不乐。《文选》司马迁《报任少卿书》:"(李)陵败书闻,主上为之食不甘味,听朝不怡。"

㊳ 良媒:好媒人。接欢:指将自己的爱慕之情传达给洛神。微波:水波。一说指目光。辞:言辞。

㊴ 诚素:真诚的心意。素,通"愫",真情。要:通"邀"。

㊵ 羌:发语词。习礼而明诗:通晓《礼记》与《毛诗》。《文选》李善注:"佳人信修整。习礼谓立德,明诗谓善言辞。"

㊶ 抗:举。琼珶(dì 弟):美玉名。指洛神手握美玉以答赠其玉佩。和(hè 贺):应答。潜渊:深渊,洛神的居处。期:约会。

㊷ 执:持。眷眷:留恋貌。款实:诚恳的心意。斯灵:指洛神。我欺:欺骗我。上古语法,将宾语置于动词之前以示强调。

㊸ 感交甫之弃言:指郑交甫遇仙女之典故。《文选》李善注引《神仙传》:"切仙一出游于江滨,逢郑交甫,交甫不知何人也,目而挑之,女遂解佩与之。交甫行数步,空怀无佩,女亦不见。""弃言",指仙女背弃诺言。狐疑:迟疑不决。

㊹ "收和颜"句:收敛笑容,安定心志。申:强调。礼防:礼法的约束。自持:自我控制。持,原作"恃",误。

㊺ 徙倚:流连徘徊。傍徨:来往走动、心神不宁貌。

㊻ 神光离合:指神女的灵光聚散不定。乍阴乍阳:时暗时明。

㊼ 竦:通“耸”。

㊽ 椒涂:用椒泥涂饰的道路。椒:特指花椒子。《诗·陈风·东门之枌》:“视尔如荍,贻我握椒。”南朝·宋·刘义庆《世说新语·汰侈》:“石(崇)以椒为泥,王(恺)以赤石脂泥壁。”郁烈:香气浓烈。蘅薄:蘅芜香草丛生的地方。

㊾ 超:惆怅。《文选》司马相如《上林赋》:“于是二子愀然改容,超若自失。”永慕:深长地爱慕。弥长:久长。

㊿ 杂遝(tà 踏):众多貌。命俦啸侣:呼朋唤侣。命:告诉。啸:呼叫。

51 渚(zhǔ 主):水中高地。

52 翠羽:翠鸟的羽毛。

53 南湘之二妃:湘水中的二位女神,即舜的二妃娥皇、女英。汉滨之游女:汉水女神。《诗·周南·汉广》:“汉有游女,不可求思。”

54 匏(páo 袍)瓜:星名。《史记·天官书》:“匏瓜,有青黑星守之。”司马贞《索隐》引《荆州占》:“匏瓜,一名天鸡,在河鼓东。”牵牛:即河鼓,星座名,俗称牛郎星,与织女星隔天河相对而处。亦指牛郎织女神话传说故事中的人物。

55 袿(guī 规):即长襦,妇女的上服。猗(yī 衣)靡:随风飘拂貌,轻柔飘忽貌。

56 翳(yì 义):遮蔽。延伫:久立。

57 凫(fú 扶):野鸭。

58 陵波微步:在水波上碎步而行。陵,踏。

59 罗袜:丝罗制的袜子。《文选》张衡《南都赋》:“修袖缭绕而满庭,罗袜蹑蹀而容与。”生尘:激起尘土。

60 常则:固定规则。

61 难期:难以预期。

62 转眄流精:转动双目,流光溢彩。转眄,目光流动。精,即“睛”。光润玉颜:即玉颜光润。

63 辞:话语。气:气息。幽兰:指洛神吐气如兰花清香。《文选》宋玉《神女赋》:“吐芬芳其若兰。”

64 华容:美丽的容貌。婀娜:体态轻盈美貌。忘餐:忘记吃饭。

65 屏翳:风神名。或说雷师。川后:河神名。

66 冯(píng 凭)夷:传说中的黄河之神,即河伯。泛指水神。《庄子·大宗师》:“冯夷得之,以游大川。”成玄英疏:“姓冯名夷,弘农华阴潼乡堤首里人也。服八石,得山仙。大川,黄河也。天帝锡冯夷为河伯,故游处盟津大川之中也。”女娲(wā 洼):女神名。传说她与伏羲由兄妹而结为夫妇,产生人类。又传说她曾用黄土造人，炼五色石补天，断鳌足支撑四极，平治洪水，驱杀猛兽，使人民得以安居。并继伏羲而为帝。《淮南子·览冥训》："往古之时，四极废，九州裂，天不兼覆，地不周载，火爁炎而不灭，水浩洋而不息，猛兽食颛民，鸷鸟攫老弱，于是女娲炼五色石以补苍天，断鳌足以立四极。杀黑龙以济冀州，积芦灰以止淫水。"

㊼ 文鱼：鲤鱼。一说为有翅能飞的鱼。《楚辞·九歌·河伯》："乘白鼋兮逐文鱼，与女游兮河之渚。"王逸注："言河伯游戏，远出乘龙，近出乘鼋，又从鲤鱼也。"洪兴祖补注："陶隐居云：'鲤鱼形既可爱，又能神变，乃至飞越山湖，所以琴高乘之。'"警乘：警卫车驾。玉銮（luán 峦）：玉制的鸾鸟形的车铃。偕逝：一起前驰。

㊽ 俨：庄重貌。齐首：并首，指驾车的六龙排列整齐。云车：神仙以云为车。容裔（yì）：本指水波荡漾，此指舒缓行进貌。

㊾ 鲸鲵（ní 尼）：即鲸。雄曰鲸，雌曰鲵。《文选》李善注："北海鱼，非洛川所有，然神仙之川亦有。"踊：跳跃。毂（gǔ 古）：车轴。此代指车。卫：护卫。

㊿ 沚（zhǐ 止）：水中小洲。

⑺ "纡素领"二句：回头相视。纡（yū 迂）：回。素领：白颈。清阳：同"清扬"，指眉目之间。清指目，阳指眉。《文选》傅毅《舞赋》："动朱唇，纡清阳。"

⑻ 朱：红色。陈：诉说。交接：结交往来。大纲：指纲常礼法。

⑼ 殊：不同。"怨盛年"句：怨恨壮盛之年不能与君匹配。莫当：不能称心。

⑽ 抗：举。罗袂（mèi 妹）：罗袖。涕：眼泪。浪浪（láng 郎）：泪流不止的样子。

⑾ 良会：嘉会。《文选》李善注："良会，夫妇之道。"

⑿ 微情：微末之情。效爱：表示爱慕。明珰（dāng 当）：用明珠做成的耳坠。

⒀ 太阴：众神所居的幽深之处。此指洛神住处。君王：一般注解皆注为曹植，但此处应该是指宋玉《神女赋》中的君王。

⒁ 不悟：不知道。其：指洛神。舍：止。宵：通"消"，消化。蔽光：隐去形体的光彩。言神女形消光隐。

⒂ 背下陵高：离开低地，登上高处。陵，登。足往神留：脚已往前走，而心神还留在那里。极写对洛神的眷恋之情。

⒃ 遗情：留恋情思。想像：回想。

⒄ "冀灵体"句：希望洛神再次显形。冀：希望。御：驾。溯：逆水而上。

⒅ 长川：长河，指洛水。反：通"返"。绵绵：悠长貌。

⒆ 耿耿：烦躁不安，心事重重。《诗·邶风·柏舟》："耿耿不寐，如有隐忧。"《楚辞·远游》："夜耿耿而不寐兮，魂茕茕而至曙。"寐：入睡。沾：浸湿。曙：天亮。

⒇ 騑（fēi 非）：驾车的服马外侧拉套的马。辔（pèi 配）：马缰绳。抗策：扬鞭。盘桓：徘徊不前。

【辨析】

《文选》李善注引《记》称:“魏东阿王,汉末求甄逸女,既不遂。太祖回与五官中郎将。植殊不平,昼思夜想,废寝与食。黄初中入朝,帝示植甄后玉镂金带枕,植见之,不觉泣。时已为郭后谗死。帝意亦寻悟,因令太子留宴饮,仍以枕赉植。植还,度轘辕,少许时,将息洛水上,思甄后。忽见女来,自云:‘我本托心君王,其心不遂。此枕是我在家时从嫁前与五官中郎将,今与君王。’遂用荐枕席,欢情交集,岂常辞能具!‘为郭后以糠塞口,今被发,羞将此形貌重睹君王尔!’言讫,遂不复见所在。遣人献珠于王,王答以玉珮,悲喜不能自胜,遂作《感甄赋》。后明帝见之,改为《洛神赋》。”李善引的《记》绘声绘影地说明,曹植求甄逸女未遂,为曹丕所得。甄逸女被曹丕皇后郭氏谗死,曹植有感而作《感甄赋》。魏明帝改题为《洛神赋》。

此说与史实、情理难合,不足信。《晋书·礼志下》:“魏制,藩王不得朝觐。魏明帝时,有朝者皆由特恩,不得以为常。”曹丕黄初三年正在许昌,不在洛阳,因此曹植至洛阳朝见,更不符史实。

此赋以幻觉形式,叙写人神相恋,终因人神道殊,含情痛别。最可能的解释是曹植模仿了屈原的《离骚》,假托洛神,寄心文帝,抒发衷情不能相通的政治苦闷。最后一段的“虽潜处于太阴,长寄心于君王”,历来注解都解为曹植,试想曹植如何敢自称君王?他在序文中早已说明“感宋玉对楚王神女之事”,因此全篇与洛神相往来的应该是一个假想的君王,而非曹植本身。这一句话的弦外之音正是曹植假借洛神之口,向当时的君主殷殷致意。全赋多方着墨,极力描绘洛神之美,生动传神。格调凄艳哀伤,辞采华茂。在曹植的乐府诗《美女篇》中则将自己比喻为一盛年的美女,有异曲同工之妙。

慰情赋序

黄初八年正月,雨,而北风飘寒,园果堕冰,枝干摧折。

【说明】

此赋仅存序文,见《北堂书钞》卷一五六。

【辨析】

黄初系魏文帝曹丕年号。曹丕于黄初七年(226)五月十六日(丙辰)病笃,翌日(丁巳)逝世。故曹丕时代不存在黄初八年(227)纪年。此序有误。又:曹丕在位七年间，史书仅载黄初六年(225)冬出现严寒：《三国志·魏书·文帝纪》："黄初(六年)冬十月，(曹丕)行幸广陵故城(郡治在今江苏淮阴市)，临江观兵，戎卒十馀万，旌旗数百里，是岁大寒，水道冰，舟不得入江，乃引还。"《资治通鉴》卷七十《魏纪二·文帝黄初六年》："冬十月，如广陵故城……临江观兵……有渡江之志。吴人严兵固守。时天寒冰，舟不得入江。帝(文帝曹丕)见(长江)波涛汹涌，叹曰：'嗟乎！固天所以限南北也。'遂归。"

由此可以推断，赋序所称"黄初八年正月"，当为"黄初七年正月"之误。黄初六年冬严寒，延至黄初七年正月，冰雪未消，这是很正常的。

又，《三国志·魏书·文帝纪》载："(黄初)七年春正月，(帝)将幸许昌(故城在今河南省许昌东十馀里)，许昌城南门无故自崩，帝心恶之，遂不入。壬子(三月十一日)行还洛阳宫。"

大概曹丕率军大张旗鼓南下征吴，恰遇天寒河道冰冻，水师无法入江，无功而返。途中又诸事不顺。故曹植作赋以慰之。

临观赋

登高墉兮望四泽①，临长流兮送远客②。春风畅兮气通灵③，草含幹兮木交茎④。丘陵窟兮松柏青⑤，南园薆兮果藏荣⑥。乐时物之逸豫⑦，悲予志之长违⑧。叹《东山》以愬勤⑨，歌《式微》以咏归⑩。进无路以效公⑪，退无隐以营私⑫。俯无鳞以游遁，仰无翼以翻飞⑬。

【说明】

此赋见《艺文类聚》卷六十三，是作者在游览楼观之时所写。在游览之后，作者感到自己的志向长久无法实现：想要进取，却无路可走；看到流水，却不能变成鱼游遁其间；看到天空，又身无羽翼不能翱翔天际。此赋表达了曹植生命的悲苦，抒发了作者政治上的不得意。此赋当作于曹植生活的后期。

【注释】

① 墉：城墙。泽：湖泊。

② 长流：指河。

③ 畅：条畅。气：气候。通灵：通于神灵。《文选》班固《幽通赋》："精通灵而感

物兮,神动气而入微。”

④ 含幹:指野草萌发。交茎:生长新枝。此句形容草木茂盛之状。

⑤ 窟:通“崛”,高峻貌。

⑥ 薆(ài 爱):. 隐蔽貌。《楚辞·离骚》:“何琼佩之偃蹇兮,众薆然而蔽之。”果戴荣:果树开花。

⑦ 时物:应时的食物。指上文所言的果树。逸豫:逸乐。

⑧ 长违:长久违背其志向,即不得志。

⑨《东山》:《诗经·豳风》篇名。《诗·豳风·东山》:“我徂东山,慆慆不归。”朱熹《诗集传》:“东山,所征之地也。”后因以代指远征或远行的地方。愬:“诉”的异体字。愬勤:诉苦。

⑩《式微》:《诗经·邶风》篇名。《诗·邶风·式微》:“式微式微,胡不归?”朱熹集传:“式,发语辞。微,犹衰也。”

⑪ 效公:为国家效力。

⑫ 无隐:不能隐身潜居。

⑬ 鳞:指鱼。翼:指鸟。这句是说不能如鱼鸟之翱翔浮游,而进退维谷。

愁思赋

四节更王兮秋气悲,遥思惝恍兮若有遗①。原野萧条兮烟无依,云高气静兮露凝衣②。野草变色兮茎叶希③,鸣蜩抱木兮雁南飞④。西风凄悷兮朝夕臻,扇箑屏弃兮绨绤捐⑤。归室解裳兮步庭前,月光照怀兮星依天⑥。居一世兮芳景迁,松、乔难慕兮谁能仙⑦?长短命也兮独何怨⑧?

【说明】

此赋见《北堂书钞》卷一五四、《初学记》卷三、《太平御览》卷二十五、《艺文类聚》卷三十五。前三书均题为《秋思赋》,惟《艺文类聚》题为《愁思赋》,与其他描写“愁”的诗、赋、文并列,应该说较可靠。这是一篇见秋而愁的赋,赋中作者感慨自己的青春流逝,因担心寿命不长而忧郁,这正是曹植的肺腑之言。“居一世兮芳景迁,松、乔难慕兮谁能仙?”人生一世不过三十年,青春很快就老去,我们虽然羡慕赤松子和王子乔,但是谁能够真正成仙?现存的赋篇已经不全,作者似以失望而结束。

曹植改变《楚辞·九歌》体的句式，创造了一种近似诗歌的赋体风格。原来的《九歌》体在“兮”字之前有三个字，“兮”字之后两个字，例如，《九歌·湘君》：“君不行兮夷犹，蹇谁留兮中洲。”曹植则将之变换为“兮”字之前四个字，“兮”字之后三个字，类似七言诗。这与七言诗从曹魏以后的发展演变不无关系。其兄曹丕就是著名的七言诗作者，《燕歌行》两首是其代表作。

【注释】

① 四节：指四时。更王：本指轮流为王，此处为春夏秋冬轮番为主之意。又，“王”通“旺”。《庄子·养生主》：“神虽王，不善也。”惝恍：惆怅失望。遗：失，有所失。按，“遥思惝恍兮若有遗”一句，《初学记》卷三作“高云静兮露凝衣”。

② 萧条：寂寞冷落，凋零。《楚辞·远游》：“山萧条而无兽兮，野寂漠其无人。”烟无依：指烟消失得无影无踪。云高：指天气晴朗。气静：空气凝滞，比喻安静。

③ 变色：指树叶改变颜色。茎叶希：树叶凋零而变得稀少。

④ 蜩（tiáo 条）：蝉。《诗·豳风·七月》：“五月鸣蜩。”抱木：指蝉抱着树木不再鸣叫。

⑤ 此二句唯有严可均《全三国文》收录，不知何自。西风：秋风。凄悷（lì 立）：凄凉悲伤。《楚辞·九辩》：“靓杪秋之遥夜兮，心缭悷而有哀。”臻：至。箑（shà 煞）：扇子。《淮南子·精神训》：“知冬日之箑，夏日之裘，无用于己。”高诱注：“箑，扇也。楚人谓扇为箑。”屏（bǐng 丙）弃：废弃。《尚书·泰誓下》：“屏弃典刑，囚奴正士。”絺（chī 吃）：细葛。绤（xì 细）：粗葛。捐：弃。

⑥ 星依天：星星紧靠着天空。

⑦ 一世：指人生一世，大约三十年。《论衡·宣汉篇》：“一世，三十年也。”芳景：指人生少年时节。迁：改变。松：赤松子，相传为上古时神仙。各家所载，其事互有异同。《史记·留侯世家》：“愿弃人间事，欲从赤松子游耳。”司马贞索隐引《列仙传》：“神农时雨师也，能入火自烧，昆仑山上随风雨上下也。”《淮南子·齐俗训》：“今夫王乔、赤诵子，吹呕呼吸，吐故纳新。”高诱注：“赤诵子，上谷人也，病疠入山，导引轻举。”乔：王子乔，传说中的仙人名。汉·刘向《列仙传》：“王子乔者，周灵王太子晋也。好吹笙作凤凰鸣。游伊、洛间，道士浮丘公接上嵩高山。三十馀年后，求之于山上，见柏良曰：‘告我家：七月七日待我于缑氏山巅。’至时，果乘鹤驻山头，望之不可到。举手谢时人，数日而去。”

⑧ 长短：寿命之长短。怨：埋怨，责怪。

迁都赋并序

余初封平原[①]，转出临淄[②]，中命鄄城，遂徙雍丘，改邑浚仪[③]，而末将适于东阿[4]。号则六易，居实三迁[5]，连遇瘠土[6]，衣食不继[7]。

览乾元之兆域兮[8]，本人物乎上世[9]。纷混沌而未分，与禽兽乎无别[10]。椓蠡蜊而食蔬，摭皮毛以自蔽[11]。

【说明】

此赋见《太平御览》卷一九八、《文选》曹大家《东征赋》李善注。本赋为曹植抱怨都城三迁之苦。曹丕即位之后，即对曹植猜忌，多次迁徙。明帝即位，亦是如此。三迁之后至东阿，皆为贫瘠之地，因此曹植写了这篇赋来描述这些穷困的地方，借以表达自己不得自由之苦。阮籍《东阿赋》写东阿之穷山恶水，可能受到了曹植此赋的启发。

【注释】

① 平原：郡名，治今山东省平原县南。《三国志·魏书·武帝纪》："（建安）十六年春正月，天子命公世子丕为五官中郎将，置官属，为丞相副。"裴松之注："《魏书》曰：'庚辰，天子报：减户五千，分所让三县万五千封三子，植为平原侯，据为范阳侯，豹为饶阳侯，食邑各五千户。'"据此，曹植在建安十六年（221）受封为平原侯。

② 临淄：县名，故城在今山东省淄博市临淄区北。

③《三国志·魏书·陈思王植传》："（太和）三年，立为鄄城王。"黄初三年（222），曹植受封为鄄城王。鄄城故城在今山东省鄄城县北。浚仪：县名，故城在今河南省开封市西北。《三国志·魏书·陈思王植传》："太和元年（227），徙封浚仪，二年复还雍丘。"

④ 东阿：县名，故城在今山东省东阿县城西南五十里。《三国志·魏书·陈思王植传》："（太和）三年（229），徙封东阿。"

⑤ 号则六易：封号改变了六次。居实三迁：曹植曾在鄄城、雍丘、浚仪三县之间迁徙，故称居实三迁。

⑥ 瘠土：曹植三迁的地方，指鄄城、雍丘、浚仪三地，土地贫瘠。

⑦ 衣食不继：指食不糊口，衣不蔽体。形容穷困的样子。这是夸张的说法，实际上是表示对三迁的不满。

⑧ 乾元：《易·乾》："大哉乾元，万物资始，乃统天。"指天生万物，万物属于天。兆域：地域。《尔雅·释言》："兆，域也。"《尚书大传·虞夏传》"兆，十有二州。"

⑨ 本:始。上世:上古。

⑩ 纷:乱。混沌:阴阳未分之时。与禽兽无别:指人们过着野居穴处、寝皮食生的原始生活。

⑪ 椓(zhuó 啄):敲打,槌击。蠡(lí 离)蛃:即螺蛃,蚌蛤。《淮南子·修务训》:"古者,民茹草饮水,采树木之实,食蠃蛖(bàng 磅)之肉,时多(疾)(疹)病毒伤之害。于是神农乃始教民播种五谷。"摭(zhí 直):取。

怀亲赋并序

济阳南泽有先帝故营[①],遂停马住驾,造斯赋焉。

獵平原而南鹜[②],睹先帝之旧营[③]。步壁垒之常制[④],识旌麾之所停[⑤]。在官曹之典列[⑥],心髣髴于平生[⑦]。回骥首而永逝[⑧],赴修涂以寻远[⑨]。情眷眷而顾怀[⑩],魂须臾而九反[⑪]。

【说明】

此赋见《艺文类聚》卷二十、《初学记》卷十七。赋描写曹植路经当年曹操在河南的古营,睹物伤情,因有是作。惜赋篇已残缺不全。

【注释】

① 济阳:指三国时陈留郡之济阳县,因在济水之阳,故称,约在今河南省兰考县东北三十公里的堌阳镇。南泽:当为济阳县下属的地名。先帝:对曹操的尊称。

② 獵(liè 列):同"猎",打猎,捕捉禽兽。汉·贾谊《新书·势卑》:"今不獵猛兽而獵田彘,不搏反寇而搏蓄菟,所獵得毋小,所搏得毋不急乎?"鹜(wù 务):疾驰,飞快骑马的样子。

③ 睹:看到。

④ 步:徐行。壁垒:军营的围墙。作为进攻或退守的工事。常制:典制。

⑤ 旌麾:旗幡。

⑥ 官曹:官厅。也可作官吏之总称。典列:常位。

⑦ 髣髴(fǎng fú 仿佛):隐约,依稀。《楚辞·远游》:"时髣髴以遥见兮,精皎皎以往来。"平生:犹少时。《论语·宪问》:"见利思义,见危授命,久要不忘平生之言,亦可以为成人矣。"何晏集解引孔安国注:"平生,犹少时也。"

⑧ 永逝:长往。

⑨ 修涂：远路。寻：往。

⑩ 眷眷：依恋反顾貌。《诗·小雅·小明》："念彼共人，睠睠（即'眷眷'）怀顾。"

⑪ 九反：同"九回"，多形容愁思起伏，郁结不解。《文选》司马迁《报任少卿书》："是以肠一日而九回，居则忽忽若有所亡，出则不知其所往。"

感时赋

惟淫雨之永降①，旷三旬而未晞②。

【说明】

此赋仅存两句，见《文选》鲍照《苦热行》李善注。很明显系一篇因淫雨而引起忧思的赋作，类似应玚的《愁霖赋》，或阮瑀的《苦雨》诗。惜此赋不全，无法窥其全貌。

【注释】

① 淫雨：久雨。《礼记·月令》："季春之月……行秋令，则天多沉阴，淫雨蚤降。"郑玄注："淫，霖也，雨三日以上为霖。"永降：连绵不绝地降下。

② 旷：长久，久远。三旬：三十天。汉·蔡邕《述行赋序》："延熹二年秋，霖雨逾月。"晞（xī 西）：干燥。

洛阳赋

狐貉穴于紫闼兮，茅蘘生于禁闱①。本至尊之攸居②，□于今之可悲③。

【说明】

此赋仅存残篇，见《北堂书钞》卷一五八。赋主要是哀悼洛阳的残破不堪，似为一篇吊古之作，颇有《诗·王风·黍离》的味道。《毛诗序》曰："《黍离》，闵宗周也。周大夫行役，至于宗周，过故宗庙宫室，尽为禾黍。闵周室之颠覆，仿徨不忍去，而作是诗也。"

【注释】

① 狐貉：狐狸与貉。紫闼（tà 踏）：本指宫门，后转指皇宫。茅蘘：严可均辑录

的《曹植集》同俞本,“茅萎”作“蓬茅”,指茅草与野草。泛指杂草。禁闱:宫廷门户。指宫内或朝廷。

② 本:原本。至尊之攸居:即皇帝所居住的地方。

③ 于今之可悲:落至今天的可悲境地。

游观赋

静闲宫而无事,将游目以自娱①。登北观而启路②,涉云路之飞除③。从熊罴之武士,荷长戟而先驱④。罢若云归⑤,会如雾聚⑥。车不及回⑦,尘不获举⑧。奋袂成风,挥汗如雨⑨。

【说明】

此赋见《艺文类聚》卷六十三。赋已残缺。描写作者到北观游玩之事。或以为北观应该就是著名的铜雀台,但实已不可考。现存赋的片段描绘曹植与武士校猎的情况,这些勇士勇猛迅速而纪律严整的动作是此赋的中心。

【注释】

① 闲宫:闲暇之宫殿。娱:乐。

② 北观:或以为指铜爵台。启路:启程,上路。

③ 云路:云中之路,即下文的“飞除”。飞除:宫殿的高台阶。“飞”喻其高危。

④ 熊罴(pí 皮):熊和罴,皆为猛兽。借以比喻勇士或雄师劲旅。先驱:指在前开路。

⑤ 罢若云归:收束极快,如云飘忽归去。

⑥ 会如雾聚:喻武士集结如雾之聚集。

⑦ 回:旋,回转。

⑧ 举:飞扬。形容动作之快,灰尘尚未扬起,已经走过。

⑨ 奋袂(mèi 妹)成风:挥动袖子可以造成一阵风。挥汗如雨:甩出汗水犹如下雨。比喻军队众多,声势浩大。典出《晏子春秋》卷六:“王曰:‘齐无人耶?’晏子对曰:‘临淄三百闾,张袂成阴,挥汗成雨,比肩继踵而在,何为无人?’”

静思赋

夫何美女之娴妖,红颜晔而流光①。卓特出而无匹②,呈才好其莫当[3]。性通畅以聪惠[4]，行孊密而妍详[5]。荫高岑以翳日，临渌水之清流[6]。秋风起于中林，离鸟鸣而相求[7]。愁惨惨兮增伤悲，子安能乎淹流[8]？

【说明】

此赋见《艺文类聚》卷十八。从赋题来看，应该是类似陈琳《止欲赋》、应玚《正情赋》一类的作品，主要描写对一位美女的向往。但曹植此篇从现存的段落看来，似乎描写一位寂寞的美人，类似他自己的乐府诗《美女篇》。诗中将自己比喻为一位正值盛年的美女，却年华空逝，无人欣赏。

【注释】

① 娴妖：优雅美丽。晔（yè 业）：闪光貌。《楚辞·远游》："恐天时之代序兮，耀灵晔而西征。"

② 卓：超绝。出：超出。无匹：无偶，没有对手。

③ 呈：显露。当：对等，相当。

④ 聪惠：聪明。以：连词，用法相当于"而"。《礼记·月令》："孟夏之月……天子居明堂……食菽与鸡，其器高以粗。"

⑤ 孊（mǐ 米）密：美好缜密。妍详：安详。

⑥ 岑：山小而高。《尔雅·释山》："山小而高曰岑。"翳（yì 义）日：遮蔽太阳。渌：同"绿"。

⑦ 离鸟：离群分散之鸟。

⑧ 淹流：羁留，逗留。

幽思赋

倚高台之曲嵎[1]，处幽僻之闲深[2]。望翔云之悠悠[3]，羌朝霁而夕阴[4]。顾秋华之零落[5]，感岁暮而伤心。观跃鱼于南沼，聆鸣鹤乎北林[6]。搦素笔而慷慨，扬《大雅》之哀吟[7]。仰清风以叹息[8]，寄予思于悲弦[9]。信有心而在远，重登高以临川。何余心之烦错，宁翰墨之能传[10]！

【说明】

此赋见《艺文类聚》卷二十六。赋抒写作者深秋独步于林中，听到鸣鹤的呼叫，见到池鱼的跳跃，倍感孤独和凄凉。作者感到手中之笔完全无法表达自己内心的愁思。此赋实际上是抒发作者政治上的不得志。写作具体年代不详。

【注释】

① 曲隅（yú 鱼）：偏僻的角落。《楚辞·严忌〈哀时命〉》：“块独守此曲隅兮，然欲切而永叹。”王逸注：“言己独处山野，块然守此山曲。”

② 幽僻：幽静而偏僻。闲：大貌。《文选》左思《魏都赋》：“旅楹闲列，晖鉴抰振。”李善注引《韩诗章句》：“闲，大也。”

③ 翔云：高飞的云。《文选》张衡《西京赋》：“翔鹍仰而弗逮，况青鸟与黄雀。”薛综注：“翔，高飞也。”

④ 羌（qiāng 枪）：连词，表示转折关系，有“反而”、“却”的意思。按，“羌”，《艺文类聚》作“差”，今从《曹子建集》、《历代赋汇》作“羌”。霁（jì 记）：《艺文类聚》作“济”，影印本《曹子建文集》作“霁”，今从之。“济”，通“霁”，雨雪后放晴。此处泛指天气晴好。

⑤ 顾：泛指看，有环顾的意思。华：同“花”。零落：凋零。

⑥ 沼：水池。乎：同“于”，有“在”的意思。

⑦ 搦（nuò 懦）：拿，握。素：朴质无饰。《大雅》之哀吟：指《诗·大雅·旱麓》：“鸢飞戾天，鱼跃于渊。岂弟君子，遐不作人？”上句中的跃鱼与鸣鹤应来自此诗。但此诗原是周人咏其祖先因祭祀而得福的诗篇，不应是哀吟。可能是曹植自己心情低落，即使见到了跃鱼与鸣鹤，也自有哀伤之意。按，《北堂书钞》卷一一〇《乐部六·筝十一》引此二句，题目作《思人赋》。

⑧ 仰：面对。

⑨ 悲弦：哀怨的弦乐声。

⑩ 烦错：烦乱，烦闷。宁：难道，表示反问的词。翰墨：笔墨。《文选》张衡《归田赋》：“挥翰墨以奋藻，陈三皇之轨模。”

【辨析】

在《北堂书钞》卷一一〇《乐部六·筝十一》中，收曹植《思人赋》“搦秦筝之慷慨，扬《大雅》之哀吟”两句，当系从《幽思赋》中摘录出去的。

归思赋

背故乡而迁徂①,将遥憩乎北滨②。经平常之旧居,感荒壤而莫振③。城邑寂以空虚④,草木秽而荆榛⑤。嗟乔木之无阴⑥,处原野其何为。信乐土之足慕⑦,忽并日而载驰⑧。

【说明】

此赋见《艺文类聚》卷三十。赋主要描写作者自故乡回到邺城的一段旅程。曹操是沛国谯人,因此赋中的故乡应是谯县。曹植描述沿途所经的城邑多遭战乱而空无一人,景色十分荒凉。可惜赋已不全。

【注释】

① 背:违。故乡:指谯县(治所在今安徽省亳州市,曹魏时曾为陪都)。迁:去。徂(cú 殂):往。

② 遥憩(qì 气):远息。憩,休息。北滨:北边。曹操为魏王时,定都于邺。邺在谯之北,故曰北滨。

③ 振:挽救。

④ 寂:荒凉清净。

⑤ 秽:荒芜,杂草丛生。

⑥ 无阴:乔木枝叶尽落,无以荫蔽。

⑦ 信:实。乐土:谓邺城。慕:怀念。

⑧ 并日而载驰:兼程前进。

悲命赋

哀魂灵之飞扬①。

【说明】

本赋只残存一句,见《文选》江淹《别赋》李善注。赋应是悲叹自己命运的飘零。

【注释】

① 魂灵:即灵魂。《汉书·外戚传上·孝武李夫人》:"呜呼哀哉,想魂灵兮。"飞扬:形容灵魂飘摇不定。《后汉书·袁安传》:"魂魄飞扬,形容已枯。"

【辨析】

此赋写作应在曹植政治上失宠,而数次转移封地之后。可与其《杂诗》"转蓬离本根,飘飖随长风"同读。

潜志赋

潜大道以游志①,希往昔之遐烈②。矫贞亮以作矢,当苑囿乎艺窟③。驱仁义以为禽,必信中而后发④。退隐身以灭迹,进出世而取容⑤。且摧刚而和谋,接处肃以静恭⑥。亮知荣而守辱,匪天路以焉通⑦。

【说明】

此赋见《艺文类聚》卷三十六。赋名"潜志",既有专心致志之意,又有收敛羽翼、和光同尘之意。这是曹植在遭受挫折之后流露出儒家道家思想杂糅倾向的一篇辞赋。

【注释】

① 潜大道以游志:将自己的心志专注于大道之中。

② 遐烈:前人之功业成就。

③ 矫:策励,勉励。《庄子·天下》:"以绳墨自矫,而备世之急。"郭象注:"矫,厉也。"成玄英疏:"用仁义为绳墨,以勉厉其志行也。"贞亮:忠贞诚信。《文选》宋玉《神女赋》:"怀贞亮之絜清兮,卒与我乎相难。"矢:发誓。《诗·鄘风·柏舟》:"之死矢靡它。"毛传:"矢,誓。"苑囿(yòu 又):古代畜养禽兽供帝王玩乐的园林。当苑囿乎艺窟:将校猎的苑囿当成六艺汇集之处。

④ 驱仁义以为禽:这是想象的修辞,意为驱赶仁义以为苑囿中的禽兽。必信中而后发:一定要确定能射中才发箭。

⑤ 灭迹:消灭痕迹或踪迹。取容:讨好别人以求自己安身。

⑥ 摧刚而和谋:摧折刚强的个性,而寻求和合之道。接处肃以静恭:谨慎待人

接物，以安静恭敬的态度去行事。

⑦ 亮：信然，实在。知荣而守辱：知道荣耀而宁愿守住低贱的地位。天道：天上的路。《文选》张衡《西京赋》："美往昔之松乔，要羡门乎天路。"也可能指上天的法则，犹天道。《文选》班固《幽通赋》："既仁得其信然兮，仰天路而同轨。"李善注引刘德曰："人道既然，仰视天道，又同法也。"此句意为若非天道，如何能通。

九　咏

芙蓉车兮桂衡[①]，结萍盖兮翠旌[②]。驷苍虬兮翼毂[③]，驾陵鱼兮骖鲸[④]。菌荐兮兰席[⑤]，蕙帱兮荃床[⑥]。抗南箕兮簸琼蕊[⑦]，挹天河兮涤玉觞[⑧]。灵既降兮泊静默[⑨]，登文阶兮坐紫房[⑩]。服春荣兮猗靡[⑪]，云裾绕兮容裔[⑫]。冠北辰兮岌峨[⑬]，带冕虹兮陵厉[⑭]。兰肴御兮玉俎陈[⑮]，雅音奏兮文虡罗[⑯]。感《汉广》兮羡游女[⑰]，扬《激楚》兮咏湘娥[⑱]。临回风兮浮汉渚[⑲]，目牵牛兮眺织女[⑳]。交有际兮会有期，嗟痛吾兮来不时[㉑]。来无见兮进无闻，泣下雨兮叹成云。先后悔其靡及，冀后王之一悟[㉒]。犹搦辔而繁策，驰覆车之危路[㉓]。群乘舟而无楫[㉔]，将何川而能度？何世俗之蒙昧[㉕]，俾邦国之未静。任椒兰其望治[㉖]，由倒裳而求领[㉗]。寻湘汉之长流，采芳岸之灵芝。遇游女于水裔，采菱华而结词[㉘]。野萧条以极望，旷千里以无人，民生期于必死，何自苦以终身？宁作清水之污泥，不为浊路之飞尘[㉙]。（《艺文类聚》卷五十六）

葛蔓滋兮冒神宇[㉚]。（《文选》潘岳《寡妇赋》李善注，又《文选》沈约《学省愁卧》诗李善注）

何孤客之可悲。（《文选》谢灵运《七里濑诗》李善注）

皇祇降兮潜灵舞[㉛]。（《文选》颜延之《三月三日曲水诗序》李善注）

灵龙兮衔组[㉜]，流羽兮交横[㉝]。（《文选》颜延之《三月三日曲水诗序》李善注）

停舟兮焉待？举帆兮安追？（《北堂书钞》卷一三八》）

温风翕兮煎沙石[㉞]，乌罔窜兮兽无跖[㉟]。（《太平御览》卷三

十四）

乘逸响兮执电鞭[36]，忽而往兮恍而旋。（《太平御览》卷三五九）

越江兮刈兰，暮秋兮薄寒[37]，被蓑兮戴笠，置露兮践藋[38]。（《太平御览》卷七六五）

徒勤躬兮苦心。（《文选》王中《头陀寺碑文》李善注）

抗玉手吹篇[39]。（《北堂书钞》卷一一一）

瞍文详□素筝，抗玉桴兮骇鼍鼓[40]。（《北堂书钞》卷一〇八、卷一二一）

过□穴兮清泠，木鸣条兮动心。（《北堂书钞》卷一五八）

践丹穴兮观鸾居[41]，通朱爵兮息南巢[42]。（《北堂书钞》卷一五八）

运兰棹以速往[43]，□回波之容与[44]。（《北堂书钞》卷一三八）

建五旗兮华采占[45]，扬云麾兮龙凤。（《北堂书钞》卷一二〇）

遡流风兮上迈[46]，见船兮荷盖[47]。（《北堂书钞》卷一三七）

【说明】

《九咏》虽然内容已残缺不全，但它应是结合了宗教祭神的《楚辞·九歌》与纯粹抒情的《楚辞·九叹》的赋篇。《九歌》分别歌咏不同的神灵，与《楚辞》中其他的九体（如《九章》、《九怀》、《九叹》、《九思》等）不相类似。标准的九体以抒发感情为主，与祭神无关。现存赋的开头完全是模仿《九歌》中的巫师，以各式各样的香草来装饰神坛，请神降临。“交有际兮会有期，嗟痛吾兮来不时”二句，说明神灵离开之后，巫师似乎没有见到神灵或者觉得聚会的时间太短暂，因此感到十分伤痛。其结构和手法与《九歌》如出一辙。在《九歌》中，一般的情况男巫求女神，女巫求男神。巫和神之间的关系被描写成一种男女的情爱。但最后都是神灵未来，或者神灵迅速离开，而留下哀伤惆怅的巫者。

赋中许多隐喻也取法屈原的《离骚》。例如以香草象征作者的高洁人格。“嗟痛吾兮来不时，来无见兮进无闻”，表达了时不我与的感伤。另外一些重要的内容还包括哀伤君主的不悟（“先后悔其靡及，冀后王之一悟”)，这些都源自《离骚》的文学母题。此赋基本上是一篇借《楚辞》传统来抒情的作品。

本篇“野萧条以极望……不为浊路之飞尘”等六句同见于《九愁赋》，可见错简之严重，亟待我们今后认真加以考辨整理。

【注释】

① 芙蓉：荷花。衡：车辕前端的横木。这句指以芙蓉饰车，以桂木为衡，喻其华美高贵。

② 结：连接。萍盖：指画着浮萍的车盖。翠旌：用翠羽装饰的旌旗。

③ 驷：四匹马。苍虬：青龙。翼：驱驰。毂(gǔ 古)：车轮的中心部位，周围与车辐的一端相接，中有圆孔，用以插轴。这句是说以青龙饰车驱驰前进。

④ 陵鱼：古代神话传说中的人鱼。《山海经·海内北经》：“陵鱼人面，手足，鱼身，在海中。”骖鲸：这里是说鲸在辕之侧。骖，同驾一车的三匹马。陵鱼、鲸，都是车上的装饰画。

⑤ 菌：香草。荐：坐褥。兰：《北堂书抄》卷一三三作“芷”。

⑥ 帱(chóu 筹)：帐。荃：香草。按，“荃”，《艺文类聚》，作“苓”，依《太平御览》卷六九九改。

⑦ 抗：高举。南箕：东方苍龙七宿，第四星名箕，形如簸箕。琼蕊：玉英，玉花。《文选》张衡《西京赋》：“屑琼蕊以朝餐，必性命之可度。”李周翰注：“琼蕊，玉英也。”

⑧ 挹：舀。涤：洗。

⑨ 灵：神。泊：寂然清静之貌。

⑩ 文阶：刻有图案的石阶。紫房：皇太后所居的宫室，也指道家炼丹房，但此处似乎只表示紫色的房间，并无深义。

⑪ 春荣：春天的花朵。猗靡：婀娜貌。《文选》司马相如《子虚赋》：“于是郑女曼姬，被阿緆，揄纻缟……扶舆猗靡，翕呷萃蔡。”张铣注：“言美人等披丽服，扶楚王之舆，倚靡相随貌。”

⑫ 容裔：舒缓行进貌。

⑬ 北辰：北极星。岌峨：高貌。

⑭ 冤：疑当作“宛”。宛虹：形容虹的弯曲貌。陵厉：高飞。

⑮ 兰肴：用兰草作垫蒸出的菜。《楚辞·九歌·东皇太一》：“蕙肴蒸兮兰藉。”兰肴即蕙肴。王逸注：“蕙肴，以蕙肴蒸肉也。”俎：古代祭祀、燕飨时陈置牲体或其他食物的礼器。陈：列。

⑯ 虡(jù 具):悬挂钟磬的架子两旁的柱子,以猛兽为饰,故称文虡。罗:列。

⑰ 汉广:《诗经·周南》中的篇名。《诗·周南·汉广》:"汉有游女,不可求思。"

⑱ 激楚:高亢凄清之声。《楚辞·招魂》:"宫庭震惊,发激楚些。"也指古曲名,《汉书·司马相如传上》:"鄢郢缤纷,《激楚》、《结风》。"颜师古注引郭璞曰:"《激楚》,歌曲也。"湘娥:湘水女神,指娥皇、女英。

⑲ 临:《北堂书钞》卷一五五作"乘"。回风:旋风。《楚辞·九章·悲回风》:"悲回风之摇蕙兮。"汉渚:汉水岸边低洼之地。《北堂书钞》"汉"作"海"。

⑳ 目:注视。牵牛、织女:星名。牵牛:即河鼓,星座名,俗称牛郎星。《诗·小雅·大东》:"睆彼牵牛,不以服箱。"毛传:"河鼓谓之牵牛。"同诗又说:"维天有汉,监亦有光。跂彼织女,终日七襄。"亦指牛郎织女神话传说中的人物:"牵牛为夫,织女为妇,织女牵牛之星,各处一旁,七月七日得一会同矣。"(《文选》曹丕《燕歌行》李善注引《九咏》注)

㉑ 交有际兮会有期:谓神人交接有界限与日期。嗟痛吾兮来不时:感伤自己来的不是时候。

㉒ 后王:皇王。一悟:觉醒,觉悟。

㉓ 搦辔:捉辔,是说用手去抓马的缰绳。繁策:数次鞭打驱策马匹。《淮南子·原道训》:"箠策繁用者,非致远之术也。"覆车:车子翻覆。

㉔ 楫(jí 极):船桨。

㉕ 蒙昧:知识未开,昏昧无知貌。

㉖ 任:用。椒兰:椒指楚怀王大夫子椒,兰指楚怀王少弟令尹子兰,这里用以比喻在朝的奸佞小人。

㉗ 倒裳而求领:倒提衣裳来找领子。比喻违背常理。《邓析子·无厚》:"斯逆理而求之,犹倒裳而索领。"

㉘ 水裔:水边。结词:致词。《太平御览》卷九七五引曹植《九愁赋》:"采菱华而结辞。"

㉙ "野萧条以极望……不为浊路之飞尘"等六句亦见于《九愁赋》。

㉚ 葛蔓:《文选》沈约《学省愁卧》李善注引曹植《九咏》作"蔓葛"。神宇:灵室,即祭堂。汉·董仲舒《春秋繁露·求雨》:"取三岁雄鸡、猳猪,燔之四通神宇。"《文选》潘岳《寡妇赋》:"仰神宇之寥寥兮,瞻灵衣之披披。"刘良注:"神宇,灵室也。"

㉛ 皇祇(qí 其):天地神明。《文选》颜延年《三月三日曲水诗序》:"皇祇发生之始,后王布和之辰。"李善注:"皇,天神也;祇,地神也。"潜灵:隐居的神灵。

㉜ 组:丝带。

㉝ 流羽:流矢,飞箭。交横:纵横交错。

㉞ 翕:和合,聚合。《尚书·皋陶谟》:"翕受敷施,九德咸事。"孔传:"翕,合也。"

㉟ 跖:脚掌。

㊱ 逸响:奔放的乐音。电鞭:闪电。

㊲ 刈(yì 义)兰:割取兰草。这是《楚辞》中常见的象征性动作。薄寒:微寒。

㊳ 置露:站立在露水中。萑(huán 环):草名,即荻。

㊴ 抗(dǎn 胆):同"扰",打击。箫:即"篪",一种管乐器。《北堂书钞》"篪"多作"箫",避唐高祖李渊之祖李虎讳而改。

㊵ 抗:举起。玉桴(fú 俘):通"枹",鼓槌。击鼓杖的美称,亦指鼓声。鼍(tuó 驼)鼓:用鼍(亦称扬子鳄)皮蒙的鼓。其声亦如鼍鸣。

㊶ 丹穴:传说中的山名。《山海经·南山经》:"丹穴之山……有鸟焉,其状如鸡,五采而文,名曰凤皇。"

㊷ 朱爵:即朱雀。南巢:古地名,在今安徽省巢县西南。因位于古代华夏族活动地区的南方,故名。《尚书·仲虺之诰》:"成汤放桀于南巢,惟有惭德。"

㊸ 兰棹:用兰木制作的船桨。棹,长的船桨。

㊹ 容与:犹豫不前的样子。

㊺ 五旗:五色旗帜,天子旗帜的标志。《汉书·扬雄传上》:"鸣洪钟,建五旗。"颜师古注引《汉旧仪》:"皇帝车驾建五旗,盖谓五色之旗也。"《晋书·舆服志下》:"天子亲戎,五旗舒旆,所谓武车绥旌者也。"

㊻ 愬:通"溯"。流风:随风流行。《楚辞·九章·悲回风》:"凌大波而流风兮,托彭咸之所居。"洪兴祖补注:"言乘风波而流行也。"

㊼ 荷盖:以画荷叶为船盖。

遥 逝

哀秋气之可悲兮,凉风萧其严厉①。神龙盘于重泉兮②,腾蛇蛰于幽穴③。

【说明】

此四句见《北堂书钞》卷一五八,仅存残句,似乎是悲秋之作。自宋玉《九辩》开创悲秋的题材之后,历代续作者甚多。此篇可能类似楚辞体的作品。

【注释】

① 宋玉《九辩》开篇即曰:"悲哉,秋之为气也!萧瑟兮,草木摇落而变衰。"

② 重泉:深渊。《淮南子·齐俗训》:"积水重泉,鼋鼍之所便也。"

③ 腾蛇:亦作"腾虵",传说中一种能飞的蛇。《韩非子·难势》:"慎子曰:'飞龙乘云,腾蛇游雾。'"曹操《步出夏门行》其四《龟虽寿》:"腾蛇乘雾,终为土灰。"蛰(zhé 辙):动物冬眠,潜伏起来不食不动。

七　忿

素冰象玉,叙可磨荡①。结土成龙,遭雨则伤②。

【说明】

此文见《初学记》卷七。《汉魏六朝百三名家集·陈思王集》作《七咨》,不知所本。从题目上看,这是一篇七体的辞赋。忿为愤怒、怨恨之意,《易·损》:"君子以惩忿窒欲。"但因断简残篇,无法看出其主要内容。

【注释】

① 素冰:白色的冰。叙:《汉魏六朝百三名家集·陈思王集》作"难"。

② 结土成龙:用土制成龙,是古代用以祈雨的方术。《淮南子·说山训》:"圣人用物,若用朱丝约刍狗;若为土龙以求雨。"汉·王充《论衡·乱龙》:"董仲舒申《春秋》之雩(古求雨祭礼),设土龙以招雨,其意以云龙相致。《易》曰:云从龙,风从虎,以类求之,故设土龙。"《后汉书·礼仪志中》:"其旱也,公卿官长以次行雩礼求雨。闭诸阳,衣皁,兴土龙,立土人,舞僮二佾,七日一变,如故事。"

橘　赋

有朱橘之珍树,于鹑火之遐乡①。禀太阳之烈气②,嘉杲日之休光③。体天然之素分,不迁徙于殊方④。播万里而遥植⑤,列铜爵之园庭⑥。背江川之暖气⑦,处玄朔之肃清⑧。(《太平御览》卷九六六)邦换壤殊⑨,爰用丧生⑩。处彼不凋,在此先零⑪。朱实不凋⑫,焉得素荣⑬?惜寒暑之不均⑭,嗟华实之永乖⑮!仰凯风以倾叶⑯,冀炎气之可怀⑰。飏鸣条以流响⑱,晞越鸟之来栖⑲。

夫灵德之所感[20]，物无微而不和[21]。神盖幽而易激，信天道之不讹[22]。既萌根而弗干，谅结叶而不华[23]。渐玄化而不变[24]，非彰德于邦家[25]。拊微条以叹息，哀草木之难化[26]。(《太平御览》卷九六六、《初学记》卷二十八、《艺文类聚》卷八十六)

【说明】

这篇《橘赋》部分取法《楚辞·橘颂》，写橘树从南方移植到北方，虽然萌根发芽，终究无法开枝散叶，成长结果。由于赋篇不全，很难看出更深沉的寓意。

【注释】

① 鹑火：星次之名。南方有朱鸟七宿，为井、鬼、柳、星、张、翼、轸七宿。首位者被称为鹑首，中部者(柳、星、张)称为鹑火或鹑心，末位者称为鹑尾。《左传·昭公八年》："岁在鹑火，是以卒灭。"遐：遥远。遐乡：这里指南方。

② 烈气：太阳的炙热之气。汉·王充《论衡·言毒》："夫毒，太阳之热气也……南郡极热之地，其人祝树树枯，唾鸟鸟坠……生于江南，含烈气也。"

③ 嘉：乐于，喜欢。《礼记·礼运》："君与夫人交献，以嘉魂魄。"郑玄注："嘉，乐也。"杲(gǎo 稿)：光明，明亮。《诗·卫风·伯兮》："其雨其雨，杲杲出日。"

④ 体：依靠。素：本来，原本。全句意为橘树依其本性，不能迁徙他方。典出《楚辞·橘颂》："受命不迁，生南国兮；深固难徙，更壹其志。"

⑤ 播：传布。遥植：种植到远方。

⑥ 铜爵：相传曹操在邺城有禁苑铜爵园，筑有铜雀台。

⑦ 江川：《初学记》卷二十八作"江洲"，指江中的陆地，由泥沙淤积而成。此处指南方的靠近江边的地区。或作"山川"。

⑧ 玄朔：北方地区，此处指邺城。肃清：指清冷、寒冽的天气。这句指橘被移植到北方。

⑨ 邦换壤殊：到了异地，土壤也不一样。按，"殊"，《初学记》卷二十八作"别"，义同。

⑩ 爰用丧生：于是丧失其生命力。

⑪ 凋：凋谢。零：零落，凋落。指在南方不凋，移到北方就经冬而零落。

⑫ 凋：凋零败落。

⑬ 素荣：白色的花朵，因橘的花为白色，故称素。

⑭ 寒暑之不均：指冷热不调和。也即冷热变化太大。

⑮ 华实之永乖：花朵和果实永远断绝了。指不能结果。乖，断绝，分离。

⑯ 凯风:南风,温暖的风。出自《诗·邶风·凯风》:“凯风自南,吹彼棘心。”

⑰ 怀:怀念。指橘树怀念南方之暖气。

⑱ 飏:同“扬”,随风飘扬。鸣条:因为橘枝随风摇动而发出声音。流:荡散,扩散开来。

⑲ 睎(xī 希):通“希”,希望,渴求。《历代赋汇》等“睎”作“希”。越鸟:南方之鸟。

⑳ 灵德:神灵的恩德。《文选》班固《东都赋》:“登祖庙兮享圣神,昭灵德兮弥亿年。”吕延济注:“言以此鼎升宗庙,享天地,以明神灵之德。”

㉑ 物无微而不和:再小的生物都能得到和谐。

㉒ 神盖幽而易激:神明幽藏却容易放出光明。激(jiào 叫),鲜明,清亮。《方言》卷十二:“激,清也。”《庄子·盗跖》:“唇如激丹。”成玄英疏:“激,明也。”信天道之不讹:确信天道没有错误。

㉓ 既萌根而弗干:指橘树根虽然萌发,但不能巩固。干,加强,巩固。《淮南子·兵略训》:“錞钺牢重,固植而难恐,势利不能诱,死亡不能动,此善为充干者也。”高诱注:“充,盈;干,强。”谅:实在。结叶而不华:指结叶子却不开花。

㉔ 渐:逐渐。玄化:神妙的变化。

㉕ 彰:显明。

㉖ 拊(fǔ 府):用手抚摸。

鹖赋并序

鹖之为禽猛气①,其斗终无胜负,期必于死,遂赋之焉。

美遐圻之伟鸟②,生太行之岩阻③。体贞刚之烈性④,亮金德之所辅⑤。戴毛角之双立⑥,扬玄黄之劲羽。甘沉殒而重辱⑦,有节侠之仪矩⑧。降居檀泽⑨,高处保岑⑩。游不同岭,栖必异林⑪。若有翻雄骇逝,孤雌惊翔⑫,则长鸣挑敌⑬,鼓翼专场⑭。逾高越壑⑮,双战只僵⑯。阶侍斯珥⑰,俯耀文墀⑱。成武官之首饰⑲,增庭燎之光辉⑳。

【说明】

此赋见《艺文类聚》卷九十。《鹖赋》描写鹖鸡的凶猛好斗而孤傲不群的个性,将之人性化,写成类似豪侠的一种动物。鹖鸡不斗则已,若加入战斗,则抱定必死之心。这种勇猛的天性自然受到了文人的重视。考察曹植的生平,他本人就十分喜欢斗鸡。他和“建安七子”曾写过一些斗鸡诗。这和他们政治上的进取精神是联系在一起的。美国学者威斯康星大学 Robert Joe Cutter(高德耀教授)的书 *The Brush and the Spur: Chinese Culture and the Cockfight*(Hong Kong: The Chinese University Press, 1989),对这些斗鸡诗有详尽的分析。此书已被翻译成中文——《斗鸡与中国文化》,2005 年由中华书局出版。

【注释】

① 鹖(hé 曷):鸟名,又称鹖鸡。《文选》张衡《东京赋》:“髶髦被绣,虎夫戴鹖。”李善注:“应劭曰:……鹖,鸷鸟也,斗至死乃止。今武士戴之,取猛也。司马彪《续汉书》曰:虎贲、武骑皆鹖冠。”曹操《鹖鸡赋序》也说:“鹖鸡猛气,其斗终无负,期于必死。”

② 遐:高远,距离远。圻(qí 其):疆界,界域。伟:奇异独特的,此处是赞颂鹖鸟奇特。

③ 太行:山名。在今河北、山西、河南交界,南北耸立。为鹖的出产地。《说文》:“鹖似雉,出上党(在今山西东南)。”岩阻:陡峭险峻的岩石洞穴。

④ 贞刚:贞烈刚强。烈性:性格刚烈凶猛。

⑤ 亮:实。金德:五行属金,表示其刚强。辅:辅助,相配合。

⑥ 毛角:羽毛形成的角。《山海经·中山经》郝懿行笺疏:“《玉篇》云:‘鹖,何葛切。鸟似雉而大,青色,有毛角,斗死而止。’”

⑦ 玄黄:黑色和黄色。劲羽:有力的羽毛。甘:愿意。沉殒:指死亡。重:很难,不轻易。《史记·司马相如列传》司马贞索隐:“重,犹难也。”辱:耻辱,蒙羞。此句指宁愿死亡也很难受到侮辱,即宁死不屈。

⑧ 节侠:宁死不屈,有高尚操守的侠义之士。《史记·刺客列传》:“夫为行而使人疑之,非节侠也。”仪矩:仪态,风度。

⑨ 檀:宋刊本《曹子建文集》作“擅”,可从。意为独自专揽。降居擅泽:降低身份时也能独霸一个沼泽。

⑩ 高处保岑:处在高地,则能保住一座小高山。

⑪ 此二句描写鹖的起居习惯,表示其非群居动物,个性不合群。

⑫ 翻:飞舞的样子,此处指鹖鸟的飞翔姿态。骇:惊扰,扰乱。逝:飞行。全句说明若有雄鸡迅速飞来,惊扰雌鸡,则必出面挑战。

⑬ 挑:挑衅,挑斗。《文选》司马迁《报任少卿书》:“垂饵虎口,横挑强胡。”李善注引臣瓒曰:“挑,挑敌求战也。”

⑭ 专场：即擅场，谓在一定场所无所匹敌。三国·魏·应玚《斗鸡》诗："专场驱众敌，刚捷逸等群。"此句指在搏斗场中稳操胜券。

⑮ 逾高越壑：飞跃高耸的峰峦，越过幽深的山谷。

⑯ 双战只僵：两只互相战斗，直到一只毙亡为止。《续汉书·舆服志下》："鹖者，勇雉也，共斗对一，死乃止。"僵，倒地死亡。《吕氏春秋·贵卒》："周武君使人刺伶悝于东周，伶悝僵。"高诱注："僵，毙也。"

⑰ 阶侍：指站立在宫殿台阶下的士兵。珥：插带，《文选》左思《咏史》："金张籍旧业，七叶珥汉貂。"李善注："珥，插也。"

⑱ 文墀（chí 池）：雕镂花纹的殿台台阶。文，雕刻花纹。

⑲ 武官：从事武职的朝廷武士或官员。首饰：带在头上的饰物。汉代的武官武将头戴鹖冠（又称武冠），冠顶插饰鹖毛以示英勇。《后汉书·舆服志下》："武冠，俗谓之大冠，环缨无蕤，以青系为绲，加双鹖尾，竖左右，为鹖冠云。五官、左右虎贲、羽林、五中郎将、羽林左右监皆冠鹖冠，纱縠单衣。"

⑳ 庭燎（liào 料）：古代庭会中用来照明的火炬。燎，火炬。古代朝会时，用竹或芦苇扎成一束束长一二丈的火炬，将油灌在中间，竖立在宫殿内，到了晚上，用火点燃，火炬的光亮可以遍及宫殿内外。《诗·小雅·庭燎》："夜如何其，夜未央，庭燎之光。"《周礼·秋官·司烜氏》："凡邦之大事，共坟烛庭燎。"郑玄注："坟，大也。树于门外曰大烛，于门内曰庭燎，皆所以照众为明。"光辉：又作"高辉"，指非常光亮的火把光辉。

鹞雀赋

鹞欲取雀。雀自言[①]："雀微贱，身体些小。肌肉瘠瘦[②]，所得盖少。君欲相啖，实不足饱。"鹞得雀言，初不取语[③]。"顷来轗轲[④]，资粮之旅[⑤]。三日不食，略思死鼠。今日相得，宁复宜汝[⑥]？"雀得鹞言，意甚怔营[⑦]。"性命至重，雀鼠贪生。君得一食，我命是倾[⑧]。皇天是鉴[⑨]，贤者是听[⑩]。"鹞得雀言，意甚沮惋[⑪]。当死弊雀，头如颗蒜[⑫]。不早首服[⑬]，烈颈大唤[⑭]。行人闻之，莫不往观。雀得鹞言，意甚不移。〔依一枣树，藂蕽多刺[⑮]。〕目如擘椒[⑯]，跳萧二翅[⑰]。"我虽当死，略无可避。"鹞乃置雀，良久方去。二雀相逢，似是公妪。相将入草[⑱]，共上一树。仍共本末[⑲]，辛苦相语："向者近出[⑳]，为鹞所捕。赖我翻捷[㉑]，体素便附[22]。说我辩语,千条万句。欺恐舍长[23],令儿大怖。我之得免,复胜于兔[24]。自今从意[25],莫复相妬[26]。"(《艺文类聚》卷九十一,《太平御览》卷九二六、卷九六五)

言雀者但食牛矢中豆,马矢中粟[27]。(《太平御览》卷八四一)

【说明】

这篇赋写的是鹞和雀的生死搏斗,雀机智地逃过了鹞子的追杀,然后向另一只雀叙述事情的经过。全赋采用了一种接近口语的文字来书写,显得生动活泼。惜此赋已残脱不全。

【注释】

① 雀自言:《艺文类聚》作"雀言自",《太平御览》卷九二六作"雀自言",今从之。

②痟(xiāo 消)瘦:形容雀身体肌瘦无肉的样子。痟,《玉篇》:"痟,痟渴病。"《康熙字典》:"痟,通作'消'。"

③ 取语:指回话。

④ 轗(kǎn 坎)轲:坎坷不顺,《楚辞·七谏·沉江》:"年既已过太半兮,然轗轲而留滞。"王逸注:"轞轲(即'坎坷'),不遇也。……坎,一作轗,一作轞。"洪兴祖补注:"轗,音坎。坎坷,不平也。"此处指鹞自称自己一路不顺,未遇猎物。

⑤ 资粮之旅:是说鹞在旅途中没有遇到猎物,缺乏食物。之,《曹子建集》作"乏",应从。

⑥ 宁:岂,怎么能。宜:《太平御览》卷九二六作"置",可从,意为放任不理。

⑦ 怔营:惶恐不安貌。

⑧ 是倾:此句指雀要丧命。

⑨ 皇天是鉴:请上天来鉴察。是,表示加重语气之词。

⑩ 贤者是听:指要听贤人之语。

⑪ 沮惋:非常沮丧郁闷。

⑫ 弊:似当为"毙"之误。颗蒜:指雀头如蒜一样,小小圆圆。或作"蒜颗",似误。

⑬ 首服:犹言坦白服罪。为复义词。汉·蔡邕《故太尉乔公庙碑》:"公觉其奸态,收考,首伏,即日伏辜。"

⑭ 烈颈:意为摆头呼冤大叫。

⑮ 藂蘢(cóng nóng 从农):即"葱茏",形容草木茂盛的样子。以上二句据《太平御览》卷九六五补。

⑯ 擘椒:形容雀的眼睛又圆又小,就像剖裂的椒子一样。

⑰ 跳萧:即“跳鞘”,跳动不已的样子。

⑱ 相将:互相依扶。

⑲ 共:供应。从上下文来判断,应有告诉之意。本末:事情的原委因由。

⑳ 向者:即昔日,已往。

㉑ 翻捷:翻腾矫捷。

㉒ 体素便附:此处似乎指其身手敏捷随处依附之意。

㉓ 舍长:守护客馆的负责人。此指鹞。

㉔ 复胜于兔:《太平御览》卷九二六作“复胜于汝”,可从。

㉕ 自今从意:《太平御览》卷九二六作“自今后竟”,大约是从今以后各随其便的意思。

㉖ 妬:嫉妒,忌恨。

㉗ 此句疑为“言自:雀微贱”句下脱文。

【辨析】

此赋与1993年在江苏省连云港汉墓中出土的《神乌赋》极为相似(详见拙著《全汉赋评注》无名氏《神乌赋》)。两赋都以鸟为题材。《神乌赋》写雄、雌二乌筑巢材料被盗鸟偷走,雌乌与之搏斗,受伤遭拘,逃脱不得,即敛翅坠地而死。雄乌求告无门,哀伤而去。赋用四言体。曹植善学民间文学创作,也效用此体。此赋写来生动活泼,摆脱文人作品沉闷气息,读来另有一种韵致。其实汉魏文人效《诗经》民歌写四言诗者大有人在,著名者如曹操的《短歌行》(“对酒当歌”)、曹丕的《善哉行》等等都是四言作品。

蝉　赋

惟夫蝉之清洁兮①,潜厥类乎太阴②。在炎阳之仲夏兮③,始游豫乎芳林④。实淡泊而寡欲兮⑤,独怡乐而长吟。声嗷嗷而弥厉兮⑥,似贞士而介心⑦。内含和而弗食兮⑧,与众物而无求⑨。栖乔枝而仰首兮,嗽朝露之清流⑩。隐柔桑之稠叶兮⑪,快啁号以遁暑⑫。苦黄雀之作害兮⑬,患螗蜋之劲斧⑭。飘高翔而远托兮⑮,毒蜘蛛之网罟⑯。欲降身而卑窜兮⑰,惧草虫之袭予⑱。免众艰而弗获兮⑲,遥迁集乎官宇⑳。依名果之茂阴兮㉑,托修干以静处㉒。有翩翩之狡童兮㉓,步容与于园囿㉔。体离朱之聪视兮[25],姿才捷于猴猿[26]。条罔叶而不挽兮[27],树无干而不缘[28]。翳轻躯而奋迅兮[29],跪侧足以自闲[30]。恐余身之惊骇兮[31],精曾睆而目连[32]。持柔竿之冉冉兮[33],运微粘而我缠[34]。欲翻飞而逾滞兮[35],知性命之长捐[36]。(《初学记》卷三十,《艺文类聚》卷九十七,不全)

委厥体于膳夫[37],归炎炭而就燔[38]。秋霜纷以宵下[39],晨风冽其过庭[40]。气憯怛而薄躯[41],足攀木而失茎[42]。吟嘶哑以沮败[43],状枯槁以丧形。(《艺文类聚》卷九十七)

乱曰:《诗》叹鸣蜩[44],声嘒嘒兮[45]。盛阳则生[46],太阴逝兮[47]。皎皎贞素[48],侔夷惠兮[49]。帝臣是戴[50],尚其洁兮[51]!(《初学记》卷三十)

【说明】

《艺文类聚》卷九十七引郭璞《蝉赞》曰:"虫之精洁,可贵惟蝉。潜蜕弃秽,饮露恒鲜。万物皆化,人胡不然?"古人以为蝉食露水,因此是一种洁净之虫,这是中国古人的共识,如梁昭明太子萧统《蝉赞》亦曰:"兹虫清洁,惟露是餐。"

本赋详细地描绘了蝉的形象和品德,称赞蝉"实淡泊而寡欲兮,独怡乐而长吟"。这是一种君子的形象。作者指出危害蝉的有黄雀、螳螂和蜘蛛,使得蝉四处躲避。除了这些昆虫之外,蝉最大的敌人就是"狡童"。狡童用长竿沾上粘胶,更是使蝉致命的原因。这种写法带着一种幽默感。作结论的乱辞将蝉比喻为品格高洁的伯夷和柳下惠,表示了对蝉的最高赞誉。

【注释】

① 洁:《艺文类聚》卷十七作"素",《初学记》卷三十作"洁"。古人以为蝉为洁净之虫。

② 厥类:其类。指蝉。太阴:阴冷的北方。《淮南子·道应训》:"卢敖游乎北海,经乎太阴,入乎玄阙,至于蒙谷之上。"高诱注:"太阴,北方也。"《后汉书·张衡列传》载《思玄赋》:"坐太阴之屏室兮,慨含欷而增愁。"李贤注:"太阴,北方极阴之地也。"全句说明蝉藏在北方阴冷之地。但此处太阴似指地下。蝉卵在地下孵化,成虫再爬出地面,登上乔木。

③ 仲夏:农历五月。因处夏季之中,即第二个月,故称仲夏。《尚书·尧典》:

"日永星火,以正仲夏。"

④ 游豫:游乐。豫,安乐。

⑤ 淡泊:恬淡安静,不追逐名利。寡欲:少欲望。《老子》第十九章:"见素抱朴,少私寡欲。"

⑥ 噭噭(jiào 窖):拟声词,指蝉鸣叫的声音。弥厉:更高扬尖厉。

⑦ 贞士:品德贞节的正义人士。介心:正直的性格。

⑧ 内:中,指蝉的内心。和:气。《淮南子·俶真训》:"和,气也。"蝉为高洁之物,内心充满中和之气,故生而弗食。

⑨ 与众物而无求:给予众物,而无所求。

⑩ 乔枝:高枝。嗽(sòu 搜去声):又作"漱",吮吸。清流:清液,无色的液体,此处指露水。

⑪ 隐:指在树叶之后隐藏起来。柔桑:柔弱枝条的桑树。稠:指桑叶稠密。此句指蝉隐藏在桑叶后。

⑫ 啁(zhōu 周)号:拟声词,鸟虫鸣叫的声音。遁暑:避暑。

⑬ 苦:被困扰,苦于。作害:受危害。指受黄雀的危害。

⑭ 螗蜋:即螳螂。劲斧:比喻螳螂的前脚,其利如斧头。

⑮ 飘高翔:快速高飞。远托:托身远方,即远走高飞。

⑯ 毒:危害,伤害,此处指受到蜘蛛网的危害。罟(gǔ 古):网的总称。

⑰ 卑窜:此处指躲藏在下面。

⑱ 袭:出其不意地进攻。指怕草虫攻击它。

⑲ 众艰:明活字本《曹子建集》、《汉魏六朝百三名家集·陈思王集》作"众难"。此句说明蝉想免除各种灾难而不可得。

⑳ 遥迁集:迁移到远方去。官宇:明活字本《曹子建集》、《汉魏六朝百三名家集·陈思王集》作"宫宇"。宇,屋檐。指官府或者宫殿之屋檐。

㉑ 阴:通"荫",指茂盛的树荫。

㉒ 托:凭借,依靠。修干:长长的树干。

㉓ 翩翩:风度潇洒。狡童:面貌姣美的少年。《诗·郑风·山有扶苏》:"不见子充,乃见狡童。"孔颖达疏:"狡童,谓狡好之童。"

㉔ 容与:从容闲暇貌。《楚辞·九歌·湘夫人》:"时不可兮骤得,聊逍遥兮容与。"

㉕ 体:体现。离朱:即离娄,视力非常好的人。《庄子·骈拇》:"是故骈于明者,乱五色,淫文章……而离朱是已。"陆德明释文引司马彪曰:"离朱,黄帝时人,百步见秋毫之末。一云见千里针锋。"聪视:喻其视力之强。聪,察也。或作"脱视",不可解。

㉖ 姿才:才能,才力。姿,通"资",资质。《楚辞·九叹·愍命》:"姿盛质而无

愆。”王逸注：“姿，一作资。”此句是说狡童的身手敏捷胜于猿猴。

㉗ 条：树枝，树条。罔：无。挽：拉，牵引。此句是说没有一条树枝一片树叶他不能牵引。

㉘ 缘：沿着树干攀援。此句谓没有一棵树干他不能攀援。

㉙ 翳：遮蔽。奋迅：形容狡童飞跑迅疾有力。《尔雅·释畜》：“绝有力，奋。”郭璞注：“诸物有气力多者，无不健自奋迅，故皆以名云。”

㉚ 闲：木栏之类的遮拦物。这里作自我掩遮讲。

㉛ 余：我，这里系蝉自比。

㉜ 精：通“睛”，眼睛。睆（huǎn 缓）：眼睛突出。目连：双目连起。这些都是蝉眼睛的特点。

㉝ 持：《初学记》作“怪”，似误，此从《曹子建集》作“持”。冉冉：柔弱下垂貌，颤巍巍的样子。

㉞ 运：用。微粘：即粘胶。此句谓狡童用粘胶来捕蝉。

㉟ 滞：被迫停下来。指被粘胶粘住。

㊱ 捐：舍弃。此句指被胶粘住只有死路一条。

㊲ 委：托付，交给。膳夫：厨师。

㊳ 归：趋向。燔（fán 凡）：烤。《诗·小雅·瓠叶》：“有兔斯首，炮之燔之。”毛传：“加火曰燔。”这里指用火红的木炭烤蝉。

㊴ 宵：夜晚，《诗·豳风·七月》：“昼尔于茅，宵尔索绹。”毛传：“宵，夜。”

㊵ 洌：非常寒冷。

㊶ 憯怛（cǎn dá 惨达）：凄惨，忧伤。《礼记·表记》：“中心憯怛，爱人之仁也。”薄：逼近，迫近。

㊷ 失茎：指失足从树干上掉下。

㊸ 嘶哑：声音沙哑。沮败：挫败。《楚辞·九叹·逢纷》：“颜霉黧以沮败兮，精越裂而衰耄。”

㊹ 鸣蜩（tiáo 条）：一种蝉。《诗·豳风·七月》：“四季秀葽，五月鸣蜩。”毛传：“蜩，螗也。”孔颖达疏：“《方言》曰：‘楚谓蝉为蜩，宋卫谓之螗，陈郑谓之蜋蜩，秦晋谓之蝉。’是蜩、蝉一物，方俗异名耳。”

㊺ 嘒嘒（huì 慧）：拟声词，形容蝉鸣叫的声音。《诗·小雅·小弁》：“菀彼柳斯，鸣蜩嘒嘒。”毛传：“蜩，蝉也。嘒嘒，声也。”

㊻ 盛阳：指阳气旺盛的季节。这里指炎热的夏天。

㊼ 太阴：阴气浓重的时节。此处指阴寒的冬天。

㊽ 皎皎：洁白的样子。《诗·小雅·白驹》：“皎皎白驹，在彼空谷。”陆德明释文：“皎皎，白也。”贞素：清白正直的品格。

㊾ 侔（móu 谋）：相当，同等。夷惠：伯夷和柳下惠的合称。汉·扬雄《法言·渊骞》："'其为人也奈何？'曰：'不屈其意，不累其身。'曰：'是夷惠之徒与？'曰：'不夷不惠，可否之间也。'"伯夷，商末孤竹君长子，周灭商后，义不食周粟，隐于首阳山，采薇而食之，为后世隐士之祖。柳下惠，为春秋鲁大夫展获，字季，又字禽，传说有坐怀不乱的美德。

㊿ 帝臣是戴：古人以蝉文来装饰帽子。《后汉书·舆服志下》："侍中中常侍加黄金珰，附蝉为文，貂尾为饰，谓之'赵惠文冠'。"

51 尚：尊崇，仰慕。洁：蝉食露，故古人以为洁净。

蝙蝠赋

吁何奸气[①]，生兹蝙蝠。形殊性诡[②]，每变常式。行不由足，飞不假翼[③]。明伏暗动[④]。昼似鼠形，谓鸟不似。二足为毛[⑤]，飞而含齿。巢不哺鷇[⑥]，空不乳子[⑦]。不容毛群，斥逐羽族[⑧]。下不蹈陆，上不冯木[⑨]。

【说明】

此赋见《艺文类聚》卷九十七，系残篇。描绘蝙蝠，乃属咏物赋。赋说明了蝙蝠昼伏夜出，不像鸟类，也不像兽类。作者认为蝙蝠为邪气所聚而生，寓有贬抑之意。表现了中国古人对蝙蝠的看法，具有一定的文化文献的价值。清·丁晏《曹集诠评》评此赋曰："嫉邪愤俗之词，末四句痛斥尤甚。"本赋疑有所指。

【注释】

① 吁：形声词，表示惊讶，感慨。奸气：指邪气，不正之气。《文选》张衡《西京赋》薛综注："奸，邪也。"

② 形殊：这里指蝙蝠的形状特别、奇异，不同于一般的飞鸟。性诡：天性诡异奇特。

③ 假：凭借，依靠。指蝙蝠飞行不是靠翅膀（蝙蝠没有翅膀），而是靠身旁相连的薄膜。

④ 此句是说蝙蝠白天潜伏，黑夜活动。

⑤ 为：一说为"而"，据《尔雅·释鸟》："二足而羽谓鸟，四足而毛谓兽。"此句指蝙蝠既不是鸟类也不是兽类。

⑥ 哺：给幼儿喂食。《汉书·贾谊传》："抱哺其子。"颜师古注："哺，饮也。"此

处指给其幼鸟喂食。縠(kòu 扣):由母哺食的幼鸟。这句是说蝙蝠不像其他的鸟类,尽管巢居,却不哺喂自己的幼雏,不属于鸟类。

⑦ 空(kǒng 孔):穴,洞。乳:作动词,喂奶,哺育。《史记·大宛列传》:"昆莫生弃于野,乌嗛肉蜚其上,狼往乳之。"全句意为住在洞穴中也不哺育幼子。

⑧ 毛群:兽类动物,因其有毛,故代指。羽族:鸟类动物,因其有羽翼,故代指。此句说明蝙蝠不见容于兽类,也和鸟类不合。

⑨ 冯:通"凭",依靠,凭靠。此句说蝙蝠不到陆地上来,但也不依靠树木。

九华扇赋并序

昔吾先君常侍,得幸汉桓帝①,帝赐尚方竹扇②。其扇不方不圆,其中结成文,名曰九华,故为赋。

有神区之名竹,生不周之高岑③。对渌水之素波,背玄涧之重深④。体虚畅以立干,播翠叶以成林⑤。形五离而九折⑥,篾氂解而缕分⑦。效虬龙之蜿蜒⑧,法虹蜺之烟煴⑨。

摅微妙以历时,结九层之华文⑩。

尔乃浸以芷若⑪,拂以江蓠⑫。摇以五香,濯以兰池⑬。

因形致好,不常厥仪⑭。方不应矩,圆不中规⑮。随皓腕以徐转⑯,发惠风之微寒⑰。时气清以芳厉⑱,纷飘动乎绮纨⑲。(《艺文类聚》卷六十九、《北堂书钞》卷一三四、《太平御览》卷七〇二)

【说明】

这是一篇标准的咏物赋。曹植写的是汉桓帝所赐给其曾祖父中常侍曹腾的九华扇。赋首先描写制作九华扇的材料乃是来自不周山的一种神竹,其次写其优雅高贵的生长环境,然后描写如何用竹片制成扇子:将竹子细细地剖开,然后用各种香草浸泡烟熏,再将竹片制成漂亮的扇子,送到美人白嫩的手中。赋中应该还有更多的内容,可惜多已散佚。

这样的写法应该是取法类似汉代枚乘在《七发》中描写琴乐的段落。其中写到制琴的材料桐木生长在悬崖之上,日夜受到雷声的惊吓和风雨的吹袭,使其原本就充满了感情。用这样的材料制成的琴,才能奏出天下至悲的音乐。同样用神竹制成的九华扇，在美人手中就能扇出阵阵香气。赋中，曹植驰骋巧思妙想，不愧被誉为才高八斗的才子。

【注释】

① 先君常侍：指曹植曾祖父中常侍曹腾。得幸：得到皇帝的宠爱。《史记·蒙恬列传》："高雅得幸于胡亥，欲立之。"

② 尚方：古代为帝王制造其所御用器物的官署。

③ 神区：神明之地，神人之区，即仙境。不周：神山名，据说在昆仑山西北。《楚辞·离骚》："路不周以左转兮，指西海以为期。"《淮南子·天文训》："昔者共工与颛顼争为帝，怒而触不周之山。"岑：高而小的山头。

④ 对：面对。背：背对着。玄：北方，北向的；或指幽深。涧：两山间的水沟。重深：幽深，深邃。《文选》王延寿《鲁灵光殿赋》："西厢踟蹰以闲宴，东序重深而奥秘。"

⑤ 虚畅：空虚通畅，指竹干中空而通。立：竖起。播翠叶以成林：形容竹叶茂密，阴森如林。播，散布。

⑥ 离：分开。"五离九折"当为形容竹子被分成若干段。南朝·梁·简文帝《答南平嗣王饷舞簟书》曰："濯龙之木，文罽饰坛，淮南之台，紫罗为荐，未若五离九折，出桃枝之翠笋，绮烂霞舒，制云母之修竹，南湘点泪，喻也未奇，东宫赤花，拟之非妙。"（《艺文类聚》卷六十九引）"九折"，或以为指一支竹子有九节。按，此句《曹子建集》作"形五离而九华"。

⑦ 篾（miè 灭）：薄竹片，或劈成条状的竹皮。氂（máo 毛）：牦牛尾，或指长毛。《说文·犛部》："氂，犛牛尾也。"氂解、缕分：指将竹篾剖分为极细的竹片。

⑧ 效：取法。虬龙：一种无角之龙。《楚辞·天问》："焉有虬龙，负熊以游？"王逸注："有角曰龙，无角曰虬。"这句是形容竹片的弯曲之状。

⑨ 法：仿效取法。虹蜺：亦作"虹霓"，即蝃蝀（dì dōng 地东），彩虹。烟氲（yīn yūn 因晕）：即"氤氲"，亦作"烟煴"。本指天地未分时混沌之气，后泛指云烟弥漫貌。《文选》班固《东都赋》："降烟煴，调元气。"张铣注："烟煴，即元气也。"

⑩ 摅：舒展。微妙：精微深奥。《老子》第十五章："古之善为士者，微妙玄通，深不可识。"结九层之华文：具有九个层次的花纹，指九华扇。结：系，扎缚。按，此二句据严可均《全三国文》补。

⑪ 芷若：即白芷和杜若，皆香草名。《文选》司马相如《子虚赋》："其东则有蕙圃衡兰，芷若射干。"

⑫ 拂：拭，解除。江离（lí 离）：香草名，又名"蘼芜"。《楚辞·离骚》："扈江离

与辟芷兮，纫秋兰以为佩。”王逸注：“江离、芷，皆香草名。”洪兴祖补注：“《文选》‘离’作‘蓠’。”

⑬ 五香：木名。即青木香。明·李时珍《本草纲目·草三·木香》引唐·王悬河《三洞珠囊》：“五香者，即青木香也。一株五根，一茎五枝，一枝五叶，叶间五节，故名五香，烧之能上彻九天也。”濯（zhuó 浊）：洗涤。兰池：浸泡兰草的池子，喻其香。

⑭ 因形致好：此扇因其形而展现美好。不常厥仪：此扇的形式并非寻常样式。

⑮ 以上两句即前文所说扇子“不方不圆”。

⑯ 皓腕：洁白的手腕。指女子手腕。徐转：缓缓摇动。

⑰ 惠风之微寒：即微寒之和风。

⑱ 气清：空气清新。芳厉：指香气浓烈。厉，猛烈。

⑲ 绮纨：华丽的丝织品。《后汉书·王符传》：“且其徒御仆妾，皆服文组彩牒，锦绣绮纨，葛子升越，筩中女布。”绮（qǐ 起），有花纹的丝织品。纨（wán 丸），白色的细绢。

扇　赋

情骀荡而外得，心悦豫而内安[①]。增吴氏之姣好，发西子之玉颜[②]。

【说明】

此赋见《初学记》卷十九、《太平御览》卷三八一。赋文仅存四句，描写扇子可以使人心旷神怡，并增加美人的娇媚。

【注释】

① 骀（dài 代）荡：放纵，无所拘束。《庄子·天下》：“惜乎惠施之才，骀荡而不得，逐万物而不反。”悦豫：愉快。《文选》班固《两都赋序》：“是以众庶悦豫，福应尤盛。”

② 增：增加。吴氏：亦称吴娃，泛指吴地的美女。三国·魏·应玚《神女赋》：“夏姬曾不足以供妾御，况秦娥与吴娃。”发：发扬。西子：西施。春秋时越国的美女。或称先施，别名夷光，亦称西子。姣好、玉颜：指美人的容貌。

髑髅说

曹子游乎陂塘之滨[①]，步乎蓁秽之薮[②]。萧条潜虚[③]，经幽践阻[④]。顾见髑髅[⑤]，块然独居[⑥]。于是伏轼而问之曰[⑦]："子将结缨首剑[⑧]，殉国君乎？将被坚执锐[⑨]，毙三军乎[⑩]？将婴兹固疾[⑪]，命殒倾乎[⑫]？将寿终数极[⑬]，归幽冥乎[⑭]？"叩遗骸而叹息[⑮]，哀白骨之无灵[⑯]。慕严周之适楚，倘托梦以通情[⑰]。于是伻若有来[⑱]，恍若有存[⑲]。景见容隐[⑳]，厉声而言曰："子何国之君子乎？既枉舆驾[㉑]，愍其枯朽[㉒]。不惜咳唾之音[㉓]，而慰以苦言[㉔]。子则辩于辞矣，然未达幽冥之情[㉕]，识死生之说也。夫死之为言归也。归也者，归于道也[㉖]。道也者，身以无形为主[㉗]，故能与化推移[㉘]。阴阳不能更[㉙]，四节不能亏[㉚]，是故洞于纤微之域[㉛]，通于恍惚之庭[㉜]。望之不见其象[㉝]，听之不闻其声。挹之不冲[㉞]，满之不盈[㉟]。吹之不凋[㊱]，嘘之不荣[㊲]。激之不流，凝之不停[㊳]。寥落冥漠[㊴]，与道相拘[㊵]。偃然长寝，乐莫是逾[㊶]。"曹子曰："予将请之上帝，求诸神灵。使司命辍籍[㊷]，反子骸形。"于是髑髅长呻，廓眦叹曰[㊸]："甚矣，何子之难语也！昔太素氏不仁[㊹]，无故劳我以形，苦我以生，今也幸变而之死，是反吾真也[㊺]。何子之好劳，而我之好逸乎。子则行矣，予将归于太虚[㊻]。"于是言卒响绝，神光雾除[㊼]。顾将旋轸[㊽]，乃命仆夫：拂以玄麈[㊾]，覆以缟巾[㊿]。爰将藏彼路滨[51]，壅以丹土[52]，翳以绿榛[53]。夫存亡之异势[54]，乃宣尼之所陈[55]。何神凭之虚对，云死生之必均[56]。

【说明】

此赋见《艺文类聚》卷十七。这是一篇赋体文，直接模仿张衡《髑髅赋》。不但篇章结构相同，有时遣词造句也如出一辙。如张赋说："张平子将游目于九野……顾见髑髅……"曹赋说："曹子游乎陂塘之滨……顾见髑髅……"张赋说："言卒响绝，神光除灭"，曹赋说："言卒响绝，神光雾除。"

但两篇赋的源头都是《庄子·至乐》。曹植在赋中自称"曹子"，他在路边看到一个髑髅，他问髑髅生前做了何事，如何死去。髑髅则以托梦的方式来和曹植对话。赋的中心是曹植要请司命重新赋予髑髅生命，而遭到髑髅的拒绝。因为髑髅认为生寄死归，对他来说活着是一种辛劳，而死去正好是休息，这是天道运行之理。

【注释】

① 曹子：作者自称。陂(bēi 悲)塘：池塘。《国语·周语下》："陂塘污庳，以钟其美。"韦昭注："畜水曰陂，塘也。"

② 蓁(zhēn 真)秽：杂乱丛生的草木。薮：水少而草木丰茂的沼泽。《周礼·夏官·职方氏》："其泽薮曰具区。"郑玄注："大泽曰薮。"

③ 萧条：冷落凋零。《楚辞·远游》："山萧条而无兽兮，野寂漠其无人。"潜虚：潜藏虚静。三国·魏·王粲《七释》："潜虚丈人，违世遁俗。恬淡清玄，浑沌淳朴。薄礼愚学，无为无欲。均同死生，混齐荣辱。"

④ 经幽：经过深藏的地带。践阻：走上险阻的道路。

⑤ 髑髅：死人的头骨。《庄子·至乐》："庄子之楚，见空髑髅。"

⑥ 块然：孤独自处貌。

⑦ 伏轼：俯身靠在车前横木上，以示尊敬。轼，车前横木。

⑧ 将：抑、或。结缨：系上帽带。《左传·哀公十五年》："子路曰：'君子死，冠不免。'结缨而死。"后世以结缨表示从容赴义。首剑：比喻以自己的头颅和剑报效国家。

⑨ 披坚：披着铠甲。执锐：手拿兵器。

⑩ 三军：周制：天子六军，大国三军，次国二军，小国一军，军一万二千五百人。后来"三军"就成为军队的通称。

⑪ 婴：遭受。固疾：久病。

⑫ 命陨倾：指死亡。

⑬ 数极：指命数已尽。

⑭ 幽冥：阴间。即人死后的地下世界。

⑮ 扣：敲击。遗骸：死人的骸骨。

⑯ 无灵：没有灵性，也即无知无觉。灵，神。

⑰ 严周：即庄周。因避汉明帝刘庄讳改"庄"为"严"。《庄子·至乐》记载"庄子之楚，见空髑髅，髐然有形，撽以马捶"，庄子问其数语，然后"援髑髅，枕而卧"，髑髅进入梦中与庄子交谈。

⑱ 伻(bēng 崩)：使。在此句中不可解。或疑作"怦"，心跳貌。

⑲ 怳（huǎng 恍）若：心神不定貌。怳，“恍”的异体字。

⑳ 景见：即身影出现。景，通“影”。见，通“现”。容隐：容貌隐蔽。

㉑ 枉：屈。舆驾：指车马。全句意为屈驾前来。

㉒ 慜：忧伤。枯朽：喻髑髅。

㉓ 咳唾：本指咳嗽吐唾液。《庄子·渔父》：“孔子曰：‘……窃待于下风，幸闻咳唾之音以卒相丘也。’”后以“咳唾”尊称他人的谈吐、诗文。

㉔ 苦：劳苦。

㉕ 幽冥：玄远，微妙。《淮南子·说山训》：“视之无形，听之无声，谓之幽冥。幽冥者，所以喻道而非道也。”

㉖ 死之为言归也：《淮南子·精神训》：“禹南省方，济于江，黄龙负舟，舟中之人五色无主，禹乃熙笑而称曰：‘我受命于天，竭力而劳万民。生，寄也；死，归也；何足以滑（gǔ 古）和（混乱其德之和）？’视龙犹蝘蜓，颜色不变，龙乃弭耳掉尾而逃。”

㉗ 身：生命，本身。道的本体是无形的。

㉘ 化：变化。指自然规律。推移：移动变迁。指适应自然变化。

㉙ 阴阳：指寒暑。更：改变。

㉚ 四节：即春夏秋冬四季。亏：毁损。

㉛ 洞：洞察、通晓。纤微之域：细小之境地。

㉜ 怳惚：若有若无、朦胧模糊的样子。《老子》第二十一章：“道之为物，惟怳惟忽。”《淮南子·原道训》：“游微雾，骛怳忽。”高诱注：“怳忽，无之象也。”

㉝ 象：形体。

㉞ 挹：把液体盛出来。冲：通“盅”，空虚。《老子》第四章：“道冲，而用之久不盈。”朱谦之《老子道德经校释》引俞樾曰：“‘道盅而用之’，‘盅’训虚，与‘盈’正相对，作‘冲’者，假字也。”

㉟ 满：或作“注”，把液体灌入。盈：溢出。

㊱ 凋：凋萎。

㊲ 嘘：慢慢地吐气。《庄子·齐物论》：“南郭子綦隐机而坐，仰天而嘘，荅焉似丧其耦。”陆德明释文：“吐气为嘘。”荣：繁盛，丰富。《荀子·大略》：“宫室荣与？妇谒盛与？”杨倞注：“荣，盛也。”

㊳ 凝：凝结，固定。

㊴ 寥落：寂静，荒凉。用来形容道德的一种境界。冥漠：虚无，同“寂寞”。

㊵ 拘：限。

㊶ 偃然：安息貌。《庄子·至乐》：“人且偃然寝于巨室，而我噭噭然随而哭之，自以为不通乎命，故止也。”长寝：长眠。乐莫是逾：没有其他快乐能够超越。

㊷ 司命：主宰人寿命之神。《楚辞·九歌》有《大司命》、《少司命》等篇。《庄

子·至乐》:"吾使司命复生子形,为子骨肉肌肤。"辍:停止。籍:簿籍,这里指鬼箓。

㊸ 廓眦:睁大眼眶。

㊹ 太素氏:本指宇宙形成最初的三个阶段之一,常见于汉代纬书。《列子·天瑞》:"太素者,质之始也。"汉·班固《白虎通·天地》:"始起先有太初,后有太始,形兆既成,名曰太素。"此处将太素拟人化。

㊺ 返吾真:回到生命的本源上去。

㊻ 太虚:太空。形容一种空寂玄奥的境界。《庄子·知北游》:"是以不过乎昆仑,不游乎太虚。"

㊼ 言卒响绝:言语说完,声响也随之消失。神光:精神,神采。或指神异的光辉。雾除:如同雾般散去。

㊽ 旋轸(zhěn 诊):犹言回车。轸,车后横木,借指车。

㊾ 玄麈(zhǔ 主):黑色的拂尘。

㊿ 缟(gǎo 搞)巾:细白的生绢巾。

(51) 藏:与"葬"同义。路滨:道旁。

(52) 壅:覆盖。丹土:红土。

(53) 翳:遮蔽。榛:榛薄,草丛。

(54) 存亡之异势:生死情况不一样。

(55) 宣尼:指孔子。汉平帝封孔子为"褒成宣尼公"。陈:陈述,述说。《说苑·辨物》:"子贡问孔子:'死人有知无知也?'孔子曰:'吾欲言死者有知也,恐孝子顺孙妨生以送死者;欲言无知,恐不孝子孙弃不葬也。赐(子贡名),欲知死人有知将无知也。死,徐自知之。犹未晚也。'"

(56) 均:同。

释愁文

予以愁惨,行吟路边[①]。形容枯悴,忧心如焚[②]。有玄虚先生见而问之[③],曰:"子将何疾[④],以至于斯?"答曰:"吾所病者,愁也。"先生曰:"愁是何物,而能病子乎?"答曰:"愁之为物,惟惚惟恍[⑤]。不召自来,推之弗往。寻之不知其际[⑥],握之不盈一掌。寂寂长夜,或群或党[⑦]。去来无方[⑧],乱我精爽[⑨]。其来也难进,其去也易追。临餐困于哽咽[⑩],烦冤毒于酸嘶[⑪]。加之以粉饰不泽[⑫],饮之以兼肴不肥[⑬]。温之以火石不消[⑭],摩之以神膏不稀[⑮]。

受之以巧笑不悦[16],乐之以丝竹增悲[17]。医和绝思而无措[18],先生岂能为我蓍龟乎[19]?"先生作色而言曰[20]:"予徒辩子之愁形[21],未知子愁所由生[22],吾独为子言其发矣[23]。今大道既隐[24],子生末季[25]。沉溺流俗[26],眩惑名位[27]。濯缨弹冠[28],谘诹荣贵[29]。坐不安席,食不终味[30]。遑遑汲汲[31],或惨或悴[32]。所鬻者名[33],所拘者利[34]。良由华薄,凋损正气[35]。吾将赠子以无为之药,给子以澹泊之汤[36],刺子以玄虚之针[37],灸子以淳朴之方[38]。安子以恢廓之宇[39],坐子以寂寞之床[40]。使王乔与子携手而游,黄公与子咏歌而行[41],庄生为子具养神之馔[42],老聃为子致爱性之方[43]。趣遐路以栖迹[44],乘轻云以高翔[45]。"于是精骇意散[46],改心回趣[47]。愿纳至言[48],仰崇玄度[49]。众愁忽然,不辞而去。

【说明】

此文见《艺文类聚》卷三十五。这是一篇不以赋名篇的赋体文。表面上看来,作者是为了"释愁"——即消解、消释、消溶忧愁。但这是自我解嘲,实际上愁是消释不了的。东方朔的《答客难》,扬雄的《解嘲》,班固的《答宾戏》,崔骃的《达旨》,蔡邕的《释诲》等等,都是这一类赋作,是文人们不得意而发的一种牢骚。《文选》为这类文章设了专目,称"设论"。曹植巧用了这个"释"字,但他的文章重点不是回答玄虚先生的责难,而是销释自己心中的忧愁。

赋文主要是建构在曹植和玄虚先生的对话之上。前者说明忧愁无方而常至,无论用何种方法,均无法消除这些愁绪。后者则指导他如何应对人生的困境,经由道家的哲学和法门,可以达到人生的至乐。玄虚先生要他放弃名利的追求,并赠给他"以无为之药,给子以澹泊之汤,刺子以玄虚之针,灸子以淳朴之方。安子以恢廓之宇,坐子以寂寞之床"。这都是道家哲学的精华,只有提升自己的精神境界,进入道的境界,才能真正销忧。最后以与高人、神仙同游的游仙活动结束了赋篇。曹操为了控制在当时地方上影响巨大的方士,将著名的方士都聚集在许昌,他本身也相信方术。这些方士对曹植不无影响,他的许多游仙诗就是证据。

【注释】

① 愁惨:忧愁惨淡。行吟:边走边吟诗。《楚辞·渔父》:"屈原既放,游于江

潭,行吟泽畔。”

② 枯悴:枯槁,癯瘦。

③ 玄虚先生:假托之人,显然是道家隐士。玄,奥妙。虚,空、静。《后汉书·仲长统传》:“安神闺房,思老氏之玄虚。”

④ 将:且。

⑤ 怳:“恍”的异体字。《老子》第二十一章:“道之为物,惟恍惟忽。”恍忽,即模模糊糊,不易捉摸,难于辨认。

⑥ 寻:探求。际:边界。

⑦ 寂寂:寂静无声貌。党:众,群。

⑧ 无方:无定,无常。《礼记·檀弓上》:“事亲有隐而无犯,左右就养无方。”郑玄注:“方,犹常也。”

⑨ 精爽:精神,神明。《左传·昭公七年》:“用物精多,则魂魄强,是以有精爽至于神明。”

⑩ 哽咽:悲痛气塞。这里指不能进食。

⑪ 烦冤:烦躁愤懑之貌。毒:苦,痛。酸嘶:酸痛剧烈之貌。《周礼·天官·疾医》:“痟,酸削也。”孔颖达正义:“人患头痛,则有酸嘶而痛。”

⑫ 粉饰:以铅粉修饰。泽:指脸上的光泽。

⑬ 饮之:即饮食。兼肴:增加菜肴。《楚辞·招魂》:“肴羞未通。”王逸注:“鱼肉为肴。”全句说即使增加菜肴,也无法让他感到丰盛。

⑭ 火石:指古代的灸疗和针疗,泛指药石。消:散失。

⑮ 神膏:具有神效的膏药。稀:减少。

⑯ 受:通“授”,《汉魏六朝百三名家集·陈思王集》作“授”。此句说明即使给予美好的微笑也无法使之开怀。

⑰ 增悲:更为感伤。

⑱ 医和:春秋时秦国名医。《左传·昭公元年》:“晋侯(即晋平公)求医于秦,秦伯(即秦景公)使医和视之。曰:‘疾不可为也。’”绝思:用尽心思。无措:无从下手。

⑲ 蓍龟:蓍草和龟甲,古代占卜的用具。此处借指占卜。

⑳ 作色:改变容色,变脸。

㉑ 辩:通“辨”,辨明。《易·履》:“上天下泽,履,君子以辩上下,定民志。”愁形:指忧愁的外表。

㉒ 所由:什么原因。

㉓ 发:发生,产生。

㉔ 大道:天道,宇宙之间的道。隐:消失。

㉕ 末季：衰败的世代。

㉖ 沉溺：陷入困境。流俗：社会不良风尚。

㉗ 眩惑：迷乱。

㉘ 濯缨：洗濯冠缨。语本《孟子·离娄上》："沧浪之水清兮，可以濯我缨。"后遂用"濯缨"比喻放弃追求世俗名利的隐士。弹冠：弹去冠上的灰尘，整冠。《楚辞·渔父》："吾闻之，新沐者必弹冠，新浴者必振衣。"王逸注："拂土芥也。"

㉙ 咨诹：征询，访问。《诗·小雅·皇皇者华》："周爰咨诹。"荣贵：荣华富贵。

㉚ 终味：吃完一餐。终，完毕。

㉛ 遑遑、汲汲：匆忙急迫，心神不定貌。

㉜ 惨：忧愁。悴：面容憔悴。

㉝ 鬻（yù 玉）：卖。《孟子·万章上》："百里奚自鬻于秦养牲者。"引申为追求之意。

㉞ 拘：束缚，受限。

㉟ 良：很，甚。华薄：本指花草丛生之处，此处借指浮华的风气。凋损正气：损伤正气。道家修炼，重视炼气，若人专营名利，则有伤气。

㊱ 澹泊：即淡泊，无欲清静。全句意为以无为作药，以淡泊为汤。

㊲ 全句意为以玄妙虚静为针来医治。

㊳ 灸：用艾草烧灼穴道，常针灸并用。

㊴ 恢廓：宽广貌。宇：屋室。全句意为以恢弘的气度作为房屋。

㊵ 寂寞之床：以道家空虚沉寂的境界作为床。

㊶ 王乔：即王子乔。《列仙传》："王子乔者，周灵王太子晋也。好吹笙，作凤凰鸣，游伊洛之间。道士浮丘公接以上嵩高山。"黄公：疑指黄石公，又称圯上老人，曾以《太公兵法》授张良。见《史记·留侯世家》。

㊷ 庄生：即庄子。馔：饮食，食物。

㊸ 爱性：珍惜自己的本性。或说珍惜生命，亦通。

㊹ 趣：赴，奔往。遐路：远路。栖迹：栖止。

㊺ 高翔：高飞。

㊻ 精骇意散：精神震惊，心神涣散。曹植《洛神赋》："精移神骇，忽焉思散。"

㊼ 改心回趣：即回心转意。

㊽ 纳：接受。至言：至善之言，深切中肯之言。《后汉书·蔡邕列传》："臣闻国之将兴，至言数闻。"

㊾ 仰崇：尊崇。玄度：奥妙之法。

【辨析】

曹植是一位绝顶聪明而又有政治抱负的公子。但他"任性而行，不自雕励，饮酒不节”(《三国志·魏书·陈思王植传》),因而得不到其父曹操的欢心,争夺太子位也以失败告终。曹操死后,其兄曹丕、侄曹叡相继荣登大位,他一再受到排斥。故“愁”是无时无刻不紧随他的。在现实生活中,这个“愁”是无法消释的。故作者只能借道家的清静无为思想或神仙的极乐世界幻境来解决。这也就是曹植所能采取的没有办法的办法。

射雉赋

暮春之月①,宿麦盈野②,野雉群雊③。

【说明】

此赋见《初学记》卷三,今仅存三句。似为描写春天到麦地射雉的情景。

【注释】

① 暮春:春季的最后一个月,即农历三月。

② 宿麦:指前一年冬种的小麦,暮春繁茂,夏季成熟。华北小麦都是如此。《汉书·武帝纪》:“(元狩三年)遣谒者劝有水灾郡种宿麦。”颜师古注:“秋冬种之,经岁乃熟,故云宿麦。”

③ 雊(gòu 够):一种野鸡鸣叫的声音,代指野鸡。《诗·小雅·小弁》:“雉之朝雊,尚求其雌。”郑玄注:“雊,雉鸣也。”

宴乐赋

神龟歌舞①。

戏索上寻②。

【说明】

此赋见《北堂书钞》卷一一二,今仅存二句。孔广陶注作:“神龟歌舞异俗,援(猨)戏索上寻僮。”

【注释】

① 神龟:指以人扮神龟歌舞。

② 戏索上寻:指伎人爬上绳索戏耍,类似现代的走钢丝特技。《文选》张衡《西京赋》:“侲僮程材,上下翩翻,突倒投而跟絓,譬陨绝而复联。”

思人赋

搦秦筝之慷慨,扬大雅之哀吟。

【说明】

此赋见《北堂书钞》卷一一〇。这两句佚文也见于曹植的《幽思赋》,存于《艺文类聚》卷二十六。

孔雀赋

【说明】

存目。

杨修《孔雀赋·序》:“临淄王感世人之待士咸如此,故兴志而作赋。并见命及,遂作赋曰……”

卞 兰

卞兰，生卒年不详。瑯邪开阳（今山东临沂北）人。曹操卞皇后弟卞秉子，嗣父爵开阳侯。少有才学。为奉车都尉，游击将军，加散骑常侍。武帝时，常献赋赞述太子曹丕之美德，由是遂见亲敬。明帝时，兰见帝留意于宫室，常因侍从，数切谏。明帝虽不能从，犹嘉其诚。后苦酒消渴，明帝赐以女巫所咒水，兰不肯饮，言治病当以方药，终以渴甚而卒。兰尝作《座右铭》言"审慎汝口，戒无失人。从容顺时，和光同尘"。而行不符言，好直言，至时人谓以此不悦于明帝而自杀。原有集，《隋书·经籍志四》载目两卷，已佚。《全上古三代秦汉三国六朝文》存其文四篇。其中，《赞述太子赋》、《许昌宫殿赋》、《座右铭》等文，见载于《艺文类聚》。传附《三国志·魏书·武宣卞皇后传》。

赞述太子赋并表

伏惟太子研精典籍，留意篇章[1]。览照幽微，才不世出[2]，禀聪睿之绝性，体明达之殊风[3]，慈孝发于自然，仁恕洽于无外[4]。是以武夫怀恩，文士归德[5]。窃见所作《典论》及诸赋颂，逸句烂然[6]，沉思泉涌，华藻云浮[7]，听之忘味，奉读无倦[8]。正使圣人复存，犹称善不暇，所不能间也[9]。昔舜以蒸蒸显其德，周旦不骄成其名，岂因南面之尊以发称，假鼎足之盛以取誉哉[10]？夫至尊至贵，能令人畏，不能令人誉[11]。故桀不能变龙逢之心，纣不能易三仁之意[12]。怀近服远，非德无施[13]。

今太子博纳多容，海渟岳峙[14]。学无常师，惟德所在[15]；恩无所私，唯德所亲[16]；观士察人，秋毫无失[17]。望色则知其情，览始则达其终。遏伪辨于未言，绝谗巧于未形[18]。其所以包罗殊类，鉴观成败[19]，德生于性，明出自然[20]。太子所行，晏然休著，皆群下所常吟咏[21]，诚不复须臣赞扬懿美，褒称盛行[22]，然后令夜光之璧，显于金匮，隋侯之珠，彰于韫椟者也[23]。今相钟繇、大理王朗[24]，海内英儒，国家柱臣[25]，博物多识，通洽君子[26]，年耆德茂，所更多矣[27]，若游海者难与论水，睹前世者不可为言[28]，然咸归太子巍巍之美[29]。叙述清风，言之有味[30]，听者欣欣，忘日之夕[31]。流景耀于无穷，布芳阴于四远[32]。譬若麟龙发足，群兽追踪[33]；鸾凤举翼，众鸟随风[34]。小臣区区，嘉乐无已[35]。窃怡绵绵之属，忘愚戆之言[36]，谨触冒上赋一篇，以摅狂狷之思[37]。

超古人之遐迹，崇先圣之弘基[38]。耽八素之秘奥，遵二仪于大猷[39]。正往昔之常弊，定当世之旧仪[40]。禀休和之上性，应五百之运期[41]。著典宪之高论，作叙欢之丽诗[42]。越文章之常检，扬不学之妙辞[43]。蹈布衣之所难，阐善道而广之[44]。道无深而不测，术无细而不敷[45]。论古贤以叹息，睹懿德以欢娱[46]。历精思于训籍，忽日移而忘劬[47]。虽明略而无上，犹博纳以自扶[48]。宾故老以劝俗，讽六经以崇儒[49]。嘉通人之达节，笑俗士之守株[50]。匿天威之严厉，扬恺悌之和舒[51]。惟凡百之咏德，感恩惠之有馀[52]。信清风之休著，非臣下之敢虚[53]。乃作颂曰：

明明太子，既睿且聪[54]。博闻强记，圣思无双[55]。猗猗左右，如虎如龙[56]。八俊在侧，旁无谀凶[57]。富不忘施，尊而益恭[58]。研精书籍，留思异同[59]。建计立议，廓然发蒙[60]。天下延颈，歌颂德音[61]。闻之于古，见之于今。深不可测，高不可寻。创法万载，垂此休风[62]。

【说明】

此赋、表全文见于《艺文类聚》卷十六，赋前表文《艺文类聚》作《赞述太子表》。严可均《全三国文》将此表文置于赋首，今从之。"窃见所作《典论》及诸赋颂，逸句烂然。沉思泉涌，华藻云浮。听之忘味，奉读无倦"数句及"明明太子"以下颂文又载于《初学记》卷十。从标题可知，此赋当作于汉献帝建安末年曹丕为魏太子时。《三国志·魏书·武宣卞皇后传》裴松之注引《魏略》曰："兰献赋赞述太子德美，太子报曰：'赋者，言事类之所附也；颂者，美盛德之形容也。故作者不虚其辞，受者必当其实。兰此赋，岂吾实哉？昔吾丘寿王一陈宝鼎，何武等徒以歌颂，犹受金帛之赐。兰事虽不谅，义足嘉也。今赐牛一头。'由是遂见亲敬。"由此可知，卞兰的这篇奏表和赋作，进一步加深了他与曹丕的关系。

【注释】

① 伏惟：旧时下对上有所陈述时的表敬之辞。多用于奏疏或信函。《北齐书·樊逊传》："伏惟陛下受天明命，屈己济民，山鬼效灵，海神率职。"研精：犹"精研"，精心钻研。留意：留心，注意。按，"留意"，《艺文类聚》卷十六作"留思"，此据陈元龙《历代赋汇》卷四十六、严可均《全三国文》卷三十改。篇章：泛指文字著作。

② 览照：明察。《后汉书·冯勤传》："忠臣孝子，览照前世，以为镜诫。"幽微：深奥精微。多用于形容哲理。《后汉书·崔骃列传》："穷至赜于幽微，测潜隐之无源。"才不世出，谓才华横溢，世所少见。不世出，世所罕见。《新唐书·太宗本纪》："甚矣，至治之君不世出也！禹有天下，传十有六王，而少康有中兴之业。汤有天下，传二十八王，而其甚盛者，号称三宗。武王有天下，传三十六王，而成、康之治与

宣之功,其馀无所称焉。”

③ 禀:承受。聪睿:聪明睿智。《后汉书·桓荣传》:“今皇太子以聪睿之姿,通明经义,观览古今,储君副主,莫能专精博学若此者也。”绝性:独特的天赋。体:表现,体现。《易传·系辞下》:“阴阳合德,而刚柔有体,以体天地之撰。”明达:明通,通达于理。《鹖冠子·道端》:“圣人之功,定制于冥冥,求至欲得,言听行从,近亲远附,明达四通。”殊风:出众的风度、作风。

④ 仁恕:仁爱宽容。《明史·海瑞传》:“然文帝能充其仁恕之性,节用爱人,使天下贯朽粟陈,几致刑措。”洽:融洽,谐和。《诗·大雅·江汉》:“明明天子,令闻不已。矢其文德,洽此四国。”无外:指极大的范围,犹言天下。《公羊传·僖公二十四年》:“天王出居于郑,其德无外。”后因以“无外”谓帝王以天下为一家,恩施万民。

⑤ 是以:因此,所以。怀恩:感念恩德。按,“怀恩”,《艺文类聚》卷十六原作“怀息”,于义不合,今据严可均《全三国文》改。归德:归附于德政。《逸周书·大聚》:“譬之若冬日之阳,夏日之阴,不召而民自来,此谓归德。”

⑥ 窃:自谦之辞。多用作陈述个人意见。《典论》:著作名,共五卷,曹丕著。原书已散失,清人孙冯翼、黄奭辑录为一卷。其中《论文》一篇,为中国文学史上现存最早的文学批评作品。逸句:风格超逸的文句。唐·韦应物《李博士弟以余罢官居同德精舍共有伊陆名山……聊以为答》:“冥搜企前哲,逸句陈往迹。”烂然:同“灿然”,形容文辞华丽可观。

⑦ 沉思泉涌:犹言文思泉涌,极言文思敏捷,灵感汩汩不绝。沉思,深思。华藻:华丽的辞藻。云浮:像游云那样飘来飘去,往来不绝。比喻盛多。南朝·宋·王僧达《释奠诗》:“异人鳞萃,淑美云浮。”

⑧ 忘味:忘记美味。形容沉浸于某一艺术境界中的精神状态。语本《论语·述而》:“子在齐闻《韶》,三月不知肉味。”后因以“忘味”形容人们沉浸于某一艺术境界中的精神状态。宋·辛弃疾《念奴娇》(洞庭春晚):“绕梁声在,为伊忘味三月。”奉读:拜读。奉,捧。按,“奉读无倦”四字见于《初学记》卷十,《艺文类聚》卷十六不录。

⑨ 正使:纵使,即使。称善不暇:犹“不暇称善”,没有时间称赞。不暇:没有时间,来不及。称善:称许,称赞。《吕氏春秋·去私》:“平公曰:‘善。’遂用之,国人称善焉。”间(jiàn 见):非议。汉·扬雄《方言》卷三:“间,非也。”三国·魏·李康《运命论》:“西河之人肃然归德,比之于夫子而莫敢间其言。”

⑩ 舜以蒸蒸显其德:据《尚书·尧典》载:虞舜“父顽,(后)母嚚,(弟)象傲”,然而舜始终恪守孝悌之道,相处“克谐,以孝烝烝,乂不格奸”。蒸蒸,同“烝烝”,指孝德厚美。王引之《经义述闻·尚书上》曰:“谓之烝烝者,言孝德之厚美也。”《论

衡·恢国》:“唐之晏晏,舜之烝烝,岂能逾此。”周旦不骄成其名:史载周武王姬发去世后,成王年幼,由周公姬旦摄政。周公不骄不矜,谦恭下士,兢兢业业,勤于政事,制礼作乐,建立典章制度,为周王朝的长期繁荣奠定了基础。清·王永彬《围炉夜话》:“观周公之不骄不吝,有才何可自矜?……古之克孝者多矣,独称虞舜为大孝,盖能为其难也。古之有才者众矣,独称周公为美才,盖能本于德也。”南面之尊:帝王之尊。此谓虞舜。南面,古代以面向南为尊位,帝王之位南向,故称居帝位为南面。《庄子·盗跖》:“凡人有此一德者,足以南面称孤矣。”发称(chèn 趁):夸耀美名。发,夸耀。《逸周书·官人》:“防其所不足,发其所能。”称,美。《尔雅·释言》:“称,好也。”邢昺疏:“称,谓美好。”假:凭借。鼎足之盛:此谓周公。鼎足,如鼎之三足,此指三公之位。《文选》张衡《南都赋》:“周、召之俦,据鼎足焉,以庀王职。”取誉:邀取声誉。

⑪ 至尊至贵:极其尊贵。至,极。

⑫ 龙逢:即关龙逢,夏桀时大臣。夏桀荒淫无道,他多次谏诤,被桀囚禁杀死。三仁:殷代的三位贤人,指纣王的同母兄微子启,纣王的叔父箕子、比干。纣王无道,微子数谏而不听,因愤而出走。箕子因谏而不听,便被发佯狂,后被降为奴隶。比干力谏纣王,纣王怒,被剖心而死。《论语·微子》:“微子去之,箕子为之奴,比干谏而死。孔子曰:‘殷有三仁焉。’”

⑬ 怀近服远:安抚近敌,使远方顺服。怀,安抚。服,顺服。“怀近服远”又作“怀敌附远”,汉·贾谊《论积贮疏》:“怀敌附远,何招而不至。”施:施行。

⑭ 博纳多容:形容胸怀宽广,虚心领受,广容多纳。海渟(tíng 停)岳峙:像大海般深邃,如高山般耸立。形容才华卓异。隋·江总《马脑碗赋》:“副君海渟岳峙,纸落金锵,获河宗之美宝,命河朔之名觞。”海渟:如大海一样深邃。唐·韦承庆《灵台赋》:“其深也,如海之渟,如渊之邃。”渟,深。岳峙:亦作“岳跱”,像高山一样耸立。晋·夏侯湛《江上泛歌》:“洪浪兮云转,阳侯兮奔起。惊翼兮垂天,鲸鱼兮岳跱。”峙,卓异。

⑮“学无常师”二句:意谓求学没有固定的老师,只要道德高尚学问广博就向他学习。《论语·子张》:“夫子焉不学?而亦何常师之有?”

⑯“恩无所私”二句:意谓施恩公正无私,只要是有德者就亲近他。《吕氏春秋·去私》:“忍所私,以行大义。”《荀子·儒效》:“志忍私,然后能公;行忍性情,然后能修。”按,“恩无所私”,《艺文类聚》作“恩无所恩”,于义不合,兹据严可均《全三国文》改。

⑰“观士察人”二句:形容辨察力极强,秋毫无爽。秋毛:同“秋毫”,秋季鸟兽的毫毛。比喻极纤小的事物。按,“秋毛”,《艺文类聚》原作“毫毛”,与“秋毛”义同,兹据《全三国文》改。

⑱ 遏(è 恶)伪辨:遏制诡辩。《文子·上义》:“士为伪辩,久稽而不决,无益于治。”辨,通“辩”。未言:未开口之时。绝谗巧:阻止谗邪巧佞。未形:还没有形成之时。

⑲ 包罗:包容,容纳。殊类:不同的类别。鉴观:察视。《后汉书·翟酺传》:“帝王图籍,陈列左右,心存亡国所以失之,鉴观兴王所以得之,庶灾害可息,丰年可招矣。”成败:成功与失败。

⑳“德生于性,明出自然”二句:意谓太子的道德操守和英明睿智皆出于自然本性,与生俱来。

㉑ 晏然:鲜明盛大貌。《诗·郑风·羔裘》:“羔裘晏兮,三英粲兮。”毛传:“晏,鲜盛貌。”休:美好。《尔雅·释诂下》:“休,美也。”著:明显,显著。群下:泛指群臣。《庄子·渔父》:“群下荒怠,功美不有,爵禄不持。”吟咏:歌唱,颂美。

㉒ 懿(yì 义)美:美好,美善。褒称:褒扬,赞美。盛行:美盛的德行。

㉓ 夜光之璧:即夜光璧,亦称和氏璧。相传为战国时楚人卞和所献,因以为名焉。事见《韩非子·和氏》。《文选》李斯《上书秦始皇》:“必秦国之所生然后可,则是夜光之璧不饰朝廷,犀象之器不为玩好。”金匮:亦作“金柜”,铜制的柜,古时用以收藏文献或文物。《汉书·晁错传》:“陛下之德厚而得贤佐,皆有司之所览,刻于玉版,藏于金匮,历之春秋,纪之后世,为帝者祖宗,与天地相终。”隋侯之珠:即隋侯珠,传说中的宝珠。《淮南子·览冥训》:“譬如隋侯之珠,和氏之璧,得之者富,失之者贫。”高诱注:“隋侯,汉东之国,姬姓诸侯也。隋侯见大蛇伤断,以药傅(敷)之。后蛇于江中衔大珠以报之,因曰隋侯之珠。”彰:彰显。韫椟(yùn dú 运读):藏在柜子里。韫,蕴藏。椟,同“匵”,柜子。《论语·子罕》:“有美玉于斯,韫匵而藏诸?求善贾而沽诸?”按,“夜光之璧”、“隋侯之珠”皆喻指贤者。

㉔ 相:丞相。建安末,钟繇曾为侍中、尚书仆射,相当于宰相,故云。钟繇(yóu 游,151—230):字元常。颍川长社(今河南省长葛县东北)人。汉末为黄门侍郎,曹操执政后迁为侍中守司隶校尉,持节都督关中诸军事。曹魏时历仕廷尉、太傅。工于书法,尤精隶、楷,与东晋王羲之齐名,并称“钟王”。大理:大理寺,封建社会掌管刑狱的官署,当于今天的最高法院。王朗曾做过大理寺廷尉,故云。王朗(152—228):本名严,后改为朗,字景兴。魏经学家王肃之父。豫州东海郯(今山东省郯城县西北)人。以通经,拜郎中,除菑丘长。历仕安东将军、会稽太守。后曹操推荐为谏议大夫,参司空军事。魏国初建,以军祭酒领魏郡太守,迁少府、大理、御史大夫。曹魏时进位司空,官至司徒。为政务在宽恕,罪疑从轻。钟繇明察当法,王朗为政宽恕,二人俱以治狱见称。

㉕ 英儒:犹硕儒,指学识渊博的儒士。柱臣:国家所倚重的大臣。《后汉书·刘陶传》:“斯实中兴之良佐,国家之柱臣也。”

㉖ 通洽：通达博识，融会贯通。《晋书·王沈传》："博陵元公沈蹈礼居正，执心清粹，经纶坟典，才识通洽。"

㉗ 年耆（qí 奇）：年老。耆，六十岁。《礼记·曲礼上》："六十曰耆，指使。"德茂：德高，德行盛美。《文选》司马相如《难蜀父老》："汉兴七十有八载，德茂存乎六世。"所更：所经历的事。更，经历。《玉篇·支部》："更，历也。"《文选》曹丕《与吴质书》："光武有言：'年三十馀，在兵中十岁，所更非一。'"

㉘ "游海者难与论水，睹前世者不可为言"：意谓不可在高人面前逞能展技。语本《孟子·尽心上》："孔子登东山而小鲁，登泰山而小天下。故观于海者难为水，游于圣人之门者难为言。"

㉙ 咸：皆，全。巍巍：崇高貌。《论语·泰伯》："巍巍乎！舜、禹之有天下也而不与焉。"

㉚ 叙述清风：叙谈讲话穆如清风。《诗·大雅·烝民》："吉甫作诵，穆如清风。"毛传："清微之风，化养万物者也。"言之有味：言谈话语意味深长。

㉛ "听者欣欣，忘日之夕"：意谓听者欣然入迷，竟至忘记了时间的流逝。欣欣：喜悦貌。《楚辞·九歌·东皇太一》："五音纷兮繁会，君欣欣兮乐康。"忘日之夕：忘记日之西下。宋·苏颂《和胡俛学士游西池书事》："逮赋醉言归，都忘日之夕。"

㉜ 流：传布。《孟子·公孙丑上》："德之流行，速于置邮而传命。"景耀：亦作"景曜"，光芒，光彩。《文选》张衡《西京赋》："饰华榱与璧珰，流景曜之䪾晔。"李善注："景，光也。"无穷：无尽，无限。此指无边无垠极远之地。《荀子·礼论》："故天者，高之极也；地者，下之极也；无穷者，广之极也。"布：传播，流传。芳阴：美德之润泽。芳：美好，比喻美好的名声或德行。汉·蔡邕《刘镇南碑》："镌勒墓石，以纪洪勋。昭示来世，垂芳后昆。"阴：润泽，恩泽。《吕氏春秋·任地》："后稷曰：'子能以室为突乎？子能藏其恶而揖之以阴乎？'"高诱注："阴，犹润泽也。"按，"润泽"犹"恩泽"。《史记·李斯列传》："群臣莫不被润泽，蒙厚德。"四远：四方的边区，泛指四方。《论衡·超奇》："珍物产于四远，幽辽之地，未可言无奇人也。"

㉝ 麟龙：麒麟和龙，泛指珍兽。发足：奋足，扬蹄。此谓疾行。追踪：追随，跟随。

㉞ 鸾凤：鸾鸟和凤凰，泛指珍禽。举翼：展翅。此谓高飞。随风：原义为与风相随而吹，借指跟从。

㉟ 小臣：微臣，作者谦称。区区：自称的谦辞。《后汉书·窦融列传》："区区所献，唯将军省焉。"嘉，乐，欢娱。《礼记·中庸》："《诗》曰：'嘉乐君子，宪宪令德。'"嘉乐：欢快，喜乐。按，"嘉乐"，今本《诗·大雅·假乐》作"假乐"。"假"通"嘉"。

㊱ 窃：谦辞，多用作者表示个人意见。怡：喜，乐。绵绵：亦作"緜緜"，微细、微小貌。《逸周书·和寤解》："绵绵不绝，蔓蔓若何？毫末不掇，将成斧柯。"《淮南

子·缪称训》:“福之萌也緜緜,祸之生也分分,福祸之始萌微,故民嫚之。”王念孙《读书杂志·淮南子》:“‘分分’当为‘介介’,字之误也。介介,微也。‘緜緜’、‘介介’,皆微也。故曰‘福祸之始萌微’。”属(zhǔ 主):撰写。愚戆(zhuàng 壮):亦作“愚赣”,愚笨刚直,多用作自谦之词。《管子·水地》:“故其民愚戆而好贞,轻疾而易死。”《后汉书·蔡邕列传》:“臣以愚赣,感激忘身,敢触忌讳,手书具对。”

㊲ 触冒:抵触,冒犯。摅(shū 书):发抒,舒展。狂狷(juàn 倦):放纵,偏激。思:情思。

㊳ 遐迹:前贤的踪迹,借指前人的业绩。汉·扬雄《河东赋》:“轶五帝之遐迹兮,蹑三皇之高踪。”《文选》蔡邕《郭有道碑文》:“蹈鸿涯之遐迹,绍巢许之绝轨。”遐,远。先圣:前代的圣人。《孟子·离娄下》:“得志行乎中国,若合符节。先圣后圣,其揆一也。”《楚辞·九辩》:“独耿介而不随兮,愿慕先圣之遗教。”弘基:同“鸿基”,伟大的基业。多指王业。三国·蜀·刘禅《策丞相诸葛亮诏》:“朕以幼冲,继统鸿基,未习保傅之训,而婴祖宗之重。”

㊴ 耽:酷嗜。《三国志·蜀书·谯周传》:“(谯周)既长,耽古笃学,家贫,未尝问产业,诵读典籍,欣然独笑,以忘寝食。”八素:道教书名,即《八素真经》。亦作“八索”,古书名。后多用以代指古代典籍。晋·陆云《与陆典书书》:“潜居以娱其志,静处以育其神,游步《八素》之林,逍遥德化之圃。”秘奥:犹“奥秘”,隐密。汉·刘熙《释名·释宫室》:“室中西南隅曰奥,不见户明,所在秘奥也。”遵:遵从。二仪:指天地。晋·成公绥《天地赋》:“何阴阳之难测,伟二仪之奓阔。”大猷(yóu 游):大道,法则。《尚书·周官》:“若昔大猷,制治于未乱,保邦于未危。”引申为治国之道。《诗·小雅·巧言》:“奕奕寝庙,君子作之;秩秩大猷,圣人莫之。”郑玄笺:“猷,道也。大道,治国之礼法。”

㊵ 往昔:昔日,从前。常弊:积弊。《北齐书·崔瞻传》:“仗气使酒,我之常弊,诋诃指切,在卿尤甚。足下告归,吾于何闻过也?”弊:弊病,阙失。旧仪:犹古礼。《汉书·郊祀志下》:“元帝即位,遵旧仪。”《三国志·魏书·王粲传》:“时旧仪废弛,兴造制度,粲恒典之。”

㊶ 禀:禀受,承受。休和:善良谦和。休,美善。和,谦和。上性:犹“至性”,超绝、奇伟的禀性。应:应验。《汉书·终军传》:“故周至成王,然后制定,而休征之应见(现)。”五百之运期:语本《孟子·公孙丑下》:“五百年必有王者兴,其间必有名世者。”运期,犹“时运”。晋·陆云《西园第既成有司启观疏谏不可》:“殿下诞膺运期,首建大国,固将宪章令典,贻范万世,始基之制,不可不慎。”

㊷ 典宪之高论:指曹丕所撰著的《典论》、《周成汉昭论》、《交友论》等典则雅致之论著。叙欢之丽诗:指曹丕所作《芙蓉池作诗》、《于玄武陂作诗》、《孟津诗》等叙写兄弟欢情的秀丽诗篇。

㊸ 越文章之常检：意谓写文章不受写作俗套的限制。越：越过，突破。常检：寻常的约束。检：约束，限制。《尚书·伊训》："与人不求备，检身若不及。"扬不学之妙辞：意谓作诗能够驰骋天然无雕琢之妙语丽辞，即所谓用语自然天成，"不待学而后能"（元·苏天爵《滋溪文稿》卷八《元故中奉大夫江浙行中书省参知政事追封南阳郡公谥文靖孛术鲁公神道碑铭》："子翚谈论锋出，其践履一以仁义为准，文章不待师传而能，后进无是伦比。"）也。不学：不待学而成。

㊹ 蹈：通"悼"，忧伤，悲伤。《说文·心部》："悼，惧也。"段玉裁注："《小雅》：'上帝甚蹈。'《传》曰：'蹈，动也。'谓'蹈'即'悼'之假借也。"《诗·小雅·菀柳》："上帝甚蹈，无自暱焉。"郑玄笺："蹈，读曰悼。……今幽王暴虐，不可以朝事，甚使我心中悼病，是以不从而暱之。"陆德明释文："蹈，郑作'悼'，病也。"布衣：布制的衣服，借指平民。《史记·李斯列传》："夫斯乃上蔡布衣，闾巷之黔首，上不知其驽下，遂擢至此。当今人臣之位无居臣上者，可谓富贵极矣。物极则衰，吾未知所税驾也。"阐：阐发，阐明。善道：正道。汉·陆贾《新语·明诫》："周公自立三公之官，比德于五帝三王，斯乃口出善言，身行善道之所致也。"广：括大，恢弘。《诗·鲁颂·泮水》："济济多士，克广德心。"

㊺ 道：指宇宙的本体及其规律。术：学说，理论。《盐铁论·论儒》："孟轲守旧术，不知世务，故困于梁宋。孔子能方不能圆，故饥于黎丘。"敷：传布，施行。《诗·小雅·小旻》："旻天疾威，敷于下土。"

㊻ 叹息：赞叹。《晋书·桓石虔传》："三军叹息，威震敌人。"懿德：美德。《诗·大雅·烝民》："民之秉彝，好是懿德。"欢娱：欢乐。汉·班固《东都赋》："圣上睹万方之欢娱。"

㊼ 精思：精神思虑。《史记·鲁仲连邹阳列传》："虽竭精思，欲开忠信，辅人主之治。"训：典式，法则。《诗·大雅·烝民》："古训是式，威仪是力。"籍：文献，典籍。《汉书·艺文志》："汉兴，改秦之败，大收篇籍。"劬（qú 渠）：劳苦。晋·陶潜《和刘柴桑》："谷风转凄薄，春醪解饥劬。"

㊽ 虽：连词，表假设或让步关系。《楚辞·离骚》："亦余心之所善兮，虽九死其犹未悔。"略：谋划，主张。《荀子·非十二子》："若夫总方略，齐言行，壹统类。"博：广博。《荀子·劝学》："吾尝跂而望矣，不如登高之博见也。"纳：收受，容受。《庄子·刻意》："吹呴呼吸，吐故纳新。"扶：扶植，扶持。《荀子·劝学》："蓬生麻中，不扶而直。"

㊾ 宾：以宾客之礼相待。《尚书·舜典》："宾于四门，四门穆穆。"故老：年老而有声望的人，多指旧臣。唐·杜甫《秦州杂诗》："故老思飞将，何时议筑坛？"劝：提倡，勉励。《汉书·艺文志》："播百谷，劝耕桑，以足衣食。"讽：背诵，朗读。《论衡·书虚》："故信而是之，讽而读之。"六经：一说指《诗》、《书》、《礼》、《易》、《乐》、《春

秋》六部儒家经典；一说指《诗》、《书》、《易》、《春秋》、《周礼》、《礼记》六经。崇：尊敬，推崇。《礼记·王制》："上贤以崇德，简不肖以绌恶。"

㊿ 通人：谓学识渊博贯通古今的人。《史记·田敬仲完世家》："非通人达才，孰能注意焉。"达：通晓，明白。《吕氏春秋·遇合》："凡能听音者，必达于五声。"节：节度，法度。《荀子·乐论》："饮酒之节，朝不废朝，莫不废夕。"俗士：平庸不高尚的士人。南朝·齐·孔稚珪《北山移文》："请回俗士驾，为君谢逋客。"守株：即守株待兔，典出《韩非子·五蠹》。用以比喻死守狭义经验，不知变通，或意想不劳而获，坐享其成。株，露出地面的树根。

51 匿：隐匿，躲避。《淮南子·说林训》："清则见物之形，弗能匿也。"天威：谓天的威灵，引申为帝王的威严。《左传·僖公九年》："天威不违颜咫尺。"按，"天威"，《艺文类聚》卷十六作"天盛"，于文义不合，此据陈元龙《历代赋汇》、严可均《全三国文》改。严厉：威严而厉害。唐·贾至《冰赋》："居炎天之赫赫兮，独严厉乎稜稜。"恺悌：也作"岂弟"，和乐平易。《诗·小雅·蓼萧》："既见君子，孔燕岂弟。"和：和睦，融洽。《老子》第十八章："六亲不和，有孝慈。"舒：舒畅。唐·杜甫《五盘》诗："喜见纯朴俗，坦然心神舒。"

52 凡百："凡百君子"之省称。《诗·小雅·雨无正》："凡百君子，各敬尔身。"郑玄笺："凡百君子，谓众在位者。"咏德：歌颂赞誉高尚的品德。恩惠：犹言恩泽，恩德。《礼记·聘礼》："受享束帛加璧。"郑玄注："享，献也。既聘又献，所以厚恩惠也。"

53 信：信然，诚然。清风：喻指高洁的品格。明·李贽《豫约·感慨平生》："夫陶公清风千古，余又何人，敢称庶几？"休著：盛然彰著。休：盛大，盛壮。《诗·周颂·载见》："休有烈光。"郑玄笺："休者，休然盛壮。"著：显明，彰著。臣下：犹"臣子"。虚：虚辞，空言。《楚辞·九章·惜往日》："蔽晦君之聪明兮，虚惑误又以欺。"朱熹集注："虚，空言也。"

54 明明：形容尊贵至极。三国·魏·曹植《皇子生颂》："仁圣奕代，永载明明。"赵幼文校注："明明，形容尊贵至极之词。"又为明智、明察貌。多用于歌颂帝王或神灵。宋·王禹偁《送筇杖与刘湛然道士》："明明圣天子，德教如四维。"睿：明智，睿哲。聪：聪颖，有才智。

55 博闻强记：见闻广博，记忆力强。圣思：帝王的思虑。《后汉书·张纲传》："伏愿陛下少留圣思，割损左右，以奉天心。"

56 猗猗（yī 依）：美盛貌。《诗·卫风·淇奥》："瞻彼淇奥，绿竹猗猗。"按，"猗猗"，《艺文类聚》原作"猗之"，此据《初学记》改。左右：近臣，随从。

57 八俊：古代称同一时代有才望的八个人物。《后汉书·周举传》谓东汉的周举、杜乔、周栩、冯羡、栾巴、张纲、郭遵、刘班等八人为"八俊"。《后汉书·党锢列传序》谓东汉的李膺、荀昱、杜密、王畅、刘祐、魏朗、赵典、朱寓等八人为"八俊"。后泛指有才望的人。谀(yú 余)凶:奉承谄媚之恶人。《吕氏春秋·先识》:"国之兴也,天遗之贤人与极言之士;国之亡也,天遗之乱人与善谀之士。"

㊽ 施:给予。《国语·吴语》:"施民所善,去民所恶。"

㊾研精:精心研习。《后汉书·何休传》:"休为人质朴讷口,而雅有心思,精研六经,世儒无及者。"留思:留意,关心。《淮南子·人间训》:"是故圣人者,常从事于无形之外,而不留思尽虑于成事之内。"异同:不同和相同之处。《汉书·朱云传》:"自宣帝时善梁丘氏说,元帝好之,欲考其异同,令充宗与诸《易》家论。"

㊿ 建计:献策。立议:创设议题。《北史·张胄玄传》:"令杨素与术士数人,立议六十一事,皆旧法久难通者,令晖与胄玄等辩析之。"廓然:豁然开朗,阻滞尽除貌。《文选》扬雄《长杨赋》:"墨客降席,再拜稽首曰:'大哉体乎!允非小子之所能及也。乃今日发矇,廓然已昭矣。'"李善注:"廓,除貌。"发蒙:亦作"发矇",启发蒙昧,打开眼界。《文选》枚乘《七发》:"故曰:发蒙解惑,不足以言也。"

61 延颈:伸长脖子,引申指仰慕、期盼。《史记·游侠列传》:"自关以东,莫不延颈愿交焉。"德音:犹令闻,好名声。《诗·豳风·狼跋》:"公孙硕肤,德音不瑕。"朱熹集传:"德音,犹令闻也。"

62 创法:立法,建章立制。垂:流传下去,传留后世。休风:美好的风气。《文选》潘岳《秋兴赋》:"闻至人之休风兮,齐天地于一指。"

【辨析】

曹丕于建安二十二年(217)十月立为魏太子,《典论》成书当在本年,但全书并非一时写成。赋中又说"著典宪之高论","典宪高论"显然指《典论》。那么此赋大约作于建安二十二年十月曹丕立为魏太子,且《典论》成书之后。而曹操于建安二十五年(220)正月庚子崩。由此可知,此赋大约作于建安二十二年(217)十月至建安二十四年(219)十二月之间。

《文心雕龙·时序》云:"建安之末,区宇方辑,魏武以相王之尊,雅爱诗章;文帝以副君之重,妙善词赋;陈思王以公子之豪,下笔琳琅。并体貌英逸,故俊才云蒸。"围绕着曹氏父子形成的邺下文人集团对建安文学繁荣的贡献是不言而喻的。卞兰此赋表重墨浓彩,极力渲染曹丕的文思泉涌,圣德千载,仁厚德政,并在赋中多次表达了对曹丕的盛赞之意,又着重指出了曹丕的《典论》的特点。在时局板荡的社会状态下,当时赋风主观化和情感化倾向较为明显。就曹氏父子而言,他们虽然奖掖提倡抒情赋,但对客观化的铺叙之作也并不排斥。否则,卞兰不会因为作此赋而受到曹丕的赏赐(参见《三国志·魏书·武宣卞皇后传》裴松之注引《魏略》引曹丕《答卞兰教》)。《〈赞述太子赋〉并上赋表》在建安赋中别具一格：虽合汉赋劝颂之旨，但题材却非大赋所习见；既有别于京都大赋的铺张渲染，也迥异于抒情小赋的委婉曲折，表现出了建安赋在题材方面的新开拓。

许昌宫赋

入南端以北眺，望景福之嵯峨①。飞栋列以山峙，长涂邈以委蛇②。见栾栌之交错，睹阳马之承阿③。转狎猎以相因，若流水之扬波④。木无小而不砻，材靡隐而不华⑤。懿采色而发越，玮巧饰之繁多⑥。双辕承枌，丹梁端直⑦。明窗列布，绮井崱嶷⑧。其阴则有望舒凉室，羲和温房⑨；隆冬御絺，盛夏重裳⑩。同一宇之深邃，致寒暑于阴阳⑪。修栏荫于阶砌，崇栋拂乎旻苍⑫。绮组发华，翡翠生光⑬。丹草周隅，灵木成行⑭。非窈窕之至贵，孰能升于斯堂⑮。坐金人于闱闼，列钟簴于广庭⑯。天鹿轩翥以扬怒，师子郁拂而负桢⑰。珍果敷华，兰芷垂荣⑱。百璧照曜，飞响应声⑲。扣角则春气至，弹商则秋风征⑳。历神芝之峻观，幸安昌之巍巍㉑。设御坐于鞠域，观奇材之曜晖㉒。二六对而讲功，体便捷其若飞㉓。进鼓舞之秘伎，绝世俗而入微㉔。兴七盘之递奏，观轻捷之翾翾㉕。振华足以却蹈，若将绝而复连㉖。鼓震动而不乱，足相续而不并㉗。婉转鼓侧，蝼蛇丹庭㉘。或迟或速，乍止乍旋㉙。似飞凫之迅疾，若翔龙之游天㉚。赵女抚琴，楚媛清讴㉛。秦筝慷慨，齐舞绝殊㉜。众伎并奏，摘巧骋奇㉝。千变万化，不可胜知㉞。乐戏阕，游观足㉟。登承光，坐华幄㊱。论稽古，反流俗㊲。退虚伪，进敦朴㊳。宝贤良，贱珠玉㊴。岂必世而后仁，在时主之所欲㊵。

【说明】

此赋正文大部分见于《艺文类聚》卷六十二，是同题赋作。其中，“设御坐于鞠域，观奇材之曜晖。二六对而讲功，体便捷其若飞”四句见于《文选》何晏《景福殿赋》李善注。“鼓舞之秘伎”五字见于《北堂书钞》卷第一〇七《乐部三》。

“振华足以却蹈，若将绝而复连。鼓震动而不乱，足相续而不并。婉转鼓侧，蜲蛇丹庭”六句见于《文选》傅玄《舞赋》李善注。此类赋在内容上极写宫殿的富丽堂皇，烘托都城的繁华靡丽，歌颂统治者的不朽功绩；在形式上铺张扬厉，汪洋恣肆。据《三国志·魏书·明帝纪》：“（太和六年）九月，行幸摩陂，治许昌宫，起景福、承光殿，缪袭作有《许昌宫赋》，何晏、韦诞、夏侯惠等均作《景福殿赋》。”此骋辞大赋正满足了魏明帝及其政权需要文学宣传和粉饰的需要。魏明帝好大喜功，几乎一生都忙于大兴土木，在统一大业未竟时，所建的宫殿主要集中在许昌、洛阳两地。作者以对宫殿的歌颂赞美，掩护篇末的讽谏，显然承继了汉大赋曲终奏雅之旨。

【注释】

① 南端：南边正门。《文选》张衡《东京赋》：“启南端之特闱，立应门之将将。”薛综注：“端门，南方正门。”眺：远望。景福：景福殿，魏明帝建，在许昌宫的北部。嵯峨（cuó é 搓阳平鹅）：高峻貌。《文选》扬雄《甘泉赋》：“增宫参差，骈嵯峨兮。”

② 飞栋：高耸的屋梁。《文选》曹植《赠徐幹》诗：“春鸠鸣飞栋，流猋激棂轩。”列：排列。山峙（zhì 志）：像山一样耸立。《文选》何晏《景福殿赋》：“鸟企山峙，若翔若滞。”邈：遥远。委蛇（wēi yí 威仪）：同“逶迤”，弯曲绵延貌。《楚辞·九歌·东君》：“驾龙辀兮乘雷，载云旗兮委蛇。”按，“委蛇”，《艺文类聚》卷六十二作“委他”，此据《历代赋汇》、《全三国文》卷七十二改。

③ 栾栌（luán lú 峦卢）：屋中柱顶承梁之木。曲者为栾，直者为栌。唐·白居易《游悟真寺》诗：“栾栌与户牖，恰恰金碧繁。”交错：交叉错杂。《文选》枚乘《七发》：“白刃硙硙，矛戟交错。”阳马：房屋四角承檐的长桁条。因其顶端刻有马形，故称。《文选》何晏《景福殿赋》：“承以阳马，接以员方。”李善注：“阳马，四阿长桁也。”承：承受，托起。阿（é 峨）：宫室寺庙等建筑物四角翘起的屋檐。《周礼·考工记·匠人》：“茅茨土阶，四阿重屋。”

④ 转：旋转。《诗·邶风·柏舟》：“我心匪石，不可转也。”狎猎：重接层叠貌。《文选》张衡《西京赋》：“蒂倒茄于藻井，披红葩之狎猎。”薛综注：“狎猎，重接貌。”晋·成公绥《云赋》：“或狎猎鳞次，参差交错。”按，“狎猎”，《艺文类聚》卷六十二作“挟臈”，此据《历代赋汇》卷七十二改。相因：相互依托。清·曹寅《柳村画荷花长幅戏题》其二：“花花相似叶相因，数叶排花便失真。”因：依托。《广韵·真韵》：“因，托也。”扬波：掀起波浪。流水：《艺文类聚》卷六十二作“流风”，此据严可均《全三国文》改。

⑤ 硥（lóng 龙）：同“砻”，磨砺。此处引申为斫凿绳削。按，“硥”，《历代赋汇》

卷七十二作“砻”。靡:无,没有。隐:幽蔽,暗处。《礼记·中庸》:“莫见乎隐,莫显乎微。”朱熹章句:“隐,暗处也。”华:华丽,有文彩。

⑥ 懿(yì 意):美。采色:绚丽的色彩。《文选》司马相如《封禅文》:“采色炫耀,焕炳辉煌。”发越:散播,散发。《文选》司马相如《上林赋》:“郁郁菲菲,众香发越。”郭璞注:“香气射散也。”玮(wěi 伟):美好。《文选》宋玉《神女赋序》:“瑰姿玮态,不可胜赞。”巧饰:工巧的装饰。《潜夫论·务本》:“百工者,以致用为本,以巧饰为末。”繁多:众多。

⑦ 辕:车辕,驾车用的直木或曲木,压在车轴上,前面伸出车舆。商周时的车都是独辕,一曲木居车的正中。汉代以后多为双辕,为两直木,车的左右各一。此处用“双辕”指代承托栋梁的直木。枌(fén 坟):通“棼”,阁楼的中栋。《文选》张协《七命》:“赪素炳焕,枌栱嵯峨。”丹梁:红色的栋梁。端直:笔直。端,不歪斜。直,不弯曲。《文选》张衡《西京赋》:“廛里端直,甍宇齐平。”

⑧ 列布:分布。汉·刘胜《闻乐对》:“云蒸列布,杳冥昼昏,尘埃抪覆,昧不见泰山。”绮井:即藻井,雕有井栏图案的天花板。《文选》左思《魏都赋》:“绮井列疏以悬蒂,华莲重葩而倒披。”李周翰注:“屋上绮井,以板为井形,饰以丹青,如绮也。”崱嶷(zè yí 仄仪):交错纵横貌。《楚辞·九辩》:“叶菸邑而无色兮,枝烦挐而交横。”王逸注:“柯条纠错而崱嶷也。”

⑨ 望舒:神话中为月神驾车的神,后用为月亮的代称。《后汉书·蔡邕列传》:“元首宽则望舒朓,侯王肃则月侧匿。”李贤注:“望舒,月也。”羲和:神话中驾日车的神,后用为太阳的代称。《后汉书·崔骃列传》:“氛霓郁以横厉兮,羲和忽以潜晖。”李贤注:“羲和,日也。”凉室、温房:许昌宫二殿名。三国·魏·韦诞《景福殿赋》:“阴夏则有望舒凉室,羲和温房。”《文选》何晏《景福殿赋》:“温房承其东序,凉室处其西偏。”李善注:“温房、凉室,二殿名。卞兰《许昌宫赋》曰:‘则有望舒凉室,羲和温房。’然卞、何同时,今引之者,转以相明也。”

⑩ 隆冬:严冬。晋·欧阳建《临终诗》:“松柏隆冬悴,然后知岁寒。”御:穿,着。《文选》何晏《景福殿赋》:“玄辂既驾,轻裘斯御。”李善注引蔡邕《月令章句》:“凡衣服加于身曰御。”絺(chī 痴):细葛布。《历代赋汇》“絺”作“饰”。重(chóng 虫)裳:夹衣,棉衣。

⑪ 宇:屋檐,泛指房屋。深邃:屋宇幽深。唐·杜甫《题衡山县文宣王庙新学堂呈陆宰》诗:“下可容百人,墙隅亦深邃。”致:导致。阴阳:寒暑。《楚辞·九辩》:“四时递来而卒岁兮,阴阳不可与俪偕。”王逸注:“寒往暑来,难追逐也。”

⑫ 修栏:高高的栏杆。修,高。阶砌:台阶。唐·白居易《泛春池》:“泓澄动阶砌,澹泞映户牖。”崇栋:高大的栋梁。汉·张衡《冢赋》:“奕奕将将,崇栋广宇。”拂:拂拭,掠过。旻苍(mín cāng 民仓):苍天,天空。

⑬ 绮组：有花纹的丝织宽带。《文选》班固《西都赋》："红罗飒纚，绮组缤纷。"发华：发出华彩。按，"绮组发华"，《历代赋汇》卷七十二作"绮发组华"，误。翡翠：一种碧绿而透明的玉。

⑭ 丹草：草的美称。周：环绕。《楚辞·九歌·湘君》："鸟次兮屋上，水周兮堂下。"隅：角，角落。《诗·邶风·静女》："静女其姝，俟我于城隅。"灵木：神异的树木。南朝·宋·鲍照《芙蓉赋》："冠五华于仙草，超四照于灵木。"灵：善美，美好。《诗·鄘风·定之方中》："灵雨既零，命彼倌人，星言夙驾，说于桑田。"

⑮ 窈窕：美好貌。《诗·周南·关雎》："窈窕淑女，君子好逑。"孰：谁。斯：此，这。

⑯ "坐金人于闱闼，列钟簴于广庭"：《三国志·魏书·明帝纪》裴松之注引《魏略》曰："是岁（指魏明帝景初元年，公元 237 年），徙长安诸钟簴、骆驼、铜人、承露盘。盘折，铜人重不可致，留于霸城。大发铜铸作铜人二，号曰翁仲，列坐于司马门外。又铸黄龙、凤皇各一，龙高四丈，凤高三丈馀，置内殿前。起土山于芳林园西北陬，使公卿群僚皆负土成山，树松竹杂木善草于其上，捕山禽杂兽置其中。"金人：用铜铸造的人像。《史记·秦始皇本纪》："收天下兵，聚之咸阳，销以为钟簴，金人十二，重各千石，置廷宫中。"闱闼（wéi tà 围踏）：宫中的小门。此处泛指宫门。钟：古代击打乐器，青铜制，悬挂于架上，以槌叩击发音。簴（jù 巨）：古时悬挂编钟、编磬的木架，多饰以猛兽花纹。《文选》班固《西都赋》："列钟虡于中庭，立金人于端闱。"按，"簴"，《艺文类聚》原作"虡"，与"簴"义同，此据《历代赋汇》卷七十二改。广庭：宽阔的厅堂。

⑰ 天鹿：古代传说中一种形似鹿，头上生有一角的灵兽。《宋书·符瑞志下》："天鹿者，纯灵之兽也。五色光耀洞明，王者道备则至。"轩翥：飞举貌。《楚辞·远游》："雌霓便娟以增挠兮，鸾鸟轩翥而翔飞。"洪兴祖补注："《方言》：'翥，举也。楚谓之翥。'"扬怒：高飞，奋举。扬：高举，飞起。怒：奋发，奋起。《庄子·逍遥游》："怒而飞，其翼若垂天之云。"师子：即"狮子"，一种体大雄壮的猛兽。《汉书·西域传上》："（乌弋）有桃拔、师子、犀牛。"郁拂：犹郁勃，威盛貌。一说郁闷貌。负桢（zhēn 贞）：此指狮子被缚在坚木上。负：背负。《说文·贝部》："负，担也，置之于背也。"桢：坚木，刚木。《玉篇·木部》："桢，坚木也。"《说文·木部》："桢，刚木也。"段玉裁注："此谓木之刚者曰桢，非谓木名也。"按，以上"天鹿"、"师子"皆系指建筑物上的石雕装饰物。

⑱ 敷华：犹"敷荣"，开花。《文选》何晏《景福殿赋》："结实商秋，敷华青春。"兰、芷：兰草和白芷，二者皆香草。《楚辞·离骚》："兰芷变而不芳兮，荃蕙化而为茅。"垂荣：谓焕发光彩。《文选》扬雄《羽猎赋》："玄鸾孔雀，翡翠垂荣。"垂：焕发。荣：光华，光彩。

⑲ 照曜:光芒四射。曜,照耀。飞响:传响。《文选》扬雄《剧秦美新》:“震声日景,炎光飞响,盈塞天渊之间。”李善注:“飞响,震声也。塞乎天渊,所及远也。”应声:紧随着声音。形容速度极快。《文选》司马相如《上林赋》:“弓不虚发,应声而倒。”

⑳ 扣:同“叩”,敲击。《墨子·公孟》:“譬若钟然,扣则鸣,不扣则不鸣。”弹(tán 谈):用手拨弄。角、商:皆为古代五音(宫、商、角、徵、羽)之一。角属牙音,五行为木,其声长短、高下、清浊适中,故云“扣角则春气至”。商属齿音,五行为金,其声次长、次下、次浊,故云“弹商则秋风征”。征:征兆,迹象。《后汉书·章帝纪》:“庶事失其序,则咎征见乎象。”

㉑ 历:游历。神芝:魏宫观名,在许昌宫内。《金楼子·立言》:“魏明修许昌宫,作景福、承光、永宁、昌晏、百子、延休诸殿,筑建神芝观,又作长寿、康乐、永休、宜昌诸堂,建承露盘,穿虞渊池,激引流川,蛟龙吐水。珍木芳草,周环后庭。”峻:高大。观(guàn 贯):宫廷或宗庙门前两旁的高大建筑。幸:古指帝王亲临。安昌:安昌殿,魏宫殿名,在许昌宫内。《文选·何晏〈景福殿赋〉》:“连以永宁,安昌临圃。”三国·魏·韦诞《景福殿赋》:“若乃离殿别馆,粲如列星。安昌延休,清宴永宁。”巍巍:高大雄伟貌。《文选》张衡《思玄赋》:“瞻昆仑之巍巍兮,临萦河之洋洋。”

㉒ “设御坐于鞠域”以下四句:据《文选》何晏《景福殿赋》李善注补。御坐:亦作“御座”,皇帝的宝座。《后汉书·献帝纪》:“(献帝)乃亲于御坐前量试作糜,乃知非实。”鞠域:古代的蹴鞠场所,犹如今日之足球场。按,“鞠域”,严可均《全三国文》卷三十作“鞠城”,误。奇材:同“奇才”。曜晖:交相辉映。

㉓ 二六对而讲功:古代蹴鞠(如同现在的足球比赛)游戏,双方各六人对阵,双方都极力寻找对方的失误,像士兵作战一样勇猛,以求胜利。《文选》何晏《景福殿赋》:“二六对陈,殿翼相当。”李善注:“二六盖鞠室之数,而室有一人也。李尤《鞠室铭》曰:‘圆鞠方墙,放象阴阳,法月冲对,二六相当。’”体便捷其若飞:言双方运动员身体敏捷灵活,速度飞快。便捷:动作迅速敏捷。《荀子·君道》:“其应变故也,齐给便捷而不惑。”

㉔ 鼓舞:即蹋鼓舞,古代杂舞的一种。舞者广舒长袖,两脚分别踏在两个类似于鼓的扁圆形的皮垫上,翩翩起舞,体态、舞姿轻盈优美。此种舞蹈汉魏时极受上层统治者的喜爱。《淮南子·修务训》:“今鼓舞者,绕身若环,曾挠摩地,扶旋猗那,动容转曲,便媚拟神。”伎:通“妓”,一本作“妓”,舞女。绝世俗:冠绝世间。入微:深入到细微之处,此言舞女技艺之精妙。

㉕ 兴:起。七盘:七盘舞,汉魏民间舞名。在地上排列七个盘子,舞者穿长袖舞衣,在盘子周围或盘上舞蹈。这种舞蹈,在宫廷十分盛行。汉·张衡《舞赋》:“历七盘而屣蹑。”三国·魏·王粲《七释》:“七槃陈于广庭,畴人俨其齐俟。”递奏:按顺序

起舞。《文选》傅毅《舞赋》:“于是合场递进,按次而俟。”轻捷:轻健敏捷。翾翾(xuān 宣):轻飞貌。《初学记》卷十五、《历代赋汇》卷七十二作“翩翾”。翩翾,轻飞貌。《文选》张华《鷦鹩赋》:“育翩翾之陋体兮,无玄黄以自贵。”刘良注:“翩翾,小飞貌。”

㉖“振华足以却蹈”以下六句:据《文选》傅玄《舞赋》李善注补。振:挪动,摇动。华足:美足。却蹈:后退而舞。将绝而复连:舞步欲断还连,极富美感。

㉗鼓震动而不乱:舞女伴随着鼓声在鼓侧翩翩起舞,不因鼓声的震动而乱了阵脚。按,“震动”,《历代赋汇》卷七十二、《全三国文》卷三十作“振动”,此据《文选》傅玄《舞赋》李善注改。足相续而不并:舞者的两脚交错跳动,但始终不并拢。以上二句极言舞者高超的舞蹈技巧。

㉘逶蛇(wēi yí 威仪):一作“委蛇”,通“逶迤”,形容舞姿优美。汉·边让《章华台赋》:“振华袂以逶迤,若游龙之登云。”按,“逶蛇”,《历代赋汇》卷七十二、《全三国文》卷三十作“逶迤”,此据《文选》傅玄《舞赋》李善注改。丹庭:皇宫的厅堂,因涂以赤色,故称。

㉙或迟或速:舞姿缓若飘絮,疾如旋风,极富节奏感。乍止乍旋:舞女忽而流连止步,忽而左回右旋,极尽腾挪旋转之状,富于特殊的动态美。《文选》嵇康《琴赋》:“忽飘飘以轻还,乍留连而扶疏。”唐·李白《大鹏赋》:“左回右旋,倏阴忽明。”

㉚“似飞凫之迅疾,若翔龙之游天”:形容舞姿轻盈敏捷,妙丽婉转。飞凫:飞翔的野鸭。《文选》曹植《洛神赋》:“体迅飞凫,飘忽若神。”迅疾:《楚辞·九叹·惜贤》:“挑揄扬汰,荡迅疾兮。”翔龙:飞龙。

㉛赵女:赵地的美女。泛指美女。抚琴:弹琴。楚媛:楚地的美女。泛指美女。南朝·梁·江洪《舞女》:“腰纤蔑楚媛,体轻非赵姬。”清讴:清唱。三国·魏·韦诞《景福殿赋》:“咏《采菱》之清讴,奏《渌水》之繁会。”

㉜秦筝:古代一种弦乐器,似瑟,相传为秦国大将蒙恬所造,故名。古秦筝多为慷慨之音。《文选》曹植《箜篌引》:“秦筝何慷慨,齐瑟和且柔。”慷慨:《历代赋汇》卷七十二作“忼慨”,义同。齐舞:齐地的一种以柘枝作舞具的舞蹈。宋·王义山《四角唱》:“年年摘取献天阶,齐舞柘枝来。”绝殊:独到的意趣。

㉝众伎:各种伎乐。此指各种音乐舞蹈。《孔子家语·辩政》:“五官伎乐,不解于时。”并奏:一齐演奏。清·丁耀亢《续金瓶梅》第十八回:“船上箫鼓并奏,彩鹤轻飘,真如凭虚御风而行。”捔(jué 决)巧:争奇斗巧。捔,同“角”,竞力,斗。《法苑珠林·千佛篇》:“太子至年十岁,与兄弟捔力。”按,“捔巧”,《历代赋汇》卷七十二作“角巧”,义同。骋奇:卖弄新奇。明·王守仁《传习录》卷中:“世之学者如入百戏之场,欢谑跳踉,骋奇斗巧。”

㉞胜(shēng 生):尽。《孟子·梁惠王上》:“不违农时,谷不可胜食也;数罟不

入洿池，鱼鳖不可胜食也；斧斤以时入山林，材木不可胜用也。”

㉟ 乐戏：游乐嬉戏。此指音乐歌舞等表演。阕（què 确）：终了，结束。游观：游逛观览。晋·葛洪《抱朴子·知止》：“穷游观之娱，极畋渔之欢。”足：满足，尽兴。《老子》第四十六章：“祸莫大于不知足。”

㊱ 承光：魏宫殿名，即承光殿，在许昌宫内。华幄：帝王所居的华丽的帷帐。幄，用布帛围起来的帐幕。晋·陆机《赠冯文罴迁斥丘令》其六：“居陪华幄，出从朱轮。”

㊲ 稽古：考察古事。《后汉书·章帝纪》：“恐先师微言将遂废绝，非所以重稽古，求道真也。”流俗：泛指世俗，多含贬义。《孟子·尽心下》：“同乎流俗，合乎污世。”朱熹集注：“流俗者，风俗颓靡，如水之下流，众莫不然也。”

㊳ 退：斥退。虚伪：此指表里不一、口是心非之虚伪小人。进：引进，荐举。敦朴：此指敦厚淳朴、方正仁贤之士。

㊴ 宝：珍爱，重视。贤良：有德行才能的人。《周礼·地官·师氏》：“以尊贤良。”贾公彦疏：“‘以尊贤良’者，此行施于外人，故尊事贤人良人、有德行之士也。”贱：轻视。珠玉：珍珠和玉，泛指珍宝。汉·晁错《论贵粟疏》：“是故明君贵五谷而贱金玉。”

㊵ 必世而后仁：语出《论语·子路》：“如有王者，必世而后仁。”孔安国注：“三十年曰世。如有受命王者，必三十年仁政乃成。”后因称三十年为“必世”。在时主之所欲：全在于当今帝王的想法和喜好。时主，当代的君主。汉·刘向《续列女传·张汤母》：“君子谓张汤母能克己，感悟时主。”

【辨析】

京殿大赋在经历汉末建安一段时间的相对萧条之后，在魏明帝太和（227—233）、青龙（233—237）年间又悄然崛起。这一时期的京殿赋，多系奉诏的同题之赋作，如何晏《景福殿赋》，韦诞《景福殿赋》，缪袭《许昌宫赋》，卞兰《许昌宫赋》，刘劭《赵都赋》、《许都赋》、《洛都赋》等。魏初如此的大赋在形式上与两汉的《两都赋》、《二京赋》等不尽相同，内容上讽谏意义荡然不存，篇幅上渐趋短小，语言上奇僻字较少，句式上趋于整饬，描写中时见流丽轻灵之笔。这是融会和吸收了建安以来抒情小赋的一些特点的结果。如此赋对舞蹈的描写：“进鼓舞之秘伎，绝世俗而入微。兴七盘之递奏，观轻捷之翾翾。振华足以却蹈，若将绝而复连。鼓震动而不乱，足相续而不并。婉转鼓侧，蜲蛇丹庭。或迟或速，乍止乍旋。似飞凫之迅疾，若翔龙之游天。”描写细致入微，形象鲜明飞动，无论在表现手法还是语言风格上，都与汉大赋判然有别。

七　牧

翻放袂而赴节[①]，若游鸿之翔天[②]。

【说明】

此赋仅存二句，见《文选》陆机《日出东南隅行》李善注。因仅存二句，无法窥知赋作内容，但有一点是确定的，这就是仿效枚乘《七发》而作。

【注释】

① 翻放袂（mèi 妹）：挥舞着衣袖，指翩翩起舞。袂，衣袖。赴节：应和着节拍。三国·魏·王粲《七释》："邪睨鼓下，亢音赴节。"《文选》陆机《文赋》："舞者赴节以投袂，歌者应弦而遣声。"唐·朱湾《咏柏板》："赴节心长在，从绳道可观。"

② 若游鸿之翔天：形容舞姿轻盈曼妙。汉·边让《章华台赋》"似鸾飞于青天"，与此句略同。游鸿，飞翔的大雁。

王　肃

王肃(195—256),字子雍,东海郯(今山东郯城)人。王朗长子。生于会稽。魏文帝黄初(220—226)中为散骑黄门侍郎。明帝太和(227—233)中袭父爵为兰陵侯,拜散骑常侍。青龙(233—237)末以常侍领秘书监,兼崇文观祭酒。齐王芳正始元年(240),出为广平太守。征还,拜议郎。寻为侍中,迁太常。后为光禄勋,迁中领军,加散骑常侍。出为河南尹。嘉平六年(254),参与司马师废齐王芳事。卒后追赠卫将军,谥景侯。肃尝为《尚书》、《诗》、《论语》、“三礼”、《左传》诸经作传注,并订定其父王朗所作《易传》,皆列于学官。又有《圣证论》十二卷,《家语解》二十一卷,《政论》十卷,集五卷。传附《三国志·魏书·王朗传》。

格虎赋

羽骑云布①，兰车星陈②。

【说明】

此赋见《文选》谢灵运《拟魏太子邺中集诗·王粲》李善注。仅存一句。

【注释】

① 羽骑：羽林军的骑兵。云布：如密云分布。

② 兰车：用木兰等香木制作的车。星陈：如星辰陈列。

孙　该

孙该（？—261），字公达，任城（今山东省济宁市任城区）人。强志好学，善辞藻。年二十，为上计吏，召为郎中，撰《魏书》成，迁博士、司徒右长史，转著作郎，历官陈郡太守、任城太守，复任著作郎。魏元帝景元二年（261）卒于官。所撰《魏书》，早佚。原有集二卷，散佚。今存赋二篇，收入《全上古三代秦汉三国六朝文·全三国文》卷四十。事迹见《三国志·魏书·刘劭传》裴松之注引《文章叙录》。

三公山下神祠赋并序

赵国元氏县西界有六神祠[①],吾观其一焉,在陉山之阳,即三公祠焉[②]。崇堂既峻,危阁造云[③]。棂轩临万仞之壑,土木被丹藻之华[④]。是时寓目永日,夕宿东序[⑤]。召彼故老,讯之旧典。云栋宇初兴七十载,三台耀灵,实降甘雨[⑥]。夫山以有形为神,神以无形为王[⑦]。若乃歊烝于上[⑧],雷动于下,公田穰于多黍,嫠妇利其滞穗[⑨],亦兹邦之所以报,历叶不辍也[⑩]。于是援笔作赋,昭神灵之有凭,壮夏屋之弘丽[⑪]。

南极郁纡,飞龙在天[⑫]。太一白石,巨灵据山[⑬]。二后殊位,惟公在焉[⑭]。下则归云蓬勃,绿水流离[⑮]。争湍趣戾,冲石会谿[⑯]。高岸为谷,峣峴阻峐[⑰]。梗林尞条,逼涂迮蹊[⑱]。行者息驾,步趾于斯[⑲]。陟大崂,登岑冈[⑳]。逾爽垲,历朝阳[㉑]。晔华殿之显敞,睹应门之嶈嶈[㉒]。神木郁蓊,百堵周乎洞房[㉓]。进排阊阖,顾眄灵堂[㉔]。聚楹列峙,丹饰煌煌[㉕]。千栌浮跂,夭蹻腾骧[㉖]。累层岌峃,齐载长梁[㉗]。敷山藻于前棁,缀榱槁以采章[㉘]。文绮牖其纷鳞,洪葩晔以披扬[㉙]。

尔乃逡巡降趾,游坐东厢[㉚]。日不逮昏,炎燎已光[㉛]。县宰致祀,嘉旨备详[㉜]。阴祚显应,遍泽圻疆[㉝]。普此士女,乐彼丰穰[㉞]。

其乱曰[㉟]:坤作地势,恒岳吐精[㊱]。布濩累硌,上秀太清[㊲]。三后赞事,雨师不宁[㊳]。有渰凄凄,润我群生[㊴]。先人谅德,图象垂形[㊵]。考之旧史,典谟无声[㊶]。

【说明】

此赋见于《艺文类聚》卷七十九、《初学记》卷十三。其中,"南极郁纡"至"乐彼丰穰"见于《类文类聚》卷七十九,赋序和"其乱曰"以下文字见于《初学记》卷十三。《艺文类聚》此赋作者署名"晋杨该"。《初学记》赋题无"神"字,据《艺文类聚》卷七十九、《历代赋汇》卷一一〇补。此赋叙写赵国元氏县三公山下神祠，虽为颂赞之作，但写法颇似南朝的山水游记，且游踪分明。虽是赋词，但赋的主体却重在写景，语言精炼优美，生动活泼，可以看到后世山水游记的影子。

【注释】

① 元氏县：在河北省南部。战国初属中山国。赵灭中山后属赵国。赵王始封公子元于此，元氏由此而得名。西汉初置县（治今河北省元氏县西北），迄今已有两千馀年。

② 陉山：即井陉山，在今河北省井陉县西北。公元前204年，刘邦派大将韩信、张耳率军攻打赵国，赵王刘歇命大将陈余率20万大军在井陉口迎战。韩信运用“陷之死地而后生，投之亡地而后存”的战术，在河边列阵，将士们背水一战，大破赵兵，斩杀陈余，擒俘赵王刘歇。三公祠：在今河北省元氏县西北。汉灵帝时曾祠三公神祠，其碑文尚存残拓。

③ “崇堂”二句：极言三公祠雄伟高大。崇堂：高大的厅堂。峻：高。危阁：高阁。造云：高接云霄。

④ 棂（líng 灵）轩：有窗格的长廊。土木：指三公祠的土木工程建筑。被（pī 披）：通“披”，覆盖。丹藻：赤色的装饰。这里指用红漆涂饰建筑。

⑤ 寓目：观看。永日：从早到晚，整天。东序：相传为夏代的大学。也是国老养老之所。《礼记・王制》：“夏后氏养国老于东序，养庶老于西序。殷人养国老于右学，养庶老于左学。周人养国老于东胶，养庶老于虞庠。虞庠在国之西郊。”郑玄注：“东序、东胶亦大学，在国中王宫之东。西序、虞庠亦小学也，西序在西郊。周立小学于西郊。”这里指东厢房。

⑥ 兴（xīng 星）：建造。三台：即三台星。《史记・天官书》：“中宫天极星，其一明者，太一常居也。旁三星，三公，或曰子属。”《晋书・天文志上》：“三台六星，两两而居……在人曰三公，在天曰三台，主开德宣符也。西近文昌二星曰上台，为司命，主寿。次二星曰中台，为司中，主宗室。东二星曰下台，为司禄，主兵，所以昭德塞违也。”此处以“三台”喻指三公。“三公”为古代辅佐国君掌握军政大权的最高官员。周代以太师、太傅、太保为三公；西汉以大司马、大司徒、大司空为三公；东汉以太尉、司徒、司空为三公。耀灵：显示神灵。甘雨：甘霖，及时雨。

⑦ 王：严可均《全三国文》卷四十作“主”，误。

⑧ 若乃：连词，犹“至于”。歊烝（xiāo zhēng 宵蒸）：上腾的火气。歊，气上冲貌。烝，火气上行。

⑨ 穰（ráng 瓤）：庄稼丰收。嫠（lí 黎）妇：寡妇。滞穗：遗留的禾穗，指庄稼收

成好，收不干净。《诗·小雅·大田》："彼有遗秉，此有滞穗。"滞，遗留。

⑩ 兹邦：这个地区。邦，地区，政区。汉·蔡邕《刘镇南碑》："穷山幽谷，于是为邦。"报：古代指为报恩德而举行祭祀。《国语·鲁语上》："有虞氏报焉。"韦昭注："报，报德，谓祭祀也。"历叶：历代。辍：停止。

⑪ 援笔：拿笔，提笔。昭：彰明，显著。壮：用如动词，以……为壮美，赞赏。夏屋：大屋。夏，大。汉·扬雄《方言》卷一："自关而西，秦晋之间，凡物之壮大者而爱伟之，谓之夏。"弘丽：宏伟华丽。

⑫ 南极：星名，即南极老人星。古人认为它象征长寿，故又名"寿星"。老人星在中国古人眼里是一颗吉星，老人星出现，便意味着国泰民安。郁纡：烟气浓郁缭绕貌。此指老人星郁勃周行。飞龙在天：《易·乾卦》："九五，飞龙在天，利见大人。"此句谓圣德帝王在位，国运亨通。

⑬ 太一：亦作"太乙"，天神名。《史记·封禅书》："天神贵者太一，太一佐曰五帝，古者天子以春秋祭太一东南郊。"司马贞《史记索隐》引宋均曰："天一、太一，北极神之别名。"白石：即白石生，古代传说中的仙人。巨灵：神话传说中劈开华山的河神。《文选》张衡《西京赋》："缀以二华，巨灵赑屃。"薛综注："巨灵，河神也。"

⑭ 二后：天和地。殊位：缺席，离位。殊，离开。《管子·入国》："疾，官而衣食之，殊身而后止，此之谓养疾。"尹知章注："殊，犹离也。"公：三公祠。

⑮ 蓬勃：《艺文类聚》原作"缝勃"，据《历代赋汇》改。流离：指水流蜿蜒曲折。

⑯ 趣（cù 促）：急，急促。《后汉书·光武帝纪上》："于是光武趣驾南辕。"李贤注："趣，急也。"戾（lì 历）：劲疾，猛烈。

⑰ 高岸为谷：高岸陷为山谷。语出《诗·小雅·十月之交》："高岸为谷，深谷为陵。"峣屵（yáo niè 尧涅）：山势高危貌。阻𩨨（guì 贵）：险阻崎岖。一说，马疲劳不前。阻，马蹄受阻。𩨨，瘦极。

⑱ 梗林：多刺的林丛。柰（nài 耐）：一种果树，与林檎相似，果实叫柰子。逼涂：狭小的路。迮蹊（zé xī 泽西）：狭窄的山路。迮，通"窄"，狭窄。蹊，山路。

⑲ 息驾：停车休息。《列子·说符》："孔子自卫反鲁，息驾乎河梁而观焉。"步趾：步行，迈步。斯：此，这里。

⑳ 陟（zhì 至）：由低处向高处走，登高。峍（lù 录）：山间的平地。岑（cén 涔）冈：高冈。

㉑ 逾：越过。爽垲（kǎi 凯）：指高燥之地。朝（cháo 潮）阳：山的东面。《诗·大雅·卷阿》："梧桐生矣，于彼朝阳。"毛传："山东曰朝阳。"汉·刘熙《释名·释山》："山东曰朝阳，山西曰夕阳，随日所照而名之也。"

㉒ 晔（yè 叶）：光明灿烂貌。华殿：华美的殿堂。显敞：豁亮宽敞。应门：古代王宫的正门。《诗·大雅·绵》："乃立应门，应门将将（qiāng 枪）。"将将（qiāng

枪）：通“将将”，高大雄伟貌。

㉓ 神木：灵异的树木。严可均《全三国文》卷四十作“神衣”，误。郁蓊（wěng 滃）：草木茂盛貌。百堵：众多的墙。亦指建筑群。《诗·大雅·绵》：“百堵皆兴，鼛鼓弗胜。”洞房：深邃的内室。晋·陆机《君子有所思行》：“甲等高闼，洞房结阿阁。”

㉔ 排：推开。阊阖：传说中的天门。《说文·门部》：“阊，天门也。楚人名门曰阊阖。”《楚辞·离骚》：“吾令帝阍开关兮，倚阊阖而望予。”此处以“阊阖”代指三公祠门。顾眄（miǎn 免）：左顾右盼。按，“眄”，《艺文类聚》原作“盼”，此据《历代赋汇》、《全三国文》改。灵堂：丧家供奉灵柩或死者灵位以供吊唁的厅堂。这里指供奉三公灵位的祠堂。

㉕ 楹：厅堂前部的柱子。列峙：并立。煌煌：明亮辉耀貌。

㉖ 栌（lú 卢）：柱头承托栋梁的短木，即斗栱。浮跂（qí 齐）：此指斗栱承托起梁上众多的竖立的短柱。夭蹻（jiǎo 皎）：当作“夭矫”，屈伸自如。腾骧（xiāng 襄）：飞腾，奔腾。

㉗ 累层：亦作“层累”，重重叠叠的层次。清·龚自珍《最录禅波罗密门》：“层累盘旋，如鸟道而渐上。”岌嶪（jí yè 及业）：高峻貌。《文选》张衡《西京赋》：“疏龙首以抗殿，壮巍峩以岌嶪。”张铣注：“岌嶪，高壮貌。”

㉘ 敷：涂，搽。山藻：“山节藻棁（zhuō 卓）”的简称，此指藻绘、绘饰。山节，雕成山形的斗栱。藻棁，绘有水藻图案的梁上短柱。棁，梁上的短柱。缀（zhuì 坠）：装饰，点缀。榱（cuī 崔）槁：疑为“榱桷”，即椽子，放在檩上支持屋面和瓦片的木条。按，“槁”，《历代赋汇》作“桷”。采章：彩色花纹。

㉙ 文绮：华丽的丝织物。雘（huò 货）：赤石脂之类，可作颜料，以饰宫室。纷鳞：犹言层层密密。葩（pā 啪）：花。晔（yè 叶）：繁盛貌。披扬：披散飘扬。按，“披扬”，《艺文类聚》原作“披杨”，《历代赋汇》作“波扬”，此据《全三国文》改。

㉚ 尔乃：于是。逡（qūn 囷）巡：迟疑不敢向前的样子，这里指漫步徘徊。降趾：向下走。东厢：古代庙堂东侧的厢房。后泛指正房东侧的房屋。

㉛ 逮：到，及。炎燎（liáo 僚）：烈火。此指灯火。光：明亮。《汉书·元帝纪》：“风雨时，日月光。”

㉜ 县宰：县令。致祀：前来祭祀。嘉旨：美酒佳肴。《诗·小雅·頍弁》：“尔酒既旨，尔殽既嘉。”备详：周详完备。

㉝ 阴祚（zuò）：亦即“冥福”，旧时迷信说法，谓死者在阴间所享之福。祚：福，赐福。显应：显示感应。《后汉书·明帝纪》：“公卿百官以帝威德怀远，祥物显应，乃并集朝堂，奉觞上寿。”遍泽圻疆：犹言福泽遍布疆土。圻疆：同“疆圻”，指疆土。

㉞ 普：遍。士女：泛指成年男女。丰穰（ráng 瓤）：犹丰熟，丰收。宋·邵雍《民情吟》：“祥为雨露，天下丰穰。”

㉟ 乱:古代乐曲的最后一章或辞赋末尾总括全篇要旨的部分。

㊱ 坤作地势:意谓地势是顺着天的。语出《易·坤卦·象传》:“地势坤,君子以厚德载物。”恒岳吐精:恒山吐放阴阳元气。恒岳,即恒山,因其为五岳之一,故称。吐精:吐出阴阳元气。

㊲ 布濩(huò 货):遍布,散布。《文选》张衡《东京赋》:“声教布濩,盈溢天区。”薛综注:“布濩,犹散被也。”按,“布濩”,《初学记》原作“怖濩”,此据《历代赋汇》、《全三国文》改。累硌(luò 落):山石叠积貌。按,“累硌”,《初学记》原作“累启”,此据《历代赋汇》、《全三国文》改。秀:出,特出。《广雅·释诂一》:“秀,出也。”太清:天空。古人认为天由清而轻的气所构成,故称为“太清”。《楚辞·九叹·远游》:“譬若王侨之乘云兮,载赤霄而凌太清。”

㊳ 三后:虞舜时三位大臣禹、契、后稷。《淮南子·人间训》:“古者沟防不修,水为民害。禹凿龙门,辟伊阙,平治水土,使民得陆处。百姓不亲,五品不慎,契教以君臣之义、父子之亲、夫妻之辨、长幼之序。田野不修,民食不足,后稷乃教之辟地垦草,粪土种谷,令百姓家给人足。故三后之后,无不王者,有阴德也。”此指三公。赞:辅佐,佐助。雨师:古代传说中司雨的神。《周礼·春官·大宗伯》:“以禋祀祀昊天上帝,以实柴祀日、月、星、辰,以槱燎祀司中、司命、飌师、雨师。”按,“雨师”,《全三国文》卷四十作“两师”,系“雨”、“两”形似致误。

㊴ 渰(yǎn 衍):阴云四起貌。凄凄:云行貌。语出《诗·小雅·大田》:“有渰凄凄,兴雨祈祈。”群生:犹“苍生”,百姓。

㊵ 谅德:正直诚信的德行。谅,信实。图象:画像,肖像。垂:流传下去。

㊶ 典谟无声:古代经典上没有记载。典谟:《尚书》中《尧典》、《舜典》和《大禹谟》、《皋陶谟》等篇的并称。此指古代经典。无声:没有名声。指没有记载。

【辨析】

《艺文类聚》卷七十九作“晋杨该《三公山下神祠赋》”,《历代赋汇》卷一一〇此赋(正文部分)作者署名亦为“晋杨该”,但是《晋书》、《全晋文》以及《先秦汉魏晋南北朝诗》诸书均不见“杨该”之名,不知编者何据。《初学记》卷十三作“魏孙该《三公山下神祠赋》”。《历代赋汇》卷一一〇《三公山下祠赋》载此赋序,作者署名“魏孙该”。严可均《全三国文》卷四十辑录此赋及赋序,作者署名“孙该”。我们以为此赋作者当即三国魏人孙该。严可均于此赋下按语曰:“《书钞》一百四十八引孙诜《三公山下禊赋》云:‘九酝白醝。’未知即孙该之误否?三公山在燕地,而孙诜刘宋人,岂江南亦有此山邪?附记于此,俟考。”严氏疑“孙诜”乃“孙该”之误,这是不确的。古时有多处三公山,如元氏县三公山、枞阳三公山、华山三公山等,孙该赋中的三公山乃元氏县的三公山,今名仙翁寨山。现仍存汉碑一块,曰《祀三公山碑》。此三公山在汉代是当地祭祀祈雨的重要场所,是元氏县六大名山之一。孙诜字休群,生卒年不详,大约生活在刘宋和萧齐时代,据《南史·文学传》记载,孙诜为"太原中都人,……有学行,爱文,尤赏泉石"。孙诜曾著我国第一部地方志《临海志》,他赋作中的三公山极有可能是今安徽枞阳一带的三公山,地处枞阳、庐江、无为三县交界处,为枞阳县最高峰。并且,严氏仅凭孙诜为刘宋时人,便把他的足迹圈定于江南,亦有画地为牢之嫌。

此赋不同于一般的颂赞作品,表现手法较为独特,文学价值较高。在写法上类似于后世的游记,不以记神灵为主,而是重在写景。全赋以作者游踪为线索,描景绘物,层次井然。赋作行文流畅,用语清新简洁,摆脱了以往大赋写景堆砌冗繁之弊。

琵琶赋

惟嘉桐之奇生,于丹泽之北垠[①]。下修条以迴固,上纠纷而干云[②]。开黄钟以挺干,表素质于苍春[③]。然后托乎公班,妙意横施[④]。四分六合,广袤应规[⑤]。回风临乐,刻饰流离[⑥]。弦则岱谷㡿丝,篚贡天府[⑦]。伯奇执轭,杞妻抽绪[⑧]。大不过宫,细不过羽[⑨]。清朗紧劲,绝而不茹[⑩]。伶人鼓焉,景响丰硠[⑪]。操畅骆驿,游乎风飏[⑫]。抑扬按捻,扺搦摧藏[⑬]。

尔乃叩少宫,骋明光[⑭]。发下柱,展上腔[⑮]。仪蔡氏之繁弦,放庄公之倍簧[⑯]。于是酒酣日晚,改为秦声[⑰]。壮谅抗忾,土风所生[⑱]。延年度曲,六弹俱成[⑲]。绌邪存正,疏密有程[⑳]。离而不散,满而不盈。沉而不重,浮而不轻[㉑]。绵驹遗讴,岱宗《梁父》[㉒]。淮南《广陵》,郢中《激楚》[㉓]。每至曲终歌阕,乱以众契[㉔]。上下奔骛,鹿奔猛厉[㉕]。波腾雨注,飚飞电逝[㉖]。舒疾无方[㉗]。

缓调平弦,原本反始[㉘]。温雅冲泰,弘畅通理[㉙]。

弦法四时,修柄短直,洪然适宜[㉚]。

【说明】

此赋不全，散见于《艺文类聚》卷四十四、《北堂书钞》卷一一〇、《初学记》卷十六、《文选》嵇康《赠秀才入军五首》李善注、《文选》曹植《七启》李善注、《太平御览》卷八〇八等。陈元龙《历代赋汇》卷九十四所录不全。严可均《全三国文》卷四十据以上诸书辑录成篇。琵琶，本作"枇杷"，据说创自秦代。傅玄《琵琶赋序》："杜挚以为琵琶兴于秦末年，盖苦长城之役，百姓弦鼗而鼓之。"隋·虞世南《琵琶赋》云："寻斯乐之惟始，乃弦鼗之遗事。强秦创其滥觞，盛汉尽其深致。"《艺文类聚》卷四十四引应劭《风俗通》曰："琵琶，近世乐家所作，不知谁作也。长三尺五寸，法天地人与五行也。又四弦象四时也。"东汉刘熙《释名·释乐器》载："枇杷本出于胡中，马上所鼓也。推手前曰枇，引手却曰杷，象其鼓时，因以为名也。"晋·傅玄《琵琶赋序》又云："《世本》不载作者。闻之故老云：汉遣乌孙公主嫁昆弥，念其行道思慕，使工人知音者，裁琴、筝、筑之形，作马上之乐。今观其器，中虚外实，天地象也；盘圆柄直，阴阳叙也；柱有十二，配律吕也；四弦，法四时也。以方语目之，故云琵琶，取易传于外国也。"

此赋是最早的一篇以辞赋的形式全面叙写琵琶的完整史料。赋的开始简单叙述了制作琵琶的材料、过程以及琵琶的体制，接下来重点介绍了琵琶的乐音特点以及当时丰富细腻的演奏艺术，并对其作了符合儒家音乐文化的阐释。

【注释】

① 惟：句首语助词，无义。嘉桐：美好的梧桐树。梧桐木材质轻而坚韧，古人以为用桐木制作的琴，琴音最美。汉·桓谭《新论·琴道》："神农氏继宓羲而王天下，亦上观法于天，下取法于地，近取诸身，远取诸物，于是始削桐为琴，绳丝为弦，以通神明之德，合天人之和焉。"稍后的蔡邕亡吴期间，闻人烧桐发出声响，以为良材，请裁为琴，即历史上著名的"焦尾琴"。按，《艺文类聚》卷四十四作"嘉桐"，《初学记》卷十六作"素桐"。素桐，即白桐，桐树之一种。丹泽：古代湖泽名。《淮南子·墬形训》："西南方曰渚资，曰丹泽。"高诱注："盖近丹水，因其名，故曰丹泽也。"北垠：北涯，北岸。

② 修条：修长的枝条。迴固：远远地固守着树干。按，"迴固"，《艺文类聚》卷四十四作"迴回"，《历代赋汇》卷九十四作"回迴"，此据《初学记》卷十六、《全三国文》卷四十改。纠纷：杂乱，纷扰，这里指枝叶交叉。干（gān 甘）云：直上云霄。《文选》司马相如《子虚赋》："交错纠纷，上干青云。"干：冲，上冲。

③ 黄钟：古乐十二律之一，声调最洪大响亮。《周礼·春官·大司乐》："乃奏黄钟，歌大吕，舞雲门，以祀天神。"《礼记·月令》："仲冬之月……其日壬癸……其

音羽，律中黄钟。”这里以“黄钟”代指冬天。按，“黄钟”，《艺文类聚》卷四十四作“钟黄”，误。此据《初学记》卷十六、《历代赋汇》卷九十四、《全三国文》卷四十作“黄钟”。挺干：使木料干燥而挺直。表：显示，展示。素质：本质。苍春：指春天。按，“苍春”，《艺文类聚》卷四十四作“仓春”，此据《初学记》卷十六改。仓，同“苍”。

④ 公班：公输班，我国古代杰出的木匠。相传为春秋时鲁国人，姓公输，名班（般），技艺超绝，多所发明，被尊为木匠的祖师。妙意横施：意谓对桐树进行妙意斫凿。妙意，灵妙的意想。横施，原义是横置，这里引申为随意所之。晋·成公绥《琵琶赋》：“惟此琵琶，兴之末裔。尔乃脱巧班倕，妙意横施。因形造美，洪杀得宜。”

⑤ 广袤（mào 茂）应规：长宽正合尺度。广袤，指土地的长和宽，东西的长度叫“广”，南北的长度叫“袤”。这里指做琵琶的木材的长宽。

⑥ 回风：曲名。《汉武洞冥记》卷四：“（武）帝所幸宫人，名丽娟，年十四，玉肤柔软，吹气胜兰。不欲衣缨拂之，恐体痕也。每歌，李延年和之。于芝生殿唱《回风》之曲，庭中花皆翻落。”临乐：欣赏音乐。《礼记·曲礼上》：“临丧则必有哀色，执绋不笑，临乐不叹；介胄，则有不可犯之色。故君子戒慎，不失色于人。”刻饰流离：谓琴的花纹刻饰得光彩纷繁。流离，光彩纷繁貌。《文选》扬雄《甘泉赋》：“曳红采之流离兮，飏翠气之宛延。”按，《艺文类聚》卷四十四、《初学记》卷十六均作“流离”，《太平御览》卷八〇八作“琉璃”。

⑦ 岱谷檿（yǎn 衍）丝：泰山之谷出产的桑蚕丝。岱，泰山的别称。檿丝，蚕食山桑所吐的丝，其丝柔韧，可制作琴瑟弦。《尚书·禹贡》：“海岱惟青州。……厥贡盐絺，海物惟错。岱畎丝、枲、铅、松、怪石。莱夷作牧。厥篚檿丝。”檿，柞树，即桑树，古称山桑。篚（fěi 菲）贡天府：用圆形的筐进贡到朝廷的府库。篚，圆形的盛物竹器。天府，周官名，掌祖庙之守藏。后因称朝廷藏物之府库为天府。《周礼·春官·天府》：“天府，掌祖庙之守藏与其禁令。”

⑧ 伯奇：周宣王大臣尹吉甫之长子，性至孝。《初学记》卷二《天部下·霜第三》引东汉蔡邕《琴操》曰：“《履霜操》者，伯奇之所作也。伯奇，尹吉甫之子也。甫听其后妻之言，疑其孝子伯奇，遂逐之。伯奇编水荷而衣之，采苹花而食之。清朝履霜，而自伤无罪见放逐，乃援琴而鼓之。”伯奇《履霜操》：“履朝霜兮采晨寒，考不明其心兮听谗言。孤恩别离兮摧肺肝，何辜皇天兮遭斯愆。痛殁不同兮恩有偏，谁说顾兮知我冤。”轭（è 饿）：驾车时套在牛马颈上的曲木，其状像人字形。此指调乐的工具。“执轭”犹言操弦。杞妻：即杞梁妻，春秋时齐国大夫杞梁之妻。杞梁，名殖（一作“植”）。公元前 549 年，齐国袭击莒，杞梁战死，其妻迎丧于郊，哭声甚哀，城为之崩。这个故事后来演绎为孟姜女哭长城的故事。抽绪：抽引丝头。比喻引申发挥。《文心雕龙·章句》：“寻诗人拟喻，虽断章取义，然章句在篇，如茧之抽绪，原始要终，体必鳞次。”

⑨ 宫、羽：古代五音中的宫音与羽音。五音分别为宫、商、角、徵（zhǐ 止）、羽，相当于现行简谱上的1、2、3、5、6，唐代以来叫“合、四、乙、尺、工”。宫音最洪大，羽音最细弱。《国语·周语下》：“夫宫，音之主也，第以及羽。”《礼记·乐记》：“声音之道，与政通矣。宫为君，商为臣，角为民，征为事，羽为物，五者不乱，则无怗懘之音矣。”

⑩ 清朗紧劲：指琴声清楚响亮，急促有力。绝而不茹：指琴声戛然而止，而不柔弱。绝，止，停止。《吕氏春秋·权勋》：“子反之为人也，嗜酒甘而不能绝于口。”高诱注：“绝，止也。”茹：柔软，柔弱。《玉篇·艹部》：“茹，柔也。”《韩非子·亡征》：“缓心而无成，柔茹而寡断，好恶无决，而无所定立者，可亡也。”按，“绝而不茹”，诸书均同，惟《历代赋汇》卷九十四作“柔而不茹”。

⑪ 伶人：古代乐人，此指演奏艺人。鼓：弹奏。在古代，敲、击、弹、奏都称为鼓。汉·刘熙《释名·释乐器》：“枇杷本出于胡中，马上所鼓也。推手前曰枇，引手却曰杷，象其鼓时，因以为名也。”景（yǐng 颖）响：如影随形，如响应声。指声音萦绕不绝。景，通“影”。《楚辞·九章·悲回风》：“入景响之无应兮，闻省想而不可得。”丰硠（láng 郎）：宏亮的声响，如石相击。

⑫ 操畅：“操”谓音之和乐，“畅”谓音之哀愁。汉·应劭《风俗通义·声音》：“古之圣人君子……其道行，和乐而作者，命其曲曰畅，畅者，言其道之美畅，犹不敢自安，不骄不溢，好礼不以畅其意也。其遇闭塞，忧愁而作者，命其曲曰操，操者，言遇灾遭害，困厄穷迫，虽怨恨失意，犹守礼义，不惧不慑，乐道而不失其操者也。”骆驿：通“络绎”，连续不断。《文选》枚乘《七发》：“纯驰浩蜺，前后骆驿。”按，“骆驿”《历代赋汇》卷九十四作“络绎”。游：飘荡。风飏（yáng 扬）：飞扬。《汉书·叙传上》：“游说之徒，风飏电激，并起而救之。”按，“游乎风飏”，《艺文类聚》卷四十四作“游手风扬”，《北堂书钞》卷一一〇作“游乎风扬”，《历代赋汇》卷九十四作“游手风飏”。此据《全三国文》卷四十作“游乎风飏”。

⑬ “抑扬按捻，抳（nǐn 您上声）搦（nì 逆）摧藏”：古代弹奏乐器的八种技法。抑：向下压。扬：向上举。按：用手抚。捻：用手指搓转。抳：摇动。搦：用力按压。摧藏：奏乐时的抑按的动作。摧：往外推。一本作“推”。《说文·手部》：“摧，挤也。一曰㨯也。”南唐·徐锴《说文系传》：“㨯，推动也。”《广雅·释诂三》：“摧，推也。”藏：往怀里抱。《礼记·学记》：“君子之于学也，藏焉，修焉，息焉，游焉。”郑玄注：“藏，谓怀抱之。”汉·蔡邕《琴赋》：“左手抑扬，右手徘徊。抵掌反复，抑按藏摧。”按，“抑扬按捻”，《北堂书钞》卷一一〇作“抑案攦摄”，《艺文类聚》卷四十四作“抑按捻”，汪绍楹校语曰：“《北堂书钞》卷一百一十作‘攦’，‘攦’下有‘摄’字，此脱。”此据《历代赋汇》卷九十四作“抑扬按捻”。

⑭ 尔乃：转折语，犹“然后”。叩：叩击，敲，打。少宫：七弦古琴的第六弦。这里

指代琵琶弦。《广雅·释乐》:“神农氏琴,长三尺六寸六分,上有五弦,曰宫商角徵羽,文王增二弦,曰少宫、少商。”宋·沈括《梦溪补笔谈·乐律》:“古法唯有五音,琴虽增少宫、少商,然其用丝各半本律,乃律吕清倍法也。”骋:施,施展。这里指弹奏乐曲。《文选》潘岳《射雉赋》:“捵悬刀,骋绝技。”李善注引《韩诗章句》曰:“骋,施也。”明光:古楚曲名。此曲歌颂楚庄王夫人樊姬谏诤庄王狩猎和纳贤的故事。汉·蔡邕《弹琴赋》:“《饮马长城》,楚曲《明光》。”

⑮ 发(bó 拨):通“拨”,拨动。汉·刘熙《释名·释言语》:“‘发’、‘拨’古字本通。”“发,拨也,拨使开也。”下柱:指琵琶上的弦枕木的下端。“柱”指琵琶上的弦枕木。琵琶由“头”与“身”构成,上端又称“颈”部,即“相位”之处,颈的上端叠出部称“枕”,中与中下部是“品位”,“相”与“品”古代都称作“柱”,是一种音位装置。展:展动,翻动。上腔:此指琵琶上部与弦之间的空隙处。按,“腔”,《艺文类聚》卷四十四作“按”,此据《初学记》卷十六、《历代赋汇》卷九十四、《全三国文》卷四十改。

⑯ 仪:取法,效法。蔡氏之繁弦:蔡邕《琴赋》所描写的繁弦声调。繁弦,繁杂的弦乐声。汉·蔡邕《琴赋》:“尔乃清声发兮五音举,发宫商兮动角羽,曲引兴兮繁弦抚。然后哀声既发,秘弄乃开。左手抑扬,右手徘徊。抵掌反复,抑按藏摧。于是繁弦既抑,雅韵乃扬。”放:通“仿”,仿效,效法。按,《艺文类聚》卷四十四、《初学记》卷十六俱作“放”,《历代赋汇》卷九十四作“仿”。庄公之倍簧:未详何典。簧,笙管中用以发声的铜叶。

⑰ 改为秦声:《艺文类聚》卷四十四作“故为秦声”,此据《历代赋汇》卷九十四作“改为秦声”。秦声,秦地(今陕西、甘肃一带)的音乐。秦·李斯《谏逐客书》:“夫击瓮叩缶,弹筝搏髀,而歌呼呜呜快耳者,真秦之声也。”

⑱ 壮谅:豪迈谅直。抗忾(kài 慨):同“慷慨”。抗,通“亢”,高亢。忾,感慨。土风:乡土歌谣或乐曲。此指秦地曲调。

⑲ 延年:李延年,中山人(今河北省定县一带),汉武帝李夫人之兄,为当时著名的音乐家,能歌擅曲,每为新声变曲,闻者莫不感动。度曲:作曲。六弹(tán 坛):此指琵琶的六种弹法。弹,拨弄或敲打乐器。

⑳ 绌(chù 触):通“黜”,废除。“绌邪存正”,即废除淫靡之音存正声。按,“绌邪存正”,《艺文类聚》卷四十四原作“绌耶在正”,此据《初学记》卷十六、《历代赋汇》卷九十四、《全三国文》卷四十改。疏密:稀疏与稠密。程:规矩,法则。

㉑ “离而不散”四句:既是说明琵琶的音乐特色,又是说明演奏者得心应手的演奏技巧,疏慢而不松散,繁弦而不多馀,深沉而不呆滞,空灵而不轻佻,呈现出丰富而细腻的演奏技艺。

㉒ 绵驹:春秋时齐国人,善歌舞,被后人称为歌圣、“音神”。《孟子·告子下》:“绵驹处于高唐,而齐右善歌。”遗讴:指古代留传下来的歌曲。岱宗:即泰山。古代

以为泰山居五岳之首,为诸山所宗,故称。《梁父》:即《梁父吟》,亦作《梁甫吟》。乐府楚调曲名。梁父,山名,泰山下的一座小山,古代帝王常在此山辟基祭奠山川。《梁父吟》,盖言人死葬此山,亦为葬歌。今传诸葛亮所作《梁甫吟》,乃是叙述春秋时齐相晏婴二桃杀三士的故事。唐代大诗人李白的《梁父吟》,则是抒写其抱负不能实现的悲愤。

㉓ 淮南:国名,汉高祖四年置,都城在今安徽省寿县。这里是指其国音乐。《文选》司马相如《上林赋》:"《巴渝》宋蔡,淮南《干遮》。"《广陵》:即《广陵散》,古琴曲名。三国魏名士嵇康善弹此曲,秘不授人。后嵇康遭谗被害,临刑时索琴弹之,叹曰:"《广陵散》于今绝矣!"后亦称事无后继、已成绝响者为"广陵散"。郢中:郢都,春秋战国时楚国的首都。此处借指古楚地。按,"郢中",《艺文类聚》卷四十四原作"郢都",此据《初学记》卷十六改。《激楚》:古曲名。《文选》司马相如《上林赋》:"鄢郢缤纷,《激楚》《结风》。"

㉔ 每至曲终歌阕:《初学记》卷十六无"每至"二字,此据《艺文类聚》卷四十四、《历代赋汇》卷九十四、《全三国文》卷四十补。阕(què 雀):停止,终了。此指乐终。《礼记・文王世子》:"有司告以乐阕。"郑玄注:"阕,终也。告君以歌舞之乐终。"乱:乐章的尾声叫做乱。辞赋里用在篇末,总括全篇思想内容的文字也叫"乱"。《楚辞・离骚》:"乱曰:已矣哉!国无人莫我知兮,又何怀乎故都!既莫足与为美政兮,吾将从彭咸之所居!"王逸注:"乱,理也,所以发理辞旨,总撮其要也。"说明"乱"有阐发全曲主旨,总括其要点之意。契:合。此指乐曲的总的尾声。"乱"是在曲结束后将多个"契"加以整理、归纳。正因为如此,所以六朝隋唐间,"乱"又称"契"。唐・李良辅《广陵止息谱序》云:"契者,明会合之至,理殷勤之馀也。"认为"契"是统一全曲的最高形式,也是全曲总的尾声。

㉕ 上下奔骛(wù 务):《艺文类聚》卷四十四此句上有"王"字,汪绍楹校语曰:"明本及《初学记》十六'王'字无。"按,《初学记》卷十六、《历代赋汇》卷九十四、《全三国文》卷四十皆无"王"字,今据删。以下数句写演出结束前的高潮:诸乐器并举,众音交下,十分热闹。奔骛:纵横奔驰。按,"奔骛",《艺文类聚》卷四十四、《全三国文》卷四十俱作"奔骛",《初学记》卷十六作"奋骛",此据《历代赋汇》卷九十四改。猛:健壮的犬。《说文・犬部》:"猛,健犬也。"厉:猛烈。一说,"猛厉"为形容词,猛烈貌。按,"鹿奔猛厉",《艺文类聚》卷四十四原作"鹿奋猛厉",此据《初学记》卷十六改。

㉖ 飚(biāo 标):暴风。按,"飚",《艺文类聚》卷四十四、《文选》嵇康《赠秀才入军五首》李善注、《文选》曹植《七启》李善注俱作"飘",此据《初学记》卷十六、《历代赋汇》卷九十四、《全三国文》卷四十改。飞:《文选》嵇康《赠秀才入军五首》李善注、《文选》曹植《七启》李善注俱作"风",此据《艺文类聚》卷四十四、《初学记》卷十

六、《历代赋汇》卷九十四、《全三国文》卷四十改。

㉗ 舒疾无方:迟速不定。该句仅见于《文选》嵇康《赠秀才入军五首》李善注、《文选》曹植《七启》李善注。舒疾:迟速,缓急。方:依据,章程。按,“方”,《文选》曹植《七启》李善注作“力”,此据《文选》嵇康《赠秀才入军五首》李善注改。

㉘ 最后演出趋于平缓,进入尾声。“缓调平弦”四句:仅见于《初学记》卷十六。缓调:“急节”相对,曲调舒缓的曲调。宋·贺铸《凌歊·铜人捧露盘引》:“缓调清管,更为侬三弄斜阳。”平弦:清平、美雅的管弦乐。原:推究。反:反复推论。本、始:根源,本源。《礼记·大学》:“物有本末,事有始终。”这里指音乐的基本功能。《荀子·乐论》:“故乐在宗庙之中,君臣上下同听之,则莫不和敬;闺门之内,父子兄弟同听之,则莫不和亲;乡里族长之中,长少同听之,则莫不和顺。故乐者,审一以定和者也,比物以饰节者也,合奏以成文者也,足以率一道,足以治万变。”

㉙ 温雅:温润典雅。冲泰:平和安泰。弘畅:宏大通达。通理:归于乐之本旨。

㉚“弦法四时”三句:仅见于《北堂书钞》卷一一〇《乐部六·琵琶十四》,严可均《全三国文》漏辑。弦法四时:谓琵琶四弦象法四时。《艺文类聚》卷四十四引应劭《风俗通》曰:“琵琶……法天地人与五行也。又四弦象四时也。”晋·傅玄《琵琶赋序》:“(琵琶)四弦,法四时也。”“修柄短直,洪然适宜”:谓琵琶柄修长而柱短直,长短大小相宜。晋·傅玄《琵琶赋序》:“今观其器,中虚外实,天地象也;盘圆柄直,阴阳叙也;柱有十二,配律吕也。”修,长。洪,大。“洪然”,此处有“大小”之意。

【辨析】

《艺文类聚》卷四十四此赋作者署名“晋孙谚”,然遍查史籍,魏晋实无“孙谚”其人。“孙谚”当系“孙该”之误。而《北堂书钞》卷一一〇、《初学记》卷十六、《文选》嵇康《赠秀才入军五首》李善注、《文选》曹植《七启》李善注、《历代赋汇》卷九十四、《全三国文》卷四十此赋作者俱作“孙该”,则此赋作者当系孙该。《初学记》、《历代赋汇》又云“晋孙该”,然两晋实无孙该其人,显然是把孙该误作晋人了。严可均《全三国文》卷四十此赋隶属魏人孙该名下。据此,此赋作者应是三国魏人孙该无疑。

音乐文化是古代文化、尤其是儒家文化的重要组成部分。中国的音乐文化发展非常早,《尚书·舜典》就有记载:“帝曰:夔,命汝典乐,教胄子:直而温,宽而栗,刚而无虐,简而无傲。”可见古人对音乐的教育作用是非常重视的。此后随着各种乐器的出现,音乐的教化作用便有了具体的承载和表现工具。战国宋玉的《笛赋》,西汉前期枚乘《笙赋》和《七发》中一些写琴以及西汉中后期王褒的《洞箫赋》、刘向的《雅琴赋》,都是早期乐器赋,此后各种乐器赋便层出不穷。

吟咏描写琵琶的赋作始于魏晋,目前所能见到的有三国魏孙该、西晋成公绥和傅玄的《琵琶赋》。孙该的《琵琶赋》是第一篇关于琵琶音乐的赋作,具有较高的史料价值,它不仅写了琵琶的制作材料、形制,而且写了古琵琶的演奏技艺和音乐特征,并且对其作了符合儒家音乐思想的阐释。此赋详略得当,开始只简单介绍琵琶的材料和形制,而对其音乐特征和演奏技艺则描述得非常细致。汉末魏晋,一直被看作是儒家思想倾颓的时期,但从此赋可以看出,儒家思想仍旧作为传统的思想观念深刻地影响着人们的思维方式,尤其是对艺术品质的体悟。

此赋意在体现儒家音乐思想的中和之美,"离而不散,满而不盈;沉而不重,浮而不轻",正是音乐和谐之美的体现;"缓调平弦,原本反始。温雅冲泰,弘畅通理",则是对琵琶音乐理念及功能的说明。这里的"本"即"和"。"和"被古人认为是乐的基本特征,《尚书·舜典》云:"诗言志,歌永言,声依永,律和声,八音克谐,无相夺伦,神人以和。"《老子》第二章曰:"高下相倾,音声相和。"《荀子·乐论》曰:"乐者,审一以定和也。"可见,当时对音乐的欣赏还是着眼于其教化功能的。

此赋用笔极简,寥寥数笔,便给我们展现了一幅高超的琵琶演奏图。"抑扬按捻,推搦摧藏",仅仅几个动作,一个如痴如醉的琵琶演奏者的形象便呈现在读者目前。而这几个简单的动作中,则蕴藏了琵琶音乐的无穷魅力,从秦声到南乐,琵琶不仅具有宽广的音域特征,而且具有无穷的变幻组合方式,充分展示了古琵琶的制作水平和丰富而细腻的演奏技艺。

毌丘俭

毌丘俭(？—255)，字仲恭，河东闻喜(今山西省闻喜县)人，将作大匠、高阳乡侯毌丘兴子，俭袭父爵，为平原侯曹植文学侍臣。魏明帝太和(227—233)初为尚书郎，迁羽林监，出为洛阳典农，迁荆州刺史。青龙(233—237)中，明帝为讨辽东计，以俭有干策，徙俭幽州刺史，加度辽将军，使持节，护乌丸校尉，与司马懿讨伐辽东。辽东平，以功进封安邑侯，寻迁左将军，假节监豫州诸军事，领豫州刺史，转为镇南将军，徙镇东将军，都督扬州。正始六年(245)中，数次讨伐高句丽，追亡逐北，勒石纪功而还。后官至镇东将军、都督扬州诸军事。司马师废齐王芳，毌丘俭感明帝顾托，恒愤懑不乐。高贵乡公正元二年(255)，毌丘俭矫郭太后诏，在寿春举兵讨大将军司马师，兵败被杀。原有集二卷，散佚。今仅存文八篇(含残篇)，佚句一篇；诗一首，佚句二首。传见《三国志·魏书·毌丘俭传》。

承露盘赋

伟神盘之殊异，邈迢递以秀峙[1]。树根芳林，濯景天池[2]。嘉木灵草，绿叶素枝[3]。飞阁鳞接而从连，层台偃蹇以横施[4]。龟龙怪兽，嬉游乎其中[5]。诡类壮观，杂遝众多[6]。

若乃肇制模镕，应变入神[7]。穷数极理，究尽物伦[8]。命班尔，召淳均[9]。撰兰藉，简良辰[10]。采名金于崐丘，斩扶桑以为薪[11]。诏烛龙使吐火，运混元以陶甄[12]。殴阴阳而役神物，岂取力于烝民[13]！用能弗经弗营，不日而成[14]；匪雕匪斲，天挺之灵[15]。雄干碣以高立，干云雾而上征[16]。盖取象于蓬莱，实神明之所凭[17]。峻极过于阆风，凤高翔而弗升[18]。远而望之，若紫霓下邻，双鹍集焉[19]；即而视之，若璆琳之柱，华盖在端[20]。上际辰极，下通九原[21]。中承仙掌[22]，既平且安。越古今而无匹，信奇异之可观[23]。又能致休征以辅性，岂徒虚设于芳园[24]。采和气之精液，承清露于飞云[25]。

【说明】

此赋见于《艺文类聚》卷七十三。"伟神盘之殊异，邈迢递以秀峙"二句，严可均《全三国文》卷四十据《太平御览》卷七五八增补。

承露盘本是汉武帝迷信神仙，以求延年益寿而建造，耗费大量财力人力。魏明帝曹叡于景初元年（237）徙长安承露盘，中途毁坏，于是又重新铸造，竖之于洛阳芳林园内。此赋即为颂赞此事而作，对承露盘之铸造作用，写得神乎其神，通篇多阿谀奉承之辞。

【注释】

①"伟神盘之殊异，邈迢递以秀峙"二句，见于《太平御览》卷七五八《器物部三·盘》，《艺文类聚》卷七十三缺载。伟：雄伟。神盘：指承露盘。汉武帝迷信神仙，于建章宫筑神明台，立铜仙人舒掌捧铜盘承接甘露，以为饮之可延年益寿。《文

选·张衡〈西京赋〉》:"立修茎之仙掌,承云表之清露,屑琼蕊以朝飧,必性命之可度。"《汉书·郊祀志上》:"其后又作柏梁、铜柱、承露仙人掌之属矣。"颜师古注引《三辅故事》:"建章宫承露盘,高二十丈,大七围,以铜为之,上有仙人掌承露,和玉屑饮之。"邈:超拔。迢递:高峻貌。晋·陶潜《读〈山海经〉十三首》其三:"迢递槐江岭,是为玄圃丘。"按,"迢递",严可均《全三国文》卷四十作"迢迢"。"迢迢",高貌。这里指承露盘整体造型高耸挺拔。秀峙:秀美超逸。

② 树根:植根于。此指建筑之所在。根,物体的下基。这里指承露盘的底座。芳林:芳林园,魏皇家园林名。始建于东汉,故址在今河南省洛阳市城中。濯景天池:形容承露盘之高。濯景(yǐng 影):耀影。濯,通"耀"。朱骏声《说文通训定声》:"濯,假借为耀。"景,通"影"。天池:天上仙界之池。此指芳林园中池塘。

③ 嘉木:美好的树木。灵草:仙草,瑞草。素枝:无花的树枝。

④ 飞阁:高阁。宋·陆游《醉中作》:"画角三终夜未阑,醉凭飞阁喜天宽。"鳞接:像鱼鳞那样依次连接。宋·周邦彦《汴都赋》:"高城万雉,埤堄鳞接。"从连:相互接连。层台:层叠的高台。《楚辞·招魂》:"层台累榭,临高山些。"偃蹇:高耸挺立貌。横施:横置。

⑤ 嬉游:游乐,游玩。

⑥ 诡类:奇特怪异的种类。《文选》张衡《西京赋》:"其中则有鼋鼍巨鳖……诡类殊种。"薛综注:"诡类殊种,多杂物也。"杂遝(tà 蹋):纷杂重积貌。唐·裴光庭《奉和御制左丞相说右丞相璟太子少傅乾曜同日上官……赐诗》:"杂遝喧箫鼓,欢娱洽搢绅。"遝,同"沓",重积。

⑦ 若乃:转折语,犹"至于"。肇(zhào 照)制:创制。肇,开始。模镕:模型。应变入神:形容变化创新的技巧达到了出神入化的境界。应变,顺应变化。

⑧ "穷数极理"二句:极言铸造承露盘的工艺水准之高。穷数极理:意谓穷尽事物规律之理。究尽物伦:探究尽事物内部的条理。

⑨ 班:鲁班,中国古代的建筑工匠,姓公输,名般,春秋时鲁国人,相传曾创造攻城的云梯和刨、钻等土木工具。后世被尊奉为木匠、泥瓦匠、铁匠、石匠的祖师。尔:王尔,春秋时著名巧匠。此处"班尔"代指能工巧匠。汉·刘胜《文木赋》:"乃命班尔,载斧伐斯。"淳均:即"淳钧",亦作"纯钧"、"淳钩",古代宝剑名。《淮南子·齐俗训》:"淳均之剑不可爱也,而'欧冶'之巧可贵。"《越绝书》卷十一:"欧冶乃因天之精神,悉其伎巧,造为大刑(型)三,小刑(型)二。一曰湛卢,二曰纯钩,三曰肚邪,四曰鱼肠,五曰巨阙。"此处以"淳均"代指能工巧匠。

⑩ 撰兰藉:准备好祭物。指制作承露盘前先举行祭祀仪式。撰:具,准备好。《广雅·释诂三》:"撰,具也。"王念之疏证:"撰,为之具也。"一说,"撰"有"持"义,《集韵·潸韵》:"撰,持也。"兰藉(jiè 界):用兰草做的置放祭品的垫子。此处以"兰

藉”代指祭品。古代祭祀朝聘时陈列礼品的垫物。《说文·艸部》曰:“藉,祭藉也。”《楚辞·九歌·东皇太一》:“蕙肴蒸兮兰藉,奠桂酒兮椒浆。”洪兴祖补注:“言己供待弥敬,乃以蕙草蒸肴,芳兰为藉,进桂酒椒浆,以备五味也。”朱熹集注:“此言以蕙裹肴而进之,又以兰为藉也。”一说“撰兰藉”,谓绘制好铸造承露盘的蓝图,亦可通。按,“兰藉”,严可均《全三国文》卷四十作“兰籍”。简良辰:选择吉时。简:选择。良辰:吉时,美好的时光。以上四句强调铸造承露盘前的准备工作,庄重而虔敬。

⑪ 崐丘:同“昆丘”,即昆仑山。唐·李白《古风五十九首》其四十:“朝鸣昆丘树,夕饮砥柱湍。”斩:砍伐。扶桑:古代神话中海外的大树,据说太阳从这里升起。《山海经·海外东经》:“汤谷上有扶桑,十日所浴。”郭璞注:“扶桑,木也。”薪:柴,柴草,柴火。

⑫ 诏:告诉,告知。烛龙:古代神话中的神名,传说其张目、衔烛,能够照耀天下。《山海经·大荒北经》:“西北海之外,赤水之北,有章尾山。有神,人面蛇身而赤,直目正乘,其瞑乃晦,其视乃明,不食不寝不息,风雨是谒。是烛九阴,是谓烛龙。”《楚辞·天问》:“日安不到,烛龙何照?”王逸注:“言天之西北有幽冥无日之国,有龙衔烛而照之也。”此处以“烛龙”借指太阳。唐·许浑《和宾客相国咏雪》:“烛龙初照耀,巢鹤乍裴回。”吐火:喷吐火焰,发出火光。《文选》扬雄《羽猎赋》:“霹雳烈缺,吐火施鞭。”李善注:“应劭曰:‘霹雳。雷也。烈缺,闪隙也。火,电照也。’”“吐火”在这里有阳光照射之意。运:运行。混元:指天地元气。陶甄(zhēn 真):同“甄陶”,烧制瓦器。

⑬ 殴阴阳而役神物:即上文所说的“诏烛龙使吐火,运混元以陶甄”。殴:通“驱”,驱使。阴阳:天地阴阳,此处代指宇宙自然。役:役使。神物:神灵、怪异之物。《易传·系辞上》:“是故天生神物,圣人则之。”唐·皮日休《缥缈峰》:“神物谅不测,绝景尤难穷。”烝(zhēng 蒸)民:民众,百姓。

⑭ 用能弗经弗营:《艺文类聚》卷七十三《杂器物部》作“用能弗营”,此据严可均《全三国文》卷四十补“弗经”二字。用能:故能。用,因此,故而。弗经弗营:不用特意用心经营。弗,不。不日而成:指承露盘很快就建造好。不日,不久。

⑮ 匪雕匪斲(zhuó 浊):不用雕凿砍削。匪,否定副词,义同“不”。斲,通“斫”,砍,削。天挺之灵:天挺:天然的特出超拔。

⑯ “雄干碣以高立”二句:极言承露盘之高。雄干(gàn 赣):指承露盘雄伟的铜茎。碣(jié 杰)以高立:高高地耸立。碣,耸峙貌。干(gān 甘)云雾:犹言上干青云。干:触,犯。上征:上升。《文选》王延寿《鲁灵光殿赋》:“飞陛揭孽,缘云上征。中坐垂景,俯视流星。”

⑰ 盖:大概,大约。取象:以某事物作为式样。《庄子·天道》:“夫尊卑先后,天地之行也,故圣人取象焉。”蓬莱:即蓬莱山,亦称“蓬壶”,古代神话传说中的仙

山，在渤海中。此处代指蓬莱仙境的建筑物。神明：神灵，神祇。凭：凭依。

⑱“峻极”二句：意谓承露盘比阆风山还高，就连凤凰也难以飞上去。峻极：极高貌。《诗·大雅·崧高》：“崧高维岳，峻极于天。”唐·杜甫《赠蜀僧闾丘师兄》：“世传闾丘笔，峻极逾昆仑。”阆风：山名，传说中神仙所居之地，在昆仑山之巅。《楚辞·离骚》：“朝吾将济于白水兮，登阆风而緤马。”

⑲紫霓：紫色的云霞。邻：接近，靠近。鹍（kūn 昆）：鹍鸡，一种形似仙鹤的鸟。

⑳即：靠近。璆（qiú 求）琳：美玉。《尔雅·释地》：“西北之美者，有昆仑虚之璆琳、琅玕焉。”郭璞注：“璆琳，美玉名。”华盖：原指帝王车驾上所张的伞形车盖，此指华丽的伞状铜盘。端：顶端。

㉑“上际辰极”二句：极言承露盘之高、之牢。三国·魏·曹植《承露盘铭》：“下潜醴泉，上受云英。”际：到，接近。辰极：北斗星。唐·孙佺《奉和九月九日登慈恩寺浮图应制》：“龙旗焕辰极，凤驾俨香阗。”九原：九泉，黄泉。《旧唐书·李嗣业传》：“忠诚未遂，空恨于九原。”宋·周紫芝《采桑子》：“九原唤起王摩诘，画作新图。”

㉒中承仙掌：据曹植《承露盘铭序》“上盘径四尺九寸，下盘径五尺”可知，明帝所造承露盘有上下两个盘，这里所说的“中承仙掌”即为下面的承露盘。按，“中承仙掌”，《艺文类聚》卷七十三《杂器物部》作“仙掌仙掌”，与上二文“上际辰极，下通九原”不谐，今据《全三国文》卷四十改。仙掌：汉武帝在长安建章宫柏梁台上作承盘，上有铜人，舒掌捧铜盘玉杯，以承接仙露，后因称承露金人为仙掌。此指承露盘。

㉓无匹：无比，无可匹配。信：诚然，实在。可观：美丽好看。

㉔致：招引，引来。休征：瑞兆，吉祥的征兆。休：美，吉。辅性：有助于调养心性。岂徒：岂止，何止。

㉕和气：祥和之气。《汉书·刘向传》：“和气致祥，乖气致异。”三国·魏·曹植《承露盘铭》：“和气四充，翔风所经。”精液：精华。承：承接，在下面接受。飞云：犹言云间。

【辨析】

承露盘本是汉武帝所始建，目的是祈求延年益寿、长生不老。《资治通鉴·汉纪十二·武帝元鼎二年》载：“春（前115），起柏梁台。作承露盘，高二十丈，大七围，以铜为之。上有仙人掌，以承露，和玉屑饮之，云可以长生。宫室之修，自此日盛。”《文选》张衡《西京赋》：“柏梁既灾，越巫陈方，建章是经，用厌火祥。”李善注引《汉书》曰：“柏梁灾，越俗，有火灾，复起屋，必以大，用胜服之。于是作建章宫。”魏明帝曹叡即位后，下令将长安的承露盘迁到洛阳，在搬迁途中承露盘被损坏，于是明帝下令重建。魏明帝所铸造的承露盘，在造型上有别于长安汉武承露盘。曹植的《承露盘铭序》云："皇帝乃诏有司，铸铜，建承露盘。茎长十二丈，大十围，上盘径四尺九寸，下盘径五尺。铜龙绕其根，龙身长一丈，背负两子，自立于芳林园，甘露乃降。"由此可知，这个承露盘占地面积很大，但并不是太高。该盘在设计上则独具匠心，分为上下两个承露盘，并且有黄龙盘绕铜茎之上。比之汉武帝所作的承露盘，其做工更为精美细致。

《三国志·魏书·明帝纪》裴松之注引《魏略》曰："是岁（按：指景初元年，公元 237 年），徙长安诸钟簴、骆驼、铜人、承露盘。盘折，铜人重不可致，留于霸城。大发铜铸作铜人二，号曰翁仲，列坐于司马门外。又铸黄龙、凤皇各一，龙高四丈，凤高三丈馀，置内殿前。起土山于芳林园西北陬，使公卿群僚皆负土成山，树松竹杂木善草于其上，捕山禽杂兽置其中。"又引《魏略》载司徒军议掾河东董寻上书谏曰："……建安以来，野战死亡，或门殚户尽，虽有存者，遗孤老弱。若今宫室狭小，当广大之，犹宜随时，不妨农务，况乃作无益之物，黄龙、凤皇，九龙、承露盘，土山、渊池，此皆圣明之所不兴也，其功参倍于殿舍。三公九卿侍中尚书，天下至德，皆知非道而不敢言者，以陛下春秋方刚，心畏雷霆。今陛下既尊群臣，显以冠冕，被以文绣，载以华舆，所以异于小人；而使穿方举土，面目垢黑，沾体涂足，衣冠了鸟，毁国之光以崇无益，甚非谓也。"

可见，魏明帝造承露盘，大兴土木，建造宫室，群臣是敢怒而不敢言。在这种情况下，作者在赋中不仅没有劝谏之意，反而极尽阿谀奉承，认为铸造承露盘能够"致休征以辅性"，纯属迎合之举。

另外，毌丘俭还写有《承露盘铭》，铭文曰："赫赫圣魏，绍天惟则。承露瑰生，爰诏懿德。下有蛟龙，偃蹇虬纷。上有层盘，厉彼青云。修茎擢擢，高弗可及。仙掌岧岧，零露是集。有直其体，有固斯基。休征攸降，神明攸持。少昊惟好，我后斯同。以近眉寿，以保万邦。"不难看出，铭文的命意与此赋略同。

杜　挚

杜挚，生卒年不详。字德鲁，三国魏辞赋家。河东闻喜（今山西省闻喜县）人。善于文赋，初上《笳赋》，署司徒军谋吏。后举孝廉。魏明帝时除郎中令，转补校书郎，遂沉沦下僚，栖迟多年。因怀才不遇，遂作诗与同乡、时任荆州刺史的毌丘俭，诗中以伊尹、吕望、管仲、宁戚、韩信、郦食其、朱买臣自比，欲求俭擢引。毌丘俭答以诗，劝其"但当养羽翮，鸿举必有期"，竟不予援引。杜挚不得升迁，卒于秘书任上。《隋书·经籍志四》载其有集二卷，已佚。今存诗二首，载《先秦汉魏晋南北朝诗》；赋一篇，载《全上古三代秦汉三国六朝文》。事迹见《三国志·魏书·刘劭传》裴松之注引《文章叙录》。

笳赋并序

昔伯阳避乱入戎①,戎越之思,有怀土风②。遂建斯乐③,美其出入戎貉之思④,有《大韶》《夏》之音⑤。

唯葭芦之为物,谅絜劲之自然⑥。托妙体于阿泽,历百代而不迁⑦。于是秋节既至,百物具成⑧。严霜告杀,草木殒零⑨。宾鸟鼓翼,蟋蟀悲鸣⑩。羁旅之士,感时用情⑪。乃命狄人,操笳扬清⑫。吹东角,动南徵⑬。清羽发,浊商起⑭。刚柔待用,五音迭进⑮。倏尔却转,忽焉前引⑯。或缊缊以和怿,或凄凄以噍杀⑰,或漂淫以轻浮,或迟重以沉滞⑱。

【说明】

此赋序文见于《太平御览》卷五八一、《宋书·乐志一》、《文选》张衡《西京赋》薛综注、《文选》李陵《答苏武书》李善注、唐·杜佑《通典》卷一四四《乐四》亦载其序文片段。赋的正文见于《艺文类聚》卷四十四《乐部四》。陈元龙《历代赋汇》卷九十五只载赋之正文,严可均《全三国文》卷四十一辑录赋序和赋文。

笳是古代的一种管乐器,类似笛子,通常称胡笳,流行于塞北和西域,汉时传入中原,是汉代鼓吹乐和横吹乐的主要乐器。《太平御览》卷五八一《乐部十九·笳》引《晋先贤仪注》:"笳者,胡人卷芦叶吹之,以作乐也,故谓胡笳。"宋·陈旸《乐书》卷一三〇:"胡笳,似觱篥而无孔,后世卤簿用之,盖伯阳避入西戎所作也。……晋有大箛小箛,盖其遗制也。"胡笳,多为凄厉清越之音,悲壮苍凉,极富感染力。《太平御览》卷五八一《乐部十九·笳》引《夏仲御别传》曰:"激南楚,吹胡笳,风云为之摇动,星辰为之变度。"魏晋时咏笳之赋见诸文献的计有四篇:杜挚、傅玄、孙楚的《笳赋》和夏侯湛的《夜听笳赋》,其中傅玄《笳赋》已佚。杜挚《笳赋》和其他两篇完整保存。

【注释】

① 伯阳:周幽王时太史伯阳父(甫)。周幽王二年(前780),他预感周将大乱,

遂避乱西戎。按,《文选》李陵《答苏武书》李善注引作“笳者,李伯阳入西戎所作也”,则系指李耳,误。详见后“辨析”。

② 戎:泛指我国古代西部的少数民族。越:我国古代东南一带的江浙粤闽之地为越族所居,谓之百越。因西戎和百越都在边陲之地,后遂以“戎越”代指异域他乡。怀土:怀念故乡。《汉书·叙传上》引班彪《王命论》:“寤戍卒之言,断怀土之情。”风:民歌。

③ 遂:于是,就。建:发明,制造。斯乐:这种乐器。斯:此,这个。按,“建”,严可均《全三国文》卷四十一作“造”。

④ 美:赞美,称美。戎貉(hé 何):同“戎貊”,戎族和貊族,泛指西北部少数民族。“戎”,泛指西北少数民族,“貊”,北狄的别称。这种称呼有侮辱的意思。思:感思,感受。按,“出入”,《太平御览》卷五八一原作“出于”,此据《全三国文》卷四十一改。

⑤《大韶》:亦称“大磬”,相传为舜时的乐名。《夏》:即“大夏”,相传为夏禹时的乐名。

⑥ 唯:语首助词,无义。葭(jiā 加)芦:芦苇。谅:确实。絜(jié 杰)劲:净洁劲直。絜,同“洁”,洁白。按,“絜”,《历代赋汇》卷九十五作“洁”。劲(jìng 净),劲直。

⑦ 妙体:美妙的形体。阿泽:大泽。阿,大。《文选》陆机《君子有所思》:“甲第崇高闼,洞房结阿阁。”李周翰注:“阿,大也。”泽,聚水的洼地。迁:变易。

⑧ 秋节:指秋季。既至:已经到来。百物:犹言万物。具:通“俱”,完全,都。成:成熟。

⑨ 告:宣布或表示某种情况的实现。杀:降落。《素问·六元正纪大论》:“寒来不杀,温病乃起。”张自聪集注:“杀,降也。”殒零:陨落,凋落。殒,通“陨”,陨落。零,草木凋谢。

⑩ 宾鸟:鸿雁。《礼记·月令》:“季秋之月,……鸿雁来,宾。”南朝·齐·谢朓《雩祭歌·白帝歌》:“嘉树离披,榆关命宾鸟。夜月如霜,金风方袅袅。”鼓翼:振翅。蟋蟀:即蛐蛐儿,也叫促织。悲鸣:悲哀地鸣叫。

⑪ 羁旅之士:客居异乡的人。羁旅,客居他乡。《左传·庄公二十二年》:“齐侯使敬仲为卿,辞曰:‘羁旅之臣,幸若获宥……敢辱高位,以速官谤?’”杜预注:“羁,寄;旅,客也。”感时:感慨时序的变迁。用情:动情。

⑫ 乃:于是。命:命令。狄:亦作“翟”,我国古代少数民族名,因其主要居住于西北部和北部,故又称“北狄”。操笳:吹笳。扬清:播扬、舒发清音。《周礼·春官·大师》:“皆文之以五声:宫、商、角、徵、羽;皆播之以八音:金、石、土、革、丝、木、匏、竹。”郑玄注:“播,犹扬也。”孙诒让正义:“扬与布同义。”《楚辞·九章·思美

人》:"窃快在其中心兮,扬厥凭而不竢。"蒋骥注:"扬,舒发也。"

⑬ 东角(jué 绝):"角"为古代五音之一,相当于现行简谱的"3"。《礼记·月令》:"孟春之月……其音角。"《吕氏春秋·孟春纪》:"孟春之月……其音角。"高诱注:"角,木也,位在东方。"古人以五音与五行、五方相配,角在东,徵在南,宫在中,商在西,羽在北,皆应乎四时,配乎五方。角属木音,位在东方,故曰东角。南徵(zhǐ 止):"徵"为古代五音之一,相当于现行简谱的"5"。《礼记·月令》:"孟夏之月……其音徵。"《吕氏春秋·孟夏纪》:"孟夏之月……其音徵。"高诱注:"徵,火也,位在南方。"徵属火音,位在南方,故曰南徵。《太平御览》卷五八一《乐部十九·笳》:"《夏仲御别传》曰:激南楚,吹胡笳,风云为之摇动,星辰为之变度。"

⑭ 羽:古代五音之一,属清音,其声高洁澄净,淡荡清邈。商:五音之一,属浊音,其声慷慨悲凉,惨怃哀怨。

⑮ 刚柔:强弱,此指音节的强弱高低。待用:共用,并用。待,共。《战国策·齐策三》:"今君到楚而受象床,所未至之国,将何以待君?"高诱注:"待,犹共也。"一说,"待",同"代"。《历代赋汇》卷九十五"待"作"代"。五音:犹五声。《周礼·春官·大师》:"皆文之以五声:宫、商、角、徵、羽。"迭进:犹递进。指音乐一层比一层深入,重叠交叉演奏。

⑯ 倏(shū 疏)尔:忽然。倏:本义是犬疾行,引申为疾速,忽然。却转:向后转。却:后退,退却。忽焉:忽地,忽然。前引:在前面引导。

⑰ 缊缊(yùn 运):温婉貌。和怿(yì 艺):和悦。怿,欣悦。凄凄:凄凉貌。噍杀(jiāo shài 娇晒):声音急促。内心悲哀伤感,故笳音急促。《礼记·乐记》:"是故其哀心感者,其声噍以杀。"孔颖达疏:"谓乐声噍蹙杀小。"按,"噍",《艺文类聚》卷四十四作"燋",此据严可均《全三国文》改。

⑱ 漂淫:轻扬悠长貌。轻浮:轻飘。迟重:迟缓低沉貌。沉滞:凝滞,不流畅。

【辨析】

笳的制造者,多数文献都认为是李伯阳。《宋书·乐志一》:"杜挚《笳赋》云:'李伯阳入西戎所造。'"《文选》张衡《西京赋》:"发引和,校鸣葭。"薛综注:"杜挚《笳赋》曰:'李伯阳入西戎所造。'"《文选》李陵《答苏武书》李善注:"笳者,李伯阳入西戎所作也。"《通典》卷一四四《乐四》:"笳,杜挚有《笳赋》云:'李伯阳入西戎所造。'"宋·陈旸《乐书》卷一三〇:"胡笳……盖伯阳避入西戎所作也。……晋有大箛小箛,盖其遗制也。"元·马端临《文献通考》卷一三八《乐考十一》:"杜挚《笳赋》云李伯阳入西戎所造。"皆云笳为李伯阳所造。李伯阳,即老子,春秋时思想家,道家的创始人。姓李,名耳,字伯阳,世称老子,又叫老聃。考老聃生平，似无“避乱入戎”之事，亦不闻造笳之说。而《史记·乐书》谓：“胡笳似悲栗而无孔，后世卤簿用之，伯阳避入西戎所作。”《太平御览》卷五八一《乐部十九·笳》亦云：“昔伯阳避乱入戎，戎越之思，有怀土风，遂建斯乐，美其出于戎貉之俗，有《大韶》《夏》之音。”径谓笳乃伯阳所造。此“伯阳”，乃周太史伯阳父也。周幽王二年(前780)，他预感周将大乱，遂避乱西戎。《史记·周本纪》：“伯阳甫曰：周将亡矣。”韦昭注：“伯阳父，周大夫也。”考之史实，应以《史记》、《御览》为是。

李　康

李康(196？—264？)，字萧远，一作“肃远”。三国魏文学家。中山(今河北省正定县一带)人。性狷介不能随俗，为乡里所嫉。曾作《游山九吟》，魏明帝异其文，问左右：“此人安在？吾欲擢之。”遂仕为浔阳长，有政绩。封隰阳侯。魏末病卒。原有集二卷，今佚。今存《运命论》一篇，以“五德更运”为基点，探讨国家治乱与士人出处的关系问题，认为“治乱，运也；穷达，命也；贵贱，时也”，“圣人处穷达如一也”。全文论说深微，文气雄壮，词采华美，深为刘勰激赏：“李康《运命》，同《论衡》而过之。”(《文心雕龙·论说》)此文见载《文选》卷五十三、《艺文类聚》卷二十一。另有《髑髅赋》、《游九山吟序》残句，见载严可均《全上古三代秦汉三国六朝文·全三国文》卷四十三。事迹参见《文选》李康《运命论》李善注引《集林》，《太平御览》卷五八六引《魏书》。

髑髅赋

幽魂仿佛[①],忽有人形[②]。

【说明】

此赋仅存二句,见于《文选》谢惠连《祭古冢文》李善注。

【注释】

① 幽魂:即幽灵,人死后的灵魂。《文选》谢惠连《祭古冢文》:"幽灵仿佛,歆我牺樽。"仿佛:隐隐约约、似有若无的样子。《楚辞·远游》:"时仿佛以遥见兮,精皎皎以往来。"《淮南子·俶真训》:"天含和而未降,地怀气而未扬,虚无寂寞,萧条霄霓,无有仿佛,气遂而大通冥冥者也。"

② 忽有人形:忽然出现人的形状。

曹　叡

曹叡(205—239),字元仲,即魏明帝(226—239年在位)。魏文帝曹丕长子,乃甄夫人所生。从小颇得曹操的喜爱。公元220年被封为武德侯,次年封齐公,再次年封平原王。甄氏因曹丕移宠郭后(当时封为郭贵嫔),有怨言,激怒曹丕而被赐死。曹丕病重之时方将曹叡立为太子。黄初七年(226)五月即位。改元三:太和、青龙、景初。在位十三年,谥曰明皇帝,庙号烈祖。

魏明帝登基之后,面对东吴孙权的进攻及诸葛亮的四次进攻,他重用大将军司马懿,成功地抵御了这些攻击。公元235年,魏明帝在洛阳大起宫殿,并将其子曹芳封为齐王。公元239年,魏明帝病重,托孤于司马懿。逝世于九龙前殿,出葬高平陵。

魏明帝曾召文士,设置崇文馆,鼓励学术活动。他本人又长于乐府诗,与曹操、曹丕并称“三祖”。原有文集七卷(《唐志》作十卷),今已散佚。清人辑有散文二卷,乐府诗十馀首。传见《三国志·魏书·明帝纪》。

游魂赋

崆峒丹穴[①],孤竹北户[②]。沉沦窅冥,岂有所睹[③]。

【说明】

此赋仅残存四句,见《北堂书钞》卷一五八。

顾名思义,这是一篇描写作者自己魂游四方的赋。《楚辞》的《离骚》和《招魂》是最早描写魂魄离开人身到四方游荡的文学作品。此赋应是模仿离魂传统的作品。这四句描绘魂魄到了崆峒山的丹穴,只见到了一片黑暗,伸手不见五指。本篇残存四句,无法知其大意。

【注释】

① 崆峒:崆峒山,在今甘肃陇东平凉市西郊。《史记·五帝本纪》:"(黄帝)东至于海,登丸山,及岱宗。西至于空桐,登鸡头。南至于江,登熊、湘。北逐荤粥,合符釜山。"裴骃《史记集解》:"应劭曰:'(空桐),山名。'韦昭曰:'在陇右。'"丹穴:传说中的地名。《尔雅·释地》:"岠齐州以南,戴日为丹穴。"《淮南子·氾论训》:"丹穴、太蒙、反踵、空同……修股之民,是非各异,习俗相反。"高诱注:"丹穴,南方当日之下也;太蒙,西方日所入处也。"《隋书·天文志上》:"南戴日下,所谓丹穴也。"

② 孤竹:商周时国名,在今河北省卢龙县。北户:南方地名。《尔雅·释地》:"觚竹、北户、西王母、日下,谓之四方。"郭璞注:"觚竹在北,北户在南。"

③ 沉沦:埋没。《楚辞·九叹·愍命》:"或沉沦其无所达兮,或清激其无所通。"窅(yǎo 舀)冥:幽暗貌。汉·陆贾《新语·资质》:"(楩柟豫章)仆于嵬崔之山,顿于窅冥之溪。"睹:看见。

夏侯惠

夏侯惠，生卒年不详。字稚权，沛国谯(今安徽亳州)人。为征西将军夏侯渊(？—219)的第六子。曾任乐安太守。《三国志·魏书·夏侯渊传》裴松之注引《文章叙录》："(夏侯)惠字稚权，幼以才学见称，善属奏议。历散骑、黄门侍郎，与钟毓数有辩驳，事多见从。迁燕相、乐安太守。年三十七卒。"《隋书·经籍志四》载其有文集二卷，录一卷，已亡佚。《旧唐书·经籍志》、《新唐书·艺文志》亦载夏侯惠有文集两卷。今存文二篇。事迹见《三国志·魏书·王粲传》、《三国志·魏书·夏侯渊传》裴松之注引《文章叙录》。

景福殿赋

周步堂宇，东西眷眄[①]。彩色光明，粲烂流延[②]。素壁暠瀁[③]，赫奕倩练[④]。尔乃察其奇巧，观其微形。嵚崟纡曲[⑤]，盘牙欹倾[⑥]。或夭矫而云起，或诘屈而镮萦[⑦]。众木附枝以连注[⑧]，栾梧倚亚而相经[⑨]。若乃仰观绮窗，周览菱荷。流彩的皪[⑩]，微秀发华[⑪]。纤茎葳蕤[⑫]，顺风扬波。含光内耀，婀娜纷葩[⑬]。曾栌外周，榱桷内附[⑭]。或因势以连接，或邪诡以盘构[⑮]。于是乎飞阁连延，驰道四周。高楼承云，列观若浮。挹朝露之华精，漱醴泉之清流。(《艺文类聚》卷六十二)

乃造彼鞠室[⑯]。(《文选》何晏《景福殿赋》李善注)

乃陟乎文陛[⑰]，以登华殿。(《文选》沈约《齐故安陆昭王碑文》李善注)

【说明】

《文选》何晏《景福殿赋》李善注引《典略》曰："何晏，字平叔，南阳人也。尚金乡公主。有奇才，颇有材能，美容貌。魏明帝将东巡，恐夏热，故许昌作殿，名曰'景福'。既成，命人赋之，平叔遂有此作。"景福殿是魏明帝东巡时在许昌修建的宫殿，建成后曾命人作赋，以何晏《景福殿赋》最为有名，时人韦诞亦作有《景福殿赋》。这类赋都以描写宫殿之建筑为主，精雕细琢，描绘景福殿的各个方面。本赋也不例外，现存的残篇描写了其周围内外的景色布置，可惜无法窥其全豹。

【注释】

① 眷眄：同"睠眄"，向前后及两侧观看，即四处观看。

② 粲烂：鲜明的样子。《文选》宋玉《风赋》："眴焕粲烂，离散转移。"流延：扩散延展。

③ 素壁：白墙壁。暠：字义不详，可能与"浩"字假借。浩瀁（yàng 样）：水流壮

阔貌，此处形容景福殿宫墙宽阔无涯际之貌。

④ 赫奕：光辉炫耀貌。倩练：姿容美好雪白。练，煮熟的生丝，引申为白色之意。

⑤ 嵚崟（qīn yín 侵银）：高大，险峻。北魏·郦道元《水经注·江水二》："南岸有青石，夏没冬出，其石嵚崟，数十步中，悉作人面形。"

⑥ 盘牙：交错的檐角如牙的部分。攲（qī 欺）：歪斜，倾斜。

⑦ 诘屈：曲折。镮（huán 环）萦：连环相扣。镮，同"环"。

⑧ 连注：延接，连续。《西京杂记》卷四："楼阁台榭，转相连注。"

⑨ 栾：木名。即栾华。《山海经·大荒南经》："大荒之中……有木名曰栾。禹攻云雨，有赤石焉，生栾，黄本赤枝青叶，群帝焉取药。"倚亚：互相倚靠偃俯。

⑩ 的皪（lì 立）：鲜明、光亮的样子。《文选》左思《魏都赋》："丹藕凌波而的皪，绿芰泛涛而浸潭。"

⑪ 微秀：微细的花朵。与下句的"纤茎"形成对仗。秀，指植物开花。

⑫ 葳蕤（wēi ruí 威瑞阳平）：草木茂盛枝叶下垂貌。《楚辞·七谏·初放》："上葳蕤而防露兮，下泠泠而来风。"

⑬ 嫋嫋（niǎo 鸟）：即婀娜，亦作"阿娜"，轻盈柔美貌。葩（pā 趴）：花。

⑭ 曾：通"层"，重叠。栌：斗栱，梁上的短柱。周：环绕。全句意为，层层斗拱在外面环绕。榱桷（cuī jué 崔绝）：屋椽。

⑮ 邪诡：歪斜奇异。盘（xuán 悬）：同"漩"，漩涡，指其结构回旋如漩涡。构：连结，交接。

⑯ 鞠室：古代蹴鞠（古代的一种足球运动）的区域、场所。

⑰ 陟：由低处往高处走。《诗·周南·卷耳》："陟彼高冈，我马玄黄。"文陛（bì 毕）：用有纹理之石砌成的台阶。此指宫室的殿阶。

夏侯玄

夏侯玄(209—254),字太初,沛国谯(今安徽亳州)人,夏侯渊从孙,夏侯尚之子。魏文帝黄初六年(225),嗣父爵为昌陵乡侯。魏明帝时为散骑黄门侍郎,后左迁羽林监。齐王芳正始(240—249)初,迁散骑常侍、中护军。正始五年(244)出为征西将军。嘉平元年(249)征拜大鸿胪,徙太常。嘉平六年(254)拟谋杀司马师,事泄,被司马师所杀,夷三族,时年四十六。他精玄理,善清谈,为早期玄学领袖之一。有集三卷。传附《三国志·魏书·夏侯尚传》。

皇胤赋

览二仪之上礼①,本人伦之大纪②。道莫崇于后辟,统莫泰于承祀③。伊皇衢之光赫,享乾祇之元祉④。在太和之五载,肇皇胤之盛始⑤。时惟孟秋,和气淑清⑥。良辰既启,皇子诞生。尔乃发恺悌之明诏,振湛恩之丰沛⑦。殊惠洽乎黎民,崇施畅于无外⑧。爵群兆以布德,赦殊死以示仁⑨。黔首咏而齐乐,愿皇祚之日新⑩。

【说明】

此赋见《艺文类聚》卷四十五、《初学记》卷十。皇胤,即皇帝的后代。此赋系庆贺魏明帝曹叡的皇子曹殷在太和五年(231)的诞生。

【注释】

① 二仪:指天地或日月。上礼:最高之礼。《老子》第三十八章:"上礼为之而莫之应,则攘臂而扔之。"

② 人伦:封建社会指人与人的关系和应遵守的准则。大纪:指人伦的大纲。

③ 后辟:君主,帝王。《文选》班固《东都赋》:"岂特方轨并迹,纷纶后辟,治近古之所务,蹈一圣之险易云尔哉!"刘良注:"后辟,皆君也。"统:后嗣。《文选》张衡《东京赋》:"怨皇统之见替。"薛综注:"统,嗣也。"承祀:主持祭祀。指继承帝位。《诗·鲁颂·闷宫》:"龙旂承祀,六辔耳耳。"《汉书·韦玄成传》:"世世承祀,传之无穷。"

④ 皇衢:专供皇帝车马所行的道路。光赫:光辉显赫。乾:天。祇(qí 其):亦作"秖",地神。元祉:大福。此句指曹魏得到了天地的赐福。

⑤ 太和之五载:即太和五年(231)。太和,魏明帝曹叡的年号,公元227—233年。

⑥ 孟秋:秋季的第一个月,即农历七月。《三国志·魏书·明帝纪》:"(太和)五年……秋七月……乙酉,皇子殷生,大赦。"

⑦ 恺悌:亦作"恺弟",和乐平易。《礼记·表记》:"《诗》云:'恺弟君子,民之

父母。'"明诏:英明的诏示。即同年八月所颁关于诸王朝聘的诏书。诏曰:"古者诸侯朝聘,所以敦睦亲亲,协合万国也。……朕惟不见诸王十有二载,悠悠之怀,能不兴思!其令诸王及宗室公侯各将适子一人朝……"诏书敦睦亲亲,故曰"恺悌之明诏"。湛恩:深恩。

⑧ 殊惠:特殊的恩典。洽:达到。黎民:百姓。崇施:伟大的布施。无外:谓古代帝王以天下为一家。《公羊传·隐公元年》:"王者无外,言奔,则有外之辞也。"意为皇恩浩荡,天下一家,无不遍施。

⑨ 爵:饮之以酒。群兆:百姓。兆,极言其多。布德:实施德政。赦殊死以示仁:赦免死刑犯以示仁义。即《三国志·魏书·明帝纪》所云"皇子殷生,大赦"。按,此句《艺文类聚》作"赦殊死以崇仁"。

⑩ 黔首:平民。《礼记·祭义》:"明命鬼神,以为黔首则。"郑玄注:"黔首,谓民也。"孔颖达疏:"黔首,谓万民也。黔,谓黑也。凡人以黑巾覆头,故谓之黔首。"皇祚:帝统,皇位。

钟 毓

钟毓(？—263),字稚叔,魏太傅钟繇长子。年十四,为散骑侍郎。机捷谈笑,有乃父之风。太和(227—233)初迁黄门侍郎,正始(240—249)中为散骑常侍,以忤曹爽出为魏郡太守。爽诛,征拜御史中丞,历侍中廷尉。正元(254—256)中为尚书,寻拜青州刺史,加后将军,迁都督徐州诸军事假节,又迁都督荆州。景元四年(263)卒,赠车骑将军,谥曰惠侯。有集五卷。传附《三国志·魏书·钟繇传》。

果然赋

果然似猴象猿，黑颊青身①。肉非嘉淆，唯皮为珍②。

【说明】

此赋残句见《艺文类聚》卷九十五、《太平御览》卷七一〇。这是一篇描写果然这种灵长类动物的赋，可惜只剩四句，无从窥其全貌。

【注释】

① 果然：兽名。长尾猿。黑颊：指果然的脸颊是黑色的。明·李时珍《本草纲目·兽二·果然》："果然，仁兽也。……状如猿，白面黑颊。"颊：脸颊，脸的两侧从眼到下颌的部分。青身：指果然身体为青色。《艺文类聚》卷九十五引《吴录》："《地理志》曰：九真胥浦县，有兽名果然。……色青赤有文。"

② 淆：疑为"肴"之误。肴：熟的肉类食物。唯皮为珍：指果然的毛皮非常珍贵。《艺文类聚》卷九十五引《南州异物志》称，以果然皮所制之蓐，"繁文丽好，细厚温暖"。

阮　籍

阮籍(210—263),字嗣宗,陈留尉氏(今河南尉氏县)人。官至步兵校尉,世称阮步兵。阮籍博览群书,尤好庄学。他蔑视礼法,纵酒谈玄,曾与嵇康、山涛、向秀、王戎、刘伶等交游于竹林之下,称为"竹林七贤"。《晋书》本传说:"籍能属文,初不留思,作《咏怀诗》八十馀篇,为世所重。著《达庄论》,叙无为之贵,文多不录。"他的《大人先生传》也是其庄老思想的体现,有较高的艺术价值。今存文集以明嘉靖间范钦、陈德文刻二卷本《阮嗣宗集》为最早。事迹见《三国志·魏书·王粲传》及裴松之注引《魏氏春秋》。传见《晋书·阮籍传》。

猕猴赋

昔禹平水土[①]，而使益驱禽[②]。涤荡川谷兮，栉梳山林[③]，是以神奸形于九鼎，而异物来臻[④]。故丰狐文豹释其表[⑤]，间尾驺虞献其珍[⑥]。夸父独鹿袚其豪[⑦]，青马三骓弃其群[⑧]。此以其壮而残其生者也[⑨]。

若夫熊狚之游临江兮，见厥功以乘危[⑩]。夔负渊以肆志兮，杨震声而〔衣〕皮[⑪]。处闲旷而或昭兮，何幽隐之罔随[⑫]。鼷畏逼以潜身兮，穴神丘之重深[⑬]。终或饵以求食兮，焉凿之而能禁？诚有利而可欲兮，虽希觌而为禽[⑭]。故近者不弥岁，远者不历年；大则有称于万年，细者为笑于目前。

夫猕猴直其微者也，犹系累于下陈[⑮]。体多似而匪类，形乖殊而不纯[⑯]。外察慧而内无度兮，故人面而兽心[⑰]。性褊浅而干进兮，似韩非之囚秦[⑱]。扬眉额而骤眒兮，似巧言而伪真[⑲]。藩从后之繁众兮，犹伐树而丧邻[⑳]。整衣冠而伟服兮，怀项王之思归[㉑]。耽嗜欲而眄视兮，有长卿之妍姿[㉒]。举头吻而作态兮，动可增而自新。沐兰汤而滋秽兮，匪宋朝之媚人[㉓]。终蚩弄而处绁兮，虽近习而不亲[㉔]。多才伎其何为兮？固受垢而貌侵[㉕]。姿便捷而好技兮，超超腾跃乎岑岩[㉖]。既投林以东避兮，遂中冈而被寻[㉗]。

婴徽缠以拘制兮，顾西山而长吟[㉘]。缘榱桷以容与兮，志岂忘乎邓林[㉙]？庶君子之嘉惠，设奇视以尽心[㉚]。且须臾以永日，焉逸豫而自矜[㉛]？斯伏死于堂下，长灭没乎形神。

【说明】

此赋见《艺文类聚》卷九十五、《汉魏六朝百三名家集·阮步兵集》。

《猕猴赋》是一篇讽刺赋，也是阮籍现存最早的赋作。陈伯君先生认为作于魏嘉平元年(249)，并指出赋作是“为讽刺或悼叹曹爽而作”(《阮籍集校注》，中华书局1987年)。赋作者敏锐地抓住猕猴的特性：形乖殊而不纯，外察慧而内无度，故人面而兽心。把猕猴的形态和嘴脸刻画得惟妙惟肖。此赋很容易使人联想到其时代世态百相，即司马氏利用阴谋权势，杀戮曹魏大臣，从而达到篡权的豺狼野心。

【注释】

① “禹平水土”句：《孟子·滕文公下》：“当尧之时，水逆行，泛滥于中国，蛇龙居之，民无所定。下者为巢，上者为营窟。《书》(指《尚书》逸篇)曰：‘洚水警余。’洚水者，洪水也。使禹治之。禹掘地而注之海，驱蛇龙而放之菹。水由地中行，江、淮、河、汉是也。险阻既远，鸟兽之害人者消，然后人得平土而居之。”

② 益：即伯益，古嬴姓的祖先，相传善于畜牧和狩猎，舜任用他为虞(掌山泽的官)。

③ 栉：梳枇的总称，此处用为动词。

④ 此句见《左传·宣公三年》：“昔夏之方有德也，远方图物，贡金九牧，铸鼎象物，百物而为之备。使民知神、奸，故民入川泽山林，不逢不若(顺)。”夏朝初年，令九州州牧贡献青铜，铸造九鼎，将全国九州的名山大川、奇异之物镌刻于九鼎之身，使民知神、奸，野兽鬼神，进入山林川泽不会遇上鬼神异怪。臻：到，到达，聚集。《诗·小雅·雨无正》：“如彼行迈，则靡所臻。”

⑤ 丰狐文豹：丰狐、文豹以其表皮而美。丰，大也。《庄子·山木》：“夫丰狐文豹，栖于山林，伏于岩穴，静也。”《烈女传·贤明传·陶营子妻》：“妾闻南山有玄豹，雾雨七日而不下食者，何也？欲以泽其毛而成文章也。”释：解。表：外皮。

⑥ 间尾驺虞：都为传说中的珍兽。间尾，怪兽之尾。《通雅·动物》：“《大传》言散宜于陵氏取怪兽间尾，名曰虞。”驺虞，一种野兽。《诗·召南·驺虞》朱熹集传：“驺虞，兽名。白虎黑文，不食生物者也。”《山海经·海内北经》：“林氏国有珍兽，大若虎，五采毕具，尾长于身，名曰驺吾，乘之日行千里。”“驺吾”，即驺虞。

⑦ 夸父：兽名。《吕氏春秋·慎行》：“犬戎之国，夸父之野，禺彊之所，积水积石之山。”高诱注：“夸父，兽名也。”独鹿：传说中的一种神兽。祓(fú 弗)：去除。夸父独鹿以其毛而贵。

⑧ 青马三骓：都为传说中的良马。《山海经·大荒东经》：“东荒之中，有山名曰壑明俊疾，日月所出，有中容之国。东北海外，又有三青马、三骓(郭璞注：马苍白杂毛为骓)、甘华。爰有遗玉、三青鸟、三骓、视肉、甘华、甘柤、百谷所在。”

⑨ 壮:壮美。残:残害。

⑩ 狚:兽名,似狼。见《山海经·东山经》。

⑪ 夔:神话传说中的水中怪兽。《庄子·秋水》"夔怜蚿"陆德明释文引李颐言:"黄帝在位,诸侯于东海流波山得奇兽,其状如牛,苍色,无角,一足,能走,出入水即风雨,目光如日月,其音如雷,名曰夔。黄帝杀之,取皮以冒鼓,声闻五百里。"又见《山海经·大荒东经》。负:依仗,依靠。按,"衣"字据《历代赋汇》卷一三六补。

⑫ 闲:清闲,空闲。旷:平阔。昭:露。

⑬ 鼷(xī 溪):鼠类最小者。《本目纲要·兽部三》:"鼷鼠极细,卒不可见。食人及牛马等皮肤,成疮,至死不觉。"神丘:神坛。《庄子·应帝王》:"鼷鼠深穴乎神丘之下,以避熏凿之患。"

⑭ 希觌(dí 敌):少见。觌,见。禽:通"擒"。

⑮ 系累:依附,关乎。下陈:下列,下位。古代统治者陈放礼品的地方。《史记·李斯列传》司马贞索隐:"下陈,犹后列也。"此处应指后苑。

⑯ 类:类似,像。此句说形体像人而非人。乖:违背,不协调。《韩非子·亡征》:"内外乖者,可亡也。"

⑰ 无度:(内心)没有节制。

⑱ 褊浅:狭隘浅显。褊,急躁狷狭。干(gān 甘)进:汲汲求取。《楚辞·离骚》:"既干进而务入兮,又何芳之能祗。"韩非囚秦:见《史记·老子韩非列传》:"秦王见《孤愤》、《五蠹》之书,曰:'嗟乎,寡人得见此人与之游,死不恨矣!'李斯曰:'此韩非之所著书也。'秦因急攻韩。韩王始不用非,及急,乃遣非使秦。秦王悦之,未信用。李斯、姚贾害之,毁之曰:'韩非,韩之诸公子也。今王欲并诸侯,非终为韩不为秦,此人之情也。今王不用,久留而归之,此自遗患也,不如以过法诛之。'秦王以为然,下吏治非。李斯使人遗非药,使自杀。韩非欲自陈,不得见。秦王后悔之,使人赦之,非已死矣。"

⑲ 眒(shēn 申):张目。伪:诡诈,不诚实。

⑳ 藩:屏障。

㉑ 伟:奇伟,奇特。项王思归:指项羽入主咸阳后欲荣归故乡,回乡称王。《史记·项羽本纪》:"项王见秦宫皆以烧残破,又心怀思欲东归,曰:'富贵不归故乡,如衣绣夜行,谁知之者!'说者曰:'人言楚人沐猴而冠耳,果然。'"

㉒ 耽:沉溺,爱好沉浸其中。《韩非子·十过》:"耽于女乐,不顾国政,则亡国之祸也。"眄(miǎn 免)视:斜视。长卿:司马相如。司马相如,字长卿,汉武帝时著名的辞赋家。《史记·司马相如列传》:"相如之临邛,从车骑,雍容闲雅甚都……文君……心悦而好之。"

㉓ 滋秽:污秽。宋朝:指宋国美女。《论语·雍也》:"子曰:'不有祝鮀之佞,而有宋朝之美,难乎免于今之世矣。'""宋朝之美",指宋国之美人,因其善淫,惹乱。

㉔ 蚩:通"嗤",讥笑,嘲笑。《三国志·吴书·吕蒙传》:"他日与吕蒙会,又蚩辱之。"绁:原指绳索,此指束缚。

㉕ 伎:技巧。侵:同"寝",指相貌丑陋。《汉书·田蚡传》:"蚡为人貌侵。"

㉖ 姿:《说文·女部》:"姿,态也。"跕:同"跕(dié 蝶)",《后汉书·马援列传》:"仰视飞鸟,跕跕堕水中。"李贤注:"跕跕,堕貌。"岑岩:小山岩。

㉗ "投林以"三字据《历代赋汇》卷一三六补。

㉘ 婴:围绕,缠绕。晋·陆机《赴洛中道作》:"世网婴我身。"徽:三股绳也。《易·坎》:"系用徽纆。"陆德明释文引刘表曰:"三股曰徽,两股曰纆,皆索名。"

㉙ 缘:沿着,顺着。晋·陶潜《桃花源记》:"缘溪行,忘路之远近。"榱桷(cuī jué 崔角):屋椽。榱,椽子。桷,方形的椽子。《说文·木部》:"秦名为屋椽,周谓之榱,齐鲁谓之桷。"容与:闲暇自得貌。邓林:桃林。《淮南子·墬形训》:"夸父、耽耳在其北方。夸父弃其策,是为邓林。"

㉚ 庶:大概。嘉惠:恩惠。

㉛ 须臾:一会儿。永日:长久。

【辨析】

本篇为讽刺赋。古人云:"人言楚人沐猴而冠耳。"说的是猕猴性情烦躁。作者对猕猴的神态、表情、性格、动作作了细致的描绘:"体多似而匪类,形乖殊而不纯。外察慧而内无度兮,故人面而兽心。性褊浅而干进兮,似韩非之囚秦。扬眉额而骤眒兮,似巧言而伪真。藩从后之繁众兮,犹伐树而丧邻。整衣冠而伟服兮,怀项王之思归。耽嗜欲而眄视兮,有长卿之妍姿。举头吻而作态兮,动可增而自新。沐兰汤而滋秽兮,匪宋朝之媚人。"一笑一颦,惟妙惟肖,入木三分。读者很容易联想到其时百丑图:既有人面兽心的虚伪,也有忘形的得意,更有矫揉的作态。世间群小尽管有猕猴的多变世故,但仍然摆脱不了"斯伏死于堂下,长灭没乎形神"的命运,表现了作者对他们的憎恨和厌恶。

赋文张弛有度,先描写奇珍异兽、鼷鼠的不幸命运,接着描写猕猴不同的神态,最后自然得出猕猴的命运。赋文对猕猴神态的描写,表现了作者对事物观察的细微和高超的艺术技巧。

鸠 赋

嘉平中得两鸠子①,常食以黍稷,后卒为狗所杀,故为作赋。

伊嘉年之茂惠[②],洪肇恍惚以发蒙[③]。有期缘之奇鸟,以鸣鸠之攸同[④]。翔凋木以胎隅,寄增巢于裔松[⑤]。噏云雾以消息,游朝阳以相从[⑥]。旷逾旬而育类,嘉七子之修容[⑦]。

始戢翼而树羽,遭金风之萧瑟[⑧]。既颠覆而靡救,又振落而莫弼[⑨]。陵桓山以徘徊,临旧乡而思入[⑩],扬哀鸣以相送,悲一往而不集。终飘摇以流离,伤弱子之悼栗[⑪]。何依恃以育养?赖兄弟之亲戚。

背草莱以求仁,托君子之静室。甘黍稷之芳馆[⑫],安户牖之无疾。洁文襟以交颈,坑华丽之艳溢[⑬]。端妍姿以鉴饰,好威仪之如一[⑭]。聊俯仰以逍遥,求爱媚于今日。何飞翔之羡慕?愿投报而忘毕[⑮]。

值狂犬之暴怒,加楚害于微躯[⑯]。欲残没以糜灭,遂捐弃而沦失[⑰]。嗟薄贱之可悼,岂有忘于须臾。

【说明】

此赋见《汉魏六朝百三名家集·阮步兵集》,校以他书。这是一篇以禽鸟为题的赋作,作者通过对鸠鸟的命运的铺写,表现了作者对生命的珍重及对人生命运多变的无奈。虽篇幅短小,却富于趣味和哲理。

【注释】

① 嘉平:三国时魏齐王曹芳的年号(249－254)。鸠:鸠鸽类的鸟。也有非鸠鸽类的,如鸤鸠,即布谷鸟。《尔雅·释鸟》郭璞注:“鸤鸠,今之布谷也。”《诗·曹风·鸤鸠》有“鸤鸠在桑,其子七兮”句,下文又有“嘉七子之修容”,可见作者是借用《诗·曹风·鸤鸠》之义,故此处鸠当为鸤鸠。

② 伊:第三人称代词,彼,他。嘉:好,美好。《楚辞·离骚》:“肇锡余以嘉名。”茂惠,美盛的恩惠。这是反语。惠:一作“蕙”,芳香,美好。

③ 洪:大。肇:开始。恍惚:无知貌。发蒙:启发蒙昧。《易·蒙》:“初六:发蒙,利用刑人。”

④ 攸:放在动词前,组成名词性词组,相当于“所”。

⑤ 胎隅:生卵孵子的角落。增:危,高。裔:边远之地。

⑥ 噏:吸。消息:消长。消,减少,消减。息,生长。《庄子·秋水》:“消息盈

虚，终则有始。”

⑦ 旷：指时间距离。《汉书·贾山传》：“旷日十年。”育：生育。七子：指鸤鸠所孵养的七只鸟。《诗·曹风·鸤鸠》：“鸤鸠在桑，其子七兮。”修容：饰容。修，修饰，装饰。《楚辞·九歌·湘君》：“美要眇兮宜修。”

⑧ 戢翼：敛翅。戢，收敛。晋·陶潜《归鸟》：“翼翼归鸟，戢羽寒条。”树：长立，竖立。金风：西风。金，五行之一。《淮南子·墬形训》高诱注：“西方，金位也。”

⑨ 颠覆：倾巢。弼：辅佐，救助。

⑩ 陵：升，登。《左传·成公二年》：“齐侯亲鼓，士陵城。”桓山：一作山名，在今江苏省铜山县东北。另据《诗·周颂·桓》朱熹集传：“桓桓，武貌。”桓山，威武之山。此当指后者。

⑪ 悼栗：哀伤战栗。

⑫ 饎（chì 赤，又读 xī 西）：此指美食，酒食。

⑬ 文襟：有花色羽毛的胸襟。坑：原指牌坊，此指昭示或显示。

⑭ 端：正也。妍姿：美好的姿势。妍，美好貌。鉴饰：照镜以修饰。

⑮ 投报：报恩。

⑯ 楚：痛苦。《史记·文帝本纪》：“何其楚痛而不德也。”

⑰ 糜灭：糜烂而消失。

【辨析】

嘉平（249—254）是魏少帝齐王曹芳的年号。魏明帝临死时，令大将军曹爽和司马懿同辅幼主曹芳。司马懿立即设计杀曹爽，代为丞相，执国政，至此，曹氏政权实际上已为司马氏所控制。其后司马氏更杀戮随心。著名历史学家范文澜在《中国通史》里认为，封建统治阶级所有“凶恶、险毒、猜忌、攘夺、虚伪、酗酒、荒淫、贪污、颓废、放荡等等龌龊行为，司马氏集团表现得特别集中而充分”。阮籍也被范文澜列入司马氏集团中的名士派人物。但阮籍并非心甘情愿地依附司马氏，故内心很痛苦。所以他常以酒浇愁，以酒废事。他与司马氏核心人物还是不一样的。这篇赋描绘狂犬害鸠，是有感而发的，绝不是无的放矢。

首阳山赋

正元元年秋①，余尚为中郎，在大将军府②，独往南墙下，北望首阳山，作赋曰：

在兹年之末岁兮，端旬首而重阴[③]。风飈回以曲至兮，雨旋转而瀸襟[④]。蟋蟀鸣乎东房兮，鹈鴂号乎西林[⑤]。时将暮而无俦兮[⑥]，虑凄怆而感心。

振沙衣而出门兮，缨委绝而靡寻[⑦]。步徙倚以遥思兮，喟叹息而微吟[⑧]。将修饰而欲往兮，众瑳瑳而笑人[⑨]。静寂寞而独立兮，亮孤植而靡因[⑩]。怀分索之情一兮，秽群伪之射真[⑪]。信可实而弗离兮，宁高举而自傧[⑫]。

聊仰首以广頫兮，瞻首阳之冈岑[⑬]。树丛茂以倾倚兮，纷萧爽而扬音[⑭]。下崎岖而无薄兮，上洞彻而无依[⑮]。凤翔过而不集兮，鸣枭群而并栖[⑯]。飏遥逝而远去兮，二老穷而来归[⑰]。实囚轧而处斯兮，焉暇豫而敢诽[⑱]。嘉粟屏而不存兮，故甘死而采薇[⑲]。彼背殷而从昌兮，投危败而弗迟；此进而不合兮，又何称乎仁义？

肆寿夭而弗豫兮，竞毁誉以为度。察前载之是云兮，何美论之足慕？苟道求之在细兮，焉子诞而多辞[⑳]？且清虚以守神兮，岂慷慨而言之？

【说明】

此赋见《汉魏六朝百三名家集·阮步兵集》，核以他书。这是一篇借古抒怀之作。赋中的首阳山位于洛阳城北，并不是伯夷、叔齐饿死之地。从序中可知作者是感慨于自己处境而作。赋文由眼前即景而发，引出伯夷、叔齐之事，从而对自己孤寂无依的境遇，及周围群小虚伪妒贤的嘴脸作了揭示。但伯夷、叔齐反对武王灭殷，誓不食周粟而死，却是站错了立场，违背了社会历史规律，死得轻于鸿毛。

【注释】

① 正元：魏高贵乡公年号。齐王芳于嘉平六年（254）九月被废，高贵乡公继立，十月壬辰改元为正元元年（254）。

② 大将军：指司马昭，时进位为大将军。

③ 端：始也。端旬首：月之初一日。重阴：云厚雨浓。三国·魏·曹植《赠王粲》诗："重阴润万物，何惧泽不周。"

④ 飈：查无此字。似为"颹（hóng 红）"之误。《玉篇·风部》："颹，风声。"《广

韵·东韵》:"颩,大风。"回:回环,旋转。《荀子·致士》:"水深而回。"

⑤ 鹈鴂(tí jué 题决):杜鹃鸟。《文选》张衡《思玄赋》:"恃己知而华予兮,鹈鴂鸣而不芳。"李善注引《临海异物志》曰:"鹈鴂,一名杜鹃,至三月鸣,昼夜不止,夏末乃止。"

⑥ 俦:同类,同伴。《三国志·魏书·崔林传》:"忠直不回,则史鱼不俦。"

⑦ 振:挥动,抖动。《文选》潘岳《西征赋》:"弹冠振衣。"沙衣:《周礼·天官·内司服》:"内司服,掌王后之六服,……素沙。"郑玄注:"素沙者,今日之白缚也,六服皆袍制,以白缚为里,使之张显,今世有沙縠者,名出于此。"缨:系在颏下的帽带。

⑧ 徙倚:徘徊彷徨。《楚辞·远游》:"步徙倚而遥思兮,怊惝怳而乖怀。"王逸注:"彷徨东西,意愁愤也。"喟:感叹。

⑨ 鹾鹾(cī 疵):犹"吃吃",笑貌。

⑩ 亮:通"谅",诚信。《论语·季氏》:"益者三友:友直,友亮,友多闻。"植:同"直"。

⑪ 分索:分散,离散。

⑫ 傧:通"摈",排斥,抛弃。《后汉书·赵壹传》:"而恃才居敖,为乡党所傧。"

⑬ 广頫(fǔ 府):四望。頫,同"俯"。《尔雅·释诂》:"頫,视也。"郭璞注:"谓察视也。"冈岑:小而高的山冈。

⑭ 扬音:风声也。

⑮ 无薄:无处停住。薄,停止。《楚辞·九章·哀郢》:"忽翱翔之焉薄。"王逸注:"薄:止也。"

⑯ 集:群鸟停在树上。《诗·周南·葛覃》:"黄鸟于飞,集于灌木。"

⑰ 飏:飞扬。《汉书·叙传上》:"游说之徒,风飏电激,并起而救之。"二老:指伯夷、叔齐。

⑱ 囚轧:囚禁并遭受酷刑。囚,拘禁。轧,古代一种压碎人骨节的酷刑。《史记·匈奴列传》:"有罪,小者轧,大者死。"豫:安乐,快乐。

⑲ 采薇:采集薇菜。薇,山菜名。《诗·小雅·采薇》:"采薇采薇,薇亦柔止。"

⑳ 诞:狂言。《说文·言部》:"诞,词诞也。"南唐·徐锴《说文系传》:"妄为大言也。"《荀子·成相》:"言有节,稽其实,信诞以分赏刑必。"

【辨析】

此赋作于正元元年秋。这篇短赋,很明显是作者借景生情之作。因为阮籍不会不知伯夷、叔齐所饿死的首阳山,当为汉大经学家马融所说的,在今山西南端永济县,而不可能是在洛阳大将军(司马昭)府就能见到的那座首阳山。该山在洛阳东邻偃师县北，山不高，其最高处即洛阳北的邙山，古人视为风水胜地，竞相于此修墓筑陵。伯夷、叔齐不可能藏身于此。阮籍借指此处山名，不过想借题发挥而已。

作者想借题发挥有三点，这三点通通符合阮籍心志。

一、“时将暮而无俦，虑凄怆而感心”，“宁高举而自傧”。在司马氏控制下，他心情不可能舒畅，他时借酒浇愁，装傻作哑。

二、他把首阳山写得很恐怖，上无依，下无底，凤凰不集，鸱鸮成群。伯夷、叔齐逃到此，只有饿死。自己做不到，当然也无资格说三道四。

三、赋反对背殷从昌（姬昌，即周文王），实暴露其思想深处拥曹反司马氏。“此进而不合，又何称乎仁义”，是反对武王灭殷，也是上述思想的流露。

其实，曹家和司马氏都是篡权，难分好坏。司马氏是个野心腐朽集团，曹家也是一群无能之辈，无轩轾之别。

东平赋

夫九州有方圆[1]，九野有形势[2]。区域高下[3]，物有其制[4]：开之则通，塞之则否[5]；流之则行，壅之则止[6]；崇之则成丘陵，汙之则为薮泽[7]；逶迤漫衍，绕以大壑[8]。及至分之国邑，树之表物；四时仪其象，阴阳畅其气[9]。傍通回荡，有刑有德；云升雷动，一叫一默[10]。或由之安（一作“观”），乃用（一作“由”）期（一作“斯”）惑（一作“或”）[11]。

若观夫隅隈之缺，幽荒之途，忽（一作“沕”）漠之域，穷野之都[12]；奇伟谲诡，不可胜图[13]。乃有遍游之士，浩养之雅[14]。凌惊飙，蹑浮霄[15]。清浊俱逝，吉凶相招[16]。是以伶伦游风于昆仑之阳，邹子嗡温于黍谷之阴[17]。伯高登降于尚季之上[18]，羡门逍遥于三山之岑[19]。上遨玄圃，下游邓林[20]。凤鸟自歌，翔鸾自舞；嘉谷蕃殖，匪我稷黍[21]。

其阨陋则有横术之场，鹿豕之墟[22]，匪修洁之攸丽，于秽累之所如[23]。西则首仰阿、甄[24]，傍通戚、蒲[25]，桑间、濮上，淫荒（一作“风”）所庐[26]。三晋纵横，郑卫纷敷[27]。豪俊凌属，徒属留居[28]。

是以强御横于户牖，怨毒奋于床隅[29]。仍乡（一作“渺”）饮（一作“欲”）而作慝，岂待久而发诸[30]？士（缺）惟中，刘王是聚。高危临城，穷川带宇。叔氏婚族，实在其湄[31]。背险向水，垢污多私。是以其州闾鄙邑，莫言或非[32]。殪情戾虑，以殖厥资[33]。

其土田则原壤芜荒，树艺失时[34]。畴亩不辟，荆棘不治[35]。流潢馀溏，洋溢靡之[36]。东当三齐，西接邹、鲁[37]。长涂千里，受兹商旅。力间为率，师使以辅[38]。骄仆纤邑，于焉斯处。川泽捷径，洞庭、荆楚[39]。遗风过焉，是径是宇[40]。由而绍俗，靡则靡观[41]。非夷罔式，导斯作残[42]。是以其唱和矜势，背理向奸。向气逐利，因（一作“囚”）畏惟愆[43]。

其居处壅翳蔽塞，窕邃弗章[44]。倚以陵墓，带以曲房[45]。是故居之则心昏，言之则志哀。悸罔徙易，靡所寤怀[46]。其外有浊河萦其溏，清济荡其樊[47]。其北有连冈，篪崖崎岖[48]。山陵崔巍，云电相干[49]。长风振厉，萧条太原[50]。其南则浮汶湛湛，行潦成池[51]。深林茂树，蓊郁参差[52]。群鸟翔天，百兽交驰。

虽黔首之不淑兮，倘山泽之足弥[53]。古哲人之微（一作“攸”）贵兮，好政教之有仪[54]。彼玄真之所宝兮，乐寂寞之无知[55]。咨闾阎之散感兮，因回风以扬声[56]。瞻荒榛之芜秽兮，顾东山之葱青。甘丘里之旧言兮，发新诗以慰情[57]。

信严霜之未滋兮，岂丹木之再荣[58]。《北门》悲于殷忧兮，《小弁》哀于独诚[59]。鸥端一而慕仁兮，何淳朴之靡逞[60]；彼羽仪之感志兮，矧伊人之匪灵[61]。时憋悃以遥思兮，飙飘遥以欲归[62]。钦丕游于陵颠兮，举斯群而竞飞[63]。物修（一作“循”）化而神乐兮，宁遐观之可追。

乘松舟以载险兮，虽无维而自絷[64]。骋骅骝于狭路兮，顾蹇驴而弗及[65]。资章甫以游越兮，见犀光而先入[66]。被文绣而贾戎兮，识旃裘之必袭[67]。奉淳德之平和兮，孰斯邦之可集[68]。将言归于美俗兮，请王子与俱游[69]。漱玉液之滋怡兮，饮白水之清流[70]。遂虚心而后已兮，又何怀乎患忧。

重曰[71]:嘉年时之淑清兮,美春阳以肇夏[72]。托思飙而载行兮,因形骸以成驾[73]。遵间维而长驱兮,问迷罔于菀风[74]。玄云兴而四周兮,寒雨沦而下降[75]。忽一寤而丧轨兮,蹈空虚而遂征[76]。扶摇蔽于合墟兮,咸池照乎增城[77]。欣煌熠(一作"耀")之朝显兮,喜太阳之炎精[78]。测虚舟以遑思兮,聊逍遥于清溟[79]。谨玄真之谌训兮,想至人之有形[80]。

绣靡睹其纷错兮,虑弥远而度逼[81]。并旋轸于畎浍兮,若空桑之可即[82]。言淫衍而莫止兮,心绵绵而未息。集舒(一作"书")诰以鉴戒兮,赐(一作"怅")众诲之难测。神遥遥以抒归兮,畏双环之在侧。咨禽鸟之不群兮,悼悠悠之无极。感藜藿之易修兮,摄左右之相誉[83]。惧从风而永去兮,托颛顼于鲋隅[84]。虽琴瑟之毕存兮,岂声曲之复舒?虑遨游以觌奇兮,彼上腾其焉如[85]?

纷晻暧以乱错兮,漫浩漾而未静[86]。理都缪而改据兮,竦端委而自整[87]。制规矩以仪衡兮,占我龟以观省[88]。眺兹舆之所彻兮,实斯近而匪远[89]。岂三年之无问兮,将一往而九反。

顾杲日之初开兮,驰曲陵而饰容[90]。时零落之飘遥兮,试枯菀之必从[91]。释辽遥之阔度兮,习约结之常契[92]。巡襄城之闲收兮,诵纯一之遗誓[93]。被风雨之沾濡兮,安敢轩翥而游署[94]。窃悄悄之眷贞兮,泰恬淡而永世[95]。岂淹留以为感兮?将易貌乎殊方[96]。乃择高以登栖兮,永欣欣而乐康!

【说明】

此赋见《汉魏六朝百三名家集·阮步兵集》,校以他书。

《东平赋》作于阮籍为东平相这一时期,或之后。它不同于以前的京都赋,而是关注于一个地区。尽管它也对东平的地理形势、风土人情作了描绘,但本赋的主旨在于抒情达意。东平,作者曾游历过的地方,成为东平相之后他才感受到这绝不是心目中的乐土。乐土是虚无的,从而表达了作者对时政的不满、人生的迷惘。赋文分为两部分,前一部分铺写了当地山川形势,风俗习惯;后一部分则对自己迷惘的情怀作了描写。前者是铺垫,后者是中心。《东平赋》吸收了《楚辞》比兴的手法，沉郁幽远，趣味绵邈，有骚人风致。

【注释】

① 九州：中国古代疆土分为九州。《尚书·禹贡》有“冀州”，“济、河惟兖州”，“海、岱惟青州”，“海、岱及淮惟徐州”，“淮、海惟扬州”，“荆及衡阳惟荆州”，“荆、河惟豫州”，“华阳、黑水惟梁州”，“黑水、西河惟雍州”。后泛指中国。“九州有方圆”，谓九州地形各有参差。

② 九野：九州之野。《后汉书·冯衍列传》：“疆理九野，经营五山。”李贤注：“九野，九州之野也。”此外，《吕氏春秋·有始览》有所谓“天有九野，地有九州”之说。大概天地相合、相配，故天有九野，地也有九野。“九野有形势”，谓九州之野各有其不同的地势。

③ 区域高下：指九州地势有高有低。

④ 物有其制：天地万物自有其受到制约限制之处。物，指万物。制：《说文·衣部》：“制，裁也。”此处有自然法则之意。

⑤ 否（pǐ 痞）：闭塞不通。《易·否卦》李鼎祚集解引荀爽曰：“乾坤分体，天地否隔。”又《素问·六元正纪大论》：“地气腾腾，天气否隔。”

⑥ 壅：堵塞。《左传·宣公十二年》：“川壅为泽。”

⑦ 崇：堆积而高。汙（wā 洼）：下陷。薮泽，大泽，湖泊。《周礼·夏官·职方氏》：“其山镇曰会稽，其泽薮曰具区。”泽，聚水的洼地。汉·班固《风俗通·山泽篇》：“水草交厝，名之为泽。”

⑧ 逶迤：曲折连绵貌。漫衍：连绵不断貌。大壑：指大海。《庄子·天下》：“夫大壑之为物也，注焉而不满，酌焉而不竭。”陆德明释文：“大壑，东海也。”

⑨ 国邑：汉代诸侯王的封地。《汉书·马宫传》：“无宜复食国邑。”表：标记，标志。四时：指春、夏、秋、冬。仪：宜、善、正也。象：指四象，即木、火、金、水。“四时仪其象”，即指四时与四象完善地配合。春配木，夏配火，秋配金，冬配水。参见《易传·系辞上》。阴阳：指天地间化生万物的二气。“阴阳畅其气”，谓此二气得以畅达流通。

⑩ 有刑有德：指山川相依，地势高低相宜。《后汉书·冯衍列传》：“循四时之代谢兮，分五土之刑德。”李贤注：“五土：一曰山林，二曰川渎，三曰丘陵，四曰坟衍，五曰原隰……山为积德，川为积刑。”叫：雷。默：云。

⑪ 用：以也。惑：乱也。本句说国邑之内，若天时地利得宜，则人事得安，否则乱矣。以上是对九州、九野原则性总评。

⑫ 此句的“隅隈之缺、幽荒之途、沕漠之域、穷野之都”都是人迹罕至的道家所认为的广漠之野、无何有之乡。隅隈：角落。隅，边角。《诗·邶风·静女》：“静女

其姝,俟我于城隅。”限,山或水曲隩处。《管子·形势》:“大山之隈。”尹知章注:“隈,山曲也。”隅,指角落。沕漠:深微,广大无垠貌。穷野之都:即边域荒野之都城。

⑬ 不可胜图:不可描述净尽。胜,尽。图,画。《汉书·司马相如传上》:“众物居之,不可胜图。”颜师古注:“胜,举也。不可尽取而图为之,言其多也。”

⑭ 浩养之雅:指有德之士。《孟子·公孙丑上》:“我善养吾浩然之气。”赵岐注:“我能自养我之所有浩然之大气也。”浩,大。雅,雅士。

⑮ 凌:乘,凌驾。《三国志·魏书·邓艾传》:“勇气陵云。”飙:暴风,狂风。蹑:踏。浮霄:云气。

⑯ 清浊:指天地清浊之气。《淮南子·天文训》:“气有涯垠,清扬者薄靡而为天,重浊者滞凝而为地。”

⑰ 伶伦:传说中黄帝时期的乐官。邹子:邹衍,战国时临淄人,深谙天地阴阳之变。《列子·汤问》:“微矣子之弹也!虽师旷之清角,邹衍之吹律,亡以加之。”又王充《论衡·定贤篇》:“燕有谷,气寒,不生五谷,邹衍吹律致气,既寒更为温,燕以种黍,黍生丰熟,到今名之曰黍谷。”噏:同“吸”。此两句说天地和畅,五谷可丰。

⑱ 伯高:伯成子高。三国·魏· 嵇康《圣贤高士传》:“伯成子高,不知何许人也。唐虞时为诸侯,至禹复去而耕。禹往趋而问曰:‘……敢问其故何耶?’子高曰:‘昔尧治天下,至公无私,不赏而民劝,不罚而民畏;今子赏而不劝,罚而不畏,德自此衰,刑自此作。夫子盍何,无留吾事。’偪偪(同‘侃侃’,刚直貌)然遂复耕而不顾。”

⑲ 羡门:传说中的仙人。《史记·秦始皇本纪》:“三十二年,始皇之碣石,使燕人卢生求羡门、高誓。”韦昭注:“羡门,古仙人。”三山:指海上蓬莱、方丈、瀛洲三仙山。《史记·封禅书》:“自威、宣、燕昭使人入海求蓬莱、方丈、瀛洲。此三神山者,其传在勃海中。”岑:小而高的山。

⑳ 遨:游也。玄圃:亦作“县圃”。《楚辞·天问》:“昆仑县圃,其尻安在?”王逸注:“昆仑,山名也,在西北,元气所出,其巅曰县圃,乃上通于天也。”邓林:神说中的树林。《山海经·海外北经》:“夸父与日逐走,入日,渴欲得饮。饮于河渭,河渭不足,北饮大泽,未至,道渴而死,弃其杖,化为邓林。”

㉑ 蕃殖:繁育生长。《国语·越语下》:“五谷睦熟,民乃蕃殖。”匪:非。这句意为神仙享用的嘉谷与我等食用稷黍不同。

㉒ 阨陋:同“隘陋”,局促狭隘之意。横术:断道。《汉书·武五子传》:“狗不吠,鸡不鸣,横术何广广兮。”颜师古注:“术,道路也。”

㉓ 修洁:整齐洁净。丽:附着。秽累:不洁之物。如:往也,至也。这句是形容东平的污秽。

㉔ 阿、甄:两者皆地名,指东阿、甄城,皆在今山东省境内。《战国策·秦策三》:

“谓魏冉曰：‘宋、卫乃当阿、甄耳。’”鲍彪注：“庄十三注：阿，今济北东阿，齐之阿邑。甄，属济阴。”《史记·田敬仲完世家》：“昔日赵攻甄。”张守节正义：“甄音绢，即濮州甄城县。”

㉕ 戚：地名。《左传·文公元年》：“公孙敖会晋侯于戚。”杜预注：“戚，卫邑，在顿丘，卫县西。”按，《汉书·地理志》载东海郡有戚县，在今山东省境内。蒲：卫地，在陈留长垣县西南。按，在今河北省境内。

㉖ 桑间、濮上：地名，在今河南省境内。《汉书·地理志下》：“卫地有桑间、濮上之阻，男女亦亟聚会，声色生焉。”《史记·乐书》裴骃集解：“桑间、濮上之音，亡国之音也。”庐：寄也。

㉗ 三晋：指战国时韩、赵、卫三国。纵横：谓东平与三晋之地纵横相交。敷：散也，布也。谓郑卫之人纷纷散布于东平境内。此句指东平与三晋、郑卫地理上的纵横交错。

㉘ 豪俊：指豪强。凌属：侵犯、欺侮隶属。《楚辞·九歌·国殇》：“诚既勇兮又以武，终刚强兮不可凌。”

㉙ 强御：强壮有力之人。怨毒：怨恨，憎恶。《史记·伍子胥列传》：“怨毒之于人甚矣哉！”这两句形容民风强悍。

㉚ 此句说怨毒已甚，岂能待久（指很快要爆发）。作慝：作恶。《诗·大雅·民劳》：“式遏寇虐，无俾作慝。”

㉛ 刘王、叔氏：待考。刘王，此指大族。湄：河边。《诗·秦风·蒹葭》：“所谓伊人，在水之湄。”孔颖达疏：“湄是水岸。”

㉜ 私：自私，利己。州闾鄙邑：古代行政区划。州，《周礼·地官·大司徒》：“五党为州。”郑玄注：“州，二千五百家。”闾，《周礼·地官·族师》：“五家为比，五比为闾。”郑玄注：“闾，侣也，二十五家相群侣也。”《说文·门部》：“闾，里门也。”鄙，《周礼·地官·遂人》：“五酂为鄙，五鄙为县。”邑，《周礼·地官·小司徒》：“九夫为井，四井为邑。”汉·刘熙《释名·释州国》：“邑，人聚会之称也。”州闾，指刘王聚居处。鄙邑，指叔氏聚居处。莫言或非：没有人不说好。指没有是非。

㉝ 殪（yì 异）：尽。戾：至。殖：繁殖，孳生。这句指一心一意，只想自己发财。即极端自私。

㉞ 原壤：土壤。原，《尔雅·释地》：“大野曰平，广平曰原。”树艺：种植。《孟子·滕文公上》：“树艺五谷。”赵岐注：“树，种。艺，植也。”

㉟ 畴亩：田地。畴，耕地。《礼记·月令》：“是月也，可以粪田畴，可以美土疆。”《左传·襄公三十年》杜预注：“并畔为畴。”亩，《周礼·地官·小司徒》郑玄注引《司马法》：“六尺为步，步百为亩。”治：除也。

㊱ 流潢：水流在地面形成水溏。《左传·隐公三年》：“潢污行潦之水。”溏：泥

浆，泥淖。洋溢：水流泛滥貌。此二名言当地人不治田治水，十分懒惰。

㊲ 三齐：上文言“西则仰首阿、甄”，指就东阿、甄城言。此又言，“东当三齐，西接邹、鲁”，指就三齐与邹、鲁言，三齐又在东，邹、鲁又在西。《史记·项羽本纪》：“荣（田荣）因自立为齐王，而西去杀济北王田安，并三齐。”张守节正义引《三齐记》云：“右即墨、中临淄、左平陆，谓之三齐。”

㊳ 涂：同“途”。力：《四库》本为“刁”，意思是说此地民众聚集刁横，与下句“骄仆纤邑，于焉斯处”相合。间：中道。《汉书·游侠传·郭解》：“洛阳人有相仇者，邑中贤豪居间以十数，终不听。”颜师古注：“居中间为道地，和辑之而不见许也。”师：众。辅：助。此句言众人相助。

㊴ 纤邑：小邑，小地方。斯处：在此居住。川泽：水道。径：取道，经过。《史记·高祖本纪》：“高祖被酒，夜径泽中。”洞庭：即洞庭湖。荆楚：指古楚国。

㊵ 径：小路。宇：房屋。

㊶ 绍：继续，接续。《尚书·盘庚上》：“绍复先王之大业。”则：法。

㊷ 夷：同“彝”，常道。罔式：不能作为法式。《尔雅·释言》：“罔，无也。式，取法也。罔式，谓无足取法也。”作残：作恶。

㊸ 因：《四库》本为“罔”，意为无所畏惧，无所顾忌。愆：罪过，过失。《尚书·伊训》：“惟兹三风十愆，卿士有一于身，家必丧。”

㊹ 壅：堵塞。《左传·宣公十二年》：“川壅为泽。”翳：隐，蔽。窕：深极。邃：深远貌。章：明显，显著。此句说房屋幽暗不明。

㊺ 曲房：密室。《文选》枚乘《七发》：“纵恣于曲房隐间之中。”

㊻ 悸罔：惊惧恍惚。悸，心跳惊怕。罔，通“惘”，失意貌。徙易：即徙倚，犹豫彷徨貌。寤怀：寐觉而有所怀。

㊼ 浊河：指黄河。《韩非子·初见秦第一》：“齐之清济浊河足以为限。”萦：绕。溏：水池。清济：指济水，济水清，故为清济。樊：樊篱，屏障。

㊽ 旖旎（yǐ mǐ 以米）：形容山险峻貌。

㊾ 崔巍：高大貌。

㊿ 振厉：形容风势猛烈。

51 浮汶：汶水浮动。汶，指汶河。发源于新泰东北龙堂山，西流入东平，汇入黄河。《尚书·禹贡》：“浮于汶，达于济。”北魏·郦道元《水经注·汶水》：“（汶水）又西南过东平章县南。又西南过无盐县南。”湛湛：水清澈貌。行潦：雨后路上积水。

52 蓊郁：树林茂盛貌。

53 黔首：百姓。《史记·秦始皇本纪》：“更名民曰黔首。”裴骃集解引应劭曰：“黔亦黎黑也。”黔，《说文·黑部》：“黎也。秦谓民为黔首，谓黑色也。周谓之黎民。”一说：黑巾蒙首，故谓黔首。不淑：即不良善。这是对百姓的偏见。淑，美好，善良。

㊹ 仪:准则,法度。《史记·秦始皇本纪》:"普施明法,经纬天下,永为仪则。"

㊺ 玄真:道教称妙道、精气等。《老子》第二十一章:"道之为物……其精甚真。"

㊻ 咨:嗟叹。闾阎:乡里。闾,里中门。阎,巷。散:发,放。感,通"憾",指民间艰难困苦。回风:旋风。回,旋转。《荀子·致士》:"水深而回。"扬声:指借风传布慰情。

㊼ 甘:甘心,甘愿。丘里之旧言:《庄子·则阳》:"少知问于大公调曰:'何谓丘里之言?'……曰:'丘里者,合十姓百名而以为风俗也。合异以为同,散同以为异。……此之谓丘里之言。'"丘,《汉书·刑法志》:"四井为邑,四邑为丘。丘,十六井也。"发:舒;扬。

㊽ 滋:副词,益,多,更加。丹木:朱木。丹,赤色。《说文·木部》:"朱,赤心木,松柏之属。"

㊾《北门》悲于殷忧:此借《诗经·北门》诗表达不得志之情。《诗·邶风·北门》:"出自北门,忧心殷殷。"小序:"刺士不得志也。言卫之忠臣不得其志耳。"《小弁》哀于独诚:借《诗经·小弁》诗表达自己的忠诚。《诗·小雅·小弁》:"踧踧周道,鞫为茂草。我心忧伤,惄焉如捣。假寐永叹,维忧用老。心之忧矣,疢如疾首。"诗的主旨刺幽王听信谗言放逐太子。

㊿ 鸥:指鸥鸟。《列子·黄帝》:"海上之人有好鸥鸟者,每旦之海上,从鸥鸟游。鸥鸟之至者百住(音'数',乃'数'字之误)而不止,其父曰:'吾闻鸥鸟皆从汝游,汝取来吾玩之。'明日之海上,鸥鸟舞而不下也。"端:专也。《吴汝纶集异注》:"鸥端一而慕仁,端误为专。"逞:快意。

61 矧(shěn 沈):何况。伊人:指好鸥之人。匪灵:非灵。

62 憨:急。《玉篇·心部》:"憨,急性也。"憨悃:指性急而专诚。悃,诚恳,诚实。

63 钦丕:传说中的神鸟。见《山海经·西山经》。陵颠:山顶。

64 松舟:谓以松木为舟,取其坚也。《诗·魏风·竹竿》:"淇水悠悠,桧楫松舟。"载:乘也。维:系。絷:绊也。

65 骅骝:良马、骏马名,传为周穆王"八骏"之一。蹇驴:跛足的驴。

66 资章甫:卖礼帽。《庄子·逍遥游》:"宋人资章甫而适诸越,越人断发文身,无所用之。"陆德明音义:"资章甫,李云:资,货也。章甫,殷冠也。以冠为货。"犀光:犀牛所发的光。有所谓犀之美有光,鸡见影而惊。

67 旃裘:即毡裘。旃,同"毡"。古代西北民族用兽毛等制成的衣服。袭:加衣。

68 淳德:质朴淳厚之德。斯邦:此邦,指东平。

69 美俗:淳美的风俗。王子:神话传说中仙人王子乔。《列仙传》:"王子乔者,周灵王太子晋也。好吹笙,作凤凰鸣,游伊、洛之间,道士浮丘公接以上嵩高山。三十馀年后,求之于山上,见桓良曰:'告我家,七月七日待我于缑氏山颠。'至时,果乘白鹤驻山头。望之不得到。举手谢时人,数日而去。"

⑰ 玉液:所谓仙药,饮之可以长生。《楚辞·九思·疾世》:"吮玉液兮止渴,啮芝华兮疗饥。"滋:增加。滋怡:心情更加愉快。

⑱ 重曰:即重复申明。

⑲ 嘉年:美好吉祥的年份。疑指正元二年(255),司马昭自为大将军,专断国政,阴谋代魏事。嘉:赞美。淑:美好。《诗·周南·关雎》:"窈窕淑女,君子好逑。"春阳:阳春,春天温暖和煦。《尔雅·释天》:"春为青阳。"郭璞注:"气清而温阳。"肇:开始。

⑳ 思飙:谓思绪的大风。因:依靠。形骸:指人的形体、躯壳。

㉑ 间维:古代天地上下、东西南北的一种空间距离。维,指固定天穹的绳子。《楚辞·远游》:"乘间维以反顾。"洪兴祖补注引《孝经纬》云:"天有七衡而六间,相去合十一万九千里。"菀风:寓言中人名。菀,通"苑"。《庄子·天地》:"谆芒将东之大壑,适遇苑风于东海之滨。"

㉒ 玄:青色。《易·坤》孔颖达疏:"玄,天色。"

㉓ 征:出征,远行。

㉔ 扶摇:大风、飓风。《庄子·逍遥游》:"抟扶摇而上者九万里。"成玄英疏:"扶摇,旋风也。"《尔雅·释天》:"扶摇谓之飚。"郭璞注:"景风自下而上也。"合墟:神话中日月所居之地。《山海经·大荒东经》:"大荒之中,有山名曰合虚,日月所出。"咸池:日出时所浴处,此指太阳。增城:《淮南子·墬形训》:"掘昆仑墟以下,地中有增城九重。"高诱注:"中,昆仑墟中也。增,重也。有五城十二楼,见《括地象》。此尽诞,实未闻也。"

㉕ 煌熠(huáng yì 皇义):光明貌。熠(一作"耀"):盛光也。

㉖ 溟:溟漠无涯。《庄子·逍遥游》:"穷发之北有溟海者,天池也。"

㉗ 谌(chén 臣):诚实,确实。《楚辞·九章·哀郢》:"外承欢之汋约兮,谌荏弱而难持。"

㉘ 靡:细好也。汉·扬雄《方言》卷二:"私……小也……秦晋曰靡。"纷错:芜杂,不规整。纷,众也。错,杂乱。度:限度。逼:狭窄。

㉙ 轸(zhěn 诊):舆也。畎浍:小水沟。畎,田间小沟。《尚书·益稷》孔安国传:"一亩之间,广尺深尺曰畎。"浍,小水流。《尔雅·释水》:"水注沟曰浍。"空桑:古代传话中山名。《山海经·东山经》:"东次二经之首曰空桑之山。"郭璞注:"此山名琴瑟材,见《周礼》也。又伊尹及孔子所生之地皆名空桑。"

㉚ 藜:藜草,似蓬。一年生草本植物,嫩叶可食。藿:豆叶。易修:容易生长。

摄:引,持。

⑭ 颛顼:传说中古代帝王之名。鲋隅:一作“务隅”,山名。《山海经·海外北经》:“务隅之山,帝颛顼葬于阳,九嫔葬于阴。”

⑮ 腾:上跃也。焉如:往哪里去。

⑯ 晻暧:不明貌。漫浩漾:水大无涯际貌。

⑰ 理:容貌之进止也。缪:通“谬”,错误。据:处。此指行为方式。竦:恐惧。端委:古代黑赤色的礼服。端,玄端。委,礼帽。

⑱ 仪衡:测量。省:察也。

⑲ 彻:道,轨辙。斯:是。

⑳ 杲日:光亮的阳光。杲,明亮。《管子·内业》:“杲乎如登于天,杳乎如入于渊。”曲陵:起伏高低的丘陵。

㉑ 枯菀:荣枯。比喻人生的荣耀与耻辱。这里偏重取“枯”之义。

㉒ 辽遥:辽阔远大。阔度:广远图谋。常契:寻常契约。契:契合。

㉓ 襄城:战国时魏邑,在今河南省许昌市西南。闲:远。纯一:《老子》第三十九章:“昔之得一者,天得一以清,地得一以宁……”

㉔ 轩翥(zhǔ 主):高飞。《楚辞·远游》:“鸾鸟轩翥而翔飞。”署:与“罢”同义,置。

㉕ 眷贞:返顾操守。

㉖ 淹留:久留。淹,停留。《楚辞·离骚》:“日月忽其不淹兮,春与秋其代序。”感:通“憾”。殊方:远方。

【辨析】

《晋书·阮籍传》载:“及文帝(指司马昭,时为大将军,死后追号文皇帝)辅政,籍尝从容言于帝曰:‘籍平生曾游东平,乐其风土。’帝大悦,即拜东平相。籍乘驴到郡,坏府舍屏障,使内外相望,法令清简,旬日而归。”《东平赋》应是这一时期即正元二年(255)或之后所作。赋文前一部分描述当地的山川形势,风俗习惯。在作者看来此地阴阳失衡、四序错乱;田地荒芜,树艺失时;强御横行,人性刁蛮。阮籍原先对司马昭(时为大将军,权倾天下,死后被追尊为文帝)说:“籍平生曾游东平,乐其风土。”(《晋书·阮籍传》说,“籍尝随叔父至东郡,兖州刺史王昶请与相见”云云,东平国即在兖州辖内)为什么到职后马上来个一百八十度大转变,并匆匆离开东平回到国都洛阳?只能有一个解释,就是他对司马氏把持朝政的不满,所以看什么都不顺眼。因为他更是“建安七子”之一的阮瑀的儿子,政治上是倾向曹氏的。但他又没有嵇康的刚烈、胆识,只好消极反抗,把不满情绪发泄到所接触的事物上去。再加上他贪杯:“闻步兵厨营人善酿,有贮酒三百斛,乃求为步兵校尉。”“虽去佐职,恒游(司马氏)府内,朝宴必与焉。”我们可说他有气节,也可说他没有什么大气节,只能混日子过。

不久前有一位著名文化人,曾写一篇有关阮籍的文章,说阮籍理政能力如何强,几天之间,就把东平积压多年的政务处理得条条有理。这真是空口说瞎话。阮籍在司马氏掌控下,长期过着醉生梦死的苦闷生活,他只喝酒,不办事。到东平任职也是如此。《文选》卷二十一颜延年《五君咏》引臧荣绪《晋书》说:“籍拜东平相,不以政事为务,沉醉日多。”阮籍哪里在理政办事?他只知用酒来浇愁!

《东平赋》有楚骚之风,沉郁古雅。明·张溥《汉魏六朝百三名家集·阮步兵集》评此赋云:“清遥古雅,有楚骚之遗则。凡赋中仍沓、铺张、薰蒸、蹇涩诸病,皆洗涤尽去。”

亢父赋并序

吾尝游亢父[①],登其城,使人愁思,作赋以记之,言不足乐也[②]。

亢父者,九州之穷也,先代之幽墟者也[③]。故其城郭卑小局促,危隘不遐[④]。其土田则汙除渐淤,泥涅槊洿[⑤]。方池边属兮容水滂沱,秽菜惟产兮不食实多[⑥]。地下沉阴兮受气匪和,太阳不周兮殖物靡嘉[⑦]。故其人民顽嚚梼杌,下愚难化[⑧]。

其区城壅绝断塞,分迫旋渊[⑨]。终始同贯,本末相牵[⑩]。畴昔迄今,旷世历年[⑪]。巨野潴其后,穷齐尽其前[⑫]畎浍不畅,垢濁实臻[⑬],不肖群聚,屋空无贤。故其民放散淆乱,薮窜泽居[⑭],比迹麋鹿,齐志豪貙[⑮]。是以其原壤不辟,树艺希疏[⑯]。苋苇弥皋,蚊虻惨肤也[⑰]。

于其远险,则右金乡而左高平[⑱]。崇岭崔巍,深溪峥嵘[⑲]。美类不处,熊虎是生。故人民被害嚼啮,禽性兽情[⑳]。尔之近阻,则鸣鸠荫其前,曲城发其后[㉑]。鸱鸮群翔,狐狸万口。故其人民狼风豺气,螯电无厚[㉒]。

南望春申,东瞻孟尝[㉓]。衮界薛邑,境边山阳[㉔]。逆旅行舍,奸盗所藏[25]。北临平陆，齐之西封[26]。捷径燕赵，逃遁逍遥[27]。故其人民侧匿颇僻，隐蔽不公[28]。怀私抱诈，爽慝是从[29]，礼义不设，淳化匪同。

先哲遗言，有昭有聋[30]。如何君子，栖迟斯邦[31]！

【说明】

此赋见于《汉魏六朝百三名家集·阮步兵集》，《历代赋汇》卷三十九、《全三国文》卷四十四作《元父赋》，按，史书无"元父"之地名，兖州府亦无此地名，当系误刻。亢父，古地名。故城在今山东济宁市任城区南。《亢父赋》同《东平赋》一样，作者对当地的地理、环境、民风、历史等几个方面作了铺写，表达了他对统治阶级失政的不满。

【注释】

①亢父：地名。《史记·项羽纪》："(项梁)引兵攻亢父。"张守节《正义》引《括地记》："亢父故城，在兖州任城县南五十一里。"西汉时属东平国，东汉时属兖州任城国。故址在今山东济宁市南三十公里。按，"亢父"，一作"元父"。

② 记：当为"诋"字。据赋之全文，作者对于此地的自然环境、物产民风等深感不满，故作赋以诋之。

③ 九州：中国古代疆土分为九州。即：冀、豫、雍、扬、兖、徐、梁、青、荆。后泛指中国。穷：穷尽，极，地近东海，故曰穷。幽墟：隐蔽的故城。幽，隐也。墟，故城。指废墟。

④ 局促：狭窄。危隘：险峻狭隘。遐：远。

⑤ 汙：低洼停积不流的水。《左传·隐公三年》："潢汙行潦之水。"孔颖达疏："服虔云：'蓄小水谓之潢，水不流谓之汙。'"除：一作"涂"，涂，泥。涅：一作"湿"。槃：通"盘"。洿(wū 乌)：低洼水浊不流的地方。盘洿：形容地势低洼似盘。

⑥ 方：并列。属：连属。滂沱：水大貌。秽：田中杂草。莱：草之可食者。

⑦ 周：普及。靡：不。

⑧ 顽嚚(yín 银)：愚蠢顽固。《尚书·尧典》："父顽母嚚。"梼杌：凶恶之人。

⑨ 壅：堵塞。《左传·宣公十二年》："川壅为泽。"绝：断，断绝。分迫：分流急促。旋渊：回旋的深水。

⑩ 贯：联络贯通。

⑪ 畴昔：过去，以前。

⑫ 巨野：即巨野泽，在今山东省巨野县北，即《禹贡》之大野。《尚书·禹贡》：

"大野既潴。"孔颖达疏:"传正义曰:'《地理志》云:大野泽在山阳巨野县。……故云水所停曰潴。'"潴(zhū 猪):水停聚处,陂塘。《周礼·地官·稻人》:"以潴蓄水。"穷齐:此处"齐"当为"济",指济水。济水至此将入海,故曰穷济。

⑬ 甽浍(quǎn kuài 犬侩):田间水沟。甽,田沟。《荀子·成相》:"举舜甽亩,任之天下身休息。"杨倞注:"甽,与'畎'同。"浍,田野间的水沟,《周礼·地官·遂人》郑玄注:"浍,广二寻,深二仞。"臻:到,到达,聚集。

⑭ 放散:放纵,放任。薮:大泽,湖泊。汉·应劭《风俗通·山泽篇》:"水草交错,名之为泽。"

⑮ 豪貙(chū 初):一种兽,似狸。

⑯ 树艺:种植。艺,种植。

⑰ 苋:苋菜,一种野菜,可以食。皋:沼泽。

⑱ 金乡:今山东省济宁市金乡县。《水经注·济水》引《郡国志》曰:"山阳有金乡县,菏水经其故城南,世谓之故县,城北有金乡山也。"高平:高平县,《汉书·地理志》临淮郡有高平县。故城在今山东省邹城市西南。

⑲ 崔巍:高大的样子。峥嵘:原指高峻貌,此指深险貌。

⑳ 嚼啮:齿咬。

㉑ 鸣鸠:斑鸠,俗称布谷鸟。多用以比喻小人。曲城:西汉曲城圉侯虫达,精于剑术。此借指善于击剑之人。

㉒ 盩(zhōu 州)电:乖戾暴躁。

㉓ 春申:指东周时期楚国黄歇,著名的"战国四公子"之一,曾任楚相。黄歇游学博闻,善辩。考烈王元年,以黄歇为相,封为春申君。《史记·春申君列传》:"考烈王元年,以黄歇为相,封为春申君,赐淮北地十二县。"孟尝:指孟尝君,"战国四公子"之一,姓田名文,齐国宗室大臣。《史记·吕不韦列传》:"楚有春申君,赵有平原君,齐有孟尝君。"

㉔ 袤(mào 冒):古代指南北向的长度。《墨子·杂守》:"庐广十尺,袤丈二尺。"薛邑:故城在今山东省枣庄市薛城区。山阳:指山阳郡。据《水经注·济水》:"景帝中元六年分梁为山阳国,汉武帝天汉四年,更为昌邑国,以封昌邑王贺,贺废,国除,以为山阳郡。"郡治在今山东省巨野县南约三十公里处。

㉕ 逆旅:旅馆。行舍:行人所止之处,也是指旅馆。《庄子·山木》:"阳子之宋,宿于逆旅。"

㉖ 平陆:故城在今山东省汶上县城北数里处。

㉗ 燕赵:燕、赵古属冀州。春秋时为燕、晋诸国,战国时为燕、赵、中山等国。秦置上谷、渔阳、右北平、代、巨鹿、邯郸、广阳、恒山等郡。自汉代开始,正式命名为幽、冀等州。

㉘ 侧:旁边,偏斜之义。匿:隐藏,躲藏。僻:偏僻。

㉙ 爽:过失,差错。《诗·卫风·氓》:“女也不爽,士贰其行。”慝:邪恶,罪恶。

㉚ 昭:知道。聋:不知道。

㉛ 栖迟:居住,游息。

【辨析】

《亢父赋》,一作《元父赋》,误。亢父与东平相距不远,三国时均在兖州辖内,现在同属济宁市,地理民情无太大差别。阮籍平生曾游东平,“乐其风土”,为什么数年之间,其态度即发生一百八十度大转变,臭骂东平,连同亢父也臭骂?原因无他,当如我们在《东平赋》辨析中所指出的,阮籍是在指桑骂槐,宣泄他内心对司马氏篡魏、把持朝柄的不满。

赋文四字为句,沉郁古雅,情感充沛,是一篇艺术水准极高的小赋。

清思赋

余以为形之可见,非色之美;音之可闻,非声之善①。昔黄帝登仙于荆山之上②,振《咸池》于南岳之岗③,鬼神其幽而夔牙不闻其章④。女娃耀荣于东海之滨⑤,而翩翻于洪西之旁,林石之陨从而瑶台不照其光⑥。是以微妙无形,寂寞无听,然后乃可以睹窈窕而闻淑清⑦。故白日丽光,则季后不步其容⑧;钟鼓闾铪,则延子不扬其声⑨。

夫清虚寥廓,则神物来集⑩;飘飖恍惚,则洞幽贯冥⑪;冰心玉质,则激洁思存;恬淡无欲,则泰志适情⑫。伊衷虑之遒好兮,又焉处而靡逞⑬?寒风迈于黍谷兮,父诲子而游鹊⑭。申孺悲而毋归兮,吴鸿哀而象生⑮。兹感激以达神,岂浩漾而弗营⑯?志不觊(一作“凯”)而神正,心不荡而自诚⑰。固秉一而内修,堪粤止之匪倾⑱。惟清朝而夕晏兮,指濛汜以永宁⑲。

是时羲和既颓,玄夜始扃⑳。望舒整辔,素风来征㉑。轻帷连飚,华茵肃清。彭蚌微吟,蝼蛄徐鸣㉒。望南山之崔巍兮,顾北林之葱菁㉓。大阴潜乎后房兮,明月耀乎前庭㉔。乃申展而缺寐兮,忽一悟而自惊[25]。焉长灵以遂寂兮,将有歙乎所之[26]。意流荡而改虑兮,心震动而有思。若有来而可接兮,若有去而不辞。嗟憛(一作"博")贱而失庚(此句一作"心恍忽而失度"),情散越而靡治[27]。岂觉察而明真兮,诚云梦其如兹[28]。

惊奇声之异造兮,鉴殊色之在斯。开丹桂(一作"山")之琴瑟兮,聆崇陵之参差[29]。始徐唱而微响兮,情悄慧以蝼蛇[30]。遂招云以致气兮,乃振动而大骇。声飋飋以洋洋[31],若登昆仑而临西海。超遥茫渺,不能究其所在[32]。

心潒潒而无所终薄兮,思悠悠而未半[33]。邓林殪于大泽兮,钦邳悲于瑶岸[34]。徘徊夷由兮,猗靡广衍[35];游平圃以长望兮,乘修水之华旃[36]。长思肃以永至兮,涤平衢之大夷[37]。循路旷以径通兮,辟闺闼而洞闱[38]。

羡要眇之飘游兮,倚东风以扬晖[39]。沐洧渊以淑密兮,体清洁而靡讥[40]。厌白玉以为面兮,披(《太平御览》卷八作"霏")丹霞以为衣[41]。袭九英之曜精兮,珮瑶光以发微[42](《太平御览》卷三八一作"发辉")。服倏煜以缤纷兮,绛众采以相绥[43]。色熠熠以流烂兮,纷杂错以葳蕤[44]。象朝云之一合兮,似变化之相依[45]。

麾常仪使先好兮,命河女以胥归[46]。步容与而特进兮,眄两楹而升墀[47]。振瑶溪而鸣玉兮,播陵阳之斐斐[48]。蹈消溯之危迹兮,蹑离散之轻微[49]。释安朝之朱履兮,践席假而集帷[50]。敷斯来之在室兮,乃飘忽之所晞[51]。馨香发而外扬兮,媚颜灼以显姿[52]。清言窃其如兰兮,辞婉婉而靡违。托精灵之运会兮,浮日月之徐晖[53]。假淳气之精微兮,幸备嫔以自私[54]。愿申爱于今夕兮,尚有访乎是非。

被芬芳之夕畅兮,将暂往而永归。观悦怿而未静兮,言未究而心悲。嗟云霓之可凭兮,翻挥翼而俱飞。弃中堂之局促兮,遗户牖之不处。帷幕张而靡御兮,几筵设而莫辅(一作"拊")[55]。

载云舆之奄霭兮,乘夏后之两龙[56]。折丹木以蔽阳兮,竦芝盖之三重[57]。翩翼翼以左右兮,纷悠悠以容容[58]。瞻朝(一作

“云”)霞之相承兮，似美人之怀忧。采色杂以成文兮，忽离散而不留[59]。若将言之未发兮，又气变而飘浮。若垂髦而失鬋兮，饰未集而形消[60]。目流盼而自别兮，心欲来而貌辽[61]。纷绮靡而未尽兮，先列宿之规矩[62]。时党莽而阴曀兮，忽不识乎旧宇[63]。

迈黄妖之崇台兮，雷师奋而下雨[64]。内英哲与长年兮，管离伦与膺贾[65]。摧魍魉而折鬼神兮，直径登乎所期[66]。历四方而纵怀兮，谁云顾乎或疑？超高跃而疾骛兮，至北极而放之[67]！援间维以相示兮，临寒门而长辞[68]。既不以万物累心兮，岂一女子之足思！

【说明】

“清思”，清远之思。《清思赋》展示了一个澹远、虚幻的精神世界。作者借鉴《高唐》、《神女》、《洛神赋》的写作方式，通过超凡的想象，刻画了一个虚无缥缈的体道境界。赋中的美女象征了外物世界的诱惑。《清思赋》意境幽远、玄化，表现了作者高超的艺术技巧，但在情感的深刻性上却不及《洛神赋》。

【注释】

①这两句是从《老子》演变而来的，如《老子》第十二章说：“五色令人目盲，五音令人耳聋。”又《老子》第四十一章说：“大音希声，大象无形。”等等。

② 黄帝登仙于荆山：《史记 · 封禅书》曰：“黄帝采首山铜，铸鼎于荆山下。鼎既成，有龙垂胡髯下迎黄帝。黄帝上骑，群臣后宫从上者七十馀人，龙乃上去。馀小臣不得上，乃悉持龙髯，龙髯拔堕，堕黄帝之弓。百姓仰望，黄帝既上天，乃抱其弓与胡髯号，故后世因名其处曰鼎湖，其弓曰乌号。”

③ 振：发也。咸池：黄帝所作乐名。《汉书 · 礼乐志》：“昔黄帝作《咸池》，……咸池备矣。”颜师古注：“咸，皆也。池，言其包容浸润也，故云‘备矣’”。按，“岳”字，据《历代赋汇 · 外集》卷十五补。

④ 夔：舜时掌管音乐的乐官。《尚书 · 舜典》：“帝曰：‘夔，命汝典乐，教胄子。’”又《史记 · 乐书》：“夔始作乐以赏诸侯。”牙：伯牙。《吕氏春秋 · 孝行览 · 本味》：“伯牙鼓琴，钟子期听之，方鼓琴而志在太山。钟子期曰：‘善哉乎鼓琴！巍巍乎若太山。’少选之间，而志在流水。钟子期又曰：‘善哉乎鼓琴！汤汤乎若流水。’”高诱注：“伯，姓。牙，名，或作雅。钟氏，期名，子皆通称。悉楚人也。”

⑤ 女娃：传说为炎帝之女。《山海经 · 北山经 · 北次三山》：“发鸠之山，其上

多柘木，有鸟焉，其状如乌，文首，白喙，赤足，名曰精卫，其名自谈。是炎帝之少女，名曰女娃。女娃游于东海，溺而不返，故为精卫，常衔西山之木石，以堙于东海。”

⑥ 翩翻：飞翔貌。《文选》张衡《西京赋》：“众鸟翩翻。”翻，飞。洪西：一作“西山”，《文选》江淹《杂体诗三十首·拟阮步兵咏怀》李善注引作“西山”。瑶台：指神仙所居之地，用美玉砌成。

⑦ 寂寞：无声貌。窈窕：美貌。美心曰窈，美色曰窕。淑清：纯洁，明净。

⑧ 季后：当为“李后”。《太平御览》卷一四四《皇亲部十》：“李夫人少而蚤卒，上怜悯焉，图画其形于甘泉宫。齐人少翁言能致其神，乃夜张灯烛、帷帐，陈酒肉，而令上居他帐，望见好女如李夫人之貌，不得就视，上愈益悲感。为作诗曰：‘是耶，非耶？立而望之，偏何姗姗其来迟！’”或以为“季后”指末世。

⑨ 閶鉿（jiā 家）：钟鼓之声。閶，鼓声。鉿，金属声。延子：即师延，纣之乐师。《史记·乐书》“桑间濮上之音”张守节正义：“昔殷纣使师延作长夜靡靡之乐，以致亡国。武王伐纣，此乐师师延将乐器投濮水而死。”钟鼓閶鉿为正乐，故正乐兴，则延子之声不扬。

⑩ 寥廓：高远空旷。

⑪ 恍惚：精神处于一种混沌状态，无所有而无所不有。《老子道德经·赞玄篇》河上公注：“忽忽恍恍者，若存若亡，不可见也。”

⑫ 泰志：志向安宁。泰，平安。

⑬ 遒：终竟。

⑭ 迈：吹过。游鹊（jīng 京）：疑谓海上鸥鸟。

⑮ 申孺：指申喜事，见《吕氏春秋·季秋纪·精通篇》：“周有申喜者，亡其母。闻乞人歌于门下而悲之，动于颜色，谓门者内乞人之歌者，自觉而问焉，曰：‘何故而乞？’与之语，盖其母也。”吴鸿：见《吴越春秋·吴王阖闾内传》：“阖闾既宝莫邪，复命于国中作金钩，令曰：‘能为善钩者，赏之百金’，吴作钩者甚众。而有之贪王之重赏也，杀其二子，以血衅金，遂成二钩，献于阖闾，诣宫门而求赏，……呼二子之名：‘吴鸿、扈稽！我在于此。王不知汝之神也。’声绝于口，两钩俱飞著父之胸。”

⑯ 浩瀁（yǎng 养）：原指水大貌，此指大而无当。营：度量。

⑰ 荡：摇动。《礼记·月令》郑玄注：“荡，谓物动萌芽也。”

⑱ 秉：执持。《诗·邶风·简兮》：“右手秉翟。”粤：审慎之词。

⑲ 晏：天晴无云。《文选》扬雄《羽猎赋》：“于是天清日晏。”濛汜（sì 四）：神话中太阳晚归之处。

⑳ 羲和：日神，此指太阳。《楚辞·离骚》：“吾令羲和弭节兮，望崦嵫而勿迫。”王逸注：“羲和，日御也。”颓：坠落。玄夜：静夜。扃：关锁，关闭。

㉑ 望舒：神话传说中为月驾车之神。素风：清凉之风，或指秋风。

㉒ 彭：疑通作“蟛”。崔豹《古今注》：“蟛蜞，小蟹也，生海边泥中，食土。”一名长卿。蝼蛄：据《本草》卷二十二，一名蟪蛄，一名天蝼。

㉓ 葱菁：青翠茂盛貌。

㉔ 大阴：夜晚的阴气。

㉕ 申：舒展。

㉖ 长灵：绵长的思绪。歙（xì 细）：吸气。

㉗ 越：超远。治：治理。

㉘ 云梦：谓像云梦一样不可琢磨。

㉙ 琴瑟：谓风鸣。聆：听。此句谓风动崇陵之草木，其声参差可闻。

㉚ 蜲蛇：委曲随顺之貌。

㉛ 飗飗（liù 遛）：原为高风貌，此指声远大貌。洋洋：形容盛大。《诗·卫风·硕人》：“河水洋洋。”朱熹集传：“洋洋，盛大也。”

㉜ 超遥：不安定，内心不定。

㉝ 瀁瀁（yǎng 养）：同“漾漾”，荡动不定貌。薄：停止。《史记·苏秦列传》：“楚王曰：‘……心遥遥如悬旌而无所终薄。’”

㉞ 邓林：神话传说中的树林。《山海经·海外北经》：“夸父与日逐走，入日，渴欲得饮。饮于河渭，河渭不足，北饮大泽，未至，道渴而死，弃其杖，化为邓林。”殪（yì 意）：死亡。钦邳：传说中的神鸟。详见《山海经·西山经》。

㉟ 夷由：同“夷犹”。《楚辞·九歌·湘君》王逸注：“夷犹，犹豫也。”猗靡：随风而动貌。《文选》枚乘《七发》：“从容猗靡，消息阴阳。”

㊱ 旂：旗之有铃者。《尔雅·释天》：“有铃曰旂。”

㊲ 衢：大道。《尔雅·释宫》：“四达谓之衢。”《楚辞·天问》王逸注：“九交之道谓之衢。”夷：平。

㊳ 闼：小门。闱：宫中之门。

㊴ 要眇：美好貌。《楚辞·九歌·湘君》：“美要眇兮宜修，沛吾乘兮桂舟。”或以为同“騕褭”，良马名，亦通。

㊵ 洧：水名，在今河南省境内。《说文》：“洧水出颍川阳城山东南入颍。”淑：清湛。密：深。

㊶ 厌：按，著也。

㊷ 袭：穿衣。九英：指北斗星。曜：日光照耀。精：日月之光。《汉书·京房传》颜师古注：“精，谓日月清明也。”瑶光：北斗七星中第七星名。《淮南子·本经训》高诱注：“瑶光，谓北斗杓第七星。……一说，瑶光，知气之见者也。”

㊸ 倏煜（shū yù 抒玉）：各色闪耀。倏：《说文》：“青黑缯发白色。”煜：闪耀。綷（zuì 最）：合，聚。汉·司马相如《大人赋》：“屯余车其万乘兮，綷云盖而树华旗。”

绥:和,安。

㊹ 葳蕤(wēi ruí 威瑞阳平):原指枝叶茂盛,此指盛貌。

㊺ 朝云:见《文选》宋玉《高唐赋》:"昔者先王尝游高唐,梦见一妇人曰:'妾在巫山之阳,高丘之阻,旦为朝云,暮为行雨,朝朝暮暮,阳台之下。"

㊻ 常仪:帝喾女。《史记·五帝本纪》张守节正义引《帝王纪》:"(喾)次妃……女,曰常仪。"河女:河神。

㊼ 容与:安闲自得貌。《楚辞·九歌·湘夫人》:"时不可兮骤得,聊逍遥兮容与。"特:挺立。楹:柱子,特指堂上两柱。《左传·庄公二十三年》:"丹桓公之楹。"升墀(chí 迟):登上台阶。

㊽ 瑶溪:原指清溪,此指美玉。《文选》江淹《杂体诗》有"赤玉隐瑶溪"句。《水经注》:"溪曰瑶溪,又曰瑶涧,清水又南,与小瑶水合。"陵阳:仙人陵阳子明。《史记·司马相如列传》张守节正义:"(刘向)《列仙传》云:子明于沛铚县旋溪钓得白龙,放之。后白龙来迎子,明去,止陵阳山上百馀年,遂得仙也。"斐斐:来往貌。

㊾ 蹈:踏。消:《太玄经》:"九事,七为消。"陆绩注:"消,意放散也。"漺(shuǎng 爽):净。

㊿ 安朝:疑为"安期","朝"、"期"两字形似。《列仙传》:"安期先生者,琅琊阜乡人也,卖药于东海边,时人皆言千岁翁。"

51 敷:散也。斯:此。斯来:指胥归之河女。晞(xī 希):初升太阳之光。《诗·齐风·东方未晞》孔颖达疏:"晞,谓将旦之时日之光气。"

52 灼:光鲜貌。

53 运会:交会,相会。

54 嫭:美好。私:爱。

55 张:陈设,设立。《荀子·儒效》:"张法而度之。"筵:席筵。《周礼·春官·司几筵》郑玄注:"筵亦席也。铺陈曰筵,藉之曰席。筵铺于下,席铺于上,所以为位也。"拊(fǔ 府):拍,击。

56 奄霭:奄忽不明貌。乘夏后之两龙:见《山海经·海外西经》:"大乐之野,夏后启于此舞九代(马名),乘两龙。云盖三层。"

57 丹木:见《山海经·西山经》:"西南三百六十里曰崦嵫之山,其上多丹木,其叶如穀(指如構树的叶),其实大如瓜,赤符而黑理。"

58 翼翼:蕃盛貌。《诗·小雅·楚茨》:"我黍與與,我稷翼翼。"容容:流动之貌。《楚辞·九歌·山鬼》:"表独立兮山之上,云容容兮而在下。"

59 杂:指五彩相合。

60 髦(máo 毛):《诗·鄘风·柏舟》:"髧彼两髦。"郑玄笺:"髦者,发至眉,子事父母之饰。"鬋(jiǎn 剪):鬓毛。《楚辞·招魂》:"盛鬋不同制,实满宫些。"

61 盼:眼睛黑白分明。辽:远。

62 列宿:列星,众星。

63 阴曀(yì 益):阴天而有风。

64 黄妖:古代迷信中的一种不祥之气。《汉书·五行志》:“黄者,日上黄光不散,如火然,有黄浊气四塞天下,蔽贤绝道。”雷师:雷神。《楚辞·离骚》:“鸾皇为余先戒兮,雷师告余以未具。”洪兴祖补注:“轩辕,主雷雨之神。一曰:雷师,丰隆也。”

65 内:同“纳”。英哲:杰出睿智。笞(chì 痴):捶击;鞭打。贾(gǔ 古):坐卖售者。

66 魍魉:水神。

67 骛:奔跑。《文选》班固《答宾戏》:“战国横骛。”李善注:“东西交驰谓之骛。”

68 寒门:指天之北极。《淮南子·墬形训》:“北方曰北极之山,曰寒门。”

【辨析】

《清思赋》描绘了一个迷离的梦幻世界和幽怨的女子之恋,与《高唐》、《神女》、《洛神赋》有异曲同工之妙。《清思赋》吸收《楚辞》的表现手法,下笔琳琅,意境悠远,读者可完全沉浸在一个虚无飘渺的神话世界。如女子的衣饰:“厌白玉以为面兮,披丹霞以为衣。袭九英之曜精兮,珮瑶光以发微……象朝云之一合兮,似变化之相依。”车行:“载云舆之奄霭兮,乘夏后之两龙。折丹木以蔽阳兮,竦芝盖之三重。翩翼翼以左右兮,纷悠悠以容容。”可谓想象大胆奇特。《清思赋》尽管主旨与《洛神赋》相同,但思想的深刻性、情感的感染力尚不及《洛神赋》。

《清思赋》语言清丽自然,意境幽远。如月色夜景的描写:“是时羲和既颓,玄夜始扃。望舒整辔,素风来征。轻帷连飏,华茵肃清。彭蚌微吟,蝼蛄徐鸣。”给人以一种身临其境之感。

此题也可理解为阮籍欲清除杂念,无思无欲,超然自适。因为阮籍作此赋时,司马氏已篡夺曹氏天下,把持国柄,为所欲为。对此,阮籍既无力反抗,也无心离去,内心十分矛盾痛苦,故聊作此题以自慰。

大人先生传

大人先生盖老人也,不知姓字[1]。陈天地之始,言神农、黄帝之事,昭然也[2]。莫知其生年之数。尝居苏门之山,故世或谓之闲，养性延寿，与自然齐光[③]。其视尧、舜之所事若手中耳。以万里为一步，以千岁为一朝。行不赴而居不处，求乎大道而无所寓[④]。先生以应变顺和，天地为家。运去势隤，魁然独存[⑤]。自以为能足与造化推移，故默探道德，不与世同之。自好者非之，无识者怪之，不知其变化神微也[⑥]。而先生不以世之非怪而易其务也[⑦]。先生以为中区之在天下，曾不若蝇蚊之着帷，故终不以为事，而极意乎异方奇域[⑧]。游览观乐，非世所见，徘徊无所终极。遗其书于苏门之山而去，天下莫知其所如往也[⑨]。

或遗大人先生书曰："天下之贵，莫贵于君子：服有常色，貌有常则，言有常度，行有常式[⑩]。立则磬折，拱若抱鼓，动静有节，趋步商羽，进退周旋，咸有规矩[⑪]。心若怀冰，战战栗栗；束身修行，日慎一日[⑫]。择地而行，唯恐遗失。颂周、孔之遗训，叹唐虞之道德。唯法是修，唯礼是克[⑬]。手执珪璧，足履绳墨，行欲为目前检，言欲为无穷则[⑭]。少称乡闾，长闻邦国，上欲图三公，下不失九州牧[⑮]。故挟金玉，垂文组，享尊位，取茅土[⑯]。扬声名于后世，齐功德于往古。奉事君王，牧养百姓[⑰]。退营私家，育长妻子。卜吉而宅，虑乃亿祉[⑱]。远祸近福，永坚固己：此诚士君子之高致，古今不易之美行也[⑲]。今先生乃披发而居巨海之中，与若君子者远，吾恐世之叹先生而非之也[⑳]。行为世所笑，身无由自达，则可谓耻辱矣。身处困苦之地，而行为世俗之所笑，吾为先生不取也。"

于是大人先生乃逌然而叹，假云霓而应之曰[㉑]："若之云尚何通哉[㉒]！夫大人者，乃与造物同体，天地并生，逍遥浮世，与道俱成，变化散聚，不常其形。天地制域于内，而浮明开达于外[㉓]。天地之永固，非世俗之所及也。吾将为汝言之：

往者天尝在下，地尝在上，反复颠倒，未之安固，焉得不失度式而常之[㉔]？天因地动，山陷川起，云散震坏，六合失理，汝又焉得择地而行，趋步商羽[㉕]？往者群气争存，万物死虑，支体不从，身为泥土，根拔枝殊，咸失其所，汝又焉得束身修行，磬折抱鼓[㉖]？

李牧功而身死，伯宗忠而世绝，进求利以丧身，营爵赏而家灭，汝又焉得挟金玉万亿，祇奉君上，而全妻子乎[27]？且汝独不见乎虱之处乎裈中，逃乎深缝，匿夫坏絮，自以为吉宅也[28]。行不敢离缝际，动不敢出裈裆，自以为得绳墨也[29]。饥则啮人，自以为无穷食也。然炎丘火流，焦邑灭都，群虱死于裈中而不能出。汝君子之处区内，亦何异夫虱之处裈中乎？悲乎！而乃自以为远祸近福，坚无穷也。亦观夫阳乌游于尘外，而鹪鹩戏于蓬艾，小大固不相及，汝又何以为若君子闻于予乎[30]？且近者夏丧于商，周播之刘，耿薄为墟，丰、镐成丘，至人来一顾，而世代相酬，厥居未定，他人已有，汝之茅土，谁将与久[31]？是以至人不处而居，不修而治，日月为正，阴阳为期[32]。岂吝情于世，系累于一时。乘东云，驾西风，与阴守雌，据阳为雄。志得欲从，物莫之穷，又何不能自达而畏夫世笑哉？

昔者天地开辟，万物并生；大者恬其性，细者静其形[33]；阴藏其气，阳发其精；害无所避，利无所争；放之不失，收之不盈。亡不为夭，存不为寿；福无所得，祸无所咎；各从其命，以度相守[34]。明者不以智胜，暗者不以愚败[35]；弱者不以迫畏，强者不以力尽。盖无君而庶物定，无臣而万事理。保身修性，不违其纪；惟兹若然，故能长久。今汝造音以乱声，作色以诡形，外易其貌，内隐其情[36]。怀欲以求多，诈伪以要名；君立而虐兴，臣设而贼生。坐制礼法，束缚下民。欺愚诳拙，藏智自神[37]。强者睽眂而凌暴，弱者憔悴而事人[38]。假廉以成贪，内险而外仁。罪至不悔过，幸遇则自矜。驰此以奏除，故循滞而不振[39]。

夫无贵则贱者不怨，无富则贫者不争，各足于身而无所求也。恩泽无所归，则死败无所仇；奇声不作，则耳不易听；淫色不显，则目不改视。耳目不相易改，则无以乱其神矣：此先世之所至止也[40]。今汝尊贤以相高，竞能以相尚，争势以相君，宠贵以相加，驱天下以趣之，此所以上下相残也。竭天地万物之至，以奉声色无穷之欲，此非所以养百姓也。于是惧民之知其然，故重赏以喜之，严刑以威之。财匮而赏不供，刑尽而罚不行，乃始有亡国、戮君、溃散之祸。此非汝君子之为乎？汝君子之礼法，诚天下残贼、乱危、死亡之术耳！而乃目以为美行不易之道，不亦过乎！今吾乃飘飖于天地之外，与造化为友，朝飡汤谷，夕饮西海，将变化迁易，与道周始[41]。此之于万物，岂不厚哉！故不通于自然者不足以言道，暗于昭昭者不足与达明，子之谓也[42]。"

先生既申若言，天下之喜奇者异之，慷忾者高之[43]。其不知其体，不见其情，猜耳其道，虚伪之名[44]。莫识其真，弗达其情，虽异而高之，与向之非怪者，蔑如也[45]。至人者，不知乃贵，不见乃神。神贵之道存乎内，而万物运于外矣；故天下终而不知其用也。逌乎有宗扶淫之野，有隐士焉，见之而喜，自以为均志同行也[46]。曰："善哉！吾得之见而舒愤也。上古质朴淳厚之道已废，而末枝遗华并兴。豺虎贪虐，群物无辜，以害为利，殒性亡驱。吾不忍见也，故去而处兹。人不可与为俦，不若与木石为邻[47]。安期逃乎蓬山，角里潜乎丹水，鲍焦立以枯槁，莱维去而逌死[48]；亦由兹夫！吾将抗志显高，遂终于斯，禽生而兽死，埋形而遗骨，不复返余之生乎！夫志均者相求，好合者齐舆，夫子同之[49]。"

于是先生乃舒虹霓以蕃尘，倾雪盖以蔽明，倚瑶厢而徘徊，总众辔而安行[50]。顾而谓之曰："太初真人，唯天之根，专气一志，万物以存。退不见后，进不睹先。发西北而造制，启东南以为门。微道德以久娱，跨天地而处尊，夫然成吾体也。是以不避物而处，所睹则宁；不以物为累，所逌则成[51]。彷徉足以舒其意，浮腾足以逞其情[52]。故至人无宅，天地为客；至人无主，天地为所；至人无事，天地为故[53]。无是非之别，无善恶之异，故天下被其泽，而万物所以炽也[54]。若夫恶彼而好我，自是而非人，忿激以争求，贵志而贱身，伊禽生而兽死，尚何显而获荣？悲夫！子之用心也！薄安利以忘生，要求名以丧体，诚与彼其无诡，何枯槁而逌死？子之所好何足言哉！吾将去子矣。"乃扬眉而荡目，振袖而抚裳，令缓辔而纵策，遂风起而云翔[55]。彼人者瞻之而垂泣，自痛其志，衣草木之皮，伏于岩石之下，惧不终夕而死。

先生过神宫而息，漱吴泉而行，回乎逌而游览焉[56]。见薪于阜者，叹曰："汝将焉以是终乎哉[57]？"薪者曰："是终我乎？不以是终我乎？且圣人无怀，何其哀？夫盛衰变化，常不于兹。藏器于身，伏以俟时[58]。孙刖足以擒庞，睢折胁而得位，百里困而相嬴，牙既老而弼周，既颠倒而更来兮，固先穷而后收[59]。秦破六国，并兼其地，夷灭诸侯，南面称帝[60]。姱盛色，崇靡丽[61]。凿南山以为阙，表东海以为门，辟万室而不绝，图无穷而永存，美宫室而盛帷帟，击钟鼓而扬其章[62]。广苑囿而深池沼，兴渭北建咸阳。骊木曾未及成林，而荆棘已丛乎阿房[63]。时代存而迭处，故先得而后亡[64]。山东之徒虏，遂起而王天下[65]。由此视之，穷达讵可知耶？且圣人以道德为心，不以富贵为志，以无为用，不以人物为事，尊显不加重，贫贱不自轻，失不自以为辱，得不自以为荣。木根挺而枝远，叶繁茂而华零，无穷之死，犹一朝之生[66]。身之多少，又何足营？"因叹曰而歌曰：

"日没不周西，月出丹渊中[67]。阳精蔽不见，阴光代为雄。亭亭在须臾，厌厌将复东[68]。离合云雾兮，往来如飘风。富贵俛仰间，贫贱何必终[69]。留侯起亡虏，威武赫夷荒[70]。召平封东陵，一旦为布衣[71]。枝叶托根柢，死生同盛衰。得志从命生（一作'升'），失势与时隤。寒暑代征迈，变化更相推。祸福无常主，何忧身无归？推兹由斯理，负薪又何哀？"

先生闻之，笑曰："虽不及大，庶免小也。"乃歌曰：

"天地解兮六合开，星辰贯兮日月隤，我腾而上将何怀[72]！衣弗袭而服美，佩弗饰而自章，上下徘徊兮谁识吾常[73]。

遂去而遐浮，肆云轝，兴气盖，徜徉回翔兮漭瀁之外[74]。建长星以为旗兮，击雷霆之磏礚[75]。开不周而出车兮，步九野之夷泰[76]。坐中州而一顾兮，望崇山而回迈[77]。端余节而飞旃兮，纵心虑乎荒裔，释前者而弗修兮，驰蒙间而远逌[78]。弃世务之众为兮，何细事之足赖。虚形体而轻举兮，精微妙而神丰。命夷羿使宽日兮，召忻来使缓风[79]。攀扶桑之长枝兮，登扶摇之隆崇[80]。跃潜飘之冥昧兮，洗光曜之昭明。遗衣裳而弗服兮，服云气而遂行。朝造驾乎汤谷兮，夕息马乎长泉[81]。时崦嵫而易气兮，辉若华以照冥[82]。左朱阳以举麾兮，右玄阴以建旗，变容饰而改度，遂腾窃以修征[83]。

阴阳更而代迈，四时奔而相逌，惟仙化之倏忽兮，心不乐乎久留[84]。惊风奋而遗乐兮，虽云起而忘忧，忽电消而神逌兮，历寥廓而遐游。佩日月以舒光兮，登徜徉而上浮，压前进于彼逌兮，将步足乎虚州[85]。扫紫宫而陈席兮，坐帝室而忽会酬，萃众音而奏乐兮，声惊渺而悠悠，五帝舞而再属兮，六神歌而伐周[86]。乐啾啾肃肃，洞心达神，超遥茫茫，心往而忘返[87]。虑大而志矜。粤大人微而弗复兮，扬云气而上陈，召大幽之玉女兮，接上王之美人[88]。体云气之逌畅兮，服太清之淑真。合欢情而微授兮，先艳溢其若神。华姿烨以俱发兮，采色焕其并振[89]。倾玄麾而垂鬟兮，曜红颜而自新。

时暧逮而将逝兮，风飘飒而振衣[90]。云气解而雾离兮，霭奔散而永归[91]。心惝恍而遥思兮，眇回目而弗晞[92]。扬清风以为旃兮，翼旋轸而反衍[93]。腾炎阳而出疆兮，命祝融而使遣[94]。驱玄冥以摄坚兮，蓐收秉而先戈[95]。句芒奉毂，浮惊朝霞[96]。寥廓茫茫而靡都兮，邈无俦而独立。倚瑶厢而一顾兮，哀下土之憔悴。分是非以为行兮，又何足与比类。霓旌飘兮云旂，蔼乐游兮出天外[97]。”

大人先生被发飞鬟，衣方离之衣，绕绂阳之带[98]。含奇芝，嚼甘华，噏浮雾，飡霄霞，兴朝云，扬春风[99]。奋乎太极之东，游乎昆仑之西[100]。遗辔陨策，流盼乎唐、虞之都[101]。惘然而思，怅尔若忘。慨然而叹曰：“呜呼！时不若岁，岁不若天，天不若道，道不若神。神者，自然之根也。彼句句者自以为贵夫世矣[102]；而恶知夫世之贱乎兹哉！故与世争贵，贵不足争；与世争富，富不足先。必超世而绝群，遗俗而独往，登乎太始之前，览乎忽漠之初，虑周流于无外，志浩荡而遂舒，飘飖于四运，翻翱翔乎八隅[103]。欲从肆而仿佛，洸瀁而靡拘[104]。细行不足以为毁，圣贤不足以为誉。变化移易，与神明扶。廓无外以为宅，周宇宙以为庐，强八维而处安，据制物以永居[105]。夫如是，则可谓富贵矣。是故不与尧、舜齐德，不与汤、武并功，王、许不足以为匹，阳、丘岂能与比踪[106]？天地且不能越其寿，广成子曾何足与并容[107]？激八风以扬声，蹑元吉之高踪，被九天以开除兮，来云气以驭飞龙，专上下以制统兮，殊古今而靡同[108]；夫世之名利，胡足以累之哉？故提齐而踧楚，掣赵而蹈秦，不满一朝而天下无人，东西南北莫之与邻[109]。悲夫！子之修饰，以余观之，将焉存乎？”

于兹先生乃去之纷泱，莽轨沕洋，流衍溢历，度重渊，跨青天，顾而逌览焉[110]。则有逍遥以永年，无存忽合，散而下臻，霍分离荡，漾漾洋洋，飙涌云浮，达于摇光[111]。直驰骛乎太初之中，而休息乎无为之宫。太初何如？无后无先。莫究其极，谁识其根[112]。邈渺绵绵，乃反复乎大道之所存[113]。莫畅其究，谁晓其根。辟九灵而求索，曾何足以自隆[114]？登其万天而通观，浴太始之和风。漂逍遥以远游，遵大路之无穷。遣太乙而弗使，陵天地而径行[115]。超鸿濛而远迹，左荡莽而无涯，右幽悠而无方，上遥听而无声，下修视而无章[116]。施无有而宅神，永太清乎敖翔[117]。

崔巍高山勃玄云，朔风横厉白雪纷[118]。积冰若陵寒伤人，阴阳失位日月隤[119]。地坼石裂林木摧，大冷阳凝寒伤怀[120]。阳和微弱隆阴竭，海冻不流绵絮折，呼吸不通寒伤裂。气并代动变如神，寒倡热随害伤人。熙与真人怀太清，精神专一用意平，寒暑勿伤莫不惊，忧患靡由素气宁[121]。浮雾凌天恣所经，往来微妙路无倾。好乐非世又何争，人且皆死我独生。

真人游，驾八龙，曜日月，载云旗。徘徊逌，乐所之。真人游，太阶夷，□原辟，天门开[122]。雨蒙蒙，风浑浑。登黄山，出栖迟[123]。江河清，洛无埃，云气消，真人来。真人来，惟乐哉！时世易，好乐隤，真人去，与天回[124]。反未央，延年寿，独敖世[125]。望我□，何时反？趑漫漫，路日远[126]。

先生从此去矣，天下莫知其所终极，盖陵天地而与浮明遨游无始终，自然之至真也[127]。鸲鹆不逾济，貉不度汶[128]，世之常人，亦由此矣。曾不通区域，又况四海之表、天地之外哉[129]！若先生者，以天地为卵耳。如小物细人，欲论其长短，议其是非，岂不哀也哉[130]！

【说明】

《大人先生传》是一篇赋体文，赋中的大人先生是一个虚构人物，他其实就是阮籍思想、人格的化身。作者以传的形式介绍大人先生的生平、举止、行为，接着通过对“自好者”、“无识者”两类人物的驳斥，表现了自己与天地一体，与道逍遥的道家观点。阮籍可谓是对《庄子》思想的全盘继承，尤其表现在对当时社会礼法制度的批判上。

【注释】

① 大人先生：《庄子·徐无鬼》：“（仲尼曰）圣人并包天地，泽及天下，而不知其谁氏，是故生无爵，死无谥，实不聚、名不立，此之谓大人。”《史记·屈原贾谊列传》所载《鹏鸟赋》司马贞《索隐》：“张机云：‘德无不包，灵府弘旷，故名大人也。’”《史记·司马相如列传》：“乃遂就《大人赋》，其辞曰：‘世有大人兮在于中州，宅弥万里兮曾不足以少留，悲世俗之迫隘兮，朅轻举而远游。’”字：指名字。

② 陈：述说。昭：明，昭著。

③ 苏门山：在今河南省辉县，一名苏岭，为太行山馀脉。

④ 赴：趋，快跑。处：住处。寓：依靠，寄托。

⑤ 势隤（tuí 颓）：失势。世运离开就像墙倒塌一样迅急。魁（kuài 块）然：孤独安然貌。《文选》东方朔《答客难》：“今世之处士，魁然无徒，廓然独居。”

⑥ 自好者：指自爱的人。

⑦ 务：兴趣。

⑧ 中区：犹言中国。着：附着。

⑨ 遗：留。所如往：到哪里。如：往，到。

⑩ 遗：投赠。常色：一定的颜色。则：法也。度：法制。常则：一定的仪表。常度：一定的风度。常式：一定的姿态。此句说古之君子服、貌、言、行都有一定之规。《礼记·曲礼上》：“为人子者，父母存，冠衣不纯素。孤子当室，冠衣不纯采。……

童子不衣裘裳。”又《礼记·深衣》:“古者深衣盖有制度,以应规矩,绳权衡。”

⑪ 立则磬(qìng 庆)折:语见《礼记·曲礼下》,孔颖达疏:“立,倚也,佩,为玉佩也。带佩于两边臣得身宜偻折如磬之背,故云磬折也。身既偻折则所著之佩从两边出悬垂于前也。”拱若抱鼓:形容身体弯曲磐折,如抱鼓一样。商羽:《周礼·春官·太师》:“皆文之以五声:宫、商、角、徵、羽。”若步宫商:喻其合节。规矩:指礼仪规定。《礼记·经解》:“规矩诚设,不可欺以方圜。”

⑫ 怀冰:指如履薄冰。战战栗栗:指谨慎小心。束:约。

⑬ 克:《扬子·法言》:“胜己之私谓之克。”

⑭ 珪璧:瑞玉。《周礼·春官·典瑞》:“王执镇圭,公执桓圭,侯执信圭,伯执躬圭。”璧:瑞玉圆器也。绳墨:原指木匠打直线的工具,此指足以绳墨为准则,不会有失。

⑮ 闾:里门。少称乡闾,意谓少时为乡闾所称誉。三公:古代掌握军政大权的最高官员。《尚书·周官》:“立太师、太傅、太保,兹为三公。”西汉时以大司马、大司徒、大司空为三公。至东汉以太尉、司徒、司空为三公。牧:古代州的长官,《礼记·曲礼下》:“九州之长,入天子之国曰牧。”

⑯ 挟金玉:手持金玉珍宝。垂文组:指系官印的丝带。组:用丝织成的带子。《说文·系部》:“组,绶属也。”茅土:汉·蔡邕《独断》卷下:“天子大社,以所封之方色,苴以白茅授之,谓之授茅土。”即以白茅包所封土授所封的官员。

⑰ 牧养:指治理,统治。

⑱ 亿:安。祉(zhǐ 止):福。

⑲ 士君子:指上文所说之君子。高致:高尚的情志。

⑳ 披发:散发。

㉑ 逌(yóu 由)然:轻松微笑貌。《文选》班固《答宾戏》:“主人逌尔而笑曰。”李善注引项岱曰:“逌,宽舒颜色之貌。”假:借也,因也。

㉒ 若:第二人称代词,你。此句是说:你的话说不通。

㉓ 制:制约。域:疆界,一定的区域。浮明:指自在的明智。开达:指自然表现。

㉔ “天尝在下,地尝在上”:意谓天地未分之时。安固:安稳固定。常:永久不变。

㉕ 六合:天地上下四方曰六合。理:整治,平治。商羽:指五音宫、商、角、徵、羽。

㉖ 群气:指六气,自然界各种气象。《尚书·洪范》:“曰雨、曰旸、曰燠、曰寒、曰风。”雨,水气;旸(yáng 阳),金气;燠(yù 玉),火气;寒,水气;风,土气。《左传·昭公元年》:“六气:曰阴、阳、风、雨、晦、明也。”虑:忧。殊:断绝。“磬折”句:指鞠躬如折磬,打拱如抱鼓。

㉗ 李牧:战国时赵国北边良将。《史记·廉颇蔺相如列传》:"李牧者,赵之北边良将也。"赵王迁七年,秦国伐赵,秦利用反间计言牧等欲反,将其杀之。伯宗:春秋时晋大夫,贤而好直言,终被杀,子孙亦罹难。详见《史记·晋世家》。

㉘ 裈(kūn 昆):裤裆。宅:处所。汉·刘熙《释名·释宫室》:"宅,择也,择吉处而营之也。"

㉙ 绳墨:木工裁木时用以规割曲直、厚薄、长短之具。得绳墨即得法。

㉚ 阳乌:指太阳。神话传说中太阳有三足乌。《文选》左思《蜀都赋》:"羲和假道于峻歧,阳乌回翼乎高标。"李善注:"《春秋元命苞》曰:'阳成于三,故日中有三足乌,乌者,阳精。'"鹪鹩(jiāo liáo 焦辽):或称巧妇鸟。体长三寸。羽毛褐色,或略有黑褐色斑点。尾羽短,略向上翘。以昆虫为食。常在蓬草或树枝上筑巢。《庄子·逍遥游》:"鹪鹩巢于深林,不过一枝。"晋·张华《鹪鹩赋序》:"鹪鹩,小鸟也,生于蒿莱之间,长于藩篱之下,翔集寻常之内,而生生之理足矣。"

㉛ 夏丧于商:语见《史记·夏本纪》:"帝桀之时,自孔甲以来而诸侯多畔,夏桀不务德而武伤百姓,百姓弗堪。乃召汤而囚之夏台,已而释之。汤修德,诸侯皆归汤,汤遂率兵以伐夏桀。桀走鸣条,遂放而死。桀谓人曰:'吾悔不遂杀汤于夏台,使至此。'汤乃践天子位,代夏朝天下。"刘:指公刘。古代周部落的首领,周文王的祖先。《史记·周本纪》:"不窋末年,夏后氏政衰,去稷不务,不窋以失其官而奔戎狄之间。不窋卒,子鞠立。鞠卒,子公刘立。公刘虽在戎狄之间,复修后稷之业,务耕种,行地宜,自漆、沮度渭,取材用。行者有资,居者有畜积,民赖以庆。"耿:周代国名,姬姓,春秋时灭于晋。故城在今山西省河津县东南。《左传·闵公元年》:"晋侯作二军,公将上军,大子申生将下军。赵夙御戎,毕万为右,以灭耿、灭霍、灭魏。"薄:通"亳",商汤之都城。《史记·殷本纪》:"汤始居亳。"丰:周之故城。《尚书·武成》:"王来自商,至于丰。"孔传:"文王旧都,在京兆鄠县,今长安县西北是也。"镐:西周,故都。《说文》:"镐,地名,武王所都,在长安西上林苑中。"丘:空也。厥:代词,其。

㉜ 处:留也,息也。居:安。修:整理,治理。

㉝ 恬:安。

㉞ 以度相守:各守其限度。

㉟ 暗:阴暗。此谓智不明者。

㊱ 诡形:诡诈的外形,即以诡诈骗人。

㊲ 诳:欺,惑。诳拙:谓欺惑拙者。即欺骗老实人。藏智自神:犹自作聪明。

㊳ 睽眂(kuí shì 奎视):张目貌。眂,古同"视"。

㊴ 奏除:即上章奏治。除,治。

㊵ 止:自处。

㊶ 飘飖:亦作“飘摇”,飘荡,飞扬。造化:指天地、自然界。《淮南子·本经训》:“与造化者相雌雄。”汤谷:即“旸谷”,传说日出之处。《楚辞·天问》:“出自汤谷,次于蒙汜,自明及晦,所行几里?”王逸注:“言日出东方汤谷之中,暮入西极蒙水之涯也。”西海:西极之海。

㊷ 昭昭:明亮貌。《楚辞·九歌·云中君》:“灵连蜷兮既留,烂昭昭兮未央。”王逸注:“昭昭,明也。”

㊸ 申:通“伸”,舒展,舒发。忾:通“慨”。

㊹ 猜:起疑心。耳:耳闻。

㊺ 蔑:无。

㊻ 逌(yóu 由):远貌。宗:周时国名,其地在今安徽省庐江县境内。扶淫之野:假托之地。均志同行:志同道合。

㊼ 俦:同类,辈。

㊽ 安期:指安期生,秦代方士,为道家仙人,入蓬莱仙岛求长生不死药。角(lù 鹿)里:汉初隐士。汉兴,有东园公、绮里季、夏黄公、角里先生,当秦之时,避世而入尚洛深山,以待天下之足,即四皓也,也叫商山四皓。丹水:《水经》卷二十:“丹水出京兆上洛县西北冢领山。东南过其县南。”郦道元注:“楚水注之,水源出上洛县西南楚山,昔四皓隐于楚山,即此山也。其水两源,合舍于四皓庙东,又东迳高车领南,翼带众流,北转入丹水,领上有四皓庙。”鲍焦:古之廉士,抱木而死。《庄子·盗跖》:“鲍焦饰行非世,抱木而死。”莱维:疑为老莱子。春秋时楚人老莱子隐耕于蒙山,楚王遣使聘其出仕,其妻曰:“可食酒肉者,可随以鞭捶;可授以官禄者,可随以斧钺。今先生食人酒肉,受人官禄,为人所制也,能免于祸患吗?”于是离去,迁至江南。

㊾ 好合:所谓好尚者相合。齐舆:指步调一致。一作“齐颜”,即面目相同,亦可通。

㊿ 舒:舒展。蕃:通“藩”,屏障。厢:廊。

51 逌(yóu 由):即古“由”字。

52 彷徉:徘徊。

53 故:事。

54 炽:《尔雅·释言》:“炽,盛也。”

55 荡:动。振:举。

56 吴泉:即虞泉,太阳所入之处。明·彭大翼《山堂肆考·天文》:“吴泉:虞渊,日所出处。唐人避神尧讳,改为吴泉。”

57 阜:土山。汉·刘熙《释名·释山》:“土山曰阜。”以是终乎:即了此一生。

58 器:才能,本领。《礼记·王制》:“各以其器食之。”郑玄注:“器,能也。”

59 孙:指孙膑。庞:指庞涓。孙膑与庞涓同学兵法。后庞涓为魏将,妒孙膑才华,召膑到魏,施以刖刑。后孙膑为齐之师,攻魏,庞涓智尽兵败,自杀。事见《史记·孙子吴起列传》。睢:当指“范睢”,战国时期魏人。初事魏中大夫须贾,从贾使齐,以有通齐之嫌,魏相魏齐使舍人笞击睢,佯死得免。后随秦使王稽入秦,说秦昭王加强王权,后以睢为相,封于应,号应侯。事见《史记·范睢蔡泽列传》。百里:指百里奚。春秋时秦穆公的贤相。初为虞国大夫,虞国被灭,秦穆公以五羖羊皮赎之,委以国政,称为五羖大夫。事见《史记·秦本纪》。牙:姜尚,名牙。本姓姜,从其封姓,叫吕尚。吕尚至老穷困,尝钓于渭水,后遇周西伯,载与俱归,立为国师。事见《史记·齐太公世家》。收:振。

⑥⓪ 夷:铲除,诛灭。

⑥① 姱(kuā 夸):漂亮,美好。

⑥② 南山:终南山。《汉书·东方朔传》:“夫南山,天下之阻也。”

⑥③ 骊:疑为“欐”,《正韵》:“欐,栋梁别名。”丛:《说文·丵部》:“丛,聚也。”

⑥④ 代存:相代而存。

⑥⑤ “山东之徒虏”句:《战国策·赵策二》:“六国从亲以摈秦,秦必不敢出兵于函谷关以害山东矣。”王(wàng 旺):统治,君临一国。《诗·大雅·皇矣》:“王此大邦,克顺克比。”

⑥⑥ 华:同“花”。

⑥⑦ 不周:不周山。《淮南子·墬形训》:“西北方曰不周之山,曰幽都之门。”丹渊:神话中月出之处。

⑥⑧ 厌厌:《诗·秦风·小戎》:“厌厌其苗,緜緜其麃。”郑玄注:“厌厌,安静也。”

⑥⑨ 俛(fǔ 府):同“俯”,屈身。

⑦⓪ 留侯:指张良。秦末,张良为刘邦谋士,佐汉灭秦楚,因封为留侯。

⑦① 召平:秦时广陵人,封为东陵侯。《史记·萧相国世家》:“召平者,故秦东陵侯。秦破,为布衣,贫,种瓜于长安城东,瓜美,故世俗谓之东陵瓜,从召平以为名也。”

⑦② 六合:天地东西南北上下曰六合。霣(yǔn 允):雷雨。

⑦③ 章:文彩。

⑦④ 浮:驾运气而行谓之浮。肆:放肆。轝(yú 鱼):同“舆”。气盖:云盖。漭瀁(māng yǎng 莽养):广大无涯貌。

⑦⑤ 磏磕(kāng kē 康科):大声,此指雷声。

⑦⑥ 九野:指中国九州。

⑦⑦ 中州:中国。《汉书·司马相如传下》载其《大人赋》:“世有大人兮在乎中州。”颜师古注:“中州,中国也。”

⑦⑧ 旃(zhān 沾):旗曲柄。

⑦⑨ 夷羿:夏代部落首领。《楚辞·天问》:“帝降夷羿,革孽夏民。”宽日:缓射

日。忻来:不详。疑为神话中的风神。

⑳ 扶摇:神话传说中的树名。《庄子·在宥》:“云将东游,过扶摇之枝,而适遭鸿蒙。”陆德明《经典释文》引李颐曰:“扶摇,神木也,生东海。”

㉑ 汤谷:即“旸谷”,古代传说日出之处。《楚辞·天问》:“出自汤谷,次于蒙汜,自明及晦,所行几里?”长泉:即悲泉,古代传说中的水名。《淮南子·天文训》:“(日)至于悲泉,爰止其女,爰息其马,是谓县车,至于虞渊,是谓黄昏。”后因以指日落处。

㉒ 崦嵫:山名。在今甘肃省天水市西境。传说以为日落的地方。《楚辞·离骚》:“吾令羲和弭节兮,望崦嵫而勿迫。”王逸注:“崦嵫,日所入山也。”若华:若树的花。神话中神木。

㉓ 朱阳:即太阳。修:长。

㉔ 迈:往,远行。《诗·小雅·小宛》:“我日斯迈,而月斯征。”

㉕ 虚州:指天宫。

㉖ 紫宫:神话中天帝的居室。《淮南子·天文训》:“紫宫者,太一之居也。”伐周:赞美周公。《小尔雅》:“伐,美也。”

㉗ 啾啾:象声词。《楚辞·九歌·山鬼》:“雷填填兮雨冥冥,猿啾啾兮狖夜鸣。”肃肃:恭敬貌。《诗·大雅·思齐》:“雝雝在宫,肃肃在庙。”

㉘ 粤:语助词。微:隐行。幽:深微。玉女:美女。《吕氏春秋·贵直》:“惠公即位二年,淫色暴慢,身好玉女。”高诱注:“玉女,美女也。”上王:上界之王。

㉙ 烨:明亮。

㉚ 暧逮(ài dài 爱戴):不明,昏暗貌。《楚辞·远游》:“时暧逮其曭莽兮,召玄武而奔属。”王逸注:“日月晻黮而无光也。”

㉛ 霭:云集貌。

㉜ 惝恍:失意貌。

㉝ 旟(yú 于):古代画着鸟隼的军旗。轸(zhěn 诊):车后横木。衍:行。

㉞ 祝融:神名。帝喾时的火官,后尊为火神,命曰祝融。《吕氏春秋·四月》:“其帝炎帝,其神祝融。”高诱注:“祝融,颛顼氏后,老童之子吴回也,为高辛氏火正,死为火官之神。”

㉟ 玄冥:水神。《左传·昭公十八年》:“禳火于玄冥、回禄。”杜预注:“玄冥,水神。”坚:指冰。蓐(hāo 蒿)收:掌管秋天的西方之神。《礼记·月令》:“其日庚辛,其帝少皞,其神蓐收。”郑玄注:“蓐收,少皞氏之子,曰该,为金官。”

㊱ 句(gōu 沟)芒:传说为古代主管树木的神。《左传·昭公二十九年》:“木正曰句芒。”

㊲ 蔼:和乐貌。

⑱ 被:覆盖。方离:蒙茏纷乱貌。绂(fú 弗):朱绂。阳:鲜艳。

⑲ 噏:吸。飧:餐。

⑳ 太极:为混沌之气,宇宙万物之原。《易传·系辞上》:“易有太极,是生两仪,两仪生四象,四象生八卦。”孔颖达疏:“太极谓天地未分之前,元气混而为一,即是太初、太一也。”

⑩① 唐:唐尧。虞:舜虞。

⑩② 句句者:指执迷于世俗者。

⑩③ 太始:万物形成前的原始状态。《易·乾凿度》:“太始者,形之始也。”忽漠:广大无边貌。四运:谓四时运行。八隅:八方,八极。

⑩④ 洸瀁(guāng yǎng 光养):广大貌。《广韵》:“无涯际也。”

⑩⑤ 八维:四方和四隅合称八维。汉·东方朔《七谏·自悲》:“引八维以自道兮,含沆瀣以长生。”《文选》王延寿《鲁灵光殿赋》:“三间四表,八维九隅。”张载注:“四角四方为八维。”制物:统物。制,控制。《商君书·农战》:“今上论材能智慧而任之,则智慧之人希主好恶,使官制物,以适主心。”

⑩⑥ 王:王倪。《庄子·齐物论》陆德明释文:“《高士传》云:‘尧时贤人也。’”许:许由。《庄子·外物》:“尧与许由天下,许由逃之。”阳:老子或阳子居。《史记·老子韩非列传》:“姓李氏,名耳,字伯阳。”丘:孔丘。因出生时凹顶,故曰丘。

⑩⑦ 广成子:古代传说中的仙人。晋·葛洪《神仙传·广成子》:“广成子者,古之仙人也。居崆峒之山石室之中。黄帝闻而造焉。”崆峒山在今甘肃省平凉县西。

⑩⑧ 元吉:大吉。《易·坤》:“黄裳元吉。”孔颖达疏:“元,大也。以其德能如此,故得大吉也。”九天:谓天之中央与八方。《楚辞·离骚》:“指九天以为正兮,夫唯灵修之故也。”王逸注:“九天谓中央八方也。”

⑩⑨ 提:《说文·手部》:“提,挈也。”踧(cù 促):同“蹙”,破。

⑪⓪ 泱、莽:广大貌。《文选》司马相如《上林赋》:“径乎桂林之中,过乎泱莽之野。”沕(hū 忽)洋:指车辙杂乱繁多。流衍:广布,充溢。《文选》左思《吴都赋》:“观海陵之会,则红粟流衍。”溢历:充溢。逌(yóu 由):同“攸”,所。

⑪① 逍遥:徜徉。《楚辞·九章·哀郢》:“去终古之所居兮,今逍遥而来东。”臻:《玉篇·至部》:“臻,聚也。”漾漾:无涯际。洋洋:盛大的样子。摇光:星名,北斗第七星,也称瑶光、招遥。汉·司马相如《大人赋》:“悉征灵圉而选之兮,部署众神于摇光。”

⑪② 根:事物的本原。

⑪③ 绵绵:连续不断貌。

⑪④ 九灵:犹九天。《楚辞·九怀·思忠》:“登九灵兮游神,静女歌兮微晨。”王逸注:“想登九天放精神也。”

⑮ 太乙：即太一，指宇宙万物的本原、本体。《庄子·天下》："建之以常无有，主之以太一。"成玄英疏："太者广大之名，一以不二为称。言大道旷荡，无不制围，括囊万有，通而为一，故谓之太一也。"陵：超越，逾越。

⑯ 鸿濛：指宇宙形成前的混沌状态。《庄子·在宥》："云将东游，过扶摇之枝，而适遭鸿蒙。"成玄英疏："鸿蒙，元气也。"荡莽：广大无涯貌。修：久，长。章：明。

⑰ 太清：天空。古人以为天系由清净之气所构成，故云。

⑱ 勃：兴起。

⑲ 隤（tuí 颓）：崩坏。

⑳ 坼（chè 彻）：裂开。

㉑ 真人：得道之人，仙人。

㉒ 太阶：古星名。即三台。上台、中台、下台各二星，相比而斜上，如阶级然，故名。《文选》扬雄《长杨赋》："是以玉衡正而太阶平也。"李善注："泰阶者，天之三阶也。上阶上星为天子，下星为女主；中阶上星为诸侯三公，下星为卿大夫；下阶上星为元士，下星为庶人。三阶平则阴阳和，风雨时，岁大登，民人息，天下平，是谓太平。"

㉓ 栖迟：游息。

㉔ 回：回转。

㉕ 央：中。

㉖ 趈（zhān 沾）：同"蹍"，马疾行貌。

㉗ 陵：超越。浮明：指日月。

㉘ 鸲鹆（qú yù 渠浴）：鸟名，俗称八哥。《春秋·昭公二十五年》："有鸜鹆来巢。"杨伯峻注："鸜同鸲，音劬。鸜鹆即今之八哥。"《周礼·冬官·考工记》："鸜鹆不逾济。"即是说八哥活动不超越济水。貉不度汶：指貉不渡越汶水。《淮南子·原道训》："鸜鹆不过济，貈（本作'貉'）渡汶而死。"指习性使然。

㉙ 表：外也。以天地为卵：指视之甚小。

㉚ 细人：见识短浅之人。

【辨析】

《晋书·阮籍传》："籍尝于苏门山遇孙登，与商略终古及栖神道气之术，登皆不应，籍因长啸而退。至半岭，闻有声若鸾凤之音，响于岩谷，乃登之啸也。遂归著《大人先生传》，其略曰……此亦籍之胸怀本趣也。"又《世说新语·栖逸》引《竹林七贤论》曰："籍归，遂著《大人先生论》，所言皆胸怀间本趣，大意谓先生与己不异也。观其长啸相和，亦近乎目击道存矣。"可见大人先生这一虚构人物本身就是阮籍思想、人格的化身。赋文以大人先生的游历为线索，可分为三个部分。第一部分以传记的形式介绍大人先生的生平、思想、举止、行为。第二部分则对“自好者”、“无识者”两类人对自己行为非议的反驳。首先,“自好者”即文中的世俗君子,大人借云霓之口对当时社会的礼法制度、道德伦理作了深入批判。其次,“无识者”即“扶淫之野的隐士”,对其“不知其体,不见其情,猜耳其道,虚伪之名”作了抨击。最后,对为薪者的契合于道作了称许。第三部分则对大人先生与真人为友,与天地一体,与道逍遥的游历过程进行了描绘。

《大人先生传》吸取了大量的神话传说,有雷神、水神、雨神、日神、月神,有紫宫、帝室,有至人、真人等,可谓天马行空,极富浪漫色彩。文中“虱处裈中”这一比喻,辛辣、大胆,恰到好处。以传作赋,设计新颖。前后呼应,层层展开。表现了作者高超的艺术技巧。

总之,此文否定现存社会制度,宣扬无君无臣、无贵无贱,梦想回到远古社会。生活在极端黑暗的司马氏掌权时代,阮籍既不敢明确反抗,又不能遽然离开,就只好作此文以泄愤。

嵇　康

嵇康(224—263),字叔夜,谯郡铚(今安徽宿州)人。官至中散大夫,世称嵇中散。嵇康性情耿直,放纵不羁,为“竹林七贤”台柱之一,《晋书》本传说:“学不师受,博览,无不该通,长好庄老。”他在《与山巨源绝交书》中说:“非汤武而薄周孔”,政治上拒与司马氏合作,被构罪下狱,为司马昭所杀。嵇康长于散文和四言诗,他的诗、赋、文都颇有成就。他也擅长音乐,其《声无哀乐论》、《琴赋》可谓音乐史上的名篇。《嵇康集》为鲁迅校录,戴明扬《嵇康集校注》也是较好的校本。传见《晋书·嵇康传》。

琴赋并序

余少好音声，长而玩之[1]。以为物有盛衰，而此不变；滋味有厌，而此不倦[2]。可以导养神气，宣和情志[3]。处穷独而不闷者，莫近于音声也。是故复之而不足，则吟咏以肆志[4]；吟咏之不足，则寄言以广意[5]。然八音之器，歌舞之象，历世才士并为之赋颂，其体制风流莫不相袭[6]。称其才干，则以危苦为上[7]，赋其声音，则以悲哀为主；美其感化，则以垂涕为贵。丽则丽矣，然未尽其理也[8]。推其所由，似元不解音声，览其旨趣，亦未达礼乐之情也[9]。众器之中，琴德最优，故缀叙所怀，以为之赋[10]。其辞曰：

惟椅梧之所生兮，托峻岳之崇冈[11]。披重壤以诞载兮，参辰极而高骧[12]。含天地之醇和兮，吸日月之休光[13]。郁纷纭以独茂兮。飞英蕤于昊苍[14]。夕纳景于虞渊兮，旦晞干于九阳[15]。经千载以待价兮，寂神跱而永康[16]。

且其山川形势，则盘纡隐深，崔嵬岑岩[17]。互岭巉岩，岞崿岖崯[18]。丹崖险巇，青壁万寻[19]。若乃重巘增起，偃蹇云覆[20]，邈隆崇以极壮，崛巍巍而特秀[21]。蒸灵液以播云，据神渊而吐溜[22]。尔乃颠波奔突，狂赴争流，触岩觝隈，郁怒彪休[23]。汹涌腾薄，奋沫扬涛。汩汩澎湃，蜿蟺相纠[24]。放肆大川，济乎中州[25]。安回徐迈，寂尔长浮[26]。澹乎洋洋，萦抱山丘[27]。详观其区土之所产育，奥宇之所宝殖[28]。珍怪琅玕，瑶瑾翕赩[29]。丛集累积，奂衍于其侧[30]。

若乃春兰被其东，沙棠殖其西[31]。涓子宅其阳，玉醴涌其前[32]。玄云荫其上，翔鸾集其巅[33]。清露润其肤，惠风流其间[34]。竦肃肃以静谧，密微微其清闲[35]。夫所以经营其左右者，固以自然神丽，而足思愿爱乐矣[36]。

于是遁世之士，荣期绮季之畴，乃相与登飞梁，越幽壑，援琼枝，陟峻崿，以游乎其下[37]。周旋永望，邈若凌飞，邪睨昆仑，俯阚海湄[38]。指苍梧之迢递，临回江之威夷[39]。悟时俗之多累，仰箕山之馀辉[40]。羡斯岳之弘敞，心慷慨以忘归[41]。情舒放而远览，接轩辕之遗音[42]。慕老童于騩隅，钦泰容之高吟[43]。顾兹梧而兴虑，思假物以托心[44]。

乃斲孙枝，准量所任[45]。至人摅思，制为雅琴[46]。乃使离子督墨，匠石奋斤[47]。夔襄荐法，般倕骋神[48]。锼会裛厕，朗密调均[49]。华绘雕琢，布藻垂文[50]。错以犀象，籍以翠绿[51]。弦以园客之丝，徽以钟山之玉[52]。爰有龙凤之象，古人之形[53]，伯牙挥手，钟期听声[54]，华容灼爚，发采扬明，何其丽也[55]！伶伦比律，田连操张[56]，进御君子，新声憀亮，何其伟也[57]！

乃其初调，则角羽俱起，宫徵相证[58]，参发并趣，上下累应，踸踔磥硌，美声将兴[59]，固以和昶而足耽矣[60]。尔乃理正声，奏妙曲，扬《白雪》，发《清角》[61]，纷淋浪以流离，奂淫衍而优渥[62]。粲奕奕而高逝，驰岌岌以相属[63]。沛腾遌而竞趣，翕韡晔而繁缛，状若崇山，又象流波[64]。浩兮汤汤，郁兮峩峩[65]，怫惘烦冤，纡余婆娑[66]。陵纵播逸，霍濩纷葩[67]，检容授节，应变合度[68]，竞名擅业，安轨徐步[69]。洋洋习习，声烈遐布[70]。含显媚以送终，飘馀响乎泰素[71]。

若乃高轩飞观，广夏闲房[72]，冬夜肃清，朗月垂光[73]，新衣翠粲，缨徽流芳[74]。于是器冷弦调，心闲手敏[75]，触攙如志，唯意所拟[76]，初涉《渌水》，中奏《清徵》，雅昶《唐尧》，终咏《微子》[77]，宽明弘润，优游躇跱[78]，拊弦安歌，新声代起[79]。歌曰："凌扶摇兮憩瀛洲，要列子兮为好仇[80]。餐沆瀣兮带朝霞，眇翩翩兮薄天游[81]，齐万物兮超自得，委性命兮任去留[82]。激清响以赴会，何弦歌之绸缪[83]。"

于是曲引向阑，众音将歇[84]，改韵易调，奇弄乃发[85]。扬和颜，攘皓腕[86]，飞纤指以驰骛，纷㗀譶以流漫[87]。或徘徊顾慕，拥郁抑案[88]，盘桓毓养，从容秘玩[89]。闼尔奋逸，风骇云乱[90]。牢落凌厉，布濩半散，丰融披离，斐韡奂烂，英声发越，采采粲粲[91]。或间声错糅，状若诡赴[92]。双美并进，骈驰翼驱，初若将乖，后卒同趣[93]。或曲而不屈，直而不倨。或相凌而不乱，或相离而不殊[94]。时劫掎以慷慨，或怨嫿而踌跱，忽飘飖以轻迈，乍留联而扶疏[95]。或参谭繁促，复迭攒仄，从横骆驿，奔遁相逼。拊嗟累赞，间不容息。瑰艳奇伟，殚不可识[96]。

若乃闲舒都雅[97]，洪纤有宜，清和条昶，案衍陆离[98]，穆温柔以怡怿，婉顺叙而委蛇[99]。或乘险投会，邀隙趋危[100]，嚶若离鹍鸣清池，翼若游鸿翔曾崖[101]。纷文斐尾，慊缪离缅[102]，微风馀音，靡靡猗猗[103]。或搂批栎捋，缥缭潎冽[104]，轻行浮弹，明嫿瞭慧[105]，疾而不速，留而不滞[106]。翩绵飘邈，微音迅逝，远而听之，若鸾凤和鸣戏云中；迫而察之，若众葩敷荣曜春风[107]。既丰赡以多姿，又善始而令终[108]。嗟姣妙以弘丽，何变态之无穷[109]！

若夫三春之初，丽服以时[110]，乃携友生，以遨以嬉[111]。涉兰圃，登重基[112]，背长林，翳华芝，临清流，赋新诗[113]，嘉鱼龙之逸豫，乐百卉之荣滋[114]。理重华之遗操，慨远慕而长思[115]。

若乃华堂曲宴，密友近宾，兰肴兼御，旨酒清醇[116]。进南荆，发西秦[117]，绍陵阳，度巴人[118]，变用杂而并起，竦众听而骇神，料殊功而比操，岂笙籥之能伦。

若次其曲引所宜，则《广陵》止息，《东武》《太山》，《飞龙》《鹿鸣》，《鹍鸡》《游弦》，更唱迭奏，声若自然[119]。流楚窈窕，惩躁雪烦[120]。下逮《谣俗》，蔡氏《五曲》，《王昭》《楚妃》，《千里》《别鹤》[121]。犹有一切，承间簉乏，亦有可观者焉[122]。

然非夫旷远者，不能与之嬉游[123]；非夫渊静者，不能与之闲止[124]；非夫放达者，不能与之无炁[125]；非夫至精者，不能与之析理也。若论其体势，详其风声，器和故响逸，张急故声清，间辽故音庳，弦长故徽鸣[126]。性絜静以端理，含至德之和平。诚可以感荡心志，而发泄幽情矣[127]！是故怀戚者闻之，莫不憯懔惨凄，愀怆伤心，含哀懊咿，不能自禁[128]。其康乐者闻之，则欨愉欢释，抃舞踊溢，留连澜漫，嗢噱终日[129]。若和平者听之，则怡养悦悆，淑穆玄真，恬虚乐古，弃事遗身[130]。是以伯夷以之廉，颜回以之仁，比干以之忠，尾生以之信，惠施以之辩给，万石以之讷慎[131]。其馀触类而长，所致非一，同归殊途。或文或质，总中和以统物，咸日用而不失[132]。其感人动物，盖亦弘矣。

于时也，金石寝声，匏竹屏气[133]，王豹辍讴，狄牙丧味[134]。天吴踊跃于重渊，王乔披云而下坠[135]。舞鸑鷟于庭阶，游女飘焉而来萃[136]。感天地以致和，况蚑行之众类[137]。嘉斯器之懿茂，咏兹文以自慰[138]。永服御而不厌，信古今之所贵[139]。

乱曰：愔愔琴德，不可测兮[140]；体清心远，邈难极兮；良质美手，遇今世兮；纷纶翕响，冠众艺兮[141]，识音者希，孰能珍兮；能尽雅琴，唯至人兮[142]！

【说明】

嵇康《琴赋》是继西汉王褒《洞箫赋》、东汉马融《长笛赋》之后，另一篇著名的音乐赋作。嵇康不仅是音乐理论家，也是有名的音乐大师。他把自己对音乐的理解结合琴这一乐器的特质表现出来，那就是“和”。“和”不仅指琴声本身的谐和，还包括音乐意境的和美，从而给人一种澹远的艺术境界。《琴赋》语言自然清丽，意境优美，表现了作者高超的艺术技巧。

【注释】

① 音声：音乐。玩：练习，演习。

② 滋味：美味。《吕氏春秋·适音》：“口之情欲滋味。”

③ 导养：疏通育养。神气：元气。《淮南子·俶真训》：“古之人，有处混冥之中，神气不荡于外。”宣和：宣泄，调和。情志：思想感情。

④ 复之：指反复玩习。肆志：指纵情，放纵自己的感情。

⑤ 寄言：谓把思想感情寄托在诗文中。广意：指表达思想感情。

⑥ 八音：金、石、丝、竹、匏、土、革、木为八音。金为钟，石为磬，琴瑟为丝，箫管为竹，笙竽为匏，埙为土，鼓为革，柷敔为木。器：乐器。象：指歌舞形象。汉代傅毅有《舞赋》，马融有《长笛赋》。体制：指赋颂的文体结构。风流：指赋颂体式。袭：因袭。

⑦ 才干:指制造乐器的材质。

⑧ 理:乐理。

⑨ 元:本来。旨趣:即宗旨要点。

⑩ 缀叙:叙写。

⑪ 椅:一种树木,梓属。梧:梧桐树。椅、梧都适于制琴。《诗·鄘风·鹑之奔奔》:"椅桐梓漆,爰伐琴瑟。"毛传:"椅,梓属。"崇冈:高峻的山冈。

⑫ 披:开。重(chóng 虫)壤:大地。泉壤称九,故曰重也。诞载:生长。诞,大。载,生长。辰极:即北极星。《尔雅》:"北极,北辰也。"骧(xiāng 襄):与"襄"义同。襄,上举。参辰极而高骧:意思是以高高的北极星为参照。

⑬ 休光:光辉。休,美善。此二句《文选》李善注曰:"谓包含天地醇和之气,引日月光明也。"

⑭ 纷纭:枝叶繁茂貌。英蕤(ruí 瑞阳平):花。《说文·艸部》:"蕤,草木花垂貌。"昊苍:高空,太空。

⑮ 纳:藏。虞渊:原指太阳日落之处,此指黄昏。《淮南子·天文训》:"日入于虞渊之汜。"景:同"影"。晞(xī 希):干,晒干。干(gàn 赣):树干。九阳:太阳。《后汉书·仲长统传》载《乐志》诗:"沆瀣当餐,九阳代烛。"

⑯ 待价:等待善价。此指等待赏识之人。《论语·子罕》:"子曰:'沽之哉!沽之哉!我待价者也。'"神跱(zhì 至):守神。跱:置备,准备。康:安乐。

⑰ 形势:指山川形态走向。盘纡:山势曲折貌。隐深:幽深貌。崔嵬:高峻貌。岑岩:危险之形。《集韵·衔韵》:"岩,险也。"

⑱ 互岭:峻岭交错。巉岩:山石险峻。岝崿(zuò è 坐愕):山势深险貌。岖崟(qū yín 区银):山石险峻貌。《文选》李善注:"皆山石崖巘崄峻之势。"

⑲ 丹崖:崖壁中所含金属元素氧化而成红色。青壁:崖壁因生长青苔等植物称之为青壁。险巇(xī 西):险要高峻貌。

⑳ 重巘(yǎn 掩):重重山峰。巘,大小成两截的山峰。增起:叠起。偃蹇:高貌。

㉑ 隆崇:高大貌。巍巍:高大貌。秀:特出,突出。

㉒ 蒸灵液以播云:水气上升貌。此句是说山能蒸出水气,水气形成云,以沾润万物。灵液:雾气。播:散布。神渊:深渊。溜:水流。

㉓ 颓波:汹涌的波浪。奔突:奔驰冲突。觝:冲撞。隈:水曲,水岸。郁怒彪休:水急汹涌暴怒貌。彪休:狂怒貌。

㉔ 泋汩(jié yù 捷玉):水流激荡貌。《文选》枚乘《七发》:"泋汩潺湲,披扬流洒。"蜿蟺(wǎn shàn 晚善):辗转。纠:纠结。

㉕ 肆:放纵。济:贯通,流通。中州:中原。

㉖ 安回:平静远去。徐迈:缓慢而行。长浮:水流平静地远去。

㉗ 澹:《说文·水部》:"澹,水摇也。"即水波激荡貌。洋洋:水大无边貌。萦抱:环抱。

㉘ 区土:疆域内的土地,国土区,地界。奥宇:宇内,天下。殖:产也。

㉙ 珍怪:奇珍异怪。琅玕(láng gān 郎甘):美玉石。瑶瑾(jǐn 仅):美玉石名。翕赩(xī xì 西戏):光色繁盛貌。

㉚ 奂衍:散落貌。奂,散貌。衍,溢也。

㉛ 春兰:多年生草本植物。俗称草兰,又名春兰。被:覆盖。沙棠:木名,干与叶类棠棣,果红如李。《山海经·西山经》:"昆仑之丘……有木焉,其状如棠,花黄赤实,其味如李而无核,名曰沙棠;可以御水,食之使人不溺。"

㉜ 涓子:古代得道仙人。《文选》李善注:"《列仙传》曰:'涓子者,齐人,好饵术,著《天地人经》三十八篇。钓于泽,得符鲤鱼中,隐于宕山,能致风雨,造伯阳九山法。'"玉醴(lǐ 礼):纯洁如玉的甘泉。醴,甘泉。汉·扬雄《太玄赋》:"茹芝英以御饥,饮玉醴以解渴。"战国·楚·宋玉《笛赋》:"丹水涌其左,醴泉流其右。"

㉝ 玄云:紫云。

㉞ 惠风:南风吹来的和风。汉·边让《章华台赋》:"惠风春施。"

㉟ 肃肃:静默貌。谧:幽静。《尔雅·释诂上》:"谧,静也。"微微:幽静貌。清闲:闲静自得之貌。

㊱ 经营:往来周旋。《文选》司马相如《上林赋》:"酆鄗潦潏,纡余委蛇,经营乎其内。"思愿:愿意,想望。

㊲ 遁世:离世隐居。荣期:荣启期,春秋时隐士。《列子·天瑞》载:"孔子游于泰山,见荣启期行于郕之野,鹿裘带索,鼓琴而歌。孔子问曰:'先生何以为乐?'曰:'天地万物惟人为贵,吾得为人,一乐也;男贵女贱,吾得为男,二乐也;生有不见日月,不充襁褓者,吾年九十,是三乐也。贫者士之常,死者人之终,处常得终复何忧乎?'孔子曰:'能自宽也。'"绮季:即绮里季,汉初隐士。汉兴,有东园公、绮里季、夏黄公、角里先生,当秦之时,避世而入商洛深山,以待天下之定,即四皓也,也叫"商山四皓"。相与:相互,交互。飞梁:桥。《文选》扬雄《甘泉赋》:"历倒影而绝飞梁兮,浮蠛蠓而撇天。"援:抓,持。琼枝:生长在南方的一种树。峻崿:险峻的高山。

㊳ 永望:长久慕望。邈若凌飞:《文选》李善注:"言若鸟之凌飞。"邪睨:邪视。睨,邪视。瞰,同"瞰",视。湄:水草交接处。

㊴ 苍梧:山名,又名九嶷山,相传舜葬于苍梧之野。迢递:遥远貌。回江:环绕曲折蜿蜒的江水。《文选》王褒《洞箫赋》:"回江流川,而溉其山。"威夷:同"逶迤",纡远曲折貌。

㊵ 累:累患。仰:仰慕。箕山:山名,在今河南省登封县东南,相传许由隐于此。

《高士传》载:“尧让位于许由,由辞曰:‘鷦鷯巢在深林,不过一枝;偃鼠饮河,不过满腹。’隐乎沛泽,尧让不已。于是遁于中岳颍水之阳,箕山之下。死,因葬于箕山之颠十五里。尧因就封其墓,号曰箕山。”

㊶ 弘敞:宽阔。弘,大。慷慨:情绪激昂。

㊷ 舒放:抒发。轩辕:黄帝。遗音:琴。相传黄帝作乐律。

㊸ 老童:耆童,颛顼之子。騩(guī 规)隅:指騩山,即今甘肃省敦煌市东南的三危山。《山海经·西山经》:“騩山,神耆童居之,其音常如钟磬。”郭璞注:“耆童,老童也。颛顼之子。”钦:钦佩,敬仰。泰容:传说为黄帝的乐师。《文选》刘良注:“泰容,黄帝乐师。”

㊹ 兴虑:引起思虑。假物:借物。假,借。

㊺ 斵(zhuó 茁):同“斫”,砍。孙枝:树的杂枝或侧生枝。汉·张衡《应间》:“可剖其孙枝。”准量所任:测量枝干以定其材用。

㊻ 至人:道德修养达到最高境界的人。《庄子·逍遥游》:“至人无己,神人无功,圣人无名。”摅(shū 舒)思:思虑。摅,抒发。雅琴:乐器名。

㊼ 离子:又名离朱或离娄,黄帝时人。黄帝亡其玄珠,使离娄索之,能视百里之外,见秋毫之末。督:正也,又察也。匠石:名石的匠人。《庄子·徐无鬼》:“郢人垩慢其鼻端,若蝇翼,使匠石斫之。匠石运斤成风,听而斫之,尽垩而鼻不伤。”奋斤:挥动斧子。斤,斧子。

㊽ 夔(kuí 奎):舜的乐官,精通音乐。襄:师襄,春秋时卫国乐官,也称师襄子,传说孔子曾向他学琴。荐法:进乐律之法。般倕:“般”通“班”,指公输班,鲁国人。倕,尧时的能工巧匠。班、倕都是古代巧匠。汉·崔骃《慰志赋》:“应规矩之淑质兮,过班、倕而载之。”

㊾ 锼(sōu 搜)会:刻镂其缝会。裛(yì 意):缠绕。厕:通“侧”。此句意谓用彩物饰琴。朗密:琴质光亮细密。

㊿ 绘:雕绘。藻、文:指对琴的纹饰。

51 错:修饰。此指,镶嵌。籍:通“藉”,用物衬垫。犀、象:二兽名,此指以象牙、犀角为饰物。翠、绿:二色名,此指翠、绿二玉。

52 园客:传说中的仙人。《文选》李善注引《列仙传》:“园客者,济阴人也。常种五色香草,积数十年。食其实。一旦有五色神蛾,止香树末。客收而荐之以布,生桑蚕焉。时有好女夜至,自称我与君作妻。道蚕状,客与俱蚕。得百头,茧皆如瓮,缲茧六十日乃尽。讫则俱去,莫知所如。”钟山:昆仑山别名。《淮南子·俶真训》:“譬若钟山之玉,炊以炉炭,三日三夜而色泽不变,则至德天地之精也。”此句是说以园客之丝为弦,以钟山之玉为琴徽。

53 此三句说琴上刻画上龙凤之形和古代人物形象。

㊹ 伯牙：春秋时人，精于琴艺。钟期：钟子期，春秋楚人，也精于音律，与伯牙为知友。《吕氏春秋·本味》载：伯牙鼓琴，志在高山流水，子期听而知之。子期死，伯牙谓世无知音者，乃绝弦破琴，终身不再鼓琴。

㊺ 灼爚（yuè 跃）：鲜明，光盛貌。《说文·火部》："灼，明也"，"爚，火光也"。发采：艳彩显现。此三句描绘雅琴的光彩艳丽。

㊻ 伶伦：黄帝时期的乐官。《吕氏春秋·古乐》："昔黄帝令伶伦作为律。"田连：或曰成连，春秋时著名琴师，相传伯牙曾从成连学琴。操张：操琴。

㊼ 憀（liáo 辽）亮：声音清澈貌。憀，同"嘹"。

㊽ 初调：开始调试。角、羽、宫、徵、商为五音。证：验证。指相互协调。

㊾ 参：并弦而弹。发：单弦弹。参发并趣：指七弦琴交相发音，单调和美。累应：互应。踸踔（chěn chuō 臣上声戳）：声音布散，变化无常。《广雅疏证》："无常谓之踸踔，非常亦谓之踸踔。"磥硌（lěi luò 磊落）：声音洪大貌。

㊿ 和昶（chàng 畅）：畅和。耽：沉溺，迷恋。

61《白雪》：古曲名。《乐府诗集·白雪歌·序》："《琴集》曰：白雪，师旷所作，商调曲也。"《清角》：古曲名。《文选》李善注引《韩非子》曰："昔卫公之晋，于濮水上宿。夜有鼓新声者，召师涓抚琴写之。公遂之晋。晋平公曰：'试听之。'师旷抚琴，一奏，有玄鹤二八来舞，再奏而列，三奏延颈鸣舒而舞，音中宫商。师旷曰：'不如《清角》。'师旷奏之，有云从西北方起之，大风起，天雨随之。此言感天地，《清角》为胜。"

62 淋浪：水流不止貌。此指琴声像流水一样清脆悦耳。奂淫衍：陈列貌。优渥：丰厚。

63 奕奕：盛貌。岌岌：高貌。相属：相连。

64 沛：盛貌。腾遌（è 饿）：冲击抵触貌。形容众音交错。趣：催促。翕：合。韡晔（wěi yè 伟业）：繁盛貌。繁缛：形容声之细。崇高：高山。

65 汤汤（shāng）：大水急流貌。峩峩：同"峨峨"，山势高峻貌。

66 怫悁（fèi wèi 废胃）烦冤：声蕴积不安貌。纡余婆娑：曲折不畅貌。婆娑：盘旋不进貌。指声音悠扬婉转。

67 陵纵播逸：琴声陵纵播布而起。霍濩（huò 祸）：似波浪声。指声音散布。纷葩：开张貌。

68 检容授节：指约束容态，授予节度。亦即指按节拍弹琴。

69 擅业：指专注于音声。

70 洋洋习习：指声音舒缓自得之貌。布：播，散。

71 含显媚以送终：含显媚之声，以送曲终。显媚，指美声。泰素：即"太素"，声之质朴之音。

⑫ 高轩飞观:高大的楼台。轩,长廊之有窗。飞观,高耸的楼观。广夏:大屋,大房间。夏,通“厦”。闲房:空旷的大房。

⑬ 肃清:清冷安静。朗月:明月。

⑭ 翠粲:衣服摩擦声。汉·班婕妤《自伤赋》:“纷翠粲兮纨素声。”《文选》曹植《洛神赋》:“披罗衣之璀瓅。”字虽不同,其义一也。缨徽:古代女性所佩带的香囊。《文选》李善注:“《尔雅》曰:妇人之徽,谓之缡。郭璞曰:今之香缨也。”

⑮ 器:指琴。闲:通“娴”,指技艺娴熟。

⑯ 搀(pī 批):古“批”字,反手击琴。如志:如其志意。

⑰《渌水》:《文选》李善注:“《淮南子》曰:‘手会《渌水》之趣。’高诱曰:‘《渌水》,古诗。’”《清徵》:古曲名。《韩非子·十过》:“(晋平)公问曰:‘清商固最悲乎?’师旷曰:‘不如《清徵》。’”《唐尧》:一种古曲。又称为“尧畅逸”。达则兼善天下,无不通畅,故为之畅。昶:通“畅”,畅通,舒畅。《微子》:即《微子操》,一种古曲。微子哀伤殷之将亡,终无可奈何,见鸿鹄高飞,援琴作操。

⑱ 润:润泽。优游:自得之貌。踳跱:徘徊不前貌。形容声音婉转动听。

⑲ 安歌:安详歌吟。

⑳ 扶摇:盘旋而上的暴风。《庄子·逍遥游》:“鹏之徙于南冥也,水击三千里。抟扶摇而上者九万里。”瀛洲:传说海上仙人所居之地。要:通“邀”。列子:战国郑人,一作列御寇。列子御风而行,为风神。仇(qíu 求):伴。

㉑ 餐:食。《说文·食部》:“餐,吞也。”沆瀣:指北方夜气。《楚辞·远游》:“食六气而饮沆瀣兮,漱正阳而含朝霞。”眇:通“渺”,辽远,高远。翩翩:凌空貌。薄:至。《广雅·释诂一》:“薄,至也。”天游:指神志飘飘欲仙。

㉒ 齐万物:万物是齐一的。

㉓ 会:节奏,节会。绸缪:缠绵。

㉔ 引:曲子。阑:即将结束。《文选》李善注:“半在半罢谓之阑。”

㉕ 奇弄:称奇的乐曲。弄:乐一曲。发:兴,起。这里指又一轮演唱。

㉖ 扬:飞扬。和颜:容颜和悦。《文选》傅毅《舞赋》:“严颜和而怡怿兮,幽情形而外扬。”攘:捋袖子。《文选》曹植《洛神赋》:“攘皓腕于神浒兮,采湍濑之玄芝。”

㉗ 纷偅譶(sè tà 色沓):形容琴声纷繁。譶,说话快。《文说·言部》:“譶,疾言也。”一说,声多也。流漫:弥漫。

㉘ 此二句说徘徊顾想,节奏按抑郁迟。

㉙ 盘桓:不进貌。毓:通“育”,孕育,产生。从容:《文选》李善注:“从容,举动也。”玩:玩习。这句说徘徊顾慕,生生不息,弹奏从容自得之貌。

㉚ 闼尔:迅疾貌。奋逸:腾起。

㉛ 牢落:形容声音零落渐微。凌厉:指琴声又起。布濩(hù 户):分散。半散:

形容琴声似散似聚,变幻不定。丰融:形容琴声丰满通畅。披离:指琴声四散。斐韡(fěi wěi 非伪)奂烂:形容琴声鲜明灿烂。采采粲粲:形容琴声丰富多彩。

⑨² 间声:指正声之外的俗曲。错糅:指间声与正声糅合在一起。诡赴:不同趋向。《文选》李善注:"言其状若诡诈而相赴也。"

⑨³ "双美并进"四句:指正声与间声齐奏,状若乖离,实是超向相同,和谐统一。

⑨⁴ "或曲而不屈"四句:仍是形容琴声有各种表现,但终归和谐统一。倨:傲慢。

⑨⁵ 劫掎(jǐ 己):形容琴声高昂激越。怨嫭(jù 具):埋怨撒娇。飘飘:形容琴声飘逸远逝。留联:徘徊不前。扶疏:形容琴声就近散布。

⑨⁶ 参谭:形容琴声相随。繁促:指琴声急促。复迭:指声音重叠。攒仄:指声音聚集。奔遁:狂跑逃遁。形容琴声急促。拊嗟(fǔ jiē 府街):击掌。累赞:反复称叹。间不容息:不容片刻喘息。瑰艳奇伟:形容琴声美妙动听。殚:尽。按,以上这一大段,作者挖空心思来描绘琴声的美妙动听。

⑨⁷ 闲舒都雅:闲适雅致。闲,雅致。都(dū 督),美。

⑨⁸ 洪纤:即大声、细声。袒:通"畅"。案衍:曲折不平貌。《文选》司马相如《上林赋》:"荆、吴、郑、卫之声,……阴淫案衍之音。"陆离:相连貌。

⑨⁹ 怡怿:欢乐,高兴。《文选》傅毅《舞赋》:"严颜和而怡怿兮,幽情形而外扬。"婉顺:温柔和顺。委蛇(yí 夷):形容声音连绵不断。

⑩⁰ 投会:会合。邀:要。

⑩¹ 罂(yīng 英):鸟鸣声。《文选》张衡《思玄赋》:"曳云旗之离离兮,鸣玉鸾之罂罂。"翼:飞翔貌。曾:高。

⑩² 纷文斐尾:文彩繁盛貌。慊缕离缅(xǐ 洗):羽毛貌。形容琴声华丽美妙。

⑩³ 靡靡:顺风貌。此指音乐美妙动听。猗猗:众盛貌。

⑩⁴ 搂批栎捋:皆手抚弦弹奏之状。搂,手牵拉而弹。批,反手击弹。栎,击弹。捋,挑取而弹。缥缭潎冽:乐声相互纠激貌。缭,缠绕。潎冽,水波击打声音。《文选》司马相如《上林赋》:"横流逆折,转腾潎冽。"

⑩⁵ 浮弹:轻弹。嫿(huà 画):闲静美好。瞭(qì 弃):察。

⑩⁶ 滞:止。

⑩⁷ 翩绵飘邈:指声音轻邈之状。迫:迫近。

⑩⁸ 丰赡:丰足。赡,充足。指琴声丰富充实。令:善。

⑩⁹ 姣妙:形容琴声美妙。

⑪⁰ 三春:春季三个月。汉·班固《终南山赋》:"三春之季,孟夏之初。"

⑪¹ 友生:朋友。《诗·小雅·常棣》:"虽有兄弟,不如友生。"遨:游。嬉:乐。

⑪² 重基:指山。《春秋运斗枢》:"山者地之基。"

⑪³ 华芝:华丽的车盖。《文选》扬雄《甘泉赋》:"于是乘舆,乃登夫凤皇兮翳华

芝。”李善注引服虔曰：“华芝，华盖也。”

⑭ 逸豫：安乐。《诗·小雅·白驹》：“尔公尔侯，逸豫无期。”百卉：百草。《文选》张衡《归田赋》：“原隰郁茂，百草滋荣。”

⑮ 操：乐曲。重华：指舜帝。《文选》李善注引《琴道》曰：“《舜操》者，昔虞舜圣德玄远，遂升天子，喟然念亲，巍巍上帝之位不足保，援琴作操。”

⑯ 华堂：华丽高堂。曲宴：私宴。兰肴：指佳肴。御：进。

⑰ 南荆：即楚舞。西秦：即秦地歌声。《文选》李善注：“古《妾薄命行》歌曰：‘齐讴楚舞纷纷。’《汉书》有秦倡员。”

⑱ 绍：继。陵阳：疑为《阳春白雪》，曲名。巴人：曲名。即《下里巴人》。《文选》宋玉《对楚王问》：“其为《阳春》、《白雪》，国中属而和者不过数十人。”又“客有歌于郢中者，其始曰《下里》、《巴人》，国中属而和者数千人”。

⑲ 引：曲。《广陵》：《广陵曲》。《东武》、《太山》：曲引名。《文选》李善注引左思《齐都赋》刘逵注曰：“《东武》、《太山》，皆齐之土风谣歌，讴吟之曲名也。”又李善注：“魏武帝乐府有《东武吟》，曹植有《太山梁甫吟》。”《飞龙》、《鹿鸣》、《鹍鸡》：皆曲名。《文选》李善注：“《汉书》曰：‘房中乐有《飞龙章》。’……古相和歌者有《鹍鸡曲》。”《鹿鸣》、《毛诗序》：“鹿鸣，燕群臣嘉宾也。”《游弦》：曲名，未详。

⑳ 此句李善注曰：“言流行清楚窈窕之声，足以惩止躁竞，雪荡烦濆也。”

㉑《谣俗》：古曲名。蔡氏五曲：传说为：《游春》、《渌水》、《坐愁》、《秋思》、《幽居》。《王昭》、《楚妃》、《别鹤》：古乐府曲。汉·蔡邕《琴操》卷下载：王昭君，是齐国王襄的女儿，汉元帝时献入后宫，不被幸纳。乃自请嫁匈奴单于，元帝以妻单于，昭君心念乡土，乃作《怨旷思惟歌》。《楚妃》：即《楚妃叹》，晋石崇作辞。内容为咏叹楚庄王夫人樊姬进贤之事。《别鹤》：即《别鹤操》。《文选》李善注引崔豹《古今注》：“《别鹤操》，商陵牧子所作也。牧子娶妻五年，无子，父母将为之改娶。妻闻之，中夜起，倚户而悲啸。牧子闻之，怆然而歌曰……后人因以为乐章也。”

㉒ 簉（zào 造）：杂曲。

㉓ 旷远者：指心胸开阔、志趣高远的人。与之：指与琴。嬉游：游玩。《文选》司马相如《上林赋》：“若此辈者，数千百处，嬉游往来。”

㉔ 渊静：深沉庄静。闲止：沉静居处。

㉕ 悋：同“吝”，贪惜。

㉖ 张急：琴弦过紧。《说苑》：“应侯与贾子坐，闻有鼓琴之声。应侯曰：‘今之琴一何悲也！’贾子曰：‘夫张急调下故使之悲耳，急张者，良材也。调下者官卑也。取夫良材而官卑之安能无悲？’”间辽：琴弦之间辽远也。庳（bēi 卑）：低下。指声低微。徽：琴徽，系弦的绳。汉·扬雄《解难》：“今夫弦者，高张急徽。”三国·魏·阮籍《乐论》：“琵琶筝笛间促而声高，琴瑟之体间辽而音庳。”

⑫⑦ 幽情：深邃的情感。晋·王羲之《兰亭集序》："虽无丝竹管弦之盛，一觞一咏，亦足以畅叙幽情。"

⑫⑧ 怀戚者：内心有伤感之人。憯懔惨凄：伤心哀感之貌。憯：通"惨"，惨痛。愀咿：内心伤悲。

⑫⑨ 欨（xū 虚）愉：大笑快乐貌。欨，笑貌。抃（biàn 变）舞：鼓掌舞蹈。嗢噱（wà jué 袜绝）：乐不胜谓之嗢噱。

⑬⓪ 养：乐也。悆（yù 玉）：通"豫"，喜悦。玄真：淳朴。

⑬① 伯夷：伯夷、叔齐为商孤竹君的两个儿子，他们不食周粟，逃到首阳山，采薇而食，饿死在首阳山。颜回：孔子弟子。《论语·颜渊》："颜回问仁。子曰：'克己复礼为仁。'"比干：殷末纣王的叔父。纣王无道，比干犯颜强谏，纣怒，剖其心而死。《庄子·盗跖》："子胥沉江，比干剖心，此二子者，世为忠臣也。"尾生：传说中守信之人。《庄子·盗跖》："尾生与女子期于梁下，女子不来，水至不去，抱梁柱而死。"《淮南子·氾论训》高诱注："尾生，鲁人。与妇人期于梁下，水至，溺死也。"惠施：战国时宋人，名家代表人物，长于辩论，提出"合同异"说。《庄子·天下》："惠施多方，其书五车。"万石：指万石君石奋恭谨，汉景帝时人。《史记·万石张叔列传》："奋长子建、次子甲、次子乙、次子庆皆以驯行孝谨。官皆至二千石，于是景帝曰：'石君及四子皆二千石，人臣尊宠。'乃集其门，号奋为万石君。"讷：迟钝。慎：谨慎。

⑬② 中和：《礼记·乐记》："乐者天地之命，中和之纪，人情之所不能免也。"

⑬③ 金石、匏竹：皆乐也。寝：止息，停止。屏：屏除。

⑬④ 王豹：卫国人，善于讴歌。《孟子·告子下》："昔者王豹处于淇，而河西善讴。"狄牙：春秋时人，善于烹调。《艺文类聚》卷十八《火部》引潘尼《火赋》："乃狄牙典膳，百品既陈。"

⑬⑤ 天吴：水神。《山海经·海外东经》："朝阳之谷，神曰天吴，是为水伯。"王乔：即仙人王子乔。周灵王太子姬晋，字子乔，人称太子晋。晋·孙绰《游天台山赋》："王乔控鹤以冲天，应真飞锡以蹑虚。"

⑬⑥ 鸑鷟（yuè zhuó 岳浊）：凤属，神鸟名。《国语·周语上》："周之兴也，鸑鷟鸣于岐山。"游女：汉水神女。《诗·周南·汉广》："汉有游女，不可求思。"《文选》李善注引《列女传》："游女，汉水神。"

⑬⑦《礼记·乐记》："圣人作乐以应天，制礼以配地。……乐者天地之和也。"蚑（qí 歧）行：虫行貌。《文选》王褒《洞箫赋》："是以蟋蟀蚸蠖，蚑行喘息。"

⑬⑧ 懿茂：美胜。懿，美。

⑬⑨ 服御：使用。

⑭⓪ 乱：原指古代乐曲的最后一章，也指辞赋篇末对全篇要旨的总结。愔愔（yīn 音）：和悦貌，和静貌。《左传·昭公十二年》："祈招之愔愔，式昭德音。"

⑭ 翕响:声音协和貌。《文选》吕向注:“纷纶、翕响,声繁美貌。”

⑭ 至人:指道德达到极高境界的人。《庄子·逍遥游》:“至人无己,神人无功,圣人无名。”

【辨析】

嵇康在音乐艺术方面有极深的造诣,他不仅有著名的音乐理论著作《声无哀乐论》,也有文学作品《琴赋》,更能弹奏千古名曲《广陵散》。《琴赋》的创作可以说是嵇康音乐思想的具体体现,正因为如此,他在序中对先前音乐赋创作的弊端进行了批评:“其体制风流,莫不相袭。称其才干,则以危苦为上;赋其声音,则以悲哀为主;美其感化,则以垂涕为贵。丽则丽矣,然未尽其理也。”不同的乐器,有不同的材质、构造、音质、音色,加上弹奏方法的不同,表现的音乐形象自然不同。所以余英时在其《汉晋之际士之新自觉与新思潮》(《士与中国文化》,上海人民出版社 2003 年版,第 367 页)一文中说:“题目虽仿自王子渊《洞箫赋》、马季长《长笛赋》,然一比较其内容则发现有……不相同之点:即王、马诸赋大体仅能于乐声之描绘曲尽其致,而叔夜则借琴音而论乐理,用意显与前人违异。”的确指出了《琴赋》不同于其他音乐赋作的特点。

赋文第一部分对梧桐(琴的材质)生长的自然环境,制为雅琴的过程作了铺写。第二部分则对雅琴所创造的不同的音乐意境作了细致形象的描绘。第三部分则对乐器本身的特质、弹奏特点及用途作了归纳。赋文张弛有度,相辅相成。

《琴赋》语言清丽,意境幽远,譬喻形象,给人极大的艺术想象空间。

酒　赋

重酎至清,渊凝水洁①。滋液全备,芬芳澄澈②。

【说明】

此篇系残篇,见《北堂书钞》卷一四八。

【注释】

①重酎(zhòu 宙):反复酿制的醇酒。

② 滋液:指酒。

蚕　赋

食桑而吐丝，前乱而后治。

【说明】

此赋系残篇，见《太平御览》卷八〇四。

怀香赋序

余以太簇之月①，登于历山之阳②，仰眺崇岗，俯察幽坂③。及睹怀香生蒙楚之间，曾见斯草植于广厦之庭，或被帝王之囿，怪其遐弃，遂迁而树于中堂④。华丽则殊采婀娜，芳实则可以藏之书。又感其弃本高崖，委身阶庭。侣傅说显殷，四叟归汉⑤，故因事义赋之。

【说明】

此赋系残篇，见于《艺文类聚》卷八十一。怀香是一种香草，即杜蘅。

【注释】

①太簇：农历正月。《吕氏春秋·音律》："太簇之月，阳气始生，草木繁动。"

② 历山：山名。全国有多个地方有历山。山东济南之历山，传为舜耕作之地。

③ 坂：山坡。

④ 中堂：庭院。

⑤ 傅说：殷相。殷商时期著名的政治家、思想家。相传傅说曾筑于傅岩之野，武丁访得，举以为相，出现了殷商中兴的局面。四叟：即汉初商山四皓，名为东园公、绮里季、夏黄公、角（lù 鹿）里先生。汉高祖召，不应，后吕后用留侯计，迎四皓，使辅太子。

白首赋

【说明】

存目。

《文选》谢惠连《秋怀诗》“无贻白首叹”李善注:“嵇康有《白首赋》。”

吕　安

吕安(？—262),三国魏文学家,字仲悌,东平(今山东省东平县城南附近)人。性刚烈,有济世之志,与“竹林七贤”之嵇康、向秀友善。曾与嵇康等灌园山阳(今河南省修武县境内)。从兄吕巽奸其妻,反而告吕安不孝,被囚。吕安引嵇康为其作证。司马氏对嵇康本就不满,就借故杀害吕安、嵇康两人。事迹见《三国志·魏书·王粲传》裴松之注引《魏氏春秋》及《文选》向秀《思旧赋》李善注引干宝《晋书》。《隋书·经籍志四》著录魏征士《吕安集》二卷,已佚。

髑髅赋

踌躇增愁，言游旧乡[①]。惟遇髑髅，在彼路傍[②]。余乃俯仰咤叹，告于昊苍[③]："此独何人，命不永长，身销原野，骨曝大荒[④]。余将殡子时服，与子严装，殓以棺椁，迁彼幽堂[⑤]。"于是髑髅蠢如，精灵感应，若在若无，斐然见形，温色素肤[⑥]。"昔以无良，行违皇乾，来游此土，天夺我年[⑦]。令我全肤消灭，白骨连翩，四支摧藏于草莽，孤魂悲悼乎黄泉[⑧]。"余乃感其苦酸，哂其所说[⑨]。"念尔荼毒，形神断绝[⑩]。今宅子后土，以为永列[⑪]。"相与异路，于是便别[⑫]。

上奏元神，下告皇祇[⑬]。

【说明】

此赋见《艺文类聚》卷十七、《初学记》卷十四，最后两句见《文选》颜延之《宋郊祀歌》李善注。此赋似为劝善之作。髑髅是个早死的人，被暴尸荒野，遗弃路旁，无人为之收敛，孤魂悲悼黄泉。究其原因，都是其人生前行为"无良"。作者不忍其白骨连翩，彷徨无依，便为之收敛，让其有个固定的处所。

【注释】

①踌躇：犹豫不决、徘徊不前的样子。增：添加，加多。言：句首语助词，无义。《诗·周南·葛覃》："言告师氏，言告言归。"游：游历，遨游。旧乡：故乡。《楚辞·离骚》："陟升皇之赫戏兮，忽临睨夫旧乡。"

② 惟：句首语助词，无义。髑髅（dú lóu 独娄）：死人的头骨。《庄子·至乐》："夜半，髑髅见梦。"彼：指示代词，那里。傍（páng 旁）：旁边，侧近。《史记·张丞相列传》："是时丞相入朝，而通（邓通）居上傍，有怠慢之礼。"

③ 余：我。俯仰：低头和抬头。咤（zhà 乍）叹：哀叹。咤，慨叹。汉·蔡琰《悲愤诗》："茕茕对孤景，但咤糜肝肺。"告：报告，告诉。昊苍：苍天。《文选》班固《答宾戏》李善注引项岱曰："昊、苍，皆天名也。"苍，青色。天是青色，故以苍指天。

《诗·秦风·黄鸟》:“彼苍者天,歼我良人。”

④ 独:孤独,此处指独自躺在路边的白骨。命:生命,命运。永:时间长。《尚书·高宗肜日》:“降年有永有不永。”身:人或动物的躯体,指整个身体。《左传·襄公二十四年》:“象有齿以焚其身。”销:融化,消融。原野:平原旷野。骨:骨头。曝(pù 瀑):暴露。《孔子家语·曲礼子夏问》:“送而以宝玉,是犹曝尸于中原也。”大荒:荒远的地方。《山海经·大荒东经》:“东海之外,大荒之中,有山名曰大言,日月所出。”

⑤ 殡:死者入殓后停柩而待葬。《礼记·檀弓上》:“夏后氏殡于东阶之上,则犹在阼也。”子:古代对男子的尊称或美称。时:适时的,合于时宜的。服:衣服。《诗·曹风·候人》:“彼其之子,不称其服。”严装:端正装束,郑重认真地梳妆打扮。古诗《孔雀东南飞》:“鸡鸣外欲曙,新妇起严装。”殓:给死者穿上衣服入棺。棺椁(guǒ 果):棺与椁。椁是套在棺外的大棺。《易传·系辞下》:“古之葬者,厚衣之以薪,葬之中野,不封不树,丧期无数。后世圣人易之以棺椁,盖取诸大过。”幽堂:坟墓。唐·韩愈《刘统军碑》:“有谥有诔,有幽堂之铭。”

⑥ 蠢:虫类的蠕动。后引申为蠕动、骚动。如:形容词后缀,犹“然”。《易·屯》:“屯如邅如,乘马班如。”孔颖达疏:“如,是语辞也。”精:灵魂。《荀子·赋篇》:“血,气之精也。”杨倞注:“精,灵。”灵:魂灵。《左传·昭公二十一年》:“平公之灵,尚辅相余。”感应:感动应和。斐(fěi 诽)然:显著的样子。见(xiàn 现):显现,显露。《易·乾》:“九二,见龙在田。”高亨注:“是即今之现字,出现也。”形:形象,形体。《易传·系辞上》:“在天成象,在地成形,变化见矣。”温色:温和的容颜。素肤:白色、本色的皮肤。

⑦ 昔:从前,过去。以:因为。《论语·卫灵公》:“君子不以言举人,不以人废言。”无良:不善。良,善良。《诗·陈风·墓门》:“夫也不良,国人知之。”行(xìng 幸):行为。违:违背。皇乾:犹皇天。《后汉书·黄琼传》:“天维陵弛,民鬼惨怆,赖皇乾眷命,炎德复辉。”天:指万物的主宰者。《尚书·泰誓》:“天佑下民,作之君,作之师。”年:寿命,一生的岁数。《庄子·秋水》:“年不可举,时不可止。”

⑧ 全肤:全身的肌肉。肤:皮肤,有时也包括肌肉。消灭:消失,溶化。连翩:犹伶俜,一声之转。指孤独无依的样子。《敦煌曲子词·乐世词》:“失群孤燕独连翩,半夜高飞在月边。”四支:即“四肢”。“支”通“肢”。《易·坤》:“君子黄中通理,正位居体,美在其中而畅于四支。”摧藏:挫伤。汉·王昭君《怨诗》:“离宫绝旷,身体摧藏。”草莽:草丛,草木丛生的荒原。孤魂:孤独无依的魂灵。《文选》张衡《思玄赋》:“犹火正之无怀兮,托山阪以孤魂。”悲悼:悲痛伤感。《文选》蔡邕《郭有道碑文》:“降言不永,民斯悲悼。”黄泉:指人死后埋葬地下。

⑨ 感:感动。其:指髑髅。苦:痛苦,困苦。酸:悲伤,凄凉。晋·陆机《感时

赋》:“矧余情之含瘁,恒睹物而增酸。”哂(shěn 审):笑。

⑩ 念:哀怜。《后汉书·孔融列传》:“故晁错念国,遘祸于袁盎。”荼毒:毒害,残害。形神:形骸与精神。《史记·太史公自序》:“凡人所生者神也,所托者形也。神大用则竭,形大劳则敝,形神离则死。”

⑪ 宅:定居,居住。后土:对大地的尊称。这里指人死后居住的地方。列:次序。永列:指髑髅永远地居处。

⑫ 相与:互相。异路:生死相隔,阴阳两间。异,不相同。便:就,即。别:分别。

⑬ 元神:大神,天神。南朝·宋·颜延之《迎送神歌》:“受釐元神。”皇祇(qí 旗):地神,亦称地祇。

杨元凤

杨元凤,三国魏文学家,生平事迹不详。

阙 题

三重五品，商溪摖里①。

【说明】

此赋阙题，仅存两句，见《梁书》卷五十《刘杳传》。刘杳，梁平原人，自幼好学，博综群书。梁著名文学家沈约、任昉每有遗忘，即向他请教。一日，任昉说："酒有千日醉，当是虚言。"杳说："桂阳程乡有千里酒，饮之至家而醉，亦其例也。"昉大惊曰："吾自当遗忘，实不忆此。"杳云："出杨元凤所撰《置郡事》。元凤是魏代人，此书仍载其赋，云：三重五品，商溪穄里。"时即检视，所言不差一字。

【注释】

①三重：指仪礼、制度、考文。宋·朱熹《中庸章句》："《吕氏》曰：'三重谓仪礼、制度、考文，惟天子得以行之，则国不暴政，家不殊俗，而人得寡过矣！'"五品：指父子、君臣、夫妇、长幼、朋友五者之名位等级。商溪、摖(jì继)里：地名，当为较边远地区而又注重礼义之乡。

贾岱宗

贾岱宗，生平事迹不详，当系魏文学家。

大狗赋

余生处大魏之祚政，遭王路之未辟，进不得补过之功，退不得御国之册[①]。帝曰畴咨，迸在朔易，越彼西旅，大犬是获[②]。其头颅也，不可论以尽；其骨法也，不可辨而释[③]。倿浣蹴跄，椎资猛相，亢然高八九尺，形体如箭镝(《艺文类聚》卷九十四作“翦削”)，象貌如刻画[④]。毛踰紫艳光，双眉如白璧[⑤]。时频伸而振迅，若应龙之腾掷[⑥]。爪类刀戈，牙如交戟[⑦]。闻林兽之群争，欻断鏁而龁石[⑧]。逆风长厉，野禽是觅，鼻嗅微香，眼裁轻迹[⑨]。眄盼而奋怒，挥霍而振阋，辟天梁折，地柱劈，倒曳白象，挫其腰，啮掣六驳，折其脊，拓熊罴，破其胸，抄兽头，断其脉[⑩]。爪处如剑牦，牙创似铍刺[⑪]。视其未死之间，血泉涌如箭射[⑫]。于是驱麋鹿之大群，入穷谷之峻厄[⑬]。走者先死，往者被击。前无孑遗，后无一只[⑭]。然其所折服，敬主识人[⑮]。昼则无窥窬之客，夜则无奸淫之宾[⑯]。通听百里，夜吠狺狺[⑰]。若乃蛮夷猾夏，列士异操，轻棕单集，人马衔枚[⑱]。猛火先觉，音声正摧[⑲]。竦耳侧听，则恒山动[⑳]。南向嚾嚾(喤喋)，则霍山颓[㉑]。眈精直视，则会丘磈[㉒]。摅嚇奔突，则重闉开[㉓]。非吾畋猎之有益，乃可安国家卫四邻者也[㉔]。昔宋人有鹊子之誉，韩国珍其大卢，弥明振之于巨獒，檕瓠受之于蛮都[㉕]。论百代之名狗，敢馀犬之能俱[㉖]？绝四铁之猲猞，云何《卢令》之足书[㉗]。

【说明】

此赋载于《初学记》卷二十九。赋写尽大狗的雄姿和勇猛。它身高八九尺，体如箭镞，爪似刀戈，牙比剑戟。且嗅觉灵敏，反应快捷，生性好斗，包括熊罴怪兽和庞然大物野象，都不是它的对手。它是百代名犬之王，是“安国家，卫四邻”的好帮手。

【注释】

①生:生活。处:处于。《易传·系辞下》:“上古穴居而野处,后世圣人易之以宫室。”大魏:指魏朝。大:伟大,表赞美、敬重之意。祚政:福政,上天福佑之政。祚(zuò 作):福,福运。《国语·周语下》:“若能类善物,以混厚民人者,必有章誉蕃育之祚。”政:政权,权柄。《论语·季氏》:“天下有道,则政不在大夫。”遭:遭受,受到。王路:指通往朝廷的路,这里指仕途。《后汉书·袁绍传》:“宜先遣使献捷天子,务农逸人。若不得通,乃表曹操隔我王路,然后进屯黎阳。”辟:打开。进:进仕,出仕。不得:不能。得,用在动词前表示能够。《论语·八佾》:“君子之至于斯者,吾未尝不得见也。”补:弥补,补救。过:过失,错误。补过:补偿过失。功:功劳,功绩。退:离去,引退。《老子》第九章:“功成身退,天之道也。”御:统治,治理。国之册:即国策。“册”通“策”。《汉书·董仲舒传》:“及仲舒对册,推明孔氏,抑黜百家。”

② 帝:君主,皇帝。畴咨:谁啊。《尚书·尧典》:“帝曰:畴咨。”畴,谁。咨,语辞。迸:奔走。一本作“近”。朔易:指冬月岁事已毕,除旧更新,所当改易之事。西旅:西方蛮夷之国名。《尚书·旅獒》:“西旅献獒,太保作《旅獒》。”大犬:大狗,指獒。是:助词。获:获得,得到。

③ 论:叙说,说。《庄子·齐物论》:“六合之内,圣人论而不议。”尽:竭尽。骨法:人或其他动物的骨相特征。《文选》宋玉《神女赋》:“贵贱在于骨法,忧喜在于容色,成败在于决断。”辨:辨别,区分。释:解释。

④ 傞(suō 梭):犹呲露。涼(liáng 良):指淌着口水。蹴跄(cù qiāng 簇枪):蹦跳腾跃的样子。蹴,踩踏。跄,行走有节奏的样子。椎:《太平御览》卷九〇五作“雄”,可从。猛相:威猛的相貌。亢然:高大的样子。箭镝:箭和箭头。按,“箭镝”,《艺文类聚》卷九十四作“翦削”,砍削。

⑤ 蹁:《艺文类聚》卷九十四作“翰”,此处指狗毛。紫:艳丽的紫色的衣服。艳光:光亮,有色泽。眉:眉目,眉毛。白璧:平圆形而中间有孔的白玉。这里形容大狗的眼眉。

⑥ 时:时常,经常。频伸:打呵欠,伸懒腰。《礼记·少仪》:“君子欠伸。”郑玄注:“以此皆解倦之状。伸,频伸也。”振迅:抖动。《孔子家语·辩政》:“昔童儿有屈其一脚,振迅两眉而跳。”应(yīng 英)龙:古代神话中的一种有翅膀的龙,五百年为角龙,再一千年为应龙。按,“应龙”,《太平御览》卷九〇五作“蛟龙”。腾掷:纵跃,腾跳。

⑦ 爪:爪子。类:像。刀戈:指大狗的爪子锋利尖锐。交戟:卫士执戟相交。《史记·项羽本纪》:“哙即带剑拥盾入军门,交戟之卫士欲止不内。”

⑧ 林兽:林中之兽。群争:成群争斗。欻(xū 吁):忽然。断:截断,折断。鏁(suǒ 所):用铁环连接而成的链子。《墨子·备蛾傅》:“为铁鏁,钩其两端之县。”龇

(hé 和):咬。《礼记·曲礼上》:"庶人龁之。"孔颖达疏:"龁,啮也。"以上写大狗好斗,与外兽斗,即咬断铁链等拘绊。

⑨ 逆风:迎风。逆,迎。长厉:长时间尖叫。"野禽"句:指大狗寻找野兽吃。"鼻嗅"句:指大狗能辨别很细微的气味。轻迹:指步伐很轻,令对方不知觉。这句形容大狗的视力极佳,能辨秋毫。

⑩ 眄(miǎn 免):斜着眼看。盼:看,望。奋怒:奋发,奋起。指大狗反应极快。挥霍:轻捷迅疾的样子。《文选》张衡《西京赋》:"跳丸剑之挥霍,走索上而相逢。"振:振作奋起。《礼记·月令》:"东风解冻,蛰虫始振。"阅:通"锐"。马王堆汉墓帛书甲本《老子·德经》:"挫其阅锐,解其纷。"按,"阅",《艺文类聚》卷九十四作"掷"。辟:比喻,比方。这里有好像的意思。按,"辟",《艺文类聚》卷九十四作"辟若"。天梁:架天大梁。劈:裂开。曳:牵引,拖。挫:摧折,折断。象腰最粗,大狗可以咬断它。啮(niè 聂):咬。《管子·戒》:"东郭有狗啀啀,旦暮欲啮,我枷而不使也。"掣(chè 撤):牵引。驳:指毛色不纯的马。《诗·豳风·东山》:"之子于归,皇驳其马。"脊:脊骨。拓(zhí 直):拾取,折取。《说文·手部》:"拓,拾也。"罴(pí 皮):熊的一种,俗称人熊或马熊。抄:袭击。《后汉书·郭伋传》:"时匈奴数抄郡界,边境苦之。"断:截断,折断。《诗·豳风·七月》:"七月食瓜,八月断壶。"脉:血管。《素问·脉要精微论》:"夫脉者,血之府也。"

⑪ 爪处:用爪子袭击的地方。剑牦:用剑刺杀牦牛。牦(máo 毛):牦牛。按,"剑牦",《艺文类聚》卷九十四作"钩牙"。牙创(chuāng 窗):用牙造成的创伤。铍(pī 披):兵器,形状如刀,两边有刃。《左传·昭公二十七年》:"抽剑刺王,铍交于胸。"按,"铍",《艺文类聚》卷九十四作"矛"。

⑫ 泉涌:如泉水喷涌,比喻血液大量涌出,源源不断,滔滔不绝。

⑬ 驱:同"驱",驱赶。主语是大狗。麋鹿:麋与鹿。《孟子·梁惠王上》:"乐其有麋鹿鱼鳖。"穷谷:山谷的尽头。也即谷底,指麋鹿已无处可逃。峻:高,陡峭。厄:灾难,困苦。

⑭ 孑(jué 决):单独。无孑遗指麋鹿全部被大狗咬死。

⑮ 折服:指让人佩服。敬:尊敬,尊重。主:主人。识:认识,识别。《史记·刺客列传》:"行乞于市,其妻不识也。"

⑯ 昼:白天。窥:暗中偷看。窬(yú 俞):门旁像圭形的小洞。《礼记·儒行》:"环堵之室,筚门圭窬。"这里指门户。

⑰ 通听:主语似是大狗。无阻塞地听到,听得顺畅。吠(fèi 废):狗叫。狺狺(yín 银):狗叫声。《楚辞·九辩》:"猛犬狺狺而迎吠兮,关梁闭而不通。"

⑱ 若乃:至于。用于句子的开头,表示另起一事。蛮:荒野遥远、不设法制的地方。我国古代对长江中游及其以南地区少数民族的泛称。《尚书·禹贡》:"五百里

荒服，三百里蛮，二百里流。”夷：我国古代中原地区华夏民族对东部各民族的总称，亦泛称中原以外的各民族。《礼记·王制》：“东方曰夷。”猾：狡诈，油滑，也指狡猾的人。汉·张衡《四愁诗》：“奸猾行巧劫，皆密知名。”夏：古代汉民族自称，也称华夏、诸夏。《尚书·舜典》：“蛮夷滑夏，寇贼奸宄。”列士：有一定名望的人。《管子·君臣下》：“布法出宪，而贤人列士尽归功能于上矣。”异：不一般的，奇特的。《诗·邶风·静女》：“自牧归荑，洵美且异。”操：操守，志节。轻：轻细之物。榇（chèn 衬）：樵薪。《尔雅·释木》：“谓榇，采薪。”衔：含在嘴里，用嘴咬住。枚：古代行军时士卒含在嘴里用以禁止喧哗的器具，形状如筷子，两端有带，可系在颈上。《诗·豳风·东山》：“勿士衔枚。”

⑲ 猛火：猛烈燃烧的大火。觉：发觉，感知，意识到。摧：指声音到达最高。《文选》张衡《东京赋》：“辩方位而正则，五精帅而来摧。”薛综注：“摧，至也。”

⑳ 竦耳：竖起耳朵。《文选》杨修《答临淄侯笺》：“观者骇视而拭目，听者倾首而竦耳。”侧听：倾斜着耳朵而听。动：震动。

㉑ 啀啀：应为“嘊嘊（ái 皑）”，一作“嘊喍（chái 柴）”，狗露出牙齿要咬人的样子。《管子·戒》：“东郭有狗嘊嘊。”霍山：在山西省霍县东南。颓：坍塌。

㉒ 眈（dān 单）精直视：集中精神眈视，贪婪凶狠地注视。丘磊（lěi 垒）：土丘变成石头山。

㉓ 虓（xiāo 消）嚇：老虎怒吼的声音。奔突：横冲直撞的样子。《文选》班固《西都赋》：“穷虎奔突。”重（chóng 虫）：幽深的。闉（yīn 因）：城曲的重门。

㉔ 畋（tián 田）：打猎。以上主语都是大狗，它可以安国家，卫四邻。

㉕ 鹊子：鹊，通“狗”，犬名。战国宋白黑色良犬。详见《孔丛子·执节》、《礼记·少仪》“乃问犬名”郑玄注。《庄子·齐物论》，言瞿鹊子不就利，不避害，在此可能指狗的英勇。珍：珍惜，珍爱。大卢：古代韩国名犬。弥明：提弥明，因保护赵盾而被晋灵公的卫兵所杀。语见《左传·宣公二年》。振：救助（赵盾）。巨獒（áo 熬）：高大而凶猛的狗。《尚书·旅獒》：“西旅献獒。”盘瓠受之于蛮都：事见《后汉书·南蛮列传》。《后汉书·南蛮列传》载：“昔高辛氏有犬戎之寇，帝患其侵暴，而征伐不克，乃访募天下，有能得犬戎之将吴将军头者，购黄金千镒，邑万家，又妻以少女。时帝有畜狗，其毛五采，名曰盘瓠。”盘瓠闻帝命，竟将犬戎吴将军咬死，衔其首献功。帝践诺，嫁女于盘瓠。《魏略》说：“高辛氏有老妇，居王室，得耳疾，挑之乃得物，大如茧。妇人盛瓠中，覆之以盘，俄顷化为犬，其文五色，因名盘瓠。”

㉖ 敢：岂敢，不敢。《尚书·盘庚上》：“予敢动用非罚？”俱：在一起，并列。指其他犬无法与大狗相媲美。

㉗ 猲獢（xiē xiāo 歇消）：一种嘴巴较短的猎狗。《尔雅·释兽》：“短喙猲獢。”《卢令》：《诗经·齐风》篇名。写一个英俊的猎手带着卢令打猎，卢是猎犬名，是一

种大黑犬。令是挂在狗脖子上的铃。此赋作者以为,所有名犬与《大狗赋》所写的名犬巨獒都是无法相比的。

【辨析】

此赋见《艺文类聚》卷九十四、《初学记》卷二十九。前书置此赋于晋初傅玄《玄狗赋》之后,名曰《狗赋》。编者当以为贾赋作于傅赋之后。后书编排次序正相反,置贾赋于傅赋之前,且贾赋收四百馀字,似为全文;傅赋仅收八十馀字,近于节录。《艺文类聚》编者欧阳询虽比《初学记》编者早生一百年,但徐编并非从欧编过录,说明其时贾赋全文尚存于世。且徐编题曰《大狗赋》似更近原意。欧、徐二编皆为奉命之作,编者不敢率尔操觚,但所录原作或长或短,似无统一规定。由此可断定《初学记》所录更近原作。傅玄生于建安二十二年(217),卒于西晋初,绝大部分时间生活在曹魏,故我们系贾赋于三国,且贾赋开篇即曰:"余生处大魏之祚政。"已明言其为三国时代的作者。

此赋所说的大狗,实即为獒,是一种猛犬。赋文称:"越彼西旅,大犬是获。"此句典见《尚书·旅獒》:"西旅献獒,太保(指召公奭)作《旅獒》。"故西旅的大犬,其实就是指獒。古称犬四尺为獒。但此赋中的獒,却"亢然八九尺",即有八九尺高,这是超巨大的獒,所以赋直称"大狗"。而赋中的"西旅",指的是古代西方少数民族所建立的旅国。《尚书》孔疏:"西方之戎,有国名旅者。"西戎国具体方位不明。但当不是指今之西藏,因西藏与内地的交通主要是汉以后的事,因而我们似可推测,今之藏獒,也极可能从古代西方引入的。

钟　会

钟会(225—264),字士季,颍川长社(今河南省长葛县东北)人。著名书法家、魏太傅钟繇少子。少时聪慧机变,年五岁,繇使钟会拜见中护军蒋济,济甚异之,曰:“非常人也。”年十二,能诵“五经”及《论语》、《孝经》。及壮,有才数技艺,而博学精研名理,以夜续昼,“博学明识,无所不贯”,司马师拊手叹息曰:“此真王佐材也!”由是获声誉。魏齐王芳正始(240—249)中,任秘书郎。正始八年(247)迁尚书郎、中书侍郎。高贵乡公曹髦即位,赐爵关内侯,拜卫将军,迁黄门侍郎,封东武亭侯。正元二年(255),毌丘俭起兵反叛,钟会从司马师、司马昭东征平叛,会运筹帷幄,大败毌丘俭,时人比之张良。以军功迁太仆,固辞不就。后迁黄门侍郎,封东武亭侯。甘露二年(257),以讨诸葛诞功迁太仆,封陈侯,皆固辞不受,仍以中郎身份在司马昭大将军府管记室事,为其腹心。后迁司隶校尉,甚得司马昭亲信,嵇康等见诛,皆钟会之谋。

魏元帝曹奂景元三年(262)冬,朝廷议伐西蜀,以钟会为镇西将军、假节都督关中诸军事,与邓艾分道进击。景元四年,蜀平,朝廷以钟会为司徒,进封县侯,增邑万户。钟会阴有异志,反诬邓艾谋反,于是朝廷下诏将邓艾擒送洛阳,钟会遂独揽大权,威震西土,自谓功名盖世,不可复为人下,加之猛将锐卒皆在己手,遂于成都起兵反叛司马昭。景元五年(264)正月十八日为乱军所杀,时年四十。

钟会博学多艺,善书法,尤工隶、草,为文工于辞藻,“彬彬儒雅”,风格清新明丽,有“魏文、七子馀泽”(张溥语)。著有《道论》二十篇,《老子注》二卷,《刍荛论》五卷,文集十卷,皆佚。明张溥辑有《钟司徒集》一卷。今仅存文十三篇。传见《三国志·魏书·钟会传》。

遗荣赋

散发抽簪①,永纵一壑②。

【说明】

此赋已佚。此二残句见于《文选》沈约《应诏乐游苑饯吕僧珍诗》李善注。又《文选》张协《咏史》李善注引作“散发抽簪,永绝一丘”,又《文选》张华《答何劭诗》李善注引作“散发抽簪”。“遗荣”,谓抛弃荣华富贵,退身隐居。遗:舍弃,抛弃。晋·张协《咏史》诗:“达人知止足,遗荣忽如无。”清·钱柏龄《酬朱穆公天台见怀四韵》:“远愧遗荣客,深居桐柏山。”赋的大意是抛弃眼前的荣华富贵,忘情山水,超脱尘世。但钟会是热衷仕途名利之人,其所说的“遗荣”并非发自内心,只不过是一种时髦的话语而已,不无矫情之讥。

【注释】

① 散发抽簪(zān 糌):抽去簪子,披散着头发,谓弃官隐退。散发:披散着头发,指挂冠隐居。抽簪:古代做官的人须束发整冠,拔去连接头发和冠的簪子,披散着头发,即意味着挂冠归隐。后因称辞官引退为“散发”或“抽簪”。晋·张华《答何劭》其一:“散发重阴下,抱杖临清渠。”晋·张协《咏史》诗:“抽簪解朝衣,散发归海隅。”南朝·梁·沈约《应诏乐游苑饯吕僧珍诗》:“将陪告成礼,待此未抽簪。”清·曹寅《半轩至真州舟次即事》其二:“终须霖雨去,未老慎抽簪。”

② 永纵一壑:犹言永遁山林,终老丘壑。“纵”,《文选》张协《咏史》李善注引作“永绝一丘”。据赋旨和上下句文意看,作“纵”为优。

怀士赋

记远念于兴波①。

望东城于纡馀②

【说明】

此赋仅存两句,上句见《文选》江淹《杂体诗三十首·休上人别怨》李善注,下句见《文选》王屮《头陀寺碑文》李善注。从赋题看，此赋似在抒写自己对故人的思念。

【注释】

① 远念：对远方人或物的思念。晋·卢谌《赠崔温》诗："远念贤士风，遂存往古务。"唐·贯休《感怀寄卢给事二首》其一："绵绵远念近来多，喜鹊随函到绿萝。"兴波：激起的波澜。此处借指流水。《文选》曹植《洛神赋》："无良媒以接欢兮，托微波而通辞。"《文选》江淹《杂体诗三十首·休上人别怨》："桂水日千里，因之平生怀。"李善注："言因桂水以通情也。"此句大意是说，嘱托流水传达自己对故人的思念之情。

② 纡(yū 迂)余：迂回曲折。

菊花赋

何秋菊之可奇兮，独华茂乎凝霜[①]。挺葳蕤于苍春兮，表壮观乎金商[②]。延蔓蓊郁，缘坂被冈[③]。缥干绿叶，青柯红芒[④]。华实离离，晖藻煌煌[⑤]。□□规圆，芳颖四张[⑥]。微风扇动，照曜垂光[⑦]。于是季秋九月，日数将并[⑧]。顺阳应节，爰钟福灵[⑨]。置酒华堂，高会娱情[⑩]。百卉凋瘁，芳菊始荣[⑪]。纷葩晔晔，或黄或青[⑫]。乃有毛嫱、西施，荆姬、秦嬴[⑬]，妍姿妖艳，一顾倾城[⑭]。擢纤纤之素手，宣皓腕而露形[⑮]。仰抚云髻，俯弄芳荣[⑯]。

掇以纤手，承以轻巾[⑰]。揉以玉英，纳以朱唇[⑱]。服之者长生，食之者通神[⑲]。

故夫菊有五美焉[⑳]：圆花高悬，准天极也[㉑]；纯黄不杂，后土色也[㉒]；早植晚登，君子德也[㉓]；冒霜吐颖，象劲直也[㉔]；流中轻体，神仙食也[㉕]。

【说明】

此赋选自严可均《全晋文》卷二十五，陈元龙《历代赋汇》卷一二三、《历代赋汇逸句》卷二亦载录此赋，但文字稍异。赋文散见于诸种类书，自开篇"何秋菊之可奇兮"至"俯弄芳荣"三十二句载于《艺文类聚》卷八十一《药香草部上》、

《北堂书钞》卷一五五《岁时部三》、《初学记》卷二十七《草部附·菊第十二》、《太平御览》卷九九六《百卉部三》。"掇以纤手"至"食之者通神"六句，仅见于《初学记》卷二十七，严可均《全三国文》卷二十五照录。"故夫"以下十一句载于《艺文类聚》卷八十一、《太平御览》卷九九六。

此赋在艺术描写上颇为成功，词藻华丽，对属工整，描摹物形物态，形象生动，纤细逼真。尤其值得重视的是作者在赋末总结了菊花的五种美德："故夫菊有五美焉：圆花高悬，准天极也；纯黄不杂，后土色也；早植晚登，君子德也；冒霜吐颖，象劲直也；流中轻体，神仙食也。"把菊花的品质、特点、功用等等活画了出来，对后世影响深远。

【注释】

① 华茂：华美繁盛。凝霜：凝结成霜。此指寒冷凝霜的深秋季节。南朝·宋·卞伯玉《菊赋》："伫寒丘以弥望，觌中霜之软菊。肇三春而怀芬，陵九秋以愈馥。不履苦而淪操，不在同而表淑。伤众花之飄落，嘉滋卉之能灵。振劲朔以扬涤，含凝露而吐英。"此二句是说菊花的可贵之处就在于它在寒冷的深秋季节独自绽放出华美繁盛的花朵。

② 葳蕤（wēi ruí 威瑞阳平）：草木茂盛貌。《楚辞·七谏·初放》："上葳蕤而防露兮，下泠泠而来风。"三国·魏·陈琳《马瑙勒赋》："绿条缥叶，杂遝纤丽。龙鳞凤翼，绮错交施。蔚昙昙其杳蔼，象翠盖之葳蕤。"《文选》陆机《文赋》："纷葳蕤以馺遝，唯毫素之所拟。"唐·张九龄《感遇》其一："兰叶春葳蕤，桂华秋皎洁。"苍春：一年分四季，四季分四色，主四方；苍春为东，朱夏为南，白秋在西，玄冬住北。春天万物始生，其色苍苍，故曰苍天。汉·刘熙《释名·释天》："春为苍天，阳气始发，色苍苍也。"晋·欧阳建《登橹赋》："嘉苍春之令节，悦和风之微扇。"南朝·梁·张缵《瓜赋》："于是苍春发岁，天地交和。"金商：指秋令。秋于五行为金，于五音为商，商为金音，其音凄厉，于时为秋。唐·白居易《洛川晴望赋》："金商应律，玉斗西建。"清·魏源《杂诗》其六："天风吹金商，太音毋乃清。"

③ 延蔓：一作"延曼"，草木绵延伸展的样子。三国·魏·阮籍《咏怀诗》其二十六："不见林中葛，延蔓相勾连。"蓊（wěng 滃）郁：草木茂盛貌。缘坂：沿着山坡。被（pī 丕）冈：披满山冈。被，同"披"。

④ 缥干：淡青色的枝秆。此指菊花的枝干。缥：原为青白色丝织品，此指淡青色。汉·刘熙《释名·释采帛》："缥犹漂。漂，浅青色也。有碧缥，有天缥，有骨缥，各以其色所象言之也。"汉·蔡邕《翠鸟》诗："回顾生碧色，动摇扬缥青。"南朝·梁·萧纲《咏橘》诗："攀枝折缥干，甘旨若琼浆。无瑕存雕饰，玉盘余自尝。"柯：草

木的枝茎。芒:某些禾本科植物种子的外壳上或草木上长的针状物。

⑤“华实离离,晖藻煌煌。□□规圆,芳颖四张”四句:《太平御览》九九六作“华实规圆,芳颖四张”,缺“离离,晖藻煌煌。□□”八字。“华实离离”,《初学记》卷二十七作“芳实离离”。华实:花和果实。此指累累的花苞。《列子·汤问》:“珠玕之树皆丛生,华实皆有滋味,食之皆不老不死。”离离:盛多貌。《诗·小雅·湛露》:“其桐其椅,其实离离。”毛传:“离离,垂也。”孔颖达疏:“言二树当秋成之时,其子实离离然垂而蕃多。”《文选》张衡《西京赋》:“神木灵草,朱实离离。”薛综注:“离离,实垂之貌。”又,浓密貌。曹操《塘上行》:“蒲生我池中,其叶何离离。”煌煌:明亮辉耀、光彩夺目貌。

⑥“□□规圆”句:此句缺前二字。规圆:同“规圜(huán 环)”,用圆规校之使其圆。语本《周礼·考工记·轮人》“是故规之以眡其圜也”。《汉书·律历志上》:“夫推历生律制器,规圜矩方,权重衡平。”《隋书·律历志上》:“规圆生矩,矩方生绳,绳直生准。”清·沈心《方竹》:“一色琅玕碧,森然种独殊。孤生太圭角,直节本廉隅。污辱宁能免,规圆洵可吁。此君君子得,莫叹不觚觚。”芳颖四张:芳香的颖芒四处绽放。颖:禾本科植物末端带芒的锋颖。按,《初学记》卷二十七缺“□□规圆,芳颖四张”二句。

⑦ 照曜:同“照耀”。垂光:光芒俯射。

⑧ 季秋:晚秋,秋季的最后一个月。此指九月。季:末了。日数将并:日期快要和月数重合,此指九月九日。并:合在一起,合并。按,“于是季秋九月,日数将并”,《初学记》卷二十七作“于是季秋初月,九日数并”。

⑨ 顺阳应节:顺应天时节令。阳节:阳春时令。阳:温暖,阳春。福灵:福气灵验。按,“顺阳应节,爰钟福灵”二句,见于《北堂书钞》卷一五五,惟“爰”字作“乾”,此据《全晋文》改。

⑩ 华堂:华美高大的房子。《文选》嵇康《琴赋》:“华堂曲宴,密友近宾,兰肴兼御,旨酒清醇。”南朝·梁·顾野王《舞影赋》:“图长袖于粉壁,写纤腰于华堂。”高会:盛大的宴会。此指大规模的聚会。

⑪ 百卉:百草,后亦指百花,众多的花卉。凋瘁:凋落,衰败枯萎。《诗·小雅·四月》:“秋日凄凄,百卉具腓。”《文选》张衡《西京赋》:“冰霜惨烈,百卉具零。”

⑫ 葩(pā 趴):《说文·艸部》:“葩,华也。”华,“花”之古字。纷葩:纷纭盛多貌。《文选》马融《长笛赋》:“详观夫曲胤之繁会丛杂,何其富也。纷葩烂漫,诚可喜也。”李善注:“纷葩,盛多貌。”晔晔:同“烨烨”,繁盛貌。《汉书·扬雄传上》:“愍吾累之众芳兮,扬晔晔之芳苓。”按“晔晔”,《艺文类聚》卷八十一作“韡晔”,义同。

⑬ 毛嫱:相传是春秋时越王爱姬,大致与西施同时,史载她和西施有“沉鱼落雁”之容。西施:春秋末年越国苎罗(今浙江省诸暨市南)人,越王勾践为图复国,将

她献给吴王夫差，为吴王夫差宠妃。吴国灭亡后，她与范蠡俱入五湖。后世遂以“毛嫱、西施”作为美女的代称。《韩非子·显学》：“故善毛嫱、西施之美，无益吾面，用脂泽粉黛，则倍其初。”《管子·小称》：“毛嫱、西施，天下之美人也。”《庄子·齐物论》：“毛嫱、丽姬，人之所美也，鱼见之深入，鸟见之高飞。”荆姬：春秋时楚国又称“荆”，因以荆姬代指楚地的美女。南朝·宋·鲍照《芙蓉赋》：“陋荆姬之朱颜，笑夏女之光发。”南朝·齐·王融《齐明王歌辞七首》其四《采菱曲》：“荆姬采菱曲，越女江南讴。”秦嬴：指战国时期赵国的美女。古时燕赵之地多美女。《史记·赵世家》：“赵氏之先，与秦共祖。……其后世蜚廉有子二人，而命其一子曰恶来，事纣，为周所杀，其后为秦。恶来弟曰季胜，其后为赵。”一说，“秦嬴”指传说中的秦穆公女弄玉。秦，嬴姓，故称秦女为嬴女。唐·李白《凤凰曲》：“秦女吹玉箫，吟弄天上春。”

⑭ 妍姿：美姿。妖艳：艳丽而不庄重。倾城：《诗·大雅·瞻卬》：“哲夫成城，哲妇倾城。”倾，倾覆；城，国。原指因女色而亡国，后多形容女子容貌极美。据《汉书·外戚传上·孝武李夫人》载，李夫人兄李延年性知音，善歌舞，深得武帝宠爱。李延年在武帝面前说其妹是绝世佳人，唱新歌曰：“北方有佳人，绝世而独立。一顾倾人城，再顾倾人国。宁不知倾城与倾国，佳人难再得！”武帝大悦，遂召见之，果为妙丽善舞之绝色美女，宠爱非常，并封她为夫人，此即后来生下昌邑王刘贺的著名的李夫人。

⑮ 擢纤纤之素手：语本《古诗十九首·迢迢牵牛星》：“纤纤擢素手，札札弄机杼。”擢：摇动，摆动。纤纤素手：形容女子的手细长柔软白嫩。宣皓腕：露出洁白的手腕。宣，显露。按，“宣”字，《初学记》卷二十七作“雪”，非是。

⑯ 云髻：女子高耸的发髻。《文选》曹植《洛神赋》：“云髻峩峩，修眉联娟。”芳荣：指菊花。

⑰ “掇以纤手”至“食之者通神”六句，仅见于《初学记》卷二十七，严可均《全三国文》卷二十五照录，然《艺文类聚》卷八十一、《北堂书钞》卷一五五、《太平御览》卷九九六均不收载，陈元龙《历代赋汇》卷一二三亦不见载。按，此六句亦见于西晋傅玄《菊赋》。掇：撷，采摘，拾取。承：托着，承接着。

⑱ 揉：揉搓。玉英：玉的花，此指菊花花片。纳：放进。朱唇：女子的嘴唇。朱，红色。代指女子。

⑲ “服之者长生”二句：意谓服食菊花可以像神仙一样长生不老。

⑳ 故夫：发语词。五美：五种美德。

㉑ 圆华：菊花。按，“圆华”，《艺文类聚》卷八十一作“黄华”，黄华即黄花，指菊花。《礼记·月令》：“季秋之月，……菊有黄华。……是月也，草木黄落，乃伐薪为炭。”准：依据，依照，根据。天极：天地自然之道。《庄子·盗跖》：“若枉若直，相而天极；面观四方，与时消息。”成玄英疏：“无问枉直，顺自然之道；观照四方，随四时

而消息。”

㉒ 后土:古代称大地为“后土”,如同称天为“皇天”一样。“后土色也”,是说菊花金黄灿烂,色如黄土。

㉓ 植:种植。此指菊花栽植得最早。按,“植”,《太平御览》卷九九六作“殖”,义同。《吕氏春秋·乐成》:“我有田畴,而子产植之。”高诱注:“植,长也。”登:禾稼成熟。晚登:推迟开花。《淮南子·览冥训》:“风雨时节,五谷登熟。”此句是说菊花早植晚开,有君子的品德。唐·杨炯《庭菊赋》:“当此时也,弱其志,强其骨,独岁寒而晚登,雨还风去,天长地久,纯黄象于后土。”

㉔ “冒霜”二句:大意为,菊花顶着严霜,绽放着花蕊,象征着一种刚劲正直、高洁孤傲的精神品格。

㉕ “流中”二句:大意是,菊花具有多元保健功效,服食菊花能够使人精神畅通,身体轻快,这真是神仙服用的食品啊!菊花有重要的食用和药用功用,晋·郭璞《尔雅图赞》:“菊名日精,布华玄月。仙客薄采,何忧华发!”流中:使精神脉络畅通。流,畅通。《庄子·刻意》:“精神四达并流,无所不极。”成玄英疏:“流,通也。”中,精神。《庄子·田子方》:“今汝怵然有恂目之志,尔于中也殆矣夫!”陆德明释文:“中,精神也。”轻体:使身体轻快。唐·韦应物《游开元精舍》:“夏衣始轻体,游步爱僧居。”

【辨析】

中国是菊花的故乡,至今已有三千多年的菊花栽种史。菊花列梅、兰、菊、竹“四君子”之首,菊花花开得晚,不肯与群芳争艳,她独立深秋之季,风寒霜落之时,不畏严寒,凌风傲霜。《本草纲目·草部》云:“菊春生夏茂,秋花冬实,备受四气,饱经露霜,叶枯不落,花槁不零。”正因为菊花具有比德、药用和观赏三大功效,所以自古以来就为人们看重。菊花多为纯黄色,即古人所谓的正色,是一种最高贵的颜色,象征天道和正直,她独立伟岸的品格象征着吉祥、高洁,是中国古代文人人格和气节的生动写照,是士人们理想化的人格体现,因此,菊花向来为文人雅士所青睐、喜爱,并以秋菊来自比,他们都在菊花的境界里寻找到了自己的人生理想和价值追求。战国时楚国大诗人屈原在其《离骚》中高唱“朝饮木兰之坠露兮,夕餐秋菊之落英”,是目前所见较早吟咏菊花的诗句,用以表达自己不与世俗同流合污的高尚气节。屈原之后,历代咏菊诗赋可谓汗牛充栋,佳作如林,而以东晋大诗人陶渊明的“采菊东篱下,悠然见南山”诗句影响最大。即以辞赋而论,钟会的《菊花赋》是目前所能见到的最早的咏菊赋,之后,历代文人创作了大量的菊花赋,晋代傅玄作有《菊赋》,潘尼有《秋菊赋》,卢谌有

《菊花赋》,孙楚有《菊花赋》,南齐时卞伯玉有《菊赋》,唐代杨炯有《庭菊赋》,宋代田锡有《菊花枕赋》,明代何景明有《白菊赋》、《后白菊赋》,俞允文有《菊赋》,徐渭有《鞠赋》,张凤翼有《菊花赋》,等等。此外,晋人嵇含、成公绥还作有《菊花铭》,晋人傅统妻作有《菊花颂》,皆传诵一时,流誉千秋。

钟会赋中的"掇以纤手,承以轻巾。揉以玉英,纳以朱唇。服之者长生,食之者通神"六句,亦见于晋人傅玄《菊赋》,然傅玄赋仅存数句,难窥全貌。傅玄赋片段见于《艺文类聚》卷八十一,《艺文类聚》成书早于《初学记》,大概《初学记》编者徐坚误将傅玄赋辞句羼入钟会赋中。从内容上,"掇以纤手"与上文"擢纤纤之素手"重复,且"食之者通神"亦与下文"流中轻体,神仙食也"语意重复。故此六句应系傅玄赋中辞句。

蒲萄赋并序

余植蒲萄于堂前①,嘉而赋之②,命荀勖并作③。

美乾道之广覆兮,佳阳泽之至淳④。览遐方之殊伟兮,无斯果之独珍⑤。托灵根于玄圃,植昆山之高垠⑥。绿叶蓊郁,暧若重阴翳羲和⑦。秀房陆离,混若紫英乘素波⑧。仰承甘液之灵露,下歙丰润于醴泉⑨。总众和之淑美,体至气于自然⑩。珍味允备,与物无俦⑪。清浊外畅,甘旨内遒⑫。滋泽膏润,入口散流⑬。

【说明】

此赋正文见于《艺文类聚》卷八十七,赋序见于《太平御览》卷九七二。据赋序可知,荀勖亦受命作有同题赋一篇,但其赋今已不全,仅存六句残句,见于《艺文类聚》卷八十七:"灵运宣流,休祥允淑。懿彼秋方,乾元是畜。有蒲萄之珍伟,应淳和而延育。"从内容上看,荀赋与钟会赋均是描写赞美葡萄之作。钟会《蒲萄赋》对葡萄的秉性、生长状态、味道等进行了绘声绘色的描写,刻画得活灵活现,形象逼真。二赋也是现存最早的描写葡萄的赋作。

【注释】

① 余:我,作者钟会自称。植:栽种。蒲萄:同"葡萄",汉唐典籍中多称"蒲陶"、"蒲桃"或"蒲萄"。

② 嘉而赋之:赞美它并写了这篇赋。嘉:赞美,称美,赞玩(欣赏、玩味)。

③ 荀勖(？ –289),字公曾,西晋学者、文学家。颍川颍阴(今河南省许昌市)人,东汉著名儒学家、司空荀爽的曾孙。早慧好学,仕魏为安阳令、骠骑从事中郎、廷尉正、大将军司马昭记室,与裴秀、羊祜共掌机密。入晋,封济北郡公,拜中书监,加侍中,累官光禄大夫、仪同三司、守尚书令。荀勖博学多才,曾与贾充一起修订晋律,并研制笛律十二支,以校正音律。泰始十年(274)领秘书监,与中书令张华等人依据刘向《别录》对宫内十万馀卷藏书进行整理,编成《晋中经簿》。该书共16卷,著录图书29945卷(《隋书·经籍志》),目录共分甲、乙、丙、丁四部,并集佛经目录附于四部之后。此书已佚。

④ 美:称美,赞美。《庄子·齐物论》:"毛嫱、丽姬,人之所美也。"乾道:天道,自然之道。乾,天。《易传·说卦》:"乾,天也。"广覆:犹言"天覆",上天覆被万物,言其所覆者广大,无所遗漏。《管子·版法解》:"天覆而无外也,其德无所不在。"后用以称美帝王仁德广被。佳:用如动词,嘉美,称美。阳泽:比喻普施恩泽。至淳:极为淳厚。此二句极赞社会升平,皇恩浩荡。

⑤ 遐方:远方。遐,远。殊伟:特异、奇伟之物。斯果:这种果实,指葡萄。独珍:出奇的珍贵。宋·文同《谢人寄蒙顶茶》诗:"蜀上茶称圣,蒙山味独珍。"此二句是说,遍览八方奇伟之物,没有谁能比得上葡萄这种果实更珍贵的了。

⑥ 托:托身,寄身。灵根:植物根苗的美称。唐·柳宗元《种术》诗:"戒徒劚灵根,封植阏天和。"玄圃:神话传说中昆仑山顶神仙居住的地方,那里有奇花异石无数。北魏·郦道元《水经注·河水一》:"昆仑之山三级:下曰樊桐,一名板松;二曰玄圃,一名阆风;三曰层城,一名天庭。是为太帝之居。"宋·文同《谢人寄蒙顶茶》:"灵根托高顶,胜地发先春。"植:生长。昆山:昆仑山。垠:边际,尽头。高垠:极顶。此二句是说,葡萄植根于玄圃,生长在昆仑山极顶。

⑦ 蓊(wěng 翁上声)郁:浓密,茂密。暧:昏暗不明貌。重(chóng 崇)阴:浓荫。《文选》左思《魏都赋》:"皇桊怀风,蒲萄结阴。"亦指云层密布的阴天。翳(yì 义):遮蔽,掩盖。羲和:古代神话传说中太阳的母亲。《山海经·大荒南经》:"东南海之外,甘水之间,有羲和之国,有女子名曰羲和……羲和者,帝俊之妻,生十日。"后因以"羲和"代指太阳。《后汉书·崔骃列传》:"氛霓郁以横厉兮,羲和忽以潜晖。"李贤注:"羲和,日也。"

⑧ 秀房:秀美的葡萄串。房:数量词,用于花果等物,相当于"串"、"个"。唐·封演《封氏闻见记》卷七:"太宗朝,远方咸贡珍异草木。今有马乳蒲萄,一房长二尺馀,夫余国所献也。"陆离:光彩绚丽的样子。《淮南子·本经训》:"五采争胜,流漫陆离。"高诱注:"陆离,美好貌。"混:同"焜",明亮貌。按,"混"字,《历代赋汇》卷一二七作"焜"。紫英:紫色花。素波:白色的波浪。以上四句描写葡萄的生长状态和细部特征,刻画得惟妙惟肖。

⑨ 承:承接,承受,引申为啜吸。甘液:甘甜的汁液。汉·王逸《荔支赋》:“仰叹丽表,俯尝嘉味。口含甘液,心受芳气。”灵露:同“零露”,露水。歙(xī 西):吮吸,吸入。丰润:丰足而滋润。明·王叔英《原命一首赠杨文忠别》:“富者得乎气之丰润者也,贫者得乎气之枯瘠者也。”醴(lǐ 里)泉:甘美的泉水。此二句谓葡萄上啜甜美的露珠,下吸甘润的泉水。

⑩ 总:聚合,汇集。众和:天地阴阳之和,上承天之灵露,下吸地之甘泉。汉·桓宽《盐铁论·轻重》:“中国,天地之中,阴阳之际也,日月经其南,斗极出其北。含众和之气,产育庶物。”淑美:美好。宋·司马光《呈范景仁》诗:“地灵物秀气淑美,由来衮衮生英贤。”体:容纳。至气:宇宙混元之气。明·袁宏道《题陈山人山水卷》:“唯于胸中之浩浩,与其至气之突兀,足与山水敌。”此二句言葡萄汇集人和之气,容纳自然混元之气。

⑪ 允:允当,确实。允备:允当而完备。《文心雕龙·颂赞》:“自商以下,文理允备。”无俦:无匹。汉·王逸《荔支赋》:“卓绝类而无俦,超众果而独贵。”此二句言葡萄具备各种珍奇贵重食物的优长,没有什么能跟它相比。

⑫ 清浊:澄浊。畅:没有阻碍,通透。甘旨:甜美。《文选》潘岳《闲居赋》:“堇荠甘旨,蓼荾芬芳。”遒:美好,坚固。

⑬ 滋泽:润泽光鲜貌。按,“泽”字,《艺文类聚》原作“醳”,今据张溥辑《钟司徒集》、陈元龙《历代赋汇》改。膏润:(指水果等)含水分多。散流:液体四散而流。以上四句是对葡萄果实的细部描写,刻画得活灵活现,形象逼真。

【辨析】

葡萄原产于西域,西汉时传入我国西部秦州(今甘肃天水一带)地区(《秦州记》:“秦野多蒲萄”),当时的宫廷御苑亦有种植。东汉三国时期,西部的五原、陇西、敦煌一带已大量出产葡萄。葡萄作为一种珍果,不仅甘润爽口,而且还具有益气强志、延年轻身之功效,因而备受人喜爱。早在黄初年间,魏文帝曹丕在《诏群臣》中就对葡萄赞不绝口:“南方有龙眼、荔枝,宁比西国蒲萄、石蜜乎?中国珍果甚多,且复为蒲萄说,当其朱夏涉秋,尚有馀暑,醉酒宿醒,掩露而食,甘而不餶,脆而不酢,冷而不寒,味长汁多,除烦解渴。又酿以为酒,甘于麴蘖,善醉而易醒,道之固以流涎咽唾,况亲食之邪?他方之果,宁有匹之者?”(此诏有多种版本。)由钟会赋序“余植蒲萄于堂前”可知,当时的关中一带,达官贵人已经在自己的宅院种植葡萄了。文学作品特别是辞赋中描写葡萄,钟会《蒲萄赋》可谓现存最早的赋作,具有极高的文学意义和史料价值。

孔雀赋

有炎方之伟鸟，感灵和而来仪①。禀丽精以挺质，生丹穴之南垂②。戴翠旄以表弁，垂绿蕤之森纚③。裁修尾之翘翘，若顺风而扬麾④。五色点注，华羽参差⑤。鳞交绮错，文藻陆离⑥。丹口金辅，玄目素规⑦。或舒翼轩峙，奋迅洪姿⑧；或蹀足踟蹰，鸣啸郁咿⑨。

【说明】

此赋见于《艺文类聚》卷九十一、《历代赋汇》卷一二八、《全三国文》卷二十五。赋中对孔雀体态的描写既细腻精巧，又形象传神，其中也隐寓着贤士不得志的郁勃之情。

【注释】

① 有：发语词，无义。炎方：指南方炎热地区。唐·李白《古风》其三十四："怯卒非战士，炎方难远行。"唐·白居易《夏日与闲禅师林下避暑》："每因毒暑悲亲故，多在炎方瘴海中。"明·何景明《九日黔国后园》诗："水国阴多寒已至，炎方霜后瘴初收。"伟鸟：奇鸟，美鸟。灵和：指清明祥和的政治气氛。仪：有容仪。来仪：凤凰来舞而有容仪，古人以为是瑞应之征兆。《尚书·益稷》："箫韶九成，凤皇来仪。"孔颖达疏："箫韶之乐作之九成，以致凤皇来而有容仪也。"《文选》成公绥《啸赋》："百兽率舞而抃足，来仪而拊翼。"

② 禀：禀受，禀赋。丽精：美好的灵气。挺质：生就的美质，特质。挺：生就的，特异的。《文选》郭璞《江赋》："纳隐沦之列真，挺异人乎精魄。"《文选》祢衡《鹦鹉赋》："惟西域之灵鸟兮，挺自然之奇姿。"李周翰注："挺，特也。"丹穴：传说中的山名，在极南之地。《山海经·南山经》："丹穴之山……有鸟焉，其状如鸡，五采而文，名曰凤皇。"《文选》张衡《东京赋》："鸣女床之鸾鸟，无丹穴之凤皇。"唐·陈子昂《鸳鸯篇》："凤凰起丹穴，独向梧桐枝。"南垂：同"南陲"，南方边境。垂，通"陲"，边疆，边境。《说文·土部》："垂，远边也。"段玉裁注："垂本谓远边，引申之，凡边皆曰垂。"《荀子·臣道》："边境之臣处，则疆垂不丧。"唐·李白《感时留别从兄徐王延年、从弟延陵》："大臣小喑呜，谪窜天南垂。"

③ 翠旄（máo 毛）：绿色的羽毛。旄，通"毛"，羽毛。晋·左芬《孔雀赋》："戴

绿碧之秀毛，擢翠尾之修茎。”表弁：外帽。此指孔雀的花冠子。表：《说文·衣部》：“表，上衣也。”段玉裁注：“表，引申为凡外著之称。”弁：冠，帽子。《诗·小雅·頍弁》：“有頍者弁，实维在首。”孔颖达疏：“弁者，冠之大名。”绿蕤（ruí 瑞阳平）：绿色的悬垂饰物。此指孔雀尾巴上绿色的羽毛。森缅（xǐ 洗）：下垂飘散貌。此二句是说，孔雀头上顶着翠羽冠子，尾巴上飘垂着绿色的花蕊般的羽毛。

④ 裁修尾：修长美丽的尾巴犹如裁剪的那样整齐。按，“裁”，《艺文类聚》卷九十一原作“戴”，此据张溥辑《钟司空集》、陈元龙《历代赋汇》改。裁，剪裁。修尾：修长的尾巴。修，长。翘翘：上举貌。唐·李德裕《孔雀尾赋》：“况复德辅如毛而轻举，福轻乎羽而莫载，何必负斯尾之翘翘，冒长途而效爱。”宋·程大昌《演繁露·幞头垂脚不垂脚》：“此郎乃垂下翘翘之尾，果获抚接。”扬麾：飘展着旗子。麾，古代用以指挥军队的旌旗。此二句是说，孔雀翘动着修长整齐的尾巴，好像顺风飘扬的旌旗一样。

⑤ 点注：点染注色。此指孔雀的羽毛五彩缤纷，非常美丽。唐·杜甫《江雨有怀郑典设》诗：“宠光蕙叶与多碧，点注桃花舒小红。”华羽：华丽的羽毛。《后汉书·马融列传》：“若乃《阳阿》衰斐之晋制，阐鼍华羽之南音，所以洞荡胸臆，发明耳目。”参差：参差不齐。《诗·周南·关雎》：“参差荇菜，左右流之。”此二句是说，孔雀的羽毛五彩缤纷，参差不齐，错落有致。

⑥ 鳞交：如龙鳞般交相横驰。绮错：如绮纹之交错。文藻：文彩。陆离：光彩绚丽貌。《淮南子·本经训》：“五采争胜，流漫陆离。”高诱注：“陆离，美好貌。”此二句极言孔雀羽毛之美。

⑦ 丹口：红嘴。金辅：金黄色的面颊。辅，面颊。《左传·僖公五年》：“辅车相依。”杜预注：“辅，颊辅。”孔颖达疏：“颊之与辅，口旁肌之名也。盖辅车一处分为二名耳。辅是外表，车是内骨。”《文选》曹植《洛神赋》：“明眸善睐，辅靥承权。”李善注：“王逸曰：美人颊有靥辅也。权，两颊。”玄目：黑眼睛。素规：白色的圆圈。规，圆弧形。此二句描写孔雀面部的细部特征。

⑧ 舒翼：展翅，舒展双翼。《韩非子·十过》：“平公曰：‘寡人之所好者，音也，愿试听之。’师旷不得已，援琴而鼓。一奏之，有玄鹤二八，道南方来，集于郎门之垝；再奏之而列；三奏之，延颈而鸣，舒翼而舞。”轩峙：高耸矗立。轩，高。《文选》何晏《景福殿赋》：“飞榈翼以轩翥，反宇辙以高骧。”张铣注：“轩，犹高也。”奋迅：鸟兽迅疾奋进貌。洪姿：雄健的身姿。

⑨ 蹀（dié 蝶）足：跺脚，顿脚。蹀，用力往下顿足。《列子·黄帝》：“惠盎见宋康王。康王蹀足謦咳疾言。”南朝·宋·谢惠连《七月七日夜咏牛女诗》：“蹀足循广除，瞬目曬曾穹。”唐·骆宾王《上兖州崔长史启》：“得使伏枥驽蹇，希骐骥而蹀足。”踟蹰：徘徊不前貌。郁咿：亦作“郁伊”，鸟鸣声。此指孔雀的鸣叫声。以上四句是

孔雀的动态描写。

【辨析】

建安三国时期，咏物小赋得到了空前的发展，举凡龙、龟、骐骥、鹦鹉、孔雀、燕、雁、鹤、鸠、莺、鹖、鷂雀、蝉、蝙蝠、宝刀、玉玦、车渠碗、筝、棋、扇、玛瑙、迷迭香、槐树、柳树、橘、芙蓉、酒等大量入赋，并且同题赋作非常之多，使得此期的咏物赋盛极一时。

孔雀产于西域，最早见载于《尚书·周书》："成王时，西方人献孔雀。"《楚辞》、《汉书》中已有大量对孔雀的描写。三国时期，文士墨客对孔雀的描写空前增多。如魏文帝《诏群臣》中有对孔雀的形象描述："前于阗王山习所上孔雀尾万枝，文彩五色，以为金根车盖，遥望耀人眼。"临淄侯曹植，不仅自己作有《孔雀赋》，还命杨修、王粲等文士共作。杨修《孔雀赋序》曰："魏王园中有孔雀，久在池沼，与众鸟同列。其初至也，甚见奇伟，而今行者莫视。临淄侯感世人之待士，亦咸如此，故兴志而作赋，并见命及，遂作赋曰。"钟会《孔雀赋》比之杨修、王粲《孔雀赋》（残篇），在艺术描写上更为细致工巧，其对孔雀的神态的描绘，形象逼真，栩栩如生。

钟会《孔雀赋》对后世影响很大，西晋女文学家左芬也作有《孔雀赋》，从其"戴绿碧之秀毛，擢翠尾之修茎。饮芳桂之凝露，食秋菊之落英。耀丹紫之倏烁，应晨风以悲鸣"之描写，我们不难看到钟会《孔雀赋》的影子。而宋人林希逸，明人贝翱、张治道的《孔雀赋》，也都在某些方面受到了钟会赋的影响。

曹　髦

曹髦(241—260)，字彦士。魏文帝曹丕之孙，东海定王曹霖之子。正始五年(244)封郯县高贵乡公。嘉平六年(254)十月即位，为曹魏的第四任皇帝，公元254—260年在位。十四岁时，他曾与诸儒论《尚书》、《易经》和《礼记》，诸儒莫能及，显示了其聪明才智。曹髦不满司马氏的专横跋扈，于甘露四年(260)五月，召见王经等人，决定讨伐司马昭。遂帅僮仆数百人，鼓噪而出。被司马昭武士成济所杀，年仅二十岁。原有集四卷，已佚。今存诗二首，文十四篇。传见《三国志·魏书·三少帝纪》。

伤魂赋并序

王师东征，宗正曹并[1]。以宗室材能，兼侍中从行，到项得疾，数日亡[2]。意甚伤之，为作此赋：

宗臣充于常伯，体材艺而中良[3]。何旻天之不怙，遘暴疾而陨亡[4]。惟厥疾之初发，若常疾之轻微[5]。未经日而况笃，气惙惙而耗衰[6]。歧鹊骋技而弗救，岂药石之能追[7]！精魂忽已消散，神眇眇而长违[8]。

【说明】

此赋见于《艺文类聚》卷三十四。曹髦这篇赋哀悼魏宗室宗正曹并在东征中染急症而亡。感情真挚，文辞哀戚。赋似非完整篇章，但却是曹髦唯一的赋篇。现存的片段说明曹并得了急病，虽有良医诊治，但终究回天乏术。

【注释】

① 王师东征：甘露二年（257）四月，魏室征东征大将军诸葛诞（？ –258），诸葛诞不就，起兵造反，于是司马昭挟高贵乡公及太后征诞，破寿春（今安徽寿县），杀死诸葛诞。宗正：掌管王室亲族的事务。曹并：曹氏宗室，生平事迹不详。

② 宗室：皇族。侍中：官名，侍从皇帝左右，出入宫廷，与闻朝政，为亲信贵重之职。项：项县，治今河南省项城县东北。按，“项”，原作“顷”，前据文意及史实改。因曹髦东征，曾驻扎于项县。

③ 宗臣：与君主同宗之臣。常伯：周朝官名，从诸伯中选出帮助君主管理民事的大臣。此句言曹并多才多艺，而内心善良。

④ 何旻（mín 民）天之不怙：为什么苍天不保佑他。遘（gòu 够）暴疾：患急病。

⑤ 常疾：一般的疾病。此二句言曹并之疾初发时，看来并不严重。

⑥ 况笃：情况越来越严重。惙惙（chuò 绰）：忧郁貌。《诗·召南·草虫》：“未见君子，忧心惙惙。”耗衰：亏损。

⑦ 歧鹊：指岐伯和扁鹊。“歧”、“岐”同音假借。岐伯相传为黄帝时的名医。

今本《黄帝内经》,即战国秦汉时医家托名黄帝与岐伯的医学之作。扁鹊:战国时名医,姓秦氏,名越人。其事迹详见《史记·扁鹊仓公列传》。

⑧ 眇眇(miǎo 秒):孤单无依貌。长违:永远离别,指死。

胡　综

胡综(184—244),三国魏汝南固始(治所在今安徽省临泉县)人。少孤,母携他避难江东。时孙策为会稽(今浙江绍兴)太守,综年十二,令陪其子孙权读书。孙策死后,孙权为讨虏将军,拜综为鄂长。后因讨叛将晋宗有功,加封建武中郎将。公元229年,孙权称帝,建都业(今南京),改号黄龙,综作《黄龙大牙赋》以贺。孙权拜综为侍中,进封乡侯。孙权诸文诰、策、令、书符,多出综手。赤乌六年(244)卒。《隋书·经籍志四》著录吴侍中《胡综集》二卷,已佚。严可均《全三国文》收其文、赋六篇。

黄龙大牙赋

乾坤肇立，三才是生[①]。狼弧垂象，实惟兵精[②]。圣人观法，是效是营[③]。始作器械，爰求厥成。黄、农创代，拓定皇基[④]。上顺天心，下息民灾。高辛诛共，舜征有苗，启有甘师，汤有鸣条，周之牧野，汉之垓下，靡不由兵，克定厥绪[⑤]。明明大吴，实天生德[⑥]。神武是经，惟皇之极[⑦]。乃自在昔，黄虞是祖[⑧]。越历五代，继世在下。应期受命，发迹南土[⑨]。将恢大繇，革我区夏[⑩]。乃律天时，制为神军[⑪]。取象太一，五将三门[⑫]。疾则如电，迟则如云。进止有度，约而不烦[⑬]。四灵既布，黄龙处中[⑭]。周制日月，实曰太常[⑮]。桀然特立，六军所望[⑯]。仙人在上，鉴观四方。神实使之，为国休祥[⑰]。军欲转向，黄龙先移[⑱]。金鼓不鸣，寂然变施[⑲]。暗谟若神，可谓秘奇[⑳]。在昔周室，赤乌衔书[㉑]。今也大吴，黄龙吐符。合契《河》《洛》，动与道俱[㉒]。天赞人和，佥曰惟休[㉓]。

【说明】

此赋见《三国志·吴书·胡综传》。《初学记》卷二十二、《艺文类聚》卷六十七、《太平御览》卷三三九和《历代赋汇》卷六十五均有摘录。所有摘录均编入“兵器部”之类标题，无一视为祥瑞而加以歌颂。而赋作本身则是对吴的赞颂。孙权于黄武八年(229)夏，因所谓黄龙出现在夏口(古地名，即汉水流入长江处)而改号黄龙。大牙，指旗杆上饰以象牙的大旗，多为主帅标识。

【注释】

① 乾坤：指天地。肇：初始。三才：指天、地、人。

② 狼弧：星名。《史记·天官书》：“参为白虎……其东有大星曰狼。狼角变色，多盗贼。下有星曰弧。”张守节正义：“弧……在狼东南，天之弓也，以伐叛怀远，又主备贼盗之知奸邪也。”垂象：垂下天象。兵精：表示要用兵伐无道。

③ “圣人”以下四句：是对吴孙权用兵的吹捧。

④ “黄、农”四句：指黄帝、神农建立国家，上应天心，下护万民。

⑤ 高辛：帝喾初受封于辛，即帝位，号高辛氏。共：指共工。舜征有苗：苗，古族名，亦称有苗，苗民，原在江淮一带。传说舜征服有苗，流放到今甘肃敦煌南面的三危山一带。现三危山已寸草不长。启有甘师：指禹之子夏启集军队于甘地（今陕西省户县）一带征讨有扈氏。汤：指商汤。鸣条：古地名，在今山西省南部运城市一带，商汤于此打败夏桀。周之牧野：指周武王于牧野（在今河南省淇县）打败暴乱的商纣王。汉之垓下：指汉高祖于垓下（今安徽省灵璧县一带）打败项羽。靡：无。绪：指前人未竟的功业。

⑥ 明明：明智，明察貌。

⑦ 惟皇之极：这是君王的准则。

⑧ 黄、虞：指传说中的黄帝与虞舜。

⑨ 发迹南土：指吴国在江南兴起。

⑩ 将恢大繇：指吴国要恢复古帝治国的大道，宏伟的计划。繇，通“猷”，道也。区夏：诸夏之地，指华夏之中国。《尚书·康诰》：“用肇我区夏。”孔传：“始为政于我区域诸夏。”

⑪ 律：法制，规则。

⑫ 象：通“像”，法式。太一：星名，即帝星。天帝的别号。因离北极星近，隋唐以前多以为北极星。五将：指北极星周围五个星座，如天目、文昌等等。《后汉书·文苑传下·高彪》：“天有太一，五将三门。”李贤注：“《太一式》：凡举事皆欲发三门，顺五将。”五将者，天日、文昌等等。三门：占验家有八门，以休、生、开三门为吉，其馀为凶。

⑬ 度：指法度。

⑭ 四灵：指麟、凤、龟、龙。《礼记·礼运》：“麟、凤、龟、龙，谓之四灵。”孔颖达疏：“以此四兽皆有神灵，故谓之灵。”

⑮ 太常：古旌旗名。《尚书·君牙》：“厥有成绩，纪于太常。”《文选》张衡《东京赋》：“建辰旒之太常，纷焱悠以容裔。”薛综注：“辰谓日月星也，画之于旌旗，垂十二旒，名曰太常。”

⑯ 桀然：高耸的样子。形容大牙旗高高飘扬。

⑰ 休祥：美善。指大牙旗象征国之祥瑞。

⑱ 黄龙先移：指黄龙大牙旗指引军旅行进。

⑲ 寂然：安静无声。形容“金鼓不鸣”。变施：形容军旅移动变化。

⑳ 谟：谋略，计谋。黯谋秘奇：指军旅指挥调度神鬼莫测。

㉑ 赤乌衔书：赤色的鸟。相传周文王姬昌为西伯时，有赤色乌衔丹书止于其

户，授以天命。后其子武王果灭商而建周朝。后泛指帝王顺天授命而接大位。《墨子·非攻下》："赤鸟衔珪，降周之岐社。"

㉒ 合契：即相契合。《河》、《洛》：即《河图》、《洛书》。古以为河出图，洛出书，是吉祥的征兆。动与道俱：即一举一动都与天道相随。

㉓ 佥（qiān）：都，皆。休：美，善，吉庆。

【辨析】

作者胡综原属三国时魏人，但他年小即避难江东，得到自领会稽太守孙策的关照。后又为策弟孙权信任重用。他对孙家自是感恩戴德。孙权编造黄龙在夏口出现的故事，说明上天显示他可以当皇帝，所以即以黄龙为年号而登上帝位。胡综受命作《黄龙大牙赋》。此赋把孙吴区区小国与黄帝、神农、夏、商、周等圣朝相提并论，这自然是肉麻的吹捧。大概正因此，所以诸类书只作摘录（仅《三国志·吴书·胡综传》收全文），而且只看成器具武功，而不归入祥瑞类赋。

诸葛恪

诸葛恪(203—253),字元逊,琅邪阳都(今山东沂南)人。三国时期吴国大臣,吴大将军诸葛瑾长子,蜀丞相诸葛亮之侄。恪少有才名,以神童著称,辩论应机,莫与为对。及长,英才卓越,超逾伦匹。弱冠拜骑都尉。孙登为太子,恪为左辅都尉。后任丹杨太守。大将军陆逊病故,诸葛恪领其兵,为大将军。神凤元年(252),孙权去世,幼子孙亮继位,诸葛恪为托孤首辅,掌握吴国权柄,初期曾锐意革新政治,击败魏军,颇孚众望。后期骄傲自满,刚愎自用,文过饰非,独断专行,致民怨沸腾。建兴二年(253),被吴宗室、权臣孙峻联合孙亮设计诛杀,并夷其三族。诸葛恪天才英发,长于应对。逯钦立《先秦汉魏晋南北朝诗·魏诗》卷十二录其《答费祎诗》一首。事迹见《三国志·吴书·诸葛恪传》及裴松之注引《江表传》、《恪别传》等。

磨　赋

【说明】

此赋仅存篇目,见于《三国志·吴书·诸葛恪传》裴松之注引《恪别传》:"(孙)权尝飨蜀使费祎,先逆敕群臣:'使至,伏食勿起。'祎至,权为辍食,而群下不起,祎啁之曰:'凤皇来翔,骐驎吐哺,驴骡无知,伏食如故。'恪答曰:'爰植梧桐,以待凤皇。有何燕雀,自称来翔?何不弹射,使还故乡!'祎停食饼,索笔作《麦赋》,恪亦请笔作《磨赋》,咸称善焉。"

《太平御览》卷八三八《百谷部二·麦》亦载:"《诸葛恪别传》曰:'孙权尝飨蜀使费祎,祎停食饼,索笔作《麦赋》,恪亦请笔作《磨赋》,咸称善。'"

韦 昭

韦昭(204—273),字弘嗣(《三国志》作者陈寿避司马昭讳,追改名“曜”),吴郡云阳人。三国吴史学家、文学家。孙权时为丞相掾,除西安令,入拜尚书郎,迁太子中庶子。后为黄门侍郎。孙亮时迁太史令。孙休时历中书郎、博士祭酒。孙皓嗣位,封高陵亭侯,迁中书仆射,拜侍中,领左国史。孙皓荒淫暴虐,昭守正不阿。凤凰二年(273)忤旨,下狱诛。韦昭博贯经史,被誉为吴国司马迁。有《国语注》二十二卷,《吴书》五十五卷,集二卷。传在《三国志·吴书·韦昭传》。

云阳赋

八乡九市，亭候三六①。列树表途，路有庐宿②。

【说明】

云阳有多处，这里指的云阳，战国时为楚邑，汉代改为曲阿县，三国吴改曲阿为云阳县。今为江苏省丹阳市。此赋系残篇，仅存四句，见《太平御览》卷一九四。

【注释】

① 乡：基层行政单位。市：临时或定期进行贸易活动的场所。亭候：古代边境上用以瞭望和监视敌情的岗亭土堡。

② 列：行列。这里作动词用，将树栽成行。表：标志，这里用作动词。途：道路。庐：古代在道路的沿途建造的用以迎候宾客的房舍。《周礼·地官·遗人》："凡国野之道，十里有庐，庐有饮食。"宿：住宿，过夜。

华 覈

华覈，字永先，生卒年不详。吴郡武进（今江苏省丹徒市）人。以文学入为秘府郎，迁中书丞。孙皓即位，封徐陵亭侯。宝鼎二年（267），孙皓营造新宫，所费甚多，农守并废，华覈上疏千言劝止，惜皓不纳。后迁东观令，领右国史。时仓廪无储，世俗滋侈。华覈又上疏指出：“今寇虏（指魏蜀）充斥，征伐未已，居无积年之储，出无应敌之畜。”华覈前后上疏百馀，皆有补益，咸传于世。天册元年（275）被免官，数年后卒。《隋书·经籍志四》载有集五卷，已佚。今存诗一首，文十篇。传见《三国志·吴书·华覈传》。

车　赋

鞍罽缉裘，珠轮玉光[①]。

【说明】

此赋仅存两句，见《初学记》卷二十五。

【注释】

① 鞍：鞍子。罽（jì 计）：毛织品。鞍罽：马鞍上的毛织品。缉：编织得和谐协调。裘：用毛皮制成的衣物。珠轮：像珠子一样的轮子。玉光：珠轮发出宝玉一样的光彩。

闵　鸿

闵鸿，生卒年不详。三国吴文学家。广陵（今江苏省扬州市）人。仕于吴，为尚书。入晋，征不就。与纪瞻、顾荣、贺循、薛兼齐名，号为“五俊”。《隋书·经籍志四》著录有集三卷，已佚。今存《羽扇赋》及残篇《亲蚕赋》等三篇，散见于《艺文类聚》等类书中。事迹略见《晋书·陆云传》及《薛兼传》。

亲蚕赋

体龙颈而骥喙，迈皦素于羔羊[①]。(《太平御览》卷八二五)

后课功以观匿，均众寡而抽税[②]。令织綖于命妇，供禘郊之旧制[③]。洪恩美而周普，配春天之景福[④]。扬黼黻之奇藻，播朱紫之艳色[⑤]。(《初学记》卷十四)

【说明】

此赋系残篇，散见于《太平御览》卷八二五和《初学记》卷十四。赋写了养蚕、缫丝、纺织、裁制、祭祀等全过程。

【注释】

① 体：身体。龙颈：龙的脖子。骥：骏马。《论语·宪问》："骥不称其力，称其德也。"喙(huì 汇)：鸟兽等的嘴。龙颈、骥喙都是形容蚕的形体。迈：超过，超出。皦(jiǎo 皎)：光亮洁白。《古文苑·公孙盛〈月赋〉》："月出皦兮，君子之光。"素：生绢，这里指蚕丝。皦素：形容蚕丝洁白。羔羊：指白色的小羊。

② 后：指皇后。课：考核，考查。《管子·七法》："成器不课不用，不试不藏。"功：功劳，功绩。这里指后宫皇后检查养蚕缫丝质量。观：观察，察看。《荀子·强国》："入境，观其风俗。"匿：隐藏，隐瞒。《尚书·盘庚上》："王播告之修，不匿厥指，王用丕钦。"均：均匀，比较。《诗·小雅·北山》："大夫不均，我从事独贤。"众寡：多和少。抽税：征收税金。抽，抽取。

③ 令：让，使。织綖(yán 延)：指纺织制衣。命妇：古代有封号的妇女。禘(dì 帝)郊：天子祭祀祖先和天神时举行的大典。《国语·鲁语下》："(天子)日入监九御，使洁奉禘郊之粢盛。"旧制：过去的祭祀制度，指过去的祭祀礼仪制度。

④ 洪恩：大恩。汉·王褒《四子讲德论》："洪恩所润，不可究称。"美：美好，善。周普：普遍，完备。汉·郑玄《易解附录·易赞易论》："《周易》者，言易道周普，无所不备。"配：匹敌，媲美。《尚书·君牙》："对扬文武之光命，追配于前人。"景福：洪福，大福。《诗·周颂·潜》："以享以祀，以介景福。"

⑤ 扬：显扬，传播。《易·夬》："扬于王庭。"黼黻(fǔ fú 甫伏)：礼服上所绣的

华美的花纹或者绣有华美花纹的礼服。《晏子春秋·谏下》:“公衣黼黻之衣,素绣之裳,一衣而王采具焉。”《淮南子·说林训》:“黼黻之美,在于杼轴。”奇藻:美丽新奇的文采。播:传布,传扬。《左传·昭公四年》:“庆封唯逆命,是以在此,其肯从戮乎?播于诸侯,焉用之?”朱紫:红色和紫色。《文选》张衡《西京赋》:“木衣绨锦,土被朱紫。”艳色:美丽的色彩。

琴　赋

乃从容以旁眺,睹美材于朝阳①。上森萧以崇立,下婆娑而四张②。

嗟雅弄之清妙,时缅邈以超伦③。

汝南《鹿鸣》,《张女》寻弹④。

【说明】

此赋系残篇,分别见《北堂书钞》卷一〇九及《文选》潘岳《笙赋》李善注。赋写琴的选材、选曲、弹奏的卓越。

【注释】

① 从容:不慌不忙的样子。眺:向远处看。睹:看。美材:优良的木材。《文选》何晏《景福殿赋》:“或以嘉名取宠,或以美材见珍。”朝阳:山的南面。“睹美材于山阳”,又作“观洪格于朝阳”。

② 森:树木高耸而茂盛的样子。萧:即“森”,草木茂盛的样子。崇:高大。《易传·系辞上》:“崇效天,卑法地。”婆娑:形容起舞的优美姿态。四张:向四面八方展开、分布。

③ 嗟:表示赞叹。雅弄:典雅的曲子。《南史·柳恽传》:“子良尝置酒后园,有晋太傅谢安鸣琴在侧,援以授恽,恽弹为雅弄。”清妙:指乐曲的清新美妙。时:时而。缅邈:指声音似从遥远的地方传来。《文选》陆机《拟行行重行行》:“音徽日夜离,缅邈若飞沉。”超伦:超凡脱俗,超过同类。伦:辈,类。

④ 汝南:古代郡名。《鹿鸣》:《诗经·小雅》中的篇名,古代宴会宾客时演奏的音乐。《张女》:即《张女弹》,古代的乐府曲调名。《文选》潘岳《笙赋》:“辍《张女》之哀弹,流《广陵》之名散。”《文选》陆机《拟今日良宴会》:“齐僮《梁甫吟》,秦娥《张女弹》。”

羽扇赋

惟羽扇之攸兴，乃鸣鸿之嘉容①。产九皋之中泽，迈雍喈之天聪②。表高义于大易，著诗人之雅章③。赖兹翮以内飞，曜羽仪于外扬④。于时祝融持运，朱明发晖，奔阳冲布，飞炎赫曦⑤。同煴隆于云汉，咸惨毒于中怀⑥。尔乃登爽垲，临甘泉，漱清流，荫玄云，运轻翮以容与，激清风于自然⑦。披绡衽而入怀，飞罗缨之缤纷⑧。众坐侃以怡怿，咸拊（一作"俯"）节以齐欢⑨。感蕙风之荡怀，咏棘心之所叹⑩。于是暑气云消，献酬乃设，停神静思，且以永日⑪。妍羽详回，清风盈室⑫。动静扬晖，嘉好越逸⑬。翻翻奕奕，飞景曜日⑭。同皦素于凝霜，岂振鹭之能匹⑮。

【说明】

此赋见《艺文类聚》卷六十九。赋描写羽扇制作的因由。它取自高贵洁白的鸣鹤的羽毛。在"飞炎赫曦"的盛夏，人们热得无处逃脱，羽扇正好发挥作用。它驱走炎热，给人们送来"清风盈室"，让人们可以坐下来饮酒作乐，欢快度夏。

【注释】

① 惟：助词，用于句首。羽扇：用长羽毛制成的扇子。攸：助词，所。兴：产生。《易·归妹》："天地不交而万物不兴。"鸣：鸟叫的声音。《易·中孚》："鹤鸣在阴，其子和之。"鸿：大雁或者天鹅。嘉容：美善的神色。

② 产：出生于。九皋：曲折深远的沼泽。《诗·小雅·鹤鸣》："鹤鸣于九皋，声闻于天。"中泽：大泽之中。迈：超越。雍喈：指鸿的叫声。天聪：天听。即声闻于天。

③ 表：显扬；体现。高义：行为高尚合于正义。《战国策·齐策二》："夫救赵，高义也。"大易：即《周易》。《文选》左思《魏都赋》："览《大易》与《春秋》，判殊隐而一致。"著：显出。诗人雅章：指《诗经》二《雅》作品。

④ 赖：凭借。兹翮：指鸿的翅膀。曜：显曜，显示。羽仪：《易·渐》："鸿渐于路，其羽可用为仪。"孔颖达疏："其羽可用为物之仪表，可贵可法也。"外扬：向外显示。

⑤ 祝融：古代的火神名。持：掌握，掌管。运：命运，运气。朱明：夏季。《尸子》

卷上:“春为青阳,夏为朱明,秋为白藏,冬为玄英。”发晖:散布光辉。飞炎赫曦:形容夏日阳光炽盛,四处散布。

⑥ 煴(yūn 晕)隆于云汉:形容夏日高温上升至云汉天上。咸:都。惨毒:指夏热残害,虐害。中怀:心中,怀中。

⑦ 登:升,上。爽垲(kǎi 凯):清爽干燥处。《左传·昭公三年》:“初,齐景公欲更晏子之宅,曰:‘子之宅近市,湫隘嚣尘,不可以居,请更诸爽垲者。’”临:靠近。甘泉:甜美的泉水。漱:冲洗。清流:清澈的流水。荫:庇荫。玄云:黑云。指以云为荫。《文选》嵇康《琴赋》:“玄云荫其上,翔鸾集其巅。”运:运转,运动。轻翮:指轻巧的羽扇。容与:闲暇自得的样子。激:激发。指扇动。清风:清新的风。

⑧ 绡(xiāo 消):轻纱,薄的生丝织品。衽:衣襟。飞:飘荡,飘扬。罗缨:用丝或毛制成的彩带或穗状的装饰物。缤纷:形容扇起衣带纷飞。

⑨ 侃:和乐的样子。怡怿:快乐。《文选》傅毅《舞赋》:“严颜和而怡怿兮,幽情形而外扬。”拊:拍,轻击。《尚书·益稷》:“予击石拊石,百兽率舞。”节:节拍。齐欢:大家一起欢快。

⑩ 感:感动,感应。蕙风:夹带花草芳香的风。《文选》左思《魏都赋》:“珍树猗猗,奇卉萋萋,蕙风如熏,甘露如醴。”荡怀:激荡心怀。棘心:棘木之心。《诗·邶风·凯风》:“凯风自南,吹彼棘心。”后用以比喻人子的稚弱或思亲之心。

⑪ 暑气:夏天的热气。云消:像云一样消散。献酬:饮酒相酬劝。《诗·小雅·楚茨》:“为宾为客,献酬交错。”设:陈列,摆设。停神:停下神思。静思:静静地思考。永日:从早到晚。

⑫ 妍羽:美好的羽毛。详回:指来回摆动(摇扇)。详:通“徉”。清风:清新的风。盈:满,充满。《诗·周南·卷耳》:“采采卷耳,不盈顷筐。”室:房间。

⑬ 动静:行动与止息。晖:光辉。因为扇是用彩色鸟羽制作的,故摇动生辉。嘉好:亲善友好者。《国语·楚语下》:“于是乎弥其百苛,殄其谗慝,合其嘉好。”越逸:逾越。指任情而动。

⑭ 翻翻:飞动的样子。奕奕:闲暇的样子。《诗·小雅·车攻》:“驾彼四牡,四牡奕奕。”飞景(yǐng 影):指摇扇的影。景,“影”的本字。曜日:照耀阳光。指扇影。《文选》曹植《七启》:“绿叶朱荣,熙天曜日。”

⑮ 同:等同,混同,与……一样。皦:光亮洁白。《古文苑·公孙盛〈月赋〉》:“月出皦兮,君子之光。”素:白色的丝绢。凝霜:凝结而成的浓霜。《楚辞·九章·悲回风》:“吸湛露之浮源兮,漱凝霜之雰雰。”岂:哪里。振鹭:昂扬而飞的白鹭。《诗·周南·振鹭》:“振鹭于飞,于彼西雝。”匹:敌。

芙蓉赋并序

川源清澈，羡溢中塘[①]。芙蓉丰植，弥被大泽[②]。朱仪荣藻，有逸目之观[③]。

乃有芙蓉灵草，载育中川[④]。竦修干以凌波，建绿叶之规圆[⑤]。灼若夜光之在玄岫，赤若太阳之映朝云[⑥]。乃有阳文修嫮，倾城之色，扬桂枻而来游，玩英华于水侧，纳嘉实兮倾筐，珥红葩以为饰[⑦]。盛《桃夭》而歌诗，申《关雎》以自敕[⑧]。嗟留夷与兰芷，听鶗鴂而不鸣[⑨]。嘉芙蓉之殊伟，托皇居以发英[⑩]。

【说明】

此赋赋序(即《芙蓉赋序》，或称《莲花赋序》)见于《初学记》卷二十七。赋文见于《艺文类聚》卷八十二。赋写芙蓉生长于碧波之中，吐红花，展绿叶，备受美女佳人赞赏。

【注释】

① 川源：河流的发源地。清澈：清静透明。羡溢：溢出，盈溢。《汉书·沟洫志》："来春桃花水盛，必羡溢，有填淤反壤之害。"中塘：塘中。

② 芙蓉：荷花的别名。《楚辞·离骚》："制芰荷以为衣兮，集芙蓉以为裳。"丰：草木茂盛的样子。《说文·生部》："丰，草盛丰丰也。"植：种植，生长。弥：满，遍，到处。《周礼·春官·大祝》："国有大故天灾，弥祀社稷祷祠。"被：覆盖。大泽：广大的水流汇聚的地方。

③ 朱仪：红色的容止仪表。荣：草木的花。《楚辞·九章·橘颂》："绿叶素荣，纷其可喜兮。"藻：指花的文采。逸目：谓眼中所见景色令人愉悦。观：观看。指看到的景色。

④ 灵草：仙草。《文选》班固《西都赋》："于是灵草冬荣，神木丛生。"这里指芙蓉。载：助词，无义。育：生长，成长。中川：江中。《文选》谢灵运《登江中孤屿》："乱流趋正绝，孤屿媚中川。"

⑤ 竦：高高地耸立。修干：长长的茎。凌波：在水上摇动的样子。建：树立，竖起。规圆：如圆规画出的圆。

⑥ 灼：鲜明的样子。《文选》曹植《洛神赋》："远而望之，皎若太阳升朝霞；迫而

察之，灼若芙蓉出绿波。”夜光：月亮。《楚辞·天问》：“夜光何德，死则又育？”王逸注：“夜光，月也。”玄岫：黑洞。赤：浅红色，泛指红色。大阳：太阳。大，通“太”。映：照，照耀。朝云：早晨的云彩。

⑦ 阳文：古代传说中的美女名。《淮南子·修务训》：“曼颊皓齿，形夸骨佳，不待脂粉芳泽而性可悦者，西施阳文也。”修：善，美好。修嫮（hù 护）：美好的样子。倾城：倾覆邦国。《诗·大雅·瞻卬》：“哲夫成城，哲妇倾城。”后用“倾城”指美女。色：美色，指女子的美貌。扬：举起。桂枻（yì 意）：用桂木制成的船桨，也是舟楫的美称。枻，船桨。《史记·司马相如列传》：“扬桂枻，张翠帷，建羽盖。”玩：观赏，欣赏。英华：指花木之美。《文选》扬雄《长杨赋》：“英华沉浮，洋溢八区。”纳：收取。嘉：善，美。《诗·豳风·东山》：“其新孔嘉。”实：指果实莲子。倾：竭，尽。倾筐：尽筐。珥：珠玉做的耳饰。这里作动词用，把……当作耳饰。葩：花。《文选》张衡《西京赋》：“蒂倒茄于藻井，披红葩之狎猎。”饰：装饰物。

⑧ 盛：装起。按，“盛”，《历代赋汇》作“感”，《全三国文》作“咸”。《桃夭》：《诗经·周南》中的篇名，该诗赞美男女婚姻以时，室家之好。歌诗：演唱诗歌。申：表明。《关雎》：《诗经·周南》中的篇名。《论语·八佾》：“《关雎》乐而不淫，哀而不伤。”自敕：自我告诫。敕，告诫。

⑨ 嗟：感叹。赞美声。留夷：香草名。一说就是芍药。《楚辞·离骚》：“畦留夷与揭车兮，杂杜蘅与芳芷。”兰芷：兰草和白芷，都是香草名。《楚辞·离骚》：“兰芷变而不芳兮，荃蕙化而为茅。”鶗鴂（tí jué 提决）：杜鹃鸟。《文选》张衡《思玄赋》：“恃已知而华予兮，鶗鴂鸣而不芳。”不鸣：不敢鸣，忘记鸣，指被香花所迷。

⑩ 嘉：赞许。殊：不一般的，卓越的。伟：奇异。托：寄托，托身。皇居：大的住处。皇，大。《诗·大雅·皇矣》：“皇矣上帝，临下有赫。”皇居，也指皇宫。发：繁育，生长。《诗·大雅·生民》：“实发实秀。”英：花。《诗·郑风·有女同车》：“有女同行，颜如舜英。”发英：即开花。

杨　泉

杨泉，生卒年不详，字德渊，梁国（今河南省商丘市）人，会稽郡（今浙江绍兴）处士。三国、西晋哲学家、文学家。孙吴时，他不与当权的门阀士族合作，隐居不仕。入晋，征为侍中，不就。杨泉主张人死神灭，认为“死生之有命，非神明之所视”，祸福决定于行为的善恶。批判魏晋玄学的唯心主义，为后来的无神论提供了宝贵的思想资料。著有《杨子物理论》十六卷、《杨子大元经》、文集等，皆佚。今有清人孙星衍辑《物理论》一卷。杨泉擅长辞赋，今存《五湖赋》、《草书赋》、《蚕赋》、《织机赋》等八篇，多非完篇，散见《艺文类聚》等类书中。详见《全三国文》卷七十五。

五湖赋并序

余观夫主五湖而察其云物，皇哉大矣[1]！以为名山大泽，必有记颂之章，故梁山有奕奕之诗，云梦有子虚之赋[2]。夫具区者，扬州之泽薮也[3]。有大禹之遗迹，疏川导滞之功，而独阙然未有翰墨之美[4]。余窃愤焉，敢妄不才，述而赋之，其辞曰[5]：

浚矣大哉，于此五湖[6]。乃天地之玄源，阴阳之所徂[7]。上值箕斗之精，与云汉乎同模[8]。受三方之灌溉，为百川之巨都[9]。居扬州之大泽，苞吴越之具区[10]。底功定绩，盖寓令图[11]（二语见《文选》谢朓《和王著作八公山诗》李善注引）。南与长江分体，东与巨海合流。太阴之所毖，玄灵之所游[12]。追潮水而往还，通蓬莱与瀛洲[13]。尔乃详观其广深之所极，延袤之规方，邈乎浩浩，漫乎洋洋[14]。西合乎濛汜，东苞乎扶桑[15]。日月于是出入，与天汉乎相望[16]。头首无锡，足蹶松江[17]。负乌程于背上，怀大吴以当胸[18]（以上四句从《水经·沔水注》补）。左有苞山，连以醴渎[19]。岝岭崔巍，穹隆纡曲[20]。大雷小雷，湍波相逐[21]（以上四句从《水经·沔水注》校补）。右有平原广泽，曼延旁薄[22]。原隰陂坂，各有条格[23]。茹芦荚乱，隐轸肴错[24]。冲风之所去，零雨之所薄[25]。（《艺文类聚》卷九，《初学记》卷七）

赤桧升棹，檀桨细坚[26]。（《太平御览》卷七七一）

咸盐白鲹，杂以菜菓，连坰柳鲑，积如陵丘[27]。（《北堂书钞》卷一四六引两条）

尔乃陈列勍力，葅擗是屑。□□□□方缚直截[28]。（《北堂书钞》卷一四六）

【说明】

此赋由《艺文类聚》卷九、《初学记》卷七、《太平御览》卷七七一、《北堂书钞》卷一四六拼凑起来。作者的笔法无不效汉大赋,以极尽夸张的笔法去写五湖。所谓五湖,无非长江入海口南岸的几个湖泊,作者却要说日月出入其中,连蓬莱而接瀛洲。这都是汉大赋大而空的毛病。古人活动范围很小,看到震泽(太湖)等浩浩荡荡一片湖水,自然要惊叫不已。此赋文结尾有缺漏,多不可解。

【注释】

① 主:主宰,掌管。《墨子·尚贤中》:"今王公大人之君人民,主社稷,治国家,欲修保而勿失。"五湖:古代吴越地区的湖泊。其说法不一。北魏·郦道元《水经注·沔水二》:"五湖谓长荡湖、太湖、射湖、贵湖、滆湖也。"《史记·夏本纪》张守节正义:"五湖者,菱湖、游湖、莫湖、贡湖、胥湖,皆太湖东岸五湾为五湖,盖古时应别,今并相连。"还有其他一些说法,略。察:考察,详细地看。云物:景物。《文心雕龙·比兴》:"图状山川,影写云物。"皇:辉煌,盛大。《诗·大雅·皇矣》:"皇矣上帝,林下有赫。"

② 记颂之章:记载歌颂一类的篇章。梁山:山名,在今陕西省韩城市内。《诗·大雅·韩奕》:"奕奕梁山,维禹甸之。"云梦:大泽名。古代云梦泽历来说法不一。一说本为二泽,云在江北,梦在江南。一说为一泽,可单言云或梦。综合古籍记载,先秦两汉时所说的云梦泽,大致包括今湖南省益阳县和湘阴县以北,湖北省江陵县和安陆县以南,武汉市以西的地方。子虚之赋:汉代司马相如所作的《子虚赋》。

③ 具区:湖名,即太湖。《尔雅·释地》:"吴越之间有具区。"《汉书·地理志上》:"东南曰扬州,其山曰会稽,薮曰具区。"薮:湖泽,也指水少而草木茂盛的沼泽。

④ 大禹:对夏禹的尊称。《尚书·大禹谟》:"曰若稽古大禹。"遗迹:古人留下的痕迹。疏:开通。导:疏导,疏浚。滞:积聚。功:功劳,功效。阙然:缺失的样子。翰墨:笔墨。《文选》张衡《归田赋》:"挥翰墨以奋藻,陈三皇之轨模。"美:美好。

⑤ 窃:私下,私自。多用为谦虚之词。愤:郁结于心,郁闷。敢:不敢,岂敢。《尚书·盘庚上》:"予敢动用非罚?"不才:没有才能或没有才能的人,表示谦虚。赋:创作诗歌或辞赋等作品。

⑥ 浚:深。《诗·小雅·小弁》:"莫浚匪泉。"汉·蔡邕《故太尉乔公庙碑》:"如渊之浚。""浚"均有深的意思。

⑦ 玄源:深奥玄妙的根源。阴阳:古代以阴阳解释万物的产生,天地、日月、男女等皆分属阴阳。徂:去,往。

⑧ 值:遇,当,对。箕斗:星名,即箕宿和斗宿。《诗·小雅·大东》:"维南有箕,不可以簸扬。维北有斗,不可以挹酒浆。"精:精粹,精华。《易·乾》:"大哉乾乎!刚健中正,纯粹精也。"云汉:天河。《诗·大雅·棫朴》:"倬彼云汉,为章于

天。”同模：同一个标准，相同的法式。

⑨ 都：水流汇聚的地方。宋·黄庭坚《题落星寺》：“岩岩正俗先生庐，其下宫亭水所都。”

⑩ 居：处在。苞：通“包”，包容，包含。《荀子·非十二子》：“无不爱也，无不敬也，无与人争也，恢然如天地之苞万物。”具区：古代泽薮名，一名震泽，即今江苏太湖。《周礼·夏官·职方氏》：“东南曰扬州，其山镇曰会稽，其泽薮曰具区。”

⑪ 厎（zhǐ 止）：引致，达到。《左传·昭公元年》：“厎禄以德。”杜预注：“厎，致也。”定：成也。绩：功绩，事业。令图：远大的谋略。

⑫ 太阴：月亮。《说文·月部》：“月，阙也，大（太）阴之精。”毖：通“泌”，泉水流动的样子。《诗·邶风·泉水》：“毖彼泉水，亦流于淇。”毛传：“泉水始出，毖然流也。”高亨注：“毖，通‘毖’。”太阴之所毖：是说太湖之水如同月亮中流出的泉水。玄灵：神秘的神灵鬼怪。

⑬ 追：随着，跟随。潮水：海洋及沿海江河受潮汐影响而定期涨落的水流。《楚辞·九章·悲回风》：“悲霜雪之俱下兮，听潮水之相击。”往还：来回。通：到达，通到。蓬莱：山名，古代方士传说为仙人居住的地方。《山海经·海内北经》：“蓬莱山在海中。”瀛洲：传说中的仙山。《列子·汤问》：“渤海之东，不知几亿万里，……其中有五山焉，一曰岱舆，二曰员峤，三曰方壶，四曰瀛洲，五曰蓬莱……所居之人，皆仙圣之种。”

⑭ 尔乃：至于。极：顶点。延袤：绵延伸展。《史记·蒙恬列传》：“筑长城，因地形，用制险塞，起临洮，至辽东，延袤万馀里。”规方：圆方。规，做圆的工具。邈：遥远，辽阔。《楚辞·九章·悲回风》：“邈蔓蔓之不可量兮，缥绵绵之不可纡。”浩浩：水盛大无际的样子。《尚书·尧典》：“汤汤洪水方割，荡荡怀山襄陵，浩浩滔天。”孔传：“浩浩，盛大若漫天。”漫：水盛大无际的样子。洋洋：水流盛大的样子。《诗·卫风·硕人》：“河水洋洋，北流活活（guō 锅）。”

⑮ 合：比拟，匹配。蒙汜：古代神话指太阳落下的地方。《楚辞·天问》：“出自汤谷，次于蒙汜。”扶桑：神话中的树名，传说太阳出于扶桑之下，扶其树梢而上升，因谓为日出处。《楚辞·九歌·东君》：“暾将出兮东方，照吾槛兮扶桑。”

⑯ 相望：互相对看。形容其大。

⑰ 首：顶着。足：尾部。蹏（dì 弟）：踩着。松江：吴淞江的古称。

⑱ 负：背在背上。乌程：县名，战国时楚菰城地。三国时乌程在今浙江湖州南郊。怀：怀抱，包容。

⑲ 苞山：草木丛生的山。《诗·大雅·常武》：“如山之苞，如水之流。”连：连接。醴渎：拥有甜美泉水的沟渠。醴，甜美的泉水。渎，沟渠。

⑳ 岝（zuò 作）：山势高峻不齐的样子。崔巍：高峻，高大雄伟。《楚辞·七谏·

初放》:“高山崔巍兮,水流汤汤。”穹隆:山势高大的样子。纡曲:弯曲,曲折的样子。

㉑ 大雷、小雷:二山名,在今江苏省吴县西南部的太湖之中。湍波:急流的水。北魏·郦道元《水经注·渐江水》:“白沙细石,状如凝雪,石溜湍波,浮响无辍。”相逐:互相追逐。

㉒ 曼延:连绵不断。《墨子·号令》:“火发自燔,燔曼延燔人,断。”旁薄:广披,曼延。《太玄·玄告》:“天穹隆而周乎下,地旁薄而向乎上。”

㉓ 原隰:光平低湿的地方。《尚书·禹贡》:“原隰底绩,至于猪野。”陂(bēi 悲):堤防,堤岸。《诗·陈风·泽陂》:“彼则之陂,有蒲与荷。”坂:山坡,斜坡。条:条理,次序。格:标准。《礼记·缁衣》:“言有物而行有格也,是以生则不可夺志,死则不可夺名。”

㉔ 茹:茅根,泛指植物的根部。芦:植物名,即芦苇。菼(tǎn 坦):初生的荻,似芦苇而小,茎秆可以编席等。《诗·卫风·硕人》:“葭菼揭揭。”乱:众多纷繁的样子。隐轸:即“殷赈”,富饶。《文选》张衡《西京赋》:“郊甸之内,乡邑殷赈。”李善注引薛综曰:“殷赈,谓富饶也。”肴:指鱼肉。错:指杂陈。肴错:指鱼肉杂陈。形容隐轸。

㉕ 冲风:猛烈的风。《楚辞·九歌·少司命》:“与女游兮九河,冲风至兮水扬波。”零雨:徐徐细小雨。《诗·豳风·东山》:“我来自东,零雨其濛。”薄:逼近拍击。《易·说卦》:“天地定位,山泽通气,雷风相薄,水火不相射。”

㉖ 桧(guì 贵):木名,柏科,常绿乔木,茎直立,幼树的叶子像针,大树的叶子像鳞片。木材红色,有香味,木质细致坚实。升棹:抬起船桨。檀:木名。细坚:船桨的木质细密坚实。

㉗ 糁:以米和羹,也指米粒。菓:同“果”,果实。连堈(gāng 刚):接连不断的山岗。柳鲊(zhǎ 眨):不详。鲊,腌制的鱼。“柳鲊”似当指柳槎。宋·陆游《偶思蜀道有赋》:“天回驿畔江如染,风集城边柳似槎。”“连堈”、“柳鲊”都是形容五湖富庶,物产山积。积:堆积。

㉘ 陈列:摆在一起。勍(qíng 晴):强,有力。《左传·僖公二十二年》:“且今之勍者,皆吾敌也。”菹(zū 租):同“葅”肉酱。擗(pǐ 痞):分开。屑:研成碎末。方缚:一起捆绑。直截:直接割断。

赞善赋

伊善恶之所施,乃祸福之为阶①。行德安而保身,忘为害而自危②。故先民之有作,执温恭而不亏③。云颜、冉之遭命,怪祸福之参差[4]。夫二贤之履道，历千载而见知[5]。身既没而名存，厥复戚乎何为[6]？夫死生之有命，非神明之所规[7]。故积善之家，厥福惟昌；积恶之门，必有馀殃[8]。是以赵武好善，厥胤以长；三郤好胜，厥身以亡[9]。古人从善如不及，去恶如探汤，恐福德而难值，而祸恶之易当[10]。

【说明】

此赋见《艺文类聚》卷二十三。其意在劝人行善积德。俗云“善有善报，恶有恶报”，但生活中往往会出现“祸福参差”、“福德难值”、“祸恶易当”，祸福并不会立竿见影地出现。不过历史最终总会作出公平的裁判，颜渊、冉有“历千载而见知”即是明证。所以，人们不必戚戚于一时之得失。

【注释】

① 伊：发语词，无义。施：施行。阶：台阶。

② 行：实施。德：善行，仁义。安：安全，安宁。保身：保全自己而不被伤害。自危：危害自身的安全。

③ 先民：古代的贤人。《诗·大雅·板》：“先民有言，询于刍荛。”作：指行动。执：握，持守。温恭：温、良、恭、俭、让，古代儒家所提倡的美德。

④ 颜、冉：孔子的弟子颜渊和冉耕。二人均以德行见称。遭命：指冉耕遭恶疾而死，孔子哀叹：“命也夫。”颜渊穷困，短命而逝，孔子惊呼：“天丧予！”怪：责怪。《荀子·正论》：“今世俗之为说者，不怪朱象而非尧舜，岂不过矣哉？”参差：长短不齐的样子。这里指祸福之间的不公。

⑤ 二贤：两位贤人，指颜渊和冉耕。履道：躬行正道。《易·履》：“履道坦坦，幽人贞吉。”历：经历，经过。千载：千年。见知：被人知晓。见，被。

⑥ 身：身体，指人的肉身。既没：已经消失。既，已经。没（mò 末），泯灭，消失。名存：名声还存在。厥：其。戚：悲伤。何为：为什么。为：语气词，用在句尾。这里是指行善有时得到恶报，但最终会大白于天下，不必计较一时遭遇不公。

⑦ 命：天命，命运。神明：天地间一切神灵的总称。规：原为画圆的工具，这里指规定、限制。

⑧ 故：所以。积善之家：积累善行、多行善事的家庭或人。厥：其。福：福气，福佑。惟：为，是。昌：兴盛，昌盛。积恶之门：积累恶行的家庭。馀殃：多馀的祸害，指祸难很多。按，此二句语本《易·坤·文言》：“积善之家，必有馀庆；积不善之家，必有馀殃。”

⑨ 赵武：事见《礼记·檀弓下》。赵武乃向善之人。胤：后嗣，子嗣。《尚书·尧典》："胤子朱启明。"长：长久。三郤：春秋时晋大夫郤准、郤至、郤锜，三人都被晋厉公所杀。《左传·成公十七年》："必先三郤，族大，多怨。"

⑩ 从善：追从善行，指多行善德。如不及：就像追不上一样。去恶：躲避恶行。探汤：把手伸进沸水中取物。比喻小心戒惧。值：遇到，碰上。《庄子·知北游》："明见无值。"成玄英疏："值，会遇也。"当：遇到。《易传·系辞下》："易之兴也，其当殷之末世。"最后两句仍劝人们不必计较一时得失。

养性赋

况性命之幾微，如鸿毛之漂轻[①]。

【说明】

本赋残文见《文选》任昉《为齐明帝让宣城郡公第一表》李善注。仅存两句，难测此赋全貌。

【注释】

① 况：何况，况且。性命：生命。《荀子·哀公》："则若性命肌肤之不可易也。"幾微：细微。《后汉书·陈宠传》："今不蒙忠能之赏，而计幾微之故，诚伤辅政容贷之德。"鸿毛：大雁之毛，比喻细微。漂轻：像漂浮物一样轻。

蚕赋并序

古人作赋者多矣，而独不赋蚕，乃为《蚕赋》[①]。（《金楼子·立言篇下》，《太平御览》卷八二五）

惟阴阳之产物，气陶化而播流[②]。物受气而含生，皆缠绵而自周[③]。伊夫蚕之为物，功巨大而弘优[④]。成天子之衮冕，著皇后之盛服[⑤]。昭五色之玄黄，作四时之单複[⑥]。是以王者贵此功焉，使皇后命三宫之夫人，又世妇之吉者，亲桑于北宫[⑦]。二月初吉，遂布令于天下，百辟兆民，使咸务焉[⑧]。是以仲春之月，吉日庚午[⑨]。既差我马，惟蚕之祖[⑩]。编使童男，作以童女[⑪]。温室既调，蚕母入处[12]。陈布说种，柔和得所[13]。晞用清明，浴用谷雨[14]。爰求柔桑，切若细缕[15]。起止得时，燥湿是候[16]。逍遥偃仰，进止自如[17]。仰似龙腾，伏似虎跌[18]。员身方腹，列足双俱[19]。昏明相推，日时不居[20]。粤召役夫，筑室于房[21]。于房伊何？在庭之东[22]。东受日景，西望馀阳[23]。既酌以酒，又挹以浆[24]。壶殽在侧，敷修在旁[25]。我邻我党，我助我康[26]。于是乎蚕事毕矣，大务时成[27]。阁纡卷簿，洒扫宫庭[28]。蚕母须饰，从容自宁[29]。至于再宿，三日乃开阖启房，是瞻是观[30]。方者四张，员者纡盘[31]。纵者相属，横者交连[32]。分薪柴而解著，茧系互而相攀[33]。竞以挐攫，再笑再言[34]。惰者悦而忘懈，劣者勉以增勤[35]。是月也，天子以大牢之礼，献茧于寝庙[36]。皇后亲缲三盆，然后辨于夫人世妇[37]。至于百辟卿士，下及兆民，咸趣缲事[38]。尔乃丝如凝膏，其白伊雪[39]。以为衣裳，冠冕服饰[40]。礼神纳宾，各有分职[41]。以给百礼，罔不斯服[42]。夫功也起于绵绵，成于翼翼，颂之难周，论之罔极[43]。殷斯勤斯，如何勿忆[44]！（《艺文类聚》卷六十五）

【说明】

此赋见《艺文类聚》卷六十五等。赋序称："古人作赋者多矣，而独不赋蚕，乃为《蚕赋》。"此说非是。其实现在公认最早以赋名篇的荀子，其总题为《赋篇》中所包含六小篇，即有《蚕赋》一篇。《历代赋汇》即如此名篇。且荀赋写蚕的形状，写蚕"功被天下，为万世文，礼乐以成，贵贱以分"等等也均为杨赋所本。当然，杨赋写得更生动细腻，如写蚕的爬行："逍遥偃仰，进止自如。仰似龙腾，伏似虎跌。"写蚕的形状体态："员（通'圆'）身方腹，列足双俱（指两排的足）。昏明相推，日时不居（指不分白天黑夜，它都在爬行）。"都描绘得极逼真。古帝王有劝农劝桑的举止，但几乎都是作秀的，他们不可能真正去操作。劳动的果实也往往与百姓无关，如蚕丝制作的盛服，劳动人民是不可能享用的。

【注释】

① 赋蚕：为蚕而作赋。赋，用作动词。

② 惟：语气词，用于句首。产物：创造万物。气：中国古代的一种哲学概念，认为万物都是由气生成的。陶化：陶冶化育，像陶具制造出陶器一样。《淮南子·本

经训》:“天地之合和,阴阳之陶化万物,皆乘人气者也。”播流:让万物传布流行。汉·崔骃《达旨》:“若夫纷绽塞路,凶虐播流,人有昏垫之厄,主有畴咨之忧。”物:万物。

③ 受气:禀受能够生成万物的天地之气。含生:含有生命,也指一切有生命者。缠绵:纠缠固结而不解。自周:自身周密,自身严密。也即自我完成。

④ 为物:作为万物中的一种生物。弘优:指蚕丝质地优良。

⑤ 成:动词,成就。衮冕:古代帝王和上公所用的礼服和礼帽。著:建立,做成。盛服:端庄齐整而华丽的服饰。

⑥ 昭:显示。五色:青、赤、白、黑、黄五种颜色,古代以此五种颜色为正色。玄黄:天地的颜色。玄为天色,黄为地色。《易·坤》:“夫玄黄者,天地之杂也,天玄而地黄。”四时:春、夏、秋、冬四个节气。单複:单衣和夹层衣服。

⑦ 王者:帝王,天子。《公羊传·成公元年》:“然则何为不言晋败之? 王者无敌,莫敢当也。”贵:以此为贵,重视。《尚书·旅獒》:“不贵异物贱用物,民乃足。”功:功劳,功绩。三宫:古代诸侯夫人之宫。《礼记·祭义》:“及大昕之朝,君皮弁素积,卜三宫之夫人,世妇之吉者,使入蚕于蚕室。”夫人:诸侯之妻。《礼记·曲礼下》:“公侯有夫人,有世妇,有妻,有妾。”世妇:诸侯之妻。一说,宫中女官。吉者:吉利祥和亲善之人。亲:亲自。桑:用作动词,采桑养蚕。北宫:古代王后居住的宫殿。《周礼·天官·内宰》:“宪禁令于王之北宫而纠其守。”

⑧ 初吉:朔日,即阴历初一。《诗·小雅·小明》:“二月初吉,载离寒暑。”遂:于是。布令:颁布政令,发布命令。《国语·周语上》:“布令陈辞而又不至,则增修于德而无勤民于远。”百辟:诸侯。《尚书·洛诰》:“汝其敬识百辟享,亦识其有不享。”兆民:古称天子之民,后泛指众民百姓。《尚书·吕刑》:“一人有庆,兆民赖之。”咸:都。务:指从事采桑养蚕的活动。

⑨ 是以:所以。仲春之月:春季的第二个月,即农历的二月,因为处在春季之中,故称仲春。吉日:吉利的日子,好日子。《诗·小雅·吉日》:“吉日维戊,既伯既祷。”庚午:古代纪年、纪日、纪时的方法,用天干和地支循环组合。

⑩ 差:差使。蚕之祖:蚕母,主管养蚕的女官。

⑪ 编使童男:使童男按次序排列。作以童女:委派以童女。作,委派。《诗·小雅·十月之交》:“胡为我作,不即我谋?”

⑫ 温室:养蚕用的温暖的房屋。既调:调和调弄好。蚕母:此处指蚕蛹。入处:进入温室而处。

⑬ 陈布说种:陈列布置让人高兴的蚕种。柔和得所:温顺温和得其处所。

⑭ 晞(xī 希)用清明:用清明节时的甘露给蚕晒晒。浴用谷雨:用谷雨时的雨水给蚕沐浴。

⑮ 爰:于是。求:寻找,搜寻。柔桑:细嫩的桑叶。切:用刀切碎。细缕:细条如丝。

⑯ 起止:举止,举动。得时:时候得当,时机合适。燥湿:干燥和湿润。是候:是正确的时候。

⑰ 逍遥:缓步行走的样子。以下都是指蚕的行动。《楚辞·九章·哀郢》:"去终古之所居兮,今逍遥而来东。"偃仰:安居;晏安貌。《诗·小雅·北山》:"或栖迟偃仰,或王事鞅掌。"进止自如:行动和停止非常自如。

⑱ 龙腾:像龙腾飞一样。虎趺(fū 夫):如同老虎伏下一样。趺,通"俯"。

⑲ 员身:圆身。员,通"圆"。《孟子·离娄上》:"离娄之明,公输子之巧,不以规矩,不能成方员。"方腹:方形的腹部。列足:一排脚足。双俱:两侧都有。

⑳ 昏明:昏暗和明亮,黑夜和白昼。《列子·周穆王》:"昏明之分察,故一昼一夜。"相推:互相推移。指左右两排足交替行走。日时:时日,时间。不居:不停止。

㉑ 粤:语气助词,用在句首,表审慎。召:征召。役夫:服役的人。《管子·轻重己》:"处里为下陈,处师为下通,谓之役夫。"筑:建造。室:谓堂后之正室。古人房屋内部,前叫堂,堂后以墙隔开,后部中央叫室,室的东西两侧叫房。《论语·先进》:"由也升堂矣,未入于室也。"

㉒ 伊何:为何,做什么。《诗·小雅·頍弁》:"有頍者弁,实维伊何?"在庭之东:在厅堂的东面。

㉓ 日景:太阳光。《文选》班固《西都赋》:"上反宇以盖戴,激日景而纳光。"馀阳:即将落下的太阳。

㉔ 酌:斟酒。挹(yì 邑):酌酒,用瓢舀取。《诗·大雅·大东》:"维北有斗,不可以挹酒浆。"浆:古代一种稍微有些酸的饮料。《诗·大雅·大东》:"或以其酒,不以其浆。"

㉕ 壶飧:飧,水泡饭,用壶盛之,故盛壶飧。《左传·僖公二十五年》:"昔赵衰以壶飧从径,馁而弗食。"在侧:在身边。敷:多,饶。修:美善。敷修:很多美而善的东西。

㉖ 我邻:我的邻居。我党:我的乡党。我助:帮助我,助我。我康:使我健康。

㉗ 蚕事:养蚕之事。毕:结束。大务:重大的工作。时成:因天时而成功。

㉘ 阁纡:指阁道纡曲幽深之处。卷簿:卷起蚕帘子。簿(bó 泊),蚕帘子,一种用竹篾编织而成的用于养蚕的器具。洒扫:洒水扫地。

㉙ 饰:装饰。从容:安详的样子。自宁:自己安宁祥和。

㉚ 再宿:连宿两夜,借指两天。《左传·庄公三年》:"凡师一宿为舍,再宿为信,过信为次。"阖:门扇。《管子·八观》:"闾闬不可以毋阖,宫垣关闭不可以不修。"启:开门。瞻、观:都是看的意思。

㉛ 方者:方形的蚕茧。四张:向四面展开伸开。员者:圆形的蚕茧。纡盘:弯曲地盘旋在一起。

㉜ 纵者:直的。相属:互相连接在一起。横者:与直相对的。交连:交互连接。

㉝ 分:分开。薪柴:柴火,柴草。解著:解开茧丝。互:交互,交错。相攀:互相牵引在一起。

㉞ 竞:竞相。挐(ná 拿)攫:相持搏斗。《汉书·扬雄传上》:“熊罴之挐攫,虎豹之凌遽。”

㉟ 惰者:懒惰的人。悦:高兴。忘懈:忘记懈怠。懈,懒惰。劣者:顽皮而不勤劳的人。勉:尽力,努力。增勤:更加尽心尽力。

㊱ 是月:这月。大牢:太牢,古代祭祀,牛羊猪三牲具备叫做太牢。《庄子·至乐》:“具太牢以为膳。”成玄英疏:“太牢,牛、羊、豕也。”礼:礼节。寝庙:古代宗庙中的寝和庙的合称。《诗·小雅·巧言》:“奕奕寝庙,君子作之。”

㊲ 缫(sāo 骚):抽丝。《国语·楚语下》:“天子亲舂禘郊之盛,往后亲缫其服。”辨:分别。《易·同人》:“君子以旌类辨物。”

㊳ 趣:通“趋”。

㊴ 凝膏:凝固的油脂,常用以形容洁白柔润的皮肤或器物,这里用以形容蚕丝。伊:用于句中,无意义。

㊵ 冠冕:古代帝王或官员头上戴的帽子。《左传·昭公九年》:“我在伯父,犹衣服之有冠冕。”

㊶ 礼神:敬神,敬事神灵以致福。纳宾:结交宾客。分职:分属自己职掌的事务。

㊷ 给:供给。百礼:各种各样的礼仪活动。罔:无。斯服:此服。

㊸ 起:兴起。绵绵:连续不断。成:成功。翼翼:恭敬谨慎的样子。《诗·大雅·大明》:“惟此文王,小心翼翼。”郑玄笺:“小心翼翼,谨慎貌。”颂:歌颂。之:指养蚕抽丝之事。难周:难以周全详细。罔极:没有顶点。

㊹ 殷斯勤斯:殷勤的样子。如何勿忆:哪能不回忆。

织机赋

伊百工之为技,莫机巧之最长[①]。似人君之列位,象百官之设张[②]。立匡廓之制度,如城隅之员方[③]。应万机以布错,实变态之有章[④]。是以孟秋之月,首杀庶物[⑤]。工民呈材,取彼椅梓,贞干修枝[⑥]。名匠骋工,美乎利器[⑦]。心畅体通,肤合理同[⑧]。规矩尽法，因事作容⑨。好无不媚，事无不供⑩。于是乎女工就，素丝轻，贯综纪，简奸清⑪。织女扬翚，美乎如芒，丽姿妍雅，动有令光⑫。足闲蹈蹑，手习槛匡⑬。节奏相应，五声激扬⑭。浊者含宫，清者应商⑮。和声成柔，慷慨成刚⑯。屈申舒缩，沉浮抑扬⑰。开以厌间，阖以高梁⑱。进以悬鱼，退以侠强⑲。气变相应，阴感乎阳⑳。偪勉不及，进却颉颃㉑。事物之宜，法天之常㉒。既合利用，得道之方㉓。

【说明】

此赋见《艺文类聚》卷六十五。开头即写织机的选材、构造、制作的全过程。但赋的重点是写织工的劳作，写她们熟练高超的技巧，轻盈快捷的动作，以及由她们操纵织机而发出的悦耳动听的声音。这哪里是劳役？简直是一出美妙的歌舞表演！作者似不知或故意回避织工们为此而付出的汗和泪！《孔雀东南飞》中控诉“鸡鸣入机织，夜夜不得息”，人们似可从中悟出女工劳作艰辛的一二。

【注释】

① 百工：指各种工匠。技：技艺，技巧。莫：无，没有。机巧：指织布机的结构巧妙。最长：最有长处。

② 列位：排列位次。象：比拟。百官：泛指各级官吏。《尚书·说命中》：“惟说命总百官。”设张：张设，陈设，设置。

③ 立：设置，建立。《尚书·周官》：“立太师、太傅、太保，兹惟三公。”匡廓：轮廓，边廓。《周易参同契》卷上：“乾坤者，易之门户，众卦之父母，坎离之匡廓，运毂之正轴。”城隅：城楼，在城的城角弯曲处，故称为城隅。员方：有圆有方，比喻有规矩。员，通“圆”。

④ 应：应和。《易·乾》：“同声相应，同气相求。”万机：千变万化纷繁复杂的事物或事务。布错：交错布置，交错陈设。实：实际。变态：千变万化的形态。有章：有章法。指陈设得井井有条。

⑤ 孟秋：秋季的第一个月，即农历的七月。首：开始，开端。杀：秋季阴气肃杀。《左传·桓公五年》：“始杀而尝。”庶物：众物，万物。《易·乾》：“保合大和，乃利贞。首出庶物，万国咸宁。”

⑥ 工民：犹工人。《穀梁传·成公元年》：“有工民。”范宁注：“巧心劳手以成器物者。”呈材：显露才能。指施展工民的技巧本事。材：才能，才干。《尚书·金縢》：

"予仁若考,能多材多艺,能事鬼神。"椅:木名,又称山桐子,落叶乔木,叶卵形,圆锥花序,花黄绿色,浆果球形,红色或红褐色,木材可制器具,种子可榨油。《诗·小雅·湛露》:"其桐其椅,其实离离。"梓:木名,紫薇科,落叶乔木,叶子对生或三枚轮生,花黄白色,木材质地优良,轻软,耐朽,供建筑及制家具、乐器等用。《诗·鄘风·定之方中》:"树之榛栗,椅桐梓漆,爰伐琴瑟。"贞干:匡正树干。贞,匡正。修枝:修剪枝干,使之整齐。这里指取材。

⑦ 名匠:有名的工匠。骋工:施展精巧的工艺。美:美好的。利器:精良的工具。《论语·卫灵公》:"工欲善其事,必先利其器。"

⑧ 心畅体通:即精神和形体畅通。心:思想等。畅:通畅,畅达。肤:皮肤,这里借指外表。合:和谐,符合。理:本性。同:相同,一样。肤合理同:外在的形体与内在的本性契合一致。

⑨ 尽法:尽力使之符合标准规范。因事:根据事情。作容:制造其外表。

⑩ 好无不媚:喜欢的,无不逢迎取悦。事无不供:所有的事,没有不供应。以上几句说的是因材制作。

⑪ 女工:指女子所从事的纺织、刺绣、缝纫等工作。《淮南子·齐俗训》:"锦绣纂组,害女工者也。"就:指女工就位。素丝:白色的生绢或蚕丝。轻:灵巧,轻便。贯:通,贯通。综(zèng 粽):织布机上使经线上下交错以便梭子通过的装置。《列女传·鲁季敬姜》:"推而往,引而来者,综也。"纪:丝缕的头绪。简:选择,选用。奸:坏的,不好的。清:过滤掉杂质的丝绢。

⑫ 这几句描绘女工操作的声音节奏、美妙姿态。织女:传说中的仙女名,善于纺织。扬翚(huī 挥):扬翅鼓翼。翚,鼓翼疾飞。《尔雅·释鸟》:"鹰隼丑,其飞也翚。"芒:光芒。《晏子春秋·谏上》:"列舍无次,变星有芒。"丽姿:美丽的姿态。妍雅:美好而高雅不俗。令光:美好的光彩。

⑬ 足闲:很熟练地用脚。闲:通"娴",熟习,熟练。蹈蹑:都是踩踏的意思。习:熟习,习惯于。槛匡:槛框,指机器的框架结构。

⑭ 相应:相互应和。五声:指宫、商、角、徵、羽。激扬:激动振奋。

⑮ 浊者:声音低沉厚重的。含宫:含有宫调。清者:声音清轻上扬的。应商:符合商调。

⑯ 和声:和谐的乐声。成柔:构成柔和的曲调。慷慨:意气风发,情绪激昂。成刚:成为刚健的乐调。

⑰ 屈申:即屈伸,屈曲和伸舒。舒缩:伸张和缩小。沉浮:向下和向上。抑扬:压低或高扬。

⑱ 厌间:满间。阖:关上。高梁:屋梁。晋·傅玄《琵琶赋》:"素手纷其若飘兮,逸响薄于高梁。"以上十句都是写女工操机发出有节奏的美妙的声音。

⑲ 悬鱼:上钩的鱼。侠强:侠气而强大之人。

⑳ 气变:精神的变化。阴感乎阳:就是阴阳相感,阴阳相互感应。

㉑ 僶(mǐn 敏)勉:努力,尽力。《诗·邶风·谷风》:"僶勉同心,不宜有怒。"不及:赶不上,追不上。进却:前进和后退。颉颃(xié háng 协杭):鸟上下翻飞的样子。

㉒ 事物之宜:事物的适宜恰当。法天之常:效法效仿天的规律规则。

㉓ 既合利用:合乎人类的使用。合:符合,适合。得道之方:得到宇宙万物运行规律之法。

草书赋

惟六书之为体,美草法之最奇①。杜垂名于古昔,皇著法乎今斯②。字要妙而有好,势奇绮而分驰③。解隶体之细微,散委曲而得宜④。乍杨柳而奋发,似龙凤之腾仪⑤。应神灵之变化,象日月之盈亏⑥。书踪竦而值立,衡平体而均施⑦。或敛束而相抱,或婆娑而四垂⑧。或攒翦而齐整,或上下而参差⑨。或阴岑而高举,或落箨而自披⑩。其布好施媚,如明珠之陆离⑪。发翰摅藻,如春华之杨枝⑫。提墨纵体,如美女之长眉⑬。其滑泽肴易,如长溜之分歧⑭。其骨梗强壮,如柱础之丕基⑮。断除弓尽,如工匠之尽规⑯。其芒角吟牙,如严霜之傅枝⑰。众巧百态,无不尽奇⑱。宛转翻覆,如丝相持⑲。

【说明】

此赋见《艺文类聚》卷七十四。赋作对草书作了极高的评价。在诸种书体中,他"美草书之最奇","字要妙而有好,势奇绮而分驰"。"应神灵之变化,象日月之盈亏"。"如明珠之陆离","如春华之杨枝"。"众巧百态,无不尽奇"。此赋对汉初著名草书家杜度和当代吴国草书家皇象,也给予充分的肯定。这些都充分表现出作者超人的眼光。须知在杜度草书扬名之后,又有崔瑗作《草书势》,对草书作了肯定。但此事未了,东汉后期知名作家赵壹,对草书却极度不满,他写有一篇文章叫《非草书》,此文简直把草书批得一文不值。以为草书"上非天象所垂,下非河洛所吐,中非圣人所造"。"草书之人,盖技艺之细者耳!乡邑不以此较能,朝廷不以此科吏……善既不达于政,而拙无损于治。推此言之,岂不细哉!”随后,蔡邕虽是一位著名书法家,他还创造了飞白书,但他从本质上对书法也是不重视的。他在《陈政要七事疏》中,就高喊“夫书画辞赋,才之小者,匡国理政,未有其能”。但随后几十年内,杨泉却来了个大翻身,把草书推到至高的地位,他对其后草书的发展,其功不可谓不大矣!

【注释】

① 六书:指王莽时的六种字体,大篆、小篆、八分、隶书、行书、草书。为体:作为书法的一种形式。草法:草书之法。

② 杜:指杜度,字伯度,东汉初人。垂名于古昔:扬名于以前。唐·张怀瓘《书断》卷上云:“杜度姜草,见称于章帝;上贵其迹,诏使草书上事。”皇:指皇象,字休明,三国吴书法家,唐·张怀瓘《书断》称:“象草书入神……章草师杜度。”著法乎今斯:即为当今所传。

③ 字:字体。要妙:精神微妙。《老子》第二十七章:“不贵其师,不爱惜其资,虽智大迷,是谓要妙。”有好:有美好的体势。势:指字的气势。奇绮:奇异而有光彩。分驰:分明清楚地展现。

④ 隶体:隶书。细微:细致微妙。散:分解。委曲:细微之处。得宜:得其所宜。

⑤ 乍:突然。《孟子·公孙丑上》:“今人乍见孺子将入于井,皆有怵惕恻隐之心。”杨柳而奋发:像杨树和柳树一样突然振奋起来。腾仪:奔腾上升的仪态。

⑥ 应:响应,符合,与……一致。盈亏:圆和缺。

⑦ 书:指草书的体式。踪竦:指字势向上腾跃跳越。值立:应作“植立”,竖立,直立。《历代赋汇》即作“植立”。衡:平衡,掌握。均施:在字体的各方面均衡用力。

⑧ 敛束:收敛,约束。相抱:指字体内凑。婆娑:姿态优美地舞动。四垂:向四方伸展。

⑨ 攒翦:整齐地像被翦过一样地向内聚集。参差:长短不齐的样子。

⑩ 阴岑:幽暗而高锐。落箨(tuò 拓):像竹皮一样的脱落。箨,竹笋皮。自披:自己裂开。

⑪ 布好:陈设优良的字体。施媚:显示美好的姿态。陆离:光彩绚丽貌。发翰:动笔书写。

⑫ 翰,毛笔,古人用羽毛为笔,故以翰代称。摅藻:抒发文采。春华:春花。

⑬ 提墨纵体:指沾墨纵笔。

⑭ 滑泽:润滑和光泽。肴易:混乱变化。肴,混乱。《汉书·贾谊传》:“天下肴乱,高皇帝与诸公并起。”长溜:长长的墙霤水。也即所谓屋漏痕。

⑮ 骨梗:骨干,骨骼。强壮:指笔画强壮有力。柱础:柱子的基础。丕基:巨大

的基础。丕,大。

⑯ 尽规:竭尽全力按照规矩做。

⑰ 芒角:植物的尖叶,这里指笔锋。呤牙:字体的外露突出部分。严霜:严寒的霜。傅枝:附上枝条。

⑱ 众巧百态:指字体千变万化的精巧之态。无不尽奇:没有不尽量显示其奇异之处。

⑲ 宛转:婉转多变。翻覆:反复。

张　纯

张纯，生卒年不详。字元基。吴郡（今江苏省苏州市）人，海昏令张淳子。少厉操行，学博才秀，切问捷对，容止可观。拜郎中，为广德令，治有异绩，擢太子辅义都尉。事迹参见《三国志·吴书·朱异传》裴松之注引《文士传》，《太平御览》卷三八九，严可均辑《全三国文》卷七十三。

席　赋

席以冬设，簟为夏施①。揖让而坐，君子攸宜②。

【说明】

此赋见《三国志·吴书·朱异传》裴松之注引《文士传》。通过入座的揖让，来宣传儒家的礼教。

【注释】

① 席：用芦苇、竹篾或草编织而成的用以坐卧的平片状用具。《诗·邶风·柏舟》："我心非席，不可卷也。"以：在，于。设：设置，使用。簟（diàn 垫）：用以坐卧铺垫的竹席。《诗·小雅·斯干》："下莞上簟，乃安斯寝。"《礼记·丧大记》："君以簟席，大夫以蒲席，士以苇席。"施：用上

② 揖：拱手行礼，表示谦让。揖让：宾主相见的礼仪。君子：指才德出众的人。《易·乾》："九三，君子终日乾乾。"攸：所。《易·坤》："君子有攸往。"宜：合适，适当。

朱 异

朱异，生卒年不详。字季文。吴郡吴县（今江苏省苏州市）人。前将军朱桓（177—238）之子，以父任除郎，后拜骑都尉，代父领兵。吴赤乌四年（241），献计攻魏樊城外围，拜偏将军。又率属下两千人，破魏庐江太守七屯，斩首数百，迁扬武将军，受孙权嘉许。吴建兴元年（252），迁镇南将军，大破魏军于东兴（今江西省黎川县东），吴太平二年（257），擢为大都督。后以救寿春围败还军而被孙綝所杀。传见《三国志·吴书·朱异传》。

弩　赋

南岳之榦，钟山之铜①，应机命中，获隼高墉②。

【说明】

此赋见《三国志·吴书·朱异传》裴松之注引《文士传》。这是应骠骑将军朱据面试而口占的四句。朱据闻张纯、张俨和朱异俱年少而有才名，欲试之，说："騕褭以迅骤为功，鹰隼以轻疾为妙，其为吾各赋一物，然后乃坐。"张俨赋犬（见下篇赋），张纯赋席（见前篇赋），朱异赋弩（见本篇赋）。朱据大悦，令就座。详见《三国志》卷五十六《吴书·朱异传》裴松之注引《文士传》。

注释：

① 南岳：五岳之一，指衡山。《尚书·舜典》："五月，南巡守，至于南岳。"榦（gàn 赣）：木名，柘树。钟山：在今江苏省南京市东北郊，又名紫金山。山周长十九里。三国时诸葛亮曾出使东吴，曾对孙权说："钟阜龙蟠，石城虎踞，此帝王之宅。"（《太平御览》卷一六五引晋张勃《吴录》）清·顾祖禹《读史方舆纪要》："昔尝采铜于此，又因名铜山。"

② 应：响应。机：古代弩上发箭的装置。命中：射中或投中预定的目标。隼（sǔn 损）：鹰类中个头最小的一种禽类，飞行速度快，善于袭击。高墉：高高的城墙，高墙。《易·解》："公用射隼于高墉之上，获之，无不利。"

张　俨

张俨，生卒年不详，吴郡（今江苏省苏州市）人。三国吴文学家。少有才名，曾与张纯、朱异往见骠骑将军朱据。朱据命各赋一物，俨作《犬赋》，朱据大为赞誉。后以博闻多识，拜大鸿胪。吴宝鼎（266—268）中，出使晋，贾充等多方问难，皆不能屈。《隋书·经籍志四》著录有文集二卷，《默记》三卷，皆佚。事迹见《三国志·吴书·朱异传》注引《文士传》及《晋书·张翰传》。

犬　赋

守则有威，出则有获，韩卢宋鹊，书名竹帛①。

【说明】

此赋见《三国志》卷五十六、《吴书·朱异传》裴松之注引《文士传》，写名犬的雄猛，功载典籍。

【注释】

① 守：守卫，防守。威：使人畏惧慑服的力量。出：出去，这里指狩猎。获：收获。韩卢宋鹊：古代韩国的大卢和宋国的鹊子，都是传说中的名犬。书：记录，记载。竹帛：古代用于书写文字的竹简和白绢。引申为书籍或史乘。

费　祎

费祎(？—253)，字文伟，江夏鄳县(今河南罗山县)人。三国蜀汉名臣。少孤，依族父伯仁。刘璋遣使迎接伯仁，伯仁便带着费祎游学入蜀。正值蜀先主刘备平定蜀中，费祎遂留蜀地。祎识悟过人，与汝南许叔龙、南郡董允齐名。章武元年(221)刘备立太子，费祎与董允俱为太子舍人，迁庶子。建兴元年(223)蜀后主刘禅即位，费祎为黄门侍郎，深得诸葛亮器重。建兴三年(225)，蜀国丞相诸葛亮以费祎为昭信校尉出使东吴。费祎据理对答吴国君臣，辞顺义笃，深为孙权器重。建兴八年(230)，转为中护军，后又为司马。建兴十二年(234)诸葛亮死后，费祎为后军师。不久，代蒋琬为尚书令。延熙六年(243)十一月，迁大将军，录尚书事。延熙七年(244)，封成乡侯。司马懿诛曹爽，费祎曾著《甲乙论》评其是非。后接替蒋琬领益州刺史。延熙十六年(253)春正月，蜀国举行岁首大会，魏国降人郭修在座。费祎欢饮沉醉，为郭修手刃所害，谥曰敬侯。费祎雅性谦素，长于辞辩，严可均辑《全三国文》卷六十二录其《甲乙论》一篇，逯钦立辑《先秦汉魏晋南北朝诗·魏诗》卷二十录其《嘲吴群臣》一首。生平事迹见《三国志·蜀书·费祎传》及裴松之注引《祎别传》、《汉晋春秋》、殷基《通语》。

麦 赋

【说明】

此赋仅存篇目，见于《三国志·吴书·诸葛恪传》裴松之注引《恪别传》："(孙)权尝飨蜀使费祎，先逆敕群臣：'使至，伏食勿起。'祎至，权为辍食，而群下不起，祎啁之曰：'凤皇来翔，骐驎吐哺，驴骡无知，伏食如故。'恪答曰：'爰植梧桐，以待凤皇。有何燕雀，自称来翔？何不弹射，使还故乡！'祎停食饼，索笔作《麦赋》，恪亦请笔作《磨赋》，咸称善焉。"

《太平御览》卷八三八《百谷部二·麦》亦载："《诸葛恪别传》曰：'孙权尝飨蜀使费祎，祎停食饼，索笔作《麦赋》，恪亦请笔作《磨赋》，咸称善。'"

郤　正

郤正(？—278)，字令先，本名纂，河南偃师人。少孤，单茕只立。安贫好学，博览典籍。弱冠能文，仕蜀，为秘书吏，转令史，官至秘书令。性澹于荣利，而尤耽于文章。凡司马、王、扬、班、傅、张、蔡之遗文篇赋，及当世美书善论，无不钻研寓目。自供职禁中，与宦人黄皓比屋周旋三十年。黄皓操弄威权，郤正既不为其所爱，亦不为其所憎，是以官不过六百石，而免于忧患。景耀六年(263)，为后主刘禅草请降书。次年正月，后主降魏，迁洛阳，蜀之大臣几无相随者，郤正舍妻子单身随侍。后主赖其相导适宜，举动无阙，乃叹息恨知正之晚。仕晋，泰始中除安阳令，迁巴西(今四川阆中)太守。咸宁四年(278)卒于任。郤正"依则先儒，假文见意"，作《释讥》，以继崔骃《达旨》、蔡邕《释诲》等等。又著其他诗、论、赋近百篇。陈寿赞其"文辞灿烂，有张、蔡之风，加其行止，君子有取焉"(《三国志·蜀书·郤正传》)。《隋书·经籍志四》、《旧唐书·经籍志下》、《新唐书·艺文志四》著录文集一卷，传于世。传见《三国志·蜀书·郤正传》。

释讥

或有讥余者曰[①]:“闻之前记,夫事与时并,名与功偕[②]。然则名之与事,前哲之急务也[③]。是故创制作范,匪时不立[④];流称垂名,匪功不记[⑤]。名必须功而乃显,事亦俟时以行止。身没名灭,君子所耻[⑥]。是以达人研道,探赜索微[⑦]。观天运之符表,考人事之盛衰[⑧]。辩者驰说,智者应机[⑨]。谋夫演略,武士奋威[⑩]。云合雾集,风激电飞[⑪]。量时揆宜,用取世资[⑫]。小屈大申,存公忽私,虽尺枉而寻直,终扬光以发辉也[⑬]。今三方鼎跱,九有未乂[⑭]。悠悠四海,婴丁祸败[⑮]。嗟道义之沉塞,愍生民之颠沛[⑯]。此诚圣贤拯救之秋,烈士树功之会也[⑰]。吾子以高朗之才,珪璋之质,兼览博窥,留心道术,无远不致,无幽不悉[⑱]。挺身取命,干兹奥秘[⑲],踌躇紫闼,喉舌是执[⑳]。九考不移,有入无出[㉑]。究古今之真伪,计时务之得失。虽时献一策,偶进一言,释彼官责,慰此素飧[㉒]。固未能输竭忠款,尽沥胸肝,排方入直,惠彼黎元,俾吾徒草鄙并有闻焉也[㉓]。盍亦绥衡缓辔,回轨易涂,舆安驾肆,思马斯徂[㉔]。审厉揭以投济,要夷庚之赫怃,播秋兰以芳世,副吾徒之披图,不亦盛与[㉕]!”

余闻而叹曰:“呜呼!有若云乎邪!夫人心不同,实若其面[㉖]。子虽光丽,既美且艳[㉗]。管窥筐举,守厥所见[㉘]。未可以言八纮之形埒,信万事之精练也[㉙]。”

或人率尔,仰而扬衡曰[㉚]:“是何言与!是何言与!”

余应之曰:“虞帝以面从为戒,孔圣以悦己为尤[㉛]。若子之言,良我所思[㉜]。将为吾子论而释之[㉝]。昔在鸿荒,朦昧肇初[㉞]。三皇应箓,五帝承符[㉟]。爰暨夏、商,前典攸书[㊱]。姬衰道缺,霸者翼扶[㊲]。嬴氏惨虐,吞嚼八区[㊳]。于是从横云起,狙诈如星[㊴]。奇衺蠢动，智故萌生[40]；或饰真以雠伪，或挟邪以干荣[41]，或诡道以要上，或鬻技以自矜[42]；背正崇邪，弃直就佞[43]，忠无定分，义无常经[44]。故鞅法穷而慝作，斯义败而奸成，吕门大而宗灭，韩辩立而身刑[45]。夫何故哉？利回其心，宠耀其目[46]，赫赫龙章，铄铄车服[47]。偷幸苟得，如反如仄[48]。淫邪荒迷，恣睢自极[49]，和鸾未调而身在辕侧，庭宇未践而栋折榱覆[50]。天收其精，地缩其泽，人吊其躬，鬼芟其额[51]。初升高冈，终陨幽壑。朝含荣润，夕为枯魄[52]。是以贤人君子，深图远虑[53]。畏彼咎戾，超然高举[54]。宁曳尾于涂中，秽浊世之休誉[55]。彼岂轻主慢民，而忽于时务哉？盖《易》著行止之戒，《诗》有靖恭之叹，乃神之听之而道使之然也[56]。

自我大汉，应天顺民。政治之隆，皓若阳春。俯宪坤典，仰式乾文[57]。播皇泽以熙世，扬茂化之酞醇[58]。君臣履度，各守厥真[59]。上垂询纳之弘，下有匡救之责[60]。士无虚华之宠，民有一行之迹[61]。粲乎亹亹，尚此忠益[62]。然而道有隆窳，物有兴废[63]。有声有寂，有光有翳[64]。朱阳否于素秋，玄阴抑于孟春[65]。羲和逝而望舒系，运气匿而耀灵陈[66]。冲、质不永，桓、灵坠败[67]。英雄云布，豪杰盖世。家挟殊议，人怀异计[68]。故从横者欻披其胸，狙诈者暂吐其舌也[69]。

今天纲已缀，德树西邻[70]，丕显祖之宏规，縻好爵于士人[71]，兴五教以训俗，丰九德以济民[72]，肃明祀以礿祭，几皇道以辅真[73]。虽跱者未一，伪者未分[74]，圣人垂戒，盖均无贫[75]；故君臣协美于朝，黎庶欣戴于野[76]，动若重规，静若叠矩[77]。济济伟彦，元、凯之伦也[78]。有过必知，颜子之仁也[79]，侃侃庶政，冉、季之治也[80]。鹰扬鸷腾，伊、望之事也[81]；总群俊之上略，含薛氏之三计[82]，敷张、陈之秘策，故力征以勤世[83]，援华英而不遑，岂暇修枯箨于榛秽哉[84]！

然吾不才，在朝累纪，托身所天，心焉是恃[85]。乐沧海之广深，叹嵩岳之高跱[86]，闻仲尼之赞商，感乡校之益己[87]，彼平仲之和羹，亦进可而替否[88]。故曚冒瞽说，时有攸献[89]，譬遒人之有采于市闾，游童之吟咏乎疆畔[90]，庶以增广福祥，输力规谏[91]。若其合也，则以暗协明，进应灵符[92]；如其违也，自我常分，退守己愚[93]。进退任数，不矫不诬[94]，循性乐天，夫何恨诸[95]？此其所以既入不出，有而若无者也。狭屈氏之常醒，浊渔父之必醉[96]，溷柳季之卑辱，褊夷叔之高怼[97]。合不以得，违不以失，得不克诎，失不惨悸[98]；不乐前以顾轩，不就后以虑轾[99]，不鬻誉以干泽，不辞愆以忌绌[100]。何责之释？何飧之恤？何方之排？何直之入[101]？九考不移，固其所执也[102]。

方今朝士山积，髦俊成群[103]，犹鳞介之潜乎巨海，毛羽之集乎邓林[104]，游禽逝不为之尠，浮鲂臻不为之殷[105]。且阳灵幽于唐叶，阴精应于商时[106]，阳盱请而洪灾息，桑林祷而甘泽滋[107]。行止有道，启塞有期[108]。我师遗训，不怨不尤[109]，委命恭己，我又何辞[110]？辞穷路单，将反初节[111]，综坟典之流芳，寻孔氏之遗艺[112]。缀微辞以存道，宪先轨而投制[113]，韪叔肸之优游，美疏氏之遐逝[114]，收止足以言归，泛皓然以容裔[115]，欣环堵以恬娱，免咎悔于斯世[116]，顾兹心之未泰，惧末涂之泥滞[117]，仍求激而增愤，肆中怀以告誓[118]。昔九方考精于至贵，秦牙沉思于殊形[119]；薛烛察宝以飞誉，瓠梁托弦以流声[120]；齐隶拊髀以济文，楚客潜寇以保荆[121]；雍门援琴而挟说，韩哀秉辔而驰名[122]；卢敖翱翔乎玄阙，若士竦身于云清[123]。余实不能齐技于数子，故乃静然守己而自宁[124]。”

【说明】

此赋见于《三国志·蜀书·郤正传》、《册府元龟》卷七七〇《总录部·自述第二》、严可均辑《全晋文》卷七十。

郤正一生，经历蜀汉、西晋两个朝代，但正如陈寿所说，郤正“处晋事少，在蜀事多”（《三国志·蜀书·郤正传》），故其传列于《三国志》中。他的作品现传世者仅有三篇，而以《释讥》最为著名。此篇被学界视为蜀汉时的作品，文中“今三方鼎跱，九有未乂”，“自我大汉，应天顺民”，“今天纲已缀，德树西邻”等辞句明白地道出此赋的写作时期。

“自我大汉，应天顺民”、“今天纲已缀，德树西邻”两段是对蜀国政治的歌颂。最后两段是对“讥余者”之“或人”的正面回答，谦言自己才庸智拙，遇合适宜。

“然吾不才，在朝累纪，托身所天，心焉是恃。……九考不移，固其所执也”，“我师遗训，不怨不尤，委命恭己”，是说自己秉承先师孔子遗训，顺天知命，无怨无悔。

蜀汉后期，国势衰微，后主刘禅昏庸无能。宦官黄皓擅弄威权，他与侍中、尚书令、镇军将军陈祗狼狈为奸，使蜀汉政治一片昏暗。这从赋中“讥余者”之“或人”的话语“今三方鼎跱，九有未乂。悠悠四海，婴丁祸败。嗟道义之沉塞，愍生民之颠沛。此诚圣贤拯救之秋，烈士树功之会也”，即可以明显见出。但身为秘书令的郤正对蜀汉政权忠心耿耿，同时他恪守明哲保身的处世哲学，很会与权臣阉竖周旋。史载郤正“自在内职，与宦人黄皓比屋周旋，经三十年。皓从微至贵，操弄威权，正既不为皓所爱，亦不为皓所憎，是以官不过六百石，而免于忧患”（《三国志·蜀书·郤正传》）。面对“或人”的讥刺，郤正先是通过上古三代的社会兴替和历史人物的故事，论述了“忠无定分，义无常经”的道理，认为“贤人君子”应当“深图远虑，畏彼咎戾，超然高举。宁曳尾于涂中，秽浊世之休誉”，只有能够淡泊世俗名利然后才能大有作为。接下来总结了两汉四百年的盛衰历史，并通过对蜀国政治的歌颂，最后坦陈自己忘怀得失，“静然守己而自宁”的心迹。

郤正为人仁厚忠诚，“颠沛守义，不违忠节”，后主刘禅在蜀亡后被押往洛阳，蜀国大臣无翼从者，只有郤正与殿中督张通舍妻弃子前去随侍。于此，更可见其超然宠辱的义士情怀。

值得一提的是，此赋全篇以骈俪为主，对仗工整，用典密集，声律和谐，辞采华美，实开西晋赋风之先河，是三国赋中罕见的长篇佳作。

【注释】

① 或：或人，有人。

② 前记：以前的记载。这里指《礼记》。《礼记·乐记》：“礼者殊事，合敬者也；乐者异文，合爱者也。礼乐之情同，故明王以相沿也。故事与时并，名与功偕。”所谓“事与时并”，即是说大凡做每一件事情，都要审时度势，不违其时，此即《礼记·礼器》所云：“礼，时为大，顺次之，体次之，宜次之，称次之。尧授舜，舜授禹，汤放桀，武王伐纣，时也。”

③ 前哲：前代的贤人。南朝·宋·谢灵运《山居赋》：“仰前哲之遗训，俯性情之所便。”

④ 创制：创立新制，建立制度。《汉书·叙传下》：“革命创制，三章是纪，应天顺民，五星同晷。”作范：树立榜样。《文选》傅亮《为宋公修楚元王墓教》：“楚元王积仁基德，启藩斯境，素风道业，作范后昆。”匪：通“非”，表示否定。

⑤ 流称:犹传颂名声。三国·魏·曹丕《答许芝上代汉图谶令》:"若夫唐尧、舜、禹之迹,皆以圣质茂德处之,故能上和灵祇,下宁万姓,流称今日。"垂名:留传声名。《史记·樊郦滕灌列传》:"太史公曰:……方其鼓刀屠狗卖缯之时,岂自知附骥之尾,垂名汉廷,德流子孙哉?"

⑥ "身没名灭"二句:意谓身死名灭是君子的耻辱。语出《论语·卫灵公》:"子曰:'君子疾没世而名不称焉。'"

⑦ 达人:指通达事理、明德辨义之人。《左传·昭公七年》:"圣人有明德者,若不当世,其后必有达人。"唐·王勃《滕王阁序》:"所赖君子安贫,达人知命。"探赜索微:同"探赜索隐",探究深奥之理,研求幽微隐秘之事。赜(zé 责),深奥。微,幽微玄秘。《易传·系辞上》:"探赜索隐,钩深致远,以定天下之吉凶,成天下之亹亹者,莫大乎蓍龟。"

⑧ 天运:天地运行。符表:显露的征兆。人事:人世间之事。

⑨ 辩者:能言善辩的人。驰说:游说。《史记·李斯列传》:"然后能灭仁义之涂,掩驰说之口,困烈士之行。"智者:有智谋或智慧的人。《韩非子·主道》:"明君之道,使智者尽其虑,而君因以断事,故君不穷于智。"应机:顺应时机。《周书·文帝纪上》:"今便分命将帅,应机进讨。"

⑩ 谋夫:谋士。演略:施展谋略。奋威:振威。《明史·艾万年等传赞》:"虽有奋威御敌之臣,而兵孱饷绌。"

⑪ 云合雾集:像云雾一样聚集在一起。比喻聚集迅速。《史记·淮阴侯列传》:"蒯通曰:'天下初发难也,俊雄豪桀建号壹呼,天下之士云合雾集,鱼鳞杂遝,熛至风起。'"风激电飞:像大风一样疾飞,像闪电一样飞驰。形容势猛。

⑫ 量时:揣度时势。揆宜:揣度适宜的事情。揆(kuí 奎),揣测。宜,适宜的事。用:以。《史记·佞幸列传》:"卫青、霍去病亦以外戚贵幸,然颇用材能自进。"世资:为世所用。《文选》扬雄《解嘲》:"邹衍以颉颃而取世资,孟轲虽连蹇,犹为万乘师。"张铣注:"世人取资以为师学。"

⑬ 小屈大伸:意谓先稍受委屈而日后就会大有作为。存公忽私:犹"公而忘私"。尺枉寻直:意谓弯曲一尺就能使得一寻伸直。枉,弯曲;寻,古长度单位,八尺。直,伸。比喻用微小的让步就可以换来较大的利益。扬光:发出光辉。《淮南子·本经训》:"日月淑清而扬光,五星循轨而不失其行。"发辉:散发光辉。晋·潘岳《杨荆州诔》:"散璞发辉,临织作令。"

⑭ "今三方鼎跱"二句:意谓如今天下三分,战乱频仍,百姓身处祸乱之中。三方鼎跱:指魏、蜀、吴三国鼎立。九有未乂:天下不太平。九有,九州。代指全中国。乂,治理。

⑮ 婴丁:遭受,遭到。丁:当,遭逢。《三国志·吴书·黄盖传》:"黄盖字公覆,零

陵泉陵人也。”裴松之注引《吴书》:“盖少孤,婴丁凶难,辛苦备尝。”祸败:灾祸与失败。《后汉书·李固传》:“譬犹一门之内,一家之事,安则共其福庆,危则通其祸败。”

⑯ 道义之沉塞:道德和正义不行于世。愍:哀悯。生民:人民。颠沛:流离失所,无家可归。

⑰ 会:时机。唐·薛用弱《集异记·李子牟》:“子牟客游荆门,适逢其会。”

⑱ 吾子:古时对人亲切的称呼。高朗:高明,美善。珪璋:玉制的礼器,比喻高尚的人品。《后汉书·党锢列传·刘儒》:“郭林宗(即郭泰,东汉名士)常谓儒口讷心辩,有珪璋之质。”幽:幽隐。悉:洞悉。

⑲ “挺身取命,干兹奥秘”二句:意谓挺身接受朝廷任命,承当深邃宫廷中秘书令之职。干:承担。奥秘:奥妙,隐秘。此谓秘密之事,指秘书令一职。

⑳ 踌躇:从容自得。紫闼:指宫廷。闼(tà 挞),宫中小门。《文选》陆机《辨亡论上》:“旋皇舆于夷庚,反帝座乎紫闼。”吕延济注:“紫闼,帝宫也。”喉舌:比喻掌握机要、出纳王命的重臣。《诗·大雅·烝民》:“出纳王命,王之喉舌。”后来亦指尚书等朝廷重臣。《后汉书·李固传》:“今陛下之有尚书,犹天下之有北斗也。斗为天喉舌,尚书亦为陛下喉舌。”

㉑ “九考不移”二句:意谓做官时间很长,政绩突出,但不见升迁。按,此系“讥余者”讥讽郤正在秘书省三十年而不见升迁。九考:指二十七年。古代官吏每三年进行一次考绩,九考则为二十七年。《尚书·舜典》:“三载考绩,三考黜陟幽明。”孔安国传:“黜退其幽者,升进其明者。”《三国志·蜀书·郤正传》裴松之注:“《尚书》曰:‘三载考绩,三考黜陟幽明。’九考则二十七年。”不移:不变。移,改变。

㉒ 释:放下,解脱。官责:官员应负的责任。素殄:亦作“素飧”,谓无功受禄,不劳而食。《诗·魏风·伐檀》:“彼君子兮,不素飧兮。”

㉓ 输竭:竭力贡献。《旧唐书·韦处厚传》:“宪诚闻之大惧,自此输竭,竟有功于沧州。”忠款:忠诚。汉·杜邺《临终作墓石文》:“魏郡杜邺,立志忠款,犬马未陈,奄先草露。”胸肝:犹肝胆,真诚的心。排方:古时腰带上的一种装饰。入直:亦作“入值”,指官员入宫值班供职。黎元:指黎民百姓。俾:使,使得。草鄙:指草野鄙陋。多用作谦辞。《国语·吴语》:“今句践申祸无良,草鄙之人,敢忘天王之大德,而思边垂之小怨,以重得罪于下执事?”盍亦:何不也……绥衡:安车。衡,车辕前端的横木。缓辔(pèi 配):谓放松缰绳,骑马缓行。

㉔ 回轨:回车。《文选》蔡邕《述行赋》:“爰结踪而回轨兮,复邦族以自绥。”易涂:改变行车道路,另走别的路。比喻改变方向、目标或做法。驾肆:驾车肆行。比喻做事得心应手。思马斯徂:马勇健前进貌。思:句首语气词,无实义。徂:前行。语出《诗·鲁颂·駉》:“思无邪,思马斯徂。”

㉕ 审:慎重,小心谨慎。厉揭:涉水。厉,穿着衣服涉水。揭,提起衣服涉水。

语出《诗·邶风·匏有苦叶》:"深则厉,浅则揭。"毛传:"以衣涉水为厉,谓由带以上也。揭,褰衣也。遭时制宜,如遇水,深则厉,浅则揭矣。"《尔雅·释水》:"以衣涉水为厉。繇膝以下为揭,繇膝以上为涉,繇带以上为厉。"投济:渡水。要:希望。夷庚:平坦大道。此处比喻王政清平。《文选》束皙《补亡诗》:"荡荡夷庚,物则由之。"李善注:"喻王者之德,群生仰之以安也。"赫怃:盛美貌。形容王政清明。赫:盛大,显明。怃:通"妩",美好。芳世:即流芳百世。披图:指展阅图籍、图画等。北周·庾信《三月三日华林园马射赋序》:"舜以甲子之朝,披图而巡洛。"与:通"欤",语气词。

㉖"夫人心不同"二句:意谓人的内心世界各不相同,就如同他们的面貌长相各不相同一样。语出《左传·襄公三十一年》:"人心之不同,如其面焉。吾岂敢谓子面如吾面乎?"

㉗ 光丽:华美。

㉘ 管窥筐举:比喻学识浅陋,见闻不广。厥:其。

㉙ 八纮:八方极远之地。《后汉书·冯衍列传》载冯衍《显志赋》:"上陇阪,陟高冈,游精宇宙,流目八纮。"八纮,天之八维。形埒(liè 列):界域。《淮南子·精神训》:"休息于无委曲之隅,而游敖于无形埒之野。"精练:精研熟悉。《三国志·蜀书·诸葛亮传》:"评曰:诸葛亮之为相也……庶事精练,物理其本,循名责实,虚伪不齿。"

㉚ 率尔:急遽貌。《论语·先进》:"子路率尔而对。"扬衡:舒展眉目。《后汉书·蔡邕列传》载蔡邕《释诲》:"胡老乃扬衡含笑,援琴而歌。"李贤注:"衡,眉目之间也。"

㉛ 虞帝:虞舜。面从:谓当面顺从。语出《尚书·益稷》:"帝曰:'臣作朕股肱耳目:予欲左右有民,汝翼。予欲宣力四方,汝为。……予违,汝弼,汝无面从,退有后言。'"孔圣:孔子。悦己:取悦自己。尤:过失。

㉜ 若子之言:如您所说。良我所思:的确是我所想到的。良:诚然,的确。唐·李白《春夜宴诸从弟桃李园序》:"古人秉烛夜游,良有以也。"

㉝ 吾子:古时对人的尊称,犹现代汉语的"您"。

㉞ 鸿荒:太古,指混沌初开之世。汉·扬雄《法言·问道》:"鸿荒之世,圣人恶之。"矇昧:同"蒙昧",指尚未开化的原始状态。肇初:肇始,初始。

㉟ 三皇:初见于《周礼·春官·外史》。其名传说不一,其中最为流行的当属《史记·秦始皇本纪》中所载的李斯之说:即三皇为"天皇"、"地皇"、"泰皇",以及《古微书》记载的"伏羲"、"神农"、"黄帝"三皇。而伏羲、神农、黄帝遂被后人视为中国最古的三位帝王。应箓:顺应符命。古代以此为帝王之兆。箓,帝王所谓的天赐符命之书。五帝:有六种流行说法,而以《世本》、《大戴礼记》、《史记》所说的黄

帝、颛顼、帝喾、尧、舜为五帝说，以及《战国策》所说的庖牺、神农、黄帝、尧、舜为五帝之说法最为流行。承符：传承符箓，顺承天命。

㊱ 爰暨：及至，至于。《后汉书·赵咨传》载赵咨《遗书敕子胤》："爰暨暴秦，违道废德，灭三代之制，兴淫邪之法。"爰，语助词，无义。前典：前代的典籍。攸：所。书：书写，记载。

㊲ 姬：姬周王朝。霸者：指古代诸侯联盟的盟主。翼扶：扶助，辅佐。翼，辅佐。《国语·楚语上》："求贤良以翼之。"韦昭注："翼，辅也。"

㊳ 嬴氏：指秦王朝。因秦姓嬴。八区：八方，天下。《汉书·扬雄传下》载扬雄《解嘲》："天下之士，雷动云合，鱼鳞杂袭，咸营于八区。"颜师古注："八区，八方也。"

㊴ 从横：合纵连横。《韩非子·忠孝》："故世人多不言国法而言从横。"《淮南子·览冥训》："纵横间之，举兵而相角。"高诱注："苏秦约纵，张仪连横。南与北合为纵，西与东合为横，故曰纵成则楚王，横成则秦帝也。"狙诈：狡猾奸诈。《后汉书·党锢列传序》："霸德既衰，狙诈萌起。"李贤注："《广雅》曰：'狙，狝猴也。'以其多诈，故比之也。"

㊵ 奇衺（xié 鞋）：又作"奇邪"，诡诈，邪伪不正。《周礼·天官·宫正》："去其淫怠与其奇衺之民。"郑玄注："奇衺，谲觚非常。"蠭动：亦作"蜂动"，像群蜂飞舞一样纷动。智故：巧诈，巧饰。《韩非子·解老》："诸夫饰智故以至于伤国者，其私家必富。"《淮南子·原道训》："夫镜水之与形接也，不设智故，而方圆曲直弗能逃也。"高诱注："智故，巧饰。"

㊶ 或饰真以雠伪：语本汉·扬雄《法言·重黎》："夫欲雠伪者必假真。"雠伪：犹作伪，作假。干荣：求荣。

㊷ 诡道：诡诈之术。《孙子·计篇》："兵者，诡道也。"曹操注："兵无常形，以诡诈为道。"鬻技：卖弄本领，炫耀高明。

㊸ 就佞：靠近巧言谄媚的人。

㊹ "忠无定分，义无常经"二句：意谓"忠"、"义"都不是固定的，永恒不变的。形容世事无常。定分：固定的名分。常经：永恒的规律。

㊺ 鞅法穷而慝作：商鞅（约前395—前338），又称卫鞅、公孙鞅，卫国（今河南安阳）人。战国时期政治家、思想家，先秦法家代表人物。应秦孝公求贤令入秦，说服孝公变法图强。孝公死后，受到秦国贵族诬害和秦惠文王的猜忌，死后被车裂。他在秦国执政期间，实行变法，秦国大治，史称"商鞅变法"。慝作：谓奸恶之人乘机而起。《左传·昭公二十五年》："为之徒者众矣，日入慝作，弗可知也。"杜预注："日冥，奸人将起。"斯义败而奸成：李斯（前280—前208），楚国上蔡（今河南上蔡）人，秦朝著名政治家、文学家和书法家，先秦法家代表人物。与韩非一起从荀卿学帝王

之术，学业成就后入秦，曾协助秦始皇统一天下，后被任用为丞相。秦始皇死后，李斯与赵高立始皇少子胡亥为二世皇帝，后为赵高所忌，腰斩于市。吕门大而宗灭：吕不韦（？—前235），战国末期卫国（今河南濮阳）商人，后为秦国丞相，先秦杂家代表人物，靠经商积累起千金家产。他辅佐秦庄襄王登上王位，任秦国相十三年，其门客有三千人，他命食客编著《吕氏春秋》，又名《吕览》。后来秦王嬴政免除了他的相位，他恐惧被诛，饮鸩而亡。吕不韦以“奇货可居”闻名于世。韩辩立而身刑：韩非（约前280—前233），战国后期韩国（今河南新郑）人，韩王室诸公子之一，战国法家思想的集大成者，著有《韩非子》。韩非被韩王派遣出使秦国，因文采出众、辩才恣肆而为秦王嬴政赏识重用。后因与李斯政见不合而被投入监狱，被逼自杀。

㊻ 回：环绕，包围。

㊼ 赫赫：显著盛大貌。龙章：衮龙之服和章甫之冠。《文选》赵至《与嵇茂齐书》：“表龙章于裸壤，奏韶舞于聋俗。”李善注：“龙，衮龙之服。章，章甫之冠也。”铄铄：光芒闪耀貌。车服：车舆礼服。《尚书·舜典》：“敷奏以言，明试以功，车服以庸。”孔安国传：“功成则赐车服以表显其能用。”孔颖达疏：“人以车服为荣，故天子之赏诸侯，皆以车服赐之。”

㊽ 偷幸：侥幸。苟得：不当得而得。如反如仄：翻来覆去。形容睡卧不安。

㊾ 恣睢自极：极端放纵自己，任意做坏事。

㊿ 和鸾：古代车上的铃铛。挂在车前横木上称“和”，挂在轭首或车架上称“鸾”。《诗·小雅·蓼萧》：“和鸾雝雝，万福攸同。”毛传：“在轼曰和，在镳曰鸾。”庭宇：庭院。践：踏，履。栋折榱（cuī 崔）覆：栋梁折断，椽子崩坏。指房屋倒塌。多比喻倾覆。榱，屋椽屋桷的总称。

51 芟：芟割。

52 荣润：光华润泽。枯魄：枯朽之体。

53 是以：因此，所以。《老子》第二章：“万物作焉而不辞，生而不有，为而不恃，功成而弗居。夫唯弗居，是以不去。”深图远虑：计划周密，考虑长远。汉·仲长统《昌言下》：“又况愚人之愚，而望其遵巡正路，谦虚节俭，深图远虑，为国家校计者乎？”

54 咎戾：罪过，灾祸。明·李东阳《与巡按王御史书》：“公便中善谕本州，早为停止，使区区一身，少免咎戾。”高举：原义是高飞，此谓远行，退隐。晋·陶渊明《桃花源诗》：“愿言蹑轻风，高举寻吾契。”

55 休誉：美好的声誉。《旧唐书·于志宁传》：“伏惟殿下……欲使休誉远闻，英声遐畅。”

56 行止之戒：《易·节》：“《象》曰：泽上有水，节。君子以制数度，议德行。”《节》卦的主旨是节制、限制，强调万物有节。人们应当对自己的行止加以约束、限制。亦犹

《诗经·卫风·芄兰》"容兮遂兮，垂带悸兮"郑玄笺"容，容刀也。遂，瑞也。言惠公佩容刀与瑞及垂绅带三尺，则悸悸然行止有节度，然其德不称服"也。靖恭：亦作"靖共"，恭谨地奉守，静肃恭谨。《诗·小雅·小明》："靖共尔位，正直是与。"靖，敬也。恭，通"共"，奉也。《文选》班昭《东征赋》："修短之运，愚智同兮。靖恭委命，唯吉凶兮。"刘良注："言人命之长短共同尔，靖思恭敬，委任吉凶而后可也。"神之听之：神明听到这一切。《诗·小雅·伐木》："神之听之，终和且平。"《诗·小雅·小明》："嗟尔君子，无恒安息。靖共尔位，好是正直。神之听之，介尔景福。"

㊼ 宪：效法。《礼记·中庸》："仲尼祖述尧舜，宪章文武。"孔颖达疏："宪，法也。"坤典：大地的法则。此指自然的规律。式：效法。《诗·周颂·我将》："仪式刑文王之典。"朱熹《集传》："仪、式、刑三者皆为法也。"乾文：天文，天象。唐·和凝《宫词百首》其五十八："乾文初见泰阶平，日月常遵阁道行。"

㊽ 皇泽：皇帝的恩泽。《文选》王褒《四子讲德论》："皇泽丰沛，主恩满溢。"张铣注："皇泽，天子惠泽也。"熙世：光明兴盛的时代。茂化：淳美的教化。醲醇（nóng chún 农淳）：原指酒味醇厚，此喻教化宽厚。

㊾ 履度：遵循法度。履，躬行，遵循。真：自然状态。

㊿ 上：指君主，皇帝。《吕氏春秋·察今》："上胡不法先王之法？非不贤也，为其不可得而法。"询纳：向人请教并采纳其意见。汉·崔骃《车右铭》："择御卜右，采德用良。询纳耆老，于我是匡。"弘：此谓君王度量宏大，容纳万有。《尔雅·释诂上》："弘，大也。"邢昺疏："弘，含容之大也。"下：臣下，百姓。《左传·昭公十八年》："于是乎下陵上替，能无乱乎？"匡救：匡正补救。《史记·袁盎晁错列传》："晁错为家令时，数言事不用，后擅权，多所变更。诸侯发难，不急匡救，欲报私仇，反以亡躯。语曰'变古乱常，不死则亡'，岂错等谓邪！"

61 虚华：浮华不实。一行：一种特出的行为。《淮南子·人间训》："今卷卷然守一节，推一行，虽以毁碎灭沉，犹且弗易者，此察于小好而塞于大道也。"

62 粲：粲然。亹亹（wěi 伟）：美妙，美好。晋·曹毗《歌世宗景皇帝》："亹亹神算，赫赫王旅。"《文选》刘孝标《广绝交论》："日月联璧，赞亹亹之弘致。"忠益：犹忠效。《资治通鉴》卷七十一《魏纪三·明帝太和三年》："（张）昭坐定，仰曰：'昔太后、桓王不以老臣属陛下，而以陛下属老臣，是以思尽臣节以报厚恩，而意虑浅短，违逆盛旨。然臣愚心所以事国，志在忠益毕命而已；若乃变心易虑以偷荣取容，此臣所不能也！'"

63 隆窳（yǔ 宇）：隆，隆起；窳，凹陷。"隆窳"喻指盛衰。兴废：盛衰，兴亡。

64 寂：静悄悄，没有声音。翳（yì 益）：晦暗不明。

65 朱阳：夏季。唐·卢照邻《双槿树赋》："青陆至而莺啼，朱阳升而花笑。"否：变坏，灭绝。《西游记》第一回："譬于大数，若到戌会之终，则天地昏曚而万物否矣。"素秋:秋季。按古代五行之说,秋天属金,其色为白,故称秋季为素秋。三国·魏·刘桢《鲁都赋》:"及其素秋二七,天汉指隅,民胥祓禊,国于水游。"玄阴:谓冬季极盛的阴气。三国·魏·王粲《七释》:"农功既登,玄阴戒寒,乃致众庶,大猎中原。"抑:阻止。孟春:春季的首月,即春季正月。

㊱ 羲和:原为太阳之母,此指太阳。《山海经·大荒南经》:"东南海之外,甘水之间,有羲和之国,有女子名曰羲和,方日浴于甘渊。羲和者,帝俊之妻,生十日。"望舒:为月亮驾车的女神,后用作月亮的代称。系:继续,接续。《后汉书·郑弘传》:"旧交址七郡贡献转运,皆从东冶泛海而至,风波艰阻,沉溺相系。"运气:指自然界的物质本原及其自然现象。耀灵:太阳的别称。《楚辞·远游》:"恐天时之代序兮,耀灵晔而西征。"陈:陈列有序。

㊲ 冲:汉冲帝刘炳(143—145),在位半年而崩,享年三岁。质:汉质帝刘缵(138—146),在位不到一年便被外戚梁冀毒死。不永:寿命不长久。桓:汉桓帝刘志(132—167),在位期间外戚、宦官相继掌握朝政。沉溺佛、道,耽于女色,宠任宦官,所用非人,东汉王朝从此江河日下,濒于灭亡。灵:东汉灵帝刘宏(156—189),字大(《后汉书》注引《伏侯古今注》)。十二岁即皇帝位,由窦太后辅政。永康元年(168)宦官发动宫廷政变,夺取大权,实行独裁统治,将宦官专权推向极致。社会矛盾日益加剧,最终爆发了黄巾大起义,东汉王朝名存实亡,并最终走向灭亡。坠败:败落。此谓桓帝、灵帝将东汉王朝坠入灭亡之境。

㊳ 挟:怀着,怀有。殊议:不同的意见。汉·桓宽《盐铁论·利议》:"详延有道之士,将欲观殊议异策,虚心倾耳以听。"异计:不轨的图谋。《三国志·蜀书·刘焉传》:"焉徙治绵竹,抚纳离叛,务行宽惠,阴图异计。"

㊴ 从(zōng 宗,又音 zòng 纵)横:亦作"从衡"、"纵横"。"合纵连横"之省称。从,通"纵"。《淮南子·览冥训》:"纵横间之,举兵而相角。"高诱注:"苏秦约纵,张仪连横。南与北合为纵,西与东合为横。故曰纵成则楚王,横成则秦帝也。""从横者",指纵横家,战国至秦汉之际的策辩之士,为中国最早的外交政治家。此指反覆无常之人。欻(xū 续):亦作"歘",忽然。披胸:展露胸怀。狙诈者:狡猾奸诈之人。《汉书·叙传下》:"吴、孙狙诈,申、商酷烈。"《后汉书·党锢列传序》:"霸德既衰,狙诈萌起。"李贤注:"《广雅》曰:'狙,狝猴也。'以其多诈,故比之也。"吐舌:惊奇貌,惊恐貌。

㊵ "今天纲已缀"二句:意谓蜀汉政权如今已经接续了汉室正统,在西部地区树立了威德。天纲:帝位之统系,王朝之世系。三国·魏·曹植《姜嫄简狄赞》:"喾有四妃,子皆为王。帝挚早崩,尧承天纲。"缀:连结,缀续。西邻:西部的邻国。此谓中国西部地区。

㊶ 丕:尊奉。《汉书·郊祀志下》:"丕天之大律。"颜师古注:"丕,奉也。"显祖:

旧时对祖先的美称。《尚书·文侯之命》:“汝克绍乃显祖。”宏规:远大的规划,深远的谋略。南朝·宋·鲍照《河清颂序》:“圣上……宏规远图,如有追而莫及。”縻:束缚,拘束。好爵:高官厚禄。晋·陶渊明《辛丑岁七月赴假还江陵夜行涂口》:“投冠旋旧墟,不为好爵萦。”宋·魏野《寄赠河中表兄李渎》:“似我枉教縻好爵,如君方信是冥鸿。”

⑫ 五教:五常之教,为中国古代伦常的教育,指父义、母慈、兄友、弟恭、子孝五种伦理道德的教育。《尚书·舜典》:“敬敷五教,在宽。”孔颖达疏引《左传·文公十八年》云:“使布五教于四方,父义、母慈、兄友、弟恭、子孝,是布五常之教也。”而《孟子·滕文公上》所说则稍有不同:“使契为司徒,教以人伦,父子有亲、君臣有义、夫妇有别、长幼有序、朋友有信。”朱熹《白鹿洞书院揭示》:“父子有亲,君臣有义,夫妇有别,长幼有序,朋友有信,右五教之目。尧、舜使契为司徒,敬敷五教,即此是也。学者学此而已。”训俗:教化民众。九德:中国古代的九种美德。《尚书·皋陶谟》:“皋陶曰:‘都,亦行有九德,亦言其人有德,乃言曰载采采。’禹曰:‘何?’皋陶曰:‘宽而栗、柔而立、愿而恭、乱而敬、扰而毅、直而温、简而廉、刚而塞、强而义,彰厥有常,吉哉!’”济民:救助百姓。《尚书·武成》:“惟尔有神,尚克相予以济兆民,无作神羞。”毛传:“神庶几助我渡民危害,无为神羞辱。”

⑬ 明祀:对重大祭祀的美称。《左传·僖公二十一年》:“崇明祀,保小寡,周礼也。”杜预注:“明祀,太皞有济之祀。”礿(yuè 月)祭:古代宗庙时祭名,夏商两代为春祭,周代为夏祭。《礼记·王制》:“天子四时之祭,春曰礿,夏曰禘,秋曰尝,冬曰烝。”几:接近,达到。皇道:帝王治国的法则。《文选》班固《西都赋》:“博我以皇道,弘我以汉京。”李周翰注:“皇道,皇王之道。”辅真:辅助英明的君主。

⑭ 跱者未一:指天下三分鼎峙,没有统一。跱,通“峙”。未一:没有统一。《后汉书·陈元传》:“方今四方尚扰,天下未一,百姓观听,咸张耳目。”伪者:伪政权。指曹魏、孙吴政权。

⑮ 圣人垂戒:意谓孔子留给后人的训诫,一言以蔽之,曰“均无贫”。圣人:指孔子。垂戒:留给后人的训诫。均无贫:财富平均就无所谓贫穷。《论语·季氏》:“丘也闻有国有家者,不患寡而患不均,不患贫而患不安。盖均无贫,和无寡,安无倾。”

⑯ 协美:和美。黎庶:黎民,百姓。《晋书·刘元海载记》:“黎庶涂炭,靡所控告。”欣戴:悦服拥戴。

⑰ 重(chóng 虫)规、叠矩:即“迭规重矩”,规与规相迭,矩与矩相重叠。比喻上下相合,合乎法度。

⑱“济济”二句:意谓蜀地人才济济。济济:众多貌。《诗·大雅·旱麓》:“瞻彼旱麓,榛楛济济。”毛传:“济济,众多也。”伟彦:指才智卓异的人。彦,俊彦。元凯:亦作“元恺”,即“八元”、“八凯”。上古传说,高辛氏帝喾有才子八人,称为“八

元”,高阳氏有才子八人,称为“八恺”。

⑲ 有过必知:语出《论语·述而》:“子曰:‘丘也幸,苟有过,人必知之。’”颜子之仁:《论语·雍也》:“子曰:‘回也,其心三月不违仁,其馀则日月至焉而已矣。’”《论语·颜渊》:“颜渊问仁。子曰:‘克己复礼为仁。一日克己复礼,天下归仁焉。为仁由己,而由人乎哉?’颜渊曰:‘请问其目?’子曰:‘非礼勿视,非礼勿听,非礼勿言,非礼勿动。’颜渊曰:‘回虽不敏,请事斯语矣。’”

⑳ 侃侃:优游自如,从容不迫。庶政:各种政务。《易·贲》:“山下有火,贲。君子以明庶政,无敢折狱。”冉、季之治:冉、季,孔子弟子冉求、仲由。冉求(前522—前489),字子有,亦称冉有。仲由(前542—前480),字季路,一字子路。二人皆长于政事,为古代为政者之楷模。汉·应劭《风俗通义·正失》:“伯楚名彭,清拟夷叔,政则冉季,历典三郡,致位上列。”

㉑ 鹰扬鸷腾:如苍鹰之飞扬,如鸷鸟之飞腾。形容大展雄才。伊、望:伊尹、吕望。伊尹(约1630—前1550),原名伊挚,尹为官名。商初大臣,曾辅佐汤建商灭夏,是中国古代著名的思想家、政治家和军事家。吕望(约前1156—前1017),即姜尚,名望,字子牙,因其始祖佐禹治水有功而被封于吕地,因以为氏,故又称吕尚。西周初年,被周文王姬昌封为太师。后辅佐周武王姬发推翻商朝,因功封于齐,为齐国始祖。为中国历史上著名的政治家、军事家和谋略家。

㉒ 群俊:众多俊彦之士。上略:上策。《后汉书·乌桓鲜卑列传》:“论曰:四夷之暴,其势互强矣。匈奴炽于隆汉,西羌猛于中兴。而灵、献之间,二虏迭盛。……然制御上略,历世无闻;周、汉之策,仅得中下。”薛氏之三计:薛氏,即西汉初年人薛公,汝阴侯夏侯婴的门客。曾为汉高祖刘邦料定淮南王英布(黥布)之上中下三计。据《史记·黥布列传》记载,汉十一年(前196),吕后诛杀淮阴侯韩信,同年夏又诛杀彭越。英布因此内心大恐,暗地里进行准备以备不测。英布与淮南国中大夫贲赫有隙,欲杀赫。贲赫逃到长安,遂以淮南之情势上书朝廷,言淮南王英布欲反。英布遂族贲赫之家,正式举兵反叛。上召诸将问曰:‘布反,为之奈何?’皆曰:‘发兵击之,阬竖子耳。何能为乎!’汝阴侯滕公召故楚令尹问之。令尹曰:‘是故当反。’滕公曰:‘上裂地而王之,疏爵而贵之,南面而立万乘之主,其反何也?’令尹曰:‘往年杀彭越,前年杀韩信,此三人者,同功一体之人也。自疑祸及身,故反耳。’滕公言之上曰:‘臣客故楚令尹薛公者,其人有筹筴之计,可问。’上乃召见问薛公。薛公对曰:‘布反不足怪也。使布出于上计,山东非汉之有也;出于中计,胜败之数未可知也;出于下计,陛下安枕而卧矣。’上曰:‘何谓上计?’令尹对曰:‘东取吴,西取楚,并齐取鲁,传檄燕、赵,固守其所,山东非汉之有也。’‘何谓中计?’‘东取吴,西取楚,并韩取魏,据敖庾之粟,塞成皋之口,胜败之数未可知也。’‘何谓下计?’‘东取吴,西取下蔡,归重于越,身归长沙,陛下安枕而卧,汉无事矣。’上曰:‘是计将安出?’令尹对

曰:‘出下计。’上曰:‘何谓废上中计而出下计?’令尹曰:‘布故丽山之徒也,自致万乘之主,此皆为身,不顾后为百姓万世虑者也,故曰出下计。’上曰:‘善。’封薛公千户。乃立皇子长为淮南王。上遂发兵自将东击布。”(《史记·黥布列传》)

㊳ 敷:施展。张、陈之秘策:张良、陈平之秘计。《史记·留侯世家》:“张良多病,未尝特将也,常为画策臣,时时从汉王。汉三年,项羽急围汉王荥阳,汉王恐忧,与郦食其谋桡楚权。食其曰:‘昔汤伐桀,封其后于杞。武王伐纣,封其后于宋。今秦失德弃义,侵伐诸侯社稷,灭六国之后,使无立锥之地。陛下诚能复立六国后世,毕已受印,此其君臣百姓必皆戴陛下之德,莫不乡风慕义,愿为臣妾。德义已行,陛下南乡称霸,楚必敛衽而朝。’汉王曰:‘善。趣刻印,先生因行佩之矣。’食其未行,张良从外来谒。汉王方食,曰:‘子房前!客有为我计桡楚权者。’其以郦生语告,曰:‘于子房何如?’良曰:‘谁为陛下画此计者?陛下事去矣。’汉王曰:‘何哉?’张良对曰:‘臣请藉前箸为大王筹之。’曰:‘昔者汤伐桀而封其后于杞者,度能制桀之死命也。今陛下能制项籍之死命乎?’曰:‘未能也。’‘其不可一也。武王伐纣封其后于宋者,度能得纣之头也。今陛下能得项籍之头乎?’曰:‘未能也。’‘其不可二也。武王入殷,表商容之闾,释箕子之拘,封比干之墓。今陛下能封圣人之墓,表贤者之闾,式智者之门乎?’曰:‘未能也。’‘其不可三也。发钜桥之粟,散鹿台之钱,以赐贫穷。今陛下能散府库以赐贫穷乎?’曰:‘未能也。’‘其不可四矣。殷事已毕,偃革为轩,倒置干戈,覆以虎皮,以示天下不复用兵。今陛下能偃武行文,不复用兵乎?’曰:‘未能也。’‘其不可五矣。休马华山之阳,示以无所为。今陛下能休马无所用乎?’曰:‘未能也。’‘其不可六矣。放牛桃林之阴,以示不复输积。今陛下能放牛不复输积乎?’曰:‘未能也。’‘其不可七矣。且天下游士离其亲戚,弃坟墓,去故旧,从陛下游者,徒欲日夜望咫尺之地。今复六国,立韩、魏、燕、赵、齐、楚之后,天下游士各归事其主,从其亲戚,反其故旧坟墓,陛下与谁取天下乎?其不可八矣。且夫楚唯无彊,六国立者复桡而从之,陛下焉得而臣之?诚用客之谋,陛下事去矣。’汉王辍食吐哺,骂曰:‘竖儒,几败而公事!’令趣销印。”“留侯从上击代,出奇计马邑下,及立萧何相国,所与上从容言天下事甚众。”《史记·陈丞相世家》:“(陈平)常出奇计,救纷纠之难,振国家之患。”“其明年,以护军中尉从攻反者韩王信于代。卒至平城,为匈奴所围,七日不得食。高帝用陈平奇计,使单于阏氏,围以得开。高帝既出,其计秘,世莫得闻。”“其后常以护军中尉从攻陈豨及黥布。凡六出奇计,辄益邑,凡六益封。奇计或颇秘,世莫能闻也。”力征:以武力征伐。《墨子·明鬼》:“圣王既没,天下失义,诸侯力征。”《史记·项羽本纪》:“太史公曰:……(项羽)自矜功伐,奋其私智而不师古,谓霸王之业,欲以力征经营天下,五年卒亡其国,身死东城,尚不觉寤而不自责,过矣。乃引‘天之亡我,非用兵之罪也’,岂不谬哉!”勤世:勤苦用世。

⑭ 援:攀援。华英:指花。汉·冯衍《显志赋》:"伏朱楼而四望兮,采三秀之华英。"不遑:无暇,没有闲暇。《诗·小雅·四牡》:"王事靡盬,不遑启处。"修:修剪。枯箨(tuò 柝):干笋壳。榛秽:亦作"榛薉",丛生的杂草。唐·柳宗元《永州崔中丞万石亭记》:"于是刳辟朽壤,翦焚榛薉。"

⑮ 累纪:连续几十年。纪,十二年。所天:旧称所依靠的人。此指君主主公。晋·陆机《谢平原内史表》:"钳口结舌,不敢上诉所天。"恃:依赖,仗着。

⑯ 嵩岳:即嵩山。高跱:高耸。《文选》张衡《思玄赋》:"松乔高跱孰能离,结精远游使心携。"

⑰ 仲尼赞商:商,子夏(前507—?),姓卜,名商,字子夏,春秋末年晋国温人,孔子弟子,长于文学,为"孔门十哲"之一。子夏曾与孔子谈论学业,受到孔子的称赞。《论语·八佾》:"子夏问曰:'"巧笑倩兮,美目盼兮,素以为绚兮。"何谓也?'子曰:'绘事后素。'曰:'礼后乎?'子曰:'起予者商也!始可与言《诗》已矣。'"乡校益己:用郑大夫子产主张保留"乡校"、听取"国人"意见之故实。《左传·襄公三十一年》:"郑人游于乡校,以论执政。然明谓子产曰:'毁乡校,何如?'子产曰:'何为?夫人朝夕退而游焉,以议执政之善否。其所善者,吾则行之;其所恶者,吾则改之。是吾师也,若之何毁之?我闻忠善以损怨,不闻作威以防怨。岂不遽止?然犹防川,大决所犯,伤人必多,吾不克救也。不如小决使道,不如吾闻而药之也。'然明曰:'蔑也今而后知吾子之信可事也。小人实不才。若果行此,其郑国实赖之,岂唯二三臣?'仲尼闻是语也,曰:'以是观之,人谓子产不仁,吾不信也。'"

⑱ "彼平仲之和羹"二句:用晏婴与齐景公论"和"与"同"之典。平仲:晏婴(前578—前500),字仲,谥平,习称平仲,夷维(今山东高密)人。春秋后期著名的政治家、思想家、外交家。和羹:配以不同调味品而制成的羹汤。《尚书·说命下》:"若作和羹,尔惟盐梅。"孔安国传:"盐,咸;梅,醋。羹须咸醋以和之。"进可替否:亦作"献可替否",指臣下向君主进献良策以废弃弊政。据《左传·昭公二十年》载:"(齐景)公曰:'唯据与我和夫!'晏子对曰:'据亦同也,焉得为和?'公曰:'和与同异乎?'对曰:'异。和如羹焉,水、火、醯、醢、盐、梅,以烹鱼肉,燀之以薪,宰夫和之,齐之以味,济其不及,以泄其过,君子食之,以平其心。君臣亦然。君所谓可,而有否焉,臣献其否,以成其可;君所谓否,而有可焉,臣献其可,以去其否。是以政平而不干,民无争心。故诗曰:"亦有和羹,既戒既平。鬷嘏无言,时靡有争。"先王之济五味、和五声也,以平其心,成其政也。声亦如味,一气,二体,三类,四物,五声,六律,七音,八风,九歌,以相成也。清浊、大小,短长、疾徐,哀乐、刚柔,迟速、高下,出入、周疏,以相济也。君子听之,以平其心。心平,德和。故《诗》曰:"德音不瑕。"今据不然。君所谓可,据亦曰可;君所谓否,据亦曰否。若以水济水,谁能食之?若琴瑟之专一,谁能听之?同之不可也如是。'"

⑧⑨ 曚冒:愚暗冒昧。汉·蔡邕《青衣赋》:“吻昕将曙,鸡鸣相摧。饬驾趣严,将舍尔乖。曚冒曚冒,思不可排。”瞽(gǔ 鼓)说:胡说,瞎说。指不明事理的言论。《文选》班彪《王命论》:“距逐鹿之瞽说,审神器之有授。”攸:所。

⑨⓪ 遒人:古代受帝王委派了解民情的使臣。《尚书·胤征》:“每岁孟春,遒人以木铎徇于路。”市闾:犹市肆,集市。《文选》潘岳《西征赋》:“感市闾之菆井,叹尸韩之旧处。”游童:嬉游的孩童。疆畔:田界。《国语·周语上》:“民用莫不震动,恪恭于农,修其疆畔,日服其镈,不解于时。”韦昭注:“疆,境也。畔,界也。”《文选》吴质《在元城与魏太子笺》:“使农夫逸豫于疆畔,女工吟咏于机杼,固非质之所能也。”

⑨① 庶:庶几,或许。增广:增加,扩大。输力:出力,贡献力量。《左传·襄公二十一年》:“昔陪臣书能输力于王室,王施惠焉。”杜预注:“输力,谓辅相晋国以翼戴天子。”规谏:以正言劝诫谏诤。《墨子·非命中》:“故上有以规谏其君长,下有以教顺其百姓。”

⑨② 应:感应,应验。灵符:古代迷信说法,指有神力的符箓。

⑨③ 常分:本分。己愚:一己之敦厚。愚,敦厚。《孔子家语·问玉》:“故《诗》之失愚,《书》之失诬,《乐》之失奢,《易》之失贼,《礼》之失烦,《春秋》之失乱。”王肃注:“愚,敦厚。”

⑨④ 任数:顺从命运,顺应天数。矫:假托。诬:诬妄不实。《资治通鉴》卷一一九《宋纪一·营阳王景平元年》:“左光禄大夫崔浩研精经术,练习制度,凡朝廷礼仪,军国书诏,无不关掌。浩不好老、庄之书,曰:‘此矫诬之说,不近人情。’”胡三省注曰:“托圣贤以伸其说谓之矫;圣贤无是事,寓言而加诋谓之诬。”

⑨⑤ 诸:“之乎”的合音。

⑨⑥ “狭屈氏之常醒”二句:用屈原与“渔父”谈论时政与处世哲学之典。狭、浊:均用作动词。屈氏,屈原(前340—前278),我国伟大的爱国主义诗人。《楚辞·渔父》:“屈原既放,游于江潭,行吟泽畔,颜色憔悴,形容枯槁。渔父见而问之曰:‘子非三闾大夫与?何故至于斯?’屈原曰:‘举世皆浊我独清,众人皆醉我独醒,是以见放。’渔父曰:‘圣人不凝滞于物,而能与世推移。世人皆浊,何不淈其泥而扬其波?众人皆醉,何不哺其糟而歠其釃?何故深思高举,自令放为?’屈原曰:‘吾闻之:新沐者必弹冠,新浴者必振衣,安能以身之察察,受物之汶汶者乎?宁赴湘流,葬于江鱼之腹中,安能以皓皓之白,而蒙世俗之尘埃乎?’渔父莞尔而笑,鼓枻而去。乃歌曰:‘沧浪之水清兮,可以濯吾缨;沧浪之水浊兮,可以濯吾足。’遂去,不复与言。”

⑨⑦ 溷、褊,均用作动词。柳季:柳下惠(前720—前621),姓展,名获,字禽。又字“季”,故又称“柳下季”。春秋时期鲁国(今山东兖州)人,是鲁孝公之子公子展的后裔。“柳下”是其食邑,“惠”是其谥号,故又称“柳下惠”。据《荀子·大略》记

载，柳下惠曾经为了救活一个被冻僵了的女子，便用上衣裹着她抱了整整一夜，但他却没有跟这个女子发生不正当的关系，被后人誉为“坐怀不乱”，他也被视为遵守传统道德的典范。夷叔：伯夷、叔齐。高怼（duì 对）：深深的怨恨。怼，怨恨。伯夷、叔齐是商末孤竹君的长子和三子。孤竹君遗命立叔齐为嗣。孤竹君死后，叔齐让位给其兄伯夷，伯夷不受，叔齐亦不愿即位，二人均逃到周国。正值西伯姬昌卒，周武王伐纣，二人叩马谏阻：“父死不葬，爰及干戈，可谓孝乎？以臣弑君，可谓仁乎？”武王灭商后，二人因耻食周粟，逃隐于首阳山，采薇而食，遂饿死。事见《史记·伯夷列传》。

⑱ 克诎：应作“充诎”，得意忘形貌。形容高兴到失控的程度。《礼记·儒行》：“儒有不陨获于贫贱，不充诎于富贵。”郑玄注：“充诎，喜失节之貌。”孔颖达疏：“言虽得富贵，不喜欢失节。”按，百衲本、武英殿本、江南书局本《三国志》均作“充诎”，“充”、“克”形似，致误（参见吴金华《〈三国志辞典〉商兑》，新浪博客 2011 年 3 月 31 日）。惨悸：悲伤害怕。《新唐书·藩镇传·刘怦》：“晚年益惨悸，请剔发，衣浮屠服，欲祓除之。”

⑲“不乐前以顾轩”二句：意谓做事前后不去考虑事情的高低轻重。车前高后低叫“轩”，前低后高叫“轾”。喻指高低、轻重。《诗·小雅·六月》：“戎车既安，如轾如轩。”朱熹集传：“轾，车之覆而前也。轩，车之却而后也。凡车从后视之如轾，从前视之如轩，然后适调也。”

⑳“不鬻誉以干泽”二句：意谓不自相矛盾以违心地干禄，不推卸过失而担心被免职。鬻誉：“鬻矛誉楯”之缩略，指自相矛盾，不能两立。《韩非子·难一》：“楚人有鬻盾与矛者，誉之曰：‘吾盾之坚，物莫能陷也。’又誉其矛曰：‘吾矛之利，于物无不陷也。’或曰：‘以子之矛，陷子之盾，何如？’其人弗能应也。”干泽：犹干禄。《孟子·公孙丑下》：“识其不可，然且至，则是干泽也。”朱熹集注：“干，求也；泽，禄也。”辞愆：推卸过失。辞，推托，推卸。愆，过失，罪过。忌绌：害怕革职。绌：古同“黜”，罢免，革除。

(101) 释：解脱。飧：晚饭，引申为俸禄。恤：忧虑。

(102) 九考不移：见本篇注㉑。固其所执：能够固守其真我。

(103) 髦俊：亦作“髦隽”，才智杰出之士。《汉书·叙传下》：“世宗晔晔，思弘祖业，畴咨熙载，髦俊并作。”

(104) 鳞介：泛指有鳞和介甲的水生动物。《文选》蔡邕《郭有道碑文》：“犹百川之归巨海，鳞介之宗龟龙也。”毛羽：兽毛和鸟羽。代指鸟类。邓林：古代神话传说中的树林。《山海经·海外北经》：“夸父与日逐走，入日。渴，欲得饮，饮于河渭；河渭不足，北饮大泽。未至，道渴而死。弃其杖，化为邓林。”

(105) 尠（xiǎn 显）：同“鲜”，少，稀少。臻：聚集。殷：众，多。

⑯ 阳灵幽于唐叶：意谓陶唐氏时代就已经发生日食现象。阳灵：太阳。唐·吴筠《游仙二十四首》之九："阳灵赫重晖，四达何皎皎。"幽：昏暗，阴暗。唐叶：陶唐氏之世，即帝尧之世。叶：世，代。《淮南子·本经训》："逮至尧之时，十日并出，焦禾稼，杀草木，而民无所食。猰貐、凿齿、九婴、大风、封狶、修蛇皆为民害。尧乃使羿诛凿齿于畴华之野，杀九婴于凶水之上，缴大风于青丘之泽，上射十日而下杀猰貐，断修蛇于洞庭，擒封狶于桑林。万民皆喜。置尧以为天子。"《尚书·尧典》："乃命羲和，钦若昊天，历象日月星辰，敬授人时。"《尚书·胤征》："仲康肇位四海，胤侯命掌六师，羲和废厥职，酒荒于厥邑……乃季秋月朔，辰弗集于房，瞽奏鼓，啬夫驰，庶人走。羲和尸厥官，罔闻知，昏迷于天象，以干先王之诛。"有学者认为，《尚书·胤征》记载的夏代"仲康日食"当为世界上最早的日食记录。阴精应于商时：意谓商代则把太阳跟月亮相对应。阴精：指月亮。汉·丁鸿《日食上封事》："月者阴精，盈毁有常，臣之表也。"美国学者艾兰认为："商人的祖先按十个太阳分类，十个太阳又跟十二个月亮对应。商人思想中，二元对应思维十分显著。在这个分类系统中，商人祖先和鸟、太阳、数目十、黑色、扶桑、天空、上界、东方、火这一连串因素相联系，并与月亮、龙、水生物、数目十二、若木、黄颜色、地泉、水、下界等西方这些因素相对应。"参见[美]艾兰著，汪涛译：《龟之谜——商代神话、祭祀、艺术和宇宙观研究》(修订版)，商务印书馆2010年版。

⑰"阳盱请而洪灾息"二句：意谓大禹为了治理水患，亲身在阳盱河劳作。商汤为除旱灾，亲自祷雨于桑山之林。《淮南子·修务训》："且夫圣人者，不耻身之贱，而愧道之不行，不忧命之短，而忧百姓之穷。是故禹之为水，以身解于阳盱之河；汤旱，以身祷于桑山之林。圣人忧民，如此其明也，而称以无为，岂不悖哉！……由此观之，则圣人之忧劳百姓亦甚矣。故自天子以下，至于庶人，四肢不勤，思虑不用，而事治求澹者，未之闻也。"

⑱ 行止：行步止息，即动和定。启塞：门扇和门闩，原义是门的开闭。此喻指人的穷通、出处。

⑲"我师遗训"二句：我师，指孔子。遗训：前人留下的富有教育意义的话语。《论语·宪问》："子曰：'不怨天，不尤人，下学而上达，知我者其天乎！'"《礼记·中庸》："君子素其位而行，不愿乎其外。素富贵行乎富贵；素贫贱行乎贫贱；素夷狄行乎夷狄；素患难行乎患难。君子无入而不自得焉。"

⑩ 委命：听任命运支配。《文选》班固《答宾戏》："慎修所志，守尔天符。委命供己，味道之腴。"恭己：谓恭谨以律己。《论语·卫灵公》："无为而治者，其舜也与？夫何为哉？恭己正南面而已矣。"汉·刘向《新序·杂事四》："故王者劳于求人，佚于得贤，舜举众贤在位，垂衣裳恭己无为而天下治。"

⑪ 初节：原来的操行。宋·富弼《与陈都官书》："然似有疑仆临富贵不能守初

节，乃以忠义见勗。”

⑫ 坟典：三坟、五典的简称，后泛指古代典籍。三坟：即伏羲、神农、黄帝之书。五典：即少昊、颛顼、高辛、尧、舜之书。晋·葛洪《抱朴子·遐览》：“先生既穷观坟典，又兼综奇秘。”亦作“典坟”，晋·陆机《文赋》：“伫中区以玄览，颐情志于典坟。”孔氏：孔子。代指儒家学说。遗艺：指古代典籍。

⑬ 缀：连缀，缀集。宪：效法。先轨：先王的法度。《三国志·魏书·高柔传》：“陛下临政，允迪睿哲，敷弘大猷，光济先轨，虽夏启之承基，周成之继业，诚无以加也。”投制：投合制度。

⑭ 韪（wěi 委）：美好。此处用如动词，赞美。叔肸（？—前592）：姬姓，子叔氏，名肸，谥惠。鲁文公之庶子，鲁宣公的同母弟。公元前609年，鲁文公崩逝，鲁庄公之子、权臣东门襄仲杀死鲁文公嫡子公子恶与公子视，强立庶出的公子倭为鲁侯，是为鲁宣公，东门襄仲把持政权。叔肸为人耿直有节操，因不屑于宣公篡立，不食其禄，织履而食，别其族为叔氏，并且违背礼制与一女子同居生子。美：赞美。疏氏暇逝：指东汉疏广、疏受叔侄功成身退事。疏广（？—前45），字仲翁，祖籍东海兰陵，其曾祖迁于泰山郡钜平（今山东泰安磁窑）。汉宣帝时，为太子太傅。其侄疏受，亦以贤明选太子家令，后迁太子少傅。功成名就，二疏遂称病告老还乡。事见《汉书·疏广疏受传》。遐逝：归隐，隐退。《文选》张衡《归田赋》：“超埃尘以遐逝，与世事乎长辞。”

⑮ 止足：谓凡事知止知足，莫要贪得无厌。《老子》第四十四章：“知足不辱，知止不殆，可以长久。”言归：回归。言，语助词，无义。《诗·周南·葛覃》：“言告师氏，言告言归。”皓然：洁白貌。容裔：水波荡漾貌。三国·魏·曹丕《济川赋》：“临济川之层淮，览洪波之容裔。”

⑯ 环堵：四周环着每面一方丈的土墙。形容狭小、简陋的居室。《淮南子·原道训》：“环堵之室，茨之以生茅；蓬户瓮牖，揉桑为枢。”高诱注：“堵长一丈，高一丈，故曰环堵，言其小也。”恬娱：安乐自娱。咎悔：悔过，追悔自责。斯世：此世，今世。

⑰ 顾：顾虑，忧虑。泰：安定平和。末涂：晚年。南朝·宋·谢灵运《拟魏太子邺中集八首》之五：“末涂幸休明，栖集建薄质。”泥滞：阻滞，不畅通。

⑱ 仍：一再，频繁。《汉书·武帝纪》：“今大将军仍复克获，斩首虏万九千级，受爵赏而欲移卖者，无所流驰。”颜师古注：“仍，频也。”肆：恣纵，放肆。中怀：内心。《文选》苏武《诗四首》其二：“幸有弦歌曲，可以喻中怀。”

⑲ 九方：九方皋，一作“九方堙”，春秋时善相马者。《列子·说符》：“穆公见之（九方皋），使行求马。三月而反，报曰：‘已得之矣，在沙丘。’穆公曰：‘何马也？’对曰：‘牝而黄。’使人往取之，牡而骊。穆公不说，召伯乐而谓之曰：‘败矣！子所使求马者，色物、牝牡尚弗能知，又何马之能知也？’伯乐喟然太息曰：‘一至于此乎？是

乃其所以千万臣而无数者也。若皋之所观天机也。得其精而忘其粗,在其内而忘其外。见其所见,不见其所不见;视其所视,而遗其所不视。若皋之相者,乃有贵乎马者也。'马至,果天下之马也。"秦牙:古代善于相马者。《吕氏春秋·观表》:"古之善相马者:……管青相膹吻,陈悲相股脚,秦牙相前,赞君相后。凡此十人者,皆天下之良工也……其所以相者不同,见马之一征也,而知节之高卑,足之滑易,材之坚脆,能之长短。"《淮南子·齐俗训》:"伯乐、韩风、秦牙、管青,所相各异,其知马一也。"殊形:奇异的形状。《文选》班固《西都赋》:"殊形诡制,每各异观。"

⑳ 薛烛:春秋时期越国人,善于相剑,曾为越王勾践相宝剑。事见《越绝书》。飞誉:驰誉。瓠梁:古之善歌者。一作"狐梁"。《淮南子·齐俗训》:"故狐梁之歌可随也,其所以歌者,不可为也;圣人之法可观也,其所以作法,不可原也;辩士之言可听也,其所以言,不可形也。"流声:流播名声。《后汉书·张衡列传》:"弈秋以棋局取誉,王豹以清讴流声。"

㉑ 齐隶拊髀以济文:指战国时孟尝君田文门客作鸡鸣声助其夜过函谷关故事。裴松之注:"此谓孟尝君田文下坐客,能作鸡鸣以济其厄者也。凡作鸡鸣,必先拊髀,以效鸡之拊翼也。"齐隶:齐国之皂隶,指能作鸡鸣者。拊髀(fǔ bì 府毕):拍着大腿。拊,拍。髀,大腿。济:拯救,救助。文:孟尝君田文。据《史记·孟尝君列传》记载:孟尝君出使秦国时被秦昭王囚禁,欲杀之。孟尝君的一个食客装作狗潜入秦营偷出狐白裘,孟尝君将其献给秦昭王宠妾以说情,才得以释放。半夜孟尝君逃至函谷关时,秦昭王后悔释放孟尝君,又下令追捕。孟尝君的另一食客能为鸡鸣,乃作鸡叫引众鸡齐鸣,骗守关卒打开关门,孟尝君始得以逃回齐国。楚客潜寇以保荆:指战国时楚国神偷潜入齐国将军营盗物,致令齐军退师,终于保卫楚国之事。事见《淮南子·道应训》:"楚将子发好求技道之士,楚有善为偷者往见曰:'闻君求技道之士,臣,偷也,愿以技赍一卒。'子发闻之,衣不给带,冠不暇正,出见而礼之。左右谏曰:'偷者,天下之盗也,何为之礼?'君曰:'此非左右之所得与。'后无几何,齐兴兵伐楚,子发将师以当之,兵三却。楚贤良大夫皆尽其计而悉其诚,齐师愈强。于是市偷进请曰:'臣有薄技,愿为君行之。'子发曰:'诺。'不问其辞而遣之。偷则夜解齐将军之帱帐而献之。子发因使人归之,曰:'卒有出薪者,得将军之帷,使归之于执事。'明又复往,取其枕,子发又使人归之。明日又复往,取其簪,子发又使归之。齐师闻之,大骇。将军与军吏谋曰:'今日不去,楚君恐取吾头。'乃还师而去。"

㉒ 雍门援琴而挟说:指战国时齐国琴师雍门周往见孟尝君,谈论琴道之事。事见桓谭《新论·琴道》:"雍门周以琴见孟尝君,孟尝君曰:'先生鼓琴,亦能令文悲乎?'对曰:'臣之所能令悲者,先贵而后贱,昔富而今贫,摈压穷巷,不交四邻;不若身材高妙,怀质抱真,逢谗罹谤,怨结而不得信;不若交欢而结爱,无怨而生离,远赴绝国,无相见期;不若幼无父母,壮无妻儿,出以野泽为邻,入用堀穴为家,困于朝夕,

无所假贷:若此人者,但闻飞鸟之号,秋风鸣条,则伤心矣。臣一为之援琴而太息,未有不凄恻而涕泣者也。今若足下,居则广厦高堂,连闼洞房,下罗帷,来清风;倡优在前,谄谀侍侧,扬《激楚》,舞郑妾,流声以娱耳,练色以淫目。水戏则舫龙舟,建羽旗,鼓钓乎不测之渊。野游则登平原,驰广囿,强弩下高鸟,勇士格猛兽;置酒娱乐,沉醉忘归。方此之时,视天地曾不若一指,虽有善鼓琴,未能动足下也。'孟尝君曰:'固然!'雍门周曰:'然臣窃为足下有所常悲。夫角帝而困秦者,君也,连五国而伐楚者,又君也。天下未尝无事,不从即衡。从成则楚王,衡成则秦帝。夫以秦、楚之强而报弱薛,犹磨萧斧而伐朝菌也。有识之士,莫不为足下寒心酸鼻。天道不常盛,寒暑更进退,千秋万岁之后,宗庙必不血食。高台既已倾,曲池又已平,坟墓生荆棘,狐兔穴其中,游儿牧竖,踯躅其足而歌其上,行人见之凄怆,曰:孟尝君之尊贵,亦犹若是乎!'于是孟尝君喟然太息,涕泪承睫而未下。雍门周引琴而鼓之,徐动宫徵,叩角羽,初终,而成曲。孟尝君遂歔欷而就之,曰:'先生鼓琴,令文立若亡国之人也。'"韩哀:相传古代发明驭马术的人。秉辔而驰名:指王褒《圣主得贤臣颂》:"及至驾啮膝,骖乘旦,王良执靶,韩哀附舆,纵驰骋骛,忽如景靡,过都越国,蹶如历块,追奔电,逐遗风,周流八极,万里一息,何其辽哉!人马相得也。"

⑫③"卢敖翱翔乎玄阙,若士竦身于云清"二句。《淮南子·道应训》:"卢敖游乎北海,经乎太阴,入乎玄阙,至于蒙谷之上,见一士焉,深目而玄鬓,泪注而鸢肩,丰上而杀下,轩轩然方迎风而舞。顾见卢敖,慢然下其臂,遁逃乎碑。卢敖就而视之,方倦龟壳而食蛤梨。卢敖与之语曰:'唯敖为背群离党,穷观于六合之外者。非敖而已乎?敖幼而好游,至长不渝,周行四极,唯北阴之未窥。今卒睹夫子于是,子殆可与敖为友乎!'若士者齤然而笑曰:'嘻!子中州之民,宁肯而远至此?此犹光乎日月而载列星,阴阳之所行,四时之所生。其比夫不名之地,犹窔奥也。若我南游乎冈㝗之野,北息乎沉墨之乡,西穷窅冥之党,东开鸿蒙之光,此其下无地而上无天,听焉无闻,视焉无眴。此其外犹有汰沃之汜,其馀一举而千万里,吾犹未能之在。今子游始于此,乃语穷观,岂不亦远哉!然子处矣,吾与汗漫期于九垓之外,吾不可以久驻。'若士举臂而竦身,遂入云中。卢敖仰而视之,弗见,乃止驾。柸治,悖若有丧也。曰:'吾比夫子,犹黄鹄与蠰虫也,终日行不离咫尺,而自以为远,岂不悲哉!'"

⑫④齐技:谓技道相等。数子:指以上所说的数位身怀奇技之士。守己:安守本分。宁:安宁,安定。

文立

文立(？—279),字广休,巴郡临江(今重庆忠县人)人。少时游蜀国太学,治《毛诗》、《三礼》,兼通群书。后为益州刺史费祎录为从事。入补尚书郎,再辟费祎的大将军东曹掾,迁尚书。魏并蜀后,为梁州别驾从事。西晋泰始二年(266),除拜济阴(今山东菏泽)太守。晋武帝立太子,选拔文立为中庶子。泰始十年(274),转为散骑常侍。于朝政献可替否,多所补纳。甄致梁、益二州人士,铨衡平当,为士彦所宗。文立为人恭慎,为晋武帝所善。迁卫尉,犹兼都职。中朝服其贤雅,为时名卿。后因年老,连续上表乞求致仕,归还桑梓,为武帝婉拒。咸宁末年(279)卒于任上。武帝因文立有怀旧性,乃送葬于蜀,诏使者护丧事,郡县修坟茔,极一时之荣。其所上章奏,集为十篇;诗、赋、论、颂,亦数十篇。严可均《全晋文》卷七十录其《蜀都赋》篇目和文章三篇。生平事迹见于东晋常璩《华阳国志》卷十一《后贤志》。

蜀都赋

虎豹之人。

【说明】

此赋仅存一句，见于《文选》左思《蜀都赋》刘渊林注："文立《蜀都赋》：'虎豹之人。'"

【辨析】

文立一生的大部分时间是在西蜀度过的，入晋后十六年而卒。对于这篇《蜀都赋》的作期，目前学界多认为是文立在蜀国时所作，也有学者认为应归入西晋中。我们认为，此赋为三国赋无疑，理由有二：一是文立持身谨小慎微，以他的个性，作为亡国之罪臣，撰写怀念旧国的赋作实不可能。二是西晋初年晋武帝司马炎尽管在某种程度上实行了宽柔的政策，但也进一步加强了门阀制度，同时又大封宗室，皇族王公、外戚、豪门士族执掌朝政，加之武帝本人生活极端奢侈腐化，诸王专镇一方，拥兵自重，高门士族贪暴荒淫，争权夺利，所以政治并不清明。因此，文立亦缺乏创作此赋的外部环境。综合而论，此赋应是文立在蜀亡之前所作。

图书在版编目(CIP)数据

全三国赋评注/龚克昌等评注. —济南：齐鲁书社，2013.6
ISBN 978-7-5333-2802-3

Ⅰ.①全… Ⅱ.①龚… Ⅲ.①赋—作品集—中国—三国时代②赋—注释—中国—三国时代 Ⅳ.①I222.4

中国版本图书馆 CIP 数据核字(2013)第 090026 号

全三国赋评注

龚克昌　周广璜　苏瑞隆　评注

出版发行　齊魯書社
社　　址　济南市英雄山路 189 号
邮　　编　250002
网　　址　www.qlss.com.cn
电子邮箱　qilupress@126.com
印　　刷　山东新华印务有限责任公司
开　　本　720mm×1020mm　1/16
印　　张　46
插　　页　3
字　　数　826 千
版　　次　2013 年 6 月第 1 版
印　　次　2013 年 6 月第 1 次印刷
标准书号　ISBN 978-7-5333-2802-3
定　　价　**168.00 元**